U1005392

“十二五”国家重点图书出版规划项目

2011—2020 国家古籍整理出版规划项目

本书出版得到国家古籍整理出版专项经费资助

本书获上海市重点学科建设项目资助，项目编号：B404

本书为华东师范大学“思勉人文学术 中国江南研究”成果之一

江南女性别集

七编 上

主编 胡晓明 彭国忠

——

本册主编 汤志波

黄山书社

整理人员名单（按姓氏音序排列）

陈思宇　陈雨晴　迟仁清　董　振　方文博
方小真　冯剑辉　韩立平　黄　帆　李梦露
林祥涛　刘宏辉　倪春军　彭国忠　沈　苏
汤吟菲　汤志波　徐俪成　杨　焄　叶俐辰
殷立超　张　頔　张则见　赵厚均

江南女性别集丛刊小引

我在《文化江南札记》中曾说过:"明清之际的江南文化,出产不少人物,有许多豪侠义士、高人大儒、才子佳人、名姝国士,从历史人物的角度看,恰恰同时显示了中国文化中尽心尽性尽理,尽才尽情尽气的丰富多姿。"丰富多姿的江南文化孕育出大批的佳人、名姝,在明清的文坛熠熠生辉。曼素恩据胡文楷《历代妇女著作考》统计的数据显示,"长江下游"的清代女作家有2258人,占清代女作家总数的70.9%。长江下游基本和江南的范围相当,可见明清江南女性文学的兴盛。

对有清一代女性文学进行整理研究自民国初年就已开展,先后出版了施淑仪《清代闺阁诗人征略》、梁乙真《清代妇女文学史》、单士釐《清闺秀艺文略》、童振藻《清代名媛诗录》等,其中最重要的成就是出版于20世纪50年代的胡文楷《历代妇女著作考》,全书共21卷,收录女作家4000余人,而清代占15卷,作家逾3600人。其收录之丰富,无人能匹,堪称"女学之复兴,艺林之盛业"(潘景郑序言中语)。不过在此后很长一段时间里,我国的女性文学研究相对沉寂。当下,女性文学研究已成为一门国际化的显学,已举行过多次"妇女与文学""中国女性书写"等国际学术研讨会,产出了一系列的专著,如高彦颐《闺塾师——明末清初江南的才女文化》,曼素恩《缀珍录——十八世纪及其前后的中国妇女》《张氏才女》,孙康宜《古典与现代的女性阐释》，钟慧玲《清代女诗人研究》《清代女作家专题——吴藻及其相关文学活动研究》，王力坚《清代才媛文学之文化考察》等。2000 年 5 月南京大学召开了“明清文学与性别”国际学术研讨会，并出版论文集《明清文学与性别研究》，嗣后张宏生、张雁又编选了《古代女诗人研究》，昭示着古代女性文学的研究进入新阶段。短短几年间就出版了几本博士论文：邓红梅《女性词史》、陈玉兰《清代嘉道时期江南寒士诗群与闺阁诗侣研究》、鲍震培《清代女作家弹词小说论稿》、段继红《清代闺阁文学研究》，学界对女性文学研究已热情高涨。

目前，女性文学、性别诗学、地域文学研究方兴未艾，中国明清时期女性作家及其创作越来越受到重视，江南文化也得到更多的关注。但与这种研究局面颇不相称的是，明清江南女性别集的整理几乎无人涉足，仅有收录吴江叶氏诸女的《午梦堂集》、李因《竹笑轩吟草》、《徐灿词新释辑评》、吕碧城诗词文集、《秋瑾集》等寥寥几部经整理的别集面世。绝大多数女性别集仍以刻本、稿本、钞本的形式深藏在各图书馆中，这显然不利于学者研究利用，也不便于广大爱好者欣赏阅读。

鉴于此，华东师范大学古典文学学科的师生，组织了集体的力量攻克难题。我们从国家图书馆、南京图书馆、上海图书馆、浙江图书馆等地，选取了数十种明清江南女性别集进行标点整理，编为《江南女性别集·初编》。入选者多为较稀见之刻本、稿本和钞本，如戴小琼《华影吹笙阁遗稿》、刘荫《梦蟾楼遗稿》、濮贤娜《意眉阁诗词稿》等，皆传本罕秘，今得以化身千百。也有汇集诸本并辑佚的整理本，如徐德音今存《绿净轩诗钞》五卷、《绿净轩续集》一卷，整理者复辑得佚文 6 篇，诗 24 首，使其作品大略完备。凡此，皆可见本丛书具有极高的文献价值，足资大家参考取用。同时，本丛书也是目前国内外第一部地域性的大型女性文学总集，必将有力推动女性文学研究和江南地域文学研究的发展。对此，我们充满期待。在可能的条件下，我们还将继续推出这部丛刊的续编、三编……欢迎海内外同行专家与关心女性文学的朋友批评指正，并以各种不同的方式，支持与参与中国女性别集文献持续出版的大业。

胡晓明

整理凡例

一、本书专为辑录明清时期江南女性别集作。时间以明清为界。其元、金、清之遗民，采取学界惯常做法，以为去取。地域以江南为限，即女性作家之籍贯属于江南，而非其所适及所生活之地在江南。

二、本书以稿本、钞本及印数稀少之刻本、活字本、石印本为主。版本较多者，择善而从。

三、已经整理出版过之江南女性别集，若不满足以下之条件，概不重出：内容对现出之书有所增益，可资补遗；版本比现出之书精善，可资校勘。

四、古人出书往往不易，女性尤难，甚或有募刻、死后方由他人代刻者。故整理时，原书所有附录内容，如女作者丈夫或其他亲属、友朋之别集，仍梓附入，以见古人伉俪之情、亲友之谊云。旨在存旧，并非不察而以女性别集羼入男性之集自乱体例。但天头地脚处后人之评语，辄不录。

五、底本卷次，多数依卷一、卷二之次第，但或竟不分卷，而以体式编次，如古体、近体之类；或以年代标次，如甲子、乙酉之类。今一仍其旧。

六、底本作者署名，或书其氏、名、字、号之全或仅书其中一二；抑或书"某某室某某某"，此或有乖今人尊重女性独立之道，但彼时女性自觉意识普遍不强，故为尊重历史计，概仍其旧，不作刻意统一。

七、底本卷首，往往有作者亲友等之题辞；卷中、卷末时或亦有跋语。凡此，一并录入。即其中语涉评论者，因是编集雕刻刷印时如此，异于天头地脚之后起点批，故为录入。

八、底本卷端卷末，或有作者子女后嗣编辑校勘文字，抄誊、刻板、刷印之时、地、版权者之信息，今一并录入。

九、原文之唱和文字，往往随文附录他人唱或和之作，今皆依其样式，低二字录入。作者他文未录于本集者，见辄为补遗。

十、繁体字、异体字，径改为现在通行之字；但要以不害文意为先。古今字、通假字，则基本不易。

十一、底本之明显误字，径改。如包兰瑛《锦霞阁诗词集》卷五《古酝师来浙前呈拙作意有未罄续寄五律》首句"帷公敦夙谊"，"帷"显为"惟"误。他如"萧"与"箫"、"辨"与"瓣"、"催折"与"摧折"，等等，所在多有。限于篇幅，整理时不出校记，不加符号标识，读者谅焉。

十二、底本内容有误，包括逻辑舛错、语句扞格者，概不为之改易。

目录

上册

啸雪庵诗集

（清）吴绡 撰
彭国忠 张颇
黄帆 张则见 整理

整理说明

吴绡（1582？—1671），字素公，一字片霞，号冰仙。长洲（今属江苏苏州）人。常熟进士许瑶室，通判吴水苍女。与吴伟业、钱谦益、曹尔堪、宋琬等人唱和。能诗属文，兼善丝竹、书画。著有《啸雪庵诗集》，现存清初刻民国钞配本，今据以整理。

许夫人诗序

岁聿云暮，灯火萧然。禅榻鬓丝，久断游仙之梦；木鱼经卷，长为退院之僧。茂苑许夫人，刻镂茗华，问遗裙布，致词老人，俾为其序。偶拈数韵，继以长吟。穷冬而光风拂衣，冱寒而落华满席。仙人失定，为雪池之歌声；迦叶闻琴，依须弥而狂舞。声尘或诏为禅刺，钗钏每漏于戒针。意蕊不飞，心华乍释。徐挑灯而终卷，乃抚几而长叹。娈彼淑姬，猗欤雕琯。以薛瑶啖香之质，挟谢韫咏絮之才。树本迎风，华能烛夜。华宫寂历，望青莲兮未来；橘社迢遥，掩明珰而自媚。情文绮互，笔墨横飞。留赵后之裙，当风欲举；拥樊家之髻，顾烛自怜。固已令才子色飞、道人心死矣。及乎翟茀承恩，雕轩即路，拥东方之千骑，将南国之九雏。漳水东流，铜台高揭。洛妃乘雾，羡翠袖之英雄；妓女望陵，吊黄须于冥莫。邯郸道上，炊熟黄粱；苏门山头，岭传清啸。金人辞去，铜狄制成，靡不清泪如铅，长歌当泣。秋虫炎热，朝槿荣华，斋素三时，琴心一曲。貂裘羽箭，歌出塞以望归；霞帔星冠，裹厌禳之装束。殆将携烟景，凌绛河，吟太霞，讽晨启。玉山曲宴，伴戴胜以长谣；小有灵音，弹云璈而属和。岂犹夫陇西赠答，但忆芳香；蜀女风流，徒吟沟水而已哉。嗟夫！长眉如雪，秃笔无华。文愧燕公，敢序昭容之集；才惭孝穆，谁定玉台之词。以我道心，研兹仙趣。西池南岳，或现幻身。童初易迁，尚纡欲界。庶兹慧业，不阂尘劳。谨承彤管之诒，窃比琼枝之报。

岁在辛丑涂月二十五日，篯后人八十叟谦益序。

啸雪庵诗序

予选宋、元、明诗将成，其两朝宫闱之什不数见。最富者，莫如有明。自椒掖长门，翟袆象服，以建荆钗裙布、裁云镂月之流，人可二百辈，诗近数千首，既广择而严取之。就其中予所心折，则姑苏邹赛贞、遂宁杨安人、西陵董少玉、海宁朱静庵、吾桐方清芬五人而已。此外，虽负盛名，如云卧阁之陆氏、络纬吟之徐媛，皆斤斤焉不少假借。呜呼！予岂刻视笄帷哉？盖上世风气醇朴，妇人女子之能言，大率自鸣其志，托类切物，时造精微，师氏采之。仲尼笔以为经，正变淑慝，咸足为世劝戒，而莫或疑之。彼无好名缘饰之意，故词真而义永也。自采风不行，汉唐以来，宫闱丽句多好事者托为之，即蔡琰十八拍已入唐音，真赝俱未可问。至近代，香奁袭取浮誉，偶能执笔，竟引宣文女学士相夸，良由身隐曲房，无挥麈碎琴之可共见。扈芳掇采，任意称工，卓荦词宗，反难自别于侪辈。于是识者起而论断之，本之赓酬以著其敏，参之格泽以观其变，质之四库以验其通，广之能事以征其绪。必使一出于实学，而后房中之奏，得登大雅。此予之亟取乎五人也，乃今又得一人焉，则冰仙吴夫人是。

夫人延陵华胄，年十七归高阳许氏，相我兰陵。忆予弱冠，读书虎丘，杨维斗诸君口其乡之闺秀，必首夫人。谓夫人婉慧绝伦，幼研经史、诗文、书画，不教而能，音律琴棋，动诣殊妙，予盖心仪为好才子也。及壬辰通籍，获于师门兄事兰陵，将尽请夫人制作观之而未暇。己亥北上，病止武安，始从二千石署中读《啸雪庵集》。於戏！惟其蓄之深，则囊括百家，埏埴诸体，而神理悉具；抒之博则森罗万象，气备四时，而非一善之可名。是宁区区才子足以尽夫人乎？彼五人者，或与予生不同时，但挹篇章，景其芬馥；或幸同时同里，而年齿先后，无由即其盛壮之藻思。今夫人身处重幄，予恃兰陵雁行，得以纨素陟厘，时丐馀沈，随题属咏，脱腕迅飞，花鸟烟云，图写尽态，即下走关山之曲，进奉平章，多有赖其追琢者。则予之信五人，又未若信冰仙之为尤至也。既全录其稿，拟取少作选入明诗，顾念兰陵柄用方始，行参大政，润色升平，兴朝郊庙乐章必由手定。夫人谊系唱随，亦应谱安世之歌，被诸管弦，如唐山夫人者，名载义熙，例有弗合。然读乙酉以后诸什，大都畔牢结轖，引中清商，寄志神仙，嘲讥幻梦。度夫人静观世变，固有不得其平者。紫蒙苏幕之声，何足烦鼓瑟湘灵之手？举以冠三百载闺媛，未必非夫人之所许也。夫由吾说以行，则好名缘饰者，究难逃有识之鉴，而继国风以自鸣其志，必好学深思，如六夫人而后可也，然岂独为宫闺劝哉！

时顺治己亥孟冬，涤岑道氏陈焯书于洺水丽秋轩。

小序

天之所以生才，岂偶然哉？求才于古今难，求才于古今之闺阁尤难。余观班大家、卫夫人、谢道韫及苏蕙、徐淑辈，皆以才名称于女史。然能词章矣，未必工书法；工书法矣，未必精绘事。古人所云三绝六绝，未闻称之闺阁中也。余于吴夫人独有异。夫人工诗善属文，五七言清丽芊绵，匠心独造，奴视西昆诸体；长短句韶令隽永，远胜李易安；叙寄之文，寄情纪事，取裁蔚宗，而丰神更异；小楷精细，仿佛王欧。尤工绘花鸟，其所点染，天葩烂然，徐熙、黄筌以下不能及也。夫女子之以才自见者，往往命薄数奇，有深宫异域、幽忧离别之感。夫人生长华阀，其夫君兰陵早登上第，洊历大府；令嗣贞服、念皇，与东床仲书辈咸翩翩玉立，一门之内，扬光飞文，更唱迭和，天伦之乐，无以逾夫人者。读其集中近作，顾欲蝉蜕世事，渺然托志于清虚，而以夸势分、矜华膴为可耻。吁！抑又何异也。余尝阅列仙诸传，所云服食吐纳、羽化冲举之事，疑其荒唐无据，及见颜鲁公所记麻姑事，历历如在耳目间。夫人之夙慧毋论，又闻其事亲孝逮下慈，弹琴焚香，翛然一室，皆得神仙之上理，将来大药可成，而蓬莱之水可几见清浅，有不仅以才名擅千古者。余更表而出之，使后之续女史者知所采焉。

己亥馀月，珠湖李滢谨序。

序

逊、抗、机、云而后，才不钟于男子，而钟于妇人。快辞也，亦偏辞也。夫女子有才，不能唱和并谐，颉颃凤羽，使独抱此明月，愧彼藁砧，易安、淑真，故不足道。谢道韫之情，亦苦矣哉。若灵药悔偷，青天碧海，虽笔擅七襄，何足以云？予年友许兰陵，吴门阀阅，掇上第，分符千里，其治迈龚黄，多以啸咏出之。昔人谓谢安为江左风流宰相，今兹河朔，又有风流太守，则予兰陵近是。兰陵配吴夫人，以崔卢王谢之高标，具琼英梁董之仙骨。来乘萧史，婢视文姬，内助之暇，侍玉宸，检丹经，琉璃研匣，翡翠笔床，时吐异香。其点画之妍，银钩珍动；其丹青之妙，绢素欲鸣。遥山远水，秋虫春鸟，以至露浥繁红，霜寒枯木，靡不淡描浓抹，一倩不聿为青鸟，见者辄惊疑，爱玩不置，赏鉴家题以为无声诗，而夫人更自有诗在焉。予阅古良媛篇什，盖众多矣。班姬扬其徽，左芬嘐其调，明月夜珠之得隽，珍珠一斛之寂寥，《玉台新咏》《香奁集》之类，莫不幽怨清雅，终带香泽。以言乎玉峰之约则未也。若其艳丽而兼山林，闲静而含悲壮，身在闺阁而寄情蓉阆，韵标林下而旷怀天地，吴夫人真堪独步一时矣。昔苏蕙有织锦回文，吴夫人之锦，不在针神，而在笔妙。求之房帏之秀，三百篇其合璧也。咏絮谢公之前，窈窕之芳也；携手西秦之路，卷耳之怀也。诸姬满前，星昴参间，樛木之仁也；退食茗香，文房赏咏，翿簧之乐也。予过漳川，一日太守出《啸雪庵诗》示予曰：昔文与可夫妇，得子瞻一诗而传，赵王孙、管夫人，则轩轩霞举，不资人誉。予不及王孙、夫人，而愿学与可，子其有以弁之。予谓：张敞妩眉，人止知京兆风流，而其室之才不著。若予友以宣平苗裔，他日为吴猛飞升，已有樊夫人接引矣，固已加京兆一等。两人相视大噱,因以题吴夫人诗。

顺治己未桂月,东海胡文学题于琴清堂。

小　引

余不善吟诗，而喜读诗。然于名媛诸什，多不涉笔。愚以为，诗之道本于性情，而闺阁咏歌，多绿衣紫塞、孤雁征鸿之感，而未得性情之中正也。若冰仙吴夫人，则大有异。予桂苑曲江，咸与兰陵同一恩地，稔其伉俪间盛事。夫人望族，而綦缟自如，于归而静好无斁，有鹊巢逮下之德，诚得性情之正者也。经史便便充于腹笥，吐纳英华，莫非性情所独至，直于名媛中，另辟一开天之手。使班姬、左嫔辈当之，有面墙而立尔。具绝世才而不欲以才见，即予与兰陵之交，索其锦簇而未能也。幸寒门浦恭人，辱在赠答之末，得于家云孙案头，时见一班。兹承令嗣贞服，惠我全豹，灌手濯目，读之数过，集中美不一度，渺意泉涌，纯文绮立，宛陵之淡，山谷之奇，荆公之工，后山之苦，靡不具备。及读其平干署中新制，雅思避世，金马逍遥于蕊笈莲舟，夫岂诞哉！古来松乔辈出，亦惟性情之至者为之。以夫人之贞静，一旦羽衣葛巾，吾知九嶷三岛间，将来增一蒲座矣。呜呼！红楼青草，蚁聚梁蒸，滔滔同梦。夫何投洗高风，乃于香闺绣院中一见之也，愧尽须眉矣。予客武安，初晤兰陵，飘飘尘拂，所言皆出世事。谓非夫人雨花云坐之工耶？夫人自破迷津，逃名誉，而予于夫人，则独有虑。昔谢道韫施青步障，为小郎解围，《晋书》佳话流传；秦嘉夫妇赠答，不列于炎史。今兰陵之才，倚马雕龙，难夫难妇，无围可解。五言亚于团扇之作，深闭闺闱，青史能无遗憾耶？不敏愿效稗官，以俟后之石渠珥笔者。

乙亥新秋，晋陵黄中瑄沧虹氏题于平干古刹。

敬题修真图

虙妃降兮云中，翩容与兮江东。冰玉兮澄怀，舐笔和墨兮化工。既翟茀兮蚕被，羌壶峤兮是从。春月兮秋日，祀玄元兮祠太乙。驾飙车兮羽轮，餐碧藕兮白橘。栖神志兮黄庭，妙吐纳兮长生。侍鼓簧兮吹笛，眷并美兮双成。叹驹隙兮景急，时不可兮再得。迴蝉蜕兮尘埃，望姑射兮何及。

敬题长吟图

闺中之秀，林下之风。望古遥集，寄怀无穷。绿窗棐几，朗咏容容。语吐珠玑，韵戛丝桐。传播千秋，是曰女宗。

敬题浣兰图

兰为国香，众卉莫比。艺之者谁，洛川仙子。浣之伊何，高山流水。绛雪是飧，宝璐是被。徙倚花前，清芬徐起。结撰本殊，赏心惟此。道左艾萧，自甘弃委。

贞服念皇两世兄嘱题太母夫人浣兰图

深苑天晶浩露光，醴源采采沃新凉。灵均欲纫仙人佩，尼父初弹王者香。道在优昙怡性静，斐瞻淇竹入吟长。谢家最有青葱树，彤史编摩属题扬。

治民沈裕具草

吴冰仙诗集小引

求佳人于珠翠之中，求才子于笔墨之内。是佳人才子离而为二，不知佳人无才，不得为佳。吴夫人冰仙氏，真可谓才子者也。冰仙裔出延陵，为吴门名族，兰心蕙质，雅尚书史。幼即称香奁宋玉，金粉江淹，吴中闺秀，陆卿子、徐小淑，为女中先达，惟冰仙过之。既笄，归许兰陵年翁，兰陵故是玉皇香案吏，暂下人间，而冰仙与之颉颃。吹玉箫、跨凤凰，秦台风月，昔属传闻，今为实事。顾冰仙夙具仙骨，不好作时事世妆。于一切琴棋弦管之艺，无不精绝，书法直逼钟王。尤善画，每经点缀，灵动如生。至性纯孝，尊人常有疾，刺血书祷辄愈。待兰陵诸姬侍，内外胥颂《关雎》之德焉。既而兰陵壬辰登第，冰仙贵矣，居身清素，不异道民释子，案头香一炉、茶一盏、书数卷，侍儿日磨墨以供挥洒。其为诗清新圆净，不着一尘。如花香，如月光，如水波，如云态，务贵自然，尤善深入，极才人之能事。西池上元夫人、许飞琼辈，吾不知其才调何如，量其气体，当让冰仙三舍。始信佳人才子，合为一人矣。予选名媛诗，首推重冰仙。顾冰仙方且事九转丹，视文字如土苴，不欲流传人间，落浮名障中，故诗不能多得。然光焰万丈，即在一字一句间，在多乎哉！然则此一卷诗，不啻嫏嬛委宛之富矣。

梁溪邹流绮题。

自　序

余自稚岁癖于吟事，学蔡女之琴书，借甄家之笔砚。缃素经心，丹黄在手，二十馀年欢虞愁病，无不于此发之。窃以韩英之才，不如左嫔；徐淑之句，亚于班姬。假使菲薄生于上叶，传礼经，续汉史，则余病未能，一吟一咏，亦庶几于昔人也。迩年览《墉城仙录》，见诸仙女翀举之事，又读陶隐居《真诰》，诵九华安妃之言，文采艳逸，鄙心慕之。虽游神州之五岳，泛溟海之三山，非女子之事，然睹烟霄，眄日月，不觉远矣。草衣蔬食，聊寄吾志。暇日偶理故箧，见平生所作满焉。茂苑繁华，红闺风月，一日一夕，一言一笑，显显然在胸中无遗忘，夙习未能尽遣，聊写之，成三卷。人非桃李，未得无言。事异萱苏，岂能蠲疾，投笔慨然。

啸雪庵诗集

茂苑吴绡冰仙

送　春

软风吹日琉璃光，纤蛾萦梦兰被香。锦鲂掉尾波匲匲，翠钿细点铺池塘。赭汗骄行纵金勒，轻纨夹灯棠梨色。西陵草暖松刺新，翠盖飞尘归路直。红铅欲坠春烟动，有泪无言暗相送。高堂歌彻绮筵妆，欢馀坐觉罗衫重。腰带围宽珠续续，年年只恨芳华促。羲和西辔为谁迟，绕枝空有蝴蝶哭。

绯　桃

火鸟拨刺海波红，神霞一片铺天东。风清露重飞不得，花蹊乱落猩猩浓。曲房云暖烧香烛，鸾鬟半拢收纤玉。明妆拭尽远山愁，鬓边一朵胭脂熟。

美人临池

玉节玲珑玉指匀，琉璃雕画翠床新。闲临幼妇题娥女，爱染红豪写洛神。蝉锦翼重缄恨易，鸾笺风便送音频。新来理绣心情减，为托鲤鱼寄远人。

阮　弦

似语喃喃指下逢，抱来双膝按当胸。新词月晓歌郎女，巧骂春风薄幸侬。云驻梁空香灺暗,露寒花压舞衫重。杨家最是迟声媚,道语周郎未谙工。

玉　箫

薄醉浓香趁好怀,玉箫闲吹傍楼台。徵因风起声初咽,却和弦调拍又催。白雪叱圆寻变节,朱樱旋绽更含胎。鸾骑何必乘风去,六六雌雄鸣和来。

牡丹朝雨

晓烟初动碧云开,荏苒天香荐梦来。腻雨洗妆怜嫩玉,软风吹影荡流杯。朝阳艳指才一捻,工部诗肠知几回。倾国不烦还解语,几窥罗幕笑相陪。

荡　子

荡子无归任处迷,空仓常苦吏人妻。海潮有信分明逝,石阙无言枉自题。弱柳宛怜眉样浅,夭桃羞和面脂泥。谁能独向春光里,日日空闺听鸟啼。

七　夕

星光历历汉悠悠,怅望双灵独倚楼。莫谓人间多别恨,便疑天上有离愁。梁清谪去谁相伴,子晋归来合共游。惟有月娥应最妒,一轮风露不胜秋。

七夕梨花

黄姑催嫁驻河梁，素女临流渡欲狂。半栊玉衣窥晓梦，乱飘霓序配云装。深停细语凝芳雪，淡洗娟痕度晚香。忆道春慵解相遇，暮寒庭院怕凄凉。

春日同诸妹饮梅花下

春风曲槛醉霞卮，一树梅花月色迟。朵朵相怜同覆本，笑他连理妒傍枝。

兰　　吹

瑶琴鸣幽谷，清韵发猗扬。燕姞三春梦，灵均九畹香。敢言思公子，空自怀谢娘。愿得双玉蕊，佩之以争芳。

春 墀 咏

群芳随意种，红玉巧成葩。朝雨染奇色，晚风吹落霞。窥帘香暗度，照影月初斜。梓泽春来树，何如潘令家。

秋日客有赏桂者聊次其韵

丛桂绕幽庭，淮山入坐青。香秾人易醉，月好梦初醒。招隐开芳宴，藏姬掩画屏。可怜新度曲，瑶瑟若为听。

端阳次韵

暖玉轻缠彩线长，喜看日影过回廊。争花乱却鸳鸯佩，赌酒输将翡翠铛。月姊莫教裁桂扇，风姨须避试兰汤。遥闻箫鼓知龙斗，应吊孤臣千载芳。

春　雨

轻烟漠漠雨丝丝，少女风翔便应期。点白懒销浮露粉，泣红匀重泪胭脂。梨花梦里寒犹逼，芳草归程远更思。长是三更破酒醒，滴愁如醉断魂驰。

闷　怀

坐惜年光镜里看，一番花雨怯春寒。闲愁渐嚼饴如蜜，好梦空教意暂宽。自度新声牵怨易，学裁诗句写心难。江淹有恨多吞泪，玄鬓生丝拟似潘。

嘲春风

九陌芳尘扇物华，半阑朱户半随车。初醺暖气浓于酒，乍宕牵魂胜比花。多拂荀衣香远送，乱飘仙襞带纷拿。相将讶许无形影，轻薄从来何处家。

鸣　琴

漫道琴心似客心，临邛何处有知音。半笼玉手轻如揭，旋语香弦思已沉。三峡泉流巫女怨，空江木落水妃吟。多情爨下相怜者，何事鸣蝉又远侵。

以菱实寄兰陵有赠赋答

浊水菱肥清水鲜，抚思凭寄缓愁年。新词着舞江南曲，唱与妖姬和采莲。

菱刺难将别袂黏，菱花难照别颜纤。共怜饴实萍相似，只为辛多减口甜。

莲药拳心耐苦持，藕肠中断万千丝。天涯泪点难相寄，记取莲茎有旧时。

熏　炉

挟毂君家白玉堂，入门双顾左鸳鸯。何因分作厨中妾，只乞勾除富贵郎。绕树芙蓉莲子种，郁林黄檗苦心长。罗帱箬蒂平生愿，愿学熏炉沉水香。

戏和咏手

春葱露洗玉掺掺，一掬清波削月兼。按管参差调凤翼，鸣筝出没弄琼尖。因怜花好鬟频整，为寄鱼封绣懒拈。闲摘海棠看又撚，巧侵蝶粉若为嫌。

秋　夜

玉露湿轻纨，文犀已觉寒。游人归未得，秋影笑红兰。

窃　得

窃得温香异种春，细镌红玉俨然新。题诗借问河阳令，浪折鸾枝赠甚人。

维扬二分明月庵别外

一曲宫商韵正谐，谁弹离凤向琴台。邗沟夜月销魂别，巫峡朝云荐梦来。袍色长条随绿草，屐痕金齿记春苔。临风一叶乘潮去，断续柔肠刻九回。

芳草含香正合婚，风波一旦忽星奔。芜城匝月空残梦，隋苑经秋只断魂。玉马半垂还怯响，文屏薄卧敢思温。生憎月午阳关近，清血偷沾别袂痕。

惜别难胜怨晤迟，重欢未卜早离悲。剑飞楚水龙将去，璞碎荆山玉有疑。百感凄心托何处，一函清泪赠临岐。叮咛更语隋堤柳，莫学春蚕有断丝。

密信潜呼不惮遥，楼东轻骑怯鸣镳。明珠分浦难为合，锦瑟危弦岂易调。好梦漫怜难驻景，妒媒无计可驱潮。机关尽处还离别，别后休教负此宵。

凄凉琴羽动高楼，一曲沉湘万斛愁。香冷绣衾馀病骨，尘生罗袜莫凝眸。云迷楚岭魂无处，月暗南枝鹊漫投。回首芜城何处是，一江烟雨吊孤舟。

戊寅除夕

独坐非守岁，繁忧不成眠。一年此夜尽，万事何时蠲。椒颂愁难拟，南枝信枉传。怀君魂黯黯，吊影泪涓涓。柏叶无由醉，兰膏惟自煎。平生负气概，遭世任迍邅。报德诚非易，衔仇若惘然。何当酬素志，仰叹问穹天。

吴中有唱和百声绝句者命题恨于未雅然已烦翰墨不欲弃之聊存其廿首

骂　裙

入幅湘波见似空，双钩开处触微风。低头带笑轻轻唾，掩敛纤腰面发红。

拜　月

风动衫裾拜起迟，阶前如倦又如疑。星星自向团圆语，除却姮娥不许知。

戛　釜

仆马匆匆见楚臣，兰房晚日照窗尘。露葵已熟银铫响，常愧厨中洗手人。

展　画

并出分明似两身，洛川谁写应图人。窗前妆罢还相比，听得开看玉轴频。

捉　麈

玉柄持来隔翠帏，松风拂拂手频挥。清谈好个开人意，闲与王郎试解围。

鸣　鞭

马上常夸似燕轻，风前抛鞚恣骄行。玉稍拂着黄金镫，爱惜骅骝不遣惊。

击　剑

结束纤腰换锦裙，军家别样巧妆梳。西河一曲旋风急，会遣张颠悟草书。

弄　珠

谁擘方诸出露团，量来满斗月光寒。玉纤捧得还抛看，颗颗匀圆溅玉盘。

倚　瑟

并席当年侍汉王，罗衣压地不教长。高歌怨处朱弦促，盼杀邯郸是故乡。

熏　炉

金球旧样自防风，频看香残一点红。荀令近来消息断，夜寒长怨玉床空。

曲　句

手捧红牙按节轻，缫烟裂玉最星星。偷声一转无人会，应是樊家旧典刑。

觅　钗

一觉巫阳荐梦回，凤冠声彻晓光来。松云散尽鸳衾薄，移枕频闻觅玉钗。

汲　绠

翠幌昽昽欲曙天，辘轳哑轧搅春眠。宵来酒重鸳鸯渴，索取银瓶饮少年。

剥　芡

软温曾道似酥胸，采得真珠猬腹中。试启瓠犀轻啮破，春冰逼剥玉玲珑。

走　雨

碧砌生苔地有泥，东邻住处隔桃蹊。花垂柳重偷相过，听得窗前玉齿齐。

诅　莺

眼看繁华欲作尘，金衣飞处发娇嗔。骂伊唤得春归去，又向窗前唤起人。

诘　燕

一院东风絮似盐，梅梁双到语喃喃。问伊何事归来晚，赚煞金钩不下帘。

卜　蟢

青青极目日当楼，尘落空梁只自愁。失喜镜前轻一笑，双丝斜挂玉钗头。

饲　狸

最说江妃嗜鲫鱼，深宫长日午餐馀。狸奴走去难寻觅，教叩铜盘试唤渠。

睡　鞋

玉姬何处欲为云，锦被沉香彻夜熏。红绣双钩刚一指，怀中轻堕是谁闻。

挝　鼓

楼下年时按柘枝，灵鼍声里挫腰肢。偶寻旧谱堂前戏，惊起兰房学舞儿。

绣　衫

一片轻纱一片云，天孙机上织成文。退红小样花笼子，闲看沉香慢火熏。

软弱冰丝约六铢，石花广袖合欢襦。分明玉腕金跳脱，一架轻烟只似无。

爱得腰身尺六强，银星钿尺自裁量。琉璃窗下纱厨畔，一夕秋风透体凉。

元和才子更应无，合把新诗画作图。一朵红苏花影罩，双文衫薄透凝肤。

谁向南朝见国娃，碎红铺锦散明霞。吴蚕软弱堪怜处，苒苒枝头淡淡花。

材地纤疏染色新，日光初透隙中尘。微瑕只为闲情赋，不作轻绡覆玉人。

可知披缦最相宜，金斗抛来试着时。藻行盘旋花叶细，一池清水皱玻璃。

乱影浑如洛雪回，霏霏偏称小身材。纤襟莫爱轻风好，行到阶前不禁开。

惜花春起早

最爱窗前腻粉光，东乌初上郁金梁。轻抛睡鸭馀宵暖，背挂盘龙未晓妆。芳径露凝钩印浅，娇房春暖蝶魂香。可怜九十无多日，雨妒风欺几断肠。

爱月夜眠迟

星稀露重四更天，皎皎当空玉镜圆。何处艳歌调凤管，谁家新韵度鸾弦。烟痕砌冷文君锦，花影窗分周昉椽。一种清光千种看，几多惆怅几多怜。

掬水月在手

削葱闲濯小池边，爱弄娟娟片璧圆。藕叶倾来珠影动，方诸盛得露痕鲜。难同玉佩投交甫，未许轻云蔽洛川。只似素娥妆始罢，掌中擎出镜中仙。

弄花香满衣

锦乡春足软风飘，百和幽芬透绛绡。折得盈怀闲自玩，嚼成和唾染来娇。韩冯误作芳枝绕，荀令应嫌沉水焦。莫讶世间无鹊脑，蜀罗花气更魂消。

和袁海叟八新诗

新　烟

拂草看犹浅，凝花放自迟。朦胧塘外路，似雨欲晴时。

新　草

春回碧玉绽，雨过紫苞穿。莫惜柔芽浅，汀洲半似烟。

新　蝶

乍破庄周梦，娇魂出绣帏。寻芳怜翅弱，只向短墙飞。

新　燕

春半泥初软，花飞又一重。卢家何处住，故垒在堂中。

新　柳

短丝难系马，嫩色远侵池。少妇愁初日，行人试折时。

新　莺

啼处音犹涩，飞高若自惊。花间学唤友，百啭待全声。

新　月

云净天如洗，纤钩近暮移。妆台何事懒，只画一边眉。

新　水

一夜雨初足，苔花记涨痕。锦鳞知得便，传信慰离魂。

夏　日

红粉何当作晓妆，辘轳修绠忆寒浆。胡香成烬金猊冷，湘簟凝波玳瑁凉。碧树影圆人昼寝，石榴花发日初长。沉沉兰室无消息，海燕时时到画梁。

秋　闺

欲将心事祝婵娟，愿得闲云去莫旋。慢过阶前花影细，忽当帘额浪痕鲜。星星香露鸳鸯泣，泠泠清商玉兔怜。为怯空房归不得，踌躇倦倚小栏边。

题医宜斋次黄皆令韵

幽人一亩宅，烟景异尘间。云影沉清水，泉声落近山。金鹂穿柳去，玄燕拾花还。过客徘徊处，应怜半日闲。

啸雪庵题咏

茂苑吴绡冰仙

题梅花倒挂扇

最爱横斜月观枝，合栖丹穴凤凰儿。不嫌黄雀偏巢处，绝胜青禽入梦时。蕊迸藻珠衔自得，花飞昆玉叫来迟。箫声谁作秦台曲，落尽冰魂世不知。

翠鸟画扇

脉脉幽香偏破腊，亭亭粉艳独凌寒。飞来翠羽枝头坐，正是初晴日半竿。

画 梅 花

春回腊尽见琼姿，蜂蝶迎寒总未知。最是风前易惆怅，两三疏朵雪晴时。

匀铅捣麝占春先，应讶东皇事分偏。频看莫辞罗绮薄，飞来犹自可人怜。

墨　　梅

懒将腻粉写香腮，洗尽铅华一树开。蕊密只疑篱下发，影寒如向梦中来。盈盈艳笑从人意，落落高枝未许媒。静掩孤山谁作伴，瑶琴纸帐独徘徊。

只凭烟墨长根荄，密处休教重粉堆。却月观前应最似，一枝横影落香阶。

雪中山茶

海上仙宫似贵家，朱颜流眄烂朝霞。瑶簪堕影轻寒辟，广袖阑风锦帐斜。媚脸凭消胡粉靥，春痕微破守宫砂。朝来判取量颜色，香重红绵渍木瓜。

杏　　花

自是繁开却澹然，一枝和醉向风前。黄莺啼处无人到，宿雨淋漓晓色鲜。

黄 蔷 薇

嫩黄和粉笑时迟，朱援轻抬一架丝。大似姑苏台畔见，绣楣闲倚病西施。

茉　　莉

绰约新妆欲晓时，故将清露洗凝脂。天公应是修明月，白玉玲珑坠满枝。

兰陵初第写草花寄之

红紫江南到处盈，平田陂岸最关情。高楼妆罢残香粉，点染分明寄玉京。

谁道仙郎不忆家,马蹄征踏杏园花。红闺阶下君应记,烟里玲珑几片霞。

望断长安辇上人,马头何处见行尘。深居点缀闲花草,不及崔徽解写真。

可爱繁枝不得名,春风满纸枉盈盈。京华君到看花日,闲纵骊驹何处行。

相思鸟

南粤春残花未残,羽衣深暖锦成团。佳名莫与离人说,彩色惟教绣女看。丹实啄来妃子笑,素枝衔去楚臣叹。霜缣拟写相思态,应为伤心下笔难。

莫闻名字便辛酸,绣翼相偎足自欢。岭月交呼烟漠漠,蛮花双坐露团团。琴中只似朝飞雉,镜里应怜独舞鸾。惆怅天涯人不到,几多情思向丛兰。

题兰

深谷埋沦郑国香,纷纷蜂蝶笑空忙。淡烟低拂春愁重,弱管闲评幽思长。

紫兰双蝶

紫烟初放日迟迟,花气迷人系所思。羡却韩冯双化魄,抱香稳睡在新枝。

荷　　花

薰风物色到池塘，竞榜轻舟趁晚凉。一朵波中红彻底，碧琉璃内见新妆。

新 荷 叶

洛浦芳音新翠卷，嚏风暗拆障红蕖。从他波浪终连藕，更看双双比目鱼。

锦边莲倒垂

风送凝酥隔浦香，温泉腻滑雪肌凉。侍儿报道君王到，倒掩鸾裾出浴忙。

虞 美 人

为爱残春一夕开，艳歌声里舞腰回。翠钿自映莲花血，争遣韩冯冉冉来。

艳魄沦江岸，芳英吐绛罗。凌朝风露里，如恨楚人歌。

忘 忧 草

柘黄抽嫩干，浅绿发新芽。离恨方多绪，空看一树花。

畹兰应自避风流，嫩笋含滋小叶稠。软碧轻黄空漫砌，不知何处解忘忧。

画蔷薇十二红

消息春归十二红，春痕微透粉光融。偏开两靥胭脂软，轻减双蛾石黛浓。乍展芳心含晓露，半垂娇力弹东风。丹青自古传周昉，彩笔殷勤惜未工。

双　　蝶

韩冯夫妇两魂狂，来往阑前亦自忙。好日试调妆粉腻，春风新绣舞衣裳。餐多芳蕊须犹酽，睡稳花枝梦亦香。自与何人透消息，等闲飞过宋家墙。

画　　扇

弄墨匀铅意已慵，强将枯笔代春工。柔条日射胭脂瘦，嫩瓣霞含腻粉融。飞蝶似随庄叟梦，亚枝如带楚王风。量来莫讶工夫少，只被催成色未浓。

海棠双蝶

越中妖艳蜀中香，疏雨晴烟总断肠。满脸慵来应是睡，好凭蝶梦借高唐。

海　　棠

带笑含啼倚醉妆，风前如倦惯佯佯。蜀儿只爱芙蕖色，不把文君比海棠。

白　　燕

如玉双双透琐闱，镜中斜见粉依稀。西施舞罢春衫冷，道韫诗成柳絮飞。影过杏梁朝日淡，梦醒巫峡片云归。梨花庭院无人到，不是开笼放雪衣。

绯　　桃

桃叶桃根旧赐名，想应花下赠卿卿。轮回天上仙人种，暗度人间客子行。似血千行啼别泪，如酡双靥笑风情。长教洗面呈光悦，好和三分白雪英。

夜　　合

胡香熏不歇，荆玉净无瑕。愁见娇房敛，庭前白日斜。

玉　　簪

虚脆难胜手，枝枝嫩玉稠。汉宫如见采，应得近搔头。

秋海棠

花发珊瑚蒂，微红着粉腮。夜深娇不睡，须待月光来。

百　合

一干双头粉项低，玲珑山石草初齐。美人正忆辽阳信，不觉栏前日又西。

优昙花

琉璃地上长根芽，摘得仙家片片霞。只有香风生碧落，休教丽色点袈裟。机边锦段星娥样，步底金莲鹿女花。兜率宫中曾散处，梵音清彻听频伽。

蛱　蝶

浅粉浓朱尽似飞，双双蝶影拂枝归。韩冯夫妇芳魂在，泪血殷凝欲染衣。

小阑干下蝶翩翩，淡色轻香几朵鲜。莫道忘情似庄子，梦魂何事到花前。

栩栩摇花板，亭亭立小丛。青陵台下见，人道是韩冯。

题鸳鸯画扇

浴罢花溪交颈眠，晴沙春暖梦初圆。汉宫曾共依珠树，秦渚相将弄碧烟。飞向锦机成艳匹，栖来绣帐足良缘。白头愿遂堪珍重，何处蓬莱更羡仙。

相思鸟癸亥关中作，有引

相思鸟，出自关中，人不多见。余幼从家君远宦，睹其五色灿如，飞必连翅，宿必交颈，意即所谓比翼鸟也。喜而携归，偶为鼠所伤，其一存亡，悲鸣不食而死。余甚异之，因图其并形，以次记题焉。

宋王小史是多情，未及相思绣羽盟。明月交眠怜一影，春风相唤听双声。荔枝香冷魂俱断，兰茎琼抽梦合惊。驯扰红闺牵别恨，闲将彩弗记佳名。

其二吴门作

春风好鸟号相思，回合殊翁宿锦枝。密语莫教双燕妒，幽情只许两心知。疑分花影频相顾，为怯云罗不暂离。何处荔枝香远送，故园回首不胜悲。

梅花帏十绝

霜雪精神铁石肠，南朝赋格未相当。夜寒独伴横枝卧，斗帐私闻玉骨香。

一片冰心绝绮尘，幽芳清韵是天真。孤山风月吾须友，肯逐凡芳委俗人。

疏枝联幌月铺茵，清影寒香笼玉人。一枕罗浮春正美，生憎翠羽唤声频。

影随柔翰带烟开，馥馥冰魂侍寝来。怜我独眠容作伴，休教纸帐近风埃。

秋窗梦觉月胧胧，纤薄齐纨望若空。好似凌风台畔见，浑身苔粉素烟中。

珠离玉缀几枝回，正是天明半欲开。一道月光寒不动，透帘应有蝶飞来。

剪绡零碎玉痕轻，风动香寒觉梦清。闲傍枕函思往事，松林残雪忆西陵。

满眼冰霜发较迟，陇头相寄最相思。自怜瘦骨春来病，闲倚薰笼看折枝。

波纹风荡水溶溶，粉腻香愁四体慵。自与东君通信息，不将颜色惹游蜂。

疏影斜柯冰簟凉，清宵想傍玉肌香。晓寒欲起浑无力，四面烟云覆海棠。

画扇寄兰陵

异种名花露下鲜，丝丝藤蔓更相牵。昭君冢畔霜中草，鹿女窗前旱地莲。宝带可怜金片小，罗囊争忍紫苞妍。画成持寄章台客，莫爱乘鸾向碧烟。

兰

幽谷青青会见埋，几时芳气入君怀。琴中弹得心应解，莫遣飘缨挂凤钗。

菊

剪剪西风拂晓来，散金攒玳一时开。南山山下东篱畔，低采何曾泛玉杯。

蔷　薇

接地盘空一架红，碎霞凌乱日曈昽。看来忽忆隋家事，蜀锦帆开绿树中。

墨　梅

盈盈愁怨正含思，日薄烟凝玉一枝。好似梦醒明月夜，粉墙斜映影参差。

佛手柑

拂拂摇香欲袭裾，千头空唤李衡奴。柔枝倒挂垂秋露，却似观音弄宝珠。

腊　梅

丛丛依淡日，拂拂带微霜。檀注深含紫，凝膏透着黄。兰芳饶作佩，菊浅称为裳。借问宫中女，何如额上妆。

白　菊

细叠齐纨素，轻明不染黄。最宜葱指摘，偏入玉杯香。鸳瓦新霜薄，罗窗隙月光。梅花争比得，犹自带微妆。

山　　茶

重绿经冬叶，深红映日花。渚莲须错落，丛桂影交加。檀注应难比，猩裙漫自夸。子瞻怜鹤顶，最喜不夭斜。

题画扇

曾见南朝画国娃，罗襦细点贴明霞。香钿受露盈盈敛，腻靥临风一一斜。庄蝶粉轻应有梦，沈郎钱小自堪夸。洛阳繁盛今应在，几种秾芳似此花。

野蔷薇

浅粉轻红漠漠香，纤钩绿带不禁长。东邻永日窥人处，无事遮伊宋玉墙。

菊　　花

一种迎霜自出尘，篱边颜色百般新。陈王不爱凡桃李，独把秋芳比洛神。

紫　　薇

紫禁投签夜正迟，碎红星簇满高枝。莫嫌温树无人识，曾见仙郎起草时。

梨花白燕

翩翩如玉踏银钩，春入梨云晚景幽。白纻舞馀西子卷，齐纨裁出汉宫秋。月明帘幕孤烟冷，雪暖池塘乱絮愁。谁系红丝心自切，伴人长叹在高楼。

优昙花

写出西方锦一枝，钵中移到未为奇。最宜天女飞行处，乱雨如来说法时。色重若花春日暖，香生薝葡受风迟。谁从教外传心印，微笑拈来意自知。

青鸟海棠

朱鸟窗中见阿环，便回双翅返昆山。海棠枝上因何立，应有人间别往还。

梅花

拥袂朝寒怯，来看已较迟。玉销初落处，珠绽欲开时。香重魂先觉，云深梦自知。何言冰雪骨，依暖发南枝。

鸾

翡翠毛衣赤玉冠，飞飞闲啄碧琅玕。女床树冷栖休稳，汉殿香沉去自难。舞影频回明月窄，箫声远隔紫烟寒。双成曲罢仙郎醉，良夜堂前几度看。

百　　合

檀心玉骨是谁知，一晌含毫忆所思。静院无人香寂寂，小阑春锁粉离离。双头背笑争开处，一朵倾身欲顾迟。晓月带烟妆黯淡，白人惆怅怨微之。

红　　梅

点点深红色，南枝映日光。应嫌秾李淡，自是海棠香。巫女含轻怒，昭阳带醉妆。天然标格在，犹得占年芳。

梅花赠尼

静里休教冷似灰，蒲团消息一阳回。南枝解报东风信，试问春从何处来。

锦　　鸡

弱蔓低垂锦翼栖，自缘名好占芳蹊。云鬟钿朵娟娟堕，罗袖金泥点点齐。海客只能携汉石，楚人虚道进山鸡。五更风雨藤萝重，待尔殷勤犯晓啼。

木　　樨

捣麝成芳朵，倾苞似撒金。临风香袅袅，含露夜沉沉。皎洁宜秋爽，凄凉怕晚阴。留枝赠佳士，黄雀莫相侵。

草　花

石濑浅浅贴嫩霞，珊枝玳叶影交加。水神只为承罗袜，细剪金钿照浪花。

茶　花

小树交加发粉葩，绿旗犹未展新芽。仙山石瘦生香涩，百草前头第一花。

洛阳蛱蝶

小红鲜碧向东风，斗鸭阑边乱石中。花影不知春欲去，韩冯应道太匆匆。

金丝荷叶

透网珊瑚出小枝，阑前石罅见红丝。暗藏蟋蟀吟秋夜，稳坐鸣蛙叫雨时。映草长来香簇簇，和苔生处碧离离。低窗月下墙阴冷，数点田田只自知。

荷　花

纤茎苒弱醉颜酡，洛浦亭亭出绿波。错采不禁朝日照，深红偏爱晚霞多。香生腻粉凝丹颊，泪溅圆珠湿茜罗。飞起鸳鸯一双去，塘边谁唱棹船歌。

石　榴

红罗簇簇碧阑前，正是轻衫入夏天。深避春风缘底事，当时来晚为张骞。

桃　花

更无言语向春开，漠漠轻红染粉腮。谁识秦人避秦处，不知迷路为君来。

海　棠

可似朝阳酒困时，春风乍暖欲开迟。烟啼露泣无人见，惟有纱窗明月知。

梅　花

冉冉轻苔细细烟，前郊一夜百花先。育长影好霜铺地，道蕴诗成絮满天。窗外不禁斜照暖，檐边乱笑受寒偏。周秦何处曾相识，月地云阶见洞仙。

榴　花

莫恨花时不及春，愁闺对此倍伤神。自从五月初开后，直至深秋不见人。绿地细铺机上锦，红苞轻绽镜中唇。犹胜紫陌闲花草，只逐东风马上尘。

梨花双燕

雪压高枝一燕穿，深沉院落淡风天。方诸有泪嫦娥泣，胡粉成霜弄玉眠。好梦醒时云暖暖，凝魂无主蝶翩翩。诗中隐语须回避，离恨于今已隔年。

芙　蓉

江上秋风木末花，池边篱下是谁家。西施舞罢杨妃醉，粉脸低垂片片霞。

红　梅

朵朵胭脂早日中，浓香偏爱逐霜风。孤山居士高栖伴，闲倚墙边学傅红。

栀　子

纷纷脆玉露精神，香惹罗衫月下新。一朵同心何处好，萧娘曾道最关人。

题画屏花鸟

鸟曰吐绶。余数岁时，从先人宦游闽海得之。颔下垂五色累累者，时舒时卷，舒则烂，其盈几光灿陆离。武安署中偶写以追昔游。

红雀风里耸翘冠，若若胸前锦一团。花下立时还自爱，烟中飞去独矜看。昌容草染朝霞嫩，阿母桃开海日寒。底到丹山朝凤鸟，偏垂重绶押鹓鸾。

往时，余里李侍郎御按海南，携双孔雀，作红楼三十级居之。咏以志物，匪敢俦边鸾五图也。

频称都护带南音，独闭朱楼万里心。舞处自饶花作毯，妒时休着绛为襟。蛮风雨湿愁金重，瘴岭烟寒觉翠深。公子画来应最惜，银屏烛影夜沉沉。

鹭　鹚

芰荷风里片云轻，影落澄江水面平。玉翮缡褷当草立，素丝悠飏怕鱼惊。鹔裘漫贳相如酒，羽服曾闻缑岭笙。露下白莲香动处，只应相对两盈盈。

兔

穿云映水见精神，争爱微凉夜景新。兔隐素毫常捣药，桂欹斜影欲撑轮。云为阶砌偏宜舞，霓作衣裳自有人。稳宿枝边双翡翠，清光错认是侵晨。

野　鸡

出没青林百草腓，渐渐梦垄斗踪稀。广场漫自矜冠距，阿阁曾怜借羽衣。镜里几回看独舞，琴中何处听朝飞。如皋一发佳人笑，闲把笼媒意气归。

鸳　鸯

水纹如画藕塘边，锦翅双双惯并眠。极目琉璃归远浦，一身金翠罩轻烟。雨穿荷叶珠光溅，香唼浮萍钿点圆。底事莫愁乘两桨，惊飞还逐木兰船。

白　鹇

浴水眠沙骨格清，月中霜下转分明。鹤翎匀簇冰花冷，鸾尾长垂翠点轻。玉树歌阑张贵嫔，琼田舞罢董双成。闲来水畔亭亭立，相顾忘机底性情。

鹤

丹沙成顶雪毛衣，亭立应疑甲子非。警露唳清曾破梦，凌云翮健待高飞。溪边断岸松为径，堂北清阴竹映扉。步啄徘徊闲处所，主人犹是见来稀。

凤

五色离披海日光，九雏天上自相将。昆山宿处琼枝滑，丹穴归来竹实香。舞翼如干常翙翙，歌声应律惯锵锵。高台傅粉秦王女，玉管偏怜一曲长。

槿　　花

幽客篱边不惹尘，风前露下绽香唇。雪遮罗袂当巫岫，日射朝霞见洛神。烛下花生宵醉重，台前粉薄晓红新。妖姬敛笑深宫晚，虚裂丹缯为甚人。

题梅花倒挂扇

疏影低横带月笼，寒香轻溢锦笺融。疑倾合浦珠盈寸，似种蓝田玉满丛。乍碎冰魂怜绣幕，斜行粉泪背春风。绿衣自对芬芳语，好诉离居向梦中。

人面桃

风中能笑露中啼，脉脉无言日又西。千岁枉教波浪隔，人间一夕已成蹊。

白　　桃

缃核初来阿母家，瑶池千岁始如霞。人间地薄无颜色，却向仙源作白花。

绯　桃

开年仲月百花新，仙树酣红照路尘。浥露随风君莫恨，曾经狂煞曲江人。

并头莲

并照芙蓉影，双双似镂金。连生一枝藕，苦抱两边心。丝系湘波阔，珠抛汉渚深。圆荷难作镜，共掩翠罗襟。

鹰

万里抟空敌海鹏，彩绦联系教来成。风吹朔气翎新足，霜肃高穹眼乍明。豪客自修花架养，王孙曾看锦鞲擎。朝来试猎金铃撼，血洒平芜燕雀惊。

题梅花画扇

一回春信到天涯，微笑檐前半面遮。莫爱粉浓偏暗淡，最怜影瘦欲横斜。当寒更觉香生雪，瓶怒何曾颊衬霞。谁道广平词赋好，不将心铁咏梅花。

海棠十二红

春温娇丛暖欲融，仙禽梳羽出花中。绣衣齐剪排殷点，醉靥微回怯晓风。须遣梅花亲国色，莫教孔雀妒深红。朝来珠露沾香朵，泪洒胭脂讶许同。

落梅闻香鸟

浓日和风景色赊，春光消息在天涯。翠妆汉殿窗中鸟，玉点秦台曲里花。倒挂轻身香处住，闲抛瘦影月中斜。洛阳一片还如雪，衔到城西第几家。

梨花虞美人白燕

嫩白深红雨后多，一双如玉暂经过。施朱应自能窥宋，傅粉都来不姓何。掌上只矜皇后舞，帐中曾听楚人歌。帘前相映依稀见，却啄香泥上旧窠。

老　　梅

春回地底动芳根，红日东南晓色暾。乍长碧条添瘦影，渐看珠蕊迸皴痕。霜寒老干疑侵骨，香入枯株似返魂。好作仙槎浮汉水，一枝犹可赠天孙。

梨花白燕

曾向钗头仔细看，陈宫琼树已歌阑。银河浪浅霓裳薄，洛渚风回雪影寒。满院残春香漠漠，一枝和露月姗姗。卢姬最妒花间舞，深下珠帘欲进难。

青莲花

帝青颜色妙莲华，香水河中植宝沙。为是法王随处雨，仙仙一朵落侬家。

牡　丹

翠幕秾春已十分，笼烟飐月醉氤氲。楚台赋就云为梦，汉殿仙归凤作群。锦段织来何处寄，胡香窃得与谁熏。江淹彩笔多新句，应道阑中露有文。

十二红

低首梳翎向晚风，春从烟湿住花中。惟应孔雀偏相妒，齐剪匀排十二红。

白牡丹双蝶

淡烟深锁一阑香，露态犹含晓月凉。栩栩只应怜国色，粉衣轻惹额边黄。

草　花

无言带笑似凝思，深浅高低各自宜。蝶魄含愁春欲去，莫将花信报伊知。

桃　李

二月东风正暖时，成蹊何处最相宜。汉宫邢尹当时意，相对无言各自知。

芍　药

乍破香苞露脸新，宣城何处赠佳人。晚来烟雨须频护，斗鸭阑前已暮春。

荷　花

浪说齐宫步步生，秋风湖上最盈盈。根连脆玉和丝瘦，叶溅圆珠带泪倾。赪鲤挟书穿影戏，文鸳双睡触波惊。江妃晚起朝妆懒，镜里斜红半未成。

朱藤花

步障缘山尽紫丝，临风映日自低垂。莫言袅袅浑无力，待挂高松百尺枝。

邻姬持绣花裙六幅索题遂为赋此以塞白

牡　丹

簇翠笼烟点缀新，越罗香软露华春。谪仙不咏昭阳燕，只解将伊比太真。

木芙蓉

胭脂红冷怕风吹，半醉和眠笑靥回。应是采莲人去后，更留香影水边开。

兰　花

风绽幽姿露洗妆，纤纤弱态怯秋光。红闺尽日闲无事，绣出骚人九畹香。

水　仙

浅碧罗襦袜起尘，盈盈波上见仙真。瑶宫贝阙风应好，雪乳吹来点点春。

梅　花

轻风动处暗香飘，几夜春寒雪不消。瘦影一枝和月照，横斜欲坠似纤腰。

荷　花

江上秋风发艳姿，渌波欹处半酣时。清芬仿佛烟绡薄，楚楚纤钩岁岁宜。

咏菊十种

月下西施

吴宫鸳瓦新霜薄，愁损宫腰一尺搓。月底羞容看不足，夜深应听采莲歌。

纯　白

细叠齐纨雪乳葩，仙姿明媚绝尘华。骚人莫把江梅比，秋月春风各一家。

淡　黄

一种迎霜淡出尘，篱边初绽色偏新。青腰不羡凡桃李，栗色生香似玉珍。

状元红

宫袍簇簇赐仙郎，沉醉瑶林茜锦章。莫怪渊明偏见好，秋光此日胜春光。

傲　霜

凌霜欺露嫩鹅黄，秋老东篱更觉香。清艳自怜人莫比，玉妃初作道家妆。

猩　红

炼得丹砂散作花，海风吹落缀山家。娇娃竞讶胭脂熟，浪摘芳英染素纱。

醉杨妃

秋波横映玉容酡，欲舞霓裳奈懒何。笑倚君王低索睡，月斜宫漏半宵过。

檀香球

百和无缘近佛前，真芳空色静如禅。谁将修月吴刚斧，借与金商琢得圆。

桃核色

白种秋芳各有名，此君未识却难评。色偷香核新堪爱，雅比澧兰更有情。

晓霞妆

夺春剪彩娇难比，婺女针神绣出非。玉腕晓妆霞作式，谩疑如意佐宫妃。

画绿牡丹

钿痕浅粉拂花新，一种清鲜嫩曲尘。翠幕影笼春淡淡，绿波光动月粼粼。改妆定有深机在，避艳还应蓄意真。若向沉香亭畔种，浑身全似昔时人。

浣水丰神带晓烟，搓成嫩柳舞腰妍。可容碧玉风前艳，只合方诸露下鲜。色浅荷裳非楚制，香浓兰佩却天然。青青无限王孙草，不学齐宫步底莲。

铜 雀 伎

霸业山河在，三台不复春。当时望陵处，松柏亦成尘。舞袖闲云薄，红颜野草新。惟闻王子敬，曾道最关人。

题铜雀台

漠漠西陵草树荒，两朝孤寡恨兴亡。曹公大有英雄处，不许袁家作帝王。

豆荚花题画扇

晓风浓露湿游尘，碧玉初成小荚新。最忆紫苞香绽处，陌头惆怅送馀春。

题画折枝梧桐子

未作秋琴思有馀，嫩香轻惹翠罗襦。凤凰栖处声偏好，微雨潅潅滴乱珠。

题　　画

赤城霞片片，玄圃玉枝枝。颦笑全无定，秾纤各自宜。纷披朝露重，恍惚晚风吹。瞥见霓裳舞，还惊剪彩嬉。琼楼倾艳质，铜雀妒妍姿。春入清平调，香生雕佩辞。偶然耽弱翰，莫作化工期。

梅　　花

汉殿香销帐落梅，飘零无复向春开。香魂莫待招魂赋，自到罗浮梦里来。

芍　药

小谢阶前草，翻翻自任风。何当溱洧上，揽取一枝红。

梅花白团扇

素魄含清影，摇风发暗香。可怜班女意，自斗寿阳妆。折寄行云使，怀为堕月郎。不愁箫里落，只怨箧中藏。

桂花团扇

印月裁纨素，迎风点粟黄。昨宵广寒殿，乍发一枝香。

灯　花

曾将喜信报卿卿，敛拜台前最有情。绛蜡飞香双蕊拆，银盘和泪一枝轻。漏声滴处纤红爆，舞影回时采晕生。可爱镜前妆堕烬，新妆添得远山横。

秋　意

相如绿绮秋弦急，霜侵树影寒蛟立。塘水泠泠湘佩清，遥山翠淡巫娥泣。啧啧虫吟四壁空，千金赋得长门宫。含毫思苦朝来渴，病骨生香蜀酒浓。

晓　帏

梦里鸳鸯妒晓莺，唤来无睡海棠惊。城隅日射罗敷怨，绮阁朝新江总成。豆蔻春风残力困，蕙兰吹咽语音轻。闲凭深浅量花色，催整新妆又懒生。

题　扇

秋红乘日影，凤子自双双。粉蛾何事意，只解赴银缸。

优昙花

纤纤琼叶谩交加，西国迢迢万里赊。何似素娥夸桂树，空教阿母种桃花。法筵散处重重雨，天外飞来簇簇霞。一笑如来缘底事，风前不遣点袈裟。

没地飞空万朵芳，缤纷如雨梵声长。莫教千色毫光里，染着袈裟一点香。

谁见金仙说法时，羽衣天女满空飞。纷纷花雨云中堕，静色灵香不染泥。

秋　雨

银灯红惨夜沉沉，雨滴空阶泪滴襟。楚客惜离悲独处，茂陵多病费长吟。愁淋剑栈寒声撼，梦绕高唐暮色侵。江上伤心还极目，萧萧恨血湿枫林。

桃花青鸟

爱得嫣姿点点凝，羽衣独立有名称。墙头溪畔寻常见，傅粉施朱两不胜。风里繁枝千靥笑，水中闲浸一壶冰。花源几被渔人识，飞引仙舟入武陵。

栀　子

纷纷脆玉露精神，香惹罗衫月下新。一朵同心何处好，箫娘曾道最关人。

杏花黄莺

淡荡春光二月中，名花无处不相同。玉清醮罢仙衣澹，西子歌馀酒态融。润色最宜当晓露，和声偏趁逐东风。文君机上分明见，一双金梭万点红。

杨　柳

袅风拖雨力难支，镇日池塘属阿谁。早逗春光舒媚眼，长垂舞带逞柔肢。永丰荒谷新移种，灞浐行人旧折枝。最是藕花藏比翼，三眠三起少人知。

题山水图

丹崖苍岑玉磊砢，青云紫雾深凝琐。峰头卧虎没金髆，涧底眠龙抱珠颗。瀑布虹悬千仞馀，碧溪如縠周回逻。悠悠日月仙人家，篱边乱落琪花朵。阴浓灌木影参差，烟深丛竹青婀娜。古寺疏疏度远钟，箨风叶雨秋声夥。

咏燕十首

水阁池塘触处通，轻身高下趁东风。柳绵如雪花如雨，衔取春光入梦中。

陵谷千年几度移，苏台麋鹿草离离。西施舞处伊曾到，应识当时金镂楣。

春暖泥融日正长，珠帘高卷郁金堂。莫言远志惭黄鹄，谁得如伊住画梁。

认得雕檐却又飞，双双自逞好毛衣。春闺人病谁相伴，应倚阑干待尔归。

似袍春草满芳郊，拂掠风中觅旧巢。忘却卢姬曾住处，频频双语立花梢。

玉堂春暗绿霏微，软语差池出锦闱。衔足香泥花径晚，半拖红雨绕帘飞。

绰约腰身占汉宫，昭阳花落雨溟蒙。须知掌上闲来往，会向高台学避风。

长日无聊散又偕，柳风花雨夕阳阶。双双掷影妆楼外，拟上佳人白玉钗。

剪剪风中贴地来，深沉院落小身材。黄姑一别无消息，空带飞花拂镜台。

南塘风急雨初斜，香口新泥带柳花。觅得旧年栖稳处，可怜犹在莫愁家。

题秋景图

溽暑初收白露横，长天明净早凉生。塘边日照秋容醉，原上风清好鸟鸣。点缀幽光供韵赏，相将物色共含情。丹青只合安仁赋，未许多愁小宋惊。

啸雪庵新集

茂苑吴绡冰仙

十二月乐府词并闰月

正　月

嫩云澹澹开空碧，排冰冲雪春无力。迟光添色射帘花，丰玉痕融贴瑶席。鸟语惊眠晓烟里，绣幕罗屏花娓娓。佳期消息在新年，鸾镜红生小姑喜。谁写宜春帖锦楣，冷金星涩桃花纸。

二　月

轻风疏雨收寒早，白门柳带拖烟草。氍毹花暖细腰慵，燕睇雕梁巢未了。韩冯梦重粉翩翩，桃蹊李径暗相连。潘车果满归辕晚，古陌尘香寒食天。

三　月

风吹乱絮云盈盈，花靥粉墙围笑声。中园美人歌扇薄，金蹙夹罗香汗轻。烛泪堆盘夜来宴，华堂缨绝谁相见。脉脉娇魂殢不归，蜂语枝头香几片。红迎日影花满腮，画屏翠幕烟波开。陌上城南采桑路，朱轮辗处添青苔。

四　月

生罗画团扇，兰堂白日长。锦箨堕初�，开帘腻粉香。风起蔷薇红簌簌，远山愁翠堆秾绿。南塘双桨闲不归，田田细点清波鼍。

五　月

小口银瓶泻轻绿，寒影花生濯纤玉。细葛如烟湘簟清，香湿红绡睡新足。彩丝系臂当佳节，塘边古柳新蝉咽。园葵垂叶庇芳根，当花朵朵凝猩血。

六　月

鸳鸯瓦热尘如梦，青楼日射琉璃缝。若花秾色火乌慵，桃李芳阴圆不动。着体轻纨踏节人，胭脂衬肉垂鬟重。金屋薰风夜饮凉，冰壶玉冷寒浆冻。

七　月

鲛丝澹如水，草草天将曙。云海不成峰，微凉吹碧树。芙蓉倒红影，赪鱼鳞鲅鲅。渡头桃叶晚归来，双桡珠溅横江阔。

八　月

磊落疏星天宇阔，红桂香寒蟾兔活。广庭如雪展朱盘，华筵中酒哀丝发。阿侯兰室香浓处，月到花梁燕初去。绮帷影薄减银缸，意惬新凉天未曙。窗中碧叶露团团，一片巫云暗相遇。

九　月

风卷乾红积如扫，水清石秀寒生早。骊歌何许送行人，鸿雁一声天地杳。孀闺愁卧掩云屏，斜日空庭梦未醒。塞深草白魂迷处，昭君冢上还青青。

十　月

霜干叶欲尽，平林森似束。微暖有花开，爱景明初旭。雁声何处去，征人望寒服。好忆寄衣人，寸寸烧红烛。

十一月

香暖毾㲪红，金壶桑落浓。玉匙开锁通新客，朱门戟带吹严风。锦袍分缝花枝整，长袂双双拂娇影。曲房深密后园闲，一夜霜痕合金井。

十二月

浊波冻合黄河曲，丰狐夜走尾独速。北风吹面客裘单，百石强车辗寒玉。短日萧萧人草草，霜生翠鬓朱颜老。平云千里散盐飞，一枝破腊香生早。

闰　月

羲和不住嫦娥老，晦朔参差数阶草。残寒剩暑为谁迟，斗柄徐回天杳杳。莫留欢乐待新年，东风偏惜春来早。

秋　声

八月风清残暑收，平沙铺月雁南指。蕉破荷稀兰叶黄，商声杀杀林中起。古来何物最悲人，三峡啼猿朝飞雉。争似秋声解断肠，刻骨霜刀射心矢。此声不入锦筵中，此声不到罗帏里。酒浓香重总不闻，声声偏入羁人耳。文犀枕冷梦魂孤，揽袂开帘闲倚徙。鸣蝉呕轧蟪蛄吟，泼剌惊乌飞不已。别有无声似有声，切切幽幽心欲死。吾心不为别乡关，吾心不解悲罗绮。一片伤心万种思，自怜薄命如秋水。

感　时

幽兰叶青青，朝槿花烨烨。槿艳不崇朝，兰芳常在箧。客有感时者，为作兰槿篇。兰以喻幽贞，槿以比媚妍。媚妍多所宜，顾盼自生姿。娇喉歌宛宛，长袖舞迟迟。傍人交口称，谓言绝世奇。非徒逞颜色，亦得掩瑕疵。幽贞徒自怜，肠车恒辘辘。岂虞紫夺朱，宁知黄避绿。古者重同心，时人矜悦目。慷慨日悲歌，聊持写心曲。朝槿植庭前，幽兰委空谷。

邯郸篇

吾来平干中，春风花簇簇。俄然入穷冬，日月一何速。西风揭地来，树影相催促。邯郸吕翁庙，荒祠闭古屋。当年范阳生，三十无寸禄。徒尔握隋珠，无人剖荆玉。裋褐走田间，往来空仆仆。邸舍值吕翁，方瞳碧双目。堂堂好须眉，谈笑欢方足。忽然气冲襟，自嗟还自恧。吕翁顾之哂，子生何自局。但令投枕眠，莫忧尘土蹙。魂交若有睹，幻境纷倚伏。拂衣谢蓬茅，缔结连名族。仆马生辉光，声名渐芬馥。淡墨署黄纸，迁莺出幽谷。得意马蹄轻，看光曲江曲。释褐得畿尉，一麾驱丹毂。试问尔何功，凿河通漕粟。瓜沙烽候警，天子思颇牧。双旌引黄钺，车骑何烨煜。妙画开穷边，天骄尽崩角。归来坐中书，君恩正优渥。一旦遭贝锦，苍蝇玷贞玉。低眉狱吏贵，抢头将相辱。幸免李斯诛，难辞屈原逐。辗转赴炎荒，忧来泪相续。天道有回环，人理往必复。还君政事堂，四海争瞻瞩。三垣平泰阶，四序调玉烛。同心萧与裴，相得犹兰菊。玉树罗庭前，煌煌绯与绿。倏忽五十载，得丧何翻覆。拭目欠伸时，霍如蝉蜕壳。斜光穿隙明，黄粱炊未熟。妻儿与富贵，都知不相属。奋身尘网间，高举追仙躅。吾观开元时，姚宋秉钧轴。中外多清晏，农桑有馀福。俄然林甫贵，倏闻国忠戮。迄于天宝末，苍生罹祸酷。贤奸同一梦，谁似卢生觉。人生欲无厌，假物以充欲。外物际无穷，浮生常碌碌。辟如蚕吐丝，纷纭自缠束。嗥呓役为王，扰攘蛮战触。恍忽周为蝶，低迷蕉覆鹿。至哉古人言，饮河惟满腹。不劳炼八石，不劳断五谷。但悟梦中身，便上神仙录。咄彼当权者，区区何数数。为作《邯郸篇》，愿君时见读。

题香月舫

只尺壶中地，幽居是所宜。仙枝香蔼蔼，碧月影迟迟。琪树藏莺密，名花带蝶移。低墙围粉色，轻幔惹烟姿。庾信鱼成寸，王恭柳吐丝。盆梅横写影，庭草碧含滋。宛转通兰阁，迟回绕翠墀。氤氲花气袭，萧瑟竹声吹。阁小唯容膝，窗虚称画眉。蜀琴清素手，鄂被拥凝脂。岂止容桃叶，犹堪舞柘枝。传筹抛小令，刻烛课新诗。西母桃留核，馀杭酒在卮。镜鸾金掀擨，筝雁玳参差。招隐还成赋，抽毫漫进辞。仙村迷不远，洞府到堪疑。宿雨声飞夜，朝风欲起时。未须兰作楫，只合绣为楣。梦绕江南处，烟云去不知。

题燕寝凝香楼

何处神仙宅，楼居燕日长。玲珑开碧幌，宛转抱斜廊。星汉临兰牖，虹霓压杏梁。游鹍飞不逮，高雁过应妨。丹嘴当窗唤，乌衣绕树忙。楸空光肃肃，槐密碧苍苍。画障禽名孔，翻阶蝶姓庄。漆笼湿宿火，椽腊耿宵光。坐啸时多暇，鸣琴夜未央。对谈棋列阵，小饮酒成乡。书去回青鸟，箫清待紫凰。颂椒初得句，联絮乍成章。霞袂留仙襞，莲冠学道妆。蟾栖怜月迥，鹤路羡云翔。辽廓如堪问，青冥岂可航。无劳还吊古，铜雀倚清漳。

异梦篇

《关雎》美后妃之德，《诗》三百篇，房中之乐为鼻祖云。兰芳玉润，曩哲未免留情，事感恍忽，开阁不吝。若夫天巧之合，大贤者主其间，何必古之女宗女师哉！爰命彤管，以勒风箴。

周蝶自恍惚，蕉鹿徒营营。谁言役与王，变化由想成。至人齐梦觉，不隔神与形。魂交睹未然，往往甚分明。秦穆游钧天，文王锡九龄。神理有福善，倚伏或难精。彭铿称长年，所得回粳羹。三言却荧惑，明德扫欃枪。皇皇成文穆，骑箕陟帝庭。高门出材贤，馀庆荫后生。公侯必复始，亭亭为国桢。方当究胡耈，示梦未足惊。乐天昔达者，一杯病中倾。柳枝与骆马，犹云未忘情。朝云化惠士，拍板持唱经。苏公墨帖在，遗恋尚牵萦。况当正欢豫，红闺列倾城。挟瑟高堂上，雍雍鸳鸯鸣。感梦开后阁，双璧出萧屏。非由澹情爱，直缘雅量宏。无妄竟勿药，盛德愈芬馨。贤淑有良偶，延津还合并。依然崔与郭，花烛对荧荧。故素化新缣，婉娈有馀情。至哉螽斯德，抱衾宜小星。愿君梦国香，愿君梦茗荣。掌上弄明珠，香闺贮金琼。我作《异梦篇》，非徒感梦灵。逮下如鹊巢，裁诗志景行。

述　怀

贞玉有脆质，幽兰有弱枝。黑白变苍蝇，翕舌恨南箕。回肠日九转，慷慨多怀思。直节耸云日，妖祲生虹霓。嫦娥正盈盈，桂影俄然亏。茹苦无我恤，拊心徒自悲。戢翼处笼中，刁刁欲何之。随波来平干，千里路逶迤。江头旧行地，回首暗欲曦。契阔一相劳，殊愧鬓中丝。不羡专城荣，不爱千石资。何如白屋子，相对共哺糜。人生重富贵，所望亦有涯。傍人相庆慰，我心若有遗。在水有清浊，在山有高卑。神理空倚伏，世情多参差。欲叙平生意，发言先自疑。对镜视容色，时时敛双眉。徒抱朱丝直，谁解别妍媸。胸中百种念，卷局无所施。欲问仙人卜，蓍龟久我欺。朗诵苦相篇，积叹不可支。诗人咏御穹，非我今独嘻。人生贵适志，富贵徒尔为。回思生命薄，当年值数奇。欢娱转眼间，所历更艰危。俯仰三十载，一心若朝饥。何以遣惋愤，托心黄粱祠。乘鸾谒金母，青裙拜玉墀。元君为我友，玉晨为我师。孤吟志在此，恐为他人嗤。投笔作长篇，襟前雨泪滋。幽贞天所赋，匪石心不移。

和龙灯行韵

怒甲鲜鳞火光烈，暖雾凝烟暗相逼。左盘右蹙攫复拿，骧首高云欲飞入。初春潜蛰犹未惊，陆地忽现真龙形。三停九似眼未睹，前拥明珠如巨星。叶公所畏应若此，宛曲灯前腻尘里。疑是龙门烧尾时，却恐满城翻海水。团团皓魄不可攀，贝阙珠宫波浪寒。千金有技屠不得，腾身只恨龙堂窄。蛟脂燃烛香氤氲，电烻霞爍夜分明。何人解学刘累术，天边常驾双龙行。

和百泉桃花

东风吹暖莺声逼，苔长香阶屐痕涩。百泉游骑渐成蹊，骄骢赭汗连钱湿。插天奇峰空翠明，晴霞一片桃花色。坐对灵渊意自融，隔溪遥见酒旗红。杖头莫惜须尽醉，明日花前谁与同。种花仙人在何处，但愿东皇常作主。莫教鶗鴂促春归，坐使秾华委泥土。

和市蟹行

古人嗜蟹良有以，巨螯产自澄江沚。霜清肉满健如虎，郭索累累走沙底。北人空读《劝学篇》，八足二螯宁识此。东行远市真好事，藻荇浑身鲜可喜。朱盘盛出莹青铜，啜醴哺糟醉中死。鱼餐邾莒诚小邦，但甘斯味吾意止。苏门山前秋气寒，与尔违乡共千里。名公珍重著新词，一章三读情何已。持螯不惜更千杯，吴羹偏重无肠子。

平干署中作

闺阁山林十载强，娱情活计一书囊。每惭五斗折腰士，愧杀千金买赋娘。广放胸襟容世态，微开醉眼看兴亡。此来不为黄堂助，欲破迷城继子房。

燕石纷纷璧自疑，半生虚梦只心知。晚薪已积凭谁问，故剑空存未遇时。卓女漫题沟水恨，班姬曾赋玉阶悲。眼前正是无声日，何用文章达鄙私。

长养花枝眼看成，好风吹动自盈盈。逢时快意都非意，到处含情岂是情。怀感怕闻朝雉韵，心孤每共夜乌惊。世间万事争荣谢，惟与愁人作不平。

和春夕望西山一带

凭虚西望郁岑嵚，削出芙蓉秀莫禁。悬涧潺潺飞瀑布，归禽点点没芳林。春含远翠山光浅，月吐寒波夜色侵。知有真人采药处，偃松如盖白云深。

早春喜雨

云卷新寒渐向西，琴声添韵入前溪。帘间日影珠犹湿，楼上山光翠欲低。莫惜梅稍香淡淡，偏怜梦陇绿萋萋。不知金埒谁盘马，红锦连干怕着泥。

题　　画

秋涧泠泠石齿齿，森梢古干摇鸾尾。鲛人细茧曳轻烟，几节珊瑚生海底。香根未得化灵槎，客星遥隔天河水。仙人拍板唱经时，风声一夜楼前起。

乍晴天气晚悠悠，摇落偏教宋玉愁。山冷最怜云影净，水寒犹傍石根流。茅亭低小霜天迥，野径荒凉露草稠。风物坐令高兴尽，巾车回首更迟留。

一缕茶烟小舍中，数枚长石两株枫。午馀方启栽扉看，爱得溪边落叶红。

竹树萧萧水满塘，野人偏得占仙乡。移花叠石无闲日，不作尘中名利忙。

题画扇藤花虞美人

锦帐覆红姿，紫花深绿地。弱蔓结愁肠，露妆匀粉泪。莫遣过江东，恐负平生意。山鬼女萝衣，输君有名字。

旅　　窗

闲倚阑干动旅吟，人情相隔似飞沉。鹤翀天宇烟霄阔，燕恋春闺绣户阴。畴昔欢娱同逝水，此时歌舞若为心。愁峰常压眉山重，羁绪如丝不可寻。

桑田白浪海波尘，倚伏纷纭梦里身。鸾扇每思班女恨，鹿车犹记少君贫。二分明月扬州夜，一县繁花茂苑春。憔悴较多欢较少，断肠最是对良辰。

难将往事问玄穹，此际悲欢自不同。桂子香浓怜月堕，楝花风急怅春空。回肠转处银灯暗，噩梦醒时粉泪红。罗帐四垂歌吹歇，一生闲事到心中。

七　　夕

鹤警乌飞相望时，桂轮初发一边枝。银河影淡碧云合，琪树寒生玉露滋。光入针楼罗绮薄，风当粉席管弦迟。人间新巧年年变，直恐天孙也不知。

春闺曲

蜀云金刻罗屏窄，枕腻小山雕瑟瑟。差差鸳瓦日当檐，玄衣双睇珠帘隔。风暖妆窗睡起迟，残梦无言心自知。白马花袍南陌上，处处青楼柳似丝。楼前招手回金鞅，一曲鸾歌碧云响。偏教春日闭空闺，翠苔和露阶前长。

春晚曲

楝花风起春如醉，海燕劳劳云碎碎。湖头两桨白昼闲，莫愁深下珠帘睡。笋生斑玉柳生绵，陌上人归草似烟。辘轳声促银床冷，玉井飞红堕碧泉。

画家陆文祥偶过平干题此赠之

老翁远过平干中，雪髯金骨气如虹。机云世胄有古风，泼墨绢素夸神功。树石萧洒插玄穹，荆关董巨堪争雄。十日一山能精工，高堂冬月寒瞳蒙。白云半束山腰断，天外青苍落数峰。石根老干眼未识，小山丛桂秦皇松。霜鳞半脱邪文裂，卷枝拿攫真虬龙。回溪窈窕溅珠沫，此间合得容梵宫。烟岚隐映迷处所，耳边忽似闻晨钟。老翁高逸谢尘事，一生学佛悟真空。偶然馀习存画迹，下笔不与凡夫同。人生游历自有限，惟有意匠常无穷。

和哀嬛娘四绝王紫绶妾用原韵

羲和无赖促金鸦，故使人间日易斜。青帝匆匆归碧落，武陵溪水葬桃花。

惆怅芳魂返帝乡，鸿都何处访巫阳。金钗钿盒无由睹，蔓草荒烟满北邙。

宋玉悲秋泪满衣，招魂可得有魂归。兰香不向人间住，化作仙云一片飞。

百泉云物暗模糊，拟唤真真出画图。应遣仙翁致魂魄，水晶屏外见人无。

秋　　景

点点罗窗外，盈盈玉砌傍。露滋香陡发，日薄色偏光。络纬知秋早，寒蛩怨夜长。旅怀已自苦，对此倍凄凉。

邯郸竹枝词八首

东郊气色晓来新，车马纷纭陌上尘。尽唤曲中歌舞妓，罗巾小伞去迎春。

风动帘波雪压尘，重裘二月未知春。小娃学着羊皮袜，笑出灯前踏舞茵。

曲宴乘凉醉玉杯，湖陂也有藕花开。杨梅卢橘无因见，只喜中鱼入馔来。

合唱齐声曲调扬，优儿结束试登场。南人失笑北人喜，不似吴声解断肠。

洛水迢迢似练来，路人指点是从台。亦似姑苏歌舞处，野烟无主乱花开。

破腊风来月影凉，上元良夜有灯光。谁骑大马冲尘过，小妇当门学断肠。

吾家江外柳依依，处处烟中好鸟啼。争似平干二三月，长楸风雪乱乌飞。

小瓶刁酒御杯清，带露葡萄似水精。玉格银盘宜醉客，吴人无事爱吴羹。

杨柳枝十首

闻道垂杨最有情，路傍相见惜身轻。白门一树偏堪恨，记得乌啼是五更。

常与东风扫路尘，嫩黄轻绿称腰身。满溪桃李纷纷笑，不信柔条绊得人。

小树初开一抹眉，武昌城下却移时。春来到处烟条绿，欲认何枝是旧枝。

寒食东风已满城，小枝纤弱挂啼莺。东君不惜离人苦，又向前年折处生。

雨滞风吹自趁娇，蜀冈烟撼碧摇摇。隋家当日无端种，直至如今恨未消。

点点轻绵惹绣衣，手中承得又还飞。狂花无主青青老，常对珠帘怨夕晖。

叶叶含啼拂瓦沟，三春相伴近朱楼。阿谁金勒冲烟去，却为青丝一转头。

堤回水转小桥通，深锁雕阑一曲红。依约美人曾立处，万条斜卷半边风。

接影联枝近水滨，湾堤长日马蹄尘。好风来往东波逝，常自迎春又送春。

高低深浅各相宜，谁解临风拣好枝。似舞似眠还似醉，塘边一树最离披。

和绣衣胡公哭送室人之作

子荆除服之篇，安仁悼亡之句，伉俪之重，非直情爱之间而已也。至于道路风霜，奄然玉折，旅榇千里，斯亦人生之极悲矣。昔江文通有拟悼亡诗，元微之伤悼诗，白傅亦有答和，聊代其意，和韵成篇。

河阳伤内顾，秦嘉念婴疾。从军思高楼，刀环歌远出。况兹生死间，同衾情所恤。良艾非难求，遘病年未七。二竖在膏肓，诊之令心栗。造次轮蹄下，尘土方奔踤。玉体犯风霜，空念深闺逸。鹍鸩摧幽兰，皇天苦相嫉。平生靡室劳，中馈烦据拮。奄奄就长夜，暧暧辞白日。旅魂谅茕茕，何当返故室。庄生缶空鼓，王尊驭徒叱。去去从役子，长途盼邮驿。腹悲身自知，神伤泪恒溢。银瓶堕玉甃，辘轳挂断繘。暗海如可寻，谁知少君术。

梅花赋

季冬之月，浮云曚曈。日惨淡兮，难分于远近；风凄戚兮，莫辨其雌雄。俄而春回天外，阳生地中，岭梅先觉，末上椒红。熹微早光，清含晓霜。盈盈兮绽玉，拂拂兮生香。青陵之贞妇，衣飘蝴蝶；卓家之寡女，裘裁鹔鹴。皎皎兮重染秦宫之粉，盈盈兮如登宋玉之墙。冰封檀节，珠迸苔痕；寒生瘦骨，梦锁愁魂。水侧纷纷，遥迷于曲渚；篱边点点，远认于烟村。对流风而欲舞，望彩月而将奔。绝胜春兰，芬芳不绝；何如秾李，悯默无言。乃有寿阳贵主，妖妍自许，矜红妆之冉冉，笑逐花生；映明镜之团团，人来月里。麝靥鳞圆,蛾眉翠妩。厌香钿之拂额,采琼花于瑶圃。乃为早梅之歌曰:春禽已惊晓,春信未全开。高处云犹冷,阴根雪尚埋。明晨应更好,结伴试重来。又为落梅之曲曰:寄来凭越使,辛苦犯红尘。不分箫中落,空看鬓里新。共爱梅花得春早,先期飘瞥更愁人。

莲花赋并序

余从宦广武,再阅春秋。云轩月槛,衙署萧然,度日琴书而已。远城数里,环列荷花,灼烁烂开。署中有燕寝凝香阁,高接烟霄。登临一望,清芬袭人可爱,遂命采撷高亚数十樽。碧房茜草,盈盈满室。坐卧其间,时见朵朵含愁带笑,如讪如讥,纷相错聚,可谓奇观。因而乘兴丹青,肖之冰绡之上,以记其胜。盖予所得于平干者,此红香几种也。赋曰:

拾翠羽兮洛水之神,佩明月兮汉滨之女。远举兮云中,下临兮北渚。目渺渺兮愁人,魂迋迋兮无处。香缠蔓草,粉散馀霞。亭亭脉脉,化为莲花。纷披翠盖,狎猎丹葩。露泫而玉盘珠溅,风来而钿扇云遮。乱荇连钱,纤茎蹙粟。须缀轻金,根沉脆玉。平湖兮十里,横塘兮一曲。芳生兮白鹭齐飞,叶密兮鸳鸯对浴。繁英锦列,缛彩星罗。娇房全拆,似西施既醉,跛珴而欲舞;菡萏含姿,如韩娥微笑,掩敛而将歌。萍泛日而讵拟,蒲缘水而空多。木兰舟兮日已暮,渌水曲兮怨如何。千叶分敷,并头婀娜。青丝系处,偏看水底双红;桂楫回时,更得洲边一朵。客有家居茂苑,侨迹平干。琴调唳鹤,扇拂鸣鸾。羡兹花之丽绝,插冰壶而玉寒。怀乡井以遥思，寄丹青于弱翰。重为歌曰：

吾家本在江南住，季月迎秋江上凉。女伴相随采莲去，江水芙蓉映日光。未须持作镜，自可集为裳。木末应难得，褰衣只自伤。试看波中红澈底，何如镜里见浓妆。

梨花白燕赋

有灵禽兮，变玄质而被素衣。爱庭花之皎皎，穿粉蕊之霏霏。纤钩欲坠，轻云乍归。风里斜回，拂湘帘而影疾；宵来遥认，映琼砌而光微。散玉钿之千点，逞纤腰之一围。汉主帏中，照夜光于赵后；蜀王帐里，玩积雪于甘妃。李成蹊而讵比，鹤舞市而还非。一枝麋鹿台边，夷光独立；并住凤凰楼上，弄玉双飞。汉珠灿烂，洛袖依稀。乃有琼树后庭，桂梁兰室。乍裂霜绡，初呈皓质。霓裳剪剪，疑从钗上飞来；麝月娟娟，直是眉心捧出。临旭影而不消，隐香丛而如失。檐畔身轻，枝头香密。青禽欲到，东方朔自许多知；柳絮虚吟，谢道韫应惭思拙。安仁大谷，兰成小园。年芳地胜，日暖春暄。睇雕甍而擘掠，贺广夏而翩翾。岂比啖黄花而报德，栖梓树而含冤。涅而不淄，白非日浴。值孙和水晶如意，獭髓难求；倚满奋琉璃北窗，蟾光空促。脉脉盈盈，森森簌簌。惟皑皑之相依，似余心之无欲。

鄜州署中九日扶病登高

半载秦山依，未略秦山致。恨彼二竖侵，常负良辰事。今日云登高，勉从时俗出。扶筇试凭临，绝顶多奇企。劈峰欲插天，飞瀑鸣如吹。连拳古树苍，环列屏岚翠。野叟负薪归，顽童乘犊戏。灵禽绕座遄，驯兽当岩睡。四面烟雾深，满目秋光媚。万幅荆关图，齐悬于此地。丹青徒尔工，欲写殊不易。大观能爽神，旷望开胸愤。十里黄花香，一行红兰醉。参军侧帽来，白衣挈壶至。欢乐共持觥，岂虑龙沙忌。赵瑟引清商，秦箫回锦翅。西风激塞笳，明月寒光莅。宛转奏霓裳，氤氲堕红泪。问子一何悲，佳节生乡思。故园树树秋，浮名羁人迟。青镜霜华新，黄尘马头渍。游子日劳劳，试问何所为。雨露被四方，兰台尊独位。沧桑莫可期，身世总如寄。黄粱枕上情，蛇影杯中悸。劫逢天地灰，时变英雄异。燕山桂子飘，陶白铜陵弃。万里故人心，百年惊电视。猛兽日为伍，操戈难自挚。不如归去来，且适平生志。节序黯然流，聊以登高记。

除夕感怀庚子

辞家倏复三除夕，千日愁城一病身。心事暗流红蜡泪，椒花虚度紫毫春。傩驱穷送怀难遣，序代星迁恨不悛。磨劫未终空浩叹，抱冰勾践志何伸。

题清凉山万佛殿

削成千仞石，回绕一川流。飞阁擎云出，层台面水稠。烟岚披古画，老树绕苍虬。空翠凝如滴，晴霞灿不收。钟声和涧落，禅照隔林幽。鹰鸽能明果，人王重暗修。施霄登宝座，蜕壳证丹丘。鱼叩云何触，潮音般若求。蜃楼嘘幻来，野马息浮沤。罗绮江南士，留题纪胜游。

辞富贵

朅予辞富贵，富贵今何如。谓言有夫婿，朱轓拥隼旟。蔼蔼东方骑，冠盖耀城隅。归来后堂里，方丈出中厨。小妇挟朱弦，盼眄动罗裾。七十二鸳鸯，颜色正敷愉。歌吹恣朝暮，春风秉烛娱。厚禄岂不荣，黄金非所须。多谢罗与绮，无烦饰我躯。载拜谢青琐，何劳光我庐。虽惭非明智，助理或有馀。要使千里境，穷黎讴裤襦。此志信落落，亦自哂疏迂。独位人所羡，铜陵谁复逾。沧桑难固保，灰劫类鱼罛。以兹却富贵，怀书发嗟吁。静中理琴瑟，起坐对诗书。君不见金闺命妇多薄命，积薪憾后情如荼。又不见布裘椎髻偏得意，但使糟糠得饱还欢娱。花诰灿朱紫，适如裙布乎。鼎食甘异味，能知有鸩无。愿子悟其理，富贵诚剥肤。决辞不足恋，长啸向蓬壶。

七夕

夺尽楼中凤蜡光，尊前漏点莫嫌长。镜当秦殿偏寒胆，玉剖荆山见截肪。室处只应容兔魄，影中如欲见霓裳。百年几度当今夕，歌舞相宜是夜凉。

月夜

春生绣陌花盈路，露洗长空月满天。碧树锦香桃李径，画桡金错木兰舡。窗前风动常含晕，楼上霜寒几度圆。蟾影照来千点白，桂丛生出一钩偏。陈王歌彻人千里，陶令情多绣领边。凉魄最宜烟冉冉，纤条惟称蝶翩翩。冰痕透影花枝冷，小瓣沾衣月点嫣。染作素光疑粉色，熏和香气带沉烟。刀环消息经年在，锦段功夫逐日鲜。从此常为花下客，也知人是月中仙。

秋　夜

向月一声角，关山无限愁。肠随塞雁断，泪逐洛波流。乡思三更梦，孤怀万籁秋。霜刀侵肺腑，欲遣若为谋。

伤　时

深于潮汐河，利涉资舟楫。危于羊肠板，太行徒岌嶪。世事最难期，人心苦自慑。长愁叶锁眉，巧笑花生靥。愁笑不相谋，欲言空喋喋。萧艾乱当墀，椒兰委馀箧。兰艾何足评，春风任敷揖。不知兰有芳，只惜艾能惬。此理岂难明，伤时太息歙。

淡竹花

李颊疑伤白，樱唇恨太殷。何如远山色，一点出枝间。

寿王金章太史代四男作

长空丽旭景，元气发灵光。瑞霭迎黄阁，春风碎玉堂。赤霄神鹤隐，碧海应龙藏。化被天心洽，声垂寰内芳。慈帏供戏彩，翰苑晋封章。玄圃芝方秀，燕山桂渐香。蟠桃开绮宴，瑶瑟奏霓裳。流雪飞琼舞，迎风莩绿翔。唯嫌陶令拙，不数谪仙狂。奕世流馨远，多男种德长。九如常受庆，三寿共无疆。海屋筹应满，年年进玉觞。

题乾濠公署和壁间韵

步韵乾濠道，花生昨夜风。无莺怜露蕊，有雁泣霜枫。洛水声应咽，秦关梦合通。风尘莫惮苦，相护喜华桐。

新安公署和鹤沙学韵时将之蜀故有锦屏之句

春风绣辇入重闉，满县桃花似避秦。少水潺湲红浪暖，可容依作问津人。

妖红灼灼鸟关关，日暖风香马背闲。回首三榆都噩梦，岂堪复梦锦屏山。

题画扇二首夏景、冬景

梅雨山颐润，松涛潺气清。林钟声断续，不见咒龙荧。

云合天垂角，遥山白凤飞。仙翁不吐火，只自钓鱼归。

鄜署惊雨不寐

黑云四起腾雄风，万骑干戈骤碧空。迸峡崩峦豹虎斗，翻波激浪蛟螭攻。惊魂迁迁宴不寐，残焰莹莹照欲穷。帘外涛声未肯息，搜吟坐待五更终。

题山水画

春

风信几番急，闲中惜落花。不知红去处，近晚一天霞。

夏

一榻北窗下，无愁爱日长。莫嫌茅屋小，竹树有馀凉。

秋

了却农家事，柴门闭不开。忽闻梧叶响，邻舍是谁来。

冬

朝旭南檐暖，篱边有老梅。不惊残雪尽，且喜早春回。

题百泉

太行迢迢绕天足，叠岭连峰似波蹙。苏门突兀当卫源，浓翠楼空青矗矗。十顷清光蘋藻香，涌金亭下铺寒玉。清济徒伏流，昆仑只滥觞。古人卓刀处，耿耿秋铁光。水底圆珠吐细沫，沙中疑有蛟龙藏。天河清浅应似此，西走汾晋常汤汤。我来二月春未浓，落日和风好光景。想见当初佩玉人，巧笑曾经照清冷。远山曳轻云，近岫堆青螺，可无美酒如春波。此中遗迹堪凭吊，荒台古榭空陂陀。朝歌邑号亦自好，欲问回车意若何。

百泉杂题

啸　台

魏晋已如梦，荒台今独存。龙蛇正交斗，鸾凤自高骞。避俗惟长啸，逢人常不言。始知真隐意，不必入桃源。

嵇中散

嵇公养生者，龙性未能驯。好尽知违俗，多才却累身。一弦空绝思，长笛漫悲人。惟有临刑曲，曾闻感鬼神。

阮步兵

步兵善长啸，真隐恣幽寻。恸哭途穷处，谁能识壮心。高谈遗物故，越礼任胸襟。莫话栖神术，惟当听凤音。

安乐窝

尧夫昔沦迹，斯地寄箪瓢。杖屦无俗事，名贤多素交。山川犹蔼蔼，桃李已萧萧。击壤留佳句，风流亦自豪。

春游百泉

仲月春始和，远郊阡陌静。数里闻水声，豁然入灵境。桃李犹含萼，森肃长楸劲。清涟映红玉，蘋藻明青镜。太行亘天末，遥瞻似云靓。溯流寻神源，圆折纷珠迸。唯唯见鱼乐，鳞鬣自适性。善病久无欢，暂使心目莹。至哉苏门人，今古谁与并。

百 泉 游

灵源出山趾，如练一川平。空碧和烟冷，微涟触石生。金摇日影碎，珠散月光清。卫女曾游处，犹馀佩玉声。

又春游百泉

漠漠轻云隐太行，百泉春浪映垂杨。真珠细转寒沙静，素练平铺碧荇香。台上鸾音思阮籍，楼中翠色忆汾阳。秾翠楼，或言汾阳王所建，楼前有碑。水声不绝游人去，古庙觚棱起夕光。

秾 翠 楼

高楼当胜地，倒影入灵泉。水色寒通晋，山形势接燕。长楸风历历，白鸟雪翩翩。兴瞩良无已，前峰又暮烟。

己亥腊月赴任河西道宿淇驿戏写淇门暮景图并步壁间韵

偶过淇门瞻彼流，纵观大地一虚舟。纷纷车马正喧闹，其奈羲和去不留。

百泉寒眺次李水部韵

怀珠寒溜爱幽潺，思托微波可待漩。云影冷侵孤鸟度，縠纹轻皱戏鱼还。碧连淇上园边竹，声彻孙登啸处烟。曾卓宝刀龙气在，萧萧风色欲归燕。

桃庄醉歌

芳溪仲月东风起，桃萼参差绽深紫。鸟声滥晓唤游人，油壁青骢尽纨绮。仙村一闭不重开，武陵渔舟去复回。花庄霞烂红满眼，此地亭台亦壮哉！水曹诗客厌凡俗，花下寻春醉相续。金樽在手诗百篇，莫使尊前欢不足。筑槽为丘酒作池，看花不欲应自嗤。盈盈香靥似人面，乱笑风前知为谁。惆怅年年扫花帚，灵桃千岁逢难偶。不愿神仙但须酒，武皇缃核今何有。

广平春日阅操和韵

东郊向春春尚浅，烟绿平原新草软。五马骖骝校武行，罴貅待中青钱选。虎侯画鹄红如日，猿臂弯弓满如月。甲光摇漾玉弦鸣，雕翎劲竹参差发。铺钱长埒桃花马，碧蹄翻风香汗赭。画角龙吟鼍鼓鸣，幡铃细柳相萦惹。校功行赏士尽欢，金乌倒影青畴寒。骄骢衔勒嘶归路，风紧红旂撼画竿。吾闻平干古赵国，鼎士丛台夸袨服。遗风至今多探丸，椎埋剽劫纷追逐。西邻太行高突兀，邃谷深岩狡兔窟。曾喜渠魁能革心，颇恨馀妖犹窃出。不识军营步伍齐，远居鲸鲵服蛟螭。漳滏安澜太行寂，常为带砺护神畿。

见黄粱遗迹怅然有和

扰扰纷纷一晌眠，陵迁谷变劫灰燃。儒家说梦都由想，释氏谈空不逐缘。旷去莫观河伯水，忧多虚论杞人天。逍遥已解齐修短，何事犹言有大年。

人间有梦不因眠，万事升沉尽偶然。蛇入酒杯心是病，花生空际眼为缘。挥戈几道能回日，书壁何劳更问天。但使此中无一物，不须物外觅长年。

怀　古

公子翩翩信绝伦，拟将豪举却狂秦。不知宾客成何事，枉杀楼前斩美人。

七国纷纷苦力争，秦人曾畏黑龙形。势穷探彀英雄死，留得高台独未倾。

眷眷分香最有情，当是遗恨满西陵。漳河还绕三台去，草木应闻按曲声。

黄　河

曾是昔人沉玉处，安流偏叹禹功多。谁将海若论秋水，直到银潢尽浊波。陵谷几迁常若此，蛟龙得势欲如何。假饶彻底同清济，怒浪连山不易过。

韩信城

乞食王孙困此中，当时胯下辱英雄。万家沦灭丘墟改，数尺陂陁雉堞空。兵出陈仓纷逐鹿，势穷云梦倏藏弓。将军不解谋身策，钟室徒劳忆蒯通。

送公采侄下第南归

冻云皑皑涨空白，风暗黄尘吹古陌。临岐把酒送行人，可怜氃氋江头客。莫忆长安春满野，此中谁是知君者。燕台市骏漫堆金，骊黄满眼空凡马。荆山夜夜气如虹，连城欲剖期良工。吴干在土埋切玉，会须一日乘雷风。幽兰谷里宜题品，善种终当遇丰稔。休辞豹雾养文章，多剪丘迟梦中锦。

红白梅花翠鸟题成佺庵太史扇

玉妃台畔醉，秦女镜前妆。艳雪迎寒魄，朝霞捧太阳。神膏痕獭髓，灵药捣胡香。翠羽来何处，吟春过宋墙。

题朱藤虞美人画扇郭石公

巫女曾闻化玉芝，楚歌偏咏薜萝帷。争知弱蔓牵愁处，正是天红欲舞时。蜀锦风吹春色暖，鲛绡露湿晓光迟。帐中一曲江东远，步障空教设紫丝。

题真定胡司埋虞美人画扇

曾听鸡鸣起帐中，佳人埋没霸图空。却留怨魄频频舞，犹带残妆点点红。一片丹诚迎白日，几丛幽恨怯春风。江东何限纤腰客，谁把芳名在楚宫。

题秋景画扇大名佟郡伯

黯黯罗窗外，盈盈玉砌傍。露滋香陡发，日薄色偏光。促织知秋早，寒蛩怨夜长。旅怀已自苦，对此更凄凉。

题芙蓉画扇

淡日西风秋半时，野塘红冷一枝欹。融融醉态偏生媚，靥靥娇憨更觉宜。烟柳能眠饶作伴，天香解语是相知。鹡鸰何事频摇尾，应惜分原欲去迟。

己亥岁朝

春和雪絮到天涯，妆点池台瑞气加。蓝尾尚堪倾竹叶，红颜争学颂椒花。东风渐转银瓶小，晓色馀寒翠幕遮。人羡今朝新景好，我怜去故独兴嗟。

九日登高

见插茱萸黯自伤，凭高怅望涕沾裳。秦山空逐哀猿啸，南国难同去雁翔。落帽有风谁共醉，白衣无酒慰愁肠。红兰憔悴黄花瘦，百感凄心赋短章。

时当素交尽利交兴偶发一叹

雪白兰薰非谓洁，重渊珠玉岂为珍。谁教贴纩探残息，自爱量金解买春。总是苍蝇能点白，可怜素扇欲生尘。妍蚩同梦何时醒，独啸悲歌怆鬼神。

遥吊胡夫人

别鹤声孤惨素琴，仙山飘渺怅难寻。楚台梦觉云还散，弱水波深月自沉。蕙帐香销潘岳簟，鲛绡露冷女媭砧。可怜千里同为客，遥吊湘灵泪满襟。

巫咸不下莫招魂，鸾影尘生宝鉴昏。草绿长途空寄恨，花飘露井已无言。荆山璞碎心堪折，幽谷兰摧泪暗吞。惆怅临风不成寝，宵征愁杀楚王孙。

贺侄孙女出阁

盘龙清照一枝莲，十二钗行凤影联。宗女世家真婉婉，上才华胄正翩翩。金堂宝焰高桦烛，绣户香风拂管弦。喜气旺人过瑞露，秦楼此日会神仙。

赏海棠即席和韵

金谷名花斗阿娇，樽前欢赏逞风标。半酣半睡浑无力，低弹偏怜学步摇。

端节病乡感怀

病魔久滞忘时序，忽听伶姬唤浴兰。强把花枝肠暗断，低遮纨扇泪偷弹。良辰只继沉湘恨，佳节何缘菽水欢。惟有榴花如解意，嫣红片片带脂残。

雪窗庚子小春郿署作

东秦小春春无力，朔风吹雁寒淅淅。衡阳孤鹤敛翅飞，云重边城马无迹。玉肌粟起晓罗轻，片片吹来大如席。天涯羁客涕沾巾，游子断魂归路隔。红闺寂寂麝烟销，兰帷梦冷衾如铁。妆台脂冻莲膏亚，京兆弗凝眉不写。冰缯裂尽乱巾飘，参差六出迷鸳瓦。何处丹山白凤翎，时见飞琼驾鸾下。当年欢和谢家诗，此日孤吟泪暗洒。莫恨膏肓易着魔，难填银海多牵惹。卷帘别是一番新，水晶楼阁玻璃野。青帘夸酒阿谁家，骕骦裘薄文君寡。千金沽酒战凝寒，嚼雪咀风倾玉斝。小窗一醉梨花春，时洛川县官送梨花酒，对雪独饮。不羡并州得玉马。

题秋景图

溽暑初收白露横，长空明净早凉生。塘边日照秋容醉，原上风清好鸟鸣。谱入丹青供韵赏，题鲜佳句奈关情。幽光只待安仁赋，未许多愁宋玉惊。

贺孙氏两表叔同日合欢

黼帐周遮画烛烧，玉堂佳气蔼良宵。联辉棣萼看双陆，并茂仙葩驾二姚。鱼贯乘龙交锦带，雁行骑凤合琼箫。只应玄象明河畔，牛女珠光射斗杓。

引

吴夫人名绡，字素公，一字冰仙。家世三让□□裔，归高阳许氏，壬辰进士兰陵之配。幼敏慧好书，丹黄不去手，善绘事，每经点缀，灵动如生。所居坟籍塞坐，吟咏清婉。吴中闺秀徐小淑能诗文，端容善画，一时有盛誉，惟夫人兼此二长，人谓过之也。性至孝，二尊尝有疾，刺血书祷辄愈。兰陵多内宠，夫人抚爱如同生，时称有鹊巢之德焉。为文磊落有侠气。已而好仙，尝偶遇异人，示以前因，居恒道服，不为俗世妆梳，泊如也。家有古琴，闲夜好风月时抚弄，终夕不倦，泠泠作雅操，不为繁手淫声。尤工丝竹管弦诸杂技，靡不尽其妙。性耽奕，不惜玉钿宝钏，闻者有"赌却钗头玉步摇"之句，诚闺阃之绝才，彤管所仅见也。有《啸雪庵集》一卷行世。

吴门叶襄序。

啸雪庵题咏二集

茂苑吴绡冰仙

岁在戊申，侨居笛步。于时勾萌应律，砚北冰融，青帝回旋。枝南雪莹，唱桃花之旧渡；明月依人，和杨柳之新声。轻烟扑面，时凭短咏，消此长愁。偶拈长庆遗编，得春生倡和诗，继成八首，聊将下里之音，辄赓阳春之调。

何处生春早，春生潭府中。绮罗承丽日，弦管度和风。画阁幽香暖，兰堂瑞霭秾。朝来迓青帝，佩玉向郊东。

何处生春早，春生锦窟中。曲房花窈窕，深院月朦胧。试舞霓裳□，宜妆金粉浓。鸳鸯七十二，罗列自西东。

何处生春早，春生风幄中。巫山云冉冉，楚岫雨蒙蒙。好梦迷难觉，娇魂醉欲融。不禁莺语唤，旭日半窗红。

何处生春早，春生绮席中。醁醽香更异，海错味偏丰。色掷祈逢喜，签抽怕犯红。欢浓防漏促，秦客莫匆匆。

何处生春早，春生梅萼中。玉函芳信巧，珠绽点妆工。疏影侵书幌，清芬透绮栊。一枝堪入画，斜倚宋家东。

何处生春早，春生烟柳中。腰试未试舞，黛浅已偷风。张绪浑难拟，妖姬软约同。陌头惊少妇，懊恼翠帷空。

何处生春早，春生绣陌中。胡姬青旆酒，侠少紫骚风。博市金盘竞，球场彩秋工。喜看新草一，色半学秾秾。

何处生春早，春生送腊中。辛盘呈艳雪，甲煎喷香风。金蕊裁红小，银丝晕碧工。司晨莫相促，晓色已蒙蒙。

和周栎园藩侯扇头原韵

昔年渤溟动征笳，半壁全凭双手遮。泽普雁鸿沾化雨，波恬鲸鳄涌祥霞。桃花春水催飞挽，瓠子秋风稳泛槎。共说酂侯功第一，能将储积壮京华。

跂瞩文星汴水遥，乘芒喜射白门桥。骚坛独接千秋帜，学海全收万里潮。鸿宝秘来先贯斗，干将拭后更冲霄。邯郸不少蛩吟侣，应望龙门气总消。

经文纬武并专场，寿域宏开被八荒。葵抱丹心恒捧日，松标桢干独凌霜。名高北斗还南斗，烈著清沛与浊漳。遥望崆峒瞻气象，贞待河岳应灵长。

一萍飘泊叹瞻乌，幸识山公已不孤。自问鹯殴甘兔伏，岂期犀烛拜龙图。芝颜乍觌疑天上，樗质蒙恩滥坐隅。从此帡幪知有赖，可能终照覆盆无。

上林中丞长歌

圣代重熙绵历服，巩固金瓯调玉烛。紫垣清穆台阶平，杰佐云兴迈往躅。无间古岳秀色钟，挺生名世才谁同。连开军府制方面，三千帐下貔貅雄。万室苍黔乐负暄，声填衢路闻歌恩。事业风流卓千古，当年韩范何足论。金陵犹多六朝迹，秦凿长淮流脉脉。甘棠茂密旧泽深，休闲暂向东山奕。如椽大笔香锦笺，驱雷掣电挥云烟。鉴金戛玉王杨句，福国寿世李杜篇。朝略庙谟方倚重，婴儿黄发争呼烦。君看补衮九霄间，永翊太平称大用。

戊申中秋林孝廉道长新构初成赋诗奉赠

神仙洞府中丞第，飞阁层台云锦丽。复道虹垂落彩桥，辉煌戟户深深处。新金屋更称奇成，青漆雕棂金镂楣。宛转长廊响屟拟，玲珑曲槛临春期。朱阑翠箔影参差，中有阿娇倾城姿。媚态盈盈薄飞燕，纤腰袅袅斗西施。慵妆不为春愁懒，欲索仙郎与画眉。椒兰筑室实堪夸，翰墨图书列五车。荆关落笔山树活，颜柳麻笺两壁斜。帘外能言陇右鸟，屏闻含笑日南花。行来到处九枝光，照遍鸳鸯十二行。蟾波暖浸琼瑶砌，鹊脑浓薰菡萏房。罘罳日射明如绣，缥缈流苏拢异香。初成正值中秋节，朱盘方丈当明月。氍毹斜展踏香尘，小队梨园按方彻。名姝国士世无伦，鸾凤和鸣共欢悦。娇歌艳舞宴正长，已动参棋夜未央。珠帘半卷银河泻，宝炬频销玉漏长。大厦翚飞鸾雀贺，萧条旅馆愁风露。能送兼金修草堂，如展西江濡涸鲋。明珠欲报愧穷途，聊把深诚托缃素。

金陵元宵美人灯诗步鸳湖黄皆今韵二首

结束新灯作女郎，西河剑器乍登场。蛮靴钩小看纤趾，粉面花轻自薄妆。烽影通宵连紫塞，鼓声到处似渔阳。姮娥袖解霓裳舞，好把刀环比月光。

军装锦绸新灯样，争看佳人似水兰。数片落梅金锁甓，一钩新月宝弓弯。香生粉面桃花暖，烟拂纤蛾柳叶残。试与琵琶应解奏，休嫌紫塞隔关山。

凤鸟牡丹图寿大司空燕石杨公

昆丘积玉皆夜光，纷绯珠树生成行。火凤缡褷五色羽，晨曦射彩鸣归昌。卿云烂漫台阶平，岧峣八柱承太清。应德飞来集阿阁，鸿鹄注喙鸧鹤惊。国色浓华匝地开，香风吹满中天台。一片彤霞谁剪刻，春恩潋滟红螺杯。霓裳声戛云驻空，繁弦急管相琤琮。孰向东溟量碧水，能知介寿常如墉。

春游僻园和荔裳宋观察韵

中丞开利业，选胜古长干。树老柴门窄，泥香屐齿干。置亭招奕客，劚笋税园官。坐爱江天晚，斜阳独倚阑。

冶游喧士女，车马竹林西。路傍蒹葭入，行因蛱蝶迷。远山青不断，芳草绿初齐。北舍饶新酿，清樽处处携。

画廊标物外，那复似人间。石色连松影，波光乱竹班。巢云岁鹳鹤，仇酒出鲂鳏。况值初弦月，高歌未拟还。

忆在山阴道，扁舟到寓园。侧看岩际屋，直似画中村。胜赏今难再，风流此尚存。由来歌舞地，应在谢公墩。

再和春游僻园原韵

爱得平泉胜，相期修禊来。玉盘当竹洗，银瓮为花开。漫讶登龙彦，争夸吐凤才。行行锦步障，桃李绕廊栽。

绿深陶令宅，绝胜亚夫营。曲槛双虹落，方塘一镜明。花飞回舞影，莺唱杂歌声。游屐香尘暖，春衣折券更。

仙客桃方绽,芳园柳正眠。名棋真作隐,佳句不妨禅。坐上星初聚,帘前月已悬。梦花漆锦段,深羡笔如椽。

恋游还秉烛,花影扑书床。心醉蓬壶境,神蜿锦绣乡。联吟追白雪,接玉踏青阳。却笑临邛客,春寒典鹔鹴。

送林中丞重镇楚中

帝怀南服烦元老,节钺重临旧渚宫。江汉更沾姬伯化,亭台还拂楚王风。轻裘岘首春光里,清啸黄楼夜月中。伫看鹤书征入辅,熙朝柱石定需公。

一顾深恩感讵忘,扫门靡路独彷徨。常瞻福耀层霄里,遥睇仙槎二水旁。酬德愧无珠在握,临岐只有泪沾裳。自怜不及銮江絮,得逐龙旂到武昌。

赠蘧林张少司马

玉堂学士今山斗,中枢秘阁翱翔久。宁唯一策冠大廷,德业文章俱不朽。碧山逍遥俄十年,朝端求旧需英贤。即今内外赖安攘,金瓯姓氏知无前。忆昔东海罹奇殃,雷霆九夏挟飞霜。我公举手沾枯骨,群邪解驳回阳春。庐室漂摇逐浪迹,车尘忽拜长千陌。报德惭无珠在握,酬恩徒有泪横臆。祝公旦晚登承明,坐调鼎鼐致升平。匪特覆盆当白日,疮痍薄海仰生成。

赠籜庵袁荆州

秦川自昔擅风流,萧散沧州鬓未秋。红烛笙歌杨柳岸,青一书画木兰舟。门前积雪供高卧，扇底扬风播上游。十载登龙徒有愿，飘蓬何处识荆州。

假山行

吴楚东南天地坼，产矗包山藏巨壑。龙威丈人窃书处，玉石纷纭争碌落。夏云变化奇复奇，窍穴玲珑鬼神作。豪家好事多名园，粉壁红墙隐亭阁。崚嶒山骨出重渊，一片千金恣搜索。此鬼低头筋骼粗，猛兽张牙露龈腭。巧工绝艺天下无，转涧回溪任规度。仙掌巨灵破，龙门大禹凿。鞭石移山功用多，九仞青苍开岞崿。乌目重来是旧游，往日经营添藓驳。吾亦爱石如米颠，数亩家庭颇宽廓。洞庭花石致不远，毡裹车牵愁力薄。数峰突兀指挥成，何用尚平寻五岳。

次韵答赠

冠世才华擅绝难，威雄旄钺尽争看。艺林直上千层影，学海犹翻万顷澜。品异人间兰共似，格清露外一同般。龙门岂易轻跻陟，何事今朝属绮纨。

生无蕙质愧兰房，班谢俦中敢较长。幸入瑶宫光灿灿，兼承云藻韵琅琅。玉笙响脆调莺语，锦瑟声繁促雁行。何啻碧城高十二，鸭炉香气逐花香。

命石邢君出示所画山水障子黄皆令赠诗索和旅窗月下乘兴戏书

鉴画如鉴影，所赖明镜悬。伊余双眸钝，触境每茫茫。邢君董巨俦,落笔能通仙。遗我一幅素,丘壑生云烟。秋风落木秦淮边,清谭霏霏玉屑玄。牛腰长卷承惠示,乃是江夏大家珍。赠之鸿篇揭来闻名馀数年,欲往从之隔山川。焚香拭几试展玩,缩恧大巫已在前。摩挲吟讽不能句,如泛渐溟难溯沿。元气盘礴自太古,峰回岭复相绵延。惝恍迷离莫可测,直与图画争新鲜。银钩错落更奇绝,骊珠满轴何匀圆。愧余识字不识格,毋乃美女簪花若此之媚妍。春烟飘飘灵和绿,秋水盈盈倾城姿。可怜涂鸦亦附之,无益浪踵西家施。珠玉在侧形我秽,怕见法眼别妍媸。掩卷低眉乱怀抱,停云正远长安道。

金陵呈默公陈太史年伯

玉堂学士文章伯,海内骚坛素矜式。相逢不愿万户侯,荆州眉宇争求识。平子忆昔十年前,从台漳水正春天。官署萧条闭幽寂,闲情聊尔娱诗篇。嘲花抹月虫鱼句,我公一见深相许。自惭才调岂昭容,鸿文却得燕公叙。中心藏之弗敢设,宛陵渺渺限山川。飘飘旅迹方蓬转,忽拜车音桃叶边。斗山方喜觐颜色,征轺俄指青齐陌。来鸿去燕迹参差,惆怅道容交辞失。嗟余又理归吴船,知己蒙恩只自怜。迢递秣陵关畔路,停云落日思凄然。

题 山 水

长江无际拍天流,江上云山路阻修。翠壁丹梯何限好,不堪偏隐庾公楼。

桃叶新波一丈染,楚天遥睇隔青岑。山长水阔无涯意,未抵衔恩一寸心。

题水心秦司马牡丹扇

几苞深艳色，百卉让春工。天上香偏异，人间种莫同。彤云开霁景，清旭丽和风。重传欺何晏，浓薰避贾充。残阳经雨后，芳气带烟中。可称长吟客，谁怜独啸翁。衔恩欲化雀，入梦愿为熊。卧辙悲无术，行旌映日红。

奉和道长林孝廉

午桥宅前春始芳，参差日畔锦成行。鸣皋仙禽刷羽翰，引吭长吟玉砌旁。珠帘荡影香风来，烂漫珊英次第开。已羡丹砂和露吐，还欣艳粉倚云栽。麒麟高阁凤凰池，谁似君家并得之。董傅鸥篇三策贵，许公佳胤九重知。金堤杨柳碧于绿，正是看花上苑时。翱翔会见冲霄去，独占琼林第一枝。

题　　画

木落空江碧，芙蓉照水红。行吟鸿雁月，长啸鲤鱼风。古渡凄凉境，秋光黯淡容。旅窗闲点缀，弱腕未能工。

题梅上某藩台

吾闻罗浮峰，其高三千六百丈，翠屏岩峣矗天半。琪葩玉树蔽空蒙，虬枝屈铁交凌乱。又闻孤山处士家，衡门深闲罗浮花。疏影黄昏蘸清泚，独鹤横空月欲斜。侬家住近要离墓，邓尉参差两桨波。十里青山尽种梅，香雪缤纷没行路。一从身堕红尘间，三年梦断铜坑山。姑射瑶姬冰玉骨，相思不见凋朱颜。客窗萧条旅怀孤，铅笔淋漓信手涂。恍疑翠袖倚修竹，翻身跳入仙人壶。南园草绿春霏微，华虫刷羽乘朝晖。会看大用调羹日，好共山龙补衮衣。

赠陈不易

君相能造命，圣贤能立命。否则悠悠任运行，穷通饮啄皆前定。嗟哉我生值数奇，频年踪迹信萍移。茫茫前路向谁是，进退触藩举足疑。江右陈君操神术，千番射覆不失一。杨朱岐路正徘徊，片言立使西东决。古来方技多绝学，唐举擅相君平卜。与子言孝臣言忠，名理玄谈并濂洛。陈君术同道亦同，示我因依愕梦中。从此行藏不再计，颓然一笑听苍穹。

题　画

轻云如絮拂澄潭，远岫初晴不起岚。十里荷花半城柳，依稀风景似江南。

上栎园周藩侯

江山回令拱雄藩，岳牧分符拥画幡。千里仁风扬绮陌，四时膏雨从雕轩。鱼悬壁上冰同凛，鹤警阶墀露正繁。威慑鲸鲵皆向化，政敷虫鸟并衔恩。桑麻被野九多庆，桃李成蹊总不言。棠芾浓荫争荫叶，蓬飘断梗偶依根。有人方下乘危石，何路能掀久覆盆。皎镜自应无遁影，秋阳深异独沉冤。质缘巾帼惭投谒，恩极帡幪荷注存。尽展洪波嘘涸鲋，下垂乔木恩穷猿。殊施未信西江阔，暖律偏令北陆暄。敢道雪泥栖旅迹，遥瞻露冤慰羁魂。镂将贞碣心为铭，报取明珠泪有痕。从此孤嫠知永赖，春台枯骨许重温。

奉和林公题梅花扇头七言律一首兼次原韵

爱得清曜辟谷颜，道家风致更悠闲。香寒庾岭无尘味，春暖罗浮异世间。雪乳自非凡艳种，青莲原是旧仙班。月明何处曾留迹，林下如闻玉佩珊。

和范晴斋菊影原韵

寒灺分窗纸，淡描老圃香。朦胧篱下白，仿佛额边黄。霜朵摹江管，秋容学道妆。满丛临涧水，延寿忆南阳。

长干旅次赠漱岩李邑侯

海虞夙号繁华地，黔首十万乐生聚。满城桃李烂春风，禾稼青青滋夜雨。言游旧里门巷在，千秋遗得弦歌治。迩年旱潦频作殃，萧条载道游牂羊。恭承我侯来抚宇，顿令死屋生春光。泽雁嗷嗷荫蒲稗，驯雉角角依柔桑。疮痍方期永戴德，青绳胡然玷白璧。慈母失职婴稚啼，何限穷黎仰天泣。方今旭照丽层霄，朝廷公道宁久郁。忆昔茕嫠蒙覆盆，霜飞九夏控无门。我侯抱牍不忍署，枯槁幸尔赊残魂。沉冤未雪皮骨尽，一萍逐浪难依根。寄迹长干月当九，索索寒风振衰柳。故园杳渺隔云山，时为神君重回首。跫然空谷寂车音，忽枉干旄贲蓬薮。独怜飘泊正穷途，旅迹迢遥形影孤。报德有怀思结草，感恩无力未衔珠。只馀一掬酬知泪，洒遍棠阴几万株。

题墨牡丹

银蟾照罗幕，风动香飘渺。不惜夜深看，倾城影亦好。

赠副戎李玉廷

蔚蓝天宇澄秋光，芙蓉吐艳桂飞香。棨戟门深瑞霭集，佳丽不数平泉庄。初筵再启群真会，高歌进酒乐未央。将军家世三韩豪，旧业相传有佩刀。麾下偏裨胜虎旅，阵前致胜习龙韬。倚天宝剑正鸣匣，如斗金印看垂腰。埚来笑傲长干里，雕甍碧甃连云起。花开玉洞霞照天，柳拂金沟钱布地。秋水横刀立从官，夜珠坠钗回舞伎。旅人寄迹繁华乡，时拜恩施感讵忘。佳辰喜值悬孤日，颂祷敢嗣生申章。玉壶借得馀杭酒，聊托芜词引一觞。

题　画

谢庭嘉树竞青葱，国色天香合一丛。满日韶华金谷里，三春花事玉堂东。白头对语迟迟日，锦翅齐翻艳艳风。为拟诗人称善颂，满浮仙滗祝如墉。

戊申孟春送女于归金陵言别写得子图并题祝赠

薰风昨夜到金塘，瑞霭氤氲护锦房。绣羽枝头欢得子，丹鳞叶底戏成行。兰帏有梦熊传喜，绮阁含春燕叶祥。灵沼澄波方浩荡，年年常得奉恩光。

题　画

东皇暖律催花事，露染烟涵春满处。好风时觉绣衣香，丽日偏伤韶景媚。谁剪神霞片片明，鄂君锦被笼朝睡。梓泽堪怜国色娇，一声杜宇惊残醉。栩栩枝边粉板轻，庄生未醒梦盈盈。小丛幽谷伊曾到，却又高飞上苑荣。妒雨频催春渐老，嫣红憔悴若为情。

题芙蓉图

秋路净如拭，木末披芙蓉。轻红荡曲渚，密影连芳丛。流照日色冷，干声天宇空。苔矶若云缀，水澈鱼相从。褵褷白雪羽，顾影苍烟中。仙人吹铁笛，响激生凄风。溯洄蒹葭侧，丽景看无穷。

赠黄孝廉子政

弓裘节钺有光辉，才器如君一世稀。举体芳兰生楚畹，盈篇文锦出星机。红楼香暖金钗列，绿野风清珠履归。南溟水宽鹏翮健，花骢应傍杏园飞。

上某公

帝命忠良裔，东南秉化枢。紫微留上阙，油幕莅中吴。雨露承天泽，风霆略地隅。太平生有象，富庶各无虞。军国资元老，屏藩协庙谟。滋兰薰薄俗，偃草恤民瘼。理据弦调瑟，推诚鼓应桴。福星临迥野，乐土似仙都。功业青冥阔，歌谣白日娱。旧堂开昼锦，新策展雄图。伫看皋夔侣，齐肩富苑儒。台阶明玉烛，瀛水隐金壶。惠政民嘉杜，高门庆集于。延陵家自久，太岳胤偏孤。雀角甘棠讼，乌头雨粟拘。何当悬水鉴，得喜仰洪炉。三面开罗网，倾河救涸枯。依依回顾印，浩浩报恩珠。矫首为龙竹，微心集凤梧。亿千皆踊跃，九万快抟扶。鼎鼐应调燮，丝纶自允俞。清规无以况，日月继高衢。

戏和黄庄壁间韵

飘泊随风到此庄，满林枫叶醉新霜。灵渊涸辙蛟龙困，未遇云雷且韫藏。

辛为梅兮药为房，举案佳人胜孟光。跨凤双飞云外去，舍东存有似车桑。

次水心秦郡司马原韵

荫世多于若木枝，高风杰概是男儿。恩同膏雨沾吴会，才过龙渊著盛时。赤子歌声方自普，天公祚德不妨迟。应如一曲阳春调，不似巴吟易见知。

题堂上白头送黄给谏石公之滇南

玉堂春暖韶光好，枝上仙禽两白头。棋墅烟霞新韵致，掖垣花木旧风流。迟迟晓日迎青琐，黯黯江云绕翠楼。遥送金鞍芳草路，点苍山色照征裘。

雪狮行有小序

丁未冬，客寓桃叶渡头，大雪经旬，琼堆玉积，虽羁愁岑寂中，亦可谓之巨观也。戏令小嬛扫之，呵冻手塑狻猊，爪牙生动，鳞甲晶莹可爱，赏玩信宿，忽为阳乌促去。中心感焉，因作歌以伤之云尔。

飞琼散花花盈尺，收得千筐塑白泽。双日星悬玉甲明，锯牙钩爪麟头额。狰狞独座势何雄，伏尾抟象真喧赫。曾闻一吼摇五岳，惊动山灵不贴席。谁家驯养昆仑巅，献瑞来从安息国。冰为心兮霜为质，振其威兮备其德。巍巍风生压群兽，凛凛清寒闲自适。羲和无情纵辔至，化作巫云留住不。今朝只剩水半杯，弗见虓形令我悟。呜呼人生亦如此，莫笑雪狮身不固。

先司成自詹事移南雍兰陵以贵游子弟有文誉于一时余年始二十馀从良人于公署司成私宅有红莲碧沼夏日清晏阒然无尘笔墨相赏亦不辜当年风月也沼中莲开并头客以为余夫妇之瑞作百韵诗为贺瞬目三十年恍如一梦高门鬼瞰藐然孤身梗泛萍流复来此土追寻往迹步步恨惜自赤乌开国江马南迁李唐纳土迄于有明兴亡之感可叹者多矣余一女子盖不足云也聊成数律读者其知吾志

国　学

庠序承平尚古风，笄年从宦寓南雍。春秋礼物罗笾豆，晨夕衣冠听鼓钟。司成晨衙鸣钟。高殿觚棱馀绿草，断碑螭首半苔封。

重来曲沼寻荒径，无复池莲照眼红。

钟　山

此中王气属何人，陵谷空悲万事新。四世称尊如过隙，百年江表亦穷尘。可怜老树迷归鹤，犹有荒芜卧石麟。身谢国亡都一种，伯图帝业定谁真。

石头城

隋室平陈六代休，古碑无字草悠悠。纷纭故迹随风尽，寂寞空城见水流。百战曾闻烧铁锁，一隅争得似金瓯。吾来却忆卢家事，两桨还应送莫愁。

清　溪

甲第朱门成往事，溪流曲□浪差差。绮罗逐胜争佳日，花柳当春又一时。古石生苔江令宅，远山凝黛小姑祠。旧愁有恨无人解，更咏亡陈璧月诗。

鸡笼山

叠玉堆青古画图，登临极目见全吴。浮屠风语闻金铎，碧井秋声听辘轳。荒庙精灵无血食，上庠礼乐只平芜。细看山色千年在，何处英雄似伯符。

乌衣巷

城郭河山事事非，佳名犹自有乌衣。品流谁与牛心炙，门巷还看燕子飞。已见王公营建业，又闻谢遏战淮淝。多才林下夸风气，雪夜当年咏絮归。

秦淮河

一道清淮练影赊，好风吹面不胜嗟。红栏夹水开新画，灯火连空散夕霞。暂别回头成过客，重来举眼似还家。赏心亭下闲游处，却把残樽吊丽华。

玄武湖

景阳楼上晓钟声，多少红妆梦里惊。创业英雄迷远略，后主歌舞若为情。堤边草色伤心碧，湖面波纹照胆明。唯有芙蓉偏称意，秋风十里送香清。

栖霞寺

高人舍宅作禅林，梵唱潮声绀殿深。真像巧工曾琢玉，丰碑遗篆不生金。藤垂古涧栖禽啭，药产幽崖野鹿寻。蓬转一身无定止，登临空叹未皈心。

桃叶渡

双飞乐事两殷勤，传得吴声艳曲新。丽质当时怜一笑，名花常自发三春。红妆应照波中影，罗袜偏生面水尘。闺阁空教小字在，解围翻忆谢夫人。

东　山

独凭丝竹养天真，捉鼻曾嫌贵逼人。自为苍生怀远志，可知朝野倚闲身。只持麈尾能安晋，才罢围棋已破秦。别墅至今成梵宇，鱼山声起旧歌尘。

凤凰台

惆怅名台作古丘,凤凰何日更来游。三分事业寒烟碧,六代精灵芳草愁。废寺尚存山历历,江帆无恙水悠悠。锦袍仙客留佳白,恰似重题黄鹤楼。

端午题赠

竞渡江头雨乍晴,新蒲细柳碧盈盈。鲜葩时草纷纷盛,何似葵心向日倾。

戏将彩缕系蟾蜍,恐是嫦娥防范疏。拾得送还难博笑,更裁花朵佐妆梳。

题扇头芍药赠陈总戎姬人时姬以抱疴未晤故云

不是东风偏向吹,可怜春困谢家枝。香凝月冷开来晚,莫怪诗人相赠迟。

上别驾公

征帆风满别金沟,柳软烟丝折宛丘。楚楚琴声悲独鹄,悠悠水色逐浮鸥。忽惊丽藻香篷牖,遥想阳春醉玉楼。漫捧新诗怀旧德,不禁飞梦绕膺舟。

犹记棠阴舣旅船,隼旂威肃水窗前。争看五马春同茂,尽道三吴福正坚。载路欢谣鸣玉管,满城德颂叶朱弦。白堤亭下讴吟处,更说篇章驾乐天。

上邑侯新任

帝眷廛岩邑，为邦简大贤。自天生德贵，维岳降神先。弈叶麒麟画，乔柯鸑鷟骞。仁风扬彩旆，甘雨从行旃。有脚春晖转，无物松冶全。化成三月速，惠普回游传。东海沉冤雪，南溟沴气捐。根盘征利器，硎发正英年。福曜才回照，妖星早避躔。虎从河上徙，鱼向壁间悬。桃李盈城郭，桑麻郁野田。豺狼咸惕若，鸿雁总安然。独怅茕嫠迹，飘沦异土边。巢倾双泪涸，盆覆寸心悁。喜遇神明宰，新掺长养权。迢遥瞻舜日，俯仰戴唐天。旅梦萦桑梓，归瑰度陌阡。缅维随退鹢，只以避饥鹯。秦镜今当汉，温犀冀烛渊。何时依宇下，无路觐阶前。冬日沾和煦，秋云隔纱绵。衔珠方寸在，先托感恩篇。

榴花得子图贺午日新婚

喜逢佳节又佳期，丹实金苞正及时。仙羽枝头贪得子，梦熊怀燕总相宜。

题画上某公

太平时节绮罗乡，谢傅门庭春始长。维岳降神绵历祚，自天生德叶明良。青阳乍喜逢初度，绣褓曾闻远异香。晔晔奇葵敷令郎，英英瑶草茁华堂。庆云五色呈三秀，宝干联辉灿九房。遥映台星纷错落，近依卿月吐光芒。剖圭竹锡姬公履，分陕先浓召伯棠。双建龙旂绥远服，四提鹊印镇遐荒。天门八翼方齐举，海屋三筹正未央。东岭清风闲弈局,南楼明月据胡床。江城韶景莺花发,高馆华筵锦绮张。共以精诚申华祝,争祈福泽迈汾阳。伊予自分闺中质,偶尔来乘江上航。咏絮才情惭道韫,承家学业愧中郎。过蒙拂剪恩何渥,一受褒旌感讵忘。适际高闾挂弧矢,敢赓《小雅》滥笙簧。玉壶贳得馀杭酒,绘取仙芝献一觞。

题迁莺图为梁总戎

长干柳色正盈盈,谷鸟凌晨刷羽鸣。浓翠远侵陶令宅,高枝独占亚夫营。翩跹映日金衣粲,睍睆临风玉管清。矫翼云霄天万里,飞腾直到凤凰城。

瑞莲图为栎园周藩侯题

青倪宝座妙莲花,开向司农甲第家。献瑞漫夸连理种,呈祥还胜并头葩。丹房层叠承膏露,翠药参差吐锦霞。欲识此花生本处,但从忠孝觅根芽。

题画祝寿

瑞霭融融日正长,暖风蓝圃发烟光。珊瑚有实朝暾淡,白玉花开艳雪芳。千岁不随仙果晚,一枝偏夺岭梅香。凌波神女华封祝,海屋添筹正未央。

赠林孝廉道长

真人乘运起燕幽,勋贵君家莫与俦。奋武早时扶帝毂,撰文今借润皇猷。词夸掷地金声振，树拟临风玉荫稠。桂树高枝先入手，柳芽新湩乍沾裘。价胜洛纸三都赋，火映星藜五夜楼。東壁辉生光射斗，西风翅健气横秋。帘深翡翠歌频换，履集珍珠辖竞投。前烈已标麟阁上，嘉称应达凤池头。许公有子门多祚，韦相传言世拜侯。伫看杏园春色动，软红十里衬骅骝。

题画上邑侯

昨夜西风报早秋，银塘新涨露华浮。盈盈木末霞姿绽，淡淡篱东霜质稠。花县莫夸春色好，甘棠偏贵晚香悠。湘缣点染殷勤祝，一路荣华到白头。

赠

绿沉苔卧傍瓜田，遁迹青门已十年。任侠共知肠似雪，解纷还看笔如椽。山中名士陶弘景，海上先生鲁仲连。此日拊髀方右武，风尘宁久息鸢肩。

策名早许画麒麟，绛灌韬钤随陆文。薄海欃枪方射斗，菇芦豪杰孰如君。尘埋豹略光仍烂，土拭龙精焰自焚。醉尉何妨从偃蹇，灞亭行起故将军。

锦堂春富贵图

震泽深沉万顷绿，禹穴波涛出苍玉。雨洗雷皴片片云，叠作帘前山一曲。东皇三月春气融，青袍翠盖香丛丛。司花不遣芳意尽，秾姿素骨夸天工。皎然一树当庭立，饼试何郎汗初湿。蒹葭争敢近琼枝，真态不教胡粉浥。海棠艳绝胭脂开，杜陵欲咏惭无才。青旆当檐卓家女，垆头笑隐双红窗。露重香温牡丹睡，西施微倦杨妃醉。天孙织罢玉梭闲，乱剪明霞锦花碎。郁金堂中白日长，杏梁乳燕新泥芳。美人富贵饶春态，只把花枝比晓妆。

恭题郡司马像赞

一代人龙，九皋鸣鹤。吐曜星辰，诞神灵岳。霜肃长松，芳凝茝若。濯濯半仪，棱棱眉目。此日丹青，他年麟阁。岂如虎头，难画幼舆于丘壑。

题 牡 丹

青烟凝绣幕，淡月笼倾城。静对生春影，如闻琼佩清。

杏林春燕为黄子正孝廉

上苑高枝倚日边，新归双燕逐蹁跹。迷离粉气薰人意，淡荡红晖拂远天。罥树游丝吹细细，藉香春草极芊芊。风流雁塔题名客，电策花骢入紫烟。

梅花倒挂鸟赠秋臣宁夫人

姑射仙人琢雪姿，云阶月地见凝思。翠衣弄影空山梦，丹臆馀香第一枝。添线日临寒欲破，泛兰风动信初知。扫眉才子怜彤管，倚槛含情合有诗。

祝　寿

帨设华堂瑞霭赊，玳筵银烛醉流霞。争夸棨戟将军第，即是蓬壶阿母家。青鸟传来云外信，碧桃开遍洞中花。东溟浩荡南山迥，共祝遐龄未有涯。

画牡丹为玉础林中丞

春云憨惰春泥湿，鸳鸯瓦炙春晖热。锦堂帘卷白昼长，十二阑边扫红雪。富贵风流独殿春，牡丹千朵为朝云。凌空艳色欲飞起，古来堪对惟太真。浓香醉人若浓醴，东风吹上九关里。或分贵主额边黄，或借相公袍上紫。莅兰席兮傍花开，为献主人南山杯。愿主人兮受多祉，君恩联翩丹凤来。

题芝兰图

深谷幽姿岁月长，商山楚畹一时芳。齐心采得添灵药，吉梦占来认国香。骚客漫夸搴作佩，仙翁曾用茹为粮。青青并茂知何处，常叶休微谢傅堂。

寿徐母八十

婺星耿耿照江东，诞育寿母真女宗。虞山琴水扬清风，高门四德兼三从。八十容貌等乔松，庞颜秀鬓青双瞳。相夫偕隐比梁鸿，椎髻掺作追芳踪。中年冥鹄悲枯桐，仰天啼血沾蒿蓬。当时贤侯召父同，旌门表里人争荣。阶前玉树森青葱，辛勤教育瘁厥躬。断机画荻并丸熊，要令文史穷三冬。高才蔚起侔贾终，白华孝养时飧饔。清时雏凤与伏龙，慷慨人呼东海公。嗟余落魄赖帡幪，解纷排难多和衷。登堂分寿亲帘栊，佩服嘉懿欣磨砻。自今伊始把金钟，岁岁来瞻西母容。

寿桐城方母何太夫人

堂上有白头，栖来棨戟第。风光锦绣丛，岁月何曾记。南山瑞鹤飞，西池青鸟至。共祝紫霞觞，年年庆无疆。

梨花白燕

一枝仙艳弹轻风，双羽翻飞讶许同。洗出新妆偏爱淡，舞回纤影却疑空。霓裳仙子云为阙，玉树佳人月作宫。愁杀雕梁春昼暖，衔来香雪一时融。

梅花倒挂鸟

云阶月地逗春愁，青雀西飞试转头。拟欲寄书凭远使，莫教横笛上高楼。何郎粉腻无烦傅，贾午香浓不用偷。更倩绿衣歌一曲，许容清梦到罗浮。

梅花翠鸟

烟满高台云满窝，枝横香粉影犹多。风流捷报春消息，恩泽偏沾月暖和。好鸟坐舒丹穴彩，冰魂听断绿衣歌。诗家更作平章事，姑射仙人也未过。

虞美人草

逸艳惊人一簇明，石边池畔总盈盈。倚风啼露朱颜薄，动碧翻红舞袖轻。春酒觉馀犹有晕，楚歌何处断无声。朝来恨欲成淮里，谁唤君王旧赐名。

芙蓉翠鸟

醉起巫云艳粉寒，方塘清浅叶声干。翠衣小鸟餐鱼贯，暗立花丛睇碧澜。

墨 牡 丹

艳倚东风软，阴移午日清。轻帘遮紫乙，远树语仓庚。

赠游庠合欢

奎璧星联婺女辉，乘龙佳客采芹归。绣衣栖稳春烟晓，琼树光生湛露晞。蹄屣骅骝方极骋，翩开威凤正高飞。兰茞翠羽相鲜处，乐事瀛洲定亦稀。

杨妃山茶

闲来却学画杨妃，淡粉轻脂色欲飞。偷得玉容春酒晕，绝胜妆额晓霞辉。几枝带雪红偏嫩，一树经冬绿更肥。何处曾留金钿合，仙山缥缈见还非。

玉兰海棠

玉兰如玉海棠春，锦绣芳丛晚露匀。何似卫郎清韵整，可知秦女睡痕新。高笼日色能相照，淡罩烟姿各有神。处处妒袍青草路，东风无赖醉闲人。

海棠青鸟

无限春愁寄一枝，粉痕脂晕共迷离。翠衣栖稳东风软，恰是三竿日上时。

芍　药

也殿春风学牡丹，飞翻红紫浅深攒。仙宫彩帔争临榭，女市金钗竞倚兰。檀点欲含清露重，绿擎奈怯晓烟寒。当年赠谑诗人咏，千古犹如画里看。

动紫翻红锦障遮，风流何减牡丹花。看宜瑞日晴云下，多是神仙富贵家。蕊密故应雕赪玉，葩鲜犹似剪明霞。谁贪秉烛当繁艳，弦管声中月欲斜。

幽 兰 颂

青青载荣，披彼江皋。君子服之，德音孔昭。

墨　菊

金羽凌空玉甲鲜，霜华初堕月明天。阑干寂寂箫声咽，一本清阴画阁边。

海棠青鸟

朱鸟窗中青鸟过，非烟霭霭晓风和。春妆正怯香鬟重，晨酒微沾玉晕酡。粉黛似含千种思，绿衣时啭一声歌。西川子美肠应断，欲咏无才奈尔何。

蔷　薇

绿暗西园春未残，浓芳压架锦成团。谁教南国三千女，遍倚东风十三阑。醉态恰宜承晓日，玉客犹似怯春寒。牡丹零落荼蘼晚，好为殷勤秉烛看。

短蔓长条互屈盘，绿阴深院卷帘看。葳蕤弱蒂含风重，零乱芳心浥露寒。卫女妆新初倚槛，吴妃舞倦独凭栏。朱朱粉粉皆倾国，泚笔临窗欲画难。

水　仙

亭亭仙卉碧琳琅，弱质偏能傲雪霜。翠带当风浑欲舞，冰肌笼月但闻香。仙妃夜醮黄冠湿，神女朝游玉佩锵。合与江梅斗标格，莫将矾弟作平章。

水中草花

白蘋风细水痕枯，浅紫殷红朵朵疏。茎弱自能凌荇藻，色娇还欲伴芙蕖。枝头栩栩寻香蝶，叶底洋洋戏水鱼。岁宴沧洲愁寂寞，秋容点缀正怜渠。

荭花金丝荷叶

碧叶丹英绕砌荣，纤纤笑拟旱莲生。缕金欲妒裙腰色，绚锦偏依屐齿明。南陌风柔争烂漫，西园雨冷斗轻盈。莫言野卉秾华浅，刺眼撩人正有情。

雪中山茶

缤纷瑞雪凌晨集，的烁娇葩破腊开。浅着胭脂皴玉颊，浓堆腻粉扑香腮。散花天上琼姬降，飞絮窗前谢女来。呵冻临风描未就，绣帘斜卷重徘徊。

题　　画

芳信泥青琐，花开胜洛阳。莺歌风正暖，蜂舞日初长。粉照台前镜，红生醉后妆。玉兰朝露下，霭霭郁金香。

祝　　寿

儒林耆硕俨灵光，甲子初周鬓未苍。度索仙葩红映月，徂徕贞干翠凌霜。清风久著南州榻，采药应乘东海航。麟凤翩翩兰玉秀，齐眉共进紫霞觞。

眼底沧桑劫外身，萧闲杖履出风尘。往年曾拟龙头客，今日真为鹤背人。朝爽青山千度醉，晚香黄菊几回新。丹成莫向蓬壶去，小驻凡开五百春。

秣陵佳丽拟瑶京，弱水三千接杳冥。晓日关门灵气紫，秋风江上远山青。悬弧正值黄花节，献寿齐斟碧醽醁。应有方平擘麟脯，祥光双驭彩云軿。

水仙月季

冱寒庭院绣帘隈，谁把芳姿次第栽。玉佩玲珑霜下立，红妆掩冉露中来。漫言琪树朝朝见，争似琼葩月月开。隋苑不须频剪彩，寂寥留取伴寒梅。

题杂花蜂蝶图

东风轻软雨初晴，姹紫嫣红照眼新。乍讶梁园回绮鞯，还疑楚帐踏香尘。苍苔锦石相将晚，粉蝶黄蜂恼乱春。试借铅华描冶态，崔徽可似镜中人。

芍　药

异香吹幕草初肥，小谢当婿日影微。无骨风前怜赵燕，丰肌浴罢见杨妃。烟寒暮色愁生梦，粉腻朝云暖不飞。垂首莫言缘底事，含愁应是为春归。

秋海棠

秋光点染旅窗东，古石云根发小红。玳瑁丛深堪宿露，珊瑚枝脆不禁风。王孙偏向宵征早，庄蝶无端晓梦融。一片凄凉悲宋玉，海棠娇菁若为容。

九芝图

九芝红玉灿华堂，寿域初升驻景长。绳武君恩光奕叶，连镳帝泽羡流芳。林泉尘静琴书乐，琪圃花明兰桂香。会有瀛洲迎彩靸，丹轮沆瀣庆无疆。

白芍药

素面不须夸虢国，浓薰何用窃胡香。玄晖阶下当春见，从此令人薄艳妆。

芝草图

九朵仙云合一枝，玉田琼圃最相宜。灵书有样谁能识，丹检无名岂许知。乘鹤采时华烨烨，呼龙种得叶离离。汉储已定黄公去，深谷归来雪似眉。

白芙蓉

瀼瀼萦露素商清，淡淡芳姿照水明。漫道秋光悲宋玉，画来犹自感羁情。

墨牡丹

轻烟凝绣幕，淡月笼倾城。静对栏中影，如闻玉佩声。

牡　丹

东君不放艳阳回，带醉如慵取次开。暮雨和云巫女现，朝霞映日洛神来。香沾锦缬离青琐，翠点新妆对玉台。斗鸭栏边粉翅满，最怜浓露染红腮。

次吴不官韵赋得敛性返幽蓬

久作烟波客，广参文字禅。兰芳生楚畹，桃发记秦年。水曲神仙宅，山陬芝术田。高风荷长锸，逸韵枕流泉。妙论藏三雅，清言止七篇。盟鸥遵碧渚，饮犊破苍烟。避世徒为尔，伤时亦偶然。草颠书始圣，醉语酒称贤。参佐三椽舍，中山千日眠。沧浪清可濯，好放志和船。

玩世本无相，风波亦是禅。微生危日日，大梦幻年年。既见陵成谷，俄惊海变田。息阴违恶木，漱齿赖清泉。熟读长生诀，闲摹内景篇。炼丹新柞火，燃杖旧藜烟。鹤唳音清远，松涛韵爽然。续貂惭弱质，联雪继名贤。廊庙千钟粟，邯郸一枕眠。幽蓬何足恋，笑指避秦船。

一瓢诗有债，半榻静通禅。碧水壶中境，青山劫外年。秋风香橘圃，春雨稔芝田。文竹因延月，桃花曲引泉。锦囊留丽句，残簏贮新篇。苔径添钱样，茶炉起篆烟。三杯聊适尔，一枕丘陶然。肥遁师前哲，清修嗣古贤。穿云携短屐，积雪称高眠。何日金庭过，闲看放鹤船。

奉和牧翁钱宫保红豆花原韵十首之八

火齐轻含簇翠华，争如雪乳裹丹砂。胎仙阁设南山宴，乐聚群贤颂豆花。

仙仙珠果缀繁缨，纵倩边鸾画不成。莫道东皋偏自拙，应怜骚客爱秋明。

几度期空不卷帘，今朝喜见妙华严。醁醽百斗长生庆，介寿仙禽绕画檐。

海内名花能几枝，春风珍重欲开迟。当时若在唐昌观，应笑虚吟玉蕊诗。

露洗芳姿夜色赊，铺阶凉月似银沙。桂枝萧索嫦娥老，不及胎仙解语花。

记得花开暖半天，好风引韵入新篇。香魂一去无寻处，蝶怨蜂愁二十年。

名花偏称谪仙诗，燕燕昭阳漫见嗤。试问昔年花放日，何如经见太平时。

仙村一树莫嫌迟，桃熟千年自有期。谁指南山称万寿，灵谣应咏白云诗。

寿邑侯

河源悬圃在青霄，仙使云中碧筒遥。虹气百寻看积玉，霞光千岁结灵桃。东邻归去飞龙到，西极来时八马骄。仁寿无疆如戴胜，柱天动德驾山高。

国香楚畹滋兰佩，上药商山有紫芝。采采灵苗生远地，青青幽色及良时。延年线永千秋久，比德芬芳一室宜。松柏不堪当善祝，遥知鲁颂未能诗。

题　画

青皇珍重江南地，暖律乘春福星至。仁风十里绣衣香，化日千门韶景媚。小谢阶前国色娇，秾酣错认杨妃醉。粉翅韩冯栩栩来，香中一影当花坠。胭脂带湿露痕低，闲扑芳丛怨花睡。陌头泥软马蹄轻，彩球红处回骢辔。愿令草木感深恩，常见春台锦为地。

桃花青鸟

天教浓露涤香腮，到处成蹊次第开。一树似从仙苑出，双禽应自越裳来。秦人几世犹深隐，汉武当年漫欲栽。歌笑纷纷谁最赏，东风佳气满春台。

贺慧先侄合欢

丹枝云秀紫兰香，此夜箫声跨凤凰。甲帐麝浓连理锦，丁帘烛映九徽光。芳搴荇藻成嘉耦，梦兆熊罴待叶祥。自此东方千骑上，名高何止侍中郎。

题 画 扇

粉颊丹心未展舒，青禽欲一更踌躇。等闲斗尽春来草，豆蔻含胎也不知。

低头不语自沉思，记得长生夜半时。天上人间意何定，当年两哲只心知。

甲辰中秋祭外

维年月日未亡人绡，敬以清酌庶羞之奠，祭于先夫兰陵公之灵，曰：呜呼哀哉！福善无征，昊天降酷。温温君子，不究百禄。茕茕未亡，罗兹冤毒。呜呼哀哉！让王遗胄，高阳鼎族。二姓判合，琴瑟孔睦。嗈嗈具礼，锵锵协卜。华如桃李，芬犹兰菊。鹿车共贫，牛衣相勖。鹏运垂天，莺迁幽谷。载拥隼旓，荣推华毂。三已无愠，远人止足。爰赋归田，抽簪返服。历历高门，祟祟润屋。方期难老，受尺之谷。火燎紫芝，霜摧乔木。百年始半，鬼伯相促。吁我哲人，幽灵永伏。一去无还，百身何赎！礼无从死，哀难昼哭。呜呼哀哉！盛极而衰，福兮祸伏。妖狐号出，黄裳掩绿。如何深源，一旦为陆。念切毁巢，悲深舐犊。同火有期，我生何蹙。酎酒灵前，崩心血目。呜呼尚飨！

寒食省墓有感

总帐萧萧满座尘，九原长寐不知春。荒阡只有青蝇吊，陌上谁为白马人。举目松楸看渐老，伤心宿草几回新。一杯麦饭逢寒食，独对孤坟泪湿巾。

回　思

同心穷达不相违，短运堪伤薤露晞。峄树千寻诚半死，桓山四子奈分飞。鹤归华表魂何在，鬼瞰高门事已非。强弱存亡都一梦，回思犹记泣牛衣。

女君子行并序

吴中刻闺秀诗，多脂粉轻薄之辞，非女子之言也。古乐府有《君子行》，岂独无女君子乎？聊拟之。

《关雎》贵有别，中馈理无渎。男女不同席，宵行必以烛。蘋藻供笾豆，缔绤亲频辱。玄豹既相勉，鸣鸡亦交勖。水至不下台，哀来难昼哭。奉食齐眉敬，彼馌如宾肃。美哉班姬戒，俯躬思佩服。

偶　忆

上元曾到汉皇宫，青鸟重来信不通。千树玉桃迷洞府，一缄金篆秘神踪。谁乘步景寻丹峤，暗驾飞軿辗碧空。城郭人民尘世促，令威何事忆辽东。

画卷自叙

每谓吟事之与绘事，皆所以摹写物之情状，而穷其变者也。余自髫龀，嗜斯二者不去于手，长而益笃于绘事也。一卉之微，一虫之琐琐，必购其生者而熟察之，然后与之传神。或有欲自失笑者，非直为绘事，正以诗人当多识以鸟兽草木，然后可以追风雅于前人也。曩者岁在壬午，自夏徂秋，蕉窗寂历，研丹和粉，绘斯数十幅者，毕事后置之庋阁尘坌中久矣。遘闵以来，旧居不守，播迁之馀，一展寓目，潸焉出涕。呜呼！此固少时清心晦日所为作也。思之如昨，不啻弹指间事。吁！计数日月，二十五年沧桑变更，都非往素，悲哉！

题画

铜律潜移当大吕，李径桃蹊霜举举。中园谁觉早阳生，姑射神仙洛川女。素衣粉面玉亭亭，冰雪相看两无语。嫦娥偷丹双颊红，爱与寒蟾为伴侣。绿叶棱棱犀甲健，桂树丛边醉芳醑。一线初添日驭迟，艳色浓香已如许。况今阳春有脚到江南，仁风一扇回寒暑。冱阴无力暖烟青，假饶燕谷须生黍。福星常照斗牛光，浩浩江春无处所。草木宁知造物恩，惟有枝头零露湑。

题群仙祝寿图

翠叶梢梢摇凤尾，匀圆千颗珊瑚子。玉钿罗带呼水仙，薄粉秾香冰雪里。吾闻水府真人会众真，贝阙朱宫照波底。河伯驾白鼋，琴高乘赤鲤。冯夷鸣鼓女娲歌，游女双双垂月珥。虬羹麟脯称寿杯，九奏钧天骇人耳。月中灵药伏火砂，千岁只须方寸匕。虾蟆丸就成赤珠，特遣苍龙求月姊。冬日光添一线长，曈曈爱景高堂喜。栏前艳草羡佳名，弱翰试图聊比拟。深红浅碧素花香，阿母蟠桃争似此。

芝

鸾凤分明旧识名，红光紫气镇纡萦。神仙换骨须灵药，羽客图形验玉经。采得只应教兔捣，种时还自唤龙耕。商山深谷逶迤处，试问黄公有几茎。

兰

千金高价尚言轻，鹿醢三年浸始成。翠带自回清露长，远香偏逐惠风生。怀人已许同秋菊，比德遥知胜杜蘅。佳兆若征燕姞梦，应和玉树在中庭。

丁未冬客寓秦淮偶作

秦淮一线水渐渐，空记回澜荡昔年。白羽犹然飞画槛，红牙无复拍歌船。生蘋淅沥风欺坐，似絮纷纭雪满前。多少梗萍羁旅恨，青灯闲咏不成眠。

上邑侯丹凤来仪歌

灵禽五色名凤凰，出自丹山道路长。闲引醴泉啄竹实，带仁抱义声锵锵。有时高栖白榆畔，九雏一母自相将。仙真控驾夸毛羽，下视人间乐未央。轩辕御极三百岁，当年阿阁闻归昌。伶伦以之正音律，咸英不是九宫商。从此千秋纪灵迹，诗人徒咏如干翼。岐山难得一回鸣，仲尼不见空太息。圣王抚运临八区，天使福星来海隅。才过尹铎为保障，年似终军始弃繻。应律清风吹弱草，及时甘泽润焦枯。麦陇崭崭驯乳雉，满耳讴歌颂裤襦。巫咸生处号神山，火耨力耕赤子孱。梧宫昔种梧桐地，绕池琴水鸣潺潺。时和异物非难致，大贤自是兴朝瑞。中书堂坐富民候，圣代方当相循吏。看公一飞集凤池，翙翙还闻蔽空至。

牡　丹

占尽东皇万斛春，异香浓艳泼精神。风流夜月烟笼淡，富贵朝阳露洗新。天醉还成玉女笑，地融惭未宝王身。沉香亭畔当时见，国色分明有两人。

草　花

宋玉墙边细蔓遮，碧云小朵衬轻霞。女萝自附高松长，未解枝头别有花。

寿魏相国玉堂富贵图

枝头少女风初热，剪尽深宫醉红缬。朱栏十二静沉沉，芳菲密处莺声黠。锦晕映日五彩鲜，牡丹飞香入九天。中间最贵相袍色，氤氲如惹御炉烟。物华欲绘太平盛，三公稷契天子圣。万民衢歌乐尧年，三辰增辉泰阶正。献寿觞兮愿我公，日月辅天光重重。传经世泽汉韦相，调补化工作述同。

寿魏相国鸳鸯瑞莲图

水碧陂塘铺匹练，芙蕖到处光如霰。盈盈笑影绿波深，镜中初见文君面。钿盖擎珠朝露早，鸳鸯自爱毛衣好。浮萍点点縠烟轻，双双相逐花中老。太平天子爱日长，薰风殿阁生微凉。黑头宰相天上来，锦袍彩绶沾御香。韦公家世传一经，封侯此日见玄成。君心常比莲花静，万里无尘四海平。

题画梅花青鸟

月到闲阶疏影凉，纷纷珠玉自生光。浑如傅粉原非粉，若待薰香未是香。杜甫檐前春尚早，卢仝窗下梦初长。青禽独立高枝上，不学寻常蜂蝶忙。

送女夫沈彩臣入都

燕台方自筑黄金，赋力真应敌上林。豹变文章披雾出，鹏程抟入击云深。须教紫气生神剑，定有高山识素琴。从此窗前占鹊语，好缘风便寄佳音。

寿萧孟昉江右名士

良辰五十初，嘉日记悬弧。好侠多新事，名园似旧无。闺中贮桃叶，杯里见菖蒲。匡阜如仁寿，休嫌岁月徂。

贺徐太夫人与坦翁偕寿

五云重重宫阙出，丹凤飞来紫泥湿。玉堂静吹兰蕙香，荣封帔幅霞红袭。朱颜五十乐如仙，齐眉举盏百花前。悠扬雅调闻琼琯，宛转清音动素弦。金明孔翠花屏展，日射麒麟锦幕褰。三株玉树争明爽，贾虎荀龙世无两。叠祉重休未有涯，君看碧海波苍莽。

赠梅郎大兄

虞书赓歌声诗始，国风雅颂诗观止。入汉初有五言诗，河梁之作闻苏李。建安曹刘文中龙，西园佳句追前踪。齐梁声病苦轻靡，谢朓惊人独擅工。沈宋肇为声律学，自兹镕范诗人作。少陵崛起振雅声，千古仰宗如泰岳。自此中间数百年，欧梅坡谷多鸿篇。吾兄大笔掩前古，鲸鱼掣海鹏摩天。绿波红霞色相淡，鸿球缊瑟声相宣。玉堂巍巍龙门高，千卮寿酒倾葡萄。三千弟子百花里，百花犹似争英韶。

题画红梅绿萼梅两株

香艳谁家红粉女，清华犹见绿衣仙。最宜有月无风夜，欲拂金樽曲槛边。

贺新婚

复道春浓咽瑞烟，酒香红露烛金莲。花明锦带乘龙客，月艳琼箫跨凤仙。照坐此时珠作树，连城他日玉生田。可如双剑神渊合，紫气遥看北斗边。

上郡司马

禹迹东南最，名贤忧海邦。嘉声继苏白，美政赞龚黄。艦错当硎刃，星辰识剑芒。蒲鞭宽尺度，柱后简刑章。震泽波涛静，吴宫草木香。疲民已襦裤，穷壤尽耕桑。铃阁春风暖，闲庭日影长。冰壶清映澈,月镜照心光。冤妇悲东海,穷嫠哭杞梁。强遭枭取子,讼枉鼠穿墙。抢地方无诉,投怀每自伤。根枯蒙湛露,盆覆值暾阳。密网开三面,高门愿百祥。台阶宜魏邴,泰运翊成康。神理知无爽,慈恩讵敢忘。摛词惭莫祷,舆颂日洋洋。

寿沈广文仲畹

老仙寿如南山石,永长不假金丹力。庞眉皓白黄发长,喜颊凝红好颜色。儿孙膝下多奇俊,兰牙茁土琼枝植。乡闾归美郡侯知,楚楚宾筵礼耆德。深衣鸠杖如图画,环祝千人咸叹息。屈指悬弧已八旬,高门积庆欢无极。金樽上酒祝期颐,与善皇天有常职。五福臻臻百禄宜,造物于公岂当啬。彭聃耳曾闻,大椿眼未识。王乔洪崖与君友,愿君眉寿长千忆。松柏岗陵不足言,自是神仙少羽翼。

寿郡侯吴瑶如

三百五十画桥头,春风漠漠水悠悠。元和才人白太守,教彻霓裳几度游。张娟李态人不识,至今桃脸胭脂稠。韶光此日还如故,百鸟鸣春春欲曙。乱笑蹊边无语时,彩绶盈盈夹城路。不数河阳一县花,争似华林八百树。只谱双成采得来,莫令方朔偷将去。姑苏游鹿已千年,文公放鹤今何处。胎禽仙驷寿无涯,芳草苍烟镇常住。暖红如染翠如积,司花自有神仙职。羲和迟辔待东皇,酴露如饴滋动植。我家让王千载来,冠冕蝉联藉遗德。戟卫森严讼阁闲,燕寝高堂比虚白。行春到处听歌谣,士女纷纷看熊轼。草木犹欣化日长,疲民不假施鞭策。愿君荣盛似春花,烟霞岁岁应无极。

寿蒋夫人

绣幕高褰白玉堂，玳筵欢庆醉琼觞。木公仙地云霄贵，金母生年日月长。芝秀阶前迎客瑞，兰青室里袭人芳。孙枝玉立班衣乐，正是元方与季方。

仙　　客

跨得长鲸返贝宫，蓬山波浪更难通。铢衣自作云中影，罗袜应无水上踪。凤羽缡褷巢玉树，鹤声来往过长空。人间尘雾虚凝望，难见金乌出海东。

题　　画

烟开日映一枝枝，带笑凝愁两得宜。宿酒未醒慵不动，朝云和梦觉来迟。芙蓉粉薄含啼处，豆蔻汤温出浴时。韩掾曾为青琐客，惹衣香气自堪疑。

赠袁歌娘

人间名誉重韩娥，一串明珠一曲歌。弦急迸飞行雨骤，梁空萧飒落尘多。闲庭鹤听朔玄翮，清沼鱼闻出绿波。折柳送君归棹远，玉峰应藉梦相过。

玉堂富贵图

东风吹春向西海，暾日彤彤发光彩。双燕雏成衔哺忙，未卷湘帘花蔼蔼。中园佳荫深如幄，锦羽花冠鸣喔喔。蜀烟淡淡海棠开，露下香丛瞌方觉。无言微笑秾无力，艳朵栏中方径尺。赵家轻弱太真肥，共向堂前斗颜色。十二金钗红玉腮，郁金苏合薰绣堆。宵来宴罢丝竹散，风蜡风吹一寸煤。春光如电莫辞醉，明年此日还归来。

题扇赠歌者

小轩春风软，国色花如剪。花能劝酒不足多，买得真珠一曲歌。歌一曲，珠陆续。玉盘泻出满花前，拾取量来成几斛。金衣公子藏柳丝，涩住娇喉不敢啼。空梁郁郁起香雾，流尘一片侵人飞。吾闻周曲有白雪，宋玉以来此歌绝。安得重寻旧谱词，烦君唱彻清宵月。

虞山诗社中有咏春闺者用唐人溪西鸡齐啼韵兼含雨丝风片烟波画船二句遍索和皆以此为难十无一二余亦不知所以聊步原韵应之

雨过微寒水满溪，丝垂碧树小楼西。风吹花落惊春鸟，片点香阶啄晚鸡。烟隔残红未了阳，波中倒影绿新齐。画桥只在横塘口，船断无人莺自啼。

跋表侄杨青冬集唐诗

千金之裘非一狐之腋,其集唐之谓乎?青冬,吾犹子也。自少从总戎公横槊赋诗,既而益臻神境。唐诗何虑数万首,星罗胸中,列若指掌。登临赠送,随手拈集。璧合珠联,辄无痕罅。起王杨卢骆,暨开元天宝,降自长庆以下诸公。于今日得一见之,当未有不失笑者。

贺陆子新婚

佳偶乘龙瑞气浮,士衡才誉有谁俦。晴云更暖鸳鸯浦,丽日偏明翡翠楼。莲烛焰高青玉案,蝉囊香动紫金钩。他年组绶朱衣贵,千骑真应在上头。

谢诗僧次韵

大海洪涛千仞峰,茫茫无际敢评工。生花拟似江郎梦,新柳疑含张绪风。玩世谪仙谁与并,醉乡陶令自堪同。量来始识词囊富,百斛珠玑七步中。

有诗招饮

春酿开来十里香,梦魂先醉杏花庄。金盘海错芬枯腹,玉斝云浆润渴肠。种就宜男草初碧,吟成幼妇绢应黄。新诗字字骊珠颗,想得推敲远画廊。

续梅花帏

齐纨轻薄透晨光，写尽梅花觉有香。个里根深千岁久，却堪天室作虹梁。

含韵含芬各有宜，帏中谁是向南枝。一声啼鸟来花外，正是愁人梦断时。

素魄幽芳迴合眠，相将姑射雪肌仙。金钗暗坠香云散，自有梅花落枕边。

明月团团花影稠，梦魂真是入罗浮。应知爱护清芬在，不忍轻绡卷玉钩。

学他仙桂广寒宫，冰雪精神自不同。折得一枝随驿使，肯辞勤缀夺春工。

红梅传自相公家，贵艳偏顷万物华。最爱静看相似处，清阑阴外一枝斜。

暗香疑逐小溪回，不待东皇昨夜催。也似洞中天地别，时时春暖碧桃开。

桂室东南画阁西，隔花深处绣帘低。未知甲帐春生早，遇得孤山处士妻。

佳句堪携落雁峰，嘉谟绝壁浪夸工。清芬似嚼梅梢雪，和蔼如沾花信风。

掷地有声闻玉振，戛天无极羡云同。挑灯读到深深处，恍入蓬壶仙境中。

残月如新月

起处琼签促，纤纤似始生。斜钩金朱变，一掏玉犹清。见直芙蓉渚，思倾杨柳城。无妨先旭耀，还拟伴长庚。镜缺蟾仍隐，弓悬鹊自惊。较来三五夜，波彩总多情。

爱妾换马

一枝红艳有谁伦，去阁轻教为绝尘。花点拳毛沾汗血，胭脂如泪湿罗巾。明珠十斛真闲事，石黛双蛾漫动人。取得如茵芳草路，风追不及四蹄匀。

马癖偏怜似鹿形，朱弦此际动离声。从教燕市千金重，不觉阳城一笑轻。枥上桃花初换主，楼中春草又更名。银鞍若向当垆问，莫遇胡姬别有情。

题牡丹花扇

红玉凝香一朵春，晓妆和醉粉光新。彩毫不续清平调，写出当年捧砚人。

牡　　丹

年年谷雨试新妆，梓泽春秾胜洛阳。拂露共翻红玉佩，临风齐舞郁金裳。绮罗丛里香偏贵，弦管声中曲破长。只恐花容易憔悴，漫将彩笔驻韶光。

阶下栏前次第红，迟开偏自待春融。微慵只恨沾宵露，带睡还应怯晓风。西子湖边知尚早，沉香亭畔可能同。上宫人去谁相赠，犹有韩冯到叶中。

题　　画

苍崖流水神仙境，瑞草缤纭覆锦霞。两两皋禽鸣和处，碧桃千岁正开花。

贺邑侯行取

应运玄菟鹏跃垓，少凭岩邑展宏恢。烹鲜皆仰调羹手，制锦咸昭补衮才。绩奏金銮荣日近，恩承玉陛伫风裁。邀缘一土亲光范，先布弹冠贺燕怀。

题　　画

啼鸟声声午梦残，柳绵榆荚共漫漫。竭来南国千金质，凭遍西园百宝栏。赪入朱颜馀薄醉，香凝绣幄护轻寒。斜阳忍负妖红意，与炷兰膏彻晓看。

题画牡丹锦鸡

春泥浥浥融，水榭粉罗绮。酣人暖云中，花迷残梦里。阑回沉水香，凝情立妃子。相对红牡丹，勒取春留止。玉阶锦羽闲，徘徊顾影喜。步啄弄晴晖，兰苕拂红尾。

题　　画

盈盈仙佩下瑶台，冉冉巫云荐梦来。浓注螺痕匀小黛，微沾獭髓点香腮。好凭玉腕扶看起，为倩金缸照夜开。只恐秾华易零落，三郎羯鼓莫频催。

寿丘公

江花红映锦袍花，半壁军台倚任赊。剑向试初偏颖利，玉犹藏处自光华。干霄气逼三槐地，逐日才宜万石家。海屋筹多同海水，寿筵今甫酌流霞。

牡　丹

满蹊桃李避容光，楼上风轻春昼长。露洗一丛明晓日，烟笼千朵困残阳。画阑愁倚杨妃醉，锦幕深藏贾午香。一笑谁酬倾国价，真珠应用斗为量。

蔷薇白蝶

纤条盘一架，绿地衬红花。塞北胭脂色，江南富贵家。纱窗全欲隔，绣袂半相遮。粉蝶飞过处，悠悠日未斜。

梨　花

明珠错落玉阑珊，尽日萧萧水一湾。鹤影风吹丁令去，霓裳舞罢素娥闲。枉教妆面添香粉，宜与搔头近翠鬟。一树檐前曾与共，为云和梦到巫山。

蛱蝶花野菊蝴蝶画扇

小石参差曲径斜,花如蛱蝶蝶如花。金英野菊闲相映,应是分来陶令家。

牡丹双蝶

韩冯栩栩暮春时,国色休嫌晚景迟。只爱香风能醒醉,不堪浓日照凝脂。笑啼属意应难问,红紫多情莫可期。相倚无言缘底事,东君欲别有馀思。

优昙花赠尼

幽芬静色最相宜,欲写凝思点笔迟。散处只教天上落,种来曾向钵中移。青莲自好应难比,薝卜虽香不足奇。试问饮光微笑意,禅机未许下根知。

题百泉水花

兀坐苔矶数细鳞,澄波漠漠水花春。琉璃一片珠千颗,曾照当年佩玉人。

小　叙

情发乎中,形乎言,歌之成文,则诗之作也,惟情所感,乌有所谓法哉。故太保牧翁钱先生,当世之宗匠也,其言曰:今之人学古为诗，如寓人刍狗，徒有形而不生动，以为伪文。余得斯语似，凡有吟讽直意尽而已，其于古人之作，离耶合耶，未常屑屑也。熙怀李君不以其愚无知，辱示以所作，且命为叙言，余岂能为李君作玄晏先生耶？

题　画

女床高树似仙都，月挂银钩暑已徂。云外笙簧知子晋，筵前香粉见黄姑。镜中对舞怜花影，扇里双飞爱画图。不羡凤凰天上乐，白榆星下欲将离。

题　画

朱援浑疑锦幕张，暖烟深锁一庭芳。宋家最爱东墙近，鄂渚偏矜绣被香。垂地数枝纤颊短，盘空千结翠条长。帘前好鸟知春去，风送啼声尽日忙。

丁未秋避迹乡间偶遇瞿夫人邀归谈心数日方别

破浪潜来云水乡，故人相见慰彷徨。一枝栖稳堪忘世，万里何劳觅下场。珍重至言唯镂骨，黯然销别共沾裳。他年此日衔环到，不负见深畯喜堂。

奉和县谷瞿道长惠诗

不夜真珠出海东，区区鱼目岂堪同。才华应得亲曹植，体气遥知胜孔融。丹桂花香游月窟，灵桃子熟自瑶宫。仙家许到难常住，惆怅随风似转蓬。

世事浑如合浦珠，静思何处止双跗。因知突兀千间厦，却胜神仙百二都。心似月华秋更白，身同星彩曙偏孤。鹪鹩固有巢枝意，为问深林借得无。

上范相公长公

昴宿应赤符，灵岳生申甫。公侯世泽长，麟趾凤皇羽。灿灿星汉文，赳赳干城武。问气名世贤，大镇开莲府。吴山与越水，万里分疆土。福曜临南斗，疲俗烦咻煦。南人多剽轻，地险江湖岨。禹功在会稽，悠悠已千古。况当肇运来，苍生望慈父。文正有家风，他人何足数。相国佐皇图，日月赖匡扶。功名纪钟鼎，甲第照神都。吕伋嗣姜望，皋子赞有虞。方当泽四宇，岂惟光一隅。微身守闺阈，足迹限门枢。幽寒常饮冰，瘁苦空茹荼。不如燕谷中，暖律一朝苏。好音远来惠，喜气生茅庐。河润既云及，宁言峄桐枯。陈词颂明德，斐然愧操觚。

娄江朱公晓以东涧先生序之亦效颦示书赠求写挥弦图

吴中往哲多善绘事，沈石臼：隐君，一代高人。笔墨点染，三百年无对，于南北诸家，靡所不学。山水人物，花木鸟兽，靡所不精，真所谓上配昔贤。近来新画烂熳，大法不具，古人踪迹于今扫地矣。娄江一派，实出以元人为法，尽祛吴侬客气，观者目境一新，然所见惟山水。朱公娄之君晓，名士也。甲辰春，橐笔游姑苏，余寓止百花巷，留寓居者旬自有人，愔愔君子，温雅自好，略无迩时习态，所学皆别开门户，仙仙风韵，另成一家。虽徐王之花鸟，顾陆之人物，荆关之山水，兼通博识。其间灵气自化，下笔欲飞，更上古人一乘也，妙在乎阿睹中。若逢迎宛转，流动生波，夺江郎之梦笔，驾僧繇之点龙。腕内有神，岂可以尘世名家较量哉？余何幸而遇之，不以蠢鄙，辱点缃素。昔顾长康画幼舆于丘壑间，又与殷中军写真。盖非名士不足发名家兴致，挥洒神妙也。宇内名公骚客，或赋赠言盈箧，五岳或歌起于方寸，云梦吞吐于胸中，一丘一壑直寓之以写其所韫耳，画非高人韵士不知也。沈石田先生家传画学，论者谓有所本。公晓尊人六如有大名，远振四方。公晓继之，宜其超绝矣。东涧先生作序以赠公晓，唯称其善山水。东涧之识公晓，由于王奉常、吴司成两公，皆山水名家，故尔以此称之，实未尽其所长也。恨无才如杜拾遗作长歌快赏，谨序微词，聊补东涧之所未既云。

诗赠和东涧先生韵

不是关仝即巨然，淋漓泼墨满山川。胸中溪壑层层活，笔底云霞片片妍。桂发淮巅宜隐士，芝生商谷有神仙。烦君为写嵇康句，目送飞鸿向碧烟。

题画梧桐双凤扇

白榆光里听噰噰，相唤和鸣向碧空。阿阁香生饶竹实，朝阳高处覆梧桐。鹤鸣自惊三宵露，鹏翼虚乘九万风。闻道朝廷相循速，吏来呈瑞为文翁。

贺陆载商考功得州守

发硎闻赞理，嘉誉满都中。势奋南溟阔，才高冀北空。机云传世业，王谢有家风。月桂休言远，明年看杏红。

题　　画

粉衣檀点半模糊，遗迹空留故锦图。新句悼亡堪下泪，千荆情玉更应无。

乌生八九子

秦家好，门巷团团桂树高。雌雄双宿桂树间，九子相随声嗷嗷。阿母何处觅食哺乌子，乌子可怜被鹘捎。啄乌肠，食乌目，嘴如钩矛翮如刀，腾身直上凌青霄。阿母归来不知乌子处，雌雄绕树空劳劳。徒恋主人桂树好，岂知此地难安巢。南山岩石名云雾，旧居欲归愁路遥。

题　　画

休约共名暗自思，偏怜碧玉破瓜时。月寒待与罗衫著，试遣鲛人织藕丝。

题　　画

粉薄新妆露晓时，曲尘鲜淡特相宜。微云欲过春山远，轻罩文君一抹眉。

赠画家某翁

雪髯金骨餐霞客，几度蓬壶入梦中。物外云烟常黯淡，海边岚雾自空蒙。有时误点成天趣，无意闲添近化工。真境偶然留绢素，仙家何路与凡通。

上 郡 侯

白傅堤边香满丛，芙蓉木末发秋红。波宽自觉禽鱼乐，泽涉还沾雨露同。画戟微时森皎雪，集旂行处起清风。丹青拟作无声颂，皓首台垣晋上公。

题画赠某

古塘老树虬鳞涩，淡日霜消瘦蛟泣。遥山影薄翠娥愁，镜面平铺野水流。云絮堆空风切切，扑眼秋光似刀截。淮南书客自多悲，赋就离骚鬓添雪。

题双鸾扇

仙使新从汉殿回，瑶池消息又花开。双飞探得人间信，报道丹书指日来。

赠青浮侄孙迁居步本芝舅翁韵

放鹤归来月满船，追游流憩过斜川。行吟自适陶潜酒，遍赏无需赵壹钱。择就高枝堪隐迹，种成佳树乐华年。休言梦笔生花巧，犹有诗才继谪仙。

赠女星士

昆吾巫成周史佚，郑稗宋韦高甘公。明星晓历妙推算，古人绝学今人宗。极数知来惟卜筮，管郭精微与神通。季主捧腹示火谊，君平垂帘高隐踪。神术屈指俱堪道，女人精此从来少。吾里星卜张先生，直把前人齐压倒。顺排八字圆五星，谛观造化明天经。休咎灾祥验如契，四坐竦然倾耳听。有时布卦分爻象，金炉檀炷腾分馨。茫茫路海指南车，所言必中如神灵。曾闻跳脱看年命，亦有琵琶道吉凶。先生推术惟清谈，玲珑玉屑飞满空。每读《离骚》吊屈平，欲从詹尹决疑情。我今欲把天人理，从容一一问先生。

题　画

胭脂洗尽半凝羞，露重阶前不举头。夜月有光烟漠漠，朝云无迹梦悠悠。鹔鹴裘上轻香发，玉镜台边粉态愁。秾李满蹊成美荫，残春犹自为君留。

寿某公

阶前三秀如云霞，至中芳咽幽兰花。敦庞犹见古献民，岗陵宜祝馀庆家。葡萄春酒泻琥珀，色侵千岁红桃葩。疏圃神泉未及此，驻颜何待烧丹砂。悠悠长日欲朱夏，红紫百草纷交加。屏展晴峦寿筵敞，斑衣舞处杂米华。为君亦作封人祝，海屋筹多未有涯。

寿马丹卿年伯

南国升才擢最贤，公车书满朔风前。奇情贯月通天外，壮气凌云出斗边。酒卧翠山初献寿，屏开金尾待飞仙。深闺亦效华封祝，写取红桃似万年。

山　居

一榻山窗下，无愁爱日长。若嫌草屋小，竹树有馀凉。

国立北平图书馆藏《啸雪庵集》四卷，钞本凡二，甲本末署“民国二十二年八月国立北平图书馆托上海瞿氏代钞”，盖景钞原写刊本，乙本则据甲本钞校者也。予既据乙本之二集重钞，并详校，补入所辑之《兰陵冰仙夫妇合稿》矣，文如师以所藏之三卷刊本亦阙二集一卷，嘱铮据甲本景钞一通，其中字句之舛讹失序，笔画之帖体俚写，一仍旧贯，以存其真。于是久佚之完本《啸雪庵集》，一时天壤间又增二帙矣。

庚寅立春实己丑十二月十有八日，受业孙铮谨识。

我闻室梅花集句

（清）柳如是　撰　汤吟非　整理

| 整理说明 |

柳如是（1618—1664），本姓杨，名爱，更姓柳，名隐，字蘼芜，后改名是，字如是，号我闻居士、河东君。原籍浙江嘉兴，侨居江苏吴江（今属江苏苏州）。钱谦益妾室。初为名妓徐佛弟子，从其学诗词书画。明亡，力劝钱谦益殉国，不从。及钱氏病殁，自经死。有《我闻室梅花集句》三卷，胡文楷据吴县潘景郑藏丁祖荫校本移录，今据以整理。

我闻室梅花集句卷上

河东柳是如是氏集

五言律一百首

十月初寒外，梅梢已着春。故将天下白，截断世间尘。根老香全古，心清趣自真。不同桃与李，所至媚游人。邵康节、陈后山、张泽民、徐道晖、张泽民、黄月屋、杜荀鹤、吕居仁。

云水清深处，冰蕤乱玉英。稍惊春色早，未怕夜寒生。此地客难到，谁家笛自横。黄昏无限月，老眼倍增明。许有壬、朱晦翁、尤延之、张泽民、顾非熊、张泽民、许有壬、黄月屋。

造化生尤物，花中无比方。誓坚霜雪操，肯学杏桃妆。皎月散清影，东风递暗香。惟应探春梦，常绕白云乡。刘后村、白乐天、陈刚中、叶景南、刘静修、叶景南、陆放翁、许有壬。

近岭梅先发，清吟拂晓观。蹑云双屐冷，扣月一钟残。南国春仍浅，北风天正寒。不遭岑寂侣，俗眼若为看。韩魏公、王禹玉、孟贯、喻凫、叶景南、杜子美、朱晦翁、朱晦翁。

风雪岁将暮，梅香渐着人。荒烟几家聚，古木一边春。凛有英雄气，绝无声利尘。似知吾党意，不是爱精神。梅圣俞、徐君倩、欧阳修、李咸用、张云庄、张云庄、杨诚斋、韩魏公。

画出幽居景，疏疏竹外枝。韵无凡眼识，春报老夫知。犹有烟霞癖，何缘冰雪姿。正愁闻塞笛，莫向雪中吹。许有壬、叶景南、张实斋、张实斋、叶景南、张实斋、杜子美、文文山。

向晓西湖去，新晴好一寻。扳援香满袖，憔悴雪盈簪。待索巡檐笑，遥闻横笛音。人间尽描貌，谁识赏花心。朱淑真、白乐天、朱晦翁、张实斋、尤延之、张睢阳、文文山、文文山。

数亩东皋宅，彩花独乃翁。清香凝岛屿，逸艳照窗栊。孤兴与谁悉，新题偶尔工。当年林处士，只在一联中。耿沣、林和靖、李卫公、黄山谷、张曲江、张云、张云庄、刘后村。

自爱新梅好，高踪不可肩。孤花忽妩媚，凡卉避清妍。偶与赏心属，长嗟俗累牵。当时杜子美，头白岂无缘。赵昌父、赵清献、黄月屋、梅圣俞、梅圣俞、包佶、梅圣俞、杜子美。

风露腊前信，花繁院里梅。千林成独韵，六出已同开。暖热惟凭酒，孤高不受埃。苦吟吟未稳，肠断谪仙才。张道洽、张曲江、张道洽、元微之、朱晦翁、翁续古、叶景南、韩致光。

冷艳天然白，全胜姑射妆。风霜尽蒙犯，吟啸属寻常。有蝶堪成梦，无人不惜芳。定须还剪彩，难学是生香。尤延之、黄月屋、许有壬、孟贯、骆宾王、赵清献、梁简文、尤延之。

野水溪桥外，疏疏数个花。静依禅客院，少种贵人家。且喜诗无病，谁知老可嗟。若非摹写得，零落旧烟霞。叶景南、张泽民、许浑、元微之、朱晦翁、欧阳修、朱晦翁、朱晦翁。

蛮烟无处洗，正奈雪垂垂。地僻人稀至，春赊蝶岂知。天香生净想，疏影入新诗。回首江南路，幽寻记往时。曾茶山、朱晦翁、许有壬、钱起、朱晦翁、叶景南、文文山、朱晦翁。

平生苦吟处，心事付江梅。有月曾同赏，无人亦自开。徘徊耀霜雪，明丽隔尘埃。不藉杯中物，东风枉却来。陆放翁、张南轩、卢纶、韩魏公、元微之、刘梦得、朱晦翁、文文山。

物色岁将晏，斯花何不群。往来衣上月，凌乱渚前云。气味如僧淡，尘凡与俗分。江南苦吟客，芳思几纷纷。杜子美、张文忠、朱晦翁、张曲江、黄月屋、赵清献、杜牧之、韩魏公。

独步孤山下，今知第五桥。晚香传远树，春色上寒梢。不与百花竞，岂随群卉凋。谁能分半壑，苦思入推敲。叶景南、杜子美、许有壬、叶景南、张泽民、文文山、刘静修、《好山集》。

一枝晴复暖，玉色照松藤。坐惜芳时晏，应悲上苑深。残花照酒面，寒影伴书灯。今日尊前胜，方知不染心。罗隐、晁叔用、张曲江、梅圣俞、欧阳修、张宛邱、梅圣俞、孟浩然。

去去西湖路，来寻带藓枝。危城三面水，残雪数家篱。艳色宁相妒，芳心空自知。归宜有佳思，不减六桥时。叶景南、叶景南、李咸用、张泽民、韩退之、张祜、陈后山、陆放翁。

万木冻欲折，孤根暖自生。无人信高洁，有客独屏营。不负青山约，能添白发明。小楼今夜笛，肠断玉关声。僧齐己、张实斋、骆宾王、白乐天、许有壬、杜子美、文文山、李太白。

残雪江村路，瑶花处处开。山川正萧索，风月共徘徊。乘兴兴未尽，迎春春欲回。暮归夸得句，缓辔不须催。师道立、张曲江、晁叔用、韩维、梅圣俞、曾茶山、朱晦翁、梅圣俞。

城外逋翁宅，疏梅映竹篱。绝知春意好，不受岁寒移。暂与幽人折，惟应野老知。年年笑红紫，桃李总凡姿。陈文忠、许有壬、杜子美、张曲江、李卫公、叶景南、李和文、张泽民。

雪馀残腊尽，偶尔到前村。晴野花侵路，颠崖树倒根。芳馨不自觉，幽默与谁言。更拟缘清思，凭阑看几番。潘子贱、张云庄、姚合、张云庄、王梅溪、朱晦翁、赵叔灵、翁灵舒。

梅花春意早，不惮冱寒时。野渡冰生岸，孤村雪拥篱。晚尊和月吸，长笛倚风吹。为问江南客，平章正要诗。许鲁斋、孟东野、皇甫曾、张泽民、文文山、叶景南、余廷心、朱晦翁。

园林尽摇落，正是撷芳时。泉石浑无恙，风霜自有期。尽拚花下饮，忽怪鬓边丝。坐叹逋仙远，何妨续旧诗。王梅溪、杜牧之、叶景南、许有壬、赵清献、韦苏州、张泽民、朱晦翁。

前村深雪里，无路去寻梅。风递幽香去，人骑瘦马来。休吹江上笛，且覆掌中杯。今日花前饮，方知老暗催。僧齐己、曾茶山、僧齐己、贺方回、梅圣俞、黄月屋、刘梦得、白乐天。

梅蕊新妆洁，开尊叙旧盟。风霜千里肃，篱落一枝横。岂独花堪惜，偏于客有情。天寒倚修竹，相对又双清。王梅溪、黄月屋、朱晦翁、张泽民、张泽民、文文山、张泽民、许有壬。

千峰奇绝处，突出一清枝。芳意何能早，春风亦不知。久成心上癖，莫信笛中吹。佩芷兼怀玉，吾今见所思。朱晦翁、张泽民、张曲江、白乐天、许鲁斋、许丁卯、张实斋、张实斋。

人行荒树外，春到早梅边。山水贮清气，冰霜作晓妍。孤标能自保，一壑不妨专。须劝勤来看，翻为俗累牵。文文山、姜梅山、许白云、虞道园、许鲁斋、刘篁嵲、韩退之、梅圣俞。

孤根亦何赖，背岭枕南塘。地冷春留雪，天寒月照霜。自知能洁白，谁复惜馨香。到处皆诗境，名高水部郎。张曲江、岑嘉州、黄月屋、皇甫曾、邵康节、张曲江、张实斋、陈后山。

南至三冬晚，清芬逾众芳。冰霜凝巨壑，云水照方塘。江令歌琼树，杨妃露素妆。只应催我老，素发与交光。张曲江、韩魏公、朱晦翁、杜子美、苏东坡、郑谷、白乐天、刘静修。

日夕色逾正，春寒花较迟。昏昏郭阴雾，短短水边篱。幽处竟谁见，清香徒尔为。丹青如可状，学作两三枝。张南轩、杜子美、赵昌父、张实斋、张佐、张曲江、韩魏公、梁简文。

去去江南陌，闲寻雪里梅。一枝方渐秀，万物尽难陪。行客凄凉过，清香断续来。鬓毛都白尽，半是此中催。余廷心、叶景南、元微之、朱庆馀、钱起、刘梦得、曾茶山、韦苏州。

幽丛临古岸，背日较开迟。疏影月移壁，清香风满枝。每留孤鹤伴，曾与道人期。蛱蝶自无数，何尝梦见之。杨巨源、刘屏山、许丁卯、许丁卯、张泽民、僧贯休、余廷心、梅圣俞。

千林寒秃尽，正是带花时。绝径人稀到，贞心世所知。久同松柏操，要是雪霜枝。和雨和烟折，终焉涅不缁。张实斋、白乐天、钱起、张曲江、叶景南、张实斋、郑谷、张曲江。

半枯顽铁石，老怪昔谁栽。春意已张本，寒心未易回。腹穿人可过，根古土无培。引我江头梦，穷冬尚一来。张实斋、翁续古、尤延之、赵清献、杜子美、张昌父、郑谷、张南轩。

独树依冈老，清泉绕舍湾。定应劳梦寐，暂得静心颜。好酒宁论价，枝繁不忍删。此君同一笑，桃李任漫山。朱庆馀、刘得仁、令狐楚、岑嘉州、姚合、朱晦翁、朱晦翁、朱晦翁。

南国溪阴暖，看看又早梅。偶同佳客见，疑是玉人来。旧路经年别，芳尊薄暮开。鬓毛元自白，更着此花催。梅圣俞、刘梦得、杜牧之、诗话、刘长卿、张南轩、杜子美、曾茶山。

梅花自奇绝，玉立胜红妆。悄悄烟集渚，团团月隐墙。风流无俗韵，俏倩有馀芳。乘醉卧疏影，满身都是香。李方叔、张南轩、杜子美、杜子美、张泽民、朱晦翁、白乐天、叶景南。

还闻折梅处，数里入云峰。老树有馀韵，寒花无冶容。岁华空冉冉，春意正蒙蒙。顾我何为者，苦吟吟过冬。张曲江、王摩诘、张泽民、黄月屋、张曲江、刘静修、许有壬、裴说。

萧萧疏竹外，云影护仙妆。照灼连朱槛，分明对玉堂。几回和月看，一味恼人香。可惜挥毫处，春风似故乡。张泽民、朱晦翁、白乐天、刘宾客、张泽民、朱淑真、许有壬、皇甫冉。

好风吹腊尽，寒谷自春生。冷淡孤山月，低徊万古情。久谙尘外趣，独向雪中清。却忆旧游处，微吟绕砌行。黄月屋、张泽民、叶景南、朱晦翁、严维、张泽民、王梅溪、朱晦翁。

水竹最佳处，江梅半欲开。尚看珠树秀，消得玉山颓。蝶梦翻花冷，龙身带雪来。明朝出城市，鞍马又尘埃。邵康节、陈后山、梅圣俞、韩魏公、叶景南、翁续古、叶景南、许有壬。

真色夺春媚，水花浥露鲜。半生尘土梦，万里雪霜天。有见皆成趣，无言谁与传。园林多少树，为尔独相怜。韩退之、朱晦翁、许有壬、梅圣俞、文文山、刘长卿、尤延之、杜子美。

北陆候才变，南枝春已归。山中苦岑寂，雪里看芳菲。惟与玉同色，更无尘染衣。梦魂知忆处，先绕旧林飞。韩致光、晁君成、欧阳修、晁君成、余廷心、叶景南、岑嘉州、张曲江。

偶别霜林陋，随妆入汉宫。树摇金掌露，香染玉潭风。似畏群芳妒，难将众木同。今宵有明月，清绝小楼东。张宛丘、梅圣俞、张曲江、许丁卯、梅圣俞、杜荀鹤、孟襄阳、朱晦翁。

逆旅相逢处，依然冰雪姿。篱疏还有艳，树老半无枝。不避风霜苦，空惭雨露私。惟应松与竹，岁晚辱深知。孟襄阳、吴炳、许丁卯、寇平仲、尤延之、严武、欧阳修、赵子昂。

篱落岁云暮，关河信不通。数枝寒照水，连日苦多风。兴发千山里，香传一国中。临窗须貌取，应逐晓云空。罗隐、杜子美、翁续古、张澄、朱晦翁、梅圣俞、郑谷、朱晦翁。

平昔谁相爱，移根到北方。云间自孤秀，枝上漏微阳。淡月弄疏影，轻风散野香。酒阑何处笛，归梦不成长。郑谷、许有壬、张曲江、梅圣俞、张泽民、刘梦得、戴石屏、赵清献。

老树化为铁，今朝亦有花。乾坤新岁月，山水旧生涯。小阁芬微度，中园影未斜。扬州何逊在，清兴一何赊。吴渊颖、张宛丘、叶景南、文文山、朱晦翁、权德舆、曾茶山、梅圣俞。

曲径通幽处，繁英照苑墙。留连一杯酒，闻讯满园芳。颇与雪争洁，可堪风满香。何当寻旧隐，来醉石兄旁。常建、宋莒公、王半山、张南轩、文文山、尤延之、江芳、许有壬。

树树花如雪，高低疏复稠。不知春色早，已与岁寒谋。时有幽禽至，多将野客游。纵吟殊未已，明月满江头。李太白、周伯琦、王适、顾况、吕温、张司业、韩魏公、白乐天。

匝路亭亭艳，天然画轴横。风霜但自保，冰玉未为清。归梦寄千里，孤风凛一生。上林多少树，见尔眼偏明。李义山、张泽民、杨炯、赵清献、郑巢、朱晦翁、李义山、尤延之。

正是花时节，相期一笑同。诗盟终未冷，酒兴若为工。笛弄疏烟外，影沉明月中。全身是清白，不敢倚春风。裴说、温庭筠、黄月屋、陈后山、赵心逸、白乐天、王梅溪、梅圣俞。

人怀前岁忆，花发去年丛。好句看犹在，清尊幸不空。尘襟元落落，芳意更匆匆。堪把依松竹，无令逐晓风。梁元帝、杜子美、张司业、杜子美、朱晦翁、朱晦翁、朱庆馀、韩退之。

自爱新梅好，朝看复暮看。玉肌元不粟，琼艳几堪餐。尊酒何妨尽，心期殊未阑。东风如有意，容易莫吹残。张司业、张泽民、张泽民、王禹玉、朱晦翁、朱晦翁、许有壬、王彝老。

客里冬将尽，村边岁自华。匆匆十年梦，淡淡数枝花。点俗方能染，芳姿正可嘉。好风知我意，香透小窗纱。蔡明、陈简斋、叶景南、陈简斋、张泽民、元微之、文文山、许有壬。

每与梅花醉，岁寒心靡他。烟云聊把玩，风月共婆娑。俗物付脱略，芳姿任涅磨。若无诗与酒，不奈此香何。李方叔、李献、欧阳修、李秋谷、张云庄、许有壬、邵康节、李义山。

雨中看亦好，孤影照琳琅。西子羞新浴，真妃逞素妆。晓寒侵远梦，春色恼吟肠。几度怀人处，芳洲烟浪长。朱庆馀、文文山、郑谷、黄月屋、赵清献、叶景南、林士贤、叶景南。

平生佳绝处，今日看花来。驴瘦冲泥怯，峰喧抱蕊回。每留名士饮，不为老人开。长忆青山下，闲居手自栽。张南轩、白乐天、陆放翁、李郢、赵师秀、白乐天、姚合、刘长卿。

瞥见江头树，开花淡水滨。芳香不自媚，清净欲谁邻。便是群芳启，何妨万卉新。莫吹羌坞笛，留伴庾园人。宋莒公、王适、朱晦翁、梅圣俞、韩魏公、韩魏公、宋莒公、梅圣俞。

倚树怜芳意，题诗记旅愁。轻盈照溪水，潇洒寄岩丘。铁石馀生色，风霜变白头。不将诗与酒，清兴若为酬。李卫公、黄月屋、杜牧之、叶景南、虞伯生、叶景南、许有壬、许有壬。

已道梅花发，幽寻到涧阿。自怜芳性在，最奈客愁何。天色明晴少，风尘世事多。相逢仍草草，心赏更蹉跎。杜子美、张云庄、钱起、杜子美、白乐天、欧阳修、陆放翁、张司业。

今年春色早，梅吐腊前梢。旧国别多日，孤山欠几遭。曾非桃李匹，自与薜萝交。好是吟诗夜，馀寒入敝袍。宋之问、梅圣俞、贾岛、葛无怀、梅圣俞、赵叔灵、姚合、赵子昂。

流水闲云外，青山白雾中。所嗟非胜地，却拟笑春风。预恐芳菲尽，宁论酒盏空。若非诗集好，何以媚幽丛。叶景南、欧阳修、温庭筠、李义山、朱晦翁、杜子美、朱晦翁、朱晦翁。

为谁成早秀，独自占年芳。月露发光采，松筠共老苍。晚溪寒水照，幽径白云长。好是经过处，风吹细细香。李义山、尤延之、刘梦得、尤延之、钱起、叶景南、张司业、杜子美。

早是穷冬迫，先春发故林。为谁崇雅素，不独吐芳馨。点俗那能染，纤埃迥莫侵。何人伴清兴，风月入高吟。赵清献、梅圣俞、王彝老、张曲江、张泽民、朱晦翁、韩魏公、韩魏公。

雪尽寒仍在，繁英正满条。已持苏武节，欲写伯夷高。恬淡无人见，馨香徒自饶。诗盟终未冷，愧尔伴闲曹。吕居仁、温总、张泽民、梅圣俞、储光羲、庾肩吾、黄月屋、郑谷。

客路青山外，梅花绿酒边。繁华不可慕，清净复谁先。故国三千里，长吟数百篇。何因逢寄驿，陇月向人圆。王湾、陆放翁、朱晦翁、张曲江、张祜、叶景南、梅圣俞、杜子美。

疏斋清梦醒，禅榻古香浮。城晓风高角，山空月满楼。此时逢国色，何处避春愁。但见花开谢，催人自白头。叶景南、黄月屋、李频、黄月屋、白乐天、朱晦翁、邵康节、邵康节。

谷口春风急，梅梢雪蕊空。不堪三弄咽，暂喜一尊同。芳信随流去，浮香隔岸通。悬知今夜月，飞梦过江东。王建、朱晦翁、朱晦翁、欧阳修、叶景南、骆宾王、朱晦翁、赵子昂。

旧岁连新岁，南枝更北枝。风流有佳句，恬淡出天姿。冻白雪为伴，独清春不知。平安消息好，又重故人思。陈后山、刘屏山、李嘉祐、张泽民、韩致光、张泽民、文文山、文文山。

残腊生春序，新花发故枝。曾无莺蝶恋，莫遣雪风知。素色欺蓬葆，清香入酒卮。何当一倾倒，及此未离披。朱晦翁、刘屏山、梅圣俞、张泽民、梅圣俞、梅圣俞、曾茶山、郑谷。

江梅有至性，前后各分葩。不道东风远，其如秋鬓华。形骸拘俗吏，题咏属诗家。花下归来晚，沉沉斗柄斜。余廷心、元微之、梅圣俞、梅圣俞、张曲江、黄月屋、许有壬、文文山。

有时公事暇，花下一徘徊。万壑寒皆沍，孤根暖独回。鹤猿常款洽，蜂蝶莫惊猜。怅望江南路，无人远寄来。白乐天、元微之、张泽民、僧齐己、叶景南、叶景南、古诗、曾茶山。

风雪江南路，梅花溪上村。独无留野客，岂欲近名园。写兴诗千首，论心酒一尊。我来开醉眼，倚杖役吟魂。文文山、梅圣俞、梅圣俞、王半山、叶景南、戴石屏、梅圣俞、李中。

芳梅何蒨蒨，腊月冒寒开。不似人手致，始知天意回。自多承雨露，共羡出氛埃。投老诗成癖，今年得得来。梅圣俞、梅圣俞、孟东野、潘子贱、吴当、梅圣俞、陈简斋、朱晦翁。

奇树如蛟蜃，蟠根积水边。异香闻数里，老气已千年。风月情犹在，冰雪操逾坚。但令无剪伐，长得有诗篇。余廷心、杜子美、张曲江、黄月屋、白乐天、游南金、杜子美、徐道晖。

远近西湖路，惊时最是梅。无由一枝折，又过几花开。露采林杪见，天香月下来。何因逢越使，吟断望乡台。叶景南、何逊、李太白、章孝标、朱晦翁、叶景南、韩致光、李义山。

手种篱间树，今年初试花。劲风吹石裂，小径入云斜。标格异百卉，词华擅一家。无端满窗月，归梦到天涯。朱晦翁、张司业、张泽民、叶景南、朱晦翁、叶景南、严维、王半山。

湖山饶邃处，谁念独芬芳。莹净真琪树，玲珑映粉墙。春风千里梦，残月半桥霜。学得荼蘼白，荼蘼不见香。梅圣俞、邵康节、刘梦得、白乐天、王平甫、刘洵伯、王梅溪、韩魏公。

平生爱此树，晚秀复芬敷。耻与红紫列，极知形影孤。赏心元不厌，佳句未应无。更有人清白，巡檐笑撚须。李德裕、张曲江、韩准、张云庄、朱晦翁、张云庄、王梅溪、叶景南。

岁晏日南至，岩花点旧丛。路分千嶂外，春在一枝中。冷艳全欺雪，清香不畏风。今年何草草，囊与酒尊空。张文忠、朱晦翁、张峤、古寄梅诗、邱为、梅圣俞、朱晦翁、张泌。

窗梅朝始发，要是欲催诗。淡泊将谁侣，幽偏得自怡。清香生砚水，润色静书帷。半醉临风折，含情寄所思。庾肩吾、陆放翁、朱晦翁、杜子美、张宛丘、杜子美、王禹玉、郑谷。

孤根自靡托，岁晚独芬芳。但恐尊无酒，还惊雪有香。园林坐清影，台榭起馀光。每忆旧游处，春城夜梦长。张曲江、朱晦翁、邵康节、邵康节、僧齐己、曾汝弼、梅圣俞、僧希昼。

泉石三生梦，江湖万里情。芳香留过客，潇洒伴书生。云合天无隙，风回雪有声。可怜浑似我，独负一身清。许有壬、黄山谷、崔迪、杜荀鹤、许有壬、朱晦翁、《诗话》、张泽民。

雪里孤花发，天边芳岁阑。一枝何足贵，双鬓竟羞看。独有烟霞染，不知霜月寒。殷勤留客意，吟思满征鞍。张泽民、朱晦翁、张曲江、郎士元、梅圣俞、谢灵运、尤延之、韩魏公。

破雪梅初动，幽深称隐居。清华两辉映，尘思一萧疏。但以心自赏，浑无句可书。丹青难状处，明月满庭除。刘屏山、黄月屋、张曲江、朱晦翁、许有壬、黄景说、邵康节、叶景南。

朝来残雪尽，忽值早梅春。寒气微生席，清香暗袭人。只持坚白志，不受软红尘。几度曾相梦，前村认未真。韩魏公、朱晦翁、朱晦翁、韩魏公、许有壬、赵公介、耿沣、刘后村。

共说新亭好，林英灿已繁。殷勤一梳月，高下数家村。浊酒无乡味，落花消客魂。我来非雪兴，此意向谁论。朱晦翁、张曲江、陆放翁、王半山、蔡明、文文山、王梅溪、赵子昂。

未腊梅先发，无风香自生。色凝琼树倚，神见玉人清。凭寄还乡梦，嫌闻出塞声。前松后修竹，难弟又难兄。欧阳修、张泽民、刘梦得、张曲江、柳子厚、尤延之、白乐天、张泽民。

已见寒梅发，居然冠众芳。蟾光流断港，花影动廊回。梦里乡关远，江边岁月长。将期养疏拙，相对筑茅堂。王摩诘、刘后村、叶景南、僧希昼、叶景南、杜子美、张云庄、许鲁斋。

客路愁春尽，寻梅只怕迟。流芳真可惜，秀色正堪思。酒入杯中影，月描尘外姿。主人端不俗，日日有新诗。杜子美、朱晦翁、宋景文、李卫公、杜荀鹤、张泽民、王梅溪、许有壬。

得地依东阁，琼枝映座芳。红尘无梦想，绿发变风霜。寂寞盈尊酒，婆娑一院香。谁怜何水部，长是为花忙。刘梦得、杜子美、僧怀古、欧阳修、朱晦翁、杜子美、梅圣俞、欧阳修。

春半花才发，年来鬓欲皤。虽然过赏玩，犹足慰蹉跎。岂是风情少，终云幽意多。草堂尊酒在，一醉拟如何。王半山、朱晦翁、白乐天、张云庄、白乐天、张曲江、杜子美、白乐天。

绝讶梅花晚，俱来雪里看。欲为万里赠，不趁一生酸。云水重重隔，风霜日日寒。山深明月夜，待我倚阑干。梁简文、庾子山、柳子厚、吕居仁、白乐天、范石湖、文文山、欧阳修。

江流背村落，芳信忽传梅。与雪幸同操，欺春不逐来。向人如妩媚，把酒独徘徊。惟有松并竹，良图一处栽。高珍老、韩魏公、赵清献、杜牧之、叶景南、韩致光、王梅溪、张泽民。

水榭风来远，园林雪正晴。贞姿自耿介，疏影不分明。终有烟霞约，泊无儿女情。若非同臭味，讵识此香清。白乐天、曾茶山、白乐天、叶景南、僧无本、张云、朱晦翁、朱晦翁。

涧梅寒正发，清兴动南州。花树参差见，波光上下浮。孤芳忌皎洁，真赏共淹留。历历江湖路，回头忆旧游。许丁卯、叶景南、柳子厚、赵清献、叶景南、韩魏公、许有壬、朱晦翁。

月色一千里，梅花三两英。欲知春色好，又换客愁生。林壑无馀秀，冰霜未底清。吟看归不得，独立到参横。刘静修、文文山、赵清献、尤延之、朱晦翁、赵清献、文文山、张泽民。

忽见寒梅树，因行到水头。阴崖犹贮雪，冻浦渐通流。不是神仙骨，那堪羁旅愁。剧怜诗思苦，清梦绕罗浮。王适、僧元肇、丁元珍、欧阳修、张泽民、韩退之、僧宇昭、白玉蟾。

我闻室梅花集句卷上

我闻室梅花集句卷中

河东柳是如是氏集

七言律一百首

向背稀稠画亦难，闲情一味淡相看。坐收国士无双价，雅有儒生半点酸。暗吐幽香穿别院，数将疏影上雕栏。巡檐说尽心期事，家是江南友是兰。林和靖、胡澹庵、陆放翁、方巨山、田元邈、叶景南、朱晦翁、陆放翁。

癖爱梅花不可医，爱疏爱淡爱枯枝。旋呼采石仙人酒，自续西湖处士诗。细朵自无尘土涴，真香宁许燕莺知。惊回一枕东风梦，正是参横斗转时。张泽民、张泽民、萨天锡、陈简斋、赵义若、赵义若、叶景南、冯海粟。

清溪西畔小桥东，才有梅花便不同。千古暗香藏水窟，半窗疏影隔帘栊。冰壶光映瑶台月，翠羽声凄玉树风。一半惟愁委尘土，典型犹在酒杯中。尤延之、苏东坡、叶景南、冯海粟、达兼善、元咏物、张泽民、刘屏山。

玉立寒烟寂寞滨，冰壶彻底照来真。已推天下无双艳，独占人间第一春。瘦影描来新体格，异香谁返旧精神。十年不到西湖上，回首青山入梦频。朱晦翁、刘静修、韩稚圭、林和靖、萨天锡、蜡梅诗、贡师泰、陈希夷。

枯树扶苏水满池，玉壶冰鉴识容仪。穷乡好作幽人伴，春信先教驿使知。一曲正愁江上笛，百分休放手中卮。年来莫道无佳句，才有梅花便自奇。尤延之、杨铁崖、王介甫、朱淑真、吴融、梅圣俞、许有壬、张泽民。

竹外松边一两梢，迥临村落傍溪桥。堪将乱蕊添云肆，苦被芳风透绮寮。春事顿随花片薄，清吟半逐梦魂消。却思前载孤山下，踏雪相寻岂惮遥。叶景南、戎昱、陆甫里、胡宿、周驰、苏东坡、王元章、贾秋壑。

潇潇洒洒滞冰霜，百卉前头第一芳。常忆暗香来燕座，半欹斜影入寒塘。晚犹奇特怜谁伴，春忌清高不主张。今日看花还自笑，年年觅句为花忙。张泽民、陈后山、张泽民、田元邈、胡澹庵、张泽民、赵子昂、黄月屋。

鹤膝翘空疏带花，天人颜色玉无瑕。半滩流水浸残月，一片寒光接素霞。芬馥合将兰并茂，横斜宁与李争华。藤床几度劳春梦，飞过孤山处士家。戴石屏、崔德符、陆放翁、张光弼、方元英、韩仲止、张泽民、叶景南。

眼看芳信一骎骎，独向梅边着意深。冷落便须凭酒暖，荒寒正合为□寻。孤根雅操千年节，朗月清风万古心。心赏未妨随处好，不论城市与山林。尤延之、吴草庐、胡澹庵、古梅诗 、咏物诗、陈后山、朱晦翁、徐温节。

几回山脚又江头，入骨贪看兴未休。陶颖有时供戏剧，酒杯无日不淹留。春随流水三分画，人与梅花一样愁。昨夜东风吹好梦，忽骑孤鹤过扬州。林和靖、胡澹庵、杨东山、杜牧之、卢象、叶景南、程雪楼、贡师泰。

草软沙明野路晴，何妨折屐共幽寻。香侵客路花方盛，梦破僧房雪未深。澹泊自能知我意，清羸偏觉助禅心。一帘香影孤山月，惹得诗人说到今。曾南丰、朱晦翁、李宗白、咏梅诗、黄山谷、卢纶、童嗣杲、王棻猗。

团情团思近韶光，枝北枝南次第芳。天下无花堪伯仲，人间何处有冰霜。春风自识明妃面，沉水浓熏贾女香。因忆西湖林处士，一生辛苦为诗忙。李文公、黄月屋、赵青山、朱晦翁、胡澹庵、古梅诗、黄月屋、梅圣俞。

春入西湖到处花，打头先探驿程赊。丹崖翠壁千万丈，老木荒村八九家。常抱刚贞陪夜月，肯将颜色弄韶华。暮归尚有清狂态，庭下行吟斗柄斜。苏东坡、咏物诗、文文山、王半山、叶景南、城山集、刘后村、王平甫。

草堂借我作行窝，花近檐楹香最多。一吐一含分次第，尽枯尽瘦胜婆娑。画图省识春风面，环佩空疑月夜歌。可是忍寒诗更切，半铺残雪在庭柯。成廷圭、邵康节、王梅溪、张泽民、杜子美、叶景南、楼攻媿、韩魏公。

江梅消息未真传，占上常赢一着先。不向芳菲趁开落，要从苦淡识清妍。愁生细雨寒烟外，梦绕孤云落日边。刚被幽香相触拨，独骑瘦马策吟鞭。吕居仁、崔德符、欧阳修、叶景南、倪云林、陈埙、张泽民、叶景南。

东风吹梦夜迢迢，飞入罗浮旧路遥。花谢花开诗屡作，江南江北雪初消。终无驿使传消息，时与山人破寂寥。最是晚来难画处，横斜清浅傍溪桥。叶景南、叶景南、邵康节、刘梦得、王半山、许有壬、咏物诗、萨天锡。

宿雾相沾冻雪残，千崖万壑冷相看。不随红药矜春色，更胜青松守岁寒。直与先生作图画，恨无佳客共杯盘。平生欠汝哦诗债，几度推敲字未安。林和靖、僧明本、崔与之、钱起、刘后村、欧阳修、赵昌父、咏物诗。

标姿洒落性情真，半距城闉半距村。两岸严风吹玉树，一溪春水浸云根。海棠红杏欲无色，瘴雨蛮烟暗断魂。此外俗尘浑不染，惟留清气满乾坤。张泽民、张仲举、韦庄、胡曾、陆放翁、叶景南、李颀、王元章。

处士桥边野岸隈，溪山幽景老情怀。已枯半树韵尤古，才有一枝花便佳。尘外恍迷仙境界，人中臞似我形骸。本来难入繁华社，栽伴吾庐桂与槐。陈众仲、刘秉中、张泽民、张泽民、韩稚圭、张泽民、陆放翁、王梅溪。

屋檐斜入一枝低，浪自纷纷说李蹊。玉蕊檀心两奇绝，蛮烟瘴雨正凄迷。梦回帷幄青冥上，寄迹湖村白水西。忆着江南旧行路，独骑款段踏青泥。林和靖、张泽民、苏东坡、叶景南、吕东莱、僧明本、林和靖、萨天锡。

入骨怜渠玉雪清，隔溪一见眼双明。能消造化几多力，勾引东风无限情。素韵只应天上谪，繁枝疑自月中生。谁人得似王摩诘，冷淡幽期写不成。张泽民、张泽民、罗隐、白乐天、张泽民、李义山、李才、叶景南。

为见梅花辄入诗，诗人住处恰相宜。芝兰气味松筠操，铁石心肠冰玉姿。明月可能通忆梦，好风偏似送佳期。雪中未问和羹事，半点微酸已着枝。林和靖、黄月屋、崔涂、刘静修、钱起、陆甫里、王沂公、石曼卿。

一臞味与此兄宜，勾引风情巧钓诗。压尽园林千万蕊，何如篱落两三枝。临溪照影为谁好，掩户留香笑我痴。惟有夜深江上笛，殷勤更向手中吹。张泽民、胡澹庵、张泽民、张泽民、田元邈、陆放翁、叶景南、杨巨源。

水边花好为谁开，一一春工妙剪裁。何事低头学桃李，忍令高躅就蒿莱。清标骚客风前立，偃蹇龙身雪里来。知忆旧游还想见，大江西处乱云堆。罗隐、欧阳玄、韩退之、严康朝、咏物诗、张泽民、王半山、杨诚斋。

疏疏淡淡竹林间，净洗吟胸涤肺肝。酒债渐多诗债少，南枝向暖北枝寒。风流自有高人识，冷落犹嫌俗客看。任展生绡谁画得，玉容清瘦粉香残。赵子昂、叶景南、许有壬、唐诗话、苏东坡、林和靖、韩魏公、谢无逸。

疏林荒宅古坡前，野水闲云怪石边。和气恰随阳气转，南枝长在北枝先。群花半露乾坤巧，百物难磨铁石坚。应笑暂时桃李树，却将颜色为人妍。贾长江、叶景南、吴申甫、宋省轩、朱仲新、吴草庐、韩致光、黄月屋。

不随红紫竞年芳，小露檀心媚夕阳。薄薄远香来涧谷，微微春气染林塘。从教腊雪埋藏得，莫遣东风次第狂。几度巡檐频索笑，一团清思袭吟裳。韩无咎、舒亶、梅圣俞、陆甫里、王半山、刘秉中、冯海粟、叶景南。

沙际风回雪乍晴，园林方得共幽寻。神清骨冷无由俗，露浥霜欺不受侵。已托焦桐传密意，更邀明月伴孤斟。惟怜第五桥边水，独照生来铁石心。程雪楼、曾南丰、苏东坡、薛能、胡宿、苏东坡、苏东坡、咏物诗。

孤根何事托柴荆，艳格清高未易评。半坞寒云抱泉石，一钩新月挂檐楹。昔人自有奇香处，对客常含不语情。却忆孤山醉归路，马蹄踏雪过东城。林和靖、韩魏公、郭功甫、朱淑真、崔德符、韩退之、尤延之、刘景文。

春风淡淡影悠悠，玉笛横吹月满楼。行客见来无去意，骚人吟罢起乡愁。小桥流水斜阳外，乔木荒城古渡头。误逐尘埃三十载，至今飞梦绕罗浮。张仲素、叶景南、崔鲁、许丁卯、叶景南、皇甫冉、叶景南、张泽民。

瘦马羸童到处寻，白云幽径夕阳林。未知何逊无佳句，唤起林逋为赏音。珍重不同萧艾伍，丹青难写雪霜心。江风也似知人意，故故飞花点袖襟。叶景南、叶景南、郑谷、王元章、僧贯休、郭子奇、朱淑真、舒阆风。

粉墙东畔小桥横，一点春从底处生。树冷花清无俗韵，粉愁香怨不胜情。薄批明月归诗律，笑约东风伴酒觥。痛饮便拚千日醉，谁分村墅与州城。李方舟、张泽民、张泽民、丁鹤年、白玉蟾、笪元德、陆放翁、僧明本。

只因我似放翁狂，曾为梅花醉几场。谢客琼枝方贮恨，汉宫娇额半涂黄。暖回穷谷春常早，月满西园夜未央。浩兴归来吟不尽，幽香和冻堕琴床。张实斋、白乐天、李频、王半山、戴石屏、胡曾、吕淡翁、叶景南。

南枝为底发春偏，绰约冰姿绝可怜。象外乾坤还太古，世间粉黛任争妍。不嫌艳杏夭桃俗，常结山猿野鹤缘。最爱晚亭东望好，静兼江月淡娟娟。刘长卿、崔德符、张仲举、吴草庐、叶景南、叶景南、白乐天、杨则之。

岁律峥嵘气欲新，倚窗当户自横陈。三花五蕊无多子，万紫千红总后尘。荀令香炉注沉水，何郎玉雪照青春。却惭下手非摩诘，标格天然写不真。潘德久、陆甫里、张泽民、张泽民、杨廷秀、王介甫、周益公、张泽民。

疏枝淡淡兴浓浓，拂水藏村复间松。腊尽山中三尺雪，月斜楼上五更钟。仙风道骨今谁有，浩态狂香昔未逢。无奈笔端尘俗在，冰澌涤砚别形容。欧阳玄、郑谷、僧行之、李义山、黄山谷、韩退之、曾茶山、咏物诗。

野老篱前江岸回，数枝摘索冒寒开。尽将奇秀供诗稿，领略芳香入酒杯。越使可能千里致，故人不寄一枝来。何时归隐孤山下，更向霜林缺处栽。杜子美、张泽民、周必大、吴草庐、冯海粟、朱晦翁、黄月屋、朱晦翁。

应将清净结心期，静对梅花读楚词。不与蕙兰争静艳，直教霜雪定坚姿。澄鲜只共邻僧惜，风韵宁教俗子知。向晚十分看更好，一轮寒魄堕南枝。杨巨源、赵竹所、王元章、赵清献、林和靖、失名、杨则之、叶景南。

梦醒罗浮忆旧时，水沉为骨玉为肌。已无好语形容汝，漫吐芳心说向谁。游子自羞回俗驾，诗人所赏是风姿。今朝伴我清吟处，破帽严霜打不知。叶景南、黄山谷、曾茶山、黄月卿、张泽民、张泽民、萨天锡、张泽民。

已销残雪豆秸灰，半为寻诗半访梅。一朵故应偏晚出，百花浑未觉春来。不知明月为谁好，欲嫁东风耻自媒。莫遣王孙三弄绝，空教饥鹤啄莓苔。卢赞元、叶景南、晁无咎、晁无咎、杜子美、张泽民、卢赞元、苏东坡。

玉树萧然物外身，丹青难写是精神。苍松翠竹为三友，明月清风作四邻。冷淡自能驱俗客，扳翻似欲寄情亲。只愁落后春无味，桃李如何接后尘。张泽民、王介甫、杨诚斋、黄山谷、潘子贱、王半山、张泽民、许梅屋。

练裙缟袂雪精神，梦在罗浮江上村。竹屋纸窗清不俗，风台月观悄无言。笑拈霜管题诗句，静爱寒香扑酒尊。谁遣胡儿吹塞笛，分明怨恨曲中论。咏物诗、贝清江、张泽民、朱晦翁、郎士元、杨铁崖、张泽民、杜子美。

水满清江花满山，玉能轻软雪能干。羞同桃李媚春色，长共松杉斗岁寒。生意每从闲处觅，孤风不入俗人看。诗成怯为花拈出，诗比梅花瘦一般。储光羲、咏物诗、朱晦翁、苏东坡、许鲁斋、韩魏公、陆放翁、叶景南。

竹外篱边一树斜，天寒空谷正堪嗟。孤标迥立风尘表，疏影长依水月家。雪柏霜篁期岁晚，山童野鹤伴生涯。花中竟是谁流辈，萼绿宫中萼绿华。尤延之、张泽民、蓝性之、张泽民、吴草庐、陆景龙、陆放翁、杨铁崖。

传得仙人服玉方，潇潇洒洒水云乡。小山丛桂且为伴，上苑夭桃自作行。素色可能妆粉似，芳名宁入齿牙香。诗情恼得浑无寐，几度巡檐费品量。张泽民、刘秉中、吴子华、苏东坡、毛泽民、叶景南、杨诚斋、卢疏斋。

孤标粲粲压奇葩，对酒初惊鬓半华。霁月光风多少趣，荒蹊野径两三家。直呼俗李为奴婢，曷与山矾定等差。休道铁心犹解赋，此花真是铁心花。戴石屏、杨诚斋、达兼善、王半山、张泽民、赵昌父、吴草庐、王梅溪。

我怜贞白重寒芳，半倚垣阴半向阳。树影悠悠花悄悄，春江渺渺月茫茫。王恭鹤氅还同洁，荀令熏炉更换香。看取主人无俗调，要将风韵入诗囊。陆甫里、舒亶、曹唐、刘秉中、僧无本、李义山、梅圣俞、贡师泰。

探梅今夕到江干，顾影俜停独立难。瘦马寒童肩竦竦，玉林琼树路漫漫。未凭驿使殷勤寄，留与诗人仔细看。老去可怜风味在，尽驱春色入毫端。陆放翁、欧阳修、梅圣俞、苏东坡、王梅溪、苏东坡、陆放翁、苏东坡。

千林含冻积阴凝，数点疏花一树明。不杂尘埃真冷淡，坐惊时节已峥嵘。歌声只向梁间住，诗句多于马上成。幸有胸中佳趣在，茅斋无异玉堂清。张泽民、张泽民、韩魏公、欧阳修、欧阳修、徐致中、叶景南、叶景南。

春入园林何处寻，罗浮山下白云深。孤根欲老冰霜骨，晚节犹存铁石心。冶杏夭桃无故藉，长松修竹共萧森。怪来诗思清人骨，奈此南枝苦索吟。范茂明、叶景南、张泽民、苏东坡、张泽民、崔与之、韦苏州、杨诚斋。

最怜乱点糁貂裘，红紫回看总合羞。春梦已抛花信外，天香分下凤池头。清风明月无人管，玉骨冰肌本自幽。不是对君吟复醉，空教何逊在扬州。陆放翁、张泽民、晁无咎、洪迈、黄山谷、古红梅、陆甫里、苏东坡。

天遣花神别致功，冰魂飞下广寒宫。吹残画角春初动，舞破山香曲未终。风月遂为城市有，铅丹那悟色尘空。北枝别有春无价，休说林逋两句工。陆甫里、叶景南、陆甫里、尤延之、许有壬、陆放翁、杨诚斋、咏物诗。

一亩山园半亩池，梅花偏与野人宜。清香未寄江南梦，羌笛何劳塞北吹。春早横遭桃李妒，天寒谢绝蝶蜂知。月黄昏后疏枝外，销得林逋两句诗。陆放翁、张泽民、朱淑真、徐师川、杨诚斋、蓝性之、文文山、朱淑真。

冰霜气骨玉精神，冰玉丛中着此身。俗李凡桃俱扫迹，寒松修竹合为邻。寄来陆凯浑多事，欲倩华光为写真。东阁于今清兴减，不知风月属何人。张泽民、许有壬、杨廉夫、张泽民、陆太初、黄月屋、雅正卿、谭用之。

坐啸千林冻欲僵，愔愔危树俯回塘。遥看细朵不胜好，忽讶一枝如许长。雅淡久无兰作伴，孤高自择雪为妆。芳情香思知多少，何必重论铁石肠。陆放翁、晏元献、杨诚斋、杨诚斋、张泽民、张泽民、白乐天、咏物诗。

路入寒山深更深，香来远处难近寻。纵饶老干推幽谷，肯为繁华易素心。九畹蕙兰为上客，六桥风月是知音。故应不属东君管，长与先生共醉吟。叶景南、张泽民、韩仲止、王元章、潘子贱、冯海粟、晁君成、范茂明。

寻梅到处得闲游，绕着瑶芳看不休。雪态冰魂差澹冶，粉容香质最风流。愁闻塞笛吹芦管，醉折花枝当酒筹。忆着冲寒行大庾，江南江北路悠悠。陆放翁、林和靖、僧仲殊、叶景南、苏东坡、白乐天、张泽民、许丁卯。

折得名花伴此翁，骨多肉少与梅同。异根不带尘氛气，尤物真穷造化功。拂拂香风动屏几，疏疏寒影近房栊。分明记得江南路，闲却孤山一月篷。陆放翁、古梅诗、谢叠山、陆放翁、僧明本、梅圣俞、叶景南、黄晋卿。

冰霜为骨玉为姿，斜压渔家短短篱。野意终多官意少，南枝太早北枝迟。久无异士高人识，惟有清风明月知。唤起江湖千里梦，解帆烟浦为题诗。许有壬、崔鲁、张泽民、张泽民、叶景南、吕岩、许有壬、崔鲁。

梅花枝上雪初融，梦觉罗浮事已空。玉色独钟天地正，清香未许蕙兰同。一声羌笛寒云外，三弄瑶琴瘦影中。自是从来肌骨好，宜烟宜雨又宜风。朱淑真、俞梓、张泽民、冯海粟、叶景南、叶景南、叶景南、郑谷。

阳和都未见芳菲，老去寻春只怕迟。常有清香浮浅水，忽逢孤艳映疏篱。冰霜节操原非俗，玉雪襟怀只自知。堪笑胡雏亦风味，更教遥夜笛中吹。赵义若、尤延之、叶景南、张泽民、李草阁、张泽民、林和靖、朱晦翁。

自古骚人酷嗜梅，破荒择胜独徘徊。生愁落去轻轻折，知是多情得得来。种树先营临水屋，爱花须筑避风台。夜深立尽扶疏影，损却空阶几寸苔。胡澹庵、韩仲止、杨诚斋、赵子昂、张泽民、戴石屏、张泽民、程雪楼。

独寻春色上高台，试问南枝开未开。冶杏夭桃无顾藉，寒蜂冻蝶漫惊猜。平章风月诗千首，收拾烟云酒一杯。可惜渊明无限兴，却因秋菊赋归来。薛能、朱晦翁、张泽民、叶景南、宗中斋、刘静修、崔峒、王半山。

检点山前梅蕊痕，阳和先已到孤根。愁怜粉艳飘歌席，收拾芳香入酒樽。尽日更无乡井念，倚风如共路人言。诗成一笑归来晚，月上溪南水竹村。韩仲止、尤延之、罗隐、叶景南、唐彦谦、刘长卿、郭君谦、叶景南。

土花深护玉精神，香动荒山野水滨。不信冰霜能作恶，肯同桃李强挽春。从来绝胜多离俗，纵是无情亦动人。幸有微吟可相狎，老夫清赏未为贫。萨天锡、陆放翁、吕居仁、韩仲止、梅圣俞、罗隐、林和靖、叶景南。

岁云暮矣过芳丛，寂寂轩窗淡淡风。看处便须终日住，赏心知有几人同。春回积雪层冰里，老寄寒泉乱石中。定自格高难着句，含毫不下思无穷。刘秉中、张泽民、吴融、许有壬、陆放翁、朱晦翁、尤遂初、陈后山。

野水晴山雪后时，亭亭瘦玉倚疏篱。幽香入室有馀韵，老树着花无丑枝。未许芝兰参此境，半呼桃杏作群儿。分明记得还家梦，题遍江南寺寺诗。郑谷、刘秉中、皇甫冉、梅圣俞、张泽民、张泽民、来鹏、张泽民。

皎然玉树耿无邻，梦断罗浮迹已陈。独立冰霜看挺特，生憎桃李斗芳新。连根欲断峦岩力，一朵尽收天地春。见说林逋消息断，更将诗兴属何人。张实斋、黄月屋、刘秩、范石湖、刘石屏、张实斋、叶景南、曾南丰。

花满西园月满池，春风荡漾水逶迤。信知天上无双品，却是江南第一枝。清介终持孤竹操，贞心惟有老松知。冷烟落落茅茨小，消得骚人几句诗。高骈、曾南丰、杜牧之、文文山、张泽民、戎昱、张泽民、朱淑真。

浅浅池塘短短墙，先生于此作梅庄。芳枝夺尽人间秀，春色还惊鬓上苍。不恨山林淹岁月，终随松柏到冰霜。入窗虚白清寒夜，梦绕江南烟水长。王半山、僧宗泐、张文忠、王平甫、陆放翁、王半山、张泽民、欧阳玄。

我怜贞白重寒芳，镇日无尘到草堂。久与柏松同雅操，宁甘兰蕙抗幽香。别来望远凭谁寄，老去逢春只自伤。何处描将归画府，一枝和月驾东墙。陆甫里、许有壬、叶景南、元遗山、尤延之、元遗山、许用之、朱淑真。

江上云亭霁景鲜，寻诗散步到梅边。半窗夜月陪残雪，一径东风锁暮烟。政尔尘埃能自表，要令桃李便争先。悬知骨法清如许，疑是蟾宫谪降仙。李郢、张仲举、叶景南、叶景南、张泽民、吕居仁、张泽民、洪觉范。

数枝如玉照回塘，和雪扳来袖亦香。一味清新无我爱，十分春色为伊忙。疏疏篱落娟娟月，薄薄铅华淡淡妆。花似去年堪折赠，惟惭头白老萧郎。张泽民、黄月屋、林和靖、王迈、张泽民、张泽民、苏东坡、白乐天。

落尽精英宇宙荒，一枝寒玉倚横塘。可怜新月为谁好，不待东风已自芳。绝色夐无脂粉态，高情偏爱水云乡。只愁画角惊吹散，合与诗家作主张。张泽民、黄月屋、王介甫、舒亶、赵义若、苏东坡、冯海粟、馆阁诗。

独占乾坤许样清，绛罗纤萼裹瑶英。影含水月不受采，心与冰壶相斗明。已被传将缣上写，惟愁吹入角中声。生来澹泊难从俗，千古知心一广平。刘伯序、晁君成、皮日休、方有开、张泽民、张泽民、韩仲止、张泽民。

姑射仙人昔住山，了然尘土不相关。清冰寒玉照林表，秀气春风满座间。痛饮更拚千日醉，相逢难遇此时闲。明朝策蹇还无定，又抱孤琴踏月还。许有壬、吴融、刘静修、刘静修、陆放翁、韩魏公、魏仲先、赵叔灵。

几夜书窗恼梦魂，远寻春色过孤村。山林何谢难方驾，心事夷齐可共论。欲赋妍华无健笔，忍教落片点空尊。归来第五桥边路，月在天边恰半痕。萨天锡、叶景南、吕居仁、咏物诗、曾南丰、张泽民、何梦桂、彭元亮。

水沉为骨玉为神，似共东风别有因。只管苦吟三尺雪，不妨早寄一枝春。人怜红艳多应俗，天与孤敻清绝伦。若使此花兼解语，化衣应笑走京尘。张泽民、罗隐、范石湖、北山集、林和靖、张南轩、白乐天、陆放翁。

几年封植爱芳丛，俯视群芳迥不同。真与雪霜娱晚节，争如桃李得春风。紫扉草屋无人问，翠壁丹崖有路通。羌管一声何处笛，独来惆怅水云中。柳宗元、叶景南、朱晦翁、刘秉中、唐颖萱、萨天锡、温庭筠、李群玉。

残雪疏篱半欲催，暗香消息已传梅。三家五家村舍出，一花两花春意回。今日多情惟我到，无人解惜为谁开。相逢剩得尊前恨，何处笛声江上来。张泽民、刘屏山、刘俨、陆放翁、白乐天、白乐天、陆放翁、曹唐。

南堂深处向阳身，青帝宫中第一身。幸与松筠相近岁，不将桃李共争春。孤山句法应难和，何逊心情独见亲。只恐春归有馀恨，半随流水半随尘。张实斋、张实斋、白乐天、戎昱、张泽民、张泽民、刘屏山、朱淑真。

浅红初上小梅梢，应为江城破寂寥。粉额洗妆香不尽，玉颜无晕酒全消。夭桃艳杏果谁赏，幽桂丛兰幸见招。遥忆题诗旧游处，笋舆冲雪过溪桥。韩仲止、陈德政、古红梅、失名、刘秉中、应彦文、萨天锡、楼攻媿。

江北江南天未春，舍南舍北雪犹存。孤山落日萦诗兴，一夜东风入梦魂。闲倚胡床吹玉笛，共携芳酒倒金尊。也知馀子十分俗，才有梅花便不村。尤延之、高疏斋、叶景南、叶景南、陆放翁、古梅诗、方巨山、张泽民。

篱门和竹夹西东，残雪消迟日未融。自是灵根钟间气，不同凡卉媚春风。每嫌俗物薰心醉，莫惜金杯到手空。写作新声传玉笛，夜深吹向月明中。林和靖、叶景南、僧北涧、金亮、胡澹庵、元遗山、赵义若、陈安。

偶泄春光此一枝，故山幽梦忆疏篱。雪羞洁白常回避，风送清香似可期。老气却因高树得，旧愁只许落花知。醉中曾记题诗处，独倚阑干待月时。廖明略、陆放翁、张泽民、梅圣俞、韩仲止、月泉社、赵希逢、张泽民。

竹边篱外树封苔，拣得疏枝折得回。一阵香风飘座榻，满空苦雾卷尘埃。窗间有客清于玉，天下无花白到梅。不是主人多野兴，敢将青眼为谁开。黄月屋、杨诚斋、张泽民、郭功甫、谢宗可、张泽民、秦韬玉、叶景南。

时候频过小雪天，雪消春意便暄妍。莫夸赋客心如铁，销得骚人笔似椽。胸次冰霜宁受滓，尊前风月浩无边。寥寥不见古颜色，脂粉从渠自取怜。陆甫里、许有壬、叶景南、许有壬、吴草庐、朱晦翁、张泽民、张泽民。

春色如何未探支，每惭青律为先吹。直能平地凌大雪，初见寒苞发故枝。情性本宜高处看，画图今遣俗人窥。西湖处士风流远，近日江南未有诗。杨诚斋、李建勋、潘子贱、赵义若、元遗山、许鲁斋、张泽民、叶景南。

径菊庭兰日夜摧，暗香消息已传梅。雪晴古木月初上，风静寒塘花正开。冷落不成欺岁晚，参差又欲领春来。因知此兴无人共，时复孤吟步绿苔。曾茶山、刘屏山、刘沧、刘沧、韩仲止、朱淑真、杨铁崖、赵绅。

数花疏疏静处芳，看花日日向邻墙。孤松老柏竞丑怪，明月清风谁主张。餐玉原知非火食，堆金难买破天荒。主人不是爱颜色，要试平生铁石肠。张泽民、郭子章、韩魏公、谢叠山、陆放翁、陆放翁、许有壬、张泽民。

又见梅花破玉蕤，含情含态一枝枝。千岩万壑雪深处，南陌东城春早时。难把精神毫底写，解将声调角中吹。扬州何逊无消息，目对清标有所思。参寥、崔鲁、陈野雪、刘梦得、张泽民、林和靖、李草阁、王梅溪。

旧岁将除新岁来，南枝落尽北枝开。暗香入户寻短梦，清气逼人无点埃。客路情怀元倥偬，故园霜月忆徘徊。数间败屋浮桥外，犹记行时手自栽。朱晦翁、谢叠山、苏东坡、练商、朱晦翁、朱晦翁、韩仲止、贡太甫。

老树经霜带藓纹，高标已压万花群。江淹彩笔空题恨，荀令香炉可待薰。玉骨冰肌惭皎洁，云裙风袂动缤纷。不须更待春消息，春在枝头已十分。叶景南、陆放翁、张泌、李义山、古菊诗、咏物诗、张泽民、诗话。

寒梅芳信冠群伦，自占空山野水滨。花里清含仙韵度，风前闲看月精神。定知何逊缘联句，肯与林逋作后尘。最是黄昏堪画处，半窗疏影伴诗人。潘子贱、韩仲止、张泽民、邵康节、李义山、李草阁、萨天锡、僧明本。

草棘萧萧野岸隈，今朝忽见数枝开。若非风日不到处，便是冰霜也带埃。解使诗人相应接，偶携佳客此徘徊。分明更想残宵梦，一路清溪踏月回。刘屏山、诗话、曾茶山、杨诚斋、黄晋卿、欧阳修、吴商皓、张泽民。

西南枝上月徘徊，月十分清更着梅。明月自来还自去，东风吹落复吹开。拟将正味调金鼎，旋折霜蕤浸玉杯。应笑老夫无一语，团栾空绕百千回。王半山、吴草庐、崔鲁、欧阳修、王梅溪、苏东坡、张泽民、林和靖。

不问山间与水间，红尘深处着身难。孤芳苦与东风背，数点先欺腊雪寒。文字偶同吾辈饮，清臞莫遣俗人看。吟边剩得逋仙趣，始觉闲中意未阑。赵昌父、叶景南、张泽民、方干、王梅溪、陆放翁、李光孝、欧阳修。

一枝斜照竹篱门，几夜书窗恼梦魂。摇落会应伤岁晚，阳和只可待春温。裁冰剪雪应难赛，却月凌风未易论。驿使不来羌管歇，为君惆怅又黄昏。薛能、萨天锡、王半山、韩仲止、张文忠、韩仲止、张榘、罗隐。

雪满山凹月满塘，分明照见铁心肠。也消造化无多力，更占人间第一香。越女漫夸天下白，仙娥初试镜中妆。老何没后吟声绝，无复风骚继此郎。王半山、失名、李山甫、韩稚圭、韩无咎、刘秉中、白乐天、叶景南。

冰绡生涩画难亲，试把新诗当写真。风散异香来帘幕，月流琼彩满璘珣。繁华不作三春梦，冷艳都无一点尘。老我自知才思薄，未妨聊付苦吟人。王半山、陆放翁、赵清献、叶景南、咏物诗、晏同叔、吴草庐、朱晦翁。

我闻室梅花集句卷中

我闻室梅花集句卷下

河东柳是如是氏集

七言绝句一百首

江梅初破一阳天，小小园林意自怜。昨夜倚阑枝上看，照人冰骨是真仙。王梅溪、王梅溪、韩退之、赵清献。

谁能索笑共巡檐，月满空山水满潭。一点阳和无尽处，莫分枝北与枝南。剡九成、朱晦翁、张泽民、文文山。

春向群芳顶上来，酒尊一笑共君开。多情独有林和靖，不爱凡花只爱梅。王梅溪、王梅溪、丁鹤年、戴石屏。

开遍南枝又北枝，江南无地不宜诗。宜霜宜雪仍宜月，况与诗家物色宜。王竹斋、许有壬、张实斋、雍陶。

标格孤高迥出群，疏疏冷雨雪精神。凭君着眼看春卉，知与凡姿隔几尘。叶景南、黄月屋、张泽民、张泽民。

不在山边即水涯，尽供新意与诗家。等闲识得东风面，未必东风更有花。戴石屏、党世杰、朱晦翁、张实斋。

满身苔藓半身枯，历尽冰霜似老夫。只为花清诗自别，别花能有此清无。张泽民、陈悫、张泽民、张泽民。

谁把昆山玉剪裁，枝分南北一齐开。问渠那得清如许，曾受千霜万雪来。林和靖、曾茶山、朱晦翁、张实斋。

藓护苔封白玉柯，平湖渺渺月明多。谁人不道工题品，输与风流人姓何。张实斋、许丁卯、张实斋、张实斋。

元冥行令肃风霜，只有江梅独自芳。珍重岁寒心事在，不缘摧折损清香。陆放翁、田元邈、许有壬、王梅溪。

扶起春风十万株，花成白玉蕊成珠。暗香和月入佳句，还许诗家属和无。黄山谷、张泽民、王梅溪、项斯。

洒落胸襟不受尘，玉肌无粟立黄昏。书生自是心如铁，一阵香风暗断魂。张泽民、陆放翁、傅若金、叶景南。

穷冬未省见梅斑，多在青松白石间。踏雪诗人应僻好，杖藜知去不知还。赵昌父、姚合、黄月屋、许有壬。

霜滑溪桥水不波，一枝的皪得春多。逋仙去后音尘远，善识花人更几何。张泽民、张泽民、叶景南、张泽民。

空谷佳人缟袂单，晓妆初试佩珊珊。若非群玉山头见，定向瑶池月下看。咏物诗、贡师泰、李太白、赵子昂。

人间谁识许飞琼，入骨怜君玉雪清。凭仗高楼莫吹笛，一场春梦不分明。商挺、张泽民、诗话、张泌。

一白何曾假玉华，自从幽处作生涯。暗香疏影无消息，回首东风几度花。张泽民、戴石屏、叶景南、叶景南。

篱落寒香雪正晴，只知春近赏春情。月明何处吹羌笛，一枕师雄梦不成。张泽民、韩仲止、辛好礼、叶景南。

数个疏花春意深，谁欤玉汝立寒林。一帘香影孤山月，此日凄凉万古心。张泽民、张泽民、黄明德、朱晦翁。

百馀年树半苍苔，两蕊三花带雪开。珍重幽人留顾盼，杖藜日日为君来。张泽民、黄月屋、刘静修、黄月屋。

千林含冻积阴凝，赖有寒梅寄赏音。此兴正于春不浅，前村踏雪也须寻。张泽民、赵子昂、张泽民、张泽民。

最怜残雪冷疏梅，满世趋炎我独来。拄杖过桥寻欲遍，竹林深处数枝开。张宛丘、胡澹庵、张泽民、张泽民。

雪样肌肤玉样人，绣难相似画难真。些些个里藏丰韵，弹压千花不敢春。张泽民、冯海粟、张泽民、张泽民。

岁晚孤根独发时，冰心皎皎竟谁知。三闾浪采群芳尽，未可轻收入楚词。欧阳玄、张泽民、张泽民、张泽民。

野径寻梅见小春，琼瑶一色净无尘。欲知格韵真孤绝，人似孤山始得真。曾茶山、许有壬、张泽民、张泽民。

国色天香照玉肌，开教探早落教迟。阆风归去无消息，何处如今更有诗。王梅溪、张泽民、张泽民、韩退之。

彻骨清寒醮水枝，岁寒心事欲深期。人中商略谁堪比，千载孤高一伯夷。陆放翁、陈简斋、陆放翁、张泽民。

斗柄初开第一枝，细风明月夜相宜。向令不带神仙骨，争奈天寒不粟肌。欧阳玄、林和靖、张泽民、张泽民。

潇洒孤山几树春，水沉为骨玉为神。画师空向闲时看，标格天然写不真。赵子昂、张泽民、林和靖、张泽民。

非早非迟恰好时，梅花一夜遍南枝。不辞杖履冲泥雪，日日春游日日宜。张泽民、刘长卿、陈后山、杨廉夫。

冰肌潇洒玉容清，密雪无端苦见侵。一自阆风归去后，与谁共话岁寒心。叶景南、林和靖、张泽民、张泽民。

客中相见客中怜，手把梅枝思黯然。我不似梅梅似我，鬓毛同白不同妍。李太白、王梅溪、张泽民、虞伯生。

寂寞玉容如太真，倚风无语淡生春。只将一白高天下，万紫千红莫与伦。许有壬、赵子昂、张实斋、张实斋。

正是梅逢驿使时，城中忙失探梅期。山中风起无时节，踏雪来寻也道迟。王梅溪、杨诚斋、白乐天、张泽民。

我向梅溪溪上家，十年万里客天涯。自伤春色偏惊眼，梦寐犹应见此花。王梅溪、张实斋、郭子章、张实斋。

独折南园一朵梅，香随绿酒入金杯。无情昨夜狂风起，只恐忽吹花落来。杜牧之、白乐天、王初、张泽民。

冰为肌骨玉为神，照影西湖自写真。不为上林无着处，深山幽谷一般春。韩溉、赵子昂、许有壬、许有壬。

一年芳信恨开迟，消得携壶与赋诗。高洁似人人亦似，座中着我不妨奇。尤延之、郑谷、王梅溪、欧阳玄。

年年岁岁花相似，岁岁年年客又来。宁底高寒宁底瘦，为谁零落为谁开。刘希夷、梅圣俞、张泽民、白乐天。

时节峥嵘岁已穷，独留春色占芳丛。数枝疏冷无多子，香尽千岩万壑风。欧阳修、张云庄、张泽民、张泽民。

正是寒阴惨澹时，春风消息到南枝。莫言款段非良足，行尽江南都是诗。张泽民、许有壬、许有壬、萨都剌。

一笑山坡访早梅，何人剪冰作花开。奇芬不逐枝头老，清节都归笔底来。陆放翁、张泽民、叶景南、方干。

竹外横斜一两枝，却惊春半见琼姿。明朝携酒犹堪赏，寄语东风莫谩吹。林和靖、梅圣俞、雍陶、刘秉中。

梅花浥露未曾干，清入诗肠句不寒。好似扬州着何逊，风流心事一般般。刘学箕、王梅溪、张泽民、张泽民。

蜡蕊柔香更可嘉，雪寒和月映窗纱。无人知得花清处，淡伫精神别一家。王梅溪、陈忢、张泽民、张泽民。

腊尽梅梢尽放红，相逢索笑奈尊空。寻常一样窗前月，添个诗人便不同。韩无咎、程雪楼、苏东坡、杨诚斋。

含烟洗灵照苍苔，长向春前腊后开。独坐黄昏谁是伴，数枝疏影月移来。权德舆、王梅溪、白乐天、叶景南。

雪尽冰融溪作鳞，仙枝潇潇净无尘。何人画得天然态，淡月微云到本真。方元修、朱晦翁、薛逢、张泽民。

已爱梅花更爱奇，水沉为骨玉为肌。直疑天上神仙侣，不要人间俗子诗。张泽民、黄山谷、失名、吴草庐。

湖山照眼净无埃，半是枯枝半是苔。多谢东君深属意，为怜雅淡使先开。王梅溪、许有壬、林和靖、梅圣俞。

一枝梅笑破冬严，残腊新春气候参。更被谁家多事笛，不教幽梦到江南。张宛丘、张宛丘、许有壬、许有壬。

潇洒孤山几树春，寒梢气象自清新。城中车马应无数，谁是巡檐索笑人。赵子昂、韩溉、张文昌、邵棠。

僻居惟爱近林泉，每见梅花辄欲颠。勾引诗情清绝处，月中霜里斗婵娟。高缟、张泽民、朱淑真、李义山。

急风吹雪正茫茫，暖漏梅梢欲试妆。不比寻常野桃李，盗天和气作春芳。查广居、贡师泰、王梅溪、韩致光。

水边篱落旧精神，暖入南枝气未匀。昨夜忽飞三尺雪，与梅并作十分春。黄南卿、冯海粟、尤延之、卢梅坡。

凌厉冰霜节愈坚，一枝深映竹丛寒。软红尘土应无此，输与闲人静处看。陆放翁、林和靖、张泽民、陆放翁。

西湖风月强传神，照影今谁下笔亲。雪里玉肌无一粟，汉宫飞燕是前身。许有壬、陆放翁、张泽民、张泽民。

梅含春意雪残时，人向梅梢大欠诗。未有风流如此老，沿溪寻遍向南枝。王平甫、范石湖、张泽民、张泽民。

不御铅华亦自奇，只缘图画最相宜。到腰深雪庭前白，莫辨南枝与北枝。僧北涧、杜牧之、张泽民、古梅诗。

短墙缺处插疏篱，始见寒梅第一枝。独有高人爱高洁，为渠费尽雪桥诗。陆放翁、王梅溪、冯海粟、张泽民。

长与韶华暗有期，越疏越淡越幽奇。倚窗援笔收佳句，月上花梢最上枝。秦韬玉、张泽民、叶景南、叶景南。

岭梅多向腊前芳，春正浓时风味长。千首诗成千首意，一番吟过一番香。赵清献、张泽民、刘学箕、邵棠。

怪底空山见早梅，破寒刚向雪中开。只愁落后春无味，一日遥看一百回。杨诚斋、林和靖、张泽民、陈后山。

一种幽花迥出尘，世间草木信非伦。眼明数点窗前白，解后瑶池月底人。尤遂初、潘子贱、张泽民、张泽民。

梅花谁与问平安，潇洒尤宜老眼看。共道春风能样子，一枝的的照人寒。许有壬、王梅溪、张泽民、张泽民。

梦回南国雪初消，人立梅花月正高。爱惜幽香有如此，绕花百匝更千遭。叶景南、赵师秀、张泽民、张泽民。

冰谷雪山清晓时，何人剪玉着南枝。老来才尽无新语，只向尊前咏旧诗。张泽民、张泽民、陈后山、李建勋。

花外香生翰墨风，老夫于此最情钟。诗成一笑归来晚，月上孤山第一峰。崔颢、张泽民、郭君彦、叶景南。

东风无力赖谁吹，自有清香处处知。朝夕催人头欲白，但教吟取杜家诗。刘秉中、林和靖、舒亶、杜荀鹤。

清香皓质世争奇，隔水香来似有期。乞与书窗端不恶，却输我辈为题诗。方子通、张泽民、王梅溪、张南轩。

平分风月尚吟篇，诗句清新欲斗妍。若向笔端求此意，恐将文字涴天全。王梅溪、王梅溪、许有壬、王彝老。

看到梅花又一冬，萧然如对玉人容。凭君欲问真消息，前度逋仙不再逢。张泽民、王梅溪、王鲁斋、叶景南。

忍向时人觅赏音，分甘投老万山深。平林漠漠烟如织，自有香来不用寻。王介甫、陆太初、李太白、张泽民。

喜闻春信出初冬，独占荒山对古松。一自寿阳宫额后，尚馀诗兴至今浓。吕居仁、韩仲止、欧阳玄、王梅溪。

芙蓉憔悴菊离披，初见僧窗一两枝。赖有此花相慰藉，此花之外更无诗。张实斋、杨诚斋、张实斋、张实斋。

说到梅花已自清，月高霜冷正参横。即今画史无名手，凭仗新诗为写成。张泽民、闫复、陆放翁、失名。

冻未全消草未芽，数枝装点野人家。试看严冷冰霜面，不比寻常儿女花。许有壬、戴石屏、张泽民、苏东坡。

每想横斜竹外枝，西湖风月鬓成丝。人间无此天然白，除却诗翁世不知。尤延之、赵子昂、张道洽、张道洽。

花早花迟两年景，江北江南千里愁。却忆孤山醉归路，一痕新月映寒流。张泽民、陆放翁、尤延之、张道洽。

每怪春光到早回，枝分南北一齐开。东风不为珠帘隔，多少清香透入来。元微之、曾茶山、失名、陆甫里。

乾坤收拾几精华，半在山巅半水涯。惭愧黄鹂与蝴蝶，一生不得近梅花。张泽民、张泽民、林和靖、失名。

花开花谢漫相催，因向花前把一杯。明日酒醒应满地，国香和雨入苍苔。邵康节、许有壬、苏东坡、苏东坡。

云满寒溪雪满林，数枝潇洒出墙阴。吾生也似梅花淡，才见梅花便抱琴。郭子章、林和靖、陆放翁、杨铁崖。

霜蕊端因有分开，莫教明月照空杯。风流一段无人共，花下曾携一鹤来。王梅溪、董佐材、张泽民、张泽民。

春撩雪骨酒边香，百草千花莫比方。老我岁寒频对此，年年为尔惜流芳。杨诚斋、黄山谷、蓝山、王半山。

潇洒江梅似玉人，定应姑射是前身。水香月影横斜处，却恐诗家道不真。赵子昂、张泽民、宋本、刘秉中。

太瘦长条雨压低，半临驿路半临溪。醉中曾记题诗处，策蹇相寻犯雪泥。胡澹庵、柳子厚、朱淑真、韩致光。

眼底尘埃无复侵，江南春色故园心。一枝自浸铜瓶水，偏照萧萧雪满簪。王梅溪、郭子章、陆放翁、许有壬。

和霜和月为精神，旧挽青条冉冉新。今日西湖湖上路，题诗更有后来人。张泽民、王半山、萨天锡、许有壬。

小亭终日对幽丛，天外香生细细风。欲折一枝无处赠，美人千里思何穷。葛无怀、刘秉中、张泽民、李群玉。

江南地暖陇西寒，一种春风有两般。最爱夜深霜重处，无人起向月中看。罗隐、诗话、韩仲止、白牡丹诗。

天寒花信未能灵，对鼓焦桐意更深。不要开时分品第，识花试向未开寻。张泽民、刘秉中、吴草庐、吴草庐。

篱落寒香雪正晴，冰肌潇洒玉容清。俯看春艳相千万，谁道山矾是兄弟。张泽民、叶景南、张泽民、张泽民。

夜深月透小窗纱，一树玲珑数点花。好句更同林处士，几看清浅浸横斜。张泽民、张泽民、王梅溪、王梅溪。

更无一点浣铅华，全付茅茨小小家。犹有梦回清兴在，半窗花影月笼纱。刘后村、张泽民、苏东坡、叶景南。

篱边初见一枝新，占尽风情向小园。几度巡檐看不足，暗香依旧月黄昏。陆放翁、林和靖、叶景南、陈刚中。

梅花交替菊花时，万木荒寒忽一枝。正是诗家好风景，不堪将入笛中吹。张泽民、张泽民、姚仲先、滕迈。

梅边春意未全回，不怕清寒得得来。喜到断桥知去处，一花无赖背人开。杨诚斋、杨诚斋、张泽民、杨诚斋。

传得神仙服玉方，低临粉水照寒光。晚来风起花如雪，吹落金鞍片片香。张泽民、陈后山、刘梦得、杨铁崖。

鹤膝全臞锁碧苔，欲题风韵辄徘徊。水边疏影黄昏月，挽取林逋句法回。张泽民、杨巨源、曹既明、曾茶山。

我闻室红梅集句

河东柳是如是氏集

七言律十首

仙标厌入锦云乡，也带酣红学醉妆。世上非无好颜色，就中原有铁心肠。夭桃浓李不可比，雌蝶雄蜂空自忙。羌笛一声惊梦觉，霓裳新换舞衣裳。贡师泰、范石湖、张泽民、咏物诗、梅圣俞、刘秉中、刘沧、韩无咎。

孤芳嫌煞浑群芳，独自施朱对雪霜。丹药有灵能换骨，天真不假更匀妆。亦知何逊无佳句，说与林逋合断肠。双玉瓶干情正洽，伴人醉醒替人狂。张泽民、韩无咎、刘静修、陈后山、郑谷、叶景南、方巨山、杨诚斋。

玉颊何劳獭髓医，合将金屋贮幽姿。北枝风力顾不早，南国酡颜强自持。点缀初非桃有艳，凝明应与雪相期。近来姑射梳妆别，不似当初傅粉时。苏东坡、陆放翁、方元修、毛泽民、韩仲止、方元英、叶景南、刘梦得。

绛罗高卷不胜春，薄倩朱铅蚀泪痕。紫府与丹来换骨，湘娥鼓瑟为招魂。要知冰雪心肠好，尚恐骄奢气习存。今日看花还自笑，寻春误入杏花村。罗隐、萨天锡、方子通、陆放翁、苏东坡、陆放翁、赵子昂、萨天锡。

残雪犹封宿草荄，压枝凝艳已全开。可能明月来同色，欲嫁东风耻自媒。卷里有诗皆锦绣，山中无地着尘埃。不应便杂夭桃杏，旋摘冰葩浸玉醅。晁无咎、元微之、舒亶、张泽民、朱晦翁、噩梦堂、苏东坡、杨诚斋。

天然标格阆风乡，换却罗浮白玉裳。未许琼花为行辈，偶先红杏占年芳。超腾水部陈篇上，肯醉佳人锦瑟傍。更拟黄昏尽馀兴，高烧银烛照红妆。张泽民、叶景南、张泽民、王半山、陈后山、朱晦翁、萨天锡、苏东坡。

生姿活色一丛丛，漠漠梨云梦不同。金鼎夜寒团绛雪，玉人春困倚东风。天姿不到铅华笔，尤物真穷造化功。偶得芳尊须痛饮，等闲桃李即争红。周静庵、咏物诗、贡师泰、曾南丰、谢叠山、陆放翁、陆放翁、陆甫里。

香胜烧兰红胜霞，水云深处作生涯。贪匀南国佳人面，醉倒西湖处士家。不向芳菲趁开落，也嫌寒瘦爱妍华。认桃辨杏由君眼，风格终非桃杏花。白乐天、陆放翁、叶景南、古红梅、欧阳修、张泽民、咏物诗、张泽民。

庾岭开时媚雪霜，寿阳还作醉时妆。直教未脱胭脂色，何必重论铁石肠。茜杏夭桃缘格俗，短篱破堑为谁香。更令杜老如今见，可是无心赋海棠。王半山、晁无咎、张泽民、咏物诗、参寥、苏东坡、欧阳玄、王半山。

玉容琼彩最清奇，试作轻红更自宜。怪得独饶脂粉态，尚馀孤瘦雪霜姿。夭桃艳杏果谁赏，雌蝶雄蜂未用疑。诗客不知花韵别，更看绿叶与青枝。叶景南、方子通、白乐天、苏东坡、刘秉中、叶景南、王梅溪、苏东坡。

我闻室梅花集句卷下终

是书据吴县潘氏宝山楼藏丁初莪校本移录
昆山胡文楷识

竹笑轩吟草

（清）李因 撰 汤吟菲 整理

整理说明

李因（1612？—1685），字今是、今生，号是庵、龛山逸史，会稽（今属浙江绍兴）人，一说钱塘（今属浙江杭州）人。葛徵奇妾，擅画山水花鸟，工诗。著有《竹笑轩吟草》，胡文楷据崇祯十六年（1643）刻本抄录，今据以整理。

竹笑轩吟草叙

昔之女史，擅誉词坛者多矣，未有如师母李夫人之异才奇节，掩映今古者也。夫人产于越，为西子后身，自笄期从吾师介龛先生宦游廿馀年，风雨晦明罔间。夫人临池染翰，全乎古人之致。且能诗，清新秀逸，读之无不叫绝。旧有《竹笑轩》一集，大率与吾师适意时唱和之作。虽然，此特夫人之以才见一斑耳。余之所以重夫人者，则有进于是。夫人从吾师归山，后遇兵变，颠沛流离，誓死不去。迨吾师以忧愤长逝，故园冷落，仅馀四壁。夫人矢志《柏舟》，守而弗变，至不能举火，为之躬亲纺绩。稍暇，则读书啸歌自若，此尤人情之所难者。兹出其《续稿》一帙，字字欲涕，一段贞襟侠气，溢于楮墨之外。昔西子称越之忠臣，表表千古，非仅以色传。若夫人从患难中来，一切衣资囊箧，弃之如屣，独手持吾师诗稿一卷，濒死不忍舍。余小子辈今日之得以从而表章之者，皆夫人力也，则谓夫人为吾师之功臣也可，为吾师之忠臣也可。余特拈出，以告世之有须眉者，愧夫人万万矣。

江南直指使者燕人卢传敬书于吴门之柏台署中。

竹笑轩吟草叙

夫《香奁》取其芳艳，《金荃》悦其藿靡，大都粉泽胜而气格卑，闺阁近而泉林远。若乃班姬《团扇》、蔡琰《胡笳》、惠妃《桂枝》之篇、太真红蕖之咏，并皆雕文组绣，刀尺风骚。或未唱予和女，嗈喈鸾凤，斯亦翠琯孤吹，玿华削色者矣。

一日，介龛吾师出是庵夫人《吟草》相视，而以"竹笑"名轩，取坡仙赞文湖州语也。此其澹思遐致，岂古今笄黛能及哉！夫人冰心玉映，绮才云蔚，案举以齐眉，书读其等身。薰四种之好香，濯十样之名锦。琉璃砚匣，自足清娱；翡翠笔床，时供雅玩。每匠意写生，披绡渗墨，禽鸟唤掷，华竹欹疏，皆风趣泠然，冶秀独绝。滕王蛱蝶之图，徐熙牡丹之轴，顿令减价矣。至于五七言句，抱景叩籁，触绪宣华，虽云彤管丽娟，特饶林下风气。其于岩壑幽峭，雪月清映，俯仰情深，留连啸咏。乃者出都南迈，浮舟历境，汀花岸草，风涛云岫。怆兵燹之故墟，吊鬼伥之残窟。一一沉吟悱恻，感慨淋漓。斯则笔苍调遒，神凄韵朗，鄂君拥楫，大家东征，未足方也。緊唯荣禄家管夫人，衣紫绡半臂，呼茗对酌，评点图册，致相仿佛。

盖先生诗亦诗，先生画亦画。诗与画相发，唱与和又相发。所谓笑笑之馀，以竹发妙，竹亦得风，天然而笑，移以赞是庵，不亦可乎？匪直此也。夫人体抱纯素，志存净业。名因，了三世之因；庵是，识二报之是。行且薰修戒定，等观空色。其游泳风雅，如乾闼之奏乐，维摩之散花。宁惟帏墙所不敢几，抑亦冠绅所难企也。王子年记蓬莱山有浮筠之簳，青鸾集其上，仙人来观，风吹竹声如钟磬。王俭赋曰："翠叶与飞雪争采，贞柯与层冰竞鲜。"拟议此君，颇称玄赏，窃又以举似焉。先生颔之不？

癸未七夕，吴本泰书于迦河舟中。

余既叙《竹笑》已，次宿州，吾师遘哗卒之难。凶锋猋突，飞镝如雨。白日昼曀舟，错愕不相顾。夫人亟走出，迹师所在，越一二艘，踇而入余舟，呼曰："主人何在，主人何在！"时被贼椎击，丛矢创胸，且贯其掌，血流朱殷，不自觉痛。迨余遣侦师还，白无恙，夫人意始帖然，而后乃知羽镞之及体也。夫变起咄嗟，奋身矢石之下，而欲护其主，遑恤其躬，烈哉！可以愧须麋丈夫而弃城殒节者。坡公之赞文竹也，又曰："风篁雨箨，上傲冰雹；霜根雪节，下贯金铁。"人耶？竹耶？其受命独也。正"笑笑"恶足以尽之？

癸未八月哉生明，吴本泰识以俟传列女者。

叙竹笑轩吟草

诗文书画,得一可霸。况以绮疏邃阁,矜饰鞶帨,而欲修文人慧士之业,博综兼美,与艺苑争雄坛坫,实戛戛难之。读古女史,如曹大家、班婕妤、徐贤妃以文著,苏蕙、谢道韫、李易安诸人以诗著,卫夫人、杨昭容辈以书著,管道昇以画著,上下千秋,风[雅]仅推数子。盖《易》之坤贞,唯六五曰文在中也,则清淑之气,以女子身得度者,铲华匿采,未易与人世扬镳而驰耳。

国朝以文明御宇,里歌巷诵,渐被士女。历三百年间,名媛闺彦,项背相望。自江南北以及吴越鲁蜀,声播金石,为一代鼓吹,猗与盛哉!吾邑朱静庵,出自名阀,于榛莽中独开生面。嗣后文灯诗钵,斩焉绝响。见闺中识字者,如见不祥。若关荆董巨一派,竟同梦梦。隃麋侧理,贱于膏沐,风斯下矣。

是庵家西子湖,资性警敏,耽读书,耻事铅粉,间作韵语以自适。顾家贫落魄,积苔为纸,扫柿为书,帷萤为灯,世未有知者。余偶得其梅诗,有"一枝留待晚春开"之句,遂异而纳之。是庵智同络秀,亦喜得贤如梁伯鸾而事之也。遂偕与溯太湖,渡金焦,涉黄河,泛济水,达幽燕,从游者十五载。樯影驴背,辄作惊人语。奚囊几满,爰纵谭古诗、乐府、六朝、三唐及宋元之变,骎骎解会。故其为诗清扬婉妩,如晨露初桐,又如微云疏雨,自成逸品。绝去饾饤习气,即老宿巨公,不能相下。时余方挟有画癖,宗云林、子久、梅道人,辄不得恒似。是庵独摹大小米,具体而微,所谓以烟云供养也。顾谓余有孟頫,不可无仲姬,然止风篁雨箨,尝鼎一脔耳,盍为白阳先生遗迹乎?遂刻沉香而事之,悉臻堂奥。每遇林木孤清,云日荡漾,即奋臂振衣,磨墨汁升许,劈笺作花卉数本。余亦各加题跋,以别赝鼎。时于花之晨,月之夕，或岚色晴好，或雨声滴沥，则分阄角韵，甲乙铅黄。意思相合，便拍案叫绝，率以为娱。而扼腕时事，义愤激烈，为须眉所不逮。道经宿州，哗兵变起仓卒，同舟者皆鸟兽散。是庵独徘徊迹余所在，鸣镝攒体，相见犹且讯且慰。手抱一编曰：簪珥罄矣，犹幸青毡亡恙。此大雄氏所谓无罣碍恐怖也。于是趋授之剞劂，惧一旦投诸水火，则呕心枯血，不又为巾帼儿女子所笑耶！余悯其志，亟为芟其繁芜，选刻如干首，以代名山之藏。异日传之女史，为静庵后百年一人可乎？

崇祯癸未秋日，介龛葛徵奇书于芜园。

竹笑轩吟草目录

旅怀
途中口号
暮春苦雨
落花四首
由断桥登孤山看梅二首
东河道中
芙蓉
鹫峰山庄
京口道中即事
夏日湖上
秋暮早发茌平
春归
较书王玉烟订盟于介龛矣后复败盟简笥中得其小似代为解嘲四首
寄怀王玉烟较书二首
赠王畹生较书二首　为玉烟女弟，工弈棋、画兰
赠李澹生较书二首　工诗，善弈棋、音律
懒园赠别章韵先较书二首　善杂剧、画兰
赠柳如是较书二首　工诗文、临池
秋日登皋亭山
山庄晚归
芜园春暮
孤山看梅
雪夜
送家禄勋至常山赋别二首
闻豫鲁寇警
和豫章李夫人讳中楣，系宗室，工诗

竹笑轩吟草

龛山亦史是庵李因著

同家禄勋介龛游惠山邹园二首

晴云初趁棹歌忙，高下池亭兴已偿。犹喜满园留古木，可堪孤鹤叫清霜。泉通鸟道回流合，山抱人烟野树苍。闲坐石梁明月夜，试烹秋岕绪偏长。

才得登游小屐忙，低徊佛国愿曾偿。荒台山合笼寒日，古树溪回怯晚霜。第一泉能供渴思，大千事总付穹苍。孤帆明日知何处，叶落空林夜正长。

湖上镜阁同家禄勋咏四首

髻压双螺春事赊，钓艑来往自浮家。小桥柳色朱栏近，槛外溪光送落花。

十里湖堤面面山，却怜西子镜台闲。幽心拟结茅庵住，不在林间在水间。

鸣榔喧罢泊沙滩，灯影笼纱画里看。人静不须重照镜，两山月色夜来寒。

隔楼杳霭似迷津，霜树浑如醉后人。斜日移棂留晚照，溪容山色未全匀。

吊虞姬时家禄勋同缙绅先生各有咏余耻巾帼徐习诗以壮之用原韵二首

十年磨得剑犹腥，一日酬知天欲暝。侠骨不教尘土掩，时时风雨泣冬青。

舞袖宫腰逐战尘，君恩如旧泪痕新。贞魂愿化鸳鸯冢，芳草犹传虞美人。

暮春二首

芭蕉初卷傍窗纱，满院垂杨放雪花。帘外正调鹦鹉舌，侍儿频唤试新茶。

明月随风映竹窗，斜篝无晕冷银缸。数声林外啼孤鸟，不及梁间燕子双。

秋日二首

残月空山夜半凉，疏林萤火乱飞扬。秋风何处侵罗袂，五里荷花十里香。

秋水澄澄映远洲，荻芦萧瑟傍沙鸥。随风落叶迎山雨，露冷寒汀翠欲浮。

秋声萧瑟山色增寒辞枝去条黯然伤之爰仿留春作送秋二绝句

松窗风雨正萧萧，寂寞深林万木凋。织女寒机愁日短，不知秋尽是明朝。

枫林零落晚寒多，见月才知夜半过。兀坐小窗秋欲去，明朝山色更如何。

秋日行次剡城二首

年年作客泣风尘，千里乡关月一轮。残角数声惊晓梦，孤村犬吠夜行人。

雨声征雁动离愁，旅况孤灯客思悠。寂寂呻吟眠未得，月明野店独悲秋。

七夕二首

林深夜静叶声愁，倦起帘虚月满楼。不解天孙离别苦，人间何独羡牵牛。

残机初了独凭楼，河汉秋宵月一钩。尽道双星今夜合，年年赋别使人愁。

同梁姨夷素夫人西溪看梅二首

一路寻春到野塘，归来不觉月昏黄。夫人索我梅花谱，携得清风两袖香。

梅花十里绕溪回，零落残香雪作堆。几点催归风雨急，夜乌声里月重来。

题　　菊

霜凝砧急北风凉，一笠茅亭万木苍。莫道东篱零落尽，晚香犹带御袍黄。

同家禄勋舟发黄河

风挟雷霆斗，河流日夜声。小舟眠未稳，野寺曙钟鸣。

晚泊沛上道中

芦苇萧萧岸，香风引芰荷。客船争晚渡，古戍野烟多。

秋日次康庄驿

云山四望野烟迷，几点昏鸦绕树栖。雾锁荒郊天欲暝，燕姬邀入酒帘西。

湖上纪时四绝句

弱柳垂堤畔，飞花入涧中。晚烟笼树色，彩鹢逐轻风。
山意雨蒙蒙，溪畔谁家女。遥听采莲歌，香风留翠渚。
野岸馀香气，松风日影斜。轻舟何处好，隔岸有蘋花。
山岫少人事，耽吟卧欲僵。雪增寒树重，风送落梅香。

长安春日次家禄勋韵

春风取次入天涯，雪勒疏枝未放花。酒社阄题寻燕垒，画廊倚杖看蜂衙。为怜野鹤闲调舞，漫拟新诗自煮茶。莫道洛尘愁客鬓，闭门清坐亦仙家。

初　　夏

小径蔷薇怯晚妆，一庭新绿映池塘。闲来花谱消长日，自涤端溪泼墨香。

秋门晚泊醉李

浪迹何须海上槎，平湖烟月自浮家。酒帘桥畔垂杨树，渔笛沙边红蓼花。远岫云迷催落日，横林秋霭映明霞。钟声隐隐禅灯近，知有茅庵隔水涯。

池上新秋

蝉声林外乱鸣秋，花叶香浮水气幽。沙渚双鸳迎画舫，解随明月逐溪流。

早发南留道中二首

十里烟林露未收，萧萧山雨报新秋。溪流不断垂杨影，送尽年来过客愁。

高树凉蝉夜色收，细听虫响咽清秋。数行归雁无凭寄，莫遣家人知客愁。

晚出毗陵道中二首

棠舟兰桨击空明，岸草依人促去程。何处一声孤鹤唳，秋山独夜旅魂惊。

荻花洲畔蓼花红，一半秋声两岸风。只有孤鸿汀上月，相随客梦故乡中。

和梁姨夷素夫人新帐

新篁万个绿成阴，四壁轻绡事苦吟。倦倚北窗初睡足，高唐无梦楚山深。

赠女冠

白玉霞冠钗凤凰，经函不复贮霓裳。碧桃花底吹明月，肯煮胡麻赚阮郎。

旅怀

节序催乡思，愁看社燕归。春风谁是主，千里共徘徊。

途中口号

石岩月上布帆斜，指点前村是酒家。隔岸渔人收钓去，却怜残梦在天涯。

暮春苦雨

花事逐春归，积阴连寒雨。着屐护药栏，菖蒲长几许。

落花四首

为怜山色独凭栏，初试罗衣不耐寒。品遍庭前新药谱，可堪风雨送春残。

十三女子斗时新，摘得蔷薇插髻频。莫遣东风零落尽，好留春意伴愁人。

一帘寒雨豆花风，桑柘成阴三月中。拟赋送春春已去，闲庭寂寞数残红。

空园薄雾锁双扉，戴胜初鸣古树枝。闲简历书将入夏，饯春先赋落花诗。

由断桥登孤山看梅二首

毵毵香雪映横塘，寂寞楼东引恨长。笛里梅花新谱就，灞桥诗思在斜阳。

空山雪后树苍茫，不见林家旧草堂。路滑泥深寻古迹，溪前风送落花香。

东河道中

野径垂阴暑气凉，芃芃禾黍日登场。山村社酒歌声里，牧笛休吹客路长。

芙　蓉

西风野岸荻芦黄，寂寞芙蓉带晚霜。隔水自怜江上冷，梧桐子老菊花香。

鹫峰山庄

风雨荒荒锁暝烟，竹楼新制两三椽。闲携白拂翻禅诵，自洗军持坐石边。

京口道中即事

云暗篷窗昼启迟，绿阴新覆树枝枝。明珠买得浔阳女，一曲琵琶古别离。

夏日湖上

百舌无声夏半过，桐阴新雨晚凉多。鱼羹初熟偏无酒，莫负空山自啸歌。

秋暮早发茌平

晓望霜林草树迷，行人犹问路东西。孤城匹马寒风急，叶落空山听鸟啼。

春　归

雨歇苔痕滑，看山独上楼。池流花影乱，梦入鸟声幽。

较书王玉烟订盟于介龛矣后复败盟简筒中得其小似代为解嘲四首

曾共篮舆花下行，六桥灯火夜霜明。杜鹃啼醒三更月，赋得相思寄马卿。

蘼径无聊独掩门，小炉香尽夜黄昏。石窗蕉叶声声雨，滴碎愁人枕上魂。

雪满寒林酒满觞，辞君非为看花忙。殷勤早向灯前约，敢负刘郎恋阮郎。

十旬病起翠娥颦，寂寞重门自损神。独向花前怜瘦影，丹青难写断肠人。

寄怀王玉烟较书二首

野岸深溪山鸟啼，杨花已作絮沾泥。长条不惯东风舞，非是寻春春去迟。

相思憔悴旧娥眉，燕子楼中独自悲。一曲琵琶凄夜月，江州司马泪空垂。

赠王畹生较书二首　为玉烟女弟，工弈棋、画兰

十载长门草自青，赵家姊妹占双星。最怜次第新承宠，须读

仓鹏疗妒经。

碧玉新开双凤头，温泉浴罢斗风流。楸枰原有平分局，肯负当年燕子楼。

赠李澹生校书二首　工诗，善弈棋、音律

遥望疏林树树红，湖光山色美人同。苏州刺史肠先断，早赋闲情悟色空。

曲声低度芰荷风，一局残棋半夜中。莫似烂柯贪落子，却教月下泣江枫。

懒园赠别章韵先校书二首　善杂剧、画兰

竹径藤庵古树幽，柳条拂地系归舟。离情漫说芳菲节，肠断箫声鹦鹉洲。

声绕梁间酒满卮，凭教歌舞自低眉。章台好护青青在，莫遣筵前赠别离。

赠柳如是校书二首　工诗文、临池

不解长条系别离，一声折柳正相思。秋风犹恐成憔悴，好护青青似旧垂。

昼掩章台自著书，十离诗就寄双鱼。扁舟三泖烟霞迴，觅得莼芽伴索居。

秋日登皋亭山

松杉十里见柴扉，秋霭凭空入翠微。山雨欲来黄叶老，白云归去鸟争飞。

山庄晚归

暝色迷花岸，岚烟护梵宫。樵歌声断续，犹在万山中。

芜园春暮

满院蓬蒿一径开，卷帘只有燕飞来。闲庭昼寂无人到，坐看杨花点绿苔。

孤山看梅

千山积雪没平沙，策杖来寻处士花。小径暗香通蜡屐，早梅先放野人家。

雪　　夜

日暮林皋噪晚鸦，北风飞絮扑窗纱。拥炉独坐寒宵永，竹里茶铛煮雪花。

送家禄勋至常山赋别二首

月明江上雁声愁，两岸青山夜半秋。顷刻天涯成远别，如何教妾独回舟。

轻舸已说到江头，泪泣滩声日夜流。此别经年肠欲断，如何教妾独回舟。

闻豫鲁寇警

万姓流亡白骨寒，惊闻豫鲁半凋残。徒怀报国惭彤管，洒血征袍羡木兰。

和豫章李夫人讳中楣，系宗室，工诗

清宵白露静，秋色老兼葭。淡月笼霜叶，微波蹙浪花。云移帆影乱，风动石痕斜。灯火明沙岸，孤舟水一涯。

秋江晚泊和豫章李夫人韵

石尤风急泊沙湾，日落寒江鸥鹭闲。秋水空明千里月，荒烟暝锁万重山。樵歌野唱犹行路，僧寺残钟独掩关。潦倒篷窗愁客梦，漫披诗史手经删。

途次再和豫章李夫人韵

紫翠千山落照红，布帆斜挂晚来风。渔灯望里江逾静，两岸猿啼明月中。

题画次家禄勋六言一首

野陌闲听络纬，稻香白露初零。秋思客怀寂寞，萤灯夜月沙汀。

看梅次家禄勋韵二首

高岭云迷望里赊，巉岏石径日初斜。绕堤十里桃千树，不及孤山雪后花。

一径寻梅路不赊，参差竹树小桥斜。长歌林下香风起，涧水潺湲送落花。

忆江南十二绝句次家禄勋韵

一出春明即浪游，茫茫烟水五湖舟。山灵笑我归来晚，有约先期海上鸥。

曲曲溪亭古木遮，闲呼新水供梅花。拟将一片寒山石，移傍青松许置家。

三月江南笋正肥，新来燕子故飞飞。寂寥京国多离思，画个渔船近钓矶。

雨过山深草树青，渔人网集蓼花汀。钟声日暮催归棹，礼罢维摩学诵经。

夹岸新蒲麦正齐，野香满路逐轮蹄。猿声何处悲孤客，一望天涯眇眇兮。

萧萧杖履一身闲，浪迹芒鞋独访山。掬水先酬林处士，棹歌声近钓矶湾。

松涛惊吼撼虬龙，废寺钟声落日红。山静鸟啼人寂寂，幽怀何事问遗弓。

佛阁风微蹙远莎，闲翻内典忏三摩。《茶经》传得卢仝癖，手抚《兰亭》看白鹅。

天半苍崖挂老藤，白云影里塔层层。林深啼鸟山逾寂，嘱付休惊入定僧。

溪畔飞花逐路香，轻寒初透薄罗裳。酒家赢得秋光好，留与游人典骕骦。

野烟低树草离离，孤客穷吟思欲悲。倚杖看云聊自适，荒台今古读残碑。

才上篮舆曲径回，疏篱竹树隐楼台。香风十里千株雪，尽是林家旧日梅。

题画次家禄勋韵二首

小桥溪曲绿阴浓，怪石嶙峋十丈峰。只有猿声号古木，遥寻山寺倚孤筇。

松子垂垂晓露浓，白云天半锁孤峰。泉声撼石人烟迥，独啸林皋仗古筇。

长门怨

寂寞长门怨别离，梅花零落鸟空啼。殿前一骑尘千里，鹦鹉传言进荔枝。

和家禄勋画帐二首

月落空庭树影高，开窗自起读《离骚》。闲心索和《花间集》，试劈长笺倩彩毫。

竹榻香风散篆烟，官衙清冷得安眠。秋声落叶惊残梦，闲理鼍矶论画禅。

竹　影

静看月小众山高，藻荇交横夜寂寥。闲坐纸窗临《竹谱》，千寻疏影写寒梢。

咏　菊

十月长安未见霜，玄亭寂寞树苍苍。为怜岩畔黄花瘦，拟得陶诗赋晚香。

虏　警

胡儿十万满重关，铁骑空屯蓟北山。从古剑仙多女侠，蒯缑手把自潸[潸]。

长安春日二首

春暖冰澌二月天，杏花啼雨柳鬟烟。京尘万斛纱窗薄，拟赋归兮听杜鹃。

客厨烟冷阖柴扉，人静梁空燕子稀。藉草新传红芍药，编篱护得白蔷薇。

长安秋日

高树秋声入梦迟，夜来风雨簟凉时。季鹰自解归来好，纵乏莼鲈也动思。

题山水画次家禄勋韵时将放归故云

寂寥春色奈愁何，写得青山自放歌。读罢《离骚》千载恨，白云清磬礼维摩。

春日家禄勋闻命南归感怀之作二首

春风入华屋，萧瑟困寒袍。何似孤山鹤，清宵月影高。

欲赋高轩过，门前到者稀。杨花冲幕入，犹落故人衣。

舟发滆县道中同家禄勋咏八首

登舟才五日，百绪棹声中。断岸人烟绝，荒碑僧寺空。水连千碛白，渔逗一灯红。归梦残难续，萧萧泣路穷。

胡骑方宵遁，悲声四望中。千山磷火遍，百里燕巢空。莎草荒陂绿，禅灯远树红。孤舟惊梦短，无计送愁穷。

古道垂杨晚，征帆四野中。蛙喧平野阔，萤度几村空。新草入流碧，明星落藻红。天涯孤客泪，千里思无穷。

山气正歊热，舟居似瓮中。溪回沙际合，水阔月当空。路断千林暗，灯残一点红。萧条逢野老，夜半说孤穷。

计程归梦杳，愁寄水云中。古路人行绝，荒林鸟语空。雨添新涨绿，日落去帆红。野哭相存问（讯），生还莫厌穷。

拂衣去去急，白发半愁中。过客天涯少，行厨榾柮空。禅关山月黑，鱼栅夜灯红。松菊闻无恙，锄书可耐穷。

归路三千里，愁深客梦中。惊禽去旷野，崩岸接长空。水乱荒荒白，霞明片片红。篷窗愁欲织，无计恤民穷。

远游意萧瑟，听雨客亭中。山市犬声绝，野田雀噪空。溪深越女白，寺废蜀葵红。归去秋风老，行行路不穷。

夏日舟次杨村同家禄勋咏

荒岸水声咽，行行气郁蒸。鸟惊问渡月，鱼跃钓船灯。山远幺亭迥，堤荒碧草澄。夜虚凉色净，赋感百愁增。

短篷苦毒热，雨过湿云蒸。山寺禅床磬，兰舟客夜灯。风微高树暗，人静乱流澄。野宿催归思，愁看白发增。

舟次独流苦雨仍前韵

白云起山半，欲雨苦灾蒸。百里无烟爨，孤舟何处灯。蛙鸣深夜黑，鱼浴晚波澄。野岸乡音少，偏令归思增。

树暗野烟碧，苍茫岚气蒸。农归乞邻火，僧定挂禅灯。风急行人乱，溪流新水澄。孤篷一夜雨，滴滴客愁增。

舟发天津道中同家禄勋咏六首

千年遗迹六朝僧，行脚支离力不胜。尘世已同电泡幻，试参半偈许曾能。

云屯野岸锁荒烟，风戛孤帆向晚天。飒飒酒帘丛薄里，客囊剩有杖头钱。

碧草低垂拂浅沙，山村灯火路还赊。篷窗风雨惊魂定，夜半愁听隔浦蛙。

溪亭高映佛灯悬，渡口人喧估客船。浇酒起看新霁色，村畦野水总堪怜。

客里闲心事事宜，故园松菊赋归迟。秋风江上蒹葭月，独坐渔矶学钓丝。

蛟鼍夜吼水声嗔，断岸荒荒夹去津。露坐天高深夜寂，隔溪萤火解迎人。

放蟹诗家禄勋同吴梅里先生唱酬满箧矣余谓庄子非鱼非我可与大雄氏不生不灭参看爰踵原韵成句

方朔饥死无米索，兀坐长安如束缚。年年岁岁思赋归，感激君王恩不薄。孤帆残岸水声中，怨声水声夜夜同。市沽烟冷野蔌绝，惊见蟹筐荻火红。佛说无生亦无死，世间万物何独尔。季鹰逸思寄莼鲈，我亦持螯把酒秋江水。闲来垂钓坐江头，五湖烟月任遨游。鱼乐我乐各有在，会心濠濮登山丘。

再酬前韵

指点银瓶无酒索，河干紫蟹新就缚。且向前村纵所如，野少壶餐滋味薄。渔人吹火荻芦中，闲心自与鸥鹭同。有蟹累累将进酒，小槽色漾珍珠红。达人观化齐生死，屠门大嚼弗复尔。自怜无车复无鱼，独对山花与泉水。生公说法石点头，况兹微族能泳游。悉为纵去归大泽，愿学坡仙三养事林丘。

舟发百草湾次家禄勋韵

壮怀十载岂应灰，发白多因归思催。古驿风吹凉月净，空城角动旅魂哀。路岐自抱杨朱泣，宦拙谁怜贾谊才。五载客尘愁寂寂，故山猿鹤肯惊猜。

曙光清露片帆开，两岸荒残见绿苔。事到客途怜短发，诗多佳句自浮杯。读书拟筑新梅屋，品水先登古钓台。只有渔人闲似我，秋风湖上是蓬莱。

夕阳山半共徘徊，高树蝉声入夜来。听月人闲惟少竹，追风林霭却输梅。岕茶久贮消诗渴，济水初分泼野醅。忆得段家桥上坐，满堤箫鼓自悠哉。

水添新涨乱流洄，夹路垂杨帆影回。闻道塞垣旗惨黯，更愁驿路马虺隤。人依野岸多陶穴，树接颓墙只土坏。极目鼓鼙悲落日，不如携钵访天台。

夜发渡口驿

涓涓凉露静，客路夜移船。乱草迷沙渚，枯杨卧野田。猿啼荒寺月，犬吠隔邻烟。醉尉无烦讯，孤吟诗思添。

清　　源

暝烟驿路古城边，野客魂惊夜未眠。月落孤帆灯黯淡，风回曲岸水潺湲。昔年燕垒空庐舍，此日蛛封旧市廛。津吏漫劳相问慰，前溪深处戛船舷。

阿城逢秋

小雨蝉声歇,新凉暑气销。中林开岭月,断岸接山苗。梧叶惊秋落,灯花对酒骄。客心忘近远,多半寄渔樵。

荆门道中

晚来风雨更萧萧,客梦惊秋意沉寥。幸有奇书留秘枕,更浮大白助诗瓢。荒烟夜合迷山寺,乱水朝添涨野桥。残暑乍消清思发,高堤官柳驻轻桡。

张　秋

秋光才入梦,凉气在林梢。荆棘夹荒岸,蒹葭遍近郊。山空狼伏莽,树暗鸟寻巢。争渡黄昏后,愁听人语哓。

安山晚泊

落日安山道,残村野戍多。荒原生鬼火,蔓草没田禾。人怯风烟后,猿啼夜雨过。秋声送微响,何处起渔歌。

舟发开河上俱同家禄勋咏

繁虫满沙际,诗思入秋涛。野水惟鸥鹭,荒汀尽蓼蒿。耽吟星欲曙,理钓旭初高。自愧沧浪子,鬖鬖见鬓毛。

泇河二首

月落桐阴夜渐凉，砧声万户动寒蛩。秋风客泪家千里，晓镜惊看鬓里霜。

萧瑟垂杨古路幽，荒烟野戍动征愁。蛩声偏入离人梦，风雨黄昏怯暮秋。

赋得游鱼唼花影

高下长堤晓斗妆，风牵荇蒂惹花忙。艳欺红雪依芳芷，影浴清潭唼异香。鱼乐已同濠濮想，客吟谁似鉴湖狂。满栏索得新娇谱，十亩屏开五亩塘。

夏日登皋亭山次韵

仄径盘回上，阴阴古木中。青苔行客屐，白石老僧供。野树垂繁露，岩花逐细风。凭高山色合，隔岸大河通。

癸未喜归芜园六首

远宦经年别，园亭异昔时。老藤笼月上，古树接天垂。扫径迷蒿草，编篱绕竹枝。独怜猿鹤在，犹笑赋归迟。

寒气入林肃，遥岑望里苍。泉声清竹柏，客屐访柴桑。诗斗黄花句，樽惭绿野堂。早梅媚幽独，绛雪满池塘。

连朝雨未歇，流水绕柴荆。径曲绝人迹，桥欹曳杖行。疏梅开残腊，霁雪报新春。归鸟投林乱，寒啼夜半声。

白云蔽初日，木落起孤烟。古寺千林磬，玄关半偈禅。冲寒怜破衲，负曝续残篇。自幸归来好，遥听北雁旋。

繁霜落林木，风鼕入柴扉。锄草饥乌下，栽梅野鹤归。灌园聊自适，理钓解忘机。悟入无生法，方知昨日非。

山寒凌晓曙，路滑霜凝阶。帘静林烟乱，窗虚野色佳。添炉敲石火，煮芋觅松柴。耽有幽栖癖，闲吟惬旷怀。

雨湖二首

翠嶂千寻古径闲，乱林杳霭见禅关。凭君携得襄阳笔，一抹溪云万叠山。

草没平堤系小船，水田漠漠远连天。千山一望迷西子，雨鬓烟鬟自可怜。

采莲曲

美人隔水褰珠裳，手弄荷花浅斗妆。新教采莲归去后，白葭苍葵尽生香。

芜园三首

苔径无人绝世尘，竹楼清韵入高旻。炉烟未歇蒲团寂，月下经行礼北辰。

雨气初凉午梦还，青松白石满林间。坐看汀上新雏浴，散发渔舟学钓闲。

一泓秋水绕林塘，石磬风微出上方。满架书签生计了，梦中长得见羲皇。

夏日晚坐二首

桐花满砌芰荷香，人静山空夜色凉。月逗疏棂萤影乱，一泓新水两鸳鸯。

野花香露晚来侵，高树凉生事苦吟。得句自惊清漏寂，满山明月破松阴。

立　秋

林气方辞夏，风生野寺秋。桔槔怜旱苦，砧杵动征愁。树色经阴合，山容对夕收。横琴绕流水，清响入高楼。

秋日鹫岭二首

危崖高百仞，古木入云中。苔径藏仙迹，岩花荐鹤供。烟笼秋寺月，泉咽晚山风。万壑连天碧，樵歌何处通。

绝巘无人境，茅檐深谷中。松楸饥鸟下，橡栗野猿供。云湿惊山雨，涛翻戛岸风。泉声疏石肺，枕上梦相通。

芜园秋夜

暝云天际合，月色望中收。乱竹敲窗韵，疏松入涧幽。浮光堕岩石，凉气冷熏篝。起坐占参斗，萧萧当卧游。

和孤山竹阁社集二首　同家禄勋咏

层峦秋霭护禅林，瑟瑟荷衣水气侵。百亩野梅留鹤迹，十寻古竹覆檐阴。风传雁语钟声寂，露咽蝉吟树影森。遥望西泠明月夜，欲酬苏小酒重斟。

一径云封绕竹林，岩花零乱野香侵。亭闲落日笼梅影，山吐明霞挂柳阴。石发水梳船轧轧，湖心风皱树森森。段桥箫管催诗思，坐对秋声酒自斟。

秋夜二首

露冷蒹葭夜似霜，荒村野岸稻花香。声声络纬多凄切，诗思新添漏渐长。

长薄闲闲满径蒿，坐来秋意更萧骚。耽吟自爱松林晚，河汉无声月正高。

竹笑轩吟草　终

竹笑轩吟草续集目录

目录终

竹笑轩吟草续集

龛山亦史是庵李因著

鹫岭山庄寻秋四首

十丈悬崖挂薜萝，参云峰顶见嵯峨。闲搜怪石秋林晚，独听残钟晓月过。黄叶山前人迹少，白榆天际鸟声多。冷泉亭下潺湲水，不许渔舟唱棹歌。

幽谷烟深隐梵宫，晚钟遥度板桥东。高松影落空潭月，古竹声随小阁风。飞瀑吞崖秋水白，曙云催日晓山红。猿啼何处孤峰隔，才见寻樵古路通。

层楼云际旧茅庐，十亩黄花一亩居。竹径风微清籁寂，石栏香散晓烟虚。闲来扫叶惊眠鹤，梦罢翻书剔蠹鱼。剥啄无声苔草绿，聊酤村白摘园疏。

芦苇萧萧近水隈，西风野岸芙蓉开。千山落叶寻秋晚，十月寒霜入梦来。为向梅林依鹤迹，漫携筇杖认碑苔。荒残满径东篱寂，独对黄花醉酒杯。

九日二首

峦翠重重映远天，深山猿鹤独相延。凭高醉饮茱萸酒，莫负黄花又一年。

霜林秋霭晚枫妍，石磴高悬月上弦。篱菊自惭陶令酒，东山紫翠更幽然。

除　夕

归林寂寞冷官衙，饘粥犹怜贫士家。布衲轻寒知腊尽，纸窗疏影怯风斜。炉煨芋栗供村事，客饷鸡豚竞物华。独有老怀闲更懒，谩呼涤砚写梅花。

春日三首

绿映平堤野水清，满林晓色雨初晴。不知湖畔春多少，自有闲人听鸟声。

社燕初来红杏开，小庭新雨长莓苔。一身生计青山外，闲觅渔舠访钓台。

竹里烟消霁色开，蘼芜野绿满苍苔。闲来亭畔春衫薄，折取梨花伴镜台。

送　梅

一枝疏影上窗纱，梦入罗浮石径赊。幸有灞桥春色晚，休教笛里落梅花。

寒食二首

月落池塘野水澄，桃花两岸挂鱼罾。冷淘寒食无烟火，古刹深山何处灯。

野岸蛙鸣隔浦听，小池春涨漾新萍。潇潇不断黄昏雨，寒食烟消鬼火青。

暮　　春

一望村畦麦浪平，声声戴胜唤阴晴。采桑陌上看新燕，只见双双拍画楹。

和家禄勋题画四首

满壁苍藤挂晚烟，梦魂先自绕林泉。深山消得闲人隐，短棹鱼蓑待月眠。

闲步高峰山外山，此身许寄白云间。钟声远出禅初定，野衲冲寒洗钵还。

野服林泉梦亦闲，喜无剥啄叩玄关。西风满径飞黄叶，曳杖行吟何处山。

一夜霜枯两岸苔，看云惟独老僧来。醉呼子墨山容好，收取秋光入酒杯。

秋　　雨

凉透纱窗雨报秋，西风萧瑟入高楼。夜深砌畔虫音歇，何处寒砧动客愁。

月　　夜

闲庭明月上危栏，星落林空白露寒。枫叶醉酣清漏寂，黄花篱下送秋残。

秋　　夜

闲阶人静上帘钩，暑退凉生冷篆篝。半枕梦残灯影暗，一林清韵笛声悠。寒催砧杵家家月，风落梧桐处处秋。莫恨愁长嫌烛短，多因刻漏又添筹。

月　　下

下阶礼明月，桐树落秋声。梅影依人瘦，松阴舞鹤轻。疏泉开石窦，拨火沸茶铛。索句浑忘寐，钟残知几更。

和家禄勋题画屏九首

牡　丹

锦幕初开春莫催，石栏斜倚独徘徊。却怜素质嫌脂粉，不倩离魂梦里来。

柳

桃花日暖挂游丝，春涨桥东野水陂。闲听晴鸠山色好，声声啼遍绿杨枝。

玉　兰

玉树森森傍草堂，佳人倦舞解珠珰。歌残旧谱添新怨，莫问春来恨最长。

荷　花

络纬声催暑气凉，舟行水国夹荷香。敲棋石畔松阴晚，一片秋云送夕阳。

石　榴

空庭落叶纸窗明，听彻寒蛩梦未成。检取旧时裙上折，莫教醋醋怨秋声。

芦　雁

秋空潭影月孤清，芦苇萧萧带雁声。一夜霜风寒色早，沙汀又见晓潮平。

菊

行吟驴背访前村，扶杖东皋看稻孙。落叶满林黄菊老，空山寂寂掩柴门。

芙　蓉

野岸香残水镜开，芙蓉江上候秋来。海鸥自是忘机友，解脱同登说法台。

松

百尺悬藤锁远峰，泉声带雨吼虬龙。烂柯一局玄机破，野老休教泣岱松。

自遭家难同家禄勋寄迹苕上

国破遭家难，流离出远州。穷来偏善病，懒癖独耽愁。故雁还存问，乡亲不为留。小舟何处泊，芦岸傍沙鸥。

有　　感

中原无地不风尘，觅得鱼舠寄水滨。有约白鸥堪共隐，逢人莫说避秦人。

寒食忆介嵬有感

垄上荒烟四野垂，潇潇风雨断肠时。杜鹃血染千家泪，杨柳愁含万缕丝。参得身心俱是幻，悟空色相不须悲。今将光禄前朝酒，漫为君歌寒食诗。

七夕忆家禄勋二首

何独人间怨别离，支机石畔旧相思。愁深有泪成河汉，肠断无心乞巧丝。昔日曾临月下语，今朝徒向墓前悲。低声重为来生祷，莫似天孙七夕期。

为叹星槎岁岁离，空阶斜月助愁思。九原不到填河泪，两鬓新添织女丝。此际天孙无限苦，偏令人世几多悲。秋风入枕惊残梦，何处牵衣问后期。

悼亡诗哭介兔四十八首

轻烟四野一孤舟，家国飘零壮志休。有泪空教谈剑侠，忠魂无主泣皇州。

长安市上欲埋轮，此日铜驼遍棘榛。只有丹心徒涕泣，恨无图史记贤臣。

忠魂莫向夜台悲，他日争传堕泪碑。曾道首阳薇蕨好，知君端不愧夷齐。

忆昔还同入睡乡，觉来仍似旧时妆。一身之外无长物，添得萧萧两鬓霜。

黄齑菜饭布衣裳，单被风寒冻欲僵。梦里若逢泉下使，问君可念妾凄凉。

竹榻支离梦亦孤，泉台何处隔长途。莺声唤觉愁难续，临镜朝朝眼欲枯。

满径苔封人迹稀，村居镇日合荆扉。夜深窗外梅花影，疑是君从月下归。

铜环双扃晓帘垂，纸帐春寒睡起迟。曾向梦中频索句，新裁纨扇强题诗。

窗外风澌花影摇，思君如在夜台遥。惟将药饵供多病，半偈新参解寂寥。

深夜垂帘懒上钩，蒲团清静佛灯幽。梅花待漏迎寒月，犹自怜侬照小楼。

扶榇归来泪满衣，夕阳依旧故园非。颓垣败壁愁风雨，独对孤灯伴素帏。

蓬鬓年来白发新，萧萧四壁一孤身。画梁昔日双双燕，飞向茅檐问主人。

破屋寒风入坐虚，更怜蒿草满庭除。旧时猿鹤今无恙，何处邀君返故庐。

月落寒溪照影孤，雨添新涨浴双凫。一林春色枝头鸟，搅乱愁肠梦也无。

春来蛙鼓夜鸣溪，愁绪偏嫌宿鸟啼。晓漏一声惊梦醒，闲庭落月小窗西。

《招魂》无处路悠悠，《薤露》歌声今古愁。独伴孤帏多少泪，倩谁寄向夜台流。

芭蕉石畔野花香，一榻清风拂簟凉。只有愁多偏入梦，午窗消得睡初长。

纸窗疏影月黄昏，闲写潇湘寄泪痕。解箨节高稍百尺，更呼石丈护龙孙。

榴花喷火发添丝，满泛蒲觞泣《楚辞》。若向梦中同再话，共君莫忆去年时。

落日深林又掩门，数声归鸟欲消魂。听残一夜芭蕉雨，点点灯前比泪痕。

秋声风急闭重关，泪寄潇湘疏竹斑。莫问苍梧多少怨，至今石化望夫山。

枕畔蛩吟砌畔秋，一帘新月一天愁。他生若有重逢日，心事曾教问女牛。

遗书残墨满床头，才理新愁续旧愁。频起挑灯从读遍，枕前惟有泪痕流。

鸣蜩切切冷秋缸，懒步空庭伴影双。晓角遥听何处戍，西风引领入闲窗。

誓报先君发不髡，宫袍犹羡旧朝绅。喜逢泉下新相识，俱是当年死难人。

满径蒿莱瓦砾场，数间破屋倚颓墙。东篱独剩黄花在，零落寒霜晚节香。

荒芜庭院旧中秋，一夜清光几许愁。还忆去年携手处，依然皓魄照楼头。

秋声零乱纸窗虚，只有黄花伴独居。夜月满帘眠未得，闲开旧箧读遗书。

白杨古道怯秋黄，紫蟹才肥菊又香。记得与君同泛月，寒塘依旧宿鸳鸯。

寂寂东篱柴径荒，夜愁明月晓愁霜。登高为忆人何在，虽乏茱萸总断肠。

劲节孤忠殉国殇，搴芙蓉兮芰荷裳。骚情千古《招魂》赋，莫恨黄泉非故乡。

梦中何处唤卿卿，最是愁人落叶声。砌下寒蛩天际雁，不堪肠断月三更。

闲写芙蓉水墨图，鸳鸯对对宿寒芦。空林秋思增黄叶，霜白沙明啼雁孤。

残钟催月冷秋檠，白发朝添又几茎。独恨夜来风雨思，芭蕉叶上送寒声。

欲折黄花伴竹钗，重阳偏是恼人怀。寒蛩犹问秋何似，霜满空林月满阶。

小舟来往荻芦中，野水荷花寂寞红。此际共君何处去，绿杨堤畔月如弓。

林外秋声黄叶飞，厨头冷落爨烟微。堆盘蔬食惟葵藿，窗下闲缝白布衣。

萧萧破屋怯秋风，落月灯昏冷篆笼。不为夜长频梦觉，只因天半叫孤鸿。

空庭高树晚云封，寒咽啼乌白露浓。自是秋深怜夜永，晓听残角晚听钟。

无限穷愁只病魔，茕茕嫠妇一身多。此身久许从君死，为问泉台路几何。

秋深林外雁声悲，霜冷风寒晓幔垂。夜夜梦魂何处去，恨无驿使报君知。

香残不愧傲霜姿，旧径萧条风雨时。零落篱边怜晚节，忆君闲诵菊花诗。

小炉香尽漏声催，寒逗清笳入夜哀。人静中庭帘不卷，月明留影共徘徊。

野蔓残茅覆短篱，荒荒庭树晚烟欹。半林月瘦梅花影，一枕魂迷旧径时。

灯昏林外乱啼鸦，瘦影移香月又斜。忆得小桥残雪夜，曾同携手看梅花。

凄凉情景日堪怜，开到梅花又一年。往事尽归除夕酒，独将血泪洒灵前。

苔径靡芜尽绿莎，一春花鸟雨中过。寂寥亭院悲王谢，燕子来时愁几何。

长日寥寥强自支，频将往事自追思。曾携花下听黄鸟，笑指樱桃子乱垂。

郊居十首　次皮袭美、陆鲁望原韵

山雨村村急，潇潇昼掩居。闲裁数竿竹，倦理一床书。绕径驱黄犊，沿溪钓白鱼。路荒芳草遍，长者漫停车。

人烟深树里，傍水结新茅。路僻依僧寺，林幽寄鹊巢。疏篁穿古木，野蔓老枯匏。月上澄流碧，鱼牵藻影交。

性喜耽诗癖，残书拥半床。捕鱼寻钓叟，检药问医王。鸟语凭谁和，花飞有底忙。解酲惟五斗，一石饮还强。

梅传残腊尽，春到蛰虫知。柏子充香积，榆钱饷酒资。空田闲牧笠，远戍老征儿。醉卧一林月，豪吟太白诗。

幽寂无人境，庭篙半掩扉。水澄梳石发，月色照苔衣。废院游僧去，残庐独燕归。诗成明月落，风净竹声微。

巉岏樵径曲，野鹿驾山车。候月题林竹，留春赋落花。钟声近僧寺，灯火傍渔家。十亩聊供酒，还馀桑与麻。

鸟啼惊晓梦，满径落花残。田野闲犁具，溪荒罢钓竿。一身惟杖履，双鬓老衣冠。到处堪留隐，长歌坐石坛。

连日梨花雨，春深三月天。渔灯吠篱犬，樵月落林蝉。问道传三昧，论书注《太玄》。独吟山僻处，石火漫烹泉。

莎草烟迷渚，幽居鹤应门。危栏垂柏子，巉石倚松根。山果供经座，村醪酌瓦盆。特来参玉版，试问几龙孙。

村社连乡里，巢居许未能。曾来寻隐处，重到避人憎。渔税完新檄，蚕租了旧征。蓬茅丘壑里，高枕自横肱。

余一侍婢自兵火入城堕井而死余悯其志以诗吊之二首

淋漓双袖满啼痕，井底飘来月下魂。重向朱门寻旧侣，可怜何处问晨昏。

曾侍司香已十年，常呼涤砚理花笺。自怜恐作□□妇，百尺寒泉葬小鬟。

烽火危城身惊风鹤借居北郊李氏庄见有介龛遗画兼题绝句为乙亥年所作今十载矣不禁凄然以泪和墨依韵六绝

展轴烟消墨气幽，十年尘迹旧山丘。何方更乞君遗笔，增个扁舟载妾游。

数间茅屋满林幽，烟霭云笼尚古丘。为忆昔时同看处，故山如在梦中游。

谡谡松涛入涧幽，高怀逸致寄林丘。望中野色连天碧，寂寂荒山忆旧游。

笔墨曾穷山水幽，可怜人在北邙丘。峦烟古树千重嶂，何日同君一处游。

山满藤萝小径幽，钵盂禅杖住嵩丘。九原莫道无知己，篱下须邀靖节游。

当年曾订入山幽，今日才成高士丘。不向人间寻旧约，石梁桥畔许重游。

秋雨三首

凄风木末送斜阳，断续蝉吟咽晚凉。几点雨残催梦短，数声落叶引愁长。寒烟古寺枫林紫，野色荒村草径黄。病里不知更节候，只看两鬓见秋霜。

柴扉寂寞草堂虚，倦起寻闲独著书。林外雨声凉气早，庭前秋色夜何如。沙汀嘹呖归鸿急，荻岸萧条落叶疏。醉后放舟江水上，莼羹初熟鲙鲈鱼。

云暗天空夜欲霜，荒庭莎草半愁黄。闲情只拟悲秋赋，感慨无能学醉狂。月落蒹葭啼雁渚,水寒荇藻冷鱼梁。隔窗独听三更雨,点点随风侵晓床。

新　　秋

暑气才消雨气凉,一天清思雁来忙。小庭昨夜梧桐落,孤枕明朝秋梦长。弹铗顿惊增白发,裁诗强自索枯肠。西风何处侵衣急,野水香残十里塘。

竹笑轩吟草续集　终

李因，字今是，又字今生，号是庵，又号龛山逸史。会稽人。海宁光禄卿葛徵奇侧室，著有《竹笑轩集》。是庵性敏慧，画法白阳山人，尝刻沉香为像以奉之。洒然落笔，则花竹之夭斜，禽鸟之飞跃，高淡生动，净洗铅粉妍媚之习。又善为有韵语，顾人未有知者。介龛葛公见所作梅诗，有“一枝留待晚春开”之句，遂币聘焉。

是书据明崇祯十六年癸未刊本移录

玉峰胡文楷

闺房集

（清）陈珮 撰 汤吟菲 整理

整理说明

陈珮（1707—1728），字怀玉，安徽天长人。陈于豫女，江都秀才江昱（字宾谷）室。有《闺房集》一卷，为病亡后其夫所编，有清刻本，今据以整理。

《闺房集》者，我姻家江夫人之遗诗也。夫人族本颍川，风高文范。魏司空之弱息，厥有幸存；谢太傅之佳儿，是称道韫。幼工组绣，姆尝目以针神；长善文章，人皆呼为栉士。邺下登高之锦，自濯江波；平阳采柘之津，躬勤蚕月。遂以聚星之贤媛，嫔于梦笔之才人。百两盈门，才歌秣马；三星照户，即警鸣鸡。餐佐采兰，事舅姑以孝谨；序同鸣雁，遇娣姒以雍和。而又屏绝绮纨，捐除珠翠，远山自妩，不待修眉；皓质弥妍，何尝傅粉。绿窗乍启，恒闻赌茗抽书；绛蜡高烧，竞说齐眉隶事。吹来芳气，皆如十步之兰；运以巧思，悉似七襄之锦。可谓亭亭独立，袅袅无双者矣。顾乃梦兆折钗，痛生炊臼。胶无煮凤，思续断以何期；术乏稠桑，孰生神之可致。悲可知矣，伤如之何？嗟乎，尺波不旋，蕣华易殒。空床簟委，安仁所以悼亡；微雨帘垂，阿灰于焉肠断。予也悲吟陶鹄，忆在盛年；怆对孙鸾，忽已衰齿。锦轩象服，叹福命之相妨；赋手文心，矧才华之□尽。惟是椒兰本同臭味，葭莩谊托姻亲，因洒泪□□文，用吮毫而作序。情如可忍，试为庄缶之歌；诗必能传，当继玉台之咏。

钱唐姻女弟许徐德音拜手序。

闺房集

天长陈珮怀玉氏纂

春日侍两大人游西园

暮春节气和，鸣禽悦芳树。良辰侍板舆，驾言西园路。短垣翠微出，曲磴群芳聚。维时晨雨收，古藤坠香露。妙赏豁心胸，琴书博佳趣。欢宴不知罢，天真暇多娱。

书室新修率题

闲草吹香石径深，轩窗明净乐初成。为看云起帘常卷，偶对鱼游水正清。竹影绕廊新结伴，书签插架旧关情。幽居自足供吟咏，长日如年万虑轻。

二

沉沉庭户昼无哗，景况居然隐士家。满院东风飞燕子，一栏春雨卸桃花。吟馀自爱炉香静，睡起偏宜茗味佳。安得清闲长领受，不教流水误年华。

秋　　夜

中庭露气清，香繁桂花发。孤鹤闲于人，萧萧立明月。

瘦菊为某婢作

瘦菊依阶砌，檐深承露难。莫言根蒂弱，翻足耐秋寒。

梅

冰香雪韵绝纤尘，万卉萧寒独见新。岂是高情厌桃李，孤标原自不宜春。

将归扬州呈两大人

高堂钟爱胜男儿，生小闺中到处随。顿使离家事姑舅，忍教扱地谢严慈。过庭曾习桃夭咏，往送难忘敬戒辞。只恐淇泉劳远梦，宁亲何日慰相思。

夜过露筋祠

夜过露筋祠，明月光皎洁。祠下水弥弥，纤尘不敢涅。男子生而重忠孝，女子生而重节烈。当时嫂活今何存，野草狐狸穿断穴。此祠可比怀清台，史册不书终不灭。

答 夫 子

闺阁相依气味同，三生密缔百年中。虽无曼倩官厨遗，却有侯光庑下风。曲奏双飞声自好，情深一往句偏工。宵来明月堪偕饮，更拔金钗付小红。

二

前身香火种因缘，今日闺房致洒然。心字静看沉水篆，乳花闲品惠山泉。迥非扫黛张京兆，亦异如泥李谪仙。李白赠内诗："日日醉如泥。"安得他年松下隐，大家同证一龛禅。

题宾谷味兰图小像

君子宜幽兰，幽兰宜君子。于以结同心，真味穆如水。

珠湖道中杂诗

滑笏春波绿似烟，东风时拍浪连天。渔娘见惯浑闲事，取次船头撒网圆。

二

蒲帆十幅射晴晖，天际悠悠任鸟飞。正值珠湖好风景，桃花三月水痕肥。

三

尖过黄家与白家，桃源深处足桑麻。轻帆更转无人境，春满汀洲草自花。

四

湖西日脚渐沉暝，野鸟嘤嘤水气腥。打桨艋船轻似叶，卖鱼沽酒出芦汀。

春日晓起寄程夫人

柳梢初日影纤纤，紫燕翩翻自出帘。想到绿窗清课早，香倾花露写《楞严》。

秋夜怀宾谷客真州

君子远天末，空闺一片情。西风干木叶，凉月湿帘旌。转以寐难着，因之愁更生。萧萧孤客意，清漏满江城。

柏香园偶题

菟裘聊且遂幽情，不用深山结远盟。树响秋蝉池响瀑，已能隔断市朝声。

古　寺

古寺荒凉野涧滨，粉垣宫瓦尚崚嶒。青松盖地嘶羸马，黄叶堆门枕病僧。岁歉人家香火断，年深碑碣土花凝。萧萧落日西风里，半晌停车感慨兴。

题宾谷秋水词后

冷月无声荡碧漪，竹西佳处柳垂垂。南朝慢曲飘零远，秋水新翻绝妙词。

讯程夫人病

病魔奄忽到春深，闺阁相关意不禁。半榻茶烟人寂寂，一帘花雨昼沉沉。难言憔悴非诗累，最感参苓费橐金。绿绮尘生知久闭，拂弦聊与破烦襟。

题殿春雅集图

柳絮吹香燕欲雏，将离坼艳满庭除。延宾雅作看花会，生长扬州也不虚。

二

枝枝入画总婆娑，也似家园槛外多。先大夫四隐园芍药种类极繁。病里春帆归未得，不知花事近如何。

秦邮舟中晚眺

旷宇忽然晦，茫茫湖水昏。远拖凉雨脚，时漏夕阳痕。野艇争收港，荒城早闭门。倚窗凝望久，乡思黯销魂。

七夕同宾谷作

栏边闲坐罢鸣琴，荷芰香飘袭素襟。乌鹊无声云淡淡，明河泻影夜沉沉。人间瓜果成风俗，天上星辰自古今。莫更多情谈往事，一篇长恨最难禁。

上方禅智寺

萧疏古刹掩松关，遗址空传大业间。四野墓田春草绿，一楼钟磬夕阳闲。窗中僧定无寒暑，槛外帆多自往还。隐隐山光相望里，繁华如梦水潺湲。

同宾谷坐月

秋天净纤云，华月吐空阔。琴馀啜清茗，幽语雪烦渴。坐久凉风生，残荷光露泼。人生贵适意，安所问穷达。不听邻家砧，声声怨天末。

冬日柬程夫人

万木虽云枯，未须伤寂寞。待得冻梅开，香风吹满阁。

残　　雪

连朝朔吹敛严威，积素如霜薄更稀。鹤径渐消清夜迹，竹梢初减小园肥。青编映处风光暗，翠袖逢时月色微。闲忆段桥幽冷地，一竿松火下渔矶。

送六姒葛夫人归宁召埭

花映春帆水泊堤，归宁君去我凄凄。羡君只到甘棠住，我盼甘棠西更西。

哭程夫人

一霎芳灵返碧虚，琼花摧折痛何如。修文应是才人尽，征到姮娥旧侍书。

二

谢庭兄弟读书严，针线灯前每共拈。痛煞绣鸳人已殁，绿窗空剩唾绒黏。

三

念我愁多疾病摧，房中□□日徘徊。夫人今向瑶宫住，无复深宵秉烛来。

四

岁杪曾言梦玉墀，争知春暮即长辞。旧冬夫人言，梦空中有女侍，持旌旆召之，时余即病其不祥。鸾骖永日无旋驾，望冷瑶环月满帷。

寄怀二姊金夫人在涟水

冷雨声中怨鹳鸰，黄河纡曲白云深。明窗书卷难同玩，晓镜花枝亦自簪。别后悰怀浑寂寞，病中时序易侵寻。归宁何日灯前共，为说经年怅望心。

病中赠桐城闺秀方阿青邴鹤先生女

一门应不惭诸谢，风絮尤传道韫佳。却愧无缘亲笑语，卷帘人瘦比黄花。

又谢惠花笺

玉版金花总擅奇，一函珍重美人贻。何当更把中郎字，手写乌丝授茂漪。邴鹤先生工汉隶。

晓起见梅一枝

一卷《楞严》读已终，晓天雨意尚空蒙。凭栏冷笑梅花热，昨夜偷春试小红。

叔九郎七岁知肃客咸赠以诗余时调病外馆聆其酬答众宾朗朗然也喜而有赠

参药烟和昼雨微，清□遥屑玉霏霏。小郎自是王家献，可待青丝与解围。

诗馀

捣练子春夜

深院静，纸屏遮。夜□□□□影斜。几度欲眠眠不得，一帘晴月晒梨花。

生查子春晓

妆罢琐窗闲，无语东风里。卷起水晶帘，鹦鹉犹痴睡。　　一夜杜鹃声，满地相思泪。生怕是春归，早又春如水。

梧桐影

日又阴，春将暮。新睡觉来情绪恹，珠帘冷噀桃花雨。

南歌子

蜡泪金荷冷，篝香翠被浓。夜深桐月坠帘栊。惊醒海棠香梦，是秋蚕。

西江月谢程夫人惠诗韵

爱煞琅函一寸。携归罗袖香凝。金花纸衬碧鸾绫。珍重仙姝写韵。　　薇露浣馀细赏。彩毫拂拂生春。从今吟瘦卷帘人。梦里□江叶冷。

卷珠帘 中秋

皎皎碧天澄玉镜。除了元宵,便是中秋韵。桂子香飘凉夜静。满城箫鼓幽情胜。　　小爇沉檀亲注茗。拜过姮娥,玩遍娟娟影。□□清光容易尽。百年几度栏干凭。

南乡子 寄怀宾谷

人静夜香残。银蒜低垂月影寒。寂寂冰弦空在壁,谁弹。蛩语秋声共一栏。　　吟思渺无端。兀自支颐对素纨。除了相思无好句,回环。欲写相思却又难。

赤枣子

珠户杳,绿窗幽。茶烟和梦煮春愁。燕子不归清昼永,杨花吹上锦绒钩。

减字木兰花 暮春雨后四隐园作

东风做暖。雨后园林莎径软。小燕呢喃。趁与莺儿一味憨。　　春浓如酒。描绣心慵愁永昼。无语桥东。暗水泠泠漱落红。

采桑子归宁时，园中荼蘼甚繁，因贮筠笼寄归，为作枕用也，并缀此阕以示宾谷

一痕晴雪东风晚，尔许撩人。恼乱馀春。酒畔情怀梦里身。　见时休怅花憔悴，待与缝纫。纱枕温存。永夜浓香沁睡魂。

闺房集附录

江宾谷元配陈孺人传

天门唐建中撰

陈孺人珮，字怀玉，天长县人，扬州江宾谷配也。父讳于豫，康熙戊辰进士，历官兖州知府。孺人淑慧，五岁母教读《内则》，并大母江恭人手校《女诫》。七岁熟《毛诗》，识声韵。十岁诗云："惜花有梦疑春雨，爱月多情怕晚云。"闻者谓其谢女类也。天长令潘，故兖州门下士，数过咨吏事，辄赏其诗，尝欲为觅佳婿。会江司马岱瞻公以事至邑，潘素重其硕德，知其诸子有文，乃置酒延司马与兖州会，兖州与司马相得欢甚，司马以第七子为兖州婿，即宾谷。是年十八归江宾谷。嫡母程宜人先卒，以不及为恨。居常端敬柔婉，事舅姑尤谨，织纴盥濯，必躬自率作，曰："子妇之职，乌可尽委婢仆？"初，兖州病，孺人兄远官，姊远适，弟幼，公举动胥藉人，乃从母氏侍，不朝夕怠。以故妇行无不中礼法，无有不当堂上意者。宾谷读书务栖逸，坐处焚香扫地，与之相敬无谐谑。一日读《世说》，至谢公捉鼻语刘夫人，乃曰："惜哉！"至郝隆答桓公，又曰："良然。"宾谷心折之。宾谷好友七因窃于墉隙窥之，谓宾谷曰："今人才致何故不及古人？正可不烦识度胜。"宾谷默然。

雍正丙午兖州既卒，旧所识官以赃系逮公，讹言籍公家。闻之不变容色，曰："先大夫清白恪共，何有此此！"即当寝，竟晏然，人服其明智类如此。其姒虞封妻程亦工诗，互相赓唱。先卒，孺人以在昔多名媛诗，今其人非不有，惜多散没，属程共辑。

孺人之诗幽艳，学晚唐，名《闺房集》，与《程集》俱未梓，其诸姒善其谦顺，亦常并女红焉。居苦疾，有忧生嗟。丁未夏特甚。冬，母万孺人来视，犹强言笑，作善状，后遂不起。戊申二月一日卒，年二十二，仅为宾谷妇五年。

论曰：余为孺人传，客有诘余曰："传女子类以奇节，此曷足传？"余曰："不然。女子不幸以奇节见，岂欲为奇节哉？奇节不可不传，非奇节即无所传与？孺人淑也，慧也，可传矣。"

江宾谷元配陈夫人诔

桐城方求愉撰

维雍正六年二月初一日，陈夫人卒于家，春秋二十有二，此吾友江子宾谷之元配也。夫人姓陈氏，名珮，字怀玉，籍系蓉城，居邻甓社，人传刺史之家，裔出仲弓之后。生成慧性，乃公最小偏怜，长毓兰心博士。耽吟好古，奉大家之闺戒，由来旧辑遗篇，夫人太母江太恭人曾刻《班氏女诫》。合钟氏之芳规，自是早闲《内则》。乃于二分月下，占凤牵丝；八宝栏边，乘龙赘婿。千人座里，羡郎君风貌何殊；百两归时，夸新妇清标迥异。孟德耀偕鸾遂志，桓少君叱狗无声。上堂随伯姒，共洗手以调羹；归阁对良人，喜齐眉而举案。水晶帘下，梳头看镜里芙蓉；云母窗前，绾髻露钗头燕子。眉画以生花之笔，远山黛色尤佳；琴鼓以焦尾之桐，小阁题名绝好。夫人所居之阁名琴好。于是枝偕连理，处处比肩；鸟号相思，时时宛颈。玉儿鼾未，私为午夜之盟；牛女证之，更结他生之愿。桃花纸上，秦嘉明镜亲题；彩凤楼中，弄玉文箫共啸。惜花爱月，时倚秋栏；读画焚香，静嬉春昼。深闺之韵事偏多，而女红不废；绣闼之恩谊愈笃，乃戒旦还严。每从遥夜俟郎，归则摊书于玉几；时遇前庭留客，醉却沽酒以金钗。信乎赋性幽贞，才由德发;宜家燕婉,慧与情深。方期白首相庄,讵意红兰欲萎。病扶夹膝,四体难支;枕溜搔头,双鬟慵整。药至三桠五叶,枉说延龄;医穷四海十洲,终难愈疾。郎为善事,空于玉露取凉来;魂竟何归,疑向瑶台奔月去。茫茫碧落,有天荒地老之悲;冥冥黄泉,重雨绝云归之叹。此安仁于焉损鬓,而文通今更销魂者也。泪如春雨,丝丝点点哭清明;心似飞花,黯黯凄凄萦上巳。欢虽五载,惜多离别之时;愁有半生,更益呻吟之苦。孤鸣别鹄,空思同穴同衾;独舞离鸾,但见只形只影。鸳央画箧,旧日绒沾;缥锦书囊,平生粉掐。满院东风飞燕子,不见斯人;一栏春雨卸桃花,因成早谶。夫人有句:"满院东风飞燕子,一栏春雨卸桃花。"缘兹多感,用此述哀。诔曰:

哀兹静女,灵毓天真。致高遗世,姿秀出尘。谢才堪媲,辛智克伦。婉而惠下,顺以豫亲。迨兹占吉,乃尔赘秦。和鸾鸣侣,挽鹿驱轮。方称佳妇,遽陨硕人。孙荆哀感,荀倩伤神。情系缘断,珠沉玉泯。载名女册,垂德贞珉。

亡妻陈君墓碣

扬州江昱撰

陈君名珮,字怀玉,天长县人。康熙戊辰科进士、历官兖州府知府讳于豫第三女。天性孝爱聪明,能读书,父母绝怜之。兖州公老疾,君兄远官,弟幼。唯君侍,能顺意旨,不朝夕怠。公尝语为:"女若是,后为妇知不愧。"年十八归余,孝敬婉娈,克承堂上欢。余性素卞急,君于事过辄深劝,当其时,颓然顺善也。事物巨细,及进退容止,咸应仪则,其贤淑如此。生平菲弊自甘,迹近于鄙而未尝私有。寡默好静,遇人独冷,而人乐亲之。精茗馔,工组绣,而不自为口体。笃嗜吟咏,殚思出之,而究不以示人，其情况又如此。雍正六年二月一日积疾卒于家，年二十二。十年三月望日葬于天长县北雁落堆，祔于祖茔之右三十步。

呜呼，人不可以无年，况女子乎？况其死而无后也？是不但短于生前之年，并死后之年亦仅矣。年之修短，诚限于天，若夫嗣胤，又安知予之必有后哉？故于其手纂曰《闺房集》《雪香词》，皆序而刻之。以吾妻而存，将以存吾妻矣。卒之日，既丐传于天门唐太史，比葬，复书其略于墓。后之揽者，尚其鉴予之哀而不加毁也。

铭曰：

乐乐之皋，爰奠祖封，松柏滋寿。昔汝归宁，往来于兹，展拜稽首。倏兮委蜕，复兹式托，幽宫自守。乌呼生人，畴其罔死，川流前后。及我之身，不汝或忘，浇汝杯酒。继此而隃，先垅是祔，用保不蹂。

诸名媛挽诗

徐德音淑则　钱唐

罡风忽起彩云空，正好韶华旋落红。莫怨琼枝易摧折，前身小谪蕊珠宫。

传闻十岁善裁诗，镂雪团香绝妙词。惆怅未逢南国貌，拟将清梦觅瑶池。

惜花疑雨破春眠，人面花容相对妍。今日花开人不见，风飘万点哭婵娟。

肩随娣姒蕙兰怀，斗草联吟一室偕。寂寞蘼芜香径里，更无微步踏青鞋。

雪爪飞鸿细剪裁，搜罗闺阁为怜才。簪花妙迹依然在，忍把琉璃研匣开。

玉镜尘蒙闭绮窗，招魂何处叩稠桑。可怜五色生花笔，不画蛾眉赋悼亡。

方敷洄滨　桐城

鹃声哀怨痛如何，一种才华谢绮罗。粉腻蓉笺诗博士，香薰绣佛女维摩。琼花夜夜空明月，霜鬓年年感逝波。今日高楼数行泪，隔江愁绝暮云多。

易慕昭淑班　练江

自是琼花绝世姿，春风何事殒芳枝。闺闱空感文通赋，闾巷争传道韫诗。手订遗编方女史，心明大体胜男儿。虚生半百知音少，老眼怜才泪若澌。

方青阿青　桐城

千里移家托比邻，去秋自都下蹴居于扬。吟笺书牍往来频。兰言未接香空殒，永种人间未了因。

经年同病感朝昏，倏尔梨云冷梦魂。既痛早凋行自念，满帘红雨注啼痕。

梁瑛梅君　西湖

可怜明月复团团，李如璧。想像精灵欲见难。欧阳詹。艳骨已成兰麝土，皮日休。箧中遗草是琅玕。护国。

一自香魂招不得，李商隐。落花流水怨离琴。李群玉。欲知此恨无穷处，罗虬。微月生檐夜夜心。赵嘏。

培远堂诗集

（清）张藻 撰 刘宏辉 整理

整理说明

张藻（1709—1780），字于湘，江苏青浦（今属上海）人。张之项女，毕镛继室，毕沅母。训子大成，病故后，乾隆御书“经训克家”以褒扬。著有《培远堂诗集》，有清乾隆间刻本，今据以整理。

序　一

《培远堂诗》四卷，毕太夫人所作也。太夫人，秋帆中丞之母，出张氏，吾邑能一先生其祖也，以诗为闻人。母顾恭人有《挹翠阁集》，与武林林以宁、顾姒齐名。昶壮与少仪观察游，观察于太夫人为兄，知其上承母教，因以能诗若此。今诵其诗，为女贞、为妇顺、为母肃而和，皆可于此见之。而当中丞之开府西安也，贻诗作诫，尤切于民生国是。及迎养官舍，则以勤俭仁厚之意风示关陕。故至今诵中丞之政，辄归美于太夫人。然雅不欲以诗自著，比其没，中丞始集而录之，而属昶序其端。

昶惟二南为风始，妇人女子之诗十居八九。其时大夫之夫人，下嫁之王姬，江沱之妾，于归之子，怀春之女，咸能发乎情以止乎礼义，盖积之有其基，推之有其序也。今太夫人之上承母教，而中丞所治，适在周南丰镐之地，且镇抚至十馀年之久。民之犷悍者日益驯，而礼化日益洽，皆推勤俭仁厚之旨以行之，太夫人之诗不为虚言，于古所云"广教化而移风俗"者，洵不诬矣。往者林以宁、顾姒辈，蜷伏草莽间，哀吟独谣如候虫鸣鸟，迄今声尘翳如。而顾恭人生平憔悴掩抑，亦不获志之所之。相夫子发于事业，及观察通显，而恭人先逝矣。今太夫人之懿德闻于当宁，于是有"经训克家"之褒，中丞又能推衍其训以佐国家《葛覃》《麟趾》之盛，后之诵其诗者，将以此踵美二南。用之乡人，用之邦国，殆无不可也。岂不休哉！

乾隆乙巳孟春日，青浦王昶谨书。

序　二

昔苏文定谒韩忠献，譬诸山见嵩华之高，水见黄河之深。吾尝倆其言，谓岳非不高也，河非不深也，若与云将御辨，以升昆仑之丘，而探星宿之源，则所谓高且深者又有辨矣。河间中丞，当代之韩公也。其敷陈乎帝载，而经纬乎人文，仰而企者孰不以河声岳色相拟然。长明自弱冠诵公之文，比通籍直纶阁，践机地，步公后尘。解组后追随幕府又十馀年，见公扬历中外，才略足以冠天下。顾欿然自视，若未尝自有其功，而人之诵公者亦多归美于圣善之教。然后知祥源庆本，固有所自来也。太夫人系出吴淞张氏，为常山令松南公女孙，印江令笠亭公女。母顾恭人，若宪兄即息圃观察，门内自相师友，不啻曹大家以叔皮为之父，而孟坚为之兄者。生而淑惠，于经典罔不涉猎。至于四始六义，尤所亶心。少以是为学，长即以是为教。中丞未就傅时，尝绘《授诗图》以志慈训，长明盖犹及见之。生平著录甚富，顾深自韬晦，没后就箧衍辑而录之，仅得诗四卷。其中成就不名一家，家不名一体。综而论之，大都澡雪清神，疏瀹灵气，归于安雅丽则以上，合乎风人之旨。至于寄中丞开府秦中，送宁都牧之官江右，暨训示诸孙读书等作，推阐化源，弼成教本，居然讦谟定命，远猷辰告。又所谓雅颂之音，加于汉魏一等者。岁庚子天子省方吴会，中丞以奉讳里居，迎銮行在，奏及贤母义方之训，特赐“经训克家”四字。公爰筑祠于灵严山址，祠前建楼供奉宸翰。今岁复议刊是集，藏诸簉，以示后世。长明窃谓《诗》三百篇，推二南为风始。其间闺帘之诗居十之九，所谓正始之道，王化之基也。今太夫人本诗以贞诸教，中丞复由教而施诸政。是由太夫人言之则为克家，而自中丞言之即为经国。克家之训以为内则女宪焉可，经国之谟以为政经治谱焉亦无不可。《易》曰："坤厚载物，德合无疆。"《礼》曰："天降时雨，山川出云。"其是之谓与？时长明引寓节署，获与校雠之役，因援笔志之，用以宣延风美，兼明母教之重于天下，且以示世之谒韩公者，知后海先河之义，毋徒震于发见之迹，遂谓足以尽天下之伟观而无憾也。

江宁严长明谨序。

题　词

钱塘袁枚

当代钦陶母，中朝说敬姜。恩荣承北阙，离象著南方。系出清河族，家开绿野堂。闲情耽翰墨，妙咏富琳琅。我昔燕台住，恒多角逐场。未曾逢毕万，先已识张苍。谓少仪观察。气谊胶投漆，招游风引凰。时闻夸谢妹，围可解王郎。听讲依纱幔，太夫人从母受诗。拈题傍雁行。风骚心窃慕，佳话记能详。从此名臣业，都由母教彰。丸熊资仲郢，画荻启欧阳。身蹑金鳌顶，枝攀月桂香。主知邀特达，职守历封疆。陕右分符节，庭闱正寿康。才原兼福命，天更与聪强。处贵犹操约，施仁乃发祥。挥毫书训诫，驰传寄吟章。教把官箴励，毋将国事荒。眷隆期报称，任重亟周防。僚吏齐抄诵，军民尽仰望。慈云来覆照，赤子起痍伤。就养秦关道，欣看萱草芳。儿童争识认，旌旆更飘扬。韦曲花扶辇，西园夜举觞。鹡鸰仍唱和，少仪观察常至节署，太夫人喜晤作诗。桃李聚门墙。幕府多诸名士。笔取珊瑚架，思抽锦绣肠。床前堆玉轴，膝下列银黄。此日荣华极，当年苦节偿。俄惊归阆峤，未见督荆襄。屏掩金泥色，星沉宝婺光。泪虽弹孝水，阡已立泷冈。往岁尚书驾，蒙过野叟庄。忘形留棨戟，小住献壶浆。客贵邻惊问，谈深漏觉长。云泥今远隔，琼玖每贻将。赐我遗编读，倾心阐德臧。词源追四始，诗格驾三唐。共仰徽音播，真如广乐张。应留人世海，歌咏一千霜。

长洲褚廷璋

三唐体格净纤氛，吟课深宵坐爇芸。盥手一编频展案，如从纱幔拜宣文。

官箴西寄岳云赊，书塾留题勖五车。有寄中丞关中及训诸孙读书诗。家国关心豪素里，不惟风絮擅才华。

写遍终南杂咏诗，安舆迎养日迟迟。千秋荻字传欧母，未见文忠参政时。

论诗圭旨六篇中，别擅清裁振古风。大士闻思归妙悟，元音淡处墨花融。

遗编哀录俪琳璆，绮阁清芬挹翠留。太夫人母顾恭人有《挹翠阁集》。风雅溯源经训在，光华高映御书楼。

和入秋琴韵不凡，集中有《秋夜弹琴》诗。温柔至教叶韶咸。好留万本充祠栋，长护晴云百尺岩。

江都汪端光

垂垂纱幔管城遮，词赋由来擅一家。十里灵岩山下路，竟将芝草接萱花。

清思来往见灵珠，摘句寻章正迥殊。一自娲皇能炼石，张星都化女师儒。

锦赙牙签手自持，闺门诗教付佳儿。苍生霖雨无边望，只在丸熊午夜时。

经济从容笔展开，嗤他咏絮止庸才。生平淡泊曾封鲊，多少君羹异数来。

韦曲看花露未干，板舆晴日满长安。福齐更比文齐好，画荻家风尚苦寒。

徽音直媲古名媛，欲代传经始立言。彤史何妨还自著，山川云物补輶轩。

奉题太夫人诗集后五言古体一章

吾山张郝元呈本

文章关气运，盛世挺英哲。著作推巨手，闺阁亦间出。堂堂尚书公，名勋俱第一。芝草有灵根，萱惟本作述。懿哉太夫人，钟郝秉风节。读书通古今，论诗尚气骨。经训口亲授，馀事寄诗律。一门多隽才，铭椒兼咏雪。卓有大家风，贤母表休烈。我犹及风徽，忝属群季列。绪论旧窃闻，允宜光典册。古诗三百篇，内制冠卷帙。雅化翔中壶，彤管垂世则。尚书今名臣，慈训禀圭臬。遗编手泽新，传家付剞劂。煌煌天语褒，鸿文丽日月。巍巍灵岩山，崇祠壮绰楔。奕叶宝徽音，永永守勿失。

培远堂诗集卷一

长州张藻于湘著

杂　诗

大化有常期，四时若鳞次。春阳谢和风，严霜非骤至。南山松柏树，岁晚犹苍翠。无为柳与蒲，望秋先憔悴。

南园盛桃李，枝叶流光荣。间关鸣好鸟，婉转如吹笙。景物娱耳目，车马来纵横。昨宵风雨多，乱红飞五更。繁华固难恃，寂寞守我贞。

挟弹逐黄雀，雀惊飞上天。置饵钓游鱼，鱼贪离深渊。鱼雀岂异智，逐利使之然。吁嗟尘俗子，役役常穷年。一朝罹祸患，遂为人所怜。

秋风昨夜生，叶落梧桐树。空阶淅沥声，疏雨来何处。起视小园中，烟景顿非故。池荷歇馀香，篱菊凝新露。双丸不暂停，大块真如寓。旷观人间世，悠然发深悟。

雅奏自太古，养性非荒淫。世人不解听，杂进多繁音。我怀良有托，宴处横清琴。松风凉小院，秋月吐遥岑。一弹复再鼓，夜色忽以深。犹有案头书，相将悦素襟。

题昆山二陆读书处

山行适情性，灵域非深杳。命驾才清晨，幽寻植秋杪。穷睇陟层陂，一往出寒筱。三泖拍天流，九峰隔云小。双龙昔早岁，耽此绝尘扰。家世冠东吴，读书得领標。胡为入洛去，身命不长保。凄清馀落日，哀怨听啼鸟。陈悰感旷世，才名重江表。空闻华亭鹤，清唳霜天晓。

幽 兰 篇

阳春烟花媚晴日，姹紫妖红矜艳质。谁向空山葆素贞，幽兰生处多蒙密。冈重涧复绝行人，小草长松共古原。风飐红泉滋绿叶，石含青藓护芳根。绿叶芳根看自好，不教霜雪催枯槁。一朝香气满岩阿，可独梅花映晴昊。月落平林露下陂，翛然独立抱幽姿。离披宛睹徐熙画，闲雅如吟韩愈诗。数丛移得来城市，世俗闻之心亦喜。黄土栽培翡翠盆，绿窗位置乌皮几。幽兰不采复何伤，空谷犹传王者香。不羡牡丹矜富贵，甘从秋菊伴羲皇。清襟廿载称良友，九畹滋来胜百亩。省炷炉香不卷帘，小斟春茗还停酒。挥弦一为鼓清琴，风雨沉沉夜色深。好兆帏中燕姞梦，莫伤泽畔楚臣心。

古 镜 篇

小阁日斜云气重，玉轮迟向银涛涌。水晶帘底冷森森，古镜出奁冰魄动。低徊顾影绮窗时，一世团栾亦足奇。阅尽昔人无所得，摘来古月未曾亏。回忆采铜初铸日，红炉百炼凝光质。龙垂凤倚正双飞，金薄银花争七出。沉沦底事委沙泥，无复鸣鸾更舞鸡。光彩乍从兰阁匿，妍媸早向玉台迷。丰城剑气终腾上，钿合香匳屹相向。拭粉涂膏未惮劳，秦宫轩寝留遗状。万象仍归一鉴中，造来良冶有神功。斓斑任尔苔花蚀，色相终随潭影空。千载何曾疲屡照，寒冰洁莹光同耀。漫言见胆与传神，解写工颦兼巧笑。商量约翠复安黄，拂拭红绵整晓妆。为对菱花澄似水，却愁云鬓易成霜。

敬和母韵春日遣怀四首

东廊点笔句初成，融雪时闻檐溜声。最爱纸窗晴日满，横斜梅影画分明。

花朝渐近昼初长，小阁研朱点老庄。为有盆兰同砚席，金炉数日未焚香。

柳线垂垂映碧波，重门深锁奈愁何。卷帘试探春消息，一树辛夷放未多。

徙倚雕栏尽日闲，相看花事渐阑珊。怜春未忍轻抛掷，赋得新词《菩萨蛮》。

折杨柳

谁遣相思树，娉婷舞曲尘。画中金阁暮，笛里玉关春。落絮萦愁住，垂条搅梦频。莫教攀折尽，留待伴归人。

梅花落

一树散幽香，横斜倚夕阳。春风留不得，羌笛恨何长。忍对江头月，空怜梦后妆。行人断消息，疏影共微茫。

关山月

一点秦时月，依然挂太清。晕随边阵合，光射宝刀明。绝塞征人泪，高楼思妇情。流辉千里共，未信隔长城。

陇头水

一样秦川水，偏教客思愁。年来复年去，呜咽未曾休。地接岷江首，支分青海头。东风须著力，为卷向西流。

溪上

何处响鱼叉，清溪似若耶。岚浮山染黛，潮落岸留沙。瘦地藤无叶，微风浪有花。茅堂隐深柳，人说似陶家。

尝新茶

石铫松枝火，新茶喜乍尝。未干春露影，犹带岭云香。味逐奇书永，烹加谏果良。中泠如汲取，应不羡琼浆。

留春

九十春光欲尽时，倚阑频唱惜春词。绿阴若解遮归路，红雨应能阻去期。乍恐啼声来杜宇，早愁花事到荼蘼。东皇也觉多情思，楼角斜阳特地迟。

送春

留春无计从春去，鸟当骊歌风启扉。芳草绵绵思古道，长亭杳杳怯斜晖。花残柳暗难为别，水复山重何处归。帘卷乍逢人病起，一杯酹罢思依依。

苦　　雨

梅雨院阴阴，帘栊积翠深。不成捧日梦，空有补天心。酒涴轻衫润，苔痕素壁侵。堪怜饥鸟雀，啁哳在长林。

小　　亭

入林曲径板桥通，小小红亭夕照中。坐爱隔湖山色好，春岚无雨亦空蒙。

落花二首

岂是灵芸洒泪时，随风点点堕胭脂。经春枉用金铃护，昨夜谁将玉笛吹。香染墨池才一片，影横月榭已空枝。红稀绿暗芳期了，惆怅惟应燕子知。

几番风雨暮春天，小白长红总惘然。比似梧宫归棹日，恰如金谷堕楼年。重重帘幕垂清昼，漠漠池塘冒绿烟。禅室尚劳仙女散，色空此际悟真诠。

五茸城怀古

五茸春到长青芜，一笑吴王校猎粗。可欲围场麋鹿尽，免教他日上姑苏。

北伐旋师杀伍员，春秋于此耀三军。不知鸟喙能飞啄，却自甘心狐兔群。

鹤

清响入苍冥,难教洛下听。河桥人已逝,犹自唳华亭。

脍　残

稻蟹无遗种,君王餍饫多。阿谁能养士,勺酒酬江波。

莼

鹿角来湘口,银丝出泖中。何须餐酪后,乡思动秋风。

鲈　鱼

鱼经罗异种,偏爱玉花鲈。人乳蒸豚者,知他风味无。

夜抵吴门

稳挂蒲帆趁急流,晚风吹鬓冷修修。半篙绿水桥边艇,十里红灯花外楼。是处林峦成妙画,谁家丝竹度清讴。满湖菱芡摊钱买,沽酒篷窗正赏秋。

舟过山塘

霸迹埋金虎,清游放艇过。绿波平拍岸,画阁近临河。花气无风聚,箫声傍月多。停桡闲伫望,碧岫隐山阿。

虎　邱

七里长堤路，舟行湾复湾。隔花皆有阁，入寺始知山。明月来如故，生公去不还。堪怜鹤涧水，终日自潺潺。

可中亭夜坐作

小憩石磐陀，鹤归寺钟歇。夜静涧生风，云开松吐月。

中峰寺

松径藏山寺，清幽惬我心。鸟巢苔磴树，花覆石林琴。别有流泉响，如传太古音。诸天多妙义，法雨洒青林。

虞仲墓

一径披衰草，殷勤谒古坟。论经夫子定，名许好山分。遗碣埋枯叶，疏林结白云。独怜夷逸墓，千载竟无闻。

言子祠

夫子来南国，遗风被不穷。名居文学首，才试武城中。华采家声远，烝尝祀典隆。低徊瞻拜久，松杪夕阳红。

返棹娄江偶遇村寺作

舟行闻钟声，遂诣竹间寺。塔院无人行，苔钱铺满地。挂起水西窗，山光一房翠。坐久觉神怡，时听风箨坠。手揭梵王书，欲询六卍字。

田　　家

小泊长塘水漾沙，石桥南北见田家。数间草屋斜阳里，香散秋棚扁豆花。

抵家有作

一棹横塘破碧痕，四山无色欲黄昏。渔村犬吠声如豹，新月随舟直到门。

梅花三首

一枝破格倚墙阴，春在亭林不用寻。三两点花偏有韵，百千年树已无心。更谁解置清尊赏，对尔宜裁白雪吟。几度为言相忆苦，社前离别到而今。

廊角池头倚夕阳，惯从高古见文章。出身首荷东皇赐，点额亲添帝女妆。独与白云如有约，遥疑积雪亦生香。孤寒不改山林性，宰相空回铁石肠。余赋梅花得句云“出身首荷东皇赐”，盖无心出之。越十年庚辰沅儿竟得大魁，诗成先兆云。

偶因寒重作花迟，二月垂垂始满枝。暴暖最宜将放日，暗香偏在未开时。风前见影心先折，诗里无题格便卑。欲向长屏写疏蕊，人间何处觅徐熙。

题　画

苔径落花积，日午无行客。挂起水西窗，烟岭界天碧。

春日小园读书作

小园半亩寄西城，每到春深倍有情。花里帘栊晴放燕，柳边楼阁晓闻莺。《汉书》旧读文犹熟，晋帖初临手尚生。自笑争心仍未忘，闲招邻女对棋枰。

明　妃

玉门烽火泪沾襟，一曲琵琶马上新。若道美人能误国，汉家何自静边尘。

杨　妃

剑阁连云巫峡青，断魂秋夜雨淋铃。何如忏祸雪衣女，解诵观音般若经。

得黔中信感赋二首

黔中驿使到，肠断血沾襟。绝域怀归意，频年忆女心。不曾虚药物，犹为寄华簪。凄绝离亭语，迢遥遂至今。

官舍千山外，飘飘丹旐悬。望云空白发，绕膝待黄泉。犹有清吟在，应同懿行传。阿兄归日近，负土共明年。

秋夜作

屏山六扇墨痕新，入夜轻寒著莫人。秋月如圭银汉净，一天凉露湿星辰。

秋风怨

金井梧桐一叶飘，夜凉翠幕生微飙。红灯半尽香衾薄，虚房欲睡何曾著。含情敲折鬓边钗，更穿罗袜向云阶。白露无声泻云汉，肠断遥空数行雁。外边早比里边寒，况复关山道路难。悬知客舍起长叹，也念空闺罗袂单。

夜

湘帘月正明，玉笛谁三弄。露下花欲开，风定鸟初梦。

闻虫

酸吟凄绝逼深更，只此依墙唧唧声。花径雨过苔乍冷，豆棚风定月初明。无官文士千秋泪，望远佳人万里情。一样牢愁深似海，为君挑尽小窗檠。

野　　望

寒流曲曲绕沟塍，草滑冈危拄杖登。秋果村篱围板屋，夕阳溪树晒渔罾。雨馀霜叶红于染，风定炊烟白欲凝。归路无端触诗思，远山如画月初升。

寒　　鸦

冬至苦无食，群飞欲雪天。疏林千点墨，极浦一痕烟。过处遮窗暗，归时布阵圆。山城霜正苦，五夜最堪怜。

首　　春

浅碧天方霁，凭阑倦眼开。暖风苏冻草，春雪误寒梅。园鸟声初变，池蘋色渐回。江村耕计早，不待杏花催。

新霁偶成

连宵春雨细于丝，霁色浮檐喜可知。忽见玉兰如积雪，阑干西角两三枝。

春　　柳

蒙蒙春影暗销魂，万缕千条锁院门。白昼亭台莺有语，绿烟帘幕月无痕。学成西子诸般舞，占尽东皇不次恩。可奈灞桥人欲别，数声羌笛渐黄昏。

春　　残

棐几薰炉百衲琴，绿阴门巷昼沉沉。春深小苑无人扫，花落窗前一寸深。

芭　　蕉

蕉叶亭亭障绿阴，帘栊当暑亦清森。晓来凉雨恩如海，又展青云一片心。

题渔村晓霁图

海门日涌见烟树，江流淼淼从东注。临崖极屋小如船，三五渔家结邻住。箬为笠兮棕为衣，浪高风紧无鸟飞。蛤蜊菇叶载满艇，欸乃中流独自归。浊酒一杯歌一曲，破书为枕蓑作褥。醉眠向晓开柴门，春雨千山一宵绿。

荷花用东坡和杨公济梅花十绝句原韵

轻风曲沼扇微和，初褪红衣尚未多。露重月斜天欲晓，亭亭独立意如何。

田田翠叶拥重台，初日多情相映开。何处小娃轻荡桨，鸳鸯惊起落苍苔。

一日雕阑倚几回，纤尘不染向人开。分明法海排莲坐，疑有诸天帝释来。

芳姿最好伴清尊，须趁风停日未昏。水气微凉云影合，背人无语倍销魂。

水阁香浮第一花，凉风乍起影欹斜。红妆欲唤涛波侣，白社应移处士家。

何须十丈向云开，庭里盆荷夏景催。清簟疏帘人静坐，无花亦有好香来。

临风乍展团栾叶，出水还舒劲直枝。不道爱莲惟茂叔，可怜尘世俗难医。

拍水时时翠鸟飞，鉴湖分得一千枝。待看无际红云展，不让临平小泊时。

藕丝衫子剪裁轻，不事浓妆貌倍明。别有苦心谁会得，分房的的各牵情。

胆瓶清供忆诗家，省炷名香玉辟邪。远胜绣幢经案上，秋风数朵纸莲花。

莺

织得金衣自掷梭，千章乔木翠烟和。也知出谷应求友，却笑逢花即放歌。晓雨不禁双翅冷，春愁偏向五更多。黄柑斗酒前溪上，有客含情坐绿莎。

燕

瘦影轻盈最有情，年年二月到江城。隔花楼阁帘初卷，垂柳池塘雨乍晴。数子将成劳往返，一巢未定费经营。斜阳野草乌衣巷，肠断风前碎语声。

蝶

舞翻双翅为谁忙，爱逐东风上下狂。汉殿分金涂满额，秦楼借粉助新妆。晓来柳陌身应冷，夜宿花房梦亦香。一段春光图画里，至今往事说滕王。

侍　　女

娉婷侍女十三馀，一种憨情尚未除。偷记唐诗寻粉笔，芭蕉叶上作行书。

曲逯长廊绣幕深，金铃犬小吠花阴。怜渠先事知人意，炷罢炉香展夜衾。

薄暮偶成

潇潇疏雨夹衣凉，小院红灯隔步廊。领略秋光凉意早，蕉花风散一庭香。

玉簪花

绿叶小庭阴，凄凄风露侵。剧怜含嫩蕊，未忍吐芳心。带月娇无那，迎秋思不禁。幽怀别有契，漫说汉宫簪。

津　　亭

湖上过微雨，蘋花开尔许。隔谷知有村，黄犊出林邬。落日沙际明，鸂鶒闲梳羽。小亭独倚阑，极目望遥浦。何处菱舟回，数声烟外橹。

咏史三首

项　王

虞兮一曲恨难穷，万里河山百战空。国士无双曾不识，项王枉自有重瞳。

留　侯

忽慕赤松因辟谷，自云黄石有传书。神仙风骨英雄事，沧海君椎中副车。

诸葛武侯

梁甫吟成睡正浓，草庐高枕谢尘踪。一从三顾南阳后，诸葛何曾是卧龙。

读聚星堂禁体雪诗回题其后

聚星堂上吟寒雪，玉局追踪六一翁。如此师生千古少，后先相继谥文忠。

题画竹四首

风　竹

满幅风篁渐退苞，茎茎凌乱影横梢。墨痕舞处无停叶，笔势飞时少定梢。常讶绿云森欲动，似闻碧玉静相敲。空堂得尔增幽韵，免俗而今足解嘲。

晴　竹

何处曾逢此竹林，渭川晴暖绿森森。月来可有玲珑玉，日到难寻琐碎金。翠凤昼闲俱罢舞，苍龙风静不成吟。著渠净几明窗下，好遂凌云一寸心。

雨　竹

粉竿画就暮春时，雨冷光寒故出奇。稚子穿林泥滑滑，此君濡首墨离离。绿垂尽作葳蕤叶，翠湿分明滴沥枝。拟选一茎题冷句，郎官笔弱力难支。

露　竹

缥节黄苞笔数钩，离披露压尽低头。冰绡尚湿龙孙泪，斑管常凝帝子愁。叶叶批风珠不落，枝枝滴月玉难收。萧斋坐怪清如许，剪得苍梧一段秋。

听　琴

玉徽金轸调初成，月在空廊分外明。疑是空山秋雨后，碧窗寒涧坐来声。

失　　鹤

苍苔纤迹尚依然，忽漫相寻隔暮烟。应是爱闲归海峤，更因慕侣返芝田。空怜缺粒分粮日，长记调琴引步年。寄语胎禽休怅望，三山珠树共遥天。

孤　　雁

风紧霜严关塞黑，心怯力绵飞不得。夜深聊傍沙屿眠，荧叶菱花声瑟瑟。秋南春北欲何求，栖栖知为稻粱谋。稻粱多处身得所，失却云俦与霜侣。岭色千重复万重，天涯应恨锦函空。碧云无极起秋思，一点书秋不成字。

黄梅花

一枝枝未怯冰霜，紫萼分将桂子香。蜡泪金丸看不定，蜂须莺羽坐相忘。忍寒几度开风幔，无语偏宜对夕阳。记取唤梅梅莫比，冠群芳更殿群芳。

寒　　夜

敲冰偶试紫茸茶，更鼓城楼已再挝 。纸阁深沉松榻净，月明清梦在梅花。

培远堂诗集卷二

长州张藻于湘著

南园老梅王文肃公手植，名一只鹤，今园属僧舍

城南卜筑尚依然，石径幽寻雪后天。几阵寒香浮竹外，一枝瘦影到阑边。遥知华表仙归日，应忆平泉手植年。嘱与瞿云勤护惜，亭皋无树起荒烟。

早　　起

早起开书幌，朝阳射阁西。竹承春露重，花带宿烟低。灵鹊檐牙语，新诗纸背题。年来谙习静，参佛首重稽。

山村早春

石桥横浅涧，日午少人行。树暖千蜂出，苔深一径平。天心无厚薄，物意各生成。村僻勤耕织，悠然系我情。

城南春日感怀

又是轻寒乍暖天，城南烟景谢当年。只余芳草多情思，依旧青青接墓田。

胜赏名园不再逢，东山裙屐逐东风。可怜阑角桃花树，笑映春池水亦红。

水木清华画不如，绕村梅树影扶疏。雪泥鸿爪浑闲事，指点

当年学士居。

翠钿红袖去城闉，梵呗空闻礼玉真。鸾驾若为归日晚，石坛孤负碧桃春。

只树萧条付劫尘，香原长记旧时春。亭亭一片贞姬石，冷映斜阳碧藓新。

无复霞光映日开，颓垣废础旧亭台。城南便是元都观，肠断重经尽绿苔。

横　塘

隔浦吴山翠扫空，阴晴不定鸟呼风。半篙春水桃花岸，红雨如烟落钓篷。

郊　行

地偏无客到，竹密有禽啼。岩瀑经风急，溪云著雨低。嫩蒲新刺水，古树曲蟠堤。游览携筇杖，看花石涧西。

古寺晚钟动，人行绿霭间。林梢犹有日，江外已无山。鸟下空亭寂，潮回孤屿闲。归途堪入画，渔唱棹舟还。

夜　坐

晚睡才兴理鬓鸦，侍儿擎到雨前茶。爱看写月桃花影，移上红窗六扇纱。

月

初更生海上，炯炯作寒光。万古不改色，众星皆敛芒。江城孤客笛，秋塞断鸿霜。最是销魂处，天山旧战场。

杨　　花

隋堤日暮雪纷纷，飞袅游丝舞夕曛。莫笑人间轻薄物，乘风容易到青云。

作团蝴蝶满空庭，惆怅莺声不忍听。赢得玉人娇困起，一池春水看新萍。

题周昉太真上马图

宜春院中春色新，宫衣小队踏芳尘。多情粉本传遗事，倾国追风两入神。海棠晓睡惊初醒，态浓意远晨妆靓。罗袜纤纤金灯悬，细腰袅袅鞭丝称。潞州别驾旧豪雄，揽辔踟蹰驻玉骢。欻然飞鞚连翩进，惊鸿决起随真龙。隔花双骑迷红雾，十二宝钗遗辇路。别有轻装缓缓来，八姨素面工行步。折腰流盼耀明妆，最怜人马相辉光。玉容不带风尘色，锦荐应留裤袚香。美人走马天颜喜，舞马空教呈绝技。六军驻马马嵬坡，昭陵石马汗如洗。

书　　堂

重门镇日扃，静仿换鹅经。山滴吟窗绿，池摇书幌青。早开花有力，偶得梦偏灵。闲看松根鹤，时时梳雪翎。

题桐阴读书图

手翻净名经，坐向桐阴读。小鸟蹴花飞，为绣山居服。

欲　　雨

萝磴鹤相依，石潭鱼可数。空庭雨欲来，凉意先在树。风鸣壁上琴，花落阶前路。主人坐窗中，方草闲居赋。

新　　晴

晓来声溅瓦，疏雨过虚堂。新绿一池足，残红满径香。欲临修禊帖，小试种荷方。还为新晴好，闲巡啸竹廊。

山村口号

古木浓阴带小庄，清和时候昼初长。柴门鸟雀新晴色，春野桑麻宿雨香。隔水岚光千样翠，向阳梅子一边黄。山村景物幽如画，何日林皋结草堂。

东园即事

园径弯环石磴纡，树阴苔滑倩筇扶。过溪梅雨鱼遗子，吹壁松风鹤引雏。午臼捣茶霏碧玉，春槽压酒滴红珠。湘帘石榻云蓝纸，拈韵分题雅集图。

荷　　亭

小池水浅露苔矼，鱼虎飞来忽一双。坐看夕阳波上动，藕花香入读书窗。

七　　夕

待乞红丝巧，因深碧落愁。机声虚永夜，河影泻新秋。桥构遥天鹊，帷褰几处楼。月娥开半靥，隐笑海西头。

秋夜弹琴

凉月下微露，碧空凝薄烟。幽怀淡遥夕，绿绮临风前。忆昨深闺佩兰茝，雪庭咏絮飞蛮笺。母氏授以弹琴谱，手调指拂张冰弦。初分宫商刻徵羽，曲引节拍无牵缠。左手吟揉右勾踢，累黍不失穷精研。当其手法半生熟，未免胶柱失自然。久乃得妙解，意会难言诠。每当指初落，神遇皆其天。四壁无声万籁寂，瓶笙忽听茶炉煎。一弹再鼓戛幽韵，五音六律相回旋。细如寒泉挂萝磴，洪如秋涧鸣潺湲。凄如凉风走败箨，翩如轻燕凌芳荃。动如剑器舞浑脱，静如处女来婵娟。促节繁音无不可，矜心躁气胥为捐。乃知移情不在远，何必海上偕成连。渊明蓄琴未曾鼓，无弦之琴以意传。闲将夜雨潇湘曲，一奏银灯绣榻边。

秋夜玩月作

曲廊帘卷玉为钩，唧唧虫声小院幽。月近中秋凉似水，满庭梧影绿云流。

落　叶

微霜零木叶，秋风乍萧森。乱逐西风下，暗疑凉雨深。纸窗延皎月，苔磴失层阴。偶尔凭阑立，平林露远岑。

出　郭

出郭遥闻古寺钟，垂天一角墨云浓。阴阴日色疏疏雨，龙挂东南海上峰。

山行即目

岩花带雨浓，石磴独支筇。深箐竟无鸟，前村忽有钟。云根激乱水，树杪带遥峰。伫望溪西寺，春岚隔几重。

秋　浦

蘋叶蘋花沙屿限，渔舟沿岸棹歌回。遥天返照四山赤，风色苍茫潮欲来。

咏牵牛花

密萼葳蕤淀染成，野人篱落雨初晴。无端一种闲花卉，分得天街列宿名。

废　　寺

曲折绕秋塍，地僻山门古。老树剩空腔，风过时疑雨。红叶满寒泉，碧苔封废础。照殿一灯昏，神筵窜饥鼠。画壁落丹青，斋堂断钟鼓。黄昏人迹稀，庭虚山鬼语。

秋日津亭晚眺

松烟浮磬来山寺，城势如屏绕一亭。莎草夕阳眠鹨鸮，水漠秋色带蜻蜓。霞光抹树红将敛，峰影翻江绿不停。安得蔡伦如雪纸，细搜苔碣拓残铭。

西山探梅

春城雨乍晴，香气飘然至。移艇逐明流，杖策寻山翠。光福寺前日欲曛，上阳村外望氤氲。千林万树浩无际，不辨湖光与白云。空山月夜尤奇绝，曲涧疏篱如积雪。雪月交辉翠羽鸣，都梁艾蒳空中爇。山家种植自何年，元墓迢迢邓尉连。谁说吴人不解事，绝胜海上艺芝田。结庐自是平生意，烟林小别增离思。夜来幽梦落岩阿，玉蝶千团香满翅。

寒　　山

夹路松篁满，行来绿霭分。花飘萝洞水，钟度石楼云。雪浪无时尽，莺声到处闻。凭阑一长眺，半岭夕阳曛。

邓 尉 山

入山忘路远，忽讶鹿成群。孤棹停青崦，寒梅冱白云。倚松听涧水，拂石坐苔纹。风便传樵唱，遥遥隔坞闻。

静逸园即事

春深小堂幽，开卷恣稽古。乔木翠围檐，远山青入户。铜匜香欲销，瓦盆兰半吐。蝶来或两三，鹊鸣时四五。芟草课园丁，披襟植亭午。山中泉忽高，不知何处雨。

静逸园秋日闲居

胜迹留城市，幽居得小园。吾生淡相寄，往事漫追论。人忆乌衣旧，名怜香草存。旧名蕙赍园，为王鳞洲奉常别业。只今耽静逸，秋景满邱樊。

字摹王内史，诗爱郑都官。石色青书幌，花阴冷画阑。池鱼一二寸，庭竹两三竿。于此端居好，身闲梦亦安。

地迥人稀到，风清暑罢侵。竹帘香细细，桐阁绿阴阴。隐几时看画，安弦静谱琴。夜凉明月上，扫石坐深林。

磴小花枝逗，廊深书舍藏。有时翻秘帙，随意坐匡床。诗遇前春稿，炉凝隔夜香。庭中蹲石丈，亲见历沧桑。石为前明张南垣手筑。

移　　菊

小苑移丛菊，秋来发几枝。春风曾未识，晚景最相宜。逸态欹阶石，清香到砚池。霜岩勤护惜，切莫任离披。

习　　静

习静吾生事，秋深景不穷。苔侵磐石绿，橘隔水窗红。落日衔遥岭，寒钟送断鸿。还闻竹里涧，清响到帘栊。

学山园感旧

绿野留遗迹，颓垣面面遮。古苔侵路窄，欹树压廊斜。壁少新题句，庭存旧种花。还如陆卿子，陈迹付烟霞。

秋日游天平山白云泉

危磴层层出树梢，寺高钟磬带云敲。万峰翠笏朝天路，一线清泉聚石坳。日落墓门孤鸟下，秋残僧院冷枫抛。书堂文正留遗泽，关洛何须互执谣。

灵岩怀古

馆娃何处问离宫，漫诩三吴霸业雄。香径花开人去后，屧廊风响月明中。可堪麋鹿游台上，竟遣君王到甬东。回首胥江还咫尺，银涛怒涌夕阳红。

灵岩山馆夜坐

圆景下绝壁，山馆忽已暝。石磴静张琴，雪泉清瀹茗。不知夜已深，月上青松顶。

松　径

曲径弯环石级高，满亭山色绿周遭。松风似厌泉声小，自写云门百尺涛。

雪岩山馆坐月

山雨初收山月开，倚阑凝望思悠哉。光随碧涧千层落，影逐银河一片来。烟寺泠泠钟韵动，渔汀渺渺棹歌回。夜凉清景真无限，坐看庭阴竹扫苔。

重过虞山

水程无百里，乌榜及秋凉。小驿初停处，山城正夕阳。牧人争饮犊，渔艇远鸣榔。明去寻东涧，当年梦未忘。

昭明太子读书台

空台吊遗迹，雨色上苔石。不见读书人，秋山自寒碧。

重过中峰寺

石级盘空去，穿云到上方。一峰藏栋宇，老树阅齐梁。苔古廊常湿，堂深夏亦凉。风铃摇塔院，佛幌冷湖光。雨坠山䭆果，僧分海鹤粮。旧时题壁处，秋草满闲房。

游剑门看涧水作

疾雷夜半鸣山根，山头石走云气屯。双崖削铁铓锐出，银涛飞挂苍龙痕。巉岩曲涧应无雨，彩翠澄明足俯仰。回风飒沓韵松杉，落日玲珑穿筱簜。拂水荒祠阅几春，名园废址犹追曩。闻说风清月白时，常有仙人共来往。

欲　　雪

画阁湘帘外，重云黯不开。风声低朔雁，寒意透山梅。细拨沉香火，初传暖玉杯。待看飘洒后，炙砚斗清才。

咏雪效聚星堂作禁体用苏文忠公韵

神官驱龙布云叶，一洒六合三尺雪。天低到地地忽高，飞鸿无影雀声绝。修竹龙钟太薄相，故效卑官腰屡折。我知造物有深意，恐蝗为灾豫扑灭。寒鸡缩颈立窗前，一足独拳如有掣。密洒平池旋即消，圆圆乱叠波纹缬。拥炉研墨思品题，句近凡庸意不屑。投笔且登西阁望，风卷浓云去如瞥。缤纷天女散天花，佛经应有高僧说。独愁今夜绣窗眠，灯冷不红衾似铁。

古　画

淡墨无多笔,当年印记存。遥山和雨失,乱树带烟昏。最惜虫镂处,兼污屋漏痕。从残一片纸,偷夺几豪门。

古　钱

难博金夫爱,空符竹简年。赚人多逐臭,阅世似流泉。买尽千秋业,亲经万手传。生平无长物,愧汝肯周旋。

古　镜

一片秦时月,何年摘大罗。血凝残骨久,貌阅美人多。兽鼻环将脱,工名字半磨。情深常好古,闲坐一摩挲。

古　松

皮尽惟存骨,梢云积翠浓。根枯全化石,枝老欲成龙。夏社曾闻植,秦官未许封。风烟常惨淡,漠漠少春容。

古　庙

红墙扶碧树,敕建额犹存。金尽神无色,炉间藓有痕。画廊残碣卧,灵座冻鸱蹲。时有邻村叟,祈年一到门。

古　碑

岧峣横赑屃，春雨藓纹斑。不令斯文丧，谁云此石顽。凋残怜汉魏，点画重河山。著录资搜采，心模坐卧间。

春暮即事

梨花杨柳正清明，小雨初收弄晚晴。添得春风无限意，纸鸢飞逐鸽铃声。

老去枯吟最觉宜，衍波笺上界乌丝。不因绣佛多馀暇，每到春归例有诗。

戏作论诗六首

三章雅奏杳难追，无字还应溯本师。泣别河梁人去后，秋风团扇有新词。

绮罗金粉数南朝，不落言诠理最超。谁遣凌云多意思，黄娥歌与白云谣。

玉秤昆明较异才，深宫妙选似兰台。若为编得联珠集，五窦还输五宋来。

小集抄成尽妙姝，笑他眉落与髯枯。璇玑织罢诗千首，今古才人费揣摩。

诗派娄江闺阁闻，谢家道蕴左家芬。流传王慧清新句，未逊前朝薄少君。

楞伽案畔妙香焚，又为谈诗到夜分。结习未忘留绮语，闻思大士定应闻。

梅　　影

蔼蔼春云度岭迟，谁移健步插繁枝。池中自顾凌波态，镜里偷描绝代姿。墨渖三升图粉壁，胆瓶一剪上灯帷。江城莫便吹羌笛，留待云阶月出时。

冬日偶成

偶拨金炉火，焚香闭绮寮。云含雪意重，风挟树声骄。欲睡凭书引，消寒借酒浇。竹间双白鹤，自返不须招。

三儿沄自京邸归将之官江右赋古诗四章示之

天风吹归舟，忽下潞河棹。一朝相见欢，欢然共言笑。复念将远离，中肠辘轳绕。且勿绕中肠，行矣凛节操。道出信州城，一杯亭名好凭眺。遗迹虽仅存，惠政可则效。

我言尔勉旃，初事毋速效。欲速则不达，孔圣有明训。汝方血气强，临事戒幸进。静者守有为，躁者动必偾。勿谓百里轻，邑宰与民近。赏罚无徇私，好恶莫执性。识以谙练深，道惟矢勤慎。古人从政才，于焉此发轫。

古人以礼防，守身如执玉。清名畏人知，雅操恒自勖。一介取伤廉，百身莫可赎。捧檄良足欣，当惧贻亲辱。缅怀封鲊者，视不义如毒。却物重避嫌，芳标亘古独。我愧陶母贤，此心愿私淑。

韡韡常棣萼，烂漫晴光舒。交柯并接叶，葳蕤发庭除。汝兄直鸳掖，汝秩分铜符。频年住京里，今复叹离居。乡园五六月，池水开芙蕖。汝又之官去，老我谁相于。数寄平安字，聊堪慰倚闾。

三儿启行后有忆

林塘风定水萤明，苦忆征人曳杖行。今夕月高何处泊，孤舟乱石夜滩声。

新秋夜坐书怀

风荷散碧香，冉冉入虚堂。竹弄月光碎，池摇星影长。清心书易熟，少日事难忘。渐悟真如旨，《楞严》义细详。

菊　花

已见秋风贳井梧，宝钿翠叶独纷敷。清幽疑对山林士，灿烂如披金粉图。南楚孤芳天地少，东篱晚节古今无。天生一种凌霜质，相赏樽前足慰吾。

题琴川女史马江香画册八首

山　茶

三春风暖尚湖花，蘸笔云笺整复斜。貌得海红刚一色，锦窠自绽宝珠茶。

杜　鹃

一窠踯躅倚黄昏，涴损红绡玉箸痕。生世尽多啼血处，枝头也有未招魂。

米　囊

潇洒江乡水竹居，兔葵燕麦养凫雏。花房纵有长腰米，可做雕胡香饭无。

虞美人

芳草千年江水湄，舞衫罗袖似低垂。美人毕竟成黄土，肠断春风帐下时。

凤　仙

朝阳初射晕痕添，卍字阑前手自拈。吹罢玉箫人去后，秦楼寂寂闭红帘。

秋海棠

碧天如海断云凉，红烛高烧夜未央。闲仿徐熙没骨体，折枝含露弄秋光。

芙　蓉

丹枫古渡白蘋洲，竹屋松关事事幽。无数拒霜明落日，逼人红焰不知秋。

水　仙

标格天然迥绝尘，缟衣罗袜认前身。廿年玉质冰壶操，合与闺人自写真。

培远堂诗集卷三

长州张藻于湘著

寄大儿沅关中

读书裕经纶，学古法政治。功业与文章，斯道非有二。汝宦久秦中，荐膺封圻寄。仰沐圣主慈，宠命九重贲。日夕为汝祈，冰渊慎惕励。譬诸欂栌材，斫小则恐敝。又如任载车，失诫则惧踬。扪心五夜惭，报答奚所自。我闻经纬才，持重戒轻易。勿以求烦苛，勿以察猥细。勿胶柱纠缠，勿模棱附丽。端己励清操，俭德风下位。大法而小廉，积诚以去伪。西土民气淳，质朴鲜糜费。丰镐有遗音，人文郁炳蔚。况逢郅治隆，钧陶综万类。闾阎守耕凿，馌亩士依媚。大田岁屡丰，多遗秉滞穗。鼓腹遍康衢，击缶乐酒馔。民力久普存，爱养在大吏。润泽因时宜，撙节善调剂。古人树声名，根柢性情地。一一践履真，实心贯实事。曩迹永不磨，昔贤可无跂。千秋照汗青，今古合符契。不负生平学，不存温饱志。卓哉韩范贤，治绩前史备。事事规模之，其乃克有济。上酬高厚恩，下为家门庇。我家祖德诒，箕裘罔攸坠。痛汝早失怙，遗教幸勿弃。衰年逼桑榆，垂老筋力瘁。曳杖看飞云，目断泰山翠。睡起日高舂，干鹊噪新霁。披衣览镜奁，霜雪满鬓髻。惟馀望汝心，任大勤自毖。书此远寄汝，汝宜日诵记。勉旃矢弗渝，用作官箴肄。

榆　钱

买得韶光岁未徂，沈郎旧样绿模糊。乱挥合数轻财未，万选难堪只字无。寒食嬉春长白打，晴郊拾翠俨青蚨。深闺阿堵言原少，给与阶前扫地夫。

再　　有

再有秦中信，频传江右书。王程分远近，离梦总庭除。未觉眠餐减，宁愁温清疏。诸孙群绕膝，故里且安居。

春昼憩静逸园示次儿泷

高年宜习静，小圃足盘桓。池阁长先晓，松窗易早寒。薰炉烟作篆，磐石藓成瘢。检点新诗稿，求疵任意刊。

春光何淡荡，乐意满园林。猫小擒花影，禽幽下磴阴。横琴饶静趣，读画托闲心。不觉移清昼，徘徊倚杖吟。

为切庭帏慕，聊迟簪组荣。娱亲成汝愿，随分足吾生。秦地音书近，乡园乐事并。风光是处好，胜赏惬幽情。

雨　　夜

向晚花冥冥，独坐理琴谱。一缕茶烟生，疏帘散春雨。

立夏日即事偶书

虚堂临水碧回环，不下湘帘待燕还。昨夜雨声花事了，一窗新绿隔池山。

茧　　虎

镂金错彩绣窗前，巧制于菟任线牵。怪底负嵎当五日，由来探穴待三眠。蚕从宛在威犹昨，牙爪虽存力易绵。冯妇下车园客笑，谷风生处指桑田。

艾　　人

崇朝破却绣工夫，装束趋时衣锦襦。在野臣宜称草莽，似君才乃出菰芦。若逢木偶相嘲否，曾字冰台尚忆无。如玉丰标年五十，有谁一束致生刍。

钗　　符

缠臂丝绳五色深，宝钗更雑辟寒金。驱邪讵必书丹篆，戴胜安能具道心。画彩燕儿重换髻，银泥幡子不胜簪。晚风庭院追凉处，鬓影摇摇月色侵。

蒲　　剑

阔叶疏茎傍绿汀，风棱霜脊气精灵。自馀劲节能除秽，安用诛茅待发硎。色映桃弧依绣户，光分兰烛吐青萍。芳荄更佩葫芦样，稳称囊纱系臂铃。

角黍

莹珠润玉饤雕盘，彩粽真宜午日餐。益智居然锋四出，点心何异饭初抟。封菰香韵推佳品，团粉珍馐笑大官。九子觞开争赌射，小弓传作六钧看。

蒲酒

翠釜兰肴敞画筵，榴花萱草映杯妍。仙家九节长春丽，天酝三浆滟露鲜。香引昌阳浮绿斝，砂求勾漏泻红泉。更听箫鼓中流响，一醉风前药玉船。

夏日作

拨火炉香扬来，卷帘梁燕飞去。吴门六月犹寒，雨在江南何处。

训诸孙读书

人生无百年，百年付一掷。少壮不自立，老大奚足责。古人邈难攀，彪炳罗简策。前贤与后贤，隔世若相觌。后人企古人，读书缅遗迹。学古不如古，此心宜怵惕。没世名不称，君子疾之亟。不耕且无获，不弋亦胡获。三馀好景光，尔曹当努力。

孝友弟子职，小学六艺始。成童舞勺象，渐究诗书旨。五经四子书，一生根柢是。昔贤日省身，传习惟切己。熟读精贯穿，海河翔原委。泛滥及诸家，考鉴据前史。若升高自卑，若陟遐自迩。内实而外华，文章自醇美。

一勤振百惰，勉强几自然。少年贵立志，戒为习俗牵。凡人鲜恒德，见异辄思迁。累代搢绅子，弓冶失家传。踔厉起寒素，企踵追前贤。灼灼桃李树，徙倚春风妍。芃芃松柏姿，后凋冰雪坚。勖哉勿暴弃，讵让他人先。

移白莲始花晓起相对欣然有作

晓起月在天，露气侵衣冷。空庭玩白莲，嫣然梦初醒。冉冉吐幽香，亭亭落清影。平生不染心，此境只予领。

葛　　衫

长夏荷亭小立时，苎衣细细透凉飔。浣花题句分明在，拂纸含毫一和之。

蕉　　扇

溽暑缘渠尽却回，尘襟喜得片时开。谪仙醉后聊游戏，捉出江心皓月来。

藤　　枕

印颊斜纹有浅深，昼长假睡暑难侵。闲来忆得儿曹话，曾赐中通及翰林。

竹　簟

八尺琉璃一掌平，纱幮角枕称平生。炎歊避尽凉侵骨，不愧侯封号夏清。

拟古诗十五首并序

诸孙塾中所作拟古诗，虽无杰思，然俱不失派别。老人无事，因亦效焉。时碧桐出屋，红蕉映窗，池敞生风，堂深不暑，日赋一章，时刚半月，未足言诗，聊借消夏云尔。

陈思王赠友

浮云逐飞禽，奄忽相间隔。壮士志四方，安用聚一邑。中情苟不渝，万里如同席。岂同儿女仁，恨别长戚戚。诸君播玙姿，文采足华国。莺鸠尚翱翔，况乃凌霄翮。有秋在力田，获禽缘善射。努力事功勋，怀纪燕然石。

左记室招隐

疏林无静羽，密藻有潜鱼。达人返前辙，来葺田中庐。红日绚平岭，白云停幽墟。栝柏起啸歌，泉石漱琼琚。抗迹羲皇上，寄怀天地初。粔粮储杞蕨，衣裳集芙蕖。本无民社责，焉用治安书。同心望朝列，春畴共荷锄。

陶彭泽饮酒

人愿无终穷，岁序有更代。上士贵知几，引身恒早退。富贵与勋名，自古复谁在。余从赋归来，每惜时不再。斗酒共只鸡，间日邀同辈。欢然忘主宾，嗒尔泯憎爱。南山高极天，青塞柴门内。日落客渐还，无弦一琴对。

谢康乐游山

庄老既告退，山水情方滋。尽日事游览，散策任所之。红树绕村落，青霞隐茅茨。阳峤高碍日，阴径曲蟠螭。前行已若穷，崖转忽无涯。风泉送清响，云壑逞幽姿。中有避世人，驾犊耕东菑。借草相与语，元言匪所思。理深虑自淡，性静守则夷。一别千峰隔，白云去迟迟。

谢宣城登望

暂尔置文奏，眺望郡城东。平原来秋色，一片青蒙蒙。春谷何委宛，陵阳自穹窿。廾怀纳晴景，极目送飞鸿。江树浮天际，帆樯落云中。所嫌领一方，素餐无寸功。何日对朝阳，得倾葵藿衷。敢言能著鞭，方此怀弢弓。

何水曹观梅

昨宵东风至，梅花数点新。偶来东阁立，如见素心人。苍老存元气，孤高抱太真。始知闭塞意，特开太古春。临风如怅望，照水似含颦。仙洞桃花外，君宜伴隐沦。

陈拾遗感遇

秋江芙蓉发，靡靡吐馨香。美人不共赏，贻之道阻长。阻长洵难致，惜此幽芳坠。青鸟去不还，天末空愁思。

张曲江杂诗

庭中有芳树，春至叶葳蕤。照日耀文采，含露浥华姿。常恐秋风早，零落随庭草。叶落春复荣，人老颜难保。不悲芳树凋，悲妾红颜销。

王右丞饭僧

晚岁颇好道，爰葺辋川庐。方外有高僧，性静了真如。值兹清秋日，杖策谒吾徒。因之饷清斋，撷我园中蔬。既饱念众生，思欲与之俱。或以哺檐雀，或以施池鱼。感兹爱物心，身世觉有馀。日落送僧还，云林伴索居。

孟山人待友

暮霭隐前村，落叶满南亩。樵父负薪回，行歌入谷口。扫径开柴扉，期我山居友。萝磴张古琴，竹杯贮清酒。月来人未来，空廊行负手。

储太祝田家

迎阳葺茅屋，因树缚柴门。涧水瀍左右，花深自成村。播种非不劳，上农缘力勤。出户遇邻叟，坡陀坐黄昏。言今风雨好，禾黍日以繁。各欲俟收获，黾勉求新婚。或以广田亩，或以畜鸡豚。慨兹谋利心，均匪我思存。愿借耕凿力，稍报君亲恩。下用养高堂，上用奉至尊。

李翰林梦游

梦接山僧书，约我游天目。拄杖穿云去，相见苍山麓。一径入修篁，千竿净如玉。经堂在其间，日出天地绿。向我诵新诗，字字云韶曲。鹤唳惊我醒,身在石楼宿。

元道州谕旧

昔我居瀼溪,邻里从耕读。今我归瀼溪,徒侣鲜往复。谓我曾簪缨,相看群骇目。人生辱与荣,何必在显禄。先贤贵忘势,况乃炫邦族。开筵召旧知,花前留信宿。勿愁尊酒空,行当典朝服。

韦左司寄旧

结庐对南山,南山隔溪水。山寺落钟声,入我书堂里。此时念故人,寸心在千里。伫望倚柴门,落日众峰紫。

柳仪曹溪游

雨过楚天青,独行获幽赏。金斗熨秋溪,白练平于掌。风筱声修修,沙禽飞两两。返照明远村,横林晒渔网。人间感自平,地幽神独往。趺坐懒还家,波心月初上。

试　茗

凤饼龙团世罕闻,半枪横处一旗分。砖炉石铫松枝火,独坐秋林煮白云。

帚

本具绝尘姿,未敢洁身退。为扫落花多,春尽香犹在。

箸

先主失偶然，留侯借得矣。咄哉肉食者，置之翻染指。

购　砚

金声玉润质清坚，购得囊倾卖绣钱。应是高斋天咫尺，紫云一片落吟边。

雁字十六韵

一片云蓝纸，鸿文绝点瑕。禽经殊古雅，羽檄等纷拿。每作缠联起，何曾叙次差。衔芦如运笔，游雾类涂鸦。凡鸟徒贻诮，家鸡讵用夸。缄情来塞北，传信向天涯。四出惊风急，低横远树遮。谐声呼伴侣，破体遇弓靫。行断疑从缺，书空点不加。奇姿多缥缈，徐势故欹斜。敛翰停摛藻，临池戏划沙。八分谁得及，飞白尔原嘉。一一成规格，人人诩法家。鹅群犹逊巧，凤策足联华。水映誊清稿，烟笼护碧纱。掞天才不愧，逸兴寄云霞。

探　梅

十日快晴风不力，探梅偶向园亭立。如豆含苞似有香，枝头已逗春消息。横斜疏影夕阳时，漠漠苔墙影折枝。分明水墨屏风上，只少逋仙几韵诗。

花朝前一日作

枝头香雪日难消，影上窗如淡墨描。忽省春来过一月，百花生日是明朝。

夜检诗牌遣老怀，双声叠韵细推排。楼头一抹梅梢月，移下西廊缺亦佳。

栽　花

南荣有隙地，暖气迎朝阳。呼童扫萝径，花药莳成行。既鲜寸土弃，亦戒奴力荒。生成遂物性，嘉卉滋繁昌。春风二三月，烂漫锦绣张。轻盈舞蛱蝶，宛转调莺簧。眼前生意足，万象含景光。

问碧桃

新月久已生，斜阳犹未落。为问碧桃花，影从何处著。

杏花十二韵限十三覃

雕琼刻蜡天工巧，日促风催蓓蕾含。博得小名称艳客，看经上苑算奇男。香唇已绽歌偏凝，笑靥微赪酒渐酣。一剪宜将银盎贮，数枝合共玉翘簪。斜凭碧槛疑多恨，爱出红墙亦太憨。村口新晴低酒幔，街头初卖满筠篮。社前社后情无奈，轻暖轻寒倦可堪。占断风流春旖旎，传来心事燕呢喃。山亭楚客方携榼，水国吴娘待浴蚕。何处丹青屏曲折，因君宴赏月东南。辋川作馆人空企,宫体题诗我尚谙。闻说江南正繁盛,诘朝买棹试相探。

海　　棠

占得神仙号,三春第一花。画难描娩婳,天纵与秾华。香骨温如玉,酡颜丽若霞。绛仙居紫府,红线饵丹砂。未贮季伦屋,宜栽王俭家。江梅当尔聘,苏幕为谁遮。伊始诗传沉,由来种贵巴。娇怜晨雾冷,影爱夕阳斜。渔纲分题擘,凫花宴赏赊。自题琼蕊籍,先祖松南公有海棠诗二首,传诵一时。未许薛能夸。

见离亭柳有慨

长亭数树翠相迎,最爱盈盈雨乍晴。尔惯因依来往客,天教管领别离情。栖迟歧路萦千恨,消受阳关了一生。犹幸未曾攀折尽,朦胧晓月带啼莺。

春　　晚

为欲制生衣,坐翻针线帖。拂帘一片花,疑是飞来蝶。

看牡丹作

三月中旬晓尚寒,妆成独倚玉阑干。天然一种春风面,纵有胭脂画亦难。

墙高不用护花铃,春好风停雨亦停。引得红闺诸姊妹,对君却话牡丹亭。

小斋题壁

山茶如火然，窗前列双树。曈昽朝日升，帘楣生红雾。小鸟忽飞来，枝头立刷羽。倾耳听新声，忽得凝香句。

题 画 竹

篨篨不合植虚堂，小立才知墨数行。欹枕梦回秋瑟瑟，水云无际楚天凉。

塔灯二十韵

千仞浮屠擢，琉璃映市廛。琼帘清昼揭，绣栱碧霄连。乌照沉初夜，红灯射八埏。烛龙腾地起，火凤出云骞。焰飐都昙鼓，光摇梵字旃。春星万井合，海日九枝联。似叠炎官伞，疑垂赤帝鞭。蜃楼金电掣，铜柱玉虹缠。仙掌花争发，星河影倒悬。艳堪回月彩，晕欲淡奎躔。直转太阴冷，能销夙世愆。芙蓉沙的的，璎珞像娟娟。绛节长庚降，青藜太乙然。受风浑自定，映水倍增妍。怖鸽依丹幔，惊鸿避瑞烟。高低朱鸟集，接引白毫圆。果现光明相，宜参默照禅。十方全不夜，诸佛得真诠。宝炬辉三五，长明散万千。迷途开觉悟，认取火中莲。

秋夜雨霁见微月

碧汉雨初止，闲阶虫乱吟。幽人坐池馆，复理风中琴。淡淡见凉月，微微下远岑。绿烟深似海，竹里一萤沉。

对　菊

摇落经秋早，孤芳耐久长。不随凡卉艳，晚节傲风霜。

西　风

撼撼凄凄定复扬，几番催得菊花黄。玉关卷入三秋雁，银汉吹成五夜霜。喜有凭依惟晓角，倍多寥落是他乡。连朝撼尽庭柯叶，刚透凉蟾到绣床。

残雪四首

封径填门我欲愁，今朝渐觉白云收。须知厚薄皆膏泽，聊视炎凉定去留。荒僻何曾无月地，清寒独合住琼楼。凭阑笑指城西角，才放青山出一头。

荒寒篱落逼残年，一片平铺白似毡。尚有琼林当户牖，自将粉本贮山川。迎阳共谅心如水，负郭遥疑玉作田。却讶梅开非旧样，南枝翻让北枝先。

闲启南荣感忽生，屐声晴亦满江城。同流尽有趋炎意，不隐偏成守洁名。屋角日供金字出，松根鹤踏玉山平。所欣皎皎窗前色，仍代书灯一夜明。

数声清溜滴朝暾，深巷泥污且杜门。白屋岂真常冷落，缟衣原不耐温存。爱看冰箸檐牙影，渐退银沙屐齿痕。偶拂云笺思著句，琼瑶收拾满乾坤。

早春西阁看梅作

危石参差碧藓纹，小楼人上立斜曛。梅花一色三千树，聚久浓香化白云。

咏燕四首用渔洋山人秋柳诗韵

房廊对走昼魂魂，忽听呢喃到院门。掠水绿翻横浦影，补巢红上落花痕。见犹仿佛钗头玉，去不分明烟外村。欲问昭阳当日事，阿谁体态可同论。

数树梨棠染绛霜，双双逐伴过银塘。不禁梦断帘栊雨，莫遣泥污针线箱。今日雀桥仍野草，当年马粪叹诸王。何如法曲填成后，赢得风流擅教坊。

身轻想见五铢衣，年去年来计恐非。烟柳亭台时下上，杏花门巷每依稀。似怜清昼交相舞，为爱红闺不定飞。独有楼中关盼盼，罗衫空叠意多违。

无端一见我犹怜，相逐蘼芜剪绿烟。花信关情劳往返，春愁对语易缠绵。矶留片石思遗迹，泥落空梁感昔年。多少乌衣肠断事，不堪回首夕阳边。

观　棋

玉鼎沉香袅篆微，石床竹簟坐移时。闲看儿女桐阴下，斗草年光学斗棋。

谡谡松风小院清，日长无事寄幽情。一枰方罫青冥上，欲访仙人卫叔卿。时将之关中。

培远堂诗集卷四　　长洲张藻于湘著

月夜抵梁溪望惠山作

棹歌声里风萧萧，天沉水底光动摇。九龙蜿蜒竞吞月，欲起未起云如潮。一峰遥望何奇丽，绿映澄湖整鬟髻。几群乌鹊树林飞，是处居人门巷闭。欲探山径阻深烟，水味空怀第二泉。待和涪翁旧诗句，风炉石铫付他年。

毗陵望黄山怀古

丹嶂俯江滨，春申事怆神。纵横辞上国，狼虎畏西秦。珠履人何事，章台迹久沦。高风思季子，十字永嶙峋。

晚　泊

水国近黄昏，维舟古书根。江流平似镜，日落大于盆。破庙碑无字，荒村巷有门。时清斥堠静，留与暮鸦屯。

舟　次

傍岸篷窗映水荭，入村求米待篙工。平沙渺渺天连雁，古戍阴阴雨照虹。征客不堪闻暮角，挂帆且喜值长风。舟居只仗诗消遣，怀古抒情欲满筒。

吕　城

舟楫及晨征，风凉水气清。赤乌人已逝，故垒石全平。前路金牛道，遥连铁瓮城。江山多胜概，流览不胜情。

江村寓目

茅亭邻水竹，一坞带危桥。碑断埋青草，云生点碧霄。山吞将落日，风抵欲来潮。羡煞村居者，柴门远市嚣。

龙 兴 寺

古寺记龙兴，千秋旧迹仍。神鸦江岸树，绣佛石龛灯。想象雄风逝，徘徊素月升。惟因沽美酒，细细酌兰陵。

舟行口号

长江波吞天，四顾淼无岸。疑乘博望槎，八月入银汉。遥空落日圆，极浦孤烟散。磐石排雁行，估舶连鱼贯。霜浓岚气清，崖转水纹乱。回首望故乡，风急白云断。

北固山下次唐王湾韵

放棹来京口，江山落眼前。蹙潮双岛立，斜日五州山名悬。慷慨南征事，凄凉北顾年。推篷一回望，乡国暮云边。

江楼闻笛

隔岸吹横笛，危楼接杳冥。梅花落江水，海月入风棂。白鹤双飞去，遥山一桁青。长安何处所，伫望使臣星。

登 金 山

孤峰矗江中，系缆肆幽访。览胜已心清，登高倍神王。洪涛千里来，屹立不相让。削成金芙蓉，郁作海门嶂。崇台压飞鸟，突兀罡风上。矫首望八荒，烟云罗万状。神功妙结构，梵宇绝依傍。解带忆坡公，欲去懒登舫。

题妙高台壁

石磴盘高榭，人行绿树梢。山非平地有，水与远天交。举手扪星窟，低头看鸟巢。飘然遗世想，尘事未全抛。

仪真道中

真州风景剧清幽，曲岸弯环江水流。绿柳分行排渡口，白鹅逐队近船头。

隔岸青山衬晚霞，估帆泊处日西斜。筠篮拨剌银鳞美，争向红灯卖酒家。

遥听江楼吹笛声，白沙洲上月华清。可怜旧是迎銮镇，芦荻萧萧夹岸生。

篮舆欲去更盘桓，回首吴云渐渺漫。聊记行程书驿壁，芙蓉开日别江干。

广陵即事二首

绿杨城郭绿杨津,画舫停来日未曛。诗兴欲追何水部,赋情空忆鲍参军。楼头红袖逢花出,桥外清箫入夜闻。作速开尊赏明月,校量诘旦已三分。

平山堂上凭高处,望尽江天鸟路长。老守醉来真跌宕,髯苏三过剧凄凉。红桥曲曲停歌舫,碧柳依依映步廊。正尔沉吟思著句,不堪楼角又斜阳。

清流关怀古

山行遵前辙,山势忽奇变。层冈拔地起,横直依林转。泄云逗朝阳,旷野惊遥眄。古滁界淮北,形胜南州冠。缅维显德中,英雄此龙战。晖凤就槛车,金陵气萧散。地险自嶙峋,时清息组练。萧萧苦竹丛,影飐青崖半。虽多跋涉劳,差供耳目玩。更忆韦公诗,停车问西涧。

道中寄娄江诸闺秀

秋雨三点两点,暮岭千重万重。欲问行人何处,断桥流水孤松。

临　　淮

清川淮口汇,清景满斜阳。梦蝶人何处,观鱼兴不望。渚芦方缀白，岸柳又新黄。前路红心驿，停车夜色凉。

定　远

旧是兵戈地，风云气未平。断蓬横古道，寒日隐荒城。霸业嗟骓逝，香魂有草生。靖南遗庙在，象设见精诚。

虞墩二首

夜气歌残生死分，古原碧草冷斜曛。娥姁归去何颜面，辛苦三年住楚军。

气尽君王蹙黛娥，舞衫不复剪春罗。孤坟三尺荒烟里，千载行人奈若何。

遇 颍 水

空明如镜乍经过，白鹭缡褷烟渚多。却忆微风吹动处，此中曾贮百东坡。

颍上怀古二首

我行颍水滨，缅怀颍封人。封人去千载，颍水清粼粼。当年郑伯忘天伦，城颍誓语何不仁。子封子吕足干济，肉食内顾偏逡巡。封人崛起下僚底，微词格君君恶泯。子歌融融母泄泄，大隧内外无边春。岂徒纯孝能锡类，一朝慷慨忘其身。拔帜登城真勇决，战阵不死惭君亲。回车绝裾盖两失，厥惟孝子为忠臣。欲寻颍谷竟何处，寒烟落日停车轮。

东周创霸夷吾功，褐来颍上钦遗风。匡扶经济自卓绝，风云未遇嗟途穷。当年作事真大左，仕宦商贾无一可。龙蛇蜇冬豹隐雾，只馀鲍叔能知我。一朝堂阜脱羁囚，功名赫奕非常俦。谁叹屈节为之下，依然旧日分金者。尊主遂隆民，知人能上贤。斯实国桢干，良由友道全。纷纷交游托刎颈，不顾旁观先齿冷。题诗为示轻薄儿，盟心试与临清颍。

凌霄道院

秋岭郁岧峣，神宫倚碧霄。廊因山作壁，涧以树为桥。选日泥丹灶，和云撷药苗。遥知步虚夜，应有百灵朝。

陈州道中

古邑宛邱传，停车驿路前。风吹清颍口，日落具茨颠。画卦台何在，沤麻池未湮。更怀卧治者，遗爱历千年。

即目偶成

暮秋原上路，风撼树萧萧。古驿带双堠，孤烟生破窑。溪分如燕尾，岭断类蜂腰。极目前村外，寒云一片消。

潼　关

雄关开百二，谁借一丸泥。雨歇中条近，烟横三辅低。市廛人异语，沙路马穿蹄。幸际升平世，风清息鼓鼙。

望华二首

陡觉芙蓉落，坤维势独尊。三峰临白帝，一径走天门。神鬼岩前度，风云马首翻。茅龙如可跨，试探洗头盆。

放眼千峰出，登程万仞遥。日生常夜半，云到只山腰。过客看图画，居人谢采樵。他时从玉女，瑶草撷新苗。

新　　丰

寥落枌榆社，新丰是故丰。如闻鸡犬在，鸣吠向秋风。

紫 荆 里

新花开紫荆，旧宅空田里。小树亦何心，生来本连理。

霸桥二首

送客青门别恨浓，霸桥柳色又空蒙。消魂便已多诗思，不独骑驴风雪中。

秦川指点旧舆梁，一带衰杨映夕阳。陵阙昔年无限树，输他零落不成行。

抵西安节署后喜而有作

骖騑乍解路三千，风物秦川慰眼前。到处听来人语好，频年丰乐使君贤。

连朝话旧到更深，不尽娄江望远心。莫怪老人添白发，儿童几辈换乡音。

周遭竹屿与花潭，槛外云光映翠岚。尽有琐窗诗料在，不须回首忆江南。

静寄园杂咏十二首

终南仙馆

此亦人间世，虚堂景超忽。云连三阁峰，峰翠窗中列。仙灵骖紫鸾，来往啸明月。

环香堂

名花经手种，绕屋万千枝。天气艳阳侯，春风著意吹。如闻功德香，亲见雨花时。

海棠坞

西府传名种，艳情春雨浥。紫帐缕千丝，红香娇一捻。伫待么金凤，一声来绿叶。

镜　舫

舫斋借月形，恍然对明镜。鉴貌亦何心，触物本无竞。谁言利济小，常与天光映。

纸窗竹屋

傍舍千篠簩，修窗启其内。萧萧风乍起，仿佛玉声碎。扫地复焚香，经卷此堪对。

绚云阁

小阁对名山，翠霭无时断。一缕入帘来，欲依青玉案。散作下方雨，悠然返银汉。

石供轩

轩前一片石，俯视令人仰。皱瘦让米珍，玲珑足坡赏。云是南内物，千年翳苍莽。

贮月廊

明月自窈窕，徘徊虚廊曲。水木湛清华，幽景肆延瞩。何处未眠人，凭阑灭兰烛。

退思斋

习静亦何为，澄我虚明天。旁瞰有鬼神，环顾皆冰渊。厥惟敬胜怠，心灯常炳然。

小方壶

何来鸾鹤迎，忽向壶中住。斗室谢尘氛，虚窗足云树。却笑学仙人，御风有馀慕。

澄观台

崇台出云端，万景纷堪召。喧嚣遍城市，凄绝馀陵庙。径寸自空明，无嫌疲屡照。

雪涛峰

我家洞庭东，高峰七十二。白浪互回薄，石骨流苍翠。谁叹妙手凿，使我归心寄。

造 字 台

南山山头鬼夜哭，淋漓元气一朝劚。搜奇抉隐探层穹，手画心追张四目。谛观飞鸟有遗踪，屈曲变化开神工。象形会意六体备，斗奎下射光熊熊。结绳而治自太古，狉獉未凿民椎鲁。窟居火食足生理，不有苍帝犹群瞽。天文地文灿人文，左行右行徒纷纭。蝌蚪拳身虫蚀叶，独阐神智垂千春。周籀秦篆复汉隶，《说文》许氏窥真际。铨才穿凿亦何为，历乱狂花生客慧。鸾飘凤泊逐悠悠，元扈石刻空雕锼。兹台突兀万万古，题诗秃笔成山邱。

说 经 台

鄠杜山行足幽异，峰峰高迥入云际。崇台崒嵂筑者谁，岂有万灵供役使。台耶峰耶远莫分，峰回路转台形锐。周家柱史西入秦，空中紫气凌高旻。函关令尹识真人，特乞文字开迷津。神奇下绍十三圣，《道德》独倡五千言。台前老柏森苍古，旧是攀辕停轭所。指点虚无说帝乡，秦川一览看平楚。犹馀枯树荷神针，岂令徐甲埋尘土。不知养拙更何方，河上台荒石径凉。青牛白马更平声来去，细草寒松夹路香。翻经尚忆鸠摩什，石洞谁怜马季长。

骊山二首

阿房一炬尽堪嗤，又说华清筑祸基。今古才人留彩笔，伤心谁似黍离诗。

绣岭东西峙白云，红泉碧涧漾靴纹。只今灌溉功无暨，祸水惟应记旧闻。

画菜二绝

土膏浮动露痕青，生趣天然涉笔成。却笑髯苏贪一饱，煮来午后说消酲。

江南雨后青尤好，抽得新芽带嫩凉。半幅家园好烟景，凭添白苋与红姜。

岁暮有怀旧社诸伴

岁序忽已晚，离思向谁诉。曳杖望江南，缄情寄尺素。荒荒寒日边，杳杳征鸿去。斯时素心人，应倚梅花树。

喜少仪大兄自滇南来至西安

客地东方尽，相逢各黯然。还将旧时泪，洒向白云天。庚午冬，大兄自黔扶母榇归里。卜筑曾无所，浮家又几年。别来何限意，试看鬓鬓边。

正月十二夜有作

银缸暗画堂，坐数漏偏长。雁影半墙月，鸡声万瓦霜。夜吟多遣兴，春梦不离乡。庭下微风起，梅花入幕香。

忆　　梅

三冬荏苒惜光阴，玉照堂前意独深。山涧待寻孤鹤梦，江村闲寄白云心。暮年易感芳菲节，乡信谁传古驿林。他日花坛酬倡处，好凭修竹报佳音。

闻大儿说华岳诸奇胜因作五律三首以志神往

踏空来日月，穿海出星辰。闻说苍龙岭，登时夜向晨。峰头难度鸟，树腹可藏人。不信青莲宇，松门仗虎巡。

破晓经初地，庵门带月扃。千山藏一寺，削壁贴孤亭。雨过河流浊，烟妆树色青。何如买金镯，此处采芝苓。

铁索悬千尺，危峰欲上难。崖空俱可馆，石小亦成峦。风磴四时雪，云门六月寒。步虚人不见，瑶草满空坛。

蝇虎二首

到处目耽耽，有发无不中。亦有威武姿，惜因谋食用。

突如其来如，拿攫不苟下。天公所特生，以制营营者。

咏瓶中桂花

枝斜叶密气温馨，小院秋风月影昏。忽感离乡时日久，此花相见第三番。

丙申除夕喜大兄来至西安节院即次元韵二首

千里迢遥客乍回，相逢岁尽笑眉开。廿年发逐梅花白，一夜春随爆竹来。谁料异乡逢雁序，细谈旧事划炉灰。殷勤传语司更者，漏箭城头莫浪催。

松盘柏火座生香，婪尾欣持潋滟觞。异地儿童皆长大，频年世路饱炎凉。且从官阁酬佳节，莫对银灯忆故乡。守岁他时传胜事，作图须倩顾长康。

丁酉元旦次大兄韵

封事无劳削剡溪，兄归已到玉关西。万金书信传黄犬，三载音尘滞碧鸡。乍喜刀镮谐旧梦，且将尊酒慰孤栖。当年挽鹿成虚愿，垂老难忘是鲍妻。嫂氏有桓少君风，不幸即世。

韦曲看桃花次大兄韵二首

踏歌声里日迟迟，领取秾华补岁时。倩女闻香魂乍返，渔郎回棹恨难追。亦知炊饭长生诀，未信伤痕一頮医。谁道封姨无赖甚，朱幡未护不曾吹。

城南咫尺隔烟霞，好景偏宜野老家。不雨不晴寒食近，半村半郭小帘斜。题襟即席添新句，联袂归途趁晚鸦。愧我年来真懒漫，披图只对玉堂花。

再和严道甫侍读韦曲看桃花八首

关心花事破朝眠，一著终输蜂蝶先。无赖杜陵题品后，可知孤负好春天。

绮陌晴明放眼才，锦帷十丈为谁开。株株尽是瑶池种，若个移来上苑栽。

桑柘阴连古道纡，花枝低亚倩人扶。青帘指点前村出，乞得兰陵一醉无。

青帝今年作意新，未容群艳步芳尘。尽将灼灼千林焰，炼得云霞四处春。

雁鹜坡南百塔东，黄蜂紫蝶各成丛。城头一片如梳月，照入林间色亦红。

流水声中想碧淙，幽怀淡定不须降。怪他花底红襟燕，生小飞来即一双。

清才绮思各纵横，真有红香笔底生。不负良辰并佳境，挑灯题品到天明。

夕晖鞭影两霏微，村犬惊鸣白板扉。拂拂浓香携满袖，旁人犹认退朝归。

春暮偶成

梅阴绿浸一窗纱，侍女闲烹顾渚茶。春霁楼台闻鹊语，晚风庭院忽杨花。高年易倦常思寝，清昼初长独忆家。斑管红笺时写意，不嫌点点墨如鸦。

为崔浣青甥媛题其尊慈钱太夫人照夫人为文敏公原配

雅尚争称桓少君，渊源谁识自宣文。幼从锦帐闻诗说，今向冰纨挹德熏。不染澄怀秋夜月，无边幽思暮江云。松筠绕座拈吟笔，可有新诗寄左芬。

和大兄秋夜听陇客王珊苔弹琴元韵

玉轸金徽太古音，风棂纸破月痕侵。闲将落叶哀蝉曲，自写红兰泣露心。双琐调丝秋塞黑，一灯照幕石房深。他时迹共边鸿杳，也似成连海上寻。

观王媛繁华梦剧因题其后四首

秦台仙子爱吹箫，凤去台空不可招。剩与芳闺传慧业，绿窗谱曲映红蕉。

不为海上骑鲸客，暂作花间化蝶人。是幻是真谁大觉，好从明月认前身。

夙世知应是彩鸾，日书官韵博盘餐。新词怪底能娟秀，玉茗花开压石栏。

应真禅说美人心，不涉言诠意独深。遥想玉钗敲断夜，画屏银烛院沉沉。

题巡檐索笑图

何处旅怀舒，南枝破腊初。恍如千里客，喜得万金书。树古知春早，廊间写影虚。故园多手植，图画恐难如。

早春登澄观台书索大兄和韵

梅花掠地白纷纷，归雁呼群天际闻。积雪明来能淡日，远山寒极不生云。闰逢十月春生早，人过中年酒易醺。惟剩诗情尚无赖，每分旗鼓张吾军。

寄娄江诸闺秀

风定启帘栊，兴阑收卷轴。嗟我暮怀人，独对空庭竹。

弄珠楼和韵

南朝佳胜属兹楼，槛外清波终古流。自得仙姝题咏后，月明常见夜珠浮。

画栋雕棂夜色中，弦当上下蚌胎空。水西犹有千茎竹，秋露凝梢点缀工。

雨暗风斜闭小楼，阑干闲在柳梢头。屏山坐背人何事，演出连珠字字愁。

乱绒数缕趁风飞，亲绣闻思曳白衣。百八牟尼香一瓣，愿修身向广寒归。

登慈恩寺塔

梦想曲江游，久未逢其会。今晨登雁塔，缥缈闻虚籁。小倚赤阑干，纵目增慷慨。终南一万里，横贯九州外。秦云卷作衣，明河剪作带。高吟杜岑诗，文彩绚霞霭。题名艳上林，讲经陋同泰。

题大兄灌畦图

赋罢归田老一畦，晚菘早韭坼芳泥。个中日月浑无事，管领风光到杖藜。

静企遥岑俯碧湍，遍栽芝草与琅玕。闲门一径无来客，坐看松阴转石阑。

坐绚云阁雨后玩月

云影初开薄似罗，雨馀凉月耿银河。坐来小阁吟魂冷，思入遥天客梦多。万树寒光邀古桂，一池清响卷秋荷。凭高纵有楼千尺，只恐姮娥笑鬓皤。

大兄自滇南解组西来聚首两载
兹将入觐北行别绪纷然赋此奉送

临歧频洒泪，尊酒且相依。关树萦愁远，燕云扶梦飞。征鸿偏呖呖，驱马正骓骓。差胜天南别，清晖近紫微。

朔雪炎风里,辛勤为一官。他年欢聚有,此日别离难。努力加餐饭,关心慎暖寒。伫看北雁到,一纸报平安。

瓶中半开玉兰

仿佛瑶台一树阴,是谁移护晓窗深。相进缟袂惊春半,喜剖芳名入楚吟。正吐清芬和宝篆,全消玉露堕华簪。尊前静对沉沉夜,错向罗浮梦里寻。

月影次韵

虚堂画烛忽输明,澄彻晴空兔魄横。尺素案头裁不就,玉钱窗隙铸初成。闲身乍到清凉界,仙乐应来缥缈声。未识天街如水处,是谁徐曳桂轮行。

寄生馆焚馀稿

（清）赵秉清 撰　刘宏辉 整理

整理说明

赵秉清（1746—1819），字若韫，江苏常熟人。赵贵栻女，侍亲未嫁。工诗。著有《寄生馆焚馀稿》一卷，有光绪十年（1884）活字本，今据以整理。

序

虞山英淑之气，往往挺生伟人，而吾族之居是邑者为尤盛。自文毅公以直声著于前朝，迄今子孙犹继家风，以气节才干自见。乃至妇人女子亦多卓绝之行，如福宁守补庐君女秉清，尤可敬也。清幼钟爱于父母，即自矢不嫁以养亲，父母鉴其诚，遂听之。尝刲股以愈母疾，迨母殁，而补庐又瞽废，清侍起居，奉寝馈，俾安适，以终天年。今清年亦六十，犹处子也。夫世有未嫁而夫死为之守节终身者，已称苦节之贞，然非为亲也；若清者誓不嫁以养亲，则贞以遂其孝，孝以全其贞，可谓奇女子矣。

清工于诗，顾不轻示人，以余为族中之老，特寄示此编以明己志。余观其单词片语无不从至性中流出，所谓发乎情止乎礼义者，诚有合乎风人之旨，而格律老成，意理清切，虽老于诗学者又无以过之，则清不惟以贞孝传，而其才亦自足传，益以见吾宗禀虞山之秀，习文毅之遗风，虽闺阁中亦卓荦不群也。

阳湖瓯北老人翼序，时年七十有八。

序

世论词翰非巾帼所尚，是徒以才著而靡德以副之也。才有浅深，德亦有小大，小则无非无仪，大则为孝为节。史传列女，类多以卓绝之行见于夫家，若毕生不字，事其二亲服勤至死者，则旷代而一觏，乃近而得之于吾宗焉。吾宗有孝女若韫名秉清，文毅公之后，故福宁知府讳贵栻女，九岁读书至婴儿子事，即慕其为人，世族闻其贤，争纳采，卒不可夺。年十六，母苏恭人病危，刲股杂药以进，病寻获瘳。母随福宁君官浙，命若韫留外家，母殁未及见，惨痛不欲生，以父在自抑，自是遂长斋。福宁君晚以瞽废家，綦贫，兄奔走于外，攻苦食淡，朝夕扶持，未常少懈。及父殁，自经以殉，带绝不得死，后遇讳日，废栉沐，却饮食弗御，历久如初丧。今年且六十矣，若韫从弟凤山自常熟来，携其《寄生馆焚馀稿》见示。原本至性，绝去雕饰，尝咏兰以自况于终天之憾，尤不能释，曰寄生曰焚馀，其不蕲以诗鸣可知也。嗟乎，仕则慕君而孝衰于妻子，彼牵乎所爱以忘其毛里之亲者，士大夫或不能免。若韫生长中闺，立志顾出其上，斯亦难矣。闻诸凤山云：姊日以课授为事，内外弟侄及戚党之女咸来请业，使充其学，遇其时，则昭我管彤，虽跐美曹世叔妻、韦逞母可也，词翰云乎哉！

嘉庆甲子四月，怀玉序。

赵孝女家传

孝女赵秉清，前明文毅公七世孙，故福宁守补庐先生贵栻长女也。母苏恭人，梦吞灵芝，孕七月而生女于江阴外家。九岁，先生官内阁中书，携至京邸。读《战国策》至婴儿子故事，辄告其亲曰：此儿志也。年十一，先生病下泻，将不起，女焚香吁天，请身代，病良已。越二年，苏恭人染时疫，气垂绝，女刲臂肉和药进，竟瘳，以故孝女之称籍籍。京师有贵官求为子妇者，既卜吉。女知而婉请于亲曰：父将外擢，儿何忍远离，且儿素志固将学婴儿子也。父母乃怜而中止。亡何，先生出为处州司马，挈家之浙。女则为外祖苏翁留课孙女。己丑，苏恭人没于杭城，兼程赴丧。号恸呕血，誓绝食以殉。有开以父老为念者，始强进瓯粥。既而先生迁知福宁，未上，两目骤眚。当是时，女父既以目疾废，家累留滞杭城，兄振冈佐幕客，外嫂刘以难产暴亡，遗孪生女二，婢仆星散。炊爨几不给。女慨然曰：此婴儿子得行其志之日也。乃斥奁饰，躬操作，每侍父膳，必执匕箸以进。夜则篝灯，业针黹，俟父寝熟，退察哺乳女侄者，必得当，乃始就枕。又庶出弟同翙，早丧母，教育尤尽心力，不以遗父忧，用是父同官友咸感女之孝，益念其父之居官廉而罢，无以归也，相率助赀，始得返故里。戊戌，父卒，女哀毁，志必死，卒哭之夕，作绝命词，阖户自经，以救免。舅氏苏可亭闻而悯之，迎至江阴，同祖弟振六先生官徽县令，请偕往，以疾不果行。居舅家者十馀年，最后依从弟孝廉咸熙先生居，仍为族党子女授经自给。嘉庆丙寅，年六十一，朝命旌其闾。又十三年卒，春秋七十四。生平喜读书，尤工诗，著有《寄生馆焚馀稿》。其宗人常州赵云松观察、味辛司马为之序。葬邑城北桃源涧祖茔之次。

曹毓德曰:毓先子为赵振六先生门下士,能悉女守贞全孝之行,毓少时尝耳熟焉。顷先生从子玉汝仲通出示女舅氏苏军镐所撰行略,属为之传,窃幸先人往训得所证而益详,辄举梗概缀于篇。推重师门,表扬孝行,先志然也,所不敢以身贱名微以自诿也。

寄生馆焚馀稿

昭文赵秉清若韫著

咏兰有序

夫兰者，得天地之精华，钟山川之灵异。亭亭独秀，浥晓露而弥清；默默无言，转光风而自茂。非朝华之速谢，非艳质之遄衰，出群之姿，亶其然乎！不竞芳华，甘遁岩穴，有隐士之风。不随流俗，耻邻市廛，有君子之德，王者之香。与草为侣，其性谦也；花叶一色，风姿蕴藉，其容庄也；独抱素心，孤芳自赏，其志贞也；偃蹇空山，香幽韵远，其神静也。二德备焉，四美具焉，真可谓花中之清圣也。故染翰以赋诗，聊寄于情云尔。

兰本藏空谷，翛然寄此生。临风传韵远，含露浥香清。独擅山川秀，不随桃李荣。孤芳惟自赏，无语抱幽贞。

孤芳惟自赏，空谷本无人。蕴藉香称国，丰姿清绝尘。晨餐聊试采，秋佩合教纫。莫遣当门植，光风泛上春。

池亭夜坐

炎风宵乍退，散步小池东。开阁坐明月，凭栏来远风。波光金潋滟，竹影翠玲珑。此地堪忘暑，临流兴不穷。

月夜有怀

皎月涵虚静，幽窗夜转明。别怀牵梦想，愁绪付吟情。千里光应共，三秋景正清。遥知兄妹辈，屈指几亏盈。

春　草

青青春入眼，秀发碧芊芊。嫩色绿无际，柔枝香可怜。雨馀浓著翠，风过淡拖烟。小草知生意，茸茸胜往年。

月夜即事

青灯相对静如禅，景况今年似去年。半榻琴书延皓月，一天风露锁寒烟。焚香悦性添沈水，煮茗清心汲嫩泉。茗熟香温无个事，倦来凭几曲肱眠。

寄澄江曹姊

不弱当年曹大家，新诗远和胜瑶瑜。云笺笔落霏金屑，琴案香飘绕玉炉。岁久淡交千里共，月明清影两人俱。萍床拟置图归叙，尚欠风悬十幅蒲。

月转参横离思浓，拂墙花影自重重。书空呖呖三秋雁，灯伴萧萧四壁蛩。静夜云飞思缭绕，残更人定梦惺忪。怀君两地情无限，遥数蓉城六六峰。

思亲三首

自离膝下思悠悠，久缺晨昏悔远游。犹喜梦魂常不隔，一宵两度到杭州。

朝看飞禽暮落花，春风端不负韶华。当前景物良堪赏，独恨云山望里赊。

忆别椿萱四月馀，鱼沉雁杳远音疏。何人为报平安信？两字千金一纸书。

忆兄妹二绝句

今夜思兄切，清宵立月明。自从元夕后，已见几回盈。

晨起对妆台，慵妆镜不开。辛勤怜小妹，似我发鬑鬑。

秋雨口占

秋雨如丝似织愁，秋风吹恨上眉头。恼人天气浑无赖，多病心情得得休。

秋夜口占

砧声初逗漏声阑，月色微茫树杪看。徙倚阑干吟寂寞，一天风露勒馀寒。

病枕口占三绝句

皎色照幽窗，凉阴落半床。年年秋夜永，未似此宵长。
绕砌一声声，秋来永夜鸣。无情是蟋蟀，只惯唤愁生。
昨梦杳何所，扁舟秋水间。最怜鸡早唱，未到凤凰山。

秋 风 词

秋风起兮雁南翔，木叶落兮露为霜。蒹葭凄兮草色黄，感时物兮摧肝肠。见萱花兮忧难忘，驹过隙兮白日光。孤云飞兮寄他方，夜蛩鸣兮凄且凉。曷禁泪兮沾衣裳，怅远道兮怀故乡。欲渡河兮河无梁，仰高天兮呼穹苍。

咏　　梅

万卉当春艳，寒梅迥不同。晨霜凝未散，夜雪积难融。瘦影标清格，幽香守素风。天生惟自洁，独立寂寥中。

萤　　火

漫趁回风舞，轻摇团扇挥。扑来灯下暗，飞向雨中辉。月皎光偏失，天明影渐稀。有时临水焰，灼灼点荷衣。

夜闻风竹声得听字

露叶纷纭敞翠屏，凌云百尺挨天庭。清音历历如敲玉，疏影亭亭欲拂星。静夜得风千竹笑，残更拈句一灯青。月明若有飞仙过，鹤驾停骖侧耳听。

湖上即事

西湖十里水迢迢，次第行来到断桥。山色有情留远客，柳枝无那把人招。

轻舟荡漾到西湖，水色山光敞画图。花鸟已惊春畹晚，麦苗高下绿云铺。

散步行来小有天，此身疑在白云边。凝眸四望真山水，领略春光第一年。

春光烂漫百花舒，山水陶情乐自如。却怪野云迷远目，只馀香气袭人裾。

纷纷春色正平堤，放眼湖光烟树齐。贴水浮萍随上下，舞风杨柳逐东西。

东风漾漾起微波，真水真山此地多。孤负烟霞虚岁月，一生能得几回过。

对面茶花似火红，假山亭畔夕阳东。春来万卉皆含笑，总领群芳一望中。

西子湖旁杨柳春，长条拖地拂香尘。最怜风起花如雪，散入晴波转绿蘋。

万山翠色弥空碧，四面湖光混太虚。愿约他时重到此，湖心亭上看芙蕖。

晴和天气泛轻舟，放眼春光烂漫游。一片白云迷远岫，几枝艳雪点芳洲。

花欹墙半香初逗，柳拂湖中翠欲流。柔橹咿哑归去也，水光山色共悠悠。

五言一绝

绿水浮轻棹，春山次第看。风来花气暖，拂面不知寒。

寒雁次韵

征鸿天外至，声远影依稀。飞处霜初冷，来时稻正肥。衔芦随月落，排字趁风挥。嘹唳惊羁客，天寒独未归。

寒月和家大人韵

盈盈今夜月，万里锁寒烟。皎洁穿林表，苍茫浸砌边。冷疑霜满壁，清似水连天。圆缺非无意，流光叹往年。

寒　缸

一灯明四照，相对可盘桓。蕊结青烟细，花开红豆攒。移低烹茗饮，向右拥书看。藉此消长漏，浑忘夜最寒。

枯　树

朔风凋万木，望里景全殊。花尽叶俱尽，枝枯根不枯。凌晨霜共冷，入夜月同孤。生意今如此，春来当复苏。

对　雪

旧里云山望里赊，纷纷柳絮趁风斜。地留寒迹银千顷，天转生机玉万家。静机有书堪映读，小庭无树不飞花。衔杯得句何曾醉，对景怡情度岁华。

春雨感离

雨滴闲阶不耐听，离怀如醉亦如醒。感时伤别浑无绪，懒向芸窗诵道经。

啼鸠相唤日无休，仲夏时光类仲秋。徙倚小轩浑不语，离愁和雨上心头。

咏雪次韵

片片鹅毛舞，轻轻柳絮扬。欺梅迷远岫，折竹响幽廊。似玉辉朝彩，如珠吐夜光。吟诗还放鹤，风景忆湖庄。

寄澄江曹姊次原韵

穗帷枯坐一灯青，风满疏棂月满庭。何日相依幽阁里，焚香对诵蕊珠经。

苫块谁怜只影孤，滴残红泪遍青芜。多情惟有蓉江伴，千里题诗寄圣湖。

为望君山江上青，数峰如黛映空庭。离情半载愁千绪，旅梦何曾久惯经。

聚首应知兴不孤，别来春草变秋芜。君看明月还同照，半在澄江半碧湖。

附原韵

细雨霏霏草色青，离愁题遍暮春庭。花前肠断西泠伴，苦块相依罢诵经。

遥怜涕泪一身孤，长负春光满绿芜。欹枕夜阑残月落，好风吹梦到西湖。

望前一日雨霁坐月

雨霁晚风冷，云开秋月明。人间多聚散，天上忽阴晴。光欠一分足，照同万里清。百年几圆缺，揽镜不胜情。

元宵忆妹

又见花灯夜，人难似月圆。离情终脉脉，愁思更绵绵。旧叶埙篪乐，今分吴越天。应知浮世上，乐事最难全。

对　　月

蟾光皎皎夜迟迟，一片秋声钓所思。那更有愁兼有病，可堪无酒又无诗。剧怜尘世多惆怅，却叹人生易别离。愁极病深翻作恨，嫦娥应笑我如痴。

蜡　梅

一枝初破萼，折向胆瓶安。正色如凝蜡，幽香似爇檀。孤高偏耐久，兀傲不知寒。独冠群芳首，春风次第看。

久雨晚晴

久雨欣方霁，云开万里晴。风吹炎暑散，人定晚凉生。高树蝉齐唱，低田蛙乱鸣。试泉烹雀舌，长笛一声清。

鸿雁来宾得宾字

鸿雁秋初至，行行墨字新。衔芦思报主，栖月暂存身。乡国惊迢递，沙滩结比邻。浑如羁旅客，差拟未归人。去燕难为友，闲鸥岂是宾。应知还极浦，花发正三春。

咏　竹

何处敲寒玉，娟娟递远芬。新篁初解箨，瘦影已凌云。雨沐馀香细，风吹积翠分。虚心以体道，直立不同群。

夏日即事

夏日居斗室，浑如甑中坐。意倦手慵抬，一任云鬟亸。生于天地间，底事双眉锁。贫乃古之常，何惧长坎坷。适意且为乐，吾生志亦颇。青天行白云，高枕北窗卧。竹风清我心，白苎吹翻簸。好怀一时开，万斛愁皆破。坐到夜凉时，林表飞萤火。对酒可高歌，自歌仍自和。倚醉问苍穹，有谁痴似我。

咏　蝉

嘒嘒寒蝉起，凉飔入坐时。扬音风飒飒，鼓翼日迟迟。清饮高秋露，侨居远树枝。长吟非弄舌，织影畏人知。

端午日有感

痛失慈闱后，飘零类转蓬。未从亲地下，又届节天中。萱草徒馀绿，榴花不奈红。魂谁招逝水，愠岂解熏风。屡系和愁结，觞斟与泪融。苟延残喘在，堂上有衰翁。

集白乐天句寄二妹

独对孤灯坐，苍茫想八区。人情变寒暑，暮节感茱萸。念涸谁濡沫，端忧极守株。飘零同落叶，岂复旧欢娱。

花　朝

花朝今日绝无诗，孤负春光不自知。但觉阶前生意发，雨中细草绿差差。

春日偶吟

蕴藉春风二月天，夭桃含蕊柳含烟。花应笑我无情思，孤负韶光又一年。

春日自遣集唐人句十二绝寄二妹

一寸回肠百虑侵,唐彦谦。伤时伤事更伤心。韦庄。阳和不散穷途恨,钱起。仰诉青天哀怨深。李白。

暖风香草竟芊绵,张泌。万事伤心在目前。司空曙。久客转谙时态薄,赵嘏。此中辛苦过流年。张泌。

落花寂寂委青苔,李白。特地愁从望里来。无名氏。目极思随原草遍,赵嘏。寸心争忍不成灰。胡曾。

感时伤别思悠悠,许浑。云雾凄清拂曙流。赵嘏。暮雨自归山峭峭,许浑。烟波江上使人愁。崔颢。

望乡孤客倚高楼,韦庄。城上云凝万古愁。失名。无限心中不平事,李涉。一时随雨到心头。杜荀鹤。

多在青苔少在枝,崔鲁。寒窗羞见影相随。施肩吾。落花寂寂黄昏雨,韦庄。正是愁人不寐时。罗邺。

迟日园林悲昔游,杜审言。夕阳惟见水东流。韦庄。芭蕉不展丁香结,李商隐。闲倚南轩尽日愁。吴商浩。

忽忽穷愁泥杀人,杜甫。暂凭杯酒长精神。刘禹锡。不堪肠断思乡处,李德裕。抱膝灯前影伴身。白乐天。

茫茫四海本无家,韦庄。游子离魂陇上花。李洞。正是客心孤迥处,失名。连云芳树日将斜。杜牧。

叹息人间万事非,杜甫。篋香锁尽别时衣。李频。泪随红蜡无由制,失名。化作南园蛱蝶飞。徐寅。

无义滩头剩别离,失名。百年世事不胜悲。杜甫。映阶碧草自春色,杜甫。花落月明空所思。罗隐。

人事死前惟有别,李义山。伤时伤事更伤心。韦庄。两行客泪愁中落，李步。一寸回肠百虑侵。唐彦谦。

春　　雨

帘纤窗外雨，不断竟成痴。未晚天光暝，轻阴春信迟。人愁愁似织，花泪泪如丝。好梦风吹去，离怀只自知。

春雪和家大人韵

一色连天白，初春雪夜寒。窗前横玉案，座上列晶盘。句就诗难就，更阑兴未阑。梅花香破萼，明早待晴看。

春雨即事

痴云有意遮低屋，苦雨无情锁小窗。清况个中惟自得，《南华》一卷对银釭。

嫩笋雨中初解箨，新蚕眠后乍抽丝。闲窗课罢无馀事，整理残篇改旧诗。

咏　　荷

独立亭亭映晓霞，不沾泥滓玉无瑕。剧怜心苦犹含笑，笑道人称君子花。

瓶中白荷花四首

玉立亭亭迥出尘，清含晓露粉容新。胆瓶插处香清绝，洗尽铅华一味真。

色本清妍出自然，一枝独寄画堂前。洛妃自诩凌波步，此是琼宫下谪仙。

冷艳幽姿冰雪同，置身宜在水晶宫。清香不散风微度，暑气全消一室中。

濯淖淤泥不染尘，白衣大士是前身。空中无色非无色，好向花前证净因。

中秋待月得中字

今夕秋之半，谁封白兔宫。长谈三鼓尽，小饮一堂中。已觉人声定，仍看月色蒙。碧蕉凝玉露，丹桂飏金风。拂簟眠难稳，凭阑兴不穷。清辉知有待，普照万方同。

白露滋园菊

湛湛滋三径，盈盈浥小园。冷香凝白露，瘦影动黄昏。金掌承瑶液，琼姿泻玉痕。湿花清沁骨，泫叶润流根。错落珠光乱，晶莹星点繁。傲霜标晚节，培植沐天恩。

冬岭秀孤松得松字

苍然冬岭秀，矫矫岁寒松。日月光之聚，山川气所钟。性偏耽雪霰，势若舞虬龙。翠耸峰千尺，青排树万重。自持贞士操，不受大夫封。倘幸邀天鉴，孤标岂绝踪。

山意冲寒欲放梅得梅字

山意真如睡，冲寒独有梅。经霜千树秃，破腊一枝开。冷色全欺雪，冰姿不染埃。暗香风外度，疏影月中来。最是南边盛，偏宜高处栽。孤芳冬后见，清绝冠群材。

秋夜对月杂咏四首

秋来春去太匆匆，秋月春花迥不同。一片繁华删汰尽，只留清气满庭中。

月色如银尚未圆，侍亲小饮倚窗前。清光更说豪家倍，别是人间一洞天。

露下风微秋气清，星河不动彩云轻。半庭月色凉于水，一叶阶前坠有声。

清夜焚香掩小窗，坐抛书卷对银釭。思兄远去三千里，风露盈川月映艭。

咏雪即事

四野云吹合，横空洒玉砂。天低连矮屋，河冻断归槎。委砌霏霏白，穿窗故故斜。中田滋宿麦，老树缀新花。冰砚频呵笔，围炉且煮茶。念兄湖上望，对此定思家。

对雪口占三首

非絮非棉下九霄，坐看平地积琼瑶。花开万树皆同色，天为诗人破寂寥。

六出花飞白似银，蜡梅寒冻斗精神。幽香冷艳皆堪赏，偶到书斋清绝尘。

凝眸处处积银砂，怎奈争衔饿雀哗。偶立窗前寒太甚，天心有意冻梅花。

雪　灯

雪作银灯巧，佳人纤手抟。抟成冰玉体，捏就水晶盘。灿烂中心热，光芒四壁寒。可能安久放，明夜再看看。

雪夜交辉三绝

雪月交辉夜，当窗寒气侵。摊书能映读，对此漫成吟。

雪月交辉夜，亲前乐事多。吟诗兼啜茗，风味道如何。

雪月交辉夜，凝眸天地宽。梅花香信杳，傲极不知寒。

扫雪二绝

皎洁珠同莹，坚凝玉共贞。扫来休点滓，心迹比双清。

照眼寒光彻，庭前积几重。不教随手扫，留伴竹梅松。

自叹再生

忽忽行年三十三，从亲不克转心惭。人心变幻真难测，天道微茫讵可参。疾病一身焉暇治，饥寒二字又谁堪。鲜民不死将何为，佛氏丹经总谬谈。

元宵雨感吟

上元竟夕雨丝丝,月暗空遮灯照帷。对影自怜仍故我,遣怀无际赋新诗。可堪好景多抛掷,那更良时又别离。何处笙歌还鼎沸,夜寒聊复酌盈卮。

思　乡

思乡独坐凭阑干,忽接家书忍泪看。五载未归人寂寞,一年几见月团栾。江边莲子中心苦,雪里梅花彻骨寒。食檗吞冰惟自励,寥寥孤雁唳云端。

冬夜即事

长天寥阔夕阳隤,风透疏帘暮色催。几点小梅开雨后,一轮明月破云来。幽窗无事敲诗句,寒夜难消仗酒杯。闻道循环有往复,岂知腊尽不春回。

冬　夜

却叹年来时运乖,命途多舛在天涯。看云忆妹频依槛,对月思乡独绕阶。夜雁哀声惊旅客,残灯清影乱愁怀。缘知浮世如棋局,回首风尘愧尔侪。

元宵无月

又是元宵一度春，自怜还作异乡身。今年愁绝无诗思，人负良宵月负人。

喜得小婢

课罢儿童静掩门，新添雏婢伴黄昏。金猊香爇浑无事，细嚼梅花和酒吞。

清　　明

他乡今日又清明，肠断花间杜宇声。一陌纸钱亲手制，未能焚化向坟茔。

伤歌行

黄灵无私亲，为善荷天禄。秦嘉。吾生何罪辜，忽遭此荼毒。双亲弃女去，孑立愁千斛。悲哉复悲哉，庭草凄已绿。嗟乎命不辰，伤歌以当哭。

人寿非金石，致身苦不早。往事徒悲伤，悔误在少小。茕茕无所依，鲜民不如夭。丹心成死灰，弱质成枯槁。惭荷两亲恩，恩重无由报。悠悠彼苍天，劳人何草草。嗟乎命不辰，思亲以终老。

自　叹

浮生原是可怜虫，叹我浮生更不同。三界难安如火宅，一身无定若飘蓬。聚离得失皆疑梦，荣辱悲欢总是空。独立孤危辛苦甚，年年寄食憾无穷。

除夕即事

憾杀年年作女师，每逢除夕泪潜滋。那知解馆归家日，仍似栖身作客时。饯岁不堪嗟命也，展容无那感恩斯。半生苦境何堪述，执玉持身父母知。

冬月小舟往澄骤然风雪

尘世生离最可怜，况逢斯景倍凄然。日沉烟暝星浮水，风急潮回浪拍天。百里独行舟似叶，长宵孤坐夜如年。篷窗雪里寒侵骨，睡眼难撑不得眠。

哭苏表侄女四首

夜台何处与招魂，一种伤心不可论。累尔高堂悲白发，撇予良夜哭黄昏。

梦里相逢已隔生，醒来追想若为情。思伊几度寻残梦，反为思伊梦不成。

玉树临风怅早凋，课伊之日尚垂髫。而今两鬓挑蝉翼，巧手丹青未易描。

不是今缘是宿因，老年人哭少年人。悲伤一夜浑无寐，赢得明朝白发新。

自　叹

自叹生来命不辰，年年漂泊异乡身。哀哀父母徒生我，落落乾坤枉赘人。岁遇龙蛇甘守死，时逢箕斗合遭屯。孤危尝尽炎凉味，独立苍茫暗怆神。

己酉仲春归舟风雨

风雨潇潇送我行，彼苍作事忒多情。十年漂泊还乡里，从此身安心境平。

附巢寄二兄和韵

撒手蓬莱顶上行，尘中日月总忘情。罡风吹坠人间世，敢向人间道不平。

附二嫂和韵

昔年关陇未同行，此日同居慰旧情。随意清吟随分过，生涯冷淡志和平。

暮春舟行和巢寄二兄一律

暖风晴日暮春天，碧水青山送画船。柔橹声中鸥拍浪，片帆影里柳含烟。花攒锦绣心同赏，茗试旗枪手自煎。乘兴不知归路远，一轮明月印前川。

秋夜对月感吟

秋光何皎皎，素月扬清辉。流阶绕复砌，照我入房帏。悄悄积忧思，对此长唏嘘。生小有志愿，习静悟禅机。一旦失怙恃，孤云常无依。量力守旧辙，宁无寒与饥。年长识世味，始知从前非。人生譬朝露，去若浮云飞。时乎不我与，泪下沾裳衣。

秋月何凄清，如银又如冰。照人万感生，欲眠仍又起。忆昔少小时，娇养深闺里。晨昏定省馀，朝夕供甘旨。绕膝乐无方，亲恩曷云已。不知何罪辜，天不谅人只。失父竟何怙，失母竟何恃。漂泊十年来，今始还乡里。虽是倚同根，安得无谗毁。素餐颜忸怩，私心窃愧耻。空存肮脏身，悲哉竟如此。悠悠彼苍天，鲜民不如死。

题朱烈女像次原韵

抛亲血泪涟，对影我犹怜。矢志贞千古，捐生慰九泉。

次者庭叔祖得第二曾孙原韵

舄弈簪缨聚一门，梦态今又举曾孙。啼声彻户雷先动，喜气充闾腊乍温。珠玉连辉绵福祉，芝兰竞秀托慈恩。缘知积善征馀庆，得句常怀祖德存。

再次前韵谢者庭叔祖

元正贺喜谒高门，叔祖垂慈女侄孙。示以诗篇金玉振，导之规范语言温。飘蓬泛梗常嗟命，润叶流根岂靳恩。德齿共推宗族望，古心古貌古风存。

辛亥病叹

沉沉一病力难支，觉我形神不自持。视死如归真乐土，清风明月去来时。

二竖侵人一息存，生为孤女死孤魂。哀哀父母恩难报，再世为男作子孙。

寒衾孤影共依依，书卷常抛心力微。病入膏肓知必死，回头四十五年非。

忧心悄悄病沉沉，弱质何堪二竖侵。长叹一声归去也，故乡原在白云深。

和巢寄二兄浙江寄归诗韵

捧读来章长短篇，一行一字总堪怜。家乡迢递嗟孤客，骨肉团栾记昔年。天意若绵先祖泽，父书应有后人传。劝兄旅馆宜珍重，切莫回头独怆然。

愧无好句和佳篇，一度吟来一倍怜。长抱别离多少憾，却惊新旧去来年。人情易向贫时见，心事难凭字里传。聚散浮云原不定，飘零无际太茫然。

附二兄原韵

新春客馆录新篇，录罢重吟重自怜。不七八人五处散，又三百日六旬年。身非断梗常如泛，家有遗书定孰传。寄与老妻兼弟妹，开缄毋乃各凄然。

壬子秋九月中浣二日叔祖母吴太宜人七十寿辰

王母西池启寿宴，锦堂遥祝会群仙。节当九日重阳后，庆集三多百福全。黄菊径开朱履满，紫萸囊映彩衣鲜。从知纯嘏由天锡，为颂新宫燕喜篇。

舟中送二妹

舟中握手别，触绪漫挥毫。折柳意多苦，看云心独劳。人情翻冷暖，世路更低高。若有连枝意，年年一放篙。

凤山四弟嘉礼初成旋喜入泮赋此以贺

从来得意莫如斯，跨凤登龙并一时。白璧夜光争月彩，青衫年少绰风姿。家门多庆欢何极，祖武能绳喜可知。春采芹香秋折桂，会看万里奋天池。

巢寄二兄晚年得子次前韵以贺

蔗境祥占崧岳篇，佳儿晚得祖先怜。弟兄并毓清和月，大侄四月十四生，今侄四月初十生。父子同生癸丑年。二兄癸丑生，侄亦癸丑生。

紫色胎衣非谬想，青箱世业是真传。添丁家庆由天赐，俾寿而臧理自然。

蜡　梅

檀心铁干历冰霜，正色天然耐久长。倔强自矜高士骨，铅华不御道家妆。只疑数点蜡含冻，却是一枝梅染黄。性傲无烦春气力，别标清韵吐寒香。

题归氏义庄

汉有樊重与荀淑，皆能析产赡其族。范文正公置义田，惠恤宗支米万斛。嘉名彰彰垂简编，悠悠千载谁能续。吾虞为善溯宏农，天既报之名与禄。聿有归氏贤季昆，孝义之心自天笃。椿庭乐善而好施，行本醇良性和睦。亦思仿行范氏法，矢志未逮登仙箓。未几两君皆成立，缅怀父志添枨触。务自樽节数十年，勉力行之无愧恧。捐金为置千亩田，傍庐更辟卅间屋。养生送死有常道，男婚女嫁多分粟。子弟人人要读书，延师特为开家塾。合族济济数百人，饥寒无苦咸丰足。大吏闻之牍上闻，煌煌绰楔恩优渥。克终父志孝既全，能赒族众义惟卓。大孝大义著乡闾，不使宏农擅其独。善人为德岂有因，为期其报无乃俗。然而积善有馀庆，种其德者种其福。

题席太夫人萱白图归公耕书之配

自古人生天地间，忠孝节义咸称首。阀阅名门京兆家，四世乡贤传不朽。黄河之水从天来，为善之家天独厚。沐手焚香展画图，洗心涤虑拜贤母。贤母仪容似古人，端凝素履贞无咎。风规忆昔母师贤，郝钟礼法欣垂后。阶前玉树凌云烟，砌下芝兰香满牖。令子兰孙欢绕膝，斑衣戏彩娱亲寿。一朝控鹤返瑶池，伤哉不得祈遐耇。临诀神明自不衰，谕儿素志依亲否。孝子哀哀遵遗命，义庄增置田千亩。从此宗支无向隅，名共范公垂永久。缘知积善庆有馀，垂裕后昆慎谨守。

跋

古之才女若蔡文姬、宋若宪辈，虽丰藻华词，照耀百世，持己不谨，晚节瓦裂，而一二列于卓行。若缇萦、木兰之伦，又文采埋隐，不足自表其志节。于是女子有才，遂为腐儒小生所见惊怪。今读寄生馆诗，以肫笃之性、高逸之情，发而为言，故清劲淳厚，一如其为人，而丽句好词又复间见叠出，不以理语自掩，才与行各处其最，世有以无才为女子之德者，一雪此言，其在斯乎！

甥邵渊耀谨跋。

客岁修宗谱，搜辑先世遗著，得《保闲堂集》《入云编》《云海诗集》《蔚子诗集》，先后以聚珍板印行。近从宗君思柔处觅得钞本《寄生馆焚馀稿》，芮君韵轩所持赠者也。此稿曾刊于道光年间，宗谱载有序文两篇，原刻遗失，无从考其全否，姑仍其次第，归君青士又出二首缀于卷尾，用付手民，以附四集之后。此编始属焚馀，继归劫火，兹复出诸灰烬，虽片玉碎金，殆坚贞之操，有默为呵护者欤？工既俟，爰述其由来云。

光绪甲申三月，族孙希文谨志。

枕涛轩遗草

（清）章氏 撰 刘宏辉 迟仁清 整理

整理说明

章氏（生卒年不详），安徽铜陵人。候选司铎朝辂（1775—1821）女，天台陈汇室。所著《枕涛轩遗草》，同治六年（1867）附于冯氏《安福楼闲吟》后，由陈迎瑞堂木活字印行，今据以整理。

章宜人枕涛轩遗草

内侄章仲龙
男廷祉价藩
彬蔚小园
子婿朱勖元滋泉
侄孙文烺　仝校录

宜人系芍川德配，皖省铜陵人，候选司铎佩瑶公长女，壬午进士朝敕公胞侄女，正任浙江龙游县湖镇分司德芬公胞妹，邑庠生德馨公胞姊，均著有诗稿。

五古一首，七言律三十一首，七古三首，七言绝句六首，五言律五首。

枕涛轩杂咏

昭　君

荆门毓秀浥花容，忍令明妃远议戎。帷幄莫筹巾帼运，芳徽谁识画图空。分明泪洒羞胡语，缱绻魂离绕汉宫。一曲难消千古恨，琵琶别怨怅东风。

西　施

颦效连城影倩扶，东邻隐羡玉为肤。漫夸琼佩围珠履，忍伴莲舟泛晓湖。纱忆纻萝溪映月，歌残舞榭沼怜吴。苏台曲罢欢场冷，艳说倾脂旷代无。

杨　妃

省识春闺丽质鲜，选教宠冠压三千。霓裳曲奏无双艳，月殿班推第一仙。娇倩侍儿邀泽渥，影逢群玉想花妍。辗怀粉黛临风恨，淡扫新妆倍黯然。

貂　婵

妙计阴联乔梓缘，拟扶汉祚巧争妍。欲锄虎翼怜倾国，漫许鸱张愧奉先。剑戟不教移翠辇，娥眉无计妒花钿。婵娟应叹连环冷，悔煞温侯得意便。

别虞姬

其　一

美人无计挽英雄，呜咽回肠泣晓风。愧对江东悲誓水，洒将别泪拂尘红。

其　二

征鞍愁绪数鸳鸯，可奈虞兮话短长。恨寄江干匪石转，贞魂流盼饮寒芒。

其　三

见女悲鸣失雁行，情长气短影匆忙。玉颜辗转戎妆倚，愁绝骊歌枉断肠。

其　四

马嵬梦寄议仙乡，缱绻绸缪怨夕阳。形影誓随羞父老，恩承无地慰君王。

息夫人

其　一

眉锁深宫不计年，绳移花貌旧情牵。拟将美艳追桃李，静对无言惆所天。

其　二

蚕食鲸吞失所从，忍将膏沐曲为容。荆蛮恨寄恩追息，静好何缘黯淡逢。

送春词

其　一

箫声吹暖卖花前，黄鸟曾催淑气先。芳讯不随番信晚，锦幡应护几重鲜。魂离倩女香闺远，飞逐红尘玉笛牵。绿意肥添围影幄，征程踯躅惜年年。

其　二

压记栏杆影短长，天光云霭任徜徉。波回南浦情犹黯，风度阳关忍许飏。旧梦蘼芜迷晓漏，新愁池馆怯潇湘。明知此恨春还惹，苦忆垂丝意远扬。

其　三

马嘶草茁几何时，百五芳晖去倍思。好鸟莫歌悲日暮，落花无计损归期。前津几度怜红瘦，别馆连番赋柳枝。底事寻幽频缱绻，了将花事倩谁知。

其　四

红烛宵深夜易央，美人歌罢盼斜阳。驶追隙影驹光逝，脱却尘芳客意忙。骚首烟花三月暮，低徊艳冶百花狂。天涯知否思游倦，莫让春先任倚望。

题枕涛轩铜陵梅塘旧居山馆卧听松涛故名

其　一

枕畔忽惊秋，涛音入听柔。松声围四面，潮拟撼孤舟。风雪连宵幻，黄粱半榻浮。波疑侵小屿，浪骇寄眠鸥。翠绕阴垂幄，山鸣影伴楼。闲情窥远渚，槛外大江流。

其　二

幽栖声似许，林畔拟家浮。松韵遥峰应，涛吟一枕秋。空鸣追万壑，谷响卧连洲。鹤寄横江梦，潮听午夜柔。神游沉远籁，眠稳忆轻舟。到耳心偏静，声声任去留。

西湖十景

两峰插云

峰遥南北插飞仙，迥入云间仰止年。影压六桥超古寺，波涵双峙映湖天。山围平远空罗列，闼送排青拔几千。俯视雷峰低夕照，忠魂耿耿隐岩前。

花港观鱼

濠梁知否兴何如，港外闲观乐意舒。振鹭漫探潜立雪，孤舟遥系羡窥渔。池清响捷花浮浪，蒲绿分依戏隐蕖。丙穴游鳞神变化，光摇鬐鬣玩清渠。

三潭映月

慨想团栾月乍收，寒潭掩映夜惊鸥。分邀几许扬州梦，影对成三水国秋。光漾夽开纷涧底，灯摇星隐淡湖头。空蒙色相圆难缺，影幻娑婆去复留。

雷峰夕照

极日晴峰展画图，几番夕照认模糊。塔摇钟晚光凝翠，樵趁烟忙色转晡。飞急归乌斜琐院，影追落日锁浮屠。遥窥层级青冥合，映入湖西醉拟扶。

南屏晚钟

蒲牢隐隐数行程，遥指南屏步晚晴。曙忆平陵连谷韵，响追北里听宵声。非关长乐花间尽，惯听深山律应鸣。远寺萧疏深竹度，依依风逐浮云轻。

柳浪闻莺

春愁春思卷柔堤，和雨和烟睍睆低。柳撼波翻绵远恨，莺啼浪隐锁芳溪。几回酣听风摇树，一赠双携岸拍蹄。叶底好音闲转静，傍湖多管别离凄。

曲院荷风

日暖花晴透好枝，亭亭独立媚阶墀。妆凝晓日盈围槛，艳逐薰风曲映池。夜净纳凉飞翠羽，歌环小榭傲云姿。红蕖舞院波摇绿，暮雨轻烟左右披。

段桥残雪

几片风飘剩粉墙，段家桥畔影如霜。漫夸不夜辉琼树，拟报丰年映玉堂。隐戏湖山留世界，飘残鳞甲费商量。跨虹隐认梅花舞，开落何愁散夕阳。

苏堤春晓

曙光吹暖卖饧箫，晴柳牵波绿万条。影送一鞭争去马，镜开两岸惯停桡。莺催早市通三竺，虹亘平湖锁六桥。胜记髯苏佳话在，白堤相对望迢遥。

平湖秋月

万顷晴光一镜收，宵凉水榭景偏幽。回廊隐度蟾辉缓，曲槛虚延爽气浮。小艇人邀频掬手，绮筵调合唱歌头。月澄波影波涵月，并作湖山十倍秋。

由桐江之湖镇完白兄任所有感

其　一

久别乡关梦醒迟，田园寥落倩扶持。台横钓隐怀终古，舟泛歌摇起艳词。帆隐桐江知浪静，波湍七里趁风驰。连群姊妹夸红粉，曲奏琵琶慰所思。

其　二

帘窥娟影隔窗欹，隐约船头放棹嬉。瞬息富严驰两岸，追随雁侣豁双眉。樯悬水畔回环映，波溯江限力挽迟。烟绕前滩舟夜泊，夕阳影里缆频移。

其　三

言归桃李逞芳菲，满院幽香曲槛围。冷署群疑匏欲系，闲曹花许艳分绯。连行辗转亲予季，则友翩翻顾影稀。一镇雉驯湖畔隐，休声逖听播风徽。

其　四

诵弦奚患滥吹竽，浑似冰清贮玉壶。出宰倘邀凝庶绩，追蒲雅许接三衢。琴堂洽化歌连壤，花县分符泽被隅。能吏何如良吏好，欢联棣鄂效凫趋。

辞湖镇回武陵

西风卷暮行云白，浪骇江天走飞雪。忽分雁影几行排，歧路徘徊泪欲挥。雨趁风狂湿船幕，罗衣凉透征衫薄。短笛横吹管弦控，邻舟怕惹珠喉弄。兰渚溪围级几层，龙游瞬驶日初升。中央荡漾送归客，孤鹜朝霞飞岸碧。奔涛滚滚骇怒潮，塔影山光浪欲摇。童稚候门盼归去，去时隐认江干路。路转峰回影共遥，回盼濒行暗销处。

忆 诸 妹

灯寒漏永怀前夕，隐忆连行浑若客。月白家园共此晖，风凄凉露透秋衣。天边鸣雁雁分飞，吊影离群萝叶稀。五纹绣刺添怜线，长枕被凉抛杼机。香闺夜梦同千里，欲订归期何日始。

遇皖江舟中有感

其 一

叶叶征篷忆皖城，晓来归梦逐云轻。好山无限随帆转，江月多情向客清。一港荻花晴雪卷，数行雁影晚风平。石矶回首乡关远，极目新愁渺渺生。

其 二

倒影江天迅客程，樯随舵转趁风行。迷离绿树窥遥渚，多少青山混太清。稳驶中流空色相，斜飞雨岸任纵横。芜湖瞬抵苍茫影，屈指汀洲路几更。

其 三

拟侍重帏愧未能，几行别泪黯愁凝。铜冠梦绕家千里，铁瓮城遥浪几层。形影波牵夻启晓，倡随梦协槛窥凭。离怀欲诉关心切，雁侣连行慰友朋。

其　四

薄痕展处数层层，话别临歧思不胜。襁褓甫怀辞采石，云山缭绕接金陵。港涵夕照秋横荻，山峙东西月挂罾。燕子楼窥妆启处，炊烟隐隐傍渔灯。时长女甫满月即带回坛。

嗜茶偶成

但有卢仝癖，非争陆羽名。频浇烦虑涤，徐袅绿烟轻。叶细龙团啜，泉新蟹眼烹。只嫌多饮处，诗境未能清。

送长女于归宝应感而有作

女子愿有家，于归无愆时。命驾永和谐，曷为感别离。惟我婉娈子，依依常追随。廿载牵形影，淑慎娴礼仪。忽忽一朝去，使我心酸悲。濒行嘱必敬，叮咛戒无违。声吞气已咽，意切转无辞。握手不忍放，相见疑无期。驱车就远道，倏忽风飙驰。黯然泪凝目，悄然何所思。聊复自慰藉，愿尔家室宜。奚必绕膝前，彼此心相知。

有闺媛索阅近作予少吟咏且无存稿故作长歌以见意

忆昔垂髫发比肩，吟诗辄喜拈云笺。幽怀更得山川助，登楼极目空江天。独悲怙恃相失早，兄未及冠弟襁褓。妹小连肩祖妣怜，重帏白发垂垂老。操作敢云克任劳，家庭琐屑相周遭。女红勤习继纺织,对景何暇柔含毫。廿四作妇归于门,椿庭侍奉趋晨昏。予姑早世未及侍奉。无违敬戒习闺训,食甘寒素相和温。追随伯舅出作宰,犹子情逾子妇待。始任蒲湖继浯溪,荏苒年华八九载。相依樾荫乐唱随,此是生平称意时。春归柳色晴含翠,寒透梅花香满枝。训女谢庭间觅句,课儿马帐谨延师。流光驹驶闲中度,欲就田园赋归去。归来含敛视高堂,岁月催人鬓渐霜。支持门户主中馈,赞成婚嫁劳商量。征人薄宦常羁旅,辗转离怀动风雨。蛟门署冷海氛清,转绥台山乐安土。重来白峤理花封,回首龙山忆旧踪。孙枝早遂含饴乐,儿曹绕膝欢追从。拙性从来近迂散,劳劳不觉诗情懒。尘世纷喧受俗羁,钩心斗角非所知。君来索诗苦无予,聊作长歌当面语。半世韶光误米盐,一生精力疲儿女。近来衰病愁纷积,惟啜松萝是尘癖。予嗜茶,故云。饮多未得涤诗肠,但觉清风生两腋。

续咏由皖江于归金沙四首

其　一

离怀缱绻挽何曾,影去还留怯未能。软托三篙攒浪稳,轻摇片叶趁风乘。漫惊涛骇追维系,瞬驶矶湍轶几层。家住寒塘凉落月,何时洄溯返江陵。

其　二

预话归期奈别何,那堪白首听骊歌。欢怀祖妣空孺慕,影背椿萱抱恨多。予美承谐休独旦,故闾犹倚转怜佗。波为膏沐容窥月,一任风搴晓镜磨。

其　三

瞬别重慈怅所之，雉鸣视夜费吟思。调追南浦情犹黯，帆为离人转亦迟。旧侣影抛云外雁，新愁棹惹雨敲诗。柔怀漫许随波逝，梦记西窗立月时。

其　四

汀洲此去忆经年，返棹金沙思悄然。鸟渡斜阳怜逝影，珠还合浦怅分妍。羞严蘋藻赓偕老，忍恋埙篪背所天。且喜于归湍指日，何须辗转伴愁眠。

舟次观音门阻雨

舣棹迷峰影，金陵雾远沉。雄城吹雨急，王气锁平阴。淹滞推消息，苍茫失浅深。妆楼窥咫尺，泥滓漫登临。

舟中望月

其　一

手揽朦胧月，瑶华影溯洄。行云追水逝，孤雁叶天来。朗抱凌波现，邀窗拂露回。清辉凉客梦，远际隐楼台。

其　二

波平月载轻，月涌静无声。魄濯窗明夜，星稀影梦庚。萤飞遥数点，灯黯映疏檠。秋思摧蓬落，江天别绪萦。

绿梅影楼诗词存

（清）顾翎 撰 刘宏辉 整理

整理说明

顾翎（1778—1849），字羽素。金匮（今属江苏无锡）人。进士敏恒女，杨敏勋室。善诗词。著有《绿梅影楼诗词存》，有光绪十四年（1888）杨志濂刻本，今据以整理。

序

《绿梅影楼诗词》一册，同岁生杨小荔志濂曾祖王母顾太安人所作也。夫其植性醇粹，秉心塞渊，证灯盏于四声，辨琴弦于一折。《玉台新咏》，上抗徐陵；金荃曼词，下掩温尉。一门群从，争推咏絮之才；三微令长，更上握椒之颂。彤管有美，黄绢无惭。其归春樵先生也，炉熏共烟，镜尘同鉴。故书分隶，春倾顾渚之茶；遗事争疏，秋荐魏都之栗。赫蹄晨翻，逾糜夕屑。荷锄翟氏，解咏二疏；举案孟光，亦歌五噫。调翻白纻，敌高格于建安；障壁青绫，畅清谈于正始。而南浦将离，西洲莫和，凄其零雨之什，问之明星之篇。萱讵忘忧，榗难[蠲]忿。遄征鲍照，亦裁与妹之书；上计秦嘉，不乏寄妇之作。秋河一角，锦字谁传？暝色三分，洞箫自谥。吹参差兮。谁思？何博謇而好修。莫不宣和导情，悟灵感物。发箧星晚，采舜华于国风；授简露初，和妃豨于乐府。况复层楼春早，虚阁寒生，赓白石之二章，吊绿华之一梦。离离倦羽，来听新声；漠漠寒香，早浮初绿。眷灵修于晴昊，乱乡愁于野阴。此则三径雪明，倚古帘而舒啸；五更月落，横羌笛以孤吹者矣。小荔荷其门伐，蔚为时宝。述德比于灵运，颂功侔于伯喈。诵令晖之清芬，家传赋茗；授茂漪之遗法，世仿簪花。视以一编书之万本，丽而有则，质而有斐。神识所会，囊括六艺之旨；声病所谐，斧藻五代之奥。昔蕊渊蜚英声于前，蘋香骋妍辞于后。以斯方之，犹骖之靳。五世泽在，后来扇林下之风；一集编成，众作陋花间之选。

乙酉六月金坛冯煦。

序

顾蒹塘先生，坛坫锡山，诗名藉甚，曩读所著，心焉仪折。颇闻先生家伯仲皆才子，以居区吴越，迹滞风尘，箧架所罗，与腹俱俭，未得其《华萼集》而窥全斑为憾。昨吾宗小荔出示其曾王母顾太安人《绿梅影楼诗词集》，敬谨展诵，并审阀系，则固先生女兄也，宜有此矣。今夫言诗者，必宗《三百篇》，抑亦思妇劳人之作耳。惟其缘乎情以兴，托乎景以赋以比，而蘋藻之清芬，式表笄珈之懿度，自是闺秀代作，篇章滋夥，迄近世随园汇女弟子而勒为集，可云极盛。然非镂红刻翠之纤，率以一二性灵语翻新窜旧，诗格之日下有不第须眉然矣。今读太安人集，如吊卞玉京诸歌行，于唐私淑香山，于国朝逼肖梅村。今体则工熨而旷怡，规杬晚唐；诗馀则幽艳而疏越，颉颃北宋。古香异彩，纷陈寸册。而要皆原情以抒景，一衷和平中正之旨，发为清丽纤绵之词。故无景非情，而亦无景无情之弗达。夫岂寻常调脂弄粉、沾沾于诗中求工拙者所可同日语乎？福璋识小荔未久，其人温穆多春，盎然道器，知之者群目为木天选，且以度支才噪于时。而小荔志趣冲雅，暂求秉铎，异日所得所施，将有未可臆量者，是非太安人温厚之德，所以教之者至，而泽之者长，乌得有此？然则太安人顾仅名于诗云哉？

光绪丁亥孟冬，会稽杨福璋谨跋于袁江公廨。

绿梅影楼填词图题词

高阳台 自题

水漾轻寒，烟欺澹月，小楼只倚高云。四面湘栊，低围无限冰魂。好抛残绣箒香勘，费工夫、迟上银灯。缀横枝、今夜梅花，多比明星。　　苔笺一尺新硾后，且一花一字，细刻瑶簪。坐傍回阑，衣裳暝色三分。纵无秀句停斑管，有双飞，翠羽来听。写离愁、旧日同游，都在层城。

声声慢

缟衣梦后，翠羽来时，词仙合住层云。飞上吟笺千枝，窈窕春魂。楼头罢吹横笛，怕寒多，掐损银星。闲吟处，正暗香疏影秀句催成。　　一片梨云黯淡，认鬟鸦，扑凸绛萼先簪。试问寒梅，春愁可也同生。深宵浅凭低拍，有苍衣鹤子来听。倚遍了、碧阑干第十二层。

和自题原调

叔顾皋缄石

剔石通泉，披云觅树，小楼斜瞰苍巅。恁地清凉，玉姿已报春先。二分竹色三分水，更三分、烟月娟娟。漫凭阑、空影无尘，淡影无边。　　吹寒未彻关山笛，早人因吟瘦，词比花妍。冷蕊幽枝，和香谱上瑶笺。萼华不涴胭支色，是霞仙，还是冰仙。伴清闲、咏烛窗中，咏絮庭前。

前　调

弟顾翰兼塘

折竹敲风，幽泉浣雪，谁从树杪支楼。暝坐围炉，疏香飞过银钩。冻云一片寒无鹤，只苔阴，古石痕留。傍闲门、翠影交横，梦澹于秋。　　高寒合让词仙住，正当窗呵手，妙句频搜。玉笛吹烟，瑶花细缀钗头。图中依约寻诗路，记联吟，曾共清游。看凉蟾、扶上疏枝，百尺香浮。

前　调

弟顾翃兰崖

有笔皆仙，无香不古，生来只住层云。第一番风，吹还帖帖冰魂。翠蓬寒甚春全绿，缀横枝、石黛圆皴。倚回阑、人澹如花，花瘦如人。　　纤毫点拍重商略，浸疏帘一角，冻月痕新。三九才交，虚檐几度先巡。斗寒鬓影清于水，有双螺，不画微颦。展吟筒、花妒词妍，词写花真。

前　调

张公璠诗舲

拂水安弦，邀云卷幔，吹来玉笛无声。攀摘高寒，妆楼一带香横。春风词笔垂垂古，有簪花，格自天成。夜蟾明、不信仙居，不傍瑶京。　　频呵冷蕊愁何许，但清依韵写，瘦共诗评。倚偏筠枝，回阑直恁心盟。臣才不及须惭左，算闺中，赋茗还能。余妹玉舜，颇究词学。记曾经、飞雪江南，梦绕山青。

前调并和自题原韵

王嘉禄

翠羽啼烟，红帘隔水，画楼低拥银云。几折阑干，一枝扶起芳魂。疏香扑袖风尖紧，砑云蓝、自剪明镫。费沉吟、缀玉枝头，数遍春星。　　珍珠密字乌丝格，正谱翻石帚，敲断冰簪。斜倚黛簪，山肩瘦损三分。仙容萼绿分明处，认黄昏，踏月来听。一声声、吹入琼箫，飞度瑶城。

前　调

刘嗣绾

春影飘青，冬心束素，高楼只隔仙乡。依约阑干，有人消受昏黄。翠禽啼破罗浮梦，问谁家、苔径苍苍。数南枝、水驿书来，画里潇湘。　　碧城十二闲抛却，记年时老鹤，冷守丹房。背却东风，图中不省疏香。天涯一笛吹愁堕，让词仙，嚼出宫商。伴清吟、流水声中，细咽寒簧。

前调并和自题原韵

陈裴之孟楷

镜阁团香，冰帘浣雪，昨宵梦沁梨云。黛影横斜，寒烟澹绚春魂。堕怀九月光盈字，倩刍鬟、缓炷明灯。耐微吟、帘外梅花，花外疏星。　　碧天暮倚潇湘竹，又凉生缟袂，艳缀瑶簪。薄暝阑干，依稀香雾难分。谱成翠羽潜飞去，待黄昏，瘦鹤来听。忆前身、萼绿寒篢,遥隔蓉城。

前　　调

曹三选

澮极真香,空中活色,是花却讶非花。知是毫端,一枝散出天葩。小楼自炙红丝砚,护轻寒、掩碧窗纱。待黄昏、瘦影移来,添画些些。　　缟衣旧梦无寻处,有双双翠羽,剩记年华。铁笛飞空,无端又落天涯。绿春回首江南远,谱新声,知在谁家?且还君、小卷薰香,写我丫杈。

百字令

陶本忠定生

琐窗开处,才晓妆匀罢,墨痕犹在。细嚼梅花吟好句,恰与梅花相对。染绿成烟,吹香作屑,纤字垂金鼪。微云一抹,小楼人是仙界。　　况有灵运池塘,秦嘉风调,酬唱成佳会。料是前生修得到,现出今生眷爱。一样深闺,楼边林下,怎与新词赛。花神解事,定应低首齐拜。

庆春泽

葛庆曾秋生

一带疏篁笼翠。正独倚无言,嫩寒天气。渐月上昏黄,闲庭如水。悄问低鬟,枝头着花未。　　关山玉笛犹记。待吹醒梅魂,琐窗人起。更细吮吟毫,闲调螺子。染黛生春,暗香袭帘几。

前　调

许乃穀玉年

华萼人人编集。谓蒹塘、阑崖昆季。况赋茗清才，鲍家风格。想絮落庭前，寒天相忆。冻坼疏枝，几分逗消息。　　眉峰阁外凝碧。看烟景朦胧，山衔微月。还倚遍琅玕，细和花说。翠羽飞来，轻身扑香雪。

菩萨蛮

董国华

画楼一角春云冷。水疏碧浸苔枝影。仙梦黯香飞。前身忆九疑。　　微吟蛾月瘦。花顶垂罗袖。银字谱珑玲。防他翠羽听。

台城路

杜堮

绿华梦醒寒宵短，烟清月明风峭。绮萼圆春，琼姿媚雪，十二阑干低绕。炉香篆袅。却洗尽铅华，巡檐一笑。刻翠裁红，横斜疏影夜窗悄。　　苔笺题遍十幅，尽空空色色，为写幽照。鹤守阶平，禽窥屏隔，莹碧三分瘦抱。珊瑚管小，趁半粟莲灯，挑回起草。倚树长吟，雾花帘外晓。

林则徐少穆

万树冰痕月一丸，华严法界最清寒。老仙格调闺中得，莫作风鬟雾鬓看。

鬲指新声妙入微，忍寒初御六铢衣。明星楼阁春灯影，照见花丛翠羽飞。

用前韵

王成璐廉普

吹香作屑弄轻丸，修到前身住广寒。界画冰丝闲按拍，梅花倩影月中看。

碧箫吹破远山微，冉冉瑶妃卸羽衣。好似谢庭拈句日，满天落絮搅花飞。

南楼令以下闺秀题

邵广铨兰风

翠幔挂银钩。天寒自倚楼。有闲情、不替春愁。只许梅花能写照，明月底、展吟眸。　　拂砚暗香留。裁笺冷艳收。检金荃、旧谱重修。笙璈十二阑干曲，还梦到、碧城否。

洞仙歌

吴藻蘋香

阴阴薄暝，悄黄昏时候。几树梅开暗香逗。又疏帘、半卷和月和烟，分不出，花影风筛翠袖。　　小窗灯火里，拥髻微吟，想见伊人正呵手。清极不知寒，坐到宵深，有青入、两眉痕瘦。看一角、楼台似罗浮，算除却词仙，更谁消受。

倚自题原调

吕季安

玉管吹春，浓云阁雪，暗香初傍霜毫。如此幽栖，轻颦底上眉梢。琅玕待刻珍珠字，怕冰姿、着意难描。映疏寮、笺展红霞，袖展青绡。　　江南芳讯今何似，镇蛮烟蜑雨，愁倚琼箫。梦绕江村，一枝细认溪桥。何时真向图中坐，倩长娥，诗句重敲。漫魂销、亚字阑低，心字香焦。

前　　调

陆钱惠尊

新月帘栊，清霜楼阁，瑶笺低映琼钗。几度回身，沉吟未按红牙。闺中清课浑如许，讶罗浮、近隔窗纱。只乌丝、界住珍珠，不共横斜。　　一枝漫置传花驿，正马蹄香处，尔许韶华。小试和羹，江乡蔬笋清嘉。青鸾也自无消息，算双楼，除是寒鸦。待朝来、柳絮因风，重赋尖叉。

湘　　月

杨芸蕊渊

旧时月色。照新愁点点，谁与评拍。吹笛南楼破晓霁，霜淡丁星珠箔。缄怨湘中，忆春陇上，寒浅三分萼。隔花人瘦，石阑新句重索。　　仿佛起舞瑶妃，风鬟凌乱，妒杀横江鹤。半枕游仙，算慧业、一缕灵缘堪托。檀粉轻销。空香碧化，写梦罗屏角。宫移羽换，翠禽枝上偷觉。

倚自题原调并和韵

归懋仪佩珊

骨挟飞仙，神涵朗月，坐花界逼青云。万朵玲珑，清宵勾起吟魂。浑忘玉漏声声彻，镂清思、徐袅金灯。玩横斜、细写前身，词缀华星。　　平生也有耽吟癖，只对花觅句，负了瑶簪。余亦旧有“梅花影里夜哦诗”小影。怎比伊人，梁溪秀色平分。句成幼妇幽香递，有空山、老鹤潜听。倩仙毫、貌取吟怀，传遍江城。

前　　调

杨琬佩贞

翠栋连云，疏帘隔梦，我疑无此高寒。石瘦苔荒，一轮冻月团栾。悄然万籁声俱绝，恁烟痕、绿上毫端。对横枝、依约微吟，画损阑干。　　深宵不用银缸照，爱横斜黛色，乱写冰纨。仿佛瑶妃，冲寒舞态初酣。披图忍读琴清句，先姑亦好填词，有《琴清阁填词图》，今卷中尚有题句，故云。侍慈闱，灯下曾看。听花梢、谱出离愁，古萼霜涵。

倚吴蘋香女士调并用原韵

秦椒绮仙

冰檐一角，正腊残时候。帖帖春魂向人逗。尽沉吟、小月寒抱双肩，浑筛遍，水墨画绫衫袖。　　冬缸青入梦，起拂苔笺，揽取蟾光不盈手。悄影似窥人，女字横枝，讶今岁、与伊同瘦。待小轴、犀帘唤寒簧，对雪北疏花，冷香先受。

题　词

陈文述云伯

梁溪词客吊华阳，家学流传到女郎。谓笠舫先生。小阁春云闲顾影，空江秋水自生香。无双人静如诗好，第二泉清觉韵长。读到花烟兰露句，玉笙吹得羽衣凉。

琴清才笔擅芳闺，一卷金箱属品题。中表崔卢同抱绝，当时王谢本名齐。于杨蕊渊女士为中表姊妹。真灵会散遥天碧，神女楼空夕照低。惆怅芙蓉湖上水，晚山如画客舟西。

绿梅影楼诗存

无锡顾翎羽素著

秋夜曲

云花屏展螾蛦甲，月缀铜铺冷银钥。竹影交闲锁绮窗，梦醒琼楼有飞鹊。玉虬咽漏寒水凝，莲缸背壁摇青荧。瑶奁不启茱萸匣，黯黯盘龙飞古尘。水晶帘底调银瑟，帘影玲珑如不隔。露色参差冷曙光，满庭夜气秋兰白。

残曙

纱幮湘榻剧清幽，竹雨新凉近早秋。小阁梦馀双燕语，帘纹如水漾银钩。

梁溪晚归

遥山青入画，孤棹镜中行。凉夜经初雨，溪光爱晚晴。鸥肩秋水冷，鸦背夕阳明。指点苍烟树，依微辨远城。

次蒹塘弟煮茶原韵

纸阁眠初起，湘帘晓旭明。无聊留宿醉，何计析朝酲。不必杯三雅，惟分水一泓。且教寻紫笋，岂用问乌程。碎藻溪流活，残花涧雨晴。那需通翠笕，尽许注银罂。品自鸿渐著，经传顾渚名。呼僮携短铫，倩婢理圆铛。剖竹山泉煮，爨兰活火烹。渐看香乳泼，最爱嫩华生。涤盏临芹沼，移炉就豆棚。松烟浮影绿，荷露滴香清。待得龙团熟，翻将蟹眼轻。虚疑闻爽籁，沸觉换秋声。雪冷从牙沁，风疏到胁鸣。居宜依竹屋，卧欲展桃笙。异日红丁焙，多令翠笼盛。但为吟石鼎，长此试茶枪。君有相如渴，曾无军将惊。倘教酬茗战，合署谁衡卿。

有怀诸姊妹兼呈端华表姊

忆昔兰闺未嫁时，三娘姊妹尽工诗。闲阶望月寻针度，小阁翻书剪烛迟。百蝶罗裙拈绣线，十蛮笺纸界乌丝。眼前便有天涯恨，城北城南两系思。

秋 夜 词

近水亭园雨气收，娟娟风露又新秋。嫩凉庭院抛团扇，斜月帘栊隐玉钩。露砌吟虫闻促织，井垣秋蔓络牵牛。何人夜静闲吹竹，双鬓风寒正倚楼。

制罢回文夜院闲，银铺霜冷掩铜镮。明知远梦成来易，都恐榆关到亦艰。紫砚光浮鸲鹆眼，红炉香擘鹧鸪斑。卧听清漏声幽咽，斜展云屏一叠山。

清寒破梦睡初回，香冷秦篝剩麝煤。斜织吴绫云影乱，平铺凉簟水纹开。半庭月色和帘卷，一片秋声度竹来。欲寄征衣刀剪冷，怕闻砧杵夜相催。

星河络角夜恹恹，倚遍阑干未忍眠。风引愁心悬塞外，漏摧残梦落灯前。蜗涎绣壁成丹篆，蠹粉黏书破锦笺。何日梧桐深影里，夜深同理十三弦。

送　春

芳业才得嫩红开，又见飘零点绿苔。花意也如人惜别，隔帘犹送暗香来。

帘纹荡漾绿阴秾，转眼繁华似梦中。自是好花容易谢，莫将多事怨东风。

斗草闲庭日易斜，剧怜小劫误韶华。呼鬟学荷金鸦嘴，妙选香尘葬落花。

杠绣星辰护粉围，恼红愁碧对春晖。绿章谁奏蓉城主，留住秾华不放归。

岁暮喜得家书

时当岁暮正怀人，眉锁轻螺上翠颦。青鸟忽传云外信，梅花早报岭头春。家无长物愁难讳，病不禁秋悟始真。寄语大梁游倦客，故园无梦莫驰神。

炉烟坐瘦剩馀丝，小院更深月上时。纸阁香留人寂寂，铜壶声彻夜迟迟。闲抛绣线拈红豆，细界乌阑谱竹枝。倚枕无聊寻旧箧，挑灯重读寄来诗。

锦树林吊卞玉京墓

龙山绣岭迷云树，罗绮馀香艳春坞。肠断残碑幼妇词，犹记黄尘葬眉妩。晓来飞雨织苔钱，郁郁埋愁经几年。草色裙腰依旧绿，就中疑染六朝烟。六朝韵事人争话，洗净铅华冷泉泻。游女寻将翡翠翘，村人耕出鸳鸯瓦。有谁杯酒酬春崖，幽恨难销玉匣埋。七里镜塘连越苑，二分璧月照清淮。谁知山下蘼芜路，不识香车几回度。蛱蝶仙裙已去时，尚传苏小西泠墓。三尺春坟落日中，杜鹃血涴泪花红。青山想见春魂影，一树榕阴盖殡宫。

送春樵之粤东

莫遣衣装检点迟，明晨便是送行时。休忘堂上慈亲训，应忆灯前儿女痴。蜑雨江船潮欲上，瘴云荒驿路分驰。风霜君亦何曾惯，客里寒温要自知。

寻常近别已堪怜，况有分离路几千。目断斜阳芳草路，心伤残月落花天。料难便得呼归棹，惟嘱殷勤寄锦笺。最是濒行无一语，只惊双泪堕人前。

秋　　夜

晚云如水漾帘阴，燕蹴香泥落绮琴。清梦初回推枕起，挑灯闲作感秋吟。

病中有怀

满庭兰露静涓涓，瘦影伶俜只自怜。纸帐薄寒愁似水，秋灯背壁夜如年。一痕萝月扶花梦，半榻清风袅药烟。料得天涯肠断客，思家应是未曾眠。

料峭轻寒逗碧窗，隔花铃语有惊尨。久疏调瑟抛银甲，偶起翻书剪玉缸。绣阁望云怜桂岭，锦衾分梦忆珠江。兰闺昨夜缄纨素，拟倩连波赤鲤双。

晓　　起

庭院凉无边，暗蛩栖露叶。缺月挂林梢，一丝堕残白。

春日偶成

庭院新阴雨乍过，软风轻漾水纹罗。花丛认取双栖蝶，绣阁添来画稿多。

帘波窣地玉钩斜，轻暖轻寒逗碧纱。憔悴年光春几许，二分新绿一分花。

绣馀湘榻稳迟眠，钿阁愔愔午梦牵。几缕云丝逗斜日，养花天气雨如烟。

溟蒙凉绿湿窗纱，仿佛朱阑一半遮。五日东风三日雨，新阴催上碧桃花。

春　　晓

水影帘纹漾绿丝，茶烟轻淡日斜时。偶因小病抛书久，苦为微吟刺绣迟。银蒜低敲幺凤醒，琅环乍启雪猧知。东风一霎胭脂雨，又溅残红上玉墀。

拟唐张夫人拜新月

拜新月，拜月慢焚香。绣箔流苏护，回阑七宝镶。拜新月，拜月帘栊里。玉玦柳梢悬，银钩雾中起。拜新月，记得往年来，姊妹笑追随。迷藏花底度，云髻整双垂。蟾魄依然欢事尽，梨花落后卫娘病。肠断春阳蹋臂歌，满庭碎月铺花影。为看清辉傍玉墀，蛾眉恰到二分时。从来万事将圆好，说与姮娥应得知。

偕兼塘弟蓉湖秋泛兼怀春樵

蟹断霜肥后，相期桂棹游。帆随归鸟落，霞带断虹收。湖上双鳞远，云闲一雁投。珠江飘泊客，相别又经秋。

落日蓉湖口，烟光澹欲昏。人归黄叶岸，水抱夕阳村。婉转争联韵，回环共把樽。今宵放船好，流碧涨新痕。

渔舍蓼花幽，凉光水气收。灯明沽酒市，歌散采菱舟。烟水容萧放，诗篇记盛游。幽情仍未减，归指月如钩。

白浮新月上，双桨一舟轻。掬水涤茶具，吹烟暖酒枪。川明山更秀，风定浪初平。他日呼兰舫，先期鸥鹭盟。

病重口占

垂垂柔绿乍和烟，小阁春寒称病眠。一枕新凉风似水，桐花吹堕绣帘前。

莫道无愁便解愁，细腰瘦减不禁秋。朝来几阵风如剪，凉透重帷放玉钩。

弹 筝 曲

东风不启琅镮锁，十三条弦豹囊裹。红兰卸鬓抱琼徽，欲语春愁袂双亸。钿蝉微弄宫与商，银甲拨声声细长。啼珠咽玉怨春雨，娇吟忽听孤飞凰。斜吹露脚寒无影，珠阁愔愔深更静。银云如梦颓不流，弹作烟丝落秋暝。铜荷照壁夜寂寥，几回转轴弦重调。此音不合在人世，应和飞琼碧玉箫。

题美人摘阮图

檀槽制月条寒玉，咀徵含宫贮圆腹。龙香捍拨金画鸡，谱作人间凤凰曲。隔帘鹦鹉唤小红，蜀丝写韵吟春风。春尖慢捻卸银甲，跳珠嘈杂藏玲珑。玲珑宝轸蛮弦止，铁马铜虬入秋思。松烟竹雨绿窗虚，一片清商泻流水。兰堂夜掩龟甲屏，更调幽怨敲寒星。瑶钗叩彻冷银板，琅玕碎戛声泠泠。新愁掩抑凝湘柱，凄切寒音如泣诉。蛾眉蹙损背秋灯，响遏琼楼白云住。

题桃花扇传奇后

云山一角忍前朝，宫草宫花恨未消。何处春光最潇洒，秦淮烟水白门桥。

非烟非雾阁帘栊，玉泣珠啼褪粉红。扇底桃花春有主，不随凡艳嫁东风。

闲抛团扇又新秋，南内凄凉感旧愁。别院梦回弦拉杂，此声不是古凉州。

家在芳塘西复西，青楼重到意犹迷。桃根桃叶人何处，散乱秋烟草满堤。

长斋绣佛黯诗魂，贝叶熏香静掩门。清磬一声帘不卷，梨花淡白月黄昏。

新词绝妙燕笺称，雅乐中朝一代兴。为问铜台沉旧瓦，有谁歌舞望西陵。

故国荒凉岁月增，残山剩水梦觚棱。梨园流落渔樵里，细雨斜风唱秣陵。

抛却珠翘翡翠茵，由来情性莫辞贫。他年若列东林传，可许金钗寄党人。

初寒夜坐

风弄铜镮悄掩门，薄罗衾冷倩香温。幽怀偶触凭谁说，好句新成与弟论。一径寒烟醒蝶梦，三分淡月吊花魂。情痴应恐姮娥笑，斜背纱窗蘸墨痕。

不寐

欹枕不成梦，寥寥对短檠。虫声依户切，萤火拂檐明。心静千忧集，身闲百感生。银壶莲漏尽，拥被自幽吟。

野望

落日留残照，柴扉水一湾。诗随黄叶瘦，心共白鸥闲。松响忽疑雨，云移欲动山。归鸿南渡影，洒泪认阳关。

白菊

蛾眉淡扫出群葩，瘦损中庭绿萼华。一点冰心应有恨，十分冷艳本无暇。樊川夜月迷残雪，彭泽秋风梦素霞。堪笑幽香人不爱，但知把酒对黄花。

秋　　夜

坐久虚堂月影沉，交斜杉竹傍帘阴。针楼霜冷明灯火，曲院风高响暮砧。桐叶并栖双鹊瞑，柳枝孤抱一蝉吟。若教说与凄凉味，待认芭蕉辗转心。

隔帘见新月

莲漏凝寒未忍闻，麝篝春冷惜馀薰。卷帘拟把清光看，月与梅花共二分。

得 家 书

轻寒细勒放梅天，情思无聊起又眠。报得连波书一纸，强扶小病出花前。

东风料峭夹衣寒，病骨伤秋泪未干。一纸平安千里寄，承君温语劝加餐。

春　　闺

柳枝和恨一丝丝，懒挽韶华脉脉垂。小院日长莺正静，美人新梦落花知。

题梅花枕寄春樵

绿窗自理彩丝新，玉指挑来浅淡匀。珍重若为凭驿使，一枝聊寄陇头人。

春日见双燕

杏花时节雨霏霏，细炷沉烟一缕微。帘卷忽惊双燕语，不知是否旧乌衣。

秋雨不寐

波纹窣地玉钩斜，窗罅生寒逗碧纱。最是夜长人不寐，一帘秋雨剪灯花。

春日写怀

细雨侵阶长绿苔，药炉烟里小窗开。三眠弱柳看莺坐，一桁疏帘待燕回。身为惜花常小病，心因怅别减清才。起来慵炷宣炉火，留得沉香未烬灰。

有　　感

拟缄纨素报秦嘉，迢递分离两岁华。倦枕欲成千里梦，昏灯留得一分花。秋心入夜抛团扇，霜气吹凉逗碧纱。昨日翠帷新病起，图书慵展玉鸦叉。

春 寒 曲

雕窗望断梨花影，凉魄初沉晓云暝。阑干十二碧回环，侍女抛丝堕瑶井。朝光澹白烟无痕，瞢腾一枕凝朝酲。乳炉火烬馀灰冷，宝儿凄凄埋暗尘。海棠垂丝香露重，绿毛倒挂怜幺凤。小玉娇慵怕上钩，东风摇碎湘帘梦。欲注银瓶冻未消，起来呵手整珠翘。翠哥错道愁人睡，犹唤梳头隔绮寮。

秋　　夜

恻恻轻寒压翠衾，秋灯背壁伴孤吟。却怜窗外潇潇雨，滴损芭蕉一寸心。

晚秋风景倍凄凉，底事年来易断肠。一缕花魂扶不起，夜深自炷紫茸香。

无端愁思上眉尖，瑶瑟愔愔冷玉纤。刚是昨宵新病后，翠楼寒重怕钩帘。

秋宵端为一人长，兰露泠泠小院凉。十二阑干帘尽卷，任教明月入回廊。

山　　行

叠翠排层嶂，撑空势插天。村人窥石镜，浣女汲幽泉。竹叶飞凉雨，罗花堕暝烟。山禽知好客，巧语滑如弦。

春　　日

曲折斜廊畔，夭桃影渐肥。春泥添燕垒，暖日晒莺衣。辟蠹翻缃帙，调琴振玉徽。闲庭人迹少，竟日掩双扉。

蓉湖即事

碧天高迴暮云收，野色苍茫赴暝愁。楼阁谁家临水住，数行疏柳画残秋。

沦漪风皱水层层，短桨斜冲半亩菱。红蓼作花开又落，寒汀闲煞打鱼罾。

曲折危桥一木支，云林画意辋川诗。野风半笠僧归寺，红瘦夕阳塔一枝。

银塘摇落冷红稀，水面凉多透葛衣。溪雨忽来荷叶响，一双暗鹭背烟飞。

题蒹塘弟浙游吟草后

箧中吟卷带烟霞，莫叹青袍负岁华。细字光分乌鲗黑，新诗拟借蜕龙牙。梅花夜月林逋宅，杨柳春风苏小家。一纸传钞应价贵，何须珍重待笼纱。

晓　起

卷帘开晓色，山影落檐端。树密含残雨，楼空贮薄寒。愁深眉样窄，病久带围宽。笔砚留馀渖，幽香墨未干。

小阁开三面，闲阶拓十弓。柳梢春雪绿，花隙晓烟红。古洞围环筑，幽房曲折通。携琴谱新曲，深意七弦中。

野　望

茅屋掩柴扉，疏篱带夕晖。墙阴牛独卧，陌上雉双飞。剩水莲花少，秋风芋叶稀。一回停步屐，山翠袭轻衣。

雨后即事

残滴声声响瓦沟，一天丝雨晚来收。身如瘦鹤寒先警，心似离蝉暮更愁。夕照红环花外阁，好山青入竹间楼。当风白纻凉如洗，那禁诗人不病秋。

废　园

秋草无人绿上阶，庭空苔谢半沉埋。旧时金粉销亡尽，帘外枯松有坠钗。

落日西风乌雀喧，白头人说奉诚园。竹梢瓜蔓侵寻长，败绿如山压坏垣。

怪石玲珑锦作堆，短扉犹傍夕阳开。阑干一折如残画，曾倚当年翠袖来。

曲庑斜廊长绿尘，年光草草不成春。满园月色无人看，怕有花魂夜魅人。

初　秋

万绿如云露叶香，碧梧高馆似潇湘。疏阴忽作纤纤雨，借得秋深一夕凉。

水沉如缕冷香篝，窣地帘波淡欲流。院落西风人不到，苔花一寸蚀银钩。

蓉湖秋泛

一带南塘路，杨丝似曲尘。单衣浣纱女，丫髻采菱人。流水汀沙活，残山冷翠皴。东风潮欲上，漾月看漪沦。

波光如滑笏，澈底最清澄。罱蚬浮双竹，栽菱界一绳。怒流安水臼，疏树架渔罾。拨棹归来晚，微茫远岸灯。

欸乃烟中橹，回环入画图。水清摇翠荇，秋老瘦红芙。细浪浮鲂婢，凉沙卧鸭雏。三间湖上阁，岁岁足鱼租。

秋深沙渚浅，细水自鳞鳞。鱼舍依塘石，人家住涧滨。疏花穿网眼，落叶打船唇。茶具兼书卷，天随愿结邻。

春柳四首为风时二弟题册

垂垂丝雨到斜门，流水弯环曲抱村。衣上尘红游子泪，镜中蛾绿美人魂。低侵水榭烟初合，半掩疏帘月有痕。却忆青樽江畔路，酒帘摇曳近黄昏。

萧疏翠缕罥檐牙，步屧廊空忆斗茶。月槛凉红斜曲屋，水窗深碧隐纤纱。一春梦雨花王国，三月轻阴燕子家。绿意只如人渐瘦，鬓丝鬖髿未成鸦。

伶俜疏影照春池，百折阑干翠一丝。眉样浅深和露画，腰围消瘦怕风吹。画船水暖迎桃叶，玉笛烟横唱竹枝。谱到江南肠断句，伤心残月柳郎词。

溟蒙凉绿扑帘钩，搁住轻云淡不流。一枕尖风侵晓梦，三分细雨湿春愁。天涯芳草迷归路，陌上斜阳系紫骝。暝色依人青不断，丝丝扶影上西楼。

菊　影

狼藉秋光上绮栊，无端吹碎漾西风。谈虚已解成名士，设色还须倩国工。银烛画屏曾位置，玉钗粉壁太玲珑。此中落落心期许，搔首长天叶塞鸿。

淡墨疏疏倚酒狂，迷离何处认柴桑。暗蛩吟罢半檐月，独鹤归来满地霜。差许高人能写照，不同倩女善行香。花前细检宣和谱，好抵徐熙粉本藏。

竹畦弟询予近作时值盆梅盛开即以答之

料峭东风柳著烟，嫩寒天气只高眠。莫嫌近日无佳作，诗在梅花晓梦边。

春　闺

水晶帘映玉钩斜，门掩蘼芜曲径遮。最是红闺凄断处，漫天丝雨葬梨花。

春夜与春樵联句

月映湘眉薄暝时，羽。愁吹寒玉卷帘迟。香残梦白梨花雾，春。春浅烟青垂柳丝。裁曲怕留前度恨，羽。零歌还寄旧秋思。兰情脉脉凭谁诉，春。说与星娥恐不知。羽。

小 游 仙

小霞回护玉楼开，手捧丹书下凤台。记得仙山旧游路，碧桃红处是蓬莱。

鸩鹊明星织女家，碧天如海上浮槎。七襄机冷金梭倦，笑入银河采藕花。

归忆青娥旧侣稀，石楼环月夜凉微。身轻好跨罗浮蝶，仙露如烟上玉衣。

紫箫梦瘦隔烟吹，淡画新鲜冷桂枝。采得骊龙珠十万，笑携玉女赠相思。

白榆星影织天风，瘦到秋痕洗艳红。遥听清湘歌水佩，羽幢夜驻碧云中。

镜湖移月许停桡，一夜天山冷翠翘。莫愁上清沦谪事，好骑红鲤送秋潮。

层台妙舞唤双成，艳曲新翻遍赤城。一片明霞红贴地，莲帮小踏总无声。

香飘天乳湿琼枝，佩叶珰珰下砌迟。夜半绿蟾扶月上，姮娥掠鬓露丝丝。

长虹百尺挂苍烟，小步珊珊骨已仙。好趁一轮沧海月，珊瑚移种翠霞边。

灵笺裁别寄湘妃，碧奈花红隔翠微。一曲霓裳歌未罢，落花都傍美人飞。

师班以诗寄示即用原韵奉答

斜倚梧桐月上时，一襟清露细如丝。绿窗风冷虫声急，紫塞天遥雁影迟。好藉新诗消世虑，愧因俗侣托心知。吟怀每忆深情处，无限离愁付柳枝。

寄怀点梅诵昭两姊

絮破春痕淡柳烟，瘦馀花信倩莺怜。梨云梦损湘潮绿，晕上诗人赠别篇。

为访知音到谢家，翠环碧影约轻纱。何时重听西窗漏，夜月分笺记梦华。

咫尺天涯莺燕迟，悔将红豆认相思。海棠若问春消息，多半闲情在柳枝。

青芜浅映漾帘波，倦倚湘山瘦黛螺。好倩双鱼勤问讯，别来怀抱近如何。

有怀琴清阁

凉影桐窗绿羽丝，双鳞信断黯琴知。纱屏残翠新吟处，自写梅溪竹屋词。

月下观海棠

碧烟如雾绕阑干，欲检残秋带月看。怪道海棠娇不语，为因微雨酿轻寒。

咏 春 柳

飘零风信更番番，绿到钱塘苏小门。春水溅裙芳草渡，晓山如画夕阳村。花飞梨梦三分白，影约晴丝一缕魂。想见宫袍青染处，金莺百啭易斜昏。

临风婀娜吐飞绵，弱质偏宜谢女怜。翠线欲牵游子骑，横塘深覆美人船。伤心南国相思树，黯淡蓉湖送别天。恰是楚宫歌舞倦，长条脉脉惜华年。

秋　雨

帘影压凉苔，疏疏戛湘竹。小雨冷敲窗，灯花梦秋绿。

秋　夜

残芜黯黯雨丝丝，小约裁笺夜漏迟。冷瘦湘花帘不卷，一痕秋绿上蛾眉。

题绣馀诗草后

落梅庭院闭重门，手浣蔷薇袖未温。兰露吹烟欺病蝶，柳丝扶影葬诗魂。青牛帐掩前宵梦，朱鸟窗寒夜月痕。惆怅人吟憔悴句，怕闻新雨近黄昏。

叶短幽兰冻晓烟，谢公最小更相怜。乌丝尚写诗人泪，彤史应传列女笺。锦瑟床空愁似海，剪刀馆冷夜如年。伤心奉倩须看取，多少人间未了缘。

秋　闺

碧纱深隐小玲珑，寂寂兰堂画阁空。敲断玉钗秋黯冷，海棠含恨背西风。

题慎馀女史诗

砚匣尘埋怅玉台，一编残稿拨煤灰。如何便跨蓬山鹤，回首瑶池不复回。

天风吹散赤城霞，小谪人间萼绿华。成佛升天谁解得，漫弹湘泪问梅花。

冰丝已断冷秋蛾，慧业犹留锦字多。欲掷金梭写离恨，倩谁流得到银河。

绣佛龛前宿火温，几行淡墨认愁痕。秦嘉空抱相思骨，安得灵香爇返魂。

秋　夜

月华如水漾秋星，隔竹斜扉晚半扃。凭遍阑干红曲录，微吟犹恐蝶魂醒。

湘纹帘细晚窗晴，炉篆犹萦几缕轻。漫剪釭花抛玉尺，红莺偷学读书声。

有　感

闲抛湘管罢晨妆，六六屏山掩昼长。多少蛾眉夸粉黛，美人家住碧沧浪。

夜明帘影水沉熏，为买新书典画裙。我爱谢家吟絮好，奇才何必羡参军。

忆　花

玉笛吹寒露气香，一帘疏影月如霜。最怜秋后黄花瘦，那禁愁人不断肠。

红蕤一枕梦无聊，记得年时倩影招。燕子才来海棠谢，忍寒犹自坐深宵。

红牡丹

卷帷如对吐绒人，剪碧裁霞态自真。飞燕唾馀脂欲舞，文君泣后粉初匀。拈来纤指微痕在，醉倒香潮薄晕新。好倩蓉城勤护惜，绣花幡子列星辰。

黄牡丹

姚家风格冠群芳，滴粉研朱漫较量。入道星冠仙女服，夕阳山额内家妆。朝云葬后魂犹湿，荀令炉熏座有香。昨夜承恩移上苑，隔帘新赐郁金裳。

白牡丹

新刻牙牌次第论，玉楼人睡趁朝暾。香飘姑射冰为骨，佩解江皋玉作魂。麝月淡分眉欲翠，梨云轻散梦无痕。泥银细写催花牒，谷雨楼台日又昏。

紫牡丹

海绡一桁挂帘衣，万绿如潮过雨肥。压架藤花空宛宛，掠檐燕子故依依。酒痕学士袍将满，香印昭容袖上微。艳骨不妨金带重，等闲原只赐宫绯。

春日偶成

江阁春寒燕影迟，嫏嬛消息近来知。闲翻旧稿寻蕉叶，爱画新眉折柳枝。红豆有情空宛转，绿梅无梦更相思。闲愁赋罢凭谁诉，细写回文七字诗。

怀蒹塘弟时值春闱

蘼芜深院绿痕微，隐约嫏嬛扃玉扉。芳草自怜杨柳弱，樱桃生笑牡丹肥。诗吟感旧应多泪，琴带离声逸韵稀。安得曲江春宴罢，故园此日正花飞。

寒夜有怀即寄蒹塘弟

十年转瞬隔音尘，风物凄凄触目新。善病那堪伤作客，言愁岂必讳安贫。风前雁影思游子，帘底黄花忆美人。剔尽残灯成短句，好将缄素托青鳞。

爱因成绝句十首

饯春有约且徘徊，青鸟传笺去复回。妆罢扶阑呼小婢，扫除花径美人来。

闲抛金剪倚窗开，又被莺声几度催。为问新词填就未，推敲须倩美人来。

淡烟和雨暗苍苔，怨锁青蛾久不开。约略似闻鹦鹉语，隔花铃警美人来。

蘼芜影里小窗开，绣榻狸奴梦未回。风动湘帘闻暗麝，佩声摇曳美人来。

数丛浓艳浅深栽，甲乙牙签次第推。试问天香谁第一，评花还待美人来。

芙蓉湖畔水潆洄，两两鸳鸯戏曲偎。记否绿波双桨稳，落花红载美人来。

沉沉星影画屏开，香冷金猊剩麝煤。曾在海棠花下立，一襟凉露美人来。

闲停燕尾暂徘徊，一缕烟波护钓台。采采芙蓉欲盈把，隔江遥见美人来。

茶烟轻扬翠屏开，湘帙抛残午梦回。银蒜风敲珠箔冷，绿窗知有美人来。

半园春色晓莺催，戏罢秋千彩袖回。无限落花无限恨，几时重睹美人来。

春　闺

极目天涯雁影遥，年光无处不魂销。东风一似知予恨，莫遣青青上柳条。

秋日杂咏

半炉残篆水纹斜，尽日欹针傍碧纱。一院秋阴帘不卷，墙根开遍海棠花。

小立筠廊彩袖寒，薄罗初试褪冰纨。年来省识离情苦，不种相思种合欢。

欲写回文未忍抛，琐窗幽竹瘦相交。爱听花外秋声度，笼个鸣虫挂柳梢。

小队清欢学少年，届期正盼渡双仙。鸾刀细剖瓜和藕，戏引儿孙绕膝前。

刻尽铜签细细长，露葵移影上银墙。喜看绿意红情好，故种芭蕉近海棠。

沉沉漏箭响天街，为扑流萤堕玉钗。一缕花魂招不得，挑灯重绣凤头鞋。

寄书后得一绝

小楼人静雁声孤，残漏沉沉剪烛奴。欲举尖毫写离恨，恐伤君意不如无。

春夜写怀

围香斗室不知寒，欲叩梅花索笑看。贪读异书留鸟篆，闲评茶谱煮龙团。莫教群草欺杨柳，惟愿文箫侍彩鸾。鹦鹉梦中吟旧句，始惊衣影上阑干。

绿梅影楼词存

无锡顾翎羽素著

浣溪沙

静掩银屏强自持。篆烟欲烬剩馀丝。挑灯闲读辋川诗。　　虬箭沉沉莲漏永，朦胧新月二分时。碧窗移影上横枝。

蝶恋花

亚字红阑帘影绕。莫倚层楼，楼外垂杨道。极目天涯关塞杳。烟痕绿染江南草。　　风气如云窗影袅。无奈啼鹃，唤得春归早。残梦初醒寒料峭。闲将佳句调娇鸟。

菩萨蛮

湘屏十二山千尺。霏霏香雾凝愁碧。霜气一灯凉。漏回金燧长。　　风摇铃索动。惊破幽闺梦。愁听夜乌啼。兰窗月又西。

点绛唇咏蝶

日暖垂杨，莫吹却絮云多少。霄痕初晓。阑干千回绕。　　密影翻阶，曾为寻香到。一枝好。幽栖梦杳。春减芳心老。

浪淘沙

花影拥春眠。慵上湘弦。墨痕浓染衍波笺。愁绪几番抛玉局,试卜金钱。　　袖惹水沉烟。小立风前。罗襦缓带瘦腰纤。楼畔垂杨空舞影,闲却秋千。

法驾导引

人间世,人间世,小谪廿年留。琪树折残沧海夜,瑶花吹碎碧城秋。天上有离愁。

瑶池上,瑶池上,异味出天厨。阿母髓餐青凤又,麻姑脯擘紫麟无。游宴到方壶。

清虚府,清虚府,宝镜影团栾。玉兔生依青桂树,金蟆爬上碧云端。风露最高寒。

东华录,东华录,曾作散花来。凉月无尘鸾鹤梦,残香有恨凤凰台。劫后辨残灰。

太常引七夕

烟罗淡卷水云轻。飞蝠拂帘旌。残夜在中庭。是何处,砧声雁声。　　穿针楼畔,冰盘瓜果,往事记深盟。银汉浪纹生。那忍看,牛星女星。

浣溪沙

椒阁春寒拥绣衾。晓云如墨静愔愔。幽兰憔悴惜馀阴。　　慵制红咸翻妙曲，奈教白博冷瑶琴。炉烟销尽旧时心。

采桑子

碎虫零杵秋声搅，今夜西风。吹冷离鸿。为问珠江路几重。　　双镮静掩秋衾薄，窗影微红。幽梦惺忪。人隔蛮烟瘴雨中。

前　调

朦胧帘影梨云薄，竹度风斜。月漾寒纱。冷逼雕梁燕子家。　　夜深窗外闻砧杵，露井啼鸦。残梦天涯。背立秋灯数坠花。

浣溪沙

秋到梧桐小院凉。晚烟消尽立残阳。溅裙浅水上银塘。　　草梦冷迷青蛱蝶，花光暖覆紫鸳鸯。几多往事费思量。

如梦令

帘外绿阴晴昼，春事阑珊时候。莫道不消魂，绿损秋蛾长皱。人瘦。人瘦。细语问花知否。

江城梅花引

默镮鱼钥小门扃，夜冥冥。倍凄清。敲断残花，秋晕落银灯。偏是锁窗迟月上，映深竹，两三星、逗冷萤。　　暗风入帘人又惊。度绮屏。触素筝。响也响也，响不住甚处秋声。呜咽铜虬，独自数残更。太觉迷离幽梦短，今夜里，背梧桐，立到明。

念奴娇水仙

沙明秋浦，乍微茫，澹月波心低护。罗袜凌波，烟翠外，一种轻盈微步。素艳凝霜，澹妆簪玉，皓质禁风露。天然标格，那教青女相妒。　　问谁洛水携来，�帘棐几绿。影摇窗户。独抱芳心，尘不染，汲取秋泉重注。嫩茁灵芽，香敷仙蕊，作计银壶贮。伴余岁暮，冰魂冷到诗句。

迈陂塘送蒹塘弟之都

促行装，征衫憔悴，醴陵赋笔重整。牵衣诉到艰辛语，剪落小窗灯烬。朝雨冷，况赵北燕南，不是阳关近。离恨先警，只古堠吟蝉，津亭烟树，人与暮愁迥。　　飘零苦，负了团栾情景。分携况味初省。裁笺擘锦谁曾见，姊弟共联吟，咏行计定。恐渺渺烟波，望断春帆影。归期预订。待蟹断霜肥，鱼庄枫晚，作准理归艇。

临江仙

寂寞青芜帘不卷。春来多病恹恹。画廊泼翠漾茶烟。断肠芳草路，分手落花天。　　卷絮搓绵红袖冷，东风瘦影谁怜。可堪流水换华年。柳丝春似梦，扶影上秋千。

点绛唇

小缀珠幡，护不住满庭香雪。数声啼鴂。似怨人轻别。　　花气冥冥，乍展冰纱缬。梨云热。鱼笺自折。泪共鲛人屑。

望江南

江南好，女伴斗芳丛。缓束湘裙春水软，薄梳蝉鬓绿云松。低压亚枝红。

江南好，记得冶游朝。杨柳阴中骑细马，桃花香里泛兰桡。烟晚水平桥。

江南好，最好晚晴时。一缕断虹收宿雨，半湖新绿漾菱丝。谱入竹枝词。

蓉湖畔，楼阁是谁家。翠箔低窥银蒜露，红阑曲护绿窗斜。一树刺桐花。

谒金门

梧阴碧。满院秋声萧瑟。斜掩银屏灯暗泣。小炉香寂寂。　　窗外芭蕉露滴。欲上玉楼无力。月斜只在阑干侧。天淡秋河直。

菩萨蛮

霏霏香雾凝愁薄。燕捎旧垒芹泥落。悄步下苔阶。花扶金缕鞋。　　玉钗敲砌竹。歌断难重续。残梦觉来间。吴屏冷翠山。

清平乐

画堂春晓。缥绿屏山绕。窗外娃鬟声报早。一夜丁香开了。　　压云宝枕凝愁。伤春人怯登楼。历乱东风飞絮,任他扑上帘钩。

台城路惜花

石阑红颗胭脂泪,珠幡绣成难护。一抹凉云,三分冷雨,催送春阴归去。欲留难住。恐转瞬韶华,粉销尘污。别有关心,瑶阶小立共花语。　　情绪最怜春暮。有几番香劫,燕恼莺妒。细点苔纹,轻依草梦,总被东风耽误。绮罗谁驻。问春从归时,欲归何处。销尽香痕,绿阴深院宇。

汉宫春

绿发盘云。看犀帘乍卷,约鬓芳馨。琼钗两行,低卸双翙蜻蜓。兰烟蕙露,染湘鬟、金粉星星。回头重、盘□龙明,镜鸾梳还掠蝉翎。　　自向绿瑛瓶底,怅芳华欲坠,一样伶俜。赚伊鹅黄小蝶,为证前生。谁蟠宝钿,冷红蕤更倚瑶屏。春如梦、韶华小琯,满衣风露吹醒。

夜合花护花

宝幄围香，雕阑琢玉，梨花双弹娇云。嫩寒初褪，妆成钿阁笼熏。裁鸳绮，绣星辰，倩护他，香雪缤纷。莫教那残烟疏雨，狼藉散芳尘。　　韶华易逐飙轮。料也怯，廿四番春信似怨，还餐。汀桃瘦损，不禁清露消魂。笺凤牒擘，秋芸下，琼签重授灵文。愿倩东君，玉箫声里，留住春痕。

满庭芳花梦

素艳酣春，香魂醉露，宝阑低亚琼钿。朦胧凉魄，纤影傍秋千。一枕海棠浓睡，幽梦妥，醮雨和烟。谁相伴，绿毛幺凤，曾许对春眠。　　虾须帘角畔，盈盈粉靥，新泪初干。看晕红，褪粉似怯春寒。零乱梨云乍醒，惊回后，梦向谁圆。销魂处，晓钟楼阁，残月又啼鹃。

前　调

紫玉钗斜，红绵粉冷，倩魂依约谁招。酹伊铅泪，檀晕沁鲛绡。愿挽韶光留住，向东风，杯酒空浇。胭脂雨，帘纹轻漾，花落梦无聊。　　烟痕微染处，蘼芜春影，绿上窗寮。想幽兰，憔悴最惜今朝。一片梨云堕白，唱秋坟，谱入银箫 。伤心事，杜鹃凝血，鸳甃碎青瑶。

虞美人

卫娘多病禁春瘦。泪浣鲛绡透。秋千筛影夕阳斜。仿佛朱阑一半、绿窗遮。　　眉尖轻把愁痕著。愁重眉梢弱。倩魂凄恻不禁愁。寂寞伤春人倦、怯登楼。

前调

杏花春影浓如雾。莺啭垂杨树。香消轻梦有无间。斗帐寒凝薄雾、拥花眠。　　今春不似前春好。锦字云波杳。金铃悬网惊相猜。忘了珠帘未卷、燕飞回。

金缕曲 葬花

雨织埋愁地。冷鸦锄、猩红啼血，湿吹兰泪。郁郁香尘深更掩，忍见春痕憔悴。空弹指、年光流水。擘钿分钗看一霎，问华严、香界今谁在。瑶甃畔，劫灰碎。　　芳茵软藉狸奴睡。更谁怜、梨云易散，雯华轻坠。冷月枯烟疑见影，依约旧时环佩。恨只恨、云凝芳蕊。若个返魂有术爇，衡芜鹤帐重相待。宵露冷，长幽翠。

烛影摇红

淡白笼烟，抱花纤蝶迷无影。晚香庭院暗香浮，红鸭添银饼。　　幽咽寒蛩断井。又絮语，夜来相惊。半枕云垂，一帘月漾，秋痕销凝。纨扇抛愁，年光负却双鱼赠。谁传锦字向秋河，依旧云波冷。　　欲睡瞢腾还醒。问归梦，恁时重准。银箭流壶，铜荷飘泪，清砧敲暝。

壶中天题莲跌先生蓉湖棹歌后

回塘数里，渐秋风剩绿，吹满凉意。潇洒闲园临岸住，最称幽人游憩。竹阁来鸥，荷亭延鹭，曲槛通流水。相招兰艇，还邀鱼弟同载。　　何殊泛宅龟蒙，笔床茶灶，寄赏尘嚣外。从此云波幽绝处，好听渔歌欸乃。篷影遮晴，秋灯碎雨，几度鲈乡醉。湖干风月，料应染遍吟翠。

踏莎行题莲跌小影

身世浮沤，尘区粟颗。图中不似当初我。分明慧相海南来，妙莲一瓣轻飞过。　　贝叶清修，伽文香课，凭君到处参真果。萧然瓢笠水云中，更何意向禅关坐。

百子谣

石阑曲护，看鱼鳞细浪，绿涵幽意。簇簇蒲梢，抽短剑、演漾满陂春水。唾沫浮花，吹香卷絮，没处圆纹起。藕边坠雨，满襟凉意如洗。　　更有叶底微行，鸥边暗逗。桥影还争戏。撒食竞看，浮水面、脱后犹争香饵。翠尾穿波，银腮噀玉，泼刺空潭里。池间小立。波光明上眉际。

望 江 南

春闺忆，记得药阑东。幽径蝶飞芳草浪，画檐鸟语落花风。人隔绣帘中。

春闺忆，微雨近花朝。彩绣朱幡随意剪，银泥春胜称心描。蝶会喜相招。

春闺忆，忆得擘红笺。燕语渐调春暖后，莺衣微润雨馀天。杨柳未三眠。

凤凰台上忆吹箫

草茁新荑，花含细乳，嫩晴节近芳朝。正兰辉乍暖，轻护窗寮。十二湘帘慵卷，漾梅风，香引潇潇。春闺悄。银筝弹怨，泪沁冰绡。　　迢迢。沈郎瘦损，料也是、阳关去后无聊。念天涯路隔，梦与愁遥。说到人生离别，纵封侯，那抵魂销。凝眸处，楼前杨柳，空踠长条。

临 江 仙

焙茶风细湘烟定，一丝袅落晴空。卷帘人立小窗中。淡香花吐月，疏影柳扶风。　　梦里轻螺慵不扫，恹恹瘦却谁同。拟将红豆寄江东。天涯芳草路，何处系游骢。

凤 栖 梧

满架凉阴遮翠幄。松鼠行边，数点藤花落。一抹晚云垂树角。赭霞还向秋河络。　　倦倚纱幮新梦觉。小扇风轻，蛱蝶和烟扑。帘外忽闻声又作。雪猧戏惹秋千索。

采 桑 子

绿窗寒意朝来重，香冷兰膏。泪沁冰绡。声断当年旧玉箫。　　阑干十二闲凭遍，风影萧萧。帘影摇摇。铜鸭香微一缕飘。

念奴娇题诵昭翠深小草集后

墨染烟驱，有孝标、姊妹何论沈谢。无色蛮笺，螺子黛、漫向夜深誊写。满幅银钩，几行蛟颗，愿作珊瑚架。金荃一卷，红珠掌上无价。　　总教新月疏桐，绿窗风细，倍把愁肠惹。箧里云山，诗卷在、点入倪迂小画。掐损蔷薇，划残竹粉，屐印苍苔罅。香憔粉悴，飘零多少同社。

浣溪沙集饮水词题马诵光遗稿后

泪浥红笺第几行。玉钗敲竹信茫茫 。阑珊玉佩罢霓裳。　　天上人间俱怅望，篆烟残烛并回肠。慈云稽首返生香。

前　　调

落尽繁华小院幽。夕阳无语下妆楼。秾华如梦水东流。　　珠衱佩囊三合字，簟纹灯影一生愁。遣怀翻自忆从头。

金缕曲题贞女诵光遗照

若鹤遥天泣。洒秋风、苍崖窅窈，冷埋残魄。果是优昙才一现，已见冰霜高格。谁更写、愁红怨碧。剩得茧眠词一卷，唱秋坟、山鬼啼今夕。黄鹄恨，泪潜滴。　　春容依约还如昔。爇心香、莲花供奉，庄严仙籍。情到十分原殉义，历遍粉凋香蚀。抵多少、生天成佛。只我伤心缘底事，断肠碑、怕检胭脂笔。华月冷，度帘隙。

台城路阑干四首

紫桐廊畔春如画，分明碧城深处。刻玉蟠螭，泥金写凤，短短回文轻护。萦云宝柱。恰梵字书成，方花界住。断础苔衣，秋痕晕上翠无数。　谁教珠袖频拂。怕桐花宵坠，吹遍青露。佛髻螺明，仙銖钿滑，宫样沉香小炷。雪狸频误。只呆觑庭阴，玲珑穿去。冷压柔枝，夜凉花欲语。

连环六尺珊瑚骨，遥通画楣深庑。宛转当阶，盘纡映槛，隐约帘波如许。文莲砌古。正凉雨溅泥，藓花凝伫。独倚东风，愁痕划满玉钗股。　　檐牙一角低敞，看冰梅纹浅，红染秋宇。划袜行来，亸肩凭后，微动鹊裙金缕。绿尘吹处。又喜子闲拈，暗丝萦住。小揭轻罗，曲门双扇度。

画楼几曲疑天上，天台落霞凝赤。碧滤屏欹，绿沉窗拓，缕缕烟痕疏织。月华重蚀。记攧到银箫，曼声轻拍。凉转芳阴，蝶飞还度绣帘隙。　　愔愔小苑深绕。记三山台谢，七宝初饰。金叶雕兰，银泥图菌，恰称内家标格。丽情堪忆。忆倩袖凭来，一般颜色。碎墨零星，石根斜点笔。

流莺啼遍含桃树。溟蒙叶凉浓覆，嵌石红凹，补花绿罅，小缀金铃宝兽。古铜镮锈。乍搭上帘衣，海绡冰皱。小坐临风，啼妆愁凝懒回首。　　无端花气吹冷。倚夕阳人倦，立近鸳甃。露擘兰心，云分梨梦，六曲香檀寒透。绮亭深构。拟百琲低穿，五纹细缕。芳径无人，半庭红影瘦。

踏莎美人

凉黯冰纱，冷抛玉局，湘山絮梦飘幽绿。明帘烟影瘦风丝。依旧莺愁，燕怨可怜时。　　月约眉痕，笺裁兰韵。双鱼知是人归信。纤云如水渺天涯。低嘱啼鹃，软语莫惊花。

浣溪沙 忆琴清阁

新绿飘烟约画叉。一丝凉雨冷苔花。浅芜幽暗隔窗纱。　　湘梦惊抛兰信远，絮痕影擘柳风斜。双鱼依旧渺天涯。

临江仙

记得琴清妆阁畔，小红阑角萦遮。关心梦不到天涯。暗拈红豆子，何处寄瑶华。　　瘦到柳丝烟影碧，呼鬟启了窗纱。伤春愁与病兼加。怪他莺语滑，啼碎玉梨花。

记得雏鬟窗外报，小亭开遍樱桃。绣幡无力未曾描。偎屏娇意懒，湘帙且须抛。　　窣窣帘波风似水，恹恹过了花朝。一痕新梦付芭蕉。怜他心辗转，愁重上眉梢。

记得小楼初倦绣，燕归曲院帘垂。绿迷烟影锁湘枝。苔凉明竹雨，云黯冷琴知。　　依约双鬟窗外报，海棠风断柔丝。裁笺抛局夜敲诗。孤花扶瘦梦,淡月倩新眉。

记得阑干三六曲,寻诗数遍回环。玉笼鹦鹉絮春寒。爱他能解语,教与念关关。　　细界香笺刚一折,窥窗眉月初残。飞琼天远见应难。琳宫烦鸟使,珍重寄冰纨。

金缕曲题黄仲则先生词稿即和集中原韵

展卷吟怀放。叹斯人、文章歌哭,古今同望。岂止才华倾八斗,应是闲愁无量。休更似、落梅凄怅。鹤背风高仙骨冷,胜人间、尘土诗魂葬。星欲堕,月痕荡。　　玉笙寒彻琼筵上。记当时、金徽按拍,狂吟清况。是否娜嬛曾有约,归去琳宫无恙。听砧度、凉宵深巷。静掩鲛纹秋梦瘦,峭西风、雪涴茱萸帐。谁击碎,珊瑚响。

如梦令

罗幕晓寒如水,风紧银镮悄闭。小梦忽惊回。恰被莺声唤起。还睡。还睡。犹有昨宵残醉。

画堂春

梨云殢梦冷无踪。恼人碎雨零风。碧纱初启药烟浓。半上帘栊。　　翡翠楼空燕子,闲阶瘦尽残红。鱼书无便玉关重。愁损春容。

忆秦娥

蘼芜碧。梨云香冷红丝瑟。红丝瑟。茱萸匣锁，湘纹自涩。　　兽镮不启沉烟隔。小楼一夜东风入。东风入。满庭花片，子规声急。

望江南秋闺

秋窗畔，一缕袅烟痕。夜月冷欺蝴蝶梦，西风偏断海棠魂。生怕近黄昏。

阑干畔，拜月未成妆。四壁蛩吟秋影瘦，一灯花落夜深凉。往事不堪伤。

闲庭畔，风影约帘波。病骨怯眠愁梦短，秋蛾绿损为花多。弹泪背姮娥。

浣溪沙

鱼子衫轻无限娇。淡妆和泪湿红绡。起来无力正珠翘。　　铃阁翠分湘女竹，绣床香沁美人蕉。冷风凄雨过花朝。

浪淘沙

风影约帘波。摇漾纹罗。小红阑底按清歌。摘得一枝梅似豆，笑打鹦哥。　　燕惜落花多。衔衬香窠。梨云梦醒奈愁何。脉脉恹恹春半也，又敛双蛾。

何处杜鹃声。声满春城。珊瑚枕上解朝酲。雨雨风风憔悴也，又近清明。　　燕子拂帘旌。猩色银屏。樱桃花底峭寒生。一缕茶烟人不到，慵炙鸾笙。

菩萨蛮

相思初解拈红豆。个侬偏惜愁人瘦。椒阁昼冥冥。春归蝶褪翎。　　绿窗寒意重。花底怜么凤。帘影曲阑斜。茶烟笼碧纱。

冰纱贴体凉如水。一庭竹影风敲碎。烟漾月横秋。娇波泪暗流。　　相思销玉貌。怕与愁人道。小楷界乌阑。银笺墨未干。

前调送蒹塘大弟游浙

伤心南浦江郎赋。鹧鸪省识离情苦。春草碧于烟。蓉湖送别天。　　长亭风景暮。帆指西泠路。今夜雨潇潇。枫江第一桥。

前调怀蒹塘大弟浙西

桐阴淡映清如画。湘花瘦损秋千架。秋月冷蘼芜。绿窗闻鹧鸪。　　停歌抛玉局。梦破西泠曲。昨夜雨丝丝。离情忆柳枝。

前　调

湘花淡损红脂面。兽镮双掩蘼芜槛。笺小画秋山。星娥翠袖闲。　　纤云凝夜紫。甚处烟如水。桐阁冷敲诗。琴窗月上时。

前　调

秋芜犹泥廊阴屐。夜凉小梦吹蝴蝶。帘影漾疏星。微云淡不胜。　　罢歌裁佩玉。远信湘潮绿。花晓漾冰纹。雨丝飘曲门。

百字令题琴清阁照

桐阴淡凝,试轻衫小坐,绿窗琴静。弹瘦湘花双袖薄,风约晴丝碧影。指令调冰,弦清叩玉,眼底秋星近。茶烟扶梦,夜凉松雨催醒。　　倦轸乍抚还停,纤抛幽素,可许知音听。我忆天涯人似玉,渺渺云波芳信。襟浣疏香,眉残浅黛,鹤背声凄警。描将冷思,画纱苔格微映。

天香探梅惠山石浪山斋偕浣香弟作

素影飘溪,暗琼浮笠,山枝海月初挂。薄絮愁香,冰霞凝翠,陇上记曾游冶。凤箫韵远,珠阁零,芜蒙惹。探取鹤巢消息,倦游曲巷嘶马。　　踏雪寻春来也,寄江潭,鱼书曾写。小凭疏窗淡渺,吟怀堪画,寒静绿迷帘下。怜落砌,脂痕半衰谢。尔许高情,傍篱还舍。

齐天乐残梅

湘风飘落林梢月，归来鹤声凄苦。短阁埋香，破篱围玉，不是牵萝眉妩。酒醒何处。对碧涧烟新，苍崖雪古。瘦竹携将，江城吹入断肠谱。　　当时醉眠初倦，记胆瓶亲折，簪上钗股。暖翠酣魂，痴云抱梦，愁听画廊鹦鹉。春痕谁主。怅苔老孤岑，苹荒遥浦。拂晓重寻，一襟凉似雨。

前调新柳

夕阳影外吟情古，湖堤几丝飘碧。轻染衫痕，纤描眉样，离恨已堪消得。天涯怨抑。见罨雨鸦昏，拂晴燕恻。尔许春阴，津桥初醒倦游客。　　宝钗楼畔行过，有嫩莺幽语，如话江国。唤笛红亭，抛笙香阁，怜我纻衣颜色。芳踪难觅，待删竹眠琴。补苔移石，折赠归人，画桡迟戴笠。

江城梅花引题葬花图

凉枝娇影过斜门。是春痕，是愁痕。纤袖婵娟，桐阁罢炉熏。欲种蘼芜芳苑改，飞江近，傍帘丝，堕玉云。　　曲廊背语眉黛颦。雾乍昏，雨乍昏。望也望也，望不尽，一片氤氲。瘦到夭桃，短柳奈何春。惆怅珠尘容易隔，寻旧梦，有名香，难返魂。

金缕曲题佩贞表侄女选云词钞

帘卷清光放。展金笺，玉台供奉，令人钦望。更羡簪花书格美，如许仙才难量。恨咫尺、天涯惆怅。何日琐窗同听雨，夜敲诗、好作酬珠唱。碧阑外，游丝漾。　　飞琼合住蓬壶上，倩青鸾、殷勤慰问，别来情况。我忆琴清佳句好，旧日书囊无恙。听蛙鼓、声声隔巷。读至桐阴凉露下，数更筹、冷了连枝帐。听吹彻，玉笙响。

此先曾大母顾太安人遗稿也。太安人考笠舫公讳敏恒，以名进士任教授，提倡风雅。太安人既幼娴庭训，弟兼塘公讳翰，梦湘公讳筠，竹畦公讳蕙生；从弟兰崖公讳翃，复皆擅才藻，以诗古文词相颉颃。太安人因亦习为诗，兼喜为长短句，族党传称，以比谢庭风絮。迨归我曾大父儒林公，中馈馀闲，不废吟咏，性爱梅颜，所居曰绿梅影楼，作填词图，征题咏，一时名公才媛，应者甚夥。时家计中落，曾大父常远游，太安人上奉甘旨，下计米盐，一室怡怡，旷然自若。曾大父好推解，太安人辄摒挡相助，虽值家无宿粮，不为靳。与人乐易和平，无疾言遽色而风规自肃，见者无不起敬。寿至七十有二，意兴不衰，故为诗亦如之。惟幼时所作随手散佚，中年后稍稍存录。兼塘公曾选辑系序，未及梓行。咸丰庚申，赭寇陷邑，先世著述悉付灰烬。是稿独以先伯母嵇太宜人手抄别本，从仓卒中携出，幸而获存。然非兼塘公鉴定原本，缺佚殆不能免，且原序不可复得。先伯父曜西公常引以为恨，遗命志濂详校付刊。志濂以频年橐笔，未皇卒业。今年夏，息影家居，率弟志瀛敬谨校录，分诗词为上下卷，共二百三十七首，其《绿梅影楼填词图画卷》，寇至时，适为先叔祖父砚农公收藏，亦得护持无恙。披图庄诵，手泽犹新，乃并次其题词，录置卷首，用付手民。呜呼！太安人殁三十五年矣。志濂不获逮事，即夙昔所闻于先伯父者，亦仅得其大概，又庸疏无似，无能阐扬。差幸此稿尚存，俾后世子孙循诵追思，仰溯遗型于万一。而梱内之稍识字义者，亦一归于温厚和平之教，不以华藻称才，是则太安人之志也夫。

光绪十年，岁次甲申季秋月朔，曾孙志濂谨识。

先得月楼遗诗

（清）朱兰 撰　徐俪成　方小真 整理

整理说明

朱兰（1780—1815），字畹芳，江苏吴江（今属苏州）人。朱绍庭女，乍浦沈时春（1780—1803）室。所作原名《绣馀集》，由子沈筠编录成卷，盛垌于清道光二十四年（1844）出资刊刻，名之为《先得月楼遗诗》。本次即以此本整理。

序

余尝谓闺秀之诗易于流传。何也？片言偶发，价若兼金，只字争求，珍如拱璧。音乖正始，尚称不栉之书生；赋类俳优，曲恕扫眉之才子，此亦古今之通病也。若夫剪月为心，镂霞作想，清华炼骨，夺出梅胎；曲折运思，通入藕孔。而况凰分俪影，雁怆单飞，井中之水无波，雪后之松益翠。刘令娴祭夫之作，悱恻动人；李弄玉叹逝之篇，悲愤无极，则有如朱夫人《先得月楼遗诗》，斯足尚焉。

夫人讳兰，字畹芳，吴江人。徐淑工文，宪英知义，园花不盼，庭草自馨。年二十二，适乍浦沈君晋儒，以莺脰之才娥，配龙湫之佳士。牵丝鹊夕，奉盥鸡晨。如意珠圆，同心佩合。鸣机佐读，迈于羊妻；漂麦惊呼，陋彼凰妇。暇则匳窗拈管，鱼网织词。千回锦上之文，四角盘中之曲。香生砚匣，韵入琴弦，既鸿案之相庄，宜鹿门之偕老。何图卫叔宝乘羊之日，即是贾长沙赋鹏之时。甫庆熊占，旋伤鹤化。人影与青灯独对，泪痕随红血俱流。特因姑已白头，正须侍奉；儿才黄口，端赖提携。遽践同穴之盟，孰任持门之寄？遂乃撤其膏沐，卸厥巾韛。七宝凤头钗，易兹珍膳；三梭鹄纹布，裁作冬衣。亲尝熊胆之艰辛，备历羊肠之险阻。三生梦断，把白玉玦而不离；百炼心坚，问黄罗褶而犹在。每当凉月入牖，残星堕楼，林鹗有声，梁燕无影，愁容惨淡，惟许蚕知；苦意缠绵，只与蛩语。孤生桐冷，独活草伤，以茹霜嚼雪之人，作泣露啼烟之句。秋生纸上，吹出西风；春褪毫尖，飘残夜雨。虽韩娥悲响，齐女痛吟，无以逾其凄切也。所幸贤子浪仙，禀姿绝高，媚学不倦，室有桓家之豹，庭来贾氏之彪。六月遗孩，未尝姑息；五龄入塾，倍切提撕。以故周伯仁少佩义方，房景先幼明诗礼，早著风毛之美誉，实由燕翼之贻谋，而无如寒泉不流，虚谷颓景，病鹤返素，哀蝉蜕红，天不从赵昱之祈，人欲罢王修之社。夫人殁于嘉庆乙亥，春秋仅三十有六，痛哉！今浪仙年亦四十馀矣，著书满家，积稿盈几，入室者须读五千卷，乞诗者乃得九万笺。孙绰句作金声，张融集名《玉海》，能成绣虎雕龙之业，大慰孤鸾寡鹄之心。然且追念庭帏，不忘训诫。张讥对帕，隐痛难胜，邱杰奉瓯，馀哀未歇。迩者蛟潭肆虐，鳀壑逞妖，鄂岭烟腾，几无人迹；乳溪云暗，尽作战场。险遭猛虎之奇灾，脱身锋镝；急抱慈乌之遗集，索我文章。呜呼！源深者流自远，本茂者枝必荣。以夫人荼苦一生，兰馨千古，将见匪石之操，扬炜管于范书；如松之贞，播芳徽于刘传。奚只耽情吟咏，肆力简编，区区列殷淳之选中，入常璩之志里哉？而浪仙之孝思不匮，则尤可感也已。

道光二十二年夏五，平湖黄金台拜序。

沈兰亭先生暨德配朱孺人合葬墓志铭

沈兰亭先生，平湖乍川人也。讳时春，字晋儒，兰亭其自号也。性恬淡，不慕荣利，隐于市，以贸易治生。暇时执一编，吟诵不辍，或为小诗，清逸闲旷。以嘉庆八年五月二十日以疾卒，距生于乾隆四十五年三月二十四日，享年二十有四。子一，筠，字实甫，将卜葬于观山之北原，昔年权厝处也。德配朱孺人，讳兰，字畹芳，父绍庭公。原籍新安，今居吴江，为吴江人。幼娴母训，秉性温柔，闲及吟咏，著有《绣馀漫咏》。年二十二归先生，甫二载，先生逝世，遗孤仅六月。孺人抚之，以养以教，俾之成立，即筠也。其中艰难，治家奉姑，俱详孺人本传，兹不复赘。以嘉庆二十年八月初八日卒于吴江，因厝于盛泽之南原，其子筠今择于道光四年甲申十二月十五日，奉母夫人柩，合葬于观山，礼也。

铭曰：观山夕阳，佳城苍苍。有子克孝，卜兆归藏。其百世以永昌。

旌表孝行、钦征孝廉方正、恩赐正六品职衔，眷弟海盐李应占拜撰。

道光元年制科保举孝廉方正、钦赐正六品职衔，乡愚弟翁广平顿首拜篆额。

传 录入《乍浦备志》

平湖邹璟芷珊

朱氏，名兰，字畹芳，吴江朱绍庭女。自幼娴女训，兼工吟咏。嘉庆庚申，朱年二十二，适乍浦沈晋儒为室。越二年，晋儒卒，遗孤才半岁。朱恸不欲生，既念上有老姑，下有幼孤，非可以一死了事也，乃勉进饘粥，日以针黹佐薪水，抚孤守节，曲尽孝慈。子年稍长，即教以读书，间或吟咏，以自写其性情，人绝无知之者。历十馀年，积劳成病致不起，年仅三十有六。其子名筠，字实甫，始出其所藏以示人，其诗稿曰《绣馀漫咏》，情文凄恻，往往不忍卒读，又其所书格言数则，更足垂训后人。于以叹氏有贤母之才而并有贤母之德也，爰述其梗概而为之传。

题　词

昭文蒋宝龄霞竹

卖绣以买书，质衣以籴米。孑身黾勉支衰门，儿解读书母心喜。回忆夫亡年，生儿甫六月。凭棺一恸誓俱死，顾此呱呱不能决。况念高堂已华发，含哀守苦称未亡，芳年憔悴人肯伤。孤儿孤儿傥成立，冰雪会见寒梅香。寒梅忽摧折，草屋无春晖。孤儿踯躅将何依，经营窀穸越九载，乃得负土荒山陲。吁嗟贤母近固稀，谁秉巨笔传芳徽。孤儿孝行亦可述，请视前年卜葬诗。

海昌宋梿樗里

开卷觇贤孝，论诗旨更醇。深悲林烈妇，痛恨宋奸臣。教子能成学，奉姑岂计贫。千秋传懿德，果是未亡人。一读断肠词，鼻酸泪亦随。直将满腔血，吐作数篇诗。铁版歌声惨，泷冈表语悲。皇天鉴此苦，属意在孤儿。

吴江赵莲咒生

茕茕茹苦心，兀兀十三载。孤儿学未成，节母身遽殆。吁嗟数年中，艰辛已百倍。十指专女红，寒暑遑敢怠。上以供甘旨，白发慈姑在。下佐儿读书，衣履赤仰待。一朝冷云飞，石化山容改。儿才幸绝群，焯焯耀文采。每述丸熊恩，流泪辄盈颊。母德自可传，母心霜雪璀。一册《绣馀》吟，清芬挹兰茝。

同里屈师曾楚江

瑶池何遽返，留得《绣馀》诗。咏絮推当日，停针忆昔时。苦情千古见，清节一灯知。玉树阶前秀，常深返哺思。

古黔汪柏古春

多少艰难事，天教萃一身。精诚扶大节，巾帼有传人。画荻痕非昔，遗编墨尚新。孤儿真不匮，风木泣霜晨。

同里陈文藻愚泉

肠断空闺一卷诗，廿年甘苦有谁知。潇潇风雨孤灯夜，想见丸熊坐绣时。

儿幼姑衰百事酸，厨荒菽水强承欢。吟来字字多成泪，莫作寒窗咏絮看。

吴县王钧子衡

秋窗月黑啼寒螀，篝灯风动摇青光。一编宝墨翻琳琅，为谁巨笔传遗芳。孺人旧族系吴江，素娴经史明纲常。赤丝一系归东阳，燕好不异鸳与鸯。齐肩妯娌欣成行，晨昏进膳上北堂。梦熊竟得男子祥，倡随之乐何洋洋。方期白首常相庄，畴知镜鹊俄分翔。呼天泣血心悲伤，嫠闺独守称未亡。丸熊教子成文章，午夜鸣机劳苦忘。米盐零杂躬亲尝，义以为路礼以防。怀清节操真无双，世情浇薄胡足妨。比邻老媪餍膏粱，黄鹄肯随燕颉颃。柏舟自励芳名彰，只今卜穴云归藏。观山峨峨柏苍苍，佥曰佳城奕世昌。采风他日来南方，彤管流徽同敬姜。

海盐沈燮台陌西

欲写愁怀托赋诗，茹霜啮雪几人知。课儿灯下忘宵永，泪洒寒窗画荻时。

土突烟荒腹倍酸，尚留甘旨尽姑欢。买丝一样工针黹，莫作他家绣佛看。

同里刘东藩心葭

秋宵寂寞漏声迟，一卷吟成绝妙辞。浴砚红窗同几载，素丝不绣合欢枝。

暂抛箴管理熊丸，一字吟成泪一弹。此日咏楼重展读，女贞花老墨痕残。

同里周尚经南亭

巾帼深钦才德兼，《绣馀》诗格异香奁。衰年白发承欢切，午夜青灯课读严。板屋霜飞梭未歇，针楼日落线频添。一编母训珍藏在，时见庐陵泪眼沾。

秀水孙灏次公

八咏家风振浙江，赋成寡鹄变哀腔。千秋贞节扬彤管，一卷清吟出绣窗。脱稿自珍如拱璧，课儿分照此寒釭。剧怜得月楼名好，吹堕银蟾影不双。

重闺寂寂镜生尘，刀尺停馀觅句频。冰雪多情供琢炼，齑盐苦况耐清贫。离鸾自昔传孤调，雏凤于今见替人。商略一编垂永久，好从地下慰孀亲。

先得月楼遗诗原名《绣馀集》

吴江朱兰畹芳

论诗呈散华内史

诗贵得天趣，言志传虞书。试按《三百篇》，流派归自如。譬彼大海水，来势撼九区。风转一波折，一波尚萦纡。忽起又忽落，变幻争须臾。

汉魏气浑颢，六朝流绮靡。元宗开盛唐，拔萃出杜李。雄文照千古，日月人仰止。开元四名家，大历十才子。怀古涉康庄，求有馀师矣。

国朝盛词赋，正宗推渔洋。赵氏谈龙录，诽谤徒披猖。以谓才力薄，獭祭工非良。蚍蜉撼大树，哂彼不自量。君家文悫公，横山承瓣香。力辟诸家议，私淑新城王。淫哇音始息，钧韶声铿锵。闲窗一展卷，珍重带经堂。

读 宋 史

雨滴空阶风满楼，临窗读史动闲愁。诸奸未死中州陷，二帝偷生万古羞。佳士还朝和议定，戆臣罢政直言休。更怜南渡遵前辙，剩水残山一望秋。

和骆佩香夫人红桥修禊原韵

嫩寒轻暖养花朝，春色催人不待招。柳带午烟沉碧水，梅飞晴雪隐红桥。一鞭夕照熏芳草，三叠新词谱洞箫。未得追陪修禊事，阑干倚遍盼归桡。

岳忠武王墓次韵

我来湖上吊豪英，有志谁云事竟成。孱主只愁诸路将，敌人曾避十年兵。秋风料峭山精泣，落日荒凉石兽倾。留得墓门松柏树，南枝犹指汴州城。

燕剪得羊字

伴他划破锦鸳鸯，忆在卢家少妇堂。荇线秧针同制造，云罗波縠费裁量。几回抛却休嫌懒，何处归来又著忙。蹴碎窗纱漏春色，东风二月好相羊。

蛛丝得鱼字

疏疏密密缀山居，暮雨朝风任卷舒。肯向兰闺频送喜，不须藤杖苦驱除。夕阳天晚垂珠箔，长夏晴多罥草庐。满腹经纶嗟未遇，缁衣何日佩银鱼。

闺房僧鞋菊和翠娟原韵

偶从香国踏苔衣，空色参来不碍依。风小倒阴疑入定，月斜移影似扶归。履綦漫怨秋情薄，织屦终怜日计非。欲访东篱馀几緉，卷帘人瘦梦依稀。

禅院美人蕉

一例黄婆姹女看，僧家消受绿天寒。风扶弱质春无主，雨卷芳心泪不干。清梵悠扬醒覆鹿，慧灯窈窕鉴凭栏。是身既现观音相，何事秋霜遽涅槃。

寒食有感

乌头转眼鬓毛皤，春去秋水一掷梭。有几英雄名宇宙，舞多儿女哭山阿。蓬蒿满目迷黄土，翁仲千秋卧绿莎。弟辈少年当勉励，人生弱冠易蹉跎。

落 花 曲

一片花飞春减却，伤春人怕钩珠箔。恨他弱水隔蓬莱，难觅仙人不死药。年年惆怅为伊多，红颜逐队委沟壑。罗囊制就捉花魂，收拾馀香归碧落。

寄眉君姊

韶华荏苒又春残，忆否芳园看牡丹。蝴蝶争夸谢无逸，鹧鸪传唱郑都官。姊制《鹧鸪天》一阕，为社中压卷。盈时明月将亏易，散后浮萍欲聚难。料得清宵同感旧，书灯照影泪阑干。

乞巧词

红菱白藕祀黄姑,乞巧年年乞得无。针线徒然夸十指,算来总是拙之奴。

勖弟

立身处世和为贵,睦族齐家忍最宜。西子一朝蒙不洁,南雍三复诵何诗。

布帆

布帆三十尺,日日送人行。着雨千钧重,饱风一羽轻。吴头楚尾路,地北天南情。多少浮家客,利名苦自萦。

十月望对月

皎洁霜天月,深宵分外明。清光凝万瓦,寒影落孤城。笑我真无赖,怜君最有情。古今同一照,岂但得秋名。

风鸢灯

春灯几点火荧荧,远逐鸢飞入窅冥。照向柳边惊宿鸟,堕来庭际讶流萤。吴刚有斧终修月,李白无钱暂摘星。转恐一丝牵不住,何如分我读骚经。

寄五弟鉴英

一别几经旬，思君入梦频。分湖滞芳讯，两地合伤神。啸傲谐时俗，成家慰老亲。故园梅放候，犹作未归人。

送春词

春愁如水澹微茫，鸟唤提壶戒束装。更有多情是芳草，一鞭迢递送斜阳。

惜春镇日掩衡门，一种痴情莫与论。假使相留留竟住，料知桃李岂无言。

新愁添上七条弦，变作离声倍可怜。早识春光难买住，当时悔掷绿榆钱。

花事看看到牡丹，离愁此际没遮拦。还当记取春归路，卍字纱窗亚字栏。

忆　母

忽作经年别，他乡岁又阑。天寒鸿雁少，路远去来难。织罢机中锦，归承膝下欢。遥怜诸弟妹，若个劝加餐。

柬碧萝女史

际此新凉夜，无诗亦寡情。云开千嶂净，月射九霄明。雁影如临镜，秋声不入城。悠然倚修竹，得句寄飞琼。

姑苏怀古

阖闾霸业已成空，终古江山恨不穷。鹤市秋深馀草碧，麋城日暮落花红。已无灵剑腾奇气，剩有憨泉饮渴虹。两个鸱夷异生死，茫茫愁煞五湖东。

佩香夫人招看牡丹雨阻不果

细雨如丝不易晴，寻芳径湿怅难行。瞻云忽解天公意，要洗花王富贵名。

落　　花

坠素翻红日，莺啼蝶散时。东风何薄幸，一夜葬西施。

腐草为萤

风动帘波乱欲流，红心疲矣不胜愁。高低总散星千点，歌舞全归玉一钩。果否制囊勤夜读，记曾结佩踏春游。繁华消歇隋家苑，岁岁年年感早秋。

蟋蟀在堂

一片秋情感夕阳，卢家何处郁金香。空窗梦醒愁难寐，孤馆灯残夜觉长。听到珠帘风影过，织来云锦雨声凉。遥怜游子征衣薄，不在兰堂在异乡。

送别外君

水程三百里，历尽短长亭。一棹载晴月，孤帆挂晓星。弄潮头易白，折柳眼还青。明夕扁舟客，相思杜若汀。

春　来

春来芳信未曾探，欲驾艄艇路未谙。无力东风有情月，照扶残梦过江南。

苦　雨

匝月雨披猖，痴云走且僵。风霾骄破屋，檐瀑警虚堂。稚子难挑菜，农夫乍插秧。抚时愁渺渺，补漏仰娲皇。

壬戌七夕

今夕是何夕，柳州乞巧期。星开银汉眼，月画碧天眉。尘世新愁别，神仙旧感离。倚楼人寂寞，得句欣谁知。时外君客云间。

听王雅三夫人论诗

夫子畏人如夏日，论诗命我坐春风。心能虚处才逾进，情到真时句自工。八病全驱灵地阔，三唐遥接性天空。卧梅庐夫人书堂名外玲珑月，照人吟怀便不同。

题素乡妹山水障子

胸中五岳撑嶙峋，醉后泼墨惊鬼神。还从意想不到处，一笔扫动千山云。瀑布万丈倒飞上，声敲乱石如鸣琴。山势突兀收不住，高岭如剑穿天心。夕阳欲下犹未下，翠微浸湿山家瓦。竹林深处板桥边，半间茅屋为侬写。诗瓢酒榼置其中，来岁邀君此结夏。

秦驻山观海

祖龙犹剩旧离宫，一岛峥嵘峙海东。万顷浪花迷混沌，中流元气溢鸿蒙。木华作赋传佳话，估客归帆待信风。地接钱镠射潮处，乱山如箭月如弓。

武林怀古

江水滔滔去，吴山点点愁。荒亭无鹤放，标墓有梅留。月冷万松岭，风高百尺楼。苍寒缅陈迹，诗思一襟秋。

盛泽金氏舅母招宴即席限咏物诗二首

兰花豆

种得南山豆几丛，薄言采采制玲珑。银刀剖作鱼鱿白，琼液煎成燕尾红。时届三眠供客馔，香分九畹羡人工。猗兰操与燃萁咏，吟兴于今亦偶同。

蝴蝶面

漆吏无端学饼师，蘧蘧梦境发奇思。纷纭筐底摊粦日，仿佛花枝晒粉时。藤杖薄研么凤翼，霜镰碎切白龙皮。尝新好与谭公论，朽麦无情化也宜。朽麦化蝶，见谭景升化书。

断肠词嘉庆癸亥五月作，非敢云诗，此未亡人歌以代哭耳

鸳鸯弦断藕丝缠，还忆前秋话酒边。目识一丁犹自幸，背无三甲乞谁怜。讵知精卫空填海，纵使灵娲莫补天。本欲从亡为儿幼，含悲聊赋《柏舟》篇。

瑟瑟风酸穗帐前，清宵不寐泪潸然。孤灯照影依遗像，贫士何心恋纸钱。世事浮云多变幻，人情明月几团圆。但期儿似欧阳子，阡表泷冈慰九泉。夫子弥留之际，唯以母老儿幼为念，嘱余善视此儿，使得长成以补他年子职。

孤儿学语偏呼父，父在父亡儿不知。只为三生曾有约，拚将一死复何辞。难抛姑老孤儿弱，岂是红颜薄命宜。今日送君归浅土，他年地下易追随。买地于观山阳，得二穴。余嘱伯氏浮厝之，使异日易于合葬。

孤 雁 篇

孤飞雁，不是愁人见那惯，不是愁人苦难辨。终身幸免斛律光，盖彼发矢必射双。纵使虞国行惠政，只影难随馀姚丧。雨过天如蔚蓝纸，双翅憔悴不成字，只合化石栖。南康南，万顷秋雪堕寒水。

秋　感

天空孤雁叫霜寒，七事关心勉白宽。卖绣买书教子读，质衣籴米劝姑餐。悠悠未醒人间梦，仆仆何能壁上观。生寄死归参已破，愁潮泪雨怪无端。

对　月

浮云叆叇腻太虚，秋入林峦树无静。忽然云破一痕开，天镜翻飞育万影。曲卷情移处处幽，剪刀响彻声声冷。冥鸿遥带故园秋，江南江北愁交并。愁交并，何人省。遐心只许素娥知，羽化蓬莱最高顶。

男筠百拜校录

光绪十二年岁次丙戌三月上浣　孙炜重镌

跋

右《先得月楼遗诗》一卷，吾友浪仙尊慈节孝沈伯母所著。母姓朱氏，吴江人，与其同郡沈散华、王雅三诸女士倡酬，有剪水织绡之誉。自伤寡鹄，其稿秘不示人。殁后浪仙编录成卷，读之觉词义俱根至性，无金粉习气，亟锓枣梨以垂不朽。然母之大节彰于彤管，不借此区区韵语重也。

道光甲辰先立夏三日，平湖世侄盛埛谨跋。

先慈遗集藏箧有年今春蒙盛君云泉授诸梓事竣敬校一过缀句志感

日抱遗编感不穷，破楼风雨忆丸熊。孤儿业废诗篇在，庚子经陈礼拜同。先慈庚子生，故借用拜经事。夜夜梦魂犹膝下，年年梨枣只胸中。孝章友谊高千古，成就雕镵造化功。

男锜敬题

绣墨轩遗稿

（清）董国容 撰 徐俪成 陈思宇 整理

整理说明

董国容（1787—1803），字绮琴，又字灵琼，江苏吴县（今苏州）人。县佐董如兰女，幼许字马氏，婚前卒。生前自删其诗，存八十四首。其兄董国华、国琛为之付梓，有嘉庆八年（1803）刻本，今即据以整理。

序

吾读国风至《载驰》，而叹古女子之工诗。彼谓诗非妇人之事者，非笃论也。秦嘉之配徐淑，吉中孚之室张夫人，元微之之妻裴柔之，杨炯之侄女容华，以至七岁女子送兄之作，有白首老儒学之不能至者矣。

我朝重熙累洽，文治之隆达乎闺阁。近日艺林传播，如武林方芷斋之《在璞草堂稿》，归安周晥湄之《梅笑集》，晋宁李兰贞之《虆香诗草》，句容骆佩香之《听秋轩集》，并原本典籍，自写性情，一洗脂粉习气，安得以女子而少之哉！吾苏董君琴南有妹曰绮琴，工于诗，未闻于世也，年十七而逝。琴南搜其箧，得诗若干首示余，余读之，其志和，其音雅，使永其年，进而日上，虽左芬、鲍妹，应无以过，而乃昙花一现，遗册仅存，岂不大可悼耶！昔亡友汪水部讱庵有《撷芳集》之选，始于国初，以至近日闺中之作，得八十卷，付诸梓，续为搜采，欲荟成百卷而未竣。余尝惜之，今绮琴之卷帙虽不富，倘有续《撷芳》之刻编辑闺中韵语者，当必以《绣墨轩诗》为首选也已。

嘉庆癸亥十月既望，三松居士潘奕隽序。

题　词

季女国容幼颇敏，解拈笔墨，不幸于今秋重阳前一日夭殁，遗稿数卷，删存八十四首，儿辈哀其早慧不寿，为付梓质世，荷诸词坛暨闺媛赐题珠玉，谨录镌卷端，以志铭感。随到即刊，未克编序。

嘉庆癸亥孟冬，个亭董如兰谨识。

吴县黄丕烈荛圃

羡君家学好，有女亦多才。秀质由天孕，柔姿蓦地摧。爱怜知老母，伤感忆良媒。厄是重阳甚，凄然掩镜台。

遗诗留一卷，虽死亦犹生。士行何妨女，才名不让兄。莲华征夙慧，桐叶变秋声。绣墨轩空在，联吟韵孰赓。

昆山徐云路懒云

家学还从不栉夸，肯输两到擅才华。他年花萼编成后，愁煞秋风姊妹花。

墨采生新绣色丝，吟来几卷绿窗诗。即看姆教初从塾，已胜杨家捷对儿。

缥雁将迎玉镜温，采云散去了无痕。婿家庭著何由识，剪纸空招鹤背魂。

诸妹刘家数最贤，兰闺叹少唱酬篇。返生岂有奇香在，更赚高堂泪眼穿。

长洲沈培狎沤

风教闺中始，词采三吴擅。生男为名流，生女为淑媛。师守大家箴，尸斋季女奠。献岁颂椒花，秋风咏纨扇。真成幼妇词，蝇头写黄绢。偶逢好事人，彩笺流传遍。伟哉刘更生，手编列女传。贞顺与贤明，咸能知时变。往往作歌谣，雅音乃登选。我闻董绮琴，少喜弄笔砚。小谪十七年，流光已成电。伤彼父兄心，征诗泪如霰。

长洲徐颎少鹤

灵琼女史，余友琴南之女弟也。幼而明慧，性悦绨素，谢沉水之薰衣，弄柔翰以忘券。屏风顾盼，连琐时闻。深闺婉娈，鞶丝俱妙，乃蘋芼已湘，而玉质先陨。尊人个亭丈哀金鹿之短世，想泽兰之馀颜。抚迹履綦，资福贝叶。阿兄琴南夙擅咏吟，每同卷襞。乖离一昔，泬寥九秋。雷岸空登，题门谁续。入梦琅玕之系，襐饰珊珊；伤心绣墨之篇，新桐历历。撰成小传，见示鄙人，因复衍为骚些，塞其悲思云尔。

魂兮归来步蘅薄，回风吹裙石华落。上苍浪天下泉壑，佳侠函光宅冥漠。秋气凛凛贾霜箨，翩然乘云独处廓。嗟娇女兮心淹留，曷返故室忘离忧，翠翘曲璃四角周。雁灯中央朱潋浮，红能紫蒂园林稠，清琴文史相间投。镜奁梳比设未易，爷娘相呼何所隔。箫局宛转待东壁，挟持茶菽对鼎砺。象床衣被间丹碧，魂兮舍此逝安适。有兄惚恍涕涟涟，追忆妙句縭荪荃，香寒杂佩空嫣然。窃闻惆怅形不旋，餐花绝粒讵登仙，魂归来只靡迁延。

吴县吴庆孙养亭

不栉真堪进士呼，慧心生小爱操觚。纪年十七诗成帙，赋茗才华比得无。

忆昔相随几筵旁，新书上口已琅琅。闺箴内则从头解，颖悟常教压辈行。

深闺日日画帘垂，闲写曹娥孝女碑。怪底镜台奁匣畔，逾糜不律镇相随。

敏捷吟成十样笺，聪明常得阿兄怜。几回商略新诗句，午夜挑灯倦不眠。

匆匆闻做嫁时衣，检点心情事总非。晨夕未尝离膝下，忍言从此见应稀。

一病都因转辗愁，凭教尘劫付浮沤。含凄吟到新桐子，零落绿知识早秋。绮琴于八月二十九日作新桐子诗，竟成绝笔。

漫说生天强自宽，昙华暂现亦何端。千秋不少伤心事，那更悲深叶小鸾。

去年哲姊悼离魂，绮琴堂姊月琴亦从余学，适姚氏，于去夏病殁。我赋哀词声已吞。今日枯毫重作诔，萧斋风雨惨黄昏。

吴县李福子仙

一室之内，亭亭少年。清有昔因，静不坐迁。契在幽竹，喻以无弦。暂寄人世，终殇于天。集古短咏，临风慨然。

古歙戴延介竹友

红兰委露晓风尖，刺绣帏空挂冷蟾。检点香奁成昨梦，墨花垂泪满吴缣。

咏絮才华斗彩毫，一门风雅集兰苕。他时遗墨传香茗，雕琬镌㙻属鲍昭。

睡鸭烟消宝篆残，麝丸香冷翠衾寒。吹箫怕倚秦楼月，短折华年似小鸾。

鹊驾银河已有期，绣车望断泪丝丝。可怜寂寞鸳鸯社，待阙郎君午夜悲。

绮阁秋风一夕虚，白头泪欲断方诸。室中灵照悲何在，生怕重翻梵释书。

吴县孙延蔚堂

峭风吹尽蓬山路。双成彩鸾归去。鸳剪栖尘，兔毫缄恨，小阁残灯夜午。灵魂来否。瞰寂寞几衾，粉阑重抚。凋尽池莲，褪红听断旧吟句。　　那堪堂上悲思，痛珠沉璧瘗，老泪还注。雪絮庭荒，雁芦汀晚，班姊鲍兄谁侣。遗编珍护。伫繁露流传，玉杯同语。我揽影帷，秋尊荐寒醑。调齐天乐。

吴县顾莼南雅

呕心得句事堪哀，况是红闺有此才。落尽庭前桐树子，忆曾月下独徘徊。

绣帏香冷怯登楼，药裹难容十日留。刚是重阳风又雨，黄花瘦绝不禁秋。

重到池塘只惘然，西风帘外已无莲。藕丝不绾同心结，但向西方结净缘。

三商篮吉迟三旬，空望香车下六萌。合是前身王母使，人间未许识双成。

忆昔闺中诗课添，两兄翰墨友师兼。只今飞絮无人和，懒向空中唱撒盐。

吴县夏文焘方米

翩翩词赋两知名，伯也琴南仲琢卿。岂但堪追丁与陆，胜他女弟有灵琼。

见说鬌丝最小年，早知慧业合生天。妙明心自无凡想，悟彻还从佛座莲。

雅好吟诗日渐赊，清词丽句尽堪夸。那知弹指诗成谶，人恰如春始著花。

无端许现女儿身，来去浑教证净因。结习算来除已尽，只馀诗卷在红尘。

吴县钮树玉匪石

兰芽始欲秀，岂意中摧残。枝叶虽憔悴，芳馨迄未阑。闺阁擅风咏，二南开其端。苟无道蕴才，流布良独难。婵娟名家姝，雅节何珊珊。采云一朝散，遗稿方传观。秋月自皎洁，秋霜偏严寒。联珠有同气，魂魄可少安。

名媛题词

翠娟女史朱宗淑

天光萧瑟梧桐秋，登高节近徒淹留。彼佳人兮谁能侔，逝不返兮涕泗流。生平懿行犹堪求，弱龄秉性何温柔。诗囊笔架兼香篝，吟声琅琅来高楼。宫商细辨无呀咻，丽藻乙乙胸中抽。冥心独造同神谋，三才万象穷雕搜。白云在天波眠鸥，香奁扫尽骨力遒。传来片纸如琳球，喁喁唱于时相酬。真看乐事家庭稠，闲来翰墨供夷犹。直与松雪王孙游，而何才多病不瘳。名花遽委斜阳收，吹箫仙侣空悠悠。诹吉何时咏好逑，翻令二老心烦忧。置身天地同浮沤，笔墨游戏无时休。缤纷花雨空中浮，生天成佛然还否。奠以天浆盈金瓯，坐听帘外风飕飕。

翠苕女史张绚霄

应是仙沦谪，尘寰十七春。优昙华偶现，柳絮句常新。刘妹才难敌，班家幼绝伦。明珠惊忽坠，何许问苍旻。

柔嘉原夙秉，颖悟更天成。笔砚香闺课，缥缃棐几横。十龄诗早就，三字对堪惊。淑媛十馀岁即能诗，一日兄友以阑中兰属对，座客方构思，媛时在旁应声曰："帘外莲何如?"四座皆叹服。下界宜难住，飘然返玉京。

妆阁如书塾，篇章日讨寻。阿兄时受业，诸姊共敲吟。堂上萱心浃，闺中玉韵深。彩云偏易散，白发泪盈襟。

自昔帏房秀，年因才易妨。贞心恒爱洁，幽性独储香。空卜红丝系，连吟金缕章。琼瑶留《绣墨》，媛所著《绣墨轩诗》四卷现将付梓。椒茗并传芳。

佛禽女史高鸾徵

久慕深闺淑女才，扫花重唤返瑶台。仙姝独跨青鸾去，分付秦楼凤莫来。

颂椒咏絮负奇才，检点香奁付玉台。修到芙蓉仍命薄，者番应悔谪尘来。

惭我原无左妹才，难将薤露挽泉台。芳仪未睹偏馀憾，肯化梅花入梦来。

长洲女士佩仙

十七年来小谪居，吟声低彻绣针馀。修文应是人才尽，征到嫦娥女侍书。

落帽人刚说永嘉，疾风偏到小姑家。重阳悔不登高去，低首还应唤阿耶。

刚是于归一月先，依依绕膝别情牵。如何并蒂花偏折，帘外谁寻解语莲。绮琴十岁时，有“帘外莲”对。

湘筠女士高梅仙

少小娴闺范，聪明左蕙芳。寻常谢膏沐，时事薄梳妆。鸦鬓无嫌瘦，蛾眉不厌长。笛怜稠叠弄，书爱十三行。卷幔争庭絮，回灯护海棠。待看鸠占鹊，转报凤离凰。夜月归环佩，秋风检笥筐。烟寒徒化玉，魂反更无香。识面空遗憾，知音是可伤。人琴俱寂寞，凭吊一凄凉。

梅卿女士王倩

残梦游仙冷碧城，铢衣单薄御风行。因缘文字徵音慧，离别人天奈此生。

小谪不为秦弄玉，前身应是董双成。性情冷淡才妍妙，想见丰姿雪样清。

裁笺拂砚绣帘开，日日微吟傍镜台。班氏就兄传史学，刘家推妹是仙才。

银河正传填桥渡，瑶岛何因促驭回。几许流传好诗句，累人倾听重徘徊。

墨琴女史曹贞秀

帘外莲今依旧红，帘中人与水流东。扫花倘复随王母，更与飞琼赌句工。

石榻曾将玉版临，漫邀洒墨当题襟。者番添助人琴感，遣句长吟见素心。

鲍家诸妹总能诗，最小珊瑚女字枝。重叠大雷书后语，伤心只有太冲知。

咏絮簪花事莫论，光音天上也销魂。殷勤却与题签去，传颂人间《绣墨轩》。

陇西女史周澧兰

最惜琼枝陨早霜，谢家才调更谁方。抛残掌上明珠爱，零落天边断雁行。星斗光寒仙子佩，绮罗云散女儿箱。共言修短皆前定，毕竟难参造物藏。

白雪曾将好句联，诗名早擅阿兄前。莲台夙慧空留影，翰墨馀香已化烟。漫榻芳尘遗旧迹，一编花月纪游仙。生憎碧海滔滔逝，流向蓬山不肯旋。

清商吹断玉箫声，空筑秦台待凤鸣。回首韶光如梦幻，折人福泽是聪明。霜凋蕙质香犹在，月冷娥眉画不成。我愧无由趋步障，心香空自订三生。

宏农女史杨素芳

绣墨清吟接令娴，伤心展读泪潸潸。如何桃李秾华近，遽为秋风萎玉颜。

浣江女史张莲芳

却捐珠翠入书帏，敏慧天成旷世稀。兄有孟坚欣共赏，姊皆道韫喜相依。争传锦绣因心吐，艳说云烟纵笔挥。鸿爪雪泥浑不是，独留至性答庭闱。

思君深恨识君迟，空对裙笄叹数奇。巾帼多才天亦忌，聪明误汝命何知。百年人郁芝兰气，数卷诗含冰雪姿。倘使艺林分一座，也应冠栉壮门楣。

题　评

阳湖孙星衍渊如

琼璐之思，兰蕙之韵，定是墉城瑶水间，岂能长住人间世耶！蕙质早凋，为之三叹。

长洲蒋业晋立崖

刘氏三妹，人嗟阁笔；宋家五女，史著属文。况乎徐妃八龄，拟《离骚》之作；金鸾十岁，书北山之文。是惟窥丹琼之宝函，授云珠之秘笈，用能簪花写韵，对雪哦诗。编贝缀珠，不数梁琼、薛蕴；连跗并萼，奚让鲍照、左思？惜乎纁雁将迎，空伫鸳鸯之社；优昙易谢，只留文字之缘。允为大雅之吟，差媲小鸾之集。

长洲陶梁凫香

剩墨残笺，十复三叹。想瑶情玉质，原从蕊珠碧落而来，所可异者，示现一十七年，当桃夭将赋之日，留莲花不染之身，绝与叶氏瑶期相类，岂本系疏香阁中人耶？

亡妹绮琴小传

国华第四妹曰国容，字绮琴，又字灵琼，幼许字马氏，神姿清逸敏慧，为女兄弟冠。性爱洁，嗜吟咏，无绮纨珠翠之好。日手一卷，坐闺中，咿唔不倦。予兄弟常戏之曰："此吾家不帻书生也。"稍长，就家塾读小学、女诫诸书，琅琅上口，如夙解者。时友人郭外山过访，偶见曲阑深处闽蕙作花，戏属对曰："阑中兰。"合坐方凝思，妹应声曰："帘外莲何如？"郭大惊异。十二岁，学作小诗，即楚楚有致。临鸥波帖，亦秀润可观。所居斗室芸签庋积，与集针衽具相杂。得一题，辄要阿姊妹辈同赋。瞰予兄弟暇陈笔砚，促为丹黄甲乙之，吟声灯影，恒至丙夜。二老人顾而乐之，予兄弟每私谓此乐难得，讵意一转瞬间即同昨梦乎？

妹侍母，能先意承志，母体不适，彻夜立床头，视此饮，牙牙学小儿戏，以博亲欢。长妹素琴归吴，早寡，常归宁，妹恐其戚戚伤心，恒诱与谈说古今幽怪可喜可愕之事，夜共衾卧，又敬抑骚之如事母，长妹以此颇忘其忧。今秋马氏诹吉有期，妹以齿稚，将离母氏，郁郁若不自适。八月二十九日偶染疾，重阳前夕忽起坐，含笑东向，索炷香来，遽瞑，年才十七。敛时举体轻软，肤色不改。疑若尸解，距箧嫁日仅四十馀日也。呜呼伤已！七月间，庭前新桐子熟，妹摘玩之，得句云："始华弹指三春后，颗颗玲珑绿又圆。"吟讽数四，意颇自赏，不谓竟成绝笔。昔鲍明远云："臣妹自亚左芬，臣才不及太冲。"妹以弱龄慧解如此，倘假之年，宁不抗左凌鲍耶！所遗《绣墨轩诗》四卷，自删存八十四首，颇清润有思笔。妹平日雅不欲以闺秀楮墨流布人间，惟丹徒王绿云夫人、长洲高湘筠女史偶倡和云。

嘉庆八年月下浣，兄国华撰。

绣墨轩遗稿

吴县女子董国容绮琴撰

早　　桂

玉露初零日，园中桂早芳。淡黄才半树，已觉十分香。

秋　　风

瑟瑟来何处，萧萧动远林。短檠人坐听，秋思一时深。

闻　　雁

一轮皓月玉阶明，又听衔芦塞雁鸣。惆怅衡阳兵未歇，年年烽火怨长征。

残　　菊

寂寞东篱又早霜，菊残犹剩几枝黄。一般开向秋风里，抱得冬心寿便长。

孟宗哭竹

奉母心殷泣暗吞，北风一夜起龙孙。斑斑他日青阴长，也似潇湘有泪痕。

冬夜听雨

严冬竟夜潇潇雨，作冷催寒到画屏。灯影半痕风四壁，梦回自拥绣衾听。

春　　风

画阑回百折，拂面是东风。偷折蕉心绿，轻分蕙舌红。廿番吹缓缓，九十度匆匆。开落分荣谢，多归嘘拂中。

春　　云

云影共春飞，春痕薄若衣。抹来凝宿雨，穿处漏斜晖。意气如斯远，文章似尔稀。却教开曙色，众艳斗芳菲。

春　　雨

细雨连朝润，珠帘不卷时。懒将针绣凤，却把笔题诗。碧影苔生地，清波水涨池。自添香缕缕，静听溜声迟。

春　　山

春色生诸岭，峰痕动晓光。佛头青不了，螺髻绿偏长。花缺浑疑笑，窗中渐觉苍。何当携谢屐，吟眺到斜阳。

春　树

到眼园中树,新条绿一庭。雨疏才叶叶,日照已亭亭。阴浅难成碧,芽纤乍放青。最怜双燕子,枝上语珑玲。

春　帆

遥向吴城望,帆来半客舟。春晴风正缓,天远水平流。五两轻于送,前程满合收。临江真得意,高影压波柔。

新竹和琴南大兄韵

医俗何堪少此君,棱棱耸翠欲干云。春雷昨夜江村过,添得龙孙又一群。

风　筝

东风送暖酿新晴,一一筝弦天际鸣。莫道儿童游戏事,曾经吹散八千兵。

角　黍

重重青箬裹黄粱,旧俗流传自楚湘。如此胸襟真洁白,即多芒角亦何妨。

龙　舟

哀郢年年记旧闻，龙旗江上闪朝云。吴儿自抱鸱夷恨，合泛前潮吊伍员。

秋　霁

一抹霞痕霁碧烟，凉云叶叶散瑶田。淡黄柳上衔初月，画出新秋欲暮天。

秋　虫

晚风轻峭嫩凉生，一带寒虫唧唧鸣。明月满庭阑百折，自欹吟鬓听秋声。

秋夜读高青邱诗有作

一瓣清香奉导师，自披凫藻费吟思。南都和雅新风调，北郭才华旧总持。猜忌真教人误虎，声名徒类豹留皮。更怜四杰皆摇落，绝似初唐接迹时。

赋答高湘筠女史

簪花笔格妙英琼，闺阁倾心仰盛名。想得清吟倚修竹，珊珊吹堕佩环声。

本师依愿事云仙，妙悟知君得自天。他日大家应续史，岂徒风月结诗缘。

附原作

高梅仙湘筠

英英真不让琼琼，宋氏才多并有名。料得绣馀无一事，隔窗风送读书声。

前身应是散花仙，谪住人间小洞天。我亦嫦娥旧侍女，可能置酒订诗缘。

曝书

绝少衣堪曝，摊书趁夕曦。汗青浮竹影，飞白展风丝。治乱千年史，源流历代诗。愿将光皎皎，辟蠹护重帷。

湘帘

十二银钩下，玲珑障夕阳。蕉痕刚入画，桐影正迎凉。半卷招风意，全开待月光。幽人清梦好，如卧水云乡。

桐下鼓琴

金井凉痕叶叶吹，自携焦尾谱秋词。绿阴恰好眠瑶轸，无限高山流水思。

中秋月

滟滟中天月，流光入酒杯。蟾痕何皎洁，人意共徘徊。秋正平分日，圆当第八回。一年惟此夕，万里共登台。

芙　蓉

滟滟秋光好，芙蓉别样妆。不须三百树，也夺锦城芳。

红　叶

九月霜初陨，枫林艳晓霞。停车山径客，错认是春花。

虎　邱

虎阜名区艳今古，春风吹柳丝丝舞。真娘墓近阖闾坟，儿女英雄总黄土。

秋海棠和高湘筠韵

又是丝风剪雨时，新红都上海棠枝。三分凉影浑疑笑，一样春容莫愁迟。绿叶团团刚半簇，紫铃个个缀双岐。剧怜艳质超凡卉，怪底偏遗杜老诗。

雁　字

烟笼寒月冷，塞雁一群行。远信何人寄，匆匆写不成。

题　绣

绣出鲛绡艳夺霞，倩侬题笔数行斜。只惭卅六鸳鸯上，不称浓涂墨似雅。

泥 美 人

胚胎一掬借花田，楚楚分明洛浦仙。莫道有情颦笑欠，无言人爱息妃妍。

王绿云夫人于图卷中偶见拙作荷赠新什奖许过分赋此奉简

喜读云笺七字诗，闺中风雅冠当时。吟篇淡远追摩诘，笔阵精严继献之。夫人书得梦楼先生传。笑我菲才难免俗，多君妙翰寄相思。何当写韵瞻仙范，更乞生绡补折枝。夫人并工写生。

附原作

刻玉雕冰数首诗，鸾笺忽降半秋时。海棠增艳传佳咏，月桂添香借绮词。佳篇内有《秋海棠》《月中桂》之作。征雁初闻虫响急，疏砧欲断漏声迟。怜才彻夜千回诵，风雨吴门系我思。

佛手柑

纤纤骈脱剧芳葩，妙相黄金巧攫拿。弹指试参无上乘，定香不必更拈花。

菊影

自折黄花插胆瓶，背灯移影上诗屏。参差半面浑疑画，五柳先生醉未醒。

洋镜

宝镜现光明，团圆出大瀛。空灵华月上，朗彻海波清。悬壁全身入，回头百媚生。阳冰真不治，龙女照曾擎。

平台望远山松雪

正是严寒冻雪飞，共登台上望依稀。重重树顶银光闪，叠叠山头玉色辉。五粒摇风凉影动，六花压树霁痕微。林间一带浑如画，立久天风冷上衣。

读武侯传

管乐平生志，堂堂第一流。三分终王汉，二表竟安刘。契合方鱼水，神奇运马牛。惊心绵竹战，报国重诒谋。

寒　月

霜月遥空朗，凄凉夜未阑。玩还谁与共，高更不胜寒。依旧终宵白，迥殊前度看。玉梅花底照，移影上阑干。

寒　云

亭亭吹不断，云叶酿寒天。聚处轻于絮，浮来淡似烟。三分描雪浅，一角受风偏。冻合斜阳影，微茫认雁边。

寒　灯

寒碧晕孤檠，书帷灯影清。愁心同一点，冷梦闪三更。渔舍光犹逗，篷窗火独明。淡痕村隙露，应有索绹声。

寒　钟

寒宵传百八，何处叩清钟。定里声偏远，闺中梦正浓。客舟惊半夜，霜信逼三冬。静听尘心寂，迢迢度隔峰。

寒　山

一片山容瘦，棱棱画未能。淡描松顶雪，冷画涧中冰。落叶封遥径，凉钟阁上层。登临无客到，闲煞寺中僧。

寒　寺

古寺山扉掩，重游境寂寥。慧灯同月朗，贝叶肯霜凋。钟静孤僧冷，云深一塔遥。课馀闲补衲，斜日上疏寮。

寒　鸦

平野寒雅过，翻飞上下忙。避风怜瑟缩，背日话昏黄。哑哑啼残夜，行行傍女墙。毕逋思乐府，木末正新霜。

寒　蝶

舞衣寒欲褪，栩栩怯凄凉。似共花痕瘦，相依夕照黄。粉消难入画，翼倦尚寻芳。太息零丁甚，残魂抱冷香。

寒　柳

拂面西风冷，长堤咽柳丝。短条犹袅袅，枯干尚垂垂。赠别思前度，听鹂忆昔时。灞桥霜雪里，驴背有新诗。

美人灯

剪翠裁绡袅袅身，红妆一照倍精神。摩登现出光明相，知是琉璃世界人。

元旦试笔

列坐长筵荐五辛，椒花酿酒颂芳辰。几声爆竹才除腊，比户桃符又报春。梅借小红香得意，竹添活翠色生新。家庭乐事双亲健，共祝平安笑语频。

春　风

廿四番风信候长，乍寒乍暖酿春光。落梅如雪吹成阵，都入纱窗作冷香。

牡 丹 词

直到春深放嫩红，楼台涌现锦为丛。梅花太冷桃花艳，都与东皇拜下风。

琉璃笼玩罗浮蝶

罗浮山下蝶，五色灿团团。不向花前见，疑从镜里看。海天香梦杳，金粉舞衣寒。裙样麻姑好，偷描绣翠纨。

山塘泛舟

箫管声中落照迟，有楼台处有花枝。舟人解事双桡缓，独为青山住少时。

题墨琴夫人临十三行后

谁能遗貌独传神，难得曹娥迥出尘。一十三行姿绝世，玉真合继卫夫人。

池荷初花

已过清和四月天，玉池碧影尽田田。临波忽有冷香动，叶顶一花开最先。

课婢学绣

槐下阴阴昼正长，闲教小婢刺鸳鸯。自翻绣谱金针度，不许飞花扑绣床。

同绮琴姊坐绣墨轩怀王绿云夫人

只隔迢迢一水馀，何时共访女相如。相思丁卯桥边路，江上无鱼寄尺书。

西　　瓜

大宛当年种，乘时荐玉盘。气含金自爽，味入夏偏寒。展卷心能镇，夸多战孰干。雕成花样好，圆转耐人看。

秋夜玩月

夜色明如许,纱窗月正横。楼台涵一水,风露逼三更。秋意添金井,仙游想玉京。罗衫阑外立,忘却峭寒生。

菊花中有名曰佛座者戏同诸姊赋之

取次篱边菊又开,白衣人去剩空杯。可知高士原宜佛,莲社曾经入座来。

蜡　梅

纤纤月映新黄好,密蕊疏花一色开。无味漫云同嚼蜡,谁知真味蜡中来。

寒　月

半痕凉月庭阶静,渐渐光移上短檐。喜杀玉梅花一树,冷香和影到晶帘。

冬夜侍家慈得闻先王母遗教

膝下依依侍母慈,得闻家范有留遗。敬姜俭德犹勤绩,道韫清才不赋诗。每以浮华嗤俗尚,自将淑慎作闺仪。灯前谨领高堂训,世德亲承恨我迟。

咏　雪

飞雪洒层檐，迎寒韵共拈。分明千点絮，莫道一堆盐。

盆中梅花大放列之坐右香韵沁人赋呈诸姊

玉梅和月伴诗人，南北枝头绝点尘。似我襟期宜冷淡，喜君冰雪作精神。画中影在人同瘦，梦里香生句亦新。记得去年西碛路，篮舆得得共寻春。

咏春柳同素琴姊作

和雨和烟画不成，金阊门外柳条轻。瘦腰二月怜长短，青眼三春解送迎。照水愁痕浑欲笑，受风倩影亦含情。携柑好向苏台去，一路烟丝听早莺。

春　阴

疑暝疑晴候，将烟将雨时。眠花间燕子，坐柳懒莺儿。黑讶云头重，红嫌日脚迟。卖饧天气近，暖倩玉箫吹。

艺　兰

培泥剪叶护磁盆，数箭芳芽吐碧痕。天正嫩阴风正峭，为留香气掩重门。

上巳寒食

最难佳节似今年，元巳刚逢百六天。花市分兰移旧雨，羽觞暖酒待新烟。词人三曰宜高会，名帖双钩忆晋贤。圈柳溅裙馀韵事，笑拈题句写云笺。

十二芙蓉池馆坐雨

梅雨连朝未放晴，苔痕无赖压阶生。红窗不启人憔悴，厌听新荷折叶声。

碧筒杯

笑折青荷叶，携来当酒卮。吸时凉沁齿，饮处绿侵眉。桃核名空艳，蕉心味共宜。碧筒佳话在，韵事好题诗。

梅　　雨

连日廉纤雨，梅黄未肯晴。翠针秧短短，碧瀫涨盈盈。馀润留琼簟，新弦褪玉筝。何当收暮霭，乘霁听禽声。

绣墨轩纳凉

一带湘帘卷，河亭避暑宜。蕉心青叶叶，竹影碧差差。饭罢凉云子，歌成付雪儿。不须珠挂也，秋意动荷池。

种　竹

携锄手自劚花台，医俗如君著意培。待得月明横瘦影，好偷画稿入新裁。

高湘筠女史为碧琴韵琴二姊题扇率成绝句二首奉简

翠袖翛翛林下风，新词端楷竞双工。漫言道韫清才擅，道韫应知未许同。

君家诗学三唐重，我下书帷愧浅才。他日相期丛桂放，金风玉露共徘徊。

咏雪分得二首

雪　舟

渺渺空江一叶舟，爬沙篷背响难休。远山渐白云头黑，人在倪迂画里游。

雪　树

疏林半压白参差，冷意全封花信迟。只有玉梅香沁骨，忍寒开到十分时。

清　明

清明节候又新烟，油壁香车大道边。一树棠梨数枝柳，半晴半雨上坟天。

酒　　旗

柳外一旗飘，村沽借此招。影从林角露，春已客心撩。闪闪风疑醉，依依路尚遥。瓮头新泼蜡，买许玉壶饶。

饧　　箫

卖饧天气好，吹暖一箫中。担已挑春去，声还隔巷通。迟迟愁暮雨，袅袅咽轻风。香送知何处，帘开绣阁东。

佛见笑

别种蔷薇缀亚枝，淡红艳艳放偏迟。妙香一缕拈来好，想像维摩得意时。

新梧桐子

百尺修梧金井边，零星子结早秋天。始华弹指三春后，颗颗玲珑绿又圆。

《绣墨轩诗》一卷,亡妹绮琴遗著也。以稚齿解书,芳龄好学。绣床之侧,签题百通;闺训之暇,咿唔竟夕。要诸姊作联吟之侣,拜阿兄为问字之师。当夫片月丝风,甫花乍叶,七弦琴泛,一瓯茗香。彻复劈笺微哦,含毫绵想,或得意于梧竹之外,或移神于卷帙之间。虽银荷落虫,铜钵继响,泠泠然而韵逸,渺渺乎其思深,不知倦也。奈何淑而不寿,慧竟生夭。吴彩鸾甲帐方新,徒孤墨会;萼绿华金环无恙,遽闭云扃。事可伤心,悲真刻骨,比之午梦堂中故事,何恨绪之相符,愁端之一辙耶! 殁后检其奁匣,惟存此稿。噫! 早燕雏莺,未离黄口;琼情玉想,欲化红心。绰有性灵,初靡钝置;幽响独结,慧解自超。纵未足方驾道韫,倘亦可接迹琼章。惟妹平日女史有箴,钦少君之行;《汉书》曾读,慕大家之风。以故楮墨虽勤,流传绝少。今之甄录丛剩,付雕枣梨,惧湮没其聪明,思留贻于翰简,亦愚兄弟不得已之哀衷,非敢角长刘鲍,竞芳光威也。仰冀当代词宗,并世淑媛,或采入宫闱之编,或锡以珠玉之序,是所感幸云尔。

兄国琛跋。

藤花阁诗草

（清）虞叶蘩 撰 徐俪成 董 振 整理

|整理说明|

虞叶蘩（1789—1818），字佩祁，金坛（今属江苏常州）人。周至县佐虞阆峰女，附生顾诒绶继室。幼随母读，卒后母收拾其遗稿，嘱舅氏刘仲钊删定，道光六年（1826）刊刻，今据以整理。

例赠孺人亡甥女虞佩祁小传

孺人名叶蘩，字佩祁，吾姊之长女也。端庄颖慧，寡笑言，耽吟咏。年甫毁齿，吾姊口授唐诗，琅琅成诵，日可数首。稍长，偕其妹就书室读《毛诗》《女诫》诸书。吾姊为讲解之，即能知大义，间学为诗，颇楚楚有致。性和缓，常侍其祖几案边，问以所欲，循命不遑。事两亲亦勤慎，能先意承志以博其欢，故祖与亲并笃爱之。其祖润轩先生，吾母舅也，由助教外授潼关司马。吾姊丈阆峰随之陕，投效军前，嗣补盩厔县佐。吾姊家居，尝卧病者累月，佩祁与其妹日夜侍床头，奉汤药惟谨。稍瘥后，读曲本闲书以为遣愁之具。病因以日痊，二女之力也。吾母暮年赖吾姊追陪而始适，故佩祁居外家之日多。吾母亦嘉其柔淑，常于酒边灯底与谈历朝事，佩祁辄敬听而不忘。将所作诗命和，应手可成，词致娟秀。曾戏谓姊曰："此女可称不栉书生矣。"适金匮附生后荫中书顾君诒绶，孝翁姑，敬夫子，和娣姒，内外无间言。诒绶前室生子二，抚之若己子，五年如一日焉。岁丁丑，阆峰奉讳还家，旋疾卒。佩祁不胜哀毁，随其母奔赴金沙苫次悲号，女以代子，吊者为之恻然。阆峰置妾产一男，时犹在陕。未几得书，知以痘殇。佩祁更添伤惨，尝咏秋云，有句云："青山登览思亲切，白日情怀忆弟多。"两违其志，痛何如矣！寻于明年冬产后抱恙而逝。吾姊检得箧中有遗诗百七八十首，拟即开雕，嘱予订定。今删存百馀首，皆志和音雅，动合自然，亦闺秀中之矫矫者。惜天不永其年，为可悲也。卒时年甫三十，子女其四人，其所生者子一女一。

道光六年丙戌仲春，舅氏刘仲钊撰。

藤花阁诗草

金沙虞叶蘩佩祁撰

舟过顾龙山下

望里家山好，荆关笔底分。孤峰迷远树，一塔破寒云。梵唱开初地，樵歌送夕曛。苍茫回首处，天末起鸦群。

咏　古

七国当年尽战尘，翩翩浊世计能申。忘身志欲存危国，爱客心甘斩美人。绣像买丝知几辈，论交饮酒欲盈旬。只今肝胆谁相向，空忆龙门笔有神。

白 菊 花

白衣风外至，篱下独行行。不藉铅华色，真成隐逸名。清霜标晚节，皓月证前生。淡到无言处，诗人见性情。

小金山楼中远眺

危楼览胜一登临，面面帆樯转柳阴。林壑微茫通远目，烟波浩渺洗尘心。当窗惠麓开图画，隔岸慈云送梵音。遥指北塘明晚景，归途灯火满寒浔。

闻　笛

高阁倚秋风，何人夜横竹。老龙吟一声，江月半空落。

闻　琴

泠泠七条弦，古意入幽邃。休嗟识曲稀，山海移情在。

读太白集

鸾凰天半鸣，清响豁云雾。寄与山水中，仙心得妙悟。倚马试万言，挥毫轻七步。黄河天上来，元气从空度。前生本星辰，堕地已成误。嗟嗟入夜郎，对酒愁难诉。

柳枝词十首恭和外祖母大人原韵

望里春堤一碧摇，晓风剪出短长条。生来占尽繁华地，十二红楼廿四桥。

柔丝摇曳艳阳天，十里青青板渚连。底事春愁吹不醒，效人三起又三眠。

征帆送尽又征车，身世无端近水涯。画出春来风景好，楼台深护似仙家。

烟迷雨锁傍龙池，踠地悠扬百尺丝。惟有桓公添感触，江潭凄怆忆当时。

瘦影毵毵晓露中，秋千高接粉墙东。试看一种灵和态，未必腰支羡楚宫。

灞岸轻烟漾绿波，入时眉样胜长蛾。旗亭酒与阳关笛，为尔消魂占得多。

藏雅拂燕弄轻柔，旖旎当风韵独幽。可奈年年赠离别，一丝载得一分愁。

隋家风景望中迷，几日东风绿满堤。绾得长条欲成结，系将诗思画桥西。

沿溪宛转惹游尘，几点飞花又送春。一抹暮云残照里，含愁岂独渡江人。

几株门外锁晴光，遥带莺声弄晓凉。别擅萧疏风致好，胜他桃李斗河阳。

题渔父图限五六言七言三绝

一叶扁舟小，寒云深更深。遥知溪畔路，不是古淮阴。

大有濠梁乐意，垂竿寂寞忘形。披得绿蓑闲坐，桃花红雨星星。

一笠缘溪谢俗尘，知他逸思寄鲈莼。连年钓尽寒江雪，可有天书访故人。

夏日泛舟蓉湖即景

芙蓉不见花，湖水渺无涯。波影连天迥，云光接岸斜。橹声游客舫，旗影酒人家。补入倪迂画，遥峰几点鸦。

轻帆吹不断，隐隐夕阳西。客下金山小，禽飞锡麓低。插秧人隔水，垂钓艇沿堤。只羡闲鸥乐，盟心去住齐。

题管夫人寄赵子昂画竹

鹅绢新裁写竹枝，平安寄与慰相思。个中百尺凌霜节，可奈王孙总不知。

春夜同佩湘妹作

谢庭飞絮又漫漫，触拨吟怀上笔端。画阁分香添鹊尾，银床汲水试龙团。诗书岂易尝三味，花月居然并二难。便拟溪头划小艇，绿波轻漾钓渔竿。

春　　雨

春光黯淡万人家，密密疏疏整又斜。几日泥深迟看竹，终宵点急只拚花。丝飘帘外迷飞燕，影护檐端过乱鸦。但惜小楼难眺远，绿阴疑隔数重纱。

读孟东野集

苦语出天真，下笔忽惊众。不数贾浪仙，名与昌黎重。泠泠在山泉，清韵绕幽洞。孤松自偃蹇，羞与桃李共。所嗟时命乖，寒甚谁擢用。境穷句益工，愁城任驰纵。一篇铜斗歌，苏髯几吟诵。

读李昌谷集

风骚有变声，庾鲍羞学步。搜奇破混沌，岂畏真宰诉。生面开异境，刿肝得神助。天葩散缤纷，艳思别成悟。秋风哭何为，文章造物妒。妒极转成爱，玉楼待其赋。

拟唐人四时塞下曲恭和家慈原韵

羌笛空吹柳色新，边风拂面总烟尘。朝来路过明妃冢，一寸青痕始见春。

汗马长征五月间，天涯空自怨刀环。人生那及蒲桃树，青紫缤纷入玉关。

何处胡笳一曲哀，秋霜如雪上龙堆。连朝看尽云边雁，可有乡书系足来。

带得吴钩夜夜看，醉中起舞恨漫漫。论功独有嫖姚在，空度阴山十载寒。

白秋海棠

素艳丛丛占晚芳，篱边色欲傲花黄。烧残银烛疑无睡，坐对金风别有香。红泪已枯蛩语夜，玉颜都染雁来霜。杜陵偏自题诗吝，开向三秋总断肠。

游二泉亭

挈伴饶幽兴，烟云入远腔。品评曾第二，甘苦此能双。亭有两泉，一甘一苦。碧树笼花径，青山俯竹窗。闲情谈陆羽，试茗听淙淙。

夏日纳凉次佩湘妹韵

疏帘卷处候凉飔，茉莉香清上碧墀。欲避烦嚣何事可，玉川香茗玉溪诗。

游废园

构造自何年，寂寥似空谷。草深无鹤踪，梁空有燕宿。墙延蝌蚪文，柱绕秋千索。怪石幂寒烟，平桥卧僵木。对面峙遥山，一痕青入屋。荒径无客来，亦足旷心目。几树古桃花，无言红簌簌。

秋咏四首外祖母大人命和

秋　风

秋信铜乌倏转移，萧萧瑟瑟总如期。桥边明月吹箫夜，山顶斜阳落帽时。残柳却怜蝉唱远，寒云未觉雁来迟。无边逸思无穷恨，只有兰台一赋知。

秋　水

蒹葭弥望影迢迢，彻底凉生几暮朝。溪畔琴声翻楚曲，江边画意剪吴绡。客帆挂处西风阔，仙棹浮时北渚遥。听说濠梁真乐在，游鱼作队正相招。

秋　月

修成七宝足精华，千里清辉入望赊。浩渺边城吹筚篥，凄凉客舫听琵琶。通宵庭院逾兰烛，如水楼台借桂花。尘世空明同一镜，何须更羡素娥家。

秋　云

一天秋气转银河，万叠鳞鳞起素波。织向月边明似锦，裁来风外薄成罗。青山登览思亲切，白日情怀忆弟多。只合陶家自怡悦，底须持赠出岩阿。

得严亲手书

书来却喜说加餐，携向灯前辗转看。春雨褒斜车路险，秋霜太华马蹄寒。慰情毕竟输通子，弱质空教羡木兰。迢递白云翘首望，十年亲舍古江安。

咏　烛

摇漾金荷影，西窗避晚风。移来惊宿燕，灭处听归鸿。惜别三条尽，催诗一寸终。几行清夜泪，弹上海棠红。

读陶靖节传

抽身宦海隐柴桑，携得琴书百虑忘。独抱旷怀推处士，未妨高卧傲羲皇。千秋江右开诗派，九月村南对酒香。遥想当年家国事，岂徒身免折腰忙。

顾龙山下观竞渡作金沙每年于三月二十日在顾龙山下作竞渡之戏

顾龙山景开苍茫,凉亭高塔摇波光。吾乡此风殊节序,踏青才过竞渡忙。春雷发声鼓齐击,彩霞散绮旗高张。游龙夭矫激如箭,惊惶水族皆潜藏。鲛宫众神疑起舞,风翻云卷空中扬。急流倒涌势更捷,一声喝彩都回翔。遥看两岸排画艇,珠帘掩映多红妆。桃花三里娇欲语,游人簇拥如蜂狂。歌声拉杂萦水面,乐意大反《离骚》章。何如湘江五月五,荐以角黍陈蒲觞。古怀渺渺不可接,夕阳渐下高山旁。回兰桡兮一回首,水云无际心彷徨。

书　灯

寂历疏帘暮色空,短檠移置案头红。芸窗多少辛勤意,只在光芒一寸中。

闺　灯

良工妙手为装成,满注兰膏闪烁明。卸罢晚妆情脉脉,玉虫弹处验阴晴。

禅　灯

钟残兰若夜初寒,心镜空明一样看。好向人间开觉路,半龛清影落蒲团。

渔　　灯

如画江乡入杳冥，芦中影溜一痕青。夜来添得严滩景，误认苍茫堕客星。

除夕恭和慈亲原韵

流光荏苒值年残，梅蕊含香耐倚阑。深巷共然祈谷火，画堂初设祭诗坛。桃符插处添新样，柏酒斟来散暮寒。遥忆秦关官阁里，此时两代话团栾。

探　　梅

巡檐来悄悄，缟袂忽相逢。春早无蜂响，苔深有鹤踪。轻烟三径绕，残雪一枝封。试望寒云表，瑶台隔几重。

入世空浓艳，长存太古风。枝头春酝酿，水上影玲珑。色相烟霞外，丰神竹石中。罗浮今夜梦，好趁月朦胧。

春阴曲同人分赋

将晴未晴众绿肥，欲雨不雨寒云低。庭前绝少蝴蝶舞，屋角但听流莺啼。几树桃李竞颜色，冥蒙都觉烟痕迷。望中隐隐辨城郭，屐声满巷沾香泥。韶光黯淡过寒食，冬衣未换风凄凄。闲窗兀坐苦吟思，新涨闻说红桥齐。何如书画携一舫，明朝共泛溪之西。

吴王井

银床依旧覆桐阴，洗尽繁华阅古今。只合妾心同此水，如何更泛五湖深。

黄公涧

春申曾此著高名，千尺当空别样清。洗耳试教来一听，肯如呜咽汨罗声。

梅　影

明妃深夜佩环回，化作名花岂浪猜。忍向春风重省识，十分消瘦立苍苔。

竹　影

翠袖何人倚暮寒，萧萧飒飒上阑干。隔帘一片凄清意，便当潇湘月底看。

柳　影

疑雾疑云落断桥，个中添得恨迢迢。渭城酒后无人折，肯逐离魂一路消。

菊　影

非墨非烟别有神，几枝潇洒绝红尘。西窗烛并东篱月，写出陶公小像真。

金沙道中舟行野望

野景来苍茫，都入芦篷小。水色碧沄沄，天光白渺渺。波平来桨轻，风顺去帆饱。隔岸牧童闲，沿溪渔父老。雨过竹生云，地旷禽栖草。天半梵声来，远寺隐林杪。诗情触处生，画理随境好。日落上寒烟，柴门人悄悄。

闻雁四首次李纫兰韵

苍凉疑听楚人歌，嘹唳当空渡绛河。秋赋初成欧永叔，锦书将寄窦连波。不辞异地关山远，岂畏重阳风雨多。仙掌高寒承露夜，几回曾向月中过。

萧萧结阵挟寒霜，辛苦征途总断肠。何处瑶笺传戏海，谁家玉笛弄伊凉。无心伴鹤留烟岛，有约盟鸥近水乡。游遍天衢凭健翮，胜他金殿锁鸳鸯。

满天星斗正纵横，逐队排风夜作声。文字缘深夸入世，稻粱路远笑谋生。吴江枫落含愁晚，楚峡云飞过影轻。记否长安高塔上，有人携笔快题名。

万里高飞路渺漫，戈人矰缴篡应难。客留塞外书曾达，士在芦中迹共安。清切琴弦临水抚，横斜筝柱倚风弹。最怜一片秋空月，响彻千家捣练寒。

祖父大人年七十自秦中致仕归此以志喜

解组归乡里,团栾笑语亲。精神欣矍铄,步履任逡巡。林壑回新景,书篇拂暗尘。一觞远叩祝,重庆永芳辰。

松菊依然在,惟怜径已荒。西都留政绩,北阙恋恩光。鱼鸟关心乐,烟萝托兴长。香山同结社,故旧话徜徉。

憩春草堂

宛尔荆关昼,苍茫野景深。行云都傍水,倦鸟各依林。竹色青浮阁,松阴翠接岑。凭栏闲眺久,得句独沉吟。

谢氏池塘路,清游记往年。春花仍笑日,稚柳已飘烟。泉语无人处,茶香到客边。最怜双燕子,常傍旧堂前。

首夏约诸表嫂游惠山

清和时节景更新,有约看山意最真。好趁连朝阴雨后,香花桥畔正无人。

寄畅园林好纳凉,槐阴竹色带溪光。幽寻底用携柑酒,坐听莺声絮夕阳。

叠嶂奇峰众绿围,红尘少处减炎威。试茶共爱清泉好,带得瓜皮一艇归。

蓉湖几里水风斜,挂到归帆正落霞。须向溪头停一霎,慈云新拥万荷花。

拟鲍明远数诗初夏雨后作

一旬苦阴雨，檐漏声琅琅。二气有偏胜，水衣滋空堂。三径肥众绿，郁茂清含香。四照花足惜，惨淡成啼妆。五月开草阁，薄寒侵衣裳。六街满泥淖，步屐争跄跄。七政匿光彩，山色归微茫。八表风骤转，空宇云飞扬。九垓豁爽气，屋角明斜阳。十里堤上景，览胜争徜徉。

秋　　夜

无声银汉碧迢迢，纨扇罗衫意寂寥。爱诵宋人词句好，桂花影里卧吹箫。

题外子画兰

画手传家有虎头，光风真觉国香浮。善人品格幽人韵，看尔毫端一例收。

题明妃图

汉宫几载了前缘，出塞琵琶独黯然。不是误他延寿笔，千秋青冢有谁传。

咏雪和韵

玉楼隐隐冻云连，六出飞花卷似绵。一片声来疏竹外，十分寒到古梅边。茫茫大地留鸿爪,寂寂空亭醒鹤眠。愁绝渔家蓑笠坐,扁舟系处满江天。

二

片片飞英到眼鲜,回风作势遍窗前。光开银海疑无夜,影接瑶台别有天。拥被暗牵诗客梦,围炉高耸酒人肩。谢公屐与王公氅,溪畔行来总似仙。

育蚕词

城南十里多种桑,大姑小姑日日忙。却喜今春天气暖,无雨无风过小满。携梯执筐劳不辞,素手采尽青青枝。多饲桑,得蚕早,几日缫丝织锦好。夜来机畔笑天孙,报章不成那云巧。

题赤壁图

舳橹弥望古江乡,曾说鏖兵作战场。乌鹊无依悲孟德,东风有力助周郎。千秋胜算随流水,一代雄心付夕阳。赢得坡仙清兴好,赋成移酒对苍茫。

乙亥冬送佩湘妹北上于归

棣鄂惟吾汝,相依绣阁中。那堪今夜别,愁绝听宾鸿。
差喜随亲往,临歧意稍安。劳劳兼水陆,此去慎加餐。
北望三千里,天寒雪欲飞。桃夭歌不远,珍重瑟琴挥。
记得明窗下,摊书诵二南。知君娴姆教,闺范定深谙。

接撷华表妹手书此寄

尔我迢迢意，惟教鱼雁知。闲愁难涤荡，别恨暗支持。坐月聊吟夜，评花刺绣时。何堪一回首，不尽故园思。

春日寄佩湘妹

书来珍重语频频，过眼韶华又一新。分得上林花烂漫，妆台不比旧时春。

夏日早起

瑶阶寂历露华滋，屋角林高日到迟。一院晓风人语静，芰荷影里立多时。

慈云寺观荷

兰若阴阴上曙光，露珠错落泻银塘。幡幢影里窥空色，钟磬声中度妙香。鱼戏东西摇翠盖，蝶飞高下恋红裳。灵根到此真无染，消领清芬共纳凉。

丙子冬闻佩湘妹随任之湖北学政署中

西风鱼雁恨迢迢，两载离魂黯欲销。遥指天南云一角，此时隐约护星轺。

妙思曾夸一串珠，联吟妆阁忆清娱。梦中亦恐途相左，我到潇湘尔入吴。

题高山流水图

危峰千尺俯碧浔，山光水色虚沉沉。毫端活泼化工在，拓开一室生凉阴。极目清晖变昏晓，绿云片片上林杪。此中真趣何处寻，伯牙海上琴音杳。

咏美人影

淡妆莫认画中成，燕瘦环肥约略明。拜月帘前窥冉冉，回灯幕外见盈盈。每停踪处偏无语，欲转身时亦有情。记否小青诗句好，芳塘春水最怜卿。

哭缳秋表姊

剩绣零香委积埃，飞琼忽尔返蓬莱。可怜十载思亲意，慈竹寒风夜夜哀。

于归两载怅离魂，落寞妆台剩粉痕。检点箧中遗墨在，好教珍重寄黄门。龚太史镫在京供职，定于明春迎眷。姊于腊月中病，数日而卒。

频年相聚似连枝，剪烛西窗夜话迟。从此谢庭花月下，为君总是断肠时。

咏　草

一绿如云别有姿，萋迷南浦动离思。新痕先入刘郎室，旧恨长留谢客池。玉砌暗滋栖蝶夜，金风只惜见萤时。相怜最是红窗婢，斗取芳名种种知。

蟋 蟀 吟

候虫动秋气，振羽来碧墀。能领天地心，应此七月时。琐窗明月残，虚庭微露滋。草根写幽郁，中有愁人思。唧唧断复连，苦吟意孰知。千古同不平，一卷东野诗。

咏 蕉 扇

一握当风暑气收，移来谈麈并清幽。绿痕犹剩窗前色，黄意先分树上秋。肯与班姬捐箧底，不随桃叶渡江头。飘摇都觉心神爽，惟有迎凉草许俦。

同人分赋蜡梅得黄字

冻蕊疏葩韵独长，胜他篱菊媚秋光。素心半吐凝残雪，磬口全开带夕阳。檐底寻来初罢绿，额边点去巧安黄。何当写上徐熙笔，留伴消寒九九香。

风致萧疏倚槛旁，分明色相道家装。金人露滴枝枝艳，绮里丹成颗颗香。古干欹斜栖雀翠，幽姿冷澹避蜂黄。冬窗插向铜瓶好，松竹相依到画堂。

听 泉

一径碧泠泠，空岩奏仙乐。能涤尘世心，谁云出山浊。

听　　莺

春和出谷幽，清响绕云树。有人挟弹来，总被多言误。

听　　松

高阁涌寒云，苍龙翻涧底。疑在广陵江，声高八月里。

听　　竹

帘外响萧萧，疑泉复疑雨。襟怀顿觉清，如共幽人语。

秋日偕诸姊妹过寄闲园即外家文恪公别业

名园畅好足游观，缓步纡回曲径宽。亭补翠微新水石，堂开绿野旧烟峦。松阴作画当窗暗，竹意生风入座寒。满目淮南丛桂好，重寻遗迹说刘安。

春夜观弈作

一局丁丁坐绿窗，疏帘寂静对银缸。机谋迭运肠回九，奇正相生眼借双。缅想妇姑夸绝技，分明吴越遇仇邦。个中枉说神仙乐，各炼心兵未肯降。

题生香馆诗集

名重闺中第一流，芳龄慧业竟谁侔。惊鸿影渺争怜惜，闻雁诗成忆唱酬。纫兰《闻雁》诗和者数十人。仙骨原如东野耸，秋怀不减少陵愁。羡君别擅生香笔，定共梅花几世修。

蕉雨吟稿

（清）顾佩芳 撰　徐俪成　迟仁清 整理

整理说明

顾佩芳（1796—1875），字素芬，又字韵仙，江苏吴江（今属苏州）人。顾兰夫女，范一峰室。著有《蕉雨吟稿》，收入清末吴燕兰《吴氏囊书囊》甲编，今据以整理。

蕉雨吟稿

松陵顾佩芳素芬著
笠泽吴燕兰姞征编

粉囊一

五　律

春晓时年十三

晓起理云鬟，徘徊倚画栏。风清吹袖薄，体怯觉衣单。妩媚名花艳，轻盈弱柳珊。瑶阶闲伫立，景物自漫漫。

红　莲

翠盖擎如扇，临波竟体凉。衣疑妃子褪，脸是美人妆。怯雨先含泪，悲秋欲破香。回塘消盛暑，倚棹曲声长。

忆　母

苦雨连绵下，凄风入短檐。扶筇支病骨，呼婢下重帘。开卷无心诵，含毫信口占。欲归归未得，听愁雨廉纤。

送　春

无计留春住，春归唤奈何。愁诗裁燕剪，恨谱织莺梭。花落堆红锦,苔生叠翠罗。寄言小儿女,竹马漫相过。

月下哀吟

一载形容渺,遗琴半掩尘。伤心怜幼子,无语慰慈亲。破镜云鬟乱,麻衣泪渍新。可怜今夜月,愁煞未亡人。

寄尘三旬诗以祝之

小别蓬莱后,尘寰三十春。幽兰堪作佩,秋水定为神。咏絮才名噪,簪花妙格真。淡吟袁氏堂名人共仰,诗礼慰尊亲。

炉香共经卷,从此乞长生。薄俗骄纨绮,冰容识性情。楼头迎月素,林下自风清。试看佳儿长,扬徽播令名。

垄头看梅有感

寒梅开几许,丙舍得春迟。香远风吹鬓,林疏雪压枝。愁云殊黯黯,苦雨恰丝丝。幼女催归棹,离人空自悲。

答寄尘

清丽非凡质,兼之窈窕姿。蛾眉推领袖,云锦入机丝。巧思如苏蕙,知音胜蔡姬。依家诸姊妹,几欲拜闺师。

病中有感

梧叶经秋落,萧疏景色凄。素帏遮瘦影,凉月照空闺。镜匣埋蛛网，雕梁落燕泥。伤心问逝者，来世可齐眉。

再答寄尘

别后情多少，相逢语转无。仙才天上妒，雅态世间殊。劝我闲愁遣，怜君玉貌癯。寄言兰蕙质，珍重比璠瑜。

忧雪香姊病

质比幽兰弱，难禁二竖欺。月寒蟾影瘦，琴断鹤声悲。强乐且依母，传经还课儿。清操谁得似，松柏有心期。

月下思亲

月高松际出，瞰我泪偷弹。草润秋沾露，花移影上栏。诗魂悲骨瘦，蓬鬓怯衣单。连日依亲惯，归家转自难。

秋夜与雪春姊话别

空阶浸凉月，秋意静中生。何处井梧落，谁家玉笛声。烛残流别泪，酒后动离情。姜被今宵暖，来朝又送行。

雨　后

山螺添翠色，池藻感浮生。花径携孙玩，金针与女评。落花惊午梦，啼鸟报新晴。种得千竿竹，龙孙雨后萌。

有　感

骨肉多泉下，频年赋悼亡。死生总有数，聚散本无常。杯酒浇黄土，纸钱挂白杨。予身尘世谪，祈死月昏黄。

转为姑亲老，此身强自留。泪痕八九载，心病万千愁。水月原知幻，萍花本属浮。梦魂返贝阙，跨凤每仙游。

纪　梦

处世浑如梦，神清梦也清。片时朝玉阙，一霎返瑶京。袖冷霜华重，炉烟风篆轻。寸心无所着，缑岭学吹笙。

五　绝

月夜忆掌珠甥女

新月如曲眉，幽亭掩未开。含愁花影下，遥忆玉人来。

春　晓

院外落花红，苍苔曲径通。呢喃双燕子，轻剪剪东风。

对　月

爱月坐长更，凭栏百感生。遥天空极目，难访许飞琼。

七　律

秋日步鉴古斋读外子秋日闲居诗次韵

窗外焚香花影浮，闲来散步倍清幽。寒涛自向苍松起，俗暑多从翠竹收。几度呼童扫曲径，数声征雁报新秋。玉阶夜色凉如水，顾影萧然月下游。

为先夫周年作

频将双泪洒诗笺，梦里殷勤说去年。自分倡随成白首，无端生死隔重泉。夜台回首应惆怅，空阁沉吟暗自怜。多少胸中悲别思，愁言聊当哭君篇。

病馀瘦损倚东楼，顾影无言只自愁。那得骑鲸人再世，可能化鹤更相留。帏中忽听啼黄口，堂上谁怜有白头。到此翻甘身速死，追随泉路去悠悠。

秋夜怀袁寄尘

空房剩有一灯明，独拥寒衾梦不成。别恨未随流水去，离情每逐乱云生。蕉窗寂寂三更静，莲漏玎玎五夜声。知己难逢分手易，何时扫径笑相迎。

送夫出殡哀成二律录其一

凄风淡日惨前途，秋柳欹斜半已枯。化鹤何年归故宅，离鸾从此只哀呼。强将笑语酬亲串，怕带啼痕对老姑。忍恨偷生在人世，为君善抚藐诸孤。

喜则庭弟生男诗呈老母兼赠弟妇掌珍

梦叶熊罴画阁前，筵开汤饼晚春天。桃应靦面花增粲，珠乍离胎月并圆。绣褓啼看惊客座，高堂笑取洗儿钱。漫云寒俭无珍锡，万卷牙签衣钵传。

归家有感

辞亲扶病强归来，双鬓蓬松泪满腮。恋世无心徒药饵，出尘有分返蓬莱。空斋月冷琴书寂，寒阁风清志虑灰。谙尽炎凉诸苦况，深情从不怨泉台。

怀清书屋

小影怀清境绝尘，孤帷犹寄病馀身。抛残旧恨随流水，收拾新愁付绿蘋。屡感落花空堕泪，每逢佳节暗伤神。年来生意如秋淡，独与芭蕉结净因。

闲居遣闷

新制名香宝鸭焚，风吹曲院韵氤氲。尘心默悟如明月，世事无凭付白云。闲把松针结帷幄，冷将蕉叶当罗裙。空庭独立盟猿鹤，泣雨餐露卧夕曛。

蟹　　蝶

栩栩风轻力太微，雪蓑脱后讶形非。盘堆蝉翼霜螯谢，帘认虾须粉翅依。仙梦岂因秋水幻，寒香应恋菊花飞。深闺小女娇痴甚，笑道无肠公子衣。

答寄尘即步原韵

双眉镇日锁愁新，菱镜慵窥憔悴人。未向蓬莱窃灵药，敢夸仙女降凡身。春兰秋菊难同秀，流水高山赏独真。怪底炎天斗冰雪，新诗清绝起予频。

先舅弃世三十年矣延僧礼忏赋一律

鹤驭仙游卅载期，敬营斋奠展乌私。狂飙几阵摧丹桂，苦雨连番损紫芝。地下儿孙欢绕膝，人间姑媳泣孤帷。空庭风木犹知恨，落叶萧萧替泪垂。

焚寄地下

寒灯枯管常题怨，幻镜空花恰有因。慰彼衰姑欢是假，勤斯嗣续护如真。缥缃那得传娇女，菽水惭无报我亲。试看冲寒梅韵淡，冰容约略未亡人。

读问花楼诗钞

蛾眉真个擅才华，双美翩翩洵足夸。清似湘江初长竹，艳如蓬岛未开花。箧中旧曲题残恨，笔下新诗吐彩霞。料得随园□父母，锦幢低护七香车。

甲申除夕

谙尽炎凉性淡然，布衣不羡绮纨鲜。凄风逼户凌诗骨，冷雨飘窗湿篆烟。箧里未留钱压绣，奁中那剩翠花钿。安排柏酒娱姑氏，憔悴空闺又一年。

菊

不羡繁华时世妆，自甘老圃傲冰霜。凄风无伴留孤赏，秋月多情鉴道装。脱略铅华偏秀艳，总教晚节愈馨香。黄昏几度怜君瘦，花作围屏影烛光。

哭雪香姊

彩鸾双驾乐仙游，堂上无如老母愁。镜匣尘封闲绣阁，宝奁月冷闭妆楼。得垂四德留彤管，赖有双雏慰白头。棋局诗笺都梦里，不堪回首浣松秋。

一曲离鸾暗断肠，香魂早返白云乡。生无知己生何益，死有清名死不妨。弱比娇花怜着雨，瘦如秋菊恰侵霜。哀情无那凭棺恸，忽见遗容泪万行。

七　绝

夏　日

轻风隔院送花香，绣倦抛针午梦长。睡起无聊凭槛立，数声渔笛绕池塘。

七　夕

理罢云鬟画翠蛾，金梭抛却渡银河。相逢笑慰经年别，玉漏频更恨转多。

秋　夜

西窗间启听泉流，雨打残荷暑渐收。昨夜风吹梧叶落，海棠含泪已成秋。

月

漏入珠帘照曲廊，几回疑雪复疑霜。碧天云净浑无迹，一片寒光助晚妆。

东溪竹枝词步则庭弟韵

碧天如水玉蟾融，影落平川万丈空。挈伴危桥闲眺望，几疑人住广寒宫。

竹篱茅舍野人家，推出柴扉近水涯。笑看儿童沽酒去，耕馀野老捉鱼虾。

杨柳临风舞细腰，莺儿度曲破清寥。行人亦为伤离别，故折长条复短条。

绿波芳草碧凄凄，万缕垂杨拂岸低。远望桃花开几树，恍疑此地武陵溪。

葵　花

筑成花冢为春忙，收拾残红贮锦囊。多少倾城倾国艳，可怜黄土尽埋香。

夏　夜

兰汤浴罢晚凉天，纨扇轻摇倦欲眠。闲看流萤飞不住，随风飘至画帘前。

咏　艳

九里山前战骨凉，美人舞罢泣红妆。重瞳值为虞兮死，谁肯临危饮剑亡。虞姬

天生侠骨岂寻常，不独娇姿压众芳。金谷园中身报主，坠楼千载姓名香。绿珠

泪湿红绡懒整妆，长门尽日倚兰床。君恩也似秋云薄，别殿笙歌奏凤凰。江采蘋

灭却梅花剩荔枝，三千粉黛压当时。六宫无复沾恩宠，委地

花钿悔已迟。杨玉环

月夜有感

回忆弹琴雪月天，梅花清韵最堪怜。高楼相对焚香处，那道分离即眼前。

自题镜奁

残妆有恨锁眉尖，欲拂菱花更惨颜。对影自怜还自语，此生无复整云鬟。

哭亡儿梧生

终宵呜咽语如簧，临别犹垂泪几行。欲救娇儿无妙药，人间难迷返魂香。

小雨丝丝独掩扉，孤灯相照梦相依。觉来窗下悲风啸，肠断儿魂归未归。

痛极犹疑梦也非，箧中烧剩旧时衣。晚来风景依然在，空使鹃花和泪飞。

短发鬅鬙欲戴花，晓来嬲我髻梳鸦。而今一树庭花发，飘漂随风到日斜。

隔断泉台路不通，魂孤胆弱怯松风。天生秀质今何在，泡影空花一梦中。

晨夕呼儿意若痴，哭夫又作哭儿诗。哀音十幅回肠断，一字书成泪几垂。

和寄尘梅花上下平三十韵录十首

三更淡月照花枝，恍见琼仙缟袂时。梦去不知身是蝶，暗香深处度迟迟。

携伴寻梅雪满途，归来新制斗寒图。香飘两袖临风立，细嗅馀馨半已无。

年年冒雪为谁开，先向花业独占魁。素女似怜人寂寞，凭栏时送暗香来。

孤芳未许染纤尘，玉貌羞同桃李春。梦醒忽惊窗外立，罗浮明月是前身。

极目空阶雪有痕，轻云笼月夜黄昏。直将一夜愁人泪，洒满枝头几断魂。

江妃生性爱清标，不受明珠愿寂寥。早被玉环恩宠夺，楼东冷落暗魂消。

笑问梅花意若何，广寒曾否伴嫦娥。几生修得沾清福，领略春光不在多。

芳池小冻未全冰，疏影参差叠几层。独立回廊吟短句，满衣花气向寒凝。

片玉飞来入小楼，暖风习习月光浮。花魂久作诗魂伴，花到将离各自愁。

梅花飘落影纤纤，罗袜曾嫌蝶粉黏。寂寂小楼如有忆，疏香无复到层檐。

偶　成

空闺时谱凄凉曲，相逢何晚分何促。令威化鹤未能归，泉台夜伴人如玉。戏谓陈氏姊。

怀雪香大姊

轻风如剪雨如丝，正值兰闺分袂时。别后最怜容更瘦，琐窗低首读君诗。

怀弟妇宋双珠

恹恹小病耐残秋，为怯风霜懒下楼。忆得碧梧深院里，持螯赏菊月当头。

强拈班管学银钩，回首新凉桂子秋。忆得深宵闲玩月，错疑身到广寒游。

即　　景

夜深待月坐回廊，半榻琴书冰簟凉。最是深闺风景好，水晶帘外藕花香。

游 仙 诗

前山闻说是峨嵋，采药仙人正未回。松下青童眠正熟，素娥相约上瑶台。

卸却闺装换道装，瑶姬邀醉白云乡。偶从离恨天边过，悟得三生宿债偿。

消夏八首录其二

诗魂病骨奈愁何，草草吟成未琢磨。常展龙须方锦褥，昼眠深院梦痕多。午梦

闲携女伴去乘凉，侍婢持梳替晚妆。伫立瑶阶探月影，鬓边斜插夜来香。纳凉

游虎丘

欲结烟霞木石俦，诗魂先绕敛池头。浮图高与云霄接，一望能教万念休。

吴娃娇小共烧香，金缕云衣八宝装。笑向碧桃花下立，风流不让古真娘。

秋宵忆母

小别慈帏已半秋，思亲终夜梦魂稠。推窗一片迷离景，云树重重碍倚楼。

白海棠

淡淡幽姿品足夸，纤尘不染玉无瑕。酸风苦雨秋窗下，漫比寻常儿女花。

寂寞空阶合断肠，秋来底事作啼妆。纵教开向春时节，子美何曾赋海棠。

纪　梦

昨宵仙诏下蓬瀛，喜听天边鹤唳声。替著冰绡扶梦起，彩云拥住一身轻。

未入广寒学侍书，笑从仙侣坐云车。飘来金粟蟾宫近，特有香风拂素裾。

珊瑚八宝绮窗开，瑶草琪花遍地栽。忽听箫声云外至，钧天一曲众仙来。

尘寰小谪几经年，病骨愁魔独自怜。漫道年来多妄想，阿侬从幼淡尘缘。

秋思忆雪香姊

霏霏细雨暮烟生，邻笛无端曲乍成。倦倚小楼添别恨，何人吹送断肠声。

雁

痴云片片雪霏霏，枨触离愁泪满衣。病里怕闻孤雁叫，天涯生死惜分飞。

扫　墓

松柏枝头挂纸钱，亲携斗酒敬长眠。背弹几点潇湘泪，洒向青原化杜鹃。

蕉窗秋晓

闲窗云暗雨丝丝,漫启菱花挽髻迟。亭畔芭蕉解人意,芳心频展待题诗。

读寄尘近作

君思跨凤三山去,劝我尘寰且滞留。只恐仙龛无伴侣,还容依住傍瀛洲。

悼　兰

闲来悄步曲栏西,花径萧疏韵转凄。可惜春归风雨恶,幽兰含泪萎香泥。

读朱淑真断肠集

溪头弄月想风姿,掌上嫦娥句更奇。集中有《咏水月诗》:“无事溪边弄碧波,分明掌上见嫦娥。”淑真心喜句。宋艳班香须折命,闺中枉赋断肠诗。

三十初度感成十绝录其二

频年婿病奈愁何,愿乞灵丹拜素娥。岂意风吹连理断,孤灯双袖泪痕多。

细将诗稿阅从头,信手拈来字字愁。读向嫦娥也垂泪,露珠数点月中流。

有此庐诗钞

（清）金孝维 撰 徐俪成 整理

整理说明

金孝维（生卒年不详），字仲芬。浙江嘉兴人，左都御史金结女，翰林院编修钱豫章室。享高寿（顾太清谓其“年近期颐”）。著有《有此庐诗钞》，有道光刻本，今据以整理。

序

春曩侍夫子论诗，于国朝大家中尤服膺《香树斋》《萚石斋》两集，耽玩积年，大半成诵，于以见钱氏家法，贻谋之远，不可及也。岁乙未，闺友追和萚翁《海棠诗》，获交诵冰妹于阮氏鱼听轩，既尽读其上世闺秀诸集，因访陈太夫人《复庵吟稿》，不可得，怊怅久之。诵冰乃为言其伯祖姑母金太恭人工吟咏，然不轻示人。春闻而向往焉。今年三月，邮致一卷见示，且诒之书曰：昨岁君舅请之，太恭人仅付钞若干篇，行将授梓，姊其序之。春尝观前代闺秀之作，其仅存者大抵吟赏风月，采摘华艳。已尔求其原本风雅、持之有故者，概不多见。

太恭人为总宪桧门先生孙女，名臣家范，学有渊源，爰嫔高门，衿帨肃教，僮祁在公。听彝训，庀内治，敬宗赡族，险夷一操。是盖得天之全。宅心制行之纯且厚，由是而发于言也，和平庄雅，性蕴毕宣。卷中述事书怀诸作，孝慈恺悌之风，蔼乎如见时，而抚景怡情，即目抒写，远度清襟，又洒然尘埃之外。展诵累日，几神往于鸳湖鹤渚间矣。

春既稔知诵冰，复因诵冰得见冯宜人，则总宪之曾孙妇也。锢车过从，知两家行谊为详。闻太恭人家居，年近期颐，爱才犹昔。山川遥深，不获执卷登堂，亲承诗教，爰述频年向往之切，及今日奉读是卷而佩服之无已者，仍因诵冰以呈太恭人。其肯不遗在远而赐教焉否乎？

道光二十有二年孟夏之月，太清女士西林春谨序。

有此庐诗钞

嘉兴金氏孝维仲芬著

白　菊

餐英漫说可长生，点缀秋光亦有情。素艳不同凡卉放，冷香偏待早霜荣。谢家玉树差堪拟，江令琼枝岂足评。一自松陵酬唱后，黄花未许独驰名。

上巳闲咏

碧草侵阶宿雨肥，画阑闲傍思依依。三分花事初零落，九十春光半已非。桂玉萦怀蚕事近，关山隔梦雁书稀。输他邻女无愁闷，笑语江头祓禊归。

谢送紫藤糕二绝

紫艳蒙茸一架香，晓来和露掇盈筐。清芬好伴桃花粥，不是幽人不与尝。

赢得佳名入咏吟，一圭珍重胜南金。不知齿颊芳香满，疑向春风坐紫阴。

集近水楼居分韵得鹊字

居闲客过稀，门巷喧晴鹊。幽人共相访，不负前期约。命婢煮新茗，呼童整清酌。论文输封胡，礼法饶钟郝。谈笑杂琴书，善戏不为谑。佳会忘夜阑，从教凉月落。

东方曼倩

三冬学足非虚誉，司马枚皋未可衡。辟戟曾争宣室宴，如何只擅滑稽名。

喜　雪

同云低四野，飞雪满长空。近水寒先积，穿帘暖乍融。渐迷芳径树，已断暮天鸿。多稼占来岁，讴歌处处同。

送夫子北上二首

拟献匡时策，非关爱远游。燕台霜后路，鸳水月中舟。晚角催行色，寒鸦起暮愁。春风须努力，早上凤池头。

判袂情何限，销魂两自知。江山况风雪，道路独驱驰。怕听阳关曲，愁吟折柳诗。更怜三五月，偏照别离时。

看荷二绝

芳姿出水净无埃，两两仙葩斗艳开。遥忆风荷繁曲院，清香十里胜蓬莱。

小缸菡萏乍舒花，白似晶盘红似霞。笑倚阑干吟短句，香风冉冉袭轻纱。

玉钵盂

素艳偏饶香韵多，亭亭水面似凌波。花神岂学伽罗法，玉钵高擎意若何。

闺晚

雁叫秋风静掩门，小窗灯火又黄昏。不知今夜扁舟泊，枫叶芦花何处村。

次前韵

草荒三径闭衡门，斜倚危楼夕照昏。侍女也知凝望意，几看帆影指前村。

广前韵

摇落西风独闭门，凄凄小雨易黄昏。一声旅雁惊秋思，几片残梧扰梦魂。书会引愁时废卷，酒能消恨每开樽。遥知羁客篷窗底，听彻渔歌宿苇村。

寄怀二姊归舟三首

客散堂空夜悄然，挑灯无意对芸编。不知此夕篷窗下，听雨听风可得眠。

归兴翻然不可留，却教两地怆离愁。春风有约重相聚，屈指梅花信尚浮。

才经判袂即相思，一笑情多亦太痴。听尽空阶寒夜雨，薰笼斜倚独吟诗。

送二叔姒北上三首

娣姒同居只数年，敢矜礼法似前贤。朝来忽作关山别，一曲骊歌两黯然。

相送临河折柳枝，销魂生怕独归时。多情惟有天边月，常照离人两地思。

全家齐上木兰舟，多病怜君更远游。把袂不知何日是，相思空望旧妆楼。

欹　　枕

欹枕不成梦，灯昏漏欲残。泛舟怀远客，风雪一江寒。

幽　　禽

剪剪轻风堕晚梅，画廊小立自徘徊。幽禽岂解怜岑寂，宛转飞鸣去又来。

午日写怀

不须惆怅对佳辰，潦倒生涯自有因。庑下孟光甘落寞，垆边卓氏岂愁贫。五丝缩就遗同伴，尺素裁成寄远人。愿得他年逢令节，宫衣彩扇荷恩新。

借居戏咏

半亩茅堂得暂栖，药炉茗碗自相携。不愁巷静无车迹，且喜庭闲有鸟啼。风堕曲阑花片片，雨肥芳径草萋萋。晚来顿起清吟兴，十幅蛮笺带醉题。

暮秋送表妹

匆匆归意总难留，别后何堪两地愁。一曲骊歌宾雁断，数声渔笛片帆秋。烟迷野浦君乘舫，日落纱窗我倚楼。此去练塘风景好，鲈鱼正美稻初收。

九日作

淡烟疏雨又深秋，笑折黄花插满头。不用登临劳远眺，古来触景易生愁。

山行遇雨

焚香只合深闺坐，那更年来类转蓬。黄叶黄花秋欲晚，凄凄风雨乱山中。

晓行

山光树色两模糊，渐见云开起曙乌。何用良工挥彩笔，分明一幅晓行图。

月夜乡思

空庭落叶雁声寒，小立回廊夜未阑。怪底乡心今转切，南来五见月团栾。乾隆丙午从父大兴公署瓯邑宰，请农部公至署，并迎世母俱往，以上数诗皆赴闽时作也。侄男仪吉谨附识。

盆中红梅

晴霞换却雪霜姿，喜见盆梅吐艳时。开近玉阑横里短，移随冰镜点唇迟。影寒低漾春灯乱，香浅斜侵晓幕垂。尽日深闺怜作伴，等闲未许蝶蜂知。

白 桃 花

霞骨何年换雪肌，化工可是炫新奇。十重景爱江东茂，千叶花疑上苑移。夜月有情窥素面，春风作意舞琼姿。武陵莫漫夸如锦，一种幽芳惜未知。

丽川以素清贤娣寄怀长律索和即次元韵

千里赓吟托素笺，离愁两地岂能捐。霜浓燕市乡心切，月冷鸳湖远思煎。丽句似邀山水助，壮怀空被利名牵。遥知病后新妆懒，镜匣尘封掩翠钿。

话旧和韵二首

蓟北江南道路赊，相思相望各天涯。春风喜得重携手，不羡篱边姊妹花。

一樽此夕慰离思，话旧重逢感可知。莫叹形容成老大，尚看标格过于诗。

话旧有感

鸳湖犹忆送君归，正值秋风塞雁飞。二十年来无限事，天涯回首几人非。

燕地春深风沙尤甚偶吟二绝以志乡思

东风日日散飞尘，兀坐垂帘负好春。忆得故园寒食后，花香鸟语最宜人。

万花开放雨初晴，湖上笙歌柳外莺。肯信长安春欲晚，灰沙满目听风声。

题画美人二绝

绰约丰神态有馀，画眉人远怅离居。笑他痴女无知识，犹诵回文锦字书。

花竹参差景最幽，个中佳丽为谁留。支颐写尽伤春态，分得人间几许愁。

奉送表妹成夫人归里五首

零落棠梨已暮春，那堪折柳送归人。等闲离别犹魂断，况尔形单倍怆神。

同队嬉游忆昔年，看花玩月总随肩。秋风自挂归帆后，凤在高梧鹤在天。

云山迢递少鱼书，帝里重逢喜有馀。话到林泉归老日，几回邀我比邻居。

鹣鹣比翼忽摧残，义欲捐躯痛析肝。莫叹天心违素志，孙枝秀起待君看。

离情似草日萋萋，话别花前翠黛低。燕市河东千里隔，相思有梦亦应迷。

盆　梅

佳种谁分庾岭梅，一枝移向小盆栽。孤标只合依书案，红艳还宜傍镜台。素壁灯明疏影动，画帘人静暗香来。任他风雨连朝恶，密蕊繁葩次第开。

瓶兰二首

空谷无人困野蒿，折来小阁伴挥毫。半窗明月幽香满，相对真宜读楚骚。

浥露凝香澹有神，胆瓶分得数枝春。孤高自是幽人侣，莫向豪家竞态新。

沈三妹属题扇头荷花时余将南归即以志别二首

潇洒襟怀态自然，晚妆初罢绿窗前。春风桃李嫌粗俗，写出亭亭碧沼莲。

十里荷香系梦思，片帆归去及花时。定知别后劳相忆，不用重歌折柳诗。我大母沈太恭人侄女适阳湖盛孟岩方伯，先人京宦时，方伯官中翰，表姑与世母暨吾母朝夕过从，情意肫然。丁巳，世父农部公引假将归，世母为表姑题扇识别，余时年十五，即于扇头默诵记之。仪吉读世母诗始此。后二年侍吾母南下，过扬州，泛舟虹桥，得诗云："十里荷陂梗渐香，南浮新涨接横塘。还家正及花时节，无数鸳鸯湖水长。"即袭用此作后篇而推衍之。幼年小黠，敬告世母，当为解颐耳。侄男仪吉谨识。

上巳游查氏园

选胜邀同侣，啼莺柳外催。双桥连曲径，片石接平台。塔影当窗见，花光入坐来。兰亭差可拟，欲赋愧非才。

小　雨

细雨散轻埃，微云合复开。青含池畔柳，红重槛前梅。幽砌滋芳草，闲庭润绿苔。未妨梁上燕，两两哺雏来。

赠　婢

十年随侍岂无情，莫怪萦怀别思盈。愿尔于归诸事吉，宜家宜室擅贤名。

余畜一狮猫颇慧黠自京携归十有四载今忽化去诗以悼之

怜尔解人意，携归路几千。爱从花下戏，余看花，猫必随往。惯向案头眠。余读书，猫必匍伏案上。捕鼠来梁畔，窥鱼立沼边。慧心如不泯，西去礼金仙。

农部公作附

虎状偏驯性，狮形少吼声。来从京国远，去傍佛轮明。将瘗于金明寺侧。辞主宁无恋，依人似有情。黠哉梁上鼠，昨夜已纵横。

读德风亭集

宏才茂学兼多艺，闺阁应传绝代名。若使斯人今尚在，不辞苍鬓拜先生。案《德风亭集》，金陵詹枚室王氏贞仪撰。王氏博览淹通，著天文、术算诸书凡十馀种，卒年仅三十。时我蒯氏姑寓居金陵，王氏手以遗稿相托。世母因借观，叹赏不止，题诗卷端，爱才虚己，情溢乎词中。闺韵事足当诗话一则。仪吉谨注。

和人题画韵

笔底新花次第开，东风何用绕篱栽。连枝我亦伤凋谢，读画那禁万感来。

牡丹盛开偶成一律

憔悴已连岁，今春花满丛。品高推魏紫，态媚让鞓红。浓艳酣初日，清香逗晚风。卷帘吟赏处，感旧意何穷。

供牡丹花戏吟

红紫芬芳粲若霞，自携新水供仙葩。纸窗竹屋清如许，可称人间富贵花。

戏为夫子拨闷二首

闲居无俗事，眉案喜双清。琢句时分韵，围棋每对枰。药阑看舞蝶，花圃听啼莺。莫作多愁客，徒令白发生。

处世原如寄，休为俗务萦。无儿同伯道，有酒胜渊明。书遣奚奴曝，茶教稚婢烹。春花与秋月，好景足怡情。

春尽日偶成

绿阴满院昼迟迟，自卷湘帘有所思。看着春来春又去，争教双鬓不成丝。

牡 丹 曲

东风乍暖春将暮，牡丹枝上花初吐。有客晨兴喜见之，徘徊日向花边步。犹忆前年亲种时，呼童灌溉常嫌迟。删除败叶防生蠹，护理新苗怕折枝。连岁无花愁脉脉，春光每叹成虚掷。几回清夜梦花开，一朵深红映苔碧。今春始放两三花，浥露临风艳晓霞。岂是沉草亭畔种，似将富贵向人夸。惜花只恐飘零骤，酹酒芳丛兼自寿。愿祝东皇久驻颜，年年岁岁春同茂。

季占四弟以食鼋诗示索和

开樽烹异味，邀客赋新篇。避网知无术，分尝讵有缘。驼峰应让美，凫臛敢争鲜。食谱添珍品，郇厨可并传。

送四叔姒北上二首

软红重踏记前游，春水初生好放舟。把酒今宵同对月，怀人他日独登楼。漫歌杨柳添离绪，拟折江梅寄远愁。从此关山劳梦寐，相思两地共悠悠。

十年门户剧辛勤，喜有佳儿继令闻。折柳君今成独往，唱骊我已感离群。布帆江上空驰梦，彩服天边久望云。到日陔兰春正茂，也应回首念乡枌。是诗在庚午春，吾母戚恭人北上，世母赠行作也。吾母京居八年，竟以羸疾不起，世母时时追念，辄为怆然。娣姒之情，爱同手足，而早岁食贫，旧门中否，辛苦支持，亦惟世母与吾母共之。仪吉伏读数周，不胜感涕，敬识其后。时道光辛丑初夏。

有怀四叔姒二首

百斛离愁鬓欲华，摊书枯坐背窗纱。遥知江上风帆稳，目断南云客思赊。

花落闲庭鸟自啼，卷帘惟见草萋萋。休言会面期难定，只恐相思梦也迷。

代题李医士弄璋图二绝

名传鸿术更耽诗，画里丰神宛似之。他日琴书欣有托，蟠根仙李长孙枝。

莫讶熊罴入梦迟，试看雏凤好丰姿。生来解爱黄金印，预兆他年拜玉墀。

春　社

落梅和社雨，飘洒满幽居。目送天边雁，难传锦字书。

六旬初度书怀

日月不可驻，疾如驹过隙。我年甲已周，老境苦催迫。视听虽未衰，鬓发欲垂白。感慨对生辰，长歌忆畴昔。自我奉箕帚，家事多屯厄。绸缪御岁寒，屏当供宾客。午夜共燃膏，咿吾间刀尺。君时课两弟，辛苦朝复夕。诗律诫平庸，文章慎凡格。安贫少阋墙，乐道忘交谪。献赋走长安，春风徒点额。归来卧茅屋，遣闷惟琴弈。檐花几度红，庭草几回碧。壮志惜未施，年华叹虚掷。一朝运重开，昆季俱通籍。粉署与冰垣，声名夸奕奕。所居虽各巷，来往无间隔。秋月和春花，赏心联绮席。知止遽怀归，更卜城西宅。优游岁月长，逸兴寄泉石。鸿案喜双清，鹿门愿初适。鸰原忽抱恸，悲感日增积。卧病动经年，参苓两无益。今春幸渐差，瘦比经霜柏。有酒且同斟，养生在夷怿。卌年忧与乐，回首皆陈迹。达观任所之，人寿讵能百。是诗叙三四十年间始衰中盛，继又凋谢，三百言中情事略备。而吾农部公未遇时，乐道安贫，及宦成名立，鉴知止之义，急流勇退，以至孝友之德，没齿不渝，一一具见篇中，是一家之诗史也。乃知玉台、花蕊诸篇徒为夸丽，固无当六义之旨尔。侄男仪吉谨附识。

出郭看牡丹

出郭访名花，扁舟有同志。况逢初雨晴，景物正妍媚。好鸟鸣深林，间关如得意。野棠艳篱角，蛱蝶成团戏。桥回云树重，已近幽栖地。竹径少尘氛，松窗饶逸致。主人出迎客，道貌同绮季。徐步入东轩，殷勤兼古谊。为言祖泽厚，更叙平生事。世业虽尚传，青冥屡垂翅。亭前植鼠姑，佳种谁分至。花如剪紫霞，叶似展新翠。参差数百朵，荣茂疑天畀。始知真国色，迥与凡葩异。耽赏久徘徊，斜阳沉远寺。此日得奇观，他年劳梦思。

题云间女史画梅二绝

萧疏老干半横斜，知是江南第一花。想见抒毫人似玉，戏传芳信寄天涯。

幽窗怪底飞蝴蝶，壁上新悬梅萼图。清夜月明相对处，不知可有梦来无。

拜夫子像

春盘罗列酒盈卮，触目悲来不自持。画里仪容虽仿佛，愁怀诉尽总无知。

见月有感二首

露冷风微夜悄然，玉轮正挂小楼前。伤心怕对团栾月，凤只鸾孤已匝年。

危阑独倚暗伤神，四壁蛩鸣影伴身。今夜月明泉下客，不知可念未亡人。

服阕后感怀

忽忽三年泪未干，麻衣虽脱尚悲酸。音容已杳空追忆，手泽犹存忍检看。晓镜怕窥双鬓改，夜窗慵对一灯寒。余生也解如风烛，不那愁多欲遣难。

元日书感二首

柏酒椒盘事事新，未能免俗且随人。繁华梦醒浑无味，默对梅花暗怆神。

慵书春胜不簪花，憔悴年来鬓已华。拟扫闲愁修静戒，焚香礼佛作生涯。

夜 坐 作

满庭霜月夜凄清，兀坐抛书百感萦。景逼桑榆知有几，人非草木岂忘情。剪残银蜡听残漏，拨尽寒炉数尽更。空得扫空诸色相，莲花座下证无生。

哭女四首

犹忆临歧送尔行，依依膝下怆离情。岂知一别难重见，泪洒春风百感萦。

随夫远宦十年馀，望尔归来慰倚闾。岂意一朝先物化，伶仃儿女恸何如。

论心闺阁忆当年，一索无成姊氏怜。分得明珠擎掌上，如何转瞬隔重泉。

生涯老去太轗轲，搔首呼天可奈何。哭罢良人重哭女，年来赢得泪痕多。

春日绝句

掩卷日愁坐，一春将欲阑。庭花开与落，浑未卷帘看。

夜　　雨

怪底秋阶雨，萧萧直到明。无眠如独鹤，那更助愁声。

四侄女将作闽游赋此送别

忆昔吴桥署，尔年尚童幼。挚性过凡儿，伯叔知亲厚。暌违十馀载，风便时通候。闻尔适良人，刘卢兼世胄。前秋返故闾，相见欣如旧。余时抱长恨，憔悴蓬门守。空闺苦岑寂，赖尔陪昏昼。殷勤频劝慰，不使眉常皱。聚久别离难，魂销泪暗弹。恐伤行者意，置酒强为欢。闽地我曾游，仙霞路纡盘。花开四时茂，岁晚恒无寒。风景犹可念，官舍好盘桓。尔婿富年力，需次在河干。崇迁膺善地，举室仍团栾。他乡宜自爱，小别休悲酸。惟余衰且拙，双鬓渐成雪。生计日萧条，家事多牵掣。老怀易枨触，况又伤远别。对月悲鸣蛩，看花感啼鴂。虽云会非遥，离思萦如结。握手不能语，中心自凄咽。

春日感怀

春来何寂寞，怀抱郁难舒。已断樽中酒，浑忘架上书。檐花供远思，梁燕伴愁居。往事空回首，繁华一梦馀。

闺词十二首

青帝东回日渐迟，玉梅香暖午风吹。新正未破闲刀尺，静对兰窗改旧诗。正月

曲径泥融长嫩苔，小园桃杏未全开。笑他幼婢娇痴甚，日卷珠帘望燕来。二月

饧箫声里雨如烟，花外莺啼惊晓眠。输与邻家诸女伴，祓除才罢试秋千。三月

绿树阴浓语燕雏，池塘水满长新蒲。由来夏浅胜春日，红芍翻阶似画图。四月

翠幕常垂散篆香，熟梅天气昼偏长。摊书颇有闲中乐，怪尔池蛙闹夕阳。五月

雨馀差喜炎威减，高柳蝉鸣永昼间。吟得采莲歌几首，碧纱窗底教双鬟。六月

萧疏柳影乱飞萤，乍喜新凉入画屏。自折阶前花数朵，穿针楼上供双星。七月

桂花庭院景幽清，唧唧秋蛩傍砌鸣。向夜月明风露淡，恍疑身已在蓬瀛。八月

篱畔黄花乍吐芳，澹烟疏雨近重阳。谁家砧杵秋声急，惊起沙头雁数行。九月

涉江何处采芙蓉，木叶萧萧夕照红。暖阁新排家酿酒，轻寒那许到帘栊。十月

古木号风欲雪天，竹横窗瘦景萧然。闺中亦解书云物，笑倚薰笼自拂笺。十一月

树衔残雪噪晴鸦，风劲寒多日易斜。检点琴书无俗事，预裁春胜颂椒花。十二月

昔孔北海有自隐姓名之作潘黄门二谢多有继声谓之离合诗近代因之为藏头析字体亦自可观暇日偶戏效之以当博弈得四首

隔里千山　　楼
　　　云　　画
　　　暮　　倚
远怀风春倦抛书
不　　分
胜　　花
愁　　事雨中休

栏倚独人　　残
　　　无　　秋
　　　院　　已
庭满色梢芙蓉老
风　　头
动　　宿
竹　　鸟梦应寒

歌悲动物　　何
　　　景　　愁
　　　秋　　奈
华繁载敲窗风竹
一　　是
梦　　鸟
过　　啼深院静

阴成又柳　　日
　　　垂　　几
　　　前　　才
上花兰栏约看梅
语　　掩
幽　　春
禽　　风一径深

绣馀草

（清）赵环 撰　徐俪成 整理

整理说明

赵环（生卒年不详），字琼瑛，安徽泾县人。赵际飞女，翟永枚室。享年三十六。卒后诗集散佚，其侄赵绍祖收集编入《赵氏渊源集》，名曰《绣馀草》，嘉庆间刊行。今据以整理。

绣馀草

清赵环撰

赵环，字琼瑛，幼工吟咏，适翟氏永枚。以枚素有疾病，遂不复作。年三十六卒，所著有《绣馀草》。姑最善强记，尝一夜读熟《陈政事疏》，他如《原道》《封建论》等篇，率不过数遍便能上口。又好观说部，涉猎史书，故所作皆无脂粉气，归宁时已不肯作诗，犹偶与余唱和。《其咏侠士》云："此身何所用，醉拔宝刀看。"读《淮阴侯传》云："此日陈狶曾有约，当年蒯彻肯相违。"《舞阳侯传》云："苏公莫漫轻相料，樊哙何心徇吕媭。"《李将军传》云："岂是封侯无骨相，将军不肯作中人。"皆卓有见地。惜其全篇散佚，无从采录，今所存皆偶存余处者，亦可见一斑云。

拟　古

转蓬随长风，倏忽离本根。飘然向四方，上逐鹏与鹍。狂风无终日，堕落轻浮尘。或与江水流，荡漾去无垠。愿作东篱菊，岁暮无落英。憔悴岂不惜，本根有可凭。

亭亭松与柏，娇娇当春夏。不遇岁寒时，桃李岂相下。所以冶游郎，踏翠日寻芳。忽尔霜雪封，瞿然生彷徨。不知松柏心，岁寒非所望。春风遍四时，恬淡亦相忘。二诗系少作，语意虽浅，足见身分。

香心庙进香邑梅五娘死黄巢乱，心香数日，邑人为之立庙，在南关七里外

小庙荒堤上，游人接屐多。到门梅正落，访古客重过。一女心如在，千秋事不磨。新诗题壁上，留与伴岩阿。

归宁过水西两枫园有感园吾家故物,时已他售

曾伴先慈步水滨,重来不复问前因。殷勤说与园中竹,摇曳何堪见故人。

芝润山房诗词草

（清）丁采芝 撰 徐俪成 整理

整理说明

丁采芝（生卒年不详），字芝润，江苏无锡人。循化同知丁阆州女，蓬溪县丞郭廷扬室。著有《诗草》《诗稿》各一卷，道光十一年（1831）由邹廷扬合刊以行，今据以整理。

仆尝作《钓鳌图题咏》，中有芝润女史者，初不知为雨香邹子之淑俪也。及雨香来谒，始悉之。夫男子之工于文易，女子之工于文难，非女子之得天有独薄，势使然也。盖女子生长于闺阁，其所居游言笑者，父母外不过兄弟姊妹而已，迨适于家，修妇职，课女功，奚暇吟咏？即偶一涉之，亦不过自写其和乐之情，曲道其离合悲欢之遇，以唱酬于迩室，非若男子得日肄诗书，从荐绅先生游，聆言论，钦风旨，以扩充其识见，涵养其性情；又复阅历乎世故之深旷，览乎山岳之奇、河海之大、古今人物之盛，以及虫鱼鸟兽草木之殊状、雪月风云之变态，蕴蓄久而发为文，以成一家言，其难易可知也。然则世所称才女者，将何所取而得工于文乎？曩者余官于浙，继迁于楚，其间若吴越名流、荆湘英俊，人才辈出，萃为文薮。即闺秀之以诗名者不少，大率皆聪慧性生，私淑于家学居多。今雨香以《芝润山房诗词集》各一卷请正于余，并乞一言以为序。读其诗缠绵凄婉，情深而不伤；其词亦清丽鲜妍，言雅而不靡，是诚何所取而得至于斯耶？询之雨香，知其为丁耦仙刺史女，其母又为小溪张文端公孙女、船山太史姊，因得传其衣钵而悉以授之芝润，吾知其酝酿深矣，倘所谓私淑于家学者非欤？初随父于陇右，及归雨香，又从宦剑南，凡辙迹所经，得俯仰于玉垒、锦江、雪山、火井诸胜，其取材富而闻见宏，所由得抗衡于才士乎？且雨香将赴赤水任，闻其地万山笏立，鸟道盘空，尤奇险莫可状。芝润得歌咏及之，其进境正未可量。因志数语于简端，亦借以报题图之贶云尔。

道光辛卯嘉平月上浣，桐城李宗传撰。

序

赵生嵋伯素嗜吟咏，去年奉檄来蜀，蜀游诗人群相过从，无锡邹雨香邑丞其一也。近嵋伯馆余什邡署，出示雨香淑配芝润女史诗词草各一卷，唐风宋格，不名一家；组绣璇玑，自出机轴。愕然异之。挑灯细阅，觉梅韵竹香盈于几席，若五言之“山翠衣边落，涛声足底浮”“山川馀旧恨，风雨酿新寒”“知交星落落，往事水悠悠”“陋室无人住，寒灯有梦还”，七言之“十载思家愁见月，一身多病怕逢秋”“赊来药饵医无补，典到琴书计已穷”“加餐稍慰慈亲意，讳病愁防爱婿知”“鸡唱五更残月白，车行一路晓灯红”“药有君臣期却病，官如鸥鹭笑迷津”，触景寓怀，别具深致，皆有一唱三叹之音。至词之“路长梦短正难凭，又被蛩声催醒”“问我韶光何处，空付与、莺啼燕语”“曲谱伊凉稀过雁，望断翠亭红驿”“小窗忽破深闺梦，却是雨声敲砌”“一弯月堕穿窗影，似相怜、别离心苦”“灵飞墨妙，那知成、粉愁香怨”诸句，又乐府警句也。女史毗陵世族，父耦仙司马，历任陇右，母太宜人为遂宁张文端公孙女、船山太史姊氏。萱庭口授，以是闺中雁序，靡不留心文翰，宜其含英咀华，不同凡响。今雨香将之官赤水，遂以付梓，属余序其端。余闻赤水地交黔滇，山川雄峻，天将为文人眷属扩充眼界，助其诗思。他日公馀，唱随登临，凭吊纪俗，歌风一变而为豪迈瑰奇之什，必更有超轶斯刻者矣。当与嵋伯拭目俟之。

时道光辛卯嘉平月，吴县黄鲁溪书于什邡官舍。

序

闺中萃秀，敦夙好于诗书；林下生风，耽新吟乎翰墨。擘云笺而学字，格仿簪花；抽湘管以摛词，篇传铭菊。则有如芝润女史者，余友雨香邹君之淑配也。系出毗陵望族，师承敬礼渊源，女诫能修，父书早读，情弥笃于采兰，吟复工乎赋茗。当其甫离褓褓，垂髫已辨乎四声；亦且旋试锦囊，信口遂成乎八韵。障屏纱而刺绣，果是针神；开奁镜以留题，居然学士。矧乃绍芳华于萱幄，联欢咏于棣楼。谢女刘妻，迭和笙簧之奏；班兄鲍妹，同赓金石之音。既而喜近乘龙，欢谐侣凤。香风百两，早营金屋以藏来；佳偶一双，争看银河而渡去。家人占其无遂，季女咏其有斋，既脂泽之不施，亦缟素而弥乐。纺灯佐读，镜槛邀吟。爱玩宜甚于高柔，寄答自深乎徐淑。请佳篇于袖里，愿画乌丝；窥秘笈于枕中，偶题黄绢。夜窗起草，吟声和蕉雨俱清；春院飞花，幌影与桐风并飏。玉壶酌醴，手奉尊前；石砚呵冰，眉齐案畔。迨夫雨香之官于蜀也，长风五两，远路八千，缔西笑以偕行，赋南离而感别。佩琼无恙，喜同齐女之车；钓竹相思，遥系卫姬之楫。于是眷怀落月，瞻望白云，萦万种之愁端，写一腔之孺慕。情以真而自挚，语以雅而弥工。况乎游览所经，性灵斯触。濯锦江于腕下，词旨逾鲜；横玉垒于胸中，诗情益壮。

辛卯岁，余得与雨香同事剑南，共商砚北。或闲携酒榼，烛刻半红；或小递诗筒，笺裁寸碧。风流极赏，情味相融，因出《芝润山房诗词集》读之，并属一言以题其弁。是集也，清言何绮，妙绪如环。缠绵兮若道韫之步障笼纱；宛转兮若苏蕙之回文织锦。绚烂兮若天孙之张彩云于天上，五色纷披；铿锵兮若湘灵之鼓瑶瑟于湘中，数声缭绕。彼钗凤镜鸾之句，固远逊清新；即香兰醉草之章，亦难争蕴藉。三生夙慧，定然修到梅花；一串明玑，肯让才夸柳絮。试看思镂白玉，新赓纨扇之吟；从教响拍红牙，别谱霓裳之曲。

道光辛卯十有二月朔，归安章藩。

题　词

全椒吴秀良肖生

璇玑巧织久称奇，又见金闺绝妙辞。展卷忽擎香在手，蕙兰开处想幽姿。

闲随夫婿客天涯，诗兴浓于陌上花。过眼云山都入咏，挑灯更谱浪淘沙。

壁上题诗亦有人，昔过洛阳旅店，读壁间琴仙、素馨两女史唱和之作，录而藏之，今均邀附刻，亦可见怜才心苦也。停车聊为拂轻尘。灵心不袭香奁体，一串明珠字字新。

吴中女士喜追陪，听到霓裳让此才。十幅鸾笺书不尽，前身拟合住瑶台。

题　词

金匮杨英灿萝裳

秀得江山助，钟英闺阁中。丰姿夸翠凤，夙慧具雕龙。点笔眉舒绿，添香袖映红。耽幽书作伴，好学石为攻。觅句侈囊富，催诗喜墨融。情深偏着恨，爱博尚虚衷。影瘦通巫峡，腰纤号楚宫。恋衾春宴起，小饮兴先雄。高履莲花步，微吟柳絮工。懒妆唇浅深，倦绣眼朦胧。洗却铅华腻，还存荆布风。作羹歌采菉，执爨任飞蓬。琴瑟无交谪，钗梳可御穷。婢留生叔虎，夫倡敬梁鸿。处世身知足，羞言室屡空。嫁时衣典尽，随宦禄难丰。荐发称陶母，门庭师谢公。治家思俭约，居上寓痴聋。不共牛衣卧，终宜象服崇。略才当重德，坤道洽兼隆。

喜接二女诗

遂宁张问端淑徵

万种情怀仗驿邮，诗来也自得源流。喜儿拈笔舒离思，十幅鸾笺百样愁。

老拙无才有凤雏，诗情笔意仗亲扶。二女幼随余母吟诵。思归乞巧皆能切，始信吾家有慧珠。

检点书箧得二婿诗即次原韵却寄并示芝润

遂宁张问端淑徵

新诗重检夜窗前，女慧尤宜坦腹贤。兄智案齐涪水郡，弟顽弦续泽湖边。四婿为二婿胞弟，四女弃世，四婿订婚朱氏，前岁于江右完姻。悲欢痴绝六旬母，琴瑟丝牵五百年。万事皆由人位置，尘缘参破枕书眠。

学郎书法读郎诗，双茧同功绝妙词。彩笔生光明似月，灵心柔腻细于丝。新声知艳吴娘口，好句偏成倚马时。他日吾乡联雅社，词坛遥许效驱驰。

吴江赵桂生竹庵

风流文采性灵诗，出自张颠纵酒时。衣钵由来传宅相，一编绝妙外孙辞。夫人为张船山太守甥女。

薄宦同来客锦城，雨风离合话平生。诗筒纵有长城句，犹怯夫人一队兵。雨香二尹与余时有酬唱。

午梦堂前云树寒，家山迢递泪阑干。返生无术香何处，愁绝天涯哭小鸾。集中哭妹诗尤为悱恻。

词人前辈久心倾，谓杨萝裳、瞿秩山诸先生。回首年华瞥眼更。新咏玉台花外集，夫人兼工诗馀。芳名廿载动江城。

乌程范锴白舫

家学著诗名，深闺互倡赓。推敲花际立，金翠月中横。笔架珊瑚粲，卮分玳瑁倾。承欢思往日，不少故园情。

哀乐中年感，无端别思催。孤鸣天外雁，瘦影水边梅。琴瑟随游宦，谓雨香赞府试官蜀中。江山发隽才。一编问谁识，字字吐琼瑰。

固安杨承湛阆仙

紫芝瑶草瑞云光，散作人间字亦香。澹在丰神幽在骨，花为情性锦为肠。秋风竞句张篱菊，春社分吟结海棠。妙绝天然去雕饰，不粘脂粉入诗囊。

海天花月正漫漫，三复沉吟一卷残。仙子翩跹流韵远，诗人惭愧折腰酸。梦松宦迹青云上，咏絮家风白雪寒。珍重新题方浣露，凭将贝叶写乌阑。

金匮张湜小渠

银箭金壶夜柝呈，相庄鸿案笔横行。盘中击节襟怀艳，庑下长吟趣味清。愧我白头无韵语，让君红粉有诗名。嫦娥也解人间乐，偷照金闺隔女贞。

临桂宋邦泰荔香

锦城春半百花开，一片香云堕凡来。展向晴窗闲点笔，满庭飞絮谢家才。

无锡邹福鸿季云

鸰原少小怅分离，薄宦同游喜不支。锦里全家团骨肉，玉台彩笔愧须眉。早闻庭设青纱帐，雅有人传白蜡诗。我读《汉书》深慕古，班昭曾是女中师。

鸾笺十幅递诗筒，云锦天然夺化工。竞说神仙成美眷，直教闺阁擅词雄。梅溪笑索吟情远，竹屋寒添绮思融。韵事一时推赵管，画堂歌咏太平风。

芝润山房诗草

无锡丁采芝芝润撰

咏　　柳

春深一例柳垂青，摇曳东风拂水苹。却爱托根官阁里，不教攀折到离亭。

十月初三日自灵州归次外子雨香韵

一别泪如雨，全家此远离。愁从今日起，书到隔年迟。秋柳鸦初冷，阳关酒不辞。计程应万里，凄绝说归期。

临潼贵妃池怀古

昔爱骊山秀，今来且息鞭。笑非趋热客，不碍浴温泉。此地藏金屋，当年琢玉莲。鸟飞花落后，妃子复谁怜。

登金山寺同雨香作

一柱抵回流，中泠快胜游。身登金顶塔，人话白云楼。山翠衣边落，涛声足底浮。侍儿知试茗，龙井点茶瓯。

游唐园二首

新绿丛中系画船，饯春时候嫩晴天。一声鹍鸠梨花谢，开到园中红杜鹃。

阑干徙倚镇勾留，一片红云错落愁。何事临风独惆怅，花开姊妹不同游。

采 菱 词

回塘双橹划轻波，菱叶菱花唤奈何。只有鸳鸯惊不醒，爱人争唱采菱歌。

夜半放船南关访女道士永庆

放棹南关去，秋凉爱不眠。五更山吐月，一队夜行船。雪藕人依桨，传杯我扣舷。到门逢女冠，把酒话流连。

紫柏山谒留侯庙

紫柏山怀汉室臣，功成拂袖作闲身。看君多少英雄事，遗像依然似妇人。

由朝天关放船至广元即事

兼旬陆路苦消磨，忽渡春江发棹歌。山上人从天半出，水中船傍峡边过。嵌崖千佛攒如豆，障日层峰秀似螺。差喜安流闲一晌，淡云微雨荡烟波。

寄怀四妹辰原

姊妹相怜意气多，为随薄宦隔关河。可知离别凄凉处，不觉光阴荏苒过。差喜名花开并蒂，好持明镜画双蛾。时妹新适婿即雨香胞弟也。天涯间阻难相见，空向东风唤奈何。

好将妆阁作诗坛，消遣能教百虑宽。岂必先生勤问字，须知老母好承欢。母氏耽诗，教妹吟咏。一言记取毋荒业，万事随缘莫减餐。我愧无能学裁句，挑灯聊为报平安。

忆从拜别椿萱后，幸有同胞侍笑容。伴绣料应怀远道，添衣须要慎寒冬。吟哦风月怜吾妹，检点虀盐笑阿侬。数口羁栖独惆怅，天涯何日再相逢。

思　　亲

思亲独坐泪痕多，天末封题信易讹。怅望云山何处是，夜深灯灺唤如何。

秋　　月

碧天清影上东楼，触起他乡百种愁。篱畔虫声帘外月，鬓丝添上一痕秋。

秋夜怀卜之家兄二绝

无事清宵坐，虫声满院鸣。愁怀转萧瑟，题句寄吾兄。

遽尔分南北，相思无限情。何年得归聚，重听读书声。

寄怀大姊芝露

姊妹相怜两意同，那堪漂泊各西东。伤心五载分飞雁，只许秋江尺素通。

哭四妹辰原

月掩云津暗，舟移大壑哀。合仪宜协吉，不寿岂因才。慈父随仙去，严亲思妹甚切，未三月而逝。娇儿逐汝来。十月成儿生，母命妹无所出即继为嗣，不意嗣立未几，成儿夭逝。伤心秋夜雨，知否会泉台。

我本多愁者，频年事事乖。死生虚夙愿，前欲迎妹到川未果。骨肉惨关怀。数岂因前定，医何误不谐。谁收锦囊句，同与落花埋。剩稿已不知流失何处。

记得余归日，灯前诉远离。惊狂疑是梦，分别又萦思。闻为郎君意，因删幼妇辞。屺瞻年幼，性不爱诗，妹遂搁笔。前宵数行字，墨迹尚参差。翻阅遗书，未忍卒读。

茫茫天路杳，闻讣信犹疑。惆怅思亲句，凄凉哭妹诗。回生空乞草，续命已无丝。多少难言意，悠悠共尔知。

将至云阳风雨大作

不涉江湖险，谁知道路难。山川馀旧恨，风雨酿新寒。船小行多捷，装轻梦亦安。夔门欣不远，且自勉加餐。

下东阳子滩

瞬息下前滩，声声响急湍。晴天亦风雨，触石尽波澜。一叶舟偏稳，千层浪自寒。古人言不谬，蜀道果然难。

抵夔门望八阵图

怪石列江岸，先生垂远谟。龙蛇随变化，水石助驰驱。早定三分业，空留八阵图。涛声千古恨，相望已模糊。

哭长嫂朱孺人

朔风凛冽，落日苍黄。闻子之讣，寸裂肝肠。溯彼前事，昕夕凄惶。白发老母，奈此悲伤。零丁幼女，衣拂秋霜。吁嗟嫂氏，少失萱堂。结缡之日，我为催妆。肃视新妇，举止端方。喜而忘寐，家卜其昌。十年一别，转瞬沧桑。魂归瑶室，天厄巫阳。薤露何促，泡影不常。敬尔贤淑，人去兰房。思尔颜色，月冷屋梁。孤灯如豆，梦君在傍。九泉路隔，怆焉渺茫。呜呼哀哉，泪湿衣裳。短歌致慨，此恨谁偿。

答谢香山夫人惠赐墨牡丹诗扇

一春惆怅过芳时，如此名花好护持。知我年来愁粉黛，不随画史写胭脂。曾于老母诗中见，已识香山旧姓名。今日朵云天外降，行间字字掷金声。

题赵鸿霞女史南海水月图 奉节广文赵少峨女有纪痛小词十五绝

读罢香山痛女诗，西风吹冷鬓边丝。怜他十八年沦谪，博得人间肠断词。

夏夜阅红楼梦偶作

焚香开卷月波流，替尔酸心不自由。魂到难消空洒泪，情原无种却生愁。潇湘馆阁悲妃子，金玉姻缘误石头。自古繁华皆是梦，何须惆怅说《红楼》。

附母氏和作

张问端淑徵

奇才有意惜风流，真假分明笔自由。色界原空终有尽，情魔不著本无愁。良缘仍恨钗分股，妙谛应教石点头。梦短梦长浑是梦，几人如此读《红楼》。

戏赠

十数年来伉俪深，久同甘苦绿成阴。痴心女子情依旧，可得君心是我心。

记从娇小侍兰房，那忍鸳鸯付别塘。驾鹊争看刘碧玉，不须偷嫁汝南王。

料量奁盒与胭脂，数日前头代画眉。笑我催妆出新意，替卿赠写六行诗。

移居留别燕垒

去岁营巢已苦辛，今年装点又增新。雕梁画栋原依旧，只恐呢喃错唤人。

除夕寄怀卜之兄杭州

漂泊天涯客，孤身若个怜。他乡频访旧，旂山舅氏时官杭州。何处过残年。老母倚门待，同胞望眼穿。寄书长不达，杜句。款款话灯前。

触处只愁余，声声爆竹馀。诗堪今日祭，夕报五更除。压岁人欢喜，残年我拮据。寒鸡齐唱罢，双烛拜空虚。

初夏即事

翻覆乍阴晴，寒暄一奕枰。霎时风雨暗，遍野雾云横。花样随心换，诗篇信口成。夔门天气暖，四月已蛙声。

新　秋

新秋时节晓风凉，远道思亲暗断肠。善病因求离障法，遣愁时录养生方。照来宝镜容非旧，喜接音书我欲狂。萱室平安祝天佑，开帘拜月炷炉香。

秋夜书怀

满天凉影碧波收，闲倚高楼豁远眸。十载思家愁见月，一身多病怕逢秋。虫吟衰草依墙脚，鸟伴闲云宿树头。夜静不堪风露冷，急呼娇婢下帘钩。

昨　梦

昨梦慈帏在眼前，一庭凉露月初圆。那堪离绪频频诉，又值鸡声报晓天。

绣馀偶吟

消磨岁月此生中，手擘香绒一缕红。早识云烟轻过眼，耽吟破却绣花功。

燮儿上学志喜

小步垂髫慰膝前，愧无修脯费招延。趋庭如奉严师训，同研时邀伯姊怜。喜汝聪明祈汝福，愿儿成立望儿贤。分瓜已卜昙恭孝，怀橘刚逢陆绩年。识得之无常夜起，每因爱惜伴朝眠。循循善诱劳夫子，异日当期学业全。

奉母氏书附示近稿敬赋二律呈训

自随夫婿缺承欢，喜接音书著意看。知母消闲闲适好，愧儿初学学吟难。细看健笔银钩小，奉读新诗眼界宽。倘得来年依膝下，布衣粗粝亦相安。近有来夔之说。

挑灯底事不成欢，句总思家一例看。妹到东都经岁隔，姊归西粤尺书难。仗兄侍奉年犹壮，幸弟支持意藉宽。自愧罗衣身是女，报亲无计祝亲安。

除夕立春同雨香作

恰逢除夕是春朝，爆竹声喧彻九霄。盆缀梅花香渐透，岭馀腊雪色全消。不须寻伴围炉火，且自追欢剪翠条。小坐与君同酌酒，峥嵘岁事又今宵。

暮春即景

如海春光客路赊，小窗闲坐感年华。中庭绿遍葡萄叶，隔院红开蝴蝶花。酒过三巡肠九折，诗安一字手频叉。兰城此去稀消息，旅雁何事问塞笳。

长女怀芬及笄

盈盈弱质掌中珍，细发初笼一段匀。喜汝因缘缘有旧，女字孙家，本旧戚。望见刺绣绣如茵。预愁他日于归早，莫讶长年钟爱频。满眼菊花秋色丽，插来偏称学妆人。

怀大姊芝露在粤西

芙蓉开遍菊花香，旧事重题意转伤。互覆秋衾谈鬼怪，同听春雨涨池塘。半窗烛影飞花饮，一树蘋香索果尝。底事催归拂人意，遂教姊妹不随行。

姊居粤道千山上，我殢夔门五载馀。各有时名著侪辈，愧无内政大门闾。愁心两地看归雁，引领终年望尺书。熊梦日来如有兆，愿将近状报离居。大姊尚艰于子嗣。

次雨香岁暮书怀第十一首原韵

欲归谁办买山钱，且自寻欢割小鲜。酌酒驱寒歌翠袖，残书未卖守青毡。琼花似玉飞千片，好句如仙乞一联。享得人间清净福，不知岁暮并忘年。

元 夜 月

笙鼓轰阗彻夜催，六街灯火万花堆。飞来天上初磨镜，照得人间共举杯。万象清真云影净，十分圆足月华开。夜深为报姮娥道，此是今年第一回。

水 仙 花

磁盆匀水养天真，信有前生香火因。不与群芳斗颜色，移来闺阁伴诗人。

早起口号

买得丛兰次第开，篱边红破小玫瑰。采他数朵齐簪鬓，时有香风扑面来。

久不接兰州书寄怀念芗二弟

吾弟平安否，兰城是旧游。得官家再起，无禄食难求。奉母诚高见，为兄尽善谋。母氏寄居青门，卜之兄不敢擅离，念芗特遣纪迎养，兄可壮游四方。家姬延嗣续，玉燕望怀投。念芗因母氏望孙甚切，闻于去冬纳韵香婢为妾。谢草关心梦，莱衣爱日楼。自惭身作女，未得印封侯。缩地无仙术，思归有泪流。桃花三月暮，杨柳一春愁。倾酒当灵药，安贫改故裘。知交星落落，往事水悠悠。五载伤羁滞，谁人议去留。封题数行字，迅速附书邮。

怀人四绝句

徐端甫夫人

料量家计代安排，同调无如尔我谐。谈到三更犹进酒，不知夜雨滴空阶。

朱小髯夫人

一载盘桓两意投，西窗剪烛话绸缪。不知今夜临邛月，可否离人亦倚楼。时夫人随任邛州。

沈清如九妹琴韵十妹

检点香笺几幅词，令人重起旧相思。东风不解离人意，芍药花开三两枝。

张映三夫人

相逢萍水快传柑，玉屑纷披最健谈。送尽故园多少客，念卿更胜念江南。

杨　　花

轻如点雪软如绵，也向群芳欲斗妍。看去癫狂真荡子，拈来解脱是飞仙。撩人云鬓青非旧，托迹池萍绿可怜。锦里烟花三月暮，为君惆怅送流年。

寓斋月季花一枝独盛喜而有作

拥髻残春唱恼公，小窗晴日飏玲珑。独怜一种缠绵意，不奏凡葩顷刻功。按季何嫌开月月，小名最好赐红红。世人看惯浑闲事，我却多情护晓风。

初夏之杪华燮堂夫人寓斋见小池荷叶如钱赋此戏订花时之会

相逢肯放酒杯宽，拟作黄华后会看。寄语好收荷叶露，早凉重品小龙团。

戏咏金银花

夜月熏风候，闻香最可人。名虽输富贵，花自炫金银。燕麦收千斛，荷钱计万缗。伴君深有意，慰我久居贫。

消暑二首次雨香韵

歌来白雪冷于官，何日灾梨次第刊。称体独怜裁细葛，迎风最好漾轻纨。前日赠寄官纱一袭。半杯荷露碧如染，一盏瓜浆红可餐。拈得数联诗好在，消闲也自倩郎看。

几疑辟谷有仙方，懒向深闺理晚妆。愿共安心除热恼，由来蠲忿得清凉。故园纵有藏冰窖，此地还期觅蔗浆。拟踏峨眉山顶雪，望云多处是家乡。

闻华燮堂夫人不日南归先此志别

秋来萧瑟怕愁生，忽讶兰车笑语倾。对我漫言轻去住，天涯无限别离情。

次雨香留别夔州诸君韵

一杯水酒暖于春，话到资装不讳贫。对镜漫夸犹傲骨，添衣常护此吟身。雁来好寄千行字，马上惟馀两袖尘。酿出秋寒近重九，满城风雨送行人。

群仙厚谊薄云霄，排日留君折柬邀。人尽珠玑弹别调，我评甲乙话长宵。已装行李过三日，犹剪秋灯读六朝。潇洒襟期惟一笑，世间何物是英瑶。

题倪春泉夫人杏花书屋吟草

开卷心花发，拈来信有神。情真无俗韵，我幸是乡人。闺阁弹同调，江湖寄此身。惭非琼玖报，草草答阳春。

游何氏园看牡丹

结伴寻芳趁向晨，沉香亭北倚阑人。了无贫女寒酸气，占尽豪家富贵春。开到十分花烂漫，影留四面色停匀。屏山六曲回廊畔，惆怅名园隔比邻。

雨香亦芳吟示蜀中千瓣茉莉因和亦芳韵

仙云层出护斜阳，彻骨清芬带嫩凉。不信炎州多此种，移来西蜀竞流芳。艳欺白雪罗千叠，浓压乌云鬓两行。爱向碧纱厨里立，怜他笑语晚来香。

六月十三日雨后寓斋荆树著花雨香亦芳先后有和诗羡埙篪之联咏感聚散之离怀咏花思远不禁以连类及之

雨过凉风生，幽然惬人意。罗衣挹兰芬，纨扇戏蝶坠。庭前绽荆树，娇艳有殊致。花多烂漫红，叶密交加翠。相赏渺余怀，触绪思同类。我亦有同枝，他乡为计吏。惜花念兄弟，道远书难寄。不如庭前花，株守无离异。不惧炎熇蒸，不为风雨悴。娇华转胜前，依心以为瑞。笑唤画眉人，相看杂嘲戏。喜君有佳句，欢笑偕昆季。自哂是蛾眉，骚坛难拔帜。一笑两忘言，此乐真堪记。

八月廿九悼李姬

彻夜雷声彻夜风，无端断送尔凶终。赊来药饵医无补，典到琴书计已穷。握手未能留一语，伤心何忍撇双童。情痴累我频呼唤，犹道卿居绣阁中。

寓中独坐有感

连年贫病费支持，懒举花前酒一卮。采得秋莲究何味，个中辛苦自家知。

开门七件日追呼，数米量薪计总迂。温饱正难图八口，不堪风雨又催租。

七千里外高堂忆，忆我年来苦不辞。心欲慰亲还自想，肯将近状报亲知。

病叶疏花那忍论，抱愁孤坐自晨昏。拈毫欲写怀人句，新月如眉愁照门。

秋　　感

世事终难强此生，苦持家计少闲情。十分秋老衣单袭，万里书稀雁一程。天上雨云频反覆，人间恩怨最分明。病魔却为愁根起，肯向西风诉不平。

读长洲李纫兰生香馆诗词题后

篇篇多是忆离群，想见当时共论文。研露绿酣蕉叶砚，嬉春红醉石榴裙。狂吟艳曲疑天上，快读新诗到夜分。惜我迟生不相见，梅花深处一思君。

春花秋月奈愁何，锦瑟华年暗折磨。世上不容苏蕙子，人间何处窦连波。愁如海样愁还浅，泪比江流泪更多。一自承欢游蜀道，至今蝯鸟尚悲歌。

和雨香春闺诗四首原韵

妆台初日映帘栊，廿四番真有信风。听得燕莺双宛转，忆他山馆小玲珑。成都小玲珑山馆为江阴赵观察夫人寄居，饶有花木亭榭之胜。茸茸细草攒新绿，簇簇秾华缀嫩红。知否昨宵春雨足，卖花声唱画楼东。

栽培蕙畹不辞劳，珍重来时索价高。满眼绿芜含豆蔻，一林红豆著樱桃。闲商食谱针停早，拟效临池管自操。一任侯门春似锦，手拈香草读《离骚》。

一束芳心凤尾蕉，卷将宿恨不能销。池塘草忆江南路，姊妹花愁故园桡。欹枕雨沉千里梦，怀人酒醒五更潮。传言芍药开多遍，对我堂堂曰易消。

篆烟香雾绕纷霏，斗茗堂前静掩扉。早起惜花张晓幔，昼长抽线改春衣。功深药鼎仙何在，近已服药经年。集到诗牌与欲飞。即此闲吟堪过日，相如休叹计全非。

四月十一日为长女怀芬生日宵置酒尽欢迟三弟不至即席和雨香韵

随常装束令人怜，弱质天生转自然。爱婢杯盘来赌胜，看他兄弟贺争先。一联锦句吟同调，满座莺声听四筵。今日娇痴依膝下，承欢却忆我当年。

消遣闲情仗笔端，诗成教女解吟安。他时归去愁为妇，此日当前劝勉餐。米贵长安居不易，路由蜀道下真难。休言弱弟依人去，杯酒来朝再尽欢。

端午书怀

晨妆才罢入庖厨，门外犹惊唤索租。那有闲情争斗草，倍承乡谊惠分符。同乡吴普生夫人惠分虎符一对。臂丝难觅三年艾，心痛空求九节蒲。九节蒲可医心痛疾。枉说江南是乡国，迢迢梦不到西湖。

秋海棠同雨香作

苔藓侵阶绿可怜，娇红几朵欲争妍。盈盈好媚斜阳影，点点应愁夜雨天。一种风情摇砌上，十分秋色倚栏前。谁家怨女胭脂泪，不似华清春睡仙。

轻盈迎得五云车，惆怅何人隔绛纱。琐小檀心含露重，依栖碧草受风斜。怜渠颜色机头锦，愁绝丰神镜里霞。怪底东皇难管领，春来无此断肠花。

正月二十五日杨萝裳舅祖寓斋赏玩玉兰赋呈

真白何须粉黛红，脱苞齐艳玉玲珑。问名谱入群芳外，吐蕊花开四照中。楚楚含情迷夜月，亭亭无语倚春风。园林占得繁华景，欲赋琼瑶愧未工。

二十五日检阅雨香诗有寄

去本为难住亦难，此行无计慰君欢。天公也解怜才意，一路琼花送客看。

晓寒扑面众山迎，想见龙蟠顶上行。龙蟠，山名。纵使谢庭工咏絮，可能抵得此时情。

暗香疏影寻梅日，煮酒烹茶赏雪时。尽有闲情消不得，闭门还看昨题诗。雨香有留题二绝。

萧然四壁夜摊书，伴我寒灯一月馀。今日漫天又飞絮，可怜已不是家居。

西府海棠萝裳舅祖命作

贴梗垂丝已可怜，不知此种更争妍。东风作意催红萼，西府含情绽紫绵。低卷湘帘看不厌，高烧银烛照无眠。名花那得藏金屋，愿乞轻阴护小年。

春日遣兴

久坐芸窗日渐长，偶排春闷步回廊。庭除那得闲花草，枉煞莺啼蝶恋忙。

早　起

月落纸窗白，朝暾散暗鸦。荷盘承露侧，柳带受风斜。松下忆残梦，门前唤卖花。盥馀无一事，闲坐看蜂衙。

闻蛙有感

庭前扰扰虾蟆子，题品难分大小声。泉石卜居能自好，鼓吹名士更多情。风清野岸传三径，月澹星河唱六更。念尔官私谁复问，从今休作不平鸣。

蝉

居高声自远，摇曳韵偏清。爱尔有仙骨，吟风无俗情。

珍 珠 兰

买得珠兰列坐隅，累累细若贯连珠。香飘架上千玑缀，露重枝头一线扶。错道已花还认蕊，独怜因瘦更成癯。宵深移傍朱栏外，采得清芬贮玉盂。

呈谢萝裳舅祖陲赠蕉红绮绿图

容颜易老客愁侵，欲写愁容更不禁。为我画图情最厚，知公下笔意尤深。琴调绿绮和平曲，叶展红蕉宛转心。从此忘忧佩萱草，临风再拜受规箴。

冬闺诗成索雨香和

青女迎霜晓雾霾，纷纷乾雀噪庭阶。隔宵香暖裁熊褥，宿火灰深拨凤钗。呵镜不曾盘髻子，拈毫先自斗诗牌。近来制得消寒法，贝叶亲书绣佛斋。

隔年纸脆裂窗棂，度入檐前琐碎铃。细雨澹烟冬至日，晓风残月岁寒星。染成天竹红如许，冻到鹦哥绿未经。最是怀人愁不寐，山阴道上望云停。时卜之兄需次杭州。

数尽莲花滴漏壶，寒消茗碗暖消炉。才华咏絮应推谢，锦绣回文要让苏。握管每迟填曲谱，弹琴新展采芝图。曾求杨萝裳外叔祖以李义山“十年常梦采华芝”句作画小帧，今又邮寄《红蕉绿绮图》见贻。十年一梦清癯相，知否今吾即故吾。

六出花飞瑞雪呈，酿梅开后好游行。颇怜岁事钱刀急，尚喜襟怀水月清。厨下羹汤谙食性，雪中风味见人情。安贫压绣频添线，不绣凡葩绣女贞。

送长女怀芬回南志忆

懒施膏沐怕熏香，为别娇雏黯自伤。善病累他调药饵，安贫却我嫁衣裳。想从巴峡穿巫峡，恐到家乡忆异乡。万里于归真草草，并无经压女儿箱。“十三经压女儿箱”，袁子才先生句。

凤 仙 花

开来红白两相夸，小倚风前势亦斜。卷叶含苞蔫畏日，绕阑倒影艳飞霞。漫调玉指弹流水，爱捣金盘聚落花。只恐夜深乘凤去，月明留住到仙家。

七夕咏怀

枉将七夕等闲过，迅速光阴一掷梭。懒向天孙乞馀慧，聪明添得别离多。

回忆兰闺娇小时，百花戏采供阶墀。拈针月夜邀同伴，赌胜争穿五色丝。

谁知姊妹相离久，膝下娇儿又别何。到得故园当此夕，鹊桥曾否渡银河。大女于四月南回，计已抵家。

那有闲心设果筵，云迷月暗雨绵绵。是夜有雨。迢迢银汉沉沉漏，只觉欢情忆去年。

七月二十二日接念芗二弟兰州书却寄

愁绝巴山夜雨天，兰城迢递路三千。回思赋别犹前日，屈指离家已廿年。惆怅功名非易事，升沉宦海且随缘。同时鹓鹭仍雌伏，却让君家一着先。弟来书云后年俸满，决计政近南旋。颇有倦游之意，但思同辈六七人，惟弟出山得缺最早，故诗中及之。

经秋风雨作轻寒，正是怀人愁倚阑。骨肉情深书郑重，琅玕竹喜报平安。琐传近事都如意，远寄佳珍合尽欢。惠寄麻菇、葡萄等物。强饭怜予犹自爱，如君正好日加餐。

即　　事

一自离娇女，频添两鬓丝。多愁兼少睡，久病更无诗。

南　　归

前言殊孟浪，万里果随行。巾帼英雄气，江湖儿女情。诗狂因志喜，山好不须名。破浪乘风去，遄归见母兄。

巫　峡

云锁碧芙蓉，巫山十二峰。回波流曲曲，积翠湿重重。两岸猿声苦，长途客思浓。欲瞻神女像，惆怅隔仙踪。

出　峡

出峡滩平水渐低，故园东去望犹迷。轻帆愿借风姨力，先送江南后浙西。

江　行

帆远船如定，山清雨乍晴。会心随在好，吾爱此江行。

江村晚泊

疏篱短短竹层层，机杼声中月未升。一叶扁舟自来去，深红点点漾渔灯。

爱听江村课雨晴，买鱼沽酒乐平生。一蓑一笠寻常事，到得渔船便有情。

望焦山不得上

迢迢积翠望弯环，不见楼台不见山。青竹万竿松万树，一齐围住水中间。

乙酉秋九将至蓉湖长女孟娴迎舟来见赋诗志喜

小金山对放生池，一见娇儿喜不支。诉尽艰难多少事，水窗剪烛慰离思。

万水千山放胆来，此行原不算空回。西湖尚有慈亲在，拟踏孤山探早梅。

望　　亭

双橹伊哑不肯停，慈姑一梦痛难醒。寻常舟楫经过处，谁向风波起望亭。

阻风黄浦江时赴长兄下砂公署

黄浦江深浪不平，连宵欹枕梦还惊。顿教客思添愁思，争奈风声和雨声。节近清明偏有信，天于儿女岂无情。来朝乞渡轻帆去，莫更迟留一日程。

清明日抵下砂署呈母兄

杨柳千条覆绿堤，小船停处即登跻。娇痴不管人相笑，先自投怀索旧题。

安排琴榻与棋枰，兄妹相依适性情。一树桃花数竿竹，好携斗酒听啼莺。

食牡丹花即席吟句索文娴侄女和

忍将残朵逐风尘，纤手烹调味更新。餐得琼英清肺腑，惭无佳句报花神。

和作

丁琼瑶文娴

为惜芳菲落软尘，名花数朵味偏新。借他香助催诗思，彩笔生花腕有神。

敬和家母除夕祭诗原韵

连枝重聚傍书床，秀笔吟成字字香。钏影钗光人共拜，橙黄橘绿酒同尝。频年离绪关心切，此日承欢引兴长。姊妹联吟雏凤和，始知此乐兆千祥。

书　怀

年来离绪苦难支，无限情怀有所思。怕向窗前教女绣，懒从灯下课儿诗。加餐稍慰慈亲意，讳病愁防爱婿知。匝月相逢又相别，大女由杭回锡已两月。此生只合为情痴。

舟次清江浦杂忆

曾经觅句快传觥，一晌承欢笑语倾。今日天涯儿女远，可能诗酒尚陶情。家慈侨寓杭州。

出山无计尽俄延，几为筹谋累俸钱。不是长兄频劝驾，全家还系故乡船。余自杭回锡，舟次里门十日，兄为摒挡，始得远行。

喜种河阳一县花，闻君为政有才华。木樨香里团栾话，知否劳人正忆家。念芗弟今秋俸满入都引见，即欲给假归省。

意外相逢岂偶然，归来喜汝受恩偏。而翁倘得符分蜀，休怕川江上水船。怀孟娴女，望其随任来蜀。

怜他含泪上车初，逋发垂肩尚未梳。今夜清江江上月，也应分照到桐庐。次女阿昭于归桐庐。

汝叔曾邀我母怜，相依甥馆读诗篇。勤修望尔飞腾早，小阮扶摇大阮前。仲儿协夔留杭州读书。

洛阳旅店和琴仙素馨两女史壁间韵

问卿何事走天涯，世上谁人不忆家。谱就新词填恨字，忏除慧业悟空花。他生未必今生好，来路翻教去路遮。我为怜才频剪烛，细研螺墨写横斜。

原作

琴仙

何曾有梦到天涯，十二巫山锁妾家。一线寒光收晓月，半窗香雪落梅花。冰肌乍减凉偏觉，睡眼才开泪便遮。愁压锦茵眠不稳，起来强理鬓儿斜。

和作

素馨

若教漂泊即天涯，问妾何曾更有家。万种依人轻似絮，一生薄命蹇于花。三千弱水条条隔，十二巫山面面遮。惆怅鸽庚何处觅，背人偷拭泪横斜。

晓过铁门宿磁涧镇

碾铁迟行骑，开门晓渡关。石疑淋夏雨，雷似发春山。陋室无人住，寒灯有梦还。亲言真不谬，履道此回艰。家慈曾阻余行陆路。

渑池道中

熊耳山前有绿池，因何此地亦名之。宜阳县西熊耳山际有渑池。满堤树色孤城近，一路莺声二月时。面面桃花含晓露，条条柳带绾轻丝。年来山水因缘足，惆怅相逢又远驰。

早　　行

铃声催起鬓云蓬，扶上双轮走玉骢。鸡唱五更残月白，车行一路晓灯红。地邻沙漠春犹冷，风妒莺花信未通。笑尔深闺高卧者，此时尚在梦魂中。

磁钟镇阻雨

不听莺声听雨声，山深春不到边城。偷闲暂养前宵病，小住旗亭亦有情。

再游西岳庙望华山

少小随双亲，登览快如意。台榭恣遨游，骨肉杂嘲戏。争胜上梯阶，忘形堕簪珥。今偕夫婿来，又见华山峙。势插星峦尊，秀挹莲峰翠。遗庙焕丹青，古树张旗帜。商柏抱周槐，年月标红字。扑鼻众香攒，悦目繁英坠。鸟出林中林，僧来寺前寺。拓我平生胸，触我当年思。椿庭不可作，萱堂愁两地。姊妹廿年离，弟兄四方寄。今游亦昔游，今昔何其异。前事迹已陈，即景诗堪记。不暇任搜寻，门外催行骑。

临潼县贵妃池

廿年四度过临潼，泥爪重痕感塞鸿。惭愧蛾眉留笔墨，数行犹是碧纱笼。壁间旧句尚存。

春风鸟语杂花香，乍试温泉体尚凉。一样楼台深处坐，肯留人最是垂杨。

江山情重美人轻，我服随园论最平。当日骊宫仙去后，至今应怪负前盟。

由宝鸡入栈诸作

一上篮舆兴已狂，喜无尘土扑行装。奚囊吟得新诗句，无数峰峦接应忙。

人经大散关前过，身历中原地上来。行看观音堂下路，慈云为我送春回。

杏花红映菜花黄，好鸟呼名巢燕忙。行到山坳最深处，满岩青草叶俱香。

路险心安境自闲，静闻溪涧水潺潺。笑余怕上瞿塘峡，来看蚕丛百万山。

宁羌州追念西园家伯并寄怀补之六弟

五丁开后路千盘，重过山城忍细看。父老不知人化鹤，殷勤犹问使君安。家伯于去秋归道山，曾任此州六载。

问程喜到七盘关，七盘关入川界。看我还山又出山。一样艰难多少事，恐君无计破愁颜。

武连驿亥白、船山两舅氏曾于此阻雨三日，有《武连听雨图》，今在杭州旗山舅氏处

文采风流敌二苏，武连曾此驻仙趺。诗人好共名山寿，尚有连床听雨图。

寓斋遣闷

乱红如洗绿成阴，乡信春来望至今。草阁蛙声醒醉梦，苔阶雨点滴愁心。事因太好违初愿，人到无聊觅旧吟。一自成连归海岛，此生几不遇知音。杨萝裳舅祖已归道山，余所作诗词曾邀青睐。

读赵云卿女公子诗词书此奉赠

谢庭飞絮点苔阶，一朵香云堕入怀。泼墨烟霞填曲谱，绕廊花柳集诗牌。爱薰书籍添龙脑，闲倚琅玕划凤钗。知否妆台吟伴少，好携琴砚与君偕。

九月一日梁山官舍作

帘前细草绿犹肥，不见来宾鸿雁飞。天气暖过寒露节，风光生受熟罗衣。灯前白鸟声相闹，篱畔黄花蕊尚稀。九月不教秋信到，空闲刀尺在庭闱。

瓶　　菊

一别经年慰梦思，插来花样要参差。半瓶留住秋三径，百种分将雨一篱。就酌何人堪送酒，忘言深夜合敲棋。休嫌闺阁无知己，移傍灯前付小诗。

题李孝曾观察沧海调鳌图图中所题诗词均系闺媛，汇为一卷

想钓金鳌事岂真，寓言随意写吟身。当年鲸背凭高跨，此日龙门拔巨鳞。手掌丝纶超绝顶，心存舟楫济斯民。频翻天海风涛曲，怀抱如公有几人。

武 侯 祠

天意只如此，孤臣将六军。一生惟谨慎，八阵尚风云。翠柏阴催雨，穹碑代勒勋。摩挲两楹下，铜鼓剔苔纹。

浣花草堂

万里桥西路，乾坤一草堂。无家寻弟妹，报国在文章。春暖

梅争孕，风和竹有香。仰公吟兴健，端肃拜诗王。

题赵竹庵少府桂生榆阴话别图

辇下英才各赠辞，相看雅会重当时。诗人作吏偏宜蜀，谁以黄金铸牧之。

交深文艺友朋间，谓图中朱条生水部、张渊父孝廉。京洛难教别思删。留得榆阴浓似雨，西窗一夕话家山。

小病拈韵同雨香作

偶抱微疴又浃旬，不知门外暖红尘。戏将柿叶临藏帖，瘦比梅花对小春。药有君臣期却病，官如鸥鹭笑迷津。寻常米券煤逋事，司馈原难付替人。

芝润山房怀人诗

辛卯仲冬，侨寓锦城，芦帘竹阁，宵深不寐，对木叶之黄落，感风雪兮凄其。高伯通非乏礼贤，赁其庑下；张平子每多怀旧，化于房中。故人杳矣，存者惓然。各缀以诗，以志不忘。

孙荫伯夫人

论交闺阁几心知，豪侠如君更数谁。读我新诗怜我女，闺中风教仗扶持。夫人喜读予诗，孟娴于归后，视如犹女。

徐勉兹夫人

寒宵对酒不成歌，远道书稀别恨多。回首燕山天万里，相思不见渺愁何。时夫人侨寓京师。

张介石夫人

懊恼相逢是别筵，连宵剪烛话缠绵。人生究竟南归好，似我离乡又四年。戊子春，予重返锦城时，夫人决计南旋，承连宵筵宴，有平原十日之欢。缅想高情，频增离绪。

芝露大姊

一绳秋雁带商声，惊醒怀人梦未成。天外尺书消息远，粤云岭树不胜情。

织云三妹

西湖风月只供愁，偶踏欢场泪暗流。纵解闲吟消去日，莫教诗句易成秋。妹自遭子湘之变，郁郁寡欢。近喜吟咏，以消岁月。

叶畹兰长嫂

昔年万里数归舟，代捡琴书共倚楼。记得妆台低拜月，两人携手看牵牛。

念芗弟继配秦孺人

芙蓉湖畔柳青青，同饮离筵酒未醒。一样从夫行万里，输君侍奉日趋庭。时秦太夫人同住平凉县署。

耿凤鸣甥女

少小相闻有捷才，无缘空自忆千回。只今寂寞寒窗夜，那得明珠照眼来。

孟娴长女

苦恨连年别绪生，竟思乘兴向南行。盈盈一带西江水，携汝同来慰此情。时孟娴随任西江，拟以舟邀来蜀。

仲娴次女

长宵倚枕泪痕孤，乡信经年梦我无。怜尔未谙为妇道，好将甘旨奉慈姑。

嵇来山外叔祖母王安人

不会吟诗也爱才，每逢佳节劝衔杯。一生要好偏妨命，到死难逢笑口开。

徐端甫夫人

君归喜我屡经过，一见其如永别何。今日零星衣袖上，酒痕那抵泪痕多。

二弟妇华孺人

尔我同心两不疑，兰山重聚话襟期。而今追忆浑如梦，忍读微之痛悼词。念芗弟有悼亡诗廿首。

辰原四妹

绝妙金闺咏絮才，前生仙籍隶蓬莱。修文天上应如愿，珍重人间玉镜台。妹曾托梦言已授修文使者之职。

文娴侄女

生来仙骨太伶娉，吟得新诗笔不停。一阵孟婆风信恶，可怜空系护花铃。

双休庵女道士韵香

小瓶梅亚短檠釭，瘦影横斜漾画窗。不见空山人听雨，伤心枫落冷吴江。韵香既属填《空山听雨图词》，复又自写《吴江枫影小照》索予题，未竟，即闻辞世。

冬至夜作

迷离月色照书龛，佳节微吟酒半酣。愁共兰闺添线一，灰飞葭管转更三。人情未必肥怜瘠，世味尝来苦渐甘。遥忆故园梅信早，经年驿使望江南。

张十三嫂胡兰修爱予诗有嗜痂之癖感其意作此谢之

学赋闲情不忍删，偶吟红豆忆青山。自知下里巴人曲，奖借临风觉愧颜。

梅花迎腊水仙清，恐递诗来太瘦生。恰好亲知衡字近，频年欢聚锦官城。

芝润山房词稿序

词为乐府遗音。房中之曲、玉台之咏，此其滥觞也。始于唐，盛于南北宋，迨周、柳、姜、吴，各有所创，其制腔造谱，播诸弦管，协于歌喉。而同时倡和之调，读其句读短长，音韵高下，莫不绳尺森然，实有不可移易者。今宫调失传而词格具在，学者宜依仿确守，庶不失此中矩范。至于选声琢句，弃其重浊，一归雅洁，浓淡相间，缓促相生，如珠之联贯不绝，则应节而吟，自合古人法度。余少时酷嗜填词，知其难而妄欲锐进，每制一词，必讽诵四三，数日而就，尚未得石帚、玉田蹊径。窃尝谓寓情花月，感怀今昔，有五七言所不能达者，纡徐隐约，可以发之长短句间，斯又宜闺阁中人抒写襟袍也。古称词家三李，谓李白、李后主、李易安也。易安遒逸风华，词固超绝，而独与二李齐名，殆重其不栉进士而传耶？自易安后千百年来，芳媛之集，间得一二残阕，卒未有与易安别树一帜者。又尝慨惜近时随园女弟子诗选不及词，老友陈云伯明府诗名海内，及门女弟子盛于随园，亦未闻有诗馀之辑，岂以句栉字比，莫违分寸，不暇呕心从事耶？兹余旅客成都，邹雨香赞府以其室人《芝润山房诗词稿》属为点定，诗既清新，词益幽婉。女史为张船山太守甥女，毗陵著族，诸姑伯姊皆娴吟咏，家庭雍肃，自中馈外，时多翰墨之欢。嗣人事牵率，聚散之思，哀乐之感，悉抒写于引、犯、慢、令。忧能知止，怨而无愤。余老矣，久不作词，挑灯校读，觉数十年前之私论，一旦得之芝润女史，若合符节。喜而书于简端，且属雨香急付剞劂氏，俾李易安不得擅美于前。他日传诸江左、浙西，我知云伯明府之女弟子亦必兴起继倡，君其为嚆矢乎。

时道光十有一年，岁在重光单阏，月在玄厉，重阳前三日，乌程范锴识于锦城客馆。

芝润山房词稿

无锡丁采芝芝润撰

金缕曲忆诸姊妹

底事江湖走。记兰泉、涂鸦刺凤，绣帏携手。鲜果摘馀欢贮器，青李碧瓜分剖。更介寿、木公金母。朝夕承欢依膝下，爱谈诗、字字神针授。曾几日，隔亭堠。　　无端各自随佳偶。盼秋来、行行归雁，那堪回首。十载光阴随逝水，别思互添吟瘦。笑此际、徒夸健妇。甚日重邀闺阁畔，诉衷情、又劝琼杯酒。留此愿，莫相负。

玉楼春七夕

去年此夕凭栏久。拍案新声侬自奏。怕郎嘲笑爱郎看，佯掉花笺遮半袖。　　今年此夕抛红豆。未准归期芳讯负。银河依旧渡双星，憔悴而今人更瘦。

西江月秋夜

皓月一轮飞上，凉风透入银屏。路长梦短正难凭。又被蛩声催醒。　　炉拨香烟缕缕，砌流萤火荧荧。手拈罗带数秋星。恰与离情相映。

又闺中四季词

帘外桃花迎面,镜中人面如花。东风有意斗繁华。作出韶光无价。　绣倦髻拖残线,吟馀墨染轻霞。不知红映玉钗斜。贪听春禽帘下。

又

落尽残花如雨,眼前新绿垂垂。双双小燕学飞迟。飞上帘钩不起。　摘得青梅如许,拈来红豆堪思。怀人觅句已多时。爱写剡溪藤纸。

又

绿水白蘋红稻,青山丹桂黄花。一番风景惜天涯。故国莼鲈心惹。　乍染纤纤手爪,湘毫影动窗纱。侍儿狡狯笑喧哗。爱捉迷藏瓜架。

又

铁笛一声吹去,琼花六出飞来。丰貂护额踏阶苔。拟入梅花香海。　欲系年华少住,奈他爆竹频催。人生百岁两无猜。愿保岁寒心在。

百字令病怀

露华侵晓，酿春寒、种种动人愁绝。底事三更眠不稳，窗外雨声凄切。细数铜壶，频添绣被，兽炭红炉灭。心情无那，不知还向谁说。　　况是十载离家，半生作客，入世遭磨折。辛苦好偿儿女债，赢得病怀如结。梦绕青门，枕凝红泪，瘦影横残月。晨鸡三唱，醒来又听檐铁。

贺新凉送春

新绿摇庭户。正开帘、纷纷径拥，乱红无数。几树樱桃犹照眼，问我韶光何处。空付与、莺啼燕语。子渐盈枝桃李树。觅枝头、自有垂髫女。愁脉脉，甚情绪。　　魂销一霎吹如许。问东皇、春来何自，去从何所。后会纵期明岁近，总觉离怀酸楚。更昨夜、满楼风雨。饯别还须倾百榼，送群仙、醉赋瑶华句。幽禽下，背花舞。

忆江南昼永

清昼永，风动绣帘斜。睡去芳魂迷蝶影，醒来香汗透蝉纱。消渴饷郎茶。

如梦令题美人画

拂镜轻施翠袖。恰是晨妆时候。小婢代簪花，手折玉梅香透。知否。知否。人与梅花俱瘦。

蝶恋花茉莉

月映冰壶浮浅绿。花倚栏杆，芳意偏幽独。笑向风前呼小玉。碧纱幮畔人初浴。　　何处仙云联眷属。露滴深宵，摘取刚盈掬。爱煞夜来香一簇。和卿扶上钗头粟。

又瓶桃

灼灼丰姿红似火。插向军持，摇曳偏婀娜。兰未含芳梅已堕。春风独让伊娇亸。　　扑鼻清香刚对坐。如此秾华，忍上金钗朵。谱就新词愁未妥。无言花亦情无那。

金缕曲

先大夫与瞿秩山观察雅有世谊，余随夫婿宦游锦城，适秩山观察领监茶事，遂荷观察之须恭人视如犹女，花朝月夕，辄命过从。兹观察以权臬事左迁，引疾归南京，而恭人亦先期返真瑶池。同乡赵观察之夫人，亦早旋江阴故里，因填此阕，志慨。

愁绝莺声啭。到春来、红情绿意，最难排遣。回想当年初入蜀，恰喜故人迎面。爱吴语、关心清暖。携得瑶清诸姊妹，赏名园、游遍闲庭院。曾秉烛，夜犹恋。　　如今往事思量遍。最魂销、风流云散，星移物换。况是知音悲宿草，念旧泪同愁咽。更休问、红襟系燕。春草绿波京口梦，恨迢迢、一水盈江练。知甚日，再相见。

又

灵州官舍随侍亲庭，时两兄皆志于学，余与诸姊妹亦蒙训以诗词，月地花天，颇极人伦乐事。自先大夫逝世，北堂心爱家居，远隔八千里，伯兄官于钱塘，仲弟官于伊凉，长姊、三妹随其夫婿宦游闽、粤，听幽鸟之求侣，揽春翘以寄思。言念同胞，风流云散。回忆戊辰岁假道归省，重聚山丹县署，此境盖不可多得矣。情怆于怀，形之于笔，殊未计其工拙也。

记得离乡日。到衙斋、椿萱并茂，芝兰绕膝。瞥眼韶光三月过，诉尽离情千百。偏薄宦、累人行役。却恨当初难自主，向临歧、一语无从说。欢聚少，悔轻别。　而今愁绪纷如织。念同胞、闽山粤海，几回凄迫。曲谱伊凉稀过雁，望断翠亭红驿。竟四地、万金书隔。何日连枝重聚首，泛西湖、彩舞莱衣席。悲咏处，咽风笛。

忆王孙

三月廿八日，外叔祖母吴宜人园中见紫牡丹一朵，颜色艳异。喜其护花有法，且值是日为宜人寿，即席填此阕以侑觞。

延龄杯酒祝同斟。琼岛移栽石磴阴。只为滋培雨露深。到而今。一朵花熏众叶心。

临江仙绿阴

绕屋扶疏浓似黛，池塘浸影团栾。四围侵润碧阑干。晚莺深处坐，细语绿阴圆。　　花事已随流水去，眠琴小阁香残。青苔及榻送馀寒。帘衣慵不卷，翠色上眉端。

齐天乐樱桃

方塘树树垂丹实，清晨露痕犹泫。看到星星，拈来颗颗，惹得儿童留恋。连珠一串。看贮入玻璃，映他轻茜。饱食忘餐，红衣嚼破和香咽。　　清凉不愁内热，倾一碗琼浆，如顶初灌。含被莺偷，衔充鸟食，摇漾绿云零乱。满林无算。笑花下流连，隔帘相见。带得微醺，送时肠欲断。“犹带春酲懒相送，樱桃花下隔帘开”，元微之句。

浣溪沙闰三月十六日，燮儿自藩署归，为述邻有花烛之盛。戏赋此解

身似飞花态可怜。珊瑚红袖背灯前。牵帷匿笑不成眠。
莲瓣镂春红一捻，杏钗栖燕碧双悬。此时人月恰同圆。

剔银灯

雨香自泸州诗来，情致凄惋。予答和后，戏拈此解调之。

芳讯芙蓉开后。正淅沥西风寒透。念我情深，依人气短，寄兴知还如旧。拚教吟瘦。直坐到、三更时候。　新句更番和就。算红粉、青衫嘉偶。妾貌桃花，郎心柳絮。试问诙谐谁咎。身操井臼。想客馆、吟边眉皱。

浪淘沙 重读生香馆诗词题后

开卷便生怜。好句如仙。玉钗敲断梦难圆。如此韶华如此过，那得延年。　底事不成欢。月夕花天。怀人题遍衍波笺。个里伤心人不晓，说也凄然。

卜算子 自题小照

静对一炉香，懒与春人竞。一树芭蕉一曲琴，不少清幽兴。　可是玉台身，写韵耽吟咏。浪谪人间四十年，也要留名姓。

醉花阴 酒后与外叔祖母吴宜人夜话有忆

月影穿窗花影漏。杯酒黄昏后。移步小回廊，一阵香风，今夜凉初透。　谈心把茗怜予瘦。风露沾衣袖。却忆掌中珠脉脉，离愁难熨眉尖皱。

摸鱼儿

夜雨不能成寐，有怀长女怀芬，时由成都解维已两月矣，未识何日抵锡，择于何日于归？卒卒寡欢，若有所失。

且经理家政，独自一人，殊可悲也，因填此阕

掩疏棂、夜阑人静，孤灯如豆初睡。小窗忽破深闺梦，却是雨声敲砌。聊倚几。把一霎、情丝病缕都撩起。从头计里。问楚尾吴头，风邮雾驿，得到锡山未。　　更筹急。又触重门旅思。罗衣偷拭双泪。花屏月镜吟诗癖，一例折磨家累。书恨字。争挽得、别离轻度年光逝。筹薪料米。笑冷淡吟奁，挑灯影独，何处唤如意。

虞美人读杨萝裳舅祖《绣馀闲话》传奇有作

雕红刻翠裁云手。绝妙谈天口。卅年阅历个中来。博得绣馀闲话任人猜。　　温柔谱出情如许。却爱工吴语。开函透渍墨花香。私喜拈毫觅句且平章。

又

自随夫婿苕溪去。忆别双亲苦。迢迢何日再归宁。惯是思家望眼泪先零。　　秋千不用人扶上。且自抛怀想。彩绳斜引步生莲。舞到空中我见亦相怜。朱丽全

又

花间姊妹双双影。镜里妆明靓。深闺那得解闲愁。怜母关心怜婿又从头。　　水乡不着些儿暑。相对花无语。移琴目送手频挥。巧协宫商弹遍十三徽。陈静婉、静娟

又

徵歌擫笛兼诗酒。醉偶飘香袖。闺中真有女淳于。玉屑霏霏谑浪总输渠。　　绿琴娇小红妆靓。先意为郎聘。东家蝴蝶过西家。低祝檀郎金屋贮名花。冯畹兰

又

拿云赛月桐花凤。掌上连珠重。一双玉女下瑶台。选得琼枝一样倚云栽。　　小园兰菊帘垂地。绿醉红酣次。清才艳福两无妨。翠竹千竿赢得钓鱼忙。郝月芳、云芳

又

怜兄忆母鹃啼血。心里愁如结。愁心叠叠水重重。只影孤舟卷浪一江风。　　纵然网得西施去。不分珠还浦。谁知好事总多磨。百折千回依旧附丝萝。耿凤文

又

佳期恰值银河渡。合是双星遇。谁知北里有菖蒲,解佩湖边错媚听冰狐。　　金钗划损阑干竹。望断鹣鹣目。低回宛转写芳心。耐到桃花结子绿成阴。王竹香

又

兰情蕙性多幽雅。却是工愁者。那堪避难历艰辛。纸阁寒灯夜夜梦双亲。　　鬻身为母含羞最。佛力慈悲大。投环未死数由天。个里情丝缚住巧姻缘。苏玉卿

又

桃花马上珊瑚佩。儿女英雄概。不施脂粉不熏香。凤鞈鸾靴蜀锦艳戎装。　　绣旗开处军容肃。中有人如玉。柳腰擒得画眉郎。天遣良缘凯受筑城降。奢社辉

又

前身疑是章台柳。深怕飘零又。一帆斜曳趁东风。肯艳梨园记拍曲红红。　　盈盈碧玉含愁诉。小草琼花护。此生何幸抱衾裯。一叠琵琶双桨荡莲舟。柳紫芝

又

绿珠忒觉聪明绝。弄巧翻成拙。黄金百两赎蛾眉。才解重围先自作良媒。　　莫讶于飞非故相。婢学夫人样。此中耿耿不分明。直到重逢始剖妾衷情。姚采苓

又

前生慧业今生福。絮果兰因续。悲欢离合我何干。担尽虚忧又喜到团栾。　　传奇亦足移情赏。合付红儿唱。明珠一串透玲珑。只恐玉人都要卷帘听。

又前读传奇题毕，嗣于外叔祖母吴宜人处偶阅卷首各美人像，独遗唐秀卿，复填此调补后

生成不是寻常格。为有耽梅癖。抱梅心性画梅才。试问红妆何物逊于梅。　　倚阑人与花同笑。装束天然妙。闲来点笔弄胭脂。写赠香闺也算和新诗。唐秀卿

踏莎行

中秋前一夕，月色如昼，花气袭人，偕雨香露坐中庭，茗话，适松州书至，开读，知前作已录于绣像之右，并示词中三昧，喜拈此调呈寄。

露玉盘承，月波阶泻。一丝凉湿当风袂。谁家庭院木樨香，感秋人正阑干倚。　　笑抚么弦，谢传孤调，浣花一纸传千里。研来剩粉本无多，大江东唱销红翠。

附萝裳舅祖来书

雨香、芝润贤夫妇清照：月之二十日，接展初八日手书，

倍承记注，并悉别来近况，惟祝委任善地，裕境日臻。芝润所填词十三阕，为我题词，即为己写照。朱丽金等十一人，中间离合悲欢，大半与芝润相似，事合于心，情见乎辞，所以十一首无不绝妙，胜于前作。他日当以词名，无疑也。稍闲或可效颦奉和，然老年秃笔，未必能及清新耳，留此书于绣像之右，则一部《绣馀闲话》不以书传画传，或因芝润之题词而传。则书之幸，即某之幸也。余前寄两词，当已接到，芝润以为何如？大凡词客之词不妨带脂粉气，名媛之词却要有英雄气。此亦填词一法也。近日秋雨连宵，夜不成寐，因柴米夫妻之谊，虽老不能忘情，遂填寄《泸江月》长调以付荆人，芝润可索观之。秋深寒近，伏希珍重。不宣。舅氏杨英灿手具。甲申闰七月廿八日，松州官舍寄。

一斛珠题临镜簪花图。图中画美人手执兰花一枝簪鬓

轻笼玉臂。学梳云鬓分蝉翅。绿簪香草开奁试。人也如兰，花亦如人意。　　秋波一转芳心寄。斜枝故插添秾媚。镜中双影谁相指。合住瑶天，伫听秦箫起。

满江红雨中赏牡丹花二首

对此韶华，问何事、闲愁又惹。曾几度，晕红裁碧，醉吟花下。香雾满庭春欲活，明霞一剪光初泻。喜萱庭、兄妹共追随，闲陶写。　　风影动，雨丝洒。飘彩幔，湿芳榭。乞东皇屏护，暂留娇姹。滴翠凉醒酣梦蝶，摇红惊乱争檐马。食单添、纤手炙酥来，真无价。大嫂摘牡丹花和面炙食，味极香美。

又

骨肉团栾，喜满座、共倾佳酿。惜凡卉，落红无数，扑人衣上。尽把闲情消永昼，莫愁新溜传清响。待鼓催、婪尾启芳心，重吟赏。恂如兄斋中芍药数枝，已含蕊矣。　　欣满酌，听低唱。炉香爇，茶烟飏。料春云吹散，霁开轩幌。对镜暂抒离别绪，时孟娴未来，芝露姊在粤西，念芗弟留甘肃。当杯那有飘零想。织云三妹每于诗酒文宴时郁郁不欢，故云。快承欢、笑指女书生，诗坛将。文娴侄女亦有句，为母氏所赏。

菩萨蛮空山听雨图，为双修庵女冠韵香作

经声乍静钟声住。檐前滴碎芭蕉树。一夜响潇潇。剔灯魂黯销。　　新吟愁未妥。听雨含愁坐。坐破几蒲团。空山花落寒。

解语花泛舟西湖观荷花

湖心雨过，橹面风来，沙际鸥圆梦。翠波时涌。银塘外、一带画梁雕栋。千花艳拥。消受得、夏凉飔动。谁似伊、独立亭亭，顾影惊殊众。　　翠盖翩翻露重。笑明珠错落，流碎难捧。绿酣红纵。莲房小、妒煞戏蜓偷弄。吟肩暗耸。又宛对、洛妃微讽。延伫久、月上南屏，听晚钟归送。

金缕曲

春日侍母氏，携文娴燮儿孤山看梅，并拜谒张文端公像。同游者赋以诗，余独用在蜀填词韵。

风暖云烘日。泛西湖、烹茶煮酒，小船容膝。迤逦孤山迎望眼，一片梅株逾百。欣万里、归无形役。得见春明香雪海，想高情、许与逋翁说。飞鹤去，几时别。　　珠轮绣勒纷如织。避尘喧，娇儿老母，爱心严迫。六一祠边瞻旧范，肠断迢迢津驿。可知是、天涯难隔。留住韶光怜岸柳，正丝丝、暗拂联吟席。聊按拍，和楼笛。

又织云三妹遭王子湘妹婿之变，作此悼之

梦断孤衾铁。怅天边、哀弦一曲，雁来时节。悔煞当时分手易，两地依人愁绝。把锦瑟、韶华轻撇。斫地王郎归阆苑，抚连环、那料成捐玦。心似割，泪如血。　　半生贫况愁谁说。苦支持、门衰命薄，百般磨折。数尽更更更漏滴，想和泪珠寒结。又窗外、声声啼鴂。万叠云山千叠恨，痛茫茫、漆镜前途觅。生与死，竟长别。

又次日复制一解，以唁慰之，然姊妹之情益痛矣

世事如萍梗。尽人生、悲欢离合，回头须猛。家有玉麟宜自爱，好把门庭重整。令后起、凤鸾窥镜。婚嫁向平虽不易，但团

栾、且觅充饥饼。因我愿，为君请。　　眼前暂把春愁醒。一任他、凄凄月色，疏疏雁影。伴姊依兄闲过活，况奉萱庭日永。休两袖、啼痕重印。闻道西湖湖水阔，算修真、也有烟霞兴。携茗碗，泛云艇。

瑶台第一层春日同文娴焚香天竺

喜趁朝阳。相约去、深闺挈女郎。娇憨态度，时新梳裹，称体衣裳。肩舆随处好，爱领略、如此春光。灵山上，正烟云缥缈，仔细参详。　　思量。平生就绪，莲台低拜祝周幢。愿伊蠲病，乞侬多福，一瓣心香。情丝销未尽，叹年年、屡结愁肠。望慈祥。向巴江蜀峡，佑渡舟航。时将赴蜀，深惧滩水难行。

苏幕遮自天竺归游飞来峰冷泉亭诸胜

柳拖青，桃孕碧。万紫千红，绣上玲珑石。峰欲翻飞花自息。可为花留，小住凌寒翮。　　惕亭栏，窥洞室。一线天光，透入重岩隙。佛也低头如面壁。试酌寒泉，冷沁吟诗癖。

甘州题辰原四妹遗照

对香奁、遗札便魂销，暗伤读灯前。想柔情一缕，芳心咽处，苦似池莲。痛煞埋愁瘗恨，几度问苍天。恁忒聪明了，折损华年。　　此日披图如昨，听萱庭悲语，我见重怜。况侬归故里，洒墨更凄然。再休提、从前旧事，看添丁、喜报九重泉。亦舫三弟已生一子继妹后。他生卜、侍瑶台去，莫谪人间。

湘月悼文娴侄女

树歌连理，正花开并蒂，银河光彻。一曲夭桃成一梦，不信韶华催折。雨打疏窗，风敲碎竹，触起眉愁结。诗牌酒盏，那堪前事重说。　　何况母氏悲酸，兄宗凄楚，孤凤秦箫裂。谓高少庵侄婿。旧谱新词慵夜读，怕惹芳魂销绝。斐几灯残，画楼更急，忍对凄凉月。万花梅畔，殡宫谁吊香骨。近殡西湖。

金缕曲戊子新正九日，自杭赴蜀，敬辞母兄，并别西湖

愁绪如丝绕。又无端、春宵话别，匆匆催棹。几度相留留不得，为逐简书潦倒。看此日、行装草草。老母佯欢频劝慰，道从夫、万里开怀抱。言不尽，和兄嫂。　　西湖回首添烦恼。枉自惜、山明水秀，等闲过了。问讯梅花三百树，负尔清香不少。算真是、雪泥鸿爪。何日六桥招隐去，向堤边、结屋同归早。曾打就，腹中稿。

蝶恋花吴江道中

回首慈云春万树。双桨如飞，催入吴江路。杨柳怕教攀折去。临风不挂千丝缕。　　非醉非痴空自语。道不伤情，还被情牵住。归梦醒来无觅处。乌篷窗底潇潇雨。

苏幕遮重过望亭，梦亡姑杨太安人，感作

晚风轻，春雪拥。双橹咿呀，宛向亭边送。灯灺篷窗惊断

梦。雾鬓云鬟,似诉寒衾重。　　绕回廊,迷曲洞。隐隐依依,恍有人随从。蓦地风来潮水涌。枕畔啼痕,点点穷途恸。

卖花声 正月十二日,舟次里门,连宵月色如昼。旧日诸姊妹来往甚欢,时孟娴亦宿船中,若忘我为将行客也

舟泊小门前。笑语连天。宵深不怕露侵肩。消受春光争一刻,莫负团栾。　　人与月同圆。好句如仙。试灯风里付筝弦。故里多情诸姊妹,醉晕欢颜。

桂枝香 二十二日三更后,自梁溪解缆长行。舟中不寐,偶填此阕

津钲乍住。渐冷冷清清,香销几炷。只觉新愁枨触,拥炉无语。一弯月堕穿窗影,似相怜、别离心苦。前时箫管,昨宵灯火,今朝风露。　　到此际、问从谁诉。想儿女深闺,梦犹归聚。细数行程,多少栈云江树。思量没个安排地,又何须、者般凄楚。五更荒柝,数声长笛,一枝柔橹。

忆江南 出丹徒闸

轻舟去,烟水绿迢迢。帆影渐迷瓜步雨,江声犹听海门潮。两点小金焦。

临江仙 扬州水次

曾记平山堂下路,昔年两度维扬。曲阑干外有红墙。阑干十二曲,一曲一红妆。　　今日虹桥残夜月,一枝红玉箫凉。不

知何处是雷塘。客中乡语乱，凄绝断人肠。

满江红 大风渡黄河，戏拈此解，索雨香和

水涨桃花。愁一霎，鱼龙黤黯。又浑是，烟霾遥结，岸沙飞点。破浪笑无儿女态，扬舲快试英雄胆。更临流、且打鼓张帆，乘槎泛。　　纵横处，随波撼。起伏处，随风飐。任风波百折，电雷磨闪。只我昂头香象渡，看他吐舌灵蛇瞰。悟浮生、梦幻亦寻常，安夷险。

点绛唇 洛阳旅店读琴仙、素馨两女史诗，爱其字画娟好、词致凄婉，既和一律，复赋此阕以补壁

粉壁联吟，相逢也觉前缘寡。烛花红灺。句续春寒夜。　　卿本工愁，我亦多情者。闲相惹。驿梅香谢。爱听莺儿骂。

鹧鸪天 车中遣闷

历遍旗亭苦不支。几番摇兀望逶迤。梨花欲泪才迎面，柳叶含颦未展眉。　　风似剪，雨如丝。清明天气酿愁时。冲寒买取前村酒，遣兴吟成近体诗。

清平乐 过渭河兴平途次即目

绿波如许。唤渡垂杨浦。一树梨花春带雨。开向旗亭无语。　　阴阴陌上云酣。柔桑采得盈篮。烟树已过渭北，风光

略似江南。

苏幕遮兴平吊贵妃墓

合欢钗，连理树。那识长生，梦破渔阳鼓。怪煞将军多好武。玉碎香销，一霎埋荒土。　　背初盟，空浪语。那有红颜，真返仙山去。便到蓬莱心亦苦。碧海青天，此恨何年补。

浣溪沙即景

破晓时愁续梦难。唤春听到画眉残。阴晴山路不胜寒。　　风剪落花红不定，雨搓飞絮白成团。岩前香草媚于兰。

蝶恋花入剑阁大风纪事

剑削芙蓉千万朵。入阁风来，吹皱湘裙襌。挽住仙舆愁独坐。鬓云撩乱重新裹。　　翠拥峦尖排叠垛。蓦地香来，似有天花堕。他日江南归计可。丹青画取随诗舸。

金缕曲读织云仙馆张云裳女史词，即用其答和陈芝楣观察原韵。

蓦见琼花堕。正重帘、珊珊影动，翠云钗朵。说剑谈兵奇女子，“半掩绣帷悬宝剑，自烧银烛读兵书。”云裳句也。云裳爱读书，具有侠气。不碍咏歌同课。论风调、谢家江左。雁意鹃心孤梦窄，倚新声、剔尽残灯火。衣袖上，染芳唾。　　迢迢永夜曾痴坐。羡闺中、侠肠仙骨，早经名播。孀母零丁归未得，客邸光阴愁过。吟寸纸、泪痕犹涴。慨助麦舟词一阕，叹怜才、屈指惟君可。消息杳，倩谁和。

原作

张襄云裳

一片云飞堕。乍持来、瑶笺烂漫，郇公五朵。湖海楼头高百尺，也赏绿窗吟课。惭愧煞、论班说左。多少英才门下士，更传灯、分与兰闺火。珠玉似，咳和唾。　　愁人今向愁城坐。悔髫龄、涂鸦几字，外间流播。冰雪聪明天付与，未免言之太过。况齿及、娥江血涴。父榇未归儿远适，问孤孀、母子依谁可。将伯告，倘予和。

又自题芝润山房词后，用前韵，分寄诸姊妹

菊蕊迎霜堕。剪寒秋、一庭衰绿，更无花朵。蝴蝶不来香梦远，写韵何人共课。恁说是、才如班左。百首新诗词一卷，苦心魂、也费灯窗火。双袖湿，涕和唾。　　夜深常对残缸坐。记当时、分笺觅句，玉台篇播。爱捉迷藏工雅谑，消遣闲情易过。恨此际、风尘衣涴。知己无多同调少，尽伤心、击钵吟谁可。凭短翰，寄君和。

凄凉犯冬夜不寐，偶检书箧，得亡妹辰原旧来书札，吟诵四三，凄然成调，不自知其词之悲也

凫檠一盏。重围坐、魂销小妹词翰。伤心最是，吴云蜀树，雁行中断。城头漏转。又空自、吟长诉短。甚同怀、笛听山阳，痛煞死生判。　　剩此双鱼字，伴我文奁，宛闻钗钏。灵飞墨妙，那知成、粉愁香怨。暗掩罗巾，怕尺素、啼痕透满。问今宵、

可能入梦,慰眷恋。妹名菊,字辰原,一字陶珍。少绝敏慧,工诗书。辛未于归后,焚弃前稿,不存一字。年十八病殁。

附妹来书札

妹陶珍再拜姊姊妆次:仙堤一别,炉箑屡更。怅望南云,我心则痗。回忆庭帏聚首,风雨连床,对蓉镜以谈心,挹兰言而纫佩。一经回溯,弹指三秋,可胜感叹。迩者琅函远贲,宠锡多珍,望南拜嘉,弥深系恋。藉悉姊姊大人莲祉安和,顺时纳吉,欣慰奚如。又闻留情风雅,陶咏性灵,岂以夜来善绣,大舍知书,姊欲一人集众长,擅群妙耶?曩日但称针博士,今时又号女尚书,殆将继三妹于刘家,傲左芬于晋代矣。况如姊夫词高黄绢,曲谱乌丝,衣薰荀令之香,眉画张敞之笔,吟闻户外,曲在盘中,唱和之馀,定多佳什,何不以一二篇寄我也。妹少时把笔,勉学涂鸦,而近日执针,惟知刺凤。虽时诵《灵飞》之篇目,吟女史之良箴,奈苦乏师承,因无兴会,且承欢堂上,亦不欲以不急之务为闺阁所先,吟咏之事,有志未能。传闻者遂以妹颇工于诗,则过矣。父母精神康健,兄嫂诸人亦皆清吉,望勿廑念,至妹夫照常读书,颇为安顿,知蒙记注,并以附闻。妹陶珍再拜。案:妹幼读书即通灵解,见名人书画,若有会意者,楷临《灵飞经》,颇得其神。昔随侍两大人于灵州,年甫十龄,能作大字。时蔡小霞方伯(惟城)、瞿秩山观察(曾辑)、张子白太守(若采),见而奖异之,且以所书楹帖刊石留于藩署,比诸白金銮复生云。性孤峭,酷嗜菊花,诗饶别韵,不屑作庸语。辛未于归外子之三弟亦舫,未一载以瘵疾亡,年仅一十有八。始抱疴时,常对镜自写半身小影,手执菊花一枝,谛视之极肖。迨病剧,悉以平日所作诗字焚弃无遗,殆不欲留姓氏于尘世欤!亦舫不胜悲悼,因以小影殉殡焉。余尝记其《春日》句云"似珠泉溅千玑白,如黛芽舒万叶青",又《兰州游五泉山》句"却恐香尘留倩影,更防菌露上罗裙”,又《和人残菊》句“虽胜嫣红易摇落,可怜惟剩骨棱棱”,亦可见其贞静自持。然每讽咏,时寓感怆,读之黯然。焚稿后未能追忆,兹以题其书素,附识于末。

跋

昔外舅丁耦仙先生、外姑张太宜人，皆以诗文世其家学，芝润幼时，外姑日为课训，授以韵语，而诸妹亦均解声律，以是闺中倡和，颇极欢谐。然未尝出以示人也。癸亥春，来归于余，自中馈外。爱读书，余或与四三友人有登临赠答之作，芝润必请读而评论之，见佳句辄讽诵不释。时以侍奉堂上，尚未暇颂椒咏絮也。嗣于戊辰，由甘肃山丹县省亲来蜀，值余需次会垣，艰苦之状，有不堪述者数年。迨乙亥随任夔门，始亲笔砚，任意涂抹，复嗜长短句，吟哦声常彻于芦帘纸阁间。奈乏师承，余又未谙正拍，断笺残句，零落于箱箧者久之。近为补辑，录存十之二三，适范白舫先生来游锦城，时相过从酬唱，为莫逆交，乃出芝润稿代乞删定，得诗词各一卷，属为付梓，以副外姑之期望焉。因叙其巅末于后。

时道光辛卯十月，雨香邹廷扬识于清芬书屋。

清芬精舍小集

（清）王岳莲 辑 杨 君 迟仁清 整理

整理说明

王岳莲（？—1827），一名净莲，字韵香，江苏无锡人。入无锡双修庵为女冠，号清微道人、玉井道人。工小楷，善绘兰竹。清嘉庆年间，梁同书率先为其所绘《空山听雨图》题诗一首，广为流传，岳莲名声遂大振。后因事自经死。著有《清芬精舍小集》三卷，有嘉庆二十三年（1818）刊本。此次整理即据该本。

清芬精舍小集卷上

锡山王岳莲韵香辑

题　词

空山听雨诗序

孙星衍渊如

嗟夫！纷纷解缚，蚕留病壳之丝；宛宛调簧，莺恋馀春之舌。况复前身鹿女，蚤脱尘缘；往日鱼山，惟闻清梵。咏谢庭之飞絮，絮已沾泥；怀洛浦之明珠，珠还生慧。则有诗禅弟子，佛婢因缘，谢金屋之绮罗，恋玄门之瓶钵。旃檀薰罢，对玉镜而拈花；菡萏开馀，度金针而绣佛。瓣香袅袅，不除绮丽之缘；清磬声声，时和《玉台》之咏。譬诸《香奁》，区以别矣！

《空山听雨诗》二卷，无锡比丘尼韵香作也。想其落鬃青年，谒容白足；多生莲叶，不践陈泥。少日兰心，能通慧业。当生兜率，作公主之导师；旧住瑶光，是名宗之处女。加以书工带草，格仿簪花。戏馀事于兰茗，禅参水墨；剡芳心于芍药，经爱《灵飞》。当夫夜雨凄清，空山寂历，展金经而漏尽，凭棐几而寒生。何处笙歌，青衫有泪；平生嗔爱，古井无波。了知宝树菩提，已证无生之果；岂复桃花源水，犹增失路之悲。

而乃玉戛哀音，珠串好句。絮云一钵，劈旖旎之闲愁；花雨半天，洒惺忪之幽怨。虽禅心之有会，亦结习之难忘。而或谓玉女投壶，仍亲帝座；彩鸾写韵，亦步仙坛。传清思于悲光，诗留海印；述辨才于净秀，文倩东阳。频答飞卿，诵玄机之小咏；曾迷迦叶，岂魔女之诊痴。佛本无情，闻声说偈；刀难断水，著手成春。

理或然欤？然而花钿侍从，终惭神女之云；金粉简编，莫忏才人之孽。斗妍词于白蜡，排丽字于红桃。坐我北窗，鸳鸯怜而左顾；送君南浦，鹧鸪怨其中留。彼女子之善怀，皆缘情而绮靡。而此摩耶相伴，金粟空明；天女来窥，觉花独语。湖临蓉镜，涤惠水之澄清；云整华鬘，礼锡山之苍翠。玉烧不热，金佩常寒。知色相之无生，匪灵修之有怨。歌也有思，孰为来哉？

近且拾其咳唾，付之枣梨。谓有觉于闻钟，非无疑于覆瓿。将竣其事，寄正于予。予惟诸家集字，互有妍媸，下士吹毛，尽多指摘。譬诸一丘之貉，终寂寂于雄雌；同岑之苔，偶纷纷其高下。倘相惊于石火，更奚恤其云烟；纵未寂于闻思，更何关乎弃取。爰以知识，觉其烦言；往证维摩，料应点首。

赋

许乃穀玉年

虚岫生烟，空林酿雨。云白锁峰，飙凉拂户。度岩磬兮半空，飏茶烟之一缕。则有摩耶妙裔，昭惠绮年，神超八解，累遣十缠，静参玉女，祇事金仙。书展《灵飞》之牒，画通摩诘之禅。况复锡山境胜，梁溪水清。揽阳羡之幽秀，经鸿渐之品评。悟断竹与续竹，听蕉声与松声。眉珠微晕，面月半遮。手玉混尘，齿犀粲华。振铢衣于鹿女，垂璎珞于法华。峭崒千寻，暮霭沉沉。万籁俱寂，百泉飞音。破君疏梦，清彼道心。语集迦陵之鸟，香洗薝卜之林。怅佳游之修阻，托幽怨于长吟。雨脚收馀，月华升处，瞥眼风华，关心泥絮。焚旃檀以延宵，坐团蒲以待曙。证梦想之有因，羌低徊而弗去。

四言偈

顾皋晴芬

耨达之山，忉利可证。甘露道场，悟戒慧定。香浥衣清，雨滴心醒。云空即空，不听亦听。

云门衍法，洞山称宗。寄水随波，光暗皆空。佛言因缘，涅槃乃通。善根何存，非泡影中。

心不生灭，照九微火。诸佛非佛，见声闻果。雨飞天花，无上萨埵。即此是空，月起云堕。

章寅

善哉大师，散花天女。坐破蒲团，笑拈玉麈。蕉叶比清，桐心共古。何处禅机，空山听雨。

宗圣垣

千钟万鼓，声从何来？从耳根起，掩耳而听。以为不闻，究非无耳。即如聋者，未尝无闻。耳性不死，耳为声生。如穴出风，万籁本此。耳往声处，仍耳自鸣。声不在彼，空山雨至。淅淅潇潇，松竹泉水。身入声中，久而久之，如无声耳。譬如旃檀，昼夜焚薰。不知香矣，听而不听。喧然寂然，圆通一理。闻性不昏，以此觉宝。白佛宗旨，奉佛者谁？为罗睺罗，声闻弟子。

五言古诗

朱为弼

忆昨登惠山，悬崖翠欲滴。匏尊酌二泉，肺腑一为涤。惜哉尘事催，灵境罢登历。中有静者居，云扃未曾觅。吾友从南来，握手快良觌。一册落我前，湿云罗幂䍥。风战木叶喧，石漱泉响激。云有清微子，结庐倚岩壁。丹炉散氤氲，纸窗洒淅沥。心空山为空，道妙守其寂。吾乡有茅屋，听雨亦寥阒。衣襟污泥滓，何由谢羁靮。苍苍九龙岩，卧游不可得。题诗寄慨多，清旷即仙域。

陆镛

危峦破空来，云雾变出没。磩砑蚀青冥，张口苍崖裂。路穷石益奇，土断泉忽凸。白日淡不下，疏星明更灭。空山何所思，夜雨声声滴。愁向雨中生，去时杳无迹。师悟实中虚，我悟虚中实。大波兴悬崖，进退可自决。

朱续曾芝园

空山阒无人，但闻雨声响。远树影迷茫，岭云流瀁漭。浩浩太古心，落落烟霞想。飞瀑洗尘心，茅斋延新爽。此中有真机，妙与天来往。岂同小乘禅，未悟牟尼掌。时雨润芳鲜，春风自骀荡。块然无所求，默坐观万象。幽人随处足，啸歌任俯仰。

七言古诗

郭麟平伽

金炉鹊尾香初灺，十二帘钩一时下。女龙滴泪作珍珠，抛向龙堂响鸳瓦。山头佛髻青于螺，山根泉眼明秋波。芙容脂肉奈凉何，粥鱼唤梦如鸣鼍。作诗那复讥东坡，佳人薄命从来多。

金丽生

淡云如墨花有阴，缃叶抱润风愔愔。鹧鸪斑沉晕初湿，空山似有幽修吟。一雨一珠珠一串，百八牟尼手中绾。听到芭蕉佛悟空，滴来杨柳仙心幻。谁写黄绝入道装，丛铃碎佩应宫商。灵箫谱罢眠蚕稳，细茧飞归小蠹香。鸾尾双捎云影翠，仿佛簪花千个字。一碧湘痕欲化烟，秋容淡处春山睡。

郭瑞光芝云

平生雅慕淡宕人，赏心本自与人异。俗尘三斗扑面飞，林泉清福甘捐弃。那知清福即眼前，此境觅来颇不易。茅屋秋风乱白波，千点万点雨声至。道人学佛亦学仙，仙乎成道佛通禅。《黄庭内景》连《外景》，手写换鹅数百篇。《华严》字字参灵悟，散花天女相争妍。慧业静根都种得，空山独结雨中缘。人闻风声兼雨声，三春花事怜清损。我闻风声兼雨声，一座蒲团最安稳。到此身心故自闲，超然世表神幽远。听去无声却有声，色相依然远混沌。不用小楼疑昨夜，卖花声唱雨忪惺。不用开门惊月出，满湖云气起沙汀。但听翻盆并倒井，兀然反照如空冥。我知道人爱山更喜雨，雨前山外山雨两忘形。

杨炜星园

空山无人万籁寂，雨声潇潇风瑟瑟。虚龛枯坐孤夜听，一灯荧荧照四壁。此中何处尘虑撄，本是色空空是色。掩关习静谁扣门，松花满地苔衣积。正是钟鸣漏尽初，乘禅悟彻波罗密。乌丝界就写《黄庭》，拈花妙手簪花格。

五言律诗

黄嵋又痴

夜气微冥蒙，泉声谷口通。浮云知不碍，清籁想皆空。谁洒诸天露，粉飞万壑风。萧疏钟梵间，都在慧心中。

李雍

旷兹人境外，亦向画图开。山色定中碧，雨声禅处来。置身得萧爽，何地著尘埃。我欲骑孤鹤，江南访辨才。

汪国琛省吾

一面从今日，双修记昔年。多情惟佞佛，入世本参禅。爱种千竿竹，能书五色笺。最宜清静里，翰墨结奇缘。

潘奕隽榕皋

清微方外秀，耳熟已频年。闻说焚修暇，能通书画禅。簪花悬玉腕，滴露写云笺。会放梁溪棹，笼鹅结静缘。

七言律诗

邓宗彝六舟

仙居只合住云山，人海何因一往还。自为濡毫开慧相，我思蜡屐叩禅关。簪花格写《黄庭》妙，流水琴弹绿绮闲。愿爇瓣香同话雨，诗情画兴更难删。

四围湿翠苍茫合，天籁无边近竹窗。空谷云深春寂寂，小楼人听雨淙淙。松风莫辨声吞吐，水石相遭势击撞。坐久软红飞不到，耳根清静意都降。

杨献弼肖岩

江上青峰看未了，花关同拜片云慈。名山只合留仙住，好雨常来入定时。秋点远和声在树，春灯残照梦催诗。孤舟几日凄迷听，还乞空王柳一枝。

周心如幼海

空山淅沥响潺湲，小坐苍崖怪石边。姿媚画中窥八万，法云香界护三千。无殊郁馥曼陀雨，顿悟声闻大乘禅。何日蒲团分一席，同将慧业证金仙。

王堉青墅

散罢天花万念删，昙云香霭锁禅关。飞来旧雨连今雨，听到巫山又楚山。未断闻根凡响绝，终难法界道心闲。何时授我簪花格，不得笼鹅总不还。

蒲忭快亭

拈花一笑绝聪明，新月如眉画不成。四海才人争识面，三生慧业误倾城。早工翰墨因通悟，苦恋蒲团解好名。只合空王留供养，红尘无福可消卿。

程堬彝香

衣痕轻拂篆烟斜，仔细描摹仗画家。静听山头千点雨，坐看栏外一帘花。香厨早报胡麻熟，隔院还怜绿树遮。任尔百忙宜小住，拨云访问竹篱笆。

韵香自题

萝薜墙边烟似织，鹁鸪声里雨如麻。艳滋红豆疏疏粒，嫩簇青榆点点芽。泉水在山清欲溢，石坛隔院静无哗。晚晴能否今宵得，拟坐经堂看月华。

高风吹柳互攲斜，泼墨山容似米家。燕子归来双股雨，雉媒歇处一林花。闲居剩有婆心热，行路怜无佛手遮。劳雨乱云深叠叠，和烟围住竹篱笆。

五言长津

李友栗香泉

独捻牟珠坐，空山耳孰提。偶吟春寂寂，潜听雨凄凄。曲帐淋铃夜，图怜泼墨题。一时清梵歇，几度翠眉低。云气沉高阁，泉声咽隔溪。散花聊付水，飞絮早沾泥。佛火依人静，钟鱼入梦迷。禅心何处是，烟外子规啼。

七言绝句

孙星衍渊如

柏叶香清出翠帷，簪花书好写乌丝。早梅晴日开相对，可胜西窗听雨时。

蔬笋筵前暂举觞，芙蓉湖畔理归航。频年已作浮家客，愧挈红装对道装。近常挈眷过此。

年华如梦去匆匆，莫遣春消夜雨中。我是维摩长病在，散花人过总谈空。

张问陶船山

打叠星冠掩镜台，经声初静雨声来。渺无言说龙天喜，福慧双修此辨才。

蒲团清坐断声闻，人比莲花瘦几分。写罢《灵飞经》一卷，碧天吹散妙鬘云。

石韫玉琢堂

曾向梁溪画舫停，九龙山色对人青。真仙未证无生果，且访山中写韵亭。

解作簪花结墨缘，由来慧业易生天。修成六甲灵飞术，便到愣严十种仙。

修竹幽兰妙写生，风神潇洒自天成。缘知画理通禅理，兰共芬芳竹共清。

坐断空华岁月深，不须枯木听龙吟。读残暮雨潇潇曲，也识莲花不染心。

杨芳灿蓉裳

噀玉跳珠满石潭，华芝初长影篸篸。从篁绕屋有寒意，大似支硎放鹤龛。

绿树黄帘凉气生，泠泠茶梦洒来清。空中琴与檐间瀑，只有银湾似此声。

陈廷庆石瞿

藐姑骨节致珊珊，位业天生福慧间。仿佛仙人来啸树，曾传鸿爪到烟寰。

风兰雪竹淡如无，清迥明心鹤梦孤。想像簪豪添妩媚，一帘蕉战雨声粗。

周世锦素夫

共住名山梦亦清，雨霏风堕任纵横。拈花应笑苏公语，何独消魂是此声。

苏溪回首隔云山，我别湖湘已十年。余曾作苏楼听雨小影。未了一生衣食债，匆匆无计学神仙。

田钧若谷

苑墙空倚护花幡，寂寞林扃欲护难。不是此君惜憔悴，为谁倾倒碧阑干。

共看幽兰集道傍，人游杂沓那知香。若非壅灌黄磁斗，不见素心压众芳。

莫嫌遮道胜当门，赢得年年伴屐痕。多少踏青人散去，独留湘管为招魂。

丛棘三年困未苏，幽香和雨老蘼芜。直须纫佩传秋思，说与芳心等得无。

陈文述云伯

散尽天花丈室闲，禅心无梦水云安。夹罗莫似秋云薄，夜雨空山亦太寒。

水阁萧萧画烛昏，十年流浪软红尘。一声断雁孤舟夜，我亦中年听雨人。

陈鸿寿曼生

雨霏绝壑暮寒生，泉磴风林众籁清。便少凉蕉三百树，也教萧飒似秋声。

得从尘外寄幽栖，凡鸟谁曾白板题。满地昏烟梅雨过，轻阴只有一莺啼。

几丝暗雨漾帘旌，拟写闲愁句未成。道是玄机犹色相，频将小咏寄飞卿。

著个茅龛烟霭间，竹阴寂寂掩松关。阿蒙记听蓉湖雨，舵尾模糊大米山。

周鸣銮介夫

寂寂禅关可自持，秋心初抱雨先知。《灵飞》一卷书才了，又见黄昏月上时。

九转湘帆恰好收，此身不系等虚舟。深林何处巢归鸟，只有空山一段秋。

杨铸子坚

灵根明月湛然深，自昔修眉倦抚琴。孤卧空山清梦醒，不听秋雨亦酸心。

海内才人尽相识，娟娟楚楚画兰情。转怜投赠鹅溪本，苦语贞心并蒂名。

听雨愁风病骨凉，玉京去后剩空床。不知阶下梧桐树，可有飞来白凤皇。

姗姗仙骨此人多，来往停舟总奈何。我是林中一明月，清光常满照岩阿。

披云居士作诗，张友柏书册

尘世名心久化灰，自题听雨自敲推。琵琶江上嘈嘈急，翻向空山领略来。

庵外浮云深复深，此中山水有清音。寻常风雨谁关切，毕竟多情是佛心。

晨课刚翻几叶经，香消檐漏正东丁。人间多少夫娘辈，犹在春闺梦里听。

得见斯图遇亦奇，相看何比定相知。十年面壁功深候，恰好渠成水到时。

陈希哲云涛

道人解说道心微，微妙何曾知者希。试听空山山际雨，有无魂梦逐云飞。

朝朝暮暮滴蟾蜍，细写琼宫六甲书。道人爱摹《灵飞经》。昨夜又添功德水，可能八垢尽消除。

淅沥山窗寐不成，雨声只怕又鸡声。萧萧未必思君子，人海徒传福慧名。

蕉心重叠展铃珑，响到疏棂耳倍聪。几阵廉纤吹不断，湿衣时近落梅风。

寂处闻喧乱点荷，小楼欹枕夜如何。不妨晓起描兰蕙，剪取湘江一寸波。

洒遍曼陀法雨新，双修毕竟是前因。此间莞秸空堂坐，散尔天花不著身。

蔡鸾扬

前峰云影渡溪湾，夕霭虚无静掩关。深院塔铃空自语，不知鹤梦带秋还。

日落烟横古寺深，遥闻疏磬出空林。芭蕉自卷秋风叶，月上清虚是佛心。

长松滴翠雨冥冥，绣佛堂前夜火青。小炷炉香帘不卷，隔花闲写贝多经。

妙证真如见雨花，虚庭静扫碧苔斜。门前无限江南树，几处秋声遍别家。

赵棨戟门

岩壑幽闲绝少尘，雨霏山暮有秋声。松风涧水时相和，无那疏林空景明。

苍苍宿霭雨丝丝，梵宇深沉听竹枝。鹦鹉未归人未寝，白云何事在山时。

陈珄晓台

三绝由来海内传，画兰咏絮浣花笺。不须天女殷勤问，元是蟾宫谪降仙。

好向华严法界寻，拈花独见妙明心。只今一样阶前雨，听向空山意便深。

座中应有木犀香，尽日廉纤也不妨。老我只从茅屋赏，何年相见话潇湘。

吴嵩梁兰雪

一棹低徊又十年，湿云如梦水如烟。重来煮茗焚香地，恰是吹花落絮天。

白发萧萧寻道侣，青山黯黯入诗禅。上方亦有飘零恨，何况寒灯独夜船。

查有圻自牧

趺坐空山万籁空，世缘不与耳根通。雨声还是声闻相，收取乖龙制钵中。

陶梁凫乡

十样华笺贝叶文，旃檀香炷礼慈云。散花妙手簪花格，曾写羊欣白练裙。

青山一发隐螺龛，第二泉边路旧谙。今夜客心凄绝处，漫天丝雨梦江南。

集禊帖子

李福子仙

一亭林竹此闲幽，永日无言得自由。听水听风听不尽，今知世外有兰修。

杨欲仁体之

珠宫清梵含鸣泉，篆绣炉薰润逼弦。碎佩丛铃知不省，风幡自定四禅天。

孤篷一夜听潺湲，贪试名泉约早还。想像螺峰最深处，磬声如水出花关。

刘嗣绾芙初

慧岭云飞只树林，此间钟磬是空音。久无老鹤敲门到，阶下青苔一寸深。

清波不隔在山泉，雨点飞来认槛前。听到桫椤终夜响，空山不是散花天。

一厨书画看青山，冒雨寻真只等闲。任尔飞泉悬树杪，落花流不到人间。

杨煊桂堂

诗才书法妙飞鸢，小住人间别有缘。好向瑶池访仙子，梵音清彻胜繁弦。

秋雨秋风放棹迟，几回惆怅太情痴。幽兰一种通芳讯，想见含豪得意时。

惠山寺畔意悠然，汲取清泉为客煎。信是云房钟鼓静，便从香火悟因缘。

王衍梅笠舫

淅沥空山听雨秋，粥鱼禅板镇清幽。曼陀自结诸天响，不著人间一滴愁。

闻说眉娘最性灵，蒲团绣罢佛灯青。朝来贝叶昙花上，更掬牟尼手点经。

鹊尾炉头笃耨香，杨枝心地洒清凉。珠帘十里笙歌路，付与潇潇唱断肠。

君是香岩老辨才，吴淞此去叩莲台。遥知日暮碧云合，清磬一声今雨来。

马步蟾渔山

绝径无人悟道心，空山小阁自登临。思量一夜喧阶雨，草没前溪几寸深。

未除结习感频增，那似寒山拾得僧。今雨忽来元旧雨，强教饶舌对孤灯。

彭邦畴春农

淅沥空阶夜雨深，长明灯暗影沉沉。耳根寂灭元无著，特为清凉洗道心。

彩鸾写韵已千年，又见簪花格调妍。怪底过庭夸墨妙，曾经低首拜琼仙。

刘墉石庵

不种芭蕉侍榻前，爱听冷雨打秋烟。牟尼本是清心具，澄静空潭伴玉仙。

凌鸣喈泊斋

一片湘云暗暖中，几枝粉本借春工。小窗睡起慵无力，欹枕轻盈怯晚风。

吴兰孙古亭

底事披图百感生，误人大半是虚名。年来怕听空山雨，送尽流光是此声。

凌荣香雨

偶随鸥鹭到禅关，也是浮生半日闲。剪竹裁诗惭未稳，风声如雨落空山。

李兆洛

钟鱼寂寂石坛高，妙鬘光中识玉豪。偶约闲云驻山麓，一天晴雨听松涛。

自著珠衣礼紫霞，青城有路饷胡麻。得来知是维摩室，满地古香金粟花。

洪亮吉稚存

不散天花不习禅，此中楼阁小如船。山居莫怪高寒甚，记是修真谢自然。

花枝如绣草如梳，尚忆东风二月初。万点雨声千仞壁，最无人处一帘疏。

陈培湘岩

笔底模糊亥豕讹，墨磨新样写云罗。关山难越凭谁诉，心似炉灰意似波。

情到多时不觉痴，试看兰蕊比连枝。山高月小留人影，海阔潮平日暮时。

孙龄集花

福慧双修自有因，散花仙女本前身。如何结得庐山伴，撒手人间远俗尘。

绣罢心经雨未收，空山尽日锁春愁。应知今夜蓉湖畔，零落残花满渡头。

汪莹篔士

仙姿绰约本天真，谪到红尘不染尘。十二年中劳梦想，此来悟得是前因。

朱堉厚堂

神女凌波善写经，空山独对数峰青。自从花雨弥天散，染得西池翰墨馨。

岂爱公卿道令名，偏教巨笔再三赓。逃禅元不如逃隐，一片慈云无限情。

诗　馀

女冠子

秦恩复

邃馆岩扉，小帘雕槛密密。冷云铺满，清泉喷溜，败叶鸣飙，并做晚愁。凌乱偏是，引起闲愁。攒上眉山，却难排遣。任茶烟禅榻，砌成幽恨，细思量遍。　　凭仗他洗尽铅华，抛残尘梦，一味清凉谁惯。钟沉绣押，香润衣篝，多在夜长人倦。生怕消磨，者番孤负虚檐。芳情易减。想遥岑染就，馀得痕青几点。

买陂塘

英和煦斋

不分明、楚天似梦，搓成清泪如许。湖山便有悲秋，感浅碧眉痕乍洗。君听取，算妙觉、闻思早悟修罗语。团蒲凉未。看认得侬家，软云一钵，劈作满天絮。　　苍烟里，问谁写当年画壁。香茅一把，新起冰床雪被。同谁证，并少玉，笼鹦女。真隐矣！只我有愁心，待寄还山羽。江南暮雨。便水阁潇潇，吴娘留客，难比恁情绪。

金缕曲

秦瀛小岘

寂寞空山里。卷湘帘、画阑独凭，香消翠被。隔幔惊闻凉雨滴，滴入芭蕉心碎。浑不管、搅人难睡。写罢芳兰幽怨极，展秋波、肠断盈盈水。向谁说，意中事。　　灵心妙腕真无比。只合伴、风流绝代，香光居士。再世草衣同慧业，认取清微小字。从今号、莲花庵主。玉井峰头开十丈，算红尘、没个容卿地。罗绮梦，唤醒矣。

台城路

杨夔生 畹香

幽岩水佩囊琴去，泠泠满弦风雨。鹤冷衣云，猿灵扫叶，小结华鬘香宇。灯凉尔许。待蒲火青时，觉花微语。莫赋秋声，一篱添丝是愁处。　　几折乱烟沙路。梦闲欹瘦石，苔老今古。金粟笺红，剑珠尘碧，恰称淡妆眉妩。晓晴帘户，见海色长松，苍寒如雾。悟后谈经，定应逢鹿女。

满庭芳

顾翰 兰堂

蕉雨催诗，竹风醒睡，潇潇声下铜沟。一天寒影，偏解织清愁。若问梅花标格，拈香偈、夙世曾修。图中认，眉痕小绿，吹上一痕秋。　　折钗，临旧帖，松烟疏淡，翠墨斜浮。任生生贝叶，瘦到银钩。檐外轻阴如梦，伴闲云、暝色山楼。湘庵底，满襟凉意，圆晕落灯篝。

买陂塘

白镕 小山

静愔愔、香温笃耨，声摇风竹如许。琤玑翠涧幽林外，搀入晓窗残雨。闲凝伫，看帘暗棂疏，润到琴弦否？明心妙悟。正云锁松关，凉回鹤梦，空有碧玲语。　　情无那，茗罢闲抄术序，《灵飞》六甲频数。步虚吹落瑶台畔，缥缈仙心何处。沉水注，爱写影传芳，鹅绢添生趣。山空太古。记琳宇箫清，碧城阑曲，吟彻小楼句。

齐天乐

孙尔准平叔

琴倚何处泠泠响，岩虚易生秋暝。碎韵抛珠，古音瀵玉，一片诗情清润。闲吟细领。又点滴声声，骤翻高岭。洗净尘襟，并无猿鹤伴深隐。　　庄严空色无想，剩螺痕法雨，捎动清磬。蜀道闻时，巴山吟处，不是者般情景。古怀谁省。是悟后谈经，静中喧境。心迹双清，任空阶夜永。

壶中天

孙敦觳

帘漪镜瀑，洒泠泠虚籁，似闻琴筑。乔木苍寒云亦古，剩得采芝人独。敲梦诗清，醉沤槛小，万影摇空绿。缓寻幽隐，暝烟深贮阑曲。　　谁会静里闲心，别成洗耳，有商声堪掬。古意萧森无不可，坐对淙琤鸣玉。石气生秋，岩虚积翠，清荫图书屋。夜凉歌罢，湿萤孤照人读。

南柯子

李镜卿

残篆和人瘦，馀寒入夜添。更无花影到空帘。那有侵寻旧恨上眉尖。　　断续檐铃答，零星远漏兼。闻根已净任廉纤。消息梅枝一笑又重拈。

长亭怨慢

吴䕲山尊

是天试、清凉心地，独夜空房，细萦思。不种芭蕉，滴阶声苦也难睡。慧锋偏利，早按定、心头辔。本是散花人，不会管、人闲花悴。　　不寐。有空王作伴，寂借一山幽寄。风雷怒歇，猛听得、远钟敲碎。待霁看、万点青莲，拱禅阁、峰峰明媚。定不忘宵来，孤对长明灯穟。

青 玉 案

汪润昙

卫夫人后簪花笔，怎今日，禅尼得。写出《灵飞经》色泽。一分肌肉，二分筋骨，正合人标格。　　菩提树下婆罗宅，恨只与莺花隔。一霎雨声听不出。经声瑟瑟，歌声恻恻，诉向长眉佛。

减字木兰花

周石书

旃檀香里，寄到人间书一纸。听雨空山，知有仙风吹佩环。　　者般智慧，玉骨珊珊双佛髻。何日浮槎，兜率宫中看散花。

菩萨蛮

赵怀玉收庵

空山滴尽空阶雨，声声响彻芭蕉树。独坐卷帘时，此情若个知。　　聪明关福命，成佛输灵运。我已鬓如星，萧萧怕再听。

行香子

陈夔秋史

紫竹林边，青豆房前。种芭蕉、合号书仙。蚕眠字小，屋漏痕偏。是色中香、琴中韵、画中禅。　　福慧难全，结习难捐。怕翻经、佛说因缘。多生净业，不在生天。只梦回时、灯灺后、雨琅然。

唐多令

吴宝书松崖

何处认仙乡。云深路渺茫。为幽栖、尘事全忘。享到人间清静福，有玉女、杜兰香。　　听雨觉宵长，寒灯照影凉。一声声、未免回肠。忆煞梨花今夜冷，怕容易、减春光。

曲

舒位填词，毕华珍正谱

【商调集贤宾】潇潇暮雨何处愁。似一片残秋。人外青山闲枕手，听萧疏、侧打帘钩。斜飘窗牖遮远岫，苍苔如绣。延伫久，一定是、点灯时候。

【二郎神换头】双修衣，香鬓影，纤尘不受。想得那情动花飞缘起后。正诸天叹赏声闻，微妙难酬。把水月观音剖，早并入芙蓉细漏。漫停留，只要劈鱼笺，静写蝇头。

【虎珀猫儿坠】空山落叶，闭户最清幽。好向禅心冷处求。依稀湿翠，镜中浮凝眸。者画苍茫，画如人瘦。

清芬精舍小集卷中

锡山王岳莲韵香辑

画兰小赋

秦瀛小岘

慨夫！妙光人去，孔雀庵残。怅画眉兮无侣，愁碎玉兮寡欢。爰有伊人，妙颜如莲。琴心三叠，寂寥谁弹。含绵渺于缣素，托幽思于芳兰。雾縠烟绡，韵流腕底；风襟水佩，香溢毫端。繄匠心之独运，每得意而忘言。顾媚羡其品逸，马姬叹为绝伦。为之歌曰："我所思兮在湘沅，采杜若兮掇兰荪。春风被兮春露繁，夫孰识此孤抱兮，邀明月兮照前轩。嗟蒿艾之满径，惧柴棘兮当门。慕竹箭之有筠兮，希松柏之有根。亮自全夫晚节兮，勿迟暮兮永叹。"

咏兰一百六首

蓠芷纷披杜若芳，骚人九畹忆三湘。春风昨夜庭前至，吹得芝兰竞体香。

含毫点染绿窗前，不展芳情倍黯然。料得有人清梦里，琴心飞满七条弦。

一种幽香何处寻？枝枝叶叶费沉吟。云房自结无言契，空谷谁知不染心。

倚阑无事拓蛮笺，花气薰人已破禅。抛却菩提闲吮墨，金仙礼罢写婵娟。

最忆湘兰孔雀庵，杨花飞过大江南。春从碎玉声中去，点点芳心独自谙。

十分珍重护芳丛，意在忘言淡荡中。尘外天然见标格，肯随桃李嫁东风。

蕴香不遣蕊当风，僻径荒畦小小丛。甲乙群芳翻旧谱，秋江畹晚隔迷蒙。

参差花放麻姑爪，闲靓妆含淑女容。气味千秋存结契，穹岩深谷荫长松。

阶前不用护花幢，蘸墨为兰映碧窗。芳芷荃蘅添少许，管城今欲号湘江。

万紫千红春好时，深林香满少人知。陔前结契情难托，为写芳标一两枝。

九畹幽香风际微，湘南沅北接依稀。碧纱珍重和烟罩，不共落红成地衣。

兰圃偏宜处士居，浓香摇曳午风初。写成尺幅浑无思，增补《离骚》欲著书。

花吐丹心香胜麝，叶滋青雨敞如蒲。美人皓腕伸神浒，插傍云鬟称得无。

为蕊为花放未齐，迎风挹露势高低。绝无颜色堪娱目，赢得清香人品题。

分来湘浦种庭阶，日暖天晴春正佳。莫道国香容易得，五风十雨早安排。

资葹删刈辟成陔，掬土梳根手自栽。雨际若非勤护惜，风前那得好香来。

陌上青青细草茵，履痕多少踏青人。穿花度柳寻芳意，走入兰丛意始真。

烟绡雾縠碧波纹，墨气轻浮淡淡云。花在此中传色相，野禅参到日西曛。

不生道左不当门，渺渺汀洲小小村。枝茁露浓香自在，美人千里月黄昏。

松楸一径入荒寒，曲涧淙淙响急湍。行到深山最深处，丛兰芬馥翠迷漫。

行尽江南画里山，遍罗香草满筐还。欲从座上供清玩，兼赠佳人插鬓鬟。

数箭青兰古石边，宓妃神女并香肩。不难荃蕙连畦种，为少梁园万顷田。

湘江云隔路迢遥，采得幽兰种且浇。欲令众芳成一圃，十分春色度花朝。

荃蕙纷披不化茅，吹风饮雨贴山坳。春来拾翠人相问，次第花开及近郊。

素纸新泉淡墨毫，町畦点缀作兰皋。举瓢自酌天浆饮，醉倒花前读楚骚。

兰丛春暖饮微和，握爪擎拳覆绿莎。陌上踏青人断续，个中谁为采兰过。

楚江闽海茁兰芽，一旦移来高士家。欲使笼纱堪入座，先编护圃槿篱笆。

春夏时时勤保护，不风不日善收藏。秋来自尔花争发，共识丛中有异香。

兰圃栽培术贵精，宜干宜湿论阴晴。勤劳邀得花神眷，报以幽香一点清。

神浒波含鹦鹉绿，灵皋山带佛头青。丛兰花发深林里，开向秋岩等桂馨。

《心经》欲解忝无能，自学图兰悟境增。花现豪端兼墨表，色香触发在吴绫。

色空空色两悠悠，数亩芬兰画里收。尺幅静含千古意，美人寂寞楚江秋。

迢遥芳圃隔云岑，缘磴扪萝何处寻。望见荃蘅兰亦在，欲因臭味结同心。

锦林绣壤是江南，阳羡山深罨画涵。我欲浮家五湖上，众芳成圃恣幽探。

防蚁钻根鼠啮尖，盆笼纱罩户悬帘。凉茶静里时时润，开到经旬花尚添。

秋风历历动松杉，中有幽兰傍峭岩。路隔烟波愿言采，轻舠一叶试蒲帆。

蕊劈疏尖香尚含，栖岩隐谷在东南。屈平词赋真知己，一卷《离骚》细泳涵。

叶覆青芝依石角，蕊分碧玉破疏尖。护持深恐园夫卤，采掇端宜女手纤。

兰宜扶植草宜芟，自辟町畦手把镵。圃侧座隅行且住，幽香袭袭透轻衫。

钵里昙开时一现，座间兰放或兼旬。天公相视元无异，觉悟空中自在身。

辇石沟池插槿藩，种兰在圃不当门。如何得傍花田住，落落山川小小村。

楚闻香草古来多，千里携筐费采罗。谁道亦生十步泽，不消搜遍众山阿。

几茎露蕊傍庭莎，一室求香香已多。不学屈平栽百亩，浇花难遍恐无那。

银屏珠箔护花张，花态如人淡淡妆。买得异书随意读，不须红袖为添香。

瓷瓶分种列房帷，朵朵花腮露欲垂。最爱留香帘不卷，碧纱窗外坐移时。

牡丹花下饮醍醐，醉看幽兰兴不孤。洛水月明神女在，春晴陌上走罗敷。

虾须帘静午阴阴，绿展芭蕉院宇深。兰臭与人融洽处，烦嚣一点不相侵。

星宿海边挑活水，蓬元山下掬红泥。国香种就因风发，飘入平林又过溪。

曾望根舒除蚓窟，更求叶展卷蛛丝。业存兰圃难言瘁，但愿花开趁好时。

和风摇漾日吹嘘，蕊自冬生春果舒。碧玉青珊丛内满，胡绳穿取比琼琚。

色仅青青香不淫，日烘露洗惠风轻。一春少雨花全福，闲静如兰福更清。

绿苔如罽护根泥，仙露滋腮放瓣齐。香茗一杯书一卷，花间忘却日沉西。

和风吹长蕙兰芽，盈尺青珊八九花。携向人间罗绮队，红阑绣户幕轻纱。

荃蘅香芷是朋侪，或在山巅或水涯。兰与众芳齐吐秀，酿成春色十分佳。

绮园三月百花妍，石古苔青草似绵。中有幽香问何卉，短篱隔处是兰田。

红豆花开香艳阳，种兰在圃正含香。坐来沁入心脾里，欲倩吴侬问楚湘。

为桃为李太繁华，笔蕊疏疏写蕙花。墨气似含朝露重，交枝互叶共欹斜。

可是春风昨夜来，许教携榼访兰陔。长愁花里春难住，久立看花日几回。

不饰胭脂赛丽人，用将闲靓见天真。虚堂风静清如许，文苑微添一点春。

彼美天涯何处寻，此花冉冉已春深。适从花伴搜佳句，意恐花知且弗吟。

岭梅洁伴三冬雪，篱菊清含九月霜。最是此花开放候，非寒非暖好时光。

含葩夙号芬芳质，少色惭将锦绣春。山后山前青瑟瑟，九天雨露逐时新。

洛阳三月锦千章，自有兰开共逊香。保护不嫌纱幕密，欲烦云母立花房。

愿汲清泉灌蕙丛，卿云瑞霭覆朦胧。长教谷里花芬馥，寿与灵芝仙草同。

清露团团湿蕙芽，微风摇动两三花。春来何地香偏盛，当是山深处士家。

韵流湘浦见柔枝，香蔼中心好自持。幽意结成深谷秀，相逢春暖日迟迟。

福田新艺两三枝，慧业凭谁赋小诗。双穗离离花欲放，修篁让露最恩施。

清静庭轩不染尘，纷芳兰蕙点馀春。精神看取枝头露，舍却幽人孰赏真。

玉蕊檀心露欲颠，含芬开向午风前。小丛自结山川秀，陌上花开不斗妍。

幽兰得露尽开花，世内争将臭味夸。到眼春光看不倦，十分清景在山家。

中谷天生九畹姿，秋来纫佩楚人思。闲庭尽日无他事，坐对兰丛赋小诗。

三湘烟景浩无涯，夹岸幽兰尽发花。正值晴和好天气，诞敷春色到山家。

和风小雨养花天，开到幽兰春正妍。我欲为花来写照，新泉手汲试松烟。

或宜春日或宜秋，花自玲珑叶自修。露下纤荑试采取，好教插傍玉搔头。

叶色深青花浅绿，种宜净土灌清流。不知春好因无艳，独立王孙芳草洲。

阳羡山中万箭兰，云深路僻水弥漫。樵夫挑入村边路，拾翠人来子细看。

留香有待为春迟，一角花田蕊几枝。闻道云边多雨露，欲依王母种瑶池。

纸素今教敌绢纱，朝来随意写名葩。莫嫌淡墨无颜色，此是心田自在花。

幽兰得露尽含香，郁郁菁菁依石旁。一阵好风岩下过，山前山后共芬芳。

读罢《离骚》有所思，莲台艺蕙两三枝。最宜长昼香风里，绣佛斋前立片时。

山头山下尽芬兰，或俯撷兮或仰攀。仰攀俯撷成相识，地久天长共此山。

兰生石畔根常固，石在兰边苔亦香。兰石相依最相得，空山岁月何其长。

九天清露滴兰丛，脉脉香生深谷中。吹到座边谁用力，端知一阵好春风。

半花半蕊倚莓苔，花正香浓蕊未开。花到旬时香略减，蕊舒修瓣送香来。

锦绣林边小燕飞，繁花簇簇艳春晖。风前一阵微香度，知是新兰蕊忽肥。

丝丝翠影舞鸾姿，爪握麻姑欲放时。正是昼长风细细，水边石畔好寻诗。

翠烟红雨遍江南，柳眼桃腮春正酣。点笔略分春少许，写成清蕙傍优昙。

鸾尾毰毸翠影偏，玉簪斜挂露珠圆。湘沅曲里香成国，输与春花一点妍。

隔岁疏尖雪里探，梳风沐雨到江南。杏花卖后春无恙，饮得微和放两三。

风日清酣好养恬，翠茎碧叶影纤纤。闲来欲抚《离骚》意，写遍人间雪色缣。

兰陔携榼好追游，翡翠丛中佳气浮。昨夜忽承新雨露，花开香过白蘋洲。

同日栽花先后开，东君著意费安排。先开先谢随风去，迟放迟香客正来。

清虚亭馆嫩寒时，微雨当窗长蕙枝。道上芳菲看不尽，人间争说此花姿。

春秋常为艺兰忙，一手栽花几处香。花下正逢佳日永，拟将拚醉倒天浆。

叶缕翩翩凤羽翔，花容仙爪势初张。朝来小幅沿窗写，如读《离骚》一两章。

帘幕香风长昼来，劈笺题句为兰陔。融融和气披襟袖，此际曾无一点埃。

斋头日永绿阴遮，拾取风枝煮好茶。淡墨柔毫新汲水，写成意蕊与心花。

山巅谷口采来频，带露和烟开向人。插帽未堪才子折，悬腰宜倩女嫛纫。

春来拾翠最陶情,曾见佳人两两行。欲趁江南二三月,提筐到处采兰英。

卉草多情引兴长,众芳成圃是何乡。愿教九土兰生满,锦绣山河处处香。

弱叶离披与草同,花颜不似百花红。牡丹台侧蔷薇畔,无艳多香自一丛。

一朵花含一样姿,趋朝向背令人思。半花半蕊迟迟放,正是江南春好时。

小畦窄径几枝新,斗草儿童过往频。深巷自生还自落,护持赖有灌花人。

新试轻罗怯嫩寒,循陔欲采意盘桓。临风自有香持赠,作佩何妨露未干。

淡墨描成点点多,兰香还仗墨香和。闲来写得花盈纸,如在湘江岸上过。

茎叶欹斜不待扶,好从小圃蓄兰租。仙人几辈循陔走,子细能知花意无。

清芬精舍小集卷下

锡山王岳莲韵香辑

说竹小序

潘奕隽榕皋

余性喜竹，尝游西湖至灵隐、韬光，又至云栖，两地皆以竹胜。一则曲径盘纡，抉石跨涧，横放直出；一则夹路萧森，弥望无际。窃谓竹之大观，无过于此者。后游楚中，地多筱簜，戛天蔽日。终日行绿玉中，晓烟夕霭，湿翠沾衣。回视韬光、云栖，不啻一丘一壑之胜矣。归田以来，于三松堂后栽方竹数丛。玩其风情雨态，亦颇自乐。因悟庄生鹍鹏、斥鷃之旨，大小各得其适。庾信之三竿两竿与渭川之千亩，固无以异也。梁溪清微道人与余有同好，所著《说竹》一卷，恍置我于潇湘云梦之间。因书臆见，质诸道人，不知道人以为何如也。

说竹四十八则

竹有以慈孝名者，不知其命名所由。意者大竹覆翼其笋，类乎慈；新竹依傍其母，类乎孝。慈孝，竹之名是以著欤？予幼时，父母甚钟爱，听星家言，谓是宜居净土，否则难养，遂侍莲台。父母可谓慈矣，予于竹不能无忝矣。兹多写寻常乱竹者，以见予之竹不成竹，无与于竹之数也。

寿星竹，竿细而短，近根数节较促而肉厚。莳于斋中卷石之旁，百岁青青，斋中人老而竹不老焉。予谓其所以名寿星者有三:根但需土一篑,不争膏腴易足,寿一;笋小味薄,厨人不爱不斫,寿二;叶疏细而竿短,受风雨不偃,寿三。有此三者,可以寿矣。予恐人知竹之寿,而不知其所以寿,故备言之,以明其所以然。

竹之为物,其体直中虚,翠色可爱,固天之所生矣。而其景之因地而异者,则有辨。后园榛莽中有竹数竿,欹立于短垣菜圃之间。号风泣雨声萧萧,每于静夜,令人凄恻。戊辰春,游杭州,居西湖之上,所在多竹。琳宫梵宇,傍岭依云,修竿丛翠,上与金碧璀璨之色相辉映,而其下则月榭风亭,萦拂左右。文人彩笔题其节,美人红袖倚其竿。犹是竹也,而令人对之心旷神怡,悠然有凌云之志矣。

写竹之法,或于灯下取竹影写之,或于日中月下取竹影写之,皆古人所创妙法也。然而写其形,而未能写其神也。盖必闭目静坐,游心于篁田竹圃之间,以默想其娅娟葱绿、参差揖让之致。思于昼,梦于夜,如是者久之。然后无形之竹贮于心,而手得乎心,不但写竹之形,且能得其神矣。此法外意也,以斯意而写竹,窃有志焉而未之逮。

竹之实,凤皇食之;竹之管,乐工取之;竹之笋,人人食之。竹之用大矣!竹与梅、兰、菊并称,梅之能和羹者,其用固大,而梅之外有利益于实用者,其惟竹乎!写竹者宜先知此意,而笔法之工拙,其次也。

竹不取乎多。小园不盈一亩,卷石玲珑,清池曲折,有竹百个,披倚乎石畔池边。或插槿为篱,而敞小轩以对之。微风时至,戛玉之声存乎耳,拜舞之态存乎目,耳目中无非竹也。而或深山人少,万筱连云,砍竹者裹粮以入,惴惴惟异兽伏匿是惧。则身在竹中,转不见竹之美矣。

伟丈夫大笔如椽，蘸墨三升，泼吴绫，写巨竹数仞。其豪迈之气，令人起敬。年少风雅之士吮笔和墨，指纤纤如春葱，写新篁数茎于鹅溪佳绢，英秀之气，可掬于枝节间，态度与人相似。其俊秀之意，令人生怜。若夫弱质女流，长抱微疴，亦学写竹。不蒲不柳，不雪而倾，不风而欹，仅供一笑而已，予之竹是也。

居梁溪，每春秋至惠山寄畅园，见巨竹成林，高出墙外，丛翠弥望，以为竹极盛矣。及见杭州之竹，乃有观海难为水者。戊辰三月，由西湖肩舆至云栖，夹道多竹笋，簇簇于山坡乱石间。寺僧所以饷客，每食皆笋，然后知竹之大观于是乎在。

或谓竹不喜腴壤而喜瘠土；笋欲出土，虽砖石不能碍而抑之；及其成竹，则雪压霜欺，苍翠自若。是何竹之能固其性欤？予以弱体深居养疴，风雨暑寒不出，亦可谓善于节劳者。而薄寒中人，辄馁焉不适，远不如竹矣。或曰竹之笋不畏砖石，叶不畏霜雪者，以无知也，其信然欤？

杭州可游之地多竹。当春景融和，绿云蒸郁，槿篱石径，高高下下，如虬龙之盘曲焉。游人蚁聚蜂屯，而翠袖红裙，掩映篱角，不觉竹为生色。竹之产其地者，抑何幸欤！予闻阳羡山中多竹，常数十里无村墟，径在莽中，时有虎行之迹，是竹所托之地不如杭矣。予于去年居西湖两月，得以赏竹之胜。既归，写竹遂勤。写竹者，不忘杭州也，古人所谓未能抛得杭州去也。

《心经》一篇，句中多“空”字“无”字，而其意无非空也。然则《心经》句句空，竹则节节空，信乎如竹之空者，可与论《心经》之空。偈云：“紫竹灵山观世音。”观音不离乎竹者，以其空欤？吾以写竹一幅，当读《心经》一过，可也。

嘉定竹器甲天下，其雕镂刻划工细处，虽古之良工弗过也。而陈于王公之前、才子之坐、佳人闺阁间，常与宝物珍器相伍。竹之成器如是，竹工之心亦良苦矣。是其取材也，必于名山巨竹,肉厚而体大者为贵。予于竹不敢作是想,但得竿大不逾指,高不逾咫,亭立于小园湖石间,上荫以高桐,下与芳草为伍,足矣。

秦女吹箫而凤皇至,凤为秦女至,而秦女必假箫以感之。箫者,竹之所为也。竹之为物,似宜以微妙为用矣。予于嘉庆戊辰二月九日起程赴杭。是日大风雨,运河巨舰皆停,而无数小舟以竹为樯,帆风极饱,船疾如矢而樯不稍弯。竹之用,又存乎雄劲粗鄙。然则画竹者但求肖其神,尚非竹之知己也。

龙山之麓多产细竹,长不满五六寸,杂草中牛羊之所践尔。或取之归,而植于砌,以时灌之,及三年,产笋如指,成竿可五尺许。月来有影,风至有声,居然竹矣,而主人培护亦稍稍劳矣。予为竹喜而记之,并写竹一幅以实其事。

花竹二字,宜于园林;桑竹二字,宜于田野。花竹取陶情,桑竹取以足用。陶情必先足用,足用自宜陶情,两者不偏废也。世之但欲足用者,几致腹虚仓满;而陶情者,或志溺忘躯,皆非中也。竹之为物,宜与花并,宜与桑并,园林、田野无所不可。古人谓“不可一日无此君”,其有取于竹欤?

古有梦中见平地产一笋,顷刻成巨竹,高千仞,入霄而不见其巅。其人从此得功名,后遂位极人臣。近来于装潢铺见郑板桥墨竹一幅,下皆乱竹,中有一竿特大而高。其题词云:“若使沿墙循序长,干霄蔽日在何年。”板桥所写之竹,与古人所梦之竹,可谓不谋而合。予于板桥诗见立志宜勇,于古人梦见分位前定,适当写竹,遂书诸幅。

尝见士有以瘠田不生稻,欲改为竹田。虑竹于出笋时不能禁人之窃也,将率妻子同往,结茅守之,是直为竹奴矣,非爱竹主人也。予故写竹不用大幅,即小幅之中,而竿数亦不多。

凤尾竹其叶垂垂,若凤尾摇窗扶砌,颇引人诗思。夫凤非常有之物，得风尾竹而种之，微风动摇，常疑有风至，此意于静中甚自得也。予斋前地窄，不能种竹，常写一两竿以当竹之在窗焉。不求风尾而肖之者，不敢泥也。

嘉庆己巳清和之望，从装潢铺借归古琅周拔所画竹石两幅，悬于斋壁观之，其幅并高一尺有五寸，广乃倍之。一幅石右出，新竹两三出石后，藏根露顶。石有云气，竹有生气。一幅石左出，斜竹二竿自石根向右。竿柔受风，上曲向左，若有风声。其笔墨皆纯而和，润而腴，非得意时不能作此。写竹适成，用书于幅。

竹与文字最有缘，古之书记用竹简，此无奇而不必论已。予游杭州之云栖，其竹极大，而名士题诗刻于竿。客至，僧以竹梯扶客观之，虽年久而所署年月姓名可按。寺僧以笋燕客，又或用铜范刻笋片作书卷形，置盆中，使字画镂处映盆底，作空白体，其文字缘则甚奇矣。古有文竹，竹诚不愧为文哉！

闻有十抱之竹，剖一节可以为小舟二，予初不信有是竹也。后以钓鳌之说观之，则其所取竿非是竹不足以胜其任矣。然则园林细竹固不足以论，即予所见云栖巨竹，亦未尽竹之大也。

竹之用有文有武。以为笔，文也；以为箭，武也。扫眉咏絮多风韵，笔之幸者也；临阵射敌有危机，箭之不幸者也。同以竹为之，而其遇何殊欤！虽然，扫眉咏絮而别恨生，笔仅供写愁之用；临阵射敌而捷书奏，箭可建报国之勋；幸不幸又何一定之有，竹亦以虚心者听之而已矣。

《西厢·琴心》一篇，双文于月下令阿红寻声所在，阿红明明欲言厢中之琴，而先将他声说起，有句云："似疏竹萧萧曲槛中。"夫琴而取乎丝，丝与竹同列八音。言及竹，固知将告以琴矣。而其下果云"西厢里结丝桐"焉，然则红之于竹，殆犹渡水之船，过站之店，随取之而随弃之也。人皆爱阿红之灵慧，予独惜竹之顷刻听去取于阿红也。为竹惜，故写竹而系以数语。

戊辰春游杭州，过姑苏，停半月。金阊间万货渊薮，市屋鳞接，街狭人众，纠纷华丽，步行固不胜冲突，即坐肩舆亦不胜耳目摇乱，尘嚣难忍。一日舟过胥江，至盘门，由水窗见绿野中翠竹森森，与村边茅屋相映。竹之色新吾目，竹之声新吾耳，耳目得竹之色声而若为之一净焉。归后常想其境，故因写竹而记及之。

竹字取两“个”相并，有朋友之象焉；左右顾盼，有相辅之情焉；或昂或低，有相下之意焉。盖相并为友而无相辅之情，非所以为友；相辅矣，而或意气相凌，无一人稍下之，即友亦不能久。造字之意如此，而画家写竹亦宜审之。

初夏时，见新竹数竿于园中，嫩翠欲滴，与牡丹、芍药相辉映。骈青俪艳，妩媚婆娑，秀色妍姿，可餐可掬，抑可谓佳哉！而老竹毵毵然叶干而苍，枝抑少昂，微风入竿，丰韵不扬，恧然居其间者，何为乎？而世称王郎看竹，东坡谓不可无竹，何于竹俱未有别也？或者竹之新者堪与嘉葩并植，而老竹亦有可取乎？

竹与松、梅为岁寒三友，窃闻三人行必有师，吾于三者何师乎？松擅大夫之号，过高而不敢师也。梅依处士之庐，过清而不欲师也。惟竹潇洒娟蒨，能柔能刚，非卑非亢。茹与沥可疗病，笋可充膳。节则劲也，中则虚也。劲则干练，虚则能容。干练才有为，有容量能受。吾师乎！吾师乎！吾师竹矣！

竹生膏腴平壤，则笋肥甘，竿易长，其为质柔而脆，以养之过优也。若产于峭削山坡，则节密竿细，而长较迟，其质坚而刚，所处之地使然也。平壤之竹皮与叶青以软，沃然有光；峭山之竹肤微黄、叶稀，虽青而不润，竹工往往有是辨。予以其言之可取也，书之于幅。

袁中郎作《六桥桃花记》，多以美人比之，纤微毕肖，见桃花如见美人焉。吾于竹，将以才士比之。竹生十六日而与母齐，非成童之转眼成人者乎？叶小枝柔，娟然葱翠，非少年之英气拂拂，眉宇间文光微露者乎？迎风拜月，沐雨挑云，非少年之咏物寄怀，诗馀吐款，藻思飞动，而得意者乎？竹乎！竹乎！吾写汝于鹅溪之绢矣。

客自白门来，言随园在小仓山。自山中足造之，穿竹径曲折半里许，而后及园门。径中积翠如云屯，杂以风声、鸟语，诗意沁人心膈，故游是径者能诗者居多。古称“门对千竿竹，家藏万卷书”者，随园有焉。予不及游是径，拟径中之竹而略写数竿，亦庶几乎游径之意云尔。

竹有平安之名，不省所谓。意者竹生间隙之地，人所不争，无秾华开落，以摇荡其情；且竿竿相比，叶叶交遮，风雨之来，互相倚仗而不折，以是为平安乎！若予所画竹，平安之义，别有所寄。夫人处境极不同矣！予何人而身侍莲台，清净少烦，得以柔翰写竹自娱，非世之平安而能若是乎？非身之平安而能若是乎？盖身世平安始能写竹，写竹所以著其平安也，故竟自号平安竹。

世俗于闺帷天井不种竹，以竹之为物凄清萧索，不宜于静好之地也。然而帐衔绣竹，镜兜绣竹，裙方绣竹，于真竹不取，于假竹悉取之，不知何故？夫静好未有不由于平安者也，今号之曰是乃报平安之竹，吾知比户将种遍闺帷矣。

尝见刺绣观音一幅于装潢店，幅长三尺，阔不及半，神气慈悲，衣褶洒脱，极女工之能事。而旁用黑绒绣竹三竿，欹斜飞动，画家所弗如。写竹顷刻而成，绣竹非十日不就，烦简相悬若是。然则予亦幸而托于其易者为之耳，而于写竹，敢不慎重周密以出之乎？即极其慎重周密，而所劳于手眼，不及绣者之万一也，记之以自幸，亦以自愧。

竹于乐部，为笙、为箫、为笛，可以动神明之听，而召人意之和。竹在窗外，则仅以其萧疏淅沥，醒红楼之梦，而助长夜之愁。

然吾欲其在窗外，而不欲其在乐部，何也？口吹管，鸣人籁也；风吹叶，鸣天籁也。天籁胜于人籁，而又无雕琢之忧，故欲其在窗外，而不欲其在乐部。

沈尚书归愚《春日杂咏》有句云："美人依翠竹，红袖表馀春。"咏竹耶？咏美人耶？予春日山游，见游女穿篱倚竹，未尝以为奇境。何读此二句，恍若示我以图画也？翠竹为红袖所依，固幸；竹与美人同入尚书之诗，抑尤幸。

乡人于舍傍种竹，四月斫笋一握入市，谓之杜园笋，甚贵。予观笋干来自浙、闽，波及远地。彼必笋多，土人不胜食而为此也。想其出笋时盈山填野，如吾乡人之一握者，何足道哉！此亦观海难为水之意矣。

竹之行鞭在八月，而产笋在来年三月。八月土润鞭舒，来年笋必盛。但望三月有笋可食，而不知安排调剂，必于隔年八月也。八月雨水沾濡，此诚天之所佑，否则必多汲河水浇之。圃中菜往往暮浇旦食，而竹必食报于半年之后，园夫不可不知也。

笋味之厚薄，视山气之聚与不聚。宜兴笋味好，以其山深僻，人迹罕到。奇峰怪石蕴其精，无所泄，尽泄于笋，故味好。杭州山灵精气淫于粉黛罗绮、雕鞍金勒，才人丽姝、舞女歌儿之所往来，会聚终岁，震荡而不宁，产笋犹之糟粕耳，故味淡而不美，理或然欤！

嘉庆丙子三月上巳之日阴雨，自是连雨三十馀日。翠影迷离，新篁满于圃焉。夫以数弓之地，千竿麻立，皆欲舒根布叶以畅其生机，宜其丛乱交错，相压相倚，而不能成巨竿也。是非删繁就简，安望其畅茂修达哉！然焚兰树蕙，锻凤留鸾，仁者又有所不忍也，然则为之奈何？若敞数弓为数亩，以分种之，庶可各遂其生乎？然而岂易言也？

墨竹但取写意，不求形似。当风日清酣，窗明几净，不论幅之大小，随意写一两竿。自尔纤秾合度，得意常在笔墨之外，不必拘某叶雁、某叶燕也。写竹叶之法有仿雁形者，有仿燕形者。

竹在山野，青葱娅娟。云披雾罩，鸟雀鸣于上，樵牧休于下，有洒然之致焉。予游杭，见官河之滨聚万竹成市，列柜为贾，断削根株，规方丈地，横木为架，而束群竹倚其上。竿梢麻立矗天，雨淋日炙，皮色尽变，日以其憔悴枯槁听去取于竹工。吾见市上之竹，而不能不眷然于山中之竹矣。山中之竹，云栖为极盛。

夏日得《黄山图》及前人游记观之，因图以按记，而作者于山中奇绝，如云海、云梯、莲花、始信等峰，或言蟹行，或言绳引，或言足尖有著而足根履虚。境奇而笔墨摹写愈奇，意愈快。吾读之，未尝不爱其奇。若使吾游之，吾实不胜其险。畏险，吾宁处平地矣。近写竹数幅，客见之曰："平平无奇。"客以为贬词，吾以为实获我心矣。

小斋与莲座共一天井，窗户洞开，略无蔽障。斋中写字作画，人从窗外观之，颇扰而不静。今年夏，命竹工多插小竹，编作篱笆，附以蔷薇月粉，宛如垣墙，而室以静焉。夫室受竹篱藩围而静，竹之有益于室多矣。而人在斋中写竹，或至得意处，久坐谛观，使其如竹之虚，如竹之清，则竹之有益于心更多矣。

好事者绘杜工部草堂图而藏之，以示学杜之意。长夏借观以消暑，披其图，堂在山足，前临大江，后负峭壁，巨石古树，皆有奇气。由柴门以进，石蹬萦纡，随山渐高，如农家茅屋者数处，散布涧侧。中三楹亚然而面阳，所谓草堂也。堂之左右无非竹者，古人谓"不可一日无此君"，岂其意欤？予按图以想像其景，如履草堂，如游万竹之中，而不知暑之何以忘也。所云修竹不受暑，作诗者以实境，予偏以虚境得之。

邑中慈云寺在控江门外，前临官河，寺内清池，周回一里许。殿踞池心，四面种荷。夏月花开，倾城士女云集蜂屯。雾縠烟绡，迎风叠雪，门停画舫，动以十数，花容人面，相对争妍。杜诗所谓“荷净纳凉时”者，非耶？若池畔隙地，多种修竹，则更有“竹深留客处”矣。种荷所以采利，竹之利甚于荷，胡不为之？

世俗有竹于家者，每以竹之盛衰，卜家道之隆替，而不知非也。盖一物自有一物之盛衰，竹之为物，喜藩篱，易新土，去陈根，雉豚遗溺以沃之，删繁就简以节之，数者备而竹盛矣。当家道之隆，人力必尽；当家道之替，他事且不遑，而暇尽力于竹乎？故竹或有时乎不盛。欧阳公谓：“非诗之能穷人，乃穷而后工者也。”犹之此意欤？

冬笋藏土中，深尺许，不露萌芽。斫笋者审其竹所立之势，即知笋之所在。以锸启土，必得之，亦奇矣哉！人之用目也，往往有熟视无睹者，而彼乃睹其所睹，偏出于所睹之外，而无不奇中。如是，彼非推测而然，必有所灼见也。

东坡不能饮，而最喜论饮。予初兰竹并学，既乃思并学而两无所进，不如专写兰而或能形似。遂不写竹，偶于兰幅石畔写一叶两叶者，犹不能饮之人以杯中馀沥沾唇润舌，俨然自称饮酒也。说竹不厌者，犹不能饮之人处群酒人之中，亦言不离酒以助饮兴也。

兰心阁诗稿

（清）朱莹 撰
杨君 董振 整理

整理说明

朱莹（？—1860?），字仲玉，一字子琼，浙江嘉兴人。著有《兰心阁诗稿》，与其夫张庆荣《稻香楼诗稿》合刻，总题为《世美堂集》，有咸丰八年（1858）刊本。此次整理即据该本。

兰心阁诗稿

嘉兴女史张朱莹撰

红梅花敬次翁大人韵

春风先到野人家,破腊冲寒品倍加。画壁影移椽烛艳,彩云容衬绮帷斜。粉描璇阁妆迎日,宴罢瑶池脸晕霞。有此罗浮香色在,何须靧面用桃花。

和砚溪妹珏秋灯一点映窗纱四首录二

秋灯一点映窗纱,令节初逢转忆家。愿祝年年如此日,慈萱长茂乐无涯。中秋节为母亲生日。

秋灯一点映窗纱,满眼秋光感岁华。犹忆分题拈韵日,春风开遍满园花。归省时与妹及星莲、铁生、子寿诸弟为诗课。

秋郊观兵

秋空凌凌秋日高,郊原列队军雄豪。旌旗飘飐若云锦,马蹄腾踔风中骄。一声鼓角惊天地,将军按辔青云骑。登坛校阅号令传,奇材异能一一试。戈铤盘旋霜雪寒,弓开箭发如星攒。须臾列贯龙蛇阵,纵横变化真奇观。军中乐作飨卒伍,巨觥酾酒牛为脯。黜陟赏罚公且明,万众欢呼齐鼓舞。胜朝承平数百年,揆文奋武兼无偏。农隙观兵兵不用,耕田凿井歌尧天。

和外祖母汪太夫人原韵

光阴倏忽岁寒天，雨雪连番冷倍严。遥忆平居剧薪水，差欣乐地占鱼盐。年来可藉鸠扶杖，书到真符鹊噪檐。身健喜兼诗格健，挑灯高咏试毫尖。

平安常膳喜频加，入馔江鲜托钓车。四载星霜怀旧事，几时舟楫到寒家。风前白雪浑飞絮，窗外黄梅正着花。忆昔相依京口日，鲥鱼肥美恣馋叉。

翁大人暨程听溪太亲翁梧竹联吟册

春光百五不轻抛，社燕栖梁定旧巢。小雨园林风戛竹，新晴村舍月窥茅。惯安乡味鲈鱼美，尽耐盘飧苜蓿嘲。鸠杖双扶真乐在，仰瞻诗境订知交。

壬辰季秋母亲以诗寄示谨和四首录二

红笺拂处漫鸦涂，似我诗肠竟索枯。却怪灯前小儿女，几番啼笑等催租。

来往诗筒信不稀，遥赓俚句当斑衣。年来踪迹梁间燕，一度春风一度归。

题雪浪石盆拓本用苏文忠原韵翁大人命作

阿翁嗜古古墨屯，瓣香尤推髯仙尊。为言党籍榜元祐，恶直丑正繁庸昏。髯公石刻遍天下，掊毁无处藏深村。赵岐著书谁复壁，张俭亡命空望门。雪浪石盆铭独寿，文字盖有真精魂。兼金一纸购不易，寰瀛如网珊树根。传观怕污寒具手，钩廓尽灭针线痕。公书原刻腴且劲，细筋入骨符评论。此拓合装大圆影，秋窗落月窥金盆。尽水之变尽石势，听翁坐话此理存。

赋谢少和小姑常憙岁朝图之赠

消息东风近，频番花事新。剩挥金粉笔，多谢玉楼人。胜览青堤景，如游紫陌尘。琼琚何以报，长日迟芳春。

唐聚君墓志铭砖

嘉禾旧刻稀，精舍古砖富。聚君志忽来，太和甓添又。籍记冯翊迁，姓惟雅诗旧。书者阙不传，乡名更难究。稽文略不详，察书拙而陋。是惟信可传，要悟朴而寿。煦煦蜡华滋，斑斑苔纹绣。缅想散土抟，时付幽泉守。讵知文字光，不胫趁趯走。云薄纸肤融，霞轻墨痕透。新酒酿初酴，梅花香已逗。宝此古欢心，销兹岁晚候。题什篇自鸿，赓韵险敢斗。供我破砚墨，笑彼僧瓿覆。

自题春溪归棹图

由拳城东春水绿，片帆饱趁东风足。乌啼两岸迎扁舟，约略溪桥归路熟。正值阳和物候新，庭前梅花笑向人。不须桃李芳园宴，自觉乐事存天伦。慈闱健未持鸠杖，蝉联棣萼南陔养。彩衣介寿酒一樽，岁岁春晖此瞻仰。

题梅花画册

药洲幼侍耐寻思，庾岭春深只梦知。幼侍先君入粤，道经庾岭，今已十九年矣。今对画图转惆怅，分明残月晓行时。

春溪归棹第二图用儿子晋夔韵

雪净冰融岁序新，绮窗梅萼早迎春。管弦几处喧清昼，樽酒更番叙令辰。莺语忽教催远陌，鹢头犹觉滞归津。平安自喜萱长茂，要藉鱼书两地频。卌里程途云水齐，轻帆如箭指双溪。春和先觉江头鸭，日暮争传野外鸡。预拟闲谈依绣阁，更无游兴系芳堤。白莲寺听钟声近，遥望桥边夕照低。为展丹青拓晓扉，画情种种写思归。淡添云影疑遮树，净抹波光欲染衣。约略陂塘官柳绕，依稀城郭女墙围。一年欲话情多少，总待春浓草色肥。惭愧遗风继鹤湖，先姑有《鹤湖归棹图》。勉将芜什赋新图。搜肠难似秦鞭石，集腋或如晋会蒲。却耐天寒呵冻笔，还欣春暖泛烟橹。何期稚句吟童子，仰荷慈闱分外娱。

题褒忠录后录载陈忠愍公上海殉难事

咽尽寒潮恨不休，难将只手射涛头。音沉鼍鼓千夫长，符断熊旗万户侯。天上星归空策马，人间庙祀合椎牛。至今魂魄来临否，贾舶连樯海国秋。

苦旱吟

三伏已苦旱，入秋尤炎蒸。狂风掀户牖，日并火云升。禾苗渐枯槁，更恐螟蝗兴。有似冬水涸，岸石呈崚嶒。崖高不可上，悬车隔卑塍。辛勤用力尽，短发忘鬅鬙。回首稻畦中，土裂仍棱棱。枵腹事畎亩，米珠价日增。仰观苍苍天，作云未足凭。我欲息壤掘，蛇医奏其能。果若旱魃为，燎柴有所惩。即时降甘雨，新谷庶可登。快哉岁大有，春酒公堂称。

牡丹六咏敬次翁大人韵

春压红栏十二楼，万花推作冠军侯。天香那看侪莺粟，国色应知赛石榴。飞燕新妆谁得似，太真沉醉此为俦。一枝开向东风里，露浥娇姿五夜流。红

沉醉东风挂紫袍，班联禁苑列仙曹。省郎诗咏秋薇伴，侍女箫吹夜月高。丝障广施云锦丽，金铃密系彩绳牢。昨宵细雨花初绽，误报重开露井桃。紫

灵根谁乞自蓬莱，奉得东皇敕使来。汉殿春深金作屋，姚家风暖玉为台。陇头浓护云千叠，仙掌香倾露一杯。莫解银鱼频换酒，红泥紫印把封开。黄

千红万紫说般般，似此丰姿比并难。梅为经霜香寂寞，梨缘带雨泪阑干。玉楼少妇迷晴昼，月阙仙人耐薄寒。好语画工留粉本，莫将秾艳入毫端。白

绿绽仙葩三月天，文君眉妩记当年。清分竹荫摇书幌，烟共杨花扑画船。蕉叶低迷纨绢扇，草丛遥引锦丝鞯。阴浓却称琴眠处，报道连番雨润弦。绿

隃麋泼处验仙工，染就天香深浅丛。画谱谁知添墨妙，花坛今喜得文雄。衣裳想像烟云际，鬟鬓依稀雾雨中。曾否徐熙图没骨，淋漓濡笔写春风。黑

梅花四首敬次翁大人韵

乞得灵根带月锄，胭脂融质玉融肤。题拈东阁诗尤健，笑索南檐兴未孤。和靖风清宜鹤伴，罗浮梦稳定仙徒。春光独占原天付，岂屑松封五大夫。

未是蓬莱阆苑身，等闲桃李敢争春。画工细意添新谱，驿使频烦寄远人。任尔烟霞供笑傲，羡渠冰雪铸精神。一枝昨夜传消息，花放前村拟问津。

老干扶疏护竹篱，冲寒先发最高枝。凭将玉笛传新曲，试把花笺写好辞。风送暗香添雅韵，月移疏影助幽思。满缸春酒欣初熟，介寿堂前长日迟。

不将秾艳斗新妆，蜂蝶纷纷未要狂。石砚墨浓摹傲骨，竹垆茶沸沁诗肠。欣看咫尺云霄志，耻逐寻常脂粉香。欲咏仙葩惭拙句，几番阁笔费平章。

寄　　外

山程水驿路三千，茅店鸡声惊客眠。总被名缰牵挽住，岁寒风雪任扬鞭。

更深旅馆一灯亲，应忆辞家阅几旬。柳渐舒条梅绽萼，客中佳节又逢春。

椿庭暖日蔼祥晖，莫为离愁减带围。弹指三春花似锦，好将柳汁染衣归。

满纸鸦涂愧不禁，缄封聊慰远人心。也知未尽家常话，两字平安抵万金。

丁未九月八日谨和翁大人作

满城风雨近重阳，粳秫才登到处香。乐岁声中共歌咏，不曾孤负好秋光。

满城风雨近重阳，遣嫁催租等是忙。明日登高曾有约，挑灯深夜制萸囊。

满城风雨近重阳，佳节遥怜客异乡。星莲弟客粤西中丞郑公幕。翘首看云云万叠，羡他鸿雁总成行。

满城风雨近重阳，擘纸拈毫好共商。却喜瓮头新酿熟，一尊介寿奉高堂。

甲寅七月廿五日夫子有述病况之作谨次韵

齐年四十九，居然妪与叟。吾心尚童稚，吾颜亦衰朽。君今病多年，多病从来有。韩苏俱早衰，笑谓君继后。吾知君爱花，莳种泥沾手。吾知君爱画，丹青同细剖。中馈勉操持，善忘辄自咎。但知饱餐饭，不敢饮滴酒。偶尔强一卮，苦如遭网纽。非恐醉不支，秉性似吾母。到夜便酣眠，寸怀惭腹负。暇日共拈题，夫子才八斗。诗成共商榷，谬误开笑口。值兹秋暑酷，久疾躁难受。削瓜或烹茗，诸女任奔走。含饴欲弄孙，携带呼儿妇。安心可勿药，此语当谨守。转瞬篱菊芳，斯花最耐久。采摘动盈把，敬为先生寿。

九月十五日遣嫁第五女引官诗以媵之与夫子同作

风雨重阳物候新，秋光虽老见精神。吉祥诗咏催妆句，不减韶华二月春。

年年频把嫁衣裁，嫁女今逢第四回。草草箱奁不嫌菲，家风荆布话从来。

昔年曾泛鹤湖舟，庚子六月事。汝在孩提尚忆不。今日于归循妇道，须知敬戒莫贻羞。

汝姑心性最和平，与我盘桓卅载情。此去小心依膝下，定知怜惜比亲生。

夫子哀词十二首录七

在生常订再生缘，话到伤心早惘然。何日能完君夙愿，相将携手赴黄泉。

衾影无惭质鬼神，君真宇宙一完人。生来薄命应相累，不享期颐岂夙因。

四年前早病魔逢，病久全消旧日容。心事满怀眠不稳，可怜听尽五更钟。

碑目遗文缮未完，伤哉人已去骖鸾。模糊泪眼重钞集，一字书成一痛酸。

佛前稽首泪潸潸，立誓于今重若山。愿借慈航一相引，升天入地望君颜。

夜来明月转花阴，唱和诗成共酌斟。此景此情浑似梦，霜毫空写断肠吟。

触目伤心感万端，遗书插架怕重观。高山流水知音杳，撞破瑶琴不再弹。

吾里闺阁能诗者有其人，刻稿则未之有。吾母《兰心阁诗稿》之刻，其嚆矢矣。吾母幼时既承先外大父梓槎公、先外大母严安人之教，洎归我府君，同请业于先大父，故所作多可传。稿经府君选定者四十三首，兹请益以《哀词》七首，附订《稻香楼诗稿》后，用以佩慈训、祝萱寿也。

男晋燮谨识

孙善均、善培、善墉、善城、善增侍

广梅花百咏

（清）阮安 撰
杨君 董振 整理

整理说明

阮安（1802—1821），字孔静，江苏仪征人。阮元第六女，工诗善画。适张熙，夫卒时适有娠，后得一女，乃郁悒而亡。著有《广梅花百咏》，遂名其书斋为“百梅吟馆”。有嘉庆年间刊本。此次整理即据该本。

予偶读元人韦珪《梅花百咏》，约同闺友各咏五律十数首，亦命六女安分题，共成百咏。安请名其馆，即名曰“百梅吟馆”。继而又拟梅花百题，皆以五律，命安于暇日咏之，今已百首皆成矣。

古者女子以贤为德，以柔为道，原不重于诗才。汝父言诗礼，兼喜诗画，政事百忙之中，偶有馀闲，必试窗课，命汝益习勤劳，知其大义，不使饱食终日无所用心，非以诗画夸工骋巧也。长夏盛暑，代汝点订，喜而序之。

嘉庆二十五年，阙里旧经楼居士书示安。

广梅花百咏目录

拈梅
插梅
伴梅
藏梅
缚梅
餐梅
飘梅
踏梅
扫梅
残梅
饯梅
品梅
写梅
揉梅
望梅
磬口梅
双身梅
一枝梅
廊外梅
阑侧梅
屋角梅
墙角梅
楼角梅
篱角梅
池上梅
湖上梅
石侧梅
苍崖梅
松下梅
柳外梅
南村梅
北村梅
茅店梅
板桥梅
墓门梅
罨画梅
终南梅
陇头梅
楚堤梅
庾岭梅
含章梅
返魂梅
砚池梅
灯下梅
鹤守梅
鹊衔梅
雀争梅
蜂采梅
白石歌梅
广平赋梅
仲言咏梅
德圭百梅

广梅花百咏

百梅吟馆女士张阮安撰

种　梅

分得梅花种，巡檐自往回。安排宜径曲，位置合山隈。几树连苔植，千枝带雪栽。荷锄欣婢健，明月莫相催。

玉　梅

玉梅花始发，林际有奇光。月照冰同净，风回雪亦香。斜枝何皎洁，细蕊乱琳琅。影入银塘里，寒流冻一方。

紫　梅

谁夺春光丽？紫梅花一丛。香随鱼袋发，色共蝶衣融。芍药惭枝弱，玫瑰让品崇。抡魁天帝诏，合代印泥红。

墨　梅

梅枝传楝接，如墨照方池。铁干看疑混，琼英咏未宜。知君非肉食，护尔定缁帷。我欲抛脂粉，研煤写异姿。

缃　梅

微黄标异质，亦足傲寒冬。谱志葩繁密，词歌瓣叠重。西溪探未得，孤屿访无从。若以檀香拟，还应植听松。

奇　　梅

老梅多古意，奇干接长空。蕊密因欺雪，枝高不舞风。龙根盘屈曲，鹤膝耸玲珑。一样归平淡，幽然香暗通。

龙　　梅

唐代惊雷起，龙梅着意生。竹萌宁肖祖，松老尚称兄。拿攫高枝瘦，飞腾古干横。会稽灵迹在，风雨护雕甍。

小　　梅

半寸小梅发，春来花放迟。苔深人不见，日暖蝶先知。香细埋幽径，枝丛近曲池。癸辛曾有识，品格最清奇。

园　　梅

闻道山梅放，幽芳更莫论。深闺发清兴，小步向西园。影入闲池水，香侵竹里轩。兰成空有赋，未解植虬根。

亭　　梅

梅花亭外放，四面耐频看。矗处南枝暖，携登小婢寒。周遭缘绿砌，芳馥绕朱栏。欲放林间鹤，休衔玉蕊残。

苑　梅

上苑梅无数，开时遍汉宫。旌旗烘腊意，阊阖护春风。香散彤墀侧，花迎玉殿东。欲窥赪颊处，辇路夕阳中。

山　梅

梅开山谷里，疏瘦更相宜。老干峰前秀，斜枝壑外垂。和云舒素艳，有鹤伴幽姿。欲向西湖访，还吟和靖诗。

坞　梅

满坞何年种，思探愿每违。遥知高格在，都藉小山围。风入寒香聚，枝含夕照肥，几家花里住，处处绕柴扉。

壑　梅

梅生幽壑里，吐色倍清华。几树溪头放，千枝谷口斜。花繁樵径窄，干老蔀檐遮。倘向山中过，多应驻钿车。

涧　梅

近涧梅争发，枝枝傍石桥。淡云笼谷口，清影映峰腰。有女同蘋采，何人隔水招。欲知高士处，林下问归樵。

岸　梅

疏梅依古岸，初放两三花。春色迎舟早，琼枝近水斜。香侵渔舍满，影逐马蹄賒。为有枝横出，坡陀作意遮。

驿　梅

邮亭梅正发，有客在江南。岂是春能赠，遥知思尽衔。芳心辞古驿，花影落征衫。我亦怀闺友，何时寄北函。

湘　梅

闻道零陵地，梅开绕翠微。三湘烟雨接，七泽水云围。淡月迎骚魄，灵风降帝妃。何人倚斑竹，林外定忘归。

晓　梅

晓发观梅兴，开帘试一望。影残林里月，寒积干间霜。论色应多白，侵晨别有香。迟迟东上日，更为助花光。

霜　梅

霜林横一片，春脚到梅英。玉蕊临风肃，冰枝破晓莹。美人心本洁，青女致同清。倘并芙蓉植，何分拒与迎。

雨　梅

空缀护花铃，庭梅惜雨经。韵从沾处淡，香自湿中停。不碍廉纤隔，还愁历乱零。空阶行独鹤，斜避静梳翎。

冻　梅

连朝天气冷，瘦影逼窗虚。萧瑟香微勒，凌兢蕊未舒。几经风烈烈，恰称月疏疏。转盼春光到，花融占岁初。

腊　梅

早梅当腊放，寒重愈精神。已远小阳月，还欣岁暮辰。檐前幽韵冷，阁外瘦枝新。清友难随俗，开因不待春。

晚　梅

百花梅最早，此独殿清芬。素蕊舒三月，春光占十分。与桃差比质，惟李暂同群。向午南枝外，风来渐欲薰。

闲　梅

领略闲梅趣，烦嚣未许侵。不知春冷暖，惟共月浮沉。寂寂林间鹤，泠泠石上琴。寄言官道柳，应梦入山深。

丛　梅

好花原贵密，梅可作丛栽。疏影嫌常格，繁枝岂不材。山宁容桂并，雀为避鹯来。灌木周南咏，论诗倚镜台。

卧　梅

半卧知梅古，浑疑畏雪寒。本饶高士况，还作伏龙看。干倚玲珑石，枝欹屈曲栏。锦茵何待设，自有落花攒。

横　梅

梅咏休征典，疏枝爱独横。好担春色住，欲截晚霞平。月落参如并，帘垂桁自迎。小窗谁与共，玉笛一声声。

盘　梅

更爱盘梅好，初开似拗成。枝蟠皆画意，干屈惹诗情。月映冰心聚，香围玉骨清。若教逢李愿，幽谷岁寒盟。

瓶　梅

为问冬闺供，瓶梅色最鲜。泉甘培别韵，几净助新妍。素蕊临窗出，横枝压砚偏。冰肌涵玉胆，只此贮应便。

盎　　梅

剧知梅品淡，移盎入重帏。也与瓶同插，无烦几共依。暗香陶甓染，疏影汉砖稀。偶学山家供，休轻瓦缶微。

待　　梅

欲觅春消息，梅开期尚赊。鹤声闲此地，琴韵在谁家。遥忆二分月，应开三两花。到来知不远，帘幕莫教遮。

催　　梅

凝盼疏林下，香光尚未来。须教舒玉蕊，特为伫苍苔。斑管同符调，瑶笺当檄裁。岂无春管领，待我作诗催。

过　　梅

偶过梅林下，寒芳已暗催。暂拚穿径去，还拟踏冰来。玉佩凝香细，琼枝抱璞才。让他春意足，未折一枝回。

对　　梅

花品梅为首，相看不厌频。静中多领略，疏处得精神。影落池逾淡，香因雪更真。林间劳侧想，欲与结成邻。

嗅　　梅

欲识寒梅趣，临风送好香。妙能通鼻观，清觉胜群芳。蝶嗅原相似，蜂餐未足方。有时停画笔，凝想注虚堂。

引　　梅

一线梅消息，因针递曲房。依稀传腊意，珍重逗春光。月影移枝影，花香带绣香。侍儿休卷幕，已足沁诗肠。

喜　　梅

妆罢还添喜，庭梅见几枝。唯他堪共笑，对尔不嫌痴。每觉闺情畅，还应雪魄知。坐来调绿绮，啴缓动冰丝。

爱　　梅

屈指生平爱，梅真不染埃。却将仙圃蕊，移向玉阶栽。堂上怜予癖，花中让尔魁。迟眠非恋月，烧烛共徘徊。

怜　　梅

何事梅开候，偏逢寒作威。护持常恻恻，爱惜每依依。好洁原同病，伤癯恐具腓。为兹时静赏，太息每忘归。

诉　　梅

此日休横笛，江梅喜近南。那禁寒雪虐，只有晓风探。清艳情难说，孤高怨亦含。殷勤谁与诉？惟向静中参。

绕　　梅

面面梅俱好，行行径欲交。四围香尽领，三匝礼应教。屡换溪前影，全窥月下梢。咏花人定在，旋绕句频敲。

抚　　梅

爱与孤松似，盘桓抚未休。冰心扪欲近，瘦骨减能不。那定调琴比，无劳挟纩酬。肯嫌苔着手，应有暗香留。

灌　　梅

春到偏难雨，园梅正着花。欲教根自润，不厌水频加。抱瓮妆初罢，携瓶日已斜。甘泉时汲取，学圃为寒葩。

护　　梅

癖爱已成痴，梅开好护持。每愁为雪压，常恐被风吹。铃就花间缀，幡应林外垂。昨宵教侍女，攀折莫轻施。

倚　梅

绣倦行何处，探梅曲径穿。鹤惊回雪梦，花压咏诗肩。莫笑春慵我，因知骨是仙。小鬟偷懒去，思近石栏眠。

盟　梅

旧约唯梅蕊，寻盟意转亲。风前要胜侣，春首结芳邻。定有诗堪质，全凭石号神。竹松爰暨我，四姓请贞珉。

拣　梅

寒梅思手折，拣取亦欣欣。莫损当窗致，须添小室芬。轻攀香欲破，细剪影初分。画意从兹得，低徊伫夕曛。

拈　梅

喜得枝全放，欣然过曲阑。便从廊外折，因向掌中看。着指清光满，依人瘦影寒。拈来无限意，微笑欲忘餐。

插　梅

梅剪凭金错，携来插几前。清香笼翠幕，素蕊浸甘泉。簪处原同格，评来合号仙。牙签常伴尔，清梦胆瓶圆。

伴　梅

乐与梅为伴，经时插案头。诗书烦点缀，笔砚共绸缪。闺友迟犹未，双鬟倦亦休。几回官阁里，对尔忆邗沟。

藏　梅

藏得梅花好，防他春意催。帘帷宜最隐，蜂蝶莫教猜。画稿须潜作，诗思本暗培。赌钩邀女伴，慎密助心裁。

缚　梅

缚势多工巧，梅枝似此无。从绳缘性直，就絷恐仙逋。屈曲迎书案，玲珑入画图。筋骸休怨束，才得傍纱厨。

餐　梅

酷嗜梅花蕊，闲将贮玉盘。幽香宜细嚼，秀色已先餐。吐属清芬惯，调饥癖爱殚。吮毫和墨咽，诗味绕林端。

飘　梅

梅残馀韵峭，瓣落拂重扉。冷艳因风舞，寒英似雪飞。晓妆怜绣幕，邻笛度书帏。自有群芳续，休言蒂不归。

踏　　梅

苔径铺梅瓣,行来喜自闲。人看意多淡,我蹴更怡颜。浅步还看印,低头拟更攒。枝间馀数点,嘱语莫重攀。

扫　　梅

梅英铺作毯,呼婢扫层层。松帚常持月,筠箕每带冰。云阶空色相,雪地露凌兢。惟有西溪侧,随风任满罾。

残　　梅

小苑梅开后,虽残未扫除。不须劳鹤守,亦岂待风梳。鸟散花仍落,蜂稀香有馀。啁啾双翠羽,依恋尚相于。

饯　　梅

晓饯寄春君,殷勤嘱语频。香销难遣意,影散欲凄神。今日南枝去,明年东阁新。尚馀前岁酿,把盏一含颦。

品　　梅

梅品原非一,闲来次第论。也知吴苑种,亦忆石湖言。捡谱详稽考,编题细选抡。我如花御史,月旦不知烦。

写　梅

静坐思梅趣,当窗写折枝。仲圭留粉本,文俶记前师。作势还摹态,调铅更染脂。暗香浮竹素,何用雪中窥。

揉　梅

昨过梅林下,青青子已稠。惜无香可听,戏与手为谋。击掌如飞弹,藏拳类赌阄。缘橙搓略似,双指叠相揉。

望　梅

三军思饮日,妙语一扬鞭。子盼梅林里,津生口角边。自然堪解渴,何用别求泉。多智曹公擅,拈来为龋然。

磬口梅

梅开刚半吐,磬口拟相当。窗敞初浮玉,帘垂独听香。本将心比铁,那与蜡同黄。何处高楼笛,催开韵抑扬。

双身梅

更喜疏梅巧,双身迥出尘。不分香浅淡,共助月精神。兰以同心臭,荷缘并蒂新。那如吴下种,骈体冠芳春。

一 枝 梅

亚字花墙角，梅开雪后新。东风先破腊，玉蕊乍迎春。篱落无双影，邮程见几人。莫嫌春色少，淡处足精神。

廊 外 梅

画廊修且曲，梅绽数株花。欲折阑犹约，闲窥槛岂遮。巡檐随月转，响屧度风斜。夜静香应绕，幽甜鹤梦赊。

栏 侧 梅

曲折雕栏侧，欹斜瘦影摇。冰纹添绿槛，铁干亚红桥。倚处香沾袖，凭来艳拂貂。蟾光移欲上，点笔写生绡。

屋 角 梅

梅花今欲放，屋角正相宜。疏韵窥旁舍，琼姿占一陲。香偏贻瓦雀，干拟拂云螭。不用牵萝补，横斜斗几枝。

墙 角 梅

梅植依墙角，冲寒正放花。影才移半壁，香欲过邻家。薜荔披如接，龙蛇画可遮。粉垣残月在，犹得照横斜。

楼角梅

楼迴向云边,梅花一角鲜。高寒清味远,登眺暗香偏,来已人称美,居宜好是仙。不须吹玉笛,静倚耸吟肩。

篱角梅

梅开篱角侧,幽赏可联吟。影射茅檐净,枝繁蔀屋深。枳香高士韵,竹静美人心。我亦思编就,疏疏护小林。

池上梅

寒梅池上植,淡韵最清幽。一曲风光好,方塘春色浮。影摇波自动,香暗月疑流。水镜闲看久,思拈画笔钩。

湖上梅

梅放宜湖上,花随敞镜披。艳真西子比,清合贺公司。已傍孤山好,还依邓尉奇。虹桥名亦擅,几度欲留题。

石侧梅

位置宜佳石,梅花点缀工。影斜穿瘦漏,干古隔玲珑。共藉苔衣护,惟应竹友同。米公曾拜处,侧侍一披红。

苍崖梅

瞥见苍崖侧，梅英放几枝。摩来香淡冷，悬处影参差。猿啸寒柯里，鹰盘暮雪时。自然多古趣，翠藓举头窥。

松下梅

梅藉谁为荫，虬松接绛霄。更教尘不染，莫怪雪难消。傲骨何嫌屈，苍颜定许乔。好同修竹植，相订远尘嚣。

柳外梅

忽觉梅花少，垂杨吐叶新。孤芳原爱隐，嫩绿惯分春。香尚清风透，光随皓月匀。残时多别恨，相近独含颦。

南村梅

南村梅早放，不与北村同。有干迎冬日，无枝寄朔鸿。影疏人曝背，香暖客歌风。先把春光占，燕公句最工。

北村梅

北村有梅树，栽近老农家。枝惯留残雪，林堪集暮鸦。迎风香最冷，背日色偏嘉。寒勒难舒蕊，春深始着花。

茅店梅

野店梅初放，茅檐韵最清。花光摇犬吠，香梦入鸡鸣。帘挂斜枝瘦，车停老干横。板桥霜月下，疏影最分明。

板桥梅

野梅依路发，想像板桥东。映月迷霜屐，沿溪系雪篷。客过闲倚杖，人影暗疑枫。更忆城西角，花开略彴通。

墓门梅

那有鸮能萃，梅馨墓道旁。香浓浮宿草，艳冷逼枯杨。树树依邱垄，枝枝近石坊。更同松与柏，相伴古雷塘。

罨画梅

罨画溪名好，梅林花自繁。艳从神品写，韵合化工论。每过论摩诘，相看忆孝源。仲平吟赏处，佳句至今存。

终南梅

太乙梅千树，参差发翠峰。号楠香漠漠，伴榎色溶溶。嘉处真输此，幽人定羡侬。还闻石室外，枝干杂青松。

陇头梅

阳和到西极，关陇已春风。地本终南近，梅宜紫阁丛。照经秦汉月，种出帝王宫。不用江南寄，寻芳杜曲中。

楚堤梅

南圃梅先发，千株粲楚堤。汉阳流水外，鹦鹉画桥西。乔木游人羡，筠斑帝子啼。总输清客致，绛萼遍幽蹊。

庾岭梅

妆阁稽《埤雅》，曾闻庾岭梅。每当南蕊尽，始见北枝开。次第疑相让，东西亦并栽。经过逢驿使，远与寄香来。

含章梅

细数梅花事，新奇忆寿阳。风轻来玉枕，蕊落点檀床。偶值天孙倦，平添帝子妆。翠钿从此贱，争拟效含章。

返魂梅

宋代梅重发，花开号返魂。香能苏宝鼎，珠合转璇源。讶比罗浮醒，羞将倩女论。准提庵自古，可认旧庭垣。

砚池梅

墨沼无多地，梅枝作供鲜。砚云笼淡影，香雪护良田。应有龙宾访，尤因碧友怜。小秋滩左侧，别韵带松烟。

灯下梅

瓶梅开甲夜，一一傍寒釭。玉蕊摇琼壁，冰姿照雪窗。焰荣香馥馥，穗落影双双。不待黄昏月，横斜满碧幢。

鹤守梅

宛如和靖宅，梅鹤伴吟诗。月黑眠难稳，天寒放自迟。株原无兔待，蕊可代粮支。怕与严风战，南枝好护持。

鹊衔梅

小院寒梅发，刍尼爱蕊稠。偷衔穿曲径，巧啄下层楼。彻土宁输燕，成巢已让鸠。红闺诗伴到，喜噪带香流。

雀争梅

虚檐惊破寂，群雀共争梅。一任鸣相杂，惟愁花带摧。竞心随蕊发，众口逐香开。夺得归何处，双双跃翠苔。

蜂 采 梅

春光关不住，梅放惹游蜂。逐队喧繁蕊，攒香觅上供。咂来须细碎，采去背鲜浓。蜜酿他时好，清甜自御冬。

白石歌梅

白石传遗咏，梅花入谱歌。韵随《疏影》出，声写《暗香》多。度曲人何处，吹箫客已过。至今征雅事，不厌细吟哦。

广平赋梅

洛诵《梅花赋》，人传宋广平。昔年夸杰句，此日颂贤声。铁石心宁改，馨香味可盟。莫矜燕许笔，公合冠蓬瀛。

仲言咏梅

法曹何氏廨，梅绽屡拈毫，东阁延文侣，西窗集俊髦。词缘清更胜，句到淡方高。再任邗江上，花前足自豪。

德圭百梅

德圭馀韵事，百咏咏惟梅。俊逸传名句，清新见异才。淡香生笔颖，疏干入诗材。我亦吟成癖，分题费剪裁。

百梅吟馆诗跋

宋范石湖谱梅至十五种，元冯子振、韦德圭咏梅各百首。予从吴下钞得韦诗，乃至正五年杨铁笛所序七言截句。内子嫌其未工，用五律分咏之。幼女安时方十馀岁，初能诗画，于百题中亦分咏得□六首。己亥长夏少闲，予又随意写出梅花百题，□□□□□□，积成一卷，遂名其读书之室为百梅吟馆。□□□□□□□□识。

绣题阁剩稿

（清）王圆珠 撰 杨 君 方小真 整理

整理说明

王圆珠（1807—1844），字月如，安徽泾县人。著有《绣题阁剩稿》，去世后由其夫吴庆龄删订而成。有道光二十五年（1845）刊本。此次整理即据该本。行间原有王成璐评语若干，现改排小字，一并附入。

序

曩余守宣州时，选刊《宛陵试帖》，得泾川吴子寿山诗一卷，清新俊逸，拔俗千寻，遂择其尤雅者，弁诸卷首。嗣晤宗兄介夫，询知寿山即其门下婿也。寿山好金石，工隶篆，性耽吟咏，其于诗律一道，殆三折肱矣。

今春，寿山寄其先室家孺人《绣题阁剩稿》，请序于余，余见其诗词隽秀，吐属率真，其中咏物诸作尤佳。余略加评点，以应所请。

噫！寿山固能诗者，家孺人倘得永其年，长享唱随之乐，则大就雕琢，裒然成集，当不难树帜于闺阁也。惜其蕣华早谢，遽赴瑶台，岂造物忌才，遂使盛年摧折耶？抑慧能减福，诗能穷人，于闺阁为尤甚耶？今寿山汇其诗，付之梓，固不忍没其生平慧业也，亦笃于伉俪之情云尔。

道光乙巳岁端阳前三日，江夏王成璐。

叙

吴少彭主簿德配王孺人小传

孺人姓王氏，父介夫先生，郡学生，淹通博洽，名噪胶庠。先是，温太尊爱其才，擢为一郡领袖，贾文宗亦以南州冠冕目之。孺人聪慧异常，最为先生所钟爱。五六岁时教以诗，一遍辄能成诵，先生益奇之，谓是女有夙根。稍长，览经史子籍，俱能粗通其义，间有所作，楚楚可人，侪辈中多以为道韫复生，因呼其字为小谢。年十七，归严陵吴君少彭。少彭负奇气，好为人所不能为，伉爽有古豪士风。少习制举业，不求甚工，意若有不屑屑于此者。好作诗，于古人服膺李翰林、白太傅二公，案头尝置两册，并绘为图，以志向往。余曩为序其事，近体诗不多作，作必有法度可观。王廉普太史选《宛陵试帖》，取其诗以压卷。好金石，工篆隶，真草隶体尤擅长，四方求书者无虚日。孺人较量工拙，雅善评章。凡少彭笔墨，每有所言，无不深中其察窾綮。少彭尝称为闺中良友，欢联琴瑟，契洽金兰，诚不知何修而得此也。

孺人虽在素封家，而秉性恬静，勤于女红，暇即以吟咏为事，颜其居曰绣题阁，儿女多自课之。诗笔清丽芊绵，风致如落花依草。古所称不栉进士者，今殆见之矣。

少彭尊人识舟先生，以名诸生官浙江金华府通判，多美政，有诗名。其时陈硕士学使、凌东园太守，倾盖相交，赞叹不置口。著有《晚香草堂集》《吴越纪游草》。先生生三子，一出继承祧。少彭为先生冢嗣，孺人为冢妇，奉尊章惟谨，接妯娌甚和，侍婢辈亦时加体恤，从无诟谇声。距余家三里许，尝一过舍，与我内人如旧相识，谈论甚欢。道光甲辰六月廿九日未时，以疾卒，年仅三十有八。生子四：长守篗，舞勺时即能通文义，得咯血疾，赍志以逝，孺人以是多隐忧；次守箱，三守球，四报慈，俱崭然露头角。女四：长适旌德候选训导吕名朝飏之子烈夔，次适同邑章龙光，三许凤三宝，四许郡庠生王名立才之孙、诒庚之长子宜祜。孙二：之望、之干。

岁在旃蒙大荒落壮月上浣，姻侍生章金镕顿首拜撰。

叙

迩来海内诗集林立，不独文人骚客累累成编，即闺阁名媛亦多吟稿，刊诸梨枣，以冀流传。然有传之未必尽工，虽工未必尽传者。当其付梓时即以为可传，未也；若以为难必其传，遂不复付梓，则又非也。

内子王氏月如，幼尝随外舅介夫先生执经问字，颇好吟咏，昆季间迭相唱和，间有新隽之句，外舅辄嘉赏之。癸未岁来归余，谨循妇职，恂恂若无能。事高堂必亲供甘旨，教养诸子慈而且严，闺阃间言必顺从，事无厌倦，二十馀年如一日。女工馀暇，辄以古今体较量工拙，若有心得，自颜其居曰绣题阁。余于诗律一道，亦常留意。每当清风拂几，明月窥帘，煮茗分笺，焚香酬韵，不出户庭而唱随之乐存焉。惨于去秋，抱丧明之痛，怜余悲悯过度，婉为劝慰，奈暗然神伤，遂成郁疾。延及今夏，竟至不起。琴弦辍御，镜匣生尘。安仁《悼亡》之作，义山《锦瑟》之篇，为之愤闷者屡月矣。偶于绣箧中检出《绣题阁剩稿》若干首，披阅数过，泪下涔涔，不忍没其生平嗜好，勉为删订。命次子守箱缮写成帙，付诸剞劂。非敢媲美我朝闺秀也，聊比于雪泥鸿爪云尔。

道光甲辰岁仲冬月南至日，寿山吴庆龄识。

绣题阁剩稿

泾县王圆珠月如著

春日漫兴

晓看烟雨细如丝，花怯轻寒放较迟。莺哢恰当临镜候，燕归偏趁卷帘时。闲情逸致。尝新婢进猫头笋，补旧僮编鹿眼篱。闲课女儿消永昼，鸳鸯绣罢更吟诗。

思　　亲

乍望白云起，旋望白云驰。白云有时尽，思亲无了期。只二十字耳，而孝思之悱恻，却字字耐人细绎。

喜家大人见过

远忆心常切，迎门喜不支。春光归杖履，雪影上须眉。久别言难罄，欲离情转悲。灯前亲色笑，犹似在闺时。通首一气旋折，情真语挚。

阁上看月

绣阁帘开夜色新，小窗半倚倦吟身。无声银汉横如水，洗净嫦娥镜一轮。

绿蛱蝶

逐队深深出碧林，窃香花国醉春心。影过蕙径无人识，衣晒苔阶没处寻。雅切。自化罗裙来院落，长依蔓草混墙阴。刻画尽致。偶从翡翠帘前舞，惹得侬停刺绣针。

白蛱蝶

凤子联翩过碧溪，缟裳轻飏画楼西。梨花庭院飞难见，柳絮池塘梦欲迷。浑脱。晨露湿沾冰翅滑，晚风凉拂粉衣低。舞风成队知何似，干雪霏霏影不齐。

黄蛱蝶

依依款款绕篱根，秋菊枝头不见痕。枯叶飞来刚瞥眼，菜花开处暗销魂。神韵独绝。槐庭晒粉添滕画，桂树寻香度漆园。倘化金钱千万个，一时雀跃遍寒门。

红蛱蝶

状本如花复恋花，穿花常被百花遮。赛将脂粉经香阁，来自罗浮带彩霞。典丽。只为春情多艳丽，岂从时世斗繁华。软尘陌上翩翩去，常傍佳人锦绣车。

干 蛱 蝶

醉红眠绿尽勾留，忆到前身替尔愁。香国抛将金粉地，彩绒缀上玉搔头。闺阁常情。穿花曾记深深见，入梦犹思栩栩游。欲把芳魂凭一吊，更从何处认庄周。

秋夜偕外玩月

夜色何苍茫，冰轮出天阙。皎皎到帘栊，溶溶映庭樾。开奁出明镜，持以比皓月。明镜自常圆，皓月有时缺。缺后光复盈，出人思表。恩情无断绝。镜不如月好，此语何庸说。我知古嫦娥，悔将灵药窃。高处不胜寒，夜夜伤离别。何如笃伉俪，琴瑟自怡悦。静好之音。夫子相顾笑，笑我太饶舌。移步入深闺，纱窗照朗彻。

重阳艺菊

连朝冒雨菊初黄，分植磁盆手亦香。爱尔秋容如此淡，伴侬今日又重阳。

闻伯兄翼亭讣音

噩梦忽惊醒，鸦啼庭树柯。鱼书报凶耗，珠泪坠滂沱。一别黄泉隔，双亲白发多。阿咸年太小，失怙奈愁何。一字一泪，地下人有知，能勿流涕耶？

课女儿珍姑刺绣

巧拙都从线脚寻，碧纱窗外度金针。纵教费尽纤纤指，花样翻来系寸心。

成宜人过访喜赋二绝姑丈吴蘉庭给谏之继室也

永日下罗帏，独自深闺坐。忽闻环佩声，春风吹到我。

两家本世好，况托丝萝谊。相见道胜常，犹恐不尽意。

九九消寒图

无计破寂寥，新图亲手描。描自南至日，计日无复笔。数点中藏天地心，九九共得八十一。妙极简练。八十一瓣冰雪姿，凭花说与春风知。用成句如自己出。梅花开后杏花发，冬去春来无尽时。

绣题阁梅花盛开偶赋三绝

绮窗花放两三枝，高卷疏帘笑展眉。何必岭头开满树，犯寒风雪立多时。神韵酷似落石湖。

香雪堆中鹤梦安，枝分南北总禁寒。休教折入铜瓶里，留向深宵独自看。消受清福。

疏影横斜纸帐前，丰神真个是癯仙。诗情近日清如水，涤笔冰壶赋几篇。

铜雀台

脯糒纷陈杂酒杯，灵魂应为美人来。鄴都遗命知难舍，疑冢全身亦可哀。卓识能知天下士，奸雄原是相臣才。翻去常解，老瞒见之，亦当首肯。漳河凄咽西陵冷，歌吹何曾一上台。

马 嵬 坡

万队貔貅阻去程，佛堂礼罢别君行。百年恩爱归何处，尺组凄凉了此生。锦袜香囊他日恸，金钗钿合旧时情。将军仗钺江山破，谁为蛾眉诉不平。

题夫子蕉窗夜读图

窗外多年种碧蕉，纵无风雨也萧萧。夜深香炉僮酣睡，一点青灯手自挑。

一叶芭蕉一叶书，字青影碧两相如。焦心自是抽难尽，合与文心共卷舒。

月 影

银汉辉流夜气清，水边帘外最关情。镜欹天角山横卧，盘侧云头树倒生。花草精神摹隐约，楼台色相现分明。若无若有浑难定，世事还须一样评。

春　　阴

非烟非雾接天遥，不放春晴已几朝。昨日偶从园里望，海棠留得几分娇。

春　　燕

剪杏裁桃掠碧烟，营巢细语倍缠绵。郁金堂上双栖稳，正是相思二月天。

展伯兄翼亭墓

春雨初晴山鸟啼，起笔超脱。欲飞不飞浓烟低。一色长天作黯淡，清明时节增愁凄。步到山南与山北，南北山头多荆棘。黄土一抔青复青，碑立斜阳苔藓蚀。扫苔细看石上铭，呜呼是我兄翼亭。见兄墓如见兄面，呼兄不应兄有灵。兄妹死生成永诀，手足情深肠欲裂。死者茫茫归九泉，生者含愁向谁说。

题管夫人墨竹画卷

渭川千亩绝尘氛，写入湘缣号墨君。倚到天寒烟暝处，好将翠袖拂凉云。

壬辰送外赴金陵秋试

新秋凉雨过，侵晓整行旌。长物惟书剑，同游是弟兄。布帆十幅影，柔橹一枝声。翻羡长江水，脱尽常解。随君到石城。

团扇篇

削竹裁罗制新格，纤手持来恰盈尺。团团素影如月圆，皎皎寒光欺雪白。兜萤花底烟霏霏，扑蝶香中春脉脉。韶秀。披拂不离怀袖间，驱暑招凉最珍惜。梧桐叶落金飙生，吁嗟中道轻抛掷。秋风也有再热期，弃取能无感今昔。绘尽炎凉事态。

读苏若兰回文图诗

织成云锦寄遐方，首尾回环字字香。纵使郎君如铁石，也教一读一回肠。

寒夜

鸳鸯瓦冷雪皑皑，风送严寒入座来。偏是郎君清思发，嘱侬联句咏红梅。唱随韵事。

围炉坐对小银釭，六出花飞扑绮窗。呼婢烹茶扫新雪，开门惊吠隔篱庞。

元旦

门外换桃符，新岁今日始。青红拜高堂，春衣试稚子。

甲午二月送外赴婺州任所省亲

别我浙西去,连朝代束装。白云亲舍远,红雨马蹄忙。定省高堂慰,瞻依夙念偿。灵椿与萱草,常得护甘棠。温柔遗音。

咏牡丹

又见春光到鼠姑,玉楼宫锦万重铺。艳如西子风前立,娇比杨妃醉后扶。句亦艳丽。别有丰神邀世赏,岂徒富贵博人呼。别有怀抱。东皇不惜胭脂色,付与花神着意涂。

清　　明

寒食才过不禁烟,万家新火嫩晴天。儿童几辈争游戏,学拂秋千绿柳边。

燕

社日才过乃睇忙,营巢仍傍水云乡。海山路杳犹馀梦,王谢风高尚处堂。高调。花落絮飞劳顾盼,春来秋去阅炎凉。含情不向朱门去,频款柴扉恋夕阳。

鸥

逍遥沧海久忘机,懒向寥天展翅飞。入世有谁如尔乐,无心独自笑人非。淡烟寒月眠沙渚,细雨斜风立钓矶。鹓鹭班联知不少,看来几个洁身归。宦途清磬。

蝶

除却繁华便不知,一生总为艳情痴。人间那有春长好,枕上空怜梦醒迟。名隽。几处香消犹苦恋,隔年花落系相思。就中只取罗浮种,仙骨仙心称我诗。

蝉

连番繁响隔层楼,共向炎天递唱酬。露饮风餐谁比洁,绿槐高柳怕经秋。超脱。总缘翼薄飞难进,应为愁多诉不休。深恐螳螂苦相逼,等闲还要一回头。有心人语。

桃花潭竞渡

逐对龙舟逞水嬉,衣香人影共追随。笙歌十里声如沸,画鹢飞凫夹岸驰。

家家儿女试新衣,侵晓喧阗到夕晖。听得一声钲响急,阿谁夺得锦标归。

千寻潭水作靴纹,垒玉墩前幽草薰。争说当年踏歌地,万家酒店倚斜曛。调高韵远。

得外杭州归信

征帆闻说过馀杭,揽胜苏堤白塔傍。不数归期烦镜听,典雅。熟梅时节卸行囊。

喜外到家

春仲事远行，一别到夏五。不识归来期，灯下卜钗股。昨日绮窗前，欢声呼鹦鹉。晨起卷珠帘，蟢子飞入户。忽见随行僮，进门日刚午。欣然前致词，后我只数武。儿女闻之喜，牵衣争先睹。胸中所欲言，一笑不能吐。人情大抵如此。

读外游越吴诗稿

佳山佳水豁吟眸，都被郎君笔底收。也识荆关描不尽，翻欣元白咏能周。一编细向灯前读，千里全归梦里游。吴苑莺花瓯越景，几回吟罢几勾留。

题笺头白描美人

缟素翩翩冒雪来，水边林下独徘徊。前身应是罗浮蝶，化作仙姬去访梅。

秋闺漫书

一枕听萧瑟，风吹落叶声。愁从今夕起，梦忆昨宵成。隽永。抱病寒先觉，耽吟感易生。何堪云汉外，又见雁行横。

秋　　虫

夜阑人未眠，秋虫鸣四壁。明月到窗时，啾啾破岑寂。

秋　杵

刀尺夜频催，长空横雁影。寒衣制未成，先觉秋风警。

秋　雨

凉雨声潇潇，随风打茅屋。经旬不得晴，苍苔生古壁。

秋　风

声从竹径来，顿令热渐减。纨扇不须挥，含情独凭槛。趣甚。

偕夫子论诗联句

落纸忽飞去，寿山。飘飘意欲仙。但须神与会，未必语能传。秋月为怀抱，寿山。春云见性天。衣冠优孟者，月如。粉饰亦徒然。寿山。结想淡远，如出一手。

雪后书壁

舞絮初停独上楼，窗开四望触深愁。暖人只有黄棉袄，济世谁遮白傅裘。闺阁尚嫌风彻骨，边关可奈月当头。焚香快展《时晴》帖，呵冻挥来笔更遒。

除　夕

三百六旬过度，一十二月迁期。不觅黄羊祀灶，也将绿蚁酬诗。

元夕观灯

银花火树竞辉煌，特地灯光射月光。真是太平佳气象，吟将好句质吴郎。

闺房灯

一点银釭竟久偕，深闺独对触幽怀。愁看残蜡多挥泪，忙救飞蛾也拔钗。其言蔼如。红焰有风常掩护，黄昏无月早安排。常情语，道来却工巧异常。踏青欲践邻姬约，好借微光制绣鞋。

寒　食

春风杨柳嫩晴天，影拂秋千胜事偏。曾说禁烟循旧例，有谁含泪吊绵田。吊古情深。

春闺晓起即事

晓起浑无事，折花供古瓶。惊醒枝头蝶，双双飞不停。

教鹦鹉念诗

山禽夙具能言慧，啧啧犹烦教尔言。绝句诗篇三五首，诗不拘于唐宋元。口授数过颇能诵，却喜吟声人鸟共。珠转歌喉最聪明，见者情怜倍珍重。贮以金雕笼，悬之绣阁东。妆台明镜光对照，照彻形影无不同。彼此表里如一个，两两相形疑唱和。绘影绘声。不是教念《多心经》，乘兴朗诵无定课。有时低首独沉吟，似恨听者少知音。有时振翅忽高唱，若觉诗句惬素心。晨夕吟哦朱栏畔，伴我绣题春过半。寄语世上放言人，此鸟莫作凡鸟看。多言之戒，于此可见。

首夏偶书

清和当首夏，寂寂掩柴关。花落怜蜂瘦，晚唐名句。春归觉蝶闲。烹茶消俗虑，把卷破愁颜。每到无聊处，钩帘看远山。

咏 绣 球

零星花蕊收成朵，五色迷离次第开。遮莫漆园粉蝴蝶，作团飞上一枝来。

端阳日制蒲剑蒲人各赋一律

蜀葵池上晓烟浓，戏剪新蒲作剑锋。舞去真能柔绕指，抽来疑可捧当胸。影摇朱户能驱魅，色混青萍欲化龙。此日家家应插遍，何如锦带挂芙蓉。

公然傀儡又登场，藐小身裁九节长。五日来成蒲酒会，一生居住水云乡。酷似渔洋。腰间剑想如龙跃，颔下须真似虎张。只为辟邪聊仗尔，也随俗尚度端阳。

渔舟唱晚图为三弟墨庄题

一声铁笛暮云开，催得天边好月来。身与扁舟都不系，任风吹去复吹回。

三子守球上学赋此志喜

抚育娇儿才六龄，今朝上学拜先生。分明出谷春莺啭，试听迁乔第一声。

口授唐诗三五篇，能教默诵惹人怜。儿今不索盘中果，放学忙求赏字钱。

题　画

西泠空阔绿云凉，钟响深山暮色苍。谁坐鸥波亭子上，满湖风送藕花香。

喜　雨

忽看电母掣云头，鞭出痴龙取次游。酷暑尽教收拾去，一番凉意似新秋。

松棚五排十六韵

时又逢金伏，当空火伞张。有人愁溽暑，无计避阳光。惟赖松堪剪，何嫌日正长。架棚依画阁，叠影接书堂。密荫遮檐暗，清风入坐飏。带烟铺细碎，和雨送清凉。碧映葡萄架，青垂薜荔墙。庭迟炉袅篆，路误燕归梁。细腻风光。满地浓阴覆，终朝酷热忘。不妨停竹簟，端合置藤床。簟衬刚三尺，琴眠共一方。窗慵悬碧草，馆岂恋幽篁。苔叶迷新绿，桐花隔晚香。流萤粘熠耀，淡月漏昏黄。入夏连蕉槛，先秋到海棠。会须招女伴，趁此绣鸳鸯。

兰石山房同外夜话

一钩新月挂茅檐，顿觉山房逸趣添。拟和新诗嫌韵险，纵教闲话亦辞严。庄重不佻。茶煎凤饼汤浮鼎，香爇龙涎篆袅帘。偶向曲栏干外立，夜凉风露扑眉尖。

七夕后一日作

晓来话别恨如何，冷雨飘零泪点多。环佩声谣乌鹊散，双星依旧隔银河。

盼到佳期岁已周，相思今日又从头。有缘不若无缘好，天上人间总是愁。

宫　　词

风吹金锁微，雨过玉阶静。卷上水晶帘，满地胭脂冷。

庭树午阴清，独眠人正静。鹦哥唤一声，梦破鸳鸯冷。神馀言外。

中秋对月

桂花风里倚栏杆，皓月浑如宝镜团。有约嫦娥来作伴，不嫌坐到五更看。

冬日采女贞子

有树荫室，枝叶繁密。不爱其华，但爱其实。
实曰女贞，质纯气清。备尝霜雪，少阴之精。
采收颗颗，服之颇可。百病能除，长生仙果。

春日消遣

愁中孤负艳阳天，身似吴蚕只好眠。白燕掠残红杏雨，黄鹂啼破绿杨烟。工秀。检书爱读东西汉，觅句能消大小年。遥望金阊千里隔，归帆应挂木兰船。时夫子客吴门将归，故云。

上巳偕诸女伴踏青

偶停针线畅诗怀，风日晴和天气佳。约得邻家诸女伴，风头同试踏青鞋。

辛丑六月廿六日随外养疴柳溪

一溪散清泠,万柳锁深翠。秀语夺山绿。门前人迹稀,恰是养疴地。妾不精岐黄,亦解刀圭意。郎行使妾随,汤药庶无累。

悼鹦鹉八绝次外韵

西风料峭奈愁何,生为吟诗感慨多。怪底茂陵秋雨夜,相如病里吊鹦哥。

来时曾记楝花时,相对殷勤喜不支。最是郎君情意切,嘱侬侵晓教吟诗。

绿衣使者雪衣娘,小小金笼曲曲房。原是白家聪慧种,不徒学语便称长。

昨宵梦恶近狸奴,不料今朝梦竟符。纵使有人敲画板,琵琶重听一声无。

陇山绿树记前因,空使香闺说性灵。夙孽何尝能忏悔,累他日日念《心经》。

几日秋深雨送寒,夜来犹傍碧栏杆。可怜畏冷如钳噤,空饲香柑转命丹。鹦鹉冷则发瘴噤战,以柑子饲之则愈。

无复仙名唤阿苏,绿窗谁与共欢娱。犹馀麻子三升在,羽化飘飖得食无。神韵悠然。

惆怅雕笼挂夕晖,深宵惟有梦依稀。绿梅花下成芳冢,月落乌啼认汝归。念念不忘。

自君之出矣时外就医淳溪

自君之出矣，花晨诗懒题。妾心随梦去，夜夜到淳溪。
自君之出矣，寂坐到宵分。默向苍穹祝，长将金鼎焚。
自君之出矣，日夕盼双鱼。双鱼渺何处，无由知起居。

寄衣曲

塞垣易惊秋，寒衣常早寄。君看针线痕，条条都是泪。

大雪行有序

辛丑十一月大雪，阅五日夜方霁，水陆阻滞者月馀。时外就医未归，作此志怀。

颠风一夜声如吼，起笔突兀。雪花如掌惊欲走。漫空历乱遍阶除，作势斜飞穿户牖。连日霏霏不肯休，曲背空劳执箕帚。顿令深谷变丘陵，积地几逾三尺厚。闻之白首老翁言，百十年来未曾有。出语自然，不减香山。行人绝迹往来艰，天实为之将谁咎。夫子就医羁淳溪，沉疴未识今愈否。一月音书滞江干，恨无羽翼生两肘。愁云惨淡拨不开，呵冻诗成一搔首。江上峰青。

雪月吟

昨夜月如雪，今宵雪又月。雪晴月交辉，光华竞发越。

壬寅二月十二日祝二大人六十寿

花甲同周二月时，庭前舞彩喜追随。椿萱定共长松茂，棠棣俱萦寸草思。《南陔》遗韵。弟辈捧芝争上寿，我来祝嘏更呈诗。团栾欣叙天伦乐，博得双亲一展眉。

咏荷包牡丹

富贵场中托此身，荷包花样看来真。卷舒定惹曹瞒喜，盛得浓香暗袭人。

落　　花

只馀痴蝶多情，已觉东风无力。开残山后山前，落遍江南江北。酷肖摩诘。

七夕绣题阁同外话雨

去年七夕月满天，今年七夕风兼雨。仙家欢会趁良宵，月夕星期自终古。庭前瓜果错杂陈，女伴依依集三五。五色线与九孔针，巧乞天孙开绣户。户外黑云如泼墨，恨天不许月华吐。安得长风一扫开，笑看双星会玉宇。

断肠词哭长男守矱作也

罡风力猛竟如斯，吹折昙花第一枝。那料今朝刚饭罢，尔爷娘是断肠时。

慧性生来爱读书，西山深处借茅庐。每怜废寝忘餐候，偏是吾儿起病初。

腊前咯血使人惊，幸入新春症渐平。无奈功名心太急，诗书念笃此身轻。

深虞笔砚暂抛荒，举业常动病竟忘。忘却苏公曾有语，安心是药更无方。

入夏朝朝渐减餐，腰肢消瘦起居难。伤心欲把亲忧释，每与人言病尽瞒。

百计图维苦就医，参苓罔效病垂危。天心反复真无赖，既欲生之又死之。

偶定心神倦卧床，梦中猛听唤爷娘。忙来扶起频倾血，血脱难寻急救方。此时此情，诚何以堪。

一盂羹饭奠灵前，泪血还应彻九泉。我哭我儿儿不应，声声只合仰呼天。

完姻三载效于飞，似续无凭命已微。最是盖棺肠寸裂，媳儿如雪着麻衣。凄绝。

年将弱冠忽长眠，了却今生母子缘。默嘱娇儿行且缓，尔娘生亦暂迁延。悲痛语令人不忍卒读。

偶　成

西风竟夕作秋声，诗兴都缘杂感生。月影昨圆今又缺，照人欢怨自分明。

读熊孺人芝霞阁诗集有感

红窗晓为阅诗开，得见闺中宋玉才。吟到哀猿肠欲断，集中《哀猿吟》之作，读之令人泪下。猿声不独为君哀。时余有丧子之痛。 卿须怜我怜卿。

谒香心夫人庙

我到夫人祠，钦仰冰霜操。心香名亦香，千秋俎豆报。

癸卯十月十日珍姑出阁作此送之

父每课其儿，母兼课其女。我女今有行，往之女家矣。女事从此终，妇事从此始。能令老妪点头。事姑自古难，非若母堪恃。德言容与功，敬戒何庸已。幸得托令门，庶几免讥訾。慎旃凛孝恭，往训毋忘此。情深语转长，两别泪不止。儿女情长。

闻　雁

带来塞北秋，啼断江南月。多少抱愁人，怪他声不歇。古音。

教女儿珂姑诵诗

女红刺绣寻常事，度尽金针更有诗。讽咏休言非妇职，二《南》开卷是《关雎》。词旨温厚，想佩服诗教者深矣。

二子守箱初应童子试

喜尔去登文战场，阿爷有子继青箱。曾闻诗礼十年训，可识功名两字香。出谷高飞从此试，掇芹私愿漫期偿。初离膝下谁怜惜，寒暖随时要自防。

珠　　帘

卍字栏杆屈曲围，珠帘一桁密还稀。花光隐约疑藏雾，月影玲珑不掩辉。工致。窣地留将香篆袅，齐檐隔却软尘飞。偶因卷看西山雨，放得衔泥燕子归。

七女珂姑许仲弟定斋长子宜祜

古称事姑难，不若母易事。七女名珂姑，珍惜犹未字。仲弟来我家，缔姻相与议。吾喜忽不胜，吾愿今已遂。珂姑尔来前，我语尔须记。尔姑食性我深谙，在尔事姑尚容易。率真语。

病　　况

沉疴半减寸心知，抛却寒衾强自支。偶向绮窗梅下立，病躯尚怯晓风吹。

答闺中诸子问病

留春春又去，病卧奈愁何。针线抛荒久，形容瘦损多。扶持凭药力，缠扰困诗魔。好谢殷勤意，还期抱瑟过。

病卧感怀

一年强半病中过，岁月消磨唤奈何。晓起偶开妆镜照，乱头那更赋蓁蛾。

女 游 仙

相约瑶台拜玉妃，九霞裙衬六铢衣。有人手拍青鸾尾，先向红霞起处飞。逸情云上。

盈盈秋水隔红墙，鸾鹤飘飖月殿傍。偶向云中呼伴侣，一声惊起杜兰香。句亦吹气若兰。

环佩声飞绛节斜，高歌嘹亮遏云霞。休言蓬岛芳邻少，比户都同萼绿华。诗杂仙心。

玉京会罢不胜娇，身裹红尘下碧霄。自是君身有仙骨。青鸟忽传珠字到，道他月姊更相招。明月前身。

诗馀附

桂殿秋 中秋月

秋一半，月当头。碧天高挂水晶球。今宵四海人争看，不识嫦娥可带羞。晚唐。

望江南戏咏眼镜

老人眼，花似雾中看。皎皎月轮探手出，盈盈秋水照人寒。好向耳边安。

渔家傲题竹亭弟秋江晚渡图

枫叶经霜红满树。句法凝练。秋波低浸斜阳暮。客子江头争唤渡。惊白鹭。一行冲破寒烟雾。　　小艇蒲帆来远浦。晚风吹向芦花住。载得游人三两数。押韵新颖。归何处。落霞影里飞孤鹜。

唐多令白桃花

底事谢铅华。仙源自一家。三两枝、竹外横斜。懒把胭脂浓点染，只匀得，粉些些。　　洞口引鱼楂。何须烂若霞。息夫人、缟袂堪夸。似不胜愁红惨绿，但穿着，素宫纱。

玲珑玉水仙花

玉骨冰肌，却开在腊尾春头。不沾雨露，居然本色风流。知是性耽泉石，只孤高自赏，莫与为俦。伴着个闲身，刺绣勾留。　　卿亦传家清白，把铅华洗净，冰雪心坚。雅韵珊珊，好似个洛浦神仙。不须问他位置，快供向梅花阁上，绣佛龛前。情景逼真。便得花魂梦稳，着意争妍。

“十二五”国家重点图书出版规划项目

2011—2020 国家古籍整理出版规划项目

本书出版得到国家古籍整理出版专项经费资助

本书获上海市重点学科建设项目资助，项目编号：B404

本书为华东师范大学“思勉人文学术 中国江南研究”成果之一

江南女性别集

七编 下

主编 胡晓明 彭国忠

本册主编 倪春军

黄山书社

目录

下册

鸿雪楼集

（清）沈善宝 撰 赵厚均 李梦露 整理

整理说明

沈善宝（1808—1862），字湘佩，号西湖散人，钱塘（今属浙江杭州）人。江西义宁州判沈学琳女。吏部郎中武凌云继室。善宝幼承家学，随父宦江西；年十二，其父猝逝于任所，乃举家归杭。以书画润资奉养寡母与弟妹。曾拜陈文述为师，为寿光李世治义女，得提携甚多。一生游走南北，广结才媛，与吴藻、顾春、张缙英等往来密切，在杭州和北京的闺秀圈中有较大的影响力。编《名媛诗话》十二卷、续集三卷，影响颇广。入京前刻有《鸿雪楼诗选初集》四卷、《鸿雪楼词》一卷；道光中刻有六卷本，无词，卷前有佟景文序，为别本所无，故移置于前；晚年刻《鸿雪楼诗选初集》十五卷，初刻四卷亦收入其中，有清咸丰刻本；上海图书馆另有《鸿雪楼诗草》抄本，内容大多数与四卷本相同，但有不少作品为四卷本所无，且多异文，故两存之；民国时，其孙沈敏元曾搜求沈氏佚作，并广求题跋，刻为《外集》一卷，有民国十三年(1924)排印本。在诸闺秀集中，有不少沈善宝的序跋题辞，不见于诸集，《名媛诗话》中亦多有沈氏佚作，今汇辑为附录，置于卷后。是集因已包含词集及佚文等，原名已不适合，故更名为《鸿雪楼集》。

序

予忝以馆职，旬宣輶轩所至，首以采访人材为汲汲。每搜辑闺阁中诗文，求其可传可诵，如国初之朱远山、张于湘诸夫人，往往难之。因思武林擅天下山水之胜，必当有灵秀之气所钟之闺彦，为巾帼生色者。去岁寓书于友人张子理庵，嘱访杭之闺秀，如顾和知、林亚清辈，以厌予望。今春理庵报书寄皖，附其女弟子沈湘佩初集诗来，且索序于予。晴窗展读，顿浣尘俗，不意闺阁中有此如椽巨笔，不特扫尽脂粉之习，且驾蕉园七子而上之，是又予初念之不及此也。女史天生宿慧，秉承鲤训，方垂髫时即有声于豫章。顾才丰而遇啬，处境困厄而宅心平坦。集中如述哀、葬亲、哭妹、诫弟诸作，至性至情，恳挚悱恻，令人读之油然生孝弟之心，其有关于名教匪浅。至如吊古、咏物、遣兴、感怀诸作，揆度事理，言中有物，一空前人窠臼，尤征卓识，非寻常裁红刻翠者所能望其肩背。此才也，岂惟巾帼中不易得，正恐翔步木天，入金马玉堂之选，亦不数数觏也。积厚流光，否极泰至，即此日之盘根错节，愈以征异日之富贵寿考，理有不爽。望勿介意于眼前之境，更益精进，则所诣讵有涯耶？特是予足迹半天下，楚粤滇黔游历殆遍，而独未至浙，意者武林山水甲于天下，故其灵淑之气所钟，犹独出而冠时。读女史诗，益神往于六桥三竺间矣。

道光十六年丙申孟夏中浣，长白谨堂佟景文拜撰于皖江薇署。

序

原夫绛幔传经，韦宣文辉增巾帼，彤廷续史，曹大家笔胜须眉。然皆皤鬓蜚声，未必青年擅誉。至若椒花制颂，柳絮联吟，数言播美，叹全豹之难窥；片羽流芳，怅雕龙之罕觏。是欲求风华于妆阁，卜淹雅于冲龄，诚戛戛乎其难之，而于是知我沈湘佩贤妹为不可及也。

湘佩阀阅名家，诗书世胄。旧居霅水，祥光霭于浮晖；迁吉钱塘，淑秀占乎灵鹫。垂髫随宦，乘训鲤庭；总角知书，承欢燕寝。霞舒云卷，扫眉夸七步之奇；电掣风驰，不栉擅八叉之敏。既而悲生陟岵，啼鹃洒血以三年；哀述望云，泽雁凄鸣于五夜。竭丹青之绵力，迓旅榇于章江；筹菽水之丰腴，奉慈闱于珂里。点金乏术，耕以砚田；乞米有方，责诸鹅绢。烟霞点染，聚春色于毫端；风月平章，绘秋声于腕底。方谓女兼子职，稍尽乌私；何期天降鞠凶，复惊萱折。衰麻如雪，偏逢萁釜之吟；劲草当风，更迫鸰原之困。叹弱息而独承丧葬，佳城之马鬣崇高；处窘乡而广植松楸，墓木之龙鳞斑驳。是盖纯孝笃于性成，而博学犹其馀事也。

佩神交七载，订金兰于未面之前；把晤片时，携玉腕于伤心之顷。丰肌腻理，艳质端庄，皓齿明眸，丰神韶秀。言霏玉屑，钦星宿之罗胸；帖悟金钗，睹龙蛇之满纸。评骘人材于廿一史，冰鉴平悬；讨论文体于三千年，骊珠独握。阐五车之精蕴，犹逊志于为山；搜二酉之新奇，尚虚心而师竹。只以匆匆返棹，仓卒时未酬白雪之歌；更恨草草赴松，咫尺间又值秋霖之阻。四年契阔，五内怀思。兹幸远惠一编，不啻荣瞻七宝。深惭浅学，何敢弁言？惟是忝居雁序，韦弦之助良多；快读鸿篇，雷岸之书宜报。

窃悲茹荼之赋命不辰，磨蝎之立宫特舛。凤台人去，鸾镜形单。已伤伯道无儿，漫说中郎有女。久焚笔砚，早知识字为引恨之媒；无意诗歌，益悔聪明乃种愁之果。览君巨集，令我开颜。福慧双修，一洗俪白妃青之习；德言兼备，迥殊裁红刻翠之词。爰缀瓦砾以摅忱，堪笑蠡量瀚海；尚冀琼瑶之续辑，争聆乐谱钧天。谨序。

道光十有六年丙申春日，愚姊归颍川郡云间步珊丁佩拜撰。

余两至浙省,耳女史沈湘佩名。今春友人陈箫楼将其诗来,展读一过,齿颊生香。既而索其全稿,诸体悉备,胸罗经史,秀韵天成,而逸气豪情溢于楮上,有如九嶷仙人佩环云表,迥非人间服烟火食者所能企及,又岂寻常闺阁篆刻云霞、雕搜风月之所可拟耶?闻女史年才及笄,颖悟绝伦,性笃孝友,故诗中至情流露,得温厚和平之旨。具此隽才,福慧双修,他日所造奚可量哉?爰缀数言于卷首以归之。

道光丁亥清和既望,长白海帆富呢扬阿拜题。

钱塘擅天下山水之奇，其灵秀之气往往钟于闺阁，余尝读西泠七子诗而心向往之。今年夏五来杭，得见湘佩女史诗，卓然成家，浣薇洛诵，如奏钧天之乐，扫尽世间凡响。因揖访之，吐属风雅，学问淹博，与之谈天下事，衡量古今人物，议论悉中窾要。间或试以词赋，倚马立成，不假思索。以是知前代之咏絮吟椒，犹浅才也。

女史系出吴兴望族，萱堂吴浣素夫人亦一时名媛，才藻富丽，著有《箫引楼集》。家学渊源，秉承有自；徽音克绍，真可谓不栉进士矣。乃女史谦冲自抑，不弃衰朽，执弟子礼甚恭，辑其古今体诗就正于余。余才疏质钝，万不及一，殊自愧焉。忆少时随任西川，喜弄文翰。通籍后，供职春明，间有吟咏，然皆筝琶细响，不足以言黄钟大吕之音。迨出守楚北，监司西夏，簿书鞅掌，车马驱驰，尘积砚池，此事遂废。今老矣，跋涉来游，初意不过冀观钱唐山水之奇而止耳，而不图于巾帼中得遇此奇伟之才，使久荒笔墨之人见猎心喜，顿忘布鼓雷门之诮。则仆仆二千里，不惟得睹山水之奇，并得睹山水灵秀之气所钟之一人，是此行洵属不虚，实余之厚幸也。爰识数言于简端，以志倾倒云尔。

道光戊子岁六月上浣，山左閰邱七十又二老人怡堂李世治书于虎林旅次。

鸿雪楼诗选初集卷一

钱塘湘佩女史沈善宝著

己卯是年十二岁，所有十一岁以前诗散佚未存

白牡丹

姚黄魏紫漫矜夸，冰雪装成第一花。富贵翻能存本色，神仙原不尚铅华。消来艳福清如许，占尽春光淡更赊。他日移栽瑶岛去，缟衣应未涴尘沙。

绿蝴蝶

幽恨千秋未易捐，化为凤子尚翩翩。粘将竹粉衣初湿，染得苔痕色转鲜。晓雾香迷花径里，夕阳低衬柳阴边。莫教团扇轻相扑，绿梦才成亦可怜。

新　竹

此君风格绝尘侵，个字才分绿未深。玉笋联班真拔萃，龙孙转眼便成林。初筛幽径三更月，已抱凌云一片心。他日冰霜舒劲节，岁寒拟对碧森森。

茉莉花

小朵轻盈雪作魂，香风时送月黄昏。晚妆初罢花初绽，两鬓斜添玉一痕。

冰壶谁剪玲珑玉,香袭梅花到骨清。惟恐诗魂真化蝶,夜窗邀月护盈盈。

夜来香

朵朵玲珑缀玉钗,绿毛幺凤漫疑猜。半帘凉月香初逗,一枕游仙梦乍回。芳气似曾裁蕙质,幽资原不借梅胎。烟鬟雾鬓迷离处,令我频思薛夜来。

新　笋

庭前新竹笋,今尚短于阑。待到干霄日,人皆仰面看。

兰

兰生空谷里,萧艾列其旁。不入瑶琴曲,谁知王者香。

天　竹

洛川曾寄迹,分得琅玕碧。为有凤来仪,故结珊瑚实。

佛手柑

来从众香国,佳节正传柑。佛说现身法,拈花妙意参。

述　哀

我父入县城，路仅百余里。牵衣问归期，言别数日耳。讵知凶问来，奇祸降尺咫。昊天胡不吊，命忽鸿毛比。匍匐奔县城，呼抢曷能已。九阍叫不闻，五丝续难起。浩浩气塞胸，磊落绝偏倚。直以七尺躯，欲挽世风靡。乱民何足责，政体毋乃弛。我思觅吴钩，愿学赵娥技。左揕仇人胸，右抉谗人齿。自恨弱草质，不栉非男子。况扶病母身，泣血骨欲毁。设我殉父亡，更谁承菽水。海竭岸已移，山崩土亦圮。哀哀抱痛恨，终天长已矣。

庚　辰

题庄瑞红女史诗集有序

庚辰暮春，庄瑞红女史以感怀诗寄示。琢句清新，不愧玉台之咏；选声哀感，恍聆子夜之歌。浣手溪前，馀香滟滟；闭门花里，秀致翩翩。几疑苏蕙回文，行行锦绣；如入蛟人宫室，串串珠玑。读幸百回，未亲淑范；神交两地，恰喜同时。予也生长浙西，随亲江右，笑贻鸣蚓，谬学涂鸦。三载章门，痛大椿之顿折；一棺萧寺，叹慈竹之无依。陟岵心悲，望云肠断。迢迢浙水，归旅榇以何年；渺渺吴山，滞孤魂于此日。一样蓬飘异地，何当共慰风霜？于今结绾同心，应许唱酬闺阁。偶因情触，用志心钦云尔。

翰墨盈笺泪未收，东风习习入高楼。柔肠一日回千转，一转都添一缕愁。

吟成团扇叹红颜，蹙损双蛾泪自潸。蝴蝶梦回千里月，故园幸不阻云山。

敢矜咏絮与吟椒，无奈凄情托素毫。读罢新诗低首拜，输君丰骨等秋高。

浔阳江上水连天，黯黯离愁托杜鹃。极目江山云树里，不知何日是归年。

与刘笺云女史味道

何须跨鹤上青霄，暂借蒲团慰寂寥。色相本来参已透，世情底事苦相撩。绮罗金粉原非福，水月松风即此宵。一笑无言都莫问，碧云深处好吹箫。

新秋夜坐柬笺云女史

金风剪剪怯衣单，莲漏沉沉夜半阑。未有新诗迟赠答，且随明月共栏杆。一阶梧影消残暑，四壁蛩声起嫩寒。欲写秋心调玉轸，幽篁深处几回弹。

辛　巳

寄赵蓉裳表姊

别来不觉五经春，水远山遥入梦频。忆得凭阑曾叠韵，手持纨扇斗诗新。

一声横竹泪轻弹，明月邀来照影寒。忆得香温茶熟轩名处，玉簪花堕小阑干。

芭蕉分绿映窗纱，目断乡关道路赊。忆得月明凉露下，瑶阶同采海棠花。

东篱又见菊舒黄，飒飒秋风度野塘。忆得绣帏帘乍卷，镜台相对试新妆。

菊　影

映来篱落影芬芳，照见繁枝又一行。几度移灯频对酒，有时索笑但闻香。秋容带月描尤淡，傲骨临风偶似狂。如有如无空色相，何烦耐冷与迎霜。

感　怀

穷途失路复何求，坐对寒檠泪暗流。蓬鬓萧疏荆挽髻，茅檐低小屋如舟。绵绵细雨来长夜，恻恻西风送暮秋。修竹窗前缘底事，琤琮彻晓助侬愁。

壬　午

春　柳

碧玉垂涤色乍匀，几声羌笛暗销魂。一年离绪萦前度，六代宫愁感旧恩。暮雨斜梳青有迹，晓烟深锁翠无痕。风流记取灵和殿，谁向新枝问宿根。

丝丝无力弄轻柔，舞遍长堤又画楼。绿舫风和人乍去，红桥雨细梦初留。鹂鸣似诉阳关怨，燕睇疑含故国愁。闻说暮烟春树外，谢家诗思擅南州。

絮　影

缥缈谁怜倩女魂，纷飞几点过重门。闲随野马浑无迹，偶逐春驹乍有痕。夜月化来香共杳，梨云约处梦难论。夕阳满地韶光晚，掩映山村又水村。

吊娄妃墓

不共刘安妄学仙，美人虽死耀重泉。须知蕙折兰摧日，未是红颜薄命天。黄土一抔埋艳骨，苍波三尺葬花钿。大书屏翰留芳迹，江西藩署为宁王邸，大门“屏翰”二字即娄妃所书。岂借香碑第二传。蒋心馀太史有《一片石》《第二碑》传奇。

端午感怀

欲学曹娥愧不如，当年空费父传书。五丝续命悲何益，一赋招魂恨有余。春荫不堪歌楚些，蒲觞犹记教之无。伤心忍把灵符佩，且伴慈帏话索居。

游百花洲

红桥迤逦绕芳塘，暑意全消竹径凉。画舫乍依茳芷岸，熏风先送芰荷香。一阶流水鸣虚筑，几树新蝉噪夕阳。更上翠微亭畔望，绿杨无数罨波光。

纸　帐

香囊四角玉钩斜，幅幅轻柔胜碧纱。一片寒云悬竹榻，半生清梦绕梅花。海苔色腻应凝露，绛雪光浮欲泛霞。翠羽红罗空烂漫，高风端合让苏家。

秋日晚眺

白云黄叶衬红楼，难画江天淡荡秋。一抹烟痕凝远黛，半窗波影泻清愁。疏林晚唱来樵径，古渡斜阳泊钓舟。我是凭阑无限思，忘机毕竟让沙鸥。

秋　感

秋风秋雨酿秋凉，秋色萧疏秋叶黄。四壁秋蛩惊客梦，半窗秋月断人肠。秋声已惹欧阳恨，秋日徒增宋玉伤。无那秋怀消未得，羡他秋菊傲秋霜。

茶花有名东方亮者

历尽风霜不染尘，芳姿远胜玉楼春。香融晓露天将曙，粉腻冰肌夜向晨。潇洒风神应绝代，妖娆桃李总难伦。凌寒仙品谁堪侣，只许梅花作主宾。

忆　兰

如何芳讯竟迟迟，九畹名香系远思。夜雨空阶怜素质，春风幽谷想仙姿。披榛定有相逢处，纫佩应无自献时。万顷潇湘千里月，梦魂飞绕翠迷离。

忆　梅

久别东风第一枝，暗香疏影起相思。春回孤屿情牵我，月满罗浮梦属谁。愿向岁寒坚旧约，聊将瑶想谱新诗。连朝艳雪开图画，玉骨珊珊冷可支。

癸　未

春日闲吟

湘帘数幅晚风轻，坐对荼蘼待月明。袅袅炉烟香不断，海棠初睡莫敲枰。

幸得诗魔送病魔，奈他诗不敌愁多。妒花风雨无情思，又把春红送绿波。

帘　波

却下晶帘波万重，层层斜映水流空。縠纹轻漾桃花浪，练影横拖杨柳风。卷起暮云秋淡宕，荡来凉月夜玲珑。误他燕子频窥视，似点潇湘绿皱中。

秋日书怀

痛髫龄之失怙兮，落魄西江。望乡关之迢递兮，水远山长。嗟跋涉之维艰兮，我心忧伤。我心忧伤兮，泪洒千行。一解

对萧条之景况兮，摧折心肝。怅西风之乍劲兮，吹我衣单。无狡兔之三窟兮，何处能安？何处能安兮，进退俱难。二解

奉慈回浙舟次感怀

渺渺离怀脉脉愁，关河迢递棹归舟。恨如远岫千层叠，泪逐长江九派流。愧说曹娥能觅父，空悲赵女欲寻仇。云山尽是萧条景，枨触心情总未休。

独倚篷窗暗断魂，波光蟾影漾成纹。几声欸乃惊鸥梦，一片凄凉感雁群。四弟滞留西江。人事竟随流水去，秋心直共篆香焚。满腔愤懑凭谁诉，空对寒江泣暮云。

七载章江笑宦居，归装只剩一囊书。自怜弱质同秋燕，谁向穷源问涸鱼。苍狗变迁真莫测，群狙喜怒究何如？缇萦救父传今古，看取吴钩恨有余。

麦舟慷慨说当年，高谊谁能迈昔贤。千里关河悲阻隔，一家骨肉自周旋。窗延山色秋容瘦，天印波心月影圆。惆怅难寻蕉鹿梦，较量恩怨倍凄然。

夜过瑞洪镇

旅坐不成寐，徘徊夜色清。沙明知月上，帆饱觉舟轻。渔火

参差见，宾鸿断续鸣。故乡归有日，屈指数行程。

舟中吟望

望里人家半掩扉，梳风残叶尚依依。几重烟树凝寒碧，一片征帆带夕晖。山好无名篷隙过，鸥闲于客水边飞。白云岭上难回首，倚遍船窗事事非。

桐江夜景

暮山凝紫水连天，秋老枫林叶叶妍。七里寒烟迷古渡，满江明月放归船。眠鸥已稳芦花梦，征雁犹书带草篇。高阁桐君栖隐处，是谁横笛弄清圆。

抵　　家

离乡无岁不思乡，到得家山意转伤。旅榇尚羁千里月，孤怀空断九回肠。麦舟谁继当年范，葛帔同悲此日羊。回首西风频感慨，白云流水两茫茫。

题闺友拈兰图

采得幽兰坐晓风，珊珊丰格有谁同。要知无上真如谛，只在拈花微笑中。

甲　申

送　春

正喜帘栊日渐长，梨云梦暖燕泥香。不知转盼莺花老，却恨无情岁月忙。芳草斜阳愁黯淡，落英流水路迷茫。只怜楼外垂垂柳，留得清阴绿过墙。

无端几杵晓钟声，顿使东皇去就轻。满径飞花萦别绪，数枝垂柳绾离情。且将杯酒殷勤饯，不用阳关感慨生。来岁梅边重问讯，莫教林下月空明。

灯　花

细草含花吐艳新，不关风露不关春。栽培纵借膏油力，开落宁沾陌路尘。棋子闲敲消永夜，金钱暗掷卜行人。几番欲剔还防护，仙蝶无劳入梦频。

荷　露

万柄新荷拥绿云，露华浓淡灿成纹。风前宛转珠难定，月下空明色不分。几度擎来清可浥，有时泻处暗还闻。累他桂楫兰桡女，晓起临流溅碧裙。

予患胃寒经年不愈老妪以艾灸之感赋

揉艾成绵别一方，团团分得麝兰香。膏肓未去经年病，皮肉先教此日伤。分痛有谁敦友谊，毁肤难免负高堂。伐毛洗髓寻常事，莫道平生骨未刚。

宵来置茉莉于枕畔清梦乍回芳沁肺腑不知此身之化蝶欤蝶之化此身欤笑占一律

何必罗浮梦始通，谁知纸帐即芳丛。此时笑我真如蝶，明日将身定御风。幻境秋生仙世界，冰壶凉沁玉玲珑。诗魂已共花魂化，香雪霏微一枕中。

邻　　歌

徘徊花径绕回廊，何处清音风送将。不是壮怀歌《易水》，分明艳曲谱《霓裳》。倚阑误我时延伫，对月知谁共抑扬。却怪玉箫无与和，空馀娇韵度东墙。

邻　　笛

谁家幽韵动凄清，吹出临风肠断声。落尽梅花缘底事，折来杨柳最关情。一天月破高楼梦，四壁人停隔院筝。剩得愁怀同向秀，那堪听彻短长更。

邻　　花

检点春光强半残，隔园花好几时看。未曾明月同三径，分得香风恰一阑。宴赏纵无琴酒会，飘零也觉别离难。多情最是双飞燕,几片衔来露尚潜心涔。

邻　鸡

闻声起舞说当年,寒夜摊书坐未眠。欲与谈玄嗟院隔,几时伴鹤到窗前。板桥茅店霜如雪,竹迳松关月在天。为报晓筹三唱罢,有人身惹御炉烟。

书　灯

寒檠摇曳夜迟迟,尚对鸡窗笑我痴。四壁萧条留影在,十年攻苦赖君知。映来黄卷凝神处,想到青藜照读时。金粟如来堪自证,不妨相对暂低眉。

客　船

年年漂泊逐浮鸥,无数青山任去留。春水绿波人赋别,秋江红树客生愁。一篙新涨迎前渡,五两轻风助壮游。几度帆从天际转,误他少妇日凝眸。

寒夜感怀

吟檠如豆恨迷茫,一缕愁同莲漏长。已怯西风欺病骨,争禁疏雨断柔肠。萧条往事成尘梦,黯淡羁魂滞异乡。先君灵榇尚寄江西。风木萦怀嗟罔极,几回废读《蓼莪》章。

门庭寂寞冷青苔,幽思愁魔拨不开。江树漫教云影隔,时久不得江西之信。朔风偏送雁声来。隙驹岁月留难驻,苍狗人情岂易猜。独倚阑干肠万转,伤心寸寸欲成灰。

消寒闲咏

朔风凛冽怯衣单,景物萧疏一倚阑。四野彤云浓似墨,不知酿雪酿严寒。

雪满群山路渺漫,疏林如在白云端。寻梅我欲偿诗债,只恐香寒句亦寒。

乙 酉

春 草

莫问山村与水村,芊芊碧色总如茵。要传大块文章妙,不数寻常旖旎春。赋别每伤游子意,搴芳须待素心人。天涯遥望思何极,梦到池塘笔有神。

白 莲

不与群芳斗艳阳,独留本色在横塘。轻盈漫傅何郎粉,雅淡应羞西子妆。出水分明冰作骨,临风皎洁玉生香。洗红唱罢心俱素,赢得清芬袭缟裳。

谭柳源师庭锡寄书见忆感答

蒹葭秋水动遐思,九曲肠回十二时。欲坐春风难负笈,此生苦恨是蛾眉！

昔时桂院共倾醅，此日秋风桂又开。独对花枝倍惆怅，闲云何事不飞来。柳源师常以"闲云野鹤"自喻，每有来杭之意。

雨　　窗

酸风冷雨最无聊，偏助松声鼓怒涛。绣线懒拈人意倦，碧纱窗下读《离骚》。

雪 美 人

姮娥忽降广寒宫，一种风流迥不同。眉黛羞分新柳碧，芳容怕对夕阳红。裁来缟素衣无缝，琢到琼瑶体倍丰。最好梅花明月下，斗寒应许梦相通。

江西姚树堂寄父昀以宝父柩久留章水慨助麦舟俾羁魂得归故土感泣赋谢

七载羁魂泣路穷，关山千里梦难通。生前知己何堪问，死后高情竟独隆。深感脱骖歌露薤，免教旅榇等飘蓬。不才愿做衔环雀，他日飞投绿野中。

丙　戌

西湖柳枝词

袅袅柔条踠地轻，段家桥过又西泠。自从苏小临妆镜，都学眉痕一样青。

万缕千条系画船，依依情绪想当年。东风被尔勾留住，十里湖光分外妍。

浪叠轻纹映绿波，双柑斗酒听莺歌。如何一个张京兆，画出蛾眉尔许多。

一捻纤纤忆楚腰，娇柔无限足魂销。灞陵烟雨秦淮月，占尽风流让六桥。

也向门前植五株，青帘低飐望模糊。湖堤旧有酒肆，名“五柳居”。不知昔日陶彭泽，三径何如西子湖。

十五腰肢舞态工，相搀桃李笑东风。爱才若个垂青眼，只有枝枝夕照中。

题葬花图

自怜消瘦不禁春，强起携榼病后身。燕子不来红满地，葬花人是散花人。

杨　　花

飞过朱阑又碧纱，夕阳影里送年华。蜂捎蝶舞情无限，撩乱春愁是此花。

疑是飞琼下九天，东风袅袅欲留仙。红楼十二春如海，何必为萍恨始捐。

题绿杨深护倚楼人便面

垂杨万树绿阴稠，红袖谁家凭画楼？正是封侯人未返，依依空锁一窗愁。

浓淡烟痕深浅愁，漫将眉妩斗风流。暮云一碧湖山晚，长笛声中独倚楼。

中秋怀柳原师

秋风添别思，对景倍凄其。千里同明月，三年隔绛帷。分甘曾此夕，学步又何时。翘首云天远，从谁乞护持。

孤　雁

万里孤征振羽翰，西风瑟瑟路漫漫。随阳未必凌云易，唳月其如行路难。客馆梦回黄叶下，画楼曲罢素琴寒。数声飞向秋江晚，无限青山照影单。

秋夜怀刘笺云女史

病骨倚愁城，怀君对短檠。如何今夜雨，都作断肠声。秋水蒹葭冷，天涯岁月更。何当重剪烛，隍鹿话三生。

秋海棠

底事相思泪，能生连理根。三更孤馆月，一缕美人魂。态醒华清梦，姿融玉露痕。西风正萧瑟，肠断向谁论。

秋柳次陈相之老伯原韵

绵蛮久歇旧莺歌，几树萧疏奈若何。青眼纵能窥夜月，翠眉难禁敛星河。谁怜张绪风流减，空使桓温感慨多。客舍漫云秋色老，折来持赠尚婆娑。

关心疏缕宿烟浮，秋晚情添脉脉愁。摇落有时迷石迳，依栖倍觉忆琼楼。一弯凉月邮亭外，几处寒蝉古渡头。回首三春歌舞地，芳姿袅娜尚存不。

转瞬韶华纪授衣，风前少女尚依依。洗将金粉饶馀韵，舞罢纤腰损旧围。羌笛几声离客远，寒烟一片夜乌飞。可怜寂寞西泠路，淡影犹笼白板扉。

剩有残条映酒旗，个中消息倩谁知？情萦杜老诗多感，愁损潘郎鬓已丝。衰草斜阳凝望处，晓烟疏雨挂帆时。来年重被春风拂，新绿层层荫凤池。

题陈箫楼师诗集

湖海狂澜变幻奇，笔花璀璨墨淋漓。春风桃李千杯酒，秋水芙蓉一卷诗。两晋风流今再见，三唐格调世争推。文章声价由来重，顾我何修列绛帷。

叨附门墙忽数年，殷勤衣钵许心传。吟来黄叶秋多感，余诗每多感慨，师常谓非少年所宜。按到红牙句未圆。余喜填小令，师每称之。彩笔几时开梦境，碧云终是拥诗仙。玉台久属徐陵咏，学步骚坛愧不前。徐蓝珍女史先列门墙。

芦　花

芦荻花明水国秋，无边晴雪豁吟眸。白蘋红蓼长堤外，斜照西风古渡头。一望平沙迷雁影，半遮小港冷渔舟。霜风几树同萧瑟，回首浔阳忆旧游。

丁　亥

桃　花

调脂弄粉晓含颦，曾向瑶池伴玉真。露井夕阳迷倩女，天台明月醒刘晨。无言但觉春风艳，着意争翻人面新。寄语东皇须护惜，莫教零落逐芳尘。

春　阴

漠漠轻阴护翠微，岚光云影辨依稀。酿成花事红千种，染得苔痕绿四围。夜雨乍收喧瀑布，晓妆初罢怯春衣。韶华又是清明近，南陌何人拾翠归。

感　怀

弹指流光又一春，强凭曲槛遣愁新。梅花逸韵同高士，香草前生是美人。剩有诗魔消慧业，讵容清梦染纤尘。明知泡影终虚幻，历劫难忘幻里身。

梅影分韵临水

分明洛浦遇婵娟，寒蕊凌波态倍妍。掬水溪前香黯淡，寻诗江上意缠绵。照来瘦影人如昨，映到东流梦亦仙。独惜孤山三百树，未曾树树种湖边。

怀笺云女史

莲漏听将残，排愁强倚阑。月明林影瘦，霜重雁声寒。秋水人千里，春光指一弹。感时与惜别，恨又上眉端。

甬上顾君白先生逸为予点定诗稿赋谢

八咏楼中一女子，绣馀约略通书史。传经久已失椿阴，问字还欣到槐市。予近年受业于陈箫楼夫子。槐市春风坐几年，楼高百尺得薪传。闭门觅句花初落，按拍填词月正圆。绛帏偶论诗坛将，当代词宗推顾况。落笔能开万朵莲，拂缣顿涌千层浪。沉雄苍莽拟少陵，风霜矫健飞秋鹰。纵横逸宕谪仙匹，神龙驰逐烟云腾。侧聆斯语心景仰，荆州未识神先往。只恨青山隔万重，难凭绿水浮双桨。今春夫子赋归欤，携将诗草投冰壶。冀免贻讥题凤字，敢邀相赏到鸿儒。孰意先生留月旦，珠玑贯若明星灿。不薄金闺脂粉词，转劳玉律宫商按。我闻张旭点龙睛，满壁风云顷刻生。又闻神仙有异术，化铁成金非故质。先生慧眼何茫茫，燕石居然七宝装。手浣蔷薇重讽咏，涔涔汗湿五铢裳。吁嗟乎，真赏那得眸如烛，鱼目混珠仝一哭。芜词何幸得垂青，敝帚从兹抵结绿。怜才不尽意绵绵，纸尾重贻药石言。鹤瘦岂同鸡鹜食，梅高方共雪霜妍。扶轮大雅如今少，况依只解蛾眉扫。无怪元龙意气豪，瓣香只荐南丰老。

湖楼暮景

沉沉暮山碧，淼淼波光白。烟霭罩疏林，冥蒙忽有迹。我欲洒隃麋，信手图成册。无奈朔风寒，垂帘情脉脉。

不知何处笛，吹落梅成雪。雪落鹤惺忪，梅落香飘擎。明月自穿帘，照我殊清绝。举首问姮娥，愁怀向谁说。

读吴蘋香夫人花帘词稿

绿窗耽翰墨，闺阁少知音。不道梅花里，传来柳絮吟。歌真高白雪，品欲重南金。从此阑干畔，临风思不禁。

云间丁步珊夫人来浙耳余名绘桃花册页见赠未谋半面遽订神交赋此报谢

东抹西涂笑此生，误教大雅重浮名。调脂赠我三春色，展卷萦君一往情。共羡吟坛传盛事，由来闺阁应同声。卿云归岫缘何速，未许空山扫雪迎。

步珊夫人归帆已挂犹写梅花见赠赋谢

传来芳讯已堪怜，谱出寒香分外妍。久矣金闺推画圣，何时妆阁拜诗仙。霏微香雪思何极，咫尺天涯梦未圆。从此离愁千万缕，恐难尽付衍波笺。

题步珊夫人红绿梅横幅却寄

颜色轻匀写玉姿，岁寒借此慰相思。却怜翠袖生寒日，正是红罗斗艳时。人去孤山清梦远，诗留粉壁冻云痴。焚香展对疏斜影，想见春风第一枝。

题文姬归汉图

一拍《胡笳》泪满衣，玉关生入胜明妃。如何不学梁间燕，携得双雏缓缓归。

断肠中郎土一抔，只馀弱息委蒿莱。阿瞒此事差争胜，不惜黄金解爱才。

湖楼望雪

一夕飞琼景不同，青山顿改旧时容。不知今日凭阑处，身在瑶台第几重。

陈两桥先生甫归浙水旋赴云间赋此送别

训语谆谆顿启蒙，绛帏刚幸坐春风。无端图画开行色，又棹扁舟风雪中。

数行衰柳别情牵，何日重亲旧讲筵。白雪红梅满官驿，好吟新句寄彭宣。

题白梅

罗浮风景忆当年，缟袂相逢态度妍。疏影横斜清入梦，一枝自写九嶷仙。

鸿雪楼诗选初集卷二

钱塘湘佩女史沈善宝著

戊　子

次步珊姊见忆原韵

雪深陋巷寂无哗，正忆仙人萼绿华。艳福三生推赵管，新诗满幅走龙蛇。饮醇梦绕千山月，盥露函开五色霞。瑶岛远烦青鸟使，几回珍重问梅花。

送琴舫弟之馀姚

惆怅落梅天，临歧送阿连。相逢才匝月，此别又经年。春草池塘梦，东风南浦船。雁形分翼去，寒暖自周旋。

答步珊姊

禁烟时节嫩寒天，双鲤传来锦字笺。卷起湘帘重展读，柳丝花片斗清妍。

写罢幽兰倚曲阑，红酣绿嫩思漫漫。碧桃满树春如许，独惜双成不共看。

山左李怡堂观察世治来杭过访即蒙收为弟子赋此志感即以送别

雕虫一卷寄愁吟，何幸今朝遇赏音。荣到御车钦北海，语贻良药即南金。绿窗自分才华浅，绛帐遥依福泽深。欲识高山流水意，冰弦试听伯牙琴。

河桥风笛倍凄然，垂柳依依绾别船。立雪乍称诗弟子，蟠根原属地行仙。苍茫烟水金牛月，浩落须眉寿鹤年。听到也园花事好，瓣香供奉悟前缘。

题红绿梅

碧云缥缈绛霞寒，妆罢胭脂翠袖单。残雪已消春欲暮，一齐留向画中看。

山左李云舫孝廉湘棻以说剑山房诗稿寄示奉题

声如金石气如虹，宝剑光腾一卷中。倒峡词源璀璨笔，青莲原是旧家风。

罡风吹下衍波笺，颗颗珠玑耀翠钿。料得霓裳同咏处，大罗天上集诗仙。

自谱愁吟寄寂寥，谬劳大匠采刍荛。也知附骥三生幸，只恐千秋笑续貂。

岱峰遥望五云深，景仰何时慰夙心。千里鱼书传白雪，愧无彩笔和清吟。

秋　夜

日暮倚层楼，珠帘懒上钩。瑶琴弹子夜，玉笛按凉州。花影一庭月，虫声万户秋。壮怀忘巾帼，绝域梦封侯。时西陲四城失守。

夜色清如许，行吟步绿苔。暝烟依岭合，明月破云来。不尽悲秋意，都缘逸骥才。古今同一慨，扶槛自低徊。

小 游 仙

十分春色竞天涯，闲理丝桐阅岁华。瑶岛偶看红烂漫，三千年放碧桃花。

重重楼阁白云扃，门对蓬莱作画屏。太液澄秋凉意满，优昙花下读《黄庭》。

读红楼梦戏作

无端炼石笑娲皇，引得痴人入梦乡。争羡春风眠芍药，谁怜秋雨病潇湘。缠绵独抱情千古，寂寞难消泪数行。不信红颜都薄命，惯留窠臼旧文章。

李云舫先生在清江见拙集题诗寄赠依韵奉答

自怜生小不知愁，千里随亲作宦游。薄俸未分椿阴缺，羁孤从此泪痕留。全家落魄贫兼病，十载伤心春复秋。投笔请缨空有愿，安能巾帼觅封侯。

岂有文章海内闻，颁来尺素感情殷。英雄肝胆遥相照，潦倒襟怀转似焚。敢望点睛施妙墨，却劳垩鼻运风斤。流传纵少千秋句，高谊何殊泰岱云。

李观察怡堂师以书见召并命作螟蛉女感激赋呈

洙泗门墙绕梦思，又劳青鸟唤追随。谢庭问字师原父，伏室传经父即师。辞垒愧非丰羽燕，依林幸作寄生枝。关山千里休相忆，开到梅花是见期。

秋 海 棠

轻红浅白态温柔，砌畔墙阴点缀幽。千古痴情原有种，一年离恨恰逢秋。梦回宫阙霜华冷，修到神仙品格优。闲倚阑干频觅句，忽惊双蝶起枝头。

吴江舟次寄兰仙妹善芳

风透疏篷刺骨寒，谁怜远道客衣单。雁鸣永夜思乡切，枫冷吴江行路难。异地怅依嗟陟屺，高堂仗汝劝加餐。此行莫谓归期杳，来岁梅花当共看。

舟次望金焦两山

江阔沙平四望遥，舟师指点说金焦。云团楼阁凌霄汉，风拥鱼龙卷暮潮。学士放歌天欲问，畸人真隐影俱消。嗟予挂席匆匆去，孤负烟鬟雾鬓招。

阻　　雨

听彻风声又雨声，风风雨雨阻行程。不辞客路千重远，为感师门一往情。灯火孤篷愁黯淡，天涯断梗泪纵横。乡心已共梅花发，惆怅邻舟唱渭城。

舟中失窃笛舟大兄急欲追捕口占数语止之

行李才一肩，图书乏半乘。偷儿中夜来，风雨无从听。窗隙效猱升，捷足辟蹊径。盈虚理有常，得失数难罄。苏子散黄金，上卿印翻称。敝裘虽无存，绨袍或有赠。况彼铤走险，反噬事未定。何如放头眠，吾将以义胜。

清河呈春畹李观察湘茝

为仰宫墙赋远游，今朝先幸识荆州。龙门声价人争羡，水部才华孰与侔。碧草池塘欣入梦，春风花萼快登楼。慈云遥庇穷途客，何异身披白傅裘。

和春畹观察见赠原韵

曾从东浙仰卿云，披读鸿章胜所闻。豪迈情怀苏学士，清新格调杜司勋。笔花绝似梅花艳，吟草还同兰草芬。深愧绿窗才思弱，瓣香爇处转情殷。

再和春畹观察原韵即以告别

瞻韩自昔抵封侯，况复尖叉许唱酬。鱼目也劳分鹤俸，蛾眉长此祝鸿庥。词坛独树骚人帜，笔阵频攻旅客愁。来日冲寒轮迹远，五云回首思悠悠。

呈云舫先生

偶然负笈学萍踪，行尽江南路几重。已分关山悲阮籍，何期湖海识元龙。云霞气谊阳春度，潇洒襟怀磊落胸。一卷珠玑腾虎气，快吟新句艳芙蓉。

题云舫先生三癖图

先生意气凌层霄，襟怀伉俠人中豪。云烟落纸珠玑跳，那数苏海与韩潮。封侯投笔羡班超，霜天走马欲射雕。不令青蛾按绿腰，却将剑术亲手教。凝思成癖殊难疗，画工解为驱无聊。美人骏马与宝刀，一一都付丹青描。昆仑掣缰玉骢骄，嘶风千里同扶摇。骏骨空珍笑燕昭，如何驰骋奔秋涛。侍儿环立粉黛娇，得非红拂与红绡。青霜紫电风萧萧，芙蓉出水寒星飘。丰城龙光射斗杓，佩之涉江可斩蛟。三者备矣块垒消，无劳浊酒千钟浇。伫看经纶展六韬，姓名会向凌烟标！

渡黄河

寒涛滚滚水汤汤，都作离人九曲肠。我欲乘槎游碧落，不愁无路问银潢。放开眼界山川小，付与文章笔墨狂。更有思亲两行泪，随波流送到钱塘。

车中感怀

双鬓蓬飞粉黛残，征衣如铁泪阑干。不知客路风霜苦，翻讶生平骨相寒。明月半轮鸡唱促，平沙千里雁声酸。回思前日红闺里，宝鸭香温梦未阑。

翻车自嘲

地覆天翻亦太危，死生此际判几希。惊魂未定神犹怖，应笑庐山面目非。

寿光除夕

行尽山程与水程，故乡风景已全更。一年又向今宵尽，万感都从此夕生。怅望白云迟雁字，烧残红烛听鸡声。游秦季子裘空敝，倍觉文通赋有情。

己　丑

元旦立春

锦笺吉语焕重门，共坐华堂倒绿樽。岁月又从今日始，炉香犹是隔年温。待看春色回青柳，已觉东风动彩幡。几度巡檐对疏影，南枝红绽倚朝暾。

汪凤英姨母以瓶梅穿饷妆台诗以谢之

检点残英不忍捐，玉纤寒沁晓频穿。若非天女将花散，春色何缘到鬓边。

送笛舟大兄回杭

相对转无语，相看泪满衣。生怜一行雁，同出不同归。

千里风霜苦，还须慎燠寒。高堂应念我，好为说平安。

题山水画

几曲清溪几叠山，便分仙界与人间。白云遮断红尘路，只许松风自往还。

梨　花

困倚东风倦不支，如云如梦总迷离。飞来白燕浑无迹，听彻黄鹂合有诗。青女丰姿输素女，雪儿清艳胜红儿。重门深掩秋千静，好待溶溶月上时。

上巳与李倚香四姊同游也园

施朱傅粉竞芬芳，花气蒸成百和香。草展裙腰迷绿梦，藤牵衣角妒红妆。乳莺款款赓新曲，社燕飞飞话艳阳。看到杏园春似海，不禁离绪忆江乡。

垂丝海棠

潇洒风神艳冶姿，教人难赋比红诗。华清梦醒犹含醉，紫玉烟销尚吐丝。香雾如云笼锦绣，东风和露染胭脂。剧怜窗畔横陈影，明月多情写折枝。

题怡堂寄父村居杂咏

修禊才过上巳时，梨云如梦柳如丝。东风历乱飞红雨，青帝来催绝妙词。

芍药阑干薜荔墙，藕花多处水云凉。主人竟日闲无事，自剪芭蕉拓硬黄。

紫蟹初肥菊蕊黄，相邀吟侣共飞觞。夕阳还映枫林晚，收拾秋光入锦囊。

笑索南檐雪未消，梅花香里挂吟瓢。眼前景物皆诗料，黑卫何须策灞桥。

题雨中墨竹

千个琅玕墨影浓，渭川淇水寄高踪。无端一阵萧萧雨，只恐干宵欲化龙。

题画芍药留别倚香四姊

齐树吴云路渺漫，相逢不易别尤难。将离花向临歧写，无限清愁绕笔端。

留别也园

朝朝诗酒对芳菲，听到阳关泪湿衣。三月春风怜小住，一天花雨竟同归。重来虽有云鸿志，此别偏如海燕飞。寄语临歧休折柳，岱宗回首倍依依。

燕语莺啼别恨长，分来珠玉艳归装。时刘嘉荫、张学圃两先生制南归诗见贻。愧无彩笔酬云锦，剩有诗魂伴海棠。转眼红尘千里隔，关心青帝一春忙。殷勤更向花神祝，珍重东风护众芳。

郯城寄倚香姊

道旁垂柳碧毵毵，惯把离情绾再三。忆别也园才十日，雨丝风片已江南。

题盟鸥榭图

万顷烟波一叶舟，四围山色望中收。玉壶朗映冰心彻，记取清盟问水鸥。

侍怡堂寄父游平山堂

每临名胜忆当年，偏值风斜雨细天。金粉繁华馀蔓草，楼台寂寞锁荒烟。樊川空抱三生恨，明月何曾万古圆。笑我泥鸿偶留迹，追陪杖履作游仙。

枫桥夜泊

蜀魄啼残四月天，归来依旧被愁牵。石尤恐扰思乡梦，不放钟声到客船。

舟过虎邱

衣香钗影艳横塘，剑气消磨霸业荒。廛市珍奇夸十里，惜无一物利农桑。

抵家哭兰仙五妹妹殁于二月初九日

形影相依十八年，何期缘尽在离筵。牵衣小别成长别，深悔三齐远着鞭。

谁信华年似夕晖，乍闻传语尚疑非。搴帷一恸肠俱裂，底事侬归汝不归。

幽明虽已叹殊途，却怪连宵梦也无。今日招魂空作赋，泪痕将共笔花枯。

图画重展粉痕新，检点遗诗欲断魂。寂寂帘栊人独坐，一天梅雨又黄昏。

志负凌云愿竟赊，金针绣线度年华。罡风未免无情甚，偏折阶前姐妹花。

攀柳临歧泪满衣，玉箫声断雁分飞。弥留呜咽难成语，犹是凝眸盼我归。

论到才华羡左芬，挑灯问字倍殷勤。断笺残墨依然在，弄笔人偏化彩云。

失怙伤心已十年，芳魂今得侍重泉。入门剩有人琴感，一榻松风冷七弦。妹善鼓琴。

题徐星溪总戎庆超洗砚图小照

击剑投壶复嗜书，将军风雅古今无。名标麟阁修文事，自写春波《洗砚图》。

夏日侍怡堂寄父泛舟湖上

西湖邀我侍吟筒，一棹扁舟入画中。沉李浮瓜当永昼，尽人消受藕花风。

题　画

眷属行囊共一车，鞭驱绳束走天涯。世人不为谋生误，谁肯风尘阅岁华。

游云林寺瀑来亭和怡堂寄父作

扑地凉云树影浓，泉声镇日响淙淙。新诗更比山容峭，也似飞来天外峰。

题竹梅

湘水罗浮梦未真，却从图画结芳邻。一林明月春无价，几处风箫墨有神。雪霁缟衣联玉笋，天寒翠袖倚青筠。几生修得干霄侣，桃李纷纷总后尘。

寄倚香姊寿光

犹记春宵风露寒，海棠花下共凭阑。而今明月圆如镜，一样清光两地看。

折得幽兰忆素心，三生夙契问苔岑。早知别后思难已，转悔当时情太深。

中秋忆兰仙妹

倚遍楼头十二阑，愁心宛转似阑干。那堪明月悬孤影，添得离怀感百端。浊酒未能浇块垒，文章只是酿酸寒。年来事事成蕉梦，况复闺中雁羽残。

除夕忆兰仙妹

去年当此夕，念我客衣单。佳句鹃啼血，深情鸭爇檀。去年予在山左，妹寄诗有“归期须在柳含烟”之句。高堂重语此，不觉泪阑干。杯酒殷勤奠，西风心倍酸。

庚　寅

题 海 棠

乍暖轻寒二月时，粉痕脂影逞芳姿。卷帘唯恐春光老，珍重幽窗写折枝。

春　暮

帘栊寂寂日迟迟，绣倦无聊小立时。梁燕巢成春畹晚，绿云红雨酿新诗。

落　花

风吹廿四太无情，吹落胭脂蝶梦惊。南浦绿波春欲去，西窗红泪蜡同倾。算来宴赏时多促，待到芬芳岁又更。岂是神仙好离别，步虚聊学许飞琼。

一曲回风舞落晖，凭阑几度拂春衣。潆洄水面文章艳，漂泊枝头蛱蝶飞。碧草粘天愁黯黯，绿杨踠地影依依。不知杜宇缘何事，刚觉香浓便唤归。

夜雨声声不忍听，金铃摇曳酒初醒。暂抛天女辞昆阆，漫逐风姨扑绣屏。碧串谁歌珠错落，红牙空按玉珑玲。较量肥瘦寻芳陌，细数残英眼倍青。

粉褪香销剧可怜，晴丝犹解绾缠绵。莺衔曾说来仙苑，燕蹴偏宜落舞筵。历尽繁华成幻境，但留枝叶悟真诠。金闺应有关心侣，好谱新声入彩笺。

题牡丹帐沿

第一名花数洛阳，写来秾艳冠群芳。但教锦幛重帏护，何用雕阑百宝装。金屋朝酣蝴蝶梦，玉楼春拥绮罗香。韶华不老颜常驻，蓬岛还应逊此乡。

夏　　夜

欲借云山豁倦眸，自呼雏婢上帘钩。黄梅雨过尘襟浣，红藕风来溽暑收。诗不求工聊遣兴，花原易谢岂关愁。银蟾相对生惆怅，缥缈箫声何处楼。

余素少梦偶一梦率多生平未见事今梦游大海澄波万顷须臾日出五色迷离凭眺间忽巨浪如山波涛中跃起一龙俯视余舟作欲攫状惊寤赋此

乘风壮志慕宗子，破浪何由行万里。多少英雄牖下终，况予碌碌蛾眉耳。无端就枕作游仙，海上三山到眼前。天鸡未鸣六鳌伏，琉璃世界空澄鲜。波光万顷连天碧，碧海青天同翕辟。十丈楼船画鹢飞，遐情欲访支机石。须臾日出扶桑东，海水都作胭脂红。彩云朵朵四围合，分明锦绣裁天公。神怡心旷尘埃绝，离奇顿慰烟霞癖。冯夷忽启水晶宫，银涛雪浪飞千尺。黄龙跃波欲上天，海雨跳珠散如烟。扬鬐鼓鬣频下视，金光闪烁摇星躔。瞬时惊醒方知幻，幻中情状殊难判。烟痕一发定蓬瀛，可惜不曾登彼岸。

步珊姊书来问讯走笔奉答

雕虫篆刻逐年华，却喜毫端春色奢。长日小窗扶病坐，自和水墨写梅花。

落　叶

木落天风感不禁，商声飒飒助愁心。迷离秋色随流水，黯淡青山露远林。此日竟同金布地，当时曾记绿成阴。荣枯转眼皆尘梦，消长何堪论古今。

曾向芳丛叹落花，鸾飘凤泊又天涯。剧怜多恨惟吾辈，翻觉无情是岁华。满径堆来风欲舞，数枝疏处月初斜。秋容似较春容淡，拟倩云林写画纱。

极目萧条怯倚楼，纷飞无计可遮留。时闻鸿雁偏多感，节过茱萸便倦游。斜日照残吴岸影，西风吹老洞庭秋。那知春水桃花外，别有题红出御沟。

乾声鹿踏隔窗知，霜信连番未易支。怀国凋零庾信赋，登台枨触少陵诗。非关夜月蛩声促，休怨江城笛韵吹。好待绿天垂荫日，向荣应是早春时。

呈张理庵六伯

斯文宏奖仰儒宗，一顾曾教冀北空。快论有如窥朗月，襟怀真拟播春风。鱼珠容列冰衡内，燕石都收珊网中。不是热肠兼侠骨，谁知才子本英雄。

造物于侬数太奇，凌云有志限蛾眉。灯青陋室贫难送，头白高堂病不支。柳絮何能吟好句，梅花只解慰愁思。闺中菽水频忧缺，惭愧盘餐饱德时。时家慈抱恙，承馈多珍。

心　　花

一笑春从天上来，灵根端合种灵台。但罗星斗当胸列，自有芳菲绕臆开。结实定征如意果，含香应属吉祥胎。千红万紫翻新样，方寸基原胜九陔。

镜　　花

人面芙蓉迥绝伦，幻来空色斗丰神。红愁碧怨都如梦，絮果兰因又岂真。金鉴书呈千岁蕊，玉台月护一枝春。虚堂寂寂高悬处，芳影缤纷不染尘。

墨　　花

香借隃麋气似莲，栽培却借石为田。飞来柳絮痕初合，题上芭蕉态转妍。一缕清芬萦彩笔，二分春色落苔笺。淋漓莫笑安期醉，应与江淹梦并传。

浪　　花

万朵琼英漾碧流，方圆随晕递沉浮。未容蛱蝶探消息，只许鸥凫共宴游。波灿明霞红蓼岸，风翻艳雪白蘋洲。春潮浩淼秋涛急，几度搴芳独放舟。

题蛱蝶图

草暖莎柔二月时，吟窗幽梦正迷离。试将璀璨江淹笔，写出缠绵谢逸诗。

茧化罗浮便欲仙，穿红度翠影翩翩。东风拓乱滕王谱，飞入南园绿草边。

辛 卯

问 桃

刘阮天台遇可真，武陵果否又迷津。如何修得依金母，底事开偏近玉人。飞逐杨花应有恨，化为红雨讵无因。不言转说成蹊易，息氏当年岂效颦。

问 柳

灵和殿里旧丰情，欲诉离愁可耐听。眉黛当时缘底绿，眼波此日为谁青。岂因风起频翻浪，孰料花飞便化萍。十五纤腰初解舞，春风应许斗娉婷。

问 莺

出谷偏宜趁晓晴，绵蛮何事太多情。飞来紫燕应相识，唤作金衣合有声。一串骊珠畴唱和，三春花柳费经营。定怜陌上多离别，故使辽西梦不成。

问　蝶

落花时节瘦人天，凤子翩翩雅可怜。几度滕王传彩笔，何年谢逸赋新篇。罗浮化去真耶幻，秋水飞来梦也仙。岂为海棠风露冷，南园绿草又留连。

花朝忆兰仙妹

兰窗绣倦镇无聊，才罢围棋又碧箫。记得春宵同对月，新诗题遍绿芭蕉。

别来梦境也迢迢，剩有茶烟伴寂寥。肠断落红啼杜宇，惹人珠泪洒花朝。

吊小青

段家桥畔草芊芊，冷雨凄风又禁烟。放鹤地原巢处士，踏青人共吊婵娟。梅花树树飞香雪，枝头杜宇啼红血。想见当年题曲时，柔肠辗转愁千结。千结柔肠写泪痕，桃花一片暗销魂。修眉皓齿宁非福，风絮霜兰总莫论。波明如镜浓如酒，照到卿卿何不偶。方欣金屋叶鸾飞，那料兰帏触狮吼。狮吼声中心胆惊，春花秋月可怜生。结邻已分依苏小，顾曲何难遇长卿。琴心筝语都堪鄙，檀郎情重甘为死。月明几度梦扬州，二十四桥悲故里。怜才青眼感尤深，半幅蛮笺血满襟。珍重遗容酬旧爱，凄凉短札谢知音。吁嗟乎！千秋薄命知多少，伤心只有焚馀草。留得西泠土一抔，芳名不逐春光老。

送理庵六伯之台州

律吹黍谷阳春回，移将妙手调盐梅。向客檀州，有《题黍谷山》诗。簪缨阀阅家声旧，燕国文章京兆才。才华日下知名早，陆海潘江齐抹倒。白眼看人无古今，青松傲雪同怀抱。雕虫吟卷只工愁，惭愧家丞八咏楼。采藻未能方道蕴，品题何幸识荆州。才欣讲席参同异，剧怜衰柳牵离思。一痕带水隔鸳湖，五色云笺劳雁字。梅花香里快重逢，说剑论文意更雄。笑我拈毫同画虎，羡公点笔欲飞龙。慈云一朵争延领，借寇纷纷民上请。桃花水绕赤城霞，合教仙吏除仙境。波绿钱江送画船，峰青天姥迓吟鞭。噢咻丁灶经纶裕，衽席苍黎意念专。绿肥红瘦春将老，膏雨随车润枯槁。海澨山陬起颂声，归来好读辅轩草。三叠骊歌百感生，波流云散不胜情。何时立雪酬前愿，聊把加餐祝去程。

恭挽箫楼师

书剑年年赋远游，玉箫声断泪盈眸。师母徐秋娥夫人殁于丁亥秋。芙蓉城易芙蓉幕，鹦鹉才归鹦鹉洲。灵鹫三生馀片石，新诗一卷足千秋。曩时疾病维持切，不料红颜哭白头。

石鼓歌次坡公韵刘翁笠人索作

辛卯六月日己丑，吟题寄自寒江叟。嘱我同赓《石鼓歌》，多君笔底龙蛇走。自顾蛾眉少见闻，辨疑那得悬河口。昌黎尚推李与杜，挥毫恐落前人后。黄钟彝鼎何处存，当年十物已无九。篆文漫灭不可识，二十四字留鱼柳。日销月铄倍模糊，风翥鸾翔杂星斗。丰城宝剑已化龙，诸侯金印谁悬肘。埋没山阿孰问奇，嘉禾未免同莨莠。青山绿水结良俦，夏柏商松成契友。萋萋衰草走兔狐，寂寂荒碑飞鷇鷇。中兴天子骋雄姿，特选从臣勒蝌蚪。济楚冠裳尽俊豪，铿锵剑佩皆英耈。一时四海息烽烟，北伐东征随指嗾。大开明堂受朝贺，成句。争向彤墀拜圭卣。凿成固足纪功勋，击罢还应启蒙瞍。髯苏兴酣摇五岳，作文直可齐岣嵝。激昂慷慨情独深，气韵沉雄意尤厚。却笑石鼓寂无声，阅尽兴亡别谁某。秋雨摩挲光怪无，春风拂拭英灵有。苔花晕碧绣斑斓，那复金绳系铁杻。桑田沧海尚成尘，何况浮云幻苍狗。从来物理总一辙，玉碎珠沉终不偶。才人远谪美人死，骥才伏枥空低首。何如此鼓得逢时，万古未曾遭毁掊。岂缘顽冥竟无知，风雷不瞰人不取。抑或靡他矢不移，不来浊世蒙尘垢。否则天公惜至宝，却教神鬼常相守。吁嗟乎！海不竭兮山不崩，石不烂兮鼓不朽。吟成我愧未能文，安得诗同此鼓寿。

题步珊姊十二梅花连理楼小照

昔我梦游罗浮巅，快逢缟袂殊翩翩。岁寒盟愿永相守，玉琴三弄调朱弦。斗柄参横鸣翠羽，梦回纸帐途修阻。安得吟魂化蝶飞，美人香国常容与。暗香疏影倍相思，惆怅南枝与北枝。几度寻芳迟驿使，空教索笑怀仙姿。春江迢递春波绿，酿就离愁千万斛。今日披图幸见君，蛾眉蝉鬓颜如玉。月地云阶绝点尘，如来金粟好传神。冰肌雪貌两辉映，知是名花是美人。手捻寒香伸直指，东皇会得无言旨。花开朵朵自同心，树密枝枝复连理。同心连理几生修，得傍君家十二楼。绿萼胭脂争烂漫，红罗玉照空千秋。清才本是瑶台谪，眼前艳福谁能匹。何当携我坐春风，与梅共话三生石。

感　怀

堂上霜华两鬓生,青蚨飞尽只吞声。受恩愧乏千金报,分痛难言斗粟情。生不逢辰悲历劫,死虽易办惜无名。气丝未断肠先断,忍听饥乌绕屋鸣。

理庵六伯自台州晋省过访

秋雨初晴日,高轩过草堂。甘棠留化域,风景话殊方。豪迈情逾昔,讴吟健胜常。为忧民疾苦,两鬓又添霜。

长　至

令节传长至,西风透薄棉。未能容鬼笑,那肯乞人怜。睡鸭无红炭,炊厨断绿烟。梅花如我瘦,相对意萧然。

刘湘畹表嫂失所天屡次轻生皆被救免赋唁

月老空烦彩线牵,无端结此短姻缘。嫁衣典尽思身殉,精卫难将恨海填。结缡仅一载。

凤去秦楼梦已赊,歌成黄鹄泪如麻。西方好种菩提树,莫更伤心薄命花。

闻　　雁

一声声断九回肠，嘹唳晴空雁几行。叹我艰辛谋菽水，怜伊羽翼饱风霜。栖来浅渚芦花白，飞去荒村槲叶黄。万里云天书欲遍，谁将青眼惜文章。

寄春畹观察清江

自愧仍如原宪贫，何期小草被阳春。未消尘海艰难劫，遥望云天感戴频。绩奏安澜推柱石，书成平准仰臣邻。愿移豸绣来灵鹫，好与香山作替人。

咏盆中古梅寄步珊姊

碧云缥渺西风寒，玉笛一声惊岁阑。忽见南枝逗春信，几回索笑凭栏杆。罗浮美人九嶷客，仙骨珊珊耐冰雪。当头明月悟前因，较遍群芳独清绝。移得孤根植瓦盆，青苔白石助精神。浑疑彩凤弥来影，绝似苍龙蜕后身。细嚼寒香读秋水，吟脾沁得清无比。广平去后又逋仙，问花究与谁知己。诗成我更起离愁，望断云间十二楼。欲折一枝寄岑寂，怜他翠羽声啁啾。步珊姊居十二梅花连理楼。

送穷小除夕

世间惟尔最狡狯，相逢顿使人无奈。自从与我作周旋，金钗典尽明珠卖。牵萝补屋良苦辛，双眉蹙损不得伸。高堂菽水每无奉，陋巷箪瓢常有尘。冬缺裘，夏少葛，西风刺骨浑如割。吟腰瘦去带围宽，冷眼看来豪兴遏。况我绝非韩柳才，何劳爱慕相追陪。一腔热血半消灭，姓名不上黄金台。十年潦倒已如此，此日所余惟一死。桃符将更岁又新，浊酒生刍特荐尔。尔今速去勿复留，念我与尔非仇雠。阳关唱罢请长别，九州四海随遨游。

又送穷除夕

昨日送穷穷不去，今朝依旧穷如故。唤取穷来再告陈，求君作速出迷津。自君之来何所见，愁压眉峰泪界面。室如悬磬釜生尘，四壁萧条惟笔砚。自君之来何所闻，呼癸呼庚不绝声。炊厨烟断人长叹，避债台无梦亦惊。所闻既如此，所见又如彼。问君何乐乎见闻，恋恋弗忍赋离群。世间知己贵相得，嫌隙一开交道绝。误我生涯日渐非，依形附影徒周折。於陵织履原宪寒，与君共处心方安。天涯岂少贫无告，愿君早往同艰难。我言已尽君应悟，从此无劳再相顾。眼前万物总无常，何如竟返来时路。

鸿雪楼诗选初集卷三

钱塘湘佩女史沈善宝著

壬　辰

元夕坐雨

丝丝微雨散香尘，三五初逢又一春。飘洒但添梅颊润，空蒙欲展柳眉颦。难期火树银花艳，不见红楼夜月新。安得摹天千丈笔，浮云扫尽见冰轮。

理庵六伯以诗文集见示奉题

经术天人早贯通，嫏嬛金鉴制同工。词流三峡文如凤，笔扫千军气似虹。当代骚坛尊北斗，何时绛帐坐春风。由来涿鹿钟灵秀，一石才华合让公。

咏 琵 琶

檀槽金缕迥非常，贺老当年最擅场。一曲春风怜塞北，半规秋月忆浔阳。斜遮粉面双鬟抱，低按红牙十指凉。记得郁轮袍幸进，由来此乐胜文章。

仲春下浣孤山探梅

西湖湖水碧于烟，二月孤山好放船。此地真成香雪海，不知谁是九嶷仙。

琼英烂漫蕊珠香，缟袂红罗斗艳妆。高士千秋留宋土，一楼花影送斜阳。

虞美人

虞兮歌罢殉重瞳，雉彘都应愧汉宫。千古芳魂悲夜月，数茎艳影舞春风。美人香草名原合，流水桃花调不同。几度倚阑添感慨，当年空说大王雄。

春夜对月

春宵三五斗婵娟，宝镜谁从云外悬。香雾空蒙花正倦，晚烟浓淡柳初眠。琼楼玉宇仍千古，碧海青天又一年。我欲乘风蓬岛去，好将灵药乞神仙。

题孤山香雪图

庾岭春犹浅，罗浮梦未醒。谁图高士宅，香雪满西泠。

红拂

不畏深宵风露凉，紫衣乌帽易红妆。天教慧眼谐鸳侣，心有灵机认雁行。一自美人归卫国，遂令公子绍唐皇。功成图画凌烟阁，独惜蛾眉姓未扬。

红　　绡

相顾难酬一注情，侯门如海锁倾城。瑶阶引手传心曲，宝镜悬胸记月明。竟使姻缘成侠客，不教薄幸误书生。遥知化作鹣鹣去，九院笙歌定妒卿。

红　　线

神如秋水气如虹，天遣仙娥助薛嵩。千里程途劳瞬息，三年邻境靖罴熊。牙签甘溷青衣队，金盒能成白战功。闺阁由来多义侠，漫将妙手说空空。

题桃花便面

偶借胭脂写折枝，瑶池春色少人知。消磨日月三千岁，犹是东风烂漫时。

游金沙港小憩延青水榭

四围山色扑帘栊，小憩浑疑入画中。谁见金沙沉夜月，空怀玉局坐春风。采菱歌起烟波绿，晒网船归夕照红。笑我倚阑吟未倦，钟声已度梵王宫。

理庵六伯为余点定诗稿赋谢

脉望求仙只自痴，漫劳相赏谢家诗。从今敝帚千金享，全借吟坛一字师。华国文章钦抱负，凌云气谊快心期。点睛妙笔人争仰，月旦荣偏及扫眉。

立秋后一日西湖夜泛

月明如镜水如银，水底平分月一轮。不辨人间与天上，莲花世界绝纤尘。

河汉盈盈界斗牛，凉风吹袂觉新秋。凭窗四顾吟眸豁，差拟乘槎博望侯。

别家八月初十日

百拜辞高堂，远棹袁江水。不栉愧非男，跋涉求甘旨。岂矜书画能，势处不得已。聊分白发忧，瓶罄维罍耻。回头语小弟，攻苦博亲喜。力学端初基，为山一篑始。

登舟叹

远人来虎林，艳羡金牛湖。今我别湖去，仆仆胡为乎。少小耽吟咏，东抹与西涂。既而学丹青，聊复以自娱。岂知陶情举，翻作谋生图。我父仕豫章，宦海多龃龉。一旦严霜陨，两袖清风俱。吾母携雏归，家苦四壁无。井臼虽亲操，奈乏担石储。斧甑日有尘，菽水时不敷。岂无戚与串，难望危能扶。炎凉判贫富，今古情无殊。昔之趋奉者，今反来揶揄。嗟余虽不栉，反哺心愿摅。与其坐待毙，无宁将伯呼。负米百里外，曾传圣人徒。矧兹劣笔墨，敢诩怀玑珠。但冀易升斗，何必论锱铢。袁江千余里，不少高人居。燕石与赝鼎，鉴别良非诬。牵裾别吾亲，携弟辞吾庐。秋水浸帆影，心迹同冰壶。

放舟口占示两弟

无端姐弟远相将，千里盈盈水一方。篷背夕阳篷底雨，都供诗料入奚囊。

传闻秋涨决洪流，时值奸人陈端挖堤致灾。高宝湖连大地浮。如此惊涛真险绝，笑依一叶下扬州。

夜过塘西

挂席塘西路，离乡第一程。凉风吹袂薄，孤月向人明。灯火高堂梦，烟波旅客情。吟成谁与和，村柝正三更。

即景感成

遥看暝色起林端，客路乡心两渺漫。但觉离怀添黯淡，剧怜明月渐团栾。白蘋香细秋风劲，红蓼花疏夜露寒。绕岸蛩声急如雨，今宵归梦又成难。

中秋夜过常州

蟾光何皎洁，水调发清吟。对此一轮月，难为百感心。江涛来浩渺，身世悟浮沉。回首乡关杳，松风振远林。

夜　　坐

入夜江声急，挑灯人未眠。疏钟来远寺，淡月照孤船。乡思诗中集，秋心画里悬。那堪分雁翼，回首倍凄然。时琴舫弟先回里。

阻风瓦窑口

倦矣抛书卧，依然梦不成。搴帷窥月影，欹枕听涛声。心已随归雁，风偏阻去程。遥知北堂上，定亦坐深更。

过高邮湖

一望苍茫意惘然，高邮湖水远连天。乡村半作冯夷宅，烟水何来米芾船。激浪鱼龙思变化，忘机鸥鹭少周旋。萧萧芦荻西风紧，赢得愁怀欲化烟。

舟　　夜

烛未成灰泪自零，惹人幽思感飘萍。波摇残月半轮白，炉袅馀香一缕青。丛菊又开惊雁至，苍葭欲老怅云停。西风不为吹愁去，并作秋声与客听。

舟中书画刻无暇晷宵又耽吟诗以自嘲

镇日挥毫腕未停，新诗又向枕边成。吟眉瘦减吟腰削，不愧东阳旧有声。

舟行即景

无边景色望中赊，倚遍船窗六扇纱。别有秋容堪画处，红蜻蜓立白蘋花。

袁江返棹呈春畹观察

安得乘槎到斗牛，离怀渺渺水悠悠。西风吹冷双蓬鬓，负米无多又放舟。

呈窦松轩司马

德望燕山洵足侔，才同驻石砥中流。子云奇字人争问，文举豪情刺竞投。伫听升华传五马，欣看著作定千秋。笑侬未有金钗贽，一幅诗笺当束修。

重九日侍树堂寄父登平山堂

千里寻诗汗漫游，又从袁浦返扬州。金迷纸醉何堪问，一片西风芦荻秋。

登高作赋羡滕王，愧我无才继盛唐。今日平山凝眺处，题糕恰好是重阳。

青山隐隐夕阳斜，万树垂杨噪暮鸦。太守风流遗泽在，几行墨迹走龙蛇。

欣随杖履步芳尘，水态山容到眼新。料得西湖吟社里，莼鲈也是忆归人。

感　怀

载得愁千斛,扁舟不觉轻。关河游子泪,风雨倚闾情。柔橹惊鸥梦,疏砧和雁声。青山红树里,秋色送归程。

述　哀

牵萝补屋又今年,菽水无由侍膝前。肠断霜风劳望眼,竟赍离恨到重泉。母弥留之际呼宝名者再。

亲帏甘旨苦难周,转使辛勤累白头。卖赋天涯思负米,谁知笃疾盼归舟。宝自八月初赴清江售画,九月中母感寒疾,竟至不起。星速遄归,已迟九日,哀哉!

蕉鹿功名梦幻奇,大椿竟折早春时。先服以官事殁于任所,年甫三十有七。燕山五桂空林立,谓两兄三弟。业绍书香果是谁。旅榇归来感麦舟,先严柩滞江西七载,赖姚树堂寄父助资搬回。灵輀今又厝湖楼。佳城不少牛眠地,赤手难营土一邱。

当日明珠掌上看,此时谁复恤艰难。十年无父今无母,湿透麻衣泪不干。

咏絮深怜小妹才,昙花隐后恨成灰。教侬今日翻相羡,得侍双亲在夜台。五妹兰仙,母所钟爱,惜于己丑春病殁。

严霜一夕陨忘忧,罔极深恩何日酬。心事都从身后了,应知儿辈已依刘。母因诸兄弟失馆,焦灼五中,今俱暂借一枝,母已不及见矣。悲夫!

弱鸟缡褷羽未丰,忧心悄悄恨重重。萱帏月冷慈云杳,欹枕愁听彻夜钟。

月夜霜天雁几行，雪泥犹记别高堂。从今笔砚俱焚却，何用孜孜觅稻粱。近年鬻诗售画，原为甘旨计，兹已抱恨终天，笔墨复何所用！

自怜病骨日支离，佛力无从乞护持。相对仅馀形与影，九原能不忆孤儿。

癸　巳

自　伤

敢矜笔墨作生涯，菽水难谋事可嗟。椿树无阴留几席，荆枝半误是烟花。冲寒远踏三齐雪，戊子冬月远赴山左，丑夏始回。破浪危乘八月槎。去秋赴清江，适逢河决。负米归来亲弃养，伤心血泪染衰麻。

送理庵六伯转饷入都

得学彭宣侍绛纱，青蓝冰水漫相夸。已悲世味同虀臼，犹幸春风护玉芽。二月莺花帆影远，一江烟雨柳丝斜。关河迢递应珍重，鹭岭燕台望眼赊。

椿萱萎尽百忧煎，七步空吟只自怜。立雪正当愁病日，看花偏是别离天。魂消南浦新题句，梦绕西河旧讲筵。白发倚闾亲望慰，东风得意整归鞭。

送树堂寄父回里

承欢未久又言归，伏室传经意已违。今日枯鱼沾厚泽，何时寸草报春晖。绿波江上人催棹，玉笛声中泪湿衣。翘首慈云天际远，孤儿从此复何依。

萁豆相煎欲断肠，梦魂无处觅高堂。旧游曾上仙人馆，新恨将登古佛场。樽木浓阴遥借荫，麦舟古谊永难忘。鲤庭再侍知何日，赢得绵绵别恨长。

清明展先慈墓泣成

禁烟时节雨绵绵，独向空山化纸钱。何日一抔封马鬣，当年枉费教三迁。

年年随侍作游仙，绿水青山放画船。麦饭浇残千点泪，教儿回首倍凄然。

清明后十日扫墓归经孤山见落梅满地有感

绿波渺渺縠纹新，杜宇声中又一春。花雾柳烟浑似昔，白云何处望慈亲。

一天风雨洗铅华，万点胭脂散落霞。踏遍春泥香满径，断肠人对可怜花。

哭小弟善熙三月十二日卒于义塾

剧怜襁褓丧严亲，阿母如擎掌上珍。弟生甫百日先君遗世，母特怜爱之。舞勺才过悲失恃，母殁于去秋。麻衣染透血痕新。

孤露无依欲断肠，秋风江上望归航。母殁九日余始回里，弟望余甚切。荆花最小深培护，不料摧残一夕霜。

多感乡贤绛帐开，春风化雨育英才。高堂未遂丸熊志，期尔书香接续来。

忽把鸿毛视此身，变生顷刻究何因。黄粱未梦先消念，定向泉台觅二亲。

雁影分飞各一天，二兄四弟游幕在外。愁生风雨对床眠。云笺未寄心先碎，死别生离恨更牵。

伶仃我已不胜悲，痛汝青年数太奇。洒尽伤心千点泪，天荒地老见无期。

题蒋退庵孝廉驿柳图即次原韵

驿路韶华九十时，春光占尽是新枝。乍眠乍起吟腰倦，笼雨笼烟舞袖垂。金缕歌残萦别绪，玉关人远系离思。天涯莫漫伤羁旅，好借浓阴到凤池。

长板桥连送客亭，绿云如幔复如屏。眉痕初展三分碧，岫影遥添一抹青。献赋羡君摛丽藻，披图触我感飘萍。余己丑夏归自山左，经郯城，道中有句云："道傍垂柳碧毵毵，惯把离情绾再三。"今披是册，恍忆昔游。夕阳芳草销魂路，南北劳劳笑寓形。

曾记文通赋绿波，攀条深惜态婆娑。雨丝风片诗情丽，古道平原旅恨多。三月差池怜燕影，一生消受只骊歌。年年阅尽轮蹄客，青眼相看有几何。

万缕千条绾送迎，晓风残月可怜生。玉溪彩笔新题就，李固青袍待染成。茅店有人频系马，江楼无日不闻莺。渭城唱罢河梁晚，酒旆斜阳照眼明。

寄理庵六伯都中

八月邗江浪拍天，辞亲曾泛米家船。劳君垂念封人母，鹤俸分遗迈昔贤。

捧檄无端到豫章，片帆来去两重阳。关心弱羽摧残甚，千首诗添满鬓霜。慰哈之诗成秩。

晓风残月赴京华，四牡驰驱薄笨车。千里关河数行雁，传来好句灿朝霞。

色笑承欢寿母慈，孟光举案乐齐眉。燕台风景供吟啸，谷雨初过芍药时。

寄挽两桥先生三月初十日殁于京寓

慈竹初凋棣萼残，半年血泪未曾干。那堪鳣室颓山岳，又望燕云泣杏坛。千里招魂空剪纸，一声传语欲摧肝。春初犹寄平安札，尚虑孤儿独活难。

黄卷青灯十载勤，头衔才得署司勋。雕龙吐凤才如海，侠骨仙心气似云。玉树未栽悲伯道，宝刀空解忆徐君。瑶台风景蓉城月，从此仙凡路永分。

香案前身侍玉皇，偶来尘世阅沧桑。半生客路艰难尽，一载功名性命偿。遗稿抛残应饱蠹，羁魂漂泊类亡羊。孟光岂料龙蛇厄，才向春江买短航。步珊姊于三月北上。

海上成连调忽沉，天涯能不感人琴。歌成黄鹄悲青鬓，书断红鳞忆素心。读画更谁参粉本，论文何处觅金针。只馀一卷传千古，题罢哀词血满襟。

感　怀

已将热血付东流，身世真如不系舟。满地梨云萦旧梦，一天梅雨酿新愁。文章解隐才输豹，生计难谋拙等鸠。欲借蒲团消宿孽,只怜弱水隔瀛洲。

闻 络 纬

机杼频抛夜欲阑,一声声度曲栏杆。豆花篱落月初白,桐叶阶除露渐寒。只觉离怀惊起易,转怜文绮织成难。春蚕已尽青蛩老,缫我愁丝千万端。

秋夜听雨

簟纹如水夜凉生,自拨炉香对短檠。看到瓶花怜艳影,掩将书卷听秋声。梧桐疏雨惊吟梦,蟋蟀西风搅客情。今古同伤摇落意,诗裁工部赋兰成。

湖楼对雨

秋风连朝怯薄罗,晓风拂面奈愁何。千行影乱双堤柳,一片声喧万柄荷。鞠荐水仙怀玉局,家浮梅槛忆烟波。可知西子今来意,懒试新妆倦扫蛾。

秋 海 棠

数枝开傍粉墙东,小朵轻盈染淡红。绝似美人新病起,晓妆无力怯西风。

吊岳武穆王

全由纯孝结精忠，南渡贤豪谁与同。誓抵黄龙恢赤县，难将丹悃挽苍穹。权奸有狱成三字，天子无心返二宫。弱息尤能明大义，女儿亦是万人雄。

吊韩蕲王

百战功勋照史青，一鞭黑卫策西泠。短衣侧帽身空健，剩水残山梦独醒。臣愤忍消闲岁月，君心甘作小朝廷。当年鼙鼓劳巾帼，江上蛟龙不敢听。

湖楼对月

无边清景画难工，渐见微云净碧空。杨柳楼台秋影里，桂花庭院月明中。游鱼跃泻凝荷露，宿鸟飞惊落叶风。遥望六桥烟水外，渔灯几点映波红。

谒表忠观

江山保障留芳泽，殿宇崔巍耸金碧。表忠宋代树丰碑，云是钱王旧居宅。忆昔残唐社稷倾，干戈遍地豺狼横。鱼盐之中异人出，一扫全浙烟尘清。故乡开府何闲雅，父老欢迎酌郊野。奇兆当年着锦衣，曾从石镜瞻王者。白马银山八月秋，怒涛汹涌天为愁。凤凰山头奋神武，铁弩射潮潮倒流。深明大义蠲私忿，不独怜才重罗隐。早知天命有攸归，靖共尔位心谦谨。铁券丹书褒赐隆，虎符龙节拥春风。金牛湖上人民乐，细柳营中甲士雄。子孙绳武多贤哲，闽土开疆功伟烈。何难逐鹿向中原，为爱苍生守臣节。君不见，梁唐晋汉祚递移，帝制自雄曾几时。骨肉摧残竞篡窃，九庙毁堕徒堪悲。又不见，西蜀河东事争战，道路流亡谁慰唁。石马铜驼荆棘中，千村万落青磷遍。惟有东南十四州，百年不识乱离忧。民安衽席时丰稔，覆载恩深孰与俦。吁嗟乎！龙飞天目势夭矫，灵秀所钟足仪表。化家而国真英雄，却嗤南宋朝廷小。我来肃拜感沧桑，画壁灵旂风雨凉。千载神威犹赫翼，潮声缓缓落钱塘。

拜于忠肃公墓

冤狱无烦口舌争，鹭鸶谣起祸机萌。竟忘北狩留沙漠，谁向中原厉甲兵。社稷安危凭至计，忠良荼毒果何名？墓门松柏号风雨，应为英魂诉不平！

秋日登放鹤亭

春风几度访寒香，此日重来桂蕊黄。鸿雪有痕留爪印，碧云无际淡秋光。松声乱卷千山雨，柏影迟酣五夜霜。自剔苍苔寻断碣，美人高士共芬芳。

留别西湖

又逐红尘去，临风感不禁。青山生别恨，白水励秋心。顾盼情难已，勾留意独深。汀花与岸芷，一并付长吟。

西湖杂忆

小住西湖一月馀，云山窈窕列窗虚。烟鬟雾鬓阴晴易，多恐荆关画不如。

绿杨围绕最高楼，独倚阑干豁倦眸。今夜清辉相照处，更无人上小帘钩。

心字烧残恨未灰，离情犹绕水云隈。桂花阴下玲珑石，待我吟诗坐月来。

最爱双松古意深，交柯池畔绿成阴。莫教化作龙飞去，碧海青天何处寻。

丛桂枝头缀嫩黄，小楼终日挹芬芳。霓裳忽换阳关曲，金粟飘零满地香。

秋光旖旎傍银墙，自划香泥种海棠。此后有谁深护惜，转愁风露损红妆。

叶染微霜锦绣披，暮秋景似早春时。浑疑远岸梨花发，衰柳枝头集鹭鸶。

菱叶菱花出水轻，白蘋翠荇不胜情。昨宵梦逐微波去，仿佛夷光带笑迎。

山楼望西湖

每从湖上望山城，楼阁凭虚翠岫横。今日倚楼凝眺处，满湖烟水不胜情。

理庵六伯自都旋浙以书存问赋答

客共霜鸿至，分襟越半年。关河怜跋涉，骨肉喜周旋。萱室霞觞晋，荆轩鹤梦联。征尘犹未浣，尺素索新编。

弱羽劳垂问，难言别后情。蚕丝悲此日，虎口怅馀生。愁借湖山写，清偕鸥鹭盟。绛帏重侍坐，樗散仰裁成。

天台桃源行崇文书院课题，代禹卿弟作

天台之高高接天，天台之灵灵久传。刘阮当年同采药，曾从绝壑逢神仙。攀萝倚石无人见，一溪水漾桃花片。桃花深处露婵娟，凤鬟雾鬓芙蓉面。含笑通词无限情，胡麻饭后此身轻。鸳鸯牒上欣同注，鸾凤冈边喜共鸣。山中甲子无终始，镇日遨游白云里。不知灵境再来难，但觉尘心消又起。相看齐唱白驹诗，惜别悲分两不知。人影衣香尚缥渺，水光山色转迷离。故乡风景浑非昔，七代儿孙谁认识。闲邀邻里感沧桑，细话行踪俱叹息。一念红尘悔不禁，桃花流水且重寻。双双仙侣仍逢否，留得仙缘说到今。

先慈冥忌泣成

肠断髫龄哭大椿，蓼莪重展血痕新。含丸未遂生前志，煮豆徒伤死后神。却羡封人犹有母，谁怜焦女竟无亲。音容一载悲难接，转恨残宵梦不真。

山楼望雪

昨夜严寒透碧沙，朝来庭雀寂无哗。裁冰漫拟纷纭絮，剪水真成顷刻花。万里山河传粉本，九天珠玉散瑶华。淡妆西子遥相对，几度凭栏望眼赊。楼面西湖。

琪树琼林处处同，果然奇巧让天公。梨云梦冷吟飞白，梅萼香清唱洗红。寒注檐牙银错落，肥添山骨玉玲珑。祥霙共喜丰年瑞，欲谱阳春曲未工。

寄步珊姐兰溪

神交七载系离思，不道相逢在路歧。我已无依君失意，一杯重话定何时。

寄笺云姊江西

欹枕不成眠，离怀断复连。暮云千里隔，明月几时圆。落叶西风急，青灯夜雨绵。草蛩吟四壁，底事亦凄然。

绿 萼 梅

独受东皇恩宠新，借将柳色染轻匀。不辞青鬓凌霜雪，要占人间第一春。

消寒八咏

隙驹如驰，葭琯初灰。啮雪为怀，涉世之心脾冷透；镂冰作句，工愁之翰墨缘多。既触物以生嗟，爰拈毫而寄兴。题成八咏，学愧家丞；趣反七哀，才输子建。姑先春蚓之鸣，聊继秋蛩之响云尔。

补　窗

欲绘梅花影，无妨隔暗香。和云裁玉版，移月上银墙。红免风欺烛，寒辞雪印床。疏棂劳补缀，清梦稳潇湘。

赎　裘

鹔鷞轻典质，忘却五铢单。不是严霜重，宁知集腋难。青蚨归子母，翠阁异暄寒。千古绨袍意，重加熨贴看。

围　炉

何处消寒好，然炉复室中。拥吟当雪夜，小坐胜春风。香爇龙涎碧，光分兽炭红。功名煨芋重，莫漫笑冬烘。

烘　砚

石田耕不得，鸲眼冻云痴。试借金炉火，来温紫玉姿。冰花融彩笔，墨蕊艳新诗。为惜三馀景，薪然五夜迟。

煮　雪

欲品红丁味，琼瑶散九天。扫来梅坞里，煮向竹窗前。火活虾须细，花融蟹眼圆。一杯诗胃浣，五斗俗尘捐。

酿　酝

家无一顷秫，偏爱筑糟床。露滴珍珠细，霞凝琥珀光。梅花春有信，柏叶瓮生香。不畏霜风劲，逃愁倚醉乡。

访　梅

蜡屐冲寒去，孤山雪满林。不嫌苔径滑，为有暗香侵。臭味神仙侣，丰标天地心。一湾清浅水，相对起长吟。

问　雁

人世畴堪语，征鸿破暝烟。寒芦奚足恋，锦字为谁传。却羡风霜里，能将羽翼联。如何人异汝，萁豆反相煎！

除夕祭诗

余性嗜词章，幼耽翰墨。登山临水，借蛮笺以纪遨游；陟屺望云，托湘管而申哀慕。书刊紫石，学逊金銮；赋献彤庭，才惭崇嘏。摹写六桥烟雨，漫夸白雪之歌；评量三月莺花，敢赌红牙之拍。惟是文难夺命，谁怜弱草无依；境足伤心，仅有霜毫可诉。矧然萁而煮豆，悲同赵氏孤儿；剩饮蘖以茹荼，凄胜刘家三妹。今则一岁将阑，一编又竣。敲诗千百首，敝帚自珍；琢句十馀年，金针畴度。兹当除夕，难卖痴呆；谨酌屠苏，聊酬慧业。精神补我，且希坡老之踪；嗤笑由人，雅效浪仙之祭。

周岁识之无，总角解吟讽。三唐与六朝，过目皆成诵。闻诗独向鲤庭趋，慈爱真同掌上珠。教辩四声劳阿母，敢矜七步压通儒。谢帏飞絮风前起，鲍家香茗谁堪比。随宦章江擅彩毫，吟成博得双亲喜。忽惊椿树陨严霜，从此裁笺意惨伤。杜宇三年啼血泪，辘轳五夜转愁肠。贫归故里锥难立，剩有诗魔慰岑寂。红树酣霜秋放船，绿梅照雪春题壁。我与西湖有宿缘，误教人认作游仙。无端负笈青齐去，戊子冬，赴山左怡堂寄父李观察之召。又写云山入锦笺。瓠子寒涛秋有句，妙高夕照人何处。吊古频添客路情，扬州明月连瓜步。季子言归只敝裘，慈亲痛妹雪盈头。己丑夏，余自山左归，兰仙妹已于春间病殁。奚囊急展新诗读，顿释高堂别后愁。长篇短韵挥难已，生计艰难反借此。无奈重游觅稻粱，谁知小别关生死。去秋往清江售画归，母已见背九日。苦块馀生欲碎心，未忘结习起哀吟。阋墙煮豆才难累，玉尺冰壶誉转深。闻说耽吟人易瘦，东阳家学吾何咎！又道工诗人必穷，古来穷岂惟梅叟。我今颠沛胜前人，少女缘何合受辛。敢望千秋传丽藻，自怜一卷聚精神。悲欢离合十馀载，心血呕干终不改。兹逢除夕酒醴陈，词源愿祝如潮海。

鸿雪楼诗选初集卷四

钱塘湘佩女史沈善宝著

甲　午

元夕偕湘卿妹山楼玩月

霓裳缥渺忆游仙，紫陌红尘笑语联。灯火楼台春不夜，琉璃世界月新圆。青藜光愿分妆阁，绿萼香宜入锦笺。玉漏莫教催曙色，九华是处灿金莲。

仲春上浣放舟湖上探梅孤屿口占六绝

觅句寻芳出画城，春山含笑远相迎。嫩寒薄暖西泠路，但向梅花多处行。

杨柳千株绕六桥，黄金为缕翠为条。木兰舟傍苏堤泊，爱听新莺语渐调。

鳞鳞一水涨柔蓝，娇娇双峰拥碧岚。空翠扑人春淡宕，诗情画意静中参。

春到孤山春欲分，氤氲花气漾春云。几丝微雨催游棹，吟对寒香酒半醺。

绿珠紫玉各争新，酿就东风第一春。别有画图描不得，縠纹波底影横陈。

衣香人影竞徘徊，烟雾迷离锦帐开。莫漫亭中吹玉笛，恐惊红雨落青苔。

供　梅

几度端详绘影难，一枝标格玉珊珊。胆瓶位置妆台畔，分得春光镜里看。

雨窗漫成

嫩寒如水逼帘钩，小院苔衣绿渐稠。几日湖山疏画课，连宵风雨替花愁。会将扑蝶春还早，诗到吟梅句更幽。只恐韶华容易去，待晴重放木兰舟。

对　梅

灯下风神砚畔姿，清标不许蝶蜂窥。分来孤屿数枝雪，领略逋仙七字诗。入梦缟衣呈翠黛，凌寒艳影写胭脂。垂帘镇日抛书坐，沁骨幽香慰我思。

雨窗对瓶梅因忆孤山有感

当时欲折恐摧残，听雨终宵梦未安。香雪满山转零落，何如纸帐护春寒。

玉　兰

玉立亭亭不染尘，洛川妃子定前身。风来琼树香生雪，春满瑶台月作神。赠句翻嫌诗绮丽，写真难貌影清新。漫夸胜迹留珂里，箫引楼前劫火陈。故居箫引楼前有玉兰一株，高数丈，花时先严置酒延宾，登楼吟赏。后于嘉庆二十一年毁于回禄。今对此花，不胜沧桑之感。

整理者按：民国本此诗注后有附记，录于此：

谨按：余家系出竹墩，明末由德清迁杭，六传而至先高祖也愚公，精绘事，高庙南巡，以奉办西湖迎銮大工，点缀丘壑得宜，上邀宸赏，建宅第于金钗袋巷，有池馆园亭之胜。暇常招集名流，琴歌酒赋，读画谈诗，一时称盛。生子二，长即曾王父石桥公，次为曾叔祖韵秋公，出继胞伯节仁公为后，是即王姑之生父也。嘉庆二十一年杭城大灾，被焚者数千户，余家同罹是劫，屋宇珍物尽付一炬，谱牒亦于此役被毁，家道由是中落。石桥公因此抑郁，不久谢世。其时王父禹卿公与叔祖荇芗公年甫数龄，皆赖曾王母抚养成人，重绵祖泽。敏元自少至壮均居吴山之麓，幼随先府君登山凭眺，尝指抚署演武场东偏一高阜语敏元曰："闻父老言，此即余家故址。"自遭回禄，瓦砾堆积，无力恢复，日久废弃。兵燹后遂圈入抚署，作为官地。杂树成林，大且及抱矣。华屋山丘，感喟不置。现在政体革新，曩时抚署又已化为灰烬。敏元久滞异乡，他日如归故里，重复登临，则是地景象必然改观，当不禁更有今昔之慨耳。附记于此，以告后人。戊午夏正二月朔日，归孙敏元记。

宝珠山茶

光分火齐色凝朱，不愧芳名唤宝珠。桃杏看残羞傅粉，梅兰开共笑搓酥。饱经腊雪情方艳，占尽春风品自殊。璀璨曼陀罗一树，石家枉自重珊瑚。

玉泉观鱼

山色湖光浣俗尘，方塘小憩足怡神。潆洄波定凝寒玉，物我机忘跃锦鳞。风雨化龙知有日，濠梁解悟果何人。拟乘赤鲤遨游去，莫漫临渊羡隐沦。

江瑶柱

春盘顿喜荐芳腴，海屋凭谁问有无。双柱晶莹撑夜月，两丁圆润灿骊珠。乍离唇窟沾龙沫，漫借金刀脍玉肤。自酌红螺还细嚼，截肪风味迥然殊。

题牡丹

百宝雕阑信尚赊，鞓红欧碧漫矜夸。丹毫欲为春生色，富贵先开第一花。

绛桃

秾华独赋倍鲜妍，销恨销魂信果然。色染朝霞呈窈窕，艳留夕照斗婵娟。一年人面萦崔护，三月春风属绛仙。看到绯衣轻浥露，托根应在大罗天。

题杜鹃花

踏青时过圣湖边，一路春山叫杜鹃。不道染成花影丽，被风吹出艳阳天。

三月望日登凤皇山小憩南宋御教场玩排衙石归由慈云岭看八卦田菜花作

丹山巢凤知何处，凤立丹山名独著。馀杭山水天下奇，凤亦飞来不飞去。左襟钱江右带湖，射潮此地成王图。江痕三折如雪练，帆影千点同沙凫。我来山椒一凝眺，龛赭遥指青模糊。嵯岈划削成平陆，演武厅传南宋筑。弓刀虽足壮风雷，鼓角空烦悲草木。君不见二帝蒙尘去不旋，江山半壁飞狼烟。将军力战冤狱死，朝廷和议权奸专。又不见襄阳三载被围困，平章楼阁开仙境。蟋蟀秋风乐未央，举朝谁敢传边警。教场之设胡为乎，大仇不复名难符。直以六军儿戏耳，安于弱小良堪吁。排衙十二秀且苍，亭亭鹄立经沧桑。细寻断碣剔苔藓，蔡苏手迹留微茫。排衙石在山顶，介亭有苏、蔡两公石刻，字多漫灭，不可复识。回看蚁垤笑城市，游心直欲穷八荒。羊肠九折下层坂，犹疑彩凤云中翔。西峰横峙慈云岭，岭前图画开千顷。八卦田中艳菜花，乾连坤断标新颖。桃红柳绿映参差，点缀高卑造物奇。大块文章真假我，愿从云汉界乌丝。

题仕女图

卓文君

甘为当垆情独深，却劳远寄《白头吟》。相如不作《长门赋》，定负求凰一片心。

卫茂漪

玉女簪花格独新，千秋笔阵仰夫人。右军殚尽临池力，名噪兰亭已后尘。

苏若兰

机杼文章自一家，胸罗锦绣夺云霞。璇玑能贬阳台宠，才到连波亦足夸。

娄　逞

干戈遍地扰东阳，竟易红妆入宦场。录事扬州儒雅甚，女儿才智岂寻常。

吴绛仙

黛扫长蛾秀色夸，红笺染翰擅才华。君王枉赐同心果，尘世偏无称意花。

黄崇嘏

久抛鸾镜作男儿，机变横生进士诗。幕府不教为坦腹，谁知廉吏是娥眉。

碧　桃

看朱成碧误芳名，开傍瑶池倍有情。梅瘦杏繁谁得似，十分秾艳总输卿。

初夏漫兴

搔首云天感不禁，借将景物豁幽襟。雨肥梅子红香静，风暖桐孙绿意深。自卷虾须通乳燕，漫焚龙脑辟痴蟫。纷纷蛮触争何益，又看林稍日影沉。

杭城樱桃三月暮即熟今届五月中旬桃杏尽登而枝头火齐犹悬人皆异之赋此以纪

饯春初摘荐春醪，璀璨瑛盘价自高。已羡芳声侪玉笋，更留艳影伴冰桃。绿云入夏笼红玉，白傅当年擅彩毫。翻出薰风新乐府，唇脂微绽和檀槽。

咏　　蚊

豹脚斑斑针喙长，乘机窃发毒非常。不惭微细偏成市，得饱脂膏便远飏。柳絮身轻潜绣幕，樱桃颗重伏银墙。秋风何待羞丹鸟，拊掌看渠已灭亡。

睡　　起

一榻萧然午梦长，轻雷隐隐送微凉。碧纱窗启风初入，吹落瓶花几瓣香。

步珊姊雨中过杭未获一晤怅然有感

惜别匆匆忆去年，元龙闻已卜牛眠。经明韦幔三珠树，箴写曹家五凤笺。咫尺又教风雨阻，相思难倩雁鱼传。茫茫后会知何日，拜到琼瑶倍惘然。时承遗馈多珍。

吊苏小小墓

舞袖歌衫久作尘,青骢油壁句犹存。湖山已醒鸳鸯梦,金粉空销蛱蝶魂。寒食梨花思鬓影,春风杨柳认眉痕。西泠松柏仍依旧,杯酒何人酹墓门。

六 月 菊

数枝摇曳暑全收,采采东篱逸兴幽。人不热中花性淡,平教六月似深秋。

黄武陵寄父由江西回杭出诗文集见示率题

不睹慈颜岁八周,趋庭今喜慰离愁。一编鸿制超班马,万丈龙光射斗牛。花满河阳春载酒,秋高彭泽夜登楼。襟怀何止同湖海,转陋浔江九派流。

归欤暂赋学渊明,似忆莼鲈借病行。未遂西湖开绿野,只缘南国系苍生。龙蛇绕笔风云壮,骢马朝天雨露荣。时适入觐。欲借薪传疑梦授,雏莺多类凤鸾声。集中之作颇有与拙稿意见相同之处。

夏夜听雨

读罢《南华》意渺茫,倦来拟憩黑甜乡。簟纹凉展琅玕细,枕岫清飘茉莉香。暑气全消抛扇影,雨声不住扰愁肠。西湖菡萏应相忆,打叠新诗付锦囊。

骤　　雨

白日突如暝，雨随风势斜。湿云堆屋脊，飞瀑挂檐牙。电闪金蛇走，雷殷羯鼓挝。虚堂凉意足，诗思渺无涯。

雨　　过

雨过山容净，林梢明夕阳。湿烟飞不定，空翠扑衣裳。

剑

光蘸七星纹，芙蓉出匣新。摩挲三尺影，幽愤几时伸。

镜

宝镜蒙尘垢，菱花久不呈。还余真面目，赖尔现光明。

题仕女图

木　兰

短后弓衣十二年，无人解道是婵娟。尚书不受双亲老，孝烈芳名万古传。

洗夫人

儿庸夫弱赖维持，叱咤风云仗扫眉。细柳营开酋虏靖，岭南六郡拥旌旂。

韩夫人

南朝忠勇属倾城，宗社安危此一行。扬子江心千尺浪，至今犹作鼓鼙声。

秦良玉

不分忧危逼紫宸，空将厚禄豢庸臣。梨花枪与桃花马，辛苦沙场只美人。

七月七日湖上观莲重过莲池庵

罗纹云影縠纹波，四面云山拥髻螺。绿意红情迷画舫，鹊桥鸾驾艳星河。重登楼阁风光改，遍倚阑干秋思多。吟对双松聊自慰，海棠无恙桂婆娑。

中秋夜无月

高烧绛烛卷帘栊，缥渺炉烟散碧空。漫说有情惟夜月，从来多恨是秋风。冰壶濯魄光非昔，金粟迟香景不同。今岁中秋，桂犹未蕊。欲向嫦娥寻旧约，浮云偏蔽蕊珠宫。

前诗成而月出复占一绝

烛尽香销漏点沉，新诗吟破碧云深。嫦娥不负秋风约，特放清光照素心。

以素心兰秋海棠供瓶

碧玉风神红线姿，一窗秋雨助吟思。国香国色清相对，彩笔应裁艳体诗。

脂清粉淡尽娇柔，看遍群芳孰与俦。抛尽相思千点泪，如何生不识春愁。

游理安寺

从桂沿山引客游，梵王宫殿正清秋。奇峰叠嶂看难尽，流水鸣琴韵转幽。

层楼屈曲万松遮，钟磬无声昼不哗。似恐尘襟消不尽，一杯法雨荐春茶。

虎 跑 寺

名山留虎迹，曲径入烟萝。古木浓阴合，交藤落子多。泉香清齿颊，桂老发岩阿。此地即仙境，尘氛奈若何。

和黄颖卿夫人履见赠之作

何幸钧天下界闻，几时煮茗细论文。扫眉久羡黄崇嘏，当代才华又见君。

漫夸镂雪与团香，展到瑶笺喜欲狂。自笑粗才难倚马，蔷薇浣手读鸿章。

先慈二周冥忌泣成

刺骨霜风泪满襟，黄泉迢递隔红尘。十年慈母兼严父，两载孤儿失老亲。寒暖关心频入梦，劬劳莫报倍伤神。一抔恨未安窀穸，闺阁文章不救贫。本拟售画积金为葬亲之费，至今十未及五，哀哉！

小春八日黄颖卿夫人邀往夏园赏菊

移从三径植瑶台，红紫千枝照眼开。冷艳久邀高士赏，幽香又引美人来。雅宜插鬓留清影，何用餐英晋绿醅。霜露酿成秋色丽，联吟端让左家才。

初冬湖上口占

秋尽西湖锦幛开，千林红紫映楼台。不知乌桕经霜白，疑是前村放早梅。

仲冬十六日安葬先父母暨妹弟善芳善熙

典尽图书又敝裘，经营抔土筑山邱。孤儿力竭先灵妥，敢说劬劳此少酬。

白杨萧瑟泪纵横，冷雨悲风万感并。得侍膝前怜弟妹，仍依左右入佳城。

先伯祖育亭公暨庶伯祖母邵孺人殁俱二十馀年停柩未葬道光壬辰仲夏纶新叔又复病逝宗支零替承嗣乏人先庶祖母杨太孺人殁亦十年近岁兰仙妹及善熙弟相继而亡俱未营兆宝因双亲未卜佳城终宵惶悚年来售诗鬻画稍积葬资于敬安窀穸之日八棺并葬聊以仰承先志若谓远希隋文帝时孝妇钟覃氏及唐太宗时杨李氏积金葬亲之遗徽则余何敢

宗衰祚薄叹寒门，死未能安生愧存。不是儿家亲负土，九原谁更慰幽魂。

大父当年友爱深，穷途南阮又分金。而今弱女为营墓，了却先人一片心。伯祖育亭公昔曾入都求名，遇骗流落，先祖亲自携金接回。时伯祖母已殁，复为纳妾，生子女三人，分资嫁娶，后俱相继殂谢，此支仍难延续。宝敢不克绳祖武，仰慰先灵乎！

提携襁褓感慈恩，夕课晨梳笑语温。今傍祖茔封马鬣，前言回忆更销魂。庶祖母杨太孺人于甲申秋染痢而殁，宝侍汤药，日夕不离。太孺人心甚不安，危笃之日，犹曰："此日以病累汝，他时不知以葬累谁？"盖因杭俗停棺择地，每至因循数十年不葬，故虑及也。呜呼！此时回忆，竟成语谶。宝敢不引为己任耶？

六载幽明拆雁群，左家娇妹最怜芬。珠环当日君贻我，黄土今朝我瘗君。戊子冬，予赴山左，妹将所戴珠环暗置行笥。余至寿光开箧始见。妹因家贫无多珍饰，知明赠予必不受耳。待回杭，妹已早世。不意赠珠之日，即属永诀之时。今日追思，尤深悲悼！

白眉虽小却聪明，难字殷勤问女兄。怜尔泉台承色笑，一抔聊尽让梨情。先严殁时，善熙弟尚未周岁，稍长即从予读书。先慈弃养之年，送至宗文义塾，满望接续书香，不意中邪而殒，殊可惜也。

笔墨生涯敢自矜，积铢累寸费经营。八棺并葬心无憾，赤手何期事竟成。秋深葬资尚无就绪，幸入冬后得售画数十幅，遂克集事。此皆仰赖先灵默佑。事后思之，益深惴惴。

诫琴舫弟

父母生五男，汝居五之中。父母特钟爱，显扬期汝躬。与我年比肩，顾复恩从同。稍长共笔砚，书向芸窗功。随任之豫章，毛羽犹未丰。大椿遽摧折，无告呼苍穹。匍匐归故里，萧条四壁空。我以画奉母，聊佐甘旨供。汝依人篱下，藜藿仅得充。讵知母又逝，哀哀恨何穷。艰难谁复恤，萁豆煎偏工。谓大兄、八弟。勉力营窀穸，积累三年功。姐弟苦相守，运蹇待其通。纵不慕远大，勿遗父母恫。奈何事游荡，花柳迷厥衷。废时而失业，万事水流东。凡人不有初，鲜克保其终。我恐九原下，双亲血泪红。愿汝念双亲，发愤为人雄。

乙　未

早春湖上探梅

镜水盈盈绿似苔，雨丝风片放舟来。今年春到孤山早，三百梅花已尽开。

不辞屐齿印香泥，芳影缤纷望欲迷。直拟天公开罨画，半遮楼阁半临堤。

东风淡荡拂春衣，花雨随风扑面飞。姑射九嶷如可证，前身明月是耶非。

空亭曲径几逡巡，香国勾留绝点尘。铁石心肠冰雪句，闺中彩笔属何人。

自题梅林觅句图

耽吟成癖本天真，图画还留未了因。敢向金闺称博士，且从玉蝶认前身。暗香疏影超凡格，阆苑瑶台自在春。试问几生修得到，漫教诗思惹纤尘。

孤山探梅歌柬黄颖卿夫人

西泠桥畔孤山麓，和靖先生旧结屋。三百梅花手自栽，春来树树开如玉。沧桑屡易海扬尘，老梅几度摧为薪。空亭鹤去人民异，高阁云颓烟景陈。昔岁莆田观察至，谓林少穆先生。墓前肃拜尊先世。重封马鬣树丰碑，再葺雕甍拓故地。冷香寒艳补横斜，傍槛临流处处花。翠袖金钗迷蛱蝶，红罗绿萼灿云霞。云蒸霞蔚开仙境，不数罗浮与庾岭。月明愿约美人来，三弄瑶琴坐花影。颖卿善鼓琴。

新年杂咏分题

龙　灯

镂金错采势飞扬，绛蜡然时看欲狂。功拟为霖辞北海，性能厌火入南方。笙箫韵借风云色，鳞甲羞分星月光。一颗骊珠抛不得，盘旋灯市总相将。

风　筝

杏花村外绿杨阴，仰面儿童喜不禁。响叶青�听缥缈，丝牵白纻任升沉。风高易遂凌云志，天近常怀捧日心。楚调秦声何足喻，直凭少女奏仙音。

春分前一日梁楚生太夫人暨许云林鲍玉士女史偕看盆梅兼听吴蘋香黄颖卿两夫人鼓琴即席口占

白石青瓷次第排，此花端合植瑶台。霏微香雪横斜影，引得仙姝联袂来。

高山流水美人心，纤手挥来意更深。弦外梅花如雨落，惭无新句和清音。

许云林夫人延礽寄示和章走笔奉答

彩云一朵落晴空，何异重亲林下风。依似梅花卿似月，清辉照彻素心同。

题云林夫人湖月沁琴图

泉韵松风绕七弦，个中人是蕊珠仙。二分凉月清于水，十里平湖碧化烟。识曲鱼龙时泼刺，解音鸾鹤起盘旋。凌波许共寒簧听，迟我三潭放画船。

题寒江独钓图为云林令似孙松岑作

四围芦雪卷寒涛，小艇鱼竿兴独豪。他日乘风舒壮志，好从太液钓金鳌。

暮春湖上

六桥烟柳縠纹轻，载酒来听出谷莺。遍地春痕呈锦绣，草花红紫不知名。

鼠姑几处斗芳妍，香雾迷离谷雨前。蝴蝶影随蝉鬓影，东风吹暖丽人天。

送　　春

湖堤柳色绿依依，侵晓惊闻唤秭归。不识春从何处去，离情只逐落花飞。

清和望后二日云林夫人招饮斋中得晤龚瑟君夫人自璋即席赋赠

飞琼宅里挹仙姿，柳絮争传绝妙词。绿绮快聆鱼跃妙，时云林鼓三弄。红闺恨接麈谈迟。藏钩赌酒风流甚，读画论文遇合奇。何幸金兰许同谱，敢将俚句易新诗。

附和作

龚自璋

水月襟怀冰雪姿，二王书法六朝词。追陪已幸生同世，倾倒何嫌恨见迟。胸有良方堪疗俗，目能神相更矜奇。扇头亲乞瓯香笔，长奉仁风当读诗。

又

许延礽

绝世才华绝世姿，樽前脱手写新词。闺门雅颂留名久，林下风仪学步迟。许订三生情倍重，频挥十指意忘疲。西窗评画添知己，愧我无才答艳诗。

瑟君姊以和作见示叠韵奉答

兰芳菊秀似丰姿，锦绣罗胸构丽词。青眼怜才如子少，彩毫作赋笑侬迟。心倾十载才输款，缘结三生许问奇。从此蒹葭依玉树，绿窗胜读遣愁诗。

瑟君姐以折柳图小照属题图系归佩珊夫人懋仪别后所摹寄者系诗其上情致缠绵读之如见两人交谊企慕之馀率题三绝

波剪明眸柳拂裾，珊珊标格艳芙蕖。痴心欲向垂杨问，张绪当年恐不如。

碧缕烟丝别绪萦，知君相对不胜情。侬今初识金闺彦，莫便攀条唱渭城。时将荣赴石港任所。

十载吟坛仰素心，披图何幸读清吟。卷中妙旨诗中意，情较桃花潭水深。乙酉春闻佩珊在杭,欲晤无由,至今怅怅。

送瑟君姊之任石港

莲旌欲去奈愁何,把袂临歧锁翠娥。才向西湖联雀舫,那堪南浦唱骊歌。悬鱼佐政鸿勋茂,策骥成名燕翼多。闻说广陵涛可赋,早将锦句寄微波。

心交幸不薄单寒,一笑相逢万虑宽。海内零丁怜我独,闺中风雅似君难。敢矜赋茗才希鲍,差喜登龙面识韩。获谒尊翁阇斋观察。带水盈盈千里别,惹人离绪满河干。

日圭分韵

晴昼六时传,金针影倒悬。笑他词苑客,只解视花砖。

楚生太夫人将夜来香穿成鹦鹉架以茉莉见示爰赋七古一章

烛龙西驰火伞收,炎威顿敛轻飔浮。小南强启玉蕊白,夜来香绽虬枝柔。兰闺女伴斗针巧,纤手穿来乙乙好。分明鹦鹉锁雕笼,休误瑶池降青鸟。翠羽蹁跹映月明,水晶帘畔玉梁横。无言合号多花子,不琢宁虞太瘦生。夜深露重绡衣湿,恍惚神游众香国。禽影花光两浑然,谁参鼻观真消息。吁嗟乎,竹如意,松养和,不及兹制精巧多。欲飞不飞卓尔立,清沁肺腑消烦疴。君不见红嘴多知长抱惧,千秋只有才人赋。何如幻化傍罗帷,夜夜芬芳结香雾。

立秋日偕云林夫人山楼玩月联句

万籁无声月满江，云。四围岚翠压山窗。湘。诗人想望怀天末，云。红豆初传鲤一双。湘。时同接瑟君石港手札。

携将绿绮上山楼，湘。弦外风生一叶秋。云。玉宇瑶宫诗世界，湘。置身如在广寒游。云。

玉簪花分韵

瑶阶秋露凉，玉蕊含芳颖。绾髻代搔头，月华侵鬓影。

诗坛喜雨戏占

浓云如墨压楼台，玉溅珠跳雨骤来。悟得倒流三峡妙，新诗脱口挟风雷。

络纬分韵

正是缫丝夜，何来络纬鸣。文章有机抒，笑尔织难成。

壶卢分韵

不羡青门瓜，只问江东种。日月此中长，壶公借以重。

七夕前一日分韵

几番凉雨洗车尘，蛛盒花针打叠新。预望天孙痴欲问，来宵赐巧与何人。

翡翠鱼分韵

三十六红鳞，何时更绿玉。应是待风雷，青云看一蹴。

采菱曲分韵

落尽莲衣歇棹歌，采菱重又泛烟波。莫嫌圭角时时露，不比鸡头隐刺多。

分咏席上诸果

菱　角

花明宝镜中，名重鸳湖里。借问折腰人，圭角何如此。

藕

缠绵万缕丝，金刀雪难续。不料淤泥中，有此玲珑玉。

莲　实

珠露湿莲房，登筵翠影凉。怜他心太苦，不忍打鸳鸯。

芡　实

采芡向西湖，莫怨刺伤手。闲剥助吟思，粒粒明珠剖。

苹　果

芳柰珍嘉果，婆名孰锡之。瑛盘呈荐后，应广《采蘋》诗。

梨

清脆说哀家，诗味此中在。手足最关情，令人思北海。

梧　子

凤集枝头稳，花开荚上新。绿珠拈入手，顿忆坠楼人。

石　榴

花已火齐明，实更珊瑚耀。多子虽足珍，莫作龋齿笑。

花红即林檎

谱得词名好，书成翰墨香。与花斗颜色，娇艳胜春芳。

蒲　桃

玉碗香醪熟，金梭锦样工。珠玑千万串，抛乱碧云中。

枣

切莫采邻家，离离一树斜。神仙不可学，安得觅如瓜。

柿

叶以学书留，霜因理肺收。高低红欲堕，点缀浅深秋。

兰花豆

剪豆成幽兰，碧油开翠釜。不生九畹中，居然芳麝吐。

桂花栗

栗含碧玉房，桂绽黄金蕊。染得一缕香，甘芳清沁齿。

题龚丈蓉溆图小照即用原韵绳正

胸中少城府，履境自贞吉。宅身先宅心，天全务私克。先生达观者，物我悟消息。蓉溆绘成图，大千着形色。齐物陋庄周，五行笔能述。水木互滋生，妙绪抽乙乙。拒霜晚节花，凡卉讵能及。况君昆季贤，远迈竹林七。藏书傲嫏嬛，牙签标酉戌。徜徉人镜前，乐此壶中日。养生裕化机，安用餐蓍术。狸奴聘三四，兴寄逸外逸。鹤料本无多，不捕鼠亦得。芝兰砌畔香，苜蓿盘中食。音听钟吕洪，满验欹器侧。冰心安冷官，皋比舒胸臆。人生贵适志，此意谁能识。知足古有言，令名须副实。

钱江雨中观潮

观涛旧句贮诗瓢，重上江楼景泬廖。沙浦帆随山势转，海门潮挟雨声骄。风云怒卷波湔湃，龛赭斜吞影动摇。霸越沼吴成往事，英雄千古恨难消。

秋日感怀

莲衣渐落暑初消，金井梧桐一叶凋。砧杵声随银箭永，星河影界碧城遥。旧闻精卫能填海，不信刍尼解驾桥。女伴相过邀乞巧，穿针楼上晚香烧。

风雨联朝苦未休，孤怀凄恻恰逢秋。畴同嘉树名无患，翻讶深闺字莫愁。萝屋补来天地窄，《离骚》悟彻古今忧。齐纨又作经年别，如水新凉怯倚楼。

独对西风感逝波，几番凭槛自悲歌。椿萱隔壤书难达，萁豆催诗遇太苛。磨蝎光阴如梦促，弓蛇忧患到侬多。商声一片来天末，葛帔萧萧可奈何！

马鬣新封泪未干，宝于去冬始克为双亲营葬。空山木落墓门寒。谁怜弱草当风靡，转羡枯荆入地安。亡妹兰仙附葬墓侧。欢博夜台吟絮敏，恨违丙舍饮冰难。应知月冷鹃啼血，回首红尘鼻亦酸。

闲愁压遍两眉峰，万念全灰五夜钟。剩有粗才嗤画虎，敢矜健笔许雕龙。诉寒怯听蛩吟急，无隐徐参桂馥浓。寂寞阑干珠露重，六铢衣合集芙蓉。

焦尾携来月色赊，许云林姊携琴过访。坐听闺彦鼓《平沙》。画屏银烛迟宵柝，药品茶经遣岁华。碧蕊香攒鹦翅软，时以夜来香穿成鹦鹉见贻。白蘋风起雁行斜。藤萝妙句重披读，侬亦兴怀芦荻花。

雨洗山容分外青，晓来霁色透疏棂。折枝花仿边鸾谱，淡墨书临《瘗鹤铭》。鸦舅翻红风飒飒，龙孙凝碧玉亭亭。衍波快展章江讯，慰语殷勤感鹡鸰。近得南昌姚慧卿、淑卿两妹诗札。

印窗斜月影娟娟，白露迷漫水接天。邱壑趣寻《丁卯集》，虫鱼书注《癸辛编》。梦中覆鹿情常幻，江上征鸿信不传。久不接松江丁步珊、邗江龚瑟君两姊来书。欲写湖光寄缣素，双峰螺髻锁寒烟。

领略宣文白雪诗，幸随月姊侍西池。同社诸彦咸集云林姊宅中，梁楚生太夫人首倡《夜来香鹦鹉》诗命和。乌丝翠秩瑶珠草，席怡珊夫人著有

《瑶草珠华阁诗集》。碧串红牙漱玉词。吴蘋香姊著有《花帘词稿》。江夏无双唐博士，谓黄颖卿夫人。金闺第一汉班姬。谓鲍玉士夫人。同岑更喜同声应，项缃卿、吴茝香两夫人兼善词画，愧我尖叉步韵迟。

子落琴床月乍临，参天松柏影森森。未能磨盾舒奇气，聊学安弦谱正音。故纸钻来同脉望，新诗赋就等蹄涔。借书恐惹还瓻诮，购异频偿质库金。家藏万卷，悉遭回禄，偶见异书，辄质衣以购。

棋局无劳策战勋，嫌他机变太纷纭。沉檀静爇遮云母，丛菊新栽灌曲君。衰草微云秦学士，青山红树李将军。选词读画消清昼，鹅绢重装补断纹。

滕王高阁旧登临，南浦西山思不禁。秋水艳留才子句，芳碑香表美人心。萍蓬踪迹三生梦，冰雪襟怀七字吟。昔在豫章与刘笺云姊味道，姊有"大道还从心内求"之句。千里难忘联袂日，笺云遥隔岭云深。

雪泥鸿爪忆当年，菽水关心放画船。昔售诗画为负米计。莺脰湖中银鲙美，鹿筋祠外玉莲鲜。棹飞黄浦千重浪，车历青齐九点烟。往返云山供啸傲，墨花洒遍海苔笺。

篱外乌啼夜有霜，蟹肥菊瘦近重阳。钱江潮逐词源涌，竺岭云飞花雨香。一卷珠玑研李杜，六朝金粉弋齐梁。抚今追昔情何限，且尽茱萸酒满觞。

愁心时逐断蓬飞，宇宙茫茫何所依。十二万年尘劫远，百千亿众觉人稀。寒蝉声咽飘黄叶，苍狗形销变白衣。证得菩提无上谛，六根清净是生机。

题朱佩苍煮字疗饥图璧

梦中丹篆早吞来，字煮翻澜妙义赅。秀色餐时诗胃浣，调饥慰处笔花开。曹仓脍炙千钟粟，邺架珍羞八斗才。让水廉泉文武火，待君列鼎和盐梅。

和刘丈笠人雨窗见寄原韵

雨雨风风断复连，丹枫难染夕阳天。数声鸿雁催寒信，十里湖山锁暮烟。诗思空消桐叶下，瑶笺叠展菊花前。羡君独钓秋江雪，绿笠青蓑好放船。

再和前韵

传来雅什似珠连，霁色欣生净碧天。豹隐乍收三里雾，隼飞当破万重烟。好将秋水芙蓉句，吟向清霜枫叶前。莫负湖山美风景，侵晨拟放米家船。

冬初湖上

西子妆成不厌看，笋舆桂楫足盘桓。呼猿僧去猿声杳，放鹤人非鹤影单。港荻花明秋雪暖，山枫叶暗暮霞寒。云深寺古林峦秀，多恐丹青欲画难。

曹　　娥

江涛危险葬灵椿，急溜沉瓜孝思纯。幸有邯郸操健笔，千秋不断读碑人。

赵　　娥

杀父仇难共戴天，闺中立志在贞坚。相逢狭路施神勇，如雪龙泉试酒泉。

谢　　娥

巨盗江湖杀父夫，自甘易服作奚奴。宝刀快抉仇人首，梦境都缘孝念符。

岳　　娥

纯孝精忠奕世传，抱瓶千古仰婵娟。父兄冤狱甘身殉，不似君王骨肉捐。

雨中访云林姊

珍珠小字浣花笺，报说飞琼病可怜。不速客随风雨至，同听檐溜玉台前。

帘幕重重护洞房，绣屏烟袅药炉香。钗横鬓亸慵梳裹，绝似春风醉海棠。

一卷新诗锦样工，吟来如坐百花中。金闺俊彦谁能匹，只有璇玑巧思同。时以全稿见示。

我已耽愁如宋玉，君何善病似文园。愿将笔阵功愁病，万树梅花倒绿樽。

闻鲍玉士姊染恙诗以询之

湖上匆匆一笑逢，初冬七日晤于南屏。重来不复遇芳踪。初九再至南屏，未获重晤。千林红树斜阳晚，独向西风赋懊侬。

传闻天女染烦疴，未识眠餐近若何。明月当头梅绽萼，予怀渺渺托微波。

山楼望雪歌寄怀瑟君姊

朔风卷地号林薄，半夜严寒透重幕。长空玉蝶舞缤纷，大千世界琼瑶作。平明开窗粉本陈，光摇银海无纤尘。湖山远近素云覆，楼阁差参淡墨皴。坐看顿觉烦襟净，濯魄冰壶窥水镜。倘教跨鹤御风行，定许鸿蒙付吟咏。君不见梁王当日雪苑游，惠连赋与邹枚侔。伶人齐舞白翎曲，词客轻披青翰裘。又不见将军战阵弓刀冷，旌旃冻合梨花影。李愬迅下蔡州城，狄青疾破昆仑境。握管操戈尽轶群，都从六出策奇勋。惭余文武不能学，拥炉袖手心如焚。空怀豪气三千丈，凌云剩有游仙想。何当戏拍九嶷肩，瑶台玉宇恣奇赏。否则高卧效袁安，门堆三尺忘朝餐。阶前修竹任压折，屋角芭蕉常耐寒。我歌白雪雪不止，忽忆美人隔千里。扬州明月广陵涛，赏心悦目何如此。鸿印鱼书倍溯洄，梅花欲寄心迟徊。遥知东阁红香绽，应念西泠绿萼开。安能即放山阴棹，与君联袂同欢笑。金尊银烛酒如淮，雪儿执板翻新调。酒酣耳热斗尖叉，休把吟情让谢家。柳絮因风夸慧思，终输天女散天花。姊婢昭儿善歌。

题黄韵珊孝廉宪清凌波影传奇

殿上才吟萁豆篇，归来形影剧堪怜。若非驿馆红蕤枕，那有神妃到洛川。

璀璨罗衣雾縠轻，神光离合不分明。惊鸿态度游龙致，都自凌云笔下生。

陈王藻采千秋擅，八斗才华又属君。偶为凌波传艳影，隃麋香幻美人云。

水中明月镜中春，花照灵台意蕊新。他日云璈天上奏，清平不让谪仙人。

咏盆中红梅限牛字

艳质冰姿世罕俦，吟窗位置景清幽。调脂映处朝霞暖，点额妆成绛雪浮。植向青瓷芳影丽，梦回紫阙暗香留。广平独擅生花管，赋就文光射斗牛。

季冬上浣采梅孤屿口占

孤屿幽芳系梦思，喜看春信到南枝。镂冰为句团香字，多恐难传姑射姿。

难得残冬日日晴，绝无风雪妒寒英。两三花放如含笑，太古香从空谷生。

嘉平望日偕云林探梅孤屿登巢居阁远眺怀瑟君姊

缃英玉蝶渐芬芳,同向寒林访暗香。入画影宜低贴水,超凡格在饱经霜。山容翠染螺千髻,湖面冰融镜一方。惆怅广陵无雁到,折枝谁与寄江乡。

岁暮感怀

瑟瑟严寒逼小楼,朔风吹冷敝貂裘。寄生北院空悲阮,独活西华未遇刘。海外有犀能去忿,天涯何地可埋忧。声声羯鼓催残腊,袖手看云泪暗流。

鸿雪楼诗选初集卷五

钱塘湘佩女史沈善宝著

丁　酉

元日骤晴庭梅舒萼病起喜赋

大地阳和一夜回，晴光先喜到寒梅。花经宿雨迎春绽，香逐东风入户来。漫拥红炉停药鼎，好邀缟袂举霞杯。笑他疏影如侬瘦，铁干枝枝向日开。

寄云林都中

千里燕台去，迢迢烟水深。鸿稀书未达，夜永梦难寻。忆泛西溪棹，同赓东野吟。知君到都日，乡思绕梅林。

一自分襟后，无端二竖侵。参苓扶病骨，风雨搅愁心。诗思花前减，离怀笔底深。不知羁旅客，几费短长吟。

正月下浣孤屿观梅

轻阴漠漠雨初晴，扶病冲寒湖上行。香雪霏微元鹤远，蕊珠烂漫翠禽鸣。双挥彩笔寻前迹，前岁偕瑟君题诗壁上。三弄瑶琴感旧盟。去年偕云林鼓琴花下。独自看花萦别绪，一枝难寄许飞琼。

花朝湖上

半篙春水碧盈堤，习习东风飏酒旗。一自西湖比西子，双峰如髻柳如眉。

嫩日融和雪乍消，芊绵芳草展裙腰。殷勤为祝花生日，独自行吟过短桥。

苦　　雨

连绵春雨挟风狂，听彻淋铃欲断肠。云压峰峦收笑靥，烟凝花柳学啼妆。长垂银蒜寒侵幕，渐觉青苔绣到墙。入夜空阶犹淅沥，凭谁尺幅写潇湘。

清明前五日半山看花兼访家仲英园林

新晴独泛木兰舟，桃李缤纷万树稠。小白长红三十里，看花眼福几生修。

夜雨帘纤晓涨生，轻寒薄暖近清明。天公有意催游棹，特放花林半日晴。

豆叶青青菜蕊黄，柳丝花片拂轻航。皋亭山下波如镜，好与神姑照艳妆。神女祠在山下。

翠霭山腰夕照悬，渔歌几处起苍烟。归舟更入桃花港，欲访田园物外天。

恭挽李怡堂寄父

三千里外感离居，慰藉频烦尺素书。不料榑桑浓荫缺，寄生枝弱更何如。

自愧焦桐爨下轻，幸逢大匠仰裁成。高轩赋少惊人句，到处怜才说项生。

青齐远效鲤庭趋，己丑冬承接赴寿光。培护珍同掌上珠。巾帼英雄辱期望，精于风鉴，然于予独未验。至今梦境尚模糊。

月姊金闺雁序联，谓倚香。棣棠花下比吟肩。谢庭问字传佳话，那信全成水月缘。

楚山苍翠楚江清，西夏同深爱戴情。先曾守楚，既而观察宁夏。保赤寸心常惴惴，敢矜年少早知兵。随任西蜀，即带义勇剿贼立功。

湖上重来忆往年，游人都识地行仙。急流竟决归山计，涤尽尘心是冷泉。本拟由浙入都作出山计，因憩瀑来亭有悟中止。

精神矍铄庆慈闱，赋鹏传来语或非。绿野堂开刚八十，如何箕尾遽言归。

法相庵中幻外身，三生石证去来因。常言能记前身事，今世乃南屏法相寺从神转轮。而今了却尘寰梦，梦幻皆空倍怆神。

读怡堂寄父诗集怆然有感

空庭红雨雁归迟，重展残篇感不支。尘梦竟同风卷絮，愁怀浑似茧抽丝。难忘绛帐论文日，犹忆斑衣绕膝时。大雅扶轮推俊杰，怜才惟重沈家诗。诗集每命校阅，偶为商易数字，颇为心折。尝云：知宝前身为山左黄柱山，曾从授诗。

楚中孙春台二尹转饷黔州于飞云岩拾一小石山邱壑天成归浙示客且征诗予为赋此

坡仙袖中有东海，方丈瀛洲发光采。米老见石辄下拜，以颠得名擅千载。二公嗜好何太奇，盖因胸中嵚崎磊。磊落之气适肖之，孙君爱山修眼福。读书早在衡山麓，筮仕天教到浙西。凤岩鹫岭盘桓熟，转饷黔阳逸兴生。飞云洞口驻行旌，垂垂钟乳凝空壁。狮象莲花胜凿成，一拳拾得尤精妙。面面玲珑千万窍，携来欲傲飞来峰。如此归装初不料，沃以清水供以盆。槛外邱壑徒纷纷，日午炎歊不入室，有时绕座生奇云。君不见盐官查氏绉云石，航海来自羊城驿。二丈峰峦役万夫，徒然高广抛荒宅。何如此石便取携，行箧稳贮随东西。客来呼酒共醉玩，恍惚神游千仞天为低。吁嗟乎！劝君莫笑此石小，石小心虚尘不扰。泰山云起肤寸中，霖雨苍生周四表。

题钟进士夜巡图

终南山映剑光新，节近朱明夜出巡。此日英风犹吓鬼，当年豪气定惊人。牛腰稳据欹乌帽，虎爪横排闪碧磷。试问三间含冤魄，旌旗曾否遇江滨？

续题仕女图

曹大家

史笔如椽三绝该，阿兄边塞得生回。金闺七诫真希圣，啸月吟风那算才。

班婕妤

玉漏沉沉汉苑深，秋风容易惹愁吟。新词漫说悲纨扇，辞辇原无恃宠心。

蔡文姬

解辨琴弦幼慧奇，中郎有女胜男儿。千秋独擅临池妙，八法曾为太傅师。

王明妃

汉王既杀毛延寿，佳丽甘心出玉门。但使沙场烽火息，酬恩转觉胜承恩。

江采蘋

芳梅一树绝纤尘，却让杨花扰暮春。可惜楼东空作赋，明皇不是爱才人。

冯　嫽

曾将姓氏重诸夷，天子临轩问扫眉。想见闺人舒壮志，锦车持节敕昆弥。

缇　萦

缧绁衰亲少次丁，自甘代罪入宫廷。闺中纯孝谁能及，一纸书除万古刑。

谢道韫

林下高风世所推，联吟柳絮擅新诗。晋人都被清谈误，杀贼雄心属女儿。

平阳公主

雄兵七万振关中，娘子军成盖世功。玉佩绣襦临甲帐，男儿应让气如虹。

宋若昭

珠联璧合共蜚声，姐妹才华莫与京。《论语》十篇新著出，六宫争拜女先生。

消夏杂咏

晨起呼童汲井华，嫩烟活火自煎茶。瓶笙悟得元音妙，风味何烦问党家。

罗衣初试晓凉时，闲看红莲绽碧池。折得一枝香染指，舒将花瓣写新诗。

绿天掩映小窗晴，八法潜心入窅冥。笔砚亦归凉世界，细裁蕉业仿黄庭。

涤烦最是分题好，文战无声静不哗。一事傲他诸女伴，诗牌韵喜得尖叉。

如年长昼费消磨，聊谱丝桐展翠娥。弹到潇湘云水曲，微风习习漾帘波。

松阴如水石床空，棋子闲敲坐好风。但借一枰消白日，不须胜负论英雄。

莲塘鱼戏任东西，泼刺声中寓化工。方寸欲教机械泯，请看矶上信天翁。

盼得炎歊向晚差，夕阳一角远山遮。竹林徐觉清飔起，蛛网斜撑罥落花。

晚风庭院绝炎蒸，姐妹红窗赌技能。碧影玲珑凉似月，侍儿含笑试瓜灯。

豆花篱落月初明，暑气全消露气清。络纬不知人意倦，当窗故作转机声。

入都留别吴蘋香鲍玉士

桂花庭院绝纤尘，主是嫦娥客玉真。知己喜联文酒会，相逢况有散花人。时饮蘋香斋中，魏暖姝携花后至。

秋风江上促行舟，一曲骊歌万缕愁。雪北南香回首处，蘋香斋名香南北雪之庐。月明有梦返杭州。

令晖佳句宛如仙，何事愁吟赠别篇。时题拙集。今日匆匆一樽酒，莲红水绿思无边。时西湖秋莲正盛。

别杭城感成

远别匆匆告墓前，杯羹未奠泪双悬。松声如雨西风劲，只恐离愁扰九泉。

检点琴书买客舟，故乡无地可埋忧。者番倍有伤心处，谁倚门闾念远游。

数载相依翼覆多，膝前无奈听骊歌。牵衣训语临岐泪，断肠秋风水正波。予自先慈见背之后，依伯母鲍安人居。

绿窗同绣句同拈，览镜平分月一奁。今日扁舟轻别去，累君新恨压眉尖。谓湘卿妹。

临平道中

皋亭山色接临平，半幅蒲帆趁晓晴。槲叶微黄枫渐紫，坐听鱼篰刺船声。

过嘉禾三塔寺

棹歌声接采菱歌，水鸟沙凫两两过。湖水倒涵三塔影，夕阳红处画船多。

晚泊江口

旧日金焦路，劳劳今又过。草根蛩语细，沙岸蟹痕多。风劲潮移柁，江空月浸波。妙高台在望，健句忆东坡。

晓渡扬子江

中流击楫大江开，晓日曈昽北固台。浮玉有灵应识我，乘槎三度此间来。

雄县道中

吴江记得扬帆候，夹岸霜枫已乱飞。不道燕南冬日暖，绕堤垂柳碧依依。

平铺淀水色拖蓝，十二虹桥影倒涵。舴艋舟横芦荻岸，分明风景似江南。

抵都口占

不惮驰驱赴帝京，要将文字动公卿。红闺弱质知多少，谁学孤鸿事远征。

喜晤云林谈及都中海棠之盛并承招游天宁寺

怜君先我整吟鞍,都下名花次第看。见说海棠红似锦,可曾绿绮月中弹。

浮屠高声出尘寰,路绕城关第几湾。晴翠扑窗云压槛,最宜朝爽挹西山。

和宗室太清夫人题拙集原韵

随风珠玉自天来,先向晴窗浣手开。才识七襄真锦绣,凤楼人是造楼才。

敢将姓氏谒名流,鸿爪无端作远游。十丈软红尘扑面,何人开卷识侬愁。

入都即蒙李寄母史太宜人扫舍相赠感激赋此

已作无家客,他乡即故乡。人情看反复,世态阅炎凉。荆树开东阁,萱花茂北堂。寄生欣有托,所履尽康庄。

咏龙爪槐

梦境羡南柯,踏雪过萧寺。龙爪化为槐,天然出奇致。古干硬盘空,恍掉凌虚臂。好听春雷鸣,风云起平地。

呈潘虚白太夫人

举案钦闺范，传经著母仪。康强征上寿，风雅本天资。富继青箱学，雄裁白雪词。扶轮推巨擘，心向已多时。

自恨非男子，遭逢数太奇。椿萱悲失养，荆棘叹多歧。岂有雕龙技，空贻画虎嗤。韦帷欣在望，斤削愿先施。

云林偕玩金鳌玉蝀雪景

万顷琉璃冻不消，又看六出洒琼瑶。天开霁色辉金阙，车走雷声上玉桥。烟树寒连南北海，市廛沸似往来潮。楼台掩映真仙境，欲写蓬瀛未易描。

太清夫人面定金兰走笔呈此即用前韵

紫气欣瞻贝阙来，乍亲仙袂笑颜开。大罗天上霓裳曲，羞煞人间咏絮才。

健笔雄词据上流，春明烟景助清游。龙门千尺容攀附，消尽寒闺羁旅愁。

和文孔修司徒见题拙集原韵

大雅扶轮慰客思，芜词何幸辱公知。文章敢作千秋想，贫病惟馀数卷诗。句可惊人推手敏，才难倚马笑侬迟。待看黍谷春回处，一路云山到黛眉。时奉使滦河，道经黍谷山。

送云舫十兄出使滦河

才赋皇华锦绣篇，去岁使蜀，著《皇华吟草》。又从古北策吟鞭。弦歌雅望高千古，时随文孔修司徒同往。雨露恩浓下九天。直节人皆钦李绛，壮游侬独羡张骞。白檀山色滦河景，定有新诗次第编。

千里相依感授餐，雁行许附忘孤寒。卿云灿烂星轺远，风云驰驱道路难。榆塞兄休萦别绪，萱堂妹可代承欢。梅花香里归期速，句满奚囊待细看。

雪夜寄怀蘋香玉士用留别原韵

六出霏微散玉尘，爪痕泥印是耶真。近来绮阁寒香绽，可忆花前觅句人。

西湖几度泛扁舟，飞盏联吟浣俗愁。花影一帘人绝世，教侬能不忆杭州。

同咏霓裳聚众仙，鲍家香茗出新篇。三千里外飞琼问，锦字何时寄日边。云林入都后未接玉士之书，一见即问。

和鄂松亭学士恒题拙集韵

朵云忽飞来，令人增眼福。满纸堆珠玑，长歌真代哭。先生济世才，硕望重华族。构词壮且悲，吐语清以淑。鸿章虽乍观，姓名耳久熟。上策数千言，经贮便便腹。翔步金马门，挥洒言霏玉。奇气发长虹，直节扫繁缛。既工逸少书，兼擅子云牍。遍读嫏嬛藏，细参金石录。修凤剧金华，倚马尤神速。宋璟本名臣，贾谊过老宿。宦海偶升沉，蛟龙常起伏。待看拥八驺，节钺秉纷纛。惠此白雪篇，襟怀迥殊俗。光焰万丈长，探得骊珠独。把玩细焚香，披吟重剪烛。愧我笔无花，羡君胸有竹。我生命不辰，少小遭荼毒。椿树阴早凋，弱息竟谁属。杨柳减颦眉，芙蓉损肌肉。挥泪杜鹃红，忘忧萱草绿。乞米走袁江，孤帆书画舳。讵知慈竹萎，空费明驼足。独木苦难支，大厦一朝覆。萁豆骤相煎，此举殊不卜。衰麻如雪时，百感胸中蓄。北阮赖提携，赤日孤怀暴。敢云字易缣，所遇皆青目。葬亲分内事，沽誉转惭恧。去岁卧沉疴，生计益窘蹙。壮丽慕皇都，买棹骋飞骛。扬子波浪平，五月片帆逐。秋风稳渡黄，舟似弦离镞。严霜刺骨寒，残梦车中续。驰驱数千里，苍茫见岳麓。悲闻赵女歌，义怀壮士筑。十月抵春明，顿扫愁千斛。鸿雪下里词，公卿蒙赐读。粉署作寄生，慈帷胜亲鞠。阿兄人中豪，望重荒年谷。得附为雁行，手足谊尤笃。餐饭恤王孙，绨袍矜范叔。奇字问从容，翰墨散芬馥。喜为兰傍砌，漫云芝在谷。岂同鹖寄篱，差拟乌依屋。天心独厚予，异姓承顾复。几忘羁旅愁，主宰究为孰。读君新制词，雅意相勉勖。翘企德门高，簪缨三致祝。

题葬花图

千红万紫满园林，转瞬飘零感不禁。收拾残香归净土，惜花心较葬花深。

题云舫十兄观海图

阿兄经文纬武才具全，画图又倩良工传。昔年曾题《三癖图》。

沧溟纵目寄遐想，相从二客何翩翩。一姬云鬟绰约得非隐娘似，一人仿佛少年磨镜子。青锋双佩意轩昂，小立山头同指视。但见海天澄碧朝霞红，鱼龙出没波涛中。吞来云梦已觉小，浮槎直欲乘长风。长风万里去如驶，快意世间讵有此！只愁一览尽扶桑，从今万事难为水。

长至怀湘卿

忆昨重阳泛客舟，雁行分翼泪双流。遥知故里逢长至，定向高堂话远游。鹭岭云山萦别梦，燕台风景助离愁。严寒且莫勤针线，好折梅花寄陇头。

鸿雪楼诗选初集卷六

钱塘湘佩女史沈善宝著

戊　戌

元　夕

不夜城中景物新,马蹄踏散六街尘。遥怜凤阙鳌山盛,坐听铜壶玉漏频。璧月纵怜羁客影,梅花已负故园春。年华易换心情减,自展残编对古人。

和汤海秋侍御鹏见赠原韵

客路三千里,劳生若转轮。谁怜巢幕燕,已失倚闾人。细草青犹浅,垂柳绿未匀。阳春传好句,吟罢暗伤神。

漫说才如锦,文词艳七襄。椿萱委霜露,骨肉叹参商。离思随云影,愁怀袅篆香。都将身世感,潦草寄篇章。

昔年游历处,楚尾与吴头。登眺一怀古,江山相对愁。春风芳草渡,秋雨木兰舟。回首俱陈迹,韶华似水流。

高歌传玉茗,雅什惜伶俜。顾我眉非白,劳君独眼青。百年原幻梦,一叶等飘萍。最是梅花发,空怀放鹤亭。

恭挽张理庵六伯

空负匡时济世才,盐车一负念俱灰。青瞳雪发音如鹤,傲骨孤标性似梅。剩有愁猿夜月啼,可能锦鲤报泉台。平生恨事从头诉，知己衔恩倍觉哀。

万镞无端刺寸心，斑斑血泪湿衣襟。春风化雨如云散，碧落黄泉何处寻。病骨难求长命药，气丝绝向断肠吟。临危尚赋诗赠宝，字已模糊不能卒读。哀哉！模糊字迹凄凉意，反复重看痛更深。

倒峡词源意不侔，英姿豪气压曹刘。平生事业唯忠孝，身外功名任去留。广厦万间胸磊落，长城五字格风流。人间慧眼知难遇，先生十试七荐，卒未获隽。只合修文住玉楼。

也曾赤手斩长鲸，先生集中语。事遇疑难彻底清。囊不名钱甘淡泊，案无留牍颂廉明。照人肝胆真豪士，勖我诗词尽正声。一代典型归浩劫，绛帷肠断女门生。

三千里外絮萍身，八载门墙桃李春。张旭书名真入圣，子卿风鉴妙如神。一天风雪归期促，半月光阴别恨新。问岁未曾周甲子，忍教梁木竟埋尘。

彼苍梦梦问难知，几度寻思恨不支。勘破浮生同电影，每谈近代惜蛾眉。那堪感逝伤离日，偏在他乡远客时。一抹愁云山万叠，安能筑室六年期。

题画

剪翠成疏花，细叶凝湘竹。寄语踏青人，采蓝胜采绿。

烈妇刘公氏挽词

在东一赋小星篇，柔淑能教大妇怜。雏凤疾多凭翼覆，彩鸾影散并躯捐。从容殉节空千古，宛转从天入九泉。只有绿珠堪媲美，珊珊环佩话云边。

三尺红罗了一生，泰山应较此情轻。小家碧玉谁堪匹，大节贞姬可共评。骨有馀香留馥郁，心如古井更澄清。已看鸳冢生连理，燕子楼高欲让卿。

题魏贞女截指图遗照

三千里外客思家，展对斯图起叹嗟。博得芳名传万古，女贞木是断肠花。

题揽镜图

裁花作骨雪为神，画就双蛾顾影频。认取本来真面目，镜中人是月中人。

落　花

几日繁华景已非，乱红如雨逐风飞。杜鹃啼尽三更月，九十春光迅速归。

绿阴浓淡草芊绵，肠断燕台四月天。我自惜花花惜我，鸾飘凤泊感年年。

听雨听风意惨凄，粉香狼籍委春泥。珊珊环佩知难返，蛱蝶多情旧梦迷。

懒向风前酹酒尊，分明倩女乍离魂。草熏风暖愁如织，扑上春衫尽泪痕。

暮春下浣闻张理庵六伯于四月十九日安葬泣赋

东风卷地尘飞扬，燕台三月无春光。羁人对此心忉怛，那堪死别摧肝肠。一语传来更愁绝，哭不成声泣凝血。青山遽尔卜牛眠，从此形消并迹灭。迹灭形消一土抔，生平壮志委蒿莱。斜阳黯淡松楸冷，华表何时鹤驭来。绛帷侍讲当年事，独向娜嬛问奇字。先生斋名小娜嬛仙馆。祥麟威凤视微才，玉屑金针论大义。殷勤训诲作传人，顾复提携若老亲。卧疾每劳贻药石，分甘常得饱馐珍。又愁蒲柳衰偏早，细辑残编付梨枣。丙申岁宝病疟甚，先生删定拙集付梓，殊可感也。鸿泥偶尔印天涯，风雪频烦驰远道。去岁宝经涿州，先生亲送入都，腊月又赴京看视。纵使阴阳隔渺茫，云天高谊讵能忘。此生永抱西州痛，八载亲承东壁光。吁嗟呼！公自长眠呼不起，别恨悠悠曷能已。将心寄与月团圆，为依照向重泉里。

题纺绩图为陈比部山嵋母仇太君作

家学经纶裕，龙梭惜寸阴。佳儿荣禄养，寿母淡升沉。即此断机训，何殊封鲊心。画图传纺织，堪作女中箴。

题张孟缇缙英陶山赠别吟卷

椿茂萱荣乐事全，晨昏绕膝雁行联。披图触我伤心泪，侍养输君四十年。

姊妹花前秀句多，棣棠枝下共吟哦。埙篪叠奏阳关曲，百感中来可奈何。

一门风雅世无俦，彩笔翩翩赋别愁。读到陶山赠行句，河梁不复擅千秋。

林下高风思不群，词坛笔阵扫千军。即看此日珊瑚网，收尽金闺锦绣文。时选本朝闺秀诗。

四月上浣昆明湖记游同云林作

七香飞处碾双轮，结伴欣偕拾翠人。楼阁参差含紫气，云山缥缈隔红尘。花迎凤辇风光丽，柳拂龙池雨露新。此日蓬瀛竟身到，愧无白雪谱阳春。

高阁涵虚倚夕阳，离宫郁郁树苍苍。回风喜得群仙引，是日大风。弱水难教一苇杭。浩荡烟波横雁齿，弯环石凳绕羊肠。振衣绝顶凭栏望，万里山河拱帝乡。

云林招游丰台看芍药感成

几度花前载酒过，浇愁不去奈愁何。旅人别有伤心处，岂独将离惹恨多。

夏日感怀

侧身天地奈愁何，万感填膺一放歌。节过未偿书画债，日长赢得病愁魔。丹青无本凭嗤鹜，点画何心望换鹅。一自茂先骑鹤去，词坛谁更挽颓波。

尺五庄观莲索云林和

幽亭曲径恣徜徉，绿树阴浓绿苇长。一阵晓风香沁骨，几枝红藕作花凉。

一宵凉雨暑全收，水佩风裳色更幽。欲唱江南采莲曲，惜无女伴荡兰舟。

故乡一别欲经年，曾向西湖吊水仙。绿意红情相对处，诗人风貌尚依然。怀蘋香。

看花踪迹半燕台，又为莲花破晓来。花亦含情如索句，多君休负粲花才。

夏夜纳凉与云林同作

夜窗凉意重，瀹茗坐深更。雨过月如洗，风来树有声。琴尊论往事，山水动乡情。不觉邻鸡唱，灯花落短檠。

题朱小莅葆英小莲花室学隶图

汉拓唐碑久不闻，兰闺嗜古孰如君。玉台一管生花笔，画罢双蛾写八分。

雨窗展读理庵六伯遗诗感成

阑风伏雨苦终朝，卷起湘帘坐寂寥。窗外芭蕉墙里竹，萧萧瑟瑟两无聊。

欹斜墨迹不成行，一展残笺一断肠。万种离愁吟未得，泪丝持比雨丝长。

初伏秋九日太清云林偕余尺五庄看荷用余前游韵依次奉答

柳阴深处恣徜徉，指点花开较叶长。红晕晓霞珠露润，输他泽国占清凉。

清词丽句锦囊收，叠韵风前诗思幽。安得此花真十丈，海天云水共乘舟。

胜游最好是今年，联袂重吟洛水仙。玉骨玲珑丝宛转，惹人离绪亦纷然。时太清、云林诗中怀云姜。

琼姨月姊下瑶台，难御晨风跨鹤来。两姊至俱早，余独后到。金谷何辞三爵罚，绮筵深羡八叉才。

暑夕不寐与云林夜话

竟夕不成寐，蚊虻苦刺肤。汗随珠露滴，月共客心孤。绿树蝉声咽，红窗蝶梦无。故乡烟水里，相对忆西湖。

都中消夏四咏

响　竹

击碎渐离筑，苍筤正气凭。声疑跳白雨，胆已落青蝇。解体势无敌，虚心始见能。营营趋热客，雅赖此君惩。

冷　布

衣被苍生外，翻邀却暑功。疏裁千缕缧，凉沁一窗风。不减轻纱碧，聊遮酷日红。莫嫌寒女杼，幅幅自玲珑。

冰　盏

无计消烦暑，清香递午风。一声凉欲彻，双盏击来工。韵似传铜钵，时堪语夏虫。平生有热血，肯为尔消融。

花　帚

不向瑶阶扫，偏多润物情。洒来凉雨细，挥趁晚风轻。麈尾形相似，龙须制独精。清泉频溅处，花上露晶莹。

赠郭笙愉润生并题梧笙馆诗集

一卷诗腾宝剑光，大家才调冠潇湘。笑余凡骨无丹换，喜遇仙人郭密香。

掌上擎来照乘珠，薪传慈母亦名姝。鸡窗姑妇同谈笑，似此风流世所无。令媛月裳、令媳智珠俱能诗。

一夕清谈胜十年，粲花妙论吐青莲。他时纪取题襟会，同醉瑶池阿母筵。

天风偶尔聚闲云，却幸追随大雅群。刻翠裁红多少笔，清才浓福孰如君。

秋日忆理庵六伯

一抔黄土掩才华，寂寞空山噪暮鸦。柳絮春风矜道韫，松楸夜雨泣侯芭。千秋业已成黄绢，一瓣香犹恋绛纱。可惜当年陪护意，不曾亲见赋宜家。

和云林秋日登陶然亭怀故乡闺友作

绿绮发清音，瑶尊酌香沫。扑面软红尘，肝胆赖君豁。示我衍波笺，新词殊浑脱。陶然耸虚亭，地幽境逾阔。晴雪翻芦花，搴芳到木末。抚景思故人，离怀倍忉怛。我亦抱乡愁，吟魂绕闺闼。自泛绿阴舟，清波未能掇。自丙申初夏与诸闺友泛舟玩皋亭绿阴后，胜游未继。日夕秋风多，莼鲈思若渴。

秋日访孟缇时适卧病索予赠句口占

眉减青螺鬓堕鸦，伊人标格似梅花。我来绣阁闻名论，多病文园属内家。

牙签万轴锦屏舒，黄绢才高愧不如。为避俗尘聊示疾，一帘花影半床书。

孟缇见和原韵走笔奉答

夕阳影里逐归鸦，鸿集吟来笔有花。昨夜梦中犹握手，清谈雄辩论诗家。

一幅瑶华浣手舒，镂金错采锦难如。不惭倚马涂秋蚓，喜换簪花玉女书。

送笙愉之中州

神交乍喜挹风标，唱和新篇慰寂寥。花落金台联绣袂，云移艮岳迓星轺。万山红树诗情丽，九曲黄河别梦遥。三叠骊歌一尊酒，客中送客最魂销。

题孟缇淡菊轩诗集

班香宋艳格风流，开卷如登百尺楼。诗到中年偏有味，人非绝代不工愁。水边亭榭峰三面，花里帘栊月一钩。麟阁高标惭野战，论功可许列公侯。

孟缇见和原韵依次奉答

门对西山翠欲流，秋风瑟瑟懒登楼。欣从文苑窥三绝，聊共骚人赋《四愁》。骏马超群空冀市，神龙小隐化吴钩。扫眉才调如君少，不愧家声博望侯。

潇洒丰神异俗流，五铢衣薄月当楼。同深寸草春晖感，难遣秋声夜雨愁。道韫清才工七字，茂漪淡墨重双钩。左图右史祛烦抱，何减神仙李邺侯。

妆台何幸遇名流，妙手能修五凤楼。对酒难消才子气，读书常抱古人愁。黄花写影临珠幌，金鸭焚香掩翠钩。示疾维摩耽静业，软红不到管城侯。

滚滚词源倒峡流，难将寸木并岑楼。绿波南浦江淹恨，枯树西风庾信愁。别梦不离邀月舫，狂吟欲借钓诗钩。阳春高唱难赓和，八咏虚传愧隐侯。

题徐贞女征诗启后

南州传望族，闺阁异庸流。寡鹄瑶琴冷，孤鸾宝镜愁。生逢无一面，死别竟千秋。大节谁堪匹，曹姬雅可俦。

恭挽姚树堂寄父

音容远隔路三千，离绪唯凭雁足传。今日披函真痛绝，大椿摧折暮秋天。

痛抱西河泪未干，又逢幼女泣孤鸾。桑榆晚景何堪此，一夕天风鹤背寒。长子武景、六婿谭某于夏秋先殁。

生平厚德被人多，鹤算增来一纪过。丁亥病剧时梦神人云：阴骘事多，延寿一纪。醒即霍然而起。才了向平婚嫁愿，忍教薤露发悲歌。

当年宦迹寄杭州，啸咏湖山春复秋。三百梅花万株柳，新诗都付锦囊收。

襟怀旷达等蒙庄，术擅青乌启秘藏。不向空山留遗蜕，早营生圹傍书堂。早于书屋之侧筑生圹。

校雠细探五车书，点画无愁误鲁鱼。辑柳编蒲多著述，问奇谁过子云居。寄父著有《韵府晰义》。

别却蒲团下泰安，寄父自言遇陈仙降乩云：前身系泰安山僧。软红尘里阅悲欢。萱堂耄耋孤儿幼，多恐黄泉撒手难。

舞彩曾依膝下来，麦舟归榇感怜才。十年空抱衔环志，未报涓埃倍可哀。

读聊斋志异作

偶凭幻诞破清聊，灵鬼灵狐寄兴遥。此际不堪重展读，青灯如豆雨萧萧。

头飞耳食续《齐谐》，古艳新香字字佳。绝好凤楼修史笔，此才不合老茅斋。

鸿雪楼诗草卷七

钱塘湘佩女史沈善宝著

己　亥

长安灯词

天衢烟景甲尘寰，宝马香车任往还。璧月一轮辉凤阙，春星万点映鳌山。

九华七宝烂生光，百岁鱼龙更擅场。听彻太平箫鼓奏，踏歌争唱荔枝香。

蓬莱宫阙五云山，万户千门蜡炬红。好是执金吾不禁，衣香人影艳春风。

传柑佳节月华新，看遍人间富贵春。鹤焰龙灯风淡荡，万年枝上动香尘。

和汪瑟友恂见赠原韵

犹记金尊画阁开，乍亲笑语绝嫌猜。羡君韦幔传家学，咏絮无惭道蕴才。

翩翩绮袂快重逢，疑在罗浮明月中。七字殷勤劳惠寄，春光回首惜匆匆。

虚白太夫人以元夕购牡丹作见示索和

绿阴庭院寂无哗，制锦才高出大家。读罢新吟香沁齿，笔端应有妙莲花。

银烛金炉夜不寒，买春却好月团栾。神仙富贵谁兼擅，只有名花许共看。

和外子感怀原韵

何须搔首对斜曛，漫羡高骞鸾鹤群。但使精金能百炼，定然彩笔扫千军。诗成愧我非徐淑，客至从他笑子云。榴火吐红蒲酒绿，开樽正好细论文。

雨后苔痕绿上扉，幽居喜与软红违。丝缫雪茧春蚕老，帘卷风漪乳燕飞。萱室春长开亦福，兰台夜永静忘机。时春曹直宿。儿童解绍箕裘业，莫问旁人是与非。

和章曲江大兄原韵并祝五旬寿诞

酿熟蒲桃笑口闭，烟霞笑傲具凡才。二千里外赓新曲，化作添筹海鹤来。

殿春花逐鼠姑开，啄句曲无白雪才。闻说桃源风景好，渔人有日放舟来。

和松亭二兄感怀原韵时左江水部

万里长空月影孤，抚膺莫漫唱乌乌。十年人望金台愧，一代词豪玉局苏。璞在不须伤往事，琴焦未免慨今吾。平生报国忠君志，事业文章岂异途。

听雨萧斋感百端，检书渐觉烛光残。杯衔鹦鹉诗怀壮，匣锁芙蓉剑气寒。水部人文今古盛，瀛洲楼阁画图看。笑侬不及关家妹，爱读《阳春》和却难。

夏日偶成

嫣红姹紫尽成尘，绿树阴浓覆四邻。闲借丹青描艳影，百花颜色四时新。

纱橱竹簟映玲珑，午睡初酣一枕中。忽听风涛起天半，跳珠白雨打凉篷。

夏日对雨即用松亭兄韵

庭前杂花歇，新柯成绿阴。浓云蔽酷日，宿鸟投芳林。骤雨忽湍湃，如闻戛玉音。炎威霎时绝，罗袂凉风侵。尘虑淡相忘，琴书聊宅心。高吟意殊得，莫更问朝簪。

初秋访太清新居闻屏山云林鼓琴

金闺绝调遇钟期，底事偏操寡女丝。十二帘栊春寂寂，月明人静自敲诗。太清颜其内室“月明人静之室”。

黄鹄歌来不忍闻，花开花落感离群。劝君多种忘忧草，瘦到吟腰已十分。

案头金石映辉煌，倒薤悬针手泽长。二十一篇《鸿烈》在，淮南宾客也神伤。太素贝勒工篆书，善石刻，著作等身，遗稿盈尺。

一泓秋水凝寒碧，满架藤阴覆绿苔。好借琴书消岁月，王孙虽小却多才。

读太清云林游万柳堂诗奉和

景物澄清爱早秋，吟朋折柬劝同游。西风偏抱维摩疾，未得拈花一唱酬。时游拈花寺。

细读新诗似画图，风前感慨说荣枯。平芜一片秋萧瑟，不见当年柳万株。

听琴曲暮秋下浣太清、云林、伯芳集屏山翰墨和鸣馆，听屏山、太清、云林鼓琴

秋林叶落秋花妍，瑶清墨会逢群仙。霓裳咏罢逸兴发，金徽玉轸调冰弦。上元夫人指法妙，雁声断续惊沙旋。流泉潺湲，天风缥缈，凤舞龙吟，峰回路绕。志和音雅淑且匀，海波不动扶桑晓。天孙促柱怆别情，泠泠腕底悲风生。忽然调作霹雳引，雷殷雨骤来訇訇。又若沙场金鼓一齐作，千军万马衔枚行。吴声清婉蜀声急，非弦非指谁能及。筝琶细响一扫空，激昂慷慨能为雍门泣。飞琼仙子今之琴，高流移宫换羽含深愁。青天迢迢碧云合，美人日暮凭高楼。思归曲初终，幽绝梅花弄。翠禽枝上语啁啾，月明未醒罗浮梦。吁嗟乎！从来古调识者稀，高山流水伤钟期。《广陵散》绝焦尾碎，千秋寂寞龙门枝。今日何日得听《钧天》奏，仿佛成连海上情为移。

寻辽后梳妆台故址

燕云千里何苍茫，契丹自昔称豪强。五花迎月多楼阁，惟馀故址传梳妆。枫叶疑红宇晴碧，指点琼华说遗迹。遥知太液秋波深，定染脂香与粉泽。当年宫殿倚云开，妆楼百尺高崔巍。珍

珠帘幕文犀押，芙蓉宝镜盘龙台。三千宫女如花貌，妆出春风花欲笑。簇拥花王整晓鬟，翠钿凤串朝暾耀。玉碗先呈酪乳香，金盆徐进紫兰汤。云盘腻发柔荑滑，黛染纤眉柳叶长。衮衣初换早朝设，鸳班鹭序成行列。常哥翰墨意辛贤，巾帼名臣亦奇绝。无端鼙鼓起悲风，天遣金兵渡混同。雌龙远窜不复返，此楼竟作完颜宫。吁嗟乎！红羊换劫千馀载，辽耶金耶复谁在。曾见惊鸿照影来，窗外西山青不改。

忆西湖早梅

风雪天涯系远思，孤山又是小春时。三年未觅花前句，数点遥怜竹外枝。烟水茫茫人别久，梨云漠漠梦来迟。暗香疏影情何限，愁读巢居处士诗。

驿使徒劳问讯频，空山寂寂定回春。香生玉照三更月，清绝金沙半点尘。翠袖天寒应伴鹤，碧云日暮可怀人。南枝几朵当先绽，添我离愁一倍新。

曾向溪桥踏雪寻，任教鹤氅晓寒侵。新醅浅酌红螺盏，逸韵轻传紫凤琴。东阁春光怜胜概，《南华》《秋水》任高吟。广平纵使心如铁，忆到孤标感不禁。

水边篱落影纵横，幽绝缃英与绿英。词客偏多羁旅感，美人空抱岁寒盟。山含薄暝春应早，风送清香雪岂晴。记取段桥西畔路，疏枝冷蕊最关情。

红　　叶

声声砧杵起遥村，吟到吴江客断魂。秋借荣枯分草木，天教锦绣裹乾坤。不须步障夸金谷，最好题糕倒玉樽。丹凤城边霜信早，归鸦几阵破黄昏。

大树将军久擅名，西风真著锦衣荣。江天图画宜朝爽，金碧楼台爱晚晴。满径时闻山鹿踏，一行遥度塞鸿声。秋红更比春红艳，好记游仙赋赤城。

驻颜丹定乞仙灵，妆出秋山似画屏。几日新霜成燕紫，连朝宿雨洗雅青。花明芦荻舟初系，客爱烟霞策暂停。叮嘱奚童收碎锦，好留泼墨仿黄庭。

谁把丹砂付化工，鸡枫鸦柏影玲珑。半帆凉月疏钟外，一片寒山夕照中。淡映微云明楚岸，偶随流水出唐宫。诗人莫叹秋萧瑟，万树晴霞散彩虹。

陈云伯大令文述以各著作见示索题

海底珊瑚网底收，词坛硕望重名流。不知表圣麒麟阁，可及元龙百尺楼。

碧城吟馆绝纤埃，环佩珊珊问字来。风雅一门谁得似，神仙眷侣谪仙才。碧城女弟子诗集《小鸥波馆》《小停云馆》。

埋香瘗玉集《兰因》，好古如君雅绝伦。更有婆心堪济世，莲花宝筏渡迷津。《兰因集》《莲花筏》。

胸罗星斗气云霞，检得神方驻岁华。自古神仙多吏隐，待看勾漏炼丹砂。

红牙轻谱紫鸾笙，换羽移宫字字清。卅六鸳鸯双蛱蝶，销魂不让柳耆卿。《紫鸾笙谱》。

鸡碑雀篆费搜寻，千载仙踪七字吟。从此湖山名愈重，论功自合铸黄金。《西泠仙咏》。

碧海惊沉女史星，一抔何处吊芳灵。齐名空说环花阁，惆怅斯人隔杳冥。《汪小韫宜人小传》。吴蘋香姊素日推重小韫诗才不置，每谓予可伯仲，而卒未晤。今读此传，不禁怆然。

自从洗手作羹汤，无意驰名翰墨场。一集秋红新夺锦，漫劳刮目沈东阳。“秋红社”此课劳君鉴定，以拙作冠场。

冬日谢虚白太夫人惠木瓜杨梅

雪花如掌扑帘栊，冷到燕山客恨同。一缕乡心无着处，开缄不异坐春风。

宣瓜珍重慰幽居，瑞圣飞穰总不如。领略甜香盛斐几，转惭投赠少琼琚。

杨家果熟紫云凉，梦绕吴山却月廊。今日喜同崖蜜至，故乡风味感分尝。

咫尺城关觌面难，宣文绛帐喜平安。野人绝少珍馐献，聊摘芹芽为佐餐。

禽　言

得过且过，寒暄俱可。转瞬春风来，凤凰不如我。行不得也，哥哥行矣。如何山多瘴疠兮，水多风波。提壶提壶，花外相呼。莫惜千金裘，相逢且尽沽。

冰　床

朔风卷地蛟龙伏，琉璃万顷凝寒玉。兰桡桂楫冻不行，天教泽国成平陆。此时勇士习冰嬉，别有冰床制更奇。不借象牙为藻饰，却凭铁齿任推移。水晶域里尘埃绝，小憩讵容邀热客。几度冲寒驰骋来，啮碎银沙疑裂帛。岸旁腊鼓催残年，凌虚缥缈仙乎仙。倘遇桓伊三弄笛，定然踞坐梅花边。

火　炕

花砖巧仿匡床筑，隔户红炉地底伏。粉壁周遭三面遮，融和先透芙蓉褥。小屏短几镇相于，趺坐三冬乐有馀。制比薰笼尤熨帖，春生黍谷较何如。热中休笑依炎焰，有人梦向重衾恋。锦衾角枕烂生光，燕姬果似唐花艳。不须睡鸭爇沉檀，不借灵犀为辟寒。门外雪花飞六出，正堪高卧傲袁安。

和虚白太夫人雪中见赠原韵

白雪传高咏，披吟对夜窗。文章钦韦幔，词赋重潘江。点瓣寒消九，挥毫韵叠双。盆梅香渐放，烛外影幢幢。

几番思问字，未得破寒来。残雪皴山骨，新诗艳海苔。频劳修月斧，漫诩谪仙才。社中诗课屡呈鉴定。珍重西风里，吟眉望展开。时以感怀之作见示。

张又苏舅父展觐入都仍回大邑之任赋此送别

远隔苍茫已十年，难将离恨诉尊前。云萍风絮欣重遇，忍听骊歌促别筵。

零落亲知慨故乡，重逢不异鲁灵光。寄生弱草劳存问，岂独情深是渭阳。

千重云树万重山，从古争传蜀道难。残月晓风寒彻骨，长途珍重勉加餐。

骢马朝天出入荣，亲民责任本非轻。仍携琴鹤飘然返，白叟黄童夹道迎。

庚子

题太清听雪图用伯芳原韵

六出花飞绝点埃，红罗绿萼几枝开。诗人襟抱清如雪，独自巡檐索笑来。

梅雪双清证夙因，空庭寒尽渐回春。琼瑶密洒声萧飒，风度重帘入耳新。

新　月

金波微映粉墙东，疑是青天挂玉弓。蟾魄乍生痕尚浅，蛾眉从古效难工。柳边烟暝人初拜，花外光寒雪未融。待得团圆三五夜，桂花香满蕊珠宫。

女游仙

瑶池曾订婉凌华，同访天台玉女家。刘阮不来春又老，碧桃花下饭胡麻。

飞琼伴侣尽翩翩，跨鹤来探玉井莲。折得红情嫌并蒂，一枝分赠扫花仙。

偶向璇宫泛紫霞，银河清浅月钩斜。近来云锦翻新样，织尽人间未见花。

丹桂香中集广寒，霓裳舞罢羽衣单。嫦娥彻夜开金阙，人世看如白玉盘。

散却瀛洲万斛尘，梅花晴雪又逢春。鲍姑分遣罗浮蝶，相约吹箫写韵人。

白凤耕烟种紫芝，素麋解角卧瑶墀。不知沧海桑田易，消得星娥几局棋。

开 沟 叹

长安二三月，桃李无颜色。寒凝白日黄，风卷红尘黑。驱车出门去，昏不辨南北。但见没踝者，竭尽蝼蚁力。荷锸以相从，挥锄于道侧。旁积土如山，中藏秽如墨。长绠系辘轳，牵挽去壅塞。垄断已难行，臭恶复相逼。掩鼻而过之，屏气似不息。稍自失矜持，哇出亦在即。吾乡境迥殊，地底伏沟洫。青石排辚辚，雨过净如拭。岂知名利途，坑坎不可测。寄声捷足人，趋跄慎倾踣。

浴佛日太清屏山招云林霞仙及予同游翠微山作

振衣绝巘快登临，放眼川原豁素襟。万壑松涛风雨急，千盘石磴薜萝深。云迷古寺钟声远，峰隔斜阳塔影沉。最爱笋舆便捷甚，胜游相订感同心。

紫绣球和潘虚白太夫人

叶底团栾月魄同，薰风幻出紫玲珑。细攒梅瓣胭脂丽，巧夺荷囊剪彩工。翠袖抛来香雾散，锦帷开处瑞烟笼。衣披一品珍花国，醉态尤宜夕照烘。

夏夜纳凉

骄阳忽西倾，炎威渐消歇。开牖纳清风，移床就明月。凉意透罗襟，清光出林樾。竹露滴霏微，荧光时出没。抚景爱泬寥，结想更超忽。愿骑白凤凰，飞身历琼阙。仙人抗手迎，金丹换凡骨。尘俗一洗空，寒暑免侵伐。富贵本浮云，何劳心虑竭。

孟缇招饮赏芍药赋谢四月廿六日，是日酷热

樱笋厨开记饯春，清和风景一番新。挥毫竞少催诗雨，时久旱。握手欣逢绝代人。谓董闺媛。金带围开花富贵，晶盘冰贮玉嶙峋。闺中亦有陈惊座，坐我春风胜饮醇。

夏日感怀

炎雨薰风昼似年，离怀黯淡病缠绵。红鳞遍少鸰原信，翠管愁吟棣萼篇。久无家信。十里荷花迟旧雨，六桥杨柳梦归船。缁尘扑面浑难浣，赢得看云白日眠。

雨窗漫成

连宵风雨急，暑气喜全收。竹簟凉如水，蕉窗淡若秋。扇抛明月静，香袅湿云浮。嫩日穿林隙，蝉声听更幽。

虚白太夫人以荷花莲蓬见贻并系以诗即和元韵报谢

十二时中乡思深，阑风伏雨倦凭临。分来太液池中品，如见慈云座上心。翠实含芳朝露润，红衣散馥夕阳沉。不题花叶题花瓣，要借清香入短吟。

七夕感怀时英夷攻陷定海

天上何来儿女情，连番微雨晚凉生。愿将一掬银河水，倾向东南洗甲兵。

太清姊赠桂花赋谢

借得吴刚斧，天香散碧空。最怜金粟影，来自蕊珠宫。风露前宵冷，乡心此日同。谓云林。胆瓶注新水，芳气袭帘栊。

感成呈松亭兄

无端烽火客心惊，谁运胸中百万兵。杜老忧时空感慨，谢公却敌但楸枰。拯愚岂料开边隙，报捷欣传慰圣明。时闻厦门陈提督击败逆夷。愿得妖氛俱扫尽，伏波铜柱早标名。

秋夜听雨呈外

灯花红落碧烟轻，凉入罗帏夜气清。露白葭苍羁客恨，橙黄橘绿故园情。容台听雨更初定，妆阁敲诗梦未成。莫笑忧多同漆室，恨难踏浪斩长鲸。

小春下浣季瑛姐邀饮绿净山房赏菊太清命成长律限山字韵率笔成此索在坐太清云林仲绚佩吉诸君和

秋容烂漫压尘寰，仙袂联翩响佩环。喜读新词赓北宋，时读太清新制《醉翁操》。聊凭佳酿祝南山。绮罗香影霏金谷，红紫花光照玉颜。自笑年来诗思涩，漫哦短句学偷闲。

忆琴舫弟四十韵

弱弟别我去，孑影行何方。六载断消息，抚念摧中肠。忆昔童稚日，欢笑依亲旁。亲颜未衰老，儿女欣成行。双珠掌上秀，五桂阶前芳。戚里尽成羡，雏凤声清扬。何期大椿折，异地遗孤孀。鞠育赖慈母，家学传青箱。诗书未终读，饥驱不可当。同气联珠璧，雁序分翱翔。小妹最聪慧，二竖偏为殃。连枝一旦萎，方寸森锋芒。老亲悼爱女，日夕生悲伤。神缘忧所损，一厦倾萱堂。终天恨同抱，罔极恩难忘。泣血处苫块，幼弟惨屠亡。我生胡不造，五岁遭三丧。骨肉既零替，手足多参商。痛极肝疾作，幸汝还故乡。癸巳秋日，琴舫自慈溪回里。为我调药饵，劝我进羹汤。我愈汝又病，三月卧绳床。恐汝有差失，中夜起彷徨。不令汝行役，藜藿甘共尝。患难既共历，寒暑加周防。愿汝承先志，苦口时匡襄。双亲营葬毕，拟为汝求凰。汝质虽鲁钝，汝心颇循良。奈何慑群小，竟尔学高飏。一去不回顾，未卜否与康。女婴纵不念，忍弃梓与桑。我自于归后，家山路阻长。松楸系魂梦，棣萼期辉煌。前年长兄至,玄发渐苍苍。操戈深自悔,泣涕沾衣裳。二兄滞京邸,辛苦觅稻粱。惟汝不知所,思之心茫茫。天涯及海角,应已饱风霜。池边见义竹,根密枝繁昌。园中有杞梓,本茂叶轩昂。对此竹与木,令我殊惭惶。

鸿雪楼诗选初集卷八　　　钱塘湘佩女史沈善宝著

辛　丑

立春后三日偕孟缇伯芳谒虚白太夫人即承惠诗依次奉和

香车缓缓过城隈，渐觉风和柳眼开。月姊星妃含笑指，五云深处是蓬莱。

闺阁龙门有令名，照人冰镜十分清。饮醇喜入春风座，自古文章属老成。

徐淑风华苏蕙才，韦帷问字爱追陪。蛾眉独抱英雄志，国事关心白发催。虚白太夫人论时事甚激烈慷慨，直巾帼英雄，恐须眉闻之生愧也。

送云舫十兄从军东粤即用松亭三兄原韵

珍重驱兵暂枕戈，春深细柳听鸣鼍。悬知碧海驰名远，定为苍生造福多。虎帐日高飞羽檄，狼星夜落奏铙歌。平夷廿策无遗算，借箸儒生有几何。十兄曾著《平夷二十策》。

和虚白太夫人春雪书怀原韵

漠漠同云合，飞琼冷莫支。柳烟看乍敛，花信探偏迟。白战谁能敌，清才自不羁。故山春正好，梅蕊绽新枝。

瑶华频许读，属和愧微才。玉屑论今古，天花任剪裁。诗真清似雪，人亦瘦于梅。想见拈毫处，吟成笑口开。

杏　　花

一枝曾向禁林探，十里东风春正酣。紫陌寻芳将上巳，画楼听雨忆江南。衔泥新舞花前燕，沽酒遥停柳外骖。浅白深红看不足，晓妆买得满筠篮。

题孤山春晓赠行卷子和虚白太夫人原韵

孤山一别渺天涯，画出春风洵足夸。如此赠行差不俗，半湖碧水万重花。

一枝谁寄陇头梅，展卷沉吟日几回。楼阁参差花烂漫，画船何计赋归来。

首夏五日余季瑛姊庭壁招赏芍药时赵淑芳将赋南归口占赠别

花前把酒屡谈诗，可惜相逢无几时。今日绮筵重对处，满园花放是将离。

白 芍 药

一枝清影殿芳菲，十丈红尘见亦稀。妆淡却怜姑射静，香浓何碍玉环肥。神仙偶尔贻瑶佩，宰相由来爱白衣。看到丰台倾国色，不须金带说腰围。

夏日过圆明园途中口占

绿阴深处乱蝉鸣,一抹斜阳送晚晴。自笑浮生劳似毂,碧山如画忆江城。

观扇子湖莲

千叠波纹一扇开,红衣绿盖共徘徊。花含紫气盈盈绽,香逐薰风冉冉来。飐叶定知游翡翠,托根何幸近蓬莱。九重雨露增颜色,欲赋惭无康乐才。

.题　　兰

夭桃秾李看成尘,几箭幽芳冠早春。雨叶风枝怜瘦影,湘烟峦翠写丰神。隐来空谷如君子,赋到《离骚》感美人。一自瑶琴传雅操,国香千古竟无伦。

孟缇招饮挹爽亭喜晤恽岫云湘即席作时六月既望

危亭高占绿阴中,同倚阑干眼界空。晓露香舒红菡萏,远山云锁碧玲珑。新词合谱延秋曲,后十日立秋。古赋高吟避暑宫。孟缇时诵《九成宫赋》,音节铿锵,令人忘倦。更幸金银逢博士,爪痕留印记飞鸿。

为汤节母杨太夫人题断钗吟

忠孝传家德泽长，金闺节孝仰共姜。蛮烟瘴雨曾经历，唳鹤啼乌易感伤。画戟已看荣令子，宝钗犹忆赐高堂。无端玉折增惆怅，吟就新词鬓欲霜。

虚白老人以夜来香见贻口占

是花是叶两难分，小朵柔丝剪绿云。明月欲来灯乍上，一帘香雾散氤氲。

寄瑟君石港

天末凉风起，思君意若何。荷花如解语，离恨托微波。明月羁人怨，秋云越女罗。双鱼传尺素，读罢泪痕多。

湖上联吟侣，飞琼共采鸾。谓云林、蘋香。怜余诗胆大，爱子酒怀宽。秀发阶前桂，香舒砌畔兰。分襟何太促，无计话悲欢。

宦迹迢迢去，年华冉冉更。相逢真似梦，忆别最伤情。弱女成奇烈，高堂隔远程。令媳茳洲吞金殉夫，暗斋老伯又远在杭城多病。遥知青镜里，两鬓素丝生。

皇都天下胜，琴剑作斯游。旧雨联车话，余初至都，日与云林同车出入。慈帏扫榻留。入都即蒙安邱李寄母史太恭人除舍相留。岂知萍水客，来结凤鸾俦。迢递云山远，难消故国愁。

秋夜听雨呈外

风雨潇潇秋漏长,百端交集意茫茫。隐忧家国添新病,时接杭州来书。自酌参蓍改旧方。笑我频歌青玉案,日来卧病,蒙诸闺友馈饷不绝。羡君稳据黑甜乡。浮生热恼难消却,愿借莲花作苇航。《莲花筏》,陈云伯大令所著,甚有裨于世道人心。

重阳前谢虚白太夫人惠菊

草木萧疏径就荒,东篱远惠此寒香。碧云满地秋如水,白雁横空夜欲霜。也是诗人坚晚节,岂同凡卉艳春阳。西风帘卷应消瘦,漫对名花作报章。

病中感怀

病来无计遣愁魔,渐怯新凉透薄罗。极目松楸千里隔,伤心亲旧九原多。年来吴醒香母舅、鬘云母姨、家庶祖妣金太孺人皆下世。三更幽怨秋蛩语,五载光阴羁旅过。料得有人如杜甫,应嗟时事日蹉跎。

闻杭信感成

舟山重又见烽烟,湖上人家倍惘然。让畔偏多肥遁志,富民尽室迁移。招商深赖长官贤。时大中丞刘玉坡先生招米商命平粜。传来风鹤真堪恨,想到饥鸿倍可怜。安得孝侯三尺剑,海氛顷刻靖南天。

题 画 梅

记得孤山风雪酣，梅林芳信几回探。湖烟湖水三千里，谁更冲寒踏碧岚。

回首西泠怅雪鸿，五年驹隙太匆匆。巢居阁外横斜影，应绽南枝几朵红。

送季瑛随任甘肃太守许吉斋室

同是西湖客，他乡见倍亲。芝兰投气味，胶漆胜雷陈。绮阁晨花艳，金尊夜月新。春秋遇佳日，折柬不嫌频。

五马行来速，何愁道路长。地经榆塞阔，秋到玉关凉。美酒蒲桃酿，甘瓜琥珀光。悬鱼传政绩，内助赖匡襄。

阳关三叠罢，挥袂泪双垂。小别四千里，相思十二时。风霜须慎重，车马缓驱驰。官阁梅花发，春风寄一枝。

骥足君先展，燕台我尚稽。好花分姐妹，宦迹隔云泥。往日情无限，何时手再携。眼前良友少，相思亦凄迷。

岁 暮

腊雪催年去，春风逼岁阑。又怜时序改，愈觉世途难。故里惊烽火，新愁灼肺肝。捷音何日至，魂梦未能安。

元旦试笔壬寅

律应青阳转，天开淑景新。雪晴梅绽萼，风暖水生鳞。宝鼎焚沉水，香车碾曲尘。比年诗思减，握笔写宜春。

附外子和作

律转三阳泰，祥开万汇新。爆声惊凤尾，灯影剪鱼鳞。雪霁檐开冻，泥融路溅尘。快吟诗句好，花满管城春。

张兰芬夫人随宦入都晤余于陈仙九女史敦蕙席上以七律见赠次韵报之

欣从惊座识闺英，菊秀兰芳见性情。客路三千随宦辙，时以运铜入都。云山万里共题名。吟来好句如珠润，别后相思寄月明。羌笛数声歌一曲，春风杨柳碧烟萦。

附原作

小集琼筵晤舜英，简编惠我倍殷勤。云间学士新迎面，日下才人旧擅名。蚁酒清谈牵客梦，鸿楼艳雪灿春明。萍踪此后分南北，湘水燕山两意萦。

龚烈妇朱茳洲女史挽歌

君不见，黄山千里来昆仑，摩天峰巘青嶙峋。又不见，新安江水清且急，骇浪惊涛卷晴雪。名山大川毓秀灵，紫阳千载垂家声。鸿儒硕彦代不乏，又看奇烈传闺英。茳洲少小多才思，蛾眉颇负男儿志。冰雪容颜兰蕙心，读书辄了书中意。明诗习礼正芳年，雁序成行侍膝前。泥姐敲棋拈冷玉，邀兄分韵劈蛮笺。绿鬟侍女知音律，闲拍红牙披锦帙。古今节孝付高吟，进士何妨称不栉。荭洲善诗词，兼工棋曲。王谢门楣世有姻，红丝仍系外家亲。龚郎早岁游黉序，潘宋才华秀绝伦。随亲远宦来沧海，馆甥特筑秦楼待。喜听琼箫引凤皇，更怜鸿案多文采。文采风流见亦稀，晨昏定省两依依。临风玉树双株秀，入幕红襟比翼飞。半年夫妇蓝桥住，一旦思亲欲归赴。请携新妇见尊嫜，挂帆同向钱塘路。此际荭洲去住难，牵衣别母泪汍澜。白云亲舍千山隔，翠被江风五月寒。归来喜识慈姑面，调羹视膳安贫贱。琴瑟同心妯娌和，贤声亲党传扬遍。篝灯佐读不辞劳，只望名题雁塔高。叔宝神清偏善病，庸医药误甚操刀。逝者悠悠呼不起，孀亲痛子悲难已。此际荭洲暗断肠，愿作鸳鸯会双死。衣衾含殓手经营，潜咽黄金毕此生。父母有男姑有子，泰山情重女身轻。结缡八月分鸾镜，绝代佳人偏薄命。一死名昭日月光，千秋人仰松筠性。犹忆垂髫乍见时，明眸绿发爱丰姿。楼头问字倚慈母，花下寻诗唤阿姨。相亲未久分襟速，惜别尊前泪盈掬。只望重逢有后期，谁知凶耗传书牍。君自从容入九泉，萧郎弄玉共成仙。伤心两地萱帏老，化鹤何当慰暮年。吁嗟乎！从来节烈如忠义，独秉乾坤浩然气。试看捐躯慷慨人，肯忘君亲希富贵。诔词未写意先焚，欲表潜幽愧少文。他日西湖放归棹，寒泉一勺哭秋坟。

送李寄母史太恭人回安邱

六年倚膝下，顾复感慈恩。咏絮矜微慧，拈花悟至言。母语人不甚解，惟宝独悉，殆有夙缘。雀屏劳选择，鹏翮助腾骞。忽听归欤赋，春衫尽泪痕。

投笔班超去，谓云舫十兄。高堂忆远游。嘱侬频定省，为母解离愁。闷借诗牌遣，疴非药石疗。谈深忘夜永，烛为一人留。母处每宴，客散甚早，惟宝独令迟留，更静始返。

日来风雪交作感成寄李寄母

离愁正无赖，风雪太猖狂。归辔行何所，春寒不可当。思亲千点泪，望远九回肠。频向风姨嘱，休吹大道旁。

祝潘虚白汪太夫人八十寿辰

松柏精神寿鹤年，喜逢八秩敞华筵。才钦仉母三迁训，学迈曹家《七诫》篇。设蜕正当槐夏日，称觞最好麦秋天。昨朝佛诞今仙诞，合箓长生晋锦笺。

蟠桃初熟日迟迟，宝婺辉腾献寿卮。丹桂五株皆国柱，碧梧千尺长孙枝。花开四照风光丽，天赐三多福禄宜。顾我添寿如海鹤，欣陪鸠杖侍西池。

当日闽滇拥八骢，云山万里姓名留。滕王阁上题新句，西子湖边忆旧游。绛帐衡文资玉尺，碧窗联韵写银钩。凤城烟树供吟啸，小住蓬莱数十秋。

宣文虽老尚研经，竟日披吟手未停。绣虎雕龙诗笔健，霏金屑玉墨华馨。曾逢幻劫头先白，雅爱微才眼最青。家学又欣传幼妇，名花远寄祝延龄。令孙媳潘蓉裳女史工诗画，现随翁任所。

时逢谷雨太清集蕊仙珍庄武庄屏山云林仲绚伯芳及予赏海棠园中者零落已尽惟室中两盆十分烂漫爰成四绝

绿章几度乞春阴，无赖东风不可禁。修到神仙犹有劫，金铃空费护花心。是日余患霍乱，力疾赋之。

施朱傅粉媚韶光，银烛何须照晚妆。十二瑶台风露重，安排金屋为深藏。

植向芳瓷净土匀，放翁颠倒亦前因。园花尽嫁东风去，此是金闺待字人。前三日予向太清乞海棠，复云："海棠已嫁东风去，绿叶成阴子满枝。"故云。

一桁珠帘细细遮，半杯春露吸红霞。笑侬眼福真修到，来看重台命妇花。

落花和太清韵

残红无数扑青苔，顿觉春愁满眼来。艳态秾资怜国色，鸾飘凤泊怨风媒。胭脂两散维摩室，锦绣香消玉女台。有客天涯多感慨，凄莺恨蝶莫相猜。

料峭春衫怯薄寒，惜花凭遍小阑杆。魂消南浦客初去，梦醒西窗月渐团。绝似美人辞殿陛，也如才子作衙官。千林新绿成阴后，又见风光转蕙兰。

燕子曲和温飞卿韵同太清作

差池双剪垂杨道，天涯绿遍王孙草。软语呢喃拂画檐，斜风细雨归来早。玳梁金屋自营巢，落花休共香泥扫。红襟几日引雏飞，卷帘人惜春光老。

虚白太夫人以八十自寿诗见示倚韵奉答

年年祝嘏爱芳辰，金母瑶池此现身。难得才名兼上寿，修来福慧定前因。孙曾绕膝芝兰茂，丝竹当筵绮罗新。只有乡心销未尽,几番归梦镜湖滨。

雪痕鸿印半天涯,看遍人间春色赊。身是游仙多问历,吟成不栉早名家。画屏艳集天孙锦,金带围开宰相花。何幸微才依末坐,得分珠草读瑶华。是日太夫人以长孙女沚香为余螟蛉女。

送温润清如玉随任之贵阳黔西州有引

余与润清、苔岑夙契,兰谱今盟。五载深交,性情具洽;一旬不晤,馈问频贻。扶持于疾病之间,关切乎寒暄之外。绿波碧草,此别良难;凤举鸾翔,攀留无计。漫成长律四章,聊代阳关三叠云尔。

欣从萍水订同心,闺阁论文交契深。桂蕊一枝分我种,君以幼子寄余膝下。梨花满院伴君吟。妹有《梨花春雨小照》。亭亭秀质超凡俗,落落高怀迈古今。五载相亲逾骨肉,河梁未赋已沾襟。

春秋佳日共盘桓,坐久浑忘桦爉残。无奈名花开绰约,芍药一名将离。愿如修竹报平安。炎凉世态看应彻,离别情怀强自宽。把袂临歧惟一语,异乡珍重勉加餐!

柳絮初飞草正薰,八千里路怅离群。晨花夕月应思我,水驿山程最忆君。却病有方删郁虑,养心随处觅欢欣。妹素工愁善病。人生聚散原无定,过眼都如岭上云。

夫婿才华第一流,烹鲜小试领黔州。随车雨足田禾盛,缫茧蚕多山槲收。玉树枝荣多种福,金萱花茂可忘忧。红鳞紫雁应常遇,暇日频将尺素修。

清和望后二日仲绚招看园中芍药灯下口占

秾艳千秋舞态斜，锦屏灯影灿云霞。细倾婪尾春风酒，饱看名园宰相花。

红紫高低映碧阑，轻阴漠漠护花坛。玉盘金带天香贵，难得燕台月下看。

看芍药有怀季瑛西宁

故人西去路漫漫，无限离情欲寄难。记否去年明月下，金尊同赏护云阑。

题补书图

补书图者，白纻村农姜君庆成五旬之照。前者王吏部西樵曾辑《燃脂集》二百数十卷，百馀年来散佚殆尽。白纻村农访得残稿，仅三十馀卷，于是不辞搜采，二十年来得成一百八十卷。集成，适逢大衍之辰，遂写图征诗。

平生久耳《燃脂集》，每向藏家访斯笈。无奈传闻各异词，深嗟眼福修难及。吏部才名海内传，流风馀韵想当年。一门兄弟文章盛，千古婵娟翰墨妍。婵娟翰墨搜罗广，龙门闺阁人争仰。《才调》《香奁》何足多，可惜编成惟独赏。物换星移二百春，断笺残稿尽埋尘。蠹鱼久化神仙去，斑豹犹馀目录新。奇书异籍天应惜，却使重生姜白石。客游偶尔过新城，看山兼访扬雄宅。获得斯编喜不禁，零香剩粉费搜寻。曰文曰说曰诗赋，补辑深劳廿载心。廿载重成诗百卷,量红较翠频裁选。春花酿蜜取英华,金粟传神逢大衍。画图即以补书名,韵事流传到凤城。昨日宣文贻尺素,索题短句示分明。潘虚白太夫人以札命题。得观诗启心先折,绝似娲皇补天缺。周秦汉晋讫于今,闺中文献如星列。扶衰手笔巨如椽,始信前贤仗后贤。我愿此书刊万本,绮窗绣阁快披研。荣名寿世谁能与,昔日西樵今白纻。若教彤管论功勋,黄金范像瑶龛贮。

新秋对月感成

秋月皎如此,秋心迥若何。碧天凉露重,瑶砌晚风多。名利有缰锁,江湖足网罗。双星如解事,兵甲洗银河。

秋窗四咏和虚白老人韵

牵牛花

朵朵圆匀翠黛新,渡河星现此花身。一篱晓露银潢远,惆怅支机石畔人。

秋海棠

几穗娇红倚碧苔,含烟泣雨暗低徊。痴情千古终难释,不忍分根别地栽。此花移植即萎。

六月菊

炎风伏雨绽新葩,不数柴桑处士家。红紫千丛虽绚烂,独将正色让秋花。此菊无黄色。

玉簪花

翎开白鹤粉痕稠，屋角墙阴几箭幽。记得汉宫人绝世，新妆爱插玉搔头。

蔡清华夫人端工绘花卉翎毛新姿古艳颜色如生每写尺幅见贻感激赋谢

未曾识面久倾心，几度登堂辱爱深。画意诗情具入妙，愿从韦幔乞金针。

窈窕文窗启碧纱，采毫闲写四时花。金闺多少丹青笔，神品终应让大家。

尺幅生绡手自裁，生香活色几枝开。牡丹富贵桃花艳，疑有春风腕底来。

平生不识金银气，贪爱难从书画除。染翠渲红频拜赐，焚香吟玩抵琼琚。

接湘卿妹书来云吾乡去冬大雪空山盈丈孤屿梅花尽遭冻损春来未见着花殊堪惋惜并贻诗云欲寄梅花花不发故园多少可怜春余读之惆怅累日因成二绝

绵绵离绪远难申，又为梅花感慨频。雪虐风饕何太甚，枝南枝北待回春。

一枝红映绣窗前，月助精神雪助妍。不识数年离别后，春风花发可依然。妹窗前余曾植红梅一株，来书未及，不知无恙否。

又苏舅父书来感成

一纸书来自渭阳，缠绵离绪语周详。歌骊又是三年别，闻謦知添两鬓霜。缥缈云山思蜀道，流离家室慨江乡。何时同遂归山愿，重向西湖筑草堂。

松亭三兄以游潭柘寺长古见示

万树丹枫醉夕阳，几人领略此秋光。硬黄真草随题壁，太白歌行最擅场。翠帙快披名士句，金炉频爇女儿香。自怜多病吟情减，草草临风作报章。

挽润清八月二十六日殁于安庆旅次

自闻远宦领黔州，不待临歧泪雨流。素腕瘦来无一握，风霜早已为君愁。

烽火无端逼大江，纷纷奔窜太仓皇。数年返哺情空切，争奈慈姑恋故乡。润清性至孝，至和州即请姑就养，讵意逆夷直犯长江，姑竟避兵回徽。大失所望，劳顿惊忧，又添悲郁，遂成不起。

强说平安慰北堂，一函书至九回肠。而今撒手归何处，成佛升天总渺茫。

长途痛疾向谁论，蹙损双弯翠黛痕。一叶孤舟临断岸，满江烟雨断吟魂。

五年聚首感情真，视我浑如手足亲。空有他年鸡黍约，难持杯酒奠江滨。

芳魂漂泊阻关山，旅榇凄凉带月还。剪纸招魂肠欲断，忍看白发哭红颜。闻灵榇已回徽州，都中母夫人设位法源寺，营斋数日。

病中感怀

冷宦频年未展眉，重重离恨寸心悲。李寄母回山左，温润清弃世。辘轳浑是柔肠转，药石难求妙手施。寒逼重衾宵梦短，倦凭高枕午餐迟。平生结习终难改，病到无聊又赋诗。

寒窗得风字

斗室春生刻楮功，任他落木战西风。映来霜月几棂白，稳护灯花一穗红。绣爱午晴添彩线，诗吟乙夜拥薰笼。无聊自爇沉檀坐，金鸭香浓云母中。

寒砚得冰字

琉璃匣畔冷初增，一滴蟾蜍渐化冰。鸲眼呵来微起晕，兔毫挥去又生棱。樱桃火逼红丝润，蕉叶纹深翠墨凝。毕竟赖君磨砺力，石交堪向岁寒矜。

寒灯得光字

莲漏迢迢夜未央，有人凿壁借馀光。静听风雪思千里，细玩梅花影数行。貂帐梦回红焰小，凤钗剔处紫烟长。最怜少妇深宵坐，冷透柔荑刀尺忙。

寒月得天字

长笛声沉起暮烟，锄云人爱种梅天。晴添雪色三分白，朗印波心一点圆。玉宇琼楼争皎洁，云鬟香雾忆婵娟。素娥不畏深宵冷，看到当头又一年。

寒云得多字

朔吹连宵卷地过，痴云天际欲生波。低垂大漠浓如许，深锁空山倦若何。料得诗怀催处冷，应知雪意酿来多。江村掩映如图画，谁倩南宫冻笔呵。

寒山得岚字

沉沉睡态画中参，雾鬓烟鬟锁岫岚。一岭青松巢冻鹤，千林红树驻征骖。云横鸟道迷樵径，雪酿花宫冷佛龛。最忆孤山梅信早，不辞蜡屐远相探。

寒江得流字

两岸疏林宿雾收，寒潮时带断冰流。月明远渚鱼龙伏，夕照前滩鸥鹭浮。赤壁重来云满岫，青蓑独钓雪盈舟。天涯倦客归何晚？一望烟波起暮愁。

寒鸦得归字

就暖哑哑屋角依，翩翻也似阵鸿飞。孤村流水斜阳淡，衰柳危巢晓霭微。绕树影怜霜月冷，长门人叹玉颜非。蟂矶祠畔江风劲，几队冲寒送客归。

寒林得枝字

平冈一带接荒陂，易触兰成故国思。扫叶风前惊岁晚，忆梅江上觉春迟。频穿驿骑疏烟外，乱点栖鸦暮雪时。茅屋何人深闭户，青松长对后凋枝。

答李寄母作

有客来故乡，寄到书一幅。长跪剖双鱼，情深不忍读。训语多周详，离怀倍感伤。别经三百日，魂梦依高堂。忆昔侍亲侧，朝夕承颜色。疾痛加抚摩，珍馐赐先得。视此寄生枝，真同明月珠。殷勤置奁具，割爱结陈朱。于归路半里，亲心杂悲喜。悲女离膝前，喜女居尚迩。一闻定省来，慈亲笑口开。阿嫂远相迓，欢悦无嫌猜。不知聚首乐，焉知分手悲。慈云归远岫，无术能追随。追随既无术，孺慕向谁说。自怜寸草心，高厚酬何日。

鸿雪楼诗选初集卷九

钱塘湘佩女史沈善宝著

癸　卯

送梅竹卿随任之闽即题竹梅便面

病怀憔悴怯春残，相见时难别更难。省识临歧珍重意，年年芳信报平安。

白芍药

月如风貌雪精神，浩态狂香拟未伦。几度拈毫吟不稳，瑶华仙子绝红尘。

粉红芍药

粉蕊盈盈带露新，鼠姑犹逊好丰神。玉颜酣酒红潮晕，绝似沉香亭畔人。都中牡丹绝少重台，逊芍药远矣。

紫芍药

艳事曾夸金带围，朝霞剪就瑞烟霏。胭脂颜色燕然好，端重应披一品衣。

前诗吟就意有未尽再成一绝

霓裳紫袖足风流，镇日端详豁病眸。却怪可离传小字，看花易触旅人愁。前年花前送赵淑芳回皖，去年送温润清之黔。

四诗成瓶中白芍药忽盛开细玩各朵花色不同有似玉盘盂者中开红瓣一层团团围绕娇艳异常如霓裳之束紫绶余即名之以霓裳紫绶诚异种也有周遭大瓣作浅绿色中起楼台如翠盘之贮白雪者有纯白朵中隐含红气似寒簧舞倦喘息未定者又如微霞之映明月有雪瓣碧纹丝丝交映如翠帔罩于缟衣者有素朵中微有一二红点如皓面之有朱痕者尽态极妍各赋一绝

一枝初定玉玲珑，镂雪裁云状未工。紫绶风流金带艳，白衣宰相可相同。

翠盘贮雪雪轻盈，似笑如颦最有情。不为丰台着花谱，西河枉是负才名。

霞际初升白玉盘，撩人秀色欲忘餐。霓裳舞罢浑无力，自御天风出广寒。

结绮仙妃绝世姿，鲛绡翠帔倦妆时。樽前莫漫倾婪尾，好谱琼枝璧月词。

花瓮芳洁贮清泉，领略秾香欲破禅。玉颊晶莹风韵好，一痕獭髓更鲜妍。

客岁潘虚白汪太夫人八旬客有以芝草献者太夫人近以余多病特以见赐以此报谢

曾闻神草出瀛洲，烨烨煌煌宝气浮。何幸瑶池亲拜赐，朱颜白发共千秋。

平生手种科名草，闺阁文章海内传。紫盖金茎能却疾，烟霞何必访神仙。

初夏偶成

病馀终日睡恹恹，飞尽杨花不卷帘。听得侍儿含笑语，数竿新竹已齐檐。

喜去春窗前植细竹一丛不盈二尺今夏忽发新笋五枝解箨后竟至寻丈映月摇风绿侵窗几爰成短句索吟斋夫子和之

露叶烟稍放几竿，虚心劲节自平安。箨龙自具干霄致，赢得人人举首看。

和作

欲绘含苞腻粉竿，娇黄浅碧画难安。一轮明月侵书几，万个横窗仔细看。

密筱连云绿万竿，禅参玉版忆临安。软红喜见娟娟影，也似佳人空谷看。

和作

钓台何日得持竿，归卧衡庐梦亦安。自笑春明尘俗客，清风恰喜隔帘看。

读史有感

笑他蛮触苦相争，霹雳何难一击平。撤尽藩篱增敌气，又从万里坏长城。

金牌十二促归程，此事千秋最不平。养寇但知縻厚禄，惟愁边将大功成。

题孟文藩妃画海棠

海棠初绽一枝新，粉腻脂轻点缀匀。从此银潢添韵事，丹青又付月中人。孟文画系太清授。

和章曲江大兄过访外子二律

如是斋中自在身，曲江有《如是斋诗集》。无端远踏软红尘。柴桑著集传高士，濮水持竿美逸人。偶向春明寻胜迹，快吟佳句见精神。盘餐草草无兼味，自愧长卿冷宦贫。

故人相见话绸缪，谓外子。当倍平原十日留。雁序我欣添手足，燕贻君好展眉头。时为大郎筮仕。镇心瓜熟消炎暑，脱口诗成解旅愁。难得高轩千里至，归鞭缓整待凉秋。

和曲江留别原韵

屡吟锦句并珠联，咫尺城闉马不前。漫向闺中矜道韫，分明海上遇成连。天涯赋别嗟今日，故里相逢定隔年。千里归程三伏暑，勉加餐饭早安眠。

鄂松亭三兄姬人白门潘素娟者纤腰秀靥性复柔婉今忽病殁为此悼之

捧砚添香已十年，小星不共月团栾。凝妆雅爱娟娟影，问姓娇生步步莲。桃叶歌声随宛转，前岁又纳一姬，潘视之甚善。柳枝情性最缠绵。东坡未老朝云逝，料得临风一怆然。

袅袅婷婷掌上身，长眉秀靥好丰神。尝闻大妇怜中妇，未必新人胜故人。质脆琉璃完絮果，香消蝴蝶忏兰因。红颜自古皆黄土，好伴棠梨一树春。

秋夜怀孟缇

渺渺云罗瑟瑟波，水晶帘卷近秋河。成句。昨宵风雨今宵月，料得吟窗秀句多。

题红杏倚云吟馆图

画中楼阁识仙居，帘卷春风燕到初。红杏千株云一抹，花光云影护图书。

长篇小令手挥成，闺阁才华胜子京。何日携将词卷去，杏花多处访倾城。

立秋日虚白老人以诗及莲藕见贻叠韵奉答

隐隐轻雷起夕阴，展来诗札感情深。秋风当日传佳句，落尽莲花见苦心。用集中《秋感》首句。

窗前修竹绿成阴，阶下盆池水浅深。恰好故人情话久，雪来凉藕爱同心。时闺友适至。

连宵看月坐花阴，绝忆西湖烟水深。采罢红衣餐翠菂，清香生指劈莲心。

虫雕篆刻惜分阴，自笑平生结习深。羁思乡愁无计遣，聊从诗镜寄遐心。

微云疏雨作秋阴，残暑初消凉意深。难得新诗来络络，玉壶清彻映冰心。时又接恽岫云诗札。

挥毫珍重碧窗阴，莫为孙枝感叹深。七字不传传六法，九泉聊自慰初心。来书云：长孙妇潘蓉裳有遗诗及画散佚于南，不得采入《名媛诗话》。与士子之不遇同一慨耳。

和恽岫云见赠原韵

新诗吟罢两眉颦，须识沉忧最损神。一语寄君当记取，严寒消尽定回春。

雨窗寄孟缇用虚白老人韵

凉云含雨结层阴，丹凤城南泥淖深。摘得枝头红豆子，聊凭青鸟寄同心。

包孟仪淑仪远赠隶联即写梅花小幅报谢

久钦闺阁擅文章，素壁遥分翰墨香。莫道梅花迟识面，好随清梦到仪光。仪光，孟仪阁名，赠联云："卷中柳絮倾心久，梦里梅花识面时。"

张婉纫纶英手书楹帖见赠写梅茶以谢

龙蛇飞舞耀轩楹，两晋风流孰与京。梅弟矾兄皆绝俗，有人愿结岁寒盟。婉纫为孟缇妹。

虚白老人以铁峰道人所写朱竹命题

几竿修竹影婆娑，醉浥丹砂酒意多。淡墨浓朱皆入妙，铁峰笔致似鸥波。

省李寄母史太夫人于津门

五年膝下受恩身，寸草心从何处申。望眼已穿肠欲断，敢辞跋涉畏风尘。

张家湾道中

双轮疾似箭离弦，大漠寒生欲暮天。山带乱霞衔落日，村围密树聚炊烟。刈馀禾黍人开圃，散尽牛羊鸟下田。秸作藩篱茅盖屋，羡他击壤意欣然。

安平道中

西风瑟瑟路迢迢，秋老平林叶未凋。几叠浮屠知远寺，一湾流水见危桥。葭蒹露白飞鸿急，苜蓿霜红猎马骄。料得倚闾人望久，肯教缓缓策征轺。

台庄不寐漫成

去年春风桃李香，阿母含泪倾离觞。女心感恩并惜别，望云日夜摧肝肠。书来谆谆话离索，恨难插翅飞亲傍。阿兄开府镇淮甸，飞刍挽粟供天仓。老亲就养赴节署，相同北上乘艅艎。重逢不远殊快慰，喜色上面神扬扬。冯夷无端阻行轨，计程届指心旌飏。昨闻画船津门泊，买车结伴思登航。云林相约同行。石尤风急雨如注，驿马未发徒傍徨。坐愁行叹已十日，阴霾初敛开晴光。脂车秣马重命驾，驰驱不觉轮蹄忙。昨宵张湾暂栖息，心急无寐来匡床。侍儿亦怪鸡不鸣，催促仆夫起整装。明月在天漏三下，四野寂静星斗光。铃声铎语数十里，始见赤日升扶桑。狂风卷土扑人面，晌夕草草停台庄。无聊剪烛书短句，准拟来日呈高堂。

恭题李寄母梧竹小照

绕膝依依五载馀，春花秋月镇相于。经年离恨浑难诉，何幸重来侍起居。

竹梧苍翠曲阑红，阿母含欢指画中。此是衙斋潇洒地，赏心惜未与儿同。

就养南来又北游，舳橹千里拥行舟。心香一瓣无他祝，花茂金萱慰别愁。

犹记当年拜膝前，课经图上赋诗篇。剪灯今又题新照，风景依稀十六年。

舟中杂诗

平分秋序景澄清，缥缈弦歌水面听。冰镜一规升碧落，桅灯千点灿明星。

久别重逢慰远思，谈深不觉夜眠迟。娇儿静听慈亲喜，官舫红灯细诵诗。侄女环仅三龄，闻诗声辄凝听。

徒倚船窗眼界空，波光碧浸晚霞红。主人笑向江天指，此景分明似画中。云锦嫂喜玩山水。

春兰秋桂各芬芳，占断金钗十二行。闲倚枕函慵不起，满窗红日看新妆。

嘉肴络绎佐盘餐，主尽殷勤客尽欢。写罢珍珠团扇字，倩他水墨画幽兰。时云林写折枝。

去违慈母住违姑，愁听膏车欲戒途。十日相逢千里别，尊前无语泪沾襦。

题金湘琴修竹小照

薰风庭院日初长，一卷新诗手自将。为爱此君丰格好，红阑干外尽修篁。

题曹云锦十嫂小照

几树天香桂馥浓，秋光满目拓心胸。画工也似毛延寿，不写欢容写怒容。图中点缀甚佳，而容色似怒，云锦颇不惬意，嘱题，明故戏之。

从戎经岁起离愁，夕膳晨餐慰母忧。陌上几层惊柳色，画眉夫婿已封侯。

昔年聚首最绸缪，此日重逢意更投。稻蟹初肥鲈脍美，画船明月赏中秋。

赠桂云女史

宝髻盘龙鬓似鸦，镜中人面美于花。春风十里扬州路，廿四桥头认妾家。

题李小舫侄玩马图

公子翩翩气似虹，龙媒出厩马嘶风。如何神骏千金骨，都在英雄一顾中。

津门返都口占

雀舫雕轮又各天，高堂惜别意凄然。侍儿遥指桅樯影，隐约红旗认画船。

杨村旅次

昨夕依亲侧，高歌送客篇。今宵栖逆旅，红烛照愁眠。
不作临歧语，深知离别难。白云回首望，双泪已阑干。

赠云林次令似孙幹叔

十四年华七步才，题诗满壁拂尘埃。荒村大漠惊人句，秋景都从笔底来。幹叔有“大漠晓行沙路远，荒村夜宿草堂低”之句。

武清道中晓行

柳黄枫紫莫秋天，四野晨光散晓烟。数缕黑云鸦结阵，一鞭红日马耕田。北方耕种多以骡马代牛力。淀河水落归帆稳，蓟树云深倦鸟旋。几度停车赓好句，飞琼诗笔最清妍。

题梅赠言佩箴女史

冰姿铁骨几生修，明月前生是也不。姑射仙人真绝世，教人清梦绕罗浮。

题宗穆君女弟子康采药侍隐图

姊妹花枝傍砌开，宋家娇女尽多才。金针玉尺吾何有，劳尔殷勤问字来。

卅年舞彩侍重堂，炼药还寻驻景方。莫道诗人饶至性，曹娥谢女本同乡。

白云深处径逶迤，采罢黄精又紫芝。万壑松风千涧瀑，荷锄小立赋新诗。

堂上椿萱鬓发青，山中草木足延龄。鹿门他日依归隐，定约多君劚茯苓。

和宗静芸女史见赠原韵

红闺秀质岂寻常，喜见元方又季方。玉树琼枝争皎洁，敢同桃李植门墙。

梦 中 作

春阴连日雨如烟，才浴吴蚕未脱绵。杨柳四围山一抹，桃花红到竹篱边。

鸿雪楼诗选初集卷十

钱塘湘佩女史沈善宝著

甲　辰

题 海 棠

又是东风烂漫时，春阴庭院雨如丝。深宵何用烧银烛，柔碧生红写一枝。

仲春同太清云林游南城花之寺看海棠作

翠幄朱轮出凤城，东风淡宕马蹄轻。芳畦秀发桑麻影，流水虚含琴筑声。泼黛山光疑宿霭，如云花气送新晴。海棠颜色诗人句，一样清新画不成。

春夜对月寄太清

星彩敛遥天，蟾光似镜悬。风微花写影，露重竹含烟。清景谁能会，幽人应未眠。嫦娥如解语，为我索新篇。

暮春过太清二亩园

主人抱邱壑，地辟数弓宜。为种蛾眉豆，新编麂眼篱。溪流多曲折，山径远逶迤。拂面东风软，垂杨弄碧丝。

残红飞已尽，新绿出园墙。紫笋穿阶细，朱藤绕架香。风回榆荚坠，雨过菊苗长。有约倾篓尾，花前再举殇。

观杂剧取其对偶者各成一绝

翠帚轻盈凤尾裁，蹁跹羽袂下瑶台。桃花难避罡风劫，犹倩仙娥细扫来。扫花

旌旗蔽日马蹄骄，惜别尊前折柳条。莫笑君虞终薄幸，柔情已尽灞陵桥。折柳

飒飒风声间雨声，郎当蜀道倍难行。那堪剑阁闻铃日，苦忆长生殿里盟。闻铃

三千铁甲谨周防，枕畔谁知金盒亡。顿使强邻心胆落，英雄低首愧红妆。盗盒

手诛逆寇羡婵娟，君父仇难共戴天。可惜大才成小用，定含馀恨入重泉。刺虎

不辞啮雪与吞膻，甘牧羝羊十九年。纵使汉家恩遇薄，风霜臣节久弥坚。看羊

割肉东方念细君，汉朝伉俪最钟情。妆台别有千秋笔，画出风流京兆名。画眉

莲花落尽不知愁，侠妓多情念旧俦。剔损盈盈秋水目，苦教夫婿觅封侯。剔目

何处红楼问大观，名花原当美人看。埋香不接眠香梦，辜负春风芍药阑。葬花

报主酬恩义烈全，将军感泣墓门前。红颜寂寞青山冷，风雨年年叫杜鹃。祭雪

松风笛韵远哀秋，一片秋声入画楼。读罢《牡丹亭》一集，借他幽恨写牢愁。题曲

藕丝宛转结莲胎，绮语撩人误赋才。不道云房清静地，也容

蜂蝶过墙来。偷诗

复社无端党祸生，青楼亦解赏虚名。谁怜扇底桃花影，却是伤心血染成。寄扇

高山流水喜同心，不料归来墓草深。三尺丝桐千古恨，人间何处觅知音。摔琴

缣素悲吟弃妇词，天伦恩重恋亲帏。慈乌底事逢姑恶，肠断牵衣七岁儿。看谷

盈盈娇女玉无瑕，失爱萱堂毒手加。赢得路人生感叹，检芦犹胜衣芦花。检柴

不在梅边在柳边，画中人忆梦中缘。痴情竟作真真唤，唤得芳魂返九泉。叫画

天宝繁华散似烟，天涯漂泊李龟年。自将家国沧桑感，细谱新声入四弦。弹词

冠缨如火戟如虹，踊跃疆场立战功。愿斩权奸扶弱主，初心原不愧英雄。起步

皓月真同宝镜圆，灯花落尽不成眠。昆仑奴似秦楼凤，竟许双飞了夙缘。盗绡

一曲琴心两意通，无端消息露春风。侍儿不避夫人责，巧弄如簧话始终。拷红

去年苦菜餍清贫，今日花看上苑春。富贵正思完骨肉，游街巧遇有恩人。遇翠

烈女情深惧毁婚，书生无识致奇冤。若非折狱逢廉吏，秦镜何由照覆盆。观风

香袅空庭风露清，一弯月照两娉婷。嫦娥不笑痴儿女，各把幽情诉与听。拜月

仲春七日过许滇生大司马堪喜斋口占索屏山云林云姜和

朱阑曲折映回廊，雅构新开绿野堂。平远山容含画意，葱茏树色带晴光。春花秋月诗千首，琴韵茶声酒一觞。省识尚书经济好，烟云鱼鸟尽文章。

挽陈仙九女史敦蕙

聚首天涯雅爱怜，病来一面竟无缘。惊闻花落春归日，残月如弓正下弦。殁于三月廿三日。

卅载珠擎堂上看，羡能养志与承欢。无端蓬岛骖鸾去，应念椿萱膝下单。

冰雪聪明秀出群，优昙花现美人云。红闺知己年来少，争忍花前又哭君。

画眉夫婿擅才华，盼煞春风及第花。何事鸳鸯成短梦，竟教徐淑揻秦嘉。

济阳蔡冷香女史玉生读余鸿雪楼诗集写红绿梅团扇系诗二律见赠即和原韵

红英绿萼满枝头，更读新诗浣客愁。阆苑几时乘鹤至，月宫深幸跨鸾游。冰霜节操空千古，锦秀才华贯九邱。昨日春风亲炙处，翩翩丰度更温柔。冷香养亲不嫁，长斋绣佛，间作诗画。

神仙自古根贞孝，不着红尘一点愁。列女新诗多洒落，冷香取古来闺中孝烈贤媛百人为《百玉吟》。云山旧迹任遨游。撤将环珥希前者，看到梅花忆故邱。愧我年来尘累重，只馀傲骨未能柔。

题画梅寄家伯母鲍太安人

三百梅花一水村，年年花下侍芳樽。故园春色何时见，自写寒梅寄故园。

为石桥舅氏写梅花

扑面红尘衣欲缁，自怜薄宦此栖迟。相逢无物堪相赠，聊写东风第一枝。

疏枝密蕊写婆娑，客里年华借墨磨。卅里湖光千树雪，春风终忆故山多。

太清以紫牡丹见惠口占答谢

富贵天生绝世姿，时人无怪重胭脂。御香浓染轻罗袖，玉尺楼头认婉儿。

题梅赠冷香

一枝清影绝红尘，一点冰心天地春。昨夜月明曾驭鹿，罗浮亲见缟衣人。

夏夜联句

暮烟消溽暑，湘。虚牖纳清风。隐几人高卧，吟。侵阶月正中。藕花香缥缈，湘。椿树影玲珑。寓居椿树胡同。阵雨催诗至，吟。联吟愧未工。湘。

急雨洒芭蕉，湘。红灯影动摇。水纹珍簟滑，吟。冰柱素琴调。酷暑已连日，湘。新凉爱此宵。清吟犹未已，吟。明月上窗寮。湘。

中伏日太清偕观净业湖莲花口占索以文郡主和

万柄红莲映绿漪，风裳水佩望参差。花香扑面消尘虑，树影侵阶暑不知。

天借轻阴花送香，香车缓缓绕莲塘。羡他柳下持竿者，消受荷风竟日凉。

观莲归来意有未尽复口占一绝

千重叶护万枝花，叶叶花花散彩霞。一叶扁舟花四壁，饮香餐渌足生涯。

题红绿梅赠穆君时随任湖南

怕听《阳关》一曲歌，自涂绿萼间红罗。枝头春色浓如许，转盼阴成结子多。

婉娩怜君至性真，两年问字意何亲。长沙秋色燕台月，花发窗前梦美人。

荷花生日虚白老人以莲花莲实见贻

亭亭出水暑全消，翠药红衣色最娇。自折碧筒拼一醉，此花生日是今朝。

题　画

榴　花

绛绡攒蜡蒂，照眼欲烘霞。恰好朱明节，蒲觞对此花。

水　仙

一湾洛水望盈盈，翠袖黄冠太瘦生。寂寞空山风雪里，梅兄矾弟最关情。

芙　蓉

秋水自娟娟，红妆亦楚楚。呼作拒霜花，繁华在迟暮。

桂　花

如来金粟看，高格并春兰。欲与嫦娥约，年年醉广寒。

天竹黄梅

仙人炼金液，九转成大还。青鸟远持赠，延龄复驻颜。

乞屏山画松竹

双株绝忆水仙祠，黛色参天碧藓滋。愿乞鸥波挥彩笔，浓皴浅渲写虬枝。

此君堂外碧檀栾，翠袖曾经倚暮寒。别后相思系魂梦，烟梢乞写两三年。

孟秋既望由金鳌玉蝀观莲

蓬莱山接水晶宫,一带长桥驾玉虹。荷叶田田波渺渺,红衣一半卸秋风。

雨窗偶成

清绝阶前竹几枝,吟窗日对碧参差。此君自抱干霄志,风雨低头只暂时。

秋日过福连室赏桂听云林弹琴

霜螯初美酒初斟,良友相邀惬素襟。偶占红尘清净福,桂花香里静听琴。

仲秋月杪虚白太夫人命姬人节孝李孺人手制新馔见贻赋谢

香升翠釜味鲜新,纤手烹调胜八珍。口福几生修得到,远劳仙子劈红鳞。

题项若眉瑱脂学楼诗稿

秋雨洗尘埃,焚香一卷开。清思同朗月,秀格似寒梅。修得神仙侣,传来锦绣才。骊珠容我摘,录罢自徘徊。时余辑《闺秀诗话》,节录集中《白纻词》《车》《贾客词》《遥遥》四章入集中。

和太清原韵

维摩示疾意清寥，为问居诸策短軺。赌茗偏怜冬日短，论诗喜见病魔消。玉容似菊三分瘦，翠釜烹鲜五味调。何幸远贻琼玖句，阳春属和愧虚枵。

题陈慕青夫人蕴莲信芳阁诗草

生花双管写乌丝，赵管风流似过之。自擅吟情通画理，闲将花鸟写新诗。慕青工画。

桥上鹃声记昔闻，津门昨夜小停云。早知咫尺烟萝馆，定袖新诗一访君。慕青随宦津门。

挽包孟仪夫人

里闾传阃德，纯孝格苍天。既凛三从训，无惭七戒篇。画眉张敞雅，挽鹿少君贤。最惜芝兰质，芳华谢盛年。孟仪二次刲股疗舅姑疾，又刲股疗夫疾。

数载倾风切，还期握手逢。云霞怀雅度，冰雪剩遗容。神去仪光冷，尘疑笔阵封。黄门哀感甚，况复滞萍踪。时仲远大令谒选留都。

女嬃怜弱弟，孟缇闻凶信一恸而病。相对黯神伤。绣忆当时共，羹思往日尝。招魂凭翰墨，短梦醒鸳鸯。细话平生事，沾巾泪几行。大令假梵寺设位招魂，诔文哀切。

温润人如玉，幽闲礼自持。分书摹汉隶，小律爱唐诗。柳絮倾心久，梅花识面时。感君遥赠意，墨迹尚淋漓。去岁孟仪自书分隶撰联见寄云:“卷中柳絮倾心久,梦里梅花识面时。”

乙　巳

人日偶成

题诗纪人日,吟兴逐春来。风暖幽禽语,山晴积雪开。青将舒柳眼,红渐放梅腮。更喜萱堂健,同倾柏叶杯。

试灯日写梅

帘垂纸阁护春寒,银烛金尊夜未阑。忽忆故山梅信早,拈毫自写一枝看。

元夕写梅

雪酿春寒倦不支,写梅呵手又题诗。端详记得横斜影,放鹤亭前近水枝。

题查菡卿女史慧秋原弋雁图

秋草绿平芜,霜翎金仆姑。如何边塞景,写作美人图。

木落雁南征,长空墨阵横。停鞭飞白羽,双翼坠无声。

题张仲远大令海客琴尊图

张君嗜书复好友,室有琴书尊有酒。逸气豪情四海闻,笔锋直扫千人军。使星远自来东海，盍簪应有前缘在。翰墨交深臭味投，琴尊一叙足千秋。回思往事成陈迹，重写新图及坐客。云山缥缈海天长，此卷珍收古锦囊。

读卧云阁诗草题绿梅画扇寄孙九畹夫人兰韫

林下高风见大家，一编冰雪净无瑕。丰神潇洒吟情逸，想见仙人萼绿华。

题朱葆瑛女史花卉画册

琼英玉蕊斗繁华，仿佛妆成对碧纱。若比诸天散花侣，输他彩笔自生花。

题兰陵程梅雪女史闺贞竹篱茅舍遗诗

雪艳梅清窈窕姿，绣馀长自爱吟诗。竹篱茅舍人何在，珍重兰陵孝女词。梅雪因亲疾刲股致病而殁。

题清华夫人牡丹玉兰画幅

生香活色几枝新，玉树琪花富贵春。省识瑶池金母笔，只堪持赠广寒人。

夏日病起

病起神犹懒，凭轩遣睡魔。花娇愁日炙，竹笑喜风过。婢制雅头袜,儿书凤尾罗。来朝知热甚,天际火云多。

感怀时闻家伯妣鲍安人弃养之信

别离滋味病愁魔,尝遍人间苦趣多。安得此心同木石,百忧千患奈余何。

雨　　窗

檐溜听潺潺,无聊昼掩关。新凉生夜雨,归梦绕家山。多病思偕隐,忘机暂习闲。桐孙工戏彩,相对一开颜。

挽王月涵女史

衾裯肃抱十馀年,大妇同心老母怜。正是檀郎哀感日,小星偏又坠情天。

婉容愉色侍慈萱,冷雨幽窗暗断魂。夫主远征雏凤小,离怀脉脉种愁根。

立秋日为清华夫人写梅

一宵雷雨送秋来,洗却尘氛闷抱开。咫尺纱帷疏问讯,瓣香遥忆托寒梅。

题张仲远大令谨言慎好斋诗集即送出宰武昌

平子愁吟三影词,文心真似茧抽丝。豪情倚马能裁赋,馀技雕虫更擅医。薄海使臣争问字，高丽使臣闻名订交，有《海客琴尊图》。同居令姊自相师。君与两姊同居唱和，有《比屋联吟图》。襟怀磊落才渊博，斑豹欣从此日窥。

孝友文章集一门，扛龙笔健远仪轩。松风琴韵萧思话，海曙江春杜审言。百里喜膺新墨绶，一湖远界古桃源。遥知花县春风满，民瘼舆情细讨论。

九日病中感怀

无端又负登高约，篱下黄花寂寞开。插到紫萸思弟妹，倾残绿茗罢樽罍。江涵秋影征鸿去，叶战风声骤雨来。渐觉新寒侵病骨，小窗展卷独徘徊。

题张婉紃绿槐书屋诗稿

平生嗜典坟，涉猎苦不精。一览懒再复，未免负聪明。哀乐迫中年，病竖时见撄。笔墨日荒芜，诗书空复情。

弱妹十数龄，雅好弄柔翰。四声时研究，五夜犹问难。韵语初解拈，芝焚馀蕙叹。不仅业未成，雁行竟中断。舍妹兰仙工诗早殁。

君家多姊妹，珠树而琼林。一唱《阳春曲》，争歌《白雪吟》。暖风扇罗幕，凉月伫玉琴。我欲梦南柯，访君绿树阴。

君才既渊雅，植学复精勤。一集艳珠玉，五字霏烟云。笔阵树吟帜，麟阁标诗勋。关河惜阻修，何日同论文。

题太清紫薇仙蝶图

百载名传翰墨场，韩魄周梦费猜详。春花秋实年年好，双宿双飞住太常。

不借仙衣化五铢，不同蠹茧幻春驹。金章墨质翩翩态，几度相看在画图。

柳围花阵日纷纷，春满园林未遇君。游戏每随佳兆至，分明一朵吉祥云。

主人独擅滕王笔，仙蝶飞临亦有因。似倩金闺传小影，紫薇花下往来频。

题荷花莲蓬白头图

渺渺蒹葭泽国秋，烟波闲却木兰舟。红衣翠菂无人采，水鸟徜徉到白头。

题蜡梅月季画眉

一丛红艳倚金英，幽鸟憎寒懒更鸣。记得富春江上过，推篷爱听此禽声。

鸿雪楼诗选初集卷十一

钱塘湘佩女史沈善宝著

丙　午

初春陈慕青蕴莲夫人投诗见访赋答

五色云开降六萌，三年前已饮香茗。檀栾竹本胸中具，烂漫花从腕底生。时以画幅见示。诗笔君追唐学士，赋才我愧谢宣城。赠句有“青莲合下宣城拜，愧我粗才合让君”。刘樊原是神仙侣，游宦相随到凤城。

九天珠玉落晴空，喜见翩翩林下风。白雪词华钦道韫，绿波离恨感文通。津门云树偕归策，京洛风尘叹转蓬。怕奏渭城朝雨曲，相逢相别太匆匆。

春　分

东风习习日迟迟，春色平分二月时。渐觉窗前生意好，桃花红绽两三枝。

寒　食

嫩绿初抽杨柳丝，新红已上杏花枝。清明寒食匆匆去，又是春光欲暮时。

红襟初见燕翩跹，故里风光思悄然。微雨初晴村酿熟，踏青人醉杏花天。

题翁绣君群芳再会图

千枝浅白间深红，妙笔真能补化工。活色生香神韵足，披图不异坐春风。

花花叶叶又翻新，解语真如遇故人。玉轴牙签长护惜，更添翰墨结芳邻。

题太常仙蝶牡丹图系胡智珠女史为程孟梅夫人作

丰神栩栩态翩翩，花绽天香谷雨前。金缕衣轻微墨晕，锦堂争识太常仙。

逸情芳韵妙无伦，遍阅名园富贵春。一样花前临粉翅，牡丹秾艳紫薇新。去夏太清图紫薇仙蝶属题。

清和二日恽岫云姊招游半亩园喜晤端如夫人华香女公子冷香闺友口占

花映楼台柳映池，春秋佳日总相宜。玲珑岩岫云归早，宛转帘栊燕度迟。嫩碧乱飞榆荚影，嫣红都上海棠枝。缁尘不到韶光丽，喜向名园住少时。

半亩园阅恽珍浦太夫人遗画读见亭侍郎诗文集华香女公子清韵轩诗稿山水画幅率成

闺阁龙门海内闻，瓣香无处致殷勤。簪缨继武推申甫，诗画传薪羡左芬。何幸碧窗瞻手泽，转怜红岛隔慈云。今朝顿觉吟眸豁，看遍名花读妙文。

华香女公子以余梦中杨柳四围山一抹桃花红到竹篱边诗意为写小幅笔墨娟秀致足感也赋此报酬

丹山有雏凤，文采殊寻常。垂髫弄柔翰，绿绮知宫商。闲情寄六法，丘壑胸中藏。灵芝原有本，家学传红香。丙午孟夏朔，女伴邀寻芳。喜联仙子袂，快登大雅堂。白眉出闺阁，窈窕兼端庄。导我览胜景，示我以篇章。雅言霏玉屑，皆酒倾壶觞。唱酬苦日短，离别苦日长。思君肠九转，尺幅承遗将。秀色扑眉宇，逸气含清苍。对此新图画，如历旧梦乡。君年方三五，璞玉蕴辉光。学力再精进，沧海讵可量。愿结忘年交，同游翰墨场。

题锦屏富贵图遗照照为见亭侍郎亡姬洪友兰小影

春满园林乐有馀，鼠姑红绽雀屏舒。拈花悟得菩提旨，也似朝云证六如。

貌比芙蓉气比兰，月明何处驭青鸾。琵琶音绝瑶琴冷，剩有芳容画里看。

自题梅花

暗香如雾水如烟，最好西泠二月天。十载春明游欲倦，何时重放里湖船。

清和下浣偕太清枣花寺看牡丹并观拙庵上人青松红杏手卷卷中百数十年名作如林爰赋一律

千朵明霞万绿扶，迎风舞遍绣罗襦。为看国色天香品，喜读《青松红杏图》。花好偏教开绀宇，诗清不异饮冰壶。莫嫌九十韶光老，天付繁华与鼠姑。

题梅集句

月光如水水如天，今日花开又一年。正是江南好风景，袭人花气薄于烟。

题清华夫人画牡丹蛱蝶

研红滴翠写芳菲，绝似临风露未晞。蛱蝶也知春富贵，天香浓染五铢衣。

夏日为冯夫人写梅自题

一瓯新茗沁诗肠，绿树蝉吟日正长。避暑未能聊避俗，晴窗挥翰写寒香。

月夜联句

盈盈月魄又当头，吟。共爱良宵景色幽。竹影上窗千个子，湘。荷香拂槛一池秋。荡胸时有清风至，吟。散发刚逢溽暑收。品罢新茶重觅句，湘。人生何苦觅封侯。吟。

曲榭玲珑茉莉开，湘。妙香袭袭静中来。疏帘清簟三更梦，吟。啸月评花七步才。天际云峰多变幻，湘。檐前树色共徘徊。百城坐拥文章富，吟。谁似龙门妙笔该。湘。时读《史记》。

新竹时与华香女弟子同作

玉笋森森起，龙孙解箨才。绿添微雨后，清引好风来。袅袅烟梢软，娟娟露叶开。虚心兼直节，早具出群才。

新　　荷

种得同心藕，凌波小叶圆。平舒龙女镜，纤叠沈郎钱。影动知鱼戏，香清引鹭眠。平池高柳外，几日绿田田。

题瑶台仙梦图为海盐朱吉云女史令慈作

海天缥缈隐蓬莱，贝阙琼楼次第开。千树碧桃和露放，有人清梦看花来。

雾縠云绡称体轻，珊珊环佩御风行。瑶台十二春如海，多少仙娥抗手迎。

芙蓉双颊绿云鬟，知是西池第一班。月不长圆花易谢，匆匆鸳梦醒尘寰。

我识君家掌上珠，翩翩才调卫夫人。花明雪净非凡艳，阿母原来秀绝伦。

怀陈慕青夫人

握手难为别，吟魂黯欲销。看花曾有约，对月转无聊。渺渺碧云合，盈盈带水遥。怜君工六法，离绪可能描。

哭次子友惇并叙

友惇小字延年，七龄失恃，次年余来归，一见依恋，逾于所生。顾其沉静端方，外朴内慧，心甚爱之。年十三四，于五经俱已成诵。学为文，亦明晰。而日柴瘠，询其所苦，亦不觉，抚之始知痞疾已深。遂废读诊治，变症日出，医药皆穷，卒不起。三年痼疾，跬步未离余侧。病中终日静坐，凡家事琐屑莫不经意，而侍余尤孝，先意承志。生平笑言不苟，器识宏深，殊不类夭折者。濒危神明不乱，乞次孙传训为嗣，夫子遂命传训嗣焉。儿生于道光辛卯二月十八日卯时，殁于丙午八月望日，存年十六。呜呼痛哉！逝者已矣，惟余自恨凉德，触目伤悲，中怀隐痛，曷有已时乎！

童乌明慧尤深沉，依依膝下娱亲心。指望读书成大器，谁知二竖潜相侵。儿病缠绵母心苦，针砭药饵嗟无补。皇天不谅余精诚，默默忧愁摧肺腑。儿知母愁心暗酸，强言儿尚能眠餐。抚摩即令疾痛失，身倚母侧心神安。儿痞胀甚，余与佣妪为其抚摩，稍觉松快。疾笃，尤不能离余片刻，每云："母在此，儿心魂皆贴；去则心摇摇无主矣！伤哉！"闻言尤使心悲悯，病入膏肓求善胗。和缓皆知不可为，伤心玉树秋风殒。弥留含泪恋椿萱，差幸承祧有次孙。尘世我无舒意日，缌帷犹为汝招魂。魂兮渺渺知何往，碧落黄泉无定向。重慈耄耋忍相闻，只待兄来归汝葬。时夫子命大儿明岁入都送柩归葬。

前诗成而意未尽复成二章

一自青箱委逝波，不禁涕泪日滂沱。返魂恨少名香爇，弱骨偏教痼疾磨。十载兰阶深护惜，五车芸简枉研摩。整齐书卷丛残字，触目尤教感慨多。

梁燕营巢鸟引雏，吾生何忍惜勤劬。几番吁祷心先竭，彻夜扶持眼欲枯。参术屡求钗尽质，影形顿失梦俱无。可怜膝下相依惯，失口频将小字呼。

寄云舫十兄

朝衫解却卧衡门，看彻机心学灌园。宦海升沉嗟李广，吟怀恬淡羡虞翻。著书自得林泉乐，种树难忘雨露恩。毕竟春风容易至，梅花深处负朝暄。

写到云笺别绪长，惊心岁月去堂堂。同行征雁轻分翼，失子哀猿倍断肠。千里怀人劳梦寐，余常梦与嫂氏曹云锦夫人晤语，次日即得手书，十年幻劫感沧桑。为霖为雨苍生望，终见恩纶下帝乡。

重九后五日接慕青诗函作

昨闻征雁至，正讶尺书无。今读阳春曲，如观明月珠。芝兰同臭味，怀抱异忧愉。时余抱西河之痛。相见知何日，徒劳咏白驹。

自从分绣袂，别梦绕烟萝。客里秋心老，毫端春色多。量才称沈宋，琢句学阴何。君怀人诗有“拜潘揖沈哭环青”之句。翘首津门远，相思托衍波。

寄陈静宜夫人

茂漪书法左芬才，意蕊心花笔底开。惆怅斯人烟水隔，聊凭梅信寄妆台。

为云林写梅题

踏雪寻梅忆昔年，花前诗酒共流连。无端十载同羁旅，写到寒香意惘然。

清华夫人以自写仕女见惠各题一绝

亭亭小立妒花枝，淡着胭脂浅晕眉。手执齐纨情脉脉，风神绝似谢芳姿。纨扇美人。

红红白白露华新，短干长枝拗折匀。春色一肩归去晚，分明瑶岛散花人。花篮美人。

冰肌玉骨态珊珊，疏影横斜仔细看。占得枝头春第一，不辞鹤氅犯严寒。折梅美人。

眼回双凤鬓堆鸦，小步瑶阶玩物华。纵使洛阳春似锦，争如解语一枝花。牡丹美人。

题 石 榴

叶敷碧玉，花绽红英。宜尔家室，子孙绳绳。

鸿雪楼诗选初集卷十二

钱塘湘佩女史沈善宝著

丁　未

题宗寿香梅江上望慈云照即送南归

寒芦瑟瑟水汤汤，无限离愁对夕阳。一抹白云千点泪，不知何处是高堂。

珍重当年膝下身，无端远涉大江滨。白蘋红叶秋风里，独倚船窗更怆神。

一瞬驹光廿七年，望云终岁意凄然。重逢京洛乌私遂，却好亲承八秩筵。君别母二十七年始得重晤。

惊心风木遽酸辛，此去长途好自珍。篷背风霜衣上线，者番更少倚闾人。时奉讳南归。

桑梓情深臭味同，相逢偏在患忧中。君悲失恃侬思子，一样伤心感断蓬。

一曲骊歌百感并，送君南浦若为情。春冰未解春寒重，归旆何妨缓缓行。

题梅赠方勉甫年侄

春满南枝换岁华，朗吟《秋水》嚼红霞。调和鼎鼐他年事，喜见东风第一花。

题梅赠宗鹿竺梅即送南归

聚散无端幻是云，绿波碧草惜离群。独耽风雅除繁缛，看到寒香便忆君。

四十初度口占

东风和煦日初长，草渐回春柳嫩黄。卌载惊心增马齿，半生多难历羊肠。快编碎玉诗千首，手编《名媛诗话》十二初竣。痛失明珠泪两行。尘世悲欢尝欲遍，只馀绿鬓未星霜。

十年愧说主蘋蘩，堂北还欣树寿萱。偶寄闲情临玉版，且安冷宦隐金门。窗前问字怜娇女，灯下哦诗课幼孙。自是天伦多乐事，钗荆裙布古风存。

少小椿萱绝爱怜，几番丝竹启华筵。筵抽碧蕊迎风喜，梅绽红英映日妍。只望百年承色笑，岂知一瞬即云烟。劬劳未报松楸远，回首家山意黯然。

自笑诗书结习深，一灯五夜尚披吟。寄生曾荷槫桑荫，余自入都每遇初度，皆承李寄母设筵招饮。称祝重劳兰蕙心。是日太清、屏山、云林、素安、阪兰、岫云、华香诸友赐祝。顾影鸰原萦别梦，和鸣鸳侣喜知音。却怜游子微名绊，此日思亲更不禁。大儿友怡需次苏城。

和太清夜窗四咏

六出纷纭夜欲阑，金炉拥处不知寒。香焚柏子人围坐，笑索梅花孰倚栏。戛玉时闻冰箸折，画灰渐觉火星残。清狂谁放山阴棹，自煮琼瑶绘凤团。雪夜围炉得“寒”字。

松风吹袂听流泉，小步平桥夜色鲜。半亩方塘初鉴影，一轮圆镜正当天。空明世界心如佛，朗彻襟怀骨亦仙。小婢也知清景好，几回掬水漾沦涟。月夜临池得“天”字。

卷地狂飙鸱怒号，剪灯语怪客情豪。骷髅唱雨秋坟冷，魑魅呼风夜月高。书幌影摇疑幻相，纸窗声裂怯儿曹。东坡喜听荒唐语，薜带萝衣拟楚骚。风夜说鬼得“豪”字。

四壁蛩声答雨声，芭蕉梧叶韵偏清。朗吟唐律诗千首，漫问秋钲夜几更。一片元音穿绣箔，十分凉气逼书檠。开编重味儿时事，宵课难忘膝下情。雨夜读诗得“声”字。

初秋日过半亩园华香女公子索赠

飞阁平台迤逦通，也如文笔少雷同。侵阶树影凝凉碧，泛沼莲花卸粉红。竹里幽窗开窈窕，柳边芳槛倚玲珑。主人雅抱烟霞癖，点缀云山入画中。时朴山公子新修台榭。

秋日圆明园书所见

毵毵柳色渐婆娑，满目秋光感逝波。绿暗陂塘荷叶老，紫繁篱落豆花多。粼粼溪水浮红鸭，是日见溪中白鸭有色如桃花者，明艳可爱。叠叠云山拥翠螺。更喜压枝禾稼熟，风前击壤听农歌。

晓起读清华夫人书札口占

晓妆未了锦函开，腻翠柔红照眼来。散罢天花参妙谛，绝无尘虑到灵台。

孟秋下旬又读清华夫人画

五色毫端现，鲜妍夺化工。竹摇千个绿，花绽一枝红。朗抱天心月，高怀林下风。题诗惭草率，聊寄韦帷中。

秋日圆明园晓行

一天露气峭寒生，四野秋蛩唧唧鸣。记得屯田诗意好，晓风残月不胜情。

山色苍茫曙色分，宜人清景绝尘氛。朝暾欲上扶桑紫，渐觉东方现彩云。

雨中文师母夫人招游金山宝藏寺

细雨如丝散晓寒，马蹄得得上层峦。云凝远岫横苍霭，石漱新泉泻碧湍。松柏千寻秋气爽，湖山一览客情宽。刚风折我阶前桂，金粟枝头不忍看。前秋太清招看桂花于此，次儿友惇偕往。今友惇殁已一载，湖山如故，风景不殊，可胜存亡之感。

师门恩重感尤深，一片慈云许借阴。相慰羁愁邀揽胜，快逢旧雨共登临。时世姑、世妹、李琬遇女侄同游。湖光浓淡元章画，山色空蒙坡老吟。把酒当风消俗虑，聊拈斑管写遐心。

中秋日接外子书却寄

萱折兰摧感百端，离怀怕见月团栾。米盐敢说持家易，冷暖深怜行路难。差喜曾参能养志，谓大儿友怡。料来王鉴解承欢。长孙传谟同行。三旬鱼雁无消息，一幅云笺几度看。

秋柳和陆次山通守韵

一碧参差古渡头，檐烟疏雨不胜秋。鸿飞日下传新曲，莺转湖堤记昔游。瘦影尚萦羁旅恨，长条易惹别离愁。玉箫吹彻关山月，红袖谁家倚画楼。

人字依然映凤池，几曾攀折向临歧。枝头社燕归何急，叶底残蝉咽不支。犹记为萍花似雪，可堪扑地雨如丝。渔洋高咏流传遍，百载重翻绝妙词。

漫从絮果问前因，曾共梅花占早春。三月韶华嗟逝水，一分憔悴拂轻尘。空怜长板桥边树，无复灵和殿里人。极目斜阳秋草外，舞馀犹忆小蛮身。

枝枝凉翠绕金门，阵阵归鸦怆旅魂。江上客怜新鬓影，镜中人减旧眉痕。晓风已醒三春梦，暮雨空怀六代恩。树已成围秋又老，工愁我亦似桓温。

秋日小恙读孟缇姐来札感成

同抱珠沉恨，秋风感倍深。驱愁苦无术，衰病复相侵。不寐憎长夜，无聊付短吟。一函劳慰藉，双泪已沾襟。

劳人殊草草，离绪况绵绵。白日去无迹，黄花瘦可怜。忘情思学佛，服气漫求仙。慧剑嗟难觅，尘魔那得捐。

寒夜读岫云赏雪近作即步原韵以寄

飞鸿传到阳春曲，展向晴窗照眼明。满幅珠玑成绝唱，一帘雪月恰双清。酒酣雅忆冰壶味,寒重应调玉糁羹。毕竟谢家才思好,撒盐终逊絮轻盈。

云锦十嫂以手织丝绸见寄赠此以谢

寸丝尺缕手缫成,多感缠绵寄凤城。千里离怀方蕴结,一时别绪更交萦。授餐未忘当年惠,挟纩还添此日情。安得金闺重把袂,西窗剪烛话平生。

观绳伎口占

流雪回风妙入神,柳腰纤细掌中身。新诗聊作缠头赠,赢得天涯翰墨因。

舞态翩跹喜共看,舞衣单薄不知寒。往来一线真便捷,世路如何尚说难。

挥母庄安人挽词为岫云尊慈作

未拜宣文幔,尝闻令母慈。辛勤征俭德,恺悌仰坤仪。截发因供客,丸熊为课儿。莱衣欣绕膝,梁案快齐眉。骨劲梅堪侣,心虚竹可师。辟纑消白昼,搦管写清时。王谢门楣盛,崔卢令誉驰。明珠光灿烂,雏凤羽差池。湖上迎仙舫,花前晋寿卮。笋舆归故里,蔗境乐含饴。九秩筵将启,重封诰已贻。星偏沉宝婺,神竟返瑶池。弱女羁燕地,时怀陟屺思。那堪风木感,倍切死生悲。述德泪如雨,含哀鬓欲丝。揄扬有彤管,景企纪芜词。

题西湖游钓图

一叶瓜皮漾碧漪，幽怀好与白鸥期。春风吹绿垂杨影，几片飞花拂钓丝。

细雨斜风蓑笠轻，六桥深处任游行。十年梦绕西湖月，不独莼鲈动客情。

鸿雪楼诗选初集卷十三　　钱塘湘佩女史沈善宝著

戊　申

送云林就养维扬

一轮新月照离筵，未到临歧已黯然。扑面春寒犹料峭，萦怀别绪更缠绵。看花日下香车共，斗草湖边画舫联。往事不堪重记省，欢悰如梦惜流年。

风雅才兼窈窕姿，琴中流水画中诗。论交久已忘形迹，知己何堪远别离。红药香浓春载酒，绿杨风软夜填词。故园姐妹如相问，为道羁人鬓欲丝。

清明感成

年年憔悴客天涯，插柳何须记岁华。料峭东风寒食过，街前初卖小桃花。

故园春事渐繁华，上冢人归日未斜。记得卖饧天气好，青山红遍杜鹃花。

题梅送岫云南归

远别孤山三百株，萦思疏影写清癯。君行若过巢居阁，为问梅花忆我无。

送岫云归兰陵

笔阵图开娘子军，论文正好惜离群。落花飞絮添憔悴，才送春归又饯君。

碧茝红蘅气味同，清谈雅爱大家风。米盐刀尺辛勤甚，赢得诗斑满镜中。

新芦浅绿水柔蓝，风日清和正熟蚕。拟把离情托芳草，相随帆影到江南。

春风几度举离觞，听到骊歌恼客肠。此去兰陵春酒熟，扫愁好借郁金香。

饯春日孟缇召看牡丹与岫云话别得晤韩婉卿淑珍即席口占

如潮新绿护芳菲，话到离怀欲湿衣。不惜红螺千盏劝，淡云微雨送春归。

秾艳凝香秀绝伦，清平三叠调翻新。锦帷绣幄春风里，第一花逢第一人。

赴孟缇饮归来口占即柬孟缇婉卿

鸡黍殷勤约，清谈日易斜。吟诗得知己，读画识名家。婉卿即席和诗，且善写墨兰。既醉葡萄酿，还分富贵花。孟缇复剪赠牡丹。留春怜斗室，红紫灿云霞。是日太清以藤花、荼蘼等花见饷。

谢太清惠藤花荼蘼

天游高阁隔云霞，新绿层层映碧纱。春水一池鱼唼影，微风吹落紫藤花。

芳事匆匆过眼前，看花人负艳阳天。荼蘼梦觉春光老，绿暗红稀又一年。今春屡约看花，皆不果往。

读岫云和余白芍药词奉答

清词素质共翩翩，笔底瓶中欲斗妍。我爱霓裳胜金带，乞君更向画中传。

手制玫瑰酒赠岫云

手摘徘徊侵玉醅，玫瑰，一名徘徊花。浓香潋滟入尊罍。梨花春共桃花雨，争似金盘露一杯。

炎暑侵人把晤迟，开尊好趁晚凉时。壶中天地非常阔，此境闺中太白知。

读婉卿画香楼诗词稿并谢和诗兰幅

仙袂翩翩出画香，修蛾碧晕远山长。诗情俊似春杨柳，词笔妍于秋海棠。却喜兰英逢逆旅，敢劳道韫列门墙。来诗有"何期青睐及，许侍绛帷纱"。三湘九畹供描写，珍重同心墨数行。

题桃花鱼乐图

一湖新水涵柔碧，几队游鱼戏落红。犹记六桥寒食候，桃花人面斗春风。

岫云以茶瓜诗幅画扇见贻口占以答

涤烦喜剖邵平瓜，解渴还烹陆羽茶。吟罢新诗观妙绘，瓯香端不愧名家。

长日如年暑气添，科头箕踞意恹恹。久抛书卷疏吟咏，不为怀君笔不拈。

题红绿梅帐沿寄慕青

移向西湖处士家，红英绿萼影交加。春风一样浓香发，花气如云护绛纱。

寄慕青

槛月帘风别思生，展君新句若为情。一函珠玉论交重，满纸龙蛇着色轻。浮世百年原梦幻，深闺三绝擅才名。彩鸾写韵辛勤甚，廉吏家风彻骨清。

孟缇庭中夜合盛开娇艳可爱因赋

十载庭前种合欢，花舒锦绣客怀宽。夭桃艳冶原同色，飞絮轻盈岂共看。馥郁浓香穿翠闼,蒙茸粉朵近雕阑。真能蠲尽人间忿,比翼还应宿凤鸾。

寅斋和作

青棠花发态含欢,种向庭前半亩宽。低亚女墙教客醉,高擎画烛耐人看。丝丝并蒂红迎砌,叶叶交柯绿倚阑。树尚有情呈烂漫,五云深处羡飞鸾。

夏夜听雨

暂抛纨扇倚银屏,夜雨淋浪喜共听。窗外涛声檐际瀑,湿云约住篆烟青。

寅斋和韵

云气模糊绕画屏,飞流湔湃隔帘听。先秋领取新凉意,灯火三更分外青。

瓜架和韵

碧架萦柔蔓,凉生狸首花。敢期朝暮实,聊植戊辰瓜。秀瓞绵绵长,清阴冉冉遮。金瓢升翠釜,雅合饭胡麻。

寅斋原作

烟笼一篱月,香生满架花。贫宜烹瓠叶,迹类系瓠瓜。

疏密牵萝补，高低引蔓遮。断壶图可绘，鼓腹乐桑麻。

豆棚和韵

支棚裁绿竹，几日豆花香。月斗蛾眉细，烟凝翠荚凉。牵丝同瓠碧，入馔伴葵黄。野老闲无事，乘阴话汉唐。

寅斋原作

暑雨离离实，秋风冉冉香。藤牵三径碧，阴覆一棚凉。虫响宜晨夕，花疏间紫黄。月来人并坐，共听说荒唐。

七 夕 词

晶盘凉贮同心果，翠碗娇舒连理花。儿女穿针齐乞巧，一庭香雾月初斜。

几缕纤云散薄罗，不知乌鹊可填河。人间多少团栾乐，底事双星别恨多。

咏初十夜月和韵

半轮皓魄映遥天，昨夜新秋正上弦。初九日立秋兼上弦。稚女娇痴同屈指，再迟五日遍团圆。

寅斋和韵

昨夜庭前初落叶，经旬雨过乍凉天。算来七夕逾三日，皓魄微添过上弦。

品茶和韵

雅抱卢仝癖，闲评谷雨茶。碧螺清味胜，紫笋色香赊。古碗垂云叶，新泉瀹乳花。轻清珍逸品，龙井数灵芽。

寅斋原作

远挹江心水，来烹七碗茶。色香神逾淡，甘苦味偏赊。雀舌珍中顶，龙团重五花。最宜清梦后，细啜雨前芽。

评酒和韵

美酒如名将，宜加月旦评。芳醇由酝酿，甘洌在权衡。橘浸金波艳，花浮玉练清。倘逢知己饮，泾渭自分明。

寅斋原作

嗜酒须知味，开尊百种评。圣贤虽异品，赵鲁预持衡。酌月梨花洁，临风竹叶清。莫言沉醉后，浓淡欠分明。

读画和韵

绿树映疏棂，吟哦展画屏。诗题曹马骏，跋识顾狮灵。花柳横生态，虫鱼曲肖形。辋川风景好，佳句付丹青。

寅斋原作

画本诗中得，生绡写曲屏。精思成默诵，神妙自通灵。北苑南宫笔，云龙风虎形。倪迂工点缀，水碧又山青。

论　诗

魏晋兼唐宋，源流共讨论。试看云锦贵，为少剪裁痕。浓淡原殊境，清奇各列门。性灵聊自写，合佐酒盈尊。

寅斋原作

偶话新诗趣，欣逢旧雨论。摛华先有骨，琢句妙无痕。细玩欧苏旨，追寻李杜门。司空廿四品，快读对金尊。

题清华夫人画天女散花图

舞袖翩跹五色裁，彩云无际御风来。嫣红姹紫纷纷散，羞煞凡花不敢开。

寅斋和作

云锦缤纷妙剪裁，仙人游戏散花来。御空不借东风力，万紫千红任意开。

寅斋夫子于市中购得大理石一方纹作层崖积雪云树迷离绝似清閟阁所图对之忘暑寅斋先成一律依韵和之

灵秀天生俨图画，卞和抱璞笑拘迂。峰峦重叠银云拥，林树迷漫粉雪铺。助我吟情挥玉管，是谁墨汁洒金壶。石交好共同心订，几度摩挲比握瑜。

寅斋原作

片石真如古画图，淋漓泼墨似倪迂。前峰冻雪经冬积，背面痴云入夏铺。隐约兽形蹲崒嵂，依稀树影接蓬壶。购来欲学南宫拜，珍重家藏胜瑾瑜。

秋　苔

绿钱点点缀幽阶，秋雨绵绵长嫩苔。古壁藓深蜗喜聚，香泥径滑客慵来。柔蓝明净供吟赏，雌霓连蜷助赋才。几穗娇红相掩映，风前恰好海棠开。

寅斋和作

苍然秋色凝三径，深护篱根满绿苔。叠叠钱痕新雨过，双双屐齿故人来。逐波也作缠绵态，结字非关篆隶才。为惜鹤踪长却扫，凉风轻拂北窗开。

秋荷和韵

翠影霞痕艳绿波，金风吹绽玉池荷。露凉青盖鸳鸯集，粉腻红裳菡萏多。避暑记曾邀旧雨，采香今又谱新歌。试看并蒂含情绽，昨夜双星正渡河。

寅斋原作

瑟瑟金风渺渺波，又看新雨发新荷。菇蒲影里红衣艳，葭苇声中碧盖多。晓露漫书题瓣句，晚风人唱采莲歌。欣看太液盈池放，金碧楼台照绛河。

秋　竹

秋到孙枝长箨龙，苍烟满径碧苔封。春风咒笋怀前度，夏雨分根认旧踪。暑退潇湘清意足，凉生嶰谷绿阴浓。一竿偶被风吹侧，露出墙头数点峰。

寅斋和作

半亩笼烟欲化龙，万竿篁篁白云封。放梢不碍明蟾影，结实能招彩凤踪。岂为金风姿顿改，曾经暑雨色逾浓。当门又发檀栾干，掩却西南淡远峰。

秋树和韵

曾记眠琴坐绿阴，又看红紫染霜林。楼台掩映添寒色，橘柚玲珑系客心。蝉歇高枝凉露重，雅翻落叶夕阳沉。携书闲坐根前读，一抹苍烟隐远岑。

寅斋原作

肃气潜移夏木阴，金风萧瑟入疏林。读书声动欧阳听，送客愁生白傅心。丹桂飘香新月上，碧梧落叶莫烟沉。何当秋尽荒村里，画出寒雅度远岑。

秋日偕岫云登陶然亭

小步层台豁倦眸，四围山色碧烟浮。凉风吹袂清于水，芦叶芦花瑟瑟秋。

女墙迢递夕阳红，秋色苍茫接远空。同倚北窗凝望处，万家烟火凤城中。

倚阑垂钓此四章题清华夫人画美人

迢递朱阑柳外横，一竿聊且寄幽情。半湾碧水窥妆靓，几队游鱼逐饵行。鸂鶒偶飞波影皱，蜻蜓闲立钓丝轻。风前徒倚垂纶久，活泼天机逸趣生。

卷帘待燕

湘帘十二卷斜晖，燕子轻盈高下飞。波掠红襟双剪活，树摇绿影一庭围。引雏曾向花间去，逐伴应从柳外归。长日迟迟人倦绣，几回延伫盼乌衣。

对镜簪花

眉画轻螺髻绾蛇，妆成犹是对菱花。一枝妥贴依钗凤，几朵玲珑压鬓鸦。粉蕊生香含宿露，绿鬟回影灿明霞。团栾镜似团栾月，绝胜嫦娥张丽华。

剪灯听雨

铁马琤琮银箭沉，潇潇夜雨助清吟。红灯影动微风入，碧瓦声喧急阵临。一榻菇蒲乡国梦，十年姐妹别离心。兰膏挑尽云屏暗，侧耳幽窗感自深。

盗诗图为王子梅鸿二尹作

灯残旅馆梦初成，颔下骊珠摘去轻。豪客解将诗卷窃，奇文定使鬼神惊。十年漫悔呕心血，四海因之识姓名。一一鹤声无恙在，不须谱恨寄深情。

重九口占

谁送渊明酒，慵题梦得糕。无风亦无雨，采菊忘尘嚣。

寅斋和作

聊服茱萸酒，看陈喜字糕。次日小女纳采。静参阳九数，门外却喧嚣。

题风雨对床图为王默卿王慧卿作

看云白日怀工部，腰绶殊乡感孝标。争及君家荆树乐，对床风雨听深宵。

雄县晓发寄都中诸闺友

云萍十载聚春明，听彻骊歌出凤城。猎猎风沙旋大漠，劳劳踪迹怅浮生。人萦别绪难成寐，马恋残刍不肯行。料得红闺诸姊妹，灯前几处计归程。

寅斋和作

连朝涂次喜新晴，已历燕郊四五城。无定风云期后日，与偕伉俪订前生。糇粮储备经营足，眷属神仙自在行。我爱故园乡味好，南归缓缓策征程。

过赵北口

微波瑟瑟柳萧萧，行过垂虹十二桥。三日轮蹄劳悴甚，安能一叶泛轻桡。

景州道中遇风

车声辘轳走轻雷，古迹苍茫叹劫灰。得意看人驱马去，冲寒笑我御风来。尘飞平野雅俱散，日淡荒城雾不开。差喜指南凭塔影，歧途无复再纡回。昨晚迷途，投止甚晚。

寅斋同作

入耳呼号噫气赊，疏林萧瑟日西斜。漫天势作蒙蒙雾，卷地寒生漠漠沙。我仆既痛频策马，人踪欲灭乱翻雅。夜归旅馆更三点，蔬饭腴于品味嘉。

茌平晓发

征鞍才得息奔波，又听驱车唤奈何。风送鸡声宵梦短，霜浓马首晓寒多。人从九点烟中望，路向三规台畔过。阅历崎岖休惆怅，参差山色近东阿。

汶水道中寄孟缇

相违才十日，已隔路盈千。旧雨关心切，新诗信口编。风尘嗟跋涉，晴景喜喧妍。之子远相忆，平安雁足传。

峄山道中

行对峄阳峰,凭谁问古桐。暝烟生旷野,新月挂遥空。饥渴思投止,安危任化工。筋骸劳苦甚,二竖复相攻。

阴平吊淮阴侯墓

国士无双真不忝,假王何必借三齐。汉皇有意烹功狗,萧相无情赞野鸡。漂母祠前云漠漠,未央宫外草萋萋。千秋恩怨俱陈迹,抔土荒凉落日低。

桃源道中

寒林微赭水深蓝,好景迎眸缓策骖。栗碌长途差自慰,暖风晴日到江南。

舟行杂诗

渺渺湖光近接天,苍苍树色远生烟。雪泥何处寻鸿迹,记放兰桡十二年。

万顷波涛一线堤,渔村蟹舍列高低。萧条满目残芦苇,怕听哀鸿泽畔啼。大水之后,人民流散。

南行雀舫无停滞,北望燕云惜别离。一阵东风吹雨散,夕阳西下露筋祠。

长至江南草尚青,水肥帆饱喜遄行。舟人指点扬州近,寒柳萧疏映郡城。

扬州喜晤云林

一笑相逢喜气生，风前把袂素怀倾。二分璧月羁人感，满酌金波旧雨情。阶下兰荪双挺秀，膝前花萼竞敷荣。乃嗣松岑、乾叔均已出仕。燕台闺友都相忆，临别殷勤嘱致声。

渡扬子江

击楫中流势若飞，寒涛滚滚雨霏霏。一帆风送归舟稳，四面云垂远岫微。吹浪江豚时隐见，书空塞雁认依稀。水光无际天容阔，浣我尘襟息世机。

归家赠外子

病劝加餐困劝眠，风霜千里感周旋。新诗唱和尤工敏，伉俪还兼翰墨缘。

嘉平上浣展先姑太恭人墓

跋涉二千里，思亲梦未安。雪消山径滑，烟锁墓门寒。难忍风前泪，空追膝下欢。秋霜与春露，触绪总心酸。

寅斋和作

陟屺空瞻望，心难一息安。白云连雪冻，红旭和烟寒。荒冢徒增感，京华未尽欢。慈颜犹恋恋，回首倍辛酸。

鸿雪楼诗选初集卷十四

钱塘湘佩女史沈善宝著

壬　子

上巳日同屏山夫人过天游阁呈太清

曲水盈盈泛羽觞，相将祓禊绕芳塘。红桥绿水春无限，天借轻阴护海棠。

萦烟拂地柳丝长，繁杏夭桃半卸妆。小倚阑干吟未倦，一帘花气送丁香。

上巳后五日过半亩园赠华香

园林春正好，徐步绕花行。曲涧流泉远，平台落日横。古香参妙境，新翠出前楹。家学难兄继，牙签拥百城。谓朴山令兄。书生偏不栉，天授与聪明。高谊云霞重，芳谈玉雪清。关山分雁影，诗画写离情。茉卿令嫂、锦香令姊皆随宦远出。崔嫂尤贤淑，和风见性情。谓端如令嫂。

三月下弦后一日喜雨寄太清时与少如游山

良朋初蜡游山屐，好雨潜消陌上尘。想见高楼吟眺处，四围岚翠拥诗人。

题梅花帐沿赠家剑芝于归潘氏守贞

独标清操凌霜雪，甘向空山老岁华。我为阿咸传小影，冰心铁骨写梅花。

慕青书来并贻食物成此报谢

绿树阴浓昼漏迟，远凭青鸟寄离思。拈毫欲写梅花影，披翰先吟芍药诗。新咏芍药诗极秾丽。《昔昔盐》翻新乐府，以晶盐见饷。恹恹病减旧腰肢。云軿倘共凉秋至，愿晋蒲桃酒一卮。

题清华夫人梅兰画幅

红英明艳迥超尘，碧蕊参差秀绝伦。好与国香联静侣，漫从明月问前身。冲寒记踏孤山雪，纫露遥怜九畹春。深羡金闺多韵事，闲从玉版写丰神。

题商山四皓图

安吕安刘迹已陈，须眉如见古精神。后来多少蒲轮出，捷径终南岂效颦。

商山翠色郁嵯峨，中有幽人共啸歌。采得紫芝和露服，不知尘世有干戈。

咏白菊

秋风一曲舞霓裳，珠有精神玉有光。拟倩彩毫临小影，应输素质炼寒香。水晶帘外盈盈月，翡翠枝头淡淡霜。坐对不知更漏永，几回烧烛照银妆。

家石田翁山水长卷为许滇翁所藏屏山夫人命题

云山重叠飞泉横，万里咫尺苍烟生。此是吾家石翁笔，展视不觉双眸明。堪喜主人嗜书画，翰墨和鸣性潇洒。从来三绝孰能该，得遇知音为心写。

嘉平三日得家书知传谟孙妇遗腹生子悲喜之馀口占以志

已痛孙枝折，朝朝涕泗零。孤帏悲少妇，一索喜添丁。纤弱增吾念，扶持仗尔灵。相期成立早，珍重读遗经。

癸　丑

祝屏山夫人六旬初度

珠流玉漾湖光融，龙飞凤舞山玲珑。湖山清美钟灵秀，奇才偏毓璇闺中。璇闺福慧双修得，含章柔顺征坤德。王谢门楣钟郝仪，宦游万里同登陟。乔梓文名重玉堂，尚书硕望冠吾乡。谱将《安世房中乐》，不减《周南》第一章。凤城甲第连云远，青青桃李门墙满。试问当年绿野堂，何如此日和鸣馆。书城艺苑足优游，彩笔添修五凤楼。退食焚香相倡和，神仙佳偶媲樊刘。由来至性畴能比，蘋藻蒸尝尚躬理。侍者常推樛木恩，侧生并颂螽斯美。起居八座荷恩荣，哲嗣乘轺又秉衡。持节黔阳惊旧吏，垂髫公子已簪缨。谦冲雅度忘尊贵，多少孤寒蒙荫芘。名士襟怀古佛心，天教福禄如云萃。我是彭宣侍绛纱，清谈每到夕阳斜。论书愿学夫人格，结社曾吟命妇花。余情却向丹青寄，腕底春风万花丽。飞潜动植妙入神，岩壑苍茫见高致。有时听鼓绿绮琴，琴言如写心愔愔。筝琶净洗尘俗耳，钧天雅奏皆仙音。传柑佳节和风扇，篆晋长生紫泥绚。上客争添海屋筹，群仙喜醉瑶池宴。冰镜盈盈映碧天，华灯处处灿金莲。梅花香里春如海，岁岁觞称人月圆。

送苏云裳姐随任岷州

留君无计送君行，把酒何须唱渭城。人似春风最和霭，心如秋月更光明。远经华岳三峰识，喜见岷州五马迎。鸿案相庄臻百福，莫因儿女动离情。

夏日过天游阁太清出果亲王诗画册漫成

故人知我癖烟霞，同向晴窗展画叉。万壑千岩临北苑，生毫拈管胜南沙。

花光红紫映瑶墀，高柳蝉吟日影迟。消得炎氛医得俗，风前细读画书诗。

人在青山断处行，画中好景入诗情。不矜富贵矜风雅，盛世元音总正声。

或临颜柳或钟王，真草随心尽擅长。信是天家工八法，书名今代盛银潢。

中伏日过堪喜斋呈屏山夫人

湘帘一桁镇垂垂，绿树阴浓暑不知。但觉清香沁诗骨，白荷花畔坐移时。

寅斋种竹后得雨喜作

移得潇湘竹一丛，倏然顿觉俗尘空。十分生意逢雷雨，一片凉阴散暑风。露叶烟梢添洒落，虚心直节自玲珑。主人喜见平安报，整日徘徊小院中。

寅斋和作

种得琅玕一小丛，枝枝摇曳拂晴空。烟流欲活初沾雨，根浅新栽不耐风。弄影喜添阴琐碎，作声徐听响璁珑。移居日祝平安节，仙界方壶即此中。

题萱寿图为丁重甫孝廉作

十载违慈母，泪沾游子衣。北堂花正茂，长此乐春晖。

慕青来都喜晤口占

秋风喜见故人来，镇日清谈笑口开。慰我离怀消我恨，一杯花露吸玫瑰。

瘦削吟肩减翠蛾，偶然示疾效维摩。临歧珍重无他嘱，扫尽愁魔退病魔。

题家念农司业弟诗集诗系督学晋省作

修史衡文笔一枝，轺车随处赋新诗。直教景物开生面，遍采风谣欲解颐。三晋云山供赏鉴，双湖烟水系吟思。盘旋元气淋漓墨，宁武关前吊古时。

秋日怀孟缇

乱离何处访行踪，远水遥山信不通。镜里眉消螺子黛，街前草长雁来红。著成缃帙书千卷，未筑于菟地一弓。曲突徙薪司马在，春明人尽叹公忠。令弟仲远司马守汉口，贼初出粤西，即请当事速救全州，不许。逮贼至汉口，虽有练勇，器械不齐，连战不胜，遂陷。司马回署自经，为勇目郑贵等负置小舟，救七日夜始苏，送至县，验伤养病。信至都中，王蓉洲司马编为表章，具其事于当道。后有力荐者，今仍在楚。

甲　寅

婉卿嘱写樱桃花

研红滴翠写芳姿，庭畔含桃发旧枝。弱质轻盈谁得似，分明樊素晓妆时。

暮春下浣游九龙泉拜乌星伯公墓
公为松亭兄祖殉难事见家传呈松亭兄

端肃拜佳城，凌烟仰令名。丰功垂竹帛，宸翰表忠贞。云护松楸茂，谋贻堂构成。奇勋与科甲，世世继簪缨。

游松亭兄别墅口占

拜罢松楸览四周，清泉白石景深幽。落花似雨香盈砌，丛树如潮绿到楼。池水半奁人可鉴，春风三月客来游。瓮头恰好梨花熟，更为论诗尽一瓯。

送念农弟督学皖江

三叠阳关酒一卮，绿波碧草起离思。正欣棣萼联芳日，又诵皇华四牡诗。文阵本来矜绣虎，宝刀今合佩文螭。星轺到处欃枪扫，珊网罗才答圣时。

念农诗成再叠前韵

无奈空教惜玉卮，艰危时事岂堪思。辅轩好采春陵句，风雨休吟工部诗。健鹄摩天惊燕雀，灵犀出水伏蚊螭。如云雅度如虹气，手展经纶在此时。

送果台弟南旋

春草池塘得句迟，锦衣归去耀门楣。文名久已传三凤，才望真能继四夔。上苑看花君得意，西湖载酒我何时。剧怜同气如星散，满目云山系远思。

和果台作仍用前韵

随肩雁序步迟迟，金马门前白玉楣。畅好风雷伸屈蠖，无端鼙鼓奏灵夔。团栾骨肉偕行日，潦草杯盘话别时。恰喜连枝风雅甚，新吟倚马胜陈思。

题梅花赠宝传婿

铁骨冰心绝点埃，清香好共早春来。临歧珍重相持赠，期尔百花头上开。

和松亭三兄赠别原韵

羡君诗笔最峥嵘，天马凭空自在行。京国喜联鸿雁影，渭城怕听别离声。关心远道寒暄甚,脱口新诗冰雪清。从此看云劳怅望,春风花萼两三茎。时闻云舫十兄被议,为之扼腕。

道经涿州有感张理庵先生

双塔依然峙碧空,酒垆何处问黄公。我来难忍西州泪,满目河山夕照中。

途中寄啸珊二兄并示笺霞女

无端赋别感天伦,长路追思泪满巾。一样离愁抛不去,阿兄忆妹女思亲。

途中杂作

凉风拂面暑全消,晓起驱车不觉遥。小草纤花皆悦目,沼塍红旋凤凰苗。定州道中。

平畴行尽起重冈,茅屋家家纺织忙。绿树阴浓人歇午,无怀风景似羲皇。新乐县为羲皇圣里。

山势万重争险峻,河流一线走汍澜。金光闪烁迎晴日,行过平沙十里滩。过滹沱河。

坎壈崎岖路不平,一山未了一山迎。任他九折羊肠险,且共王尊叱驭行。井陉道中。

穴居三五不成村,镇日车行乱石根。自笑西湖烟水客,而今游历到天门。

天门高与白云齐,断石危岩寄马蹄。举首欣瞻红日近,凝眸顿觉众山低。经四天门。

插天青嶂列屏风，回合浑疑路不穷。屋上耕田田下住，生涯都在翠微中。槐树铺道中。

琅琊曾展无梁殿，谓外子。今夕如栖弥勒龛。应有圆光生顶上，结趺同把大乘参。宿桥头窑房。

桃杏垂垂绿意稠，禾麻荦荦翠光浮。薰风尚恐征途寂，吹出一枝红绣球。辛兴道中。

五色峦光照眼来，看山不觉陟崔嵬。翠丛忽见花如雪，岩畔珍珠绽小梅。泰安岭至十贴珍珠梅甚多，过此及前所无。

薄日轻阴过寿阳，田畦无雨辘轳忙。土风迥别寒暄异，六月山中莜麦黄。寿阳道中。

轮蹄冲破万山烟，喜步康衢缓着鞭。城堞巍峨街市盛，宦游从此乐丰年。至阳曲县。

唐　槐

根株虽半朽，枝叶尚青葱。高荫垂千古，清阴蔽一弓。树留阳曲县，植或狄梁公。槐在狄梁公故里。莫问南柯梦，前村夕照红。

到阳曲后寄太清姐

感君雅谊太缠绵，握手临歧意惘然。往事追思成幻迹，离愁消瘦到吟肩。双轮还历千山雾，单夹凉生六月天。栀子同心劳彩笔，展图不禁泪珠悬。

文师母夫人手植盆兰盛放因嘱画工图之悬于粉壁命题爰赋浪淘沙二阕寄呈

九畹产名葩。远至京华。素心人爱素心花。晓灌清泉宵溉露,盆护阑遮。　　碧叶发新芽。密蕊交加。千枝万朵影横斜。为恐国香零落也,写上轻纱。

指示图画中。依旧春风。交花接叶映玲珑。疑有清香生纸上,吹出帘栊。　　风雅孰能同。培护从容。兰芽荪茁一丛丛。似为燕姬征吉兆,梦叶罴熊。

客窗坐雨长歌书感寄都中诸闺友

欲雨不雨天沉沉,汗珠似水沾罗襟。异乡初到向谁语,安能吟酌随吾心。晋阳僻处万山里,百货远来贵莫比。鱼如龙兮凫似凤,一任人嗤食肉鄙。小住京华近廿年,往来车马相安便。看花绮阁春晨起,读画红灯夜宴眠。城东城西盛吟侣,金钗问字赓新句。就中翰墨足吾师,天游子太清夫人与和鸣主屏山夫人。故人多半居城南,苔岑契合时停骖。五侯羹鲭日餍足,红丁黄甲资清谈。快婿佳儿依膝下,介眉春酒传杯斝。幼女携来玉雪妍,牵衣索抱娇无那。阿兄多病雪盈颠,相送登程泪似泉。骨肉远离心恻恻,亲朋惜别忆绵绵。揭来半月隔千里,差幸劳薪暂停止。入梦乘尊绕帝京,关心烽火思桑梓。破闷无方托管城,客怀脉脉不胜情。浓云似墨惊雷走,雨自滂沱诗自成。

答慕青寄怀之作

灯蕊连宵结并头，彩云飞到豁双眸。登山涉水嗟今日，握手论心忆昨秋。只望南行寻画圣，谁知西顾远吟俦。玉珰缄札情何切，翻悔当时不少留。

见柳有感

犹记苏堤听晓莺，画船时傍翠阴横。而今相对添惆怅，万缕千条别绪萦。

夏日偶成

炎歊深避掩窗纱，杨柳摇风日影斜。忽觉清芬通鼻观，金银初放并头花。

和周莲甫女公子送别原韵

既爱才华美，尤钦至性真。无端千里别，离思托冰轮。
退笔堪贻笑，阳春属和难。愿君如玉笋，慈竹共平安。

入伏后溽暑如蒸昼长似岁向忆观莲雪藕不特故乡即春明此际无日不睹红衣翠盖也因忆莲而及人遂成四绝

花光倒影浸楼台，太液池中万柄开。记得清晨同伴去，金鳌玉蛛一徘徊。昔年与孟缇、伯芳晓起观荷，即访虚白夫人。

九华四照三英灿，堪喜斋中品最优。记得赏花兼听雨，明珠错落剥鸡头。许滇翁斋中莲花最奇，每开时屏山夫人必招玩。

盈盈碧水映平滩，冉冉红衣绕曲栏。记得柳阴同坐久，忘机鸥鹭共盘桓。积水滩花放时，常共太清及以文郡主同观。

调冰雪藕爽吟怀，香度湘帘正半开。记得晓妆犹未竟，娇儿呼婢送花来。笺霞每晨必令婢送花。

闰秋中浣田友焦茂才以盆桂二株见饷同外子作

才闰星期暑气收，喜看金粟绽枝头。分来月窟双株秀，领略天香一段秋。南墅持螯方获稻，西湖剥栗正乘舟。吾乡花时新栗初出，味带花香，名桂花栗。异乡得此尤珍重，相对还宜大白浮。

答太清寄鸡头

芡实如梅萼，劳君寄陇头。剧怜初出水，郑重付星邮。

七月食瓜得瓜字

纪候赓流火，豳居正及瓜。叶稠绵七月，瓤美食千家。熟待薰风拂，凉宜暑雨加。削肤先注液，揭蒂尚馀花。入口冰壶贮，飞香雪碗赊。遍尝田父乐，分给稚童哗。艺种同葵菽，锄根并麦麻。迎秋农事亟，鼓腹夕阳斜。

盆桂和韵

红紫盈阶色未收，又添丹桂拂檐头。露凝有耀三更月，子落无声一院秋。金粟影齐围绮阁，银河香满泛仙舟。当年战罢文场后，借染衣裾异彩浮。

中秋对月

璧月当空秋气清，阶前唧唧草蛩鸣。未能酩酊酬佳节，却喜安闲少俗情。佛手香浓花远逊，时闺友贻佛手柑，而桂花正落。蟹螯霜老雁初征。漫吟白傅思乡句，一夜离怀五处萦。

秋　　夜

竟日溟蒙雨，新寒向夕生。剪灯观菊影，垂幔听蛩声。客况同秋淡，吟怀似水清。葡萄新酿熟，正好会耆英。时外子延同乡诸君饮。

重九书怀用天游阁丁酉见寄韵即寄天游主人

连宵霜重雁南飞，遥睇丹枫映翠微。异地客如篱菊瘦，故乡鲈共水莼肥。题糕犹记挥斑管，送酒何曾见白衣。羁思满怀无处诉，佳辰惜与故人违。

九日写菊

料峭西风透碧纱，茱萸欲插感天涯。彩毫却与秋争艳，写出东篱五色花。

代州晓行遇雪呈外

平生从不因人热，此地真成彻骨寒。顿觉敝裘如泼水，朔风吹雪满征鞍。

出雁门关口占

满川碎石走黄埃，卷地雄风亦壮哉。策马剧怜人北往，衔芦曾说雁南来。万山积雪寒光起，百堞危关霁色开。塞外至今成内地，登临吊古漫迟徊。

或云明妃青冢在朔州城外或云在归化城外路出朔州瞻仰不得感成二绝

和戎策重妾身轻，社稷安危系此行。叹息当时诸将帅，却将奇绩让闺英。

琵琶凄切出边庭，雁叫霜天不忍听。千古丹忱终不灭，一抔荒冢尚青青。

朔方寒甚吟此自遣

胸中虽无万卷书,足下已行万里路。风霜尘土久饱尝,严寒盛暑今年遇。自从炎夏出都门,薰风烈日销征魂。满怀离绪暗酸恻,泪珠湿透罗巾痕。崎岖历尽至阳曲,逆旅投鞭重问俗。米盐琐屑费经营,转瞬凉秋绽篱菊。才交冬日明朝阳,羽檄传教篆朔方。秣马膏车重就道,关中风景亦殊常。微微衰草经霜白,莽莽寒云映日黄。出关尤觉寒威重,狂飙如吼山为动。冰雪盈途舆簸扬,闭帷赢得吟肩耸。十日驰驱紫塞来,萧条城郭带寒开。穷乡僻壤人烟少,雪地冰天客意摧。回思少小多吟兴,侍亲远宦探幽胜。看花两度赴燕台,佳日春秋记骖乘。而今随宦长城边,斗室红炉日夕然。身似僵蚕加裹束,人如冻鹤少周旋。重裘不暖衾同铁,未凝惟有心头血。只望春从天上来,阳和一旦消冰雪。

偶　成

鹜才昔似奔腾骥,畏冷今同缩瑟鸦。想到春明风日暖,盆梅红绽两三花。

朔平冬日漫兴呈外

千里冲寒赋宦游,朔云边树试凝眸。民无布帛衣羊革,地有冰霜获燕牟。却喜讼庭清似水,本来心境肃于秋。愧难佐政苏时困,聊记鸿泥爪印留。

沉水金炉袅瑞烟,自呵翠墨写红笺。风回大漠尘容暗,雪霁荒城日色鲜。那得宝帘能辟冷,漫从明镜惜流年。乡心莫共梅花发,弹指春光到眼前。

嘉平望夕对月寄太清即用中秋见怀韵

暂息尘劳对晚风,浮生真是可怜虫。岁华荏苒朱颜改,云树迢遥皓魄同。有客长城歌饮马,感君短札付飞鸿。缘知两地离怀重,漫和阳春寄蕊宫。

除夕用蘋香庚戌除夕原韵即寄蘋香

炮竹声中杂管弦,乡心枨触不成眠。论文记重谈天口,觅句如争下水船。柏酒又倾怜异地,椒盘重聚定何年。遥思剪烛忘言坐,应有新诗续旧篇。

鸿雪楼诗选初集卷十五

钱塘湘佩女史沈善宝著

辛　亥

岁朝三日对雪同蘋香联句

雪兆丰年瑞，寒梅未着花。草堂人日近，蘋。松径玉尘加。君谱阳春曲，湘。依留白鹿车。山阴休访戴，蘋。湘佩欲往戴家河许夫人处，余止之。分韵斗尖叉。湘。

雪窗寒甚蘋香叠前韵即奉答

新词歌白雪，雅颂制椒花。不畏寒威重，全凭酒力加。冻云凝古树，湿径滞归车。脱口皆佳句，何惭温八叉。

附原作

蘋香

小窗同对雪，迟尔咏梅花。生菜春盘荐，红炉玉炭加。园林开粉本，巷陌断香车。佐饮无兼味，寒鱼未可叉。

题魏滋伯广文诗集叠前韵

敏妙兼新丽，春生笔底花。文章随手得，诗卷逐年加。名足空千古，才真富五车。消寒忻觅句，巧思压刘叉。

上元日天竺礼佛

试灯风里雨馀天，来礼慈航大士前。山势岧峣开佛国，溪声清激涤尘缘。香生绝壑梅初放，馔供伊蒲笋正鲜。愿乞杨枝消热恼，大千随地涌金莲。

暖姝约皋亭看梅蘋香以诗代柬仍叠前韵依次奉答

探梅劳远约，新句韵于花。香雪烟波远，春风诗思加。同过仙子宅，并借美人车。暖姝代备笋舆。浣露频吟讽，湘帘上翠叉。

附原作

蘋香

为报皋亭下，疏梅已着花。乍晴春昼冷，一雨水痕加。荡漾辞兰舸，玳瑁走钿车。主人招复饮，莫问路三叉。

探梅有约风雨通宵枕上叠前韵

听彻萧萧雨，高擎暗结花。顿教游兴减，不觉峭寒加。水气侵书幌，山灵谢客车。遥知双翠羽，惆怅立梅叉。

晓起暖姝伉俪诗至函以叠韵回环奉答

锦段随风至，虚窗展玉叉。无端一夕雨，迟驾六萌车。春水溪边涨，浓阴天际加。遥怜千树雪，知放几分花。

皋亭探梅口占呈蘋香暖姝

天为催诗雨，诗成雨竟晴。笋舆同出郭，玉蝶乍舒英。漠漠春阴散，溶溶溪水生。吟筇与肴核，深感主人情。

花下口占

松边竹外影横斜，绝胜巢居隐士家。仙跸昔迎双凤辇，崇光寺昔为南宋显仁太后功德院。香云今拥万株花。娟娟缟袂怜姑射，淡淡明妆并绿华。满地夕阳吟未倦，忽看古树集昏鸦。

附和作

蘋香

万枝香雪斗横斜，物外春归释子家。成句。滑滑泥冲三径路，阴阴寒勒半村花。素笺作草书成圣，湘佩书联于寺。好句如仙气自华。愧我粗疏慵染翰，小窗无意学涂鸦。

新正下浣方蛟邻余年姒夫人招集湖上偕德华少夫人静芳女公子陈贞卿夫人暨余女笺霞探梅舟次作

满湖烟水碧粼粼，淑气和风笑语亲。试看双堤金线柳，眉痕已展一分春。

苏白风流今又见，依然翰墨擅词场。时读菊农观察撰联。笑他鹤子清癯甚，争及翩翩小凤凰。苏公祠观双鹤。

金沙港外水潆洄，士女如云放棹来。人影花光浑不辨，枝头玉蝶已全开。

遇合苔岑信夙因，珍馐络绎更湖莼。雨丝风片添吟兴，散尽游人散曲尘。

新正杪留别鲛邻年姒

方欣联绣袂，争奈唱骊歌。今日一尊酒，云山别恨多。

仲春朔日和蘋香赠别作用探梅韵并留别杭城诸姐妹

听罢阳关日欲斜，宝鸿归去我辞家。魂消南浦三篙水，梦绕西湖万树花。不尽馀情期后会，愿教努力惜芳华。中年容易伤哀乐，莫使星霜上鬓鸦。

附原作

蘋香

叶叶轻帆五两斜，压船书画又浮家。何时更剪西窗烛，此去重看上苑花。香雪满山怀故里，软红十丈客京华。离情怕见春波绿，惆怅诗成墨点鸦。

奉题丁芝仙大姐临灵飞经后

丰神濯濯发光芒，秀劲由来法二王。想见妆成初试笔，一池春水墨花香。

吴下书名曹墨琴，十三行迹重词林。晨来喜见簪花格，仙骨珊珊迈古今。

仲春八月至槜李和芝仙见赠原韵

雅意真如湖水长，飞鸿何幸列成行。春风兰蕙花初放，从此同心佩国香。时承订金兰。

芝仙同游陈园览湖山花木之胜即以留别园即金陀别业

石径萦纡步碧苔，名园胜处喜追陪。峰峦重叠穿云出，楼榭高低傍水开。糁径玉梅人去后，环桥金柳燕飞来。相逢不易分襟速，珍重金闺绝世才。

集诗牌游仙

鸾背亲乘笑薄游，翠裙低扬采云收。紫玑间织丛芙锦，词笔兼题鹦鹉洲。

弱水光平镜面融，未遣青雀那寻鸿。禅心一片古于石，遮莫筠帘六曲通。

清明日过扬州留别云林云姜伯芳

留连文宴忆当时，旧雨重逢喜不支。三月莺花一尊酒，玉兰如雪共裁诗。

潇潇风雨剪灯听，往事重论感絮萍。别后丰神俱瘦减，怪他双鬓独星星。云林发白过半。

修禊刚逢上巳天，东园风日正暄妍。柳眉已展桃含笑，易惹离愁是别筵。

轻帆叶叶路迢迢，回首烟笼廿四桥。江上绿波堤上柳，教人那得不魂销。

上巳日云林云姜伯芳同游东园

梅映峰峦松映门，广陵胜景擅东园。水边祓禊惊鸿影，亭畔联吟划竹痕。翠鸟避人飞别浦，红桃窥客出低垣。踏青缓步行莎径，旧句新词仔细论。

桃源道中

堤上桃花深浅红，花边杨柳舞春风。韶华到此真妍丽，镇日车行花柳中。

未见莺梭燕剪斜，层层翠影间红霞。不知若个神明宰，种出河阳满县花。

皂河道中

辘轳双轮去似梭，芳菲满目艳阳多。桃花如怯春寒重，细雨斜风过皂河。

邳　　州

秾桃纤柳弄春柔，道路崎岖动客愁。一样长堤弯似带，皂河平坦胜邳州。

圯上吊张留侯

博浪虽然一击空，奇谋浩气独蟠胸。圯桥若不逢黄石，末路何由托赤松。烽火关中方逐鹿，风云沛上正从龙。英雄千古谁能似，只有鸱夷可并踪。

铜山道中喜晴

晴日迟迟上柳梢，驱车顿觉客情豪。平畴翠浪翻新麦，远树红霞绚小桃。征路尚遥愁石径，乡心莫慰借村醪。却怜紫燕同辛苦，一样衔泥不惮劳。

东平道中

千里携雏入帝都，减餐连日叹孱躯。东平刺史公平甚，尽使崎岖变坦途。

夕阳西坠暝烟生，逼仄山沟历碌行。却喜巉岩山石少，东阿也不减东平。

滕县道中

扑面东风散曲尘，奔驰草草笑劳人。沉酣百里梨云梦，果见花光白似银。

抵都呈吟斋外子

箧底光腾宝剑篇，一鞭重又策幽燕。饱看桃柳四千里，小历舟车五十天。出郭劳君相远迓，长途叹我自周旋。春风顿解双眉结，经岁离愁一日捐。

题钟馗画像

英姿飒爽骨嶙峋，每到朱明倍有神。一剑枭除诸鬼魅，千秋名足轶凡尘。殷红艳艳榴珠绽，浅绿茸茸艾虎新。凭仗威灵相照耀，安居岁岁百祥臻。

灯　　花

小草吐秾华，银釭春色赊。层辉凝紫熠，密蕊缀珠霞。幻出玲珑影，添来琐碎花。画堂多喜事，先夕报侬家。

寅斋和作

茶熟酒醒候，挑灯喜气赊。无香纷紫艳，有色灿红霞。放彩仍依草，流膏自着花。况逢三五夜，蟾影照家家。

和蘋香见怀原韵

同声喜相应，不负放归舟。古调绝凡响，雄词据上流。杯盘入新岁，兰杜集芳洲。良会殊非俗，知能再继不。

一片天边月，清辉千里同。鹊桥方待驾，雁字落遥空。时函至于七夕。瓜冷浮圆碧，莲香腻浅红。七襄如玉札，云锦映帘栊。

回首曲江曲，春湖正下塘。看花青雀舫，听雨白鸥乡。故国远天汉，离怀入渺茫。多君足文彩，赋笔冠词场。

娇痴怜弱女，一样感天涯。自拜青绫幛，深钦彤管华。故人索词草，远信卜灯花。最忆探梅路，柔桑剪绿叉。

寄示以松及缵斋竹庵梅崖诸侄

当路植荆棘，举步辄牵衣。何如种黍谷，秋成可疗饥。恶言如植棘，刺人人尽非。善行如种谷，方寸培根基。植棘与种谷，皆在人自为。所以古君子，谨慎于言词。

汝年已十四，无怙复无恃。此时不勤学，长成习何技。艰苦当自知，凡事宜克己。才学须求深，衣食勿羡美。幸依诸父荫，发奋习经史。切勿蹈虚浮，大言不自耻。

同堂诸弟兄，一本无所异。怡怡共晨夕，诗书质疑义。师训须懔遵，典谟当熟记。闲事勿相干，谦让有大利。兄友而弟恭，庶不负同气。度量宜宽宏，大材成大器。

祸患从口出，疾病从口入。生冷与甘酸，多食防致疾。布衣与蔬饭，身心勿放逸。穷通天所赋，安命乃元吉。勿负六尺躯，有志定成立。能解我此诗，便为佳子侄。

入夏暑疾缠绵闻王蕴香母子偕亡伤感弥日宗涤楼侍御室

入耳惊心甚，非徒困病魔。闺中良友少，泉下故人多。并命猿啼惨，无情鹏语讹。孝慈君不愧，天道竟如何！

立秋日叠前韵寄蘋香

镇日跏趺坐，如乘太乙舟。时足疾敷以莲瓣。自从人北至，不觉火西流。松菊荒三径，湖山渺十洲。分襟将半载，吟兴近佳不。

记住清虚府，琴尊日夕同。词源三峡倒，尘虑一时空。春茗分眉绿，寒花映颊红。离情托明月，为我照珠栊。

名花比名媛，十子冠泉唐。君尝以名花十种比西泠闺友十人。各有名荣世，无如半远乡。关山惜修阻，云树望苍茫。清福皆输子，优游翰墨场。

五字故人意，深情讵有涯。非徒工笔札，犹复盛词华。忆我诗书画，思君雪月花。"雪月花时最愤君"，香山句也。更烦伐桂斧，一为削歧叉。君又号修月子。

屏山夫人招看盆莲一藕四花具诸色相有中含九子者有九子中又叠九瓣者有似牡丹瓣者二一中起楼台一平绽玉盘外皆莲瓣裹之华鬘云影璀璨陆离洵为花瑞因赋四章以纪嘉祚

幕府声华康乐才，青莲学士本如来。一枝藕向盆池种，四照花迎亭榭开。

菡萏参差映水斜，田田翠盖发新葭。九华灼灼辉朝日，九子离离焕夕霞。

乍绽红衣幻牡丹，清香喜共雨中看。脂痕高叠楼台影，粉瓣平舒玛瑙盘。

仙骨玲珑佛性情，瑶池翠水旧知名。试看益节同心藕，无数孙枝次第生。

莲子同外子作

粉红轻坠露华凉，青子离离满绿房。采去只怜心带苦，擘来尤喜指生香。含胎藕引玲珑玉，护体罗裁缟素裳。欲问倒生缘底事，微云疏雨过银塘。

和作

采采秋风渐次凉，红灯初上劈莲房。芳心细嚼甘兼苦，绿意偏饶色与香。截柄仍教牵藕线，拆苞犹未脱荷裳。珍藏翠实来年种，叶叶花花又满塘。

题　　画

草白沙黄边塞寒，河冰冻合马蹄干。行人似话征途苦，几度停鞭侧帽看。

重九寄丁芝仙

暖风晴日到重阳，满目秋容菊正芳。觅句客吟青玉案，时承馈物。登高人佩紫萸囊。鸳湖渺渺思何极，燕树茫茫叹阻长。料得素心当此际，霜螯持对酒盈觞。

题　画

月中金粟压群芳，露浥琼姿冠洛阳。富贵神仙谁得似，喜看国色并天香。牡丹、桂花。

冬至前三日寄蘋香

阴晴浑不定，昨岁正今朝。绣槛日方丽，朱檐雨又飘。裁笺添逸兴，对月坐清宵。忽忽天涯隔，离怀未易销。

附蘋香原作

匆匆骊唱急，催上木兰舟。千里故人去，一江春水流。山明摹北苑，花落忆西洲。更喜金銮侍，书刊紫石不。谓笺霞令媛。

难得尊前酒，椒花饯岁同。河梁分手易，风雨对床空。长夜尽复尽，短檠红更红。诗牌谁更集。香篆冷房栊。

红闺诗领袖，健笔擅三唐。旧侣逢京国，怀人话故乡。吴天云渺渺，燕树月茫茫。好语联吟地，梅花古道场。谓同游皋亭崇光寺，坐梅花下联句。

太息云泥别，分飞各一涯。愁予偏落寞，之子最清华。小院谁觞月，丰台合咏花。何时香雪海，重与斗尖叉。

鸿雪楼诗序

余少耽吟咏，与里中诸君子执嫠弧以陪敦槃，往复酬唱，兴殊不浅。而最早且久者，莫如陈子箫楼。廿载以来，宿疾渐增，药炉经卷堆积半床，朋侪零落，少过从，箫楼又橐笔出游，韵事久废不复讲。惟箫楼肮髒自喜，学博而思沉，其为诗迥然自异于俗。每归里，出所有以相商榷，余亦漫应之，不能有所增益。甚矣，余之病而衰也。丁亥之秋，箫楼携《鸿雪楼稿》四卷属余弁以一言，则西泠女弟子沈湘佩作也。余读之，和而婉，一往而深，无薰香傅粉之习，得风雅之正，洵乎闺中之彦也。幽谷无人，不言自芳，想见风人之致。昔武林士女曹妙清、张妙净与杨铁崖唱和，名播遐迩。今湘佩之诗精进不已，诚足追曹张之武，箫楼亦岂让铁崖？后先辉映，堪与媲美矣。人谓扫眉才子，经诗人品题而增重。余谓诗人正借重闺秀耳。铁崖固词豪，得曹张而更著。他日集成，必有因绣窗佳句而转识师资者，亦词坛佳话也。余虽衰，犹能对客而游扬之。箫楼见之，当粲然一笑也。

甬上眉崖汤家衡叙。按：上海图书馆藏抄本有残缺，据汤家衡《眉崖文集》补全。

鸿雪楼诗草

吴兴沈善宝湘佩著

题庄瑞红女史诗集有序

庚辰之春，有以庄瑞红女史《感怀诗草》示余。展读之馀，泫然泪下，凄婉怆神，盖其间酌句清新，不愧《玉台》之咏；选声哀感，恍聆《子夜》之歌。浣手溪前，馀香浥浥；闭门花里，秀致翩翩。几疑苏蕙回文，行行锦绣；如入鲛人宫窟，串串珠玑。既悉芳名，未亲淑范，神交两地，幸喜同时。予也生长浙西，随亲游宦，扫眉多暇，探韵耽吟。无奈三载章门，痛庭椿之顿折；一棺萧寺，叹慈竹之无依。陟岵心伤，柔肠剑割。迢迢浙水，归旅榇以何年；渺渺吴山，滞孤魂于此日。一样蓬飘异地，何当共慰风霜；于今结缟同心，可许唱酬闺阁。偶因情触，用志心钦云尔。

吟成团扇叹红颜，蹙损双蛾泪自潸。蝴蝶梦回千里月，故园幸不阻云山。

小窗寂静似僧寮，宛转情怀托素毫。读罢新诗同一哭，输君丰骨似秋高。

翰墨盈笺泪未收，东风剪剪入高楼。柔肠一日回千转，一转都添一缕愁。

孑然飘泊怨伶仃，抱恨终天涕泗零。惟愿灵萱长不老，四时秀色总青青。

冰弦轻拂小琴楼，抚罢高山又水流。花下欲将新月拜，一钩恰在柳梢头。

浔阳江上水连天，黯黯离愁托杜鹃。极目江山云树里，不知何日是归年。

薄命无如绣阁人，麻衣空染血痕新。千秋只有曹家女，能向波涛觅父身。

空箱叠尽缕金裳，揽镜亲调豆蔻香。欲帖花钿整云鬓，不知瘦到菊花黄。

也如宋玉易悲秋，逆旅飞蓬事事忧。岁月侵人痕不见，一声长啸对猿愁。

垂帘留得一炉香，稽首莲台礼梵王。一曲琵琶青冢在，千秋明月吊王嫱。按：抄本原阙题，据《初集》刻本补。

鼓琴得其人

想得其人善鼓琴，一弹再抚韵沉沉。高山流水声长往，石上松间意独深。此日居然重握手，他时空自寄遐心。伯牙妙技原称绝，不遇知音不奏音。

庭前月明如水戏效试帖式得五十六字

三五良宵月乍生，疑霜疑雪不分明。一帘波漾湘纹细，半榻光浮练色清。筛到柳堤添浪影，穿来松径助涛声。阑干徙倚看银汉，更觉盈盈此夜横。

与刘笺云女史味道

何须骑鹤上青霄，且用蒲团慰寂寥。色相空空参已透，世情扰扰苦相撩。绮罗金粉原非福，明月清风在此宵。一笑无言都莫问,碧云深处好吹箫。

游 螺 墩

探幽放棹到禅林,清磐声声惬素襟。满地落花蕉叶雨,小桥流水颖师琴。欲消慧业寻诗梦,为惜春光见道心。试踏绿莎堤畔去,嵯峨高阁礼观音。

题陈若兰女史蚕丝集后

不尽缠绵意,惟馀一卷诗。丝丝都不断,只为太情痴。

七　　夕

纨扇轻罗趁晚凉,恰逢乌鹊驾桥梁。纵然天上欢娱短,犹胜人间恨别长。

新秋夜坐

金风剪剪怯衣单,莲漏沉沉夜欲阑。尚有新诗迟院落,且随明月共阑干。半阶梧影消残暑,四壁蛩声起嫩寒。欲写秋心琴有谱,幽篁深处几回弹。

中秋对月

一轮冰镜挂当空,昨岁今年景不同。闻道灵椿原不老,偏教摧折怨西风。

云净天空月转迟，亭亭绝似我心痴。天香若许闺中折，愿向嫦娥借一枝。

重　阳

客中今日又重阳，结伴登高引兴长。落帽何人初中酒，题糕无句亦飞觞。几逢红袖成高会，看到黄花忆故乡。佳节关心秋已老，排空雁字一行行。

舟中即景

数点秋山夕照斜，炊烟起处有人家。谁将图画新开拓，衰柳枝头宿暮鸦。烟笼寒树水平铺，水色连天拟玉壶。却好日斜风静后，渔舟唱晚雁栖芦。

舟行晚景

晚烟迷四野，秋水接长空。匹练波飞白，片帆霞卷红。舟疑冰鉴里，身在画图中。何处声嘹唳，排空一阵鸿。

登山晚眺

才上层峦觉路难，夕阳影里五铢单。蓼花掩映胭脂浅，远黛沉浮水墨残。

寄怀蓉裳表姊

忆别芝颜几度秋，鱼书雁字竟沉浮。不堪异地重回首，刺绣曾教伴画楼。

忆别春风三月天，桃花含语柳含烟。那知南浦扬帆后，无数青山结病缘。舟中抱恙。

忆别频频锁两眉，迟迟日影画帘垂。闲庭花落莺声涩，又是春光欲去时。

忆别吴山数载遥，不堪回首浙江潮。何时握手重相聚，细诉离情慰寂寥。

再寄蓉裳姊六首

一声横竹泪轻弹，明月邀来照影寒。忆得香温茶熟轩名处，玉簪花堕小阑干。

水流花谢复年年，多少相思断又牵。忆得清明寒食候，重门深锁戏秋千。家园湖山石畔有秋千架一座。

东篱又见菊舒黄，飒飒秋风度野塘。忆得故园帘乍卷，有人相对试新妆。

别来不觉五经春，水远山遥入梦频。忆得凭阑同笑语，手持纨扇斗诗新。

芭蕉分绿映窗纱，目断乡关道路赊。忆得月明凉露下，瑶阶同采海棠花。

花晨月夕等闲过，无地重亲共啸歌。忆得泛舟归去晚，凌波新折一枝荷。

感　　怀

幼年失怙怅无涯，萁豆相煎友谊乖。读到《蓼莪》弥抱恨，无端歌泣总伤怀。北堂萱草春长茂，南国莼鲈梦亦佳。满目萧条肠百结，几番敲断凤头钗。

菊　　影

偶从篱落觅芬芳，忽见繁枝又一行。几度误他频对酒，有时笑我独闻香。秋容带月描来淡，傲骨临风分外狂。似有似无空色相，可知耐冷与迎霜。

残　　菊

零落黄花遍地金，阶前无限惜秋心。重阳犹把香盈袖，两鬓空怀月一簪。留得霜中孤干在，争堪月下瘦魂禁。卷帘人对东篱外，雨雨风风总独寻。

感　　怀

穷途失路复何求，日对疏窗泪暗流。蓬鬓萧疏荆挽髻，茅檐低小屋如舟。绵绵细雨来长夜，恻恻西风送暮秋。修竹窗前浑底事，琤琮彻晓助侬愁。

秋夜听雨

兰膏挑尽夜迢迢，又听声声雨势骄。断续阶前和蟋蟀，萧疏窗外点芭蕉。惊回客梦寒生枕，滴碎乡心泪渍绡。黄叶黄花无恙否，病身辗转恨残宵。

忆　兰

如何芳讯竟迟迟，渺渺湘江系我思。夜雨空阶怜素质，春风深谷想幽姿。谁知此日循陔意，绝似当年鼓曲时。香草美人千里梦，猗猗和月翠纷披。

供　兰

携来九畹一丛丛，借得幽香坐晓风。晨夕素心自古少，天涯芳草有谁同。羡他雅淡身何韵，累我披吟意不穷。点缀几前无俗意，闲和绮石助玲珑。

兰　声

名花相对岂无声，湘浦携来影亦清。山水流传幽士韵，寒暄欲诉故人情。投予气味歌空谷，挹尔丰姿佩旧盟。天籁欲从何处得，愿教一室证三生。

絮　影

缥缈谁怜倩女魂，纷飞几点过重门。闲随野马浑无迹，偶挂游丝乍有痕。绝似梨云初入梦，化为夜月也难论。夕阳满地春如许，漂泊山村更水村。

春　柳

陌上垂杨翠乍匀，几声风笛暗销魂。三春离思悲前度，六代宫愁感旧恩。细雨斜梳青有迹，晚烟深锁碧无痕。风流记取灵和殿，可有新枝是宿根。

丝丝无力弄轻柔，舞向长堤又画楼。江上风和人乍去，池塘雨细梦初留。当年谁唱《阳关曲》，此日空遗故国愁。记得暮烟春树外，谢家诗思自风流。

天然眉妩漾晴空，万缕千条态自工。野水平桥孤驿外，杏花村店夕阳中。踏青人醉三春雨，破晓莺啼一桁风。底事含情仍莫绾，年年离别任西东。

送　春

几番风雨苦缠绵，收拾春光九十天。杨柳丝牵情脉脉，池塘梦断草芊芊。且将南浦销魂意，再结东皇未了缘。寄语岭梅须放早，莫教婪尾酒杯悬。

吊娄妃墓次同学顾锡纯韵

湮没王家事不传，美人虽死耀重泉。须知蕙折兰摧日，未是红颜薄命天。黄土一抔埋艳骨，苍波三尺绕花钿。大书屏翰今犹在，凭吊空怀巾帼贤。江西藩署为宁王邸第，今所留“屏翰”二大字相传即娄妃所书。

端午感怀

欲学曹娥愧不如，当年空费父传书。五丝续命今何在，一赋招魂究属虚。椿荫已随花月缺，蒲觞犹记笑谈馀。伤心忍把灵符佩，且伴萱堂话素居。

游百花洲

红桥迤逦绕莲塘，三径云迷草自芳。花气欲迎蜂蝶醉，熏风先送芰荷香。一湾流水留清听，几树蝉声带夕阳。更上翠微亭上望，绿杨无数掩波光。

纸　帐

香囊四角玉钩斜，幅幅轻柔胜碧纱。一片寒云悬竹榻，半生清梦到梅花。迎秋不用邀明月，粲枕真宜卧丽华。翠羽红罗空烂漫，清风只合继苏家。

秋日晚眺

白云黄叶衬红楼，极目江天万里秋。一抹黛痕凝远岫，三分波影泻清愁。疏林晚唱来樵径，古渡斜阳泊钓舟。我是凭阑无限思，忘机毕竟让沙鸥。

忆 江 楼

忆得江楼上，朝朝欸野云。波光奁镜启，山色黛眉分。待月帘常卷，无风水亦纹。最难回首处，征雁不堪闻。

秋日闲吟叠用秋字

秋风萧瑟起秋凉，秋色萧疏秋叶黄。四壁秋蛩惊客梦，一帘秋雨断人肠。秋声已惹欧阳恨，秋日徒增宋玉伤。无限秋怀消不得，羡他秋菊傲秋霜。

秋水秋山入望中，秋心何处寄秋风。世情薄到秋云似，客况孤于秋月同。秋笛几声催落木，秋砧一片送征鸿。悲秋人比秋花瘦，秋思应烦秋梦通。

茶花有名东方亮者偶成一律

历尽冰霜不染尘，芳姿似胜玉楼春。脂融晓露天将曙，粉腻香腮夜已晨。独擅风神应绝代，却教桃李总成尘。凌寒此日谁堪侣，只有梅花是主人。

望　雪

同云密密朔风催，片片飞琼巧剪裁。碧落装成银世界，白云拥护玉楼台。漫空柳絮当檐舞，卷地梨花扑面来。林下倘然逢缟袂，犹疑仙子下蓬莱。

帘　波

却下湘帘又一重，微波斜映水流空。縠纹轻漾桃花浪，练影横拖杨柳风。卷起暮云春淡宕，荡来凉月玉玲珑。最怜燕子穿将入，似点盈盈绿皱中。

唐　花

绿意红情任主张，祝融毕竟胜东皇。繁华满目忘时序，锦绣千丛胜艳阳。羯鼓不烦催绮席，人工夺巧斗新妆。黎君憾事今消歇，好把梅花聘海棠。

春日闲吟

春衫无力耐春寒，春昼沉沉正倚阑。数遍落花无意绪，香风何处送幽兰。

幸得诗魔送病魔，奈他诗不敌愁多。妒花风雨无情思，又把春红送绿波。

暮春夜坐

湘帘幅幅晚风轻，坐对荼蘼待月明。袅袅炉烟香未尽，海棠初睡莫敲枰。

苦雨感怀

又听萧萧夜雨声，欲寻幽梦梦难成。如舟屋自栖君子，铭陋人谁得令名。墙阒未容吟七步，池塘何处证三生。帘前鹦鹉私相语，十日何无一日晴。

感　　怀

怅髫龄之失怙兮，落魄西江。望乡关之迢递兮，水远山长。嗟跋涉之维艰兮，我心忧伤。我心忧伤兮，洒泪千行。一解。对萧条之景况兮，摧折心肝。恨西风之乍劲兮，吹我衣单。无狡兔之三窟兮，何处能安？何处能安兮，进退俱难。二解。

留别柳原师

慈爱从来本异常，每分甘旨得先尝。两年立雪程门下，恨未还求《肘后方》。

泪痕点点湿征衫，珍重临歧语再三。一曲骊歌一杯酒，销魂今已胜江淹。

舟次感怀

渺渺离怀脉脉愁,关河迢递送孤舟。恨如远岫千层叠,泪逐长江九派流。愧说曹娥能觅父,空悲赵女欲寻仇。云山尽是萧条景,枨触心情总未休。

独倚篷窗暗断魂,波光蟾影漾成纹。几声欸乃惊鸥梦,一片凄凉感雁群。人事已随流水去,痴心犹共篆香焚。满腔离绪凭谁诉,空对寒江怅暮云。

滞迹章江七载馀,归装剩有一囊书。自怜弱质同秋燕,谁向穷源问涸鱼。历尽心酸犹故我,难将喜怒测群狙。缇萦救父传今古,几度扪心愧不如。

樵石阻风

寒林落叶响飕飕,澥湃波涛撼客舟。危坐更谁怜瘦鹤,忘机何日许盟鸥。三更霜柝催人寐,一点残灯伴我愁。回首西江追往事,几番欹枕恨悠悠。

归舟闻风声甚厉枕上口占

篷底萧骚百感生,柔肠已断泪还倾。梦回枕畔灯明灭,何处芭蕉战雨声。

倒海排山撼碧空,归舟一叶似飘蓬。若教永叔闻今夕,定有新篇赋朔风。

野　　望

万山醉红叶，一水摇空碧。此景如画图，痼我烟霞癖。夕阳忽竟去，炊烟半江白。黄叶舞回风，散漫飞蝴蝶。

闻雁感怀

多少羁愁欲诉人，长空声断落江滨。风霜自古征途事，漂泊谁怜逆旅身。残苇枯芦栖未隐，冷烟寒月许相亲。徘徊云水浑无着，春去秋来亦苦辛。

夜过瑞洪镇

倚棹独沉吟，徘徊夜色清。沙明知月上，帆饱觉舟轻。渔火参差见，宾鸿断续鸣。云山时极目，乡国最关情。

舟中吟望

望里人家半掩扉，梳风残叶尚依依。几重烟树凝寒碧，一片征帆带夕晖。山色无名空隙过，鸥闲狎我水边飞。白云岭上难回首，倚遍船窗事事非。

即　　景

流水粼粼夕照斜，槿篱茅舍野人家。秋风满地秋萧瑟，赖有枫林似杏花。

翠竹森森石径斜，不知门巷似谁家。羡他村女少愁思，乱插满头野菊花。

红　叶

谁把胭脂付化工，又从霜里弄嫣红。半帆凉月疏钟外，一片寒山夕照中。栖遍乌鸦寒有迹，飞来白雁远凌空。寄声渔父休迷棹，不是桃源有路通。

舟行即景

归棹徐徐放，行看景倍嘉。浪花翻白雪，枫叶晕红霞。渡口鱼投网，溪边人浣纱。夕阳犹未堕，树杪已栖鸦。

夜　景

暮山凝紫水连天，秋老枫林叶叶妍。一片寒烟迷古渡，满江明月放归船。眠鸥已稳芦花梦，征雁犹书带草篇。我欲寻诗趁遥夜，是谁横笛弄清圆。

过　滩

怒涛汹涌上危滩，历乱篙声胆气寒。莫怪狂风阻舟住，为留好景与侬看。

抵家感怀

离乡无日不思乡，到得乡关意转伤。旅榇尚羁千里月，孤怀空转九回肠。麦舟谁是当年范，葛帔堪怜此日羊。极目天涯乱愁思，白云流水两茫茫。

题拈兰图

折得幽兰坐晓风，珊珊丰格有谁同。要知妙旨无言处，只在拈花微笑中。

送　　春

正喜帘栊日渐长，梨云梦暖燕泥香。不知转盼莺花老，却恨无情岁月忙。芳草斜阳愁黯淡，桃花流水恨迷茫。只怜楼外垂垂柳，留得清阴绿过墙。

无端几杵晓钟声，顿使东皇去就轻。一片落花萦别绪，数枝垂柳绾离情。且将杯酒殷勤饯，不用阳关感慨生。来岁梅花重问讯，莫教林下月空明。

灯　　花

细草含花吐艳新，不关风露不关春。栽培纵借膏油力，开落宁沾陌路尘。棋子闲敲消此夜，金钱暗卜属何人。几番欲剔还防护，底事飞蛾不惜身。

夏日忆西湖

搔首徒吟白傅诗，莲红水渌动相思。清风明月怀今夕，芳草垂杨记昔时。犹忆踏青花照眼，曾看远岫翠侵眉。如何淡抹浓妆里，画舫笙歌结梦迟。

荷花生日

亭亭玉立压群芳，拟挂红幡庆野塘。闻说吴姬争介寿，漫劳越女咏如冈。碧筒清浥延龄酒，绿意新翻古乐章。仙子凌波高会后，齐眉花下有鸳鸯。

荷　露

一片新荷拥绿云，露华浓淡灿成文。风前宛转珠难定，月下空明色不分。几度擎来清可浥，有时湿处暗还闻。累他桂楫兰桡女，打桨临流碧溅裙。

予患胃寒经年不愈医家以艾灸之感赋一律

揉艾成绵别一方，团团分得麝兰香。膏肓未去经年病，皮肉先教此日伤。分痛有谁敦友谊，毁肤未免负高堂。伐毛洗髓寻常事，莫道平生骨未刚。

观　弈

闲消岁月手谈兵，世事无非局一枰。任尔凝神争胜负，有人冷眼定输赢。

纷纷成败总难知，那识东山兵即棋。我且从旁闲袖手，看谁一着判安危。

茉莉花词

小朵轻盈雪作魂，香风时送月黄昏。晚妆初试花初绽，两鬓斜添玉一痕。

冰壶谁剪几千茎，香比梅花到骨清。我恐诗魂真化蝶，小窗留月护盈盈。

银河篇

碧鸾尾扫琼宇清，银河如练天际横。脉脉双星仍隔水，半规明月淡无声。张骞万里乘槎入，当年曾得支机石。一线红墙有底难，年年枉是伤离别。人间瓜果列中庭，痴心乞巧拜双星。我倚阑干浑十二，懒将纨素扑流萤。翘首云衢莲漏静，西流不见银河影。多少悲欢在此宵，光摇琼户晶帘冷。

夜来置茉莉花于枕畔清梦乍回芬芳沁人肺腑竟不知此身之化蝶欤蝶之化为此身欤笑占一律

何必罗浮梦始通，谁知纸帐即芳丛。此时笑我真如蝶，明日将身定御风。幻境香生仙世界，冰壶凉沁玉玲珑。诗魂已共花魂化，十里梅花一枕中。

闰七夕词

咫尺相思绝可怜，相逢一夕一经年。天公似解离情苦，特许银河两度圆。

一湾河汉隔年年，重晤今宵岂偶然。有闰都教逢七夕，人间方信有情天。

藕丝曲

采莲横塘秋，雪藕秋风院。惜哉玉玲珑，苦被柔丝缠。缕缕不成纶，垂垂不成线。何能出心裁，织得波如练。金针谁借与，忽绣芙蓉面。却教双鸳鸯，朝朝恣眷恋。

秋夜吟

芙蓉露冷秋衣薄，凉夜西风桐叶落。独倚阑干思悄然，一庭明月闲无著。伴我清歌不我猜，我歌未尽月徘徊。虫声满地霜华冷，偏引清愁一缕来。

邻　　歌

徘徊花径绕回廊，何处清音风送将。不是壮怀歌易水，分明艳曲谱霓裳。倚阑误我时延伫，对月知谁共抑扬。却怪玉箫无与和，空馀娇韵度东墙。

邻　笛

谁家幽韵动凄清，吹入临风肠断声。落尽梅花缘底事，折来杨柳最关情。一天月破高楼梦，四壁人停隔院筝。我已有怀同向秀，那看听彻短长更。

邻　花

检点春光尚未残，隔园花好几时看。未曾明月同三径，分得香风恰一阑。宴赏纵无琴酒会，飘零也觉别离难。多情最是双飞燕，几片衔来露尚汚。

邻　鸡

闻声起舞忆当年，我亦摊书坐未眠。欲与谈玄嗟院隔，几时伴鹤到窗前。板桥茅店霜如雪，竹径松关月在天。为报晓筹三唱罢，有人身惹御炉烟。

书　灯

寒檠摇曳夜迟迟，尚对鸡窗笑我痴。四壁萧条留影在，十年攻苦有君知。每开黄卷凝神处，绝似青藜照读时。金粟如来堪自证，何妨此日暂低眉。

驿　　马

何时金勒锦为鞯，空负知途又几年。行尽晓风杨柳岸，嘶残芳草杏花天。四蹄踏碎千山雪，一骑冲开万嶂烟。不是望云双眼捷，有人已着祖生鞭。

寺　　钟

一声声度梵王宫，顿觉人间万籁空。好句吟成撞夜月，馀音断处冷霜风。萧疏竹院听偏切，澥湃松涛调不同。五夜梦回心证后，休教檐马共丁东。

客　　船

年年漂泊逐浮鸥，无数青山任去留。春水绿波人赋别，秋江红树客生愁。一篙新涨迎前渡，五两轻风助壮游。几度帆从天际转，误他少妇日凝眸。

题　　画

化作名花尚带愁，树来堂北幸忘忧。汉宫纵有三千女，若个芳名万古留。虞美人萱草。

为谁销恨助谁妆，曾向仙源赚阮郎。笑靥临风无一语，刍尼空是报春阳。桃花喜鹊。

春风吹梦入池塘，草暖莎柔正艳阳。寄语行人休乱打，恐惊柳外有鸳鸯。睡鸭垂杨。

秋日怀箫楼师

归软轻赋快遄行，闺阁徒萦负笈情。秋水苍茫迷雁影，离怀撩乱入蛩声。湖云江树添新恨，黄菊青松结旧盟。料得锦囊诗贮满，团栾应不减蓬瀛。

寒夜感怀

吟檠黯淡恨迷茫，一缕愁同莲漏长。偏是西风欺病骨，争禁疏雨断柔肠。苍茫尘事俱成梦，黯淡羁魂滞异乡。先君灵榇尚寄江西。风木萦怀嗟罔极，几回废读《蓼莪》章。

门庭寂寞冷苍苔，幽思愁魔拨不开。江树漫教云影隔，时久不得江西之信。朔风偏送雁声来。匆忙岁月留难驻，翻覆人情岂易猜。独倚阑干思往事，痴心寸寸欲成灰。

消寒闲咏

回首年华指一弹，眼前好景许频看。梅花斗雪饶香艳，傲骨棱棱不畏寒。

一天风雪逼年残，许订同心只有兰。携得水仙共培植，芳姿玉质不知寒。

独倚薰笼夜已阑，新愁旧恨起无端。年来病骨支离甚，半臂虽添不御寒。

朔风凛冽怯衣单，景物萧条一倚阑。四野彤云浓似墨，不知酿雪酿严寒。

满庭霜月影阑珊，忽听筝声邻女弹。幽怨不知为底事，宵深还累玉光寒。

冻笔慵呵砚水干，小窗怕听雁声酸。几回袖手闲庭伫，松柏苍苍耐岁寒。

雪满群山路渺漫，疏林如在白云端。寻梅我欲偿诗债，只恐香寒句亦寒。

钗拨炉灰爇绛檀，青灯如豆漏声残。自谁紫玉箫三弄，春透庭梅鹤语寒。

春日感怀

韶光过隙又今年，三径芳菲扑翠钿。垂柳窥人青眼旧，幽兰笑我素心偏。东风有意催诗债，春色无端结病缘。独立闲庭何限思，情随芳草尽缠绵。

寄万一婵姊

形神契合几居诸，屈指分襟又载馀。北去南来同燕雁，花晨月夕感琴书。传来芳讯梅腮绽，盼到重逢柳眼舒。两地萍踪俱莫定，论才空负女相如。

春　草

莫问山村与水村，芊芊碧色总如茵。要留大块文章手，不数人间旖旎春。赋别先伤千里客，寻芳须觅一心人。天涯遥远思何极，送尽王孙究甚因。

春风几日发新根，十里平原旧有痕。望去不分杨柳岸，看来最好杏花村。人迷绿梦仍三月，客惜青袍又一尊。江北江南谁是主,落红满地与销魂。

落　　花

莺花零落暗伤神,万斛胭脂委作尘。纵有铃幡防宿鸟,奈他风雨妒芳春。多情似我空馀恨,薄命如卿亦夙因。寄语渔人须仔细,莫教放棹又迷津。

杨　　梅

莫负杨家紫玉团,摘来和露荐金盘。风摇琼树燕支冷,雨洗瑶枝鹤顶寒。桃水东流香可掬,杏花春宴味同餐。繁华满眼知多少,却月廊前漫倚阑。

紫云无数眩双睛,翠碗盛来别有情。聘得茶花贻道士,捣成绛雪谢云英。诗脾沁处清如许,齿颊香流味转萦。奈我餐霞成固癖,愿教长伴荔支生。

西湖登石壁

层峦信步景偏幽,俯视群山豁远眸。满地蘼芜青印屐,漫天薜荔绿张帱。闲云不定随风卷,野鹤忘机共我留。独有高轩难躞蹀,倩谁结伴快斯游。迟箫楼师不至。

西湖遇雨

行过西泠又六桥,无端风雨阻兰桡。烟光浓淡凭谁写,山色空蒙未许描。燕尾剪波飞上下,渔蓑钓晚独逍遥。生怜垂柳含颦态，犹向长堤舞细腰。

白　莲

不与群芳斗艳阳，独留本色在横塘。轻盈漫傅何郎粉，雅淡应羞西子妆。出水分明冰作骨，临风皎洁玉生香。洗红唱罢心俱素，赢得清芬袭缟裳。

七　夕

倏尔清飙怯薄罗，一湾银汉又流波。长生殿里情无限，拜月楼头巧几何。我见女牛仍远隔，谁言欢笑已来过。剧怜此夜清虚府，尚有嫦娥默恨多。

秋日十愁吟和箫楼师原韵

落叶萧骚满耳稠，湘帘懒卷空银钩。怪他窗外芭蕉雨，滴碎秋心不洗愁。

选韵裁诗事最幽，不知岁月暗中流。北来鸿雁何愁思，写出云天万里愁。

伤心怕上望云楼，桐叶盈阶又早秋。最是清风明月夜，慈乌啼处更生愁。

愧说当年花萼楼，且将山水豁吟眸。谁家篱落孤芳在，一任霜侵不解愁。

梧桐庭院锁清秋，促织声声调更悠。极目天涯肠欲断，几回独对白云愁。

翩翩佳境羡庄周，我亦寻思梦里求。一种柔情终不改，化为蝴蝶替花愁。

痴心欲向广寒游，可许平分一色秋。纵使姮娥持桂赠，恐如崇嘏昔年愁。

红莲堕粉不胜秋，剩得馀香水上浮。怕听残蝉频泣露，一声呜咽一声愁。

瑟瑟萧萧芦荻秋，碧云红树景偏幽。遥吟漫谓堪消遣，其奈诗成字字愁。

《离骚》读罢卷初收，帘卷西风怯暮秋。幸得北堂萱草茂，终朝相对亦消愁。

红白梅

一枝标格两心情，沁雪肌肤借酒倾。若使相逢林处士，不知何处认卿卿。

雪美人

素娥忽下广寒宫，一种风流自不同。眉黛羞分新柳碧，芳容怕对夕阳红。云裁缟袂浑无缝，玉琢琼肤态自工。最好梅花明月下，罗浮无复梦相通。

谭柳原师寄书见忆感成四绝

蒹葭秋水动遐思，九曲肠回十二时。欲坐春风难负笈，此生苦恨是蛾眉。

一幅云笺胜万金，读来无语不情深。当时绛帐论文日，追忆频教泪满襟。

离绪年来不可论，六桥柳色黯吟魂。泪珠染透春衫色，绝似香山旧酒痕。

昔时桂院共倾醅，此日秋风桂又开。独对花枝倍惆怅，闲云何事不飞来。柳原师常以闲云野鹤自喻，每有来杭之意。

云窗感成

酸风冷雨最无聊，偏助松声鼓怒涛。绣线懒拈人意倦，碧纱窗下读《离骚》。

江西姚树堂寄父昀以宝父柩羁留章水慨助麦舟俾羁魂得归故土感激之馀泣赋一诗以谢

八载羁魂泣路穷，关山千里梦难通。生前知己何堪问，死后高情竟独隆。深感脱骖歌露薤，免教旅榇等飘蓬。不才愿做衔环雀，他日飞投绿野中。

丁亥三月顾二鹿为余删定诗稿赋此报谢

八咏楼中一女子，绣馀略识之无字。传经久已失椿阴，辨难还欣到槐市。槐市春风坐几年，楼高百尺得薪传。宝自受业于箫楼师，得益最多。闭门觅句花初落，按拍填词月正圆。绛帏偶论诗坛将，当代词宗推顾况。运笔能开万朵莲，拂缣顿涌千层浪。纵横逸宕傲谪仙，凌空变灭生云烟。沉雄茫苍拟少陵，风霜矫健飞秋鹰。我闻斯语心窃向，荆州未识神先往。只恨青山隔万重，难凭绿水浮双桨。今春夫子赋归与，今春借箫楼师始呈诗草。袖将诗草投冰壶。冀免贻讥题凤字，敢邀相赏到鸿儒。孰意先生留月旦，珠玑贯若明星烂。我闻张旭点龙睛,满壁风云顷刻生。又闻神仙有异术,指铁成金非故质。先生慧眼太茫茫,时先生患目疾。燕石居然七宝装。手浣蔷薇重展阅,涔涔汗湿五铢裳。风尘那得眸如烛,鱼目混珠同一哭。芜词何幸得垂青,敝帚从今抵结绿。怜才不尽意绵绵,纸尾重贻药石言。宝经年抱病,诗尽牢愁,承赐言见慰。檄草陈琳能愈疾,书空殷浩已频年。大雅扶轮如此少,况侬只解蛾眉扫。无怪元龙意气豪,瓣香只荐南丰老。

次刘研伯先生见赠原韵

无数青山引兴长,一时收拾在奚囊。十年早就三都赋,百幅新裁五色章。石径秋吟枫叶丽,墨池春涨笔花香。望风聊作巴人和,深愧涂鸦字数行。

秋柳次陈相之老伯原韵

丁宁不见旧莺歌,几树萧疏奈尔何。青眼纵能窥夜月,翠眉无那敛星河。谁怜张绪风流减,空是桓温感慨多。客舍漫云秋色老,折来持赠尚婆娑。

关心何处宿烟浮,最是情牵六代愁。摇落有时迷石径,依栖犹是忆琼楼。一弯新月邮亭外,几处残蝉古渡头。回首当时歌舞地,芳姿袅袅尚存不。

转瞬韶华纪授衣,风前少女尚依稀。洗将金粉饶馀韵,舞罢纤腰损旧围。羌笛几声离客远,寒烟一片夜乌飞。我来寂寞西泠路,淡影犹笼白板扉。

衰草斜阳映酒旗,个中消息有谁知。情萦杜老诗多感,愁损潘郎鬓已丝。残月晓风凝望处,酒醒人去挂帆时。何当重拂春风面，新绿层层荫凤池。

题奉萱图

人生何处足忘忧，春暖萱帷乐事稠。我亦堂前承色笑，愧无夕膳洁晨羞。

偶从图画识丰神，蓍草年华正日新。艳福较来花绝似，灵根九节本长春。

杨　　花

乍过朱门又碧纱，夕阳影里送年华。蜂捎蝶舞情无限，撩乱春愁为落花。

疑是飞琼下九天，东风袅袅欲留仙。红楼十二春如海，不到浮萍恨不捐。

感怀呈箫楼师

一湖碧水四围山，引得闲云到此间。不道落花飞絮里，有人憔悴掩柴关。

寸草春晖感不禁，那堪堂北病相侵。阮囊羞涩青蚨散，典尽金钗又素琴。

春风化雨感情深，读到诗篇愧不禁。时箫楼师以诗见贻，并辱奖誉。他日绛帷参末坐，瓣香不负一生心。

未工诗句苦忧贫，幸得相逢青眼频。其奈愁城偏日坐，累他垂柳也含颦。

不寐

幽思浑无着，搴帷坐碧纱。愁多宵自永，望远眼空赊。风静炉烟直，月残花影斜。枝头见蝴蝶，梦稳海棠花。

题葬花图

自怜消瘦不禁春，且把情根种后身。燕子不来红满地，散花人是葬花人。

嫣红姹紫惨成堆，自划香泥破绿苔。不是阿侬情太重，前生原共住瑶台。

夜坐

碧天如水夜凉生，卷起帘波坐月明。绿树四围山一抹，此心如在玉壶清。

何处箫声抑复扬，美人清怨费思量。楼头今夜三更月，消受闲情一炷香。

箫楼师过访适风雨交作呈四十字

风色湖楼满，湖光忽欲飞。远山笼雾縠，密烟湿云衣。丝重蛛收网，蓑轻渔上矶。催诗如有意，相赏莫言归。

题绿杨深护倚楼人便面

沉沉绿梦锁芳春，雾鬓烟鬟绝点尘。得见风流羊静婉，不知张绪是何人。

软烟摇荡碧层层，一桁红阑记共凭。此日真真空自唤，知他楼上可曾应。

吹笙人在碧云中，欲向阆风路未通。不是四围杨柳色，红尘那有蕊珠宫。

雨霁夜坐

终朝苦炎热，汗透罗衣湿。雨师忽多情，顿使炎威绝。入夜清风来，襟怀迥然别。云树望迷茫，萤火看明灭。湿烟收未尽，空翠四围滴。独倚曲阑干，吟情暗飞越。凉意虚窗生，纨扇何须设。翘首碧天空，徘徊望明月。

效昌谷体

叫破碧云深，欲问嫦娥等。昨宵月未圆，照我幽眠醒。今宵月已圆，不见明蟾影。岂恤别离人，恐照愁光景。吁嗟乎！明月多情尚如此，忧心耿耿何能已！将心寄与月团栾，为侬照向罗帷里。

箫楼师倩人画得绿杨深护倚楼人

垂杨万树绿阴稠，红袖谁家却倚楼。正是封侯人未返，依依镇日替他愁。

碧阑干外淡斜阳，万缕千丝拂野塘。纵使桃花飞不到，也教人面误崔郎。

愔愔门巷绝纤尘，几度痴心欲问津。一样无聊都似我，输他邻是绿衣人。

楼外春来竟不知，登临已是艳阳时。枝枝碧作伤心色，却为何人怨别离。

浓淡烟痕深浅愁，漫将眉黛斗风流。暮云一碧湖山晚，长笛声中独倚楼。

绿云冉冉掩波光，无限离情在夕阳。长板桥边千尺水，定应照得此心肠。

满地浓阴绿到门，渐分春色上眉痕。草薰风暖春无主，同到黄昏各断魂。

弯弯新月挂轻梢，钩起新愁又此宵。幸得长条千万缕，一时化作碧烟销。

难将心事托微波，镇日临风敛翠蛾。试问楼前千万树，不知青眼向谁多。

困倚东风绝可怜，漫将锦瑟数华年。浓阴已作慈云护，金缕应翻人月圆。

丰度珊珊望欲仙，情怀日共柳三眠。不知那角红楼里，更有何人点翠钿。

同心何处绾相思，瘦损腰围强自支。怕到枝头花似雪，可怜不是画眉时。

病中箫楼师以西瓜见赐赋诗谢之

不待分甘剖蜜房，东陵佳种赐先尝。劈开绿玉胭脂湿，餐尽丹霞齿颊凉。消渴谁怜司马氏，涤烦独许沈东阳。玉壶知共冰心贮，何日客求《肘后方》。

吟夜来香

朵朵玲珑缀玉钗，绿毛么凤漫疑猜。半屏凉月香初透，一枕游仙梦乍回。芳气似曾裁蕙质，幽姿原不借梅胎。烟鬟雾鬓迷离处，令我频思薛夜来。

病中感怀

暗拭啼痕暗断肠，自怜病骨自心伤。情怀慵似春杨柳，泪点愁凝秋海棠。五内枉教藏药石，半生空自习岐黄。余受业柳原习岐黄。呻吟添得慈亲累，怕向旁人话短长。

病魔作意蔽聪明，其奈难除爱恶情。冷雨敲窗仍怕听，新诗脱口又先成。数残莲漏愁千斛，惊起霜鸡夜五更。正是幽怀无著处，寒蛩四壁助声声。

揽衣坐听雨淋铃，赠答惟馀影共形。烦剧总缘愁是祟，病深转觉药无灵。芙蓉露下悲憔悴，桐叶风前感替零。一卷《离骚》怜屈子，可知今古眼难青。

愁魂暗淡意昏沉，世事凄凉感我心。敢怕相遭多白眼，总缘挥霍乏黄金。文章尚可论高下，物态何堪阅浅深。莫道无人敦古谊，伯牙原只一知音。

中秋夕怀柳原师

秋风添别思，对景倍凄其。千里同明月，三年隔绛帷。分甘曾此夕，学步又何时。翘首云天远，从谁乞护持。

秋　雁

万里迢遥振羽翰，西风萧瑟路漫漫。随阳毕竟凌云易，唳月其如行路难。孤馆梦回黄叶雨，小楼人倚碧阑干。几群飞向秋江晚，红树青山照影寒。

重阳前咏菊

不待东篱夜有霜，几枝烂漫点秋光。碧云满地人初瘦，时余抱病。黄叶成径林未荒。门外白衣迟送酒，庭前丹桂尚联芳。清狂千古推陶令，此日相看亦坐忘。

秋夜怀刘笺云女史

病骨倚愁城，怀君对短檠。如何今夜雨，都作断肠声。秋水蒹葭冷，天涯岁月更。何当重剪烛，相与话平生。

恭题箫楼师诗集

湖海狂澜变幻奇，笔花璀璨墨淋漓。春风桃李千杯酒，秋水芙蓉一卷诗。两晋风流今再见，三唐格调世争推。文章声价由来重，顾我何修列绛帷。

自附门墙忽数年，殷勤衣钵许心传。吟来黄叶秋多感，余诗每多感慨，师常谓非少年所宜。按到红牙句未圆。余喜填小令，师每称之。彩笔几时开梦境，碧云终是拥诗仙。玉台久属徐陵咏，学步邯郸愧不前。徐蓝珍女史先列门墙。

芦　花

又是今年水国秋，无边晴雪照吟眸。白蘋红蓼长堤外，斜照西风古渡头。霜冷平沙迷雁影，月明小港荡渔舟。几行枫叶同萧瑟，回首浔阳忆旧游。

和刘笠亭老伯重九口占原韵

病竖愁魔抵死侵，何须菊酒再三斟。挥成珠玉惊人句，插遍茱萸感我心。对景最宜红树晚，避灾空望碧云深。遥知帽落龙山客，醉罢归来理素琴。

恭题箫楼师二十岁小照

精神秋水漾青莲，此是先生最少年。记御青鸾琼岛里，碧桃花下共游仙。

怡堂师以书见召命宝北迁山左并欲作螟蛉女感赋一律

洙泗门墙绕梦思，又劳青鸟唤追随。谢庭问字师原父，伏室传经父即师。辞垒愧非丰羽燕，依林幸作寄生枝。关山千里休相忆，开到梅花是见期。

舟中望金焦两山

江阔天低四望遥，舟人指点说金焦。山头楼阁凌云汉，水底鱼龙起暮潮。玉局放歌情自适，蛾眉击鼓恨难消。嗟予挂席匆匆去，应负烟鬟雾鬓招。

渡 黄 河

寒涛滚滚水汤汤，都作离人九曲肠。便欲乘槎游碧落，不愁无路问银潢。放开眼界山川小，付与文章笔墨狂。更有思亲两行泪，随波流送到钱塘。

和晓郇游湖晚步孤山返棹原韵

草展裙腰一带平，绿杨阴里小桥横。笙歌是处留游舫，携酒谁还听鸟声。

游仙诗赋嫩寒天，五色能开笔底莲。从此湖山添胜迹，何劳石上坐谈禅。

和晓郇见赠元韵

红豆教成鹦鹉歌，绿窗无计遣愁魔。云中忽落天孙锦，胜咏霓裳到大罗。

春寒酿就楝花风，诗在湖光山色中。世事尽教供一噱，天涯今喜识英雄。

饶他桃李占芳春,识破浮沉与幻真。独有诗魔难忏悔,漫夸蝉鬓是传人。

和晓邨见赠元韵

光风霁月遍西湖,吟就新诗似串珠。福慧双修天下少,才华绝代世间无。六朝金粉宗开府,两晋风流属大夫。今日瞻韩犹恨晚,词坛原不减蓬壶。

萍踪快聚等鸥凫,一瓣心香爇鹧鸪。漫把文章矜翡翠,忽逢铁网愧珊瑚。湖山有幸留仙客,妆阁无才笑凤雏。转恨绿波催画舫,东风先写送行图。

读红楼梦戏作

无端炼石笑娲皇,引得痴人入梦乡。争羡春风迷芍药,最怜秋雨病潇湘。缠绵独抱情千古,寂寞难消泪数行。不信红颜都命薄,空留印板旧文章。

送晓邨赴闽

春草芊芊春水波,樽前无奈唱骊歌。东风不解留人住,无怪文通赋恨多。

浮云聚散或前因,难得怜才气谊真。从此纵教裁白雪,再垂青眼是何人。

一片飞花送去旌,万株垂柳绾离情。堪怜花柳犹如此,忍听阳关第四声。

载鹤携琴画舫轻，青山一路笑相迎。闽江黎庶应相庆，伫看卿云一朵明。

鸿雪楼词

钱塘沈善宝湘佩撰

忆江南早春

风一阵，渐渐扇微和。杨柳烟开青似染，池塘水暖绿生波。疑是镜新磨。

临江仙江楼晚眺

楼外长江江上水，水流东去沉沉。白云出岫本无心。远山浮浅黛，明月冷疏砧。　　来往蒲帆浑不定，忘机沙上闲禽。渔歌高唱绿杨阴。个中饶野趣，此外少知音。

一剪梅冲寒图

潇洒吟情在灞桥。杖挂诗瓢。驴踏琼瑶。阳春一曲调应高。梅正香饶。雪正萧骚。　　自是清狂逸兴豪。一任寒骄。肯负今朝。竹篱茅舍露山坳。幽景难描。幽思难消。

虞美人送春

问春欲去归何处。怪底春无语。商量无计把春留。又见杜鹃啼血、蝶含愁。　　落花飞絮多情绪。也欲随春去。阑干十二独徘徊。剩得青青满眼、是莓苔。

西江月络纬娘

听尔丝缫五夜，令人毂转三更。可怜锦字织难成。金井阑边露冷。　　亦有机声轧轧，何须灯火莹莹。梦回明月半窗横。一片梧桐疏影。

河满子寒雁

卷地朔风阵阵，过江征雁行行。底事劳劳无定踪，只缘辛苦随阳。清夜月明人静，残星几点微茫。　　毛羽谁怜丰满，书空枉费文章。嘹唳一声愁欲绝，芦花两岸飞霜。玉笛小楼吹罢，碧天万里何长。

前调寒闺

帘幕低垂静夜，兰膏拨尽深更。灯影模糊梅影瘦，篆香暖拂云屏。已觉愁魂欲断，那堪雨又淋铃。　　几度思弹绿绮，谁家正理瑶筝。卸罢残妆纤手冷，霜风和月穿棂。无奈夜长人倦，熏笼倚到天明。

前调寒山

寂寞疏林落日，凄迷衰草粘天。一片冻云归远岫，倪迂画笔幽闲。只少寻梅踏雪，隔溪遥指吟鞭。　　笑向春花丛里，妆成秋树村前。转眼风光都不是，空馀寒雾寒烟。幸有停车归客，还来石径流连。

前调寒砧

几阵金风送响，谁家玉臂生寒。霜里声声听断续，搅愁惊梦无端。催得楼头刀尺，工夫彻夜难宽。　　共月敲来漏永，隔林传去溪喧。惹起羁人无限恨，故乡极目关山。何事年年轻别，却令远念衣单。

巫山一段云瘦

揽镜频相讶，痴心却笑侬。不知何事搅情衷。消削到眉峰。
帘卷西风悄，黄花写影工。纵教形与鹤相同。元是沈家风。

如梦令春暮

才罢杜鹃啼血。又见杨花飞雪。碧藓绣柴门，亏得落红点缀。休说。休说。好鸟枝头惜别。

前调不寐

半壁灯光孤立。一缕炉烟弦直。梦断小楼中，何处数声长笛。幽绝。幽绝。恰好疏帘淡月。

南楼令病中对菊

无力理残妆。伤心泪数行。整云鬟、翻累高唐。寸草春晖犹未报，扶瘦影、倍凄惶。　　驹隙逝流光。东篱菊又黄。忆沧桑、回首茫茫。十二阑干秋寂寞，还是尔、耐风霜。

喜迁莺和箫楼师秋感

秋光澄彻。又落叶潇潇，吟蛩唧唧。几杵疏砧，两行新雁，更胜杜鹃啼血。惹得羁人哀感，制就新词凄绝。低唱罢、觉愁肠自断，愁眉顿结。　　幽寂。帘卷起。菊影扶疏，正一庭霜月。欲问嫦娥，相邀青女，同话广寒宫阙。底事天边蟾影，只照人间离别。吟望处、对蒹葭露冷，暮云空阔。

踏莎行闺友以秋海棠见赠，调此报谢

青粉墙边，碧阑干右。神仙风度元韶秀。钗横鬓乱态何慵，西风吹得胭脂瘦。　　割爱分来，同心许觏。冰壶贮□娇难绣。风流谁得似卿卿，愿为蝴蝶长相守。

浪 淘 沙

窗外雨潇潇。只在芭蕉。惹人愁思又今宵。寒逼罗帷莲漏永，睡鸭香飘。　　把卷费推敲。烟水苕苕。玉人何处教吹箫。二十四桥明月夜，杜牧魂销。

前调红树

青女晓妆残。脂盒倾翻。和霜研露泼人间。染得千林如锦幛，围住青山。　　花事尽阑珊。谁驻红颜。葭苍水白雁声寒。记得停桡斜照里，绿鬓同看。

小阑干早春

无情造物有情天。欲问总无言。一片愁城，四围愁阵，肠断又今年。　　生涯如此何堪病，触目倍凄然。杨柳风和，梅花香冷，春也学寒暄。

如 梦 令

才过禁烟节后。又值饯春时候。无语对东风，泪湿斑斑罗袖。休骤。休骤。忍见绿肥红瘦。

解语花题陈相之先生近湖山馆小照

一篙绿水，四面青山，山水皆韶秀。东风晴昼。苏堤外、十里平湖春透。小桃细柳。看西子、芳容依旧。棹烟波、合有高人，艳福频消受。　　苏白风流谁复。有参军此日，经纶抱负。平原特绣。管湖山、预兆他年太守。词传红藕。夸胜迹、应多吟友。和阳春、尽倚新声，按拍惭予后。

凤凰台上忆吹箫寄慰箫楼师悼亡

云散星沉，鸟啼花落，魂销南浦归舟。任万般离恨，百种闲愁。都付西风黄叶，随带水、只向东流。空相约，南枝梅绽，谁续斯游。　　悠悠。蟾圆易缺，偏潘岳多情，顿折莺俦。怪嫦娥底事，笛返琼楼。畴把鸾胶再续。弹别鹄、数尽寒筹。寄鱼书，叮咛青鸟，早到明州。

满庭芳题二十四桥明月图

万树垂杨,六朝金粉,繁华独擅千秋。平山远水,大可豁吟眸。无怪当年杜牧,销魂在、十里红楼。曾闻说,神仙富贵,跨鹤也来游。　　句留。却不道,春风明月,尽付名流。看珠帘半卷,绿蚁轻浮。飞盏狂吟未了,香尘遍、廿四桥头。谁还问,玉钩斜畔,芳草暗生愁。

点绛唇早春寄步珊姊

帘卷东风,数声花外闻啼鸟。此时怀抱。知有愁多少。
离恨年年,应被青山笑。春还早。萋萋芳草。绿遍长亭道。

前调听雨

夜雨声声,杏花消息何堪问。小楼人静。淡煞残灯影。
自笑浮沤,何苦萦愁闷。当前境。花原薄命。争奈天生定。

醉太平秋夜

风声雨声。琼声漏声。作成一片秋声。却教人怎生。
诗随境更。愁随境增。不堪愁绪诗情。总黄粱未成。

凤凰台上忆吹箫寄兰仙妹□光作

眉列春山,眼横秋水,天涯能不魂销。况琴书落拓,蓬转萍飘。不信离家几日，才饯岁、又是花朝。花朝矣，红情寂寂，绿梦迢迢。　　无聊。阑干十二，曲曲倚将来，只合吹箫。奈玉箫声远，清怨偏饶。唯有多情明月，仍来伴、客馆吟瓢。应相笑，沈腰瘦去，不减推敲。

前　调

流水行藏，浮云踪迹，茫茫碧海青天。叹光阴易逝，岁月难延。底事离愁别绪，抛不去、心上眉边。愁都艳，芙蓉秋雨，芍药春烟。　　堪怜。彩毫挥脱，徒萦得蚕丝，万缕缠绵。纵诗成白雪，舌长青练。究与生平何补，诚不若、桃李无言。空惆怅，瑶台十二，弱水三千。

满江红渡扬子江感成

滚滚银涛，泻不尽、心头热血。想当年、山头擂鼓，是何事业。肘后难悬苏季印，囊中剩有文通笔。数古来、巾帼几英雄，愁难说。　　望北固，秋烟碧。指浮玉，秋阳赤。把篷窗倚遍，唾壶击缺。游子征衫搀泪雨，高堂短鬓飞霜雪。问苍苍、生我欲何为，空磨折。

一剪梅夏日湖上忆兰仙亡妹，兰仙号湘娥

偶逐闲鸥泛绿波。才听菱歌。又听莲歌。湖光雨后镜新磨。山拥青螺。蒲展青罗。　　风卷松声逸韵拖。似鼓云和。不见湘娥。眼前景物尽如它。柳比双蛾。颊比新荷。

踏莎行题蛱蝶图

花落花开，春长春短。游丝袅袅东风软。美人独立正无聊，往来凤子情偏眷。　　芳草神迷，海棠梦暖。乱红如雨挥罗扇。愁他化作彩云归，却教飞入鹅溪绢。

浪淘沙题梨花海棠

清酒为愁浇。梦影迢迢。阑干倚遍转无聊。忽见阶前双艳影，不觉魂销。　　春事已花朝。脂粉香娇。更怜红线伴云翘。最好溶溶明月夜，银烛休烧。

解语花题梅花

竹外横枝，小桥流水，正孤山清晓。春寒料峭。寻旧梦、仿佛衣香萦绕。多情翠鸟。犹向我、嘤鸣不了。想冰姿、原是神仙，无怪红尘杳。　　何日巡檐索笑。更尊倾东阁，堂开玉照。词裁丽藻。留芳影、金屋深藏窈窕。横斜夭娇。且图写、臞仙风貌。任江城，玉笛频吹，不怕春光老。

浪淘沙题芍药

昨夜梦扬州。廿四桥头。香风吹上小红楼。十二阑干围锦绣，艳我吟眸。　　对此抵封侯。婪尾春留。淡烟微雨助娇柔。金带围开征吉兆，红紫谁俦。

前调寄步珊姊

无计展眉头。秋在心头。暮天新雁起汀州。欲把远书交与寄，又怕沉浮。　　帘卷月如钩。累我凝眸。离怀渺渺水悠悠。料得有人同怅望，十二层楼。

鹊桥仙题红绿梅

江南江北，水边月下、一样横斜疏影。昨宵花底独寻诗，又惊得、霜禽梦醒。　　香生绛雪，寒生翠袖，绝似罗浮仙境。折枝欲寄陇头□，应不怕、东风吹尽。

凤凰台上忆吹箫听雨

半晌帘纤，霎时澎湃，忽然飒飒萧萧。正黄昏近也，分外声骄。扶病小楼凝听，听屋角、飞瀑奔涛。淋铃曲，何须重谱，已足魂销。　　飘飘。迷离恍惚，好似驾孤篷，一叶乘潮。想枝头红杏，应负花朝。赢得愁怀如织，幸窗外、未种芭蕉。无眠夜，釭花□□，还检香烧。

鹊桥仙七夕

梦回蕉雨，凉生银汉，到此际、鹊桥填未。神仙那有别离情，笑下界、讴吟多事。　　碧天云净，瑶阶露冷，曲槛几回闲倚。聪明误尽世间人，肯乞巧、再添愁地。

烛影摇红题陈两桥先生诗集

七宝装成，风云月露供描写。浣花笺纸界乌丝，尺幅龙光射。□□酒旗□□。□□□、□□□诧。剪烛重翻，焚香细读，寸襟顿谢。　　伫看春风，杏花压帽容相亚。状头合付谪仙才，人镜芙蓉下。方显文章声价。不负了、题桥司马。□□□□，新句添来，玉堂清话。

满江红题吴蘋香夫人花帘词稿

续史才华，扫除尽、脂香粉腻。记当日、一编目睹，四年心□。残月晓风何足道，碧云红藕浑难比。问神仙、底事谪尘寰，聊游戏。　　写不尽，《离骚》意。销不尽，英雄气。仅绿笺恨托，红牙兴寄。浣露回环吟未了，瓣香私淑情难置。倘金针、许度碧纱前，当修贽。

前　调

流水高山，念今昔、几人同调。况又是、金闺博士，玉台仙藻。幼妇从来工织锦，美人自古传香草。倚新声、玉笛谱霓裳，知音杳。　　花影畔，予怀渺。帘影外，东风悄。忆梅窗韵冷，梨云梦绕。翠袖红罗人隐约，暗香疏影词飘渺。丁亥冬日，曾以步珊姊所绘之红绿梅幅索题，承填小令，情致缠绵，令人神往。谨题成、尺素寄蓬莱，烦青鸟。

前调题□竹楼诗集

绿水芙蓉，羡幕府、诗才清绝。继玉茗、低吟红豆，高歌白雪。北固西风供作赋，南徐画烛欣留客。泛烟波、听彻碧箫声，扬州月。　　湖海恨，泥鸿迹。古今事，烟云灭。看江山如此，都归彩笔。一卷龙光腾宝剑，千秋慧业传瑶笈。爇名香、浣手细披吟，心先折。

满庭芳寒夜对月忆兰心夫人

满地霜华，一庭月色，碧空万里无云。流光又尽，能不惜冰轮。遥望广寒宫殿，锁葳蕤、清绝纤尘。多情甚，素娥青女，耐冷照愁人。　　去年。当此际，萍飘蓬合，说剑论文。自西风别去，神返瑶京。堪叹人间聚散，转轮与、皓魄三分。徘徊处，暗香浮动，梅影又横陈。

满江红重渡扬子江

扑面江风，卷不尽、怒涛如雪。凭眺处、琉璃万顷，水天一色。酾酒又添豪杰泪，燃犀漫照蛟龙窟。·星星、蟹屿与渔汀，凝寒碧。　　千载梦，风花灭。六代事，渔樵说。只江流长往，销磨今昔。锦缆牙樯空烂漫，暮蝉衰柳犹呜咽。笑儿家、几度学乘查，悲歌发。

前调登金山妙高台

破浪扬帆，江心寺、这番才到。又何异、人来弱水，身游蓬岛。顿觉胸中天地阔，转怜眼底江山小。御天风、我欲逐云飞，情飘渺。　　追往事，重凭吊。寻胜迹，穷幽窈。想蛾眉伟绩，才人丽藻。玉带镇山风雅擅，鼓声振夜烟尘扫。卷秋风、仍是旧波涛，伊人杳。

浪淘沙舟行晚景

渔火两三星。烟水冥冥。一行新雁起遥汀。辛苦天涯缘底事，也学飘萍。　　何处唱珑玲。肠断声声。记曾好句赋湘灵。一样曲终人不见，江上峰青。

满江红端阳感成

死别生离，半年内、肝肠寸裂。数恨事、菱花萎露，荆枝压雪。痛泪挥残千点雨，孤怀映彻三更月。望霜帏、何处觅慈云，悲无极。　　天中序，蒲榴节。思去岁，伤今日。记西湖竞渡，命题援笔。彩线教搓长命缕，霞觞曾晋延年席。剩孤儿、孑影奠杯羹，空呜咽。

浪淘沙平湖秋月

浩魄映平湖。一颗骊珠。琉璃万顷水平铺。月色波光同浩渺，人在冰壶。　　山色有还无。入望模糊。一声渔唱出菰蒲。

柔橹忽惊鸥梦醒，诗境难图。

前调湖楼听雨

霎霎复萧萧。梧叶芭蕉。松风四面卷波涛。并作秋声成一片，夜雨今宵。　　秋思本无聊。梦又迢迢。二分凉意透轻绡。来日湖边新涨碧，拟泛兰桡。

采桑子秋夜不寐用独木桥体

桂花香静宵初永，露冷无声。月淡无声。月露无声伴有声。
声声只向疏窗度，四壁虫声。万树秋声。来助楼头夜读声。

蝴蝶儿秋海棠

点秋光。傍银墙。娇红浅白斗新妆。缘何号断肠。　　艳极神难写，吟多齿亦香。红丝叶背粲成行。西风蝶梦凉。

虞美人冬夜听雨

打窗落叶声萧瑟。寒气灯前逼。病来诗思已无聊。添得这般情景、助魂销。　　霜鸿阵阵飞何急。岂有愁难说。一番疏雨一番风。知否有人憔悴、小楼中。

南楼令闻雁感怀

霜杵已三更。思亲梦不成。忆当年、血泪交迸。遍觅稻粱供菽水，甘旨计、苦难盈。　　听彻一声声。教侬恨更生。叹天涯、雨雪飘零。燕雀安能知抱负，反笑汝、字纵横。

意难忘春夜听雨，忆孤山梅花，定多零落，辗转不寐，感而倚拍

一叶轻航。向孤山深处，载酒寻芳。疏枝花缀雪，冷蕊玉霏香。疑翠袖、映红妆。烂漫斗春光。步苍苔、未能轻别，生怕斜阳。　　归来兀自难忘。怅诗魂蝶梦，不度潇湘。何堪连夕雨，更转九回肠。人无寐、恨偏长。花露定飘扬。想广平、心同铁石，尚赋篇章。

蝶恋花春暮

柳絮帘栊春欲暮。极目天涯，那是春归路。紫燕黄莺啼不住。似曾解得文通赋。　　自浣蔷薇吟丽句。绿展芭蕉，邀我临怀素。无那吟怀消不去。微云又漏催诗雨。

菩萨蛮题拈花图

胸罗锦绣文如凤。才人合受名花供。三叠奏清平。春风鳌背行。　　黄粱犹未熟。妙手传金粟。参透大乘禅。拈花一莞然。

风入松读《镜花缘》作

瑶池春暖宴蟠桃。仙乐奏云璈。花种月姊无端甚，逞机锋、魔劫光招。上苑群芳已放，山中棋子犹敲。　　黄粱梦醒鬓萧

萧。舟帆海天遥。异国神仙游历遍，老书生、清福能消。才把奇花手植，谁知仙籍名标。

前调

孝娥千里远寻亲。生死几艰辛。玉碑已现闺英榜，强归来、伴结佳人。赋茗久钦黑齿，颂椒同步青云。　　蜃楼海市幻中因。意蕊艳翻新。胸中块垒消全尽，羡蛾眉、有志俱伸。千古兰闺吐气，一枝筠管通神。

丁酉中秋后四日，蘋香姊吴藻拜读僭选。

鸿雪楼外集

钱塘沈善宝湘佩著
归孙沈敏元辑印

文

湘痕阁词序

人比黄花，久播新声于《漱玉》；屏移粉月，近传雅制于《生香》。是知绿鬓词媛，每多哀怨；朱颜学士，不少牢愁。岂真造物忌才，慧难兼福；毕竟聪明有种，文足彰名。况乎鸾原凤族，荪发兰枝；毓灵珠于碧海，孕仙李于瑶根。居有随园，雅擅蓬壶之胜；学承捧水，快分椿荫之荣。斗草闲庭，朝翻翠帙；评花小榭，夕按鹅笙。疏雨微云，结社而频裁蕉叶；红情绿意，拈题而细咏莲花。滴粉研脂，姊吟妹和；引宫刻徵，埙奏篪随。斯真萃风雅于一门，抗逸情于千古。迨夫耦携箫史，曲谱同心；书答秦嘉，情深连理。对江流之浩渺，帆落天长；吟竹影之檀栾，梦怜春短。一痕新月，写眉妩于妆台；十样衍波，耀钗光于砚匣。是以鲛囊多缀玉之篇，鸿案有联珠之什。及其宝镜分鸾，瑶琴别鹤，已悲孑影，更悼孤雏。听夜雨之啼鹃，青灯明灭；咏春风之贞燕，红缕依稀。缫到蚕丝，偏抽独茧；焚残猊鼎，虚袅双烟。宜其商声一片，都从纸上飞来；血泪千行，尽向毫端洒去。善宝才同画虎，酷爱诗歌；性似痴蟫，惟耽图史。红尘十丈，愧薄宦之羁栖；白雪一编，喜新词之潇洒。数言弁首，贻笑披榛；千里倾心，聊云投李。看此日集刊文梓，争传壶内金茎；待他年径踏烟萝，敬访闺中白石。

道光甲辰六月朔旦，同里湘佩沈善宝拜撰。按：此句据《湘痕阁词稿》补。

湘痕阁词者，随园老人女孙袁柔吉女史所著。女史适天长崇氏，夫早卒，而子又俱殇。迨姑即世，乃归母族，为弟抚孤。咸丰癸丑，粤寇陷金陵，殉节园中。乱后，族弟翔甫大令得其诗词遗稿，始汇刊于《随园全集》之末词钞，弁以是序。敏元所见先祖姑杂文，仅此一篇，谨先辑入外集，俟征求。

诗

壬寅八月温润清贤妹卒于安庆舟次凶问至京哭之以诗

自闻薄宦领黔州，不待临歧泪雨流。素腕瘦来无一握，风霜早已为君愁。

烽火无端逼大江，纷纷奔窜太仓皇。数年返哺情空切，争奈慈姑恋故乡。

强说平安慰北堂，一函书寄九回肠。而今撒手归何处？成佛升天总渺茫。

长途疾痛向谁论，蹙损双弯翠黛痕。一叶扁舟临断岸，满江烟雨断吟魂。

五年聚首感情真，视我浑如手足亲。空有他年鸡黍约，难持杯酒奠江滨。

芳魂飘泊阻关山，旅榇凄凉带月还。剪纸招魂肠欲断，忍看白发哭红颜。

己酉立春后十日题润清贤妹传即应叙眉妹丈刺史之命并希郢政

记订兰交日，燕台正早秋。蛾眉复蠎首，善病更工愁。至性真肫最，人情体贴周。雅怀除绮丽，素志乐清幽。德曜贤声著，少君才具优。以侬心戆直，感子意绸缪。春雪同吟咏，秋华互劝酬。果肴随序荐，药石检方投。闺阁逢知己，天涯释旅忧。红尘飞不住，白日去难留。聚散浑无定，悲欢讵自由。骊歌来绣闼，宦辙指黔州。未尽丁宁语，惟馀涕泪流。风霜侵两鬓，魂魄散孤舟。稚子才黄口，高堂已白头。生离时戚戚，死别岁悠悠。琴惜子期绝，灵知元白休。妹殁日，余梦来作别，若平生欢。悲哉！云霞思旧谊，花月记前游。欲觅飞鸿迹，都成水上沤。微之有哀咏，披读暗酸眸。

辛酉之夏，敏元登报征求先祖姑遗著。邗上鲍娄先生录寄五排诗一章，诗话一则。先生为温润清夫人之曾孙，家藏温夫人传手卷，末有先祖姑手题五排诗及诗话，即先生所录寄者。诗话已见第七卷，惟挽诗六章原刊诗话中，仅节取数联，因与五排诗辑入外集，俾窥全豹。先生续又检寄先祖姑与其大父定中先生尺牍一页，得瞻手迹，尤可感也。谨并志之。按：前诗已见《初集》卷八，后诗未见。

和谦小榆太史梅花八咏

快雪初晴映霁霞，溪桥相访路偏赊。冲寒雅爱幽香远，入画深怜古干斜。铁骨冰心虽冷淡，红英绿萼自风华。孤标只许诗人赏，斑管争开五色花。

相对休嫌太瘦生，冰壶濯魄有馀清。旧时月色凭谁问，此日春光感客情。一自广平摛丽赋，遂偕和靖占高名。几回索笑凭栏立，试听双鬟按曲声。

霜镕雪炼意迟迟，香满园林蝶不知。漠漠梨云寻远梦，蒙蒙烟月助吟思。美人日暮依空谷，离客风前寄折枝。自是天然标格好，玉堂茅舍总相宜。

见说槐阴别有村，暗香如水袭琴尊。探来玉照苔侵树，步入巢居雪打门。寒雀枝间留爪印，春山林隙露眉痕。百花头上开何早，管领东风造物恩。

绝世风神谢俗缘，岁寒盟在惜流年。清贞只合邻山竹，高节端宜偶水仙。微雨斜阳真可赏，石屏纸帐剧堪怜。莫教画角吹三弄，疏影须将淡墨传。

花天香海旧游踪，楼阁千重树万重。姑射神姬风雪见，绿华仙子佩环逢。篱边冬暖延黄菊，岭畔春寒傍碧松。休道高人耽隐逸，比来归思为君浓。

蜡屐寻春兴未残，携将棋局对花弹。烟霞性癖逃名易，冰雪情多琢句难。月夜翠禽鸣宛转，霜高元鹤伴清寒。铜瓶自汲清泉贮，剪取虬枝烛下看。

珍重东风第一枝，清香天赋岂无私。赏心官阁人重到，点额深宫梦未知。白石词仙翻旧谱，青丘居士赋新诗。相逢一笑怜疏放，恰好尖叉斗韵时。

题　　画

弹罢明妃又洛妃，无端心事寄金徽。年来人世知音少，独抱鸣琴何处归。右从近人松江雷君曜、君彦昆弟所辑《闺秀诗话》内录入。

鸿雪楼诗选初集外集附

序一　丁佩

序二　佟景文

序三　李世治

序四　富呢扬阿整理者按：以上四序均见于初集，不录。

鸿雪楼诗选跋

吾杭闺秀能诗者，清乾道中叶不胜偻指，第沾沾于咏物怀人、寻声斗律。稍博雅者，至于吊古、咏史而止矣，未有缠绵悱恻、触发性情如沈湘佩女士《鸿雪楼诗选》者。女士才十二龄，父韵秋公以官事殉江右，已能慕效赵娥，思剸刃仇人之胸。有《述哀》诗一则，语壮音悲，琅琅可诵焉。年及笄，奉母吴太夫人摒挡行箧，归泉唐。时已七载章江，囊金垂尽，而闺中诗橐则已盈积寸许。集中所谓“贫归故里锥难立，胜有诗魔慰岑寂”，状旅况之萧条，令人凄然生感。相传女士母吴太夫人亦一时名媛，女士四声之学固传自阿母，是以总角即解吟讽，以薰湔有素也。女士亦受业塾师陈箫楼，师尝诫女士，“诗多感慨，非少年所宜”，然而抑知女士之感慨固非得已。昔人谓诗以穷而益工，读《鸿雪楼诗》弥信。女士且不惟工诗，尤聪颖善画，以故吴太夫人在堂日，诸兄弟贫乏缺甘旨，赖女士奔走袁江，售诗鬻画以养。然因是迟逾九日，归而母卒，终天抱恨。则又有《述哀》诗以志皋鱼之痛矣。先是山左李怡堂观察激赏女士诗，录为女弟子。因是赴山左召，及归则妹兰仙殇，每忆及辄涔涔泪下，月圆岁阑各有诗。迨吴太夫人弃养，弟善熙亦相继殇，则又哭之以诗。乌乎！女子固善怀，而又令遭遇坎坷若是，其怆然恫于中者，夫又奚足怪耶！

女士者，余幕僚沈君补愚之王姑。补愚为余言，此《诗选》皆未嫁前作，刊于清道光季年。遭咸丰庚辛之变，版本散佚，嗣后从友人处获此初集。吉光片羽，将宝守之，视若家乘。余受读既竟，又知昔年诸女史若江右姚氏、刘氏，松江丁氏，仁和龚氏，德清许氏，皆有唱和之作。为点定诗稿者，则甬上顾君白、都中张理庵诸先生,而女士诗赖以传矣。顾余尤服膺女士零星积诗画润资,窆其父若母弟妹伯叔,读诸纪事诗,具见当日经营八棺,心力憔悴,苟非生有至性至情,曷克任此?此事置之《列女传》中,足为巾帼生色。他日《杭郡诗辑》搜及是集,表而彰之,岂惟足以助玉台之咏,增炜彤瑄乎?谨跋数语以志景慕云。

民国七年冬月日钱唐孙宝瑄书于甬江榷署。

此集，姑母所著也。姑丈自山西朔平府告归就养在京，继晋引时，姑丈与姑母及表兄皆早逝。晤表侄武紫岩，向取诗集，云："祖母著作未付梓者尚多，鸿雪楼续印再寄。"讵料拳匪滋事，百物俱废，书板遗失，正欲托友在琉璃厂旧书肆中寻觅姑母诗集，适伯初大侄携斯集来，喜出望外。虽手录一过，然秘而独有。今倩工石印，以广流传。

光绪二十九年仲冬沈继曾谨识，时年六十有六。

伯初先兄录存《名媛诗话》中有先伯父缵哉公手题是跋。先伯父久宦台湾，晚岁始乞休归里。当时所见者殆即先叔父心阁公所藏《鸿雪楼诗选初集》及伯初兄之手录《诗话》耳，亦欲付印，而迄未果。敏元今虽勉竟先志而伯父已不及见矣。因将是跋附印集中志感。

王姑湘佩女史所著《鸿雪楼诗选初集》及伯初兄录存《名媛诗话》一卷，补愚弟初拟诠次付印，终以未成全璧为撼。因于己未冬日持赴沪渎，属亲串冯子克澄广征名流题咏，私计海上风雅荟萃，富于收藏，或有所获也。旋接克澄来函，果于锡山王莼农先生处得其所藏昔年《寓言日报》附印之《名媛诗话》八卷，蒙允借钞、校雠数过，中多讹夺，仍非完本。辛酉之夏，复登沪报征求遗著，久之而应者寥寥。补愚弟以时不我待，亟欲就此残编断简先行重印，借扬先德而广流传。予亦因《诗选》与《诗话》中涉及吾家轶事甚多，可补谱乘之阙，力为怂恿。爰与共同考订，分任校字之役，其脱误处姑仍其旧，俟他日觅到原书，再行校正续刊，兹则惟有且存抱残守阙之志而已。

癸亥冬日，归孙沈敚元谨识。

王姑湘佩女史，先曾叔祖韵秋公之长女也。随韵秋公宦游章贡，髫龀即工诗善画，驰誉大江南北。韵秋公任义宁州州判，为同官倾轧，忿而自裁，其时王姑才十二龄耳。大椿遽折，旅况萧条，一家老弱留滞西江者四年，始获奉母回里。而贫窘无以为养。赖王姑奔走四方，躬谋菽水。不幸曾叔祖母吴太夫人旋又弃世，叠遭家难，生计益穷。由王姑售诗鬻画，积铢累寸，集成巨资，将先世未安窀穸各柩同葬先高祖也愚公墓侧。大事既终，乃游京师，适来安武寅斋先生为室，寅斋先生讳凌云，成道光乙未进士，历官礼部铸印局主事员外郎、吏部稽勋司郎中、山西朔平府知府。遂随夫子侨寓都门。迨至洪杨乱作，遍地烽烟，南北睽绝，从此音信不通矣。

韵秋公有五子。长笛舟公，生子一。次啸珊公，无子，以笛舟公子似松公兼祧。三琴舫公，于道光十六年游幕，远出无闻。四咏楼公，咸丰庚申粤匪寇杭，公率团御贼，阵亡殉难，无子，以先府君承祀。五雪舫公，未成年而卒。洎似松公又无子，于是韵秋公支下一系均归先府君承祀焉。敏元童年侍先府君春秋祭扫，至丁家山，每进敏元兄弟而诏之曰："此即王姑独力经营八棺并葬之墓域也。"摩挲碑碣，景仰靡既。及长，在先叔父心阁公家见王姑所著《鸿雪楼诗选初集》二册，犹是未适武氏前在杭锓板。入都后之诗文词迄未获睹，仅闻从兄伯初在无锡时尝借钞王姑所著《名媛诗话》，而卷帙未详。光绪己亥，敏元佐幕镇海县署，于同事无锡华君自香案头见有诗册，偶加翻阅，则即《鸿雪楼诗选初集》，与昔在先叔父家中所见者同。华君因举以相赠，珍藏廿载。屡思重付剞劂，而频年牵于人事，卒卒鲜暇。戊午之春，拟与《诗话》合印一编，时伯初兄已归道山，属其家于遗箧中寻得昔年所手钞者，则仅一卷，似非完本，乃倩戚友广为物色。越岁己未，始在沪上得锡山王莼农先生旧藏《寓言日报》附印之《名媛诗话》八卷，以非原刊，中多讹夺，且为人割截，亦阙佚不全矣。因复登报征求遗著,承邗上鲍君娄先寄赠王姑手迹及诗数章之外,他无应者。壬戌冬仲,敏元由甬挈眷迁归故里,患痔不愈。自维衰病交侵,垂垂老去,深恐再事淹忽,无以成未竟之志。爰乘摄疴馀闲,就所藏《诗选初集》及借录王先生《诗话》残本与仲兄果臣重加校勘,更以积年搜辑所得骈文、诗词汇为外集,附于诗选之后,用聚珍板排印,分订四册,至甲子春而工始竣,大愿幸偿,差以自慰。虽然王姑毕生著作,此殆什中之一二耳,尚冀海内博雅君子如有收藏遗墨或《诗话》原本惠寄,赓续刊印,正其讹阙,俾成完书,则尤馨香祷祝者也。

民国十三年甲子孟春,归孙沈敏元谨识。

沈孝女传

沈孝女湘佩，泉塘人，讳善宝。幼随父琳宦游江右，父倾于同寮，自裁。时孝女年十二，制《述哀诗》，音节绝悲壮。留滞四年，奉父骨及母而东，以甘旨鬻诗画袁江，母未及而卒，复为诗述哀，已而畜资窆其父母、伯叔、弟妹，袝丁家山祖墓。悲泪填溢，引绋而负土，嫭嫭孤苦之情，感动田野，今其地父老尚有能传其事者。孝女诗画，名大江南北，山左李怡堂籍为女弟子，著稿仅存《湘痕阁词序》一篇，《鸿雪楼诗初集》四卷，《名媛诗话》八卷。《诗话》于贞孝节义尤致意，画多燹毁。清道光间室来安武凌云，从官京师。卒年日月及其子孙皆不详。母吴浣素，故籍如皋，著《箫引楼诗稿》，亡失。孝女吟咏之业盖得自母教也。

民国十年十月，南通徐昂撰。

沈孝女传赞

益修传孝女既脱稿,语偿曰:湘佩之行苦矣。余以其皆在室时事,谓为孝女也。偿读沈君补愚所状,窃以益修之见为甚当,而未能有以易之。清乾嘉间承平久,诗书之泽及于女子,其行往往有足传者,而孝女之危苦,盖男子或不胜矣。所著《鸿雪楼诗》有续集,《名媛诗话》犹有亡佚者,补愚方搜求而未获。乌乎,孝女岂仅以此见也。

民国十年十月,南通顾偿基撰。

题　词

冯子克澄属题沈湘佩恭人所著鸿雪楼初集名媛诗话后十六叠鸥社九集来台哀杯韵题之

杭县徐珂仲可

直抒真性情，下笔有神来。鬻画营幽穸，恭人以鬻诗画之资葬父母及其先世，凡八棺。谈诗拥讲台。燕云竟投老，葬事毕，适武凌云太守，遂居京师以终。孤露早含哀。恭人年十二，父以官事殉江右。寿世宜梨枣，恭人之侄孙补愚君将以二书付梓。珍同万岁杯。《五代史·冯道传》：临河县得玉杯，有文曰“传国宝万岁杯”。

题钱唐沈湘佩女士鸿雪楼集

无锡王蕴章莼农

弄墨然脂咏好春，香南雪北若为邻。吴蘋香著《香南雪北集》。谁知风义平生重，更在蛾眉绝代人。

大家才调左家芬，门第清郎自不群。新得吴绫图一幅，还从卷里识微云。女士适来安武凌云，近得虞山王蓉洲《添香夜读图》行看子，有武题词。

题武沈夫人诗稿用二十六寝全韵

吴兴费有容恕皆

有清溯乾嘉，遥遥百馀稔。孝女而贤妇，争说泉唐沈。随宦走章江，翘然识隽品。诗清笔舞花，画秀墨泼沛。定省有馀闲，纺织更烹饪。讵意椿荫凋，凶耗阖门噤。归装鲜琴鹤，茕茕多弱荏。终朝操不律，忘食亦忘寝。借以谋菽水，庶式食与饮。名誉重三绝，奚事窘颠颣。踪迹遍四方，奚事悲踔踸。风雪记归途，犹乐将母谂。家难诉真宰，逼人何已甚！孑身谋窀穸，额蹙头已烦。重闱逮双亲，弟兄又叔婶。巾帼而须眉，颜色诚凛凛。一自赋于归，长安烂如锦。莲廊文翻新，薇署制草朕。彩笔学画眉，玉壶赌咏吟。炉熨鸭微温，帘垂燕偷瞫。浩劫起洪杨，言者口犹噤。室陋谁诛茅，路遥姑拾葚。咸阳一炬中，残编存者怎。鬼神犹呵护，斯理差堪谂。骤获已可宝，百读乃渐稔。刓板久漫漶，先宜扫丑寝。校字况剥蚀，先宜除痳痒。食者如菽粟，而可满仓廪。衣者如布帛，而可判襟衽。继起有贤孙，家学蚤承禀。挥毫峰岳齐，擘笺波澜淰。一卷贻彤管，经史等葄枕。序文辞灿灿，诗话言懔懔。片羽今尚留，铅椠合精审。宝气与珠光，万古腾镌锓。

读鸿雪楼集即集集中句成六绝奉题

汉阳赵润种青

八咏楼中一女子，吟腰瘦去带围宽。金钗典尽明珠卖，无限清愁绕笔端。

千里随亲作宦游，空悲赵女欲寻仇。暮云一碧湖山晚，怅触心情总未休。

搔首云天感不禁，滕王高阁旧登临。满腔愤懑凭谁诉，题罢哀词血满襟。

八棺并葬心无憾，又写云山入锦笺。一卷珠玑腾虎气，无人解道是婵娟。

笔花绝似梅花艳，谱出寒香分外妍。长日小窗扶病坐，一枝自写九嶷仙。

簪缨阀阅家声旧，论到才华羡左芬。读罢新诗低首拜，瓣香爇处转情殷。

敬题鸿雪楼初集

南通曹文麟勋阁

文亡流祸灾诗画，国病连词诟女儿。安识闺中双健腕，冻泥曾覆冢累累。

故家兄弟廿年约，南北穷搜见苦心。百世清灵在天壤，不妨文字半销沉。

读沈湘佩女士所著鸿雪楼初集名媛诗话赋此以志景仰

杭县张毓麟弁时

湖山灵秀钟巾帼，德慧双修莫等伦。鬻画葬亲完苦志，陈诗勖弟见天真。名媛宛借增声价，断简于今护鬼神。一诵佳章一膜拜，须眉多少愧斯人。

沈孝女鸿雪楼诗集题词

南通张凤年峡亭

风霜万里仔肩重，冰雪千言心骨闲。北去乱离鸿影绝，尚留泥爪在人寰。

弱质飘零岁月深，父仇未复白云沉。嬛嬛两掬肝肠泪，迸入江湖万古吟。

沈湘佩女士遗集及名媛诗话题辞

杭县吴庆坻子修

休文才裔扫眉仙，平一词缘合影编。雪北香南居后辈，颂椒咏絮忆童年。俪词早结湘痕契，随园女孙《湘痕阁词》，女士尝为骈文序之。妙谛应同滤月传。乌程汪刚木先生之太夫人赵宜姞著《滤月轩诗文集》，中有论诗精语，与女士同时。老去丹铅修里乘，更欣彤管拾遗篇。

沈湘佩夫人遗稿题辞

杭县唐咏裳健伯

臣里曾夸德媛多，一编方志共摩挲。长途历历女贞树，才语行行薤露歌。诗草杀青逾甲子，簪花润玉贱缯罗。过江弟子襄雠校，知费文闺几斛螺。会稽宗涤楼侍御女康受业于夫人，曾斠《诗集》字。

令外祖母托寄九九银壹百两，因银色太低，转辗更易，得足色纹壹百两寄上，祈查收。信到，速发回音为要。令外祖母现在病势危笃，仆常往看视，此番恐虞意外矣。惟望贤甥早夺锦标入都，以慰其念。此候文祉不宣。

愚从母湘佩手泐。堂上请安。全官近好，念念！

先祖姑湘佩女史遗著，敏元累年搜舂，仅得《鸿雪楼诗选初集》四卷及残本《名媛诗话》八卷。辛酉之夏，复于海上登报征求，承扬州鲍娄先寄示先祖姑与其大父定中先生尺牍一页，手泽如新，而画则终未睹也。壬戌冬仲，由甬迁归故里，于侠夫弟处，得见先伯父缵哉府君所藏先祖姑画梅横披一帧，为之惊喜，中无款识，大抵当时非惬意之作，燹后留此片羽。始经伯父潢治乞人题咏者，虽皆零缣寸楮，而出诸劫火之馀，亦足珍已。因缩印，弁之简端。

民国十二年癸亥冬至日，归孙沈敏元记。

附　佚作一

诗

小莲花室图卷题辞

精神艳冶格风华，想见妆成倚碧纱。晕翠皴红好颜色，彩毫写遍四时花。

——朱玙《小莲花室遗稿》题辞卷四

和作

钱塘女史沈善宝湘佩

手把芙蓉出玉京，清才艳福二难并。诗翻云锦花争丽，秋满园林月正明。湖海豪情应绝代，萍蓬小聚亦三生。而今偶落孙山外，伫听高题雁塔名。

浪游越水与吴山，诗卷难追唐宋间。潦倒襟怀空咄咄，飘零客泪尚潸潸。秋风陟屺情何已，春草萦愁句欲删。此日挥毫愧珠玉，骊驹一曲远人还。

附原作　赠沈湘佩女史时从淮浦返武林

神仙只合住瑶京，吹堕红尘万恨并。世有此才重闺阁，事难如意误聪明。诗书滋味娱长日，贫病年华耗半生。天壤王郎君莫憾，谢家道蕴自芳名。

过江无数好青山，尽人诗情画意间。感我前游帆乍卸，余方自秣陵下第归。读君新句泪犹潸。才原妨福真成例，忧可伤人且渐删。此去西泠烟水近，明朝一棹故乡还。

——殷兆镛撰《齐庄中正堂诗钞》卷二

残　句

知我有谁同鲍叔，杀人自古坐曾参。

沈善宝湘佩，倜傥能诗。未嫁时有为蜚语者，湘佩控之邑侯，并陈长律八章。有云云云，闻者伤之。

——严蘅《女世说》

词

壶中天

仲远大令暨德配包孟仪夫人令媞，性均孝友，与叔姊婉纫、季姊若绮两夫人伉俪同居，家政悉咨叔姊，遵尊甫翰风先生遗命也。两夫人善诗古文、词，婉纫夫人尤喜作擘窠大字，孟仪夫人嗜文学，工汉隶。姑娣切磋，交相爱敬。姊婿孙叔献、王季旭两先生，皆抱经济文章之士。大令才兼三绝，相与商榷古今，啸歌风月，情义如昆弟焉。其中表妹汤碧痕女史嘉名，为绘《比屋联吟图》。

兰姨琼姊，喜仙乡共住，团圆骨肉。阿弟多才夫婿雅，万卷奇书同读。秋月宵澄，春花晨艳，消受清闲福。刘樊赵管，人间无此雍和睦。　更怜绕屋扶疏。树皆交让，玉笋抽丛竹。相约临池邀觅句，无间雨风寒燠。花萼交辉，鸳鸯比翼，乐事天伦足。重逢官舍，伤心偏少徐淑。

张仲远观察传有《比屋联吟图》，钱塘沈湘佩女史善宝题《壶中天》词，有序云云，词云云。时仲远将宰武昌，孟仪夫人已逝世云。呜呼，近世鄙俗颓风，兄弟之怡怡一室者已不多觏，况姊弟三姓同居，欢聚于十数载哉？观图中姊婿题图之作，其家门之孝友、闺闱之风雅均有足传者，故备录于后。

——金武祥撰《粟香五笔》卷二

调寄壶中天张纶英寿辞

璇闺名重，羡一枝彩笔，纵横文陈。至性真纯，谁得似孝友，夙敦高行。姊擅雕龙，妹工绣虎，同气才华盛。星辉宝婺，卿云丽日交映。　　当此大衍，称觞欢联雁序，眉案多家庆，箓授长生方，驻景依旧，绿颜朱鬓。黄鹤招来，青鸾驭处，胜迹堪游咏。同居令弟仲远明府武昌官署。倾心千里，添筹聊借梅信。

——张纶英《绿槐书屋诗稿》附录卷二

壶中天肄书图题辞

绛树青琴论戈波，八法同工异曲。一自簪花传妙格，笔陈千秋谁续。绾蚓涂雅，蟠龙舞凤，指腕分生熟。鲤庭亲授，临池扫尽秾缛。　　恰好长日如年，挥毫自得，墨汁壶中足。玉薤金针饶古雅，遍衍波千幅。池藕香恬，庭槐阴静，纸种芭蕉绿。今闻寰海，扫眉已过名宿。

——张纶英《绿槐书屋诗稿》附录卷三

菩萨蛮寄慕青夫人

双鱼远寄知相忆。陆离云锦天孙织。画圣与诗仙。三生翰墨缘。　　自怜吟思減。愁绪纷难剪。秋菊并春兰。感君青眼看。

——陈蕴莲《信芳阁诗草》卷五

文

绣谱后序

夫善清风之穆，雅具仙才；状春月之和，禀资玉德。本之绮慧，通乎瑶想，莫不书传唐韵，词奏盘中。葩采所流，芬芳共播，乃若才并左姝，慧分织女。四德之末，兼擅妇工；三衢之中，均推文绣。则如我师母步珊夫人所著《绣谱》一书，犹女红之导师，闺房之善则矣。

夫人蕙穆征性，苕华表姿，肄德象而弗谖，谢钗泽而弥令。其归我两桥夫子也，警夜鸣梭，云机百六；篝灯佐读，花管一双。整理手迹，称于诸姑；饰治微细，巧夺杼女。沉沉画阁，一针运灵；宛宛红闺，千丝竞态。短晷而徐添弱线，凌寒亦春；当花而频唾绣绒，无香自韵。活禽生卉，都呈刻露之姿；绣虎雕龙，弥郁凌云之气。比于咏絮，尤见执勤；陋彼缝裳，徒嗤要襋。以翰墨之馨逸，成纂组之奇书。足使周官妇功，咸遵典则；敬姜纺绩，共勉组紃。绿窗绮人，奏奇于豪发；黄娟幼妇，弗误于色丝。此眉娘七卷之经，赵妹三绝之技。莫能专美，并擅胜场矣。善宝刻惭楮叶,敛比姜芽。榛栗虔修,宜拜经于绛幔;珩璜示损,许接坐于青绫。黑质赤文,叹其神助;献功赋事,逊此心精。惟有效襄邑之锦机,自勤手狎;睹夜来之裁制,俯首针神而已。

钱塘女弟子沈善宝谨序。

——丁佩《绣谱》

梅花引序

云槎外史逸才天纵,雅抱霞蒸。著作等身,溯词源于汉魏;文章馀事,仿乐府于金元。慨尘梦之迷离,晨钟忽警;念幻缘之生灭,慧剑初挥。此《梅花引》所由作也。是以章后素学博情痴,爰且寓名乎五柳;罗浮仙冰肌玉骨,允宜托姓于孤梅。当夫竹屋纸窗,娇姝入梦;清溪幽谷,吉士寻踪。二百载旧约新谐,遂良缘于暗香疏影;卅六旬于飞共乐,结连理于月下水边。以世外之仙姿,作人间之美眷。宜其笑彼师雄,闻翠羽而酒醒人杳;胜他和靖,调素琴而雪冷山空。诚艳福之无双,询清才之第一矣。方其鸳偶绸缪,乐闺房之静好;驹阴匆促,叹露电之空虚。幸迷途其未远,思觉岸以同登。适逢好事维摩,当头棒喝;多情天女,着手春生。天花散兮生天,佛果圆而成佛。君归极乐,五蕴皆空;妾领群芳,万缘俱寂。剧虽六出,能含离合悲欢;制出一编,不愧清新俊逸。花本美人小影,月为才子前身。玩花韵于午晴,骋妍抽秘;对月明于子夜,换羽移宫。以璇闺之彩笔,奏碧落之新声。将见不胫而走,播遍管弦;有目同珍,贵于璆璧云尔。

西湖散人拜撰。

——顾太清《梅花引》

红楼梦影序

大凡稗官野史，所记新闻而作，是以先取新奇可喜之事，立为主脑，次乃融情入理，以联脉络，提一发则五官四肢俱动，因其情理足信，始能传世。《红楼梦》一书，本名《石头记》，所记绛珠仙草受神瑛侍者灌溉之恩，修成女身，立愿托生人世，以泪偿之。此极奇幻之事，而至理深情，独有千古。作者不惜镂肝刻肾，读者得以娱目赏心，几至家弦户诵，雅俗共赏，咸知绛珠有偿泪之愿，无终身之约，泪尽归仙，再难留恋人间；神瑛无木石之缘，有金石之订，理当涉世，以了应为之事。此《红楼梦》始终之大旨也。海内读此书者，因绛珠负绝世才貌，抱恨夭亡，起而接续前编，各抒己见，为绛珠吐生前之夙怨，翻薄命之旧案，将红尘之富贵，加碧落之仙姝，死者令其复生，清者扬之使浊，纵然极力铺张，益觉拟于不伦。此无他故，与前书本意相悖耳。今者云槎外史以新编《红楼梦影》若干回见示，披读之下，不禁欲绝。前书一言一动，何殊万壑千峰，令人应接不暇。此则虚描实写，傍见侧出，回顾前踪，一丝不漏。至于诸人口吻神情，揣摹酷肖，即荣府由否入亨，一秉循环之理，接续前书，毫无痕迹，真制七襄手也。且善善恶恶，教忠作孝，不失诗人温柔敦厚本旨，询有味乎言之。余闻昔有画工，约画东西殿壁，一人不知天神眉宇，别具神采，非侍从所及，画毕睹之，愧悔无地。此编之出，倪令海内曾续《红楼梦》者见之，有不愧悔如画工者乎？信夫前梦后影，并传不朽。是为序。

咸丰十一年岁在辛酉七月之望，西湖散人撰。

——云槎外史顾太清《红楼梦影》

淡菊轩诗稿序

盖闻槎浮银汉，乞灵巧于天孙；书读嫏嬛，探秘藏于仙史。曲江巨制，笔挟风霜；燕国鸿章，篇裁锦绣。历传名宿于当时，更见闺英于此日。是知琪花瑶草，呈奇于元圃丹邱；和璧隋珠，毓秀在名山大泽。

惟我孟缇贤姊，清河华胄，莒县名门。椿庭问字，秉家学之渊源；萱室传经，得国风之和雅。幼娴书礼，颖悟无伦，长习诗词，温柔有教。红桃醴面，具璇闺明艳之姿；青李挥毫，仿笔阵纵横之体。共羡颂椒佳叶，澄景青阳；远传拜月新吟，蛾眉鸾镜。裁花作骨，搜金粉于六朝；镂雪为神，弋英华于两汉。三影擅词客清真，四愁写美人赠答。枕经葄史，绣厨成翰墨之林；摘艳薰香，镜槛即缥缃之所。则亲承有伏女风徽，绩学亦曹姬流亚。

至如姊妹花前，棣棠枝下，绿筠绘月，紫笑含风。烹雀舌于新磁，清迴诗味；爇龙涎于古鼎，碧袅文心。阿连刻烛，扣霞水之舷；织素分题，结兰苔之社。拈来红豆，曲谱双声；界出乌阑，词装七宝。埙篪竞奏兮，换羽移宫；花萼交辉兮，珠圆玉润。则刘家群从，佥推不栉书生；宋氏连枝，艳说扫眉学士。

迨夫结缡名族，补衮深闺，云翘仙侣，本异凡尘。萧史好逑，讵讥天壤。玉堂金马，比肩人气吐长虹；铁画银钩，绕膝儿声清雏凤。拔金钗而沽酒，相敬如宾；置红袖以添香，终温且惠。蘋蘩偶暇，呼新妇以推敲；花柳方妍，携藁砧而讨论。倡予和汝，百幅鸾笺；选韵联吟，一螺翠墨。织成鸳锦，五丝皆交颈之文；按到鹣笙，双调即同心之谱。则篇章富丽，雅胜秦徐；琴瑟和鸣，直追赵管。

若乃随亲历下，侍宦陶山，访汉主之妆台，觅苏康之故垒。济河浩浩，如倒词源；岱岳苍苍，另开诗境。牵衣赋惜别之篇，清猿咽雨；陟屺多望云之作，画角哀秋。既而金台远至，览烟树于蓟门；玉栋频过，玩露蕖于太液。连云雉堞，风阙崔巍；映水鳌峰，龙楼缥缈。借皇都之壮丽，抒雅抱之宏深。是以一编冰雪之词，又得千里江山之助。则鹿车躬挽，桓少君应愧无文；鸿案相庄，孟德耀何知作赋。

及其终天抱恨，废诵《蓼莪》；远道萦愁，梦吟池草。续杏殇之咏，凄绝生平；填梅落之词，香销色相。秋风蟋蟀，易触离怀；春雨鸰原，难申别悃。晶帘乍卷，摹瘦影于花枝；画榻频欹，遣病魔于兰帙。值雁憔蛩悴之天，兴月落云停之感。则玉珰寄札，倚清照之曼声；锦字缄愁，述令晖之蕴结。

今则编成甲乙，寿彼枣梨，蒙索鄙言为弁首，欣瞻全集以输心。焚膏展读，盥露重翻，讵意今人，独弹古调。盖以芬芳悱恻之怀，写离合悲欢之境。性灵结撰，根孝弟以立言；意匠经营，茹古今而达意。思深语雅，胸有千秋；格隽调高，目无馀子。庾清鲍俊，垂秋露于海苔；柳月秦云，播春风于琼管。此诚闺阁之仙才，岂等筝琶之凡响。善宝抱书痴于陋室，负诗癖于寒窗，午夜搜吟，未甘画虎；庚晨涉猎，辛苦雕虫。鹫岭轻离，应被湖山笑我；凤城乍至，何期萍水逢君。辱环佩之先临，三生快睹；证苔岑之夙契，五载交深。林莺春唤，每劳折柬以招游；稻蟹秋肥，常约开尊而觅醉。推衿送抱，谊若雁行；似漆投胶，爱忘燕石。诗敲妆阁，清谈钦道韫之词锋；谱重金兰，卓识美宪英之敏慧。选来《奁艳》，远过《撷芳》；细辑《然脂》，接踪正始。同为官隐，金门岂异夫鹿门；借慰羁栖，春月迥殊乎秋月。

兹值佩萸令节，适逢锡嘏良辰。长庚与宝婺齐辉，锦帨共珠盘共灿。东篱丛菊，香舒晚节之花；北沼芙蓉，采夺芳春之色。

授长生之箓，降王母于西池；歌偕老之章，见仙翁于南极。身荣象服，羡福慧之双修；天锡龙章，备箕畴之五福。同著文章而寿世，日月升恒；更看莱彩以承欢，履綦咸泰。善宝不惭蠡测，用祝鸿釐。纪此月杖家称庆，得听九如都荔之歌；待他年花甲开筵，更叙一品和鸣之集。

道光辛卯九月，杭州沈善宝。

——张缙英《淡菊轩诗稿》

绮馀书室诗稿跋

格律老成，词旨温厚，捧读一过，钦服之至。谨采十馀章录入拙作《闺秀诗话》矣。所惜云山间阻，不能亲挹兰芬，评论古今闺中翰墨，而千里寸心，曷胜神往！敬呈拙著《鸿雪楼诗稿》一部，倘荷教政，何幸如之！

泉塘湘佩妹沈善宝拜志于丹凤城南椿树胡同，时乙巳初夏十日。

——陈葆贞《绮馀书室诗稿》

佚作二：据《名媛诗话》补

五言楹帖

文鱼游绿藻；乳燕戏朱华。
柳边双燕语；林外一鸿归。
佳文重彝鼎；夙志乐山林。
图书宜静日；尊斝乐嘉宾。
静得禽鱼乐；闲参钟鼎文。
园林来凤子；雷雨长龙孙。

七言楹帖

幽兰静圃天三月；古木平泉地一弓。
左图右史闲居乐；夏鼎商彝静友宜。
金柳环亭招燕子；石兰近水戏鱼儿。
山平水远王维画；禽语华香杜牧词。
绿柳闲亭宜上巳；黄花老圃正重阳。
园中华柳环千树；室内图画富五车。
门前地小刚容马；室内尊陈好射雕。
八斗才华追子建；千秋书画继长康。

咏　　梅

亭外山中千树月，水边林下万枝华。

元　夕

画烛千枝民共乐,金灯万树月同明。

江　楼

山川一览延朝爽,雷雨初来起夕阴。

秋　眺

川平绿水生鱼子,雨足秋田长稻孙。

夜　泛

两行雁度青山外,一叶舟行明月中。

秋　夜

金盘露重月初午,宝鼎香温夜未央。

寿　外

厨中荐馔黄鱼好,花下称觥绿酎香。

皋亭联句

缫丝煮茧熟梅天，湘佩。万树清阴覆水边。远岫绿侵词客黛，云林。夕阳红入酒人船。蘋香。水乡风景浑如画，怡珊。林下襟怀望若仙。茝香。同倚篷窗赓好句，扫眉才调尽翩翩。湘佩。

——《名媛诗话》卷六

题秋芳图二绝

闻说延陵笔似椽，闺中才调亦清妍。秋芳图换簪花格，韵事流传五十年。

香苏六法墨琴书，珍重诗龛锦不如。满目秋光谁是主，牙签今伴美人居。

二　绝

拂岸垂杨映绿波，仙山楼阁望嵯峨。入门添得慈颜喜，慰藉殷殷款语多。

披拂春风感昔年，今从幻境示真诠。慈航一丛遥相引，云水光中拜妙连。

赠郭笙愉

神交才得挹丰标，倡和新诗慰寂寥。花落金台联绣袂，云移艮狱迓星轺。中丞由汉中府转汴梁量储观察。万山红树诗情丽，九曲黄河别梦遥。一曲骊歌一杯酒，客中送客最魂销。

——《名媛诗话》卷七

念奴娇

良辰易误，尽风风雨雨，送将春去。兰蕙忍教摧折尽，胜有漫空飞絮。塞雁惊弦，蜀鹃啼血，总是伤心处。已悲衰谢，那堪更听鼙鼓。张缙英。　　闻说照海妖氛，沿江毒雾，战舰横瓜步。铜炮铁轮虽猛捷，岂少水犀强弩。壮士冲冠，书生投笔，谈笑擒夷虏。妙高台畔，蛾眉曾佐神武。沈善宝。

联　句

一篙春涨荡晴空，廿里溪桥烟水融。湘。两岸梅花香雪冷，茭芦庵在白云中。云。雁齿平桥曲水流，暗香如雾压扁舟。云。九嶷仙子应相笑，游兴吟情两不侔。湘。

鹊桥仙咏牵牛花下半阕

花擎翠盏，藤垂金缕，消受早凉如水。红闺儿女问芳名，含笑向、渡河星指。

——《名媛诗话》卷八

虞美人

碧云迢递银河静。瘦到梧桐影。卷帘望明月初圆。赢得满怀、秋思不成眠。　　裁诗欲寄迟鸿雁。俗事纷难遣。开函今日读君词。省识怀人、同是月明时。

名山已占千秋阙。何敢分瑶席。人如菊淡气如兰。安得吟窗、日日共清谈。　　红闺知己如星散。触绪心凄感。消愁聊且学雕虫。五色迷离、头脑已冬烘。

哭幼女

忆我于归日，见尔于襁褓。气息已奄奄，形容复枯槁。闻此呱呱声，只觉心如捣。药饵与针砭，渐使沉疴杳。稍长性温柔，膝下斑衣绕。鞠育赖重慈，关心问寒燠。转瞬已八龄，丰神日美好。秀发映眉长，圆颐如雪皎。随姊诵诗书，爱侄分梨枣。依恋逾所生，纯孝出怀抱。怜尔至性真，痛尔夭折早。三尺筑孤坟，更悲留远道。月黑枫林青，谁慰羁魂小。

——《名媛诗话》卷十

浪淘沙寄岫云

最是禁烟时。难遣乡思。离怀黯黯雨丝丝。想到墓门浇酒地，开遍棠梨。　　春水又平堤，何日归期。愁深梦境亦迷离。七字吟成多少泪，怀抱谁知。

送素心表嫂赴滇

家山几载雁行分，兰谱论交尚有君。不道又吟南浦句，片帆江上感离群。

六诏风烟总断肠，天南地北远相望。此行君若逢吾妹，为问离情近短长。

效葩经药名诗并头

景行行止，天被尔禄。甘瓠累之，遂及伯姊。常棣之华，山川悠远。薄言旋归，何蓑何笠。赤舄几几，黍稷重穋。青青子衿，棠棣之华。三星在户，七月流火。胡然而天，椒聊之实。郁彼晨风，金玉其相。鸡既鸣矣，冠緌双止。桑之未落，条其啸矣。射其臧兮，干戈戚扬。黄发台背，鞠为茂草。胡不自南，桃之夭夭。贝胄朱綅，母兮鞠我。白露未已，檀车啴啴。决拾既佽，明明上天。胡不相谓，麻麦幪幪。干糇以愆，漆沮之从。竹闭绲縢，茹藘在阪。白茅菅兮，蔹蔓于野。天步艰难，雄雉于飞。

效葩经药名诗并蒂

福禄攸降，有饻其香。南有樛木，疆场有瓜。终朝采葛，至今为梗。首如飞蓬，匪莪伊蒿。极其反侧，新甫之柏。八月博枣，洵美且仁。跃跃毚兔，抱布贸丝。两服齐首，莫黑匪乌。为虺为蛇，载寝之床。予室翘翘，中心摇摇。我马玄黄，食野之芩。良士瞿瞿，禾麻菽麦。硕大且卷，施于松柏。采苦采苦，言采其荚。我取其陈，相鼠有皮。谓地盖厚，芃芃棫朴。自彼殷商，考槃在陆。屡舞仙仙，露彼菅茅。颜如渥丹，献其貔皮。自闭氏羌，实函斯活。哀此茕独，北流活活。食我场藿，幡幡瓠叶。无小无大，修我矛戟。既方既皂，天何以刺。如霆如雷，松柏丸丸。陟彼南山，不可救药。南山有枸，薄言采杞。悠悠苍天，邱中有麻。载沉载浮，无食我麦。远送于归，人百其身。滔滔不归，载踬其尾。莫黑匪乌，侯栗侯梅。采荼薪樗，羔羊之皮。蕃衍盈升，可以沤麻。

效葩经药名诗连理

天作之合，昏姻孔云。朝宗于海，带则有馀。维笋及蒲，黄耇无疆。不绩其麻，黄流在中。骍骍征夫，容兮遂兮。百夫之防，风其吹女。浸彼苞蓍，实发实秀。山有扶苏，子惠思我。白露为霜，桑之落矣。及尔如贯，众维鱼矣。助我举柴，胡迭而微。执信连连，翘翘错薪。有杕之杜，仲氏人只。于昭于天，棘心夭夭。鸢飞戾天，冬日烈烈。不可弭忘，忧心悄悄。方茂尔恶，实维丰年。如涂涂附，子之旋兮。我心匪石，发则有馀。盗言孔甘，松桷有舄。或黄或白，微子之故。集于灌木，绵绵葛藟。携无曰益，母氏劳苦。载寝之地，黄鸟黄鸟。北山有莱，服其象服。无将大车，前王不忘。

效葩经药名诗叶底

小大稽首，其黄而陨。其甘如荠，何草不黄。有莺其领，握粟出卜。莫赤匪狐，采苓采苓。彼苍者天，充耳琇实。四海来格，梧桐生矣。有扁斯石，笾豆有践。武丁孙子，其香始升。保艾尔后，其叶菁菁。似续妣祖，是断是迁。如金如锡，觱沸槛泉。佩玉将将，绿竹猗猗。如竹苞矣，其叶沃若。无木不萎，蟊贼蟊疾。何人不将，维参与昴。彼泽之蒲，芃兰之支。维南有箕，明星煌煌。伐木丁丁，炰鳖脍鲤。维石岩岩，萑苇淠淠。何草不立，瞻乌爰止。既燕于宗，麻麦幪幪。言旋言归，白华菅兮。硕大有俨，青青子佩。如松茂矣，载脂载辖。东门之墠，无冬无夏。良马五之，芃兰之叶。

——《名媛诗话》续集上

口占绝句

十载燕云故旧疏，画船重喜接仙裾。空蒙山色溟蒙雨，似觉晴湖迴不如。

律诗二首

红尘十丈涴幽襟，知己重逢惬寸心。握手乍惊容貌改，论诗倍惜别离深。燕来雁去嗟何及，瑟君于去冬随任永嘉。月落云停思不禁。颖卿侨寓金华，云林就养邗江。闻笛山阳多感慨，梁楚生太夫人席恰珊夫人，均作古。一尊话旧漫相斟。

绿阴如水草如茵，画舫湖山适饯春。珠玉盈篇歌雅制，蘋香以新刊《香南雪北庐词稿》见示。莼鲈佳味慰归人。絮云棉雨初长昼，竹笑兰言分外亲。风景依然堪领略，芳堤同步落花尘。

——《名媛诗话》续集中

赠 秋 芙

朔风初酿雪，春意欲舒梅。水竹园林胜，金尊画阁开。鲍菇香茗赋，关妹灿花才。更喜群仙集，新诗珠玉裁。

清平乐联句

万梅花下。湘。曲曲疏离亚。流水一湾青玉泻。蘋香。小坐林间茶话。暖姝。　　微云忽漏斜阳。东风吹送寒香。湘。花事二分未到，几时重集壶觞。蘋香。

——《名媛诗话》续集下

希蕴庐遗稿

（清）刘 椿 撰 汤志波 方小真 整理

整理说明

刘椿（？—1829），字茂仙，江苏常熟人。休宁程祖诰室。道光九年（1829）举家北上，抵京一月而病卒。夫氏捡行箧中诗稿，因其旧居妆楼名曰《希蕴庐遗稿》，道光十二年（1832）刊刻。此次即据以整理。

叙

室人刘氏，幼耽吟咏，慧性夙成。稍长治针黹，静默寡言笑。暇辄浏览经史，兼学琴棋，无师而解其意。性极孝，丙戌夏，外舅病笃，割股以进，竟罔效。氏哀毁不欲生，遂得咯血症。越二年归余，病时作。己丑秋，举家随侍北上，时氏病将十阅月，而旅馆征途欢承无间，盖不欲以身抱沉疴伤堂上心也。抵都一月，遽尔溘逝。余心悼之，乃检行箧，得诗若干首，因氏旧居妆楼，名曰《希蕴庐遗稿》，残煤断楮，非敢云传，聊以志哀云尔。

时道光壬辰又九月既望，海阳程祖诰识。

希蕴庐遗稿

琴川刘椿茂仙撰

上元观灯

走马人来不夜城,终宵听彻管弦清。光垂万点疑星朗,炬列千枝夺月明。暖护楼台开霁色,欢腾衢巷满春声。者番新景常如此,年去年来一梦成。

春　阴

欲雨不成雨,非烟却似烟。潮痕起平地,云气漫长天。香护海棠畔,絮沾江柳边。人归踏青路,花抱湿红眠。声阁饧箫远,波平雾縠牵。楼台望深窅,林树暗相连。蝶梦芳丛处,燕迷春社前。晚晴可占否?半吐月光圆。

寒　食

芳辰百五过匆匆,柳色青垂暮雨中。漫道人间烟火禁,平原满路纸钱风。

新　柳

雀舫时移古渡滨,几株袅娜不胜春。枝方低压丝丝软,叶未全舒簇簇新。绰约腰肢才学舞,迷离眉黛尚含颦。旗亭应怨东风早,多少攀条赠别人。

其　二

一曲阳关别恨新，柔条旖旎映芳津。江边谁把轻舟系，陌上将随浅草匀。小雨连朝红板路，秋风前度白门人。满塘春水和烟漫，隔岸楼台画不真。

婪尾春

雨雨风风已浃旬，遨头寻遍艳阳辰。却将酒国成香国，漫道迎春又送春。十里青联垂柳岸，一肩红压卖花人。东皇好约东郊饯，草绿江南又似茵。

花　影

一幅黄荃画不如，满庭芳影自扶疏。平铺院落红谁扫，倒压栏干绿转虚。委地无香风定后，任天写照月明初。是空是色参禅说，浓淡交枝映敝庐。

牡丹花

艳绝丰姿冠众芳，也教渲染仗东皇。有情无语春风里，富贵人间第一香。

海棠花

疏烟笼处隔帘看，香国流霞一片丹。满院东风新睡足，晓妆犹似怯春寒。

杜鹃花

映山红蕊自多情，买得胭脂乍染成。好鸟枝头相伴处，惊醒残梦月三更。

鸡冠花

乍见丹心舞暮云，未成鹤顶自为群。一篱夜雨秋风起，转误胶胶埘上闻。

落　　花

万绿丛中护彩幡，金铃收罢悄无言。春风为惜无花看，犹送飞红到小园。

咏　　梅

微云淡月两相宜，欲吐还含信较迟。一夜春风催顷刻，空看入梦有谁知。

咏　　菊

晚来闲步到东篱，风雨重阳话有期。莫讶秋容如此淡，肯随桃李斗芳姿。

咏　雪

昨夜朔风寒更峭，侵晨错认板桥霜。一庭巧借孤梅影，满树无香胜有香。

咏　镜

宝光四曜判妍媸，色色形形照不疲。察尽秋毫无遁影，虚堂水净月明时。

题画竹

一室倚苍筤，此君殊不俗。丛披嶰谷深，卧对淇泉曲。折恐晓风吹，润疑新雨足。烟霞凌纸生，满屋千竿绿。

采莲曲

谁家女伴轻舟载，棹入莲花歌采采。南塘波绿溅轻罗，夜静月华涵素彩。荷叶何田田，荷花正吐妍。折得一枝半含露，扁舟归去伴花眠。碧筒方倒杯中醁，两袖翻红裳映绿。牵衣把盏快当风，还和前溪《采莲曲》。

梦中作

开轩避残暑，心向玉壶贮。落叶静无言，鸣蛩自相语。

新　　月

宝镜新磨照小楼，开帘喜见暮云收。一弯未解人怜意，露冷风清碧汉秋。

新　　秋

彩霞天半绕银河，几度停琴伫月歌。翠竹满林新雨过，红蕉一径晚风多。荧光欲湿空阶草，鱼影深藏曲沼荷。十二琼楼耸霄汉，愿乘槎使访姮娥。

中秋玩月

管弦何事漫相催，无际云烟尽拨开。夜静三千浮玉宇，高寒十二敞瑶台。当头冷露沾丛桂，倒影微波入酒杯。坐对却忘银烛尽，此生可许到蓬莱。

秋夜偶成

星河耿耿照檐明，重起挑灯梦不成。剩有诗情香一缕，悄无人语月三更。风摇杂树流萤度，露滴平林宿鸟惊。寂寂江山宵愈静，寒砧何处捣衣声。

秋 夜 雨

一灯垂暗倚窗前，万绪纷如意共牵。况复芭蕉栽满径，声声催梦不成眠。

秋　　风

萧萧瑟瑟小园东,阅遍春花廿四风。一夜书窗寒渐紧,朝来叶扫半阶红。

秋　　水

白云漫处大江流,远接长天万里秋。一色蓼花红不了,淡烟迷渚梦双鸥。

秋　　草

草草王孙去不归,回头南浦又斜晖。纵经野烧仍如旧,古道寒烟向晚稀。

秋　　蛩

无端趣织梦中惊,彻夜邻家弄杼声。篱豆花开梧叶落,吟风四壁月三更。

秋夜闻雨

明月忽遮云,惊风欲排闼。一叶一声秋,霜林远山脱。响如瀑布悬,势若流泉活。灯青焰无光,雾重影难拨。同是小楼中,听来音激越。侵晓望清空,轻寒烟一抹。

重 九 糕

令节欣逢赏菊辰，粉糍糗饵列前陈。登高台上原多兴，题字诗中却少人。把盏霞餐萸酒醉，满城风送枣香匀。从来百事期如愿，漫道堆盘景物新。

秋　　深

光阴转眼迅如梭，又见秋深思若何。灯闪孤萤青入简，烟迷双鹭白于波。摇风影渐披修竹，滴雨声犹听晚荷。借问谁家明月好，耸肩聊试一吟哦。

灯下偶作

纤月上林表，烟岚暝已晚。悄然人语时，风高暮钟远。

登虞山作

绝顶路苍茫，云屏影耸峙。偶来凭眺间，相对欣如此。一径绕山行，春草绿于水。石磴引清泉，峰霞成叠绮。翠竹新雨中，青松夕阳里。风景自天然，川原旷盈视。牧童歌下来，樵夫咏归止。千岩忽冥冥，前渡炊烟起。

夜泊胥江

阖闾城外石桥东，无际云烟接远空。潮信流通千里月，棹歌声起一帆风。人家枕水苍茫里，估舶连樯杳霭中。夜半疏钟催客梦，篷窗乍听雨溟蒙。

山塘即事

扁舟载酒出吴城，月夜花朝剧有情。隔岸星摇灯火影，连樯风送管弦声。终宵十万黄金掷，善舞三千翠袖盈。多少诗怀因胜地，羡他苏李擅才名。

己丑八月将随侍北上留别诸昆

牵衣无奈别情多，珠泪双垂湿绮罗。况复一天排雁序，那堪千里唱骊歌。风催木叶悲秋早，雨带泉声送客过。欲语难言神倍惨，回头从此隔江河。

春风卧病阻行期，燕去鸿来又别离。帆影半江风正侯，砧声万户月明时。流分流合常无定，花落花开两不知。惟有循陔吟莫舍，好将爱日慰相思。

都中忆母词

忆归入梦睡馀酣，永夕离怀思不堪。千里遥知明月共，此心凭寄到琴南。

遣意二首

晚来按罢十三徽，修竹森森绿染衣。启户月明灯影淡，倚楼风静漏声微。阶花庭草天然画，宿鹭眠鸥造化机。欲沁诗脾将瀹茗，咿唔握管寸心违。

红泥小拨夜焚香，半卷湘帘放月光。蝶散馀花埋野径，燕归旧垒落空梁。一生历碌成痴梦，万事消融付睡乡。惟有青山无改色，层峦终古郁苍苍。

季红花馆偶吟

（清）孙佩芬　撰　汤志波　方文博　整理

|整理说明|

孙佩芬（生卒年不详），字畹秋。浙江湖州人。严箬室。病卒后，严氏收拾其遗稿，女月锄珍藏，光绪十六年（1890）刊刻，今据以整理。

《湖州府志》本传

孙佩芬,字畹秋。适严箬。贞静能诗,与夫多酬倡。为夫置妾,赠句云:“可容侍药须怜我,不遣添香也算君。”为一时佳话。佩芬亦多病,沈年检药之馀,吟咏自若,著有《季红花馆偶吟》。

季红花馆偶吟

归安孙佩芬畹秋著

立春书怀

忽忽岁云暮，乡园愁杀人。音书经月断，时盼家大人书甚急。物候隔年新。柏酒迟斟腊，梅花早报春。长安思女梦，应已到江滨。

归舟晓望

眼界今朝豁，推窗曙色微。远山沉半月，近水闭双扉。征雁有时断，落花前渡稀。舟行从缓缓，恰喜是同归。

苦雨将晴寄夫子

酿得春寒上画屏，愁霖日唱不堪听。朝来瞥见云开处，洗出遥山一角青。

小窗谁与斗诗牌？草蔓闲庭藓蔓阶。记得游山晴有约，替君端正踏云鞋。

病起赴前溪舟中作

断送风兼雨，残春放棹行。浪拖三尺软，柳弄万丝晴。沙岸眠凫影，桑阴叱犊声。篷窗支病骨，忘却数归程。

到家有作

曾因花事屡凭阑，此日思量带病看。无那人归春又晚，山茶零落杜鹃残。

舟过龙溪

归帆直过北溪东，且趁溪头落照红。正是清明好时节，饧箫一路酒旗风。

薄暮江村淡欲无，几家烟树隐模糊。板桥路曲柴门远，扶杖人如入画图。

送夫子北上

离情话到五更初，候雁南来好寄书。听说长安寒更早，十分珍重是宵馀。

亲心从此逐鞭丝，记取临行酒一卮。毕竟为谁忙压线，闲来莫忘《白华》诗。

乙未元夕对月

瞥见今宵月，光明似去年。遥知千里外，共此十分圆。天远愁难寄，楼高得最先。投怀怜小女，偎坐也迟眠。

病　　起

轻移微步强离床，坐近南窗未觉凉。莫便拈毫书闷字，权须对镜理慵妆。饥来药物无多忌，饮罢茶根不断香。更喜垂帘春昼静，听他双燕话雕梁。

寄三弟

从携书剑滞京华，怪底音书不到家。岂是关山停倦羽，可堪岁月走奔蛇。三年别梦萦春草，一片诗情起暮霞。掷笔吟成聊寄与，西堂馀思渺天涯。

端　　午

又见钗头换艾符，庭前樽酒泛菖蒲。从他续命丝千缕，赢得年华付药炉。

送吴秋帆舅氏携眷之蜀

江干话别两依依，卓午扬帆去故迟。乞寄南中无别物，峨眉图画剑门诗。舅氏工诗画。

布帆安稳祝行艭，两岸芙蓉到锦江。竹叶满沽鱼入馔，一家相对话篷窗。

前溪道中

隔溪风雨滞归桡，远望柴门路尚遥。却趁朝来新涨绿，乌篷推过古藤桥。大桥延蔓皆藤，因名。

与夫子夜话

始信还家好，庭闱十倍欢。别来怜骨瘦，喜极展眉攒。米说长安贵，书愁远道难。坐深谈未已，直到漏声残。

中秋侍君姑夜宴述怀

团团中秋月，照我堂东隅。搴帷灭烛坐，尽室同欢娱。贫家薄孝养，略以节候殊。瓜藕佐鱼肉，手擎出中厨。举杯为母寿，杯尽还倾壶。童稚杂笑语，白发颜色愉。前年此时节，游子河梁趋。岁月倏已驶，孤月明阶梧。把酒三叹息，反哺啼晨乌。方今海氛恶，西夷犯顺，江浙戒严。烽火连东吴。家书非羽檄，往往沉中途。侧闻江南道，荷甲百万夫。田庐遭蹂践，村落成逃逋。萑苻公然起，栖息无良图。及今慈母健，黾勉相将扶。堂前一杯酒，珍比千明珠。别离何足道，幸哉天伦俱。安得天上月，净洗边尘污。海天今何夕，同此清光无。

古别意

忆君出门时，痴儿方在抱。儿大君未归，学刈阶前草。刈草须刈蓬，蓬转妾心悄。刈草莫刈兰，兰佩如君好。秋风陇头鸣，春雨江南早。满树樱桃花，一见一回老。

冬日午睡

纸阁芦帘地，偷闲善病身。俭妆非矫俗，赋性总宜贫。衣着黄绵暖，床支白板新。梅花休笑我，卧雪古何人？

登苓山上乘寺

登临非我事，随意憩禅林。钟磬一何寂，楼台如此深。花香留鹤梦，涧水激龙吟。不尽升沉感，移舟过绿阴。

有感寄夫子

茫茫春草绿，多病误华年。阅世原苍狗，知心或杜鹃。不须工织锦，何敢问归田。放眼红尘外，烟波足钓船。

夫子归约屡愆作此嘲之

啼莺多处绿阴肥，无数桃花隔岸飞。闲杀中间一溪水，春来只见钓船归。

夫子北归次日作

不数江南路几千，昨宵才罢卜金钱。浮名何暇求身后？真乐休教放眼前。茶灶笔床无恙在，青衫红袖总翛然。五湖烟月能赊与，更载西施泛画船。时拟纳妾。

锄女夏月濯发戏作丈夫装有感

弄影翩翩剧可怜，偶于灯畔卸花钿。传声玉树休相妒，麝帧空薰二十年。

示 锄 女

瞬觉流光易，愁随病共拌。作人能我见，将女当儿看。读史嬉朝爽，缝裳伴夜寒。娇痴原未可，暂博祖庭欢。

云巢题壁

空翠泼如水，门前多古松。早凉生薄袂，细语出疏钟。梦想丹初熟，书真墨未浓。何人骑鹤背，一为纪游踪？

送夫子之官江南

不博亲闱喜，胡为捧檄行。有谁怜薄宦，长愿保清名。署尾头衔冷，横腰手版轻。山装粗办了，绵上待归耕。

置妾有成约矣喜作

沉吟柳外多时立，问讯梅边着意探。我见最堪怜惜处，替他红袖祝宜男。

前题又寄夫子一律

料得禁寒酒正醺，敢烦青鸟报殷勤。可容侍药须怜我，不遣添香也算君。诗卷况无仙吏掌，焉支原许女儿分。绿章愿乞东皇宠，莫负梨花一觉云。

先母遗诗刊附二谈诗后志感

女月锄敬题

展卷难禁泪眼枯，春晖沉后此身孤。劬劳两字何从绘？未补萱帏课女图。

为博重慈一笑难，角巾装束替承欢。门庭一炬成焦土，碧草青磷夜夜寒。

一编同命侣波臣，呵护端由笔有神。侥幸已堪千古在，传芳终胜女儿身。

恰喜馀光附左芬，九疑仙馆接兰薰。翩然阿姊乘云到，地下联吟韵鼎分。

跋

世谓女子以无才为德，非笃论也。十五国风中，女子之诗半焉。戒旦警宵，发情止义，目不知书者能之乎？德之无也，非才之罪也。德负才，才岂负德哉？先姊幼秉慈训，长而耽吟，存稿无多。环曾为校定，刊附姊夫《芬响集》后，行世有年矣。睘睘孑影，老客彭门。归安孙君敬孚属校其外姑《季红花馆诗》，与谈氏二稿合刻之。远慕芳徽，弥触孔怀之痛云。

光绪庚寅夏四月，下相陈环。

跋

步生女史者，乃锡祉姑丈赵觐三淦先生元配也。世居平洛村，故以名诗。其异母妹缃卿为锡祉族伯均亭崑先生元配，与余家同居颐寿堂旧宅，其所为诗，皆承余族祖秋士先生指授。携其稿入都，为乞梅伯言、张渊甫、俞剑华诸老辈删定，一时传钞殆遍，录吴兴闺彦者首称焉。复以定本邮寄先世父平甫先生，即《九疑仙馆诗》称西畴者也。厥后又有《季红花馆诗》，则于缃卿为夫族姑，而锡祉其女夫也。

三女史皆归安之菱湖人。锡祉生晚，未得见。当二谈先后即世，外姑年未及笄，其为诗深自韬晦，殁世无知者。既殁，而外舅严士竹簃先生搜检残零，藏之箧中有年。内子来归，取实其奁。一日谓锡祉曰："自遭乱离，弃粉盒脂盝殆尽，惟亡母遗诗，共命至今，一卷长留，惟君子是赖。"锡祉心诺之。而他待完事夥，不遑及也，忽忽三十年矣。橐笔依人，头颅衰白。三家子姓都濩落，不急为刻传，惧遂湮没，今因刊世父文集工竣，取外姑诗浼宿迁陈子循先生删定，与二谈诗合梓之。校雠者，则先生高足王果亭为毅茂才也。外舅镌有《留茅庵尺牍》四卷，风行一时。诗稿卷帙稍繁，容乞方家精选续刊焉。

光绪庚寅仲秋，归安孙锡祉识。

霜月吟

（清）钱衡龄 撰 汤志波 董振 整理

|整理说明|

钱衡龄（生卒年不详），字蘅舲。江苏丹徒人。生于湖南善化（今属长沙）。钱玺（？—1825）女，刘廷冕（？—1835）室。婚后八载而寡，同治七年（1868）旌表节孝。所著《霜月吟》，道光二十年（1840）刊刻一卷，同治年间续刻一卷。今据以整理。

丹徒女史钱衡龄，从九品朴斋先生玺之第三女也，适武进刘晴岚少府煌之长子上舍廷冕。少府需次武陵，上舍负才未试，挈女史，随侍七载，篝灯佐读，相得甚欢。道光甲午少府卒，逾年上舍又卒，女史茕茕无依，乃厝其翁婿于武陵，而归依伯兄雨苍于长沙。有二子，怀照甫三岁，怀熙背父生。居无何，雨苍亦卒，遂与寡嫂、季妹同依仲兄松友。其长姊归于余，余素闻女史嗜书史，自朴翁弃官后，流寓湖湘，隐于画，其闺教之能识字宜也，而不知其能诗。

丁酉夏初，将之龙标，见妇奁中有《孀居感述》十二绝句，询知为女史作，大奇之。谓《柏舟》言节以矢死靡他一语尽之，而女史乃演之为三百馀字，首首同意，却首首换意，构思之深曲乃如是耶。如曰："明知永诀会无期，犬吠时惊屡启扉。""架上残书壁上诗，恰如暂出未归时。""却怪无凭颠倒梦，逢君偏作等闲看。""愁绪似怜人寂寞，方才撇下又招来。"用意措词皆未经他人道过。又如："未敢偷延别后春，怜儿反更惜微身。"非即托孤寄命之君子人耶？"得诉离怀休道苦，封书和泪更何妨？"非即穷民无告之铁板注脚耶？

人谓女子之能吟咏者未必通经，要其情真语至，即与经通。今女史之诗与两子舆氏之言暗合，亦其验也。因谓其姊曰："是可传矣。"并索观他作，存者不多，偶书一事，偶咏一物，无不以《柏舟》本意贯注其中，横见侧出，并无一语雷同。始知构思深曲，固由慧心，而其得力于书史已非一日。其可传者原不在多，由此而进，亦未必不能多多益办也。为摘《感述》诗"斜月满阶霜满地"句，名其章曰《霜月吟》，携至学署，付梓以传。一时见者，莫不曰：元遗山谓"有情芍药，无力蔷薇"，未免小视女郎诗矣。并以题词诸作附于卷首云。

道光二十年庚子孟夏，长沙黄本骥虎痴撰。

霜月吟题词

桂林女史黎采蘋

玉骨不妨霜雪冷，琼枝未许蝶蜂亲。卷中妙绝梅花句，尚恐梅花品逊人。

桂林龙启瑞翰臣

夫死妾不死，妾因夫有子。夫死妾学诗，诗传夫不死。姬姜纨绮伊何人，白首倡随如佳宾，一卷乃作哀蝉鸣。女儿识字忧患婴，于嗟造物何不平。

金溪王先春柳洲

苦雨凄风折玉枝，《柏舟》空唱叹蛾眉。罗浮梦断鸳帏冷，愁读梅花一卷诗。

方才撇下又招来，用原句。肠断深闺谢女才。想到霜天明月夜，吟魂飞上望夫台。

矢志还擎上掌珠，芦帘纸阁一灯孤。定知画荻和丸下，写出孀居课子图。

廿年留滞鼎城西，那料飞鸿在武溪。予客鼎州几二十年，读《霜月吟》，始知节妇随其翁曾居朗水。我纵悲秋终抱歉，不曾亲听夜猿啼。

溆浦谌瑶芸帆

为爱孤儿更爱身，剧怜弱草委轻尘。中宵一唱怀清曲，满纸冰霜冷逼人。

百端惆怅感馀年，一手支持只自怜。底事长离疑暂别，几曾音问到重泉。

梦中何处望瑶京，铁石难盟七载情。只有姮娥差解事，照人长共此心清。

《玉台》谁选《柏舟》吟，地老天荒感不禁。寄语世间诸女史，好将彤管镂冰心。

江宁路时春华甫

天教翠柏老冰霜，干节贞姿岁月长。灯火伴儿亲画荻，双飞雏凤继书香。

天津徐肇基作之

精卫难填海底冤，只容霜月伴吟魂。诗心更比熊丸苦，�管乌丝写泪痕。

桂林汤鸿子厚

忍死图存为两儿，凄凉幽恨写新诗。当年不作承宗计，夜月寒泉乐唱随。

桂林廖舒翰鸿轩

无限吟愁绕笔端，徇夫容易慰夫难。谢庭玉树经霜后，卷里情怀不忍看。

芷江唐可久东溪

鸳鸯梦冷绿窗纱，寂寞深闺度岁华。斜月满阶霜满地，原句。前身端合是梅花。

徇节非难守节难，忍延残唱苦和丸。青灯课读彤闺少，一片冰心万古寒。

藜阁应添教子书，原句。《柏舟》吟罢重踯躅。松筠骨节难摹写，我愧当年老六如。

钱塘吴懋南林

铅华洗尽著吟身，月冷霜寒脱手新。欲慰重泉未酬志，课儿五夜励松筠。

光山戴锡澂南星

所天既不禄，抚此双遗孤。况值艰难际，能安冰雪躯。贞松千载茂，血泪一生枯。诗以言其志，重泉慰也无？

女史陈凤梧

松筠节本抱冰霜，黄鹄歌成只暗伤。多少酸心堆满纸，吟来总觉断人肠。

孤燕凄惶漫写愁，吟怀难得冷如秋。谢家咏絮思当日，但见飞花绕笔头。

离鸾一曲唱遥天，弱草轻尘转自怜。料得深闺风雨夜，数行红泪落残篇。

读君诗句我关情，阅历应知品更清。一点青灯慈母训，芝兰预卜继家声。

长沙闺史范兰仙

诗思清如月，愁怀冷若霜。《柏舟》吟自苦，姓字有馀香。

范蓉仙兰仙妹

诵到怀清句，哀音欲断肠。松心兼蕙质，彤管永留芳。

桂林龙启稷稻香

人到穷愁句易工，况逢苦节岂终穷。七年举案齐眉意，都付清霜皓月中。

善化凌玉垣荻舟

戚处经多感，清闺托独吟。千秋班女咏，一卷令娴心。早慧称香茗，家风辨素琴。丝传蚕箔惨，情见《柏舟》深。日月将雏老，因缘别鹄沉。残编留共命，万事郁孤襟。落落梅花什，凄凄清夜砧。诗成风雨苦，魂折雪霜侵。即事悲生死，幽怀自古今。贞松寒不朽，稚竹蔚成林。旧念神仙尉，清名湘水浔。才华屈缣素，风义得蒿簪。万里劳传示，佳篇重绎寻。穷愁摇客思，天地积秋阴。冷月知吟境，清风载好音。无令玉台拟，此格独崎嵚。

黄本骥

文心酸楚泪纵横，卷里冰霜字字清。潘岳曾为姨氏赋，惟余能道个中情。任子咸之妻，潘岳之姨也。岳为作《寡妇赋》以达其孤苦之情。妻之姊妹曰姨。

湖州邵梅臣香伯

模糊老眼鼻酸时，月冷霜寒一卷诗。贞孝门闾天不负，干云自有玉双枝。

一别无端赴玉楼，好从身后定千秋。刘上舍，字少白，与余遇于武陵后，余返长沙，闻已作古人矣。九泉谁语刘宾客，节妇人间笔墨留。

四十年前遇若翁，蘅舲尊人钱朴斋先生，四十年前遇于中湘。湘清岳峻画图雄。一官清操冰同冷，自是闺门有父风。

傲霜枝瘦得天全，益寿曾闻甘谷泉。令子成人诗卷富，婆娑老福卜他年。余为作《霜月图》，写菊影二枝奉赠。

湘阴邹藻子香

肠断离鸾曲，孀闺感莫禁。望夫千古石，课子一灯心。天意彰奇节，梅花耐苦吟。帘前霜月影，长此照孤衾。

善化女史子香室罗金淑丽笙

借得梅花伴此生，霜华月影两凄清。新诗纵许人传遍，倍触年来无限情。

离鸾七载剧神伤，子幼怜君作未亡。解识彼苍酬报意，定教雏凤续书香。

吴承绪恢堂

把卷频吟绝妙词，《国风》重见《柏舟》诗。才同夜月光难掩，心似秋霜冷可知。地下刘郎应有恨，人间谢女不胜悲。荻丸且画生前事，千载芳名未有涯。

武陵罗蔚然朗秋

静夜残灯独坐人，集中句。凄风冷雨最酸辛。有儿何忍轻言死，顾影从知迥出尘。巾帼能全难守志，鬼神应护未亡身。残笺剩墨凌云笔，写就乾坤不老春。

虎痴兄女黄婉琳润仪

才华节行女中师，满纸琳琅绝妙词。料得兰窗灯影畔，半规子课半吟诗。

吟来字字出天然，苦境能从笔下传。他日扬眉辉棣萼，和丸画荻一身肩。

龙山黄元龄伯海

笔下波澜冻不翻，权将文字泣乾坤。荻丸苦任承宗计，铁石坚酬结发恩。万里云天留恨迹，一帘霜月冷诗魂。他年列女新添传，定有兰闺姓氏存。

安乡刘名骕晴峰

凄凉霜月抚孤身，字字吟成出性真。荼苦茹时心早裂，荻灰画处教犹新。歌赓黄鹄全凭志，台筑怀清不数秦。到底贞良天鉴在，怡颜相对凤兼麟。

女史黄秉淑品兰

蘅舲夫人《霜月吟》，大集捧读之馀，不独清新俊逸，直是一字一珠，皆是从至性中出。若以古才女较，则朱淑真品卑，骆佩香为福薄矣。谨题四绝。

几人徒死博贤声，承启当知责匪轻。教子成名完大节，倾心独拜女程婴。

霜月娟娟绝妙词，一灯如豆泪千丝。牢愁郁塞无人诉，磨炼贞心是此时。

咏絮簪花皆慧业，丸熊画荻尽辛劬。他年烛撤金莲炬，好补篝灯课子图。

椎髻真成赁庑时，芳邻幸接倍钦迟。令仪淑范今陶孟，即论才华亦我师。

吁嗟儿生时，父殁已数月。母苦儿不知，儿苦母心切。殷勤为护调，饥饱与寒热。渐至识之无，绕膝授简册。果饵以奖勤，稍惰随谴责。纺绩课读馀，稽古论往迹。若何名无称，若何光竹帛。立志在于勤，游嬉乃无益。汝父积学深，未得振羽翮。儿当继父志，青云奋鞭策。母辞亦何悲，母心亦何迫。儿今既已壮，母力渐衰竭。胡为三十年，寸进无所获？学业半空疏，云程路多隔。更阑读母诗，望儿匪朝夕。感此泪欲倾，汗流湿重席。母既无多儿，乙丑儿兄殁。但见母意伤，未得母意适。硕果儿仅存，显扬谁之职。何以慰苦心，承欢惟努力。

男怀熙谨识

霜月吟卷一

丹徒嫠妇钱衡龄蘅舲著

孀居感述十二首

未敢偷延别后春，怜儿反更惜微身。凄凉冷月荒山冢，静夜残灯独坐人。

明知永诀会无期，犬吠时惊屡启扉。斜月满阶霜满地，回看仍旧影相依。

历境翻悲今古情，红颜半向镜中更。纵教年矢催人易，密誓难凭订再生。

芳塘忍见宿鸳鸯，水作菱花漫理妆。何必春来方惹恨，万千愁思此生偿。

频年踪迹宦乡随，欲踏槐花屡下帷。献璞独含千古恨，刘蕡难慰夜台悲。

架上残书壁上诗，恰如暂出未归时。一生心血文章在，能否扬眉望两儿。

天公造物费疑猜，不是红颜命亦乖。花内并头花下蝶，从今莫上凤头钗。

谁家鸿雁过茅堂，寄语深闺窈窕娘。得诉离怀休道苦，封书和泪更何妨。

凄风冷雨布衣单，痴坐宵深未觉寒。却怪无凭颠倒梦，逢君偏作等闲看。

曩情怕忆日千回，到此方知命可哀。愁绪似怜人寂寞，方才撇下又招来。

寂寂帘垂小院深，蛩声细细和清吟。七年举案千般意，一点孤灯五夜心。

安顿儿童睡稳时，遣愁无计学吟诗。推敲韵险从谁问，得句频吟意转疑。

黄虎痴姊丈为阅近诗作此报谢

凄凉声调出悲肠，却愧村歌到处扬。一字已堪为弟子，百朋何幸及闺房。须知朽木劳良匠，敢道贞松耐冷霜。惆怅同怀将远别，云山千里共茫茫。时大姊将随任黔阳。

梅　　花

懒把丹脂点绛唇，小窗吟兴惹闺人。幽香预报阳春信，疏影能传夜月神。玉骨不妨霜雪冷，琼枝未许蝶蜂亲。天工分与韶光静，一任群芳斗艳辰。

清明有感四首

酒旗摇曳杏林斜，绿柳阴阴噪乱鸦。泪尽忽惊红到眼，满山开遍杜鹃花。

招魂郭外立孤幡，薄酒应怜具奠难。一阵旋风飞纸蝶，黄泉能否免饥寒。

凄风吹落淡斜阳，黯黯轻烟锁白杨。欲向他乡修墓祭，回看孤冢更他乡。予归长沙，夫榇尚寄厝武陵。

朗水湘云咫尺间，愁怀千里日回还。金乌似有相怜意，不隔愁人望里山。

姊丈庭中牡丹盛开命题

惆怅猩红落满墀，春光又到牡丹枝。轻风细细催妆速，密雨丝丝吐萼迟。偏向华堂争丽质，似从琼岛斗仙姿。惜花只为花将别，对尔难凭再赏期。时将移植任所。

送春舲大姊随虎痴姊丈之黔阳任三首

犹记同依膝下欢，小窗分线绣青鸾。片帆待发心先碎，数尽更筹话未阑。

含情相对此心同，琐碎何堪诉曲衷。聚久愈难为别计，灯光争似泪痕红。

萍踪聚散总如斯，欲遣离怀不自持。未别已愁行有日，却从何日待归期。

送小姑于归胡氏

髫龄失恃惯依随，沦丧频遭剧可悲。蓬壁恐沉红叶信，良辰欣践赤绳期。人含别泪愁千种，乐奏和鸣酒一卮。执手最怜娇小态，那堪妇职更相规。

送双亲安葬伯兄雨苍祔

于归随宦伤亲意，故里徒教逝后旋。此日羡兄能永侍，何年偕婿谒重泉。双茔窃喜先灵慰，一恸难将往事捐。未报劬劳空自恨，惟携纸锭化荒阡。

七夕二首

独坐难将岁月消，银河又见鹊填桥。佳期占得长千古，莫道年年只此宵。

相逢片刻云何事？人世离怀又一秋。妒尔双星初别后，更无旧恨只新愁。

秋　　夜

帘卷西窗月满楼，夜深凉意觉新秋。悬知天地生侬意，为续人间未了愁。

虎痴姊丈重返星沙因怀大姊二首

带病长征意最伤，只凭鱼雁慰离肠。应知近日思归梦，更逐征人到故乡。

昔年随宦此身羁，才得归宁姊又离。弱女三龄初绕膝，遥知慧质解人颐。

题张氏万卷书楼图

百尺高楼万卷储，缥缃环绕茂先居。一瓻傥许闺人借，藜阁应添教子书。

乙未岁归宁小住随外返常郡聚首蓬窗宛如久别因感其意口占一绝云不识相思苦轻为离别人扁舟重话旧翻恐梦非真谁期半载竟成永诀抚今思昔率尔成诗

风光回首意难持，一种柔情泪万丝。画舫昔游春草草，深闺今听漏迟迟。归宁曾惹三秋怅，重聚谁知半载期。世事恰如惊短梦，谶言莫怪旧吟诗。

中　秋

万户清光满，孀闺景更清。团圆天上月，寂寞案头檠。瞥眼秋如旧，惊心岁几更。夜台如有识，应共此时情。

秋　夜

吟蛩啧啧助秋声，欲灭残灯暗复明。未历江山诗境薄，频遭忧戚梦魂惊。于归今更归无主，不幸犹欣幸有兄。寂寞深闺凄绝处，遥天孤雁一声鸣。

大姊随宦黔阳三年矣其地有芙蓉楼唐尉王少伯遗迹也桂林龙见田明府重修纪事征诗盈帙传至长沙读而有感率成二绝兼述怀姊之意

懒看芙蓉已六年，忽从往迹见新编。登高览胜非吾事，只有冰心可共传。

欲凭明月寄离愁，三载应知日几秋。听到秭归归未得，此心飞上五溪楼。秭归即子规，秭与姊通。

金氏表嫂宅看菊

不共芳菲斗艳春，娟娟静态度萧辰。西风帘卷人相似，劲质经霜更有神。嫂氏早寡。

独傲寒霜晚节舒，冷香素质慰幽居。翩翩瘦影黄昏月，画出秋容意自如。

二姊馈物寄谢

离绪应知两地同，书来未忍话愁衷。怜君夜雨思家意，尽在贻予数物中。

登楼有怀大姊

独倚危楼思不禁，江天烟雨锁遥岑。客怀不为伤千里，家信焉知抵万金。诗兴每因针线减，离愁频逐岁时深。西风何处传消息，红树孤村响暮砧。

春日同四妹登楼

春色招人上小楼，遥山指点笑凝眸。相依事事都如旧，赢得新添一种愁。

曝外遗书二首

遗书怕见珍藏久，欲曝刚逢小院晴。偶捡一篇犹折角，曾携几字返蓬瀛。

文稿模糊几卷残，一回捡点一心酸。青灯十载勤批点，留待闺人泪眼看。

春　　燕

频年风雨没春光，孤燕携雏返旧梁。哺尔愿成霄汉羽，衔泥肯拾道旁香。

春　　晓

晓妆撩乱布帘垂，不放春光入素帷。一卷残书消永昼，平生赖此稍舒眉。

喜接大姊信

今日偶闻檐际鹊，昨宵屡卜案头钱。披缄喜见平安字，屈指来从两月前。

夜坐感怀

寸心似共愁魔战，更怕亲朋乍见时。同处百年原未卜，孤栖此日更谁期。霜飞坏壁蛩声急，风闪残灯漏点迟。书籍偷闲深夜诵，好将大义授儿知。

怀二兄松友

愁怀恰似当檐雨，密洒千行乱若丝。几叠云横空极目，频年境窘惯驱驰。儿书自课无人问，亲舍追欢有梦知。久别已教情莫遣，孀居况是累兄时。

谢虎痴姊丈选刊拙稿二首

无力蔷薇倚短篱，春风有意欲扶持。满怀感愧言难达，诗草初闻付刻时。

不栉惭登翰墨场，敢传薄技出闺房。伫看桃李成阴日，时雨重施遍故乡。

谢沅湘诸寓贤闺史赐题拙集二首

偶写愁怀句未工，那堪传诵到诸公。砖材却喜非虚掷，引得琳琅压卷中。

初学吟哦下笔迟，一庭霜月助清思。早知谢女班姬在，那敢轻题感述诗。

和芙娉女史清风店题壁诗有序

芙娉不知何所人也，随任京师，许字故里。闻夫丧，请于父母，命兄某送归。道过山东清风店，题诗旅壁云："四千里路还家日，廿二年华绝命时。入户羞称新媳妇，悬梁谁惜女孩儿。身如秋燕都成客，死到春蚕尚有丝。多少行人应堕泪，读侬题壁数行诗。”及到夫家三日，即自缢以殉。其兄还过此店，作诗吊之，自叙如此。当濡毫题壁时，已安排一死，盖天下伤心人也。桂林龙翰臣殿撰计偕时见之，录稿征和。

清风岭上投崖日，元末王贞妇被掳至嵊县清风岭，投崖死，石上血迹，历久如新。清风店中题壁时。同扶宇内纲常气，不愧人间义侠儿。烈迹尚留新血晕，贞魂长绕旧乌丝。嗟余责重难言死，忍泪频吟绝命诗。

题谢孺人纪烈诗征有序

孺人绍兴朱氏女，适同郡谢明府为璜。明府赴芷江任，失足落水，死于黔阳鸬鹚滩。孺人自投以殉，逾日得尸，面目如生。虎痴姊丈为征诗表烈，当事据以上闻，得旌如例。

殉夫慷慨岂轻生，心与秋江一样清。傥使倡随能白首，深闺何处识坚贞。

闻说熊罴梦未成，承宗念绝此身轻。无儿转得成君志，恨我难寻白水盟。

寄怀二姊即和原韵

政烦资内助，况乃课儿兼。敏捷金针巧，端庄玉质恬。画图添宦橐，诗草压香奁。惆怅云山外，愁为夜雨添。

送闵七表妹于归张氏

闻道于归已有期，深闺相聚忍相离。自怜转欲为卿喜，两地欢愁聚一时。

脉脉含情欲话难，暗将珠泪背人弹。锦帆共飏新婚后，莫作寻常离别看。

题蕊仙表妹画菊花便面

生来骨格本无俦，造化精神笔底收。不写春光写秋色，红闺到底未知愁。

庚子嘉平葬翁姑及外子于善邑阿弥岭时怀照等年甫数龄随余往送虽童稚无知而悲戚之容形诸面目睹此景象更助悲怀

泉台追侍志何坚，桥梓同摧近十年。孙失瞻依儿失教，随余凄楚拜坟前。

题蕊仙表妹头白齐眉便面

含情青鸟来瑶岛，羡尔同栖到白头。占得人间春第一，梅花深处早绸缪。

芝龄四妹新婚蕊仙画头白荣华小幅见赠

浓艳经霜斗晚霞，飞来青鸟自仙家。好从镜里探消息，妒杀春风及第花。

关关雅奏最相宜，锦幄双栖共唱随。一幅云笺当嘉祝，慧心难得女徐熙。

松友二兄四秩时将福禄图寄祝

五载重违岁月新，离情得慰只鸿鳞。遥知鸾凤和鸣际，转忆荆花独立辰。珍重一函传远道，聊将短幅祝长春。弧南瑞气清光共，酒满金樽月满轮。

悼罗丽生女史

锦笺当日传佳句，情为文生感旧知。春树暮云成独叹，谢庭花落已多时。女史曾题《霜月吟草》。

锦堂随倡同偕老，百岁韶华一晌间。遗墨应知传不朽，休从地下叹红颜。

虎痴姊丈偕大姊将返星沙喜而有作

昨日家书到，知君拟即行。鹊鸣丛树喜，犬吠短篱惊。荒径呼僮扫，归帆遣仆迎。既来终欲去，又惹别离情。

喜虎痴姊丈偕大姊至

归期真不误，此日竟相迎。绛帐欣重谒，荆花喜复荣。六年离别意，一夕聚谈情。剪尽西窗烛，邻鸡且莫鸣。

谢平江李俦我居士任重刻拙诗有序

居士为虎痴姊丈好友，六年前见余《感述诗草》，即拟付梓，及姊丈刻《霜月吟》于黔阳学署，居士欲践前诺，重刻是版于长沙。月蟀霜蜩，自鸣幽怨，屡承牙旷，谱入哀弦，循省之馀，且感且愧。前岁翁婿旅榇归自武陵，经纪其事者，为金溪王君柳洲先春，亦姊丈好友也。夫掩遗骸，搜废稿，在姊丈高谊古怀，犹为姻情所感。王、李二君，闻风尽力，惠及途人，可见姊丈取友之端，而义声之足以动众也。因谢居士并及王君，以见余生平所遭，犹未为不幸云尔。

一卷寒蛩语，频劳长者听。何期头未白，已见简重青。拙献藏无及，名传苦倍形。愧无衔结报，留待两髫龄。

龙剑愁难合，延津有渡人。一抔藏旅骨，两世感孤身。道路情何切，存亡梦未真。每怀高雅谊，涕泗倍沾巾。

春日同春舲大姊蕊仙芝龄两妹游岳麓有怀听雪二姊二首

湘江景物望中收，日照晴岚豁远眸。柳絮作云遮古道，松涛疑雨洒行舟。归帆影落苍山外，渔唱声传远渡头。一样离怀分两地，暮云春树总添愁。

水添新涨山凝翠，爽气迎人春又回。雨过苔痕封石径，风传铃语绝尘埃。愁怀不逐江流去，离绪偏随岳色来。雁序又将千里别，同游莫负掌中杯。时大姊归宁小住，将回任，即以志别。

登云麓峰祖师殿

偶然览胜到幽林，感触情怀自不禁。婿逝已无谐俗念，儿孤徒有问禅心。已知境触红尘误，况听涛翻碧海音。今古几人遗迹在，笑侬逐队也登临。

刘　　海

笑负蟾蜍脱俗尘，却从游戏见丰神。童颜何必丹砂驻，不为金钱误此身。

春日过洪恩寺

髫龄犹记随兄到，却喜重来意暂舒。人事未能追往日，山容依旧认当初。野花夹路村姑采，新笋和云老衲锄。那得尘缘暂抛却，听经林下结茅居。

酬黄润仪女史见赠之作二首

画眉剩有当年笔，偶写愁怀遣一时。屡见谢家吟絮格，班门自愧斧难持。

索句深闺欲并肩，自惭驽钝勉加鞭。拈来字字能镕化，知得家传几许年。

和润仪女史重阳即事原韵

良辰寂寞静中过，得获瑶篇且快歌。子学未成惭孟母，亲恩难报愧曹娥。吟成苦志愁谁遣，话到知心幸若何。欲采茱萸供醉眼，樽前又触别情多。

呈虎痴姊丈

一片怜才性至真，每将老眼指迷津。才欣小住窥诗境，又逐长途理宦轮。懒向遥天舒健翮，惯从僻地隐闲身。须知教泽堂开后，海内应多仰望人。

题萧贞女事略

闲窗评往事，物理可悬知。欲表贞松节，先催玉树枝。婿颜何处识，妇道俨然持。赋得怀清句，孤吟下笔迟。

画　　兰

弱质临来入画图，兰闺无意写春芜。偶然采作骚人佩，便觉幽香与众殊。

棉 花 图

轻描短幅任纵横，玉质何须假色荣。利国曾邀宸翰赏，天留小草护苍生。

蓉坡表姊复至星沙时当五秩赋此以赠

卜得行踪意尚疑，锦堂重聚竟能期。凝眸转忆当年貌，促膝同评近日诗。蝶板敲残红杏雨，莺梭织遍绿杨丝。韶光正好蟠桃熟，觞献龙华醉莫辞。

送大姊回黔署

随宦寂寥怜僻境，迢遥况乃路崎岖。再窥妆镜知何日，只恐重来貌又殊。

小姑咏舟归胡氏而寡感赠四首

追思纳采当年意，颂祝都虚感不禁。纵说因缘非我误，有谁能谅我初心。

繁华队里娇痴性，却抱冰霜竟凛然。立志但求泉下慰，芳名岂复望流传。

薄命最怜仍似我，满怀壮志一时休。无聊转问烧丹事，便作神仙恐亦愁。

绿窗静锁愁相对，孤燕同栖事事哀。时与寡姒居。近况自怜应自遣，凤雏闻说已飞来。抚继堂侄为子。

奉题胡问鸥太亲翁之约清阁

阁临霄汉豁双眸，览胜何须涉险游。帘卷虚窗邀岳色，帆飞远浦数归舟。频惊鹤梦谁家笛，惯听龙吟近水楼。莫把陆浑山并论，可知城市有瀛洲。陆浑山，用三国胡昭事。

丙午再赠咏舟小姑并其寡姒四首

凄绝同违偕老愿，幸留娣姒百年缘。联吟堪叹才相等，一样愁怀意各传。

室无华彩境偏幽，古鼎添香小遣愁。不识人间春又到，飞来孤燕伴妆楼。

闻说当年曾小别，此心随楫入江心。于今万念都抛却，那管桃花涨浅深。

落花点点雨霏霏，寂寞韶光静掩扉。绣线拈来消永昼，含情未忍刺双飞。

东方朔捧桃图先君指画也甲辰冬日得自市中追忆二十年前侍亲案侧弄紫拈朱历历曩情不堪回首偶成一律以志孺思

遗图才展处，愁绪寸心萦。手泽浑仍旧，桑田问几更。珠欣还合浦，璧肯易连城。绕膝音容在，常叨呵护情。

张氏纪烈诗

报主深情未易筹，捐躯岂望姓名留。漫怜弱质埋青冢，免对孤灯到白头。金屋私恩成一决，香闺烈迹自千秋。相随不待诗人责，何惜尘对燕子楼。

霜月吟卷二

丹徒嫠妇钱衡龄蘅舲著

挽仲兄松友并序

兄性至孝，友爱尤深。余新寡无依，两儿尚幼，即命同居就食，旋以家政属为经纪。兄游幕十馀年，家无恒产，所得馆金，悉委余布置，从未私存。时值严寒，尝谓嫂氏狄曰："妹向节用，于己身尤甚。甥之冬衣厚薄，尔须留意。"兄义嫂贤，以此毕见矣。兄病殁后，仍复析居，感赋三绝。

孤燕才回旧棟依，伤残雁序又惊飞。满眶吊影悲兄泪，独对西风一并挥。

怜兄任重历艰难，负累怀惭意岂安。境窘十年衣不制，芦花恐我御儿寒。

私尝秽液暗生悲，先严病危，兄尝舐粪辨疾轻重。愁绝椿庭病已危。地下有知应自慰，事亲从此永相随。

癸丑仲夏避乱于迪安先生之南竹山即步先生近作原韵

境入桃源别有天，闲鸥野鹤性怡然。江山放眼情逾畅，诗酒成魔兴欲颠。屋隐绿云环茂竹，陇铺黄稻识良田。已将俗念都抛却，且把琴书慰暮年。

题方友石先生诗册

捧读瑶函知不朽，电光掣目蛟龙吼。遗珠暂隐意偏闲，且学乘槎犯牛斗。卷首绘有《乘槎泛海图》。

孀闺夜听笳声状，愁怀似锦翻新样。先生何日展奇才，笔阵一挥消甲帐。先生将赴戎幕。

节义行为汤又村先生继配李孺人作

吁嗟黄鹄鸣何哀，闻声使我为徘徊。节义由来今古重，谁历千磨志不回。李家有女颜如玉，冰心未解惊荣辱。汤君正作鼓盆歌，君子好求弦许续。怜夫之子疾缠身，不啻亲生耐苦辛。夜寝任教鸳被冷，晨妆不斗画眉新。结缡半载悲风起，玉树摧残憔悴死。哀啼慷慨欲相从，回顾承宗夫有子。微躯暂惜怜孤幼，纲常义侠钟闺秀。怀清嫠妇泪同挥，叆叇愁云布宇宙。瓮底知馀隔宿粮，觊觎亲谊忽参商。严霜只恐兰芽损，托与程婴好护藏。曾密写遗书命儿投某。安置孤儿贞意决，慰夫惟有一腔血。刎倒灵帏气若丝，到此方知心似铁。神号鬼哭四邻惊，天留节妇护重生。丹心已表坚贞志，青史知留不朽名。相亲廿载闺中友，琐言尝为贤嗣剖。视儿如璧已如尘，劬劳岂似他人母。

悼伯姊并挽虎痴姊丈有序

姊丈热肠高谊，知人薄技必为表扬，余之诗草曾蒙选阅。仲兄卒后，茕茕自吊，承姊伉俪邀居己宅，稍慰彷徨。余之鄙意未伸，姊丈竟淹然长逝，殊深感吊，率赋短章。

触目频年乱绪萦，旧愁新感不胜情。师资一字人何在，荆悴连枝雁序惊。惠及孤孀偏早逝，未图德报愧平生。伤心兼念垂怜意，岂似寻常涕泗横。

哭亡儿四首并序

长子怀照，性纯孝。甲子嘉平，余抱重疾，照私祷东岳神，愿以身代余。疾寻愈，照即病不起，延至乙丑七月朔日而殁。祷神颠末，媳始含泪而陈。恨未先知为伊忏悔，徒增感叹耳。明年春，兄子莲舟偶扶鸾，儿附笔为书寄余，言未尽孝友之意，其词悲痛，闻者无不酸鼻，因感赋四绝。

无端碎却掌中珍，辜负英年志未伸。几卷遗文传稚子，诸凡触目感慈亲。

回忆童年失怙时，课儿惭愧母兼师。哭残汝父酸辛泪，不道今朝为汝垂。

亲灾祈代意真诚，刺血濡章暗立盟。是否算终因誓厄，一回追忆一伤情。

重泉音问竟能通，恐我伤怀慰别衷。乩笔书成肠断语，者番休道梦魂中。

题蕙卿女史梅花画册

几枝老干任横陈，墨灿精华笔有神。玉骨却含真静意，披图如见写图人。

接次儿怀熙呈诗口占一绝

十载寒窗志未酬，韶光虚掷觅绳头。怜儿旅馆无聊甚，只借吟哦遣客愁。

附录寄呈诗

频寄家书欲写难，无非数语说平安。但能慰得思儿意，也算亲承一日欢。

戊辰秋日长邑新建节孝总坊蒙士林诸君为余附请旌表且将霜月吟载入县志赋此志谢

韶光瞬息鬓如霜，世道辛酸已备尝。浅学岂堪邀藻鉴，深愁无限付诗囊。飞花忍见春将老，苦节名传意转伤。惭愧至明知伏处，纶音竟得及闺房。

破　　裘

裘敝羞贫窭，隆冬欲弃难。且将遮半臂，亦可御严寒。

蔬　　食

蔬食频年惯，尝馀齿颊香。客来具鸡黍，我岂爱膏粱。得处清平境，无生忧虑肠。利名心已淡，春韭味逾长。

吟诗偶成

句为他人索，穷搜一字无。诗情愁易得，笔势水长驱。未学簪花格，犹惭咳唾珠。闲吟聊遣兴，不敢示名儒。

自　　嘲

无才嗜学苦吟身，日捡残篇慰暮春。欲使心花生笔底，任劳病体损精神。

戊辰冬日用越南贡使衡湘道中诗原韵偶成一律

幽芳吹到岭头梅，万里长风霁色开。使节不教云路隔，片帆遥向日边来。搜寻诗料盈囊去，管取香烟满袖回。中外涵濡沾圣泽，轻舟未许听鸿哀。

题黄润仪女史遗草

文生情至意逾亲，一别离怀竟莫伸。骤敛清光怜婺宿，偶闻警句契天真。诗才岂似琴声绝，手泽谣传墨润新。泉下唱随明月夜，古今应叹未亡人。

至亡儿墓所

抑郁满怀谁可诉，偶逢失意易生悲。人前未便无端泣，一到儿坟泪痛垂。

论次国朝诗人存二首

尽卷乾坤入诗笔,原句。云烟满纸走雷霆。梅花知助吟坛兴,雅集流传玉照亭。陈大章

一家机杼诗无敌,不度金针独擅长。诵到客中除夕句,何须更读《蓼莪》章。马之朋

次儿怀熙庚午乡试后赋此寄示

回忆含情欲别时,琐言难罄反无辞。碍衣荆棘宜删剪,入室芝兰好护持。流水远牵游子意,归帆尝系老亲思。且将模范孙瞻勉,得失科名可任之。

冬日再示次儿

有方游子书常达,底事离情寤寐牵。径险莫趋宜自稳,家贫积累赖谁肩。临江客舍寒先觉,无里绨袍意早悬。欲使白头孀母慰,履冰清品不更迁。

题谢孺人节烈事略

玉质冰心一例清,青蝇岂许玷芳名。祠旌节烈夫能见,不愧贞姜志共成。

望儿熙不至

云山虽阻不崎岖，望断遥天雁影无。岂独思儿眉蹙损，须知菽水早难敷。

巢云吟馆诗稿

（清）赵 凤 撰 汤志波 叶俐辰 整理

|整理说明|

赵凤(生卒年不详)，字凌霄，号巢云，江苏镇江人。赵芗女，陈国华室。生活在乾隆、嘉庆年间，享年三十七岁。与闺秀李佩金等唱和。著有《巢云吟馆诗稿》，生前已刊布。今据嘉庆刻本整理。

三峡归云曲

莲水孙韶

巢云仙子乘云去，十口花枝泣香雾。前身合是婉凌华，阆风苑记来时路。生小家邻丁卯桥，妆台两点对金焦。绣馀解弄班姬笔，赋罢还吹秦女箫。阿爷早岁官西蜀，挈取全家度斜谷。锦水能生满镜红，眉山不及双蛾绿。芙蓉艳艳雀屏开，两美三生愿早谐。共言座上惊人客，足配闺中绝世才。合欢窗底清如水，尽却铅华拥图史。馀韵才收绿绮琴，新词便写桃花纸。剑外山川自古奇，香车经过故迟迟。武乡祠里微吟处，昭烈灵前款拜时。徘徊览古深情寄，毫端忽吐英雄气。可怜举世竞繁华，巾帼何人识忠义。宛转愁言哭妹篇，伤心明远又无年。分明字字珍珠泪，抛向琉璃研匣前。良人本是清华品，绾符去作西江尹。潘令新栽满县花，苏娘远寄回文锦。泸江春水碧于油，便拟扬舲下吉州。百年夫婿功名远，消尽人间万种愁。好梦谁知天易晓，玉楼衔诏来青鸟。修文征到扫眉人，可知尘世仙才少。传来凶耗赣江边，一夕安仁鬓欲班。海底明珠重觅易，世间佳偶再逢难。书中病状尤堪异，顷刻昙花风委地。引手犹牵膝下儿，探喉难说心头事。长簟凄凉阿母收，女床无树不成秋。玉台尚有遗编在，一点名心死未休。当日传抄到京国，标题多少青云客。花蕊宫词逊老成，杜陵《秋兴》争雄杰。早知福慧两难兼，况说惊鸿影似仙。□君□漫悲朝露，消受倾城已廿年。廿年往事如轮转，芗泽空留旧诗卷。老我怜才感不禁，教君情重如□遣。月未团圆春已阑，极天风雨路漫漫。别将长怅翻新曲，当作君徽小传看。

原　序

古娄张允垂撰

陈子一泉，惊座清才，题舆雅望，家住千秋桥畔，身居百尺楼头。乙丑岁，以谒选逆于都下。张南周北，每躧履以相过；笑牒言鲭，或岸巾而共对。暇日出一帙示余，露薇三复，云锦十重，挹漱石之清芬，得浣花之余韵。荃兰结佩，逊此妍华；琜瑸充㚄，方斯朗润。则其室凌霄夫人所著《巢云诗草》也。尔其函启紫泥，曲拈红豆。琉璃砚北，双钩之妙迹随身；翡翠窗南，五色之牟尼在手。龙辅《女红》之志，丽矣金箱；宇文《妆台》所书，炜之筠管。以余所闻，固有然矣。

今夫诗权丽制，祖缛旨于南音；乐府新裁，播芳蕤于西曲。宛转萧娘之咏，沉吟幼妇之词，莫不滴粉成篇，将花作骨。或繁音绮合，而言情只属裙笄；或藻思星稠，而绘景不逾阃阈。求如芬树唐山、松舟淇水者，盖往往难之。而夫人自弱龄随宦以来，东阁梅赓，北堂萱树，赋曹昭之行役，拟道韫之登山。听猿而岭度巫娥，闻豹而庭过谢女，凡夫花溪韵事，粉水名区，吊明妃之旧村，访怀清之故址。雪拥蛾眉之碛，云迷螺髻之峰。增花蕊之百章，写涛笺之十样。岂非辞芟凡艳，语杂仙心者与？或谓探怀剩锦，贵甚葡萄；人握零玑，珍逾球璧。玉筐飞燕，遗有娀之一歌；文梓栖鸳，录庶女之两调。讵扫眉之独秀，必咳唾之皆工。然而赋茗温柔，遗芳绮丽，给后宫之笔札，辑绣闼之缥缃。家富琼笺，人夸锦字，诚以团扇班姬之什，原出于李陵笔阵；茂漪之图，可传于逸少新妆。五字盈川，叹其不如飞絮；七言安石，以为独绝将古。视今殆无以过。昔之栖芬□史，摛藻香奁者，怨思之作，假文绮以抒怀；感愤之吟，引箜篌以写志。故马卿有茂陵之聘，则音绝其弦；楚才羁陈颖之游，则容消宝镜。不必其长门缄恨，虞帐凄声也。

兹则雅奏凰鸣，德辉鸿配。印出绸缪之记，吟成窈窕之篇。彦先赠妇，托朝华以衔恩；徐淑答夫，喜芳香之在御。兼以金銮娇女，解书紫石移文；锦瑟名姬，愿向绛帷从学。睇归鸿于日下，则白云谣兴；悲断雁于云间，则大雷书寄。可谓剬风缉雅，嚼徵含宫矣。律中大吕之月，陈子以试令，将之豫章，他日挽共鹿车，吟联凤侣，朝云滕阁，明月庾楼。东湖南浦之溯洄，双井三台之隗陟，问谢公之书砚，哀白傅之琵琶。搴芳于五柳村前，纷裁谷纸；霏屑于百花洲上，都付珠囊。尚以琼瑶，寿之梨枣，不且觥觥成集，藉藉彼姝乎？奥窥三昧，新编李冶之诗；辞愧六朝，勉仿徐陵之序。

原　序

金匮杨芳灿撰

近日闺阁多才，悉工吟咏，然索句心灵，拈毫腕弱，不少刻翠裁缃之作，嘲花咏雪之辞，求其酌古准今，言怀述事，格老识高，有合于诗人之旨者，自毕太夫人《经训堂集》、叶夫人《织云楼诗》之外，不多见也。顷读凌霄女史诗稿，见其《惠陵》《武侯祠》《草堂寺》诸作，沉郁顿挫，原本少陵，上下千古，渊怀达识，有非文人所能及者，不意闺阁中有此奇笔也。至于思亲寄外诸什，意旨缠绵，情文恺恻，循兰南陔，树萱堂背，见孝悌之性，寓箴规之义，其风雅之正声欤？

凌霄为余友赵芗湖先生爱女，芗湖宦于蜀，由令擢牧，及太守，历任名区，多惠政。凌霄随父远宦，历铜梁玉垒之险，览天彭井络之奇，慨英贤之芜没，悲陵谷之迁贸，故其所作，无绮罗之习，得江山之助。其佳偶陈君一泉，负经世才，闺中清课，商榷图史，慕古人有本之学，是以下笔能见其大。陈君年甫壮行，将出宰百里，其功名正未可量。凌霄佐外为政，学识益充，篇章日富，诗宗女宪，当有与毕、叶两夫人并传者。寻常林下闺房之语，不足与凌霄颂也。

卷　一

古润赵凤凌霄著

惠　陵

赫赫汉宗亲，恢宏帝业新。江山开胜地，将相得贤臣。薛古封陵碣，云深护石麟。盛朝崇正统，岁远尚明禋。

同閟宫

臣主如鱼水，千秋同閟宫。大君宏远略，元老矢孤忠。灭魏心犹烈，吞吴恨不穷。少陵传古意，瞻拜仰英风。

武侯祠

开济两朝功，伊周大节同。心期恢汉室，策早定隆中。帝业伤分鼎，臣忠瘁鞠躬。星芒如斗陨，千古泣英雄。

草堂寺

墟落带星堂，秋花匝地黄。晴烟迷石郭，春水涨林塘。诗骨伤埋冢，苔碑看傍墙。文章千古在，万丈仰光芒。

香叶亭

本是卧龙地，惟存竹十寻。亭前香不散，槛外叶成阴。寺远钟声静，林高鸟语沉。徘徊不能去，何日再登临。

武担山

担折事诚异，中分势亦奇。名山来访旧，力士去何之。秋草风声拂，高柯日影筛。依然存石镜，剔藓读残碑。

石　镜

武担山耸处，石镜宛然明。皎洁人磨出，圆规天铸成。朝衣旭日照，晚映夕阳横。远鉴林林辈，妍媸不可更。

同庆阁

旧是回澜沚，凭高兴不穷。水环浑似带，桥近却如弓。古塔名传白，斜阳影射红。阁幽瞻万象，身似御长风。

小天竺

小构娱情地，依稀天竹林。亭空霜有迹，人静鸟无声。月度回廊冷，烟含曲径阴。真堪绝尘俗，日日对花吟。

南台寺

城南多胜地，古寺以台名。落叶山门满，残灯佛座明。风敲铁马啸，钟战木鱼鸣。金界重游遍，溪烟隔树横。

青 羊 宫

老子宫何在，城南引领望。台东来紫气，殿北系青羊。树密松风冷，池深花雨香。流沙人去远，遗迹未全荒。

薛 涛 井

人去犹存井，高吟擅一时。片笺经水染，贵纸各方驰。织锦才无忝，挥毫字亦奇。四围多种竹，花径月临迟。

严亲命题寻梅小照

春风催到岭头梅，不惜冲寒揽辔来。艳雪元冰山缥缈，鞭丝笠影路迂回。人如陇上诗难寄，官爱扬州阁易开。安得南曹何水部，春光同占覆新醅。

月夜闻笛

碧条迎风欲化烟，当楼瘦影月娟娟。穿云裂石都凭尔，莫度春愁到梦边。

巢云吟馆落成

筑成吟馆静无哗，客底居然小有家。六扇窗笼翠袖纱，一帘雨溅碧桃花。吟馀案上篆烟斜，绣罢台前茗碗嘉。消受清闲岁月赊，绿云深处竹阴遮。

闻寇渐近资州偶作

烽火愁闻话月山，莱衣莫慰老亲颜。何时得遂纶竿乐，稳坐西津绿一湾。

忆侍儿桂香

玉窗晴霁卷帘迟，忆尔当年伴我时。绿鬓簪花枝巧折，绯裙刺绣样搜奇。怕惊晓梦蝇频逐，为觅凉风榻屡移。羡煞巢成飞燕去，吴江月冷系相思。

咏　　燕

呢喃紫燕画梁前，稳护香巢乳鷇眠。不比莺梭空掷柳，春光织尽也徒然。

题葬兰图挽侄女严霞宁

风雨潇潇三月天，幽兰蹙损意凄然。红芽泪染湘君恨，玉畹香消楚客怜。点笔有人支绮石，簪花何处觅金钱。年年一到春寒日，愁展《离骚》第几篇。

唁丽生外弟悼亡

妆台冷落玉搔头，断粉零香幻影收。眉月空窥金屈戌，西风无力上帘钩。

哭芸仙妹

十二层楼映碧天，琼琚何处觅芸仙。谁知紫燕辞吴日，即伏红鸾去蜀年。万里关山归白骨，五更风雨满黄泉。伤心一夜思君泪，湿透香衾与枕边。

轻盈弱骨已成烟，旧好新愁尽惘然。不见玉人来拾翠，空留眉月照遗钿。帘虚画阁低幺凤，燕去雕梁听杜鹃。难割深情谁识得，闺中儿女望夫怜。

叠鸣珩送春原韵

起饲春蚕破晓眠，桑阴绿到小窗前。枝头鶗鴂声声唤，九十韶华竟一年。

附作

换却新梅柳欲眠，看花几度向花前。落红捡取留春意，如此风光又一年。鸣珩

暮春春去思无端，小步闲庭倚曲栏。云破月来风簌簌，怕听杜宇怨花残。浣兰

片云遥望恨无端，倚遍空庭万字栏。最怕剪春风料峭，落红满地万花残。云芝

怀　姊

生小嬉游阿母房，同心姊妹共联床。新愁远道飞春絮，旧恨

天涯话夕阳。两地暮云迷翠幄，一声风笛倚新妆。红灯绿酒黄花节，犹忆分笺咏菊裳。

碧天露重倚栏迟，目送飞鸿怅别离。月到吴江人不寐，春残蜀国夜相思。难忘玉拨弹筝日，每念金针伴绣时。一幅涛笺珍重寄，何年重聚翠罗帏。

晓　　起

簟纹如水帐如烟，鸟语声声破晓眠。宝髻半欹寻旧榻，研光新试衍波笺。

夏日闻砚山弟小病诗以慰之

愁到多时悟养生，闭关习静思盈盈。芎䓖采罢伤秋士，苓术尝馀玩世情。顾影应怜诗骨瘦，当风转怯葛衣轻。凭君消夏兼消渴，一盏龙团百虑清。

采莲曲偕鸣珩妹作

棹人横塘渌水边，荡舟争采合欢莲。咒风莫损田田叶，下有鸳鸯自在眠。

叶叶扁舟漾碧流，冲开密藻起沙鸥。一池清影三更月，照见花开有并头。

南湖摘取藕花枝，秋意生凉薄暮知。最是莲房红露冷，苦心一点沁相思。

若耶溪畔送轻桡，听唱莲歌入画桥。剪取藕花丝未断，好随风去绾郎腰。

附鸣珩和韵

绿风吹到鬓云边，罗袜轻盈看采莲。莫斗凌波争点水，红蜻蜓在藕花眠。

木兰双桨划波流，惊起银塘一队鸥。笑入花丛人不见，乱红飞上玉搔头。

花钿低触亚花枝，露滴生香午梦知。一干一花丝万缕，凭伊解语诉相思。

沙棠艇子桂为桡，荡过银虹雁齿桥。一片镜湖三百里，摘花都折女儿腰。

半亩塘夏日夜坐

高卷湘帘气正清，池边坐看月盈盈。天光下浴波纹静，山影低排水面平。绿帐蚊雷声断续，红蕖萤火夜分明。桃笙稳卧凉风起，自觉香罗叠雪轻。

病起偶作

影漾流苏意悄然，避风怯近小窗前。妆台自配君臣药，小病春归四月天。

讯鸣珩妹病

小恙闻君竟减餐，迷离一枕思漫漫。凉生竹榻秋风峭，雨过蕉窗夜梦寒。云鬓慵梳诗骨瘦，罗衣坐拥带围宽。悬知习静心多暇，按谱新歌不尽欢。

忆寄父达州

梦魂飞度戛云楼，犹忆随斟月下瓯。松菊就荒三径杳，不知何日卜刀头。

送春洲砚山两弟南闱

天涯今日送君还，一曲骊歌路几弯。此去巴江多绿水，回看蜀道尽青山。六朝芳草春无奈，万里长风意自闲。羡煞双双攀桂客，来年玉笋好联斑。

阵阵寒鸦拂冷枫，离筵觞罢各西东。时欲随慈母赴泾南。一声柔橹寒烟里，两岸霜花流水中。隔树叶黄橙子绿，过江涛白鲤鱼红。凤凰台上凌空望，天际飞鸣送雪鸿。

咏　　镜

皎洁凌花影，双栖鸾凤姿。朝朝香阁里，相对画蛾眉。

锦里小园十咏

栖霞洞

生未见栖霞，道是栖霞洞。洞里无春秋，来往闲云滃。峭石作跳岑，奇形已惊众。

拜石山房

山房聊叠石，已觉奇峰积。山意满山房，仿佛山公宅。下拜未为迂，对此情弥适。

半舫斋

小斋如画舫，六扇窗开朗。望去水无波，扣来弦结响。明月静芦花，孤篷谁撒网。

小憩轩

容膝何嫌小，轩种忘忧草。满地落红残，风来花自扫。我憩此轩中，任他春色老。

半亩塘

池水清且浅，澹荡不盈亩。中种合欢莲，四围尽垂柳。闲坐采莲舟，钓竿时在手。

挹翠亭

幽亭种篠簜，春来稚笋发。新篁初成阴，百鸟自喧聒。小步玉阶前，翠已盈罗袜。

槐荫堂

分荫有高槐，万绿盈书屋。枝秀五百年，花落三百斛。树老阅人多，居者尽蒙福。

平　台

亭外筑平台，万字栏干窄。铺过五更霜，照尽三秋月。兴至偶登临，苔深防屐滑。

课花书屋

屋藏书万卷，园莳花千树。缃编雒诵馀，偶课寻花句。推敲一字难，直到斜阳暮。

听雨楼

风色满高楼，空阶一帘雨。瘦尽海棠花，润透三径土。萧萧竹弄声，谁识听者苦。

送外之泾南

晨鸡三唱夜漫漫，按罢骊歌月色阑。几点雁声萦别绪，一林枫叶拥征鞍。云沉远岫迷香梦，露湿秋衣怯晓寒。珍属加餐宜努力，尺书频寄报平安。

秋日林风妹招饮成都郡斋

天高风急候，速我入园来。更摘东篱菊，重浮北海杯。射雕严酒政，倚马富诗才。一席蛾眉话，豁然襟抱开。

雁 来 红

一夜西风万绿收，雁声嘹呖过南楼。衔来关外胭脂雪，铺遍湘江锦绣秋。菊婢雕栏飞楚艳，枫人石径点吴愁。珊珊逊尔多丰韵，年少红颜借汝留。

代题蛱蝶便面

寻香舞向绿阴中，入妙滕王画未工。笑御庄生风两腋，万花深处月玲珑。

题马韫雪夫人诗集后

百年香阁秀，一卷烬馀诗。锐若雷霆走，快如风雨驰。况兼全节操，直可愧须眉。雒颂情无限，镕金合事之。

家书后漫题长句

自别家山已廿年，乡书细写浣花笺。难从异地临风去，几度高堂望月圆。北固帆樯江渚上，西津钟鼓海门边。遥知稳渡金焦岸，正是秋深八月天。

冰

节届隆冬候，寒威水始冰。临流浮片片，隔岸露棱棱。未有轻风解，兼多皓雪凝。居恒如履薄，何日不兢兢。

雪

绕屋溪流静，漫天雪正飞。青山惊失色，白鹤讶添肥。茅店鸡声短，蓝关马迹稀。围炉烘四壁，暖气透帘帏。

梦游仙诗

银河卷梦碎难圆，壶影丛丛下界烟。袖底桃花三万片，兜风吹上大罗天。

缥缈珠宫不可攀，梦魂飞度白云间。初三月姊朝王母，借我眉痕翠一弯。

青琳散步走青霞，曲录栏杆一字斜。天上不闻颁甲子，蓬山碧奈自开花。

青藤万轴写青词，阿母今朝上寿时。似有仙官披玉笈，琅琅远诵步虚辞。

丹梯百蹑路依稀，沧海低看日观微。习习天风空宕漾，流云飞上六铢衣。

乘得银槎过女牛，机张云锦玉梭柔。聘钱苦要天孙贳，偏赌蓬山一掷休。

红栏十二碧城开，青鸟西飞阿母回。欲问五千年后事，刘郎一去有谁来。

斑龙车带百花香，侍从人骑白凤凰。赐我灵飞书六甲，印文红袭紫罗囊。

题山水长幅

拓开绢素墨痕融，点染霜毫笔势工。山远峰低云欲补，林深树密径偏通。鱼鳞水曲环桥外，鹿眼篱编傍石丛。谛视寒岩泉百道，此身如在画图中。

秋　千

盘巾结带态增妍，风约香桃骨似仙。纤手笑持金络索，眼波防溜玉花钿。绿杨影里三春事，红杏楼头二月天。缥缈人疑蓬岛降，步虚声在白云边。

征人怨

一片笳声鬓欲斑，风尘大漠倦开颜。空将苜蓿肥宛马，看卷旌旗出汉关。极塞霜寒披铁甲，空闺月满卜刀环。功成莫问从戎事，愿话桑麻十亩间。

红　豆

珊瑚谁击碎，种出有情根。绝胜猩唇艳，还余鹃血痕。抛残愁入骨，收得怕销魂。寄与东君语，秋风莫到门。

鸳　鸯

静占银塘水，烟波乐一生。共藏莲叶下，争向藕花行。眠有相思梦，鸣无独吠声。世人多羡尔，颠倒写芳名。

晚　晴

雨夜新晴破午眠，抛书闲立小窗前。痴云放出山头路，阵阵归鸦夕照边。

风定池漪欲化烟，蕉窗绿衬蔚蓝天。看云薄似秋蝉翼，澹到眉峰九曲边。

小憩轩秋夕吹笙

小憩轩深夜月迟，碧天如洗晓凉时。芰荷露冷鸳鸯背，春透银簧梦不知。

挹翠亭小集分集兰亭字

每是娱情地，贤人相与临。春风和静室，化日映修林。乐趣非丝管，幽怀契古今。亭间觞咏毕，天暮竹迁阴。

题杨谢两夫人节孝诗明时任公征九姓，遂封为土司

勋阀高门礼教娴，贞操两世雪霜寒。乾坤永借纲常立，姑妇同将节义完。衍庆即今綮凤诰，传家自昔有熊丸。从知阃范昭宣后，土姓承流风化端。

同人集拜石山房观芍药作，步联句原韵

拜石风流认旧颜，山房昼静鸟声闲。爵行酒欲分三雅，功到诗如炼九还。曲径莺花红雨后，斜阳云树翠微间。茸茸笑藉文茵坐，收拾鸦锄未许删。

附联句原唱

小园花发正开颜，凌霄。雅集题襟意趣闲。浴茧光阴修禊好，浣兰。听莺时节送春还。澫裙采药凭兰右，鸣珩。斗茗烹旗入座间。好把云笺联锦句，云芝。诗成着意稿重删。凌霄。

卷　二

锦里小园杂兴

地迥端居好，庭阶草不除。有时摹古帖，随意读新书。砚北秾花放，窗西红雨馀。山禽新浴罢，翎羽逆风梳。

小屋留城市，闲居兴转浓。琴声醒鹤梦，鸟语隐庭松。出水鲜鳞活，封缸宿醖醲。夜凉明月里，花下听疏钟。

妒花风一起，曲水皱林塘。新绿侵书幌，馀红散米囊。萍鱼惊我逸，树鸟怯人翔。倚遍阑干后，炉凝艾纳香。

避俗还耽静，园中别有天。窗前窥皓月，树外听流泉。檐矮云埋屋，风斜花落筵。绣馀尘事少，跏坐学参禅。

不亚桃源胜，鱼轩一径阴。林深无俗韵，水曲有清音。粉壁新诗满，冰帘秋色侵。烟萝扉半掩，时弄紫琼琴。

亭外一池秀，阶前万象清。衔杯凭石磴，索句倚轩楹。薜荔莳三径，朱藤铺满棚。争心谁似我，晨夕恋棋枰。

踏遍苍苔路，回廊步绿池。萍青低水面，松翠点山眉。消遣三杯酒，怀人一卷诗。亲携鸦嘴去，劚土带花移。

日影上窗纱，垂帘兴愈赊。毛锥钩竹叶，冰碗试兰芽。雅护孩儿菊，频怜姊妹花。忘机耽野趣，习静怯纷哗。

秋日忆外时赴月山

碧花红叶晚风愁，一片秋声满树头。挑遍兰缸银穗冷，计程人正宿山邮。

将赴泾南留别巢云吟馆

检点西窗两架书，鸿泥雪爪怅何如。珠帘燕往无消息，粉壁尘空待扫除。月朗十分窥我去，花留一半倩人舒。泾南多种琅玕竹，好趁凉云满结庐。

晚泊江口

迢递远山横，轻舟剪浪行。拍堤篙竞点，系缆树先迎。渔火穿芦出，林鸦隔树鸣。钟声来古寺，入耳动乡情。

彭山道中

轻帆剪水浪生花，溪入黄龙一径斜。溪在县之西。白塔红灯渔艇外，绿萝深处两三家。

眉州谒三苏公祠

蟆颐东去是眉山，山在州东七里。鼓棹岷江路几弯。古柏森森青鸟宿，甘蕉鬣鬣绿云间。一家人物西川在，千古文章北宋间。瞻仰英灵应未泯，会骑白凤到人寰。

三 岩 峡

行出三岩峡，茫茫两岸宽。雨添蓬背冷，霜重橹腰寒。极目秋山淡，迎眸落叶干。船窗飞翠过，终日对清澜。

汉阳关夜雨

乌篷听雨夜凄清，村犬偏多吠五更。欸乃一声天欲曙，唤回乡梦汉阳城。

泊 嘉 州

小艇泊嘉州，江山四望收。九峰环郡立，二水抱城流。烟色寒凝树，江声冷到舟。渔歌闻几叠，清夜意悠悠。

舟泊嘉州翌日拟作凌云山游雨阻不果漫作长歌

饱迩空江猎猎风，蒲帆无恙卸江东。篷窗睡觉初举首，迎眸现出青芙蓉。人说凌云山大好，仿佛方壶蓬莱岛。泗亭太守绘新图，刻画无遗真绝倒。我未披图先见山，果然蜒蜿绝跻攀。恍似金焦风景胜，红楼白塔岭腰间。万松叠出层层绿，万峰云起弥空谷。风来万树尽秋声，万顷沧波看不足。凿崖成佛镇江边，脚踏洪波首抵巅。岩穴雕镂高复下，佛龛化作亿万千。又说望云楼在山之右，洗墨池在楼之后。紫仙宅与三丰居，常有白鹿守户牖。夙过嘉阳未解游，今番泊此定勾留。灵区岩麓多逼仄，磴道盘纡不足忧。我欲明朝腾身直蹑峰顶上，对把峨雪三峰望。左挹巫山十二峰，右揽翠屏千叠嶂。天风缥缈几时嘘，堕此朵朵金芙蕖。山云变态露万象，幻出紫绿青黄朱。又欲海师洞口坐观抱廓三江水，三条白练如飞矢。会津怒向乌尤奔，雄风万马声惊耳。江潮衮衮通巫峡，岸柳青青接郡城。一片苇花三十里，征帆自背夕阳行。我爇沉檀一瓣香，拜求大佛渡慈航。无言慧眼空千界,仰视金身万丈光。我登楼阁谒东坡,被谪仙踪近若何?楼上惊看书烂漫,钓鱼台下觅高歌。我听啼猿与鸣鸟,我睹奇花与异草。我于何处觅丹炉,我只欣羡商山老。山色江声气象雄,斯游预计与无穷。结念已经如目眩,凝思顿觉俗尘空。谁知江气顿作寒,苍茫顷刻生虚白。密云叠叠失全山,篷韵萧萧响竟夕。不闻人语但风声,江涛涧瀑相争鸣。辜负深宵空待旦,隔夕徘徊缱眷情。山兮岂欲秘灵奇,故作烟云敛我窥。山本无心出云岫,无端风雨竟相欺。吁嗟乎!人生足迹走中原,亦如饮啄定前数。何况方外大名山,无缘临眺今方悟。羡煞同枝结伴游,鸣珩妹偕女伴登凌云。登临饱领山中趣。我今相遇究终疏,山应笑我空欣慕。

过叉渔子

险滩时作不平鸣,入耳惊如万马声。最好篙师身手捷,柁楼稳坐剪江行。

泊叙州府

夕阳西落大黎山,舟泊朱堤绿水湾。山色千重迎北郭,江流一线控南蛮。月来城角情无限,烟锁江亭意自闲。记得奉晖移郡日,金瓯未及捧花闲。

江安道中遇雨

细雨蒙蒙湿碧天,玉容新涨水痕鲜。云迷远岫低山色,帆落长江乱渚烟。雁序无声丛荻岸,枫人飞艳下林泉。朔风时觉侵诗骨,窗掩玻璃意悄然。

抵泸州作

骨肉相携共一舟，挂帆风稳抵南州。江山迟我三年约，丁巳由泸赴资，阅三载复至泸。云树添人满目秋。自拓堂基增景象，署东构小辋川居。每从觞咏想风流。韶华莫使成虚度，敲句娱情日倚楼。

登平远楼

胸有天空海阔心，高楼容我独凭临。秋山似画青高下，远水含烟碧浅深。风定塔铃云影薄，霜余风叶雁声沉。钩帘频拄收全胜，拟作凌虚振啸吟。

题小辋川居

小憩东楼景物殊，寒烟一抹淡如无。候潮野艇占风色，写雨秋山拥画图。苇叶全黄飞雪雁，荻江虚白罩文凫。课余倚槛常凭眺，索句巡檐兴不孤。

挹翠亭夜月按笛

幽香绿竹荫纱窗，淡月烟笼焰焰缸。玉笛一声人静后，梅花几点落寒江。

记　梦

妆台岑寂暖初消，一枕迷离入梦遥。行到落红深径里，晚烟

斜月过平桥。过桥

一枝柔橹破烟昏，江上移舟过晚村。身似往来云气里，远山空翠淡无痕。泛舟

层云出没路西东，山到眉边斗不工。化作芙蓉飞入袖，满身天女散花风。登山

楚尾吴头认旧家，梦魂忘却是天涯。犹余耳畔乡音熟，只隔红窗六扇纱。返里

梅花杂诗十首寄鸣珩

忆　梅

春风千里阻归期，小立芸窗怅别离。月白无痕凭几夜，风清不语倚栏时。心驰东阁篱边树，梦结西溪竹外枝。如此相思如此恨，经年怀抱有谁知。

访　梅

叶落空山欲雪天，冲寒得得访逋仙。谁家瘦格轻匀粉，何处孤芳淡着烟。但觉寒香飘水外，未窥疏影映溪边。怜花蜡屐休轻负，好结三生未了缘。

移　梅

清溪踏雪乍移来，玉砌挥锄着意栽。一夕幸经疏雨润，全株喜趁晓风开。清香冉冉收绡帐，疏影亭亭印翠苔。最爱月明寒夜里，瓮头为尔发新醅。

对　梅

疏枝竹外影横斜，对此孤芳兴最赊。数遍百花春独占，堆成一树玉无瑕。为餐秀色忘饥惯，贪近幽香撤幕遮。破我寂寥时选句，不教清咏让林家。

供　梅

瘦影攀来素手柔，胆瓶清水供悠悠。一枝春付红丝砚，万斛香浮碧玉瓯。吹笛声宜来别院，横琴人或在高楼。爱他冷艳如同气，愿与冰姿共结俦。

画　梅

诗余搦管费思量，不写浓妆写淡妆。仿佛铺成溪外影，依稀绘出陇头香。横欹干老枝分嫩，钩满花开蕊半藏。强学拈毫还自哂，可能点染报春光。

啄　梅

晓妆才把翠眉横，折取花枝诗思生。写到幽姿香有迹，吟余倩色静传声。毫端谁解迎春意，笔底应描耐冷情。一自孤山题咏后，风流我愿结新盟。

问　梅

一别经年瞬眼过，相逢林下话烟萝。孤芳皎洁知无恙，晚节清幽近若何。为底花须开岁暮，缘谁香要酿春和。休言举世无知己，片语咨询雅意多。

簪　梅

巧折枝头寒玉片，和香斜插翠钗间。风迎绿鬓芬芳近，雪点青丝态度闲。五出新妆眉映彩，十分春色粉差颜。簪来难入时人眼，撒手由他笑往还。

梦　梅

小别江乡莫寄音，罗浮入梦夜沉沉。香馀仿佛风无定，色不分明月有阴。睡去相依花宿蝶，惊回几恼树栖禽。醒来何处寻踪迹，徙倚西窗怯冷侵。

读鸣珩生香阁集

诗草逐春飞，吟成香满帏。心花绒豆蔻，墨韵沁蔷薇。得句欹云鬓，拈毫减带围。玉台留雅咏，调古和应稀。

训女玉珍

佩环粉黛未为奇，贞静幽闲法女师。度罢金针还课读，频繁一卷二南诗。

赠浣兰嫂氏

共买吴江棹，浮家入锦城。人如秋水静，眉向远山横。课绣攒云缬，征歌按玉笙。深闺频话旧，怅触有馀情。

赠云芝妹

似月初生候，同枝类尔稀。手纤堪濯锦，体小不胜衣。佳句清难拟，新声妙入微。朝朝香阁里，帘卷对春晖。

题梅花主人图

石床生满绿苔纹，劈雨分风万壑云。可似西溪三百树，也应封拜寄春君。

冰清玉瘦静无尘，入夜明蟾破小春。慧业几生修得到，空山流水证前身。

拈来欲插凤凰篸，乡梦连宵着意酣。家近扬州归要早，不易辜负是江南。

浅绿盈盈间小红，静参鼻观冶香空。乍晴微雪残阳外，吹暖林梢一笛风。

梦　归

黑甜一枕片时宁，楚水吴江路几经。画阁谁移金屈戍，春山只隔采牙屏。似曾相识花千树，不甚分明月半扃。乍觉钟声来北固，古润三山之一。丁丁玉漏梦催醒。

寄鸣珩妹代柬

锦官分袂几何时，瘦骨逢秋病惯随。无那尺书遥寄语，心先流水下江湄。

锦囊诗贮碧纱窗，妙意新思满锦江。扫尽香奁脂粉习，风流南国拟无双。鸣珩赴渝时，曾将《绿窗吟课》一册抄录见赠。

腕弱书难法二王，羡君笔妙墨痕香。银钩铁画谁传就，纤手多应拓硬黄。余不善书，每阅鸣珩书迹，秀气盎然，真有仙女凌波之势，不胜佩服。

何时携手共追欢，一水盈盈会不难。写就春闺修禊好，绿窗时拂待君看。

附鸣珩和韵

秋光分手菊花时，静夜愁来影自随。吹彻洞箫明月上，白云飞过大江湄。

寂寂无言倚绿窗，泾南人远隔巴江。离怀怅触情何限，遥望风高雁影双。

暮春花下饯花王，开到红栏芍药香。箏屐声传苔径北，隔帘影动月昏黄。

落叶飘零意减欢，巢云旧社结应难。新诗一卷凭邮寄，几度挑灯隐几看。

寄砚山弟代柬

砚山才笔本天然，为我敲诗句欲仙。应有牟尼珠一串，澜翻舌本化青莲。读砚山寄作。

小阁垂帘锁翠裙，女仪娴熟自超群。从今啼笑看群稚，香阁朝朝属细君。贺纳龚氏为妾，践芸仙妹在世之言。

功名迟速本无凭，何事风帆又缓征。应是牵襟多别恨，眉峰绾住别离情。闻行期屡改，不知何故。

佳辰习静雨余天，人在高楼擘锦笺。珍重巴渝山水色，落红飞翠拥窗前。

寄母出小照命题

定知吾母健，犹胜女儿容。寿卜双眉彩，颐看一笑重。芝兰香并茂，玉树影交浓。画阁披图久，真思曳杖从。

食　蟹

廿年未足持螯兴，江浦空余晚菊香。最好脱鲜来此味，不宜辜负是秋光。双戈嫩玉莹虚白，半壳凝脂凸硬黄。风味由来江左美，墨鱼未许擅嘉阳。嘉定产墨鱼，味亦鲜美。

佳日逢秋共举觞，金相玉质喜新尝。监州无复坡仙恨，盗酒应嗤毕卓狂。苇断一灯摇石岸，稻花千里忆江乡。南徐生小西川住，宿愿何能称意偿。

闻　雁

疏雨过汀洲，清霜满客舟。一声关塞雁，唤起洞庭秋。高枕难成梦，怀人正倚楼。乡书如可达，转益别离愁。

送纫兰妹还都即和留别原韵

骊驹三叠唱歌难，云栈鹃声破晓寒。杨柳短长萦古道，芙蓉开谢倚阑干。妆成凤镜知何处，梦逐鸾车兀未安。小样红笺书锦字，吟余远眺路漫漫。

送林枫妹归松江

蓉城客舍幸相依，今日随姑万里归。锦带桥边倾别酒，水云舟里送征衣。不情先我观湖月，无计留君怅夕晖。遥指吴天山叠叠，不知何处是瑶扉。

自题画扇

倪迂宗派出荆关，点染疏林古木闲。自笑双螺描黛手，无多笔墨画秋山。

冬　　菜

笑适尝齑口，江乡风味兼。迎刀霜甲脆，出瓮玉苗甜。嚼罢酸余齿，烹来香扑帘。膏腴难并美，信手喜寻拈。

寒夜闻钟

噌吰来远寺，浏亮杂砧鸣。霜肃传千户，风高散满城。更阑音断续，夜静响分明。一百八声里，谁能听不惊。

赠砚山弟新莲

亭亭初透一枝枝，摇荡新波绿满池。风露高寒香隽永，问君诗品可相宜。

偶作寄鸣珩

别来逸兴竟何如,镇日相思鬓懒梳。新梦早知萦绣榻,旧诗悔不和蓬庐。空烦两地传笺简,愿切三春话竹居。君若有情翘首望,潇湘林畔是窗疏。

卷　三

过龙泉山

我闻龙泉山，蜒蜿如龙盘。横亘四十里，翠障四围攒。下有树杪百道之流泉，上有撑天千仞之高峦。我来遥瞩惊心目，盘盘梯磴三千六。危流奔湍响千山，苍松呼风鸣万谷。须臾纤挽最高峰，浑如陆地行舟速。川中山行，多用纤夫挽推，如纤舟之状。苍茫独立白云巅，万壑千岩列眼前。天风瑟瑟吹吴绵，古寺钟声度日边。下视川西万顷田，锦官点点如浮烟。山明水秀天下少，行来恍入蓬莱岛。人生即此便神仙，何必骖云任飘缈。我既不愿游洞天，我亦不学商山老。惟愿徘徊苍翠间，时向山巅纵游眺。

秋日追忆旧游各成一绝

飞絮飞花春暮天，旧游过眼似云烟。香浓雪藕聊吟日，犹忆诗成续锦笺。犍为

丹桂清幽香满天，好山当面拥窗前。只今梦想云亭路，太白台空一镜悬。仁寿

山色牛头一抹青，雨馀小步四春亭。谁家玉笛随风去，吹散云间水墨屏。三台

红妆重蹑小红楼，雁水城南不住流。晴霁玉京山晚眺，夕阳红向绿衣浮。资州

四山环合一江横，春到忠山花满城。平远楼高先得月，一天星斗寂无声。泸州

记曾移竹绕亭栽，薄得清阴满绿苔。不识碧纱窗牖里，有无人倚旧妆台。成都

留别资中

月山小住已三春，又向蓉城泛碧津。花放新红争送我，草添嫩绿款留人。壁间诗稿休加纸，楼上菱花莫染尘。回首旧妆台旁路，碧池长忆昼垂纶。

春吟十二律有序

嫩寒锁梦，青迷杨柳之津；远黛凝愁，翠映梅花之屿。韶光九十，逗芳信于珠帘；冶色十分，缀繁英于绮户。写堂堂之丽景，续缓缓之新歌。丛绿阴中，好比莺啼睍睆；夕阳影里，恰闻燕语呢喃。冀属合以同声，谅不讥于大雅。

春　寒

春来春色转凄凄，剪剪轻风拂柳堤。绕径落花埋碧草，满天疏雨过青溪。试飞白蝶欺寒舞，学啭黄鹂忍冻啼。悄掩绿纱窗六扇，篆烟扶上镇帷犀。

春　兴

巢云馆里苦吟身，旅况闲消幸借春。天使江山迎日丽，风传花鸟入诗新。奇书快睹如逢宝，佳句敲成胜饮醇。诗卷帘钩频纵目，碧桃红正满西邻。

春　阴

不定阴晴懒赋占，轻凉轻暖绕虚檐。缘何镇日曈昽掩，只见迷空叆叇添。麝馥薰移云母帐，苔花扑上水晶帘。蒙蒙欲雨还无雨，暗我纱橱甲乙签。

春　晴

三冬苦雪快春晴，美景看来倍有情。人气爽如随雨霁，物华新是趁风生。亭梅香满帘前瘦，池柳黄添水畔清。好是百花群斗媚，碧玻璃外听流莺。

春　晚

夕阳零落富春山，一抹晴烟绿树间。酒市旗收烟火乱，杏村人静犬声闲。渔航摇绿迎潮返，游屐蹂红唤渡还。独倚西窗贪望久，月光移上洞门环。

春　望

十分春景正流晖，入望欣欣兴欲飞。驱犊子吹渔笛去，寻芳人插豆花归。数峰山色当窗牖，一剪红云满竹扉。遥忆江南新雨后，焦山林下笋初肥。

春　晓

枣纹帘下晚梳头，小倚雕栏豁睡眸。飞雨丝丝凝碧树，落花片片过红楼。莺声唤醒鸳鸯梦，雾气轻笼翡翠愁。收取明珠千颗露，妆台和墨写双钩。

春　夜

雨歇春宵夜色沉，西窗徙倚暗香侵。浇寒狼藉红螺盏，破梦阑珊绿绮衾。月满女墙筛竹影，风欺银烛碎花阴。最怜槛外秋千院，人静希闻笑语音。

春　雨

一犁春雨胜如膏，带雾和风遍九皋。堤畔丝丝肥绿柳，林间点点溅红桃。爱他山色迷千嶂，喜此江津涨半篙。独倚小楼凭眺久，归来游子湿青袍。

春　风

春风一到遍天涯，习习飘来百物华。绿野消融千嶂雪，青林吹绽万株花。纸鸢摇曳晴云远，彩燕参差翠柳斜。羡煞兰亭修禊客，微和轻扇送还家。

春　暮

春色迷离兴未穷，惊吹二十四番风。落花万点平芜外，啼鸟千声小院中。绿鬓红颜愁正远，白云芳草梦将终。韶光狼藉如梭掷，一卷新诗满竹筒。

春　归

留春不住任春归，懒试新茶懒掩扉。红雨一帘芳草暗，绿阴半径好花飞。林间徒羡樱桃美，江上空馀鲈鲙肥。对此流光增感慨，为渠几欲减腰围。

秋吟十七律有序

余既成春吟十二咏，已而金飙送响，玉露惊寒，怅物候兮匆匆，对萧辰之寂寂。冷落碧梧之院，低徊黄叶之村。看将樽泛重阳，人如花瘦，听遍砧敲五夜，我亦肠回。非兰语之能工，比虫吟之偶托。后之览者，其亦有感于斯。

秋　月

忽睹玉壶朗，方知秋又生。光疑经露洗，魄自印江清。萤焰窥来淡，虫声听欲惊。几多倚槛者，应动故乡情。

秋　风

不觉金风至，飕飕到处扬。动摇千涧碧，吹出一村黄。近递吴娘曲，遥移桂子香。浩歌时一啸，空谷任飘飏。

秋　云

出岫依山静，寒容洞口封。丝丝同擘絮，朵朵异奇峰。捧日轻还薄，馀霞淡复浓。几多校猎者，穿破去无踪。

秋　雨

零星千点雨，洗出一天秋。密向枯荷滴，轻粘瘦蝶浮。惊回孤客梦，添出异乡愁。憔悴芭蕉泪，空庭响未休。

秋　露

高林迎爽气，清夜露华抟。映月明而洁，如珠碎复圆。浓浓沾草际，点点缀枝端。那得仙人掌，盛来每满盘。

秋　霜

长林遥极目，古翠已添霜。惟菊犹能傲，沾葭忽见苍。板桥初见迹，云栈已增凉。不久坚冰至，履兹愿莫忘。

秋　山

一坪霜色满，到处静山容。挂壁猿啼月，依岩鹤舞松。岚浓尝掩岫，树瘦不藏峰。断岭层峦处，时闻隔涧钟。

秋　水

横塘清见底，岸阔水漫漫。江冷潮声细，波宽塔影寒。一泓停贾客，万里送云官。色与长天共，清词夸子安。

秋　桂

香疑云外至，影与月中同。点点藏疏翠，匀匀缀小红。攒球簪鬓妥，捣酱和霜融。得意探花使，秋来折几丛。

秋　菊

金气遍南州，黄花豁我眸。有人相与淡，无汝不成秋。座上香俱静，篱边影亦幽。风霜满天地，飞不到枝头。

秋　草

南浦萋萋者，高低倏见黄。亭空稀紫陌，月冷偃池塘。江口琵琶乱，秦楼铁笛伤。由来呈碧色，转盼目春光。

秋　虫

虫自吟秋耳，何尝有不平。如人多感慨，非语独凄清。短砌嘈嘈急，空廊切切鸣。清砧怜少妇，相和月三更。

秋　叶

非复阴浓候，秋来影渐删。枝疏犹宿鸟，树瘦不遮山。滴露痕销绿，沾霜色染殷。是谁题好句，随水出人间。

秋　柳

衰柳容惊老，萧萧古陌头。零青难笼月，疏碧不遮楼。记得邮亭折，今看逐水流。可怜千万缕，一种恨难休。

秋　衣

绮阁寒增候，秋衣渐渐添。金针烦几度，玉尺又重拈。蜀锦鸳鸯密，吴绫蛱蝶纤。授衣惊令节，细葛不须兼。

秋　声

一派传空际，难分竹树间。疏钟来远寺，鸣雁过前山。挑锦惊檐铁，敲门响洞环。搅成凄楚界，听去未容闲。

秋　色

元气依然耳，秋来万象更。山容偕树老，水色与天平。橘柚寒烟重，芙蓉缀露轻。登高遥极目，嘹唳雁南征。

放笼中雀

放出雕笼任尔飞，栖枝故故整毛衣。旧巢难认新巢在，借与庭柯绿一围。

放蛛丝蝶

逼人蛛丝解脱难，怜他楚楚粉衣单。从今好过南园去，屋角林梢仔细看。

寻香偶到粉墙东，误尔漫天柳絮风。缠扰乍离应梦醒，繁华常在罗网中。

秋 闺 怨

寂寞深闺夜漏长，征人愁说戍辽阳。关云阻梦无边紫，木叶催秋一片黄。丹凤楼头尘掩镜，白狼河畔月如霜。雁声飞过南楼去，砧杵敲残几断肠。

题二乔观兵书图

环佩雍容意态殊，香肩并倚读《阴符》。汉家尚有蜾虮在，也算曹瞒一着输。

萤火和鸣珩妹作

腐草经秋亦化萤，荧荧频绕绿莎厅。微茫远树疑藏火，闪烁遥池讶落星。白鹭轻飞波有影，文鸳低照梦初醒。休教小婢持纨扑，好助燃藜一样青。

慈照命题分得儿字韵

祖父驭良公在江南，寄堂上曾有一联云："居室不嫌甘淡素，离家尤重念根源。"发于至性至情，不事文饰。母氏贤劳，于斯可见。藏诸箧笥，已隔多年，兹因小照绘成，特弁于图首，并系以诗，抚遗言，述旧德也。

摩挲手泽展容仪，半世勤劳堂上知。母德更从家训见，鸤鸠我亦在榛儿。

寄　外

阵阵辞边北雁飞，倚楼窥月露侵帏。严霜莫向东山落，欲寄寒衣去者稀。

月夜抚琴

夕阳飞去鸟归林，一桁帘波夜色沉。解会无弦声外旨，月来云破弄花阴。

豆　棚

紫白花盈架，烹茶偶闲话。绿叶轻虫镂，玲珑日影射。

花　架

亀纹与麂眼，截玉颇玲珑。隔断蔷薇路，惟容戏蝶通。

泾南别墅落成

隙地量弓十亩谙，数椽筑得近山岚。分来翠竹遮篱北，添得红蕉荫石南。池水新邀春雨阔，庭花沉醉夕阳酣。锁窗有景供诗料，不用奚囊仔细探。

女墙东到小窗西，十幅琳琅一剪齐。香霭檀云眠屈戌，帘垂花影飏玻璃。米家画舫同幽洁，曹氏书仓共品题。大好冈名移华子，深林远火隔江低。

长廊斜接绿莎厅，曲径逶迤路几经。水泻清流过竹槛，山飞浓翠入云屏。安排瘦石馀三品，点缀秋花聚一庭。侧耳赤栏干外听，风回白塔响檐铃。

连环小屋最玲珑，六桂开时香满空。镜影返收斜照色，窗棂高透大江风。瑶琴理轸穿疏竹，倦鹤梳翎下古桐。坐久水晶帘子外，落花飞上满身红。

寄怀林风妹

红雨江南恨接天，河干分袂又经年。吴山入梦双眉画，乡树牵愁二月烟。远道多君遗雅贶，天涯愧我寄华笺。春风一满湖波日，堤柳青青欲到船。林风抵送后，即往湖上。

谢林风妹赠南物四种

杭　粉

珍重妆台艳粉调，百英点露旧名标。笑同獭髓盈盈补，敢说蛾眉淡淡描。午晕添来歌白纻，丁香含处拭红绡。练裙椎髻如堪效，未许清门百日抛。

剪　刀

水晶帘下扫浮尘，持得金刀剪几巡。眉柳删裁棱更巧，心花曲簇样翻新。高楼款款分双燕，深院声声断叠鳞。蜀锦吴绫针刺罢，红绒零落碎粘身。

拂　尘

荠荷香静暖风吹，麈尾轻摇逸兴滋。香袭罗衫人醉后，云移竹榻月明时。清谈林下驱尘静，小饮花前递馥迟。玉柄自怜纤手握，指挥何用折松枝。

宫　扇

似月团团似雪光，爱他驱暑渐生凉。仁风好奉来香阁，巧样新裁出故乡。拟画春山重叠嶂，思临秋水两三章。乘时把握情无限，敢说秋来箧笥藏。

茉　莉

削玉团珠淡淡妆，花开雪瓣满庭香。一帘素影梅花月，风过晶屏梦亦凉。

临　　帖

簪花妙格费评章，雅爱临池引兴长。一卷硬黄纤手拓，烟云染指墨痕香。

莳　　花

爱花胜爱掌中珠，荷铺名园破绿芜。最是春秋佳日好，溉兰移菊也欢娱。

纳　　凉

云母屏开玉鉴空，夜凉人占绿莎风。鹭鹚顶上荷千叶，都在流萤静照中。

煮　　茗

活火烹来流水嘉，涛声点雪泛松花。碧芭蕉上千层露，泻入银铛玉放牙。

夏　　意

花影重重日影扶，红阑九曲接平芜。绕堤疏柳蝉鸣处，唤醒莲房蝶梦无。

课　　读

绮窗频展圣贤书，细绎残篇辨鲁鱼。休把分阴轻错过，卷帘好趁夕阳馀。

围　　棋

消昼全凭一局棋，轻敲纤指各凝思。正逢斗角勾心处，松曳涛声过不知。

送鸣珩妹返渝江

去年我向泾南行，风雨萧萧遍锦城。记得木兰舟上卧，梦魂飞处又逢卿。今年君向渝江去，日暖风和花满树。一般分袂两般天，相思君又凭谁诉。浮家踪迹似飘萍，蜀水巴山路几经。正喜浣衣归恰好，同枝花共侍亲庭。剪烛西窗展燕好，别酒离筵殊草草。春星如豆月如烟，银汉初低天欲晓。聚不成欢唤奈何，相逢弹指梦中过。拚将十幅蛮笺纸，写尽樽前宛转歌。昨夜灯花犹自结，骨肉无端今远别。客中送客欲销魂，临歧兀兀无从说。沙湾芦汊去轻舟，两桨如飞不可留。明日登楼君不见，青山无数对双眸。愁生云散风流后，啼痕点点沾衣袖。江潮不肯向西流，惟盼双鱼解眉皱。

出　　郭

放眼芳郊外，风光迥不侔。远山多抱郭，好树半遮楼。知止怜黄鸟，忘机羡白鸥。目前心有得，岁月听如流。

题蛱蝶便面

红肥绿瘦惜芳菲，粉翅轻捎去复归。小院苍苔寻旧迹，梨云梦破落花飞。

卷　四

得春洲砚山两弟过夔门消息

锦城曾记折垂杨，今日蒲帆出异乡。两岸晓烟迷石峡，一蓬春雨下瞿塘。计过湘水荷初谢，行到吴山桂已香。两管生花才子笔，应从月府灿祥光。

登平远楼望江

泾南城畔大江横，罢绣登楼远望平。一镜乾坤浮昼夜，三春雷雨吼蛟鲸。溶溶雪浪流巴蜀，滚滚洪涛□楚荆。几点青峰帆影外，曲终人去有深情。

自　嘲

绣囊亲自理窗前，花线香绒件件全。检刺西湖新试样，手中针惯两头穿。

愁予两眼每昏花，那得光明览物华。堪笑西窗留盼处，刍泥错认识乌鸦。

天资愚蠢悟机迟，爱颂香奁绝妙词。咏絮才非常自愧，也随仙侣学敲诗。

谁怜瘦骨太清癯，弱不胜衣只自虞。力怯惊疑平地软，往来常累阿娘扶。

十三行帖爱临摹，腕弱书惭难换鹅。布白分行思安稳，指头笑与墨同磨。

送外补官山左

珍重东风愿莫狂，河桥有客解轻航。雁来记得梅花白，人去今看柳絮黄。十幅蒲帆眠荻岸，一江明月梦瞿塘。关心怕上层楼望，愁见青山送夕阳。

封侯事业启微官，入世无媒莫虑难。漫把崚嶒风骨掩，试将活泼宦途看。放怀且酌樽中酒，努力频加客里餐。遥想大明湖上望，鹊华缥缈拥烟峦。

咏　蝶

一双粉翅故斜斜，飞入重帘近茜纱。忽向绿阴深处去，落花风送过邻家。

秋日寄怀春洲砚山两弟肄业金陵

记曾折柳送行舟，荏苒韶华又值秋。荷叶露倾游子舍，桂花风拥读书楼。六朝歌管声新耳，一片江天迥不侔。对此应知诗料富，斜阳遥忆凤台游。

吴山杳霭画图同，蜡屐游来眼界空。胸有千秋挥句壮，居当六代谱词雄。休教辜负秦淮月，最好高乘汉塔风。他日埙篪标翰苑，好筹经世继丰功。谓寄父大人。

雨　　后

碧痕洗净雨馀天，山翠空蒙欲化烟。宿雾轻笼堤上柳，一声高处曳鸣蝉。

灯　　花

漏永更残夜，兰膏金粟垂。有人占远信，无语卜归期。翠阁敲棋候，红蜡对饮时。香煤频剪取，好待画蛾眉。

送寄父回渝作

绕膝情无限，胡为不可留。此时欣酌酒，明日又登舟。别梦钟山外，乡心锦水流。牙樯何太急，凝望夕阳楼。

附寄父和作

凤有凌霄意，丹山此暂留。挥他金管笔，送我木兰舟。戎马三年别，江波万里流。谢庭谁咏絮，东郡莫登楼。

附砚山和作

射潮无劲弩，能不念婆留。蝎角难寻路，蛟宫屡夺舟。自江南来，倍历滩险。春晖暄日霭，山势抱江流。抵渝欣值严亲返署。远和凌云笔，驰笺赵倚楼。

白　　莲

为爱芳姿绝点瑕，亭亭玉立异群葩。一枝透出淤泥外，不愧名传君子花。

□□□□衬银囊，不学浓妆学淡妆。昨夜天风吹曳步，几疑仙子试霓裳。

清香柄柄叶田田，客到先看不语仙。但使花开无俗艳，何须远问藕如船。

溪客闲依半亩塘，争夸濯锦与低昂。而今洗净红颜污，不须人间比六郎。

未许浮尘半点侵，风摇素萼漾波心。一池清影三更月，疑是姮娥堕玉簪。

含毫觅句倚阑干，云锁琼瑶色自寒。我爱名花花笑我，阳春调古和应难。

读项羽本纪

小勇楚重瞳，无双事业空。战经鏖泗北，誓不返江东。剑气鸿门伏，歌声垓下穷。读馀青史纪，千古吊英雄。

寄父自军营返署诗以志喜

连闻报捷好音传，走马巴渝缓着鞭。烽火初停云树外，春晖喜照竹楼边。一枝翠羽人争羡，父以军功得赏翎枝。两鬓霜华我独怜。从此功成齐奏凯，好随褒鄂绘凌烟。

不向戎行牣辘行，巴渝父老笑相迎。回川东观察本任。分襟历尽关山苦,聚首才征骨肉情。一夕窗西欢宴好,三年塞北别怀萦。倘能道假泾南便,好向花前献玉觥。

新秋夜坐

空阶浸露湿,风过生新凉。水色含烟静,林梢挂月香。嫩寒侵竹簟,清爽润琴囊。何处疏钟响,声声递画堂。

春日偕浣兰嫂云芝妹游宝莲庵

女伴郊门选胜游,宝莲佳景豁双眸。四围晴岭堆青黛,一路清溪泻绿油。芳草舒香频印屐,琅玕飞翠恰当楼。最怜雁去人初定,鸟语声声唤不休。

同日又登钟山

闲游那怯路崎岖,蹑最高峰兴不孤。花满平冈迎客笑,云浓仄径倩人扶。万家烟火熏风卷,一线江光素练铺。放眼全收泸境胜,居然一幅辋川图。

水　　仙

白点银沙印月黄,盈盈罗袜宓妃妆。一生守素谁为伴,借得寒梅一派香。

山　　茶

珠光颗颗簇云从，不比寻常浅淡红。疑是霓裳群舞罢，人歌得宝赤霞宫。

春日感怀

仙源未必尽荒唐，来世前生事渺茫。连夜雨愁惊客梦，隔帘风怕散春光。鬓丝半向诗中短，腰带都从病里长。对此韶华眠不得，思量悄爇一炉香。

读吴中士女诗钞

金闺镇日写新诗，咏絮才传四海知。体艳香奁饶大雅，文回锦字富奇诗。一庭梅月佳人韵，满室芝兰幼妇辞。今日天涯亲姓字，何时得近凤鸾姿。

四时闺词

声声鶗鴂飏门楣，翠阁春深逸兴滋。片片落花飞短砌，双双粉蝶恋高枝。恼人天作新晴色，消我愁凭薄醉醨。摘叶饲蚕惊梦短，卷帘待月悔眠迟。蔷薇架下敲棋处，芍药阑前斗草时。卸琥珀衫联杏缬，揎鸳鸯袖写乌丝。日高丈二人犹睡，风峭春三病不支。多少兰闺思怨意，闲涂笺纸日题诗。右春

蝉鬓螺鬟掠削妆，蚊厨悄掩守吟房。一帘鸟梦惊疏雨，半榻

诗禅话夕阳。晓折蕙兰催玉婢,晚攒茉莉倩珠娘。青琴飞雪红蕖外,碧玉流霞绿帐旁。团扇招风驱面热,甘瓜浸井镇心凉。屡移竹榻云过槛,每坐荷池月满廊。蕉叶露煎茶泛绿,杏纱衫着汗销黄。盐梅捣得调冰水,一碗琼浆细品尝。右夏

疏雨萧萧遍九州,西风散出一天秋。柝声敲醒芙蓉梦,砧响初添翡翠愁。容瘦不堪窥宝镜,漏长无计数更筹。回文诗就吟灯畔,密字书封压案头。人静抚琴弦百衲,夜深踏月步双钩。棋能遣闷频鏖局,酒可开怀不厌瓯。贪看双星明碧汉,怕听孤雁唳红楼。银屏悄掩横窗坐,红豆抛残仔细收。右秋

霜风瑟瑟到金闺,悄掩朱扉下玉犀。漏转丁冬虫语急,歌残子夜雁行低。宜春锦字殷勤写,寄远花笺仔细题。额护金貂云鬓浅,带盘鼹鼠柳腰齐。炉薰翡翠添鸡舌,被冷鸳鸯爇麝脐。一朵红梅宜玛瑙,半窗晴雪透玻璃。灯昏香灺欺寒坐,月淡烟迷忍冻啼。兽炭围炉温已透,阿谁语立画廊西。右冬

中秋对月

佳节转愁生,南楼皓月清。不知游子苦,故作异乡明。玉笛吟风远,阶虫泣露轻。遥思今夜里,江上有舟行。

偕浣兰嫂云芝妹读吴中闺秀英才集

新诗一卷胜瑶瑜,风调高寒世所无。漫说英才钟四海,直教淑秀萃三吴。香囊叠就千层锦,秀口连成一串珠。堪羡词源如活水,问君那得不清癯。

赠缃云侄女

绰约风姿世所无，更怜柔婉称清腴。闻将斗草揎双袖，听说探花换五铢。天付金针缄豆蔻，谁教彩笔架珊瑚。轻红微注樱桃口，多恐吹箫欲染朱。

示琏儿迟业师何秀才不至

闻说江南欲雪天，儿师买棹入长川。已看芸馆□红芍，又到芳池放碧莲。书史纵教予口授，文章□借汝心传。临风切莫频惆怅，好向明窗理旧编。

过严君平墓

绿波渡口路迢迢，见说荒坟隔小桥。星士有灵应踏月，锦江无主听春潮。苍松云锁秋容老，残碣霜封藓未凋。多少升沉难决事，百钱能否卜今朝。

咏　　菊

开到陶潜菊，篱边白间黄。金风归老圃，玉馔借秋粮。淡入重帘月，清飞五夜霜。相看多逸兴，鬖鬖倚匡床。

老圃容何好，花从雨后鲜。影披三径月，香醉九秋天。傲骨霜中杰，幽姿篱下仙。此时彭泽在，真意自悠然。

菊　影

秋菊逞幽姿，云屏见几枝。墨痕难沁处，□韵欲全时。不谙澹窗月，无声一壁诗。可怜重九过，瘦影尚能支。

菊　屏

东篱□众芳，层叠绿罗堂。不比芙蓉帐，全殊薜荔墙。□□□□□，□□和菊香。对此闲吟好，悠然醉玉觞。

□　菊

黄华□□□，□□在东篱。有色佳难□，无霜傲亦宜。□书千万卷，挂壁两三枝。更待重阳后，花前把酒卮。

严亲剑阁归程图命题

严亲新沐帝恩还，时入觐返蜀。鸟道崎岖路□盘。缥缈千峰惊宝镫，纡萦一骥上雄关。寒岩飞瀑争云涧，古柏招风战雪山。耐远精神欣健甚，仓崖归次笑开颜。

编　篱

红尘原不耐，面壁动馀思。恰近鱼鳞瓦，而为鹿眼篱。来青惟竹影，分绿是槐枝。院落添新景，屏藩会有期。

腊　梅

占得中央色，盈枝早放梅。几丸风外拆，万点腊前开。黄蕊金为质，素心玉作胎。何须游庾岭，索笑独徘徊。

哭兄六十八韵

浮生若大梦，终有梦醒期。运促殊难解，天高不可咨。阿兄年甫壮，论齿未应衰。何以同根树，偏教陨玉枝。鹡鸰伤断侣，鸿雁恸分驰。往事堪追忆，行踪历可思。珊珊水玉质，蔼蔼蕙兰姿。率性纯而直，居心仁且慈。垂髫依母侧，弱冠狎群嬉。草识纵横斗，驴能颠倒骑。游如鱼逐队，坐似燕差池。履曳双蝴蝶，衣穿九节狸。当檐竹驾马，呵手雪团狮。按笛新声丽，藏花酒令奇。捞虾喧石槛，射鸭笑涟漪。醉极频探茗，狂来即脱缁。金壶闲发矢，玉局劫围棋。绿酒娱佳日，红灯乐晏时。怡亲调杏酪，奉姊弄茶饴。珠玉惭先赠，琼瑶愧固辞。林前偕度曲，官阁伴题词。瓶贮黄花酿，杯衔白定瓷。鲤庭恒正立，萤案岂斜欹。待客时悬榻，呼朋必竭卮。言能融雀角，话每解人颐。驱步人争效，仪容众欲师。有时窥汉鼎，随意颂唐碑。笔阵年年变，文坛事事宜。呕心成锦绮，脱手散珠累。惨绿当时重，飞黄举世推。虚名原自负，短梦有谁知。慧语终成谶，欢情已若痴。避人殊意惬，断饮觉神疲。滚滚年华去，滔滔逝水澌。四肢常觉倦，两颊顿生怩。间配君臣药，思餐枣豆糜。销中偏病肺，暴下竟伤脾。渐出虚劳相，难将药力施。那堪唇现齿，倏尔雪添髭。瘦骨奄奄露，丰肌忽忽羸。何曾房有祟，讵料病难治。自觉心无主，频烦目视伊。昨朝尤进食，彻夜强撑支。岂是堂亏养，多因地乏医。悲声凄欲绝，哀语吐还迟。珍重孀闺嫂，摩挲襁褓儿。托孤先俟我，遗物又呼姬。掩帐魂初断，援衾气渐离。枯蚕还复吐，残焰竟无脂。手握恩难舍，情深死尚疑。言犹在两耳，愁忽上双眉。稚子哭成血，衰亲泪已滋。从兹与世诀，不克侍慈帷。江馆啼鸟急，华堂茂树披。书囊攒鼠迹，研匣网蛛丝。眉笔香豪冷，雕弓画角隳。孤灯昏几席，残月照门楣。憔悴秾华谢，凄凉春草萎。怕看小女泣，愁对阿翁悲。欲慰高堂意，难禁痛泪垂。兄先归去矣，妹恨不随之。佳会从今绝，良辰去莫追。探梅惟剩我，斗茗更和谁。路竟黄泉隔，棺从白塔移。招魂依古寺，旅榇飏灵旗。七七供珍膳，朝朝奠薄醨。金童持茗碗，玉女捧香匜。目睹伤心事，吟成恨字诗。

兄亡匝月起居饮食触目伤心再赋断章以志哀感

论寿不为夭，撒手为嫌早。凄凄风雨声，谁解双亲恼。
痛定馀哀哽，晚妆欹不整。明月尚多情，照窗尤弄影。
一去人千古，往事何堪数。才见妾生儿，即使儿无父。
残月明花屋，赠我诗盈幅。玳瑁匣收藏，不忍临风读。
昨宵犹梦汝，瘦骨清如许。握手下西廊，分明解佩与。
小立闲庭院，玲珑花影断。倚遍碧阑干，寂寞无人唤。
疏懒性生成，觅句倩兄写。诗盟若重联，捉管无人也。
石径绿苔生，扉上文鳞锁。窗外蔷薇开，谁来巧折朵。

哭叔父三十韵

庭外起悲风，辗转将成寐。蘧蘧一枕余，梦与谈家事。言出忽非祥，听之颇惊异。盥罢告双亲，均言无足怪。凶问忽来谍，悲伤心欲碎。呜咽不能言，惟洒临风泪。记得今年春，芳笺犹叠赐。安慰恸鸰原，谆谆无不至。夸我诗笔超，摆脱金粉气。谓我操行贤，缟綦傲纨绮。返复寄来书，屈指未逾岁。如何转瞬间，竟报慈颜逝。甲寅在西川，膝前我随侍。月夕学倚声，花晨常问字。乙未舅从戎，时教匪不靖，严亲奉调办理粮务，叔奋勇从戎。登辏偶得疾。旋即理归航，至阻凌云志。分手锦江桥，未可期后会。一别竟千秋，聚首时难再。至性本慈和，善施无不备。学问踵前贤，词锋森可畏。年少战文坛，不教功名遂。刘石庵督学江苏，凡以府县首概不录取。有子空生颐，终朝不出话。长子哑。天道实难论，令人增感喟。一病剧无端，倏焉箕斗坠。夫岂药无灵，抑乃医为害。病中念遗文，尚言莫散弃。垂泪嘱孀闺，检点藏箧笥。合掌爇心香，香烬人没世。千古恨茫茫，魂招西蜀地。挥涕作哀辞，伤心百事废。

自题友梅图

出手高寒与众殊，不将繁缛作欢娱。此间清福曾修到，写我前身入画图。

丰貂冷护胭脂雪，位业瑶台第几仙。鼻观徐参香色味，旧盟一笑记当年。向有踏雪寻梅小照一幅。

续前题二绝余自去秋一病，形容枯槁，因序二绝以自纪。

骨相如花瘦一枝，较量自讶又参差。袭人风与粘花雨，花事如余总不宜。余病属怔忡，性惧风雨。

萼绿仙人姑射姿，相逢今日恨何迟。余久病卧床，春深始见梅花。轻烟佳月江南客，对尔应催白雪诗。

题　词

江山助藻，居邻丁卯之桥；帘阁焚香，戒守庚申之纪。何况谢庭柳絮，荟风雅于一门；白傅金銮，著才名于早岁。爰随官舫，频葺吟编，每工镂月而裁云，那数颂椒而赋茗。扫眉山色，秀凝翡翠之床；濯锦江波，彩绚珊瑚之架。述诗坛之祖德，名擅倚楼；写林下之风期，才夸惊座。艳嗤粉黛，不矜剪翠菲红；清湛冰壶，只解寻梅倚竹。珍储箧衍，待抄十样之笺；广播艺林，定比连城之璧。述山唐祖樾拜题。

夫婿多才早着鞭，偶从行箧视吟笺。君家最擅闺房福，清婉音调静好弦。

笛里家声说倚楼，一枝黛管咏琼钩。趋庭况有江山助，濯锦词源碧汉流。

咏古诗篇仿浣花，东南闺阁让才华。频年候雁牵乡思，惯爇名香启碧纱。

自开吟馆傍云巢，笔砚生涯肯暂抛。他日河阳花满县，更联新咏付传抄。华亭张兴镛拜手。

英雄逸气破空来，凭吊三川一举杯。人拟须眉夸健笔，我惊闺阁遇奇才。只从骨肉书怀抱，也许莺花人化裁。不有仙音存大雅，那知凡艳是舆儓。嘉庆乙丑九月四日，船山张问陶题。

问天天不语，怎慧命，两难凭。记井络天彭，薄游凝望，女史星明。伊家一双姊妹，正高楼、长笛竞才名。不是几生修到，如何消受倾城。　　两情。交重太山，轻合似，影随行。为百里侯封，千秋诀别，辜负鸳盟。针箱尚馀锦句，是巴山夜雨杜鹃声。好与黄金铸像，休将斋奠空营。调寄《木兰花慢》梁溪杨播题。

锦城花气拥明霞，石墨霏香浣碧纱。应是芙蓉诗弟子，玉台宫体仿杨家。

乌丝书法细钩银，妆阁鸣蝉绿树春。写到斜阳天水碧，浣花笺仿管夫人。

相依小妹掌书笺，惆怅天涯饯别筵。一片渝江江上水，春星如豆月如烟。

汀州疏雨画楼寒，五字吟成只自看。我识江南李秋雁，新诗传写遍长安。李纫兰女士有《秋雁》诗最佳，人呼为“李秋雁”。并镌秋雁诗人印贻之。集中《闻雁》诗亦佳，故牵连书之。乙丑九月，碧城外史文述拜题。

澄香阁吟

（清）郭蕙 撰 汤志波 冯剑辉 整理

整理说明

郭蕙（生卒年不详），字素娴，仁和（今属浙江杭州）人。诸生郭汾女，傅廷标继室。善画花鸟，工诗词。著有《澄香阁吟稿》二卷，道光十八年（1838）附刻于《螺斋诗钞》以行。今据以整理。

澄香阁吟序

《澄香阁吟》者，傅半村室人郭素娴之所著也。娴为余姑表姊妹行，余知之最悉。父讳汾，仁和诸生。素娴幼能读父书，与兄姊辈俱工韵语。时半村元配陈氏即世，闻其贤，聘焉。于归后，联吟分韵，唱和极谐，兼善丹青，花鸟皆生动有致。然务自韬晦，不轻以示人，尝自言曰："女子言德不言才，才而仅以诗画名，抑末矣。"其不屑自衒如此。及观其勤习女工，克襄家事，八口所恃有时，仰给于十指。故半村终年客游于外，无内顾之忧者，以家有贤妇也。此岂仅以才藻见哉！今即是集观之，删除绮语，抒写性情，有林下风，无脂粉气。观其诗即可知其画，观其诗画即可知其人。噫！以半村之有才不遇，仅以诗画自娱，犹得嘉耦以遂其偕隐之志。余始为半村悲，今乃为半村喜矣。遂书以为序。

雍正十三年乙卯上巳，同里金呟闻石氏拜题。

澄香阁吟卷上

钱塘郭蕙素娴撰

立春后一日喜雪甲辰十二月

昨看斗柄又东回，六出同吹葭管灰。燕胜已教妆鬓试，鱼浅犹喜跃冰开。春风有意先飞絮，花信才通早放梅。瑞应不须占太史，椒盘好进万年杯。

题半村画菊

试将淡墨写西风，无限秋容付画工。未许落英供楚客，好留清味与陶公。

久　雨

庭花经雨怯，堤柳倚风偏。渌水昏于镜，青山远似烟。

早起望春

小圃晴空趁早晨，扫迟三径绝缁尘。梅花落尽无知已，燕子来时话故人。翠幕犹寒春乍暖，和风将半景方新。闲来只向妆楼望，检点韶华尚几旬。

题秋江独钓图

小艇横来不问津，只从此处置闲身。一竿独钓秋江里，风月烟波自在人。

柳

当时汉苑三眠足，今日长条罨麹尘。濯濯可怜春已暮，好舒青眼看行人。

初　　夏

帘栊静掩日迟迟，过眼韶华又一时。新笋渐成花事尽，尚馀小鸟话残枝。

题自画菊

写出秋芳无限娇，东篱分得瘦茎苗。怜卿不把青霜染，留取幽姿淡墨描。

重阳前一日病中作

睡起西窗日已斜，一林秋色正无涯。明朝又是重阳候，病眼愁看瘦菊花。

重阳病起忆远时半村客吴门，用崔氏山庄韵。

徘徊病起强为宽，佳节初逢偶自欢。倦说紫萸倾酒盏，独攀黄菊插花冠。西风庭院蛩初静，细雨帘栊气早寒。药裹关心惜憔悴，青山终日倚楼看。

秋夜忆远

月皎天空露气森，闲庭木落院深沉。寒蛩唧唧鸣幽砌，旅雁嘹嘹度远音。客舍萧条伤暮景，妆楼岑寂感秋心。嗟余病久浑无寐，何处频敲夜半砧。

梅影和乩仙

寒夜与半村作请乩故事，几上供瓶梅一枝，因求咏梅影，即书云：溪山清浅月朦胧，冉冉馀姿映碧空。一桁绿窗灯影里，萼华风韵画难工。

疏疏落落影蒙蒙，深夜冰魂望若空。清减一枝横瘦骨，半窗月淡有无中。

隔墙梅

和月和烟见素姿，暗香低送夜深时。不知谁立秋千下，摇曳春风墙外枝。

秋海棠

轻盈娇态近房栊，细雨催开浅淡红。何事东君不相识，任他肠断泣西风。一名断肠草。

送半村

昨夜灯前话别离，不堪回首各天涯。遥怜今日孤帆发，一片乡心有梦知。

暮　春

过眼韶华已二旬，无端花事渐成尘。多情只有残莺燕，犹向窗前话惜春。

初夏即景

杜宇一声春又残，清和天气景犹寒。那知绣阁深宵里，花落常闲十二阑。

花飞蛛网口占

冉冉馀红逐晓风，游丝轻罥飏晴空。也知未有随流水，留取香魂一缕中。

新　绿

细雨初晴候，林梢渐有光。翠难藏燕剪，清欲溜莺簧。淡处迷芳径，浓将映曲廊。登高春色暮，渺渺接天长。

残　红

何处东风急，声声叫子规。扑帘春眷恋，逐水镇相思。浅淡燕支泪，飘零金粉姿。枝头初结子，瓣瓣坠烟丝。

赋得鸟散馀花落

东风庭院日初斜，树底新声散暮鸦。金谷园荒人不见，一群冲破上阳花。

落　花

晓风帘幕听花声，寂历闲庭乱草生。有恨只教通睡燕，无香何处吊啼莺。年年春色都如梦，夜夜新愁却似城。金谷繁华君不见，潇潇丝雨正三更。

题乩仙墨梅

丙午四月十七，玉真君降，作墨梅小幅，古干疏花，神采溢于纸上，非凡笔可仿佛也，因敬题一绝于左。

绿华元是玉清儿，不许红尘折一枝。半幅藤笺传妙绘，琼芳留与世人知。

即　　景

白沙流水绕柴门，何处菱歌度远村。几片断霞收暮雨，半奁新月破黄昏。

秋　　夜

皎皎当窗月，凄清院宇沉。空廊闻落叶，别馆起寒砧。易惹深闺思，还伤远塞心。中宵人不寐，聊作感秋吟。

寒夜读书有感

青檠挑尽尚敲时，三叹幽窗有所思。傲态不因贫病减，素心岂为利名驰。半床翡翠炉烟冷，一枕珊瑚蝶梦迟。猩色画屏长袖倚，此情惟有絮蛩知。

题　　画

古木阴阴绿已肥，数椽茅屋傍鱼矶。白云影里溪光淡，让得青山挂落晖。

送大兄之闽中

江城杨柳正依依，陌上行人赋别离。为劝临歧一杯酒，天涯何日是归期。

送客山花照眼明，阳关三叠不胜情。朝来解缆春风里，愁听江边落雁声。

云水三千闽路长，海天离思各苍茫。高堂华发垂垂老，莫忘双鱼远寄将。

澄香阁纳凉分赋得牛字

凉月无声似水流，坐来自觉景清幽。风敲竹户茶烟细，露滴莲房暑气收。点砚萤飞怜倦客，隔窗蛩语促新秋。徘徊永夜浑忘寐，银汉何劳问女牛。

不得远书雨夜口占

深沉院宇一灯青，愁绪浑如醉未醒。江上难凭鱼有信，檐前翻怪鹊无灵。梦回子夜销红烛，帘卷西风入画屏。正是寂寥伤景候，潇潇冷雨透疏棂。

送半村之江右

未识他乡似故乡，片帆西去水云长。二千里外重为客，十一年来再理装。驿路山光迎暮雨，离亭柳色带斜阳。东回棹首知何日，在尔啼鹃唤断肠。

送春寄半村

一帘风絮送春归，奈尔群芳过眼违。霁色未分香径杳，雨痕新沐绿阴肥。甜柑别口樱初熟，崖蜜成房燕学飞。寄语五陵游冶子，胜馀堤柳尚依依。

初夏对月寄半村

惜春好景几时还，独坐愁城但掩关。曲沼影摇杨柳碧，画兰香染鹧鸪斑。时光碌碌闲中度，世事茫茫梦里艰。惟有赏心银汉月，可怜圆夜照关山。

冬　夜

瀼瀼露冷欲栖鸦，庭树萧条月又斜。小婢不眠能解趣，竹枝敲火煮寒茶。

遣　怀

落尽残红子压枝，琐窗深掩日迟迟。生憎双燕梁间语，不管愁人午梦时。

满目芳菲已作尘，新愁重叠翠眉颦。榆钱积径浑无用，难疗诗家一日贫。

寒　夜

斑斑清泪湿罗衣，默坐时闻玉漏稀。夜静庭花和露咽，月明塞雁夹霜飞。芙蓉帐冷银缸暗，玳瑁床空绣枕违。迢递关山渺何处，梦魂无路问金微。

雁

西风忽起稻粱谋，书破南云入暮愁。漠漠沙痕湘浦远，萧萧荻影楚江幽。霜飞紫塞三更月，梦绕青天万里秋。独自含情向谁诉，一声声彻最高楼。

春日

融融风日斗芳菲，锦簇园林各擅奇。雨湿春阴香梦杳，寒余画阁绣工迟。才分几点东邻火，已挂千条南陌丝。莫遣子规啼夜月，赏心正是永和时。

夏日

青奴清润伴匡床，数版残笺坐日长。篱外绿阴交竹影，池边花气扑荷香。团团班扇裁新月，树树齐蝉款夕阳。潇洒襟怀无俗事，悠然一枕傲羲皇。

秋日

汉家宫阙井梧空，碧水遥天起断鸿。万户砧声敲落月，一庭草色怯西风。肥添紫蟹初争价，瘦减黄花渐不同。夜静何堪凭望处，蛩声如雨在墙东。

冬　日

满庭黄叶掠帘帷，尽日荒斋淡夕晖。兽炭待笼新暖阁，木棉重整旧寒衣。梦回庾岭梅花发，声断衡阳雁字飞。为语侍儿闲煮茗，敲冰聊尔破严威。

闲　吟

树色经霜减，寒辉彻夜清。西窗刀尺冷，满地是秋声。

戏题所见

绿鬓堆鸦翠作钿，香尘徐步有馀妍。含情默默谁能解，小立花边只自怜。

半倚云屏露细腰，薄罗衫子淡红绡。一泓秋水凝神处，料得偷将两黛描。

除夕忆远

绿酒红炉人未眠，管弦声里闹华筵。遥思旅馆寒灯客，惆怅来朝又一年。

懒把新符换旧符，绿窗犹在理残书。光阴偏向忙中短，不信今宵是岁除。

晚眺怀远

萋萋芳草正凝眸，山色青堪画里收。望断江关何处是，空教闲倚夕阳楼。

落梅有感

庭前又见起新烟，憔悴南枝落暮天。姑射滴残红粉泪，绿华摇乱玉花钿。风飘庾岭香犹洁，梦破罗浮月乍圆。愁听一声羌笛晚，瑶台相对倍凄然。

山　　居

寥落柴门少比邻，邀人鱼鸟喜相亲。映阶草色初翻绿，绕屋松声不计春。四面奇峰云漠漠，一湾曲涧水潾潾。幽栖得逐逃名者，避世无非养拙真。

立　　春

小阁寒斟饯腊杯，醉馀芳径暂徘徊。梅花问我春消息，只在斜阳深处来。时酉刻立春，故云。

和乩仙四季诗原韵

树含新绿带朝烟，何处闻莺酒十千。金弹影边调马路，画眉声里困人天。柳风无力眠芳草，花雨多情湿翠钿。一任青春自催转，彩笺有句驻韶年。

落尽桐花忆凤皇，已无柳絮过东墙。浇愁酒煮红泉滑，涤暑茶烹紫笋香。睡鸭回塘初雨歇，熟梅深院午风凉。幽居自爱尘嚣静，消得华胥一枕忙。

露湿无痕暑暗收，碧空如洗雁横秋。霜清山骨林光淡，月涌潮头海气浮。未必寂寥扬子宅，何须惆怅仲宣楼。遥闻砧杵中宵急，又惹西风起暮愁。

重衾晏起掩流苏，曲径无人草色芜。呵冻吟馀梁苑赋，辟寒香暖博山炉。云迷断雁沙边落，雪漏残阳水面铺。欲问梅花向何处，江天输与钓鱼徒。

附乩诗

十二珠帘卷暮烟，玉人挈伴弄秋千。春灯壁月鹅儿酒，细雨桃花燕子天。倚醉西园牵蝶梦，踏青南陌落金钿。登楼莫望王孙草，自古王孙误少年。

北窗吾自效羲皇，新箨初看过短墙。云母屏开冰簟滑，水晶帘卷绿荷香。地须静僻何愁热，身若清闲自觉凉。因笑长安车马客，蝇头微利苦匆忙。

吹角高城暮霭收，月轮飞破海天秋。霜酣木叶山容淡，露湿芦花水气浮。万里西风空入梦，一声北雁独当楼。四时只有清商好，宋玉何劳解赋愁。

寒到梅花梦未苏，眼前桃李总荒芜。谁家儿女啼芦絮，几处笙歌拥兽炉。敲断玉龙庭树出，扫开盐虎石苔铺。世间要问求闲者，只有扁舟一钓徒。

春　晓

春梦悠扬似蝶轻，隔窗雨过早闻莺。东风一剪梅花落，芳草无情动客情。

赋得十二楼末用唐人句

西风无赖荡清秋，秋色澄波映远洲。望尽夕阳渔唱起，珠帘不卷枕江楼。李商隐

公子西园不解愁，翠弦红烛谱梁州。人生行乐莫辞醉，子夜清歌月满楼。韦庄

西风吹散碧云愁，金井梧桐一片秋。夜静玉阶凉似水，绮寮河汉在针楼。温庭筠

银塘风定水纹收，为爱寻春趁晓游。行到杏花花密处，谁家红袖倚高楼。杜牧

春宵风细压帘钩，舞榭花阴匝地浮。吹罢玉笙银汉转，满丛烟露月当楼。温庭筠

柳带离情锁暮愁，王孙芳草满江头。阳关不是留人曲，欲别殷勤更上楼。张乔

懒散心情未自由，对花微笑独含羞。细熏沉水消闲坐，爱日怜人不下楼。赵嘏

风送征帆万里游，水云东去思悠悠。近来清梦浑难着，岳色江声共一楼。白居易

树色枕云云不流，未凉已作一分秋。悠然便起登临兴，山雨欲来风满楼。许浑

秋思无边入望收，月华如水接天流。兰膏消尽沉烟冷，长笛

一声人倚楼。赵嘏

秋光摇曳白蘋洲，冉冉馀红映碧流。惊起鸡鹊无处觅，芙蓉花外夕阳楼。失名

门外桃花笑不休，雨晴风嫩叫斑鸠。东君未肯轻摇落，春色先归十二楼。陈陶

附乩仙十二楼诗雍正戊申上元夜，设酒果香灯于澄香阁上，俄玉真君降，信笔而成。

淡烟如梦杳难收，何处香轮碾壁油。无限韶光谁料理，春阴只欲傍高楼。李商隐

西园秉烛趁良游，蝶粉蜂鬓态自柔。隔院似闻莺睍睆，低花树映小红楼。白居易

小阁香清上玉钩，翠眉闲倚曲兰头。未知春事深多少，柳色参差掩画楼。司马礼

掣犬擎鹰臂锦韝，五云骏马五陵游。回身射落双飞雁，倒把金鞭上酒楼。薛逢

冉冉东风拂面柔，偶因闲事不梳头。侍儿忽报花开早，春日凝妆上翠楼。王昌龄

几曲屏山晓梦收，天涯芳草碧于油。东风一任花无主，莺啭高枝燕入楼。张仲素

迢迢银汉洗清秋，露湿瑶空挂斗牛。此夜断肠谁得见，不知人静月当楼。韩偓

西风萧飒入边愁，衰草茫茫动远愁。最是一声沙雁起，城边人倚夕阳楼。韦庄

片影云帆接远洲，离人遥上木兰舟。未知后约空愁寂，柳送乡心入酒楼。罗隐

玉斝金壶醉不休，锦屏人赠锦缠头。摒教子夜邀明月，花拥弦歌入画楼。李山甫

萧萧木叶弄新秋，隐隐砧声隔院幽。自欲登高抒别恨，好云无处不遮楼。罗隐

落日苍茫接巨流，豁然蓬顶好凝眸。仙山只在空蒙里，海色西风十二楼。曹唐

十二花诗末用旧句

小艇秋江枕暮烟，鸬鹚沙上唤愁眠。近来闲梦分明处，只在芦花浅水边。司空曙

年年空自惜香红，忆别心情渐不同。望尽夕阳人去后，桃花依旧笑春风。崔护

花风吹尽景阑珊，新绿成阴上画栏。寂寂琐窗人倦起，荼蘼香梦怯春寒。郑亦山

韶光未暖烟沉渚，芳草凝愁莺涩语。深锁重门不见人，梨花一枝春带雨。白居易

芳径泥封翠影重，晴窗人起卷帘慵。夜来料得东风急，雨后牡丹春睡浓。温庭筠

绿波摇漾金塘水，七十鸳鸯娇不起。晚来风动翠盘欹，红蕖袅袅秋烟里。杨贵妃

树拂晴丝草拂烟，日长深院困人天。门前落尽飞红影，糁径杨花铺白毡。杜甫

林端澹澹散秋霞，绿净无痕夜思赊。独倚阑干谁是伴，一池月浸紫薇花。白居易

茅堂时有白云封，知在青山第几重。心到静来何处见，石潭秋水浸芙蓉。失名

无处寻芳问酒家，一庭微雨送年华。如何买得春光住，深巷明朝卖杏花。陆游

地老天荒意倍真，一年花事已成尘。寂寥时节饶风景，雪点寒梅小院春。温庭筠

不堪萧瑟遍东篱，叶走虚廊雁度时。漫道秋花易憔悴，菊残犹有傲霜枝。苏轼

附录　乩仙和诗二月春分夜

短棹孤篷入暮天，半江风月半江烟。白头渔父沧洲梦，只在芦花浅水边。

每矜颜色妒花红，道是桃花色未工。镜里不知人易老，桃花依旧笑春风。

阴阴树色忽无端，红雨声中百舌残。几曲屏山人寂寞，荼蘼香梦怯春寒。

闲烧睡鸭炉烟炷，双燕雕梁娇不语。碧纱窗外看东风，梨花一枝春带雨。

金铃小院影重重，翠湿苔痕一径封。隔花蝴蝶休惊梦，雨后牡丹春睡浓。

十里银塘风乍起，残暑欲消摇碧水。惊醒鸳鸯带梦飞，红渠袅袅秋烟里。

何处青山吊杜鹃，隔邻分火起新烟。柴门日暮东风急，糁径杨花铺白毡。

秋光如水剪明霞，露气凝香拂绛纱。小步中亭清漏永，一池月浸紫薇花。

半林霜气锁群峰，极浦微阳拄短筇。自爱山深人不到，石潭秋水浸芙蓉。

几日妆楼掩绿纱，却嫌风雨损韶华。夜来为记春多少，深巷明朝卖杏花。

梳洗房栊迥绝尘，胆瓶呵冻试花新。寿阳妆额无人见，雪点寒梅小院春。

絮蛩无语草痕衰，叶落空庭暮色迟。一种秋香留得住，菊残犹有傲霜枝。

澄香阁吟卷下

钱塘郭蕙素娴

咏春草与半村联句

微雨过南陌，半。蒙茸细浪新。素。多情牵客思，半。有梦托诗神。软衬桃花马，素。平铺翡翠裀。天涯空渺渺，半。无限是青春。素。

湖上春晓

嫩草蒙茸夹岸铺，晓看新柳翠模糊。千山一抹云开处，画出西泠雨后图。

簇簇春山梦未醒，雨馀芳草带裙青。轻舟移入花深处，白鹭衔鱼过远汀。

送半村

一曲阳关酒半酣，长亭落日送行骖。孤篷今夜烟波外，无限乡思梦里谙。

春晓

燕声如剪破晴天，红湿桃花一笑嫣。垂柳欲眠眠未稳，半含春恨半含烟。

书　怀

满庭新绿影参差，辛苦年来只自知。居为愁多无燕迹，梦随芳草绕天涯。

寒　食

春来因病损韶华，湖上时逢禁火赊。荒径怕行穿冢草，野园遥见出墙花。绿杨翠幕调莺路，红杏青帘卖酒家。日暮笙歌泊何处，山城隐隐起悲笳。

哭二姊

一病沉沉已可怜，暂时相见尚如前。伤心握手临行处，犹慰温言莫挂牵。

形容再见永无期，手足堪伤顷刻离。十四年来成一梦，孤儿孤女守空帷。

愁绪怦怦坐榻前，追思往事倍凄然。纸窗黯淡天边月，泪洒东风泣杜鹃。

百事艰辛任一身，自甘清苦不言贫。空箱检点无他物，残稿犹存手泽新。

赋成楚些泪空垂，坐彻清宵有所思。为忆当年绿窗下，烧残红烛尚论诗。

自幼蒙慈训备闻，严妆修饰若秋云。如今想像音容处，只恐遗真未是君。

春夜忆亡姊

绣篆香残夜欲分，思君拟作断肠文。云窗月户依然在，同调无人砚可焚。

暂破愁城仗酒杯，伤心往事未成灰。兰膏挑尽犹危坐，微雨三更窗外来。

为吴门程夫人写蔷薇大幅

一架东风日上迟，嫩红垂蔓影参差。浓香无力含朝露，疑似华清出浴时。

赋得西湖好调寄望江南

西湖好，十里弄云霞。翠陌烟丝笼叱拨，画船香粉载琵琶。今夜宿谁家。

西湖好，南北插高峰。石佛寺前寻玛瑙，水仙祠畔弄芙蓉。花港夜灯红。

西湖好，草长乱莺啼。油壁香车苏小墓，露桃烟柳白公堤。歌舞段桥西。

西湖好，烟锁旧栖霞。西子不知亡国恨，南枝空放断肠花。芳草鄂王家。

西湖好，处士旧孤山。蝶翅寒梅香漠漠，鸭头春水碧湾湾。鹤去几时还。

西湖好，秋色满南屏。净寺钟敲霜月白，雷峰塔挂夕阳青。红叶乱春星。

雨后见落花口占

潇潇疏雨酿春寒，帘外花风第几番。想得东君也无绪，乱抛红泪向人弹。

春　　残

竹摇清影上银墙，冉冉东风去渐忙。迟日暖醺人意懒，新愁深绕黛痕长。织残柳线莺梭老，剪尽花须燕尾香。何限韶华惜无计，还留幽梦寄池塘。

送　　春

落红堆里饯芳尊，风景阑珊独掩门。要识东君向何处，杜鹃花里欲黄昏。

晚　　眺

青山一片落霞红，独上高楼倚晚风。料得满江春水阔，映将草色到吴中。

重九前一日

薄寒天气雁来时，憔悴因秋勉自支。记得题糕又明日，满城无那雨丝丝。

春　晴

一庭香雪落梅轻，又觉风和溜早莺。芳草渐长催暖碧，春衫犹怯峭寒清。好开小阁消馀润，漫卷疏帘放晚晴。便欲西泠泛舟去，未知绿涨几分平。

遣　闷

绿遍长堤草色纤，困人风雨日恹恹。春光偏向愁中减，燕子归来懒上帘。

新　夏

尽日无人掩碧纱，乍分槐火试新茶。小鬟为报春归了，悄立东风数落花。

秋夜与二兄分赋

淡淡秋容晚更宜，小庭人静夜何其。疏帘对月抛湘簟，小阁挑灯读楚辞。红藕香沉知坠粉，碧梧叶落见高枝。房栊莫遣西风入，恐惹闲愁又上眉。

初　秋

井梧一叶逗新黄，画角高城送夕阳。为语绿窗秋又到，簟痕早觉夜来凉。

岁暮有感

年来生计竟何如，况复严寒逼岁除。破冻且沽新酿酒，驱愁聊检未看书。梅花与我怜同调，风雪欺人叹索居。懒作送穷甘养拙，素餐岂怨食无鱼。

雪满空庭晓气寒，重衾晏起卷帘看。身栖陋巷权同隐，心寄愁城欲破难。已觉逢人成冷暖，但知阅世见辛酸。韶光自惜闲中度，无奈西风送腊残。

浊酒频沽手自温，十年心事许谁论。新糊窗格光函白，静掩门闾客少喧。闲检破囊搜旧句，懒磨妆镜怕愁痕。高楼只合围炉坐，天气偏寒日欲昏。

得失荣枯岂自由，黄金那惜剩床头。冯唐未老嗟霜鬓，苏李空归叹敝裘。夜雪有声敲竹户，晓寒偏重护香篝。谁怜三径萧条甚，松柏青青韵颇幽。

上　　元

初晴光景东风嫩，陌上笙歌乐事同。万树银花一轮月，半分春在有无中。立春后五日也。

与半村闲话

春到少佳境，空教换岁华。无诗题柳絮，有意问梅花。多病全非酒，深愁半为家。儒冠嗟误士，悔不学桑麻。

瓶 梅 影

幽枝折得独相亲，门掩黄昏小院春。一带绿纱留素影，纵教摹写却难真。

春雨枕上偶占

小楼子夜梦回时，听雨听风倦枕欹。花信几番春过半，峭寒犹自恋重帷。

有感时寄居嘉树里

家计艰难只自知，俭妆懒与世相宜。输他狡兔营三窟，愧我鹪鹩寄一枝。尝向静中惟绣佛，得寻闲处且敲诗。东邻女伴休轻薄，贤者曾居陋巷时。

清　　明

境入清明却晦冥，十分春色渐飘零。无钱沽酒浇荒冢，有兴题诗记画屏。窗外不闻莺舌啭，檐前辜负柳条青。如余犹可随时乐，乞火东邻坐雨听。

送　　春

春事将阑我未知，绿阴冉冉乍晴时。吹残柳絮莺停织，开到荼蘼燕哺儿。过去始谙愁作祟，近来偏与睡相宜。临风把酒殷勤饯，明岁芳菲祝早期。

迎　　夏

樱笋陈筵酒满瓯，风和小院日悠悠。惊回午梦抛残枕，春在林梢最上头。

送半村之镡州

迢迢闽路计多程，只有江山日送迎。此去欲知君得意，秋风先挂一帆轻。

萧瑟旗亭柳渐黄，离人何处系愁肠。昨宵共剪南楼烛，今日临歧酒一觞。

书剑飘零枉此生，廿年事业叹无成。因缘笔砚生涯苦，长是冲寒冒暑行。

别后数日雨窗忆远

淡淡秋灯梦不成，无端风雨作江声。计程应宿严陵道，莫与先生话利名。

八月初四日初度有感

谁谓称觞正好秋，反将闲事上眉头。十年寸志难酬愿，花甲空惭已半周。

锦履传来懒试新，此生如寄梦中身。劳他游子西风里，愧我何须设帨辰。

爽气初迎入绣帷，中庭新绽桂花期。不随世俗留宾饮，聊赋三旬自记诗。

立　　春

物候应知斗柄回，世情何事日相催。年光已尽愁仍在，梅意将苏春又来。采胜偶随同伴试，新吟方就倩谁裁。夕阳渐转东风信，且拨寒灰煮腊醅。

新年竹枝词

饮罢糕汤试晓妆，漫调脂粉助容光。新翻时样观音髻，犹有幽兰插鬓香。

开箱检点好衣裙，兰麝香浓细细熏。穿着罢时频顾影，料来标格自然文。

花鼓声中笑语妍，妆成无事立门前。东家姊姊西家妹，明日烧香趁好天。

河楼闲眺

春归犹未展愁容，才检残编睡思浓。独倚河楼闲眺处，乍晴芳径尚泥封。

浪软波平雨后天，乱蛙鸣处草芊芊。一双燕子归何早，隔岸人家未起烟。

始识闲中昼似年，每于饭后抱书眠。麦秋天气松花熟，买得新茶手自煎。

柴门静掩少人过，闲对双凫戏浅莎。梅子渐黄蚕事了，杨花如雪漾轻波。

书太真外传后

初闻钗盒荷殊恩，从此诸姨奉至尊。莫道生男不如女，千秋谁吊马嵬魂。

禁殿森严乐事传，今朝妃子洗儿天。一时博得君王笑，更赐开元十万钱。

散服华清赐浴回，九天风月任徘徊。朝来宿酒偏难醒，正报炎州荔子来。

万里青骡叹路歧，君王无计救蛾眉。梨花树下埋香玉，试问芳魂怨阿谁。

蜀道归来梦未醒，还寻羽士扣仙灵。三郎老去情何厚，不为亡家一涕零。

力士趋承鬓已丝，龟年漂泊竟何之。伤心人去西宫冷，尽在梧桐夜雨时。

题自画墨菊

秋花挺傲姿，绝不爱红紫。叶叶战西风，其人淡如此。

秋　晓

霞敛碧空净，窗开露气饶。笳声落星斗，风韵带江潮。不识三秋恨，还惊一叶凋。起来和梦倚，何处尚鸣蜩。

重九日小楼雨中眺远有怀大兄至闽中四弟至江右

登临倦说逢重九，顾景还伤岁月驰。忙里渐荒陶令菊，愁边闲煞杜陵诗。寒凝高阁三秋老，叶落空山万木悲。遍插茱萸人不见，海天西望雨丝丝。

秋夜不寐

才过风声又雨声，助他一枕絮蛩鸣。如何竟夜浑无寐，始信秋宵不肯明。

游河渚即事

何处菱歌渡野航，几人相对话农桑。隔林遥见炊烟起，禾黍新登午饭香。

荒径迂回水抱村，才离城市绝尘喧。行人尽是陶朱客，不向深山效鹿门。

寄半村时在江右将赴粤东

浪迹东西不自由，空劳弹铗动诸侯。此行早上滕王阁，莫遇石尤风打头。

补缀年年旧布鹑，萧然书剑涸风尘。出门相赠无他语，迢递关山好自珍。

才转金阊又粤东，人生何事苦飘蓬。而今始信文章误，不及桑麻田舍翁。

逼人寒气入幽窗，欲遣愁魔索酒降。想得孤帆今夜里，载将风雪渡钱江。

和张月倩春日偶成元韵

花气通窗晓梦知，嫩寒犹怯乍晴时。妆成点检春多少，却怪东风暗里吹。

漫将闲恨上眉间，正好风和燕子还。散步花前几凝睇，年年春色自循环。

送　　春

一帘飞絮罥晴丝，长日无人倦绣时。似水流光漫惆怅，尊前且尽饯春卮。

哭侄妇赵孺人

一病沉沉竟半年，冰姿清瘦转清妍。伤心几句临危语，尽是彤帷淑德言。

楚些裁成几断肠，世间难觅返魂香。九原若可通消息，慰我相思入梦乡。

暮春湖上即景

杏霭平林绿已稠，屏山如画枕清流。一天花雨过寒食，满路松风放麦秋。草色渐深游屐少，橹声频送夕阳愁。湖光到处犹堪赏，莫问勾留便解留。

冬　景

雁影穿云入暮寒,萧萧庭院叶声干。党家歌舞浑闲事,独对梅花带笑看。

久雨初晴

湿霭初收晓色明,忽惊梦破有啼莺。吹残绿萼风前落,胜却青山雨后清。良夜久无千里月,好春乍喜一朝晴。多愁人上高楼望,渺渺烟波接四平。

雕青馆诗草

（清）汪曰杼 撰　韩立平 方小真 整理

整理说明

汪曰杼（1816—1872），字七襄，号绚霞，浙江吴兴人。国学生汪延泽与女诗人赵棻第三女。严锡康（1819—1880）室。著《雕青馆诗草》，有咸丰十一年（1861）刻本，今即据以整理。

序

夫采会稽之竹箭，半柯已著其奇；绘嘉陵之山川，尺幅无嫌于隘。况乎讨源正始，流响别才，岂炫目以夸多，惟惬心而贵当。是以古来女士传世文章，冯翼孝德之歌，乐府更无他奏；仁智虞唐之锦，回文已属巨观。但使窥见乎豹斑，不啻学成夫麟角已。吾妹绚霞，幼承庭诰，群羡芝荣，早肄闺箴，便工茗赋，娱神暇景，时复斐然。及其萎楚于归，堇荁及所。本是蒋侯三妹，合住青溪；宛如刘氏一门，并娴黄绢。夕阳花坞，春水桃潭，笙磬同音，喁于互唱。加以擘绢写生，调胶设色，云烟落纸，每契匠心，花鸟传神，特开生面。雅异马家之一角，颇挥杨妹之三真，缀以词华，助其馨逸，莫不意与境谐，语缘情靡，绎思既久，积什遂繁。既而远迈滇云，旋移黔水，扬帆楚蜀，回轸燕齐。日月熛忽，荏苒廿馀年；舟车往还，纵横数万里。登高北望，酬大雷明远之书；从宦东征，拟扶风惠班之赋。川涂经涉，楮墨骈罗，试披排日之篇章，略具平生之踪迹。惟是硾藤蠹剩，束笋鳞差，未成粹白之裘，难写汗青之简。兹于沪渎官庐，手定斯帙，都为一卷，才近百篇，榛楛载芟，枣梨爰锓。和权公之赠内，笺时样而虹腾，匹嬴女之随夫箫，双声而凤引。虽非大手笔，揽溟海之渊如；而有真性情，溯流风之穆若。将自希夫作者，当不弃于风人，断手勘讹，抒蓄弁首。抚《滤月》之一编，忆吾母"犹存遗训咏因风"之七字，愧阿兄无此清裁。

咸丰辛酉三月朔日，兄曰桢撰。

题　词

妹曰杏六仙

先人家集溯遗编，绮阁当时记其研。一卷《雕青》能继武，《传书》《滤月》可同传。先曾祖妣金宜人有《传书楼集》，先妣赵安人有《滤月轩集》。

往返滇黔万里程，山川风物助吟情。毫端别有炉锤在，诗却无声画有声。姊善画。

侄女乃爔芸疏

得意诗篇富，传神画品通。姑精于绘事，故卷中多题画诗。逸情云出岫，清景月当空。更有江山助，弥令翰墨工。重慈遗集在，爰以绍家风。先祖妣《滤月轩集》有《出都》《南归道中》诸诗，姑往来滇黔、楚属、燕齐，亦有纪行之作。

雕青馆诗草

吴兴汪曰杼绚霞撰

题仕女图四首

虞　姬

霸业江东化劫尘，楚歌声里独伤神。帐前不少英雄将，殉节惟传一美人。

木　兰

誓报君亲不避艰，十年瀚海得生还。蛾眉如此全忠孝，应使男儿尽汗颜。

明　妃

竟抱琵琶出玉关，曲中哀怨向谁弹。不知塞外团栾月，可与深宫一样看。

文　姬

拍罢胡笳泪满裾，雁门生入意何如。中郎地下应无憾，有女还能读父书。

春　雨

好雨霏霏润，庭前草色新。定知南陌上，催散踏青人。

哭袁氏伯姊曰采粤东之讣

岭峤悠悠道路长，几年小别已神伤。更堪此后思君苦，难忍风前泪数行。

天末愁云望眼遮，芳魂入梦当还家。从今独雁归无日，肠断春风姊妹花。

秋　晚

衰柳疏疏白露浓，西风萧瑟近初冬。凉蝉抱叶声方歇，又听阶前响乱蛩。

题自画牡丹

粉淡脂红次第加，春风一样斗繁华。笑侬理线穿针手，也画人间富贵花。

寒夜偶成

小阁银釭一点青，窗前风雪几曾停。重裘护体犹嫌冷，细拨红炉百和馨。

咏瓶中水仙

冷淡丰姿不染尘，胆瓶供养倍精神。檀心玉貌清如许，珍重幽香肯媚人。

春草同闺友作

芊芊又见绿侵阶，节过清明日渐佳。犹记岘山游眺处，一堤软衬踏青鞋。

荷　　花

曾记清明着意栽，几番盼望独徘徊。乍看翠叶临风飐，恰喜红苞带露开。彩笔谁能传媚态，锦鞋何惜踏苍苔。临晨相对情无限，可奈梳头小婢催。

咏　　菊

繁英看烂漫，秋老更芬芳。高致偏宜雨，幽姿不畏霜。离披茅屋畔，掩映竹篱旁。值得持螯赏，家家为尔忙。

春闺闲咏

朝暾已见上窗帷，欲起梳头自笑迟。唤婢煎茶犹未至，小梅花下立多时。

咏观书美人

花前石畔日相于，粉印青编一卷书。他日传经纱幔底，甄家博士可能如。

咏折花美人

唱罢秋娘《金缕》词，折来刚及半开时。瑶姬暂谪人间世，只合司花似宝儿。

新　凉

潇潇暮雨滴梧桐，□得新凉潇院中。从此终宵无溽暑，不须团扇引清风。

秋林深处早凉归，几度西风拂袖微。为向小鬟勤嘱付，箧中检取旧罗衣。

除　夕

梅花香里迓新年，彩胜先从绣阁悬。莫道红闺无韵事，也将酒脯祭诗篇。

春草用白香山韵

可爱郊原草，春来处处荣。每逢微雨过，又向小池生。渺渺青无路，萋萋绿到城。重三好时节，拾翠畅吟情。

咏田家牡丹

门外竹篱斜，中藏富贵花。可怜倾国色，开向野人家。

月下白秋海棠

凉蟾清露伴幽芬，纤指拈来色不分。艳冶偏能甘冷淡，春风桃李漫同群。

题缁生小叔之江送别图

乍向苕东一棹还，征装草草别家山。关河迢递风尘黯，应改当年镜里颜。

秋风瑟瑟放兰桡，红树青山画里描。一别西泠边塞去，何时重看浙江潮。

故园回首菊花黄，姊妹承欢共举觞。插到茱萸应忆我，乌篷船里过重阳。

子陵台访严滩上，徐孺亭寻贡水滨。吟到碧鸡金马地，头衔也合署诗人。

西湖泛舟

西泠入梦已多年，今日才来泛画船。秋水绿添新雨后，好峰青断夕阳边。六桥衰柳啼闲鸟，三竺疏钟隔远烟。消受湖山无此福，征帆催挂暮江天。

南昌舟次寄怀谢城仲兄

雁行分散各天涯，风雨联吟愿尚赊。莫道远行归未得，昨宵好梦也还家。

临江郭外晚泊

系缆依沙渚，推篷对驿亭。蓼疏秋水白，枫落暮山青。稻蟹思乡味，霜鸿入杳冥。渐看明月上，渔唱出前汀。

分宜道中

虹桥深处路回环，秋水蒹葭白鹭闲。一棹中流泛容与，青山杠树画图间。

长　　沙

郡邑长沙古，扁舟郭外维。旧封三楚地，名迹大夫祠。水汇潇湘碧，山窥岳麓奇。远游忘别恨，正好赋新诗。

桃源晚泊

晚泊桃源岸，风光入画图。江清圆月印，天迥薄云铺。戍角楼头壮，渔灯水面孤。篷窗今夕梦，知觅故园无。

黔南道中晓行

稳坐肩舆去，长途曙色迷。日华浮树淡，云气压山低。驿路初嘶马，荒村正唱鸡。谁家羌笛起，到耳韵清凄。

沾益途次

客路驻征车，搴帷揽物华。疏钟夕阳寺，板屋野人家。犵鸟啼林薄，蛮花放水涯。前途沽酒处，风飏一帘斜。

抵滇南作

辛苦舟车四月终，征程数尽百蛮中。北窥陡岫排云秀，西望昆池带水通。比户人家多奉佛，三春花信不随风。故园回首关河隔，万里乡书托雁鸿。

游海心亭

孤亭悬落照，佳景占来多。远岫青排闼，垂杨碧晕波。隔堤谁戏马，倚槛好观荷。颇有江乡意，还思载酒过。

雨　后

雨后山逾碧，清风送晚凉。林梢烟净处，月露一痕黄。

病中思家

重掩罗帏怯晓寒，秋深小阁觉衣单。虚抛岁月因多病，偶忆莼鲈便减餐。万里家山归未得，一函音信到偏难。最怜不及梁间燕，犹自年年返故峦。

游洟门大龙口

胜迹访龙泉，洟门地最偏。疏林馀落日，清磬破寒烟。寺古惟供佛，山高合有仙。红尘飞不到，小憩剧流连。

七夕同夫子作

暂抛机杼出璇宫，絮语河梁恨万重。天帝似怜离别苦，一年一度许相逢。

题子衡小叔映雪读书图

雪映书窗色似银，不须灯火夜相亲。青毡本是儒生物，从此孙康有替人。

长空灿烂散琼英，独拥蒲编况味清。他日承明需著作，两行莲炬送归程。

寄怀也秋小姑青溪即题其绣馀吟草

闺阁清才似此难，瑶华一卷气如兰。《绣馀》逸兴耽吟咏，万朵芙蓉放笔端。

聚首宜园意最亲，河梁分手几经春。读君佳句思君甚，秋雨秋风暗怆神。

秋夜偶成

横斜花影上瑶台，夜静眠迟小婢催。爱听邻家吹玉笛，声声风度过墙来。

中秋月夜奉怀两大人湖州

碧落天高爽气清，庭闱遥隔路千程。听笳忽动征人感，对酒难忘故国情。金粟一林和月色，寒蛩四壁助秋声。愁多翻怕逢佳节，彻夜思亲梦不成。

望　雪

渐觉重裘冷，中庭雪已深。千山皆失翠，万里尽凝阴。宛对梨花舞，惭无柳絮吟。寒梅开也未，欲动故园心。

奉和郑澹若夫人蜡梅之作

磬口初开一树香，红罗亭外孰争芳。金英别具清癯态，腊蕊偏宜雅淡妆。不待春风捎蝶粉，独含晴雪晕鹅黄。孤高如此无人赏，尤胜东篱菊傲霜。

宫　词

西风一夕冷长门，别院笙歌听断魂。莫向秋来怨纨扇，有人出塞感君恩。

题自画墨梅折箑

粉淡脂红不用施，挥毫随意两三枝。品高自古难从俗，除却林逋孰护持。

谁道冰容画不如，扇头写出影扶疏。秋来莫便悲捐弃，吹到炎风又展舒。

送澹若夫人归浙江

忆从萍聚在天涯，曾荷怜才意有加。鲍妹新词工赋茗，茂漪妙格擅簪花。梦回明月商前世，人与寒梅共一家。如此清芬如此笔，恨迟十载侍女纱。

万里归程纪胜游，江湖风雨锦囊收。晨昏侍奉扶鸠杖，书卷经营上鹢舟。漓水遥瞻新使节，尊甫中丞公方抚粤西。怡云还访旧妆楼。阶前玉树森森立，会见干宵出一头。

游黑龙潭

倚槛知鱼乐，澄潭绝点埃。松涛喧梵宇，华雨洒莲台。韵古疏钟动，香浓宝鼎开。唐梅馀几树，曾阅废兴来。

送　春

又送东皇去，其如惜别心。红飞晴院雨，绿酿绣窗阴。祖饯倾佳酝，离怀付短吟。从兹欣昼永，书卷好研寻。

题画四首

湘水湘云梦杳茫，幽人空谷自芬芳。偷将一管灵均笔，渲染生绡别有香。兰

园林深处碧云攒，风雨萧疏起暮寒。貌取数竿留粉壁，愿他日日报平安。竹

每到秋来色最妍，丹青写入倍堪怜。平生不爱繁华境，常傍疏篱曲槛边。菊

澹烟微月影横斜，粉本摹来更足夸。我是工愁兼善病，十分清瘦似梅花。梅

戊申孟春夫子从军南诏有诗见寄赋此奉答

杨柳千丝绿渐抽，倦吟人自倚妆楼。偶裁纨素传鸿足，闲寄丹青拟虎头。奉使但能勤国事，思家莫便动羁愁。请缨夙抱终军志，此去何疑广不侯。

泛舟近华浦登大观楼归途口占

岩峣画阁出云端，一笛梅花落未残。楼中供洞仙吹笛像。眼界拓开天水阔，几人此地快凭栏。

蟹簖渔罾傍浅沙，水清荇草斗蘋花。分明写出江南景，翻惹离人苦忆家。

冬　　日

朝来雨雪正交加，庭畔疏梅已着花。欲把幽香通一缕，忍寒亲为卷窗纱。

己酉仲春夫子由宝宁令调任黔中赴都引见赋此送别

宦游将五载，寒素却如初。汗马功非易，君两次从军均得保荐。迁莺愿不虚。前程方远大，小别莫踌躇。珍重加餐饭，平安早寄书。

秦蜀山川壮，扬鞭好赋诗。望云驰客梦，立雪话恩知。君向荷黄惺溪先生知遇之恩，先生现任陕西粮道。此后亲闱隔，毋辜治谱贻。黔南淳朴地，报最待他时。

中秋月夜偕小云少蓝两小姑并蕙风三娣同作

万里逢佳节，离人感易生。谁家歌水调，一树动秋声。露重风逾冷，云收月倍明。联吟多逸兴，刻烛限诗成。

咏芙蓉偕小云少蓝同作

冷艳能开莫怨迟，秋江点缀尔偏宜。拒霜绰约风前态，照水娉婷镜里姿。特与橘橙争好处，不随桃李炫春时。伶渠寂寞谁同调，幸结东篱晚菊知。

夫子调任贵州荔波令姑大人命赴任所敬赋二律留别

膝下欣依侍，滇云万里游。羹汤惭妇职，诗画解亲愁。随宦泮泂去，归歧涕泪流。南征应不远，还望板舆留。翁大人以贡金劳绩，应推观察，慈舆拟便道归江南。

忆自于归后，姑恩受十年。忽增离别感，长使梦魂牵。内政劳宜节，慈帏体自便。承欢赖诸妹，问字画堂前。

荔泉官舍芙蓉盛开偶成一律

丹枫摇落景苍凉，几簇秋花放水傍。细雨斜风甘寂寞，拒霜带月自芬芳。晚输红杏三分艳，早借寒梅一缕香。犹记西湖游览处，沙汀灿烂似霞裳。杭州金沙港芙蓉最盛。

游雪崖洞

仙境何年辟，默山第一奇。荒亭依曲水，密树护丛祠。洞古云留宿，崖阴石倒垂。壁间残墨在，苔没数行诗。

送小云小姑于归金陵李氏

忆我于归日，辞亲泪沾襟。既来作冢妇，病榻负寸阴。妇职愧多阙，姑恩受偏深。恰与诸小姑，乐事常相寻。就中君稍长，情言多良箴。读书辱问字，刺绣教拈针。膝下依十载，舞彩得欢心。一朝赴金筑，踪迹同商参。君今复远嫁，万里归江浔。相庄效举案，和乐如鼓琴。可慰高堂念，鸿雁传佳音。明年买桂棹，来登建业岑。时将由吴楚归浙。聚首慰离别，剪烛重联吟。

赤水旅次口占

轮蹄草草别黔中，旅馆吟诗俗虑空。却喜看山来蜀道，峰峦青紫配玲珑。

泸州客舍漫兴

风雨萧萧逼画楼，泾南小住又深秋。鱼虾渐有江乡味，彩管难消客里愁。故国尚迟梅信到，征帆迁为菊花留。闺中诗少山川秀，拟把夔巫笔底收。

忠山谒诸葛武侯祠

泸水瞻遗像，清高自不群。公才能一统，天意定三分。北伐空筹笔，南征久策勋。平生忠勇处，慨见出师文。

以诗代柬寄怀少蓝小姑蒲门官舍

黯然销魂惟别离，我别小姑岁再期。关河迢递隔千里，秋风秋雨长相思。小姑今年十有六，才华美赡如班姬。犹忆当年侍膝下，花晨月夕同娱嬉。有时刺绣分彩线，有时刻烛联新诗。一朝挥手去罗甸，云山六诏徒神驰。今随夫婿赋行役，巴渝荆汉历险夷。我辞故乡十二载，假道省亲苕水湄。行矣从兹路更远，何时欢聚亲丰仪。庭闱为我勤加餐，平安书倩双鲤贻。

晓发夔州

杜陵遗迹未全销，瀼水东流客荡桡。今夜月明何处泊，巫山巫峡路迢迢。

舟次宜昌

山川回首别岷峨，至喜亭边一棹过。骇浪危滩安稳出，胸中原未有风波。

城陵矶晚泊

忽报征帆下岳阳，君山对面色苍苍。西窥巫峡归云疾，南竟潇湘带水长。古庙何人闻鼓瑟，高楼当日忆飞觞。江山共说巴陵美，到此吟情料胜常。

登晴川阁

杰阁岧峣倚碧天，帆樯下上画栏前。鹤飞夏口凌风迴，对江黄鹤楼。人对湖心映月圆。月湖堤为汉阳胜地。壁上新诗难着墨，渡头古树尚浮烟。我来正值春潮阔，三楚雄图一览全。

琵琶亭泊舟

浔阳九派走晴沙，小泊城南落照斜。白傅风流人宛在，红亭寂寞水之涯。吟成七字聊题壁，路入三吴渐近家。今夜江心仍月白，惜无人更弄琵琶。

金陵莫愁湖谒中山王祠

湖上崇祠奉瓣香，谁言异姓不当王。从龙眼识真天子，汗马身经血战场。太傅笙歌开赌墅，令公甲第赐汾阳。莫愁也有妆楼在，儿女英雄孰短长。

将至扬州

片帆卸后暮潮平，路入邗江第一程。半夜钟声来铁瓮，万家灯火接芜城。长亭静听邮签报，旅梦频教驿鼓惊。何处竹西歌吹地，二分明月总关情。

冬夜都门见月有感

一片长安月，清光射碧栏。乡心萦霅水，远梦落苴兰。孤馆银灯淡，层城画角残。深闺裘亦敝，天气早严寒。

青溪舟行

绿波新涨碧芜平，双桨摇风画舸轻。又是一村楼阁见，桃花红处板桥横。

宜园种花

小园培众卉，劚土不辞勤。异种多方乞，新苗取次分。不愁侵竹径，还合护苔纹。待得花开日，携樽醉夕曛。

戊午元宵寄怀夫子吴门

吟遍青莲蜀道难，吴门此日许移官。诗怀定比沧浪洁，梅讯先探邓尉寒。逆旅风霜须郑重，妆台眠食近平安。今宵怕见团栾月，一样情怀两地看。

宜园月夜寄怀谢城仲兄湖州

帘外溶溶月，清光媚玉轮。梨云争一色，草梦绕三春。此际凭栏好，应知得句新。轻舟碧湖畔，可作夜游人。

姑苏道中

采兰相近月初三，如此韶华放棹探。门外桃花桥外柳，泥人风景是江南。

双桨冲烟趁晓晴，五湖春水镜初明。载人一路看花去，只向乱红深处行。

庚申仲春夫子从军浙西作此寄之

烽火无端逼虎林，从军三度动愁吟。君昔随贺耦耕尚书、林文忠公两征永昌，并此番三度从军矣。闺中徒抱匡时志，阃外应存报国心。佛地何堪遭战伐，圣湖安得复登临。惟期迅扫欃枪影，喜听铙箫大凯音。

题自画梅花帧子

欲写幽姿下笔难，横斜疏影发毫端。春风桃李非同调，独领冰霜耐岁寒。

春日沪城官舍偶作

满庭芳草绿含烟，澹荡春风二月天。为有水仙簪在鬓，蜜蜂飞近绣窗边。

慈晖馆诗词草

（清）阮恩滦　撰　韩立平　整理

整理说明

阮恩滦（1831—1854），字媚川。仪征（今属江苏扬州）人。阮元孙女，阮常重女。河南淅川厅同知沈麟元室。善画工琴。著《慈晖馆诗词草》，清咸丰四年（1854）武林沈氏刊刻，光绪元年（1875）增修。今据以整理。

缉雅堂诗话一则

南海潘衍桐绎琴

媚川夫人为仪征相公女孙，幼工诗律，长精琴理，又能通《毛传》大义，幽娴淑慎，不愧门风。福慧无年，蕙兰早折。检录遗稿，工秀特绝，此咏絮才也。

按：《缉雅堂诗话》为公督学时编辑《两浙輶续录》所著，而系于各家小传之后者。公录夫人《慈晖馆诗》凡十二首，其编次则卷五十有四云。

光绪壬辰三月，姻侍生陈豪识。

慈晖馆主人传

兄阮恩海南畺撰

妹名恩滦，字媚川，先文达公第三女孙，先清河公第三女也。妹生时，清河公官永平知府，阜城外为滦河，古滦水也，故名。妹生三岁，清河公即弃养，幼而凝重明敏。十岁许聘武林沈莲叔直指公第八子，名麟元，字竹斋，今杭郡增广生也。咸丰壬子四月，竹斋来扬，赘于余家，妹年二十有二。五月，偕竹斋归。甫抵浙而直指公薨，妹衰绖入门哭泣。尽礼事君姑，能先意承志。姑偶有小恙，衣不解带，以是得君姑欢。明年二月，将归宁而扬城陷。余先于正月侍母挈眷移居北湖公道桥，实僧渡桥也。妹以吾母年逾六旬，不胜转徙之苦，且道桥距扬城仅五十里，危幕堪虞，兼之传闻异词，致骇物听。润州、金陵先扬州而陷，江南北梗塞，更无从觅寄书邮，忧郁惊悸，心脾俱伤，致疾之由，已伏于此。三月，大兵云集，道路渐通，妹与竹斋专人至道桥省视吾母。伻返，知吾母尚清健，以次悉无恙，始转悲为喜。厥后虽鱼鸿不绝，然每一拆牍一缄札，未尝不泣然流涕，而三复《河广》之章也。甲寅四月，患咽痛，医投以散药，而病转剧，乃阴谓竹斋使密札余，又恐伤母心，嘱勿禀。书至，而余以襄办善后，先二日之扬城。吾母得此书，益焦灼，急欲治装亲往。余闻此耗，力疾返道桥，随侍赴浙，于六月十一日抵武林。相见后悲喜交集，如隔世欢。妹时卧床一月馀矣，犹谓患难之秋，而母女、兄妹尚能聚首，或积郁稍解，参术赖以有灵，不意气体久亏，幻痰为虐，竟于七月二十巳时弃世。当弥留时，语余曰："病不起矣，其如慈母何！"语竹斋曰："必以素服敛。"盖直指公薨于壬子五月，制未终也。呜呼，孝矣！贤矣！妹性敦厚，举动必循礼，遇贞烈节孝事，尤乐道不厌。耽诗书，解音律，诗词亦韶秀，然不尽留稿，今稿之存者，仅十之半。又癖嗜琴，其最工者为《关雎》《普庵》《漪兰》《梅花》《平沙》《塞鸿》诸操，有挥送之态。先文达公偶至选楼，必令一弹再鼓，顾而生欢，呼之曰“琴女孙”，且手书楹联以赐云：“古琴百衲弹清散，名帖双钩拓硬黄。”自偕竹斋归后，以在制，未尝奏安世乐，然伉俪相爱敬，一室之内翕如也，肃如也。呜呼，吾妹竟长逝耶！回忆妹在室时，遇花辰月夕，余携琴、笛各一，与五弟起臣、内子华琳暨妹共四人，更唱迭和，不知烛跋更阑，可谓极天伦之乐，尽人事之欢矣。顾以昔视今，沧桑迥异，能勿悲哉！嗟乎！竹斋与妹，梁孟也，竹斋之伤悼何待言。独念吾母千里来御，今转以哭临归，归途其何以慰耶！灵而有知，得勿遗憾于九原也乎！

时为咸丰四年闰七月上浣三日。

序

媚川夫人青琴俪芳，玉李降耀。白太傅之家世，笃生金銮；李文叔之著述，绍有《漱玉》。璇锦在握，神珠湛胸。梦披玉衣，华鬘证其仙果；才艳香茗，彤管炜其清辉。以骑鹤之名区，赘乘龙之家婿。刘家姊妹，媞媞成行；叔姬伉俪，双双俱至。匪徒两美必合，抑亦三生奇觏者矣。时则扬蒜渡之舲，返柳浦之驿。六朝山黛，翠落眉签；十里琼花，香霏茧楮。敲玉钗而刻烛，鞶鉴图开；书练裙以代笺，珍珠字小。加以绿绮在御，双声竞陈；金荃掇华，九变复贯。同同者鸟，育育乎鱼。断铁跃夫蕤宾，名香荐之熏陆。奉光仪则才惊徐淑，慕仙耦而福妒刘纲。固宜月有长圆，花无离恨，何意狐鸣社警，赋感芜城；燕巢幕危，徙空吴会。羽书驰驿而去，木秭蔽江而来。夫人望天南之白云，悲塞北之黄鹄。思归之操空抚，近泪之土不干。杀贼心雄，未遂木兰之志；飞龙骨瘦，竟贻藁砧之忧。逮至破家回船，布帆无恙；板舆入舍，华发依然。而海山之灵药无征，尘世之彩云不驻。天乎此酷，人何以堪！观其金井梧桐之吟，珠湖绿柳之句。龙沙入梦，草有红心；鹃血成波，墨无华色。采薇鹿祐，难问元穹；传书鹤来，遽归阆苑。可以钦其行之孝矣，可以悯其志之悲矣。嗟嗟，太上忘情，谁能遣此！美人曼寿，振古为难。六如亭中，幻尘缘于泡影；九市天上，迷法界于华严。不留豹之皮，难挽惊鸿之迹。于是彩毫公子，绘南岳真图；兰台阿兄，作道韫小传。遍搜莨箧，尘网瑶华；载索弁言，词标黄绢。缀玉台之序，我愧徐陵；镌盘中之诗，君真伯玉。

咸丰四年仲冬之月，韵梅张景祁撰。

序

慈晖馆主人既逝世，吾侄竹斋茂才裒其遗诗如干首，诗馀如干阕，将寿诸枣梨，问序于余。启而读之，篇什虽隘，而缠绵悱恻之怀，清远隽上之致，固已挹之而无穷，味之而不厌，自非夙有禀承，未易臻斯壸域也。及晤其兄南疆主政于吴门，则知少受诗于母氏刘太夫人，六岁即通《毛诗》大义。嗣乃熟精于《古诗源》，旁及唐宋诸家，浏览殆遍，无不窥其堂奥。稍长，兼精琴理。吾师文达公每至选楼，必令鼓一再行，以佐欢宴，于女孙中别呼为"琴女孙"。夫琴之与诗，同出一原，古人歌颂，皆可被之管弦，故有工诗而不习琴者矣，未有善琴而不深于诗者也。性情所发，时而托诸丝桐，亦时而有传诸谣咏。凡以其天真独粹，是以随所抒写，而各极其致也。惜乎天不祚年，遽焉凋谢。检其书簏，只此吉光片羽，为可悲也，然光气已不可磨灭矣。

咸丰甲寅九月上浣，子范兆霖撰。

予妇慈晖馆主少聪颖，善鼓琴，兼解吟讽。先大夫宦扬时，为予委禽，时予年犹未冠也。洎咸丰壬子，余奉先大夫命，亲迎于邗。来归后，遽婴风木之痛，妇鬊纻擗踊，哭泣尽哀，戚党咸称其孝。居亡何，粤氛不靖，蹂躏江南北。金陵、维扬以次陷，川陆道梗，不得一纸书，南望白云，无时不神驰千里也。由是方寸结轖，不能已已，辄复寄诸谣咏。予以忧能伤人，止勿呕思，每谓予曰："诗者，思也。《记》有之：应感起物而动，然后心术形焉。《陟屺》《采薇》，每多苦调，动于中者，不自知耳。"嗣后属稿辄毁，不令予见，予亦不欲伤其意也。今岁首夏，患咽痛，缠绵药裹者累月，阳亏灵宅，竟以不起，呜呼伤哉！妇亡后，搜其莀箧，遗稿散佚，存者仅十之半，汇而录之，得诗词若干篇，内兄范书大令属寿诸梓，予不忍拒，明知巴歈里唱，无当雅裁，而哀悼之忱，或借以少慰，九原有知，其将笑予为诊痴否乎！

咸丰甲寅闰七月，武林沈麟元竹斋甫识。

题　辞

仅次阮文达公题女萝亭词卷韵奉题一律

魏谦升滋伯

良缘太短惜匆匆，绝似优昙现镜中。诗思芙蓉丽初日，琴心梧叶舞秋风。韦平家世天资贵，谢鲍才华古媛同。惆怅瘦腰人悼俪，一编凄对玉玲珑。庾园有奇石名玉玲珑，余昔题一诗。

杨锦雯晚岚

新诗骨秀本裁花，未许清芬擅左家。况有香词追《漱玉》，琴言谱入茜窗纱。

征题有句记新图，一现昙花不再苏。夫人有《横琴坐月图》，余曾谱词。才大红尘难久住，定修瑶史返仙都。

蒋坦蔼卿

青天碧海思茫茫，春入仙山梦不长。今日小鸾无处所，人间但有返生香。

帘卷西风月似烟，房中无复旧琴弦。伤心一曲离鸾调，丝网尘蒙近一年。

王堃小铁

锦瑟华年廿四春，羽衣仙侣证前身。琴心解脱胸真慧，诗格缠绵笔有神。凤管风凄留剩翰，蚕奁月冷黯香尘。伤心奉倩搜遗稿，卒读何堪泪满巾。

吴受藻檆蘅

廿年彤管播芳型，咏絮曾趋谢傅庭。若把琴心证诗格，高山流水独泠泠。

皮鼓声高动地来，梦魂飞不过苏台。伤心一曲《扬州慢》，传到人家剧可哀。

病骨缠绵岁一周，彩云吹散月华流。《广陵》从此无人继，绝调空闻在选楼。

替吟白烛恨难消，检点丛残百不聊。留得一编香茗在，闲愁瘦却沈郎腰。

应宝时敏斋

李家金石伏家经，都付风花夺脆龄。愁煞阮公墩上树，年年青护瘗琴铭。

雪珠如豆敲庭竹，一点孤灯冻不红。料得近来荀奉倩，梦魂冰透玉玲珑。庾园玉玲珑石，宣和花纲石也。

万劫谁知故剑存，回肠割断断情根。怜君翻笑君多事，何苦重寻旧墨痕。

高望曾茶庵

一编尘黯翠螺妆，花韵帘前总断肠。惆怅东阳瘦腰客，却从湘箧检诗囊。

兰言霏玉妙无论；纸上摩挲见粉痕。回首扬州二分月，烽烟满地黯离魂。

江 城 子

张应昌寄庵

松风水月韵愔愔。是琴心。是仙心。佩戛飞琼，吹下步虚音。身自蕊珠宫里谪，留一卷，鹤鸾吟。

高阳台

方鹭云泉

月冷纹窗，香消翠缕，凝尘积满湘弦。人去帏空，柔肠已断经年。除非梦里相逢乍，奈鳏鱼、醒枕难眠。近阑干。一搦腰肢，垂柳风前。　行吟都是伤心地，只篔筜戛玉，疑佩珊珊。粉盝脂箱，零星怕拾遗篇。簪花瘦格丛残稿，总啼鹃、血洒成斑。惹情牵，冥写晨钞，愁损朱颜。

壶中天

戴赓保勉斋

琼箫声咽，判相逢再世，秦台恩眷。一种闲愁无着处，落叶半庭吹满。月冷蟾光，琴寒风轸，旧梦如烟软。夫人有《横琴坐月图》。玲珑阁小，石边帘影空卷。　谁念冰雪聪明，华年廿四，花信风吹断。纵有零缣遗墨在，难补芝芙梦短。泪洒啼鹃，魂悲化鹤，同抱青山怨。选楼何许，恨他天远人远。

高阳台

王起砚香

奁粉香沉，鲛绡帐掩，壶中红泪偷弹。冷落妆台，瑶编珍重相看。冰弦曲断潇湘月，瘦郎腰、闷倚阑干。梦珊珊，絮果兰因，都付毫端。　聪明自证金闺福，奈怀兄忆母，翠袖愁单。露草烟榛，凄凉目送家山。双弯莫剃眉峰恨，怅镜儿、空照孤鸾。最心酸，小字簪花，怕读灯残。

闺秀题辞

齐天乐

吴藻蘋香

谢家门第天人贵，风姿绰然林下。碧幌弦琴，瑶编印粉，跨鹤扬州曾迓。高吟和寡。叹香茗词工，玉台谁亚。石倚玲珑，庾公楼畔好亭榭。　无端烽火照眼，白云岩半杳，凝望亲舍。寸草慈晖，空花幻影，愁满秋灯凉夜。郎腰瘦也，可重检眉奁，旧题罗帕。锦瑟华年，杜鹃馀泪泻。

虞美人

鲍靓玉士

盐梅门第调羹乍。别梦萦亲舍。高楼目断苦凝思。红了疏梅碧柳又丝丝。　竹栏花坞闲题记。好景何曾废。是仙是佛漫参详。且驾鸾骈还返白云乡。

清平乐

关锳秋芙

画屏秋远。残梦兜衾短。风落瑶笺诗一半。和雨和尘吹满。　隔帘弹冷琴声，小楼收了秋镫。不及多情芳草，春来还肯重生。

感 皇 恩

沈允慎湘涛

月冷谢庭空，瑶琴声断。飘渺仙云碧城远。尘缘如梦，虚说齐眉曾愿。春归花落易，韶光短。　昔忆江南，频拈湘管。泪滴思亲翠笺满。词工漱玉，遗向天涯人羡。清才深不愧，名门媛。

减字木兰花

高茹子柔

家山何在。满眼风波成恨海。镇日相思。并入齑辛幼妇词。　水仙渺矣。环佩依稀残梦里。香影蘅芜。遗得《横琴坐月图》。

齐天乐次蘋香夫人韵

许延礽云林

十年鸿雪邗江住，相逢选楼楼下。小字珠含，芳姿玉映，佳婿乘龙来迓。青琴调寡。是韦贯红妆，擘弦能亚。咏絮吟成，韵流松石古池榭。　乡关旋警燕幕，小村同避地，睽隔茅舍。癸丑三月，予避兵新城，媚川亦随侍踵至。乡隅相隔，终未得一见。静树乌啼，寒潮鲤讯，难慰椒窗晨夜。鸾笙去也。叹一霎西风，顿蔫桃帕。漫展瑶编，麝丸和泪泻。

慈晖馆诗草

仪征阮恩滦媚川

和宋白玉蟾弹琴诗韵

湛然抱琴癖，闲弹送夕阳。云和不可作，一曲一回肠。
黯黯秋云里，森森修竹间。化机人不识，飞雁落空山。
山月瞰长空，泠泠十指中。成连沧海上，千古叹高风。

长芦庵

长芦庵在予乡芦洲之北岸，芦洲在真州江中。每岁所入，为祭祀、睦族、公车等事之资，名曰礼祀洲，仿姑苏范文正公故事也。其北有草庐数椽，即名为长芦庵。先文达公《揅经室集》云：东坡集中有长芦禅院，其地在真州、六合之间，产芦极盛，今庵地似不相远。四面临江，山容水态，一目千里，堤上桃柳环列。辛亥春，侍吾母来庵，信宿而反，作诗纪之。

大江茫茫江水白，堤畔筑庵护深碧。绯桃绿柳锁双眉，日浸波光汤云液。新芦簇簇满长洲，深厚由来畜土脉。彼苍眷注优且渥，四十年中地频辟。洲地始仅里许，岁收极微，今地已极十倍之广，天之待予家亦厚矣。千村黛色接云容，百顷岚光被郊陌。江流浩浩汇奔注，两山排闼如相揖。庵之南面为五洲、高资两山，耸然对立，如屏如几。昔年曾付丹青手，妙画难得云林笔。忽检巾箱旧图卷，痴翁豪素留名迹。烟江叠嶂渺千里，尺幅不嫌鹅绢窄。借作此图亦快事，风涛飒飒生虚壁。先文达公尝倩诸画工绘礼祀洲图，悉不称意。嗣于箧中检得明初史痴翁泼墨山水一轴，纸仅二尺，然超超意远，颇得烟江风景，因借为礼祀洲烟江叠嶂图。我今恍惚身入画，万壑千岩赴襟舄。弹琴一曲江月寒，苍翠空蒙入帘隙。

春草二首

又是莺花倦酒天，平芜一抹远山连。青回南浦离人泪，绿趁西泠估客船。陌上暗惊春畹晚，天涯不断雨芊绵。马蹄款款教休踏，留与栖香粉蝶眠。

王孙何事赋飘蓬，一道裙腰辇路封。烧后新痕留细细，雨馀生意透重重。小青冢畔人谁踏，康乐池边梦早通。结伴清明期共斗，南园烟绿正蒙茸。

春　雨

当春一番雨，雨意畅人情。水满将平沼，云低欲压城。遥知深巷里，时有卖花声。所慰三农望，扶犁处处耕。

阑　干

林园隙地界三弓，数遍阑干亚字红。淡月斜临移随影，名花低压护芳丛。不知曲折从何转，但觉回环到处通。独有诗人吟未稳，闲来轻拍倚东风。

试　　茗

泉鸣石铫竹烟斜，一盏旗枪泼乳花。却笑东坡老居士，头纲八饼向谁夸。

选楼四时词

六幅蝉纱晓槛开，丝丝烟柳拂池台。佳辰又是清明近，罗幕低垂细雨来。

金镜平开水一方，曲屏如幔石如床。月明风送荷香远，销得诗魂耐晚凉。

草凝寒露竹凝烟，水浅池塘堕白莲。雨过小林凉意足，满庭秋思雁来天。

几日繁霜浅草枯，十三弦柱雁行孤。平林萧瑟栖残照，金背寒鸦接翅呼。

夏　　夜

熏风夜透池荷飐，拂拂幽香来竹院。起视明星独倚阑，凉云密织鱼鳞片。冰绡雾縠却袢暑，披襟懒挈黄罗扇。灯疏月落不见人，隔花时有流萤现。

观　　荷

荷静縠纹凉，风行自在香。蘋洲词可谱，玉立照新妆。用弁阳词句。

七夕偶成

疏星淡月两依依，漫说填桥秃鹊飞。却笑文章谁织锦，累他灵石赠支机。

立秋日作

水槛凉生雨脚微，青篱络角豆花肥。前宵已听新蛩语，不待梧桐一叶飞。

盆中白菊大如牡丹

秋英艳比洛阳春，净洗铅华态更新。疑是仙人擎露掌，水晶帘底绝纤尘。

仲冬盆菊犹茂

素艳开原晚，霜腴老更滋。几经陶令醉，曾慰楚累饥。拟扫三三径，浑忘九九时。郦泉如可酌，合献万年卮。

寒　　月

霜月照松涧，清辉特地寒。萝荫翠袖薄，心怯倚阑干。

盆　　梅

盎然春意小，瓦盆媚寒葩。暗香带月满，疏枝当窗斜。天地始来复，几席常清华。即此邓尉岭，何必逋仙家。

冬　　夜

兽炉无焰峭寒增，芸阁闲吟自剪灯。几度拈毫刚落纸，一痕香墨已成冰。

虬箭频催月未阑，貂茸新卸觉生寒。半窗竹影书千个，绝胜文家画本看。

烛　　花

铜盘鹤焰夜光融，蜡凤衔花结几丛。双炬撤归莲蕊艳，两行照出杏枝红。听来吉语银屏底，添得清辉绣幄中。月映小窗梅乍放，更兼疏竹瑞烟笼。

咏琴墅梅

茅屋藏花里，梅开满屋香。七弦鸣绿绮，千树绕红妆。古调凭谁契，冰姿为尔芳。泠泠惊宿鸟，月冻半林霜。

即　　事

镇日雨帘纤，楼前李花落。时有东风来，吹上阑下角。

春　　晴

泼眼晴光破晓寒,落花榆荚满朱栏。清明才过无多日,开遍南园绿牡丹。

咏　　絮

垂柳三眠后,新晴絮乍飞。蜂粘穿曲径,蝶惹戏斜晖。扑雪迷花坞,因风飐客衣。画桥回首处,点点送春归。

春　　望

高楼眺平楚,江树何沉沉。茅屋互鳞比,烟霭一以深。青骢识归路,黄鹂弄好音。朅来写怀抱,举目悲登临。蘅芜渺天末,桃李乱云浔。韶华易逝羽,奄忽不可寻。俯仰感今昔,悠悠千古心。回首妆台畔,花落罥瑶琴。

久雨初霁

风暖鸟齐鸣,西园淑景呈。湿云栖树杪,初日晃帘旌。远岫空青染,平畴众绿生。三农应忭慰,戴笠事春耕。

始闻蝉声

日午风暄次第鸣,翛然一碧树无情。好音为报黄梅出,雅奏疑翻白苎轻。弄舌我怜才语涩,上头人爱鬓丝青。莫矜倚托清高甚,应悔秋来玉露零。

赋茉莉

瑶根新种小南强,笑摘花钿助晚凉。风袅银丝凉露重,梦回绡帐翠鬟香。桐绵细落痕难觅,粉蝶低飞影易藏。好与鱼兰配风韵,青磁分饷采珠娘。

湖　上

柳荫深处觅新凉,百顷玻璃淡夕阳。闲把渔竿自垂钓,白莲花底起鸳鸯。

玉玲珑阁暴雨

云压长空势欲摧,天教泼墨画图开。翻风乱飐竹阴碎,卷地忽闻荷气来。定有蛟龙迁窟宅,暗惊灯火暝楼台。秋声已在芭蕉树,不觉纱屏梦屡催。

早　凉

鹊渚西风大火流,青虫扑簌夜缸幽。不知庭外凉多少,一树梧桐一叶秋。

庚园竹如意斋先君舅直指公书屋也茂林修竹映带左右予每过之辄低徊不忍去惜未及携琴林下一弹再鼓耳

斋名如意最销愁，修竹娟娟绿荫稠。入夜暗筛千片月，未凉先做二分秋。绮窗映水青全护，曲磴通桥韵欲流。若使鸣琴对松石，应教元鹤下仙洲。

庚园白皮松

拔地苔荫黯，参天黛色浓。庭应神鬼护，枝任雪霜封。架石还招鹤，拿云欲化龙。银涛风送响，疑在万山中。

嘲　露

碧宇高寒天始秋，珍珠价贱未须收。汉宫仙掌今何在，谩比金盘铅泪流。

新秋感怀

雨馀人意爽，秋气足庭除。水曲闻蝉后，霜关警雁初。风欺袖罗薄，月瞰屋梁虚。渺渺沧江路，谁传双鲤书。

秋夜梦归邗江并得句云花奴载菊自江乡忆先文达公抚浙时每至秋晚必命花奴自维扬载菊一舟借博家乡风景绘有秋江载菊图故梦中云云因足成之

家园回首费思量，城郭依依认绿杨。琴客弦诗宜水调，花奴载菊自江乡。柴桑粉本秋容淡，瓜步钟声驿路长。梦醒不知窗月皎，白云何处倍神伤。

对月有感

云静暮天碧，秋深霜月迟。倚楼对清影，抚景动遐思。乡国明谁共，衣襟冷不支。行吟独惆怅，未觉夜阑时。

暮秋偶成

几丛瘦菊耐深秋，檐铁惊风话别愁。皓月不知人意苦，暗筛花影上帘钩。

醉　　蟹

莫倚横行意态雄，萧妃骨醉恨差同。稻粱尽豢双螯黑，汤鼎今逃一背红。入瓮每思乡味俊，将糖不拟食单充。鲖阳口福偏多累，未许加餐劝酒筒。时予子以腹疾未得染指。

乡居晚眺

漭漾云涛作势奔，夕阳衔破远山痕。春前花鸟无消息，天末音书役梦魂。陵谷百年人事改，江淮半壁战尘昏。仓皇行馆同巢幕，不及归鸦向晚村。

兵乱未息乡间久疏南望白云形神交悴人言愁始欲愁矣率赋长歌用摅忧抱

羽檄半天下，江南复江北。千里望白云，可望不可即。忆昔在室时，帟帏侍晨夕。胜衣授文史，章句勤记述。馀事及绘画，丹青恣涂泽。如何一挥手，鹣蜂顿代易。巾车愿言迈，旋归那可得。岂伊冈阜高，伏莽多蟊贼。岂伊风涛阻，旌旗蔽江黑。端忧从中来，寤寐空反侧。深渊有蛟虬，丛薄饶豺貘。音书亦已渺，何况见颜色。日月如转毂，烽火何时熄。欲取瑶琴弹，思归操谁识。欲引浊醪饮，愁病输酒力。区区寸草心，胡以酬爱日。安得扫欃枪，尘氛清四极。上贺风云通，下庆乱离息。载咏《河广》诗，长风送归楫。

暮春晚晴

西湖暮春天，连绵雨不歇。草色浓如烟，柳丝重欲折。今兹睹新晴，寻芳闹蜂蝶。归云意迟迟，斜阳半明灭。倚槛淡忘言，悠然自怡悦。晚花散馀香，帘卷一钩月。

春　柳

倦柳依依舞细腰，风丝轻拂鸟声娇。千门社鼓斜阳陌，一路酒旗红板桥。客梦远随流水去，春痕闲逐落花飘。是谁借与并州剪，剪出离愁万万条。

和白香山月夜调琴忆崔少卿诗

琴韵幽闲寄性情，香山月夜忆崔卿。可怜古调无知己，等作寻常箫管声。

庾园蹊径绝佳来归后约近载许窥园之乐仅得一再余固负园园无负我乎闷作此章借以自嘲

一年容易又秋初，咫尺林园迹久疏。莫谓关情非草木，多缘寄目在琴书。万竿修竹胸中贮，百种名花眼底虚。兀坐小楼遥忆处，那堪青盼屡邀予。

寄家书

拈毫欲写几迟回，万种新愁顷刻来。书尽兰笺心未尽，却教缄罢又重开。

新秋感怀

云影重重月影圆，新凉又是早秋天。关山迢递家千里，风雨萧疏客一年。到处蝉琴寒咽露，几行雁字淡浮烟。消魂金井梧桐树，叶落无声倍惘然。

奉吾母来札喜志一绝

画楼寂寞正徘徊，惊报家书一纸来。半是欢欣半还惧，先看函面莫轻开。

偶　　作

片月衔山远，归云旁树横。江城吹玉笛，日夜故园情。

闻　　砧

西风萧槭送寒砧，入耳偏教乡思深。响彻关山悲戍路，声传闺闼碎秋心。惊回独枕三更梦，催落凉蟾万树阴。不管离人肠欲断，更搀霜角度遥岑。

晨起见积雪

马耳风尖散六花，前宵扑簌打窗纱。琼枝琪树迷三径，屋角朝曦影尚斜。

玉戏曾闻碧落仙，田家三白祝丰年。天公似念人间冷，大地关山与着绵。

冬日偶成

平安两字托鱼笺，回首萱闱倍黯然。怕向高楼卷帘望，青山遮断白云天。

接家书有感二首

东风又到短长亭，惆怅珠湖柳色青。安得蒲帆悬十幅，随潮直下广陵城。

红桥回首路茫茫，雁足书来每断肠。惟愿烽烟渐平息，归篷影里白蘋香。

和竹斋主人

娇莺啼上绿杨枝，闲傍妆台瘦不支。半榻诗书常乱叠，一楼风雨最相思。瑶琴空抚思归操，黄绢慵赓绝妙词。鸿雁在云鱼在水，更谁传讯到天涯。

初春游云栖

笋舆破晓到云栖，万个琅玕夹道齐。笕路曲盘山磴窄，松阴深锁寺楼低。疏钟顿令尘心远，古壁应无俗客题。却喜寻春来较早，杏花微雨故凄迷。

云栖题壁和先文达公韵

四山滴寒翠，长松夹修篁。江潮啮岸急，天风吹衣凉。咨禅参举叶，礼佛来焚香。定禽寂无语，云间钟梵长。

由云栖纡道至湖上名园古寺游赏竟日泚笔赋之

两载湖山住，题襟愿未酬。说曾闻约略，地始足勾留。棠树垂先泽，堤上桃柳半为先文达公手植。花城饱艳游。剪灯劳梦忆，烟柳六桥头。

春日感怀

独有思亲泪，逢春洒更多。两年经别久，千里奈愁何。画阁迟迟日，珠湖渺渺波。归期休复问，一岁一蹉跎。

甲寅三月余以事过西兴舟泊北岸有老树一株参天百尺榜人以绳度之围约四丈许其腹空洞如小室殆千百年物也赋此以志奇观

参天黛色接苍茫，寻丈难教握带量。终古风云通际会，神仙窟宅露行藏。漫劳赋笔吟枯树，何止奇才识豫章。阅尽沧桑尘外劫，几回柯叶改青黄。

慈晖馆词章

仪征阮恩滦媚川

烛影摇红元宵灯宴

明月随人,碧空一色烟峦照。凤城火树灿银花,争向云阶耀。疑似红梅放了。只须臾、暖烘林表。霞觞泛艳,冰盏烧脂,楼台低峭。　　彩射千层,此时倍觉春容好。南油西漆爱辉煌,罗绮纷环绕。最是妆成闹扫。说虬签、休来报晓。今宵不禁、更买来宵,金钱多少。

汉宫春

扬州隋文选楼巷,见于宋王象之《舆地纪胜》等书,隋曹宪以《文选》学开之,唐李善等以注《选》继之,非昭明太子读书处也。予家在文选巷,嘉庆十年,先文达公始于隙地筑楼五楹,即名曰隋文选楼。楼之上奉曹宪及魏模、公孙罗、李善、魏景倩、李邕、许淹七栗主,左右为藏书所,楼之下为西塾。庚戌暮春,偶步选楼下,因溯厥由来,漫赋此阕。

曹氏开先,更诸儒继后,选学遥传。回思旧时,堂构都付榛烟。幸存故址,记吾家、卜祝林泉。愿自此、蘋蘩永祀,馨香俎豆年年。　　莫道风流云散,念门墙桃李,多士班联。昔曹宪居此,聚徒教授,凡数百人,公卿多从之。寻来雪泥鸿爪,馀韵留连。依依斜照,喜高楼、百尺参天。任罗贮、名书万卷,未教媲美前贤。

玉京秋湖上看桂

烟水远，凉飙动群木，桂花初绽。低云密护，颓阳微渲。浅碧深黄相半。最留人、风送香暖。凝眸看，几枝斜倚，小山亭畔。林外残霞催晚，喜馀芬、常留仙馆。瑶砌珠尘，画阑金粟，十分秋满。试问天台，料万树、应亦同时开遍。漫飘散。为惜芳华太短。

高山流水选楼理琴

选楼修竹峭寒侵。按冰丝、指冷瑶琴。弹到月明时，蟾辉朗彻遥岑。试回首，落雁沉沉。声停处，别有悠扬逸韵，暗度疏林。只钟期难觅，山水意何深。　　披襟。清风入怀抱，爱泠然、古调愔愔。出土忆号钟，廿字独矢丹忱。感沧桑，触物惊心。武林吴君素江尝得古琴于土中，背有铭曰："东山之桐，西山之梓，合而为一，垂千万古。"上曰"号钟"，下曰"叠山"，古色斑斓，断文隐约，知为宋谢文节公故物也。惜余生也晚，未获，一写怀古之思。念今日，但问移宫换羽，谁是知音。况无弦真趣，三昧费研寻。

洞仙歌送秋

青林红树，几日霜风警。才说悲秋，又被秋尽。想金蕉、两点瘦却愁蛾，无限恨。殆比送春更甚。　　寒云催雁阵。雁去无声，碧汉迢迢夜清迥。楚客赋情疏，摇落江蓠，忍重忆、故园风景。到此际、匆匆苦难留，问有酒盈尊，可能消领。

琐窗寒消寒

冻雪拳鸦，深松隐鹤，绮窗风紧。貂茸护暖，减了弄妆清兴。问园梅、将开未开，小阑浅压苔枝冷。忆六朝山色，愁蛾难画，峭寒同警。　　云影。西楼暝。正酒热枫根，笛飘竹径。灯帘自倚，销得玉釭兰烬。怕窥檐、霜月半棱，夜阶渐觉瑶漏静。且围炉、小试龙团，也胜椒花饮。

庆清朝慢除夕听爆竹声

蛇蜕年华，凤城灯火，东风催动春声。神弦乍歌迎送，上烛霄明。听向南邻北舍，流光电掣总心惊。才一瞥，蝶衣碎迸，翻讶飞霙。　　岁已尽，漏正永，试问夜何许，夜转三更。最是铜街叠鼓，依约雷鸣。犹记椒筵散后，千门歌吹杂箫笙。银台畔，蜡花送喜，还缀琼英。

迎春乐

四时美景知多少。算惟有、春光好。园梅争报齐开了。只几日、东风峭。　　问何处、玉箫声绕。倚亭畔、暗香缥缈。那得瑶台月夜，醉索巡檐笑。

夏初临平山堂看龙舟

高阁凌霄，长坡掣练，正逢竞渡芳游。遥指旌旗，回旋三两龙舟。满湖烟景齐收。沸笙歌、乱逐中流。锦波荡桨，春雷叠鼓，作势昂头。　　当年阑槛，种柳依依，醉翁陈迹，鸿雪空留。青山无恙，哀丝豪竹都休。罗绮云稠。笑无端，极目凭楼。惹闲愁。几多鳞爪，惊起沙鸥。

扬州慢

壬子五月，道出姑苏，闻是晚虎邱灯舟极盛，吾母暨葵农四兄、竹斋主人及余偕往观焉。月采灯辉，朗彻如画，因填此解，以记其盛。

万点疑星，四围如画。往来半是灯舟。正繁弦急管，响彻大江流。忆邗上湖亭避暑，清歌檀板，鼓吹都休。怎人移星换，旬馀疑隔三秋。　　一轮皓月，喜此时、同照山邱。更烛影摇红，波光耀彩，几费凝眸。生怕汝南鸡唱，知慈云、返棹难留。吾母拟俟明晨即分袂回邗矣。这馀辉良夜，顿添无限新愁。

浣溪纱吴江舟次

江北江南暮霭平。蒙蒙烟树雨初晴。万家灯火隔湖明。
风送归云栖断岭，星连寒月带孤城。轻帆一刻过松陵。

又

何处幽人玉笛吹，闻隔岸笛声。新愁遥寄落梅时。隔汀鸥鹭未教知。　　江渚风涛羁客恨，水窗弦索女郎词。梦回朱舫漏迟迟。

十六字令

愁。羽檄纷驰又一秋。频回首，惆怅水西流。

剔银灯砚屏

悄坐夜窗孤暝，不减临池清兴。试启银屏、照来瓦砚，隐约墨痕深映。凝眸细认。注潋滟、笔花流影。　格写眠蚕秀整。光冻研螺清冷。玳几灯疏，金星兖小，比似晕妆窥镜。兰笺书尽。觉恍惚、有人遥颂。

碧桃春

予性酷嗜山水，在室时，或泛舟湖上，或寄迹名园，情之所到，月比屡焉。自于归来杭，尘事沓来，未及一览湖山之胜，思之怃然。癸丑春，以楚氛逼近江浙，予随君姑避居新城董湾，虽地属乡隅，而水光山渌，纵横无际，群峰似笑，远树如簪，俯仰流连，颇娱心目。因为倚声，以写其胜。

钱江山水秀灵钟。茫茫天地空。避居聊借作游踪。风光堪慰侬。　云漠漠，雨蒙蒙。青松罗数峰。依稀身入画图中。何期逆旅逢。

又

数椽茅屋接松杉。晴峰明翠岚。碧林深处夕阳衔。依依春色酣。　　城市远，水云涵。终朝送客帆。门外小港通长江，遥望行舟，历历可见。只怜病骨似眠蚕。轻寒怯茜衫。时病初起。

扑蝴蝶月夜看菊感怀

霜英弄晚，清绝东篱景。秋容太淡，蟾波相掩映。几重帘卷风疏，一曲阑回露冷，何如未荒三径。　　峭寒警。年华逝羽，风雨重阳怕回省。亭亭照见，恍如侬瘦影。最怜压鬓簪低，况是烧灯院静。销磨醉吟清兴。

诉衷情

绣绒窗底卷银钩。蝉鬓理还休。星期暗数灵匹，河汉正西流。思往事，触新愁。莫凭楼。梧桐夜雨，点点声声，渐做深秋。

扫花游

自云楼寺归，泛舟西湖，游览竟日，倚声成歌。

万篁径里，正翠滴篮舆，海霞初晓。寺门渐杳。更明湖荡桨，镜波回抱。极目群峰，百变云容尽扫。晚春好。问堤柳旧栽，添种多少。先文达公抚浙时，浚西湖，曾命海塘兵剪柳三十馀枝，遍插苏堤，并令逐年添插千枝。　　何事赢懊恼。指绚碧亭台，俊游曾到。谢墩自小。叹而今剩有，冷烟衰草。先文达公又于湖心积葑成堆，中建小亭，遍栽桃柳，杭人呼为阮公墩，今圮废有年矣。无限悲怀，且听莺啼树杪。日西了。仅徘徊，晚花池沼。日暮，舟抵涌金门，复游朱氏园。时丁香大放，霍靡可爱。

后　跋

《慈晖馆诗词》，吾弟麟元竹斋配阮淑人所著也。观其兄南疆主政所撰，传暨数十年，宗族乡党之所称道，则其所谓贤且孝，固不必以诗词显，而诗词要自有不可磨灭者。盖淑人卒于咸丰四年七月，而《慈晖馆草》之刊也，则成于是冬十月。其后六年，吾弟谒选京师，版留家塾，未一年而杭城陷，又一年再陷，意是刻必同付劫灰矣。乃同治三年二月城克，余返自甬东，入城则敝庐已蹂躏不可居，因就吾兄弟景家弄宅暂憩焉。厅事榜曰“恩庆堂”，为梁山舟学士擘窠书，竟无恙。其东偏小室名安雅者，额亦在焉。楹间一雕漆联句云“瑶琴韵合神仙侣，金带香浓宰相家”，殆吾弟赘扬时青庐中物，可慨已。又登其楼，则拉杂满中，讶故纸簏中梨枣宛然，启视果《慈晖馆诗词》藏板也，又甚幸焉，惜诗馀稍有缺毁耳。逮函告吾弟，谋补刊，而遍觅藏本卒不得，荏苒十一二年矣。今年春，外甥谢吉人自泰州归，冀燹前或有携出本，嘱其检诸行笥，果得之。因取前板对校一过，并付梓人，缺者补之，毁者易之，未匝月而工竣，遂成完璧。噫！江浙罹烽火久矣，金石且为焦土，况区区寸楮尺木，其不至拾作炊薪者几希。余既幸是刻之不卒磨灭，而益叹淑人之贤且孝有由致已。

光绪元年岁次乙亥夏六月，沈彤元芷渌记。

澹宜书屋诗草

（清）高凤楼 撰 韩立平 殷文超 整理

整理说明

高凤楼（？—1847），字五云，晚年自号澹宜老人，仁和（今浙江杭州）人，崇文次女。翰林院编修胡敬（1769—1845）室。亡故后，其子妇将其平日所作辑成《澹宜书屋诗草》二卷，道光二十七年（1847）刊刻，今据以整理。

序

古之言诗教者，必曰温柔敦厚。此岂雕琢蔓藻、锥凿幽险之所能致哉？是必有恬澹之怀抱，而后有冲澹之诗境。所以泉明之诗，叶乎天籁；香山之作，老妪能知。山之秀耶？水之清耶？茂林修竹之蓊翳而葱蒨耶？其容有粉饰之工存耶？审乎此，可以知淑人之诗与其人已。淑人为胡书农学士之配，母族氏高，生长名楣，绝无纨绮之习。渊懿性成，事亲以孝，恭俭撙节，仁让宽恕，则操行之澹也；淑人于世事无所嗜，独嗜书，诸子百家率皆成诵，独好内典及宋儒《西铭》《通书》，骈四俪六、晕金裁碧之文，概屏勿寓目，则好尚之澹也；有翚揄之贵而无华膴之心，珍羞隽味不登于俎，蜀锦鲁縠不加于身，则自奉之澹也。淑人好为诗，不求人知，惟与其姊友兰女史，及其从子妇畹香女史相与唱和。后归安定，惟与子妇辈推敲字句，赏奇析疑，或以图帧索诗，概勿应。曰："诗以写意，岂以沽名？"则志趣之澹也。故其为诗也，未尝刻意求工，即景流连，与为委蛇，疏瀹性灵，纯真而无饰。读其咏史诸作，则器识之渊深可知。读其感逝诸作，则骨肉之情挚可知；读其病中诸作，则胸襟旷达可知。此《南华》所云"澹与泊相遭"，而淑人之以澹宜自号者欤？今秋淑人捐馆，其子妇，履之女钟也，持淑人诗问序于履。履于淑人为强近之戚，素承下问，其可无一辞以赞之乎？爰读数过，缀墨而归之。善乎！司空表圣之言曰："落花无言，人澹如菊。"窃取以品定淑人之诗可耳。

道光丁未季冬之月上浣，同里姻侄陆终氏女史颖卿黄履拜序。

题　辞

吁嗟吾大姒，懿范咸矜式。雅擅左芬才，淑慎著嘉德。夙昔各随宦，异地徒相忆。仰止情弥长，怅难随姒侧。今春归视女，甫得亲颜色。乍慰平生慕，言欢未终日。病女惨云殂，摛藻劳椽笔。奖借出齿芬，一读一太息。感姒情义深，爱敬尤相得。我行返津门，分手弥凄恻。依依惜别时，伤哉已遘疾。今兹闻恶耗，神魂倍惊怵。大姒有遗言，以诗命我质。愧我谫陋词，何敢以蠡测。彤管播徽音，行将金石勒。人生悲往事，感念曷有极。

愚娣金舜仪湘琴。

澹宜书屋诗草卷上

仁和高凤楼五云撰

古　意

古有旷达者，不喜亦不怒。啸傲云水间，苦乐凭天付。善恶两无干，彭亨了无趣。黄鹤鸣九皋，其声震千里。黄鸟啼春枝，浓艳催桃李。络纬闹清秋，凄咽秋风里。万物尽通灵，亦各知悲喜。钳口独无辞，何其不如彼。我性本疏慵，巴渝不辞俚。

秋　夜

坐对秋光有所思，钩帘清夜学吟诗。月明似水云如练，静听铜壶滴漏迟。

次冯畹香侄妇对雪韵畹香为荻浦侄室

是谁妙手逞空空，碎剪冰花散晓风。冷逼鹭鸶藏远树，轻疑蝴蝶度雕栊。蜜梅斜带三分白，天竹低垂万颗红。莫认瑶台仙佩解，偶秦楼上玉丁东。畹香所居楼颜曰“偶秦”。

次雪霁畹香复用前韵见示再叠前韵

四围山色忽青空，帘外飘残柳絮风。十二画楼遮玉树，三千银界现珠栊。炊烟半冱寒云碧，冻溜徐消晓日红。怪杀梅花太多事，又传春信到江东。

读　史

展卷思前代，兴亡往事留。平生最迂阔，常替古人愁。

北窗玩月

万籁静无声，二十五更永。不许对常娥，只许看花影。

冻　雨

冻雨新收嫩日来，偶然庭畔小徘徊。欲寻春信不知处，一朵寒梅花半开。

灌　花

花含生意向韶阳，汲水朝朝为汝忙。频挈瓦壶偕小婢，斜吹粉雨上低墙。繁枝自染三霄露，短袖应沾百和香。九十春光凭护惜，东君点缀定胜常。

偕越坨九兄芝检十弟及荻浦诸侄集书画舫小酌

载酒频来曲槛前，荼蘼开尽柳飞绵。桃花雨后梨花雪，浣出清和四月天。

红　　叶

自遇秋霜色不同，胭脂叶叶染来工。漫将二月春花比，定与春花别样红。

惟善堂北楼秋眺

妆台风冷暮秋天，诗句无成夜不眠。正欲推窗延月色，飞鸿声过小楼前。

回　　文

小楼人坐听残更，坐听残更月转轮。月转轮时闻鹊噪，时闻鹊噪小楼人。

小　　病

炉香微袅上灯时，帘幕重重燕语迟。病起心情无着处，小楼春雨学填词。

早　　起

妆阁初临镜，文窗六扇开。卷帘花气入，拂栏柳风来。曙色催黄鸟，晴曦上绿苔。忍寒闲觅句，庭畔小徘徊。

新夏四言

清和四日，首夏初临。荷钱出沼，樱珠缀林。红芳已减，绿阴渐深。薰风送暖，珍禽弄音。借此良辰，聊以赏心。无诗可赋，有酒堪斟。郁郁佳卉，泠泠素琴。优哉游哉，以写我襟。

夏　夜

轻纱窗掩一灯红，小病偏逢溽暑中。枕簟如炉眠不得，自携蕉扇觉清风。

薄暮登惟善堂北楼

手拂瓶荷水未干，葛衣新换晚凭栏。夕阳山色浑如画，卷上湘帘仔细看。

戏题升官图

群才顷刻上瀛洲，不用鸡人报晓筹。将相公卿凭掌握，果然谈笑觅封侯。

护　花

冬尽寒犹在，春回只绿苔。天霜陨兰蕙，思起避风台。

晓　寒

严风吹竹隔窗喧，篝火星星到晓温。今日不知寒几许，重衾犹恋怕开门。

送　春

樱笋筵前已饯春，风前犹畏夹衣轻。小窗卧病浑无寐，静听潇潇夜雨声。

隋堤柳

春风先到莫愁家，十里青青望翠华。一自锦帆人去后，年年如雪作飞花。

题新之三侄芙蓉诔画册

写出人间第一痴，乍逢秋艳动哀思。诔文试向花间读，错认芙蓉是女儿。

拜瞻先翁遗像

北斗泰山空仰止，锦袍绣黼俨神明。羹汤未得生前奉，惭愧烝尝对两楹。

题施恭人像

广额秀眉年尚少，曾栽丹桂在名园。才疏不解芦衣巧，一念稍堪慰九原。恭人遗子琳年甫十岁。

古欢书屋咏玉兰

冰雪精神姑射姿，玉堂香满早春时。亭亭百尺凌云干，占得琼林第一枝。

古欢书屋咏秋海棠

浑如倩女南楼梦，恰似明妃北塞魂。数尽秋花最哀艳，淡烟斜月伴黄昏。

送夫子进都

此去长安远，殷勤酒一瓯。为君壮行色，不敢话离愁。

和夫子舟中寄家诗

北新关外泊舟时，一札封将两首诗。应是乡心抛不得，和风和雨写离思。

三千里外晓冲寒，回首莱衣影觉单。莫使倚闾频怅望，早烦鱼雁报平安。

秋　闺

偶尔启窗纱，此际凭阑少。雁字写长空，片片凉云悄。

凉影上梧桐，清风拂瑶席。静夜独无言，中庭对华月。

忆长安

月明风冷夜凉生，万里银河一线横。四壁寒蛩惊独梦，半林残叶送秋声。马周自古常为客，伯约而今正远行。香雾清辉对虚幌，长安西望不胜情。

寄　外

博得清名挽鹿车，敢因离情惜年华。结缡未几难为妇，举案无多又别家。愧我药炉每愁病，怜君宦海历风沙。肯烦消息通鱼雁，莫使深闺望眼赊。

天高木落听宵砧，两地劳劳共此心。顾影自怜翻独笑，临风忆远亦沾襟。画楼凉意生虚幌，芦浦秋歌托素琴。几度京华寄芳讯，愁思谁信比河深。

古　意

罗帏明月来，顾影空徘徊。相忆不相见，坐使朱颜衰。登山复临水，鱼雁何时回。

母家沅侄七岁能诗余家琳儿琪侄年相仿亦学吟咏喜而赋此

敏捷枚皋赋,诸郎秀可知。他年愿王谢,兰桂发同时。

美人风筝

掌中飞燕态翩跹,竟欲乘风访列仙。尘世料无知己赏,步虚还上大罗天。

寄家书作

细检蝇头字,东风托羽翰。须知千点泪,莫作等闲看。

示琳儿就塾

宅相每闻夸舅氏,频邀南阮院中游。青箱家学还期汝,恐负三馀未敢留。

题纺灯课读图

北风凛凛天雨雪,贫闺有人灯下织。茅屋书生夜读书,十年宰相无人识。

早　　春

轻风剪剪透窗纱，草色蒙茸未吐芽。为问小园春信息，玉梅才放两三花。晨光萧索启帷迟，风满帘栊雪满枝。百鸟无声花未发，春寒犹似季冬时。

春　　霁

宿雨初开霁，朝阳好曝衣。园林增秀色，水木漾晴晖。楼角开西爽，山腰露翠微。儿童各昂首，争看纸鸢飞。

柬友兰姊

庭闱乐事比团沙，略解承欢各有家。底事才多偏善病，怜君清瘦似梅花。

秋夜偶成

小院深沉蛩语幽，疏林点滴雨声秋。青橙紫蟹时空过，绿酒黄花句未酬。清夜每萦千里思，何年抛得寸心愁。浮生感似樊笼鸟，惭愧忘机海上鸥。

夫子分校顺天试卷诗以代柬

南宫首捷早承恩，玉尺今番佐试臣。闻道奇才出燕赵，好收名士达枫宸。记否风檐刻烛时，卅年辛苦自深知。今朝新试抡材手，培植秋风桂几枝。

顺天放榜后夫子作诗寄家赋此奉告

秋风锁院衡文使，十二篇诗寄故乡。中有思亲几行泪，深闺留当锦书藏。

三十初度

惭愧经初度，春晖感未酬。问心无一乐，入世尚多愁。稚子芸窗课，良人宦海游。封书凭去雁，珍重到皇州。

卧　吟

卧吟消遣病形骸，帘幕东风细雨来。燕子未归春寂寂，绮窗惟见玉梅开。

和夫子寄敝衣诗元韵

衣敝缝如故，缄书密意将。织缣同织素，应未旧人忘。
怅叹频年事，多愁总为家。为沾游子泪，不忍浣尘沙。
谁识梅花瘦，空怜碧草长。寒衣频欲剪，宽窄却难量。

冬　夜

香消金兽麝烟沉，尚有兰灯半壁青。一角窗明花影上，五更残月梦初醒。

寄书口占

絮组裁量觉漏长，霜风如剪透肌凉。青箱自检无馀物，聊拂云笺寄数行。

和夫子回回锦寄家诗五首次元韵

归逐星槎挂片帆，天香定识染朝衫。寄家千里回回锦，吟得乡思付一函。

木天采笔用心裁，尺素遥从画省来。愧我于今渐多病，何妨专宠赵阳台。

山重水复思无涯，辛苦慈亲盼望赊。传语校书天禄客，须勤尺一寄还家。

入世由来万事难，聊修寸楮报平安。桂香楼上中宵月，倚幌频年只独看。所居楼额颜曰“桂香深处”。

年来何事锦书稀，远思频劳蝶梦飞。南国春回芳草绿，何当重舞楚莱衣。

再次回回锦韵

忆得深秋送远帆，几多别泪湿征衫。东风五载家山事，难把愁心诉一函。

一箧蒲桃艳锦裁，肯随青鸟报书来。兰闺病质慵梳洗，惭愧温家玉锦台。

功名应是绊天涯，莫厌鹏程路太赊。已见碧纱笼字后，缬袍原属旧韦家。

百转愁肠欲话难，高堂虽老体平安。殷勤雁足劳相寄，知否文窗着意看。

衡门寂静掩双扉，卜尽灯花鹊又飞。五首新诗书一纸，去冬曾为寄寒衣。

两月以来未接京书有怀赋此

伊人久未归，行迹苔痕覆。庭间一鸟鸣，堂虚飞蝙蝠。阶草绿烟滋，林花红锦簇。那解别离愁，但识青阳沐。何如蕙兰性，寄居在空谷。葳蕤固不发，留将君子馥。娇儿渐岁长，诗书解勤读。晨夕却依依，稍堪慰幽独。星霜忽五易，时序惊迅速。缅想远游人，所亲惟童仆。深闺怅望心，高堂倚闾目。两月盼归鸿，感怀泪盈掬。

感　怀

空劳堂上倚门闾，未卜王孙愿可如。烟树桑干频望远，尘签笋束更抛书。亲庭四载冬温缺，稚子三馀夏课疏。何日吴江整归棹，定知张翰忆鲈鱼。

读　史

朝受三齐爵，暮食淮阴禄。一旦未央宫，千古英雄哭。

湘水沉灵魄，长沙屈贾生。千秋忠义泪，化作岭猿声。

清贫得自由，富贵多招辱。所以严子陵，故加榻上足。

肠断蜈矶水，长江一命终。伤心吴太后，深悔识英雄。

壬申四月十一日携琳儿归宁辞别两亲随宦入都

转辗难为别，耶娘鬓已星。牵衣频泣涕，把酒复丁宁。去也风尘顺，归兮岁几轻。慈姑惊已老，客梦恐常醒。游子嗟行色，娇儿尚幼龄。传书望昆季，鱼腹素通灵。

登舟别越垞诸兄

白云从此瞻南极，鸿雁先春向北征。无奈轻舆催远道，可怜游子怕行程。轻帆影里乡关迥，柔橹声中客梦惊。巾帼离家浑不惯，几回衫袖泪纵横。

过阖闾城

阖闾城外记行踪，文物山川入望中。莫向苏台询往事，野花荒草遍吴宫。

见 新 柳

青眼乍开犹眩缬，黄绝初着未成丝。蒙茸色闪莺衣浅，婀娜妆临鹊镜迟。京兆风流好眉妩，楚宫妆点舞腰肢。遥知春到龙池早，香惹炉烟绿满枝。

舟中赠族娣妇吴远香夫人

同对关山月，中宵画舫停。试弹流水曲，赖有子期听。

丹徒道中作

半轮月色照江波，一片渔歌唱晚多。此去高堂虚定省，白云天远奈愁何。

满江月色浸空明，万顷波光一镜平。独有羁人转惆怅，中宵无寐听残更。

江　　行

自别高堂月籥周，大江今日溯扁舟。愧无警句偿雄堑，转以离乡得壮游。天际有鸿皆北去，世途如水总东流。金焦佳景分明在，惜我匆匆未少留。

山东道中

落落晨星催夙驾，萧萧车马动行旌。思乡每恨无南信，到耳频闻有北声。万叠云山愁里过，百年惆怅梦中生。风霜匝月辞梳洗，犹是迢迢隔凤城。

同远香夫人到武定即寓叙庭伯舅署中

四月已登舟，行程又早秋。高堂千里念，客子万重愁。道远黄金尽，村荒绿树稠。蓟门何日到，东武尚羁留。

寄越坨九兄

离家日久翻无梦，云白天高万里秋。三月已曾忘肉味，半生谁识此心愁。舟车迢递登程后，姊妹平安似昔不。欲慰离思了无策，关心征雁起汀洲。

自武定进京途中作

别恨丝千缕，乡心水一涯。半生愁病质，千里走征车。漠漠尘如海，萧萧鬓欲华。长途儿尚幼，浑未解思耶。

寄怀友兰姊

君居圣湖滨，我厌长安道。何日慰离颜，西窗诉怀抱。

天津道中作

一别家山路几千，瞻云无那思缠绵。行从侵晓追残月，生逐浮名过少年。夜雨每增乡国梦，春风不似武林天。时人莫作团栾羡，寸草春晖事惘然。

风　埃

风埃竟日不知春，浴佛时光柳未匀。一载京华尘味饱，乡心莫怪忆秋莼。

移寓内城成侯大院即景有作

更无碧草傍墙阴，绝少黄鹂弄好音。惟有丁香栽两树，花开如雪到春深。

闲中偶见花间蝶，静里频闻柳外骖。又道春光三月暮，扑帘飞絮似江南。

挽弟妇华吉卿夫人

小别兰闺数月才，岂期灵魄返蓬莱。输君妙夺簪花格，愧我曾无镂雪才。每赌围棋迎皓月，试藏诗草觅妆台。回思十二年中事，一隔重泉万转哀。

早　炊

早炊每趁向明时，为恐词臣入直迟。琐事纷纷闲不得，一帘新雨又催诗。时夫子入直修书。

燕　语

不是公明总不谙，红襟紫颔影鬖鬖。梦中漆叟添卮话，堂畔乌衣伴麈谈。为诉风霜来冀北，又传花信到江南。唤回晓梦帘初卷，欲借营巢问再三。

宦　况

默对银釭闷倚楼，此心无计可埋忧。放怀那比闲鸥适，处世聊同野鹜谋。仙境一寒真到骨，春明四季总如秋。仅教消得芦帘雅，耻学王戎妇理筹。

秋　闺

青女殷勤散晓霜，天高风劲碧云凉。万家砧杵催刀尺，一院黄花送晚香。

年来井臼要亲操，懒擘云笺搦兔毫。絮罢寒衣心自得，橙香酒熟赋登高。

新　晴

恰看微雨又新晴，檐溜阶前滴有声。屋角任凭蛛结网，怜他辛苦为谋生。

冬　至

每逢节近愁相绊，可惜诗成韵又差。一盏酩然消万虑，枕函清梦寄梅花。

夫子春日宴集中州举子

一一红笺报姓来，门墙桃李喜新栽。就中若个传衣钵，会看春风蕊榜开。

送九兄南旋

三载长安踏软尘,南旋此日慰双亲。迎门稚子欣相语,画舫斋还旧主人。

行旌此去道悠悠,异地偏增客子愁。正是江南秋色半,雁声初过夕阳楼。

严亲辞世诗以代哭

记得临行别泪弹,愿儿安稳到长安。酸心又虑生难见,白发萧疏话夜残。辞别严亲时泫然谓余曰:"吾老迈不复见汝矣。"

汤药无灵不返春,未经八秩已离尘。可怜闻病书来日,已是庄椿见背辰。

赴皖江学署途中作

辗转思南国,萦回九曲肠。三生随薄宦,八载远高堂。菽水谋非易,轮蹄味惯尝。今朝随使节,深幸近家乡。

望　　雨

兼旬烈日苦烧空,晚见东南挂断虹。愿得因云滋万物,但施甘雨莫施风。

慈姑到署喜而有作

小园新辟地东偏，正好称觞祝大年。今日斑衣同起舞，愿花常盛月常圆。

以绵袖加琨琮两儿絮衣上

装绵饰衣袖，绵薄恐儿寒。莫肆涂鸦劣，淋漓墨汁干。

九兄到署数日即返诗以送之

谢兄怜弱妹，千里肯重来。慰我瞻云思，离怀得暂开。
牛渚乘舟访，青山载酒过。相邀赏重午，何遽唱骊歌。
为感庭椿谢，尊前泪共弹。归家见慈母，好为报平安。
骨肉欣初聚，河梁又别离。送行一樽酒，携手更何时。

夜 来 香

不共凡姿斗晓霞，晚看成碧叶如花。千重细萼攒钗朵，一抹轻烟护帐纱。想像瑶英真绝色，生成葱玉净无瑕。嫩凉庭院帘初卷，渐送清香伴月华。

清明节奉慈姑游颐园

芳草如茵绿上阶，碧桃似锦满园开。未经风雨花犹盛，解送笙歌鸟自来。慈意快逢新节序，皇恩许住旧池台。板舆愿得朝朝奉，又见桐孙绕砌栽。

忆　母

高阁无人赏，闲庭遍落花。子规声莫唤，有客正思家。

江水千里远，双鱼芳信缓。思亲日以深，泪向南云满。

忆姊妹

每忆裁笺斗韵时，平生骨肉最相知。无端随宦来天末，十载家山万转思。

庭前遍是当归草，篱畔偏开姊妹花。一片乡心抛不得，清宵有梦忽还家。

嘉树轩纳凉

长廊窈窕堪遮暑，一树冬青覆檐宇。小窗正欲起拈毫，片云忽送催诗雨。

夫子试士滁州寄诗四章依韵奉答

遥忆鸣驺路，垂杨一带春。暂抛心上事，珍重宦游身。奉使欣持节，量才定得人。高堂报康健，行役慰思亲。

近日衙斋事，封函寄竹枝。池塘新霁后，帘幕嫩寒时。浥露花当砌，流霞酒泛卮。扶鸠周览处，庭树色参差。

琐事齑盐杂，辛勤且代谋。一随鳌背客，几载凤池头。此日江云盼，应同蓟树稠。倘逢双鲤便，幸勿滞星邮。

银蟾初放影，玉漏乍传声。刻烛书重草，裁笺句未成。有怀因远道，遥为祝春晴。旌旆斜阳里，云山又几程。

书中干蝶

六朝金粉忆前尘，一卷珠玑伴此身。卷幔不知春已老，流萤光里草如茵。

工　　馀

刀尺工馀日已暝，细书闲傍一灯青。墨池浓淡分明照，笔斗移来作砚屏。

颐　　园

芍药当归绕砌生，黄鹂布谷傍檐鸣。花如解语应含笑，草以忘忧偶得名。修竹一林争玉立，晚荷千朵照廊明。群芳开到香成海，好奉潘舆自在行。

古　　意

苦雨暗朝曦，严霜老庭树。惜此琼台月，每被蟾蜍妒。

忆　　昔

忆昔远别时，双亲俱在堂。河梁一杯酒，话别心仓皇。去去复去去，珍重离故乡。星霜日以易，椿谢生悲凉。思归不可得，南望徒心伤。杯棬泽犹在，哀思何敢忘。

重九前二日登颐园土山

预作登高客，心闲物自闲。野花看不尽，秋色满秋山。

咏史二十首

一饭能酬僖大夫，却使绵山介推死。欲市恩偏成寡恩，千古英雄尽如此。

未得君王一顾恩，无端双女为捐身。细腰宫里三千宠，不见当时殉葬人。

玉笋峰前芳草秋，姑苏台上暮云愁。胥江剩有掀天浪，千古忠魂怒不休。

万顷烟波一棹开，五湖归去访蓬莱。浮云看破繁华梦，赢得龙门作传来。

祖帐悲歌易水清，粗豪意气感荆卿。骊山高冢今何在，留得千秋壮士名。

贵主女儿颜似玉，一朝偶中君王目。悟得临邛买赋时，也应不羡黄金屋。

金丹炼容思却老，返魂香更求仙岛。红颜无寿宠爱多，李夫人幸升仙早。

薄命空题尧母门，虽终暴室也承恩。瑶池有约应归去，天遣昭宣作子孙。

岂有和戎可弭兵，汉家文武太无能。黄金不赂毛延寿，恐画蛾眉到白登。

分桃嬖幸为三公，射鸟儿妻作君后。事到成哀不忍谈，汉家遗笑千秋后。

宸游朝夕近天容，辞辇芳名出禁中。团扇秋风伤往事，月明犹照未央宫。

地老天荒感废兴，胡笳拍里愧馀生。才华不遇承平世，抱恨还同李少卿。

昔是曾经百战身，临江横槊更无伦。可怜老去英雄事，卖履分香属美人。

粤西从古出佳人，十斛明珠掌上珍。金谷楼前拚一死，千秋同吊马嵬尘。绿珠、太真皆粤西人。

歌舞琵琶日相对，如何春婢长门配。为后为妃亦偶然，到头原是青衣态。

兰蕙天生幽谷姿，不肯阶前伍桃李。洗尽铅华到上阳，灵心早识君王意。

秦虢分封姊妹行，十年恩遇胜昭阳。霓裳一曲新承宠，三十六宫宫漏长。

雁过潇湘几度秋，沉吟一赋强登楼。绮窗独向梅花诉，一斛明珠万斛愁。

岂缘花貌始倾心，英宪才华擅艺林。粉黛六宫浑不妒，至尊含笑赐黄金。

一篇青史最分明，得失贤愚总不平。灯灺酒阑浑寂寞，美人名将莫长生。

奉题夫子颐园图

颐园花鸟乐晨昏，三载慈帏奉清温。描得画图原有意，此中难忘是皇恩。

蜡　　梅

小春时节透芬芳,借得瑶台一缕香。绝似琼林好风韵,不施朱粉却施黄。

送夫子任满入都

高堂相忆深,同归未可得。愿子早陈情,莱衣有真色。
珍重朝金阙,殷勤盼使星。还家须及早,莫畏岁寒经。

留别皖江使署

皇恩已许三年住,慈寿欣逢八秩馀。好趁秋风放归棹,稚圭原有北山庐。

奉慈姑自采石泛江旋里

又从采石泛轻舟,系缆重经太白楼。回首青山成往迹,送人红树已深秋。西风借便吹帆脚,东去行程过石头。昼锦不如蔬水好,天随从此赋归休。

澹宜书屋诗草卷下

仁和高凤楼五云

到家喜得归宁

久辞定省泪痕潸，岁岁天涯忆故山。今日北堂重展拜，有如生入玉门关。

重过书画舫

几曲红阑绕砌边，盆花篱菊似从前。天风吹入黄粱梦，辛苦尘寰尔许年。

洒　　扫

呼童洒扫旧吾庐，检点芸签乐有馀。中馈工馀闲读史，一家经济小踌躇。

题朱淑真诗

千古钟期少，百年无乃痴。寸心遗恨在，留得断肠诗。

题吴蘋香女史饮酒读骚图图作男子装

一卷《离骚》伴酒边，扫眉才子最堪怜。开图细认豪崇嘏，合是豪门作婿年。

春　夜

瑟瑟风初软，萧萧雨乍收。有情花弄影，无意月当头。薜荔绿盈壁，荼蘼香满楼。夜深浑不寐，还起上帘钩。

箬　兰

肯逐春园斗众芳，清和初剪紫罗裳。一枝瘦质迎朝旭，五出风姿似国香。未许骚人纫作佩，最宜渔妇试添妆。山厨下若笃初熟，为尔临风试举觞。

文　种

已展平吴霸越才，英雄回首事堪哀。当时若共鸱夷去，也合黄金铸像来。

挽叶甥女

又见飞花满径稠，可怜无地为埋忧。凄凉引凤楼空处，留得娇儿似阿侯。

伤心风泊鸾飘事，闻道萧郎最有情。十二画阑秋月夜，断肠休听捣衣声。

题吴绛珠女史诗草

蕙质偏承大母怜，谁知游戏小神仙。贪看沧海桑田易，偶幻昙花十九年。

曾见双成最小时，翩翩风骨不凡姿。如何十载音书隔，遗恨空留一卷诗。

蕉　扇

皎洁团栾一叶轻，入怀如月嫩凉生。薰风吹入红尘里，无复空山听雨声。

夏　景

一双燕子语雕梁，深院无人夏景长。睡起碧窗闲徙倚，雨馀墙角露斜阳。

清和时节又轻过，处处田畴正插禾。尽日丁东梅子雨，满池新水长圆荷。

扶病十咏

底事身多病，其如行路难。儿童勤侍问，扶病强加餐。
孤负烧灯节，经旬但掩关。过从烦戚里，扶病强开颜。
布算才诚短，持家不自由。日高童仆懒，扶病强梳头。
纸帐寒犹重，金炉懒爇香。只缘新岁节，扶病强登堂。
迢递忆神京，东风草又生。待年儿妇远，扶病强调羹。
独坐南窗下，裁笺有所思。放怀何日可，扶病强吟诗。
雨雪连绵久，春寒忽又侵。晏裘看欲敝，扶病强穿针。
曲沼冰还冻，姜芽敛手时。学书深悔晚，扶病强临池。
黄鸟鸣犹未，园林竞物华。闲愁要抛却，扶病强看花。

乍见晚霞起，遥山翠欲浮。为怜春月色，扶病强登楼。

病中寄琳儿兼示琨琮

勿为习俗累，勿使谀言亲。手足能相爱，何妨菽水贫。
立志须坚定，齐家贵善持。闺房当勉励，甘苦各相知。

再寄琳儿

自觉颓唐甚，秋风烛易残。诗缘愁里赋，书海病中看。弟幼须当训，亲衰欲见难。灵椿期永茂，好为劝加餐。

病　起

班管吟秋傍绮寮，搜罗风景付诗瓢。何须玉液金丹术，悟得元机病亦消。

读史稍知千古事，看花消得几分愁。平生万事惭疏懒，略识之无已白头。

送娣妇远香夫人仍赴广陵

玉裁连理已成双，又泛轻舠过大江。他日一帆春水便，重来剪烛话西窗。

午　日

今岁天中节，微暄未觉生。桃符悬绣幌，艾胜系珠缨。扇尚齐纨怯，衫嫌越葛轻。黄梅时渐近，风雨半阴晴。

答徐妪

仆语传来是否真，左家娇女性贤淳。他年肯效姜诗妇，始慰衰颜老病人。

琳儿礼闱获捷签分刑部书此勉之

一官初博佐秋卿，观政三年望有成。莫道渊鱼容易察，须知缧绁亦苍生。

移　　房

画堂南畔暂栖迟，纸帐寒深欲雪时。莫道蜗庐今更小，窗前今有玉梅枝。

春　　晓

儿女娇痴眠不足，一桁湘帘上朝旭。晓镜年来不忍看，鬓丝减尽韶年绿。

客　　散

客散华堂酒未收，开帏新喜月当头。贪看夜色明如昼，不觉春寒透敝裘。

叶甥女亡后其婿姚生以姨妹蕙卿为继室逾年亦夭诗以道之

才看弦柱续鸾皇，又听微之赋悼亡。泡影昙花方半载，令人愁绝怕思量。

挽二侄妇姚氏

无端遽返大罗天，绰约丰姿正少年。临逝尚拈花一笑，前身应是散花仙。侄妇殁时不欲见小儿女，惟索时花一朵，嗅之而逝。

题汪小韫女史自然好学斋诗集

万卷牙签任意裁，吟成珠玉九天来。郎君才比徐常侍，一集偏教重玉台。

戏　作

珍重越罗襦，浑难称病躯。秋来倘仙去，留赠可人无。

寄怀刘季湘夫人孙文靖公室

中年同感鬓如丝，宦海从游忆昔时。鞶帨向承温语重，琼瑶屡向驿书驰。频移画舫听春雨，曾对青山订会期。一别芳徽数千里，江云江树系怀思。

题古民侄迎岚阁又名啸山楼

皋亭峰色露孱颜，翠满明窗斗室闲。斜拥书城开半壁，小安棋局话东山。披襟庾亮应同调，颂酒刘伶未肯闲。我住沙河滨老屋，古城基亦对烟鬟。

夜　静

夜静短灯明，遥钟几杵声。枕函清梦觉，一笑悟平生。

辗转不成寐，开帏望星斗。华月满中庭，迎风小垂手。

挽五妹

忆自承欢阿母前，婿家归去各流连。谁知握手成长别，正在春寒欲雪天。今春上元归宁，慈亲留余及妹观灯，以后不见妹矣。

裙布荆钗惯耐贫，追思往事最酸辛。聪明才调温和性，不料巫阳召善人。

阅随园诗话有贺新婚诗限阶乖骸埋四字为韵者遂戏和一律

银烛光中羽驾来，分明月地与云阶。定知采凤鸣同调，果是青鸾信不乖。羡此裴樊仙伴侣，笑他刘阮俗形骸。为教莲漏今宵缓，宝鸭添香细细埋。

早春天竺

一径湖堤路，葱茏万柳森。渌波游舫便，芳草幂烟深。峰际神尼塔，溪前薝卜林。禅关原在迩，试听午钟音。

寒　　日

三月园林暖信迟，斜风细雨禁烟时。呼童折得湖堤柳，卷上湘帘插一枝。

独　　酌

灯前一尊酒，对影还闲吟。纵然不解语，且喜是同心。

悯　　旱

立秋八日天未凉，炎风烈日犹播扬。至今三伏不得雨，旱苗处处忧无粮。园林花木欲枯槁，长河水浅愁艅艎。农夫渴甚苦望泽，蛟龙海底休深藏。

寄衣率成一律书示琳儿

小斋暑退嫩凉生，尚听残蝉断续鸣。银汉又传秋信迥，玉河此际晚风清。纫针为汝裁轻葛，校牍遥怜旁短檠。转恐途长音信滞，寄衣未到暑先更。

霜　风

渐渐透重帏，处处凋芳草。萧萧落叶中，暗暗催人老。

题友兰姊一琴一鹤轩诗草

敢言英宪少齐名，一卷游仙和未成。咏絮庭前频问字，闺中元是旧师生。

题孙娴卿停琴伫月图

明月出云端，凉风生树梢。倚琴不忍弹，默默愁多少。

玉轸携将懒拂弦，金风庭院早凉天。清宵只盼冰轮上，为有寒簧月姊怜。

暮秋杂兴

好景正重阳，拈毫赋短章。纱厨凉意透，银箭漏声长。清醑酬佳客，轻绵御晓霜。人迷黄叶径，秋老白蘋乡。雁过吴枫冷，风来楚橘香。海天气萧瑟，晚稻已登场。

见亡妹遗像画工不能传神感而有作

荣衰已了生前事，灵魄应归海上山。只恐尘缘误来世，不留色相在人间。

过亡妹园亭

重泉已是三年隔，地阔天空渺形迹。惆怅来凭旧绮窗，庭前芳草伤心碧。

再过亡妹园亭

第五荆花何处寻，小园重过动酸辛。玉梅也似人难见，从此东风不是春。窗前旧有绿梅四枝，今皆移去。

昔年为婿费黄金，桃叶歌中缔好音。今日桃根真结子，九原才得慰初心。时妹婿初得子。

五十初度得孙喜而有作

堂前正盼石麒麟，果得家书一纸珍。寄语帷房好调护，愿儿多福早成人。

琨琮两儿郡试太守以飞絮影卖花声命题两儿归呈其稿因各赋一律

飞絮影

自得条风煦拂恩，不须微语怨黄昏。飘来灞岸春留迹，飞遍河梁淡有痕。恍似惊鸿迷舞袖，却疑闲蝶过重门。东西莫道浑无定，点入清波尽托根。

卖花声

画里韶光九陌晴，名花担得一肩行。聚将众艳香如海，唤遍群芳春满城。何处绣屏从护惜，谁家红袖待妆成。小楼杏雨文窗晓，深巷听来误卖饧。

读史偶成

石氏豪华逐晓尘，独留词赋诵安仁。文章谊胜黄金重，千载终归旧主人。

金篔生夫人邀游汪氏园亭夫人为戚蓉台侍讲室时，携子小蓉僦居汪氏园

回阑曲砌绕亭台，翠竹苍松次第栽。携伴来游秋色里，藕花池馆小徘徊。

垂露悬针字字工，书留银榜小亭中。才疏自恨生偏晚，未见夫人林下风。亭中小扁为汪母方在朴太夫人墨迹。

隐士吟

云中有黄鹄，不羡龙鹅肥。勿作猎者鹰，生死随人机。宁为箔上蚕，织成龙衮衣。仁义古所尚，富贵何足希。饱暖反局促，不如贫与饥。夷齐古圣贤，首阳餐蕨薇。

旧蒲扇

漫夸鲁缟齐纨巧，织就蒲葵胜绮罗。二十馀年凭拂暑，相随功较侍儿多。

七　夕

玉露金风夜色幽，粉奁瓜果聚妆楼。灵心莫向天孙乞，只恐心灵易惹愁。

幼眉三侄女持余诗请付梓人作此谢之

十载还乡里，浮云事变迁。巴词聊写意，凡骨敢求仙？绝少遨游福，偏多药饵缘。涂鸦惟所好，岂愿枣梨镌。

挽五侄女荻传名学欧，有诗刻入续杭郡诗辑

谢公弱女最堪怜，问字朝朝伴膝前。二十四番风信过，伤心紫玉竟成烟。殁年二十四。

蕙心兰质竟生埋，剩线残书满玉台。姊妹闺中谈往事，珊珊曾否梦中来？

重来我亦生惆怅，图画依稀倩影存。寂寞佩环妆阁冷，落花犹似女儿魂。

题孙秀芬女士贻砚斋集秀芬为余族侄颖楼室，归七年而颖楼亡

闻道银軿未载涂，已裁云锦答黄姑。如何七载游仙梦，便洒湘江万竹枯。颖楼元配之亡，有悼亡诗，秀芬和之，颖楼赏其才，遂纳币焉。

斑管拈来第一枝，才华窥赋《木兰诗》。集名贻砚堪贻后，已有佳儿入凤池。秀芬子小楼已入词垣，为琳儿同年。

咏双桂轩绿蒲桃

颗颗匀圆碧玉排，慈姑当日亲手栽。秋风满架遮残暑，犹自先人庇荫来。

慰刘季湘夫人文靖公于去岁壬辰捐馆

未曾相慰感频过，恕我年来患病魔。箕尾神灵归北极，湘妃清怨托南柯。惠泉德泽传家久，闽峤苍生堕泪多。幸有峥嵘双玉树，行看重履旧銮坡。

赠友兰姊

小别才经月，离怀似九秋。相看形各瘦，知道总缘愁。

阅会悲录追悼大侄妇江氏

半生风骨似三秋，偶在尘寰作小留。记得春初曾握手，画堂东伴是妆楼。

题汪氏闲园

莫道闲园景物迟，欣欣群卉助裁诗。垂林卢橘黄千颗，傍砌戎葵绛一枝。雏燕学飞辞旧垒，新蛙无赖闹芳池。晚来梅雨初开霁，檐际蜘蛛弄网丝。

五月二十日大风雨作

天上浮云似苍狗，须臾电起金蛇走。惊慌稚子急牵衣，邂逅行人各回首。洒遍园林树树斜，吹将茅屋声声吼。绳床漏痕又沾湿，蓬蒿古墙怕衰朽。但教浃日兆和甘，莫使兼旬浸田亩。也知旱潦总天工，赏雨聊倾一尊酒。

酷　暑

衡门昼掩不敢出，赤日行天飞鸟绝。和缓难传避暑方，清凉我亦思冰穴。

题小青传

絮果兰因语可哀，瑶英风骨月英才。钟情愿化杨枝水，曾谒慈云大士来。

因咏梅花感断肠，生成薄命付冯郎。伤心图画浑相似，枉费明珠十斛量。

频怜瘦影话痴情，冷雨幽窗岁再更。零落芳魂招不得，空劳名士吊倾城。时陈云伯明府新刊小青《兰英集》。

秋　郊

最是清秋景物新，芦花如雪扑船唇。诗人莫道吴江冷，尚有芙蓉殿小春。

三秋穲稏已登场，入望浓云万顷黄。短笛一枝歌一曲，牧童牛背唱斜阳。

购　书

一脉书香望后昆，岂期高大比于门。他年不为齑盐市，也算吾家好子孙。

怀月江四侄女

一自催妆下镜台，三秋离思几徘徊。而今已有吹箫侣，不共璇闺赌韵来。

琳儿欲归省亲诗以止之

莫怪思亲切，京华已七年。深知乌哺意，远在白云边。旅食宜加饭，新寒为寄绵。好思平棘木，师法古前贤。

病　足

却曲与迷阳，无端伤我行。莫言春夜短，春夜漏偏长。

多谢旧青毡，相于结静缘。不须勤礼足，趺坐类参禅。

足疾愈自贺

归里十馀年，年年苦病足。冬来岁事忙，偏惹病魔触。呻吟理齑瓮，蹒跚倚童仆。一朝足疾愈，俯仰快心腹。散步撤扶持，端居免伸缩。如彼鞲上鹰，秋风喜绦脱。忧思可暂屏，诗书且悦目。悟此语儿辈，坎壈莫忧蹙。不从困苦来，那解平安福。

学　　书

自笑学书同食蠹，聊涤尘烦托缃素。眼花字大行不匀，拙怪翻疑有神助。书成弃去更无用，年年笑杀中山兔。

久雨偶晴

纷纷漠漠复蒙蒙，万木新添翠色浓。午枕梦回闻鸟语，数声檐溜尚丁东。

咏金斑如意草

经霜难萎暑难侵，婀娜柔姿喜背阴。灿似蓝田栽碧玉，巧如钿盒镂黄金。枝枝处仲珊柯碎，点点吴宫獭髓深。赢得四时春不老，花朝月夜共闲吟。

双桂轩南小园纳凉

律已调夷则，骄阳酷未收。晚荷香不减，芳草绿仍稠。未有凉风至，还疑夏景留。五更珠露滴，才得一分秋。

琮儿娶妇

西风如剪雨如丝，又值龙山落帽时。且喜向平心愿了，庭花开到小琮枝。

春　寒

何处东风蕙草青，春寒如水透银屏。东皇不下阳和令，疑是屠苏酒未醒。

渐渐条风冰始泮，声声檐溜雪初残。藏花自有围炉暖，且握香泥种畹兰。

读庾子山集有攻许愁城终不破荡许愁门终不开数语有触余怀效为愁诗一绝

愁来如海无冬春，千愁万愁愁杀人。不如及早归昆仑，世间万事皆微尘。

读宋史有感张史豪华兼吊鄂王

顽福偏多属佞臣，贤良为国枉捐身。谁将沧海倾成泪，哭遍精忠万古人。

咏雪六言

洒遍蓝关紫塞，飘来柳絮梨花。玉宇琼楼似画，浅斟低唱谁家。

病 中 作

知返蓬莱路不遥，多蒙青鸟再三邀。夜梦有人告云："三年当返道山。"双眸似隔三霄雾，两耳如闻五夜潮。腕弱休摹唐晋帖，心忡难赋短长谣。青年绿鬓消磨尽，剩有愁魂半未消。

慵眠慵起倩谁扶，晓镜尘凝髻懒梳。短榻渐思铺管簟，小池曾否透芙蕖？庭前花木添蛛网，架上诗书长蠹鱼。尘世定难逢扁鹊，蹉跎人事转愁余。

不寐起成六绝

瑟瑟疏风飐荔墙，萧萧夜雨湿花房。宵更尚永眠还起，又唤娇儿检药方。

春初一病又清和，惆怅年华六九过。撩乱绣筐慵不理，零缣还比旧诗多。

旧诗灯下理残篇，自爇名香一柱间。尚恐浮生似朝露，君平易数问流年。

漏尽推敲句未工，已看朝旭一竿红。春残尚怯吴绵薄，放下湘帘避晓风。

心情如捣鬓如丝，老去维摩强自支。多少名医医不得，医中妙理少人知。

省识朝华事不真，鼠肝虫臂一身轻。得闲且坐北窗下，一卷《南华》伴此身。

病起登树朴堂北楼

禁寒怯风久不出，萦愁萦病消清骨。不曾携酒赏梅花，年年孤负春庭月。

琨儿得优贡入都朝考

初征远道治行装，却累双亲几许忙。此去定知姜被暖，十年烟水慰中肠。

赠友兰姊

暂同归省话殷勤，聚首偏难别又新。君更多愁依善病，相看真是可怜身。

题熊芝霞女史哀猿吟

真儒尚有伤明痛，慈母难忘舐犊哀。未竟三声肠已断，掌珍何日再归来。

小诗寄示琳儿以当官箴

勿希万户侯，勿慕千钟粟。为政重循良，何妨奉饘粥。

菜　花

远浦平畴到处栽，野人生计托芸薹。须弥芥子三生佛，肯把黄金布地来。

哭长妇沚卿姓张氏，名芹芳

暂别庭闱十二年，平安信每达书笺。那堪此日闻凶耗，肠断风饕雪虐天。

小郎多病滞京畿，仗汝辛勤视药糜。正是团栾三子妇，如何一镜早分飞。今春琨儿入都朝考，以病至冬方归，未几而长妇耗至。

机丝扶病强裁量，远道函封为寄将。此日天涯应已到，可能充作敛衣裳。

频年吉报喜添孙，深盼兰芽护并根。弱干何期摧一个，哭殇声里早离魂。次孙阿宜以前两月殇。

赠黄颖卿夫人

冰雪聪明迥不同，果然王谢好家风。吟诗解得豳诗意，纺织何曾废女红。

再赠颖卿夫人

流水高山信有之，情关戚谊最相知。天文绝学通章算，家政余闲谱妙词。覆茗文窗同快婿，研朱绣榻课佳儿。扫眉才子如君少，林下风裁是我师。

法华山进香

芦荻影萧萧，千林木未凋。秦亭真福地，宫阙接云霄。

秋　日

海雁辞南去，征鸿自北来。陶公三径里，又值菊花开。

世　事

世事纷纷未许屏，向平衰朽剩馀生。趋庭可喜双佳妇，楼阁频闻笑语声。

世事年来我久谙，萧萧华发不胜簪。禅机不在蒲团上，好向繁华境里参。

一　梦

一梦居然五十秋，梦中欢喜梦中愁。而今天晓黄粱熟，万念还从梦里休。

少年梦已悟前尘，此日依然梦里身。大梦若同天地久，何妨常作梦中人。

秋　晓

虫声已歇漏声迟，又听城头画角吹。朝日未升风料峭，夜来微雨湿花枝。

玉泉展先姑墓

长天云物改，萧瑟暮秋中。蔓草犹藏绿，衰林渐染红。钟鱼过古寺，松槚拜幽宫。日夕留馀恋，瞻依思不穷。

庚子之冬雨霰着树不堕状如缀珠因叠畹香侄妇咏雪旧作韵

彤云四顾幂遥空，似水寒生一夜风。万瓦忽惊珠错落，千枝顷缀玉玲珑。拥来楼阁云皆素，洒到园林叶不红。已是琉璃成世界，寒威吹遍浙西东。

赠 章 妪

聪明老妪有才思，厌我清贫恋我慈。随侍十年今日去，有如童子下山时。

有　　感

坝桥辛苦剩诗囊，夔府穷愁一草堂。千古难消贫士恨，几人青眼到文章？

侍慈亲避暑留下山庄山庄为芝检四弟别业

年来热恼渐相忘，觅得高人避暑方。夜月最怜花影瘦，晴窗须趁竹风凉。一枰棋子消长昼，万个龙孙护草堂。日暮云低新雨足，蜻蜓点水满池塘。

双桂轩偶成

积雨盈盈碧满缸，庭阶桂树已成双。呼童架上芟黄叶，为放朝曦透晓窗。

挽友兰姊

廿年箫史早分襟，寂寞璇闺百感侵。辛苦齑盐为儿辈，白头未慰尚平心。

归宁独自步庭阶，谁共谈诗画舫斋。惆怅云翘竟仙去，月窗从此冷吟怀。

挽五侄妇章氏

余杭仙姥御云軿，迓得鸾车仅七年。赖有娇痴小雏凤，牵衣索果向耶前。

六十初度感事

井蛙何事敢跳梁，蜃气楼台也恃强。小谪蓬莱已花甲，还愁人世有沧桑。

挽嫂氏李恭人

芝兰玉树满庭春，鸿案眉齐过六旬。此日竟乘元鹤去，白头骑省倍伤神。

阅　世

缕金错采倩缝人，赖有豪家可养贫。世俗繁华除不得，须知也是活生民。

新来丁妪能背诵阿房宫赋令咏瓶花立成作此赠之

自矜独立见丰姿，金屋能消愿太痴。想是康成家法好，泥中老婢也通诗。丁妪诗云：亭亭独立笔难描，绝世丰神绝世娇。我欲移他金屋住，此身可有福能消？

挽越垞九兄

昨日犹能通数语，岂期一梦入膏肓？九京姊妹如相见，应道春晖愿未偿。

万卷诗书遗手泽，六旬妹子泪阑干。玉楼天上修文去，从此鸰原顾影单。

重过其顺堂书感堂为越垞九兄所居

世事蜉蝣谁是主，富贵穷愁暂相与。飞驰白日跳两丸，经过冬春如逆旅。斑衣昔见满庭春，舞彩髫龄乐事新。试看左家众娇女，而今多半病愁身。北邙山下酸风起，白杨萧萧声满耳。重泉莫寄大雷书，月黑枫林唱蒿里。

昭君怨

浮云蔽白日，不得近天容。断肠辞故里，伤心出汉宫。蛾眉遭众妒，雁碛去和戎。琵琶杂胡语，胭脂凋朔风。却登金城上，回望玉关重。漠漠沙草白，依依边柳红。生还妾念绝，魂归君倘逢。凄凉关塞月，如听未央钟。

落梅

冰姿玉骨不凡才，耐得风霜冒雪开。管领春风来上国，玉妃依旧返瑶台。

自遣

富贵如朝菌，人生如逆旅。逆旅暂经过，何用生愁苦。
三万六千日，寒燠循环周。那禁灵台中，六贼扰不休。
黄金不足贵，白日良为宝。举世少人知，浮生常草草。
莫念诸孙小，休争诗句工。夕阳将堕矣，知有几时红？

自笑

药炉茶灶晚窗前，老去形容异昔年。自笑身如秋燕子，斜阳影里小流连。

独　坐

闲窗吟咏自推敲,灯下裁笺兴独豪。坐久漏深风似剪,一痕新月上梅梢。

小 除 夕

无端节序又周流,重见杯光竹叶浮。三百六旬容易过,等闲白却少年头。

忆琨儿都中

去时爆竹将除岁,今日莲花开满池。半载京华归未得,倚闾天远白云迟。

琨儿应礼部试落第还家

虽然蕊榜未成名,正好承颜伴老亲。莫道还家少颜色,天涯犹胜未归人。

感　逝

椿萱不复荣,孺慕空朝夕。姊妹与阿兄,先后晨星没。慈姑痛仙逝,承欢慨畴昔。学士去修文,芸窗遗手泽。人事几沧桑,沉思五中迫。生世等浮沤,悔作尘寰客。

午日有感

去年今日酒同斟，今日今年百感侵。辽鹤终成千古恨，雕龙辛苦一生心。传家赖守琴书在，继武还期闻望钦。竞渡又逢蒲艾节，厌听箫管奏繁音。

赠　婢

啖食穿衣得自由，尔生已尽复何求。人生只合粗愚好，小有聪明便解愁。

雪　梅

色空了后念无差，鹤子梅妻未足夸。我比林逋心更达，枝留残雪当梅花。

写病用进退格

自怜癯瘦病形骸，尽日沉吟卷懒开。贫不废诗聊免俗，愁能妨性且开怀。半窗明月蛩声寂，一字长空雁阵来。太息晨星零落尽，西风寒透古庭槐。

自题诗草

余心无所喜，所喜在文房。岂慕书彤史，惟知赋短章。雕虫原琐屑，刻鹄总寻常。覆瓮应相称，何劳贮锦囊。

弄斧班门事,何曾解赋诗。病馀千种懒,学业一生迟。烈烈炎风昼,绵绵春雨时。碧窗岑寂处,聊复寄清思。

病中示儿辈

富贵繁华梦久疏,爱于寂静用工夫。从今检点生平事,可有欺心在世无。

跋

曩沅五六岁时，自塾归，辄依姑母侧弄笔墨，讽唐律不去口。见盆荷，朗诵曰："摇风卷叶多。"姑母欣然曰："儿解吟耶?"命成五七言，皆不失声韵，遂谓沅可与言诗。嗣后有所作，藏之箧衍，见沅至必出以相示，命斟酌其字句之未安者。姑母诗不事刻厉，一以温厚为宗，而出之以清丽。晚岁自号澹宜老人，盖言志也。卷中感逝诸作皆从至性中发露，沅有不忍卒读者。刻既竣，谨斠一过，因识数语于末。

犹子高学沅。

莒香阁诗钞

（清）詹瑞芝 撰 韩立平 方文博 整理

整理说明

詹瑞芝（？—1846），字兰芬，浙江严陵（今桐庐）人。曾大观继室。道光二十一年（1841）寡，二十六年（1846）卒。擅画，工诗。其子鉴衡为编刻《莒香阁诗钞》二卷，咸丰元年（1851）付梓。今据以整理。

序

言之精者为文,而有韵之文为益精。学士大夫往往象物创思,吐为咏歌,以自道其所得,咸欲被之金石,而传之无穷,顾其中有可学者焉,有不可学者焉。夫览乎天地山川之状以拓其胸,察乎生植飞动之机以富其理,博乎经史子集之汇以尽其变,授之于师而切劘之于友,亦可谓并力乎人事矣,然犹未穷其蕴。非有轶群之材,不能神而明之,以造乎其极。然则其终不可学而能乎?而欲求之于巾帼,难已。顾余读《三百篇》及汉魏以来古歌、乐府,大约贞臣、孝子、劳人、思妇之辞为多。度其摅写胸臆,非如后世之人索典籍、搜肺肝、废寝忘食、穷日夜之力以求其工也。而后之览者,且咨嗟叹息,倾慕流连,以至于手之舞之、足之蹈之而不能已。而其褎然号为大家、以自暴其才华者,或开编省视,不能卒读如是。岁庚寅,余馆曾静斋总戎署,出其夫人兰芬女史《莔香阁诗钞》二卷见示,因得受而读之。夫人系出浙东詹氏,母氏李,素善诗,夫人幼承慈训,女红而外辄吟咏自喜。归总戎后,虽内政日繁,而性之所近,未尝一日不亲笔砚。夫人尝自憾早年于归,未获究心典籍,今所存者,不过抒写性灵。然义缘情生,不屑屑于章句,而苞栩棠华之谊,一寓之于辞。今读其《莔香阁集》,使人悱恻之念油然以生,因是叹夫人之于诗,有不学而学者焉,可谓善学者矣。抑又闻风人之旨,其寓兴也微,其成教也广。始于闺门,而终于邦国。夫人为总戎继室,被朝廷宠命,诚益治其诗以相夫而教子,将和其声以鸣国家之盛,煌煌乎辉映于樽俎,而彬彬乎称风雅之遗,由是被之金石,而传之无穷。虽学士大夫,何以加焉?《诗》曰:“有熊有罴,有猫有虎。庆既令居,韩姞燕誉。”又曰:“鸤鸠在桑,其子在榛。淑人君子,正是国人。”吾知他日所成,必有如昔人所云,而不可以涯涘测者,行将以此集为嚆矢也。

道光十年岁在庚寅重九后二日,宁远杨季鸾序。

诗以理情，故曰：诗缘情而绮丽。然必由至性发为至情，而后可以传久。《三百篇》中，如《河广》跂远、《淇泉》怀归、《伯兮》闵役、《燕燕》送别诸什，虽出于妇人女子之作，然皆能以至性发为至情，而不失其正。故夫子登诸篇什以垂久远。若《唐棣》之未思，则删之矣。黄陂曾静斋总镇，由武科及第，宿卫禁廷，荐陟专阃，敦诗说礼，雅歌投壶，夙为文武僚属所钦仰。子班备员浙水，心仪久之，兼念其内助詹夫人，贤而有才，工诗能绘事，宦辙攸分，未展公谒。今岁总戎行提督事，驻节甬上，幸奉明教，因得请示詹夫人所著《茝香阁诗草》，受而读之，率多跂远、怀归、闵役、送别之作，词意真挚，清超出尘，一洗巾帼脂粉涂饰之迹。盖夫人于归后，溯江汉，历吴越，远父母兄弟，不得归省。故虽身处亨遂，而于周亲故里眷念不置，时时寄托吟咏，以写其缠绵抑郁之思。正所谓以至性发为至情，而得性情之正者。于以益知夫人笃于孝友之贤，而是诗之足以仪型于世而传久也。今军门提辖全浙军务，勋业日隆，睦州为夫人乡郡，咸被恩泽。夫人内治之馀，亦时得往返严江，锦行乡里。而松楸展敬，葛藟庇根，已遂显扬之大志，当与韩姞燕誉、鲁妻燕喜同荣均乐，必更有和畅悦豫之音，继此而作者。异日诗律之精进，与夫篇章之宏富，岂可限量？则是集特管窥蠡测之见端云尔。

道光辛卯十月，宁波府知府吕子班谨叙。

茝香阁诗钞卷一

严陵女史詹瑞芝著

述祖诗四首

五世祖乃庸公

弱龄事坟籍，缃帙发三楹。迨壮立朝右，清白垂家声。曾持英簜节，玉尺操文衡。至今豫章地，万口传其名。峨峨芙蓉岭，郁郁藏佳城。春秋有馀慕，恻焉动远情。

高祖吾山公

岳岳观察公，独着凌霄节。黄门昔抗疏，权贵多摧折。由来心似水，匪但面如铁。襜帷驻黔南，循风播芳烈。红苗匿不逞，吏怀民以悦。请看祠庙松，寒声带霜雪。

曾祖肇京公

曾祖乐恬澹，委怀观群书。平生出处心，与云同卷舒。严滩咫尺地，垂钓慕隐居。簪绂耀门庭，所志轻华裾。松楸杳何处，展拜情未摅。空令传遗事，邻里动感歔。

祖右宣公

我祖负殊质，才高出一世。云何命不偶，十上九不第。晚年中副车，未达平生志。散财独何心，穷乏赖以济。积德宜食报，三槐原所艺。勖哉望群从，无使前芬替。

春　慵

暖意先春透，朝来最耐眠。梅花三两朵，相伴卧窗前。

早　春

又到春回玉律时，梅花初发向南枝。闲窗竟日焚香坐，两卷《楞严》一首诗。

品　兰

空谷无言也自芳，况当一阵晚风凉。东园纵有桃千树，绝艳终嫌少异香。

松

拿云枝干影纵横，节比霜筠一样清。好是晚凉风过去，清声入耳倍分明。

桑　阴

浓阴十里一村庄，不种花枝只种桑。借问浴蚕贫户女，为谁添得嫁衣裳。

晚春即事

庭外闲花落，凭栏动远思。江晴云散早，帘卷燕归迟。旧恨兼新恨，天涯更水涯。故园何处是，杨柳绿丝丝。

乡　思

子规啼彻五更头，无恨乡思付水流。梦里一声归去也，醒来恍惚在严州。

清明有感

旧住梅城门向南，画楼正对南山岚。女红学罢偷咏诗，姊妹成行喜不支。十七于归家楚北，别父离娘去故国。少年不解离乡苦，老大方知思故土。兄弟分居父母亡，朝来暮去颜如霜。门前无复故人至，雁序分飞故巢弃。长思同气连枝荣，长念荆花一树生。况当近在梓里间，且犹不能相往还。一朝移节相去远，故乡知是何年返。去年还有河东弟，今岁参商各涯涘。夜来风雨子规啼，雨丝烟柳锁寒溪。清明已过十馀日，遥忆亲坟春寂寂。旷野风吹蝴蝶飞，古墓累累青草肥。我父亲栽桃万树，今日花开人何处。娉婷弱质悲不胜，夜雨潇潇不忍听。不忍听，悲歌一曲寄原鸰。

无　聊

习静但依书几卷，闲情恰与睡相宜。追思往事皆陈迹，一任花开花落时。

春日苦雨

连日催诗雨似麻，况兼寒食苦思家。离怀未寄衔书雁，辞树遥怜满径花。病起不知春渐去，梦中谁信路原赊？新晴待听呢喃燕，应有池塘两部蛙。

绣　　馀

镇日拈花罢绣迟，深闺遣闷复裁诗。帘前新燕归来晚，正是思亲默默时。

思　　亲

《楞严》读罢即时忘，总为思亲忆故乡。不了尘缘寻梦幻，秋宵独我一人长。

忆同怀

荏苒韶光又一年，惊心不觉岁华迁。雁行已远青云外，梦里常偕母膝前。

七里滩舟行

细柳新添翠带长，画船今日又还乡。风和紫甸花齐放，日暖青郊草亦香。宝瑟无声山寂寂，玉奁留影月苍苍。无风七里帆偏稳，静倚篷窗忆北堂。

闲　眺

莫言村僻无佳景，碧浪黄云处处幽。更有临池垂钓者，花枝斜亸女郎头。

见　月

碧纱窗外月光寒，午夜更深怯素纨。吟得《蓼莪》诗数首，唾壶红泪几时干？

村　居

平堤一抹几人家，男出经商女绩麻。流水断桥横野渡，月明有梦到梅花。

落　花

春寒睡起日迟迟，风雨声中剩绿枝。狼籍胭脂香满地，强支新病独吟诗。

清明有感

清明时节感流年，瞥见邻家送纸钱。浙水望穷云漠漠，楚山愁对雨绵绵。怀亲觅句偏多病，吊古伤春亦可怜。好是严陵台畔路，几时重许泛归船。

春日遣兴寄外

天涯惜别又经旬，坐对芳辰值暮春。惆怅灞陵桥上柳，柔条绾不住行人。

不归应为觅封侯，空向江头盼紫骝。闲倚画栏无个事，子规添得一声愁。

感　　怀

礧碌江湖几度秋，鸟啼花落总生愁。人生何事添惆怅，驹隙光阴易白头。

舟　　行

景物因时迥不同，经年离别类飘蓬。思家渐羡营巢燕，去国谁怜出塞鸿。入手村醪双盏碧，隔溪渔舍一灯红。江乡好景真如画，渺渺烟波澹澹风。

寄　　外

鲛珠背滴银灯侧，书被催成月上窗。寄语便鸿人说向，琴高时付一双双。

杏　　花

小楼春雨乍晴时，墙外迎风见几枝。濯锦未添三月浪，绽红先斗六朝姿。日边最忆裁云处，江左应成对酒诗。犹记系船杨柳岸，晓烟相映一帘垂。

春日泛舟杂咏七首

偶乘兰楫泛春江，时有飞花入画艭。一阵晚风凉似水，湘帘棐几对纱窗。

曾寄寒梅讯故乡，新春情绪转苍茫。江天怅望因何事，北去刚飞雁一行。

幽溪到处足停舟，画里风光镜里游。正被白云遮望眼，钟声一点到船头。

画船时过听琵琶，一带红墙几树花。最是晚烟堪画处，绿杨深处有人家。

一湾水绿四山春，罨画溪边处处新。忽见远村飞白鹭，柳阴独立钓鱼人。

花源浪说有神仙，鸡犬桑麻别有天。行到小桥流水外，茅龙欲构屋三椽。

万点桃花映水滨，远山眉黛及时新。维舟应值芳春暮，还有幽兰最可人。

虞美人二首

舞袖迎风翠几茎，玉容泣露独含情。帐中一曲英雄泪，洒向江南叶叶生。

由来义烈是芳魂，往事休将楚汉论。高后戚姬都不见，让他春色占中原。

四月芙蓉盛开夫子即于是月权提全浙军门诗以志喜

芙蓉艳艳发深丛，秋萼偏开四月中。应为军门先送喜，风声已到浙江东。

闲　吟

廿年旧恨写来真，漫说珍珠字字新。把笔闲吟常不寐，隔帘怕有听诗人。

画　兰

何事爱丛兰，描摹日三五。怜他幽谷生，乃为香之祖。芳气如善人，晤对快肺腑。置之竹石间，不与群芳伍。

绿篆致便娟，芳兰韵若仙。清芬连玉砌，幽趣托冰弦。入室添佳梦，当门结善缘。素心兼劲节，相爱自相怜。

杂题水墨兰竹八首

竹称君子品，兰有美人风。最是双栖处，亭亭空谷中。

曲径饶修竹，幽兰手自栽。风声穿叶过，香气扑人来。

一茎两茎嫩叶，三朵五朵幽花。仿佛几湾流水，湘南湘北人家。

泣露何妨独喻，凌霄若个能如。好是石栏点笔，雨馀雪后晴初。

香山九畹露瀼瀼，青玉亭亭立数竿。要使幽姿常在目，何如写向画中看。

兰枝绰约竹枝横，一片秋光一色清。更爱水环幽谷处，却疑石上订三生。

卫歌《淇澳》楚《沅江》，恍听波声与石撞。此景此情谁领略，俱归净几与明窗。

枝枝叶叶不相同，写出清标寸幅中。却笑芳园众桃李，惯将红泪洒春风。

题画杂诗三首

最宜石竹护湘兰，风影参差佩影寒。风入谢庭芝草茁，为君日日报平安。

池水涟漪弄影寒，最宜斜映素馨兰。神游瓣瓣花飞处，疑有清芬绕笔端。

含风泣露出尘姿，深谷分移到墨池。香气袭人生九畹，淡妆较胜点胭脂。

忆女三首

漫言小别未经年，又是梧桐落叶天。不忍遽离慈母去，连宵絮语话灯前。

吴头楚尾路偏长，独上高楼意总伤。纵有文鳞三十六，那堪一日九回肠。

看花见月儿思我，听雨闻钟我忆儿。觅字寻爷书绣谱，梳头呼母戴花枝。

寄孀姊

鸿雁经秋信到迟，贞松遥想岁寒姿。西华葛帔无人问，正是相依画荻时。

题梅花便面

认是孤山乍放时，案头遣兴一题诗。临风欲问窗前讯，争奈乡园驿使迟。

端　午

五日何须艾，家悬紫电长。出波犹带冷，入馔却含香。绿泛杯中酒，黄浮盏内浆。汨罗江水畔，和黍吊忠肠。

题吉人弟山水帐檐即送其归严州

点笔居然有化工，几行疏树远烟笼。分明一幅桐江景，总在生绡数尺中。

江上丹枫映白蘋，夜光四角照诗人。水晶帘下无多路，蝶梦翩翩到富春。

竹影参差上碧窗，蘋花掩映对银缸。滩声半枕依稀听，又是严陵七里江。

五湖何处觅渔庄，梦醒空嗟路渺茫。休唱《阳关三叠》曲，好排雁字过潇湘。

笔床茶灶日随身，稳卧冰绡绝点尘。收取江湖无限景，吴湘剪出是何人。

书窗月上漏声残，莫向青灯动感叹。宗炳卧游谁似汝，好凭寒雁寄平安。

疏棂小落幂重重，数点烟煤淡复浓。不是软红尘内景，琪花瑶草杂芙蓉。

六花犹是未飞时，应记风前咏絮诗。此去趋庭须及早，天寒尤惹故乡思。

萧疏几树月光辉，遥忆离亭叶正飞。斗柄指西寒露冷，书帷坐久合添衣。

乡心频绕白云边，转喜深山卧未坚。他日更烦黄子久，为君添画往来船。

竹院纳凉

子猷亭畔话昏黄，月影迎风上粉墙。小院幽篁人兀坐，不知清露点衣裳。

夏　　至

鸭头水绿满池塘，雏燕新飞语画梁。偶见菖蒲花几朵，困人才觉日初长。

并蒂荷花

亭亭出水净无尘，别样妆台点缀新。相对并头红菡萏，虾须帘外月如银。

别九畹女史

才剪西窗烛，离愁又复新。云山千里隔，杯酒一时亲。极目风帆远，关心水驿频。前途好珍重，花发管城春。

茉　莉

菊澹兰幽未许同，编篱也复种多丛。凭栏正苦炎天暑，隔院香传一阵风。

贺雪门婿入泮生子

鹊声才送喜音频，况复祥征降石麟。此日撷芹池畔客，来年选佛会中人。阶前已茁芝英秀，阁外还看凤羽新。从此箕裘长继续，愿闻麟趾赋振振。

忆　别

静对秋光寄远思，兰闺怅别又多时。楼头月照梧桐影，户外风疏杨柳枝。络纬应更鸣唧唧，捣砧入夜韵迟迟。妆台明日窥晨镜，应有微霜点鬓丝。

寻　秋

扁舟到处足寻秋，一卷图经汗漫游。载得梨花三瓮白，好将山色百层收。

喜得古砚

细腻天成质本坚，永无恶岁是良田。蟾蜍水滴涓涓活，鸲鹆星寒颗颗圆。珍宝不殊和氏璧，摩挲欲和杜陵篇。从今时艳全刊落，幸结三生翰墨缘。

秋日答外寄柬

萋萋芳草近秋寒，一曲秦箫傍画栏。旧恨刚从诗里去，新愁又向柬中看。

鸡 冠 花

秋花掩映石栏边，绛帻鸡人态若仙。可是五更初唱罢，临风摇曳晓窗前。

老 少 年

珊瑚仍待雁来红，傲尽秋霜色更浓。应笑西园众桃李，强持枝干待春风。

训子二首

转瞬秋光早，因风触远思。辞家怜最小，归籍恨偏迟。忆弟三千里，伤亲十二时。姑嫜年八十，勉力事扶持。

两袖清风在，贫无负郭田。汝曹宜自立，尔父共推贤。世业期钟鼎,家声赖诵弦。莫令驹隙过,吟罢一潸然。

秋　词

露滴珠华湛,风生梧井秋。海棠花未睡,红烛泪先流。

秋日即事

一寸柔肠万缕丝,那堪更值九秋时。寒蝉知我无情绪,才咽残声过别枝。

雨后见月

凉雨萧疏过小斋,绣馀闲坐遣幽怀。柳梢斜挂纤纤月,照见苔痕绿上阶。

秋中见雁忆弟

金粟庭前已绽香,银河清浅澹秋光。剧怜不及衔芦雁,次第凌虚共一行。

望　月

徙倚中庭月正圆,含情默默寄冰弦。水晶帘外清如许,何必炉添宝鸭烟。

雪霁得月

争辉雪月上窗纱，瘦竹寒梅弄影斜。忽忆去年寒食节，棠梨相对一庭花。

红　梅

一株高洁绝尘姿，买得胭脂着意施。为羡繁华因小谪，妆成犹自照冰池。

玩　月

凭栏一阵扑衣香，姹紫嫣红树树芳。不是昨宵风送暖，小园那得艳新妆。

除　夕

终宵腊鼓击冬冬，送岁迎春兴致浓。莫讶桃符新换得，紫宸才赐紫泥封。

楚中上元

夜漏刚传第二声，六街灯火趁新晴。楼台几处晶帘卷，院落谁家玉笛横。习静早谙尘世景，沉吟转动异乡情。遥知此夕东山月，照向严滩一样明。

荷池纳凉与夫子及次儿鉴衡联句

刁斗初鸣薄暮天，静斋。残霞如绮照池莲。藕丝衫子罗纨扇，瑞芝。蕉叶波纹玳瑁天。荷净香生人定后，鉴衡。竹森影弄晚风前。一勾新月雁声外，静斋。数点明星鸥梦边。瀹茗碧浮茶当酒，瑞芝。倚阑红亚屋如船。叶翻银浪襟疑湿，鉴衡。花舞彤云意若仙。寰宇恬平歌乐岁，静斋。乡关睽隔动经年。遥闻喔喔鸡声起，瑞芝。励志还加祖逖鞭。鉴衡。

茝香阁诗钞卷二

严陵女史詹瑞芝著

初　秋

湘帘垂处乍生凉，绿树蝉声静夕阳。欲课娇儿勤雒诵，已闻窗下韵琅琅。

秋思二首

绣馀行绕画廊前，恰是凉秋雨后天。一个吟蝉数行柳，萧疏庭院暮生烟。

铃柝初传静掩门，品茶觅句坐黄昏。白云在望天涯远，静对炉香火尚温。

对月有怀姊妹二首

千里共明月，擎杯一解愁。梧桐枝影动，摇曳漾新秋。

对此前身相，清光水接天。遥思诸女伴，同看一轮圆。

中秋有感

兀坐沉吟情自伤，拚将秋色沁诗肠。月如有意分圆缺，云本无心任短长。乍染霜林山渐紫，半堆苔径菊初黄。《离骚》读罢增怊怅，更向南窗阅《老》《庄》。

偶　　见

层楼斜对一溪花，仿佛严陵是妾家。今夜移船向何处，梦随寒雁落平沙。

雨中对菊

久雨寒云拨不开，鸣鸠双唤去仍来。苔深未扫荒芜径，酿熟频斟潋滟杯。对影最怜篱畔菊，赏心常似雪中梅。也知节候重阳近，扑面凉风故故催。

即景偶慨

自别江乡二十年，酸咸阅尽世情偏。何时林下偕归隐？闲看村姑摘木棉。

再归故里舟次口占

故乡一别几经秋，仿佛烟波梦里游。遥望白云横碧岫，片帆真喜到严州。

寄大女慧仙

读罢鱼笺眼欲红，倚栏容易感秋风。怜渠一点殷勤意，都在云朕两幅中。

午　梦

衙鼓风传隔院清，霎时身到楚江城。朦胧儿绣寻添线，耳畔惊呼阿母声。

赠　髦

几茎白发类冰纹，那得层层绕绿云。一缕青丝谁割爱，美人头上许平分。

秋夜玩菊

庭前玩菊不知时，月转西轩花影移。着意侍儿频劝睡，恐伤秋色动乡思。

感　怀

无恨情怀寄落晖，莫教杜宇怨言归。怕闻泣血三更月，唤醒愁人泪湿衣。

秋　怀

晓雁闻声已报秋，病来无力倦梳头。菊因积雨迟开径，人避寒风怕上楼。芳草碧时无限恨，疏林红处更添愁。却拈针线窗前坐，一片思亲泪欲流。

过七里江

七里滩前暂系舟，芦花萧瑟映江流。多情旧戚殷殷送，雅意居邻款款留。喜事一逢应倍喜，愁缘偶触愈增愁。翻因胜景频挥泪，多为离怀不自由。

归途即事

未到黄梅日日晴，天公特地助行程。遥怜处处飞花片，却幸家家断雨声。风雨数行随散乱，烟江几曲任纵横。高峰南北都如画，两岸铜钲一样鸣。

感　　怀

为偿宿积落尘寰，最苦春光去不还。卅载举从愁里过，半生惟有梦时闲。若无明月知心少，惯领清风俗虑删。自问自嗟还自笑，渐谙天道识循环。

梅花城畔苦诗魔，辜负光阴隙里过。钤阁昼长闻事少，银缸夜永觉愁多。情深屺岵忘餐寝，爱切埙篪托啸歌。病起不堪掀宝镜，残妆谁复理修蛾。

秋　　词

绕遍回廊秋寂寂，昨宵雁过最先闻。拚将一掬思亲泪，洒向当年手制裙。

鸿雁南飞爪带霜，芦花萧瑟映横塘。深秋时节凄凉甚，留得东篱一片香。

炎　热

赤日行天上，炎威正满空。全凭数竿竹，引到几回风。火伞初张处，冰盘乍对中。乘凉思傍水，逭暑欲寻松。长簟临窗展，幽香隔院通。芰荷花正好，雨否问天公。

感　叹

一叶随风忽报秋，滂沱雨过月当头。却思七里滩前水，流出桐江向我愁。

中秋无月

寒砧夜捣几经霜，悔盗灵丹思渺茫。料得姮娥羞见面，故将云幔掩清光。

秋　情

秋意萧森似不平，西风飒飒动悲声。长空叆叇无心拂，水畔芙蕖着意生。鸿影分飞添别感，桂枝零落触伤情。中宵独对阶前月，怕听高楼玉笛横。

秋　兴

秋风几夜桂花开，恰好雕栏月上来。欲折一枝供小饮，恐惊邻女却徘徊。

望月有怀

院落深深夜月凉，微风乍送木樨香。情深反觉言词短，病剧偏忧道路长。鸿雁拂天初过雨，梧桐满眼又经霜。谁怜触景增惆怅？万叠寒云是故乡。

寄　弟

经旬长在药炉边，倍觉吟诗想阿连。寄语送书人说向，小姑多病是今年。

题寻秋图为吉人弟作

轻帆乍落暮山苍，罣溯烟波路渺茫。揽胜最宜邛竹健，浇愁惟觉酒杯香。疏花隐约陶潜径，落叶飘萧庾信床。争似谢家吟兴远，俗情尘虑一时忘。

村居即事

插架缃缃映绮疏，开怀独爱晚风馀。幽帘乍卷归新燕，乱帙凭翻学蠹鱼。松径渐看明月上，竹楼谁讯白云居。花朝每被蚕忙误，今夜长空静太虚。

题雪中折梅小照二首

罗浮梦醒已多时，月下难逢绝世姿。寻取寒香过桥去，有梅有雪有新诗。

折来玉蕊惜寒英，插向军持最可人。来日快晴还一笑，前村又见几枝春。

观梅遇雪示吉人弟

爱玩檐前数点斜，晓妆端合对琼花。漫天絮影非无意，欲遣清吟角谢家。

野　菊

陶令篱边种，谁移到我家。白衣还未至，槛外见黄花。

读张松生惜馀诗草《食鲥鱼》云："桃花流水严陵濑，不似家乡风味多。"

也住黄州三载过，楚中风味究如何。鲥鱼虽好终多刺，子美之言信不讹。

题画二首

安得篷窗日日晴，寒鸦疏柳对分明。凉风适至添朝爽，一半秋光画不成。

几笔淡烟山入画，数丛寒树鸟藏声。轻帆初落归来早，又有前溪钓艇横。

闻外孙女之戚书此慰女

掌上明珠只暂圆，金环再认亦前缘。强加餐饭生欢笑，好侍尊嫜慰暮年。

月夜遣怀

槐阴一别几经秋，触动新愁感旧愁。独对半丛花泣露，共看千里月当楼。春寒鸟语如人诉，夜雨风号暗泪流。漏转檐铃频破梦，更深炉茗暂忘忧。娇儿未解长安忆，故里终思建德游。若得此身无俗累，忘机也合类闲鸥。

癸未岁良人服阕入都余在楚卧病适有邻妪携葫芦一颗园蔬一握来馈叩其来意则近在比邻亦游人之流寓楚中者深悉余之衷曲同为异乡之人因有是惠也感而为诗以答之

漫劳邻媪馈盘餐，莫作寻常小惠看。同病相怜贻此味，一回投箸一心酸。

与君石上少前因，念我俱为异地人。不作稻粱鸿雁计，甘同鸠拙好藏身。

哭女五首

讣音望假已情痴，毕竟儿无见母时。最是伤心理残线，根根尽引阿娘思。

一度思量一惘然，与儿从此隔重泉。清明钱纸飞蝴蝶，未必真能买翠钿。

月夜魂归玉佩鸣，依稀入梦宛如生。牵衣良久原难别，又被风吹铁马惊。

客岁儿殇病已成，欲参净果证前生。空教玉碎花残后，魂伴灵幡数尺旌。

诗成数首血盈笺，又值斜风细雨天。也识浮生原是幻，情丝那得断缠绵。

七夕和二弟原韵六首

银河倒影对栏干，乌鹊桥梁宛转盘。偏是仙家好离别，一年一度泪难干。

卷帘乞巧绮筵开，欲度金针愧不才。昔日玉环空有誓，马嵬留恨到泉台。

今夜帘前罢弄梭，新翻花样合欢多。画楼儿女相将拜，乌鹊纷传夜渡河。

朱鸟窗前寄讯频，云天小别是前因。今年风雨潇潇夜，翻作银河洒泪人。

堪笑人间爱学仙，怎禁牛女别经年。阿侬已得天孙巧，不绣鸳鸯对月眠。

者番七夕雨滂沱，不现双星可奈何。若道人间胜天上，长生殿里泪痕多。

清　　明

才过寒食节，更觉使人悲。麦饭他乡意，陇冈故国思。望云心归去，酾酒恨难追。留滞身千里，伤怀有泪垂。

赋得移花兼蝶至

满园花正发，坐对欲开襟。乍共春驹至，休教晓雾侵。香含风细细，影带日沉沉。展扇怜轻粉，翻书爱绿阴。偶然成独笑，仍旧拥寒衾。好梦春无数，幽窗栩栩寻。

思　　归

花开花落惜芳晨，似我离乡不计春。早识繁华原是梦，偏嗟适意不如人。江鸿遇雨行频断，海燕衔泥志未伸。青草年年南浦绿，不知何日是归辰。

秋日偶成二首

秋月雨中过，秋愁唤奈何。秋风长夜起，秋露点枯荷。

闲坐明窗下，闻蝉第一声。不知何意绪，诗思入愁城。

柯城寄女

井梧一叶落银床，旧事寻思每断肠。无可奈何人已病，不如归去恨偏长。秋风入耳寒砧碎，夜雨挑灯小院凉。念汝天涯谁慰藉，离愁满纸写昏黄。

寒食展墓

也知无益恨偏长，呜咽泉声送夕阳。遥想劬劳心恻恻，追思罔极意茫茫。断碑七尺埋荒陇，芳草三春满旧冈。凭吊却逢寒食节，村姑感动亦沾裳。

即　目

新荷数点绿波浮，乳鸭偏能傍母游。针线懒拈非为热，竹床何以解余忧。

归　家

未到家乡望眼穿，归来堂上景萧然。昊天罔极恩难报，空向西风泣杜鹃。

感　怀

惯抛珠泪难穿线，官阁清闲且作诗。只为椿萱凋太早，至今荆叶有参差。

黄梅即事

时到黄梅雨复晴，晚来残月半轮生。杜鹃枝上啼红血，惹动离乡怅望情。

思　　亲

幽帘垂处独凭栏，庭有萱花不忍看。忽见呢喃双乳燕，可怜回首夕阳残。

写兰三首

青露被兰陔，春光发和煦。扬芬抱幽贞，乃为香之祖。朝暮袭其馨，临摹日三五。欣与善人居，不共群芳伍。

天然清韵不闻香，只有寒梅可并芳。欲写幽丛凭淡墨，不知何处是潇湘。

露分九畹试霜毫，空谷幽人品自高。识取个中岑寂意，不须痛饮读《离骚》。

题樊氏小园

客里闲吟兴倍加，况斟梨白对黄花。风生小径香仍淡，日照疏篱影半斜。品格直超梅以上，园亭还近水之涯。效颦难免东施笑，涂壁情知点似鸦。

咏雪四首

昨夜天风响似涛，隔窗疑有月轮高。忽看庭院堆珠玉，陡觉云霄遍羽毛。妆讶落梅凭点额，咏因飞絮一挥毫。晓闻隔院呼僮扫，耳伴刚收万木号。

帘开阵阵舞风前，轻似鹅毛软似棉。无树不开花片片，有山皆种玉田田。望来图画千重岫，恰似棠梨二月天。不是辋川能领略，寒空妙意有谁传。

休论富贵与神仙，一样空明夜月天。柳絮落时深巷静，梅花飘处画堂妍。柴扉久掩袁安卧，金帐初开党尉筵。料得子猷无个事，兴来还泛剡溪船。

镜槛浑疑宝月栽，花残花谢又花开。琼瑶本是蓬瀛境，珠玉原非瓦砾材。缟袂乍疑仙子降，绿蓑还认钓人来。一年好景应须咏，不惜登楼日几回。

梅花四首

傍崖临水绝尘姿，密密疏疏也自宜。山寺冷云残梦后，绮窗晴雪半开时。嫣然竹外攒千点，料峭松前见一枝。闺阁平章闲吮笔，让他策蹇去寻诗。

檐前香透隔年春，冰玉阶前绝点尘。吹笛怕逢南去客，开帘恰对晓妆人。冲寒几点临风淡，破腊千枝带露匀。仙骨本殊凡卉质，讵随桃李斗芳辰。

月下分明映缟衣，林间翠羽是耶非。云移邓尉香初暖，雪满瑶台鹤未归。仙侣去时增寂寞，粉图披处见依稀。风前万树须珍重，莫化烟痕一片飞。

一丛寒雪带香留，春后春前景自幽。曲径澹云谁问讯，小栏薄暝独成愁。晴宜索笑山家外，梦拟寻幽水阁头。何似故园风物好，桐江九里记曾游。桐庐九里洲梅花最盛。

余自幼随先大人宦衢州。趋庭遇暇,即入侍太夫人侧。太夫人辄诲以诗。尝谓鉴衡曰:“学问之道,莫先于治性情;治性情之法,莫先于治诗。盖诗治则性情日治,学问益日治。小而言之,感于一草一木之细;扩而充之,及乎家国天下之大。其入之也正,其体之也微,其蓄之也富,然后其得之也深。是以其始也,油然以生;其继也,戛然以进;其渐也,陶然以适;其后也,浩浩然流行于不自知。而诗于是乎成,诗成而学亦成矣。汝曷日治诗?”余唯唯听命。然出就外傅,塾师日以帖括相督。课间有所作,或以为妨举子业,又呵止之,因是未获殚力于诗,至今引以为憾。太夫人阃政馀闲,未尝一日不亲笔砚,日积月累,卷帙遂多。岁辛卯,同乡聂容峰太守欧夫人曾怂恿付刻,顾深自敛,抑不欲以闺阁文字遽传于外,以是虽有序而仍未刊,历久散失,所存亦复无多矣。道光二十一年,先大人行福建提督事,既而予告回籍,其年三月弃世,太夫人旋于二十六年春弃养,今阅八载矣。杯棬之痛,无日能忘。顷捡箧中仅存百有馀首,恐收藏不慎,渐至于湮没不传,因缮写校对,付诸手民,而追述慈训始末,且以志余之未克仰承也。

咸丰元年六月十日,男鉴衡谨识。

海棠春晓楼吟草

（清）武淑仪 撰 倪春军 陈雨晴 整理

整理说明

武淑仪（？—1890），江苏太仓人。赵子履室。病卒后，夫氏整理其遗作，刻为《海棠春晓楼吟草》一卷，续刻一卷。有清光绪二十三年（1897）刻本，今即据以整理。

题 辞

独占谢絮风前句，乙乙《玉台新咏》语。空将遗秩付檀奴，弄墨然脂都是误。　　年来我亦伤情绪，屡欲题诗聊寄与。东风吹落一庭花，手把闲愁无写处。调寄《玉楼春》奉题《海棠春晓楼遗稿》，即请子履仁兄大人指政。树声汪承望学填。

香霏珠唾落风前，绣句拈成弹翠钿。无限柳娇花怨意，一齐都付谢庭篇。

彩鸾唐韵久精通，凫雁新词句复工。应悔避风台未筑，顿教丽影渺惊鸿。

一卷鸳鸯锦字笺，缄来离恨有谁怜。兰衾荀簟凉如许，潘岳频年料未眠。小诗奉题《海棠春晓楼遗稿》，即请子履仁兄大人哂政。漱醪弟汪承笏甫稿。

凝翠楼高写古叹，兰韫王夫人。浣红句好斗今妍。叔琴陆夫人。若从巾栉论风雅，寂寞词坛七十年。

黄门老去少欢悰，茝箧遗文检蠹丛。惊破海棠春晓梦，倚楼人正怨东风。

林下交推俊逸才，寄兄书自太雷裁。今晖文字尘封久，留待参军点勘来。夫人不欲以文字自见，殁后，子履丈始属夫人仲兄静如先生为之删定。

然脂弄墨性情真，写出乌丝待手民。一卷颂椒新脱稿，仲姬人拜赵夫人。题天水武夫人《海棠春晓楼吟草》，即请子履太表丈人正。光绪甲午七月秋，孙徐敦穆未定草。

海棠春晓灿明霞，着墨无多意自赊。惆怅水仙少子结，用集中诗意。由来无种是名花。

绣阁深藏风雅姿，令仪淑德费人思。更怜夫婿多情甚，万种神伤一卷诗。俚句奉题《海棠春晓楼遗草》，录请子履仁兄大人吟政。茂苑钱实璵待削草。

《海棠春晓楼吟草》，倩霞三姊氏所作也。姊氏适天水赵氏，持家勤俭，垂四十年间为吟咏，钗荆裙布，晏如也。卒以劳悴而殁。殁之三载，姊婿子履出示遗稿，诿诿点定，将付手民。余惟闺秀之诗如《天真阁》《碧城仙馆》诸集类皆长于各体，又有名辈为之提唱，故可传也。吾姊之诗，不过偶然抒写，无所禀承，使其尚在，其不敢问世也必矣。虽然，子履之意，以为见诗如见吾姊，意在乎诗意，又不在乎诗，则诗之工不工，可弗论焉。余性梼昧，不能蠹没于学，而于古近体诗，尤茫乎其未得，何足以言诗？重违子履之意，不揣谫陋，略为删汰，存其六十八首。虽不敢步《天真阁》《碧城仙馆》之后尘，而怨而不怒，尚不背于风人之旨。阅是诗者，谅亦鉴寓意之所在也。爰缀数语，以记颠末云。

上章大芒落长夏，静如弟麟仁并识。

海棠春晓楼，先母绣馀吟咏地也。楼为先父旧时读书处，在致和塘右岸凝远堂西偏，计屋三楹，占地三十弓，毁于庚申兵燹。先母典钗钏而修建之，庭前海棠一株，百馀年物也。吴祭酒曾有题咏焉，先母即以名楼，并以楼名名其诗集，垂三十年，晨夕于斯。嗣先君得软足病，求医觅药，所耗不赀，病愈而债台高筑，不得已于庚寅之岁，售屋偿之，而楼非吾家有矣。

先母于是积愁致疾，即于是年冬，病殁于是楼。来年春，海棠顿露憔悴色。先君触景伤怀，旧恙复发，谓嗣庆曰："海棠我家旧物，为汝母精神所寄，余为贫累，挽回乏术。今人亡物在，见棠如见汝母，加意护持，以存汝母精神，汝之责也。"嗣庆泣受命。迁居时，移栽一株，迄今二十馀年，幸已成荫。唯是赁庑一椽，迁徙靡定，念棠为先母精神所依，设违遗命，毁先泽不孝，孰甚焉。爰乞人补绘楼图，以永杯棬之感。图既成，谨述始末，敬求当代吟坛锡以题咏，俾我后人于花于图，均知所珍惜云尔。

乙丑仲春赵嗣庆谨启。

海棠春晓楼吟草

弇山武淑仪倩霞氏著

避乱崇明口占

桃源堪避地，野老话桑麻。秋社鸣村鼓，溪田响水车。晨炊看比屋，夜织听邻家。俯仰悲身世，随时感物华。

庭前秋草绿，阶下决明鲜。薜荔三间屋，蔬茄半亩田。风沙含过鸟，露叶抱寒蝉。蛩语疏灯外，生涯别有天。

酷　　热

赤地烧炎日，青天起旱雷。乱蛩鸣砌畔，倦鸟避林隈。冰簟延凉展，珠帘近水开。尺书寄海外，挥汗几回裁。

客有渡海至崇者述家乡乱难之苦怆然赋此

风鹤传来半假真，长宵不寐独伤神。烽烟遍处难停足，萍梗随波莫寄身。海上旌旗空鼓角，穴中蝼蚁聚城闉。可怜画舫笙歌地，谁向桃源去避秦。

春　　暮

连朝风雨闭重门，春去枝头月也昏。无限乱愁兼小病，教侬何处觅花魂。

七　夕

瞥见阶前染指花，偶然添插鬓边鸦。今宵云锦天孙织，遮遍银河一道斜。

见人扶鸾

秘笈灵威叩玉京，心香一瓣表精诚。仙人眼底无凡艳，不办瓶花献上清。

挽黄碧娥表嫂

熊罴入梦慰高堂，却喜生男赋弄璋。岂意昙花才一现，遗雏失恃我心伤。

曾记河梁分手时，画桡轻泛渌波迟。无端一夜西风紧，吹散桃花雨后姿。

草　花

春草无边绿，花开蝶早知。莫嫌难入谱，也有上头时。

像 生 花

春残不减四时红，妙手偏能夺化工。寄语阿姨休费力，者番莫作妒花风。

春　寒

醒时残梦尚惺忪，多病春寒睡起慵。似雪梨花如线柳，陌头烟景十分浓。

梦醒口占

画梁寂寞燕依栖，宝鸭香销锦帐低。愿做翩翩双蛱蝶，好寻残梦过桥西。

听琵琶

触拨檀槽唱妙歌，樽前红烛隐修蛾。春兰秋菊同时艳，见惯司空荡魄何。

小极偶作

阴阴院落草芊绵，容易秋风又一年。苦与病魔为敌国，终朝消受药炉烟。

挽王瑞仙表嫂

玉佩玦琚望若仙，前身合住大罗天。乱离难诉知心话，临去终悭觌面缘。缥渺烟云参正觉，高寒楼阁忆当年。万重苦海抽身早，珍重先登般若船。

水 仙 花

环佩凌波态,翩然洛浦神。可怜不结子,仙骨自超尘。

乱定回家感赋

揽衣躡足辟蒿蓬,破壁颓垣地半弓。衰草痕拖裙带绿,疏花泪作美人红。城阴萧槭昏无月,屋漏参差夜有风。无限浓愁消不得,一齐付入角声中。

游 南 园

片土留尘劫,风光是也非。草堂香火烬,梅坞雪花飞。潭影流春水,旧有潭影轩。墙阴恋夕晖。昔年名胜地,俯仰尚依稀。

丞相邀游地,嗟为瓦砾场。欣逢贤太守,重整旧华堂。合肥蒯子范观察捐廉新葺。花木寻幽窕,楼台接渺茫。联吟成白韵,静如弟近与同人联句达旦。击钵在禅房。

追忆南园鹤梅歌

君不见南山虬松二千尺,夭矫拿空攫怪石。万千百劫古鸿蒙,半天云作鲲鹏翼。南园老梅三百年,丞相手植沧江烟。一朝幻作缟衣鹤,长颈下啄青芝田。渺渺欲破江城笛,亭亭独立罗浮仙。人民城郭变今古,沧桑半改园林主。修廊踏遍青莓苔,夜深素影翩然来。风声草木警清梦,令威一去空亭台。是梅是鹤在何处,偶堕人间原小住。我恐园中百树梅,一齐化鹤横空去。

山塘观灯船

鱼龙曼衍剧玲珑，映水花枝别样红。本是繁华歌舞地，几人到此误英雄。

忆　　外

料得篷窗里，愁怀独听莺。半篙春水涨，一梦午风清。雾重宜迟起，寒深莫夜行。何时能返棹，好趁雨初晴。

秋海棠

竛竮弱态最堪怜，新染燕支色倍鲜。半卷珠帘秋雨后，高烧银烛夜霜天。临风影动浑如语，着雨魂消欲化烟。日暮倚栏红袖薄，不将离恨到眉边。

秋　　暮

寂寂篷窗雨乍收，暮云如幔月如钩。未凋绿叶犹张幕，半放黄花已报秋。命薄饱尝冰彻骨，愁多渐见雪盈头。何时悟透盈虚理，重见瑶池碧玉楼。

扫　　墓

春光极目意徘徊，夹岸桃花烂漫开。乍过清明三两日，游人多半上坟来。

送　春

九十韶光转眼非，腰支瘦损六铢衣。白驹过隙留难住，黄蝶寻香倦不飞。杯酒情怀愁寂历，晓钟心绪梦依稀。蘼芜浩淼天涯远，又见河干送别归。

舟过惠山

一叶风帆顺水行，野花开遍不知名。青山两岸如相识，船尾船头管送迎。

哭　母

百折回肠泪眼枯，那堪彻夜听啼乌。一堂儿女谁能殉，泉下龙钟若个扶。

翌日复作

记得相依放棹行，落花时节乱啼莺。梦中恶识分明现，客里狂风更觉惊。空有痴心谋药石，恨无灵草驻长生。此身未报劬劳德，追忆音容泪暗倾。

食橘追忆先慈

几回追忆倍酸辛，昨夜遗容梦里亲。纵使陆郎袖归去，一枚空向繐帷陈。

清明日偕兄姊弟同上先慈新野

槿篱茅屋背横塘，两岸高低薜荔墙。红泪染成杜鹃血，白杨青草断人肠。

缟衣素面态如云，纸箔黄钱取次焚。赢得邻家诸女伴，呼群同看上新坟。

团栾骨肉共扁舟，恻恻轻寒似早秋。愁煞棠梨作春雪，可堪回首旧松楸。

壬申天中节时近先慈周忌怆然作此

榴花照眼斗明妆，艾酒浮香尽一觞。我却无心看竞渡，不堪重忆旧端阳。

白　　燕

柳絮楼台是也非，旧时门巷认依稀。珠帘暮雨泥初落，银烛春宵梦乍归。素羽几疑冰作骨，淡妆恰称雪为衣。最分明处红丝系，珍重梁间自在飞。

静如弟惠折纸小帧诗以谢之

一枝绛雪笔端开，腕底春风拂拂来。随意题诗转高洁，莫教渔艇问津来。

韽韽仙乐奏霓裳，珠阙玦宫日月长。闻道玉妃开夜宴，天厨频进紫霞觞。

玉窗深远闭琼姿，写遍蛮笺十样词。碧落自抛红豆子，漫天都与种相思。

银河流水自重重，十二瑶台十二峰。为恨桃花招客问，玉池都种碧芙蓉。

素蛾青女步相偕，斗草云阶赌玉钗。欲觅灵芝争胜负，累他频蹴凤头鞋。

碧天如水净无瑕，拟泛明河博望槎。我是世间愁厌物，乘风可许傍云霞。

愁

来时无影去无痕，一染情痴便断魂。飞絮楼台春寂寂，落花庭院月昏昏。怀人聊托诗千首，却病惟拚酒几尊。怪底欲抛抛未得，愁苗到处易生根。

初秋有感

大地炎威杂雨收，年年容易使人愁。萧疏鬓发头先老，寂寞门庭气早秋。满路荻花才作絮，一帘纤月尚悬钩。年来不作田园计，怎奈心如不系舟。

读两当轩诗集

太白楼中独占先，临风鹤立态翩翩。生成傲骨难谐俗，谪作诗人亦可怜。绝代文章传盛世，悲秋词赋感华年。胸中多少烟霞癖，除却看山不是缘。

于京仙吏住瑶台，偶谪尘寰亦可哀。千里饥驱常作客，一身困顿误多才。愁中病骨经秋瘦，笔上奇花入梦开。我读先生呕心句，尤如亲历万山来。

岁暮杂感

避债无台气不豪，凄凉无奈典青袍。楚囚对泣冬将尽，蜀酒浇愁价渐高。骥子追风虚夙愿，鲸鱼吸水自贪饕。年来虽悟狂澜劫，孽海无边怎挽篙。

纸窗寒逼水成冰，蔽体无裘冷不胜。催赋长官严似虎，耐贫业户懒于僧。岁饥不问民情苦，秩晋何须德政称。最是萧萧风雪里，度年无计贷亲朋。

春雨连绵病愁交并独坐无聊偶作遣闷

今年春雨太廉纤，料峭新寒病易添。力薄不胜行步怯，愁深难讳到眉尖。闺中寂寂红窗闭，院落阴阴碧藓黏。怪底东风吹不住，萧萧一阵扑疏檐。

春日感怀

愁雨愁风廿载辛，年来渐觉总无因。溪边野水涔涔涨，洞口夭桃度度新。争奈睡魔惊彻夜，那堪肝病怕逢春。万重苦海抽身好，入世原如梦里身。

积雨经旬落花满径春光已去独坐感怀

积绪真如万斛尘，那堪漂泊可怜身。昨宵怕听廉纤雨，今日愁看寂寞春。极目青山埋艳骨,伤心红泪吊佳人。流莺不觉韶光老,犹向空枝弄舌频。

杨　花

连朝飘逐趁斜风,如絮如绵一望中。非为轻狂时上下,却因无力任西东。身前清洁尘都洗,眼底繁华色尽空。艳李秾桃休笑我,春残漂泊总相同。

心高时欲傍朱扉,散点参差密复稀。命薄怕逢寒食雨,情多易惹少年衣。身轻不觉随风舞,质白还防入砚飞。痛惜年年零落甚,欲留无计思依依。

和风镇日扑帘钩,散漫天涯不可收。命薄恨随流水逝,心高痴想蕊宫游。缠绵似解辞枝感,漂泊真成易地愁。狼藉满庭飞又起,知他虽堕未甘休。

剧怜命薄太伶仃,宛转随风入窈冥。沟壑沾泥心自白,天涯失意眼谁青。飞飞无力依深砌,点点多情绕曲棂。我已年来肠欲断,莫劳添作鬓星星。

种　菊

一掬分来浥露清,东篱培植费经营。幸无连日风侵妒,岁岁飞花入建章。

晓日炎炎上粉墙,薰风吹动芰荷香。后宫花貌三千女,几个承恩在未央。

桂子飘香玉殿秋,自怜薄命此生休。不知今夜团栾月,还照深宫几处愁。

玉蕊冲寒雪夜寻,胆瓶爱护惜花深。层层宫殿琉璃瓦,残照犹留屋角金。

旧　第

朱扉剥落粉墙乌，白石台阶尽绿芜。画栋斜欹蛛结网，疏帘半堕燕寻雏。春风马帐谈经杳，旧雨鸡窗剪烛无。往日承恩童仆散，独留义犬守庭梧。

敝　裘

看花曾伴踏芳尘，聊护孱躯廿载春。卒岁不愁丝絮贵，御寒要当鹔鹴珍。千行尤忆慈亲线，百结谁怜范叔贫。贵客莫嗤蓝缕甚，乍裁也算入时新。

除夕感怀

厨无臧获费张罗，送岁迎春苦奈何。身病勤劳非我惯，家贫作事让人多。烛花预卜来年瑞，爆竹先闻隔院和。幸得官租输尚早，蓬门差免吏经过。

家家剪彩换新符，寂寞衰门乐事无。馈岁早辞怜我窘，读书窃效古人愚。增年痛洒思亲泪，薄产难招恋主奴。心字拨残商陆火，送愁惟有醉屠苏。

二月八日作

拟欲移家水上楼，闲愁好便付清流。那知意外营求愿，依旧心如不系舟。叹我勤劳兼作仆，看人来往觅封侯。江南残雪梅初放，二月轻寒尚拥裘。

杏　　花

饧箫声彻小楼东，消息先教昨夜通。一带水痕浮岸绿，十分春色隔墙红。飘来漫认焉支雨，落处还随蛱蝶风。探得上林花似锦，曲江宴罢控骄骢。

梅　　影

万重香雪傍楼台，老干婆娑印绿苔。乍讶天公呈玉戏，却疑仙子散花回。携锄好趁横斜去，缚帚无烦洒扫来。素魄似怜人寂寞，一枝移近碧窗栽。

夏日偶作

隐隐轻雷雨送凉，素馨花放满庭香。越绸衫子湘纹簟，角枕斜倚午梦长。

罢携樽酒罢挑丝，梅子初黄五月时。小院日长人不到，鸣蝉飞上最高枝。

春　　日

春来无处豁双眸，倚槛聊当拾翠游。有限年华须自惜，只宜欢乐不宜愁。

四月二日夜感

乍寒乍暖晚春天，挑尽银缸夜不眠。病鹤离巢遭雀傲，书生无命若人怜。结邻拟卜二椽舍，附郭何求三顷田。世事总宜瓶作口，且随童稚学痴颠。

初三日又作

委径残红寂寞春，兴衰难保百年身。侵阶草带如经雨，满地榆钱不疗贫。类我蚕蛾空作茧，看他儿女渐成人。溪边野水瀰瀰涨，欲觅桃花去避秦。

自　　悟

昙花偶尔幻愁身，笑我缠绵太认真。寂寂花香风里絮，翩翩蝴蝶梦中春。三生自造无边孽，一卷难消未了因。何日皈依欢喜佛，愿随宝筏脱迷津。

慰次瑶夫子欲寄未果

人间万物总难齐，排闷无如醉似泥。黄土漫怜朝露薄，白头须惜夕阳西。好为瘦鹤临风舞，莫听哀鸿彻夜啼。世事如茶尝已遍，凤凰悔未择枝栖。

玩月有感

皎洁清光照大川，登楼又见十分圆。丛残秋菊垂头折，历乱闲愁逼眼前。万古不磨惟此镜，一生难乐是衰年。饱尝苦雨酸风味，搔首临风欲问天。

申江杂咏次静如二弟韵

看花却值小春时，欲把明珠换几枝。恼煞客窗风雨夜，一灯如豆照相思。

秋菊春兰各自开，冶游小住近楼台。眼看始信销魂地，蜂蝶随香日往来。

雏鬟年纪未关情，撇却箜篌又玉筝。一颗遗珠光夺月，万花丛里独分明。

翠凤斜簪两鬓鸦，越罗衫子斗明霞。此中可是迷香窟，并蒂初开解语花。

中酒心情费我猜，桃花一点上香腮。爱他十五惊鸿影，百首诗成费剪裁。

百丈愁城仗酒兵，桃根檀板柳吹笙。曲中似诉浔阳感，红袖青衫有泪声。

一曲清歌子夜凉，绿珠身价费商量。几回欲诵莲花偈，可否回头到觉场。

领略欢场易倦游，芦花如雪扑江头。篷船戏作闲情句，寒逼归舟已过秋。

残岁病中作

连宵积雪半窗明，喜听巡檐鹊噪晴。小病况逢残岁逼，痴心早向隔年生。梅花耐冷迎人笑，爆竹驱灾彻耳鸣。怪底欲眠眠不稳，愁肠转辗一时萦。

对　镜

拂拭团栾出匣明，秦铜汉月两留名。照人万古须眉老，鉴我终朝面目清。抱病久抛新样黛，安贫常守旧时荆。年来愁绪如丝乱，短发星星见几茎。

柳　絮

摇曳丝丝拂地迟，春残漂泊寸心知。可怜质白初飞絮，尽被东风送砚池。

春暮杂感

相别群芳泪满腮，明年无复旧人来。花神莫管伤心事，好倚东风自在开。

落花飞絮不成春，杜宇声中雨似尘。多少欲归归未得，我身也似未归人。

炉烟消尽月黄昏，泪积春衫旧有痕。送得陶潜归去好，落花飞絮待招魂。

述　　怀

病骨支离又见春，百端丛集到愁身。仝枝虽有心如蜜，未可相逢说苦辛。

乍晴乍雨熟梅天，瘦骨崚嶒未卸绵。俭岁不妨鲈价贵，吴江春笋当鱼鲜。

小步闲庭趁晚凉，病容新褪一重霜。年来学得无愁法，胜是神仙海上方。

病渴那禁赤日长，玩冰含玉也平常。骄蝉喜趁炎威力，痴抱柔枝噪绿杨。

夜迢迢更漏迢迢，淡月疏星暑已消。只为病人眠不稳，含愁无语坐深宵。

书成表达九重天，一片丹忱出自然。更向东厨求默佑，愿将侬纪为君年。

小鬟报道雪飘檐，薄絮狐裘次第添。折得梅花慵插鬓，匆忙几日未开奁。

手爇心香拜上苍，愿君无疾祝君康。年来虽费参芪值，苦守清贫也不妨。

冻彻庭梅尚未开，寻香蜂蝶漫相猜。东皇若有垂怜意，肯敕阳和一线来。

海棠春晓楼续草序言

余侨居娄东者，二十余载矣。性拙才疏，寡交落落，惟赵君子履长厚多情，与予交颇笃。去秋，出其德配武倩霞女士《海棠春晓楼诗》索题，予不辞固陋，勉题两绝归之。逮冬，谓予曰：前诗已付锲，兹复检得遗诗百馀首，将续刊之。问叙于予，予谓女史妙才淑德，闾里同钦，针黹之馀，耽于吟咏，聪明夙秉，诗笔清新。前有静如先生序之详矣，奚赘为？乃赵君坚索予言，辞不获已，知难藏拙，爰书此塞责，或即以是为序也夫。

光绪丙申三月茂苑钱宝玙书，时年七十有二。

海棠春晓楼诗草续刻

弇山武淑仪倩霞氏著

病　怀

真个春光雾里看，病怀愁绝泪汍澜。人游瑶岛三千界，我历尘寰十八滩。莲子苦心留味久，桃花醲面隔宵残。生来薄命历消受，何必营求换骨丹。

和静如弟南园探梅八绝

参差老树未成阴，花坞回廊曲折深。曾记层楼新筑后，香闺结伴也登临。

风景萧条系客愁，轻寒恻恻似残秋。几株绿萼开依旧，引得诗人到此游。

簪云峭立藓痕浓，苔径人稀鹤未逢。如雪梅花风似剪，枯藤犹罥侍儿峰。

残碑剥落剩苍苔，窈窕轩窗掩复开。日映寒潭花烂漫，陇头香气送风来。

十二栏干曲折红，横枝斜倚小桥东。莫嫌寂寞闲时淡，先占春来第一风。

三秋犹记唱骊歌，冻墨联吟手自呵。今日重来增感慨，天涯朋辈别离多。

倦游非惜买山钱，泉石因缘岂偶然。家有几弓花木地，有时飞翠落窗前。

半废园林瞥眼非，旧时老干着花稀。夕阳一线留残照，风倦寒香片片飞。

落花次静如二弟韵

瞥见垂杨拂栏西，寂寥庭院绣帘低。凄迷嫩绿齐含雨，狼藉残红半委泥。蜂觅花粮犹上下，蝶酣香梦尚依栖。玉骢不逐芳尘去，惆怅琼英没马蹄。

东风无赖遍江南，吐尽愁丝恰比蚕。明岁相逢春有约，今朝送别我何堪。枝头绿叶肥还嫩，树底红芳瘦不酣。欲抱痴情收艳骨，莫教漂泊堕寒潭。

春去惟馀燕子窝，戏拈湘管唱骊歌。雨淋艳粉成红泪，风卷零香送绿波。自古好花偏命薄，由来恨事为情多。可能直上青云路，不到人间受折磨。

飘零无奈又黄昏，树底空馀绿藓痕。芳草离离游子泪，桃花脉脉美人魂。粘天有恨风吹絮，堕地无言月照门。我独徘徊祭杯酒，百般愁绪与谁论。

反落花诗次静如二弟韵

玦姿本不染尘埃，阆苑天宫任意开。得傍烟霞争烂漫，长依云雾住瑶台。飘来恍是霓裳舞，聚处真如锦绣才。待到蟠桃成九熟，群仙会上赴蓬莱。

戏 咏 钱

方圆能使万人怜，远近亲疏总是缘。狡狯怕随春蝶去，攀留强把草绳牵。富家堆堵非为福,贫士空囊莫怨天。何苦牢牢长自守,几曾携带到黄泉。

老　　将

一片黄沙万鬼号,将军奏凯卸征袍。惯听晓月筹三略,岂向秋风泣二毛。耿耿丹心悬日月,萧萧白发亲旌旄。他时图画麒麟阁,不负疆场百战劳。

记　　梦

几年妄想去游仙,好梦今宵枕上圆。怯怯心如波漾月,摇摇身似浪推船。玦楼玉宇浮云外,瑶草琪花逼眼前。痴念欲求方士术,可能历遍大罗天。

挽邻家新妇

欲结深闺翰墨缘,几番窒碍叹徒然。夭桃力弱难禁雨,紫玉愁多竟化烟。俗子本非招凤侣,美人谁识跨鸾仙。虽云修短由天定,鹰啄残红总可怜。

盈盈小步蹴香尘,记得相逢在水滨。难诉沉冤防有耳,强含痛泪欲瞒人。心如蕉叶愁长卷,面比梨花瘦失神。一晤岂知成永别,聊吟短句吊真真。

中秋玩月感怀

小窗今夜为谁开,对此尘心似死灰。灿烂星辰珠络索,辉煌灯月玉楼台。十年痴蠹由人笑,四壁寒虫替我哀。欲把愁肠收拾起,几回抛却几回来。

不寐有感

长宵不寐一灯残,作事浑如水下滩。转眼怕看寒暖变,做人总觉笑啼难。旧愁未去新愁至,有病方知无病安。抛却七弦悬壁上,不将古调入时弹。

瀛洲杂咏

瀛洲潮接海门潮,落月啼乌乡梦遥。夜半村鸡闻喔喔,愁中知近石鞭桥。

金乌影里片帆收,队队红妆拥碧油。邂逅相逢不相识,避人无那扇遮羞。

围裙长袄态天真,高髻峨峨瞥眼新。不管儿家增百岁,泥人絮语太频频。

凭居端为结良朋,草舍茅檐价倍增。生小未谙勤纺织,旅怀愁对读书灯。

梅　花

玉骨珊珊不染埃,横枝低傍小窗开。每从腊尾春头放,疑向瑶台月殿来。疏影最宜冰雪侣,暗香那许蝶蜂猜。孤高岂与凡材并,独占群芳第一魁。

黄梅花

不着薰笼体自香，不施粉黛色弥芳。品夸磬口迎风放，质抱冰心伴月凉。虽让仙花称绿萼，却含土德曳黄裳。岁寒松竹联三友，聊助屠苏醉一觞。

独　　坐

爱结静中缘，闲居似学禅。俭妆怜薄命，抱病况几年。杯酒浇愁绪，炉香袅烟蓬。门无一事乐，药味共忧煎。

独坐感怀

兴衰际遇不须论，福泽由来降德门。花发当春终有谢，事经隔岁已无痕。病多且恕顽奴仆，祚薄难□好子孙。触景忽增身后感，小窗独坐欲销魂。

月

几度相看极度怜，百年能见几回圆。修成碧落三生福，悟彻红尘一霎缘。玉兔得眠金贝阙，银蟾常傍彩云边。痴心欲乞长生药，可许身游兜率天。

外子书来淋漓涂改反覆观之仅见平安二字戏作寄之

一纸家书反覆看，知君身在客边安。匆匆定被催成就，墨迹模糊读也难。

自题海棠春晓楼

晴曦乍射小窗楹，杨柳楼台百啭莺。烧烛难呼春睡醒，卷帘犹怯晓寒轻。愁来未免人同瘦，醉后偏宜月共清。弱质不禁迎日丽，绿草曾否叩通明。

梦醒口占

邻鸡喔喔唱玲珑，幽梦关心两处同。啼煞杜鹃忙煞燕，片帆好趁楝花风。

庭有安石榴一株十年未蕊今夏忽放一花转眼已结实矣喜而记之

人物由来造化同，芳姿偶放感幽衷。十年未见枝头艳，一朵欣看顶上红。滴滴正宜风淡荡，离离斜映月朦胧。含情笑向花神祝，永被尧天雨露功。

初秋雨夜

枕簟生凉暑乍收，涓涓玉露欲成秋。残荷雨滴虫声碎，并作今宵一夜愁。

偶　感

痴蠹穿书不疗贫，萧疏门巷欲生尘。春花照眼番番艳，世事翻棋局局新。人恋爱河为福地，天教孽海葬愁身。时来可有风云便，池小难容掉尾鳞。

游仙诗

王京仙子住瑶台，十二珠帘取次开。云锁桃溪新涨路，瓯香粉墨此胚胎。

笔床茶灶绿莎厅，妇解吟诗婢解听。戏画折枝模没骨，晴窗无事写《黄庭》。

梦醒口占

炉烟缥缈悟前因，短梦迷离记不真。傲骨饱看三尺剑，好花难占十分春。蘼芜山上愁无绪，芍药阶前雨似尘。嘱咐东风须自主，小桃又放一枝新。

残　荷

一枝冷艳向谁开，帘外秋风拂袖来。白雨乱翻银沼曲，红衣斜弹玉屏隈。横塘十里歌声渺，别浦孤舟梦意回。枫叶荻花共萧瑟，洁清何处着尘埃。

初秋月夜

碧天如水净无尘，皎洁清光万古存。帘外玉盘初泻影，楼头绿酒乍盈樽。谁家风笛红牙板，隔岸渔歌黄叶村。试问姮娥蟾窟桂，飘香可许到寒门。

秋夜有感赋此拨闷

秋来风叶已萧萧，自叹频年志愿销。世网谁能超色相，宦途多半染尘嚣。人间皓月圆难久，天上奇花艳不凋。何日华严参妙谛，好将慧剑斩愁苗。

月下看菊

碧空如水照银屏，满院黄花酒梦醒。戏诵新诗教鹦鹉，却从帘底见残星。

窈窕文窗镜里身，愁怀萧索似残春。年来似悟荣枯理，却笑居贫尚畏贫。

伯兄惠素心兰

空谷无言独养真，多君惠我一枝新。湘江纫佩《离骚》怨，斗室看花现在身。爱尔素心盟九畹，笑他红粉闹三春。南陔此后虚兰膳，追忆慈晖欲怆神。

中秋对月

此夕知何夕,登楼远兴饶。一轮舒皎洁,万里俯迢遥。汉殿霓裳舞,钱塘铁弩潮。银河谁濯锦,金屋总藏娇。梦稳深林鹤,歌听隔院箫。夜凉珠露滴,更静篆烟销。花气凭风漾,诗怀借酒浇。人生行乐耳,好景惜今宵。

菊　　影

老圃寒香夕照西,卷帘瘦影逐高低。数丛书本谁描出,三径烟痕入望迷。月下有怀神澹荡,灯前无语韵清凄。夜窗一觉秋来梦,隐约雏鬟酒盏携。

夜长不寐

转侧罗衾梦不安,小楼虬箭逼宵寒。疏星有影窥银烛,冷月无声堕玉盘。十载病魔欺药草,九秋露气染芝兰。辘轳竟夕愁肠转,欲觅秦铜照胆肝。

自　　叹

橘绿橙黄取次新,小窗飞不到红尘。自怜病骨多销瘦,检点秋衣怕上身。

述　怀

憔悴文园瘦不禁，病怀愁思两沉沉。深情聊助参耆费，弱臂新除一钏金。

年来积绪未全删，都把闲情付翠鬟。解得檀奴心底事，不将愁态上眉弯。

踏　青

嫣红姹紫斗妖娇，春色无边未易描。小雨乍收花径滑，东风扶我过平桥。

卖饧却趁嫩晴天，桃杏含葩柳起眠。好景满园关不住，一只蝴蝶过花前。

新　柳

东风摇曳又缠绵，舞态依依绝可怜。愁到眉尖青到眼，夕阳深销一溪烟。

春　暮

莺梭燕剪太玲珑，催得春残一霎中。廿四香风花已堕，不须再妒可怜红。

落　　花

临风小立思沉沉，几点飞花扑满襟。自叹年来愁似海，那堪红雨又春深。

雨　　过

雨过花弹泪，风微燕引雏。惹愁易憔悴，藏拙且模糊。衣古人偏笑，言多我总愚。斜阳红欲尽，随意看庭芜。

静如弟招看菊屏晚归

东篱看菊踏芳尘，剪烛评诗笑语亲。良夜风光忘漏永，中年骨肉倍情真。图书以外无他事，花木之间别有神。最是酒阑灯灺后，砧声远报曲江滨。

月夜寄慎聊姐

月到秋深分外明，中年姐妹倍多情。君为西燕经营苦，我是东劳格磔鸣。远道似传砧杵怨，寒衣初试剪刀声。离肠百折凭谁诉，怕听城楼断续更。

除　　夕

守岁围炉暖气融，团栾骨肉一堂中。烛花双结红如意，暗掷金钱画阁东。

元　　日

晓妆才罢日升东，沐手焚香拜上穹。爆竹声中春色早，庭梅先放一枝红。

鹊　　巢

绸缪牖户夕阳西，日日经营绕树啼。予尾修修何太苦，慎防风雨夜凄迷。

雪夜围炉

顷刻玦花送瑞来，一枝梅蕊已先开。红炉乍爇鸥头炭，浊酒轻斟鹤顶杯。纸帐清寒高士梦，絮窗寂历谢家才。频年志愿销磨尽，剩有闲情步绿苔。

柬静如弟

小住城南百尺楼，功名久薄烂半头。身多傲骨谁谐俗，家有奇书足解愁。斗室尽堪香作国，清才何必爵封侯。悠悠自得林泉乐，一任人呼逐浪鸥。

黄 梅 花

便无金屋也丰姿，一样先开趁腊时。香国春寒蜂蜜冻，瑶台梦冷蝶魂痴。诗篇坡老吟黄蜡，风度王家艳素儿。漫把水仙呼小婢,夜窗雅合插军持。

金雀钗头颤夕阳,翩翩环佩六铢裳。江楼鹤去花初落,驿路书来蜡有香。题绢待吟湘浦影,涂铅欲换汉宫妆。人间独具清闲福,粉白缃红让此芳。

传柑时节费疑猜,消息偏宜雪里开。异日功名分鼎鼐,谁家金粉画楼台。横枝偶见芭蕉外,寒色遥从橘柚来。试问故园花着未,江村叶落北风哀。

对　雪

湖山原不改,世界玉装成。淡月当窗漏,痴云入夜横。瓶花寒到骨,林雀噤无声。冻折姜芽手,题诗倚短檠。

哦月楼诗存

（清）储慧 撰 倪春军 林祥涛 整理

整理说明

储慧（1835—1891），字啸凰，江苏宜兴人。慧自幼随其父储企斋学习诗文，文章学问功底深厚。后妻于醉园。依周家楣所言，储慧雍容娴静，有粹然儒者气象。著有《哦月楼诗存》三卷，诗馀一卷。此次整理，以清末铅印本为底本。

哦月楼诗存序

哦月楼者，内兄醉园懿配储孺人所以名其诗稿者也。醉园少受业于储企斋先生之门，文章学问得其启迪者多，而先生尤于醉园称契，于是以女妻醉园。家楣夙闻孺人贤，而未知其能诗也。嗣于醉园诗稿中见有赠和诸作，始稍稍知之。自蒋夫人来归，获见储孺人雍容娴静，有粹然儒者气象，仍未能读其全诗也。今次园贻书相告，将有《爱吾庐诗稿》之刻，而储孺人诗百有馀篇，名曰《哦月楼诗存》，遂并列焉。家楣虽不文，曷可以无辞。溯自《葛覃》《卷耳》，诗教启于闺门，后世焦仲卿妻五言诗、苏若兰回文诸作，尤流传勿替。

《国朝正雅集》选自余同年符君葆森，搜罗之富远及朝鲜，蔚乎诗教之盛，无让须眉矣。储孺人与醉园结发相庄，自随侍二老，以及幕游四方，中历困苦患难，而上承色笑，下勤教养，唱随赓和，黾勉平生。今醉园以儒官僻居江州，淡泊安雅，恪然油然，内助裕如，性情行履，一见之于诗。读其诗，知其人，百篇之存一家之文，固即千秋之女范也，独诗云乎哉？余之叙《爱吾庐诗稿》也，第统言之，此则专言之也。乃书此以为叙。

光绪乙酉嘉平月朔，姻侍生周家楣拜撰并书。

题　辞

相逢刚值牡丹开，更喜新诗诵玉台。觌面我偏如旧识，画眉人并擅通才。但知潭印皆成月，莫惜岑同竟异苔。乞借君家一枝笔，好修花史趁春回。云间咏香女士钮餐英拜题。

玉女清幽，铜官苍瘦。生来却挹溪山秀。年年独自擘蛮笺，鲤庭当日亲传授。　　蒋径推先，程门愧后。月中仙子霓裳奏。一回展诵一心倾，相思欲寄无红豆。调寄《踏莎行》，同邑佩芝女士程幼云拜题。

哦月楼诗存卷一

漏西女士储慧啸凰氏著

答本家姊妹招游胪欢词

绣罢红罗刺碧纱，兰闺镇日却铅华。纵然阿母深怜惜，那有闲情去看花。

春　闺

晨窗赌绣晚窗描，不学花娇与柳娇。却怪海棠情思懒，尽贪春睡过花朝。

送春时久客外家

莺老花残总不知，今朝偏觉送春时。画栏倚遍无情绪，惆怅还家已较迟。

惜　春

才见韶光烂漫新，芳菲满眼又成尘。落红莫遣双鬟扫，留取苍苔几点春。

闺　夜

月明池馆静栖鸦，风动帘旌漾落花。独把瑶琴弹一曲，侍儿含笑送香茶。

夏　日

桐阴百尺罩书堂，闲倚南窗纳晚凉。恼煞蝉声太无赖，尽情只是噪斜阳。

思亲时家严客江右

月明如水晚凉天，梧叶萧萧落槛前。千里关山音信隔，雁声一听倍凄然。

天香楼夜坐

天香楼上月初斜，丹桂芬芳浥露华。夜半风摇金粟细，朦胧吹上碧窗纱。

送别姊氏

闺中暂聚慰离愁，说着将离便泪流。到得离时偏忍泪，怕教含闷上孤舟。

哭兄少斋

人生穷达总由天，底事家山枉弃捐。三载不知成死别，饥寒长是梦魂牵。

只道还家尚有期，岂知身早陨天涯。白头亲与红颜妇，此后伶仃却倚谁。

咏古美人

西　施

鸱夷沉艳魄，不惜报夫差。为谢越溪女，年年长浣纱。

昭　君

蛾眉羞自献，画肯费黄金。不厌和戎陋，君恩已早深。

侯夫人

美人拌诀绝，天子枉风流。谁沐周文化，还伤命不犹。

杨贵妃

勉徇六军请，从辜七夕盟。千秋马嵬迹，妃子自长生。

采莲曲

江南水上多种莲，莲花开满银塘边。东家女儿爱花好，西家女儿惜花妍。惜花爱花采复采，素手掺掺学弄船。弄船渐入花深处，花深不见来时路。红裳翠袖谁家娃，迎面相逢悄相觑。羡他罗袜早凌波，采得并头一枝去。

凤　仙

妆点秋风艳冶姿，炎凉耐得许多时。谪来天上瑶台侣，自是花中好女儿。

海　棠

清华命妇晓妆匀，有色无香品自真。不受石家金屋宠，落花岂似堕楼人。

归宁答外

为恋高堂爱女深，还家几度费沉吟。看花莫怨人离别，一样春晖报答心。

闺　夜

茶暖香温绣阁扃，闺房静好两无形。清宵爱伴郎勤读，却恼雏鬟睡不醒。

新晴即事

和风刚勒雨霏微，小院春晴试夹衣。蝴蝶也知人意好，双双只傍画帘飞。

春　闺

却抛金剪绣初残，午睡刚浓梦又阑。满院莺声啼不住，朦胧花影上栏杆。

春雨偶成

漠漠重阴厚，琼窗晓色微。云低鹰负立，雨急燕冲飞。点地苔痕活，侵阶草色肥。春寒浑复怯，开箧更添衣。

春日遣兴

几日蒙蒙雨，春光满眼齐。柳间莺作屋，花下蝶成蹊。韶序更番换，新诗即景题。吟成邀女伴，商榷小窗蹊。

春日晓晴

春雨才收向晓天，晴光已逗绿窗前。花迎霁日红增艳，柳锁朝烟翠愈鲜。乍晒蝶衣频栩栩，未干蜂翼尚拳拳。玉台且喜成新咏，忘却凝妆对镜边。

观　荷

水榭迎凉眺，池荷映夕阳。香清疑染袖，色艳欲欺裳。虙女凌波态，杨妃出浴妆。微风花带笑，叶底睡鸳鸯。

夏　夜

铁马迎风动，新凉意若何。月华生翠竹，露气晕青荷。萤火当窗乱，蛙声傍水多。凤箫吹隔院，断续引清歌。

新　秋

淡云掩映碧天浮，傍砌虫声分外幽。半院桐阴移薄暮，一池莲瓣漾新秋。填桥计日忙乌鹊，待渡经年盼女牛。最爱晚凉人意好，不须纨扇动闲愁。

秋　夜

一番风雨一番寒，燕去雕梁粉垒干。满院秋声无觅处，隔窗宵漏未摧残。雁拖斜月过银汉，萤带疏星点花栏。暗向庭前折桂丹，戏郎悄地插儒冠。

哀痛辞

庚申三月二十五日，粤贼犯丰义，家严率族众御之。战守三日夜，卒以援绝溃败，骂贼被戕，绝复苏，族子某负之还家。二十九日，贼至，复大骂，不屈死。呜呼壮哉！予自维荏弱，不能复仇杀贼，又烽火弥天，不能奉母以去，其能泥丧礼而不一鸣其悲乎？爰作《哀痛辞》。

贺兰拥兵日，睢阳杀贼时。明知力不敌，一死完伦彝。吾父本儒生，未遇特达知。毁家亟纾难，拒贼麾义旗。一战贼竟却，再战贼复披。倘得一旅援，天威仗王师。人心激义愤，云合响应随。随在皆挞贼，贼势安能支。愤彼大帅懦，令我鲜民悲。战守三日夜，坐视全军摧。壮哉父被执，烈烈身骑箕。先是予避兵，还家伸孺思。仓皇闻警出，一舸浮鸱夷。提携赖慈母，抚抱怜娇儿。烽火隔重湖，望断情如痴。比归得凶问，马革已裹尸。家破不成丧，百物无一遗。哀哀念衰母，膝下已无儿。干戈苦未平，患难身倚谁。女无荀灌勇，救父围城危。又无北宫孝，养母守深闺。有女竟无用，安能作门楣。

避难至豫章随侍乡音久绝忽姒氏自江北来悲怆成咏

故园人初到，他乡感倍生。红羊成浩劫，黄鸟变春声。乍见真疑梦，相逢未定惊。慈闱音耗绝，问讯泪先盈。

春　　夜

银漏声中思悄然，春愁黯黯不成眠。玉钗背向灯前卜，惆怅今宵月又圆。

待　　燕

手拓红窗倦翠帏，放他双燕入帘飞。生憎杜宇无情思，催得春归人未归。

追和夫子湘江探梅即次原韵

何处南枝放，幽探傍水滨。梨云浑入梦，花雾不迷人。自爱凌霜格，谁怜斗雪春。癯仙真傲世，万卉莫为邻。

冲寒谁策蹇，湘水板桥滨。独有探花客，曾无咏絮人。绿英香沁腊，翠羽艳鸣春。惜并罗浮远，迢遥未卜邻。

又和倒叠原韵

何逊归来矣，吟梅话旧邻。寒消官阁晚，梦绕野桥春。重到番风首，谁为踏雪人。依惭无好句，传诵至湘滨。

和夫子消夏词二首

静院宜消夏，迎凉趁暮天。当风金井立，过雨石休眠。纨扇摇明月，纱橱罩瑞烟。素馨簪几朵，香绕鬓云边。

画舫宜消夏，清凉水国中。推篷闲听雨，荡桨且随风。菱港搴红角，荷汀饮碧筒。樵青真可意，茶具每携同。

中　　秋

庭前桂花发，衣上露华生。月是今宵满，人疑太谷清。玉绳当户转，琼笛倚楼横。唱到关山曲，迢遥念远征。

送姒氏还江北

皓月三秋满，离怀照倍明。烟波千里棹，烽火几重城。已作辞家客，还教判袂行。河梁携手曲，凄切不成声。

对　　镜

纱橱梦醒撇桃笙，对镜慵梳髻未成。两颊乍惊肌暗减，一身常觉病潜萦。烟霏翠幕痕疑雨，日逗红窗影弄晴。久罢金梭抛绣线，诗怀犹喜比神清。

哭　姊

予自离襁褓，寝食悉依于姊，十五年如一日。凡女红、针黹、识字、吟诗，皆姊晨夕教之，恩勤与怙恃等。姊于归后，思之成痗。姊婿中表兄王君肇昌，安贫力学，累试不售。举一子名香元，貌韶秀，读书颖异，从俗寄予膝下。粤逆之乱，父子先后被掳，俱不还。姊遭贼刃，绝复苏，携一幼女，匍匐归依慈闱，历转徙，卒于丰义遇贼，赴水死。母及姊女旋亦槁饿亡。乱平，予始得凶问，哭姊氏，一如恸母氏也，哀哉！

昔处闺阁时，相亲惟伯姊。不知有别离，那论隔生死。比长各分飞，相思无日已。岁时共归宁，觌面曾有几。无何寇难兴，祸自家门始。风尘澒洞中，仓皇迭迁徙。我身避他乡，我心悬故里。母姊竟何如，消息断双鲤。昨得从兄书，缅述殚一纸。狂寇如鸱鸮，毁巢兼取子。姊突白刃间，负创伏荆枳。匍匐携女婴，惨怛见母氏。渭阳岂无情，投托共栖止。世乱骨肉疏，艰难复相委。犹望破镜圆，岂能完璧毁。可怜饥冻馀，更迫干戈里。烈女不辱身，从容竟投水。姊衔精卫冤，母终首阳馁。老父作国殇，泉台亲怙恃。嗟嗟予何辜，伤心乃至此。寸肠千百结，断绝不能理。万劫有馀哀，九京终不起。

哭三妹

妹于家难后，草草择配，于归未几，遇贼，自沉于水。

数载惊心厌鼓鼙，洁身拌自葬鲸鲵。珠沉玉碎归何处，呜咽香魂绕碧溪。

忆四妹

记得仓皇避寇时，依依分袂泪痕滋。六年远隔天南北，何日重逢说乱离。

即　　事

云阴重叠雨霏微，花柳禁寒日未晞。天意尽迟春弄色，个侬夫婿未曾归。

喜外归

博得庭前笑语和，归期已觉久蹉跎。漫言云水风尘苦，先问新诗有几多。

年来踪迹似浮萍，料得归装不久停。怪底人生有离别，天边离别又双星。

赋得四首同外作

惜花春起早

清晓花犹睡，云鬟已罢妆。芳丛怜蝶扰，深树妒莺藏。但赏娇姿久，从抛好梦长。风姨休早至，调护祝东皇。

爱月夜眠迟

恐负天边月,闺中夜倚栏。最怜金镜满,不惜绣衾寒。长笛馀三弄,鸣琴更一弹。素娥如有意,常照影团栾。

掬水月在手

揽之盈一掬,璧月岂沉沦。水面旋珠颗,天心坠玉轮。攒将指尖影,捧作掌中珍。自笑情痴绝,姮娥恐欲瞋。

弄花香满衣

未忍将花折,柔荑弄几遭。意撩红杏闹,痒把紫薇搔。痴蝶萦罗袂,狂蜂惹锦袍。麝兰薰可罢,侍女不须劳。

游桃花庄

游棹随花泛未归,仙源处处锦成围。人家岂必论秦代,祠庙何须问楚妃。霞烧夕阳明两岸,水流春影过双扉。但愁几日风和雨,重认天台景已非。

寄从兄苏门

自从离乱隔天涯,此日相逢愿尚赊。觌面久思容入梦,伤心欲说未还家。椿萱各悴严慈荫,棠棣应怜姊妹花。寄语忠门当食报,石麟会降不须嗟。

闻四妹自泗上归里却寄

当时故国起烽烟，避乱仓皇各一天。从此分飞鸿雁影，几曾相达鲤鱼笺。严慈哀痛馀今日，姊妹凋零半昔年。怅望迢迢云水路，羡君先到画溪边。

落　花

一度红销一度伤，柳条无力系春光。风前欲舞西施态，雨后将残倩女妆。艳质莫随流水去，芳心应抱故枝香。纷纷蜂蝶忙如此，可有闲情制锦囊。

初夏闻莺

何处莺声碎，纱窗午梦惊。不知春已去，百啭尚多情。

答　外

感君问讯托瑶篇，数语还凭锦字传。诗少闲情疏咏絮，衣缘薄病早装棉。红炉暖阁空相忆，白雪寒窗好自怜。知否娇儿和稚女，也将离绪说灯前。

戏题杜丽娘小影

画里分明谛视真，梅边柳下俨然身。黄堂娇小偏怜女，玉茗虚空写意人。芍药栏前成幻梦，牡丹亭畔惜丰神。三年土室香魂返，姻眷虽联剧苦辛。

追挽汤氏表姑

梦中相见尚相怜，不信香魂返九天。忆自篷窗分袂后，几回凝望隔烽烟。

哦月楼诗存卷二

滆西女士储慧啸凰氏著

梅

瑶京小谪堕红尘，不许凡花结比邻。傲世独眠孤岭雪，出山先占御园春。冰霜骨格清癯貌，针石心肠妩媚身。蜂蝶纷纷莫相觑，岂同桃李斗丰神。

病　怀

薄病潜萦强自持，怅然欹枕未移时。子规啼破江南梦，斜月残灯系远思。

桃　花

不用仙源泛棹寻，庭前一树照春深。秾姿合乞檀郎护，底事偏伤妒妇心。

水　仙

凌波洛女逞娇姿，微步香生欲语迟。七宝盆中自调护，不同桃李畏风姨。

兰　　花

凡卉香俱逊国香，合教绣阁煮兰汤。晓来更有郎官握，赢得人称竞体芳。

秋 海 棠

檀心浥露展秋芳，金屋娇姿枉断肠。万古有情惟让汝，至今犹染泪痕香。

夏病病怀

兰闺寂寞感流光，荷气穿帘逗暗香。病里不知天有暑，梦回只觉夜生凉。欲添锦被慵开箧，试揭罗帏懒下床。漏转灯残人正渴，无言脉脉暗神伤。

随外之靖安舟中奉和

十载洪州住，重经行路难。天炎风作暴，江涨水生澜。溽暑侵单舸，纡程阻恶滩。双溪何日到，凝望意漫漫。

况瘁吾何惜，怜君有用身。携家更增累，就道即思亲。弱岂禁多病，才偏役久贫。团栾对儿女，差胜独游人。

舍舟登陆入山即事口号

肩舆催上太匆匆，一路炎歊烈日中。尘涴征眉应失翠，霞生汗颊欲增红。数峰林影迷前道,万壑松声纵远空。直到山深无暑气,薄罗衫子怯凉风。

夜宿宾馆次外韵

舟居常苦梦难成,旅馆安眠恰又惊。风弄芭蕉作繁响,尚疑浅濑走江声。

卫背塘客居即景偶成

小住城东阙,蜗居只数椽。灶从邻乞火,井傍屋生泉。衖背方塘阔,城头叠嶂连。尘嚣浑不觉,诗思更悠然。

代简寄诸姑及娣氏

一别庭闱妇职虚,高堂眠食近何如。自怜不及诸姑娣,欢笑亲承乐有馀。

记得临行绣阁前,殷勤相约尺书传。而今两地音沉久,盼尽秋风暮雨天。

难凭弱笔写离愁,荏苒光阴到暮秋。几度欲吟诗寄与,锦笺才展却还休。

客里心情纵自娱,儿童嬉戏有谁俱。可知娇女攻书罢,长自喃喃忆九姑。

再寄诸姑娣

忆昔羹汤罢,兰闺夜话初。论心频剪烛,聚首共翻书。忽作他乡别，相怜故国疏。平安只两字，珍重托双鱼。

答外寄示近作时方试京兆

合数当今大雅魁，罗胸本有谪仙才。灯前诵到惊人句，口齿含香三日来。

焚香讽诵到深宵，翰墨光腾射斗杓。盖世雄才无敌手，木桃岂足报琼瑶。

劳劳马足与车轮，又向长安逐软尘。片语相传知感惜，愿君早占凤池春。

春　　暮

游丝飞絮共飘飏，蜂蝶纷纷绕树忙。垂柳和烟低绿鬓，落花经雨褪红妆。杜鹃血尽催春老，宝鸭香添觉昼长。十二朱栏闲倚遍，生愁无计挽东皇。

自豫章侍下随外归里

岁岁念家山，为厌乡非故。如何今日行，留恋转难去。登堂辞舅姑，舅姑色和煦。谓汝从大归，时际岁云暮。道远予心忧，风霜自调护。我家宦况贫，俭德实先务。汝儿将授室，汝妇亦贤助。汝身作姑嫜，休累姑嫜虑。去矣毋复留，留恋岂能住。闻命敬唯唯，一一领慈喻。心酸声已吞，口默意难诉。念儿远父母，乱离痛孤露。作妇廿余年，侍奉岂无忤。多感舅姑恩，常同父母恕。舅姑如父母，瞻依有馀慕。含泪出堂前，登车屡回顾。

登舟望滕王阁

高阁临江迭废兴，依然百尺势岭嶒。扫眉难与才人抗，怅望舟中不敢登。

绣闼崇闳面水开，鸣銮踪迹竟悠哉。一双蝴蝶阁中起，疑是滕王画里来。

暂从南浦系归舟，指日征帆下石头。不及闲云潭上影，依依长向阁边流。

晚泊石钟山即目

城阙枕奇峰，湖光泼翠浓。波涛万顷合，楼阁半山重。月出飞金镜，风来叩石钟。大声何处发，水底蛰鱼龙。

过小姑山

帆影昼冥冥，孤峰厌榜青。丹霄疑变色，白日欲藏形。神女流传幻，才人邂逅灵。婵媛不可接，风起更扬舲。

润州夜泊

扬子江头夜泊船，客心犹似片帆悬。天低铁瓮初三月，地近金山第一泉。北固楼台沉暮色，南徐城郭暝寒烟。明朝历尽波涛险，乡路何愁尚渺绵。

初至里门即事

风雪关河阅五旬，扁舟才到画溪滨。敝庐已渺愁租宅，珍物无多愧赠人。乡味自知厨馔美，世情谁谅客囊贫。只应小妹怜同气，犹恐相逢泪满巾。

赠仙芝潘姑母

冰雪心肠自洒然，几忘身世历迍邅。更看风致超尘俗，疑是蓬莱谪降仙。

鸾影孤飞镜槛分，十年贞操最怜君。清贫常却绨袍赠，便作男儿也不群。

忆昔神驰隔异乡，而今尤喜得相将。情深只愿留君住，瑶草芝兰共一堂。

归省丰义旧宅怆然感赋

门庭犹是景全非，闾里争看识面稀。只有邻姑形仿佛，龙钟相对话依依。

天香楼圮迹荒凉，老桂依然色转苍。漫道人生如草木，羡他犹得历沧桑。

著述当年富积储，萧萧难认劫灰馀。双扉瞥睹残联在，恰是椿庭旧日书。先子《天香楼全集》与楼俱杳，而楼前双扉联语手迹宛然。

忆昔归宁事事欢，而今回溯益心酸。多情只有空庭月，犹作儿时一样看。

哭　墓

一邱封草蔓，千里返蓬根。不尽伤亲泪，难酬爱女恩。孤忠完大节，薄俗藐衰门。未获馨香报，何人告至尊。

代柬寄仙芝姑母

薰风有约到秋风，几度招邀总是空。堪笑侬心枉痴绝，至今劳燕各西东。

咫尺清晖照影难，空教凝望碧云端。素娥毕竟尘情薄，不肯轻身出广寒。

手叠云笺寄与开，安排香阁待君来。东风莫遣流莺骂，吹得飞花去不回。

大人巷新居即景志喜

乍喜新居辟，窗开景豁然。楼台明霁雪，城郭带新烟。飞阁流丹近，楼后对文庙，丹甍掩映。遥峰叠翠连。楼面铜峰叠翠，为荆溪十景之一。还期堂室构，轮换美他年。时厅堂及前后楼尚未建。

露 筋 祠

系艇珠湖映夕阳，灯笼堤柳碧丝长。珊珊环佩人何处，惟见东风落野棠。

高邮学署题兰儿家书后

故园花木已成阴，冷署无聊忆转深。最是遥怜儿体弱，持家累却读书心。

才恢祠宇祭宗祊，又盼重楼不日成。见说高堂消宦志，菟裘次第要经营。

关心掌上两明珠，一样堪怜玉雪肤。最爱金銮偏似父，也从生小识之无。嫡孙女品芙甫离襁褓，已能识字。

归　梦

云山迎我画溪隈，蓦被流莺唤醒来。不识晓风残月里，梦魂真否渡江回。

次韵和外春分晓起即事

梅园红透正芳辰，剪剪轻风尚逼人。过了花朝馀十日，韶光还只二分春。

游城南水亭同外作

三年冰署久栖迟，门外风光渺不知。岂是看花轻一出，水亭偶访为寻诗。

银塘一角板桥横，鸥鹭逢人了不惊。树绕幽亭莲接岸，晓烟青划雨初晴。

徐淑秦嘉爱唱酬，凭栏觅句小勾留。儿初就傅闻诗教，也学低吟纪胜游。

愤惋词为从二姑作

鸱鸮已辱配鸾凰，怙恃何心变虎狼。择地不甘佣巨室，先是二姑佣于余署，被胁归，矢志不辱。其父母迫复受佣，余家恶其反复，却之。有荐之某宦署者，二姑谓受佣亦须择主，方保清白名，执不赴。余嘉其志，因复听至焉。吁天无术悟高堂。明知此去真难返，强说重来倍可伤。二姑临去，谓幸而得生，誓当再至以报德。怜汝忍将臧获待，每思援手辄彷徨。

惜　花

懊恼风姨作虐多，娇姿弱质枉消磨。汉庭犹忍王嫱去，奈尔名花堕溷河。

七夕词

时逢七夕银河皎，小院金炉焚鹊脑。不学儿童乞巧思，殷勤欲问天孙道。当日唐宫恩爱深，凭肩私语君应晓。如何妃子不长生，独为汾阳增寿考。

哦月楼诗存卷三

濡西女士储慧啸凰氏著

送外自秦邮北上

君去皇州日，春光正未阑。高才宜上第，远道慎加餐。冀北空群易，淮南招隐难。心随一片月，相送到长安。

古意四首

亭亭红杏花，栽向日边斜。皎皎玉梅树，寒香抱冷衙。

万里风尘路，腾骧负此心。燕台多骏马，几匹值千金。

囊君绿绮琴，莫惜知音少。试问马长卿，何如戴安道。

帷房生势利，妻不下机时。亦有堂堂相，忘情炊扊扅。

文 游 台

高台名胜迹，突兀向城东。双塔寒烟外，孤村落日中。登临四贤渺，啸咏一家同。兰、夔两儿皆有诗。极目淮南路，萧条木叶空。

除夜大雪为夫子待漏

雪里迎年景寂寥，薰炉画阁夜迢迢。四更待漏凝妆坐，也似长安候早朝。

丁亥元旦

未曙梅妆竟，凌晨换绣襦。应官人去早，投刺客来无。长大看儿女，康强祝舅姑。望云双拜贺，待展锦氍毹。

听莺曲

黄莺似惜春光好，啼傍红楼一何早。殷勤唤起晓妆人，不管新兴和闹扫。寻声移步出兰房，红杏花中料汝藏。似畏人家打金弹，却来官舍奏银簧。双垂翠袖朱栏凭，悄立潜窥还静听。生憎侍婢语声高，瞥尔惊飞去无定。东家少妇颜如花，西家姝子脸似霞。满园春色凭关锁，日向城南走钿车。百啭何心来听汝，犹恐啼时逢彼怒。漫随公子斗金衣，休溷佳人调玉柱。穿花织柳为谁迷，不若还来稳处栖。并无人作辽西梦，任尔朝朝枝上啼。

五日喜夫子久病小愈

碧艾红榴插髻新，且将节景慰良人。尚怜沈约腰围减，不信虞翻骨相屯。缕绾色丝真续命，花生彩笔自通神。愿君莫动离骚感，珍重天涯薄宦身。

中秋对月忆外

六载住秦邮，职事驱冷官。三年过中秋，不共明月看。二年君在衙，月复隐云端。今年月亦好，怅望倚栏杆。玉宇生微凉，风清白露汙。以我罗裳薄，念子征衣单。到家见高堂，病久可能安。音沉十馀日，长路愁漫漫。搔首问嫦娥，何用光团栾。

次韵酬钮咏香女士寄题拙集女士云间人，邑广文悉先生配。

江北江南各一天，感君欣赏旧吟编。扫眉合让真才子，低首翻劳女谪仙。唳鹤滩边声自远，垂虹亭外景弥鲜。金闺独擅云间秀，字字珠光耀眼前。

再酬咏香女士见怀二绝句即次原韵

家近鳣堂喜结邻，谁知相望隔江浔。侬归恐比君归晚，三月莺花易感人。时君将返里，而予待春涨始得归。

锦笺新旧寄妍词，讽诵回环系远思。半载蒿庐偕读礼，为君破例一吟诗。

将去秦邮留题柏荫轩

小筑幽轩桧柏间，常分翠色到烟鬟。自怜身异雕梁燕，从此双飞去不还。

锄月亲栽一树梅，寻常早占百花魁。而今花也牵离恨，吹遍春风不肯开。

收完行笈理诗筒，寸楮零纨检点空。试问多情天上月，吟窗谁继谢家风。

随外自秦邮归里

今朝归计稳，行矣一扁舟。客思悲黄鸟，乡心问白鸥。禁烟天气冷，带雨水声幽。尚有尊嫜在，征途敢滞留。

清明至扬州即事怀古得四绝句

清明无雨水无波，佳节凭他客里过。指点绿杨城郭近，不知何处绿杨多。

隋皇宫殿锁烟霞，多少香魂泣落花。今日家家齐上冢，更无人吊玉钩斜。

千秋淮左旧名都，多少繁华迹已芜。不识扬州今夜月，照来还有二分无。

梅花岭上梅花落，丞相衣冠万古香。引我思亲无限泪，书生报国也堂堂。

瓜州渡江

京口瓜州南岸分，片帆高挂映斜曛。竹西霁色明于水，江上春愁散若云。潮落海门初放棹，烽销天堑尚屯军。蛾眉那识忧时策，也看经过壁垒坟。

江行看山

图画天然着色间，几多胜景好跻攀。自怜不作男儿辈，只在篷窗饱看山。

丹阳道中

野店青帘闪夕阳，风吹酒气满船香。绿波荡漾桃花影，画舫轻移过练塘。

晚　　泊

自家缟素爱清幽，柳绿桃红见也愁。难得今宵停泊好，梨花如雪映扁舟。

夏日即事书怀

忆昨归来插柳枝，而今已过熟梅时。姑嫜疾病衰颓甚，儿女姻缘作合迟。菡萏花初红似锦，菖蒲叶嫩碧于丝。眼前夏景重重换，难向薰风一展眉。

寄 四 妹

村居知不远，消息竟难通。多病怜余在，相思念汝同。身归千里外，心系十年中。何日扁舟至，依依话寸衷。

喜四妹至

同气而今只两人，相逢倍觉意相亲。劳君竟过移芳躅，谅我难来是病身。薄宦仅存三径业，故家应稔一官贫。尊舅曾官皖中。却怜多福多男子，受尽劬劳与苦辛。妹有五子，尚多幼者。

送四妹归

聚首刚三日，嗟君却复回。临歧无别语，只问几时来。

春日杂诗

纷纷红紫斗繁华，连日蹉跎未赏花。笑拔金钗授夫婿，要沽春酒不须赊。

牡丹花发正芳辰，百朵云霞照眼新。却笑东君看未足，典衣还买洛阳春。

梁间燕子最关情，喜见营巢次第成。故园独怜乔木少，春残花落不闻莺。

侍奉庭闱暇日稀，今朝忘却送春归。生憎柳絮无拘束，白屋红楼处处飞。

咏香女士录示近作适芍药正开折枝寄赠并系一诗

新诗贻我胜琅玕，正值花开满药栏。风雨未能招客赏，折枝移赠玉人看。

年来久不作诗夫子为掇拾旧稿藏之偶然检得感赋一绝句

多病年来久废吟，况兼家事日纷心。感郎诗稿亲收拾，不使丛残饱囊蟫。

哭四妹

予于十月六日为燮儿授室，先期逆妹来，予方苦病痁，喜极，即日遂瘳，妹为摒挡诸事，俾得一意养疴。妹归之日，予疾复作，讵妹亦于登舟后遽病，延至十一月九日捐馆，伤哉！

忆昨迎来姊妹花，闺中小聚乐无涯。相逢顿觉沉疴起，不用参苓次第加。

替余家事累匆匆，最爱题糕点染工。报道溪头归舫到，脊令回首各西东。

离情未减梦常牵，不道香魂化紫烟。谶语多般空怅忆，泪珠弹不到君前。

长鬣传书痛不禁，离笼随寄有文禽。诸般珍物留相赠，知是遗言嘱付深。

如何撒手赴瑶京，儿女犹多未长成。苦忆灵帏环泣处，断肠朝夕似猿声。

全家骨肉委兵尘，手足奇零剩两人。今日竟先抛姊去，九泉可得侍双亲。

戏外有序

夫子与邑侯万肖园先生，以诗相契，唱和不休。一日，夫子潜录予近作数首示之，先生成七古一篇，诡云“代夫人兴问罪之师”，中有“将毋媚妇围乞解，床头捉刀真英雄”及“监守自盗律加严，折狱应需烦老吏”之句。夫子踵韵以答，亦不相下，其谐妙处识者莫能轩轾也。

深闺原不重才华，便遇知音莫浪夸。若使解围烦道韫，可羞步障对青纱。

令君谐谑语偏豪，道是床头善捉刀。却笑英雄如魏武，止堪巾帼作吾曹。

折狱从夸老吏能，澜翻车舌共飞腾。兵符不用如姬窃，意气公然迈信陵。外答诗有“信陵公子魏无忌，盗窃兵符能用智”之句。

才人相遇角聪明，游戏还将胜负争。赖是诗心同入妙，偏师攻处屼长城。

悼婢有序

婢名闰儿，八岁鬻于予家，今年甫及笄。正月十九日以喉症亡。时予先患此，痛苦万状，滴水不能下咽者数日，已治棱矣。十六日，婢遽病，予始渐瘳，而婢竟不起。

生小原嫌性太刚，恨娘鬻女却思娘。绿窗百计调鹦鹉，陇上乡心不肯忘。

十六婚期定不愆，谁知先逝未笄年。曾许婢十六岁遣嫁，今始十五。东风便短桃花命，惨楚如斯剧可怜。

与余同病复同医，生死如何却两歧。似感微恩叨豢养，累伊替死替炎危。

三寸桐棺购市中，欲加髹漆奈匆匆。教儿送汝荒阡瘗，犹恐凭陵惮鬼雄。

生前未免啜残羹，挈榼还教上冢行。葬日，两儿往为督役。越二日，复往祭之。只恐喉间馀痛楚，盘飧难享主人情。

我乍沉疴渐觉轻，为伊感伤病还生。兰闺静掩无人启，每误朝来唤小名。

同外游静山塘

禅关渺何处，行近转幽深。那识莲花界，都藏竹树林。细流萦带水，初月淡眉岑。到此万缘寂，翛然尘外心。

哦月楼诗馀附　　　　渪西女士储慧啸凰氏著

一剪梅

旭日东升上海棠。红映雕梁。绿映瑶窗。晓妆才罢出兰房。罗袂生香。锦袜生凉。　　风送飞花处处飏。鸭唼回塘。燕啄回廊。流莺也解惜春光。半学调簧。半劝飞觞。

少年游美人足

玉笋才芽，金莲未蕊，裂帛裹初成。兜罢弓鞋，藏来锦袜，点地更轻盈。　　香尘留得纤纤印，软步悄无声。藕覆轻移，榴裙低掩，瘦处可怜情。

忆江南

梅风紧，冷透绮罗裳。悄地正怀天末意，画堂忽讶报芹香。喜拆锦书忙。

相见欢

月明才上帘钩。正凝眸。忽忆去年今日、动离愁。　　柳初绿。征帆促。恨难留。寂寞而今经岁、锁眉头。

鬓云松令

步花阴，移藕覆。盼得春来，又是春归后。怪底柳眉浑似皱。袅娜花枝，也向东风瘦。　　倦拈针，慵刺绣。绕遍栏干，觅句消长昼。怕的黄昏风雨候。梦断江南，枉把离情逗。

捣练子

莺语急，蝶魂惊。风雨催春一霎行。绕遍栏干愁独倚，伤春何必为难情。

惜分飞

帘幕深沉人静悄。杜宇数声啼了。梦醒纱窗晓。博山宝篆香犹袅。　　睡起凝妆浑觉早。窥镜眉痕略扫。着意东风小。海棠一夜开多少。

醉花阴

曲沼芙蕖香乍透。看睡鸳如绣。恼的是蝉声，纨扇频摇，无计消炎昼。　　新词按拍清商奏。喜晚凉还骤。攀取碧筒杯，试酌金波，小饮黄昏后。

南乡子

流火恰才收。南院先惊一叶秋。络纬啼残金井里，含愁。

倦倚雕栏看女牛。　　莲瓣堕溪流。雨褪红妆水国幽。未卜征鸿何日到，凝眸。丹桂飘香罢倚楼。

秋蕊香七夕

帘卷星辉如昼。织女渡河时候。龙梭此际应离手。博得鹊桥填就。　　一年一度光阴骤。滞情漏。支机石畔重逢又。不似尘寰别久。

散馀霞前题

粉墙低亚重重影。渐玉阶人静。道是天上良宵，正秋清夜永。　　人间曲栏独凭。引迢迢离恨。举酒暗祝双星，愿团圆共证。

滴滴金病中自述

蕉阴黯淡斜阳色。恁迟迟、过窗隙。镇日如年捱向夕，更昏沉无力。　　那堪千里音尘隔。渺难闻、空相忆。脉脉衷情何处说，纵离魂谁惜。

少年游喜外乡捷

小病恹恹，重阳过了，镇日下帘栊。盼煞江南，音书未到，相对话喁喁。　　泥金忽报登科信，喜色上眉峰。愿祝郎君，明年及第，人镜艳芙蓉。

蝶恋花忆外京邸病状

独对残红眉暗皱。青鸟来时,正是春归后。惆怅京华人病久,而今不识平安否。　　想是芸窗攻苦骤。更为思亲,忆别成消瘦。盼到玉堂欢聚首。妆台细把衷情剖。

减字木兰花赠仙芝姑母

冰霜怀抱。十载钦迟劳远道。把臂而今。喜借闺中当竹林。　　相怜非偶。石上三生缘夙有。豁达如君。肯比嫦娥逊几分。

蝶恋花寄仙芝姑母

绣阁依依分袂后。一日三秋。试问君知否。早约重来期莫负,而今底事迁延久。　　况是重阳难聚首。寂寞黄花,也似人消瘦。待是相逢开笑口。金尊共倒花前酒。

减字木兰花为从二姑作

闷怀遮掩。强似无愁含笑脸。便问漂流。诉到伤心话即休。　　明知无奈。不肯将身填孽债。却怪灵娲。曾补青天缺几些。

南乡子新葺秦邮学署，并建柏荫轩，落成，寄怀仙芝姑母

槐市最清严。喜辟新居敞画檐。月转回廊花映栏，垂帘。风弄银钩戛响尖。　　伴侣故乡淹。辜负琴樽乐事兼。绣阁依依浑似梦，愁黏。便饮香醪不喜添。

惜分飞忆从二姑

欲别还期相聚首。记得叮咛时候。一去音沉久。病馀弱骨摧残否。　　匪石贞心终自守。荼毒怎生禁受。玉质应非旧。连宵梦见分明瘦。

南乡子冬夜即事

月色淡银蟾。阵阵风声到画檐。应是晚来天欲雪。廉纤。细雨如丝冻不沾。　　炉火阁中添。坐拥金貂下绣帘。满室春温寒不到，红酣。数朵盆花映镜奁。房中月季数盆，方盛开。

哦月楼诗馀续附

滆西女士储慧啸凰氏著

菩萨蛮兰儿随侍大父自江右解组归，云至京口时，迂道来邮省谒，逾期半月始到

征期误了音尘绝。倚闾凝望朝朝切。又是小春残。遥知行路难。　　小寰窗外报。有客翩然到。瞥眼见儿来。盈盈笑口开。

又又

问儿何日来京口。阿翁眠食胜常否。道是体安然。荆溪早放溪。　　行踪还细诉。夜夜乌啼曙。且莫问归期。承欢住少时。

踏莎行兰儿来邮两旬，忽已岁暮，于其去也，不胜爱怜之意

五载思量，两旬欢慰。又尝离别新滋味。无情堤上柳千丝，丝丝难把孤舟系。　　萧索行装，凄凉征袂。怜伊去也怜伊弟。背亲不语泪偷弹，乡心欲减浑无计。

又忆兰儿

玉漏宵沉，琼窗午倦。无聊几度思量遍。归程应已到家山，何时甓社重来见。　　书叠红笺，词题黄绢。殷勤分付南飞雁。

倩伊寄到画溪头，朔风江上休留恋。

卜 算 子

疏雨滴梧桐，满地浓阴薄。红蓼垂垂拂画栏，碎影摇帘幕。石砌乱蛩喧，似诩鸣秋乐。唤取西风早早来，一任槐花落。

双红豆题外贵白词卷

画中诗。锦中诗。绝艳才情绝妙辞。生花笔一枝。　　写乌丝。谱朱丝。他日旗亭画壁时。双鬟应解知。

少年游忆四妹

几年随宦滞秦邮。冷署却清幽。竹外烟明，桐阴月皎，独自倚南楼。　　鸰原怅望音书断，那更又清秋。梦见难凭，沉思无据，颠倒动离愁。

人月圆又

青荷贴水如钱小，忽忽度韶华。一般姊妹，花开院落，人隔天涯。　　追思往日，匆匆一别，后会常赊。新愁旧事，相逢欲诉，何日还家。

柳梢青忆外归省

茶鼎烟销，药炉灰烬，四壁秋声。彤管香霏，银笺墨渍，都是离情。　　一帘花影纵横，是丹桂、枝头月明。屈指行踪，江南应到，欢笑承迎。

桃源忆故人

晓来怪底惊残梦。竹树萧萧风弄。寒气暗穿帘缝。独自鸳衾拥。　　侍儿报道霜华重。篱菊又添香送。莫负个人亲种。折向铜瓶供。

虞 美 人

疏林风紧寒鸦噪。秋尽淮南早。半窗明月照愁心。检得寒衣欲寄、费沉吟。　　临歧有约黄花候。残菊枝枝瘦。寻常不断往来书。近日平安两字、怎生疏。时外归侍翁疾，旋奉讳而慧尚未知也。

踏莎行 题程佩芝女士《如芝轩稿》即次见题拙集原韵

碧藕心灵，香桃骨瘦。才华自是天然秀。宣文帐下早传诗，君母傅宜人兰隐工诗。梦中彩笔分明授。　　黄绢题来，乌丝谱后。高山流水知音奏。漫将红豆寄相思，青青梅子刚如豆。

祝英台近 碧鲜岩为祝英台读书处，用明邑令谷兰宗先生韵同外作

倚吟筇，挥采笔，斑管瘦于箸。不见英台，惟见读书处。想他咏絮清才，如花丽质，只合在、闺房容与。　　暗思虑。却恨儿女英雄，心期向谁语。狡狯风流，同学等闲觑。便教扇底窥鸾，冢中化蝶，怎肯作、一双飞去。

含芳馆诗草

（清）严澂华 撰　倪春军 整理

整理说明

严澂华（1840—1869），字稚芗，浙江桐乡人。父严廷珏、母王瑶芬，均为知名诗人。澂华为季女，幼受母姊之教，能诗书画。三十岁犹待字闺中，以侍奉母疾，割肉疗亲，以致中风，不能言语，数日遽殁。有《含芳馆诗草》。此次整理，以清同治刻本为底本。

含芳馆诗草

桐乡女史严澂华稚芗撰

早　梅

占断春风第一枝，银钩低挂玉麈吹。清标压倒繁华境，桃李纷纷总后时。

春日即事

深院日初长，和风引画廊。轻烟笼柳暗，细雨润花香。紫燕穿帘捷，黄莺绕树忙。闲吟添逸兴，春色满庭芳。

得小云姊书

天涯到处起烽烟，一纸书来已隔年。惆怅雁行千里远，几回相望不能前。

中　秋

问取天香信若何，桂枝摇曳漾金波。一年月色此宵最，四海秋光何处多。安得长绳羁玉兔，可无佳句侑红螺。遥闻隔院儿童语，连臂街头去踏歌。

戏咏扫晴娘

挂向风前更雨中，黛螺云髻画眉工。累他纤指针挑破，点染樱唇分外红。

剪纸为衣四寸长，兰闺环拜便呼娘。浮云一扫归天地，合与风姨姊妹行。

细雨灯前致祝词，愿教来日见朝曦。绿窗报谢殷勤意，一炷心香一纸诗。

腊　　梅

岭上枝全冻，江边蕊已疏。东风消息近，先到蜡丸书。

晓　　起

春慵无力倦梳妆，散步中庭寄兴长。燕子多情原旧识，杨花得意便轻狂。风摇云髻疑钗坠，衣染兰香惹蝶忙。十二阑干闲倚遍，却看红日上东墙。

留别威清官署

容易流光过两春，却从临去倍伤神。名花也解留人住，又向枝头着意新。

燕子多情去复还，惹侬别思几回环。不知今后红闺内，又是何人整翠鬟。

晓　　行

曙色朦胧晓日微，西风忽送雨霏霏。深山幽谷无人到，输与蜻蜓自在飞。

山岭崎岖石径斜，遥闻犬吠有人家。停车为爱三秋景，红叶经霜艳似花。

咏　　菊

偶拈湘管写秋光，咏到花间兴倍长。冷淡不同繁卉斗，清芬细嚼齿生香。

红　　菊

只嫌秋色太荒凉，故向篱边别样妆。要与春花争艳丽，胭脂染退几分黄。

黄　　菊

篱下黄花秀可餐，曲兰闲步几回看。渊明去后无知己，独对西风耐晚寒。

白　　菊

不将颜色媚春风，开向东篱补画工。最是黄昏清景好，迷离月色映帘栊。

十 月 菊

连朝风雨故开迟，已过题糕送酒时。遥指岭头梅正放，好教绰约斗芳姿。

赏　　菊

开迟原不斗春光，玉蕊金英独傲霜。约伴东篱吟赏去，归来衫袖有馀香。

登楼晚眺偕周蕙风三嫂少蓝姊作

小阁登临日未西，绿窗同倚笑声低。午炊烟重垂杨暗，红杏枝头燕子栖。

红　　莲

红衣初出水，翠盖舞风前。映日娇无语，凌波态若仙。独称君子号，不受俗人怜。更有临池乐，幽香出自然。

白　　莲

望去亭亭样，披来雪一襟。鹭工藏叶底，蝶喜坐花心。本色由来贵，幽香不可寻。愧无清丽句，对尔日高吟。

秋夜怀淄生二兄

淡云如画月如钩,闲倚阑干夜景幽。红叶乍飞三径暮,寒花初放一庭秋。遥观雁字添离绪,怕听砧声动别愁。回忆当年欢聚日,夜阑随梦上皇州。

七　夕

今夕秋光好,闲吟兴自幽。庭前设瓜果,约伴拜牵牛。

中秋后随叔和三兄移官岱山途次口占

鸿爪寻前迹,重来已六春。慈亲欢就养,弱质共随行。入境民争睹,中途吏后迎。阿兄官政好,未到早知名。

侍宦滇南日,三年庆甸城。口碑声在道,手泽树成阴。惠政民皆仰,循声吏共称。不堪回首忆,惟有泪沾襟。

月下偕少蓝姊小步

雁序联吟破寂寥,小庭人静漏声遥。远山凝翠如眉黛,弱柳迎风斗舞腰。皓月明星秋更朗,海棠红杏夜尤娇。良宵不负姮娥约,斜倚阑干弄紫箫。

中秋对月

彩云涌出水晶盘,蟾影团栾玉露寒。为爱今宵风景好,清吟倚遍画阑干。

柬叔和三兄

闻到思阳日，妖星正四流。大才方一展，众逆尽扫投。兄抱平戎策，侬怀远别愁。边城风露紧，珍重拥貂裘。

春日杂咏

轻寒恻恻雨丝丝，香梦留人睡起迟。小婢忽来低语报，风筝吹罥海棠枝。

绣馀闲倚曲阑斜，万紫千红烂若霞。多谢春风齐着力，春来无有不开花。

一帘花影逼人寒，闲校唐诗坐夜阑。宝鸭香沉偏懒拨，愁他烟重损芳兰。

纤云四卷雨初收，深院无人燕语柔。小坐却忘春事永，杨花如雪扑帘钩。

偕蕙风嫂少蓝姊共绣嫂姊均有诗见示即用少蓝韵兼赠蕙风

风回云断雨初晴，同向窗前展绣绷。懒为山容摹粉本，先传梅兆问和羹。拈针夺得天孙巧，论典闲翻史卷评。最是三春风景好，蠮螉飞绕碧纱楹。

先大夫忌日感赋

不省音容已十年，每逢令节倍凄然。伤心多少思亲泪，何日方能洒墓前。

秋　　夜

宝鸭香消尽，兰闺人未眠。夜凉风淡淡，云净露娟娟。砌下虫吟切，窗前月影偏。银壶催漏急，诗思奈缠绵。

巫　　峡

青峰高插白云边，搔首惟看一线天。闻说巫山今已过，奈何神女见无缘。

浔阳舟中和淄生兄韵同少蓝姊作

烽火连城奉板舆，楚江小住仲冬初。黔山回首犹馀恨，越水无家未定居。敞却篷窗延皓月，抛将菰米引游鱼。谪仙妙句班姬咏，赓唱无才独愧予。

乙丑季冬望后二日阻风李阳大雪终夜与缁生兄少蓝姊联句仿柏梁体用三江全韵

今夕何夕雪满江，缁。恍疑皓月临轩窗。少。江村人静无吠龙，稚。昭明祠宇门树橦。缁岸有梁昭明太子祠。北风激浪舟互撞，少。一灯闪烁摇寒釭。稚。珍珠酒泻玻璃缸，緇。野蔬馨膳盘有豇。少。奉母欲比益寿梆，稚。聚饮可压寒威降。緇。打篷但觉声琤琮，少。推窗四望心胆僜。稚。乾坤一色迷目眬，緇。远山都作翁眉厖。少。散花恍惚来神娏，稚。前导羽葆后珠幢。緇。侍从皆骑白面駹，少。愿借好风归轻艭。稚。敬爇瓣香心悾悾，喜闻烽火销南邦。春风红豆生跭蹝，我所思兮偕隐庞。前年歇浦搴兰茳，联吟听雨填新腔。谓也秋妹。前岁在沪，曾与妹及笠谿弟听雨联吟，绘图记事。此时远隔江流淙，遥知望远两目空。登楼但见山双谾，妹家有见远山楼，能望硖石东西山。我今归思迟吴艭。同怀咏絮人双双，緇。围炉觅句笑语哤。相约白战交矛钑，阿兄椽笔如巨杠。白斛鸿文能独扛，未能尽羿学愧逄。少。续貂无计惭愚惷，夜半风高惊怒泷。好语舟子牢系桩，凌风独□□□□。沙渚浅露水退洚，稚。寒虫蛰尽无蝶蛖。丰年有兆安耕稯，雨水满船玉满矼。野岸何来马蹄跫，寻梅有客岭崆峣。少。残灯无□色黭黮，邻舟戍卒起击梆。打鼓发船声韸韸，赛神不用柷与椌。朝来融雪流漎漎，挂帆一路铜钲摐。稚。

蝶周从兄相见于吴门别后寄诗索和即步元韵

红窗拈笔学吟哦，偶把闲情寄绿波。芳草池塘萦梦想，春来自觉别离多。时大二两兄皆赴浙。

新咏曾闻艳玉台，奇才自合步蓬莱。他年就试尧阶日，好听人呼小宋来。

生花妙笔古来云，铁画银钩仿右军。见说承明需著作，高文典册定归君。

春色平分众绿成，题襟此去共知名。杏花风过归须早，莫到榴花照眼明。

江山千里锦囊收,指日蓬莱愿可酬。棣萼联芳佳话播,争传声价凤池头。

想见征帆傍晓开,篷窗觅句独衔杯。传书那及传诗好,韵事何须艳大雷。

初　夏

石榴花缀几枝红,转眼流光又不同。满地绿阴人意静,闲看乳燕入帘栊。

初秋寄也秋从姊

瑟瑟金风暑渐消,萧萧疏雨滴红蕉。绿窗闲倚添离绪,双鹊飞来话寂寥。

写就云笺欲寄迟,思君转怕告君知。料因鼓瑟调琴暇,更有新成忆远词。

岳忠武王墓

忽下班师诏,朱仙战绩空。君心轻社稷,天意厄英雄。狱竟成三字,人谁计两宫。至今馀宰木,南向表奇忠。

明　妃

一曲琵琶泪暗垂,天教绝域作阏氏。寄声女伴承恩者,买赋还留买画赀。

堂堂君命遣和亲，万里长城属此身。堪笑史官多曲笔，却推卫霍作功臣。

暮春即事

懒向窗前理绣丝，拈毫闲赋送春词。牡丹含蕊芳兰老，正是杨花得意时。

夕阳影里一凭栏，乍试罗衣怯晚寒。不识春光何处去，落花蝴蝶舞成团。

偶　　成

善病连朝废女工，韶光九十算将终。枝头杨柳仍含碧，水面桃花半落红。愿逐杜鹃栖故树，不随蝴蝶恋春风。小鬟忽地来相报，一曲新歌出院东。

丙寅冬仲由桐木村随侍赴沪就养伯雅兄署中月倩从嫂临别赠言即和元韵

读罢新诗意黯然，离情脉脉似丝牵。才如春草随时长，瘦比秋华只自怜。画荻不愁无令子，嫂继晓春从兄次子为嗣。思萱尚幸有高年。嫂有外祖母在。识君犹恨逢君晚，况复分飞怅各天。

小聚匆匆三月才，流光如水暗相催。安排豆子相思寄，孤负梅花雅集陪。翰墨缘深难遽舍，云山密迩定重来。何须更折长亭柳，饮到离筵怕举杯。

留别也秋姊

展读新词忆旧词，灯前三复泪如丝。绿窗论史兄兼友，缁生兄同寄居姊家。绛帐传经侄共儿。时从侄阿同从姊授读。巧思只容苏蕙并，深愁惟有素娥知。临歧一语君须记，珍重尤宜胜昔时。

和到薰香赋茗词，才疏觅句似抽丝。偶开帘押邀明月，频报更阑恼侍儿。离绪缠绵惟我晓，闲愁黯淡谅君知。那堪连日音书杳，盼断飞鸿十二时。

四月八日怀缁生兄也秋姊

曲栏闲倚几徘徊，枨触离愁扫不开。记得去年当此日，谪仙道韫共舟来。

送少蓝姊之京师

澂与少蓝六姊随宦滇黔，形影相依二十馀年，不知有离别之苦。自去冬，姊赋于归，甫离膝下，兹于戊辰闰夏，挽鹿北行。一生离绪，千里相思，从此始矣。因赋俚句四章，奉送锦程，聊当《阳关三叠》云。

官阁相依日，兰闺乐事长。看花同觅句，拜月共焚香。游戏填新曲，曾与姊谱《琴玉缘》弹词。欢娱奉寿觞。那堪别离后，独坐镇思量。

此别真难舍，重逢未可知。白云劳远望，红豆寄相思。夜雨听何处，春风坐昔时。澂幼时从姊授读。怕伤慈母意，有泪背人垂。

有姊天涯隔，相思入梦萦。频年无一字，远水阻千程。小云五姊随宦岭南，已三年无消息。复此送君去，能无伤我情。宵来梅雨涨，呜咽作离声。

雁序分飞去，何时得再亲。将离重把袂，惜别共沾巾。旧句风前絮，新愁水上萍。临歧惟一语，莫厌寄书频。

咏月倩四嫂手植麦李子花即用也秋姊元韵

当庭羯鼓唱新词，几度停杯煞费思。笑问花神缘底事，芳名不许世人知。

只争艳色不争春，笑倚东风欲近人。宛似香闺娇小女，盈盈弱态好丰神。

自从荒谷托灵根，不受东皇破格恩。喜得幽人培植好，绿阴他日满桐村。

绰约临风态自轻，柔姿惟与美人争。如何萼绿神仙品，已被尘凡识小名。

牡丹和也秋姊

天公特放老梅先，花信偏教次第妍。若与海棠同受聘，恐将富贵误神仙。

好凭彩笔斗容光，凡艳皆非绝世妆。尚许品题名更重，花王应亦感诗王。

寄怀少蓝姊

绣阁知君乐事多，唱酬从此仿欧波。何须更学新眉样，相对双山写翠蛾。

绛帷三载坐春风，愧我雕虫技未工。欲寄相思题不得，墨痕却被泪痕蒙。

春　闺

为怯春寒重，红窗对镜迟。杏花风淡淡，社日雨丝丝。帘卷山为友，诗成姊若师。谓也秋姊。昼长无个事，点墨写兰枝。

看也秋姊晓妆

不必铅华御，惟于翰墨亲。闺房传韵事，又见谢夫人。

题鸳鸯镜传奇

事到情痴不自知，晨钟一响悟相思。若非豪士惊奇梦，那得声名重凤池。

欲傲温家玉镜台，美人自古总怜才。情魔忏尽归仙界，悔羡兰香小谪来。

次韵也秋姊腊梅

万花零落正严冬，别有南枝秀独钟。大地春回传玉旨，九天书到借丸封。自同仙子联宗谱，不与佳人斗艳容。如此清标真绝世，蓬莱名列最高重。

玉蕊檀心放暮冬，水仙相对各情钟。高名不愿黄金比，冷艳偏宜白雪封。异品原非和靖种，幽香肯点寿阳容。凭君莫问和羹事，流水空山绕几重。

又一首

不随万紫共争妍，唤醒罗浮梦里缘。雅态只宜高士赏，清标肯受俗人怜。似闻异种来他国，引得春光入旧年。多谢东风消息好，泥金飞报绿窗前。

为也秋姊写梅竹于袖并缀以诗

偶拈斑管发灵根，萼绿清香袖底温。添写琅玕三两个，祝他绕膝长龙孙。

姑射山人冰雪姿，琼琚玉佩下瑶池。此君高节原同调，翠袖相携岁晚时。

迟也秋不至

计别方三日，情牵似九秋。凭栏闲对月，夜夜起离愁。

一水盈盈隔，相思暗怆神。漫云千里远，咫尺便难亲。

怡秋轩初稿

（清）李掌珠 撰 倪春军 沈 苏 整理

整理说明

李掌珠（1857—1902），字兰如，江苏丹徒（今属镇江）人。江宁司训李慎传女，江苏候补道钱塘项兆麟室。聪颖贤淑，慷慨好施，工诗词、骈文，家学使然。著《怡秋轩初稿》，有清光绪三十年（1904）淮阴耕兰室刻本，今据以整理。

序

侄女兰如，幼极聪慧。五六岁时，先兄子薪命从予学，凡有讲授无不领会。先资政公钟爱之，常曰："此女不凡！"予时锐意为诗，侄女读书之暇亦为之。予诗主沉着，侄女亦刊落肤庸，语必真切，诗境遂日益高。年十七，归项耕娱，犹时时以诗求教，每自言出室太早，功力未深，加以凌杂米盐，日勤家务，诗断不能工，即使孜孜为之，日后亦不过与草木同腐，欷歔欲绝。予慰之曰：汝诗固足自立，倘虑单集难存，则予异日刻诗，当以汝集附予集后。侄女甚喜。壬午春，先兄捐馆，家事、外事萃予一身，日不暇给，又生平著述多未卒业，中缀可惜。昕夕埋头故纸堆中，精力疲乏，诗学遂废。后侄女来询集已编定否，予漫答之曰："汝尚望附予集后耶？予且不能自顾，无论汝矣。"侄女默然。壬寅春，侄女溘然逝，予追忆前说，嘱外孙毓钧等辑其遗稿。迨以稿来，则篇什廖寥，古体尤少。予怪而问之，云："吾母从前曾订一册，颜曰《怡秋轩初稿》，而册中所录无几。此外皆草稿，散置奁盝书帙间，失去者无数。其仅存者，大率涂乙模糊，零笺残缺。求其首尾完备、可以誊清者，十只三四，多系短章，即此稿中所载者也。"予思侄女非才思艰涩，亦非不自珍惜，必因予不刻诗集，渠亦灰心，听其湮没，以至于此，则予之咎也。然即以此本行世，诗虽不多，已征风格，其流连光景诸作，自与寻常闺阁中人薄弱纤巧、掉弄笔尖者不同。阅者如管中窥豹，未尝不可想见其全体，逝者有知，其亦稍慰也。夫然而予终歉然也，於戏！

光绪二十九年岁在癸卯五月中浣，李慎儒序。

题　词

诸暨陈瀚

缅维倚南之歌，先于喜起；房中之奏，肇始姬周。自兹已还，代有著作，顾或然脂暝写，过事秾华；压线晓吟，每伤秋怨。畴其开焉，海纳摇笔，云飞词缀，色丝习巀，祎翟如怡秋轩项妇人者乎？夫人敏识聪听，探微镜理，闺闼之内，自相师友。吟咏之学得诸竹林所由，希古穷尘，望今骋路。其七律得陆渭南之遥深，其五律得孟襄阳之清俊。其于古也，寓至味于淡泊；其于绝也，觇态度于春云。宝思骏发，奇句骊探。盖机杼之余，米盐之暇，偷闲模习，厥诣精工，使复比象研情，旬锻月炼，安知不入徐庾之室，登李杜之堂也哉？然夫人雕管，芳贻梱德，则载诸家乘，银毫细舞，瑶章行汇，列鸿篇以视国朝之姜淑齐、虞玉映，又何让焉？又何让焉？

题　辞

癸卯三月大姊下世一年馀矣洪叔甥信来索诗稿付梓感而赋此

丹徒李寿源丙之

自从诀别见无期，又是清明展墓时。咏絮久堪推作手，衣芦幸可免诸儿。蠹残犹获生前笔，予存姊信稿、诗稿最多。蚕去仍存死后丝。知否江干风雨夕，挑灯为补病中诗。洪叔索姊诗稿四首，其中空白处甚多，予为补之。

为叹采花空酿蜜，应惭煎药未燃须。模糊往事悲鸿迹，掇拾零编赖凤雏。恩诏已教褒北阙，诗魂端合葬西湖。椿萱地下应无恙，色笑亲承足慰吾。

大姊下世一年馀矣洪叔甥以遗稿见示披览之馀倍深悲感勉题数绝不足云诗聊志悲怀耳

丹徒李兰生蕙醴

姊今何往诗犹在，我读遗诗涕泗流。回首当年生百感，细将往事溯从头。

雉水侨居二十年，余家于兵燹后寄居如皋县之东乡。读书一室共青毡。渊源敢诩承家学，赢得人称女谪仙。先是诸弟尚幼，先伯与严亲分课吾姊妹及丙之大弟。自严亲入都，供职秋曹，诸弟渐长，乃延师授读，先伯则课吾姊妹两人。姊一学诗即工，人佥以“女青莲”称之。

痛余失恃不胜悲，怜爱情深好护持。杨柳亭前蓉渚畔，依依形影总相随。

挂帆飞抵秣陵关，同治壬申年，先伯选授江宁县学官，遂由如皋移居任所。学舍清幽踏藓斑。最爱楼头凭眺处，满窗黛色挹钟山。

花开连理赋宜家，姊于癸酉年于归钱塘项氏。才德兼全戚党夸。脉脉离情从此始，壁间诗句为笼纱。

海陵城北卜新居，光绪乙亥年，先伯请开江宁学缺，侍先祖居于泰州。偶尔登高眼界舒。泰州城西有土阜，名曰泰山，上建岳忠武庙，登高一望，全城在目。只少一人惆怅甚，情怀无限寄鱼书。

悠悠邗水聚萍踪，天假之缘一笑逢。予于辛巳岁适甘泉曹氏，时姊亦侨寓扬城，两家相距，近在咫尺。时或联吟多急就，催成不待墨磨浓。

无何执手唱骊歌，淮北淮南十载过。项书巢姻伯分转海州、泰州、通州，历十馀年，姊皆随侍任所。相约归宁一聚首，匆匆总是别离多。

绿杨城郭又重来，乙未春，项姻伯以居忧去官，仍挈全眷住扬州。舟泛平湖笑语陪。七载论心甘苦喻，历年怀抱豁然开。

骨肉摧残肠寸断，病躯孱弱强支撑。壬午春，先伯中议公；己丑冬，宋之弟夫妇；辛卯冬，先祖资政公；丁酉春，项书巢姻伯；戊戌夏，杏庄姨甥；辛丑春，先伯母包太淑人，相继逝世。二十年中，姊叠遭悲恸，伏病日深，犹勉力支持料理家务，未遑少安，以故咯血之症日益加剧。人生心血能多少，半耗诗词半世情。

袁江一去感睽违，未送行舟泪暗挥。庚子岁，耕娱姊丈补徐州司马，驻扎清江。姊于辛丑初冬之任所，予因卧病未能送行，兼以姊病未瘳，恐话别伤感，亦非所宜。乃三阅月，姊即辞世，悔不可追，言之恨恨。讵料此生成永诀，伤心怕见雁南飞。

从今谁与诉衷藏，悬想音容亦渺茫。积善难邀天眷佑，姊自奉甚俭，而乐于为善。几回搔首问苍穹。

诗情神似剑南翁，曩闻先伯与严亲评姊诗有佳句可诵者颇肖放翁。争胜词坛拔帜雄。姊与诸弟唱和，每叠韵至再至三，予退避三舍。遗稿纷纷和泪检，伤心缄什付邮筒。姊作诗多散稿，往往送予阅后即置之，兹因付刊，特一一检出，寄交洪叔甥，嘱其汇录。

专为求名费苦吟，好名毕竟慰初心。泉台有觉应无憾，笑貌惟从梦里寻。

怡秋轩初稿

丹徒李掌珠兰如著
男项毓钧、荃毓恩、藻、嘉
孙炽昌校字

秋窗独坐

新秋天气乍清凉，独坐翻嫌午漏长。山色入楼销紫翠，霜林障日半青黄。梦回竹屋蒲团稳，茶熟松风石鼎香。雅事偏多心思静，不将名利逐人忙。

夏日晚凉泛舟

万顷碧云流，飘然放棹游。尘埃消俗虑，风露拟新秋。事业眠蓑笠，襟怀托鹭鸥。羽衣人不见，相赏忆黄楼。

偶　　题

柴门临水静无哗，独立斜阳数暮鸦。雨后村童寻蟋蟀，风前父老话桑麻。因怜菊瘦慵簪髻，为爱泉清健煮茶。落尽梧桐风瑟瑟，阶前秋冷海棠花。

雨后新晴

曙色初升宿霭晴，乍凉天气晓风轻。青连远陌和烟重，绿涨横塘隔岸平。云脚渐移林影乱，日光才透纸窗明。草堂闲坐浑无事，静听农家屐齿声。

笔

珠玉挥毫逸兴赊，毛锥事业信非差。千军可扫生平志，五色曾开梦里花。日试万言夸敏捷，管分三品递褒嘉。中书君老休嫌秃，尝向词坛广国华。

十二月十三日作

暖日烘窗一缕和，晴云如擘碧嵯峨。河冰渐释鱼游乐，春气潜催鸟语多。柳黛欲舒风软款，梅妆未试雪蹉跎。不愁昨夜狂飙重，未减墙边一角萝。

镜

岂是秦宫物，端因百炼成。光添妆阁晓，寒逼绮窗明。秋水无波净，冰壶濯骨清。素娥如对面，传写意中情。

影

随时动静尽相同，何用传神倩画工。恰俯溪塘逢故我，不知天地本浮踪。梅前化亿添香韵，月下成三写幻容。好是夜深犹作伴，多情相傍一灯红。

花　影

一片遥看淡复浓，夜深添出画图工。偶随斜月欹栏畔，旋弄疏阴入座中。活色镂成冰世界，暗香巧补绣屏风。玉楼十二珠帘卷，好与华灯斗软红。

柳　絮

连朝渍雨掩柴门，晴雪冥冥又满村。斜日有心同系影，春风无力最销魂。三分流水飘香梦，一角高楼写远痕。别有韶华关不住，隔园皓蝶共翩翩。

树　影

绿树初浓昼正长，红尘不到读书堂。消除席上三分暑，减却窗前半日光。风动隔帘斜照乱，雨过铺径密阴凉。不须妙擅丹青笔，烟柳丝丝自满墙。

竹　影

修竹千竿傍水涯，水波竹色共参差。凉迷曲槛秋先到，翠映虚窗午不知。瘦干支离和月淡，虚心洒落带烟移。疏帘高卷微风入，邀得清阴满座攲。

雨　　声

天公连日酿轻阴，忽作跳珠万点侵。野寺钟疏寒悄悄，小楼人静夜沉沉。预知花落春将晚，不待蕉稠感已深。远梦本来枨触惯，那堪枕上送潮音。

笛　　声

晚来三叠听分明，谁向楼头弄笛声。风露忽添良夜兴，关山潜动故园情。雁行初过江沉影，蝶梦惊回月满城。一曲落梅初罢后，馀音浑欲绕梁生。

灯　　影

一点小灯明，亭亭扬影轻。夜深侵雨暗，窗薄隔霜清。旧事寒应忆，儿时味细评。更残人静后，黯黯动离情。

麦　　浪

负郭何由浪拍天，只缘麦穗漾村前。翠平忽讶龙蟠隰，雉覆还疑鸟浴烟。云护千畦夸陆海，泉登万斛说丰年。农家亦快乘风破，牛背斜骑稳若船。

苔　　钱

阿堵翻因湫气生，无边苔晕积纵横。缘溪秀色泉能铸，匝地新斑埒早成。万选却将春雨买，五铢忽讶水衣轻。题诗莫把墙阴扫，点点都关润笔情。

秧　　针

数顷江田翠乍铺，针痕纤细欲看无。绣塍刺得千重锦，晓露穿来万颗珠。巧仿悬书因水蘸，却惊脱颖出泥污。线头早稻抽何似，和雨和烟入画图。

蒲　　剑

游龙三尺漾清波，坚利浑如古太阿。翠色一泓凭浪琢，锋棱九节出烟磨。倚从天外香风远，赠向芦中宝气多。弹铗归来应更好，且披蓑笠和渔歌。

晚　　眺

小阁登临处，无边野兴长。夕阳方缥缈，晚色已苍茫。烟密花迷径，村深树绕庄。鸦栖翻木叶，鸥警乱池光。平野连青霭，残虹挂绿杨。风轻摇麦穗，波艳展莲房。排闼疑开画，披襟共举觞。心随初月迥，目笑去云忙。樵唱闲逾远，炊痕淡不扬。棋情馀显豁，茶韵入清凉。薄暑衣裳换，虚窗笔砚香。遐观时矫首，万景共徜徉。

荷露煎茶

卢仝未识饮琼浆，掇露煎来出绀房。石鼎挹从湘上秀，珠痕点得雨前香。云腴泛色迎初日,仙掌馀甘未晓霜。鱼眼生时鱼戏后,冰瓯世界极清凉。

蝉

应候蝉初到,悠然隔树鸣。鬓看前岁影,调续去年声。饮露神偏洁,吟风思更清。身安千叶密,衣软五铢轻。篱落烟犹咽,楼台梦未成。别枝才曳过,秋兴忽潜生。质弱知多感,音微诉不平。却嫌莺语俗,高处独分明。

读随园女弟子诗作

佳丽江南自古夸,更惊闺阁擅才华。文章岂必关彤管,粉黛翻教拜绛纱。刺绣针锋全脱颖,画眉笔底艳生花。琼枝璧月多新咏,江令由来近内家。

伏天忽凉即事

檐低常恐热何堪,入暑清凉意转安。明月半床冰簟冷,清风满座苎衣单。休摇纨扇疑秋早,倘少莲花似暑残。陋巷朱门皆静逸,不教短庑惜阴难。

秋　望

惜爽独登楼,凉天一味秋。寒蝉摇苑柳,早雁掠江洲。云薄千山出,林疏众霭收。片帆风正急,天际数归舟。

秋　晚

爽气逼山溪,秋高健马蹄。生烟和日淡,平野截云齐。木落孤峰出,天空一雁低。欲寻村舍宿,遥指夕阳西。

秋日晚凉

枫叶绕村庄,炊烟淡日光。归鸦喧夕籁,暮雁下寒塘。云薄青山净,风轻翠袖凉。开轩添雅兴,篱畔菊初黄。

游　山

策杖来招隐,行行转翠微。山深啼鸟乱,径曲野花飞。露后苔黏屐,风过柳拂衣。遥看幽绝处,欲别尚依依。

夜　坐

秋气横空草木凋,星河耿耿雁行高。书窗延月芟新竹,茶灶添薪仰堕巢。藓晕露过痕更滑,炉烟风动篆全消。夜凉无语挑灯坐,四壁虫声伴寂寥。

偶　成

莫云秋日景荒芜,枫叶芦花亦画图。晴久积苔痕渐减,风干衰草色全无。云光迷浦渔歌远,霜气横天雁影孤。闲坐小窗罗袖薄,夜凉消尽酒盈壶。

秋　雨

细雨霏霏湿苑墙，不知浅渌已平塘。轻云色共蓑衣淡，昼漏声残竹屋凉。四野烟痕迷远近，一窗岚翠漾苍茫。不须夜奏通明殿，自有秋阴护海棠。

秋　晴

萧条风物小庭空，静里遥闻野寺钟。秋思已随云缥缈，诗怀欲逗日玲珑。影摇黄菊和烟瘦，香放青橙过露浓。满径莓苔休唤扫，留将苍翠映帘栊。

秋　晚

已凉天气不胜清，鸿雁萧条暮霭平。遥见芦花微缺处，渔舟时现一灯明。

虫　声

阶前萧瑟落梧桐，一片虫声满径中。敢怨身微栖冷露，却因心苦诉秋风。廊空月白寒初警，人静灯残语未终。直待迢迢长夜晓，凄冷咽断五更钟。

即　景

村落炊烟淡欲消，行吟懒步向溪桥。声穿竹屋风棱劲，寒逼梅花雪意骄。清梦不成听铁马，买春无计换金貂。重帘未卷炉香冷，留得残烟数缕飘。

春日舟望

天空风暖鸟声娇，一叶扁舟路正遥。去日浮萍初转绿，归期先忆在何朝。

与妹对酌

寒重何能厌旧醅，红炉人静漏频催。三杯且住开窗看，莫为馀醒负雪梅。

晚　　晴

鹊声不住噪新晴，洗罢尘埃放眼明。村落新炊都不辨，水田遥接暮云平。

风雨时表妹过舍作此赠之

檐前急溜响萧萧，宾主相看语寂寥。烟雨满天迷酒旆，客来无处换金貂。

无边野景且凭栏，风雨萧疏昼亦寒。浓绿压村云压树，城中无此画图看。

春日即事

新正初过剪刀开，女伴相寻次第来。选得时新花样好，窗前同做踏青鞋。

半窗花影日初长，莺语惺惺燕子忙。输与侬家多静趣，一杯清茗一炉香。

清风荡扬竹阴寒，几度迟回怯倚栏。深院无人啼鸟缓，一庭花雨送春残。

困人天气柳花飞，午梦方回力转微。忽见炉烟香欲散，疏帘风动燕初归。

夏日即事

清晨无奈是梳头，换却罗衫强下楼。闻得溪塘幽景好，凉风袭袭意如秋。

河亭登处暑全消，徙倚栏边一望遥。忽地荷香风送处，此心如水绝尘嚣。

数重帘幕卷冰绡，邀得薰风满座飘。最是绿阴能障日，从今岁岁种芭蕉。

绿瓜剖处见红穰，非酒非花别有香。一盏乍吞心思净，清怀何独是琼浆。

秋日即事

风吹罗袂怯登楼，月到疏帘未上钩。人静不堪长久坐，一天凉露已成秋。

月光如水浸空阶,楼上穿针会乍排。愧杀此生空乞巧,年年只有拙添来。

萤火方销桂子香,轻衫初换正清凉。窗前姊妹频斟酌,分得新题是海棠。

梦魂忽地警啼鸦,起坐无如倦更加。睡思欲凭清茗解,风前扫叶自煎茶。

冬日即事

雪光皎皎绝尘埃,粉琢遥林玉作阶。对景倚窗闲坐久,六花如蝶入帘来。

闻道梅花已满枝,欲思策杖访清姿。恐教踏破琼瑶地,几度低徊出幔迟。

晴光新霁静无哗,只觉清寒透碧纱。昼漏声残人语寂,一丝清梦绕梅花。

夜来风景最清幽,隔竹茶烟漠漠浮。更静尚从阶下立,忍寒亲试月当头。

柳　花

弱柳风飘荡,新晴作絮飞。未知何处住,还待夕阳归。

梅花用王渔洋《秋柳》韵

婷婷萼绿返仙魂,掩映遥临竹下门。开得一枝浑有信,瘦依三径了无痕。梦回纸帐风穿牖,夜静溪桥月满村。寄语堤边来往客,莫将桃李共评论。

不用芳名唤拒霜，冲寒悄立媚银塘。精神应得香为国，水墨全疑画启箱。傲骨只堪邻竹士，冰心无意伴花王。灞桥吟客今谁是，踏遍荒郊觅酒坊。

翩跹缟袂五铢衣，姑射丰神是也非。南使有书劳怅望，北枝无恙认依稀。裁诗欲动珍禽舞，索笑休惊倦鹤飞。何必小堂开玉照，园林篱落总难违。

百株婀娜最堪怜，倚石横窗破碧烟。冷客同兹春寂寂，明姿偏耐雪绵绵。文章照映当初日，绮艳消除更几年。笑我铁心浑不睡，清癯长自绕梅边。

即　景

料峭严寒透绮寮，围炉独坐饮村醪。风停薄暮冰初合，冷逼重裘酒易消。昼漏声残香篆细，早梅花放雪光骄。有谁更续骚人兴，驴背吟诗度野桥。

古　镜

古气曾看劫火经，开奁惟见吐光青。土花欲仗金膏拭，铜晕深封翠羽铭。秦殿烟销空洞彻，汉宫人去久飘零。浑疑出自沮渠国，几度携来暗里听。

古　剑

三尺峥嵘古莫邪，精光炯炯倚天涯。星霜遍历锋芒老，江海无归岁月赊。劫尽犹看腾虎气，功成谁与问龙沙。太平不用轻生死，闲向灯前拭紫花。

古　瓶

涵春封号自东皇,玉胆佳形果异常。活翠疑从风露得,沉沙应有鬼神藏。色寒无水偏留润,气静非花亦贮香。无数鼎钟随劫去,瓦全翻足伴壶觞。

古　琴

携来三尺古瑶琴,漆迹凋零历岁深。月下昔曾传异曲,人间今漫觅知音。文姬没后秋风冷,坡老焚残劫火沉。喜向斋头重得此,断铭馀诔费搜寻。

于归后思亲念切书此排闷

事事违心不可论,那堪追忆更销魂。纵教穷日登高望,无限云迷白下门。

忆昔分离最可伤,无言相对意凄凉。登舆忍咽千行泪,一度回眸一断肠。

有　感

离怀枨触未能消,深夜追思倍寂寥。最是不堪倾耳处,窗前细雨洒芭蕉。

一别慈帏数月遥,悲怀杂感集清宵。故园迢递魂飞越,冷雨残灯远梦劳。

朔风飒飒送严寒,雁阵惊飞去不还。盼断云边音信杳,无聊倚遍曲栏杆。

雪

芦花粉蝶认应难,历乱飞来扑石阑。咏絮五彩追道韫,闭门何处觅袁安。楼台玉琢纤尘绝,帘幕香消宝篆残。最苦长途行路客,五更马上不胜寒。时家大人北上。

悲怀无限念家山,触目韶光一瞬间。舞态怜伊犹绰约,吟怀叹我兴阑珊。光迷柳岸人踪绝,寒逼梅花鹤梦闲。珍重筵前休话旧,恐教对酒泪潸潸。

盆　梅

冰姿玉骨绝尘埃,独向芸窗次第开。从此更当添妙咏,冷香飞入句中来。

春　雪

料峭风寒昼掩门,却看飞絮逼黄昏。帘疏乳燕栖难稳,花滞娇莺冷不喧。寒压柳条柔欲折,色和梅影淡无痕。浑疑庭院春将晚,零落梨花历乱翻。

新　晴

明窗净几绝尘埃,晓日曈曈霁色开。花气袭人香正透,一声好鸟唤春回。

春日杂咏

春宵渐短梦初醒，晓起披衣倚画屏。预识今朝寒气减，穿帘薄日影玲珑。

焚香扫地自煎茶，闲凭阑干望眼赊。薄暖薄寒三两夕，东风开遍碧桃花。

昼长闲坐读《茶经》，清磬声声静里听。恼杀一双新燕子，花间来往语零星。

山光如画碧巉巉，草色侵阶懒不芟。独立东风人影健，秋千架畔试春衫。

送外子秋试口占

不同儿女动离愁，昆季飘然结伴游。一语嘱君君记取，湖山虽好莫勾留。

骊歌唱彻夕阳中，万顷波光两岸枫。此去锦标如可夺，天公应助一帆风。

夏日居水堂

何处堪消夏，幽居觅水堂。襟怀销酷暑，枕簟迓新凉。风动波平槛，窗虚月半床。此中无俗客，满座芰荷香。

春 阴 曲

楼台寂寞不闻鸦，漠漠浓云一径遮。似露似烟浑不辨，天公着意为催花。催花雨细芳尘湿，孤原杳杳炊烟集。红杏枝头蝶粉黏，绿杨村外鸠声急。鸠声急，树影低，东皋泥滑正扶犁。麦苗草色连天漾，云影蓑衣一望迷。料峭风来透绮阁，昏昏白昼春萧索。一时寒到倚楼人，玉栏杆畔轻衫薄。

春莺曲

薰风十里香尘暖，翠阁珠楼竞箫管。恰恰娇莺乍一声，绿杨枝上春光满。被体金衣犹未足，欲啭还停音断续。不向朱门报放花，却来紫陌歌新曲。新歌一曲调初成，如诉如吟叶底鸣。旅客愁人听不得，关山潜动故园情。

霜

清逼重衾梦不温，帘波欲堕月侵门。愁生塞北风沙岸，艳冷江南枫叶村。低印板桥空有迹，平铺玉砌了无痕。五更又送楼头角，多少征人此断魂。

秋　晚

爽气扑衣裳，长天一味凉。鸦声喧远树，雁影乱斜阳。山瘦松烟薄，风干草色荒。余怀安所托，残菊傲清霜。

次丙之弟见赠原韵

唱彻骊歌酒半寒，无边离绪柳阴残。当年浪说豪情重，此日方知别境难。身似飘蓬凭去住，人如皓月间亏圆。新诗数首关心语，携向灯前仔细看。

寒夜偶成

风势侵宵始敛威，严寒料峭透重帏。霜堆曲径虫声寂，月冷长天雁影稀。万籁绝无清漏永，孤灯欲闪篆烟微。怪侬病骨知寒早，减却腰肢又一围。

外子秋试报罢书以排闷

佳音盼断意惶惶，一日轮回九曲肠。非是君家耽俗虑，只因无以慰高堂。

三次观光跋涉劳，敢将得失等鸿毛。奈他流水高山调，未遇知音亦枉操。

兄弟文名号二难，于今未向榜头看。世间终有真青眼，好炼功成九转丹。

关心离别最堪怜，天意留君岂偶然。倘使名成常作别，恐教憔悴弃当年。

方　　镜

照人肝胆自端方，迥异深闺七宝装。百炼尚馀圭角露，四规朗鉴寸心凉。森严气懔霜侵座，潋滟光涵水满塘。悬傍石屏尘障远，不同明月斗寒芒。

问　　菊

闲步空庭酒半醒，试寻菊友话分明。陶公去后谁知己，杜老诗成合有情。开向雪中应更淡，寄人篱下恐非清。想君本是孤高客，留待梅花共订盟。

映　　雪

庭前皎皎冷光凝，展卷吟哦兴倍增。珍重莫教轻扫却，小窗清胜读书灯。

咏　　雪

六花荡漾点尘埃，佳句难追咏絮才。风雪一天驴背上，吟肩双耸独徘徊。

烹　　雪

漫夸仙露是琼浆，扫雪烹茶逸兴长。何待风生经七碗，一瓯香冷润诗肠。

嚼　　雪

不须露吸与霞餐，咀嚼能除舌本干。自有闲情同铁脚，好将肺腑沁香寒。

泛　雪

光摇银海抱溪湾，倒影迷离远近山。衰柳几行鸥数点，片帆飞入画图间。

卧　雪

三三径满玉无瑕，门掩西风静不哗。敢道乐饥同傲士，聊凭清梦伴梅花。

游仙诗

云衣济济佩锵锵，聚宴瑶池乐未央。报道蟠桃今又熟，众仙齐献紫霞觞。

珊珊踏遍满天霞，闲访天台仙子家。洞口云封人迹少，沿堤初放碧桃花。

玉皇传免散仙朝，羽扇纶巾逸兴饶。一任沧桑千万变，洞中闲弄九灵箫。

雨露初侵月桂梢，步虚同憩碧云坳。消闲夜半无棋局，戏摘星辰当子敲。

上仙招饮紫霞醪，带醉归来意气豪。结得彩绳三万丈，独来海上钓金鳌。

鸾鹤声中聚玉真，五铢衣衬缕金裙。陶情一曲霓裳舞，下界争看五色云。

七襄宝匣碧琅玕，秘笈玄机静里看。坐久一天风露紧，琼楼玉宇不胜寒。

晓入瑶台露气清，用成句。当年许客梦初成。飞琼悔令吟诗句，浪使人间识姓名。

削木为羊米作珠，唾盘化鲤履成凫。一时游戏惊阊阖，罚向天边种白榆。

仙姬年少炫神机，朝罢归来香满衣。欲散群芳效天女，背人剪水作花飞。

三山游罢又蓬壶，跨鹤翱翔兴有馀。夜半风高环佩冷，月中飞过洞庭湖。

九九丹成鼎乍开，香风拂拂遍云隈。瓶中满着长生药，去向天宫献寿来。

道陵老子共徜徉，自有随行白玉床。讲罢《黄庭经》一卷，半天茶姥送琼浆。

朝来青鸟使相邀，约向东溟话寂寥。行尽云程临弱水，侍儿扶过百花桥。

芙蓉城阙认红墙，玉树珊瑚耀日光。一十二名花姊妹，同时稽首谒东皇。

赐酒通明泛碧波，珍珠帘卷起笙歌。侍儿舞罢回风曲，谁敢当筵唤奈何。

冰轮洞彻浸明妆，桂树婆娑殿宇凉。一幅广寒新小影，传神妙手倩眉眼。

八公颜色似桃红，丫髻双梳驾赤虹。欲向扶桑观浴日，一齐拍手下苍穹。

供　　菊

数枝乞处向比邻，供傍芸窗气味亲。性傲岂堪篱下寄，格高端合席前珍。芳魂应喜尘氛远，雅韵潜添笔墨新。最喜青灯初吐焰，几枝瘦影自横陈。

吊落花

罡风容易送残魂，空负年来灌溉恩。剩粉零香犹满目，夕阳黯淡又黄昏。

珠颗成尘玉化烟，难将空色问情天。可怜金屋夸香艳，翻逊篱边老少年。

和丙之弟即事诗原韵

小别无多又隔年，莺啼燕语各纷然。豪情减尽非因病，傲骨销除转自怜。昼漏渐长闲始觉，读书无力坐常偏。相逢若问知何日，归计徐图再整鞭。

花影当窗瘦不支，萧然相对意如痴。前因杳缈谁能证，往事思量悔莫追。作茧春蚕原自缚，信天痴鸟本无知。离怀杂感攒心处，更柝声中倚枕时。

感怀

比来意绪更茫然，独向匡床枕泪眠。世事如棋悲往日，豪情似水感流年。灯前瘦影空存骨，梦里残魂欲化烟。俗累凭谁能解脱，几回搔首问苍天。

枉将心事诉东流，百转柔肠万斛愁。入世遍栽花解愠，延年常佩草忘忧。成灰一寸心先死，铸错千年悔莫追。厌听邻家诸女伴，浪夸夫婿早封侯。

接家书口占

一纸家书子细看，惊闻北地十分寒。狐裘不暖重衾薄，料得清宵入梦难。

名场屡踬困青衿，始信儒冠误此身。底是俗尘终日扰，也同齑米损文心。

月夜偶成

皎皎一轮满，清辉万里浮。招来离别恨，照尽古今愁。有影堪为伴，无聊但举头。遥知羁旅客，此夕咏鄜州。

壬午除夕偶作

香深宝鼎袅轻烟，爆竹声中又一年。红烛双枝人两地，知君如我未成眠。

人声初静漏迟迟，倦倚方床懒咏诗。记得去年当此夕，红笺同写吉祥词。

癸未初二日作

三条烛烬笑言稠，喝雉呼卢兴未休。遥念无聊羁旅客，围炉独坐听更筹。

接外子书志喜

忆我自幼小，刚正为本性。举止少时宜，言语无词令。十七赋于归，琴瑟颇相敬。情同树连理，誓如鸟共命。不意君性更，意气日刚劲。妾意窃不然，遇事每谏诤。忠言本逆耳，遂使渐争竞。叹我命不辰，椿庭悴急病。一岁两归宁，累君伴孤檠。君怒妾不怨，转感君情盛。妾返君又行，离情两交并。况值雪满庐，乾坤似妆靓。对此怀征人，幽思托吟咏。珍重附鱼书，迢递就斧正。十日奉回函，鉴我如明镜。我非白头吟，获效亦同证。从此致初心，和鸣应可庆。志喜成此章，留待灯前评。

余生也鲁爱读诗而不善作偶有所成亦系虫鸣蚓唱殊不成句是以虽爱才如颖士之奴每倦舞似羊公之鹤日昨云荪娣以珊如女史诗见赠灯前默诵酒后微吟敬佩之馀率成二律虽不成章姑录于此

缤纷妙绪总天真，格调轻圆吐属新。春水垂杨传远思，“春水垂杨”，“秋岚瘦菊”，皆集中佳句。秋岚瘦菊写清神。诗成吊古疑仙助，梦读奇书讶夙因。倦绣一篇珠玉满，闺中愧杀效颦人。

传闻徐淑配秦嘉，清福清才两足夸。试读新词高柳絮，悬知雅品似梅花。工兼书画推三绝，洗尽铅华自一家。我欲瓣香称弟子，白云渺渺隔天涯。

春柳用珊如女史韵

弱柳经春色乍齐，重重如画罨前堤。轻笼烟影千丝细，浅蘸溪痕一抹低。无限垂青频送客，几丛深翠稳藏鹂。芳郊十里游骢集，夹道浓阴骋健蹄。

又倒叠前韵

不用寻春纵马蹄，绿杨深处静听鹂。千重翠浪摇风细，一角斜阳弄影低。脉脉含愁笼小院，依依拂水锁前堤。碧芜芳草青连处，烟雨楼头一望齐。

春闺用珊如女史韵

烟痕漠漠雨丝丝，又是韶光二月时。庭院无人春寂寂，雏莺啼上碧桃枝。

宿霭初收景物新，秋千弄影出西邻。小窗静坐浑无事，闲试新茶涤俗尘。

杏花时节养花天，春水池头柳似烟。十日轻寒门静掩，苔痕青到绮窗前。

春水用珊如女史韵

连朝春水长，入望漾烟波。浩渺光摇岸，苍茫色染蓑。纹翻红雨艳，晴到绿萍多。修禊骚人集，临流正放歌。

其二又

雨过添新涨，苍茫万顷波。掩蓝侵画桨，分绿上渔蓑。鸥梦三分警，潮痕一晕多。舟行天上似，倚棹发清歌。

寒窗用珊如女史韵

因怜瘦竹映窗斜，不用重帘故故遮。厌听狂飙频堕叶，喜延薄日为烘花。铿锵韵彻遥闻漏，料峭寒添不耐纱。最是夜深闲凭处，一庭冷月警啼鸦。

其二又

朔风料峭入帘斜，深掩房栊处处遮。气透严寒销烛焰，润沾微雨点冰花。怕闻碎响敲残叶，故放重帏护薄纱。静拥寒衾清梦稳，小窗寂寂不闻鸦。

其三又

曲曲朱阑一带斜，空庭人静绮窗遮。光凝积雪宜摊卷，香透疏梅正着花。几缕茶烟清入画，一痕残月冷侵纱。坐看景色添幽兴，半醉题诗字类鸦。

外子赴淮北送别后灯下独坐愁绪纷纷来书此排闷

忆昔青春日，凌云意气高。群夸才似锦，自诩笔如刀。富贵探囊取，功名左券操。文章憎命达，千古困英豪。

端为儒冠误，华年似水流。相如原善病，平子最工愁。举世无青眼，劳人易白头。男儿不得志，投笔觅封侯。

骤觅终南径，原知素愿违。情殷毛义檄，心切老莱衣。宦海趋身晚，高堂感发稀。欲行期屡展，无限意依依。

束得轻装就，萧条岁暮天。柳将舒案畔，梅正放窗前。别况闲中觉，诗情客里研。名场初试步，珍重着先鞭。

匡床困卧愁病无聊偶读尺云轩集有贫病诗九首因仿其体易贫为愁即用其韵虽不能工聊以排闷

病来小室气如秋，愁卧终朝向暗陬。病扰岂真因鬼厄，愁多大抵为人谋。风能欺病凉如水，酒不浇愁转似钩。病到无聊愁更甚，愁将诗句病中留。

工愁善病本前因，愁病丛中寄此身。着手绝无驱病术，论心难觅解愁人。愁多只觉乾坤窄，病剧翻添梦幻新。病为愁增愁为病，病愁互结重千钧。

年来愁思太新奇，况又频频病未离。世事如云愁始觉，日长似岁病方知。病因境迫将成痼，愁为情生本是痴。愁到深时生险境，浑如瞎马病盲骑。

枉教却病觅良医，愁绪填胸药总歧。病久欲眠皆缥缈，愁深无想不离奇。襟怀潇洒因愁改，傲骨销磨耐病欺。尽力驱愁愁莫退，敢将疾病等儿嬉。

卧病无端已一旬，愁怀无限困吟身。病休服药惟求己，愁不因贫敢怨人。佳句难描愁绪恶，浊醪能使病颜春。从今别觅销愁法，病鹤癯花作四邻。

不尽愁肠水满陂，病如羝角触藩篱。小窗见月愁偏重，斗室无风病最宜。愁向杯中寻乐境，病来房外即天涯。牢愁杂感凭谁诉，扶病销愁读《楚辞》。

愁试兰膏弃绣巾，书签病榻亦生尘。愁闻花落频防雨，病爱蔬鲜未是贫。婢解愁深勤执役，儿知病退笑生春。窗前带病临明镜，愁染眉峰点点新。

疗病何来海上沙，愁生孽海浩无涯。连遭病厄凭天谴，易惹愁丝怨自差。愁解原情偏忤俗，病能兼妒始兴家。言愁言病浑难辨，愁病无耶抑有耶。

欲释愁心作隐沦，消闲无病即仙人。园如庾信何愁小，婿似秦嘉不病贫。祛病漫劳求药祖，销愁岂必仗钱神。但逢病退回春日，涤尽愁怀不染尘。

赠静怡女史

稽古评今智识宽，壮怀无限寄毫端。千秋定论推诗史，漫作词人一例看。

铅华洗尽气如虹，岂效搓珠滴粉工。恨我头颅成老大，未堪绛帐坐春风。

赠九畹女史

字字皆珠玉，盈篇灿绮霞。新诗工夺锦，妙楷擅簪花。誉久传双绝，功深自一家。羡君兼福慧，棠棣竞清华。

屡荷垂青问，其如技未精。多愁销逸兴，薄俗损豪情。得句惭虫语，挥毫似蚓萦。惟将巴里曲，立帜订诗盟。

赠净心女史

铿锵雅韵自清真，洗尽繁华吐属新。霜后孤松同劲节，风前瘦菊拟丰神。调高白雪原无匹，气似青莲不染尘。沐手盥薇三复读，知君明月是前身。

闺中风雅绝尘氛，花萼才华总轶群。曹氏大家严令范，刘门三妹总能文。倾心快领埙篪奏，抱愧思将笔砚焚。差喜蒹葭叨末谊，犹堪他日挹清芬。

读外子和友人酒色财气诗戏亦和此

静里光阴赖酒销，醉中得句每题蕉。三杯解愠横飞雅，一盏回春胜着貂。席地幕天随处饮，愁城俗幛不胜浇。浮生自笑如匏系，饮具何妨亦制瓢。

佳丽评量话屡更，诙谐同斗舌锋兵。杨枝惯系游骢住，桃叶频劳打桨行。选曲每征珠一斛，买花那惜璧连城。环肥燕瘦娉婷影，十幅生绡画不成。

持筹握算计何愚，生理难嗤世俗粗。助我豪情挥似土，驱人利欲焰如炉。一钱阮籍增穷相，万镒苏秦即丈夫。非此不行终古叹，杖头焉可片时无。

漫自矜夸度量宽，每因细故起争端。飞扬意态凌人易，叱咤风云盖世难。一怒能安觇将略，十年养足羡儒冠。关心刚毅何伤戒，座右书成墨未干。

睡起偶得

厌闻昼漏似年长，新效华山处士方。午梦初回人语寂，半窗日影一炉香。

不将利欲灼心机，不作牢愁怨别离。茗碗药炉闲位置，任他百舌耳边啼。

检字堆中有大弟冬节前寄来二诗索和因病未答今和成即用原韵

境遇年来百不如，闭门风雪感离居。心寒每自亲炉火，病剧无烦检药书。欲仗豪情祛俗障，奈多清兴败催租。诗成岂费推敲力，悉听旁人笑唾馀。

读罢新诗意黯然，关心手足易情牵。楼头岁月惊王粲，江上琵琶感乐天。到眼烟云迷幻境，打窗风雪惊愁眠。知君似我思家甚，梦绕高堂病榻前。

前读大弟近作因病未答昨夜不寐得数句今足成之即用原韵不足云诗聊以解闷

以真为幻幻为真，作茧春蚕困此身。俗障屡增诗境涩，豪情难敌病魔频。欲修后果常斋佛，悟彻前因敢怨人。一事未能除结习，吟笺到手展眉颦。

天时人事变千端，不许庸人暂苟安。敢仗蓬麻评曲直，堪怜蒲柳易凋残。多愁自怨胸襟窄，揽镜频憎骨相寒。手足关心常慰藉，家书一纸再三看。

见先外祖六秩小影率成五律以表孺慕

随母归宁日，雏龄发尚垂。抚摩蒙厚爱，展拜仰容仪。绮宴常陪侍，名园任屡嬉。披图增孺慕，笑貌宛当时。

辟就神仙境，园林树影重。襟怀原洒落，气度自从容。品茗琴初罢，含饴乐更浓。遗真勤供奉，步武继家风。

代大弟和友人原韵

忽得瞻韩在此朝，追随更喜路非遥。记从夜宴聊新雨，同上江楼听暮潮。豁达自来销鄙吝，老成于此戒浮佻。纵谈时事浑忘倦，剪尽西窗烛几条。

借甚声名建树多，云山阻隔叹如何。倾心每恨见太晚，识面方知语不颇。广有仁风流近邑，更兼清辩似悬河。爱才当代君为最，下走犹承淑问峨。

忽讶妖氛撼九洲，满腔忠荩岂移犹。预招勇士防群丑，高筑新塘镇乱流。盖世才猷孚众望，照人肝胆誓同仇。书生自有安全策，心制还能胜挚貅。《尉缭子》："夫将不心制，卒不节动，虽胜，幸胜也，非攻权也。"《字典》貅："亦挚兽也。"

诗酒弦歌态若仙，闾阎竞颂使君贤。长城可恃群生奠，名刹重新一意虔。身教及人除束缚，口碑载道远流传。剡章久有廉明誉，峻秩应教不次迁。

贤者难辞跋涉劳，又临铁瓮泛江潮。雄才自合无馀子，卓论原堪动上僚。几处棠阴怀召伯，他年杜集见韦超。苏轼诗："他日杜陵诗集里，韦超略见两三篇。"按：杜甫集有韦超《早发湘潭寄杜员外院长》诗。新诗纪政从头写，又积阴功事几条。

环章读罢笑颜开，风雅如君实壮哉。快睹盈篇皆杰作，悬知下笔有神来。梓桑宿望中州著，桃李新阴一县栽。雒诵自知难学步，愿随鞭镫伍舆台。

秋　日

秋来景物最销魂，卷地西风叶打门。霜染丹枫明远岫，烟迷白日淡孤村。凋零残菊飘金粟，冷落垂杨失黛痕。一院芳华成想像，凄凄荒草拟黄昏。

无　题

室小能容膝，安居乐未休。窗明飞野马，篱短护牵牛。爱此三椽屋，何须百尺楼。图书堪位置，虽陋亦何愁。

终日诚何事，劳劳困此身。工愁原笑我，多病敢尤人。佳境杯中觅，豪情笔底伸。几时酬素志，岁月自频频。

代三妹和陈氏女史原韵

秋风如剪雨如丝，排闷欣看绝妙词。三径黄花元亮酒，一灯红豆杜陵诗。渐凋鬓影慵临镜，久靖争心懒着棋。两地情怀劳怅望，相逢未卜在何时。

支离瘦骨易惊秋，镇日疏帘不上钩。静掩柴门思避俗，聊凭书卷且忘忧。襟怀高爽钦君达，齑米零星愧我谋。再叠云笺成俚句，遥烦驿使慰离愁。

寄　赠

三绝奇才独冠时，识君真悔十年迟。长篇短什皆珠玉，随手拈来绝妙思。

不遇知音不与弹，诗情酒兴久抛残。而今欲学邯郸步，双耸吟肩耐夜寒。

小窗莲漏正迢迢，岂为离居感寂寥。自笑年来多静癖，无边佳景爱清宵。

秋水蒹葭薄暮天，佳篇欲和转茫然。近来景况君休问，倦倚匡床镇日眠。

代大弟和缪君自寿七律四章

称祝惭无酒满卮，环章反荷惠新词。十经夙昔推周续，《南史》：周续之年十二，诣范宁受业，数年通五经、五纬，号曰“十经”。三乐行看效启期。老子婆娑征福相，先生矍铄尚书痴。年华亦共诗才健，著述千年正未迟。

论文击剑总推先，侠士骚人两占全。北固江山瓜步雨，西湖风月柳堤烟。豪吟到处多佳句，游倦归来正少年。市隐世人浑不识，芳郊缓辔扬丝鞭。

玉树芝兰秀茁庭，筹添海屋祝遐龄。照人肝胆心常仰，拔俗襟怀目罕经。厚重早占仁者寿，光芒独应老人星。庸才未遂追陪愿，顾问频邀慧眼青。

盈篇珠玉胜阳春，珥笔何能步后尘。岂为饥寒销壮志，敢云烂漫出天真。唱酬愧乏陈思捷，持赠常怜范叔贫。拟趁江风飞画鹢，愿叨旨酒附佳宾。

和大弟述怀原韵

酒绿灯红热闹场，繁华易散鬓丝苍。能臣解组谈前政，老将归来数战疮。此日穷愁犹可恶，当年豪举最难忘。知君放浪天生性，情到无聊摘句章。

云笺重叠写牢愁，知己原难浊世求。芳径漫为痴梦蝶，荒塘犹是不饥鸥。怜才那复珍桐爨，交友谁堪共马裘。潦倒半生君莫恨，半由天意半人谋。

生涯苦守一毡寒，同气关心拭目看。白眼频遭原自惜，青钱中选岂君难。沉酣嗜学追刘峻，清介持躬效谢端。洗尽少年诸结习，漫嗟壮志与时阑。

阅历频随岁月加，心清似水洗浮华。收缰君若悬崖马，求静吾如入蛰蛇。案上新诗工獭祭，袖中秘本笑麻沙。《老学庵笔记》：三舍法行时，有教官出《易》题云："乾为金，坤又为金，何也？"诸生乃怀监本至帘前云："先生想是看了麻沙板，若监本则坤为釜也。"教授惶恐谢。麻沙，书坊名。年来只觉欢颜少，镜里形容类削瓜。

再和前韵

世事浑如傀儡场，劳人易使鬓毛苍。荣枯无定销棱骨，毁誉凭他挖痛疮。豪士行藏虽异昔，书生结习未全忘。蓬窗独坐挑灯夜，犹把牢骚赋几章。

早岁怜君未解愁，懒将书史苦搜求。豪情矫若冲霄鹤，适性闲如狎浪鸥。喝雉宵深除宝钏，留髡兴至典貂裘。而今事事都成悔，减到盘飧亦善谋。

举世谁怜范叔寒，用成句。查名曾向榜头看。文章下笔千言易，境至中年百事难。岂许甘心终牖下，犹堪吐气仗毫端。青箱事业凌云志，漫道功名兴已阑。

我亦如君晦运加，常从愁里度年华。千丝束缚身如茧，一室幽囚懒似蛇。入俗有心藏气焰，祛凡无处觅丹沙。《神仙传》：麻姑降蔡经家，经弟妇新产数日，姑见知之曰："噫！且止勿前。"即求米少许，掷之堕地，谓以米去其秽也，视其米成丹沙。不平强守金人戒，方寸烟生强镇瓜。

三叠前韵

闭门岑寂少欢场，漠漠浓阴暮色苍。庭院无风烟冱目，郊原久雨地成疮。白居易诗："浸摇天似漏，久雨地成疮。"愁深每致言多失，倦极真教食欲忘。人事天时皆尔尔，俱看杂乱总无章。

女子从来最善愁，安居雌伏更何求。无聊惯作三眠柳，有愿常为不散鸥。霜染疏鬟慵对镜，风侵瘦骨欲披裘。堪惭廿载虽为妇，家政零星未习谋。

识透人情彻骨寒，变如棋局耐心看。一生只觉容人易，万事无如作妇难。忤俗原为招怨始，爱名惟有忍争端。尸居馀气身如木，圭角全除逸兴阑。

俗虑愁丝日日加，诗书退尽气无华。藩篱愧我如羁鹤，弓影凭谁证误蛇。振作精神勤酿蜜，销磨傲骨惯爬沙。沽名博誉门楣耀，樛木阴深诩瓞瓜。

叔父赐和四章复四叠前韵述怀并鸣谢

幼日追随翰墨场，困人巾帼奈穹苍。好名不改终身癖，俗累如生附骨疮。握算持筹惭未解，佳篇僻典久遗忘。黔驴技尽难三叠，下笔迟迟作报章。

村居数载最无愁，乐叙天伦百不求。岸绕水田频叱犊，舟轻画桨不惊鸥。芳郊散步香黏履，清夜论诗月浸裘。报道花开思小饮，盘飧市远隔宵谋。

旅况曾经北地寒，一官鸡肋等闲看。名高每感知音少，学广应怜继步难。请向异书求乐境，漫将闲恨卜眉端。眼明如镜心如发，作述源源正未阑。

俚诗深荷赞词加，珠玉遥颁耀墨华。慷慨长吟惊岁月，纵横老笔走龙蛇。骚坛气夺千人帜，炉火功深九炼沙。捧向明窗三覆读，清心如食水晶瓜。

外子自维扬回以近作见示即步原韵以调之

旧游重过太匆匆，况值韶华二月中。画舫三篙春水活，珠帘十里晓烟笼。筵开玳瑁情初洽，怨诉琵琶语未终。最是舟师催返棹，恼人翻恨一帆风。

遣怀用珊如女史韵

敢云笔墨旧生涯，素志何尝爱靡华。但得优游销岁月，不烦曲直论蓬麻。枯棋一局何须胜，浊酒三杯不用赊。醉眼朦胧无俗虑，且寻清梦伴梅花。

忆昔叠前韵

追思少小乐无涯，静掩柴门厌富华。身健不愁风似剪，心闲爱听雨如麻。茶香古鼎诗情足，酒熟新醅逸兴赊。最是昼长无一事，倚窗静坐数飞花。

赠云荪娣叠前韵

重叠佳篇未有涯，羡君彩笔洗铅华。论心胜赠忘忧草，润肺曾叨益气麻。昼永静拈针颖细，春寒赢得酒杯赊。探梅有约无端误，辜负名祠几树花。

有感叠前韵

尘寰一人苦无涯，困锁樊笼度岁华。任尔襟怀清似镜，也教情绪乱如麻。素餐每愧身同寄，着想堪怜愿总赊。此境旁人浑不解，相逢犹羡锦添花。

雨后园林远眺

最喜连宵雨，池塘漾碧流。襟怀销俗虑，风景拟新秋。履滑徐穿径，衫轻怯倚楼。桥边闲伫立，此地独清幽。

日昨树声弟以青溪感别图见示并索题久不拈管勉成二律

惯引渔人棹，青溪几许长。美人多慧性，名士易清狂。解佩临湘浦，挥金叹阮囊。关心萱草色，游子促归装。

再访秦淮月，仙乎去已赊。随风怜弱絮，无力护名花。为感知音远，翻憎识面差。黄衫人不见，珍重漫兴嗟。

三妹以焕之弟四十述怀诗见示并索和即步原韵赠之

自古儒冠不负人，愿君自重有为身。漫夸名士多清癖，休道书痴合守贫。待得龙头登蕊榜，会看骥足绝风尘。御炉香袭宫袍袖，终胜先生野葛巾。

上有灵椿庇荫严，棣华相聚更何嫌。诙谐信口供喷饭，弟喜作谐语。得句随心效撒盐。予归宁后每以俚语作诗见嘲。鸿案同春增鹤算，兰阶来岁兆熊占。羡君占尽人间福，莫为功名百感添。

识透人情状万端，变如棋局静中观。是非姑听从心易，阅历将深作事难。满院花香新点缀，一毡风味旧清寒。案头书史床头酒，陶养天真且自安。

妙论无烦振聩聋，此中坦白本空空。躬操井臼惭非惯，句斗尖义愧未工。豪气销磨言辄咎，人心叵测事无公。自谦自诩皆非是，曲直全凭证上穹。

二弟再叠前韵见示并索和赋此奉答

羡君闲散类仙人，清福清才萃一身。古笈时翻能却病，弟嗜医。名花相对不知贫。弟性喜植花。雨前茶熟新槐火，桑落醅香漾蕊尘。陆龟蒙答皮日休征友人酒诗："轻蚁漂漂杂蕊尘。"自饮自吟兼自赏，任他人笑腐头巾。

东坡文字出华严，曾谓青灯不我嫌。东坡诗："多谢青灯不嫌我。"才思灿如机上锦，生涯淡似水中盐。《传灯录》："如水中着盐，饮水不知盐味。"闲寻旧事从头话，兴到新诗信口占。静养襟怀无俗虑，何愁白发鬓边添。

年来处世畏三端，事事因循强达观。多病始知无病乐，工诗方解作诗难。愁中岁月闲逾永，秋入胸襟句亦寒。别后孱躯劳问慰，且凭修竹报平安。

镇日喧嚣耳欲聋，夜深喜对月当空。豪情减尽甘鸠拙，心思徒劳感瑟工。韩愈《答陈商书》："瑟虽工，如王之不好何？"敢以蓬麻争曲直，聊凭桑梓论私公。比来识透穷通理，修短无烦祷上穹。

春日即景集句

春寒淅沥近清明，半洒疏窗半拂楹。芳草池塘春寂寂，孤云一点静中生。

可堪芳草更芊芊，凭着朱阑思浩然。正是江南好风景，绿杨城郭雨如烟。

碧池新涨浴娇鸦，草绿裙腰一道斜。蝴蝶有情牵晓梦，十分春上牡丹芽。

柳塘烟起日西斜，青粉墙边道韫家。庭草黄昏随意绿，东风满地是梨花。

霏霏雾雨养花天，忍向寒窗枕泪眠。寂寞空庭春欲晚，彩绳斜挂绿杨烟。

雨中春树万人家，处处东风枳壳花。燕子未归春寂寂，柳条金嫩不胜鸦。

浪淘沙夜坐

莲漏正迢迢。酒意潜消。早梅枝上暗香飘。盼到天边书未到，雁影偏遥。　　独坐首频搔。宝鸭烟销。凄凉风景可怜宵。同时一般窗外月，今夜无聊。

如梦令偶成

满室香烟荡漾。一点残灯不亮。远梦乍成时，又值寒鸡初唱。惆怅。惆怅。一夜雨声枕上。

又暮春

雨过空庭烟暝。独向小楼闲凭。静里万缘消，天半一声清磬。风定。风定。留得落花满径。

又寄远

静对半窗斜月。寒逼重衾如铁。离绪诉无从，欲倩梦魂飞越。愁绝。愁绝。风弄一庭落叶。

二弟以雁行所和之诗合为一集名曰花萼联珠集索予作序勉作骈体一篇

才人吐属，眉山颂轼辙之文；名士风流，宋氏擅郊祁之誉。记一时之轶事，作千载之美谈。弟才思纵横，胸襟磊落。有声庠序，每奋志乎鹏飞；暂阻云程，岂甘心于豹隐。栽花种竹，聊寄闲情；善画嗜医，尤其末技。今值浩然游京之岁，吴猛画水之年，懒设壶觞，娱情翰墨。但赋述怀之作，不同自寿之词。当夫风月闲评，埙篪竞奏。骊珠共夺，喜昆季之多才；麟阁争题，洵天伦之乐事。欲追踪夫窦氏，集号联珠；敢媲美于唐宗，楼名花萼。昔日芸窗共砚，风雨聊床；此时斑管同挥，烟云满纸。或依人王粲，生计萧条；或避世嵇康，襟怀淡荡。或折腰五斗，愧奔走于风尘；或锐志一毡，耐辛勤于雪案。不独女媭秀句，剪翠裁红；更兼姻亚同门，敲金戛玉。洗尽谀词之祝，各抒抱负之怀。更喜小阮弱龄，已能学步；诸郎秀质，自可齐芳。五彩缤纷，恍天花之乱坠；陆离光怪，似异锦之腾辉。若余则才非咏絮，笔类涂鸦，愁绪千端，俗尘百斛。忝列雁行之首，勉为蛙鼓之鸣。鸳绣难工，愧素日管窥之学；霓裳再谱，待他年桃熟之辰。

呜呼！李夫人殁逾大祥矣！距夫人殁甫百日，余又抱萱闱之痛。风木哀号，光阴逝水，偷息人世，抱愧鲜民。致夫人淑德懿行，不克表扬万一，中心耿耿，负疚实多。适次儿毓钧辑抄夫人《怡秋轩初稿》一编甫竟，以授梓请。披览一周，悲从中来。忆夫人幼秉雨人内王父教，夙耽吟咏，为重闱所钟爱。于归后，中更多故，吟事屡辍，间有所作，腹稿居多，不肯录以示人。近十年，愁病侵寻，每以诗自遣。毓钧检点故纸堆中，断楮丛残，半多涂乙，就缀拾成章者汇抄一帙，其馀散失，不可数计。共诗二百三十首，诗馀四阕，序文一篇，所存无多，何忍淹没。诗既不分年，无从叙次，即以毓钧所抄付诸剞劂，略述梗概以志实云尔。

光绪三十年正月下浣，待庵主人识。

图书在版编目(CIP)数据

江南女性别集七编 / 胡晓明,彭国忠主编. —合肥:
黄山书社,2024.3
ISBN 978-7-5737-0901-1

Ⅰ.①江… Ⅱ.①胡… ②彭… Ⅲ.①古典诗歌—诗
集—中国—明清时代 Ⅳ.①I222.74

中国国家版本馆 CIP 数据核字(2023)第 182953 号

江南女性别集七编
JIANGNAN NÜXING BIEJI QIBIAN

胡晓明 彭国忠 主编

出品人 葛永波
封面题签 吴小如
选题策划 汤吟菲
责任编辑 刘 春 江 汇 程 溪
责任印制 李 磊
装帧设计 未 氓
出版发行 黄山书社
地 址 安徽省合肥市蜀山区翡翠路 1118 号出版传媒广场 7 层 邮编:230071
印 刷 安徽新华印刷股份有限公司
版 次 2024 年 3 月第 1 版
印 次 2024 年 3 月第 1 次印刷
开 本 880 mm × 1230 mm 1/32
字 数 1200 千字
印 张 47.75
书 号 ISBN 978-7-5737-0901-1
定 价 160.00 元(全二册)

服务热线 0551-63533706
销售热线 0551-63533761
官方直营书店(https://hsss.tmall.com)

版权所有 侵权必究
本版图书凡出现印装质量问题,请与出版社联系。
联系电话 0551-63533711